古今名家如是说

十大名著

名著

刘文荣 选注

文汇出版社

图书在版编目(CIP)数据

十大名著：古今名家如是说 / 刘文荣选注. —上海：文汇出版社,2020.5
ISBN 978 - 7 - 5496 - 3127 - 8

Ⅰ. ①十… Ⅱ. ①刘… Ⅲ. ①中国文学—文学评论—文集 Ⅳ. ①I206 - 53

中国版本图书馆 CIP 数据核字(2020)第 021752 号

十大名著——古今名家如是说

选　　注 / 刘文荣

责任编辑 / 陈今夫
封面装帧 / 薛　冰

出版发行 / 文匯出版社
　　　　　上海市威海路 755 号
　　　　　(邮政编码 200041)
经　　销 / 全国新华书店
排　　版 / 南京展望文化发展有限公司
印刷装订 / 启东市人民印刷有限公司
版　　次 / 2020 年 5 月第 1 版
印　　次 / 2020 年 5 月第 1 次印刷
开　　本 / 720×1000　1/16
字　　数 / 750 千字
印　　张 / 44.75

ISBN 978 - 7 - 5496 - 3127 - 8
定　　价 / 88.00 元

■ 前 言

　　一个人读点文学书，是大有好处的。为什么？因为文学书，尤其是小说书，讲的是你我都很熟悉的生活。即便有时讲到的有些事情，譬如战争，你我可能不太熟悉，但参与战争的人物，却是和你我差不多的，像你我一样有七情六欲，像你我一样有喜怒哀乐。就是小说书里讲鬼故事，你我也不会惊讶——因为那里的鬼，也像你我一样，有七情六欲，有喜怒哀乐。其实，不管小说书里讲到多么新奇的事物，真正使我们感兴趣的，仍旧是我们熟悉的东西、熟悉的男女。为什么熟悉的东西、熟悉的男女还会使我们感兴趣呢？因为它们就像一面镜子，能使我们得以反观生活、发现自我。一个人常照照镜子是有好处的。当你对着镜子问镜子里的那个人说"你是谁？你想做什么？"时，我相信你已经有了另一个自我。同样，当你熟悉小说世界里的各种各样人物后，你或许也会自问："那么，在当今这个世界上，我是怎样一个人物呢？"如若这样，我想，对你是大有好处的。

　　只是，读文学书固然大有好处，无奈文学书实在太多，读什么好呢？告诉你，这和做其他事情一样，要借鉴前人的经验。你不能去乱闯，否则必然是重蹈覆辙。那么，前人留下了什么宝贵经验呢？那就是读"名著"，前人读书经验的结晶。换句话说，所谓"名著"，就是被无数前人读过并大声叫好的书。这样的书，就是你首先要读的。就算退一万步讲，你至少也要有点好奇心，应该问一问："这些世世代代被人叫好的书，它们到底写了些什么？"

　　是的，它们到底写了些什么？于是，你就去读了。读完后，你或多或少会有所领悟。但你总有疑惑：它们写了这样一些事情，到底什么意思？它们写了这样一些人物，想说明什么？它们为什么要这样写，而不那样写？前人都说它们写得好，到底好在哪里？如此等等。这时，你就需要有人来指点。在这方面专门为

1

人指点的，就是评论家。于是，你就想去听听评论家们到底说了些什么。无奈古往今来，评论家多得就如牛毛，你不知道听谁的好。如若这样，我再告诉你，这也和做其他事情一样，也要借鉴前人的经验。你同样不能去乱闯，否则也同样是重蹈覆辙。那么，前人有什么经验呢？那就是找"名家"，这是前人留下的宝贵经验。因为所谓"名家"，就是指点过无数前人而被大声叫好的评论家。这样的评论家到底说了些什么，难道你不想知道吗？

好！你想知道！我这里已经为你准备好了！就是这本《十大名著——古今名家如是说》。我相信，只要你认真读，就会像无数前人一样，得到最好的指点。不过，在你读之前，先听我把这本书大概介绍一下。

首先，我要声明，中国文学并没有公认的十大名著，这里的"十大名著"，是我选的。但我相信，如果还有人要选十大名著的话，选出来的肯定和我差不多——因为我选的这"十大名著"实在太有名了，是真正的"名著"。如果你不信，不妨翻到目录页上去看一看。

其次，我要说明一下，所谓"名家"，是可宽可严的——宽的话，就如现在有些人，上过几次电视台，就成了"名家"；严的话，则非要专家、公众一致认可，才称得上"名家"。我这本书所称的"名家"，总体上说，既不那么宽泛，也不那么严格；应该说，都是文学史上很有名望的评论家，其中多数人完全符合最严标准，是真正的"名家"；只有少数人，可能仅知名于学界。如果你不信，也不妨翻到目录页上去看一看。

好了，就这些。最后再啰唆几句：这本书读起来并不轻松，因为有许多古文；我虽然尽力做了注释，你读起来还是蛮烦的。要有毅力哦！既然你要读它，就要有所收获，你说是不是？

刘文荣

2019 年 11 月于上海

■ 目　录

-------------------------------- 五 --------------------------------

《西厢记》

-------------------------------- 六 --------------------------------

《牡丹亭》

------------------------------ 八 ------------------------------

《聊斋志异》

一

《水浒传》

简介：

【作者】相传为［明］施耐庵著，或与罗贯中合著。

【名称】又称《忠义水浒传》《水浒全传》。

【体裁】长篇章回体小说，取材于［南宋或元］无名氏《大宋宣和遗事》。

【主题】好汉聚义，终遭残害。

【人物】主要有：宋江、吴用、林冲、武松、鲁达、李逵、花荣、石秀。

【情节】主要是：北宋末年，宋江、吴用、林冲、武松、李逵等一百零八人在梁山聚义。他们各有各的经历，最后都因奸臣和官府的迫害而逼上梁山（此类描述是最主要情节，约占全书八成篇幅）。他们并非打家劫舍的强盗，而是要"替天行道"的义士。他们痛恨奸臣，但仍愿效忠朝廷。故而，朝廷最终将他们"招安"，并派他们去安边（征辽）平叛（打方腊）。连年征战，一百零八人只剩二十七人。然而，尽管军功卓著，仍逃不过奸臣残害：宋江等人被毒死，吴用等人自缢身亡。

【版本】主要有三种版本，即《李卓吾先生批评忠义水浒传》百回本、《水浒全传》百廿回本、金圣叹删改之《第五才子书水浒传》七十回本。现通行《水浒全传》百廿回本。

《忠义水浒传》序①

[明] 李卓吾②

太史公③曰:《说难》《孤愤》④,贤圣发愤之所作也。由此观之,古之贤圣,不愤则不作矣。不愤而作,譬如不寒而颤,不病而呻吟也,虽作何观乎?《水浒传》者,发愤之所作也。盖自宋室不竞,冠屦倒施⑤,大贤处下,不肖处上,驯致夷狄处上,中原处下⑥,一时君相犹然处堂燕鹊,纳币称臣,甘心屈膝于犬羊已矣⑦。施、罗二公身在元,心在宋,虽生元日,实愤宋事⑧。是故愤二帝之北狩,则称大破辽以泄真愤⑨;愤南渡之苟安,则称灭方腊以泄其愤⑩。问泄愤者谁乎?则前日啸聚水浒之强人也⑪,欲不谓之忠义,不可也。是故施、罗二公传《水浒》而复以忠义名其传焉⑫。

夫忠义何以归于水浒也⑬?其故可知也。夫水浒之众何以一一皆忠义也?

① 本文选自李贽《焚书》卷三。其要点是:《水浒传》"以忠义名其传",故称《忠义水浒传》。其忠义之心,以宋江为最,其"身居水浒之中,心在朝廷之上""是之谓宋公明也,是以谓之忠义也"。所以,读此传而知,"忠义不在水浒而皆在于君侧""皆在于朝廷矣"。
② 李卓吾,即李贽,字宏甫,号卓吾,别号温陵居士、百泉居士等,明代官员、大文人,官至国子监博士、姚安知府,重要著述有《藏书》《焚书》等。
③ 太史公:即司马迁。
④ 《说难》《孤愤》:均韩非子所作。
⑤ 宋室:宋朝王室。不竞:不振。冠屦[jù]:帽与鞋,喻上下。倒施:颠倒。
⑥ 大贤:好人。不肖:坏人。驯致:甚至。夷狄:北方蛮族(指辽、金)。中原:代指汉族(因其居于中原)。
⑦ 君相:君与相,即皇帝与朝廷大臣。犹然:犹如。处堂燕鹊:居于屋檐上的燕与鹊,喻无能之辈。纳币称臣:犹纳贡称臣,即进献贡品、俯首称臣。犬羊:喻北方蛮族(因其携犬狩猎、喜食羊肉)。
⑧ 施、罗二公:即指施耐庵、罗贯中,相传《水浒传》为其二人所作。元:元朝。虽生元日:虽然生于元朝之时。宋事:宋朝之事。
⑨ 二帝:指宋徽宗、宋钦宗(北宋最后两位皇帝)。北狩:被掳到北方去的婉词,即靖康之耻。大破辽:指梁山招安后宋江领军破辽。
⑩ 南渡:即康王率宗室南逃,迁都临安(今杭州),即为南宋。灭方腊:指梁山招安后宋江领军剿灭方腊。
⑪ 啸聚:互相招呼而聚集。
⑫ 以忠义名其传:即把《水浒传》称为《忠义水浒传》。
⑬ 夫:文言发声词,无实义。水浒:指梁山,下同。

所以致之者可知也。今夫小德役大德，小贤役大贤①，理也。若以小贤役人，而以大贤役于人②，其肯甘心服役而不耻乎？是③犹以小力缚人，而使大力者缚于人，其肯束手就缚而不辞乎？其势必至驱天下大力大贤而尽纳之水浒矣。则谓水浒之众，皆大力大贤、有忠有义之人可也。然未有忠义如宋公明者也④。今观一百单八人者，同功同过，同死同生，其忠义之心，犹之乎宋公明也⑤。

独宋公明者身居水浒之中，心在朝廷之上，一意招安，专图报国，卒⑥至于犯大难，成大功，服毒自缢，同死而不辞，则忠义之烈也！真足以服一百单八人者之心，故能结义梁山，为一百单八人之主。最后南征方腊，一百单八人者阵亡已过半矣，又智深坐化于六和、燕青涕泣而辞主、二童就计于混江⑦。宋公明非不知也，以为见几明哲，不过小丈夫自完之计，决非忠于君、义于友者所忍屑矣⑧。是之谓宋公明也，是以谓之忠义也。《传》其可无作欤！《传》其可不读欤！

故有国者不可以不读，一读此传，则忠义不在水浒而皆在于君侧矣⑨。贤宰相不可以不读，一读此传，则忠义不在水浒，而皆在于朝廷矣。而部掌军国之枢、督府阃外之事⑩，是又不可以不读也，苟一日而读此传，则忠义不在水浒，而皆为干城心腹之选矣⑪。否则，不在朝廷，不在君侧，不在干城心腹，乌⑫在乎？在水浒。此《传》之所为发愤矣。若夫好事者资其谈柄，用兵者藉其谋画，要以各见所长，乌睹所谓忠义者哉⑬！

---

① 今夫：同"今乎"，如今啊。役：役于、服从（按：此两处"役"字均为被动态）。
② 役：使役、指使（按：此两处"役"字均为主动态）。
③ 是：此。
④ 宋公明：宋江，字公明。
⑤ 一百单八：一百零八。犹之乎：如同于。
⑥ 卒：最终。
⑦ 二童就计于混江：童威、童猛听从混江龙李俊之计（即：平定江南后，李俊随大军班师。他行至苏州时，诈称中风，要求留下童威、童猛看视，让宋江先行回朝。宋江怕耽误行期，只得留下李俊三人，自率大军回京朝觐。宋江走后，李俊依照旧约，与童家兄弟前往榆柳庄，寻找费保四人，打造船只，从太仓港出海，投化外国而去，最终成为暹罗国王）。
⑧ 见几：见机。忍屑：愿意关心。忠于君、义于友者：即指宋公明。
⑨ 有国者：指帝王。君侧：皇帝身边。
⑩ 部掌：掌控。督府：管理。阃[kǔn]外：指朝廷之外，即各地。
⑪ 干城：守城。
⑫ 乌：何。
⑬ 若夫：如若。资：充。藉：借。要以：要之以。

《贯华堂第五才子书〈水浒传〉》序①

[清] 金圣叹②

序　　一

　　原夫书契之作③,昔者圣人所以同民心而出治道也④。其端肇于结绳,而其盛嶅而为六经⑤。其秉简载笔者⑥,则皆在圣人⑦之位而又有其德者也。在圣人之位,则有其权;有圣人之德,则知其故⑧。有其权而知其故,则得作而作,亦不得不作而作也。是故《易》者,导之使为善也;《礼》者,坊⑨之不为恶也;《书》者,纵以尽天运之变;《诗》者,衡以会人情之通也⑩。故《易》之为书,行也;《礼》之为书,止也;《书》之为书,可畏;《诗》之为书,可乐也。故曰《易》圆而《礼》方,《书》久而《诗》大⑪。又曰《易》不赏而民劝,《礼》不怒而民避⑫,《书》为庙外之几筵,《诗》

---

① 本文选自《金圣叹全集》第叁册,原载《贯华堂第五才子书〈水浒传〉》卷首。其要点是: 古之圣人有其位,故而作书,《易》《礼》《书》《诗》是也。孔子无圣人之位,而有圣人之德,故而以庶人作书,《春秋》也。后之人或无圣人之位,或无孔子之德,然而有其才,故而以才子作书,即予谓之才子书也,《水浒》是也。或称《水浒》为《忠义水浒传》,则大谬也。施耐庵作《水浒》,其志不在忠义,而在于发愤也。故而削其忠义,存施耐庵之志也。《水浒》之为才子书,才子之文章也。其文章之妙,可教孺子读也。此吾刻印《贯华堂第五才子书〈水浒传〉》之初衷也。
② 金圣叹,名人瑞,字圣叹,明末清初文人,以点评其所称"六才子书"(《庄子》《离骚》《史记》《杜工部集》《水浒传》《西厢记》)而著称。
③ 原夫: 原本。书契: 文字。
④ 同民心: 统一民众之心。出治道: 产生治理之道。
⑤ 端肇: 开端。结绳: 文字产生前用以记事的方法,大事打大结,小事打小结(见《周易》:"上古结绳而治,后世易之以书契。")。盛嶅[xiáo]: 高峰(喻文字的最高表现)。六经:《诗》《书》《礼》《易》《乐》《春秋》。
⑥ 秉简载笔者: 拿竹简持笔者,即书写文字之人。
⑦ 圣人: 上古帝王。
⑧ 故: 缘由。
⑨ 坊: 同"防"。
⑩ 衡: 平衡。会: 领会。
⑪ 圆: 柔和。方: 严肃。久: 深远。大: 宽容。
⑫ 劝: 说服。避: 自律。

为未朝之明堂也①。

　　若有《易》而可以无《书》也者，则不复为《书》也。有《易》有《书》而可以无《诗》也者，则不复为《诗》也。有《易》有《书》有《诗》而可以无《礼》也者，则不复为《礼》也。有圣人之德，则知其故；知其故，则知《易》与《书》与《诗》与《礼》各有其一故，而不可以或废②也。有圣人之德而又在圣人之位，则有其权；有其权，而后作《易》，之后又欲作《书》，又欲作《诗》，又欲作《礼》，咸③得奋笔而遂为之，而人不得而议其罪也。

　　无圣人之位，则无其权；无其权，而不免④有作，此仲尼是也⑤。仲尼无圣人之位，而有圣人之德；有圣人之德，则知其故；知其故，而不能已于⑥作，此《春秋》是也⑦。顾⑧仲尼必曰："知我者，其惟《春秋》乎？罪我者，其惟《春秋》乎？"⑨斯⑩其故何哉？ 知我惟《春秋》者。《春秋》一书，以天自处，学《易》；以事系日，学《书》；罗列与国，学《诗》；扬善禁恶，学《礼》；皆所谓有其德而知其故。知其故而不能已于作，不能已于作而遂兼四经之长，以合为一书，则是未尝作也。

　　夫⑪未尝作者，仲尼之志也。罪我惟《春秋》者。古者非天子不考文⑫，自仲尼以庶人作《春秋》。而后世巧言之徒，无不纷纷以作。纷纷以作既久，庞言⑬无所不有。君读之而旁皇于上，民读之而惑乱于下，势必至于拉杂燔烧，祸连六经⑭。夫仲尼非不知者，而终不已于作，是⑮则仲尼所为引罪自悲者也。或问曰：然则仲尼真有罪乎？ 答曰：仲尼无罪也。仲尼心知其故，而又自以庶人不敢辄有所作，于是因史成经⑯，不别立文，而但于首大书"春王正月"⑰。若曰：其旧则

----

① 几筵：同"几楗[yán]"，亦作"几席"，即祭坛。未朝：不上朝。明堂：宫中正殿（用以上朝）。
② 或废：偏废。
③ 咸：全。
④ 不免：无须（免：通"勉"）。
⑤ 仲尼：孔子，名丘，字仲尼。按：此句意为：孔子非帝王，无须有作，故"述而不作"。
⑥ 已于：满足于。
⑦ 按：此句解释孔子"述而不作"，《春秋》为其"述"，而非其"作"。
⑧ 顾：（连词）但、但看。
⑨ 引自《孟子·滕文公下》。
⑩ 斯：此。
⑪ 夫：文言发声词，无实义。
⑫ 考文：考订文字。
⑬ 庞言：拉杂之言。
⑭ 旁皇：同"彷徨"。燔烧：火势蔓延。祸连：殃及。
⑮ 是：此。
⑯ 因史成经：述史而成经典，指《春秋》。
⑰ 但于：仅于。首：开篇。"春王正月"：见《春秋》首篇《郑伯克段于鄢》："元年春王正月。三月，公及邾仪父盟于蔑。夏五月，郑伯克段于鄢。……"

诸侯之书也,其新则天子之书也①。取诸侯之书,手治而成天子之书者,仲尼不予诸侯以作书之权也。仲尼不肯以作书之权予诸侯,其又乌②肯以作书之权予庶人哉! 是故作书,圣人之事也。非圣人而作书,其人可诛,其书可烧也。作书,圣人而天子之事也。非天子而作书,其人可诛,其书可烧也。何也? 非圣人而作书,其书破道;非天子而作书,其书破治③。破道与治,是横议④也。横议,则乌得不烧? 横议之人,则乌得不诛?

故秦人烧书之举,非直⑤始皇之志,亦仲尼之志。乃仲尼不烧而始皇烧者,仲尼不但无作书之权,是亦无烧书之权者也。若始皇烧书而并烧圣经⑥,则是虽有其权而实无其德;实无其德,则不知其故;不知其故,斯尽烧矣。故并烧圣经者,始皇之罪也;烧书,始皇之功也。无何⑦汉兴,又大求遗书。当时在廷诸臣,以献书进者,多有。于是四方功名之士,无人不言有书,一时得书之多,反更多于未烧之日。今夫⑧自古至今,人则知烧书之为祸至烈,又岂知求书之为祸之尤烈哉! 烧书,而天下无书;天下无书,圣人之书所以存也。求书,而天下有书;天下有书,圣人之书所以亡也。烧书,是禁天下之人作书也。求书,是纵天下之人作书也。至于纵天下之人作书矣,其又何所不至之与有! 明圣人之教者,其书有之;叛圣人之教者,其书亦有之。申天子之令者,其书有之;犯天子之令者,其书亦有之。

夫诚以三代之治⑨治之,则彼明圣人之教与申天子之令者,犹在所不许。何则? 恶其破道与治,黔首⑩不得安也。如之何而至于叛圣人之教、犯天子之令,而亦公然自为其书也? 原其由来,实惟上有好者,下必尤甚⑪。父子兄弟,聚族撰著,经营既久,才思溢矣。

---

① 若曰:似乎说。其旧:指《春秋》所据各国史料,均述诸侯之事,故后文称"诸侯之书"。其新:指《春秋》,其为天子而述,故后文称作"天子之书"。
② 乌:何。
③ 破道:损害天道。破治:损害仁治。
④ 横议:妄论。
⑤ 非直:不仅。
⑥ 圣经:即指六经。
⑦ 无何:不久。
⑧ 今夫:文言发声词,无实义。
⑨ 三代之治:即远古夏、商、周。
⑩ 黔首:平民、百姓。
⑪ 上有好者,下必尤甚:上面有喜好之人,下面必然加倍效仿。

夫应诏①固须美言，自娱何所不可？刻画魑魅、诋讪圣贤，笔墨既酣，胡②可忍也？是故，乱民必诛，而游侠立传；市侩辱人，而货殖名篇③。意在穷奇极变，不惜刳心呕血，所谓上薄苍天，下彻黄泉，不尽不快，不快不止也④。如是者，当其初时，犹尚私之于下，彼此传观而已，惟畏其上之禁之者也。殆其既久，而上亦稍稍见之。稍稍见之而不免喜之，不惟不之禁也。夫叛教犯令之书，至于上不复禁而反喜之，而天下之人岂其复有忌惮乎哉！其作者，惊相告也；其读者，惊相告也。惊告之后，转相祖述⑤，而无有一人不作，无有一人不读也。于是而圣人之遗经，一二篇而已；诸家之书，坏牛折轴不能载，连阁复室不能庋也⑥。天子之教诏，土苴⑦之而已；诸家之书，非缥缃⑧不为其题，非金玉不为其签⑨也。积渐至于今日，祸且不可复言。民不知偷，读诸家之书则无不偷也；民不知淫，读诸家之书则无不淫也；民不知诈，读诸家之书则无不诈也；民不知乱，读诸家之书则无不乱也。夫吾向⑩所谓"非圣人而作书，其书破道，非天子而作书，其书破治"者，不过忧其附会经义，示民以杂⑪；测量治术，示民以明⑫。示民以杂，民则难信⑬；示民以明，民则难治。故遂断⑭之"破道与治，是为横议，其人可诛，其书可烧"耳。

非⑮真有所大诡于圣经、极害于王治也，而然且⑯如此？若夫⑰今日之书，则岂复苍帝⑱造字之时之所得料⑲，亦岂复始皇燔烧之时之所得料哉？是真一诛不

① 应诏：遵旨。
② 胡：何。
③ 游侠：行侠。货殖：经商。名篇：写成篇章（"名"为动词）。按：此句意为：官府诛乱民，而使行侠之人得以立传；市场欺贫民，而使经商之人得以成名。
④ 上薄苍天，下彻黄泉：上天入地，穷极之意。尽：尽心。快：痛快。
⑤ 祖述：效仿复述。
⑥ 坏牛折轴：累坏牛、拖断轴。庋[guǐ]：放置。
⑦ 土苴[jū]：原意为泥巴枯草，转义为轻视。
⑧ 缥缃：原意为丝绸绫罗，转义为高价。
⑨ 签：与"题"同，均为写。
⑩ 向：向日、往日。
⑪ 杂：杂念。
⑫ 治术：统治之术。明：明了。
⑬ 难信：难以使其信而服。
⑭ 断：断言。
⑮ 非：不是。
⑯ 然且：尚且。
⑰ 若夫：文言发声词，无实义。
⑱ 苍帝：指仓颉，相传为造字者。
⑲ 料：预料。

足以蔽其辜，一烧不足以灭其迹者。而祸首罪魁，则汉人①诏求遗书，实开之衅②。故曰：烧书之祸，烈；求书之祸，尤烈也。烧书之祸，祸在并烧圣经。圣经烧，而民不兴于善，是始皇之罪万世不得而原之也。求书之祸，祸在并行私书。私书行而民之于恶，乃至无所不有，此汉人之罪亦万世不得而原③之也。然烧圣经，而圣经终大显于后世，是则始皇之罪犹可逃也。若行私书，而私书遂至灾害蔓延不可复救，则是汉人之罪，终不活也。呜呼！君子之至于斯也，听之则不可，禁之则不能，其又将以何法治之与哉？

曰：吾闻之，圣人之作书也，以德；古人之作书也，以才④。知圣人之作书以德，则知六经皆圣人之糟粕⑤，读者贵乎神⑥而明之，而不得柲比⑦字句，以为从事于经学也。知古人之作书以才，则知诸家皆鼓舞其菁华⑧，览者急须搴裳去之⑨，而不得捃拾齿牙以为谭言之微中也⑩。于圣人之书而能神而明之者，吾知其而今而后始不敢于《易》之下作《易传》，《书》之下作《书传》，《诗》之下作《诗传》，《礼》之下作《礼传》，《春秋》之下作《春秋传》也。何也？诚愧其德之不合而惧章句之未安，皆当大拂于圣人之心也⑪。于诸家之书而诚能搴裳去之者，吾知其而今而后始不肯于《庄》之后作《广庄》，《骚》之后作《续骚》，《史》之后作《后史》，《诗》之后作《拟诗》，稗官之后作新稗官也⑫。何也？诚耻其才之不逮，而徒唾沫之相袭⑬，是真不免于古人之奴也。

夫扬汤而不得冷，则不如且莫进薪⑭；避影而影愈多，则不如教之勿趋也⑮。

---

① 汉人：汉朝人。
② 衅：衅端、事端。
③ 原：原谅。
④ 按：此处的"圣人"与"古人"是对立的。"圣人"即六经作者，其余作者均为"古人"；"圣人"有德而作书，"古人"则有才而作书，无所谓德。
⑤ 糟粕：酿酒所遗残渣，此处喻六经，意为六经乃圣人所留之物，而非圣人之德本身。
⑥ 神：神会。
⑦ 柲[zhì]比：梳理。
⑧ 鼓舞：击鼓跳舞，喻表现、表达。菁华：同"精华"，此处指意念。
⑨ 急须：必须。搴[qiān]裳去之：字面义为：撩起衣袍走人（古人穿长袍，走路时须把袍沿撩起）；比喻义为：就此作罢（此句套用先秦《卿云歌》诗句："菁华已竭，褰裳去之"）。
⑩ 捃拾齿牙：斟字酌句。谭言之微中：即"谭言微中"，言谈微妙而切中事理。
⑪ 章句之未安：章句不安妥。拂：扫。
⑫ 《庄》：《庄子》。《骚》：《离骚》。《史》：《史记》。《诗》：《百家诗》。稗官：野史、小说。
⑬ 不逮：不及。唾沫：代指言论。相袭：因袭、仿效。
⑭ 扬汤：烧汤时嫌汤太烫，用勺子播扬。进薪：添加柴火。
⑮ 避影：想避开自己的影子。勿趋：不要动。

恶人作书，而示之以圣人之德、与夫①古人之才者，盖为②游于圣门者难为言，观于才子之林者难为文，是亦止薪勿趋之道③也。然圣人之德，实非夫人④之能事；非夫人之能事，则非予小子⑤今日之所敢及也。彼古人之才，或犹夫人之能事；犹夫人之能事，则庶几予小子不揣之所得及也⑥。

夫古人之才也者，世不相延，人不相及。庄周有庄周之才，屈平有屈平之才，马迁有马迁之才，杜甫有杜甫之才，降而至于施耐庵有施耐庵之才，董解元有董解元之才⑦。才之为言，材⑧也。凌云蔽日之姿，其初本于破核分荚⑨之势；于破核分荚之时，具有凌云蔽日之势；于凌云蔽日之时，不出破核分荚之势，此所谓材之说也。

又才之为言，裁⑩也。有全锦在手，无全锦在目⑪；无全衣在目，有全衣在心；见其领，知其袖；见其襟，知其帔⑫也。夫领则非袖，而襟则非帔，然左右相就、前后相合，离然各异而宛然共成者，此所谓裁之说也。

今天下之人，徒知有才者始能构思，而不知古人用才，乃绕乎构思以后；徒知有人者始能立局，而不知古人用才，乃绕乎立局以后；徒知有才者始能琢句，而不知古人用才，乃绕乎琢句以后；徒知有才者始能安字⑬，而不知古人用才，乃绕乎安字以后。此苟且与慎重之辨⑭也。言有才始能构思、立局、琢句而安字者，此其人，外未尝矜式于珠玉，内未尝经营于惨淡⑮，陨然⑯放笔，自以为是，而不知彼之所为才，实非古人之所为才，正是无法于手而又无耻于心之

---

① 与夫：比附。
② 盖为：大多是。
③ 止薪勿趋之道：意即旁门左道。
④ 夫人：那人、那些人。
⑤ 予小子：(谦语)自称，我这区区小人。
⑥ 庶几：或许、不揣：(谦语)不自量。
⑦ 庄周：即庄子。屈平：即屈原。马迁：即司马迁。施耐庵：元末明初人，相传为《水浒传》作者。董解元：金人，著有《西厢记诸宫调》，亦称《董西厢》(按："解元"非人名，意为乡试第一名者。董解元何名何字，不得而知)。
⑧ 材：本指木料，喻天才。
⑨ 凌云蔽日之姿：指参天大树。破核分荚：发芽分枝。
⑩ 裁：本指裁剪衣料，喻写作时的谋篇布局。
⑪ 全锦：一整块锦缎。无全锦在目：不见全锦，意为已关注局部。
⑫ 帔[pèi]：披肩。
⑬ 安字：用词。
⑭ 辨：区别。
⑮ 矜式于珠玉：喻精心修饰文句。经营于惨淡：喻苦心思考文意。
⑯ 陨[tuí]然：随随便便貌。

事①也。言其才绕乎构思以前、构思以后,乃至绕乎布局、琢句、安字以前以后者,此其人,笔有左右,墨有正反②;用左笔不妥,换右笔;用右笔不妥,换左笔;用正墨不现,换反墨;用反墨不现,换正墨。心之所至,手亦至焉;心之所不至,手亦至焉;心之所不至,手亦不至焉。心之所至,手亦至焉者,文章之圣境也。心之所不至、手亦至焉者,文章之神境也。心之所不至、手亦不至焉者,文章之化境③也。夫文章至于心手皆不至,则是其纸上无字、无句、无局、无思者④也。而独能令千万世下人⑤之读吾文者,其心头眼底乃窅窅有思,乃摇摇有局,乃铿铿有句,而烨烨有字⑥,则是其提笔临纸之时,才⑦以绕其前,才以绕其后,而非陡然卒然⑧之事也。

故依世人之所谓才,则是文成于易者,才子也;依古人之所谓才,则必文成于难者,才子也。依文成于易之说,则是迅疾挥扫、神气扬扬者,才子也;依文成于难之说,则必心绝气尽、面犹死人者,才子也。故若庄周、屈平、马迁、杜甫,以及施耐庵、董解元之书,是皆所谓心绝气尽、面犹死人、然后其才前后缭绕、得成一书者也。庄周、屈平、马迁、杜甫,其妙如彼,不复具论,若夫⑨施耐庵之书,而亦必至于心尽气绝、面犹死人,而后其才前后缭绕,始得成书。夫而后知古人作书,其非苟且也者。而世之人犹尚不肯审己量力,废然歇笔,然则其人真不足诛⑩,其书真不足烧也。

夫身为庶人,无力以禁天下之人作书,而忽取牧猪奴手中之一编⑪,条分而节解之,而反能令未作之书不敢复作,已作之书一旦尽废,是则圣叹廓清天下之功,为更奇于秦人之火。故于其首篇叙述古今经书兴废之大略如此。虽不敢自谓斯文之功臣,亦庶几封关之丸泥⑫也。

---

① 法:方法。耻:谨慎。
② 笔有左右,墨有正反:意为可这样写,也可那样写;可正写,也可反写。
③ 化境:幻境。
④ 纸上无字、无句、无局、无思者:即化境。
⑤ 下人:后人。
⑥ 窅[yǎo]窅:深邃貌。摇摇:摆动貌。铿铿:响亮貌。烨[yè]烨:鲜明貌。
⑦ 才:用才。
⑧ 陡然卒然:忽始忽止貌。
⑨ 若夫:就如。
⑩ 不足诛:诛也不配。
⑪ 牧猪奴:本意为赌徒,此处用以指不正经的人(因《水浒传》在当时被视为不入流的稗官野史,不正经的人才会读这种书)。一编:指《水浒传》。
⑫ 封关之丸泥:堵住城门的泥团,自喻有防守之功。

序　　二

观物者审名，论人者辨志①。施耐庵传宋江，而题其书曰《水浒》，恶之至，迸之至，不与同中国也②。而后世不知何等好乱之徒，乃谬加以"忠义"之目③。呜呼！忠义而在《水浒》乎哉？忠者，事上之盛节也；义者，使下之大经也④。忠以事其上，义以使其下，斯宰相之材也。忠者，与人之大道也；义者，处己之善物⑤也。忠以与乎人，义以处乎己，则圣贤之徒也。若夫耐庵所云"水浒"也者，王土之演则有水，又在水外则曰浒，远之也⑥。远之也者，天下之凶物，天下之所共击也；天下之恶物，天下之所共弃也。若使忠义而在水浒，忠义为天下之凶物、恶物乎哉！且水浒有忠义，国家无忠义耶？夫⑦君则犹是君也，臣则犹是臣也，夫何至于国而无忠义？此虽恶其臣之辞，而已难乎为吾之君解也⑧。父则犹是父也，子则犹是子也，夫何至于家而无忠义？此虽恶其子之辞，而已难乎为吾之父解也。

故夫以忠义予《水浒》者，斯人必有怼⑨其君父之心，不可以不察也。且亦不思⑩宋江等一百八人，则何为而至于水浒者乎？其幼，皆豺狼虎豹之姿也；其壮，皆杀人夺货之行也；其后，皆敲朴劓刖⑪之余也；其卒，皆揭竿斩木⑫之贼也。有王者作，比而诛之⑬，则千人亦快，万人亦快者也，如之何而终亦幸免于宋朝之斧锧⑭？彼一百八人而得幸免于宋朝者，恶知⑮不将有若干百千万人，思得复试于后世者乎？耐庵有忧之，于是奋笔作传，题曰《水浒》，意若以为之一百八人，即得逃于及身之诛戮，而必不得逃于身后之放逐⑯者，君子之志也。而又妄以忠义予

---

① 审名：审察名类。辨志：辨别志向。
② 迸[bèng]：暴烈。中国：国中。
③ 《水浒传》后称《忠义水浒传》。
④ 事上：对待上级。盛节：大节。使下：对待下级。大经：常规。
⑤ 善物：善事。
⑥ 王土：帝王之国。演：流长。浒：离水稍远的岸上平地。远：离。
⑦ 夫：文言发声词，无实义。
⑧ 恶：痛恶。解：解释。
⑨ 怼[duì]：怨恨。
⑩ 且亦不思：况且也不想一想。水浒者：叛逆者。
⑪ 敲朴(拷打)劓[yì]刖[yuè](割鼻断足)：均为刑罚，代指罪犯。
⑫ 卒：最终。揭竿斩木：揭竿为旗，斩木为兵，意为造反。
⑬ 比而诛之：一一诛杀(比：并列，如"比邻")。
⑭ 斧锧[zhì]：斩首的铡刀。
⑮ 恶[wū]知：何知。
⑯ 身后之放逐：死后(灵魂)受罚。

之，是则将为戒者而应将为劝①耶？豺狼虎豹而有祥麟威凤之目，杀人夺货而有伯夷、颜渊②之誉，劓刖之余而有上流清节之荣，揭竿斩木而有忠顺不失之称，既已名实牴牾，是非乖错③，至于如此之极。然则几乎其不肖④天下后世之人，而惟宋江等一百八人，以为高山景行，其心向往者哉！是故由耐庵之《水浒》言之，则如史氏之有《梼杌》⑤是也。备书其外之权诈，备书其内之凶恶，所以诛⑥前人既死之心者，所以防后人未然之心也。由今日之《忠义水浒》言之，则直⑦与宋江之赚入伙、吴用之说撞筹⑧无以异也。无恶不归朝廷，无美不归绿林，已为盗者，读之而自豪；未为盗者，读之而为盗也。呜呼！名者，物之表⑨也；志者，人之表也。名之不辨，吾以疑其书也；志之不端⑩，吾以疑其人也。

削忠义⑪而仍《水浒》者，所以存耐庵之书其事小，所以存耐庵之志⑫其事大。虽在稗官，有当世之忧焉。后世之恭慎君子，苟⑬能明吾之志，庶几不易⑭吾言矣哉！

序　三

施耐庵《水浒》正传七十卷，又楔子一卷，原序一篇⑮亦作一卷，共七十二卷⑯。

---

① 将为戒者而应将为劝：把"戒"（惩戒）说成为"劝"（诱导）。
② 伯夷（商末隐士）、颜渊（孔子高足）：代指贤人。
③ 名实牴牾：名与实冲突。是非乖错：是与非错乱。
④ 不肖：败坏。
⑤ 史氏：史家。《梼[táo]杌[wù]》：春秋时楚国国史，所记多恶人恶事。
⑥ 诛：谴责。
⑦ 直：简直。
⑧ 撞筹：凑数入伙。
⑨ 表：表征。
⑩ 端：端正。
⑪ 削忠义：去掉"忠义"二字。
⑫ 存耐庵之志：保存施耐庵的本意。按：金圣叹认为，施耐庵作《水浒传》，旨在用梁山反贼之事警示世人，绝无称颂其忠义之意。
⑬ 苟：只要。
⑭ 不易：不改。
⑮ 按：此处所称施耐庵所作"原序"（见《贯华堂第五才子书〈水浒传〉》卷首），唯其一家所有，无一旁证，因而后世学者认为是金圣叹的伪作。
⑯ 按：此处说的七十二卷本（即七十二回本）"正传"《水浒传》，无论是金圣叹前，还是金圣叹后，均无人提到。因而，后世学者认为这是金圣叹对《忠义水浒传》所作的删改本，并称其"腰斩《水浒》"。不过，也有学者（如胡适）表示怀疑，称金圣叹隐瞒自己对《忠义水浒传》的删改，既不合其性格，也不合常理，很可能他确有一部最早的七十二回本《水浒传》。当然，这也只是猜测而已。总之，金圣叹刊印的这部《贯华堂第五才子书〈水浒传〉》是七十二回本，到底是翻印古本，还是他的删改本，不得而知。既然七十二回本的真假存疑，其所谓"原序"，也只能存疑。

13

今与汝释弓①。序②曰：吾年十岁，方入乡塾，随例读《大学》《中庸》《论语》《孟子》等书，意惛如也③。每与同塾儿窃作是语：不知习此将何为者？又窥见大人彻夜吟诵，其意乐甚，殊不知其何所得乐？又不知尽天下书当有几许？其中皆何所言，不雷同耶？如是之事，总未能明于心。明年十一岁，身体时时有小病。病作，辄得告假出塾。吾既不好弄④，大人又禁不许弄，仍以书为消息⑤而已。

吾最初得见者，是《妙法莲华经》⑥。次之，则见屈子《离骚》。次之，则见太史公《史记》。次之，则见俗本《水浒传》。是皆十一岁病中之创获也。《离骚》苦多生字，好之而不甚解，记其一句两句吟唱而已。《法华经》《史记》解处为多，然而胆未坚刚⑦，终亦不能常读。其无晨无夜不在怀抱者，吾于《水浒传》可谓无间然矣。

吾每见今世之父兄，类⑧不许其子弟读一切书，亦未尝引之见于一切大人先生，此皆大错。夫儿子十岁，神智生矣，不纵⑨其读一切书，且有他好，又不使之列于大人先生之间，是驱之与婢仆为伍也。汝昔五岁时，吾即容汝出坐一隅⑩；今年始十岁，便以此书相授者，非过有所宠爱，或者教汝之道当如是也。

吾犹自记十一岁读《水浒》后，便有于书无所不窥之势。吾实何曾得见一书，心知其然，则有之耳⑪？然就今思之，诚不谬矣。天下之文章，无有出《水浒》右者⑫；天下之格物君子⑬，无有出施耐庵先生右者。学者诚能澄怀⑭格物，发皇⑮文章，岂不一代文物⑯之林？然但⑰能善读《水浒》而已，为其人绰绰有余也。

---

① 汝：你。释弓：原意为放下弓，转义为谈论(语出《史记·周本纪》："有一夫立其旁，曰：'善，可教射矣。'养由基(楚国善射者)怒，释弓扼剑，曰：'客安能教我射乎？'……")。
② 序：指此序。
③ 惛[hūn]：同"昏"。如也：如此也，如"空空如也"。
④ 好[hào]弄：喜欢玩。
⑤ 消息：消遣、息养。
⑥ 《妙法莲华经》：简称《法华经》，佛经，记述释迦牟尼晚年说教。
⑦ 胆未坚刚：尚无韧性。
⑧ 类：总。
⑨ 纵：放纵。
⑩ 出坐一隅：出来坐在一角落里(听大人说话)。
⑪ 心知其然，则有之耳：意为称心如意。
⑫ 出……右者：比……强者。
⑬ 格物君子：读书人美称(格物：探究事物)。
⑭ 澄怀：静心。
⑮ 发皇：发奋。
⑯ 文物：文章、格物。
⑰ 但：只要。

《水浒》所叙，叙一百八人，人有其性情，人有其气质，人有其形状，人有其声口①。夫以一手而画数面②，则将有兄弟③之形；一口吹数声，斯不免再唉④也。施耐庵以一心所运，而一百八人各自入妙者。无他，十年格物而一朝物格⑤，斯以一笔而写百千万人，固不以为难也。

格物亦有法，汝应知之。格物之法，以忠恕为门。何谓忠？天下因缘生法⑥，故忠不必学而至于忠，天下自然，无法⑦不忠。火亦忠，眼亦忠，故吾之见忠。钟忠，耳忠，故闻无不忠。吾既忠，则人亦忠，盗贼亦忠，犬鼠亦忠。盗贼、犬鼠无不忠者，所谓恕也⑧。夫然后物格，夫然后能尽人之性，而可以赞化育、参天地⑨。

今世之人，吾知之，是先不知因缘生法。不知因缘生法，则不知忠。不知忠，乌知恕哉？是人⑩生二子而不能自解也，谓其妻曰：眉犹眉也，目犹目也，鼻犹鼻，口犹口，而大儿非小儿，小儿非大儿者，何故？而不自知实与其妻亲造作之也。夫不知子，问之妻。夫妻因缘，是生其子。天下之忠，无有过于夫妻之事者；天下之忠，无有过于其子之面者。审知其理，而睹天下人之面，察天下夫妻之事，彼万面不同，岂不甚宜哉！

忠恕，量万物之斗斛⑪也。因缘生法，裁世界之刀尺⑫也。施耐庵左手握如是⑬斗斛，右手持如是刀尺，而仅乃叙一百八人之性情、气质、形状、声口者，是犹小试其端⑭也。若⑮其文章，字有字法、句有句法、章有章法、部有部法，又何异哉！吾既喜读《水浒》，十二岁便得贯华堂所藏古本⑯。吾日夜手钞，谬自⑰评释，

---

① 声口：言语。
② 一手：一人之手。数面：数人面孔。
③ 兄弟：喻相像。
④ 一口：一人之口。数声：数支声笛。再唉[xuè]：重复音调。
⑤ 物格：事物被探究。
⑥ 因缘生法：有因果而产生法则。
⑦ 法：法则。
⑧ 按：此处所说"忠"与"恕"，意为"遵从法则"与"万物皆有法则"。
⑨ 赞：助。化育：化生长育、教化培育。参：同、合。天地：自然。
⑩ 是人：此人，指不知因缘生法者。
⑪ 斗斛[hú]：斗与斛，代指量器。
⑫ 刀尺：刀与尺，代指工具。
⑬ 如是：如此。
⑭ 小试其端：小试身手。
⑮ 若：如。
⑯ 按：此处所言"贯华堂所藏古本"，无从考证，故学界认为是伪托。
⑰ 谬自：妄自。

历四五六七八月,而其事方竣,即今此本是已。如此者,非吾有读《水浒》之法,若《水浒》固自为读一切书之法矣。

吾旧闻有人言:庄生之文放浪,《史记》之文雄奇。始亦以之为然,至是忽哐然①其笑。古今之人,以瞽②语瞽,真可谓一无所知,徒令小儿肠痛耳!夫庄生之文,何尝放浪?《史记》之文,何尝雄奇?彼殆不知③庄生之所云,而徒见其忽言化鱼,忽言解牛④,寻之不得其端,则以为放浪;徒见《史记》所记皆刘项⑤争斗之事,其他又不出于杀人报仇、捐金重义为多,则以为雄奇也。若诚以吾读《水浒》之法读之,正可谓庄生之文精严,《史记》之文亦精严。不宁惟是⑥而已,盖天下之书,诚欲⑦藏之名山、传之后人,即无有不精严者。何谓之精严?字有字法、句有句法、章有章法、部有部法是也。夫以庄生之文杂之《史记》,不似《史记》;以《史记》之文杂之庄生,不似庄生者。庄生意思欲言圣人之道,《史记》摅⑧其怨愤而已。其志不同,不相为谋,有固然者,毋足怪也。若复置其中之所论,而直取其文心⑨,则惟庄生能作《史记》,惟子长⑩能作《庄子》。吾恶乎⑪知之?吾读《水浒》而知之矣。

夫文章小道,必有可观,吾党斐然,尚须裁夺⑫。古来至圣大贤,无不以其笔墨为身⑬光耀。只如《论语》一书,岂非仲尼之微言、洁净之篇节?然而善论道者论道,善论文者论文,吾尝观其制作,又何其甚妙也!《学而》⑭一章,三唱“不亦”。叹“觚”之篇⑮,有四“觚”字,余者一“不”、两“哉”而已。“质胜文则野,文胜质则史”⑯,其文交互而成。“知之者不如好之者,好之者不如乐之者”⑰,其法传

---

① 哐[xī]然:笑貌。
② 瞽[gǔ]:瞎眼。
③ 殆不知:殊不知。
④ 化鱼:指庄子的《逍遥游》。解牛:指庄子的《庖丁解牛》。
⑤ 刘项:刘邦、项羽。
⑥ 不宁惟是:不仅如此。
⑦ 诚欲:真心想。
⑧ 摅[shū]:抒发。
⑨ 文心:为文之用心。
⑩ 子长:司马迁,字子长。
⑪ 恶[wū]乎:何乎。
⑫ 吾党:吾辈,代指“文章小道”。斐然:光鲜貌,如“成绩斐然”。裁夺:考虑决定。
⑬ 身:自身。
⑭ 《学而》:《论语》首篇,其一:“子曰:‘学而时习之,不亦说乎?有朋自远方来,不亦乐乎?人不知而不愠,不亦君子乎?’……”
⑮ 指《论语·雍也》中的:“子曰:‘觚不觚,觚哉?觚哉?’”
⑯ 引自《论语·雍也》。
⑰ 引自《论语·阳货》。

接而出。"山""水""动""静""乐""寿"①，譬禁树之对生②。"子路问：闻斯行诸?"③，如晨鼓之频发。其他不可悉数，约略皆佳构也。彼《庄子》《史记》，各以其书独步万年。万年之人，莫不叹其何处得来。若自吾观之，彼亦岂能有其多才者乎？皆不过以此数章引而伸之、触类而长之④者也。

《水浒》所叙，叙一百八人，其人不出绿林⑤，其事不出劫杀，失教丧心，诚⑥不可训。然而吾独欲略其形迹、伸其神理者，盖此书七十回、数十万言，可谓多矣，而举其神理，正如《论语》之一节两节，浏然以清，湛然以明，轩然以轻，濯然以新。彼岂非《庄子》《史记》之流哉！不然，何以有此？如必欲苛⑦其形迹，则夫十五《国风》，淫污居半⑧；《春秋》所书，弑夺十九⑨。不闻恶神奸而弃禹鼎⑩，憎《梼杌》而诛倚相⑪，此理至明，亦易晓矣。嗟乎！人生十岁，耳目渐吐⑫，如日在东，光明发挥。如此书，吾即欲禁汝不见，亦岂可得？今知不可相禁，而反出其旧所批释，脱然⑬授之于手也。

夫固以为《水浒》之文精严，读之即得读一切书之法也。汝真能善得此法，而明年经业⑭既毕，便以之遍读天下之书，其易果如破竹也者，夫而后叹施耐庵《水浒传》真为文章之总持⑮。不然，而犹如常儿⑯之泛览者而已。是⑰不惟负施耐庵，亦殊负吾。汝试思文⑱，吾如之何其不郁郁⑲哉！

---

① 指《论语·雍也》中的："子曰：'知者乐水，仁者乐山。知者动，仁者静。知者乐，仁者寿。'"
② 譬：譬如。禁树：禁宫(皇宫)里的树。对生：成对而生。
③ 引自《论语·先进》。
④ 触类而长之：义同"引而伸之"。
⑤ 不出：皆属。绿林：地名，见《后汉书》，因盗寇常在此聚集，后以此代指盗寇。
⑥ 诚：诚然。
⑦ 苛：苛求。
⑧ 十五《国风》：《诗经》第一部分，即《周南》《召南》《邶风》《鄘风》《卫风》《王风》《郑风》《齐风》《魏风》《唐风》《秦风》《陈风》《桧风》《曹风》《豳风》，共十五种，故称。淫污居半：《国风》多为远古民歌，常直言男女交媾，故称。
⑨ 十九：十有九。
⑩ 禹鼎：大禹之鼎，代指仁义。
⑪ 倚相：忠臣。
⑫ 吐：吐露。
⑬ 脱然：洒脱貌。
⑭ 经业：读经之业、学业。
⑮ 总持：(佛教语)众德皆备。
⑯ 常儿：平常小儿。
⑰ 是：此。
⑱ 试：尝试。思文：思考与作文。
⑲ 郁郁：忧心貌。

读《第五才子书〈水浒传〉》法^①

[清] 金圣叹

一、《水浒传》胜似《史记》

大凡读书,先要晓得作书之人是何心胸^②。如《史记》须是太史公一肚皮宿怨^③发挥出来,所以他于《游侠》《货殖传》特地著精神^④。乃至其余诸记传中,凡遇挥金^⑤杀人之事,他便啧啧赏叹不置。一部《史记》,只是"缓急^⑥人所时有"六个字,是他一生著书旨意。《水浒传》却不然。施耐庵本无一肚皮宿怨要发挥出来,只是饱暖无事,又值心闲,不免伸纸弄笔,寻个题目,写出自家许多锦心绣口^⑦,故其是非皆不谬^⑧于圣人。后来人不知,却是^⑨《水浒》上加"忠义"字,遂并比于史公^⑩发愤著书一例,正是使不得。《水浒传》有大段正经处,只是把宋江深恶痛绝,使人见之,真有犬彘不食^⑪之恨。从来人却是不晓得。《水浒传》独恶宋江,亦是歼厥渠魁^⑫之意,其余便饶恕了。

---

① 本文选自《金圣叹全集》第叁册,原载《贯华堂第五才子书〈水浒传〉》卷首。文中标题系本书选注者所加。本文要点:读《水浒》,须知有三。一曰先要知晓作者的情怀:《水浒》作者本无一肚皮宿怨,只是把宋江深恶痛绝。二曰要知《水浒》人物品行高低,如武松、林冲,为上上品;秦明、索超,为上中品;时迁、宋江,为下下品。三曰要知《水浒》文法,有许多非他书所曾有,如倒插法、夹叙法、草蛇灰线法、大落墨法,等等。其实,读《水浒》,不惟晓得《水浒》中有许多文法,《国策》《史记》中的若干文法,也都懂了。

② 心胸:情怀。

③ 宿怨:积怨。

④ 《游侠》:即《游侠列传》,《史记》之一篇,记述著名侠客的生涯。《货殖传》:即《货殖列传》,《史记》之一篇,记述著名商人的活动。特地:特意。著:彰显。

⑤ 挥金:挥刀、挥剑(金:金属,代指刀剑)。

⑥ 缓急:平安与危急。

⑦ 锦心绣口:好想法、好文章。

⑧ 谬:违背。

⑨ 是:此。

⑩ 并比:相比。史公:太史公,司马迁。

⑪ 犬彘[zhì]不食:猪狗都不吃,喻极度鄙视。

⑫ 歼厥渠魁:歼灭首领(语出《尚书·胤征》:"歼厥渠魁,胁从罔治。")。

或问：施耐庵寻题目写出自家锦心绣口，题目尽有，何苦定要写此一事？答曰：只是贪他三十六个人①，便有三十六样出身，三十六样面孔，三十六样性格，中间便结撰得来。题目是作书第一件事，只要题目好，便书也作得好。或问：题目如《西游》《三国》，如何？答曰：这个都不好。《三国》人物、事本、说话太多了，笔下拖不动，迸不转，分明如官府传话奴才，只是把小人声口替得这句出来，其实何曾自敢添减一字②。《西游》又太无脚地③了，只是逐段捏捏撮撮，譬如大年夜放烟火，一阵一阵过，中间全没贯串，便使人读之，处处可住④。

　　《水浒传》方法，都从《史记》出来，却有许多胜似《史记》处。若《史记》妙处，《水浒》已是件件有。凡人读一部书，须要把眼光放得长。如《水浒传》七十回⑤，只用一目俱下，便知其二千余纸⑥，只是一篇文字。中间许多事体⑦，便是文字起承转合之法，若是拖长看去，却都不见⑧。《水浒传》不是轻易下笔，只看宋江出名⑨，直在第十七回，便知他胸中已算过百十来遍。若使⑩轻易下笔，必要第一回就写宋江，文字便一直帐，无擒放⑪。

　　某尝⑫道《水浒》胜似《史记》，人都不肯信，殊不知某却不是乱说。其实《史记》是以文运事，《水浒》是因文生事。以文运事，是先有事生成如此如此，却要算计出一篇文字来，虽是史公高才，也毕竟是吃苦事。因文生事即不然，只是顺着笔性去，削高补低都由我。

　　作《水浒传》者，真是识力过人。某看他一部书，要写一百单八个强盗，却为头推出一个孝子来做门面⑬，一也；三十六员天罡，七十二座地煞，却倒是三座地煞⑭先做强盗，显见逆天而行，二也；盗魁是宋江了，却偏不许他便出头，另又幻⑮一晁

---

① 按：《水浒传》源于南宋或元讲史话本《大宋宣和遗事》，后者讲述宋江等三十个人梁山聚义之事，《水浒传》则将其扩展至一百零八人。
② 按：此处意谓《三国演义》太拘泥于陈寿的《三国志》，人物、事件太多。
③ 脚地：原意为屋内踏脚的地面，此处喻故事的情节连贯。
④ 住：停住。
⑤ 按：《贯华堂第五才子书〈水浒传〉》是七十回本，金圣叹宣称是"原本"，但无根据，故学界认为是他"腰斩"了一百回本或一百二十回本《水浒传》。
⑥ 二千余纸：二千余页。
⑦ 事体：事情。
⑧ 拖长看去：往后看下去。不见：无下文（意为仅作"起承转合"之用）。
⑨ 只：只要。出名：出现名字。
⑩ 若使：如若、假使。
⑪ 帐：撑开。擒放：收拢和放开。
⑫ 某：金某（自称）。尝：曾。
⑬ 按：《水浒传》第一回写孝子九纹龙史进。
⑭ 三座地煞：三个地煞星，即锦毛虎燕顺、矮脚虎王英、白面郎君郑天寿，此三人最早在清风山聚义。
⑮ 幻：虚构。

盖,盖住在上,三也;天罡、地煞,都置第二,不使出现①,四也;临了收到"天下太平"四字作结②,五也。三个"石碣"字③,是一部《水浒传》大段落④。《水浒传》不说鬼神怪异之事,是他气力过人处。《西游记》每到弄不来时,便是南海观音救了。

《水浒传》并无"之乎者也"⑤等字,一样人,便还他一样说话,真是绝奇本事。《水浒传》一个人出来,分明便是一篇列传。至于中间事迹,又逐段逐段自成文字,亦有两三卷成一篇者,亦有五六句成一篇者。

别一部书,看过一遍即休。独有《水浒传》,只是看不厌,无非为他把一百八个人性格,都写出来。《水浒传》写一百八个人性格,真是一百八样。若别一部书,任他写一千个人,也只是一样;便只写得两个人,也只是一样。

《水浒传》章有章法,句有句法,字有字法。人家子弟稍识字,便当教令⑥反复细看,看得《水浒传》出时⑦,他⑧书便如破竹。江州城劫法场⑨一篇,奇绝了;后面却又有大名府劫法场⑩一篇,一发⑪奇绝。潘金莲偷汉⑫一篇,奇绝了;后面却又有潘巧云偷汉⑬一篇,一发奇绝。景阳冈打虎⑭一篇,奇绝了;后面却又有沂水县杀虎⑮一篇,一发奇绝。真正其才如海。劫法场、偷汉、打虎,都是极难题目,直是没有下笔处,他偏不怕,定要写出两篇。

二、《水浒传》人物定考

《宣和遗事》⑯具载三十六人姓名,可见三十六人是实有。只是七十回中许

---

① 按:三十六天罡星的第一位是天魁星宋江,第二位才是天罡星卢俊义;七十二地煞星的第一位是地魁星朱武,第二位才是地煞星黄信。
② 临了收到"天下太平"四字作结:指《水浒传》结尾诗中的"人乐太平无事日,莺花无限日高眠"。
③ 按:其实,《水浒传》中只出现过两次"石碣"(显现在石头上的文字,即天书):一是开篇中洪太尉所见"石碣";二是梁山泊英雄排座次时出现的"石碣"。
④ 大段落:关键处。
⑤ 之、乎、者、也:文言常用虚字。
⑥ 教令:指教。
⑦ 看得……出时:看得懂……时。
⑧ 他:其他。
⑨ 江州城劫法场:晁盖率人在江州法场救出宋江。
⑩ 大名府劫法场:宋江率人在大名府法场救出卢俊义。
⑪ 一发:同"益发",更加。
⑫ 潘金莲偷汉:武大郎妻潘金莲与西门庆通奸。
⑬ 潘巧云偷汉:杨雄妻潘巧云与和尚裴如海通奸。
⑭ 景阳冈打虎:景阳冈武松打虎。
⑮ 沂水县杀虎:沂水县李逵杀虎。
⑯ 《宣和遗事》:即《大宋宣和遗事》。

多事迹,须知都是作书人凭空造谎出来。如今却因读此七十回,反把三十六个人物都认得了,任凭提起一个,都似旧时熟识,文字有气力如此。

一百八人中,定考武松上上①。时迁、宋江是一流人,定考下下。鲁达自然是上上人物,写得心地厚实,体格阔大。论粗卤处,他也有些粗卤;论精细处,他亦甚是精细。然不知何故,看来便有不及武松处。想鲁达已是人中绝顶,若武松直是天神,有大段及不得处。

《水浒传》只是写人粗卤处,便有许多写法。如鲁达粗卤是性急,史进粗卤是少年任气,李逵粗卤是蛮,武松粗卤是豪杰不受羁靮,阮小七粗卤是悲愤无说处,焦挺粗卤是气质不好。李逵是上上人物,写得真是一片天真烂漫到底。看他意思,便是山泊中一百七人,无一个入得他眼。《孟子》"富贵不能淫,贫贱不能移,威武不能屈",正是他好批语。看来作文,全要胸中先有缘故。若有缘故时,便随手所触,都成妙笔;若无缘故时,直是无动手处,便作得来,也是嚼蜡。只如写李逵,岂不段段都是妙绝文字,却不知正为段段都在宋江事后,故便妙不可言。盖作者只是痛恨宋江奸诈,故处处紧接出一段李逵朴诚来,做个形击。其意思自在显宋江之恶,却不料反成李逵之妙也。此譬如刺枪,本要杀人,反使出一身家数②。近世不知何人,不晓此意,却节③出李逵事来,另作一册,题曰《寿张文集》④,可谓咬人屎撅⑤,不是好狗。写李逵色色绝倒,真是化工肖物之笔。他都不必具论,只如逵还有兄李达,便定然排行第二也,他却偏要一生自叫李大,直等急切中移名换姓时,反称作李二,谓之乖觉。试想他肚里,是何等没分晓。任是真正大豪杰好汉子,也还有时将银子买得他心肯。独有李逵,便银子也买他不得,须要等他自肯,真又是一样人。

林冲自然是上上人物,写得只是太狠。看他算得到,熬得住,把得牢,做得彻,都使人怕。这般人在世上,定做得事业来,然琢削元气也不少。吴用定然是上上人物,他奸猾便与宋江一般,只是比宋江,却心地端正。宋江是纯用术数去

---

① 定考:评定。按:此处,金圣叹将《水浒传》中的一些主要人物分为四等:上上、上中、中下、下下,但标准似乎不太统一,时而以作者塑造人物形象的手法为标准,时而又以他所认为的人物品格为标准。譬如宋江,其实作者将这一人物塑造得很成功(品格不论),但他却定这一人物为"下下";譬如关胜,其实这一人物写得并不怎样,他却定为"上上",原因是作者说他是关羽后裔。
② 家数:家法。
③ 节:节选。
④ 《寿张文集》:即《寿张县令黑旋风集》,"寿张县令"即李贽(字宏甫,号卓吾,明代大文人)。
⑤ 咬人屎撅[juē]:(劣狗)吃人干粪,喻谈论陈旧之事(屎撅:拉在路上已晒干的屎堆)。

笼络人,吴用便明明白白驱策群力,有军师之体。吴用与宋江差处①,只是吴用却肯明白说自家是智多星,宋江定要说自家志诚质朴。宋江只道自家笼罩②吴用,吴用却又实实笼罩宋江。两个人心里各各自知,外面又各各只做不知,写得真是好看煞人。

花荣自然是上上人物,写得恁地③文秀。阮小七是上上人物,写得另是一样气色,一百八人中,真要算做第一个快人,心快口快,使人对之,龌龊都销尽。杨志、关胜是上上人物:杨志写来是旧家子弟,关胜写来全是云长变相④。

秦明、索超是上中人物。史进只算上中人物,为他后半写得不好。呼延灼却是出力写得来的,然只是上中人物。卢俊义、柴进只是上中人物。卢俊义传,也算极力将英雄员外写出来了,然终不免带些呆气,譬如画骆驼,虽是庞然大物,却到底看来觉道不俊⑤。柴进无他长,只有好客一节。朱全与雷横,是朱全写得好。然两人都是上中人物。杨雄与石秀,是石秀写得好。然石秀便是中上人物,杨雄竟是中下人物。公孙胜便是中上人物,备员⑥而已。李应只是中上人物,然也是体面上定得来,写处全不见得。阮小二、阮小五、张横、张顺,都是中上人物。燕青是中上人物,刘唐是中上人物,徐宁、董平是中上人物。戴宗是中下人物,除却神行一件不足取。

三、《水浒传》文法

吾最恨人家子弟,凡遇读书,都不理会文字,只记得若干事迹,便算读过一部书了。虽《国策》⑦《史记》都作事迹搬过去,何况《水浒传》?《水浒传》有许多文法,非他书所曾有,略点几则于后:

有**倒插法**⑧。谓⑨将后边要紧字,蓦地先插放前边。如五台山下铁匠间壁父

---

① 差处:差别之处。
② 笼罩:控制。
③ 恁[nèn]地:那样。
④ 云长变相:关云长化身。
⑤ 觉道不俊:智慧不够。
⑥ 备员:充数人员。
⑦ 《国策》:即《战国策》。
⑧ 此种写法,今称为"伏笔"。
⑨ 谓:就是说。

子客店①,又大相国寺岳庙间壁菜园②,又武大娘子要同王干娘去看虎③,又李逵去买枣糕、收得汤隆④等是也。

有**夹叙法**。谓急切里两个人一齐说话,须不是一个说完了,又一个说,必要一笔夹写出来。如瓦官寺崔道成说"师兄息怒,听小僧说",鲁智深说"你说你说"等是也。

有**草蛇灰线法**⑤。如景阳冈勤叙许多"哨棒"字⑥,紫石街连写若干"帘子"字⑦等是也。骤看之,有如无物,及至细寻,其中便有一条线索,拽之通体俱动。

有**大落墨法**⑧。如吴用说三阮、杨志北京斗武、王婆说风情、武松打虎、还道村捉宋江、二打祝家庄等是也。

有**绵针泥刺法**⑨。如花荣要宋江开枷,宋江不肯;又晁盖番番要下山,宋江番番劝住,至最后一次便不劝是也。笔墨外,便有利刃直戳进来⑩。

有**背面铺粉法**⑪。如要衬宋江奸诈,不觉写作李逵真率;要衬石秀尖利,不觉写作杨雄糊涂是也。

有**弄引法**⑫。谓有一段大文字,不好突然便起,且先作一段小文字在前引之。如索超前,先写周谨;十分光前,先说五事等是也。《庄子》云:"始终青萍之末,盛于土囊之口。"⑬《礼》云:"鲁人有事于泰山,必先有事于配林。"⑭

有**獭尾法**⑮。谓一段大文字后,不好寂然便住,更作余波演漾之。如梁中书东郭演武归去后,如县时文彬升堂;武松打虎下冈来,遇着两个猎户;血溅鸳鸯楼后,写城壕边月色等是也。

有**正犯法**⑯。如武松打虎后,又写李逵杀虎,又写二解争虎;潘金莲偷汉后,

---

① 见《水浒传》第四回:鲁智深到铁匠铺,见隔壁门上写着"父子客店",此客店要到后面再出现。
② 见《水浒传》第七回:鲁智深到大相国寺,先看见菜园,后长老派他去看管菜园。
③ 见《水浒传》第二十三回:武大娘子潘金莲和干娘王婆先看到被打死的老虎,然后才见到武松。
④ 见《水浒传》第五十三回:李逵去买枣糕,结识汤隆,后戴宗到李逵买枣糕处,才打听到他们。
⑤ 此种写法,今称为"暗示"。
⑥ 写"哨棒"是暗示景阳冈上有老虎,官府派许多人去打虎。
⑦ 写"帘子"是暗示房内有事。
⑧ 此种写法,今称为"大段描写"。
⑨ 此种写法,今称为"压抑",即大题故意小作。
⑩ 意为表面轻描淡写,实质事关重大。
⑪ 此种写法,今称为"人物反衬"。
⑫ 此种写法,今称为"铺垫"。
⑬ 《庄子》此言,意为风来之前,总有预兆。
⑭ 《礼记》此言,意为鲁国人祭祀泰山前,总要先到林中伐木。
⑮ 此种写法,今称为"余音"。
⑯ 此种写法,今称为"变化角度"。

又写潘巧云偷汉;江州城劫法场后,又写大名府劫法场;何涛捕盗后,又写黄安捕盗;林冲起解后,又写卢俊义起解;朱仝、雷横放晁盖后,又写朱仝、雷横放宋江等。正是要故意把题目犯了[1],却有本事出落得无一点一尽相借,以为快乐是也。真是浑身都是方法。

有**略犯法**[2]。如林冲买刀与杨志卖刀、唐牛儿与郓哥、郑屠肉铺与蒋门神快活林、瓦官寺试禅杖与蜈蚣岭试戒刀等是也。

有**极不省法**[3]。如要写宋江犯罪,却先写招文袋金子,却又先写阎婆惜和张三有事,却又先写宋江讨阎婆借,却又先写宋江舍棺材等。凡有若干文字,都非正文是也。

有**极省法**[4]。如武松迎入阳谷县,恰遇武大也搬来,正好撞着;又如宋江琵琶亭吃鱼汤后连日破腹[5]等是也。

有**欲合故纵法**[6]。如白龙庙前,李俊、二张、二童、二穆等救船已到,却写李逵重要杀入城去;还有村玄女庙中,赵能、赵得都已出去,却有树根绊跌,士兵叫喊等,令人到临了又加倍吃吓是也。

有**横云断山法**[7]。如两打祝家庄后,忽插出解珍、解宝争虎越狱事;又正打大名城时,忽插出截江鬼、抽襄鳅谋财倾命事等是也。只为文字太长了,便恐累赘,故从半腰间暂时闪出,以间隔之。

有**莺胶续弦法**[8]。如燕青往梁山泊报信,路遇杨雄、石秀,彼此须互不相识。且由梁山泊到大名府,彼此既同取小径,又岂有止一小径之理?看他将顺手借如意子打鹊求卦,先斗出巧来,然后用一拳打倒石秀,逗出姓名来等是也。都是刻苦算得出来。

旧时《水浒传》,子弟读了,便晓得许多闲事。此本[9]虽是点阅得粗略,子弟读了,便晓得许多文法。不惟晓得《水浒传》中有许多文法,他便将《国策》《史记》等书,中间但有若干文法,也都看得出来。旧时子弟读《国策》《史记》等书,都只

---

① 把题目犯了:意为写相同的事情而犯忌。
② 此种写法,今也称为"变化角度"。
③ 此种写法,今也称为"铺垫"。
④ 此种写法,今称为"巧合"。
⑤ 破腹:腹泻。
⑥ 此种写法,今称为"波折"。
⑦ 此种写法,今称为"穿插"。
⑧ 此种写法,今也称为"巧合"。
⑨ 此本:即指《贯华堂第五才子书〈水浒传〉》。

看了闲事,煞是好笑。《水浒传》到底只是小说,子弟极要看,及至看了时,却凭空使他胸中添了若干文法。人家子弟只是胸中有了这些文法,他便《国策》《史记》等书都肯不释手看,《水浒传》有功于子弟不少。旧时《水浒传》,贩夫皂隶①都看,此本虽不曾增减一字,却是与小人②没分之书,必要真正有锦绣心肠③者,方解说道好④。

---

① 贩夫皂隶:小贩与差役,泛指下等人。
② 小人:下等人、无知无识之人。
③ 锦绣心肠:喻见识。
④ 解说道好:理解而称好。

《水浒传》考证①

胡　适②

一

　　我的朋友汪原放,用新式标点符号把《水浒传》重新点读一遍,由上海亚东图书馆排印出版。这是用新标点来翻印旧书的第一次。我可预料,汪君这部书,将来一定要成为新式标点符号的实用教本,它在教育上的效能,一定比教育部颁行的新式标点符号原案还要大的多。汪君对于这书校读的细心,费的功夫之多,这都是我深知道并且深佩服的;我想这都是读者容易看得出的,不用我细说了。

　　这部书有一层大长处,就是把金圣叹的评和序都删去了。

　　金圣叹是十七世纪的一个大怪杰,他能在那个时代大胆宣言,说《水浒》与《史记》《国策》有同等的文学价值,说施耐庵、董解元与庄周、屈原、司马迁、杜甫在文学史上占同等的位置,说:

---

① 本文选自《胡适文集》第二卷。本文原是为上海亚东图书馆出版的新式标点《水浒传》(七十回本)所作的序言,收入文集时改为此名。本文要点:我不赞成金圣叹关于《水浒》的评语,主张读者自己去研究和理解《水浒传》,但对于《水浒传》,我还是有一点"考据癖"。据我考证,除了《宋史》对宋江等人的中上游简短记载,从南宋到元末,民间有诸多"水浒故事"流传,如南宋的《大宋宣和遗事》和宋末元初的《宋江三十六人赞》;至于在元曲里,则有更多"水浒故事",如《黑旋风大闹牡丹园》《梁山泊黑旋风负荆》《折担儿武松打虎》《张顺水里报怨》等,这些都可能是《水浒传》的来源。那么,《水浒传》是什么时代的什么人写的呢? 有人说是罗贯中,有人说是施耐庵,且说他们是"元人"。另有人——如金圣叹——则认为是施耐庵作、罗贯中续,所以他才把罗贯中续的部分"腰斩"了,因为他说他自己所藏的"古本",就是七十回的。金圣叹有没有说谎,很难断定。而所谓"施耐庵",其实并无此人,只是明朝中叶某个文学大家所用的假名。不过,这一点并不妨碍我们敬佩他写《水浒传》的"大匠精神与大匠本领"。

② 胡适,笔名,字适之,本名胡嗣穈,字希疆,现代学者、教育家、作家、国学大师,曾任北京大学校长,重要著述有《中国哲学史大纲》《白话文学史》《尝试集》等。

26

天下之文章，无有出《水浒》右者①；天下之格物君子②，无有出施耐庵先生右者！

这是何等眼光！何等胆气！又如他序里的一段：

　　夫古人之才也者，世不相延，人不相及。庄周有庄周之才，屈平有屈平之才，马迁有马迁之才，杜甫有杜甫之才，降而至于施耐庵有施耐庵之才，董解元有董解元之才③。

这种文学眼光，在古人中很不可多得。又如他对他的儿子说：

　　汝昔五岁时，吾即容汝出坐一隅④；今年始十岁，便以此书(《水浒传》)相授者，非过有所宠爱，或者教汝之道当如是也……人生十岁，耳目渐吐⑤，如日在东，光明发挥。如此书，吾即欲禁汝不见，亦岂可得？今知不可相禁，而反出其旧所批释，脱然⑥授之于手也。⑦

这种见解，在今日还要吓倒许多老先生与少先生，何况三百年前呢？

　　但是金圣叹究竟是明末的人。那时代是"选家"最风行的时代；我们读吕用晦的文集，还可想见当时的时文大选家在文人界占的地位(参看《儒林外史》)。金圣叹用了当时"选家"评文的眼光来逐句批评《水浒》，遂把一部《水浒》凌迟碎砍，成了一部"十七世纪⑧眉批夹注的白话文范"！例如圣叹最得意的批评，是指出景阳冈一段连写十八次"哨棒"、紫石街一段连写十四次"帘子"，和三十八次"笑"。圣叹说这是"草蛇灰线法"⑨！这种机械的文评正是八股选家的流毒，读

---

① 出……右者：比……强者。
② 格物君子：读书人美称(格物：探究事物)。
③ 庄周：即庄子。屈平：即屈原。马迁：即司马迁。施耐庵：元末明初人，相传为《水浒传》作者。董解元：金人，著有《西厢记诸宫调》，亦称《董西厢》(按："解元"非人名，意为乡试第一名者。董解元何名何字，不得而知)。
④ 出坐一隅：出来坐在一角落里(听大人说话)。
⑤ 吐：吐露。
⑥ 脱然：洒脱貌。
⑦ 以上引言，均引自金圣叹《贯华堂第五才子书〈水浒传〉》序。
⑧ 十七世纪：即明末清初。
⑨ 见金圣叹《读第五才子书〈水浒传〉法》。

了不但没有益处，而且养成一种八股式的文学观念，是很有害的。

这部新本《水浒》的好处，就在把文法的结构与章法的分段，来代替那八股选家的机械的批评。即如第五回瓦官寺一段：

> 智深走到面前那和尚吃了一惊(金圣叹批道："写突如其来，只用二笔，两边声势都有。")跳起身来便道请师兄坐同吃一盏智深提着禅杖道你这两个如何把寺来废了那和尚便道师兄请坐听小僧(圣叹批道："其语未毕。")智深睁着眼道你说你说(圣叹批道："四字气忿如见。")说在先敝寺(圣叹批道："说字与上'听小僧'本是接着成句，智深自气忿忿在一边夹着'你说你说'耳。章法奇绝，从古未有。")

现在用新标点符号写出来便成：

> 智深走到面前，那和尚吃了一惊，跳起身来便道："请师兄坐，同吃一盏。"智深提着禅杖道："你二个如何把寺来废了！"那和尚便道："师兄请坐，听小僧——"智深睁着眼道："你说！你说！"——说"在先敝寺……"

这样点读，便成一片整段的文章，我们不用加什么恭维施耐庵的评语，读者自然懂得一切忿忿的声口和插入的气话；自然觉得这是很能摹神的叙事；并且觉得这是叙事应有的句法，并不是施耐庵有意要作"章法奇绝，从古未有"的文章。

金圣叹的《水浒》评，不但有八股选家气，还有理学先生气。

圣叹生在明朝末年，正当"清议"与"威权"①争胜的时代，东南士气正盛，虽受了许多摧残，终不曾到降服的地步。圣叹后来为了主持清议以至于杀身，他自然是一个赞成清议派的人。故他序《水浒》第一回道：

> 一部大书七十回将写一百八人……而先写高俅者，盖②不写高俅便写一百八人，则是乱自下生也。不写一百八人先写高俅，则是**乱自上作**也。……高俅来而王进③去矣。王进者，何人也？不坠父业，善养母志，盖孝子也。……横求之四海，竖求之百年，而不一得之。不一得之而忽然有

---

① 清议：下层官员及文人对朝政的议论。威权：上层官员对朝政的把持。
② 盖：因为。
③ 王进：东京八十万禁军教头，九纹龙史进之师。

之，则当尊之，荣之，长跽①事之，——必欲骂之，打之，至于杀之，因逼之去，是何为也？王进去而一百八人来矣。则是高俅来而一百八人来矣。

　　王进去后，更有史进。史者②，史也。……记一百八人之事而亦居然谓之史也，何居③？**从来庶人之议皆史也**。庶人则何敢议也？庶人不敢议也。庶人不敢议而又议，何也？天下有道，然后庶人不议也。今则庶人议炙④。何用⑤知天下无道？曰：王进去而高俅来矣。

　　这一段大概不能算是穿凿附会。《水浒传》的著者著书自然有点用意，正如楔子一回中说的，"且住！若真个太平无事，今日开书演义，又说着些什么？"他开篇先写一个人人厌恶不肯收留的高俅，从高俅写到王进，再写到史进，再写到一百八人，他著书的意思自然很明白。金圣叹说他要写"乱自上生"，大概是很不错的。圣叹说"从来庶人之议皆史也"，这一句话很可代表明末清议的精神。黄梨洲⑥的《明夷待访录》说：

　　东汉太学三万人，危言深论，不隐⑦豪强，公卿避其贬议。宋诸生伏阙⑧捶鼓，请起李纲⑨。三代⑩遗风惟此犹为相近。使⑪当日之在朝廷者，以其所非是为非是⑫，将见盗贼奸邪慑心⑬于正气霜雪之下，君安而国可保也。

　　这种精神是十七世纪的一种特色，黄梨洲与金圣叹都是这种清议运动的代表，故都有这种议论。

　　但是金圣叹《水浒》评的大毛病，也正在这个"史"字上。中国人心里的"史"，

---

① 长跽[jì]：长跪。
② 史者：史进者。
③ 何居：何故。
④ 炙：炙热。
⑤ 何用……？：(后问)还用说……吗？
⑥ 黄梨洲，即黄宗羲，字太冲，一字德冰，号南雷，别号梨洲老人，明末清初大文人，与顾炎武、王夫之合称"明末清初三大家"。
⑦ 隐：避讳。
⑧ 伏阙：拜伏于宫阙下(指直接向皇帝上书奏事)。
⑨ 起：起用。李纲，字伯纪，号梁溪先生，两宋之际抗金名臣，一度起用为相，仅七十七天即遭罢免，后又起用为湖南宣抚使兼知潭州，旋即又遭免职。
⑩ 三代：即远古夏、商、周。
⑪ 使：假使。
⑫ 所非是：他人所说不当。非是：不当。按：此句意为承认他人指控的处置不当。
⑬ 慑心：惧怕。

总脱不了《春秋》笔法"寓褒贬,别善恶"的流毒。金圣叹把《春秋》的"微言大义"用到《水浒》上去,故有许多极迂腐的议论。他以为《水浒传》对于宋江,处处用《春秋》笔法责备他。如第二十一回,宋江杀了阎婆惜之后,逃难出门,临行时拜辞了父亲,只见宋太公洒泪不已,又分付道"你两个前程万里,休得烦恼"。这本是随便写父子离别,并无深意。金圣叹却说:

> 无人处却写太公洒泪,有人处便写宋江大哭;冷眼看破,冷笔写成。普天下读书人慎勿谓(《水浒》)无皮里阳秋①也。

下文宋江弟兄"分付②大小庄客,早晚殷勤伏侍③太公,休教饮食有缺"。这也是无深意的叙述。圣叹偏要说:

> 人亦有言,"养儿防老"。写宋江分付庄客伏侍太公,亦皮里阳秋之笔也。

这种穿凿的议论实在是文学的障碍。《水浒传》写宋江,并没有责备的意思。看他在三十五回写宋江冒险回家奔丧,在四十一回写宋江再冒险回家搬取老父,何必又在这里用曲笔写宋江的不孝呢?

又如五十三回写宋江破高唐州后,"先传下将令,休得伤害百姓,一面出榜安民,秋毫无犯"。这是照例的刻板文章,有何深意? 圣叹偏要说:

> 如此言,所谓仁义之师也。今强盗而忽用仁义之师,是强盗之权术也。强盗之权术而又书之者,所以深叹当时之官军反不能然也。彼三家村学究④不知作史笔法,而遽因此等语过许⑤强盗真有仁义,不亦怪哉?

这种无中生有的主观见解,真正冤枉煞古人! 圣叹常骂三家村学究不懂得

---

① 皮里阳秋:内心非议(典出《晋书·褚裒传》:"谯国桓彝见而目之曰:'季野有皮里春秋。'其言外无臧否,而内有所褒贬也。"后因晋简文帝母名为郑阿春,讳"春"字,改作"皮里阳秋")。
② 分付:同"吩咐"。
③ 伏侍:同"服侍"。
④ 三家村学究:孤陋寡闻、浅薄古板之人。
⑤ 过许:不当称许。

"作史笔法",却不知圣叹正为懂得作史笔法太多了,所以他的迂腐气比三家村学究的更可厌!

这部新本的《水浒》把圣叹的总评和夹评一齐删去,使读书的人直接去看《水浒传》,不必去看金圣叹脑子里悬想出来的《水浒》的"作史笔法";使读书的人自己去研究《水浒》的文学,不必去管十七世纪八股选家的什么"背面铺粉法"和什么"横云断山法"!

二

我既不赞成金圣叹的《水浒》评,我既主张让读书的人自己直接去研究《水浒传》的文字,我现在又拿什么话来做《水浒传》的新序呢?

我最恨中国史家说的什么"作史笔法",但我却有点"历史癖";我又最恨人家咬文啮字的评文,但我却又有点"考据癖"!因为我不幸有点历史癖,故我无论研究什么东西,总喜欢研究它的历史。因为我又不幸有点考据癖,故我常常爱做一点半新不旧的考据。现在我有了这个机会替《水浒传》做一篇新序,我的两种老毛病——历史癖与考据癖——不知不觉的又发作了。

我想《水浒传》是一部奇书,在中国文学史占的地位比《左传》《史记》还要重大的多;这部书很当得起一个阎若璩①来替他做一番考证的功夫,很当得起一个王念孙②来替他做一番训诂的功夫。我虽然够不上做这种大事业——只好让将来的学者去做——但我也想努一努力,替将来的"《水浒》专门家"开辟一个新方向,打开一条新道路。

简单一句话,我想替《水浒传》做一点**历史的考据**。

《水浒传》不是青天白日里从半空中掉下来的,**《水浒传》乃是从南宋初年**(西历十二世纪初年)到明朝中叶(十五世纪末年)这四百年的"梁山泊故事"的结晶——我先说这句武断的话丢在这里,以下的两万字便是这一句话的说明和引证。

我且先说元朝以前的"水浒故事"。

《宋史》二十二,徽宗宣和三年(西历1121年)的本纪说:

---

① 阎若璩[qú],字百诗,号潜丘,清康熙时考据家,其考证严密,为近代考据学先驱之一,撰有《尚书古文疏证》《四书释地》等。

② 王念孙,字怀祖,号石渠,清乾隆时训诂家,其训诂严谨,为近代训诂学(即文字学)先驱之一,撰有《广雅疏证》《古韵谱》等。

淮南盗宋江等犯淮阳军,遣将讨捕,又犯京东、江北,入楚海州界。命知州张叔夜①招降之。

又《宋史》三百五十一:

宋江寇京东②。侯蒙③上书言:"**宋江以三十六人横行齐魏④,官军数万无敢抗者**,其材必有过人。不若赦江,使讨方腊以自赎。"

又《宋史》三百五十三:

宋江起河朔⑤,转略⑥十郡,官军莫敢撄⑦其锋。声言将至(海州),张叔夜使间者觇⑧所向,贼径趋海濒⑨,劫钜舟⑩十余,载卤获⑪。于是募死士,得千人,设伏近城,而出轻兵,距海诱之战。先匿壮卒海旁,伺兵合,举火焚其舟。贼闻之,皆无斗志。伏兵乘之,擒其副贼。江乃降。

这三条史料可以证明,宋江等三十六人都是历史的人物,是北宋末年的大盗。"以三十六人横行齐魏,官军数万无敢抗者"——看这些话可见宋江等在当时的威名。这种威名传播远近,流传在民间,越传越神奇,遂成一种"梁山泊神话"。我们看宋末遗民龚圣与⑫作《宋江三十六人赞》的自序说:

宋江见于街谈巷语,不足采著。**虽有高如李嵩辈⑬传写,士大夫亦不见**

---

① 张叔夜,字嵇仲,北宋名将。
② 寇:(动词)作乱。京东:京城东面,指山东。
③ 侯蒙,字元功,北宋徽宗崇宁年间户部尚书。
④ 齐魏:山东、河南一带。
⑤ 河朔,地区名,泛指黄河以北的地区。
⑥ 略:入侵。
⑦ 撄[yīng]:挡。
⑧ 间者:间谍。觇[chān]:窥。
⑨ 海濒:海滨。
⑩ 钜舟:大船(钜:同"巨")。
⑪ 卤获:同"虏获"。
⑫ 宋末遗民:宋朝遗民,即宋末元初之民。龚圣与,名开,号翠岩,宋末元初淮阴(今属江苏)人。《宋江三十六人赞》,是龚分别为宋江等三十六人所写的一组四言诗,见宋周密《癸辛杂识续集》。
⑬ 高如李嵩辈,一说指高如、李嵩等宋元之际民间文人。一说高如非人名,全句意谓一时高手如李嵩辈。李嵩,南宋钱塘(今浙江杭州)人,曾三朝画院待诏,以画人物著称。

黜①，余年少时壮②其人，欲存之画赞③，以未见信④书载事实，不敢轻为。及异时⑤见《东都事略》载侍郎侯蒙传，有书一篇，陈⑥制贼之计云："宋江以三十六人横行河朔、京东，官军数万无敢抗者，其材必有过人。不若赦过招降，使讨方腊，以此自赎，或可平东南之乱。"余然后知江辈⑦真有闻于时者。……（周密⑧《癸辛杂识》续集上）

我们看这段话，可见：一、南宋民间有一种"宋江故事"流行于"街谈巷语"之中；二、宋元之际已有高如、李嵩一班文人"传写"这种故事，使"士大夫亦不见黜"；三、那种故事一定是一种"英雄传奇"，故龚圣与"少年时壮其人，欲存之画赞"。

这种故事的发生与流传久远，决非无因。大概有几种原因：一、宋江等确有可以流传民间的事迹与威名；二、南宋偏安，中原失陷在异族手里，故当时人有想望英雄的心理；三、南宋政治腐败，奸臣暴政使百姓怨恨，北方在异族统治之下受的痛苦更深，故南北民间都养成一种痛恨恶政治恶官吏的心理，由这种心理上生出崇拜草泽英雄的心理。

这种流传民间的"宋江故事"便是《水浒传》的远祖。我们看《宣和遗事》便可看见一部缩影的"水浒故事"。《宣和遗事》记梁山泊好汉的事，共分六段：

一、杨志、李进义(后来作卢俊义)、林冲、王雄(后来作杨雄)、花荣、柴进、张青、徐宁、李应、穆横、关胜、孙立等十二个押送"花石纲"的制使，结义为兄弟。后来杨志在颍州阻雪，缺少旅费，将一口宝刀出卖，遇着一个恶少，口角厮争。杨志杀了那人，判决配卫州军城。路上被李进义、林冲等十一人救出去，同上太行山落草。

二、北京留守⑨梁师宝，差⑩县尉马安国押送十万贯的金银珠宝上京，为蔡太师上寿，路上被晁盖、吴加亮、刘唐、秦明、阮进、阮通、阮小七、燕青等八人用麻药醉倒，抢去生日礼物。

三、"生辰纲"的案子，因酒桶上有"酒海花家"字样，追究到晁盖等八人，幸

① 士大夫：代指官方。见黜：见而黜之。
② 壮：(动词)赞赏。
③ 画赞：画像并赞语。
④ 以：因。见信：见而信之。
⑤ 异时：他时。
⑥ 陈：陈述。
⑦ 江辈：宋江等人。
⑧ 周密，字公谨，号草窗，南宋文人。
⑨ 北京：即大名府(今河北省邯郸市大名县东南部)。留守：官名，皇帝离开京城时的驻守大臣。
⑩ 差[chāi]：派。

得郓城县押司宋江报信与晁盖等,使他们连夜逃走。这八人连接了杨志等十二人,同上梁山泊落草为寇。

四、晁盖感激宋江的恩义,使刘唐带金钗去酬谢他。宋江把金钗交给娼妓阎婆惜收了,不料被阎婆惜得知来历,那妇人本与吴伟往来,现在更不避宋江。宋江怒起,杀了他们,题反诗在壁上,出门跑了。

五、官兵来捉宋江,宋江躲在九天玄女庙里。官兵退后,香案上一声响亮,忽有一本天书,上写着三十六人姓名。这三十六人,除上文已见二十人之外,有杜千、张岑、索超、董平,都已先上梁山泊了;宋江又带了朱全、雷横、李逵、戴宗、李海等人上山。那时晁盖已死,吴加亮与李进义为首领。宋江带了天书上山,吴加亮等遂共推宋江为首领。此外还有公孙胜、张顺、武松、呼延绰、鲁智深、史进、石秀等人,共成三十六员。(宋江为帅,不在天书内。)

六、宋江等既满三十六人之数,"朝廷无其奈何",只得出榜招安。后有张叔夜"招诱宋江和那三十六人归顺宋朝,各受武功大夫诰敕①,分注②诸路巡检使去也;因此**三路之寇,悉得平定**。后遣宋江**收方腊,有功**,封节度使"。

《宣和遗事》一书,近人因书里的"惇"字缺笔作"惇"字③,故定为宋时的刻本。这种考据法用在那"俗文讹字弥望皆是④"的民间刻本上去,自然不很适用,不能算是充分的证据。但书中记宋徽宗、钦宗二帝被掳后的事,记载的非常详细,显然是种族之痛最深时的产物。书中采用的材料大都是南宋人的笔记和小说,采的诗也没有刘后村⑤以后的诗。故我们可断定,《宣和遗事》记的梁山泊三十六人的故事一定是南宋时代民间通行的小说。

周密(宋末人,元武宗时还在)的《癸辛杂识》载有龚圣与的《三十六人赞》。三十六人的姓名,大致与《宣和遗事》相同,只有吴加亮改作吴用,李进义改作卢俊义,阮进改为阮小二,李海改为李俊,王雄改为杨雄:这都与《水浒传》更接近了。此外周密记的,少了公孙胜、林冲、张岑、杜千四人,换上宋江、解珍、解宝、张横四人(《宣和遗事》有张横,又写作李横,但不在天书三十六人之数),也更与《水浒》接近了。

龚圣与的《三十六人赞》里全无事实,只在那些"绰号"的字面上做文章,故没有考据材料的价值。但他那篇自序却极有价值。序的上半——引见上文——可

---

① 武功大夫诰[gào]敕[chì]:封为武官的诏书。
② 分注:分派。
③ 宋光宗名赵惇,故以缺笔"惇"字避讳"惇"字。
④ 讹字:讹字、错字。弥望皆是:满眼都是。
⑤ 刘后村,即刘克庄,初名灼,字潜夫,号后村,南宋末诗人。

以证明宋元之际有李嵩、高如等人"传写"梁山泊故事,可见当时除《宣和遗事》之外一定还有许多更详细的水浒故事。序的下半很称赞宋江,说他"识性超卓,有过人者";又说:

> 盗跖与江①,与②之盗名而不辞、躬履③盗迹而不讳者也。岂若④世之乱臣贼子,畏影而自走⑤,所为近在一身,而其祸未尝不流四海?

这明明是说"奸人政客不如强盗"了!再看他那些赞的口气,都有希望草泽英雄出来重扶宋室的意思。如九文龙史进赞:"龙数肖九⑥,汝有九文;盍从东皇⑦,驾五色云?"如小李广花荣赞:"中心慕汉,夺马而归⑧;汝能慕广⑨,何忧数奇?"这都是当时宋遗民的故国之思的表现。又看周密的跋语:

> 此皆群盗之靡⑩耳,圣与⑪既各为之赞,又从而序论之,何哉?太史公序游侠而进奸雄⑫,不免后世之讥。然其首著胜广⑬于列传,且为项羽作本纪,其意亦深矣。识者当能辨之。

这是老实希望当时的草泽英雄出来推翻异族政府的话。**这便是元朝"水浒故事"所以非常发达的原因。**后来长江南北各处的群雄起兵,不上二十年,遂把人类有历史以来最强横的民族的帝国⑭打破,遂恢复汉族的中国。这里面虽有许多原因,但我们读了龚圣与、周密的议论,可以知道水浒故事的发达与传播也

---

① 盗跖[zhí],姓姬,名跖,又名柳下跖,先秦古籍中传说春秋时率盗匪数千的大盗。江:宋江。
② 与:通"予"。
③ 躬履:亲履。
④ 岂若:怎如。
⑤ 畏影而自走:语出《庄子·渔父》:"人有畏影恶迹而去之走者,举足愈数而迹愈多,走愈疾而影不离身,自以为尚迟,疾走不休,绝力而死,不知处阴以休影,处静以息迹,愚亦甚矣。"原指庸人无事自扰,此处意为鬼鬼祟祟。
⑥ 肖九:有九。
⑦ 盍[hé]:何不。从:跟从。东皇:东皇太一,传说中的天神。
⑧ 中心慕汉,夺马而归:汉将李广被俘,一心归汉,夺马逃脱。
⑨ 广:李广。数奇:命数不好。
⑩ 靡:风靡。
⑪ 圣与:龚圣与。
⑫ 太史公:司马迁。序游侠:讲述游侠(《史记》中有《游侠列传》)。进奸雄:引进(描写)奸雄。
⑬ 胜广:陈胜、吴广(秦末民变首领)。
⑭ 人类有历史以来最强横的民族的帝国:即包括元朝在内的庞大的蒙古帝国。

许是汉族光复的一个重要原因哩。

三

元朝"水浒故事"非常发达,这是万无可疑的事。元曲里的许多水浒戏便是铁证。但**我们细细研究元曲里的水浒戏,又可以断定元朝的水浒故事决不是现在的《水浒传》;又可以断定那时代决不能产生现在的《水浒传》。**

元朝戏曲里演述梁山泊好汉的故事的,也不知有多少种。依我们所知,至少有下列各种:

1. 高文秀的《黑旋风双献功》△(《录鬼簿》作《双献头》)

2. 又　　《黑旋风乔教学》

3. 又　　《黑旋风借尸还魂》

4. 又　　《黑旋风斗鸡会》

5. 又　　《黑旋风诗酒丽春园》

6. 又　　《黑旋风穷风月》

7. 又　　《黑旋风大闹牡丹园》

8. 又　　《黑旋风敷演刘耍和》(4至8五种,《涵虚子》皆无黑旋风三字,今据暖红室新刻的钟嗣成《录鬼簿》为准。)

9. 杨显之的《黑旋风乔断案》

10. 康进之的《梁山泊黑旋风负荆》△

11. 又　　《黑旋风老收心》

12. 红字李二的《板踏儿黑旋风》(《涵虚子》无下三字)

13. 又　　《折担儿武松打虎》

14. 又　　《病杨雄》

15. 李文蔚的《同乐院燕青博鱼》△(《录鬼簿》上三字作"报冤台",博字作"扑",今据《元曲选》。)

16. 又　　《燕青射雁》

17. 李致远的《都孔目风雨还牢末》△

18. 无名氏的《争报恩三虎下山》△

19. 又　　《张顺水里报怨》

以上关于梁山泊好汉的戏目十九种，是参考《元曲选》《涵虚子》(《元曲选》卷首转录的)和《录鬼簿》(原书有序，年代为至顺元年，当西历 1330 年；又有题词，年代为至正庚子，当西历 1360 年)三部书辑成的。不幸这十九种中，只有那加△的五种现在还保存在臧晋叔的《元曲选》里(下文详说)，其余十四种现在都不传了。

但我们从这些戏名里，也就可以推知许多事实出来：第一，元人戏剧里的李逵(黑旋风)一定不是《水浒传》里的李逵。细看这个李逵，他居然能"乔教学"，能"乔断案"，能"穷风月"，能玩"诗酒丽春园"！这可见当时的李逵一定是一个很滑稽的脚色，略像萧士比亚戏剧里的佛斯大夫(Falstaff)①——有时在战场上呕人，有时在脂粉队里使人笑死。至于"借尸还魂""敷演刘耍和""大闹牡丹园""老收心"等等事，更是《水浒传》的李逵所没有的了。第二，元曲里的燕青，也不是后来《水浒传》的燕青："博鱼"和"射雁"，都不是《水浒传》里的事实。(《水浒》有燕青射鹊一事，或是受了"射雁"的暗示的。)第三，《水浒》只有病关索杨雄，并没有"病杨雄"的话，可见元曲的杨雄也和《水浒》的杨雄不同。

现在我们再看那五本保存的梁山泊戏，更可看出元曲的梁山泊好汉和《水浒传》的梁山泊好汉大不相同的地方了。我们先叙这五本戏的内容：

一、《黑旋风双献功》：宋江的朋友孙孔目带了妻子郭念儿上泰安神州去烧香，因路上有强盗，故来问宋江借一个护臂的人。李逵自请要去，宋江就派他去。郭念儿和一个白衙内有奸，约好了在路上一家店里相会，各唱一句暗号，一同逃走了。孙孔目丢了妻子，到衙门里告状，不料反被监在牢里。李逵扮做庄家呆后生，买通牢子，进监送饭，用蒙汗药醉倒牢子，救出孙孔目；又扮做祗候②，偷进衙门，杀了白衙内和郭念儿，带了两颗人头上山献功。

二、《李逵负荆》：梁山泊附近一个杏花庄上，有一个卖酒的王林，他有一女名叫满堂娇。一日，有匪人宋刚和鲁智恩，假冒宋江和鲁智深的名字，到王林酒店里，抢去满堂娇。那日李逵酒醉了，也来王林家，问知此事，心头大怒，赶上梁山泊，和宋江、鲁智深大闹。后来他们三人立下军令状，下山到王林家，叫王林自己质对。王林才知道他女儿不是宋江们抢去的。李逵惭愧，负荆上山请罪，宋江令他下山把宋刚、鲁智恩捉来将功赎罪。

---

① 萧士比亚，通译"莎士比亚"。佛斯大夫(Falstaff)：通译"福斯塔夫"。
② 祗候：官名。

三、《燕青博鱼》：梁山泊第十五个头领燕青因误了限期，被宋江杖责六十，气坏了两只眼睛，下山求医，遇着卷毛虎燕顺把两眼医好，两人结为弟兄。燕顺在家因为与哥哥燕和、嫂嫂王腊梅不和，一气跑了。燕和夫妻有一天在同乐院游春，恰好燕青因无钱使用，在那里博鱼①。燕和爱燕青气力大，认他做兄弟，带回家同住。王腊梅与杨衙内有奸，被燕青撞破，杨衙内倚仗威势，反诬害燕和、燕青持刀杀人，把他们收在监里。燕青劫牢②走出，追兵赶来，幸遇燕顺搭救，捉了奸夫淫妇，同上梁山泊。

四、《还牢末》：史进、刘唐在东平府做都头。宋江派李逵下山请他们入伙，李逵在路上打死了人，捉到官，幸亏李孔目救护，定为误伤人命，免了死罪。李逵感恩，送了一对匾金环③给李孔目。不料李孔目的妾萧娥与赵令史有奸，拿了金环到官出首④，说李孔目私通强盗，问成死罪。刘唐与李孔目有旧仇，故极力虐待他，甚至于收受萧娥的银子，把李孔目吊死。李孔目死而复苏，恰好李逵赶到，用宋江的书信招安了刘唐、史进，救了李孔目，杀了奸夫淫妇，一同上山。

五、《争报恩》：关胜、徐宁、花荣三个人先后下山打探军情。济州通判赵士谦带了家眷上任，因道路难行，把家眷留在权家店，自己先上任。他的正妻李千娇是很贤德的，他的妾王腊梅与丁都管有奸。这一天，关胜因无盘缠在权家店卖狗肉，因口角打倒丁都管，李千娇出来看，见关胜英雄，认他做兄弟。关胜走后，徐宁晚间也到权家店，在赵通判的家眷住屋的稍房里偷睡，撞破丁都管与王腊梅的奸情，被他们认做贼，幸得李千娇见徐宁英雄，认他做兄弟，放他走了。又一天晚间，李千娇在花园里烧香，恰好花荣躲在园里，听见李千娇烧第三炷香"愿天下好男子休遭罗网之灾"，花荣心里感动，向前相见。李千娇见他英雄，也认他做兄弟。不料此时丁都管与王腊梅走过门外，听见花荣说话，遂把赵通判喊来。赵通判推门进来，花荣拔刀逃出，砍伤他的臂膊。王腊梅咬定李千娇有奸，告到官衙，问成死罪。关胜、徐宁、花荣三人得信，赶下山来，劫了法场，救了李千娇，杀了奸夫淫妇，使赵通判夫妻和合。

我们研究这五本戏，可得两个大结论：

---

① 博鱼：赌博。
② 劫牢：原文如此，应为越狱。
③ 匾金环：宋代男人裹头巾，巾后的环饰。
④ 出首：告发。

第一，元朝的梁山泊好汉都有一种很通行的"梁山泊故事"作共同的底本。我们可看这五本戏共同的梁山泊背景：

一、《双献功》里的宋江说："某姓宋，名江，字公明，绰号及时雨者是也。幼时曾任郓城县把笔司吏，因带酒杀了阎婆惜，被告到官，脊杖六十，选配江州牢城。因打此梁山经过，有我八拜交的哥哥晁盖，知某有难，领喽啰下山，将解人打死，救某上山，就让我坐第二把交椅。哥哥晁盖三打祝家庄身亡，众兄弟拜某为首领。某**聚三十六大伙，七十二小伙，半垓来**①**喽啰。寨名水浒，泊号梁山；纵横河港一千条，四下方圆八百里**；东连大海，西接济阳，南通巨野、金乡，北靠青、齐、兖、郓。……"

二、《李逵负荆》里的宋江自白有**"杏黄旗上七个字：替天行道救生民"**的话。其余略同上。又王林也说："你山上头领都是**替天行道**的好汉。……老汉在这里多亏了头领哥哥照顾老汉。"

三、《燕青博鱼》里，宋江自白与《双献功》大略相同，但有"人号顺天呼保义"的话，又叙杀阎婆惜事也更详细：有"因带酒杀了阎婆惜，一脚踢翻烛台，延烧了官房"一事。又说"晁盖三打祝家庄，中箭身亡"。

四、《还牢末》里，宋江自叙有"我平日度量宽洪，但有不得已的好汉，见了我时，便助他些钱物，因此天下人都叫我做及时雨宋公明"的话。其余与《双献功》略同，但无"三十六大伙，七十二小伙"的话。

五、《争报恩》里，宋江自叙词："只因误杀阎婆惜，逃出郓城县，占下了八百里梁山泊，搭造起百十座水兵营。**忠义堂**上高搠杏黄旗一面，上写着'**替天行道宋公明**'。聚义的三十六个英雄汉，哪一个不应天上恶魔星？"这一段只说三十六人，又有"应天上恶魔星"的话，与《宣和遗事》说的天书相同。

看这五条，可知元曲里的梁山泊大致相同，大概同是根据于一种人人皆知的"梁山泊故事"。这时代的"梁山泊故事"有可以推知的几点：一、宋江的历史，小节细目虽互有详略的不同，但大纲已渐渐固定，成为人人皆知的故事。二、《宣和遗事》的三十六人，到元朝渐渐变成了"三十六大伙，七十二小伙"，已加到百零八人了。三、梁山泊的声势越传越张大，到元朝时便成了"纵横河港一千条，四下方圆八百里"的水浒了。四、最重要的一点是元朝的梁山泊强盗渐渐变成了

---

① 半垓[gāi]来：喻众多（垓：古数量单位，一垓为一万万兆）。

"仁义"的英雄了。元初龚圣与自序作赞的意思，有"将使一归于正，义勇不相戾①，此诗人忠厚之心也"的话，那不过是希望的话。他称赞宋江等，只能说他们"名号既不僭侈②，名称俨然，犹循故辙"；这是说他们老老实实的做"盗贼"，不敢称王称帝。龚圣与又说宋江等"与之盗名而不辞、躬履盗迹而不讳"。到了后来，梁山泊渐渐变成了"替天行道救生民"的忠义堂了！这一变非同小可。把"替天行道救生民"的招牌送给梁山泊，这是水浒故事的一大变化，既可表示元朝民间的心理，又暗中规定了后来《水浒传》的性质。

这是元曲里共同的梁山泊背景。

第二，元曲演梁山泊故事，虽有一个共同的背景，但这个共同之点只限于那粗枝大叶的梁山泊略史。此外，**那些好汉的个人历史、性情、事业，当时还没有固定的本子**，故当时的戏曲家可以自由想象、自由描写。上条写的是"同"，这条写的是"异"。我们看他们的"异"处，方才懂得当时文学家的创造力。懂得当时文学家创造力的薄弱，方才可以了解《水浒传》著者的创造力的伟大无比。

我们可先看元曲家创造出来的李逵。李逵在《宣和遗事》里并没有什么描写，后来不知怎样竟成了元曲里最时髦的一个脚色！上文记的十九种戏曲里，竟有十二种是用黑旋风做主人翁的，《还牢末》一名《李山儿生死报恩人》，也可算是李逵的戏。高文秀一个人编了八本李逵的戏，可谓"黑旋风专门家"了！大概李逵这个"脚色"大半是高文秀的想象力创造出来的，正如 Falstaff 是萧士比亚创造出来的。高文秀写李逵的形状道：

> 我这里见客人将礼数迎，把我这两只手插定。哥也，他见我这威凛凛的身似碑亭，他可惯听我这莽壮声？唬他一个痴挣③，唬得他荆棘律④的胆战心惊！

又说：

> 你这苘红巾、猩衲袄、乾红褡膊、腿绷护膝、八搭麻鞋，恰便似那烟熏的

---

① 戾：背离。
② 僭侈：过度、过分。
③ 痴挣：发呆。
④ 荆棘律："紧急里"三字谐音。

子路、黑染的金刚①。休道是白日里，夜晚间揣摸着你呵，也不是个好人。

又写他的性情道：

> 我从来个路见不平，爱与人当道撅坑②。我喝一声，骨都都③海波腾！撼一撼，赤力力④山岳崩！但⑤恼着我黑脸的爹爹，和他做场⑥的歹斗，翻过来落可便吊盘的煎饼⑦！

但高文秀的《双献功》里的李逵，实在太精细了，不像那卤莽粗豪的黑汉。看他一见孙孔目的妻子便知他不是"儿女夫妻"；看他假扮庄家后生，送饭进监；看他偷下蒙汗药，麻倒牢子；看他假扮祗候，混进官衙：这岂是那卤莽粗疏的黑旋风吗？至于康进之的"李逵负荆"，写李逵醉时情状，竟是一个细腻风流的词人了！你听李逵唱：

> 饮兴难酬，醉魂依旧。寻村酒，恰问罢王留⑧。
> 王留道，兀那里⑨人家有！
> 可正是清明时候，却言风雨替花愁。
> 和风渐起，暮雨初收。
> 俺则见杨柳半藏沽酒市，桃花深映钓鱼舟。
> 更和这碧粼粼春水波纹绉，有往来社燕⑩，远近沙鸥。
> （人道我梁山泊无有景致，俺打那厮的嘴。）
> 俺这里雾锁着青山秀，烟罩定绿杨洲。
> （那桃树上一个黄莺儿，将那桃花瓣儿啗呵，啗呵，啗的下来，落在水

---

① 烟熏的子路、黑染的金刚：意为装好人，又不像（子路：孔子弟子。金刚：佛教中的护法神）。
② 当道撅坑：拼个高下。
③ 骨都都：（象声词）形容水翻腾。
④ 赤力力：（象声词）形容山崩裂。
⑤ 但：只要。
⑥ 做场：卖艺、演戏，喻拿手。
⑦ 翻过来落可便吊盘的煎饼：意为像烙煎饼一样叫他翻过来翻过去（落可便：元代口语中的话搭头，无实义）。
⑧ 王留：人名。
⑨ 兀那里：就那里。
⑩ 社燕：春社来、秋社去的燕子。

中，——是好看也！我曾听的谁说来？我试想咱。……哦！想起来了也！俺学究哥哥道来。）

他道是轻薄桃花逐水流。

（俺绰起这桃花瓣儿来，我试看咱。好红红的桃花瓣儿！［笑科］你看我好黑指头也！）

恰便是粉衬的这胭脂透！

（可惜了你这瓣儿！俺放你趁那一般的瓣儿去！我与你赶，与你赶！贪赶桃花瓣儿！）

早来到这草桥店垂杨的渡口。

（不中①，则怕误了俺哥哥的将令。我索②回去也。……）

待不吃呵，又被这酒旗儿将我来相迤逗③。

他，他，他舞东风在曲律杆④头！

这一段，写的何尝不美？但这可是那杀人不眨眼的黑旋风的心理吗？

我们看高文秀与康进之的李逵，便可知道当时的戏曲家对于梁山泊好汉的性情人格的描写还没有到固定的时候，还在极自由的时代：你造你的李逵，他造他的李逵；你造一本李逵“乔教学”，他便造一本李逵“乔断案”；你形容李逵的精细机警，他描写李逵的细腻风流。这是人物描写一方面的互异处。

再看这些好汉的历史与事业。这十三本李逵戏的事实，上不依《宣和遗事》，下不合《水浒传》，上文已说过了。再看李文蔚写燕青是梁山泊第十五个头领，他占的地位很重要，《宣和遗事》说燕青是劫“生辰纲”的八人之一，他的位置自然应该不低。后来《水浒传》里把燕青派作卢俊义的家人，便完全不同了。燕青下山遇着燕顺弟兄，大概也是自由想象出来的事实。李文蔚写燕顺也比《水浒传》里的燕顺重要得多。最可怪的是《还牢末》里写的刘唐和史进两人。《水浒传》写史进最早，写他的为人也极可爱。《还牢末》写史进是东平府的一个都头，毫无可取的技能；写宋江招安史进乃在晁盖身死之后，也和《水浒》不同。刘唐在《宣和遗事》里是劫“生辰纲”的八人之一，与《水浒》相同。《还牢末》里的刘唐竟是一个挟

---

① 不中：不对。
② 索：索性。
③ 迤逗：挑逗、引诱。
④ 曲律杆：挂酒旗的旗杆（通常不粗，故而是弯曲的）。

私怨、谋害好人的小人,还比不上《水浒传》的董超、薛霸!萧娥送了刘唐两锭银子,要他把李孔目吊死,刘唐答应了;萧娥走后,刘唐自言自语道:

> 要活的难,要死的可容易。那李孔目如今是我手里物事,搓的圆,捏的扁。拼得将他盆吊死了,一来,赚他几个银子;二来,也偿了我平生心愿。我且吃杯酒去,再来下手,不为迟哩。

这种写法,可见当时的戏曲家叙述梁山泊好汉的事迹,大可随意构造;并且可见这些文人对于梁山泊上人物都还没有一贯的,明白的见解。

以上我们研究元曲里的水浒戏,可得四条结论:

一、元朝是“水浒故事”发达的时代。这八九十年中,产生了无数“水浒故事”。

二、元朝的“水浒故事”的中心部分——宋江上山的历史,山寨的组织和性质——大致都相同。

三、除了那一部分之外,元朝的水浒故事还正在自由创造的时代:各位好汉的历史可以自由捏造,他们的性情品格的描写也极自由。

四、元朝文人对于梁山泊好汉的**见解很浅薄平庸,他们描写人物的本领很薄弱**。

从这四条上,我们又可得两条总结论:

(甲)元朝只有一个雏形的水浒故事和一些草创的水浒人物,**但没有《水浒传》**。

(乙)**元朝文学家的文学技术,程度很幼稚,决不能产生我们现有的《水浒传》**。

〔附注〕我从前也看错了元人的文学在中国文学史上的位置。近年我研究元代的文学,才知道元人的文学程度实在很幼稚,才知道元代只是白话文学的草创时代,决不是白话文学的成人时代。即如关汉卿、马致远两位最大的元代文豪,他们的文学技术与文学意境都脱不了“幼稚”的批评。故我近来深信《水浒》《西游记》《三国》都不是元代的产物。这是文学史上一大问题,此处不能细说,我将来别有专论。

四

以上是研究从南宋到元末的水浒故事。我们既然断定元朝还没有《水浒传》，也做不出《水浒传》，那么，《水浒传》究竟是什么时代的什么人做的呢？

《水浒传》究竟是谁做的？这个问题至今无人能够下一个确定的答案。明人郎瑛①《七修类稿》说：

> 《三国》《宋江》二书乃杭人罗贯中所编。

但郎氏又说他曾见一本，上刻"钱塘施耐庵"作的。清人周亮工《书影》说：

> 《水浒传》相传为洪武初越人罗贯中作，又传为元人施耐庵作。田叔禾
> 《西湖游览志》又云，此书出宋人笔。近日金圣叹自七十回之后，断为罗贯中
> 所续，极口诋罗，复伪为施序于前，此书遂为施有矣。

田叔禾即田汝成，是嘉靖五年的进士。他说《水浒传》是宋人做的，这话自然不值得一驳。郎瑛死于嘉靖末年，那时还无人断定《水浒》的作者是谁。周亮工生于万历四十年(1612)，死于康熙十一年(1672)，正与金圣叹同时。他说，《水浒》前七十回断为施耐庵的是从金圣叹起的；圣叹以前，或说施，或说罗，还没有人下一种断定。

圣叹删去七十回以后，断为罗贯中的，圣叹自说是根据"古本"。我们现在须先研究圣叹评本以前《水浒传》有些什么本子。

明人沈德符的《野获编》说：

> 武定侯郭勋，在世宗朝，号好文多艺。今新安所刻《水浒传》善本，即其
> 家所传，前有汪太函②序，托名天都外臣者。

周亮工《书影》又说：

> 故老传闻，罗氏《水浒传》一百回，各以妖异语冠其首，嘉靖时，郭武定③
> 重刻其书，削其致语，独存本传。

---

① 郎瑛，字仁宝，明代藏书家。
② 汪太函，即汪道昆，字伯玉，号太函，明朝廷重臣、戏曲家。
③ 郭武定，即武定侯郭勋，明初开国勋臣武定侯郭英六世孙，于正德三年承袭武定侯爵位，故称。

据此,嘉靖郭本是《水浒传》的第一次"善本",是有一百回的。

再看李贽①的《〈忠义水浒传〉序》:

    《水浒传》者,发愤之所作也。……**施、罗二公身在元,心在宋,虽生元日,实愤宋事**②。是故愤二帝之北狩,则称**大破辽**以泄真愤③;愤南渡之苟安,则称灭方腊以泄其愤④。问泄愤者谁乎?则前日啸聚水浒之强人也⑤,欲不谓之忠义,不可也。是故施、罗二公传《水浒》而复以忠义名其传焉⑥。……宋公明者,身居水浒之中,心在朝廷之上,一意招安,专图报国,卒⑦至于犯大难,成大功,**服毒自缢,同死而不辞**,……最后**南征方腊,一百单八人者阵亡已过半矣**,又智深坐化于六和、燕青涕泣而辞主、二童就计于**混江**⑧。……(《焚书》卷三)

    李贽是嘉靖万历时代的人,与郭武定刻《水浒传》的时候相去很近,他这篇序说的《水浒传》一定是郭本《水浒》。我们看了这篇序,可以断定明代的《水浒传》是有一百回的;是有招安以后"破辽""平方腊""宋江服毒自尽""鲁智深坐化"等事的;我们又可以知道,明朝嘉靖、万历时代的人也不能断定《水浒传》是施耐庵做的,还是罗贯中做的。

    到了金圣叹,他方才把前七十回定为施耐庵的《水浒》,又把七十回以后,招安平方腊等事,都定为罗贯中续做的《续水浒传》。圣叹批第七十回说:

    后世乃复削去此节,盛夸招安,务令罪归朝廷而功归强盗,甚且至于衰

---

① 李贽,字宏甫,号卓吾,明代官员、大文人。
② 施、罗二公:即指施耐庵、罗贯中,相传《水浒传》为其二人所作。元:元朝。虽生元日:虽然生于元朝之时。宋事:宋朝之事。
③ 二帝:指宋徽宗、宋钦宗(北宋最后两位皇帝)。北狩:被掳到北方去的婉词,即靖康之耻。大破辽:指梁山招安后宋江领军破辽。
④ 南渡:即康王率宗室南逃,迁都临安(今杭州),即为南宋。灭方腊:指梁山招安后宋江领军剿灭方腊。
⑤ 啸聚:互相招呼而聚集。
⑥ 以忠义名其传:即把《水浒传》称为《忠义水浒传》。
⑦ 卒:最终。
⑧ 二童就计于混江:童威、童猛听从混江龙李俊之计(即:平定江南后,李俊随大军班师。他行至苏州时,诈称中风,要求留下童威、童猛看视,让宋江先行回朝。宋江怕耽误行期,只得留下李俊三人,自率大军回京朝觐。宋江走后,李俊依照旧约,与童家兄弟前往榆柳庄,寻找费保四人,打造船只,从太仓港出海,投化外国而去,最终成为暹罗国之主)。

然①以忠义二字冠其端,抑何其好犯上作乱至于如是之甚也!

据此可见,明代所传的《忠义水浒传》是没有卢俊义的一梦的。圣叹断定《水浒》只有七十回,而骂罗贯中为狗尾续貂。他说:

古本《水浒》如此,俗本妄肆改窜,真所谓愚而好自用②也。

我们对于他这个断定,可有两种态度:一、可信金圣叹确有一种古本;二、不信他得有古本,并且疑心他自己假托古本,"妄肆改窜",称真本为俗本,自己的改本为古本。

第一种假设——认金圣叹真有古本作校改的底子——自然是很难证实的。我的朋友钱玄同③先生说:

金圣叹实在喜欢乱改古书。近人刘世珩④校刊关、王⑤原本《西厢》,我拿来和金批本一对,竟变成两部书。……以此例彼,则《水浒》经老金批校,实在有点难信了。

钱先生希望得着一部明版的《水浒》,拿来考证《水浒》的真相。据我个人看来,即使我们得着一部明版《水浒》,至多也不过是嘉靖朝郭武定的一百回本,就是金圣叹指为"俗本"的,究竟⑥我们还无从断定金圣叹有无"真古本"。但第二种假设——金圣叹假托古本,窜改原本——更不能充分成立。金圣叹若要窜改《水浒》,尽可自由删改,**并没有假托古本的必要**。他武断《西厢》的后四折为续作,并没有假托古本,又何必假托一部古本的《水浒传》呢?大概文学的技术进步时,后人对于前人的文章往往有不能满意的地方。元人做戏曲是匆匆忙忙的做了应戏台上之用的,故元曲实在多有太潦草、太疏忽的地方,难怪明人往往大加

---

① 裒[póu]然:居然。
② 好[hào]:喜好。自用:自以为是,如"刚愎自用"。
③ 钱玄同,字德潜,现代作家、学者,曾任北京大学教授。
④ 刘世珩[héng],字聚卿,号檵庵、聚卿,别号楚园,清末藏书家、刻书家。
⑤ 关、王:关汉卿、王实甫。按:今认为王实甫是《西厢记》唯一作者,但曾有过争议,比如明代凌濛初《西厢记范例十则·一》就认为,此剧"前四本为王实甫作,第五本为关汉卿作"。
⑥ 究竟:毕竟。

修饰,大加窜改。况且元曲刻本在当时本来极不完备,最下的本子仅有曲文,无有科白,如日本西京帝国大学影印的《元曲三十种》。稍好的本子虽有科白,但不完全,如"付末上见外云云了""且引敕上,外分付云云了",如董授经①君影印的《十段锦》。最完好的本子如臧晋叔②的《元曲选》,大概都是已经明朝人大加补足修饰的了。此项曲本,既非"圣贤经传",并且实有修改的必要,故我们可以断定现在所有的元曲,除了西京的三十种之外,没有一种不曾经明人修改的。《西厢》的改窜,并不起于金圣叹,到圣叹时《西厢》已不知修改了多少次了。周宪王、王世贞、徐渭③都有改本,远在圣叹之前,这是我们知道的。此如李渔④改《琵琶记》⑤的"描容"一出,未必没有胜过原作的地方。我们现在看见刘刻⑥的《西厢》原本与金评本不同,就疑心全是圣叹改了的,这未免太冤枉圣叹了。在明朝文人中,圣叹要算是最小心的人。他有武断的毛病,他又有错评的毛病,但他有一种长处,**就是不敢抹杀原本**。即以《西厢》而论,他不知道元人戏曲的见解远不如明末人的高超,故他武断后四出为后人续的。这是他的大错。但他终不因此就把后四出都删去了,这是他的谨慎处。他评《水浒传》也是如此。我在第一节已指出了他的武断和误解的毛病。但明朝人改小说、戏曲,向来没有假托古本的必要。况且圣叹引据古本,不但用在百回本与七十回本之争,又用在无数字句小不同的地方。以圣叹的才气,改窜一两个字,改换一两句,何须假托什么古本? 他改《左传》的句读,尚且不须依傍古人,何况《水浒传》呢? 因此我们可以假定,他确有一种七十回的《水浒》本子。

我对于"《水浒》是谁做的?"这个问题,颇曾虚心研究,虽不能说有了最满意的解决,但我却有点意见,比较的可算是这个问题的一个可用的答案。我的答案是:

一、金圣叹没有假托古本的必要。他用的底本大概是一种七十回的本子。

二、明朝有三种《水浒传》:第一种是一百回本,第二种是七十回本,第三种又是一百回本。

① 董授经,近代学者。

② 臧晋叔,即臧懋循,字晋叔,号顾渚,明代戏曲家、学者。

③ 周宪王,即朱有燉[dùn],朱元璋的孙子,因世袭周王爵位,故称。王世贞,字元美,号凤洲,明代官吏、文人。徐渭,字文长,号青藤老人,明代著名书画家、戏曲家。

④ 李渔,字谪凡,号笠翁,清代文人。

⑤ 《琵琶记》:[元末] 高明所作南戏。

⑥ 刘刻:刘世珩刻印。

三、第一种一百回本是原本，七十回本是改本。后来又有人用七十回本来删改百回本的原本，遂成为一种新百回本。

四、一百回本的原本是明初人做的，也许是罗贯中做的。罗贯中是元末明初的人，涵虚子记的元曲①里有他的《龙虎风云会》杂剧。

五、七十回本是明朝中叶的人重做的，也许是施耐庵做的。

六、施耐庵不知是什么人，但决不是元朝人。也许是明朝文人的假名，并没有这个人。

这六条假设，我且一一解说如下：

一、金圣叹没有假托古本的必要，上文已说过了，我们可以承认圣叹家藏的本子是一种七十回本。

二、明朝有三种《水浒传》。第一种是《水浒》的原本，是一百回的。周亮工②说"故老传闻，罗氏《水浒传》一百回，各以妖异语冠其首"，即是此本。第二种是七十回本，大概金圣叹的"贯华堂古本"即是此本。第三种是一百回本，是有招安以后"征四寇"等事的，亦名《忠义水浒传》。李贽的序可为证。周亮工又说"嘉靖时，郭武定重刻其书，削其致语，独存本传"，当即是此本。（说见下条）

三、第一种百回本是《水浒传》的原本。**我细细研究元朝到明初的人做的关于梁山泊好汉的故事与戏曲，敢断定明朝初年决不能产生现有七十回本的《水浒传》。**自从《宣和遗事》到周宪王，这二百多年中，至少有三十种关于梁山泊的书，其中保存到于今的，约有十种。照这十种左右的书看来，那时代文学的见解、意境、技术，没有一样不是在草创的时期的，没有一样不是在幼稚的时期的。且不论元人做的关于水浒的戏曲。周宪王死在明开国后七十年，他做杂剧该在建文、永乐的时代，总算"晚"了。但他的《豹子和尚自还俗》与《黑旋风仗义疏财》两种杂剧，固然远胜于元曲里的《还牢末》与《争报恩》等等水浒戏，但还是很缺乏超脱的意境和文学的技术。（这两种，现在董授经君刻的《杂剧十段锦》内。）故我觉得周亮工说的"故老传闻，罗氏《水浒传》一百回，各以妖异语冠其首"的话，大概是可以相信的。周氏又说："嘉靖时，郭武定重刻其书，削其致语，独存本传。"大概这种一百回本的《水浒传》原本一定是很幼稚的。

但我们又可以知道，《水浒传》的原本是有招安以后的事的。何以见得呢？

---

① 涵虚子记的元曲：即指《宁献王书目》中所录元曲。涵虚子即朱权，朱元璋第十七子，封宁王，号涵虚子，其《宁献王书目》收书137种，词曲、院本、道藏等书均有著录。

② 周亮工字元亮，号陶庵、减斋、缄斋、适园、栎园等，明末清初篆刻家、收藏家。

因为这种见解和宋元至明初的梁山泊故事最相接近。我们可举几个例。《宣和遗事》说：

> 那三十六人归顺宋朝，各受武功大夫诰敕①，分注②诸路巡检使去也；因此三路之寇，悉得平定。后遣宋江收方腊有功，封节度使。

元代宋遗民周密与龚圣与论宋江三十六人也都希望草泽英雄为国家出力。不但宋元人如此，明初周宪王的《黑旋风仗义疏财》杂剧(大概是改正元人的原本的)，也说张叔夜出榜招安，宋江弟兄受了招安，做了巡检，随张叔夜征方腊，李逵生擒方腊。这戏中有一段很可注意：

> (李撇古)今日闻得朝廷出榜招安，正欲上山报知众位首领自首，出来替国家出力，为官受禄，不想途次遇见。不知两位哥哥怎生主意？
> (李逵)俺山中快乐，风高放火，月黑杀人，论秤分金银，换套穿衣服；千自由，百自在，可不强似这小官受人的气！俺们怎肯受这招安也？
> (李撇古)你两位哥哥差见③了。……你这三十六个好汉都是有本事有胆量的，平日以忠义为主。何不因这机会出来首官④，与官里出些气力，南征北讨，得了功劳，做个大官，……不强似你在牛皮帐⑤里每日杀人，又不安稳，那贼名儿几时脱得？

这虽是帝室贵族的话，但这种话与上文引的宋元人的水浒见解是很一致的。因此我们可以知道，《水浒》的百回本原本一定有招安以后的事。(看下文论《征四寇》一段。)

这是第一种百回本，可叫做**"原百回本"**。我们又知道明朝嘉靖以后最通行的《水浒传》是《忠义水浒传》，也是一种有招安以后事的百回本。这是无可疑的。据周亮工说，这个百回本是郭武定删改那每回"各以妖异语冠其首"的原本而成的。这话大致可信。沈德符《野获编》称郭本为"水浒善本"，便是一证。这一种

---

① 武功大夫诰[gào]敕[chì]：封为武官的诏书。
② 分注：分派。
③ 两位哥哥：指宋江和卢俊义。差见：尚未见。
④ 首官：向官府自首。
⑤ 强似：强于、胜过。牛皮帐：营帐，因用牛皮制成，故称。

可叫做**"新百回本"**。

大概读者都可以承认这两种百回本是有的了。现在难解决的问题就是那**七十回本的时代**。

有人说，那七十回本是金圣叹假托的，其实并无此本。这一说，我已讨论过了，我以为金圣叹无假托古本的必要，他确有一种七十回本。

又有人说，近人沈子培①曾见明刻的《水浒传》，和圣叹批本多不相同，可见现在的七十回本《水浒传》是圣叹窜改百回本而成的；若不是圣叹删改的，一定是明朝末年人删改的。依这一说，七十回本应该在新百回本之后。

这一说，我也不相信。我想《水浒传》被圣叹删改的小地方，大概不免。但我想圣叹在**前七十回大概没有什么大窜改的地方**。圣叹既然根据他的"古本"来删去了七十回以后的《水浒》，又根据"古本"来改正了许多地方（五十回以后更多）——他既然处处拿"古本"作根据，他必不会有了大窜改而不引据"古本"。况且那时代通行的《水浒传》是新百回本的《忠义水浒传》，若圣叹大改了前七十回，岂不容易被人看出？况且周亮工与圣叹同时，也只说"近日金圣叹自七十回之后断为罗贯中所续，极口诋罗②"，并不说圣叹有大窜改之处。如此看来，可见圣叹对于新百回本的前七十回，除了他注明古本与俗本不同之处之外，大概没有什么大窜改的地方。

我且举一个证据。雁宕山樵③的《水浒后传》是清初做的，那时圣叹评本还不曾很通行，故他依据的《水浒传》还是百回本的《忠义水浒传》。这书屡次提到"前传"的事，凡是七十回以前的事，没有一处不与圣叹评本相符。最明白的例如说燕青是天巧星，如说阮小七是天败星，位在第三十一，如说李俊在石碣天文上位次在二十六，如说史进位列天罡星数，都与圣叹评本毫无差异。（此书证据极多，我不能遍举了。）可见石碣天文以前的《忠义水浒传》与圣叹的七十回本没有大不同的地方。

我们虽不曾见《忠义水浒传》是什么样子的，但我们可以推知坊间现行的《续水浒传》——又名《征四寇》，不是《荡寇志》；《荡寇志》是道光年间人做的——一定与原百回本和新百回本都有很重要的关系。**这部《征四寇》确是一部古书**，很可考出原百回本和《忠义水浒传》后面小半部是个什么样子。

---

① 沈子培，即沈曾植，字子培，号巽斋，清末民初学者，有"硕学通儒"之称。
② 极口诋罗：说尽贬低之言。
③ 雁宕山樵，即陈忱，字遐心，号雁宕山樵，明末清初小说家。

一、李贽《忠义水浒传》序记的事实，如"大破辽、灭方腊、宋江服毒、南征方腊时百八人阵亡过半、智深坐化于六和、燕青涕泣而辞主、二童就计于混江"，都是《征四寇》里的事实。

二、《征四寇》里有李逵在寿张县坐衙断案一段事(第三回)，当是根据元曲"黑旋风乔断案"的；又有李逵在刘太公庄上捉假宋江负荆请罪的事(第二回)，是从元曲"李逵负荆"脱胎出来的；又有"燕青射雁"的事(第十七回)，当是从元曲《燕青射雁》出来的；又有李逵在井里通到斗鸡村，遇着仙翁的事(二十五回)，当是依据元曲"黑旋风斗鸡会"的。看这些事实，可见《征四寇》和元曲的《水浒》戏很接近。

三、最重要的是《征四寇》叙东京八十万禁军教头王庆遭高俅陷害，迭配淮西，后来造反称王的事(二十九至三十一回)。**这个王庆明明是《水浒传》今本里的王进。**王庆是"四寇"之一；四寇是辽、田虎、王庆、方腊；四寇之名来源很早，《宣和遗事》说宋江等平定"三路之寇"，后来又收方腊，可见"四寇"之说起于《宣和遗事》。但李贽作序时，只说"大破辽"与"灭方腊"两事；清初人做的《水浒后传》屡说"征服大辽，剿除方腊"，但无一次说到田虎、王庆的事。可见**新百回本已无四寇，仅有二寇。**我研究新百回本删去二寇的原因，忽然明白**《征四寇》这部书乃是原百回本的下半部。**《征四寇》现存四十九回，与圣叹说的三十回不合。我试删去征田虎及征王庆的二十回，恰存二十九回；第一回之前显然还有硬删去的一回；合起来恰是三十回。田虎一大段不知为什么删去，但我看王庆一段的删去明是因为王庆已变了王进，移在全书的第一回，故此一大段不能存在。这是《征四寇》为原百回本的剩余的第一证据。

四、《征四寇》每回之前有一首荒谬不通的诗，周亮工说的"各以妖异语冠其首"，大概即根本于此。这是第二证据。

五、《征四寇》的文学的技术和见解，确与元朝人的文学的技术和见解相像。更可断定这书是原百回本的一部分。若新百回本还是这样幼稚，决不能得晚明那班名士(如李贽、袁宏道[①]等)那样钦佩。这是第三证据。

以上我主张：

(一)新百回本的前七十回与今本七十回没有什么大不同的地方。

[①] 袁宏道，字中郎，号石公，明代文人。

（二）新百回本的后三十回确与原百回本的后半部大不同,可见新百回本确已经过一回大改窜了。新百回本是嘉靖时代刻的,郎瑛著书也在嘉靖年间,他已见有施、罗两本。况且李贽在万历时作"水浒序"又混称"施、罗两公"。**若七十回本出在明末,李贽决没有合称施、罗的必要。**因此我想嘉靖时初刻的新百回本已是两种本子合起来的:一种是七十回本,一种是原百回本的后半。因为这新百回本(《忠义水浒传》)是两种本子合起来的,故嘉靖以后人混称施、罗二公,故金圣叹敢断定七十回以前为施本,七十回以后为罗本。

因此,我假定七十回本是嘉靖郭本①以前的改本。大概明朝中叶时期,——当弘治、正德的时候,——文学的见解与技术都有进步,故不满意于那幼稚的《水浒》百回原本。况且那时又是个人主义的文学发达的时代。李梦阳、康海、王九思、祝允明、唐寅②,一班人都是不满意于政府的,都是不满意于当时社会的。故我推想**七十回本是弘治、正德时代的出产品**。这书大概略本那原百回本,重新改做一番,删去招安以后的事;一切人物的描写,事实的叙述,大概都有许多更改原本之处。如王庆改为王进,移在全书之首,又写他始终不肯落草,便是一例。若原百回本果是像《征四寇》那样幼稚,这七十回本简直不是改本,竟**可称是创作了。**

这个七十回本是明朝第二种《水浒传》。我们推想此书初出时必定不能使多数读者领会,当时人大概以为这七十回本是一种不完全的本子,郭勋是一个贵族,又是一个奸臣,故更不喜欢这七十回本。因此,我猜想**郭刻**③**的百回的《水浒》善本**大概是用这七十回本来修改原百回本的:七十回以前是依七十回本改的,七十回以后是嘉靖时人改的。这个新百回本是第三种《水浒》本子。

这第三种本子——新百回本——是合两种本子而成的,前七十回全采七十回本,后三十回大概也远胜原百回本的末五十回,所以能风行一世。但这两种本子的内容与技术是不同的,前七十回是有意重新改做的,后三十回是用原百回本的下半改了凑数的,故明眼的人都知道前七十回是一部,后三十回又是一部。不但上文说的李贽混称施、罗二公是一证据,还有清初的《水浒后传》的"读法"上说"前传之前七十回中,回目用大闹字者凡十"。现查《水浒传》的回目果有十次用

---

① 郭本:郭武定(郭勋)刻本。
② 李梦阳,字献吉,号空同,明代文人,"前七子"之首。康海,字德涵,号对山,明代文人,"前七子"之一。王九思,字敬夫,号渼陂,明代文人,"前七子"之一。祝允明,字希哲,号枝山,明代书画家。唐寅,字伯虎,号六如居士、桃花庵主,明代书画家。
③ 郭刻:郭武定(郭勋)刻本。

"大闹"字,但都在四十五回以前。既在四十五回以前,何故说"**前七十回**"呢?这可见分两《水浒》为两部的,不止金圣叹一人了。

(三)如果百回本的**原本**是如周亮工说的那样幼稚,或是像《征四寇》那样幼稚,我们可以断定他是元末明初的著作。周亮工说罗贯中是洪武时代的人,大概罗贯中到明末初期还活着。前人既多说《水浒》是罗贯中做的,我们也不妨假定这百回本的**原本**是他做的。

(四)七十回本一定是明末中叶的人删改的,这一层我已在上文第三条里说过了。嘉靖时郎瑛曾见有一本《水浒传》,是"钱塘施耐庵"做的。可惜郎瑛不曾说这一本是一百回,还是七十回。或者这一本七十回的即是郎瑛看见的施耐庵本。我想:若施本不是七十回本,何以圣叹不说百回本是施本而七十回本是罗本呢?

(五)我们虽然假定七十回本为施耐庵本,但究竟不知施耐庵是谁。据我的浅薄学问,元、明两朝没有可以考证施耐庵的材料。我可以断定的是:(1)施耐庵决不是宋、元两朝人。(2)他决不是明朝初年的人,因为这三个时代不会产出这七十回本的《水浒传》。(3)从文学进化的观点看起来,**这部《水浒传》,这个施耐庵,应该产生在周宪王的杂剧与《金瓶梅》之间**——但是何以明朝的人都把施耐庵看作宋、元的人呢?(田汝成、李贽、金圣叹、周亮工等人都如此)这个问题极有研究的价值。清初出了一部《后水浒传》,是接着百回本做下去的(此书叙宋江服毒之后,剩下的三十几个水浒英雄,出来帮助宋军抵御金兵,但无成功;混江龙李俊同一班弟兄,渡海至暹罗国,创下李氏王朝)。这书是一个明末遗民雁宕山樵陈忱做的(据沈登瀛《南得备志》;参看《荡寇记》前镜水湖边老渔的跋语),但他托名"古宋遗民"。我因此推想那七十回本《水浒传》的著者,删去了原百回本招安以后的事,把"忠义水浒传"变成了"纯粹草泽英雄的水浒传",一定有点深意,一定很触犯当时的忌讳,故不得不托名于别人。"施耐庵"大概是"乌有先生""亡是公"一流的人,**是一个假托的名字**。明朝文人受祸的最多。高启、杨基、张羽、徐贲、王行、孙蒉、王蒙①都不得好死。弘治、正德之间,李梦阳四次下狱;康海、王敬夫、唐寅都废黜终身。我们看了这些事,便可明白《水浒传》著者所以必须用假名的缘故了。明朝一代的文

---

① 高启,字季迪,号槎轩,元末明初诗人、文人。杨基,字孟载,号眉庵,元末明初诗人。张羽,字来仪,号静居,元末明初文人。徐贲[bēn],字幼文,号北郭生,元末明初诗人、画家。王行,字止仲,号半轩,元末明初文人、书画家。孙蒉[fén],字仲衍,号西庵,元末明初文人。王蒙,字叔明,号黄鹤山樵,元末明初书画家。

学要算《水浒传》的理想最激烈,故这书的著者自己隐讳也最深。书中说的故事又是宋代的故事,又和许多宋、元的小说戏曲有关系,故当时的人或疑施耐庵为宋人,或疑为元人,却不知道宋、元时代决不能产生这样一部奇书。

我们既不能考出《水浒传》的著者究竟是谁,正不妨仍旧认"施耐庵"为七十回本《水浒传》的著者,——但我们须要记得,**"施耐庵"是明朝中叶一个文学大家的假名!**

五

自从金圣叹把"施耐庵"的七十回本从《忠义水浒传》里重新分出来,到于今已近三百年了(圣叹自序在崇祯十四年)。这三百年中,七十回本居然成为《水浒传》的定本。平心而论,七十回本得享这点光荣,是很应该的。我们现在且替这七十回本做一个分析。

七十回本除"楔子"一回不计外,共分十大段:

第一段——第一至第十一回。这一大段,只有杨志的历史("做到殿司制使官,因道君皇帝盖万岁山,差一般十个制使去太湖边搬运花石纲赴京交纳。不料洒家……失陷了花石纲,不能回京。")是根据于《宣和遗事》的,其余都是创造出来的。这一大段先写八十万禁军教头王进被高俅赶走了。王进即是《征四寇》里的王庆,不在百八人之数;施耐庵把他从下半部直提到第一回来,又改名王进,可见他的著书用意。王进之后,接写一个可爱的少年史进,始终不肯落草,但终不能不上少华山去;又写鲁达为了仗义救人,犯下死罪,被逼做和尚,再被逼做强盗;又写林冲被高俅父子陷害,逼上梁山。林冲在《宣和遗事》里是押送"花石纲"的十二个制使之一;但在龚圣与的《三十六人赞》里却没有他的名字。元曲里也不提起他。大概元朝的水浒故事不见得把他当作重要人物。《水浒传》却极力描写林冲,风雪山神庙一段更是能感动人的好文章。林冲之后,接写杨志。杨志在困穷之中不肯落草,后来受官府冤屈,穷得出卖宝刀,以致犯罪受杖,发配大名府(卖刀也是《宣和遗事》中有的,但在颍州,《水浒传》改在京城,是有意的)。这一段连写五个不肯做强盗的好汉,他的命意①自然是要把英雄落草的罪名归到贪官污吏身上去。故这第一段可算是《水浒传》的"开宗明义"的部分。

---

① 命意:含意。

54

第二段——第十二至第二十一回。这一大段，写"生辰纲"的始末，是《水浒传》全局的一大关键。《宣和遗事》也记有五花营堤上劫取生辰纲的事，也说是宋江报信，使晁盖等逃走；也说到刘唐送礼谢宋江，以致宋江杀阎婆惜。《水浒传》用这个旧轮廓，加上无数琐细节目，写得格外有趣味。这一段从雷横捉刘唐起，写七星聚义，写智取生辰纲，写杨志、鲁智深落草，写宋江私放晁盖，写林冲火并梁山泊，写刘唐送礼酬谢宋江，写宋江怒杀阎婆惜，直写到宋江投奔柴进避难，与武松结拜做兄弟。《水浒》里的中心人物——须知卢俊义、呼延灼、关胜等人不是《水浒》的中心人物——都在这里了。

第三段——第二十二回到第三十一回。这一大段，可说是武松的传。《涵虚子》与《录鬼簿》①都记有红字李二的《武松打虎》一本戏曲。红字李二是教坊刘耍和的女婿，刘耍和已被高文秀编入曲里，而《录鬼簿》说高文秀早死，可见红字李二的武松戏一定远在《录鬼簿》成书之前，——约在元朝的中叶。可见十四世纪初年已有一种武松打虎的故事。《水浒传》根据这种故事，加上新的创造的想象力，从打虎写到杀嫂，从杀嫂写到孟州道打蒋门神，从蒋门神写到鸳鸯楼、蜈蚣岭，便成了《水浒传》中最精彩的一大部分。

第四段——第三十二回到第三十四回。这一小段，是勉强插入的文章。《宣和遗事》有花荣和秦明等人，无法加入，故写清风山、清风寨、对影山等一段，把这一班人送上梁山泊去。

第五段——第三十五回到第四十一回。这一大段，也是《水浒传》中很重要的文字，从宋江奔丧回家，迭配江州起，写江州遇戴宗、李建，写浔阳江宋江题反诗，写梁山泊好汉大闹江州，直写到宋江入伙后又偷回家中，遇着官兵追赶，躲在玄女庙里，得受三卷天书。江州一大段，完全是《水浒传》的著者创造出来的。《宣和遗事》没有宋江到江州配所的话，元曲也只说他发配江州，路过梁山泊，被晁盖打救上山。《水浒传》造出江州一大段，不但写李逵的性情品格，并且把宋江的野心大志都写出来。若没有这一段，宋江便真成了一个"虚名"了。天书一事，《宣和遗事》里也有，但那里的天书除了三十六人的姓名，只有诗四句："破国因山木，兵刀用水工②；一朝充将领，海内耸威风。"《水浒传》不写天书的内容，又把这

---

① 《涵虚子》：即《宁献王书目》，见前注。《录鬼簿》：[元] 钟嗣成所编杂剧集，收有从金代末年到元朝中期 80 余人的杂剧。

② 第一句内"山木"即"宋"，第二句内"水工"，即"江"。

四句诗改作京师的童谣："耗国因家木，刀兵点水工①；纵横三十六，播乱在山东。"(见三十八回)这不但可见《宣和遗事》和《水浒》的关系，又可见后来文学的见解和手段的进化。

第六段——第四十二回到第四十五回。这一段，写公孙胜下山取母亲。引起李逵下山取母，又引起戴宗下山寻公孙胜，路上引出杨雄、石秀一段。《水浒传》到了大闹江州以后，便没有什么很精彩的地方。这一段中写石秀的一节，比较是要算很好的了。

第七段——第四十六回到第四十九回。这一段，写宋江三打祝家庄。在元曲里，三打祝家庄是晁盖的事。

第八段——第五十回到第五十三回。写雷横、朱仝、柴进三个人的事。

第九段——第五十四回到五十九回。这一大段，和第四段相像，也是插进去做一个结束的。《宣和遗事》有呼延灼、徐宁等人，《水浒传》前半部又把许多好汉分散在二龙山、少华山、桃花山等处了，故有这一大段，先写呼延灼征讨梁山泊，次请出一个徐宁，次写呼延灼兵败后逃到青州，慕容知府请他收服桃花山、二龙山、白虎山；次写少华山与芒砀山，遂把这五山的好汉一齐送上梁山泊去。

第十段——第六十回到七十回。这一大段，是七十回本《水浒传》的最后部分，先写晁盖打曾头市中箭身亡，次写卢俊义一段，次写关胜，次写破大名府，次写曾头市报仇，次写东平府收董平、东昌府收张清，最后写石碣天书作结。《宣和遗事》里，卢俊义是梁山泊上最初的第二名头领，《水浒传》前面不曾写他，把他留在最后，无法可以描写，故只好把擒史文恭的大功劳让给他。后来结起账来，一百零八人中还有董平和张清没有加入，这两人又都是《宣和遗事》里有名字的，故又加上东平、东昌两件事。算算还少一个，只好拉上一个兽医皇甫端！这真是《水浒传》的"强弩之末"了！

这是《水浒传》的大规模②。我们拿历史的眼光来看这个大规模，可得两种感想。

第一，我们拿宋元时代那些幼稚的梁山泊故事来比较这部《水浒传》，我们不能不佩服"施耐庵"的大匠精神与大匠本领；我们不能不承认这四百年中白话文学的进步很可惊异！元以前的，我们现在且不谈。当元人的杂剧盛行时，许多戏

---

① 第一句内"家木"即"宋"，第二句内"水工"，即"江"。
② 大规模：大框架。

曲家从各方面搜集编曲的材料,于是有高文秀等人采用民间盛行的梁山泊故事,各人随自己的眼光才力,发挥水浒的一方面,或创造一种人物,如高文秀的黑旋风,如李文蔚的燕青之类;有时几个文人各自发挥一个好汉的一片面①,如高文秀发挥李逵的一片面,杨显之、康进之、红字李二又各各发挥李逵的一片面。但这些都是一个故事的自然演化,又都是散漫的、片面的,没有计划的、没有组织的发展。后来这类的材料越积越多了,不能不有一种贯通综合的总编,于是元末明初有《水浒传》百回之作。但这个草创的《水浒传》原本,如上节所说,是很浅陋幼稚的。这种浅陋幼稚的证据,我们还可以在《征四寇》里寻出许多。然而这个《水浒传》原本居然把三百年来的水浒故事贯通起来,用宋元以来的梁山泊故事做一个大纲,把民间和戏台上的"三十六大伙,七十二小伙"的种种故事作一些子目,造成一部草创的大小说,总算是很难得的了。到了明朝中叶,"施耐庵"又用这个原百回本作底本,加上高超的新见解,加上四百年来逐渐成熟的文学技术,加上他自己的伟大创造力,把那草创的山寨推翻,把那些僵硬、无生气的水浒人物一齐毁去;于是重兴水浒,再造梁山,画出十来个永不会磨灭的英雄人物,造成一部永不会磨灭的奇书。这部七十回的《水浒传》不但是集四百年水浒故事的大成,并且是中国白话文学完全成立的一个大纪元。这是我的第一个感想。

第二,施耐庵的《水浒传》是四百年文学进化的产儿,但**《水浒传》的短处也就吃亏在这一点**。倘使施耐庵当时能把那历史的梁山泊故事完全丢在脑背后,倘使他能忘了那"三十六大伙,七十二小伙"的故事,倘使他用全副精神来单写鲁智深、林冲、武松、宋江、李逵、石秀等七八个人,他这部书一定格外有精彩,一定格外有价值。可惜他终不能完全冲破那历史遗传的水浒轮廓,可惜他总舍不得那一百零八人。但是一个人的文学技能是有限的,决不能在一部书里创造一百零八个活人物。因此,他不能不东凑一段、西补一块,勉强把一百零八人"挤"上梁山去!闹江州以前,施耐庵确能放手创造,看他写武松一个人便占了全书七分之一,所以能有精彩。到了宋江上山以后,全书已去七分之四,还有那四百年传下的"三打祝家庄"的故事没有写(明以前的水浒故事,都把三打祝家庄放在宋江上山之前),还有那故事相传坐第二把交椅的卢俊义和关胜、呼延灼、徐宁、燕青等人没有写。于是施耐庵不能不潦草了,不能不杂凑了,不能不敷衍了。最明显的例是写卢俊义的一大段。这一段硬把一个坐在家里享福的卢俊义拉上山去,已是很

---

① 一片面:一方面。

笨拙了;又写他信李固而疑燕青,听信了一个算命先生的妖言,便去烧香解灾,竟成了一个糊涂汉了,还算得什么豪杰?至于吴用设的诡计,使卢俊义自己在壁上写下反诗,更是浅陋可笑。还有燕青在宋元的水浒故事里本是一个很重要的人物,施耐庵在前六十回竟把他忘了,故不能不勉强把他捉来送给卢俊义做一个家人!此外如打大名府时,宋江忽然生背疽,于是又拉出一个安道全来;又如全书完了,又拉出一个皇甫端来,这种杂凑的写法,实在幼稚的很。推求这种缺点的原因,我们不能不承认施耐庵吃亏在于不敢抛弃那四百年遗传下来的水浒旧轮廓。这是很可惜的事。后来《金瓶梅》只写几个人,便能始终贯彻,没有一种敷衍杂凑的弊病了。

我这两种感想是从文学的技术上着想的。至于见解和理想一方面,我本不愿多说话,因为我主张让读者自己虚心去看《水浒传》,不必先怀着一些主观的成见。但我有一个根本观念,要想借《水浒传》作一个具体的例来说明,并想贡献给爱读《水浒传》的诸君,做我这篇长序的结论。

我承认金圣叹确是懂得《水浒》的第一大段,他评前十一回,都无大错。他在第一回批道:

> 为此书者之胸中,吾不知其有何等冤苦,而必设言一百八人,而又远托之于水涯。……今一百八人而有其人,殆不止于伯夷、太公①居海避纣之志矣。

这个见解是不错的。但他在"读法"里又说:

> 大凡读书,先要晓得作书之人是何心胸②。如《史记》须是太史公一肚皮宿怨③发挥出来。……《水浒传》却不然。施耐庵本无一肚皮宿怨要发挥出来,只是饱暖无事,又值心闲,不免伸纸弄笔,寻个题目,写出自家许多锦心绣口④,故其是非皆不谬⑤于圣人。

---

① 殆:几乎(都)。伯夷、太公:商纣王时贤人,因不满商纣王的昏庸与暴虐,隐居于海上。(太公:即姜太公吕尚)。
② 心胸:情怀。
③ 宿怨:积怨。
④ 锦心绣口:好想法、好文章。
⑤ 谬:违背。

这是很误人的见解。一面说他"不知其胸中有何等冤苦",一面又说他"只是饱暖无事,又值心闲,不免伸纸弄笔",这不是绝大的矛盾吗?一面说"不止于居海避纣之志"——老实说就是反抗政府——一面又说"其是非皆不谬于圣人",这又不是绝大的矛盾吗?《水浒传》决不是"饱暖无事,又值心闲"的人做得出来的书。"饱暖无事,又值心闲"的人只能做诗钟①、做八股、做死文章,——决不肯来做《水浒传》。圣叹最爱谈"作史笔法",他却不幸没有历史的眼光,他不知道**《水浒》的故事乃是四百年来老百姓与文人发挥一肚皮宿怨的地方**。宋、元人借这故事发挥他们的宿怨,故把一座强盗山寨变成替天行道的机关。明初人借他发挥宿怨,故写宋江等平四寇、立大功之后反被政府陷害谋死。明朝中叶的人——所谓施耐庵——借他发挥他的一肚皮宿怨,故削去招安以后的事,做成一部纯粹反抗政府的书。

这部七十回的《水浒传》,处处"褒"强盗,处处"贬"官府。这是看《水浒》的人,人人都能得着的感想。圣叹何以独不能得着这个普遍的感想呢?这又是历史上的关系了。**圣叹生在流贼遍天下的时代**,眼见张献忠、李自成一班强盗流毒全国,故他觉得强盗是不能提倡的,是应该"口诛笔伐"的。圣叹是一个绝顶聪明的人,故能赏识《水浒传》。但文学家金圣叹究竟被《春秋》笔法"家金圣叹误了。他赏识《水浒传》的文学,但他误解了《水浒传》的用意。他不知道七十回本删去招安以后事,正是格外反抗政府。他看错了,以为七十回本既不赞成招安,便是深恶宋江等一班人。所以他处处深求《水浒传》的"皮里阳秋",处处把施耐庵恭维宋江之处都解作痛骂宋江。这是他的根本大错。

换句话说,金圣叹对于《水浒》的见解与做《荡寇志》的俞仲华对于《水浒》的见解是很相同的。俞仲华生当嘉庆、道光的时代,洪秀全②虽未起来,盗贼已遍地皆是,故他认定"既是忠义便不做强盗,既做强盗必不算忠义"的宗旨,做成他的《结水浒传》,——即《荡寇志》——要使"天下后世深明盗贼忠义之辨,丝毫不容假借"!(看《荡寇志》诸序,俞仲华死于道光己酉,明年洪秀全起事)俞仲华的父兄都经过匪乱,故他有"孰知罗贯中之害至于此极耶"的话。他极佩服圣叹,尊为"圣叹先生",其实这都是因为遭际有相同处的缘故。

圣叹自序,在崇祯十四年,正当流贼最猖獗的时候,故他的评本努力要证明

---

① 诗钟:吟诗联句游戏,限一炷香工夫吟成一联或多联,香尽鸣钟,故称。
② 洪秀全,太平天国领袖。

《水浒传》"把宋江深恶痛绝,使人见之真有狗彘不食之恨"。但《水浒传》写的一班强盗确是可爱可敬,圣叹决不能使我们相信《水浒传》深恶痛绝鲁智深、武松、林冲一班人,故圣叹只能说"《水浒传》独恶宋江,亦是歼厥渠魁①之意,其余便饶恕了"。好一个强辩的金圣叹!岂但"饶恕",检直②是崇拜!

圣叹又亲见明末的流贼伪降官兵,后复叛去,遂不可收拾。所以他对于《宋史》侯蒙请赦宋江使讨方腊的事,大不满意,故极力驳他,说他"一语有八失"。所以他又极力表章那没有招安以后事的七十回本。其实这都是时代的影响。当明亡之后,流贼已不成问题,当时的问题乃是国亡的原因和亡国遗民的惨痛等等问题,故雁宕山樵的《水浒后传》极力写宋南渡前后那班奸臣误国的罪状;写燕青冒险到金兵营里把青子黄柑献给道君皇帝;写王铁杖刺杀王黼、杨戬、梁师成三个奸臣;写燕青、李应等把高俅、蔡京、童贯等邀到营里,大开宴会,数说他们误国的罪恶,然后把他们杀了;写金兵掳掠平民,勒索赎金;写无耻奸民,装做金兵模样,帮助仇敌来敲吸同胞的脂髓。这更可见时代的影响了。

这种种不同的时代发生种种不同的文学见解,也发生种种不同的文学作物——这便是我要贡献给大家的一个根本的文学观念。《水浒传》上下七八百年的历史,便是这个观念的具体的例证。不懂得南宋的时代,便不懂得宋江等三十六人的故事何以发生。不懂得宋元之际的时代,便不懂得水浒故事何以发达变化。不懂得元朝一代发生的那么多的水浒故事,便不懂得明初何以产生《水浒传》。不懂得元明之际的文学史,便不懂得明初的《水浒传》何以那样幼稚。不读《明史》的《功臣传》,便不懂得明初的《水浒传》何以于固有的招安的事之外又加上宋江等有功被逸遭害和李俊、燕青见机远遁等事。不读《明史》的《文苑传》,不懂得明朝中叶的文学进化的程度,便不懂得七十回本《水浒传》的价值。不懂得明末流贼的大乱,便不懂得金圣叹的《水浒》见解何以那样迂腐。不懂得明末清初的历史,便不懂得雁宕山樵的《水浒后传》。不懂得嘉庆、道光间的遍地匪乱,便不懂得俞仲华的《荡寇志》。——这叫做历史进化的文学观念。

民国九年七月二十七日晨二时脱稿

---

① 歼厥渠魁:歼灭首领(语出《尚书·胤征》:"歼厥渠魁,胁从罔治。")。
② 检直:同"简直"。

《大宋宣和遗事》与《水浒传》①

鲁　迅②

一

《大宋宣和遗事》世③多以为宋人作,而文中有吕省元④《宣和讲篇》及南儒《咏史诗》,省元南儒,皆元代语,则其书或出于元人,抑宋人旧本,而元时又有增益,皆不可知,口吻有大类⑤宋人者,则以钞撮⑥旧籍而然,非著者之本语也。书分前后二集,始于称述尧舜而终以高宗之定都临安⑦,案⑧年演述,体裁甚似讲史。惟⑨节录成书,未加融会,故先后文体,致为参差,灼然可见。其剟取之书当有十种⑩。前集先言历代帝王荒淫之失者其一,盖犹宋人讲史之开篇;次述王安石变法之祸者其二,亦北宋末士论之常套;次述安石引蔡京入朝至童贯、蔡攸巡边者其三,首一为语体,次二为文言而并杂以诗者;其四,则梁山泊聚义本末,首

---

① 本文节选自鲁迅《中国小说史略》第十三和第十五篇,原题"宋元之拟话本"和"元明传来之讲史(下)",此题目及文中序号系本书选注者所加。本文要点:宋人所作《大宋宣和遗事》或为《水浒传》的蓝本,而《大宋宣和遗事》亦"抄撮旧籍而成"。此外,宋末元初龚圣与所作《宋江三十六人赞》,也可能是《水浒传》的蓝本。至于现存《水浒传》版本,主要有四种:一百十五回本《忠义水浒传》、一百回本《忠义水浒传》、一百二十回本《忠义水浒全书》和七十回本《水浒传》,最后一种,即所谓"金圣叹腰斩《水浒》"之版本。
② 鲁迅,笔名,本名周树人,字豫才,现代作家,国学大师,重要作品有小说集《呐喊》《彷徨》、杂文集《坟》《华盖集》《而已集》、论著《中国小说史略》《中国小说的历史的变迁》等。
③ 世:世人。
④ 吕省元疑即吕中。《四库全书总目提要·大事记讲义》:"宋吕中撰,中字时可,泉州晋江人。淳祐中进士,迁国子监丞,兼崇政殿说书,徙肇庆教授。"
⑤ 大类:大量。
⑥ 钞撮:摘要抄录。
⑦ 高宗之定都临安:即北宋亡,南宋立。
⑧ 案:同"按"。
⑨ 惟:仅。
⑩ 剟取:抄录。这十种书大约是《续宋编年资治通鉴》《九朝编年备要》《钱塘遗事》《宾退录》《建炎中兴记》《皇朝大事记讲义》《南烬纪闻》《窃愤录》《窃愤续录》《林灵素传》。

61

述杨志卖刀杀人,晁盖劫生日礼物,遂邀约二十人,同入太行山梁山泊落草,而宋江亦以杀阎婆惜出走,伏①屋后九天玄女庙中,见官兵已退,出谢玄女。

  ……则见香案上一声响亮,打一看时,有一卷文书在上。宋江才展开看了,认得是个天书;又写着三十六个姓名;又题著四句道:"破国因山木,兵刀用水工,一朝充将领,海内耸威风。"

  宋江读了,口中不说,心下思量:这四句分明是说了我里姓名②;又把开天书一卷,仔细看觑,见有三十六将的姓名。那三十六人道个甚底③?

  "智多星吴加亮、玉麒麟李进义、青面兽杨志、混江龙李海、九纹龙史进、入云龙公孙胜、浪里白条张顺、霹雳火秦明、活阎罗阮小七、立地太岁阮小五、短命二郎阮进、大刀关必胜、豹子头林冲、黑旋风李逵、小旋风柴进、金枪手徐宁、扑天雕李应、赤发鬼刘唐、一直撞董平插、翅虎雷横、美髯公朱同、神行太保戴宗、赛关索王雄、病尉迟孙立、小李广花荣、没羽箭张青、没遮拦穆横、浪子燕青、花和尚鲁智深、行者武松、铁鞭呼延绰、急先锋索超、拼命三郎石秀、火船工张岑、摸着云杜千、铁天王晁盖。"

  宋江看了人名,末后有一行字写道:"天书付天罡院三十六员猛将,使呼保义宋江为帅,广行忠义,殄灭④奸邪。"

  于是江率朱同等九人亦赴山寨。会⑤晁盖已死,遂被推为首领,"各人统率强人,略州劫县,放火杀人,攻夺淮阳、京西、河北三路二十四州八十余县,劫掠子女玉帛,掳掠甚众",已而⑥鲁智深等亦来投,遂足三十六人之数。

  一日,宋江与吴加亮商量:"俺三十六员猛将,并已登数,休要忘了东岳⑦保护之恩,须索⑧去烧香赛⑨还心愿则个。"

---

① 伏:藏匿。
② 这四句分明是说了我里(我的)姓名:第一句内"山木"即"宋",第二句内"水工",即"江"。
③ 甚底:什么。
④ 殄[tiǎn]灭:消灭。
⑤ 会:恰逢。
⑥ 已而:此后。
⑦ 东岳:泰山(按:古人奉泰山为神)。
⑧ 须索:必须。
⑨ 烧香赛:烧香祭祀。

择日起行,宋江题了四句放旗上道:"来时三十六,去后十八双,若还少一个,定是不归乡!"

宋江统率三十六将往朝东岳,赛取金炉心愿。朝廷不奈何,只得出榜招谕宋江等。有那元帅姓张名叔夜的,是世代将门之子,前来招诱宋江和那三十六人归顺宋朝,各受武功大夫诰敕①,分注②诸路巡检使去也;因此三路之寇,悉得平定。后遣宋江收方腊有功,封节度使。

二

"水浒故事"亦为南宋以来流行之传说,宋江亦实有其人。《宋史》(二十二)载徽宗宣和三年"淮南盗宋江等犯淮阳军,遣将讨捕,又犯京东、江北,入楚海州界,命知州张叔夜③招降之"。降后之事,则史无文,而稗史乃云"收方腊有功,封节度使"(见十三篇)。然擒方腊者盖韩世忠(《宋史》本传),于宋江辈无与④,惟《侯蒙传》(《宋史》三百五十一)又云:

宋江寇京东⑤。侯蒙⑥上书言:"宋江以三十六人横行齐魏⑦,官军数万无敢抗者,不若赦江,使讨方腊以自赎。"

似即稗史⑧所本。顾当时虽有此议,而实未行,江等且竟见杀。
洪迈《夷坚乙志》(六)言:

宣和七年,户部侍郎蔡居厚罢⑨,知青州⑩,以病不赴,归金陵,疽发于

---

① 武功大夫诰[gào]敕[chì]:封为武官的诏书。
② 分注:分派。
③ 张叔夜,字稽仲,北宋名将。
④ 无与:无关。
⑤ 寇:(动词)作乱。京东:京城东面,指山东。
⑥ 侯蒙,字元功,北宋徽宗崇宁年间户部尚书。
⑦ 齐魏:山东、河南一带。
⑧ 稗[bài]史:野史、小说。
⑨ 蔡居厚,字宽夫,北宋官吏,官至户部侍郎,后被贬为青州知府,未及上任,便病故。罢:罢官。
⑩ 知青州:出任青州知府。

背，卒。未几①，其所亲王生②，亡而复醒，见蔡受冥谴③，嘱生归告其妻，云"今只是理会郓州事④"。夫人恸哭曰："侍郎去年帅郓⑤时，有梁山泊贼五百人受降，既而悉诛之⑥。吾屡谏⑦，不听也。……"

《乙志》成于乾道⑧二年，去宣和六年不过四十余年，耳目甚近。"冥谴"固小说家言，杀降则不容虚造，山泊健儿终局，盖如是而已。

然宋江等啸聚梁山泊时，其势实甚盛，《宋史》(三百五十三)亦云"转略十郡，官军莫敢撄⑨其锋"。于是自有奇闻异说，生于民间，辗转繁变，以成故事，复经好事者掇拾粉饰，而文籍以出⑩。宋遗民龚圣与⑪作《宋江三十六人赞》，自序已云："宋江事见于街谈巷语，不足采著，虽有高如李嵩辈⑫传写，士大夫亦不见黜⑬。"(周密《癸辛杂识》续集上)今高李所作虽散失，然足见宋末已有传写之书。《宣和遗事》由抄撮旧籍而成，故前集中之梁山泊聚义始末，或亦为当时所传写者之一种，其节目⑭如下：

  杨志等押花石纲阻雪违限

  杨志途贫卖刀杀人刺配卫州

  孙立等夺杨志往太行山落草

  石碣村晁盖伙劫生辰纲

  宋江通信晁盖等脱逃

  宋江杀阎婆惜题诗于壁

---

① 未几：不久。
② 其所亲王生：其亲家王生。
③ 冥谴：地府之谴责。
④ 今：今天(这样)。理会：处理。郓州事：梁山之事(梁山属郓州)。
⑤ 侍郎：指蔡居厚。帅郓：统帅郓州军队。
⑥ 悉：悉数、全部。诛之：问罪而杀之。
⑦ 谏：劝。
⑧ 乾道：南宋孝宗赵昚[shèn]年号。
⑨ 撄[yīng]：挡。
⑩ 文籍：书籍。以：得以。
⑪ 宋遗民：宋朝遗民，即宋末元初之民。龚圣与，名开，号翠岩，宋末元初淮阴(今属江苏)人。《宋江三十六人赞》，是龚分别为宋江等三十六人所写的一组四言诗，见宋周密《癸辛杂识读集》。
⑫ 高如李嵩辈，一说指高如、李嵩等宋元之际民间文人。一说高如非人名，全句意谓一时高手如李嵩辈。李嵩，南宋钱塘(今浙江杭州)人，曾官三朝画院待诏，以画人物著称。
⑬ 士大夫：代指官方。见黜：见而黜之。
⑭ 节目：回目。

宋江得天书有三十六将姓名

宋江奔梁山泺寻晁盖

宋江三十六将共反

宋江朝东岳赛还心愿

张叔夜招宋江三十六将降

宋江收方腊有功封节度使

惟《宣和遗事》所载，与龚圣与赞已颇不同：赞之三十六人中有宋江，而《遗事》在外①；《遗事》之吴加亮、李进义、李海、阮进、关必胜、王雄、张青、张岑，赞则作吴学究、卢进义、李俊、阮小二、关胜、杨雄、张清、张横；诨名亦偶异。又元人杂剧亦屡取水浒故事为资材②，宋江、燕青、李逵尤数见，性格每与在今本《水浒传》中者差违，但于宋江之仁义长厚无异词，而陈泰③(茶陵人，元延祐乙卯进士)记所闻于篙师④者，则云"宋之为人，勇悍狂侠"(《所安遗集补遗》《江南曲序》)，与他书又正反。意者⑤此种故事，当时载在人口者必甚多，虽或已有种种书本，而失之简略，或多舛迕⑥，于是又复有人起而荟萃取舍之，缀为巨袟⑦，使较有条理，可观览，是为后来之大部《水浒传》。其缀集者，或曰罗贯中(王圻、田汝成、郎瑛说)，或曰施耐庵(胡应麟⑧说)，或曰施作罗编(李贽说)，或曰施作罗续(金人瑞⑨说)⑩。原本《水浒传》今不可得，周亮工⑪(《书影》一)云："故老传闻，罗氏《水浒传》一百回，各以妖异语引其首，嘉靖时郭武定重刻其书，削其致语，独存本传。"所削者盖即"灯花婆

---

① 在外：(将宋江)置于(三十六人)之外。
② 元杂剧取材于水浒故事的，今知有三十多种，现存者有高文秀《黑旋风双献功》、李文蔚《同乐院燕青博鱼》、康进之《梁山泊黑旋风负荆》、无名氏《鲁智深智赏黄花峪》等。
③ 陈泰，字志同，号所安，元茶陵(今属湖南)人，由翰林庶吉士改授龙南令，撰有《所安遗集》。
④ 篙师：船工。
⑤ 意者：可想。
⑥ 舛[chuǎn]迕[wǔ]：错乱。
⑦ 袟[zhì]：原意为剑套，代指篇幅。
⑧ 胡应麟，字元瑞，号少室山人，明代万历年间文人。
⑨ 金人瑞，即金圣叹，名人瑞，字圣叹，明末清初文人。
⑩ 关于《水浒传》编撰者，说法不一。或曰罗贯中，王圻《续文献通考》卷一七七："《水浒传》，罗贯中著。"田汝成《西湖游览志余》卷二十五："钱塘罗贯中本者，编撰小说数十种，而《水浒传》叙宋江等事，奸盗脱骗机械甚详。"郎瑛《七修类稿》卷上："三国宋江二书，乃杭人罗本贯中所编。"或曰施耐庵，胡应麟《少室山房笔丛》卷四十一："元人武林施某所编《水浒传》特为盛行。"施某指施耐庵。或曰施作罗编，明袁无涯原刊本《李卓吾评忠义水浒全传》(一二〇回，不分卷)题"施耐庵集撰，罗贯中纂修"，李贽《〈忠义水浒传〉叙》亦云："施罗二公传水浒。"或曰施作罗续。
⑪ 周亮工，字元亮，号栎园，明末清初官吏、文人，官至户部右侍郎，撰有《赖古堂集》《因树屋书影》等。

婆①等事"（《水浒传全书》发凡），本亦宋人单篇词话（《也是园书目》十），而罗氏袭用之，其他不可考。

现存之《水浒传》则所知者有六本，而最要者四：

一曰：一百十五回本《忠义水浒传》。前署"东原罗贯中编辑"，明崇祯末与《三国演义》合刻为《英雄谱》②，单行本未见。其书始于洪太尉之误走妖魔，而次以百八人渐聚山泊，已而受招安，破辽，平田虎、王庆、方腊，于是智深坐化于六和，宋江服毒而自尽，累显灵应，终为神明。惟文词謇拙③，体制纷纭，中间诗歌，亦多鄙俗，甚似草创初就，未加润色者，虽非原本，盖近之矣。其记林冲以忤高俅断配沧州，看守大军草场，于大雪中出危屋觅酒云：

> ……却说林冲安下行李，看那四下里都崩坏了，自思曰："这屋如何过得一冬，待雪晴了叫泥水匠来修理。"
>
> 在土炕边向了一回火，觉得身上寒冷，寻思："却才老军说(五里路外有市井)，何不去沽些酒来吃？"便把花枪挑了酒葫芦出来，信步投东，不上半里路，看见一所古庙。林冲拜曰："愿神明保佑，改日来烧纸。"却又行一里，见一簇店家，林冲径到店里。店家曰："客人哪里来？"
>
> 林冲曰："你不认得这个葫芦？"店家曰："这是草场老军的。既是大哥来此，请坐，先待一席以作接风之礼。"林冲吃了一回，却买一腿牛肉、一葫芦酒，把花枪挑了便回。已晚，奔到草场看时，只叫得苦。原来天理昭然，庇护忠臣义士，这场大雪，救了林冲性命：那两间草厅，已被雪压倒了。……(第九回《豹子头刺陆谦富安》)

又有一百十回之《忠义水浒传》，亦《英雄谱》本，"内容与百十五回本略同"（《胡适文存》三）。别有一百二十四回之《水浒传》，文词脱略，往往难读，亦此类。

二曰：一百回本《忠义水浒传》。前署"钱塘施耐庵的本，罗贯中编次"（《百川

---

① 灯花婆婆：钱曾《也是园书目》词话部分著录《灯花婆婆》一篇，写唐刘积中受到从灯花中跳出的白发老妇吵扰的故事。原文已佚，《平妖传》中略叙其事。
② 《英雄谱》：明崇祯间刻印。每页分上下两栏，上为《忠义水浒传》，下为《三国演义》。
③ 謇[jiǎn]拙：呆板而不流畅。

书志》六）。即明嘉靖时武定侯郭勋①家所传之本，"前有汪太函序，托名天都外臣者"（《野获编》五）。今未见。别有本亦一百回，有李贽②序及批点，殆即出郭氏本，而改题为"施耐庵集撰，罗贯中纂修"。然今亦难得，惟日本尚有享保戊申（一七二八）翻刻之前十回及宝历③九年（一七五九）续翻之十一至二十回，亦始于误走妖魔而继以鲁达、林冲事迹，与百十五回本同，第五回于鲁达有"直教名驰塞北三千里，证果江南第一州"之语，即指六和坐化故事，则结束当亦无异。惟于文辞，乃大有增删，几乎改观，除去恶诗，增益骈语；描写亦愈入细微，如述林冲雪中行沽一节，即多于百十五回本者至一倍余：

> ……只说林冲就床上放了包裹被卧，就坐下生些焰火起来，屋边有一堆柴炭，拿几块来生在地炉里；仰面看那草屋时，四下里崩坏了，又被朔风吹撼摇振得动。林冲道："这屋如何过得一冬，待雪晴了，去城中唤个泥水匠来修理。"向了一回火，觉得身上寒冷，寻思："却才老军所说五里路外有那市井，何不去沽些酒来吃？"便去包里取些碎银子，把花枪挑了酒葫芦，将火炭盖了，取毡笠子戴上，拿了钥匙出来，把草厅门拽上，出到大门首，把两扇草场门反拽上，锁了，带了钥匙，信步投东，雪地里踏着碎琼乱玉，迤逦④背着北风而行，——那雪正下得紧。行不上半里多路，看见一所古庙，林冲顶礼道："神明庇佑，改日来烧钱纸。"又行了一回，望见一簇人家，林冲住脚看时，见篱笆中挑着一个草帚儿在露天里。
>
> 林冲径到店里；主人道："客人哪里来？"林冲道："你认得这个葫芦么？"主人看了，道："这葫芦是草料场老军的。"林冲道："如何？便认的。"店主道："既是草料场看守大哥，且请少坐，天气寒冷，且酌三杯权当接风。"
>
> 店家切一盘熟牛肉，烫一壶热酒，请林冲。又自买了些牛肉，又吃了数杯，就又买了一葫芦酒，包了那两块牛肉，留下些碎银子，把花枪挑了酒葫芦，怀内揣了牛肉，叫声"相扰"，便出篱笆门，依旧迎着朔风回来。看那雪，到晚越下的紧了。古时有个书生，做了一个词，单题那贫苦的恨雪：

---

① 郭勋，明濠州（治所今安徽凤阳）人，明开国功臣郭英之后，袭封武定侯。
② 李贽，字卓吾，别号温陵居士，明代大文人，曾任云南姚安知府，撰有《焚书》《藏书》等，曾评点《水浒传》。
③ 享保：日本中御门天皇的年号（1716—1736）。宝历：日本桃园天皇的年号（1751—1764）。
④ 迤逦[shí]：缓行貌。

广莫严风刮地，这雪儿下的正好。

拈絮捋绵，裁几片大如栲栳。

见林间竹屋茅茨，争些儿被他压倒。

富室豪家，却道是"压瘴犹嫌少"。

向的是兽炭红炉，穿的是棉衣絮袄。

手拈梅花，唱道"国家祥瑞"，不念贫民些小。

高卧有幽人，吟咏多诗草。

　　再说林冲踏着那瑞雪，迎着北风，飞也似奔到草场门口，开了锁，入内看时，只叫得苦。原来天理昭然，佑护善人义士，因这场大雪，救了林冲的性命：那两间草厅，已被雪压倒了。……（第十回《林教头风雪山神庙》）

　　三曰：一百二十回本《忠义水浒全书》。亦题"施耐庵集撰，罗贯中纂修"，与李贽序百回本同。首有楚人杨定见①序，自云事李卓吾，因袁无涯②之请而刻此传；次"发凡"③十条，次为《宣和遗事》中之梁山泊本末及百八人籍贯出身。全书自首至受招安，事略全同百十五回本，破辽小异，且少诗词，平田虎、王庆则并事略亦异，而收方腊又悉同。文词与百回本几无别，特于字句稍有更定，如百回本中"林冲道：'如何？便认的。'"此则作"林冲道：'原来如此。'"诗词又较多，则为刊时增入，故"发凡"云"旧本去诗词之烦芜，一虑事绪之断，一虑眼路之迷，颇直截清明，第有得此以形容人态，颇挫文情者，又未可尽除，兹复为增定，或擿原本而进所有，或逆古意而益所无，惟周④劝惩，兼善戏谑"也。亦有李贽评，与百回本不同，而两皆贫陋⑤，盖即叶昼⑥辈所伪托（详见《书影》一）。

---

① 杨定见，字凤里，明代文人，李贽弟子。其在《忠义水浒全书·小引》中说："吾之事卓吾先生也，貌之承而心之委，无非卓吾先生者。……自吾游吴，访陈无异使君，而得袁无涯氏。……嗣是数过从语，语辄及卓老，求卓老遗言甚力，求卓老所批阅之遗书又甚力，无涯氏岂狂耶僻耶？吾探吾行笥，而卓吾先生所批定《忠义水浒传》及《杨升庵集》二书与俱，挈以付之。无涯欣然如获至宝，愿公诸世。"
② 袁无涯，名叔度，明末苏州人。经营"书植堂"，刊行书籍。
③ 发凡：提示。
④ 周：给予，如"周济"。
⑤ 贫[yǎn]陋：浅薄。
⑥ 叶昼，字文通，明无锡（今属江苏）人，撰有《悦客编》等，常假托名人评点诸书。周亮工《因树屋书影》指出："当温陵《焚·藏书》盛行时，坊间种种借温陵之名以行者，如《四书第一评、第二评》《水浒传》《琵琶》《拜月》诸评，皆出文通手。"

"发凡"又云:"古本有罗氏致语,相传灯花婆婆等事,既不可复见,乃后人有因'四大寇'①之拘而酌损之者,有嫌一百二十回之繁而淘汰之者,皆失。郭武定本即旧本移置阎婆事,甚善,其于寇中去王田②而加辽国,犹是小家照应之法,不知大手笔者正不尔尔。"是知《水浒》有古本百回,当时"既不可复见";又有旧本,似百二十回,中有"四大寇",盖谓王田方及③宋江,即柴进见于白屏风上御书者(见百十五回本之六十七回及《水浒全书》七十二回)。郭氏本始破其拘,削王田而加辽国,成百回;《水浒全书》又增王田,仍存辽国,复为百廿回,而宋江乃始退居于四寇之外。然《宣和遗事》所谓"三路之寇"者,实指攻夺淮阳京西河北三路强人,皆宋江属,不知何人误读,遂以王庆、田虎辈当之。然破辽故事虑亦非始作于明,宋代外敌凭陵④,国政弛废,转思草泽,盖亦人情,故或造野语以自慰,复多异说,不能合符,于是后之小说,既以取舍不同而分歧。所取者又以话本非一而违异,田虎、王庆在百回本与百十七回本⑤名同而文迥别,殆亦由此而已。惟其后讨平方腊,则各本悉同,因疑在郭本所据旧本之前,当又有别本,即以平方腊接招安之后,如《宣和遗事》所记者,于事理始为密合,然而证信尚缺,未能定也。

总上五本观之,知现存之《水浒传》实有两种,其一简略,其一繁缛。胡应麟(《笔丛》四十一)云:"余二十年前所见《水浒传》本尚极足寻味,十数载来,为闽中坊贾刊落⑥,止录事实,中间游词余韵、神情寄寓处一概删之,遂既不堪覆瓿,复数十年,无原本印证,此书将永废。"应麟所见本,今莫知如何,若百十五回简本,则成就殆当先于繁本,以其用字造句,与繁本每有差违,倘是删存,无烦改作也。又简本撰人,止题罗贯中,周亮工闻于故老者,亦第云罗氏,比郭氏本出,始署耐庵,因疑施乃演为繁本者之托名,当是后起,非古本所有。后人见繁本题施作罗编,未及悟其依托,遂或意为敷衍,定耐庵与贯中同籍,为钱塘人(明高儒《百川书志》六),且是其师⑦。胡应麟(《笔丛》四十一)亦信所见《水浒传》小序,谓耐庵"尝入市

---

① "四大寇":即辽国、田虎、王庆、方腊。
② 王田:王庆、田虎。
③ 方及:才提及。
④ 凭陵:侵扰。
⑤ 百十七回本:今所见《水浒》无百十七回本。
⑥ 坊贾:书商。刊落:删节。
⑦ 关于施耐庵、罗贯中关系问题,高儒《百川书志》卷六史志三载:"《忠义水浒传》一百卷,钱塘施耐庵的本,罗贯中编次。"又胡应麟《少室山房笔丛》卷四十一:"元人武林施某所编《水浒传》,特为盛行,……其门人罗本亦效之为《三国志演义》,绝浅陋可嗤也。"

肆翻阅故书，于敝楮①中得宋张叔夜《禽贼招语》一通②，备悉其一百八人所由起，因润饰成此编"，且云"施某事见田叔禾③《西湖志余》"，而《志余》中实无有，盖误记也。近吴梅著《顾曲麈谈》④，云："《幽闺记》为施君美作。君美，名惠，即作《水浒传》之耐庵居士也。"

案：惠亦杭州人，然其为耐庵居士，则不知本于何书，故亦未可轻信矣。

四曰：七十回本《水浒传》。正传七十回，楔子一回，实七十一回，有原序一篇，题"东都施耐庵撰"，为金人瑞字圣叹所传，自云得古本，止七十回，于宋江受天书之后，即以卢俊义梦全伙被缚于张叔夜终，而指招安以下为罗贯中续成，斥曰"恶札"⑤。其书与百二十回本之前七十回无甚异，惟刊去骈语特多，百廿回本发凡有"旧本去诗词之繁累"语，颇似圣叹真得古本，然文中有因删去诗词，而语气遂稍参差者，则所据殆仍是百回本耳。周亮工（《书影》一）记《水浒传》云："近金圣叹自七十回之后，断为罗所续，因极口诋罗，复伪为施序于前，此书遂为施有矣。"二人生同时，其说当可信。惟字句亦小有佳处，如第五回叙鲁智深诘责瓦官寺僧一节云：

……智深走到面前，那和尚吃了一惊，跳起身来，便道："请师兄坐，同吃一盏。"智深提着禅杖道："你这两个，如何把寺来废了？"那和尚便道："师兄请坐，听小僧……"智深睁着眼道："你说你说！"——说"在先⑥敝寺，十分好个去处，田庄又广，僧众极多，只被廊下那几个老和尚吃酒撒泼，将钱养女，长老禁约他们不得，又把长老排告了出去，因此把寺来都废了"。……

圣叹于"听小僧……"下注云"其语未毕"，于"……说"下又多所申释，而终以"章法奇绝从古未有"誉之，疑此等"奇绝"，正圣叹所为，其批改《西厢记》亦如此。此文在百回本，为"那和尚便道：'师兄请坐，听小僧说。'智深睁着眼道，'你说你

---

① 敝楮：旧书堆。

② 一通：一件、一本。

③ 田叔禾，即田汝成，字叔禾。

④ 吴梅，字瞿安，号霜厓，近代学者，曾任北京大学等校教授，所撰《顾曲麈谈》，论述戏曲音律及作曲方法，中有一章专记元明以来戏曲家遗事轶闻。

⑤ "恶札"：金圣叹反对侯蒙上书招安宋江，认为"反贼"不能招安，只能剿灭。贯华堂本《金人瑞删定水浒传》卷首《宋史目》评语："君子一言以为智，一言以为不智。如侯蒙其人者，亦幸而遂死耳。脱真得知东平，恶知其不大败公事，为世僇笑者哉！何罗贯中不达，犹祖其说，而有续《水浒传》之恶札也。"

⑥ 在先：早先。

说!'那和尚道，'在先敝寺，十分好个去处，田庄广有，僧众极多……'"云云，在百十五回本，则并无智深瞪眼之文，但云"那和尚曰：'师兄听小僧说：在先敝寺，田庄广有，僧众也多……'"而已。

至于刊落之由，什九①常因于世变，胡适（《文存》三）说："圣叹生在流贼遍天下的时代，眼见张献忠、李自成一班强盗流毒全国，故他觉得强盗是不能提倡的，是应该口诛笔伐的。"

故至清，则世异情迁，遂复有以为"虽始行不端，而能幡然悔悟，改弦易辙，以善其修，斯其意固可嘉，而其功诚不可泯"者，截取百十五回本之六十七回至结末，称《后水浒》，一名《荡平四大宣传》，附刊七十回之后以行矣。其卷首有乾隆壬子（一七九二）赏心居士序②。

清初，有《后水浒传》四十回，云是"古宋遗民著，雁宕山樵评"，盖以续百回本。其书言宋江既死，余人尚为宋御金，然无功，李俊遂率众浮海，王于暹罗③，结末颇似杜光庭之《虬髯传》。"古宋遗民者"，本书卷首《论略》云："不知何许人，以时考之，当去施罗未远，或与之同时，不相为下，亦未可知。"然实乃陈忱④之托名。忱字遐心，浙江乌程人，生平著作并佚，惟此书存，为明末遗民（《两浙輶轩录》补遗一《光绪嘉兴府志》五十三），故虽游戏之作，亦见避地⑤之意矣。

然至道光中，有山阴俞万春作《结水浒传》七十回，结子⑥一回，亦名《荡寇志》，则立意正相反，使山泊首领，非死即诛，专明"当年宋江并没有受招安平方腊的话，只有被张叔夜擒拿正法一句话"⑦，以结七十回本。俞万春字仲华，别号忽来道人，尝随其父宦粤⑧。瑶民之变，从征有功议叙，后行医于杭州，晚年乃奉道释⑨，道光己酉（一八四九）卒。《荡寇志》之作，始于丙戌而迄于丁未，首尾凡二十

---

① 什九：十有八九。
② 《荡平四大宣传》亦名《征四寇传》，赏心居士（真名、生平不详）序云："闲阅《水浒》一书，见其榜曰第五才子，则与《三国志》诸书同列，而非野史稗官所可同日语也，明矣。然自纳款倾葵之后，尊卑列序之余，竟恝然而止，杳不知其所终，是与天地珍重生才之心，岂不大相径庭哉。夫以群焉蚁聚之众，一旦而驰驱报国，灭寇安民，则虽其始行不端，而能幡然悔悟、改弦易辙以善其终，斯其志固可嘉而其功诚不可泯，倘不表诸简册，以示将来，英雄之志未免有不白，爰续是帙于卷后而付梓焉，使当日南征北讨荡平海宇之勋，赫然在入耳目，则不独群雄之志可伸，而是书亦有始有卒矣，岂不快哉。"
③ 王于暹罗：在暹[xiān]罗（今泰国）称王。
④ 陈忱，字遐心，号雁宕山樵，明末清初文人。
⑤ 避地：避世。
⑥ 结子：结束语。
⑦ 这里的"当年宋江并没有受招安平方腊的话"等二句，见俞万春《荡寇志》卷首《引言》。
⑧ 宦粤：在广东做官。
⑨ 道释：道教与佛教合称。

二年，"未遑①修饰而殁"，咸丰元年(一八五一)，其子龙光始修润而刻之(本书识语)。书中造事行文，有时几欲摩前传之垒②，采录景象，亦颇有施罗所未试者，在纠缠旧作之同类小说中，盖差为佼佼者矣。

---

① 未遑[huáng]：未及。
② 摩垒：挑战(摩⋯⋯之垒：向⋯⋯挑战)。

《水浒传》的改编与"腰斩"[①]

郑振铎[②]

一、《水浒传》的改编

　　《水浒传》的祖本,虽创作于施耐庵,编纂于罗贯中,然使其成为今样的[③]伟大的作品的,则断要推嘉靖时代的某一位无名作家的功绩。这一位伟大的作家可惜我们现在已不能知道他的真确的姓名。有的人说是郭勋[④]写的,但事实上似乎不会是的(也有人说是汪道昆[⑤]写的,更不可靠)。也许这位大作家曾在郭勋的幕府中的也难说。我们以简本的《水浒传》与嘉靖时出现于世的繁本《水浒传》一加比较,我们便知道,在这两本之中,躯壳虽是,而精神则已是全然不同的了。原本或只是一具枯瘠不华的骨殖。附之以血肉,赋之以灵魂者,则为嘉靖本的《水浒传》的作者。嘉靖本《水浒》之对于原本《水浒》,不仅扩大、增饰、润改之而已,简直是给它以活泼泼的精神,或灵魂,而使之焕然动目,犁然[⑥]有当于心,由平常的

---

① 本文节选自郑振铎《插图本中国文学史》(下)(载《郑振铎全集》第九卷)与长篇论文《〈水浒传〉的演化》(载《郑振铎全集》第四卷),题目与文中标题均系本书选注者所加。本文要点:一、关于《水浒传》的改编:《水浒传》的祖本,虽出自施耐庵、罗贯中之手,但现在我们见到的《水浒传》,则是经过明朝嘉靖时的一位无名作家改写过的。二、关于《水浒传》的"腰斩":金圣叹"腰斩"的七十回本《水浒传》,其实是一百回《水浒传》的前七十一回(他将原本第一回移作楔子,故仅有七十回),而最后一段卢俊义的梦,则是金圣叹自己写了加上去的。这样,梁山泊一百零八个好汉不仅没有去征辽、打方腊,甚至连招安也没有了,而是通过卢俊义的梦,暗示他们或被朝廷捉拿,并"一齐处斩"了。

② 郑振铎,字西谛,现代作家、学者,重要著作有《文学大纲》《中国文学论集》《中国俗文学史》等。

③ 今样的:今天这样的。

④ 郭勋,明初开国勋臣武定侯郭英六世孙,于正德三年(1508)承袭武定侯爵位,进封翊国公。著有《毓庆勋懿集》《三家世典》《太和传》《郭氏家传》和《英烈传》等,还刊刻过《水浒传》《三国志演义》,史籍称他"颇涉书史"(《明史·郭英传》)。

⑤ 汪道昆,又名汪守昆,明代戏曲家,著有杂剧《高唐梦》《五湖游》《远山戏》《洛水悲》和《唐明皇七夕长生殿》等。

⑥ 犁然:明辨貌。

一部英雄传奇而直提置之①第一流的文坛的最高座上。《水浒》而没有遇到嘉靖时代的这位改作者，则也终于是罗贯中氏的一部创作而已，终于是罗氏《三国志演义》的伯仲之间②的一物而已。但既遇到了这位改作者，则其地位与重要便完全不同了。它已不复是《三国志演义》的侪辈，也不复是《说唐传》及原本《平妖传》的侪辈。它独自高出于罗氏的诸作而另呈了一副面目，正如罗氏的《三国志演义》之高出于元刊《全相平话》的诸作一样，而其高出的程度则不仅伯仲之间而已。这位改作者，其运用国语文的程度，已臻炉火纯青之候，几乎是莹然的美玉、粹然的真金、湛然的清泉，已不见一毫的渣滓、一丝的疵瑕。而其曲折深入、逼真活泼的描写，也已与最高的创作的标准相符合。第一黄金时代的诸话本作家，有时虽也可达到这个境地，然其作品总是短篇。若长至一百回、十余册的作品，他们是不敢试手的。这种长篇的大著之出现于此时，正足以见这个嘉靖时代之较第一黄金时代为尤伟大。也正足以表现文学史上的发展规律，决不是"一代不如一代"，而有时是在向前进步的。

　　综观嘉靖本的《水浒传》与罗氏原本不同者约有数点。第一是，添加了一部分的"题材"进去。嘉靖本与原本其事实间架当无不同，次序也犁然如一。起于洪太尉的误走妖魔，而终于宋江、吴用、李逵的死与葬。但嘉靖本究竟也添加了一部分材料进去，那便是征辽的故事的一大段。这一大段故事是加在全伙受招安之后、擒捕方腊之前的。因为罗氏原本已将陆续聚集于梁山泊的一百单八位好汉的结果，都已安排定了，嘉靖本的作者无法再将这种前定的结果移动。所以他对于平辽的一役，便凭空添出了许多人物来，代替梁山泊诸好汉去冲锋陷阵，死于战地。梁山泊好汉们却是一个也不曾受到损害——虽然战事的激烈，未必下于征方腊。这乃是嘉靖本作者的苦心孤诣处，也是他的补插此段的显出补插的大毋隙③处。第二是，扩大了原文的叙述。往往原文十字，嘉靖本的作者可以扩大而成为百字。胡应麟④谓："中间抑扬映带，回护咏叹之工，真有超出语言之外。"盖其高出于原本远甚之处，便在于这种"游词余韵，神情寄寓处"。

---

① 提置：提升。之：通"至"。
② 伯仲之间：差不多（伯仲：兄弟）。
③ 大毋隙：毫无空隙。
④ 胡应麟，字元瑞，号少室山人，明万历时文人、批评家，最早考证《大宋宣和遗事》与《水浒传》的关系。

二、《水浒传》的"腰斩"

　　《水浒传》的演变，到了杨氏《全书》①的出版，已是"山穷水尽"无可再变的了。不料在明末清初之时，却有了一位金人瑞②氏，以他的无碍的辨才，强造了一部七十回本的《水浒传》出来。更不料他这一部"腰斩"的《水浒传》，却打倒了、湮没了一切流行于明代的繁本、简本、一百回本、一百二十回本、余氏本、郭氏本……使世间不知有《水浒传》全书者几③三百年。《水浒传》与金圣叹批评的七十回本，几乎结成一个名词。除金本外，几乎没有所谓其他《水浒传》。前几年亚东图书馆翻印《水浒传》，也用的是金氏七十回本。清代坊贾④翻印七十回以后的《水浒传》时，且很可怜的，很小心的，加上《后水浒》之名（一名《荡平四大寇传》或《征四寇传》）。金氏的威力真可谓伟大无匹了！这个《后水浒》采用的是简本，与金氏所用的繁本或郭本，原是并不相合的。后人见七十回本那么高明，《后水浒》那么浅陋，便益以为金氏本乃是原本；而金氏所极口诋毁的续本，乃真足以诋毁的了。但近年来，《水浒》诸种版本的陆续出现，却使金圣叹已圆了三百年的谎话，再也圆不住了。金氏口口声声说七十回本是古本。然就所发见的观之，却没有一本是七十回的。又在许多种的《水浒传》本子中，也没有一种是具有"梁山泊英雄惊噩梦"的一小段文字的。金氏所称古本，许多人至此乃始恍然知其实为一百回《水浒传》的前七十一回（金氏将原本第一回移作楔子，第二回移作第一回，故仅有七十回）。而最后的一小段卢俊义的梦，却是金氏自己的手笔。但金氏为什么要编造这样的一个大谎呢？为什么要生生的将一百回《水浒》腰斩了呢？欲明其故，须读他所写的"英雄惊噩梦"的一小段文字：

　　　　是夜卢俊义归卧帐中，便得一梦。梦见一人，其身其长，手挽宝弓，自称
　　我是嵇康，要与大宋皇帝收捕贼人，故单身到此。汝等及早各各自缚，免得
　　费我手脚。卢俊义梦中听了此言，不觉怒从心发，便提朴刀大路步赶上直戳
　　过去，却戳不着。原来刀头先已折了。卢俊义心慌，便弃手中朴刀，再去刀

---

① 杨氏《全书》，即明万历年间杨定见所编《水浒全书》（全名《新刊李氏藏本忠义水浒全书》）一百二十回本。
② 金人瑞，即金圣叹，名人瑞，字圣叹，别号鲲鹏散士，自称泐庵法师，明末清初文人、批评家。
③ 几：几乎。
④ 坊贾[jiǎ]：书商旧称。

架上拣时，只见许多刀、枪、剑、戟，也有缺的，也有折的；齐齐都坏，更无一件可以抵敌。那人早已赶到背后，卢俊义一时无措，只得提起右手拳头，劈面打去，却被那人只一弓梢，卢俊义右臂早断，扑地跌倒。那人便从腰里解下绳索，捆缚做一块，拖去一个所在，正中间排设公案。那人南面正坐，把卢俊义推在堂下草里，似欲勘问之状。只听得门外却有无数人哭声震地。那人叫道："有话便都进来。"只见无数人一齐哭着膝行进来。卢俊义一看，却都绑缚着，便是宋江等一百七人。卢俊义梦中大惊，便问段景住道："这是甚么缘故。谁人擒获将来？"段景住却跪在后面，与卢俊义正近，低低告道："哥哥得知员外被捉，急切无计来救，便与军师商议，只除非行此一条苦肉计策，情愿归附朝廷，庶几保全员外性命。"说言未了，只见那人拍案骂道："万死狂贼，你等造下弥天大罪，朝廷屡次前来收捕，你等公然拒杀无数官军；今已却来摇尾乞怜，希图逃脱刀斧。我若今日赦免你们时，后日再以何法去治天下！况且狼子野心，正自信你不得。我那剑子手何在？"说时迟，那时快，只见一声令下，壁衣里蜂拥出行刑剑子手二百一十六人，两个服侍一个，**将宋江、卢俊义等一百单八个好汉，在于堂下草里一齐处斩**。卢俊义梦中吓得魂不附体。微微闪开眼，看堂上时，却有一个牌额，大书"天下太平"四个青字。

　　这一小段文字，续于"忠义堂石碣受天文"之后，原是极不相称的。但金氏之将《水浒传》腰斩，且加上这一段文字却有深意存焉。正如郭本的加征辽、雁宕山樵之写《后水浒传》、俞仲华之写《荡寇志》一样。金氏生当明末农民纷纷起义之时，故对于梁山水泊的英雄们深恶痛绝，以为非杀了这些英雄便不能够"天下太平"。明代诸种《水浒传》对于宋江诸人都口口声声许以忠义，圣叹却将一腔愤气，尽泄之《水浒传》中。一方面于批评中处处寓意，一方面更不惜"托古改制"之嫌，大胆的将《水浒传》全书腰斩了，使它只剩下七十回，不仅不使这些英雄们得专①征伐之权，且也不使他们招安受抚。

---

① 得专：独得。

谈《水浒传》[①]

周作人

《水浒传》的批评向来一直颇好,只有少数卫道的绅士加以非难,称之曰诲盗。这班绅士们的操心也不全是空的,因为一般人的喜欢《水浒》便因为这里边的官逼民反,替天行道,有许多江湖好汉落草避难,表面上仰慕桃园三杰,实际上是学的忠义堂一路,不能不说是这部小说的力量。中国过去政治不良,贪官污吏与土豪劣绅占据全面的社会,人民无法生活,只好铤而走险,不但消极的避难,还可以积极的复仇,一班有心无力的听听也觉得痛快,正如西洋中古时代的罗宾汉故事,其流传与欢迎是无足怪的了。

上梁山泊去的英雄中,因为打不平或受冤屈而去的原也不少,但是主要的人物,有如晁盖、宋江、吴用,却又是另一路,这仿佛是抄的旧文章了,除学究算是自由职业外,保正与押司原是政府下级员司,他们的行为却不是贪污也不是土劣,而终于加入好汉的首班,大成其功者,这是什么缘故?我想,这种事情总是有原因,汉高祖刘邦与酂侯萧何,可不就是历史上的例子么。这样看来,《水浒传》里不但写了贪污土劣逼人去上梁山,而且也写了他们怎么的去上梁山,这也是一件很有意思的事吧。

《水浒传》描写人物事件的确有许多好的,但从思想上来说他很有些缺点,他说官逼民反,替天行道,可是他对于人民的态度实不见得好,例如李逵劫法场,只拣人多处杀去,这固然也是形容李逵凶猛蠢笨,但著者亦不无痛快的意思,此是其一。其次是对于女人小儿的态度也很不好。武松杀嫂,或者是不得已,但其写杀时不但表示踌躇满志,而且显示快意,近似变态,至于翠屏山的一场,难道真是如金圣叹所说,故意要犯重复而写得两样以见手段么,我觉得还是喜欢那么写,

① 本文选自《周作人散文全集》第九卷(原载 1949 年 12 月 10 日《亦报》),题目系原书所有。

其居心更是不可问了。只是他不曾玩弄小脚,无论这是施耐庵或是李卓吾、金圣叹的意思,总之都是好的。

旧小说中写女人的态度显得大方的,还要推《红楼梦》与《儿女英雄传》,这是很难得的,莫非因为著者是旗人的缘故,所以受旧文人的恶习较少么,这我不知道。近代学者平步青博学多识,著《霞斗苙乐府本事》,改作近人笔记,简练可读,却喜言金莲,极致倾倒,读之肉麻,良可惜也。

二
《三国演义》

简介：

【作者】[明]罗贯中。

【名称】全名《三国志通俗演义》，又称《三国志演义》。

【体裁】长篇章回体小说，取材于[晋]陈寿《三国志》。

【主题】群雄角逐，终归一统。

【人物】主要有：刘备、关羽、张飞、诸葛亮、曹操、司马懿、孙权、周瑜。

【情节】主要是：东汉末年，朝廷衰微；曹操揽权，挟令诸侯；各地不服，时有叛乱。曹操平版无果而亡，其子曹丕废汉建魏，称魏文帝，得司马懿辅佐。刘备、关羽、张飞三人结义，诸葛亮辅佐，称帝蜀中。孙权得周瑜辅佐，称帝东吴。至此，即成魏、蜀、吴三国鼎立之势。后诸葛亮欲灭魏，未果而亡。司马懿之后，其子司马昭揽权魏国，曹氏衰微。继而，司马昭发兵伐蜀，蜀亡。司马昭之后，其子司马炎废魏建晋，称晋武帝，并发兵伐吴，吴亡。至此，三国归晋，一统天下。

【版本】最初有"嘉靖壬午本"等版本，至清初，经毛宗岗整顿回目、修正文辞、改换诗文，成"毛本"，即现通行版本。

序《三国志》①

[清] 金圣叹

予尝集才子书者六，其目曰：《庄》也，《骚》也，马之《史记》也，杜之律诗也，《水浒》也，《西厢》也②。谬加评订，海内君子皆许余以为知言③。近又取《三国志》④读之，见其据实指陈，非属臆造⑤。由是观之，奇又莫奇于三国矣！或曰：凡自周秦而上，汉唐而下，依史以演义者，无不与三国相仿，何独奇乎三国？曰：三国者，乃古今争天之一大奇局，而演三国者⑥，又古今为小说之一大奇手也！异代之争天下，其事较平，取其事以为传，其手又较庸，故迥不得与《三国》并也⑦。

吾尝⑧览三国争天下之局，而叹天运之变化真有所莫测也！尝汉献失柄⑨，董卓擅权，群雄并起，四海鼎沸。使刘皇叔早揩鱼水之欢⑩，先得荆襄之地，长驱河北，传檄淮南、江东、秦雍，以次略定⑪，则乃一光武中兴之局⑫，而不见天运之善变也。唯卓不遂其篡以诛死⑬，曹操又得挟天子以令诸侯。名位虽虚，正朔未

---

① 本文选自《金圣叹全集》第陆册。其要点是：《三国演义》"据实指陈，非属臆造"，而《三国演义》之奇，既三国之争为古今一大奇局，又作《三国演义》者为古今一大奇手。奇在何处？奇在三国鼎立，不多不少；奇在英雄豪杰，有文有武；加之"以文章之奇而传其事之奇"，知第一才子书非此书莫属也。
② 《庄》：《庄子》。《骚》：《离骚》。马：司马迁。杜：杜甫。《水浒》：《水浒传》。《西厢》：《西厢记》。
③ 谬加评订：胡乱加以评点与订正(此处"谬"为谦语)。许：赞许。余：自称，我。知言：有知之言。
④ 《三国志》：指《三国志演义》(即今《三国演义》)简称。
⑤ 臆造：虚构。
⑥ 演三国者：作《三国志演义》者。
⑦ 异代：其他朝代。手：手法。迥：远。并：并立、相比。
⑧ 尝：曾。
⑨ 汉献：汉献帝。失柄：丧失权柄。
⑩ 使：假使。刘皇叔：刘备。揩[kāi]：沾。鱼水之欢：喻好事。
⑪ 传檄："传檄声讨"略，传布檄文，意即征讨。秦雍："秦雍六郡"略，古地名，今甘肃东南和陕西西部。以次：先后。略定：攻克平定。
⑫ 光武中兴：光武帝刘秀中兴汉室，即建立东汉。局：局面。
⑬ 卓：董卓。不遂其篡：未完成其篡权。

变①。皇叔宛转避难,不得早建大义于天下。而大江南北,已为吴、魏之所攘,独留西南一隅②,为刘氏托足之地。然不得孔明出而东助赤壁一战,西为汉中一摧,则梁、益亦几折而入于曹③,而吴亦不能独立,则又成一王莽篡汉之局,而天运犹不见其善变也。逮于华容遁去,鸡肋归来④,鼎足而居,权侔力敌,而三分之势遂成。寻彼曹操一生,罪恶贯盈,神人共怒。檄之骂之、刺之烧之、药之劫之,割须折齿、堕马落堑,死者数而卒免于死⑤。为敌者众,而为辅亦众⑥。此又天之若有意,以成之分,而故留此奸雄,以为汉之蟊贼。且天生瑜以为亮对,又生懿以继曹后⑦,似皆恐鼎足之中折⑧,而叠出其人才以相持也。自古割据者有矣,分王者有矣,为十二国,为七国,为十六国,为南北朝,为东西魏,为前后汉,其间乍得乍失,或亡或存,远或不能一纪,近或不逾岁月⑨,从未有六十年中,兴则俱兴,灭则俱灭⑩,如三国争天下之局之奇者。

今览此书之奇,足以使学士读之而快;委巷⑪不学之人,读之而亦快;英雄豪杰读之而快;凡夫俗子读之而亦快也。昔者蒯通之谏韩信⑫,已有鼎足三分之说,其时信已臣汉,义不可背。项羽粗暴无谋,有一范增⑬而不能用,势不得不统一于群策群力之汉。三分之几,虚兆于汉室方兴之时,而卒成于汉室衰微之际⑭。且高祖以王汉兴,而先主以王汉亡⑮;一能还定三秦,一不能取中原尺寸。若彼苍⑯之造汉以如是起,以如是止,早有其成局于冥冥之中,遂致当世⑰之人、之事才谋各别,境界独殊,以迥异于千古。此非天事之最奇者欤? 作演义者,以

① 名位:指汉献帝皇位。正朔:正统。
② 西南一隅:指西蜀,即今四川。
③ 然:然而。不得:没有。汉中一摧:指诸葛亮打下汉中。梁、益:梁州、益州,代指巴蜀之地。
④ 逮于:等到。华容遁去:指曹操兵败华容道。鸡肋归来:喻曹操赤壁一战无功而返(鸡肋:喻无味)。
⑤ 檄之骂之、刺之烧之、药之劫之:指曾有许多人骂曹操,还有人想刺死他、烧死他、毒死他。割须折齿、堕马落堑:指曹操两次险些丧命。死者:可死之事。数:数次。卒:最终。
⑥ 为敌者众,而为辅亦众:与他为敌的人多,帮助他的人也多(指曹操)。
⑦ 瑜:周瑜。亮:诸葛亮。懿:司马懿。
⑧ 鼎足:三足鼎立。中折:中途夭折。
⑨ 一纪:十二年。岁月:一年。
⑩ 兴则俱兴,灭则俱灭:指三国几乎同时兴起,又同时灭亡。
⑪ 委巷:僻陋小巷。
⑫ 蒯通:韩信谋士。谏:建议。韩信:西汉功臣。按:蒯通曾建议韩信自立为王。
⑬ 范增:项羽谋士。
⑭ 三分之几:分为三国的定数。虚兆:朕兆。汉室方兴之时:即西汉初。汉室衰微之际:即东汉末。
⑮ 高祖:汉高祖刘邦。王:(动词)统治。先主:指汉昭烈帝刘备。
⑯ 若:好像、仿佛。彼苍:那苍天。
⑰ 当世:当时。

文章之奇而传其事之奇，而且无所事于穿凿，第贯穿其事实、错综其始末而已①，无一不奇。此又人事之未经见者也。独是事奇矣、书奇矣，而无有人焉?② 起而评之，即或有人，而使③心非锦心、口非绣口，不能一一代古人传其胸臆，则是书亦终于周秦而下、汉唐而下诸演义等④，人亦恶乎⑤知其奇而信其奇哉！

余尝欲探索其奇，以正诸世，会病未果⑥。忽于友人案头见毛子⑦所评《三国志》之稿。观其笔墨之快、心思之灵，先得我心之同然，因称快者再⑧。而今而后，知第一才子书之目⑨，又果在《三国》也。故余序此数言，付毛子授剞之日，弁于简端⑩，使后之阅者，知余与毛子有同心云。

---

① 作演义者：作此演义者，即作《三国演义》者。事于穿凿：刻意穿凿附会。第：但、仅。
② 而无有人焉?：而没有(奇)人吗?（伏笔，暗指毛宗岗。见下文）
③ 使：假使。
④ 等：等同、一样。
⑤ 恶[wū]乎：如何。
⑥ 以正诸世：以纠正世人(之见)。按：当时《三国演义》并不被人重视。会病：遇病、碰上生病。
⑦ 毛子：毛宗岗，"子"为尊称。
⑧ 因：因而。再：再三。
⑨ 目：书目。
⑩ 付：付予。授剞[jī]：交付刻印(此书)。弁[biàn]于简端：冠于卷首。

读《三国志》法①

[清] 毛宗岗②

一、《三国志》以蜀为正统之理由

读《三国志》③者,当知有正统、闰运、僭国之别④。正统者何？蜀汉是也。僭国者何？吴、魏是也。闰运者何？晋是也。魏之不得为正统者,何也？论地则以中原为主,论理则以刘氏为主,论地不若论理⑤。

故以正统予魏者,司马光《通鉴》之误也。以正统予蜀者,《紫阳纲目》之所以为正也⑥。《纲目》于献帝建安之末,大书后汉昭烈皇帝章武元年⑦,而以吴、魏分注其下,盖以蜀为帝室之胄,在所当予；魏为篡国之贼,在所当夺⑧。是以⑨前则书刘备起兵徐州讨曹操,后则书汉丞相诸葛亮出师伐魏,而大义昭然揭于千古矣。

夫刘氏未亡,魏未混一⑩,魏固不得为正统。迨乎⑪刘氏已亡,晋已混一,而晋

---

① 本文原载《醉畊堂四大奇书第一种》卷首、《郁郁堂、郁文堂刊本官版大字全像批评〈三国志〉》卷首。文中标题系本书选注者所加。本文要点：以刘备为正统,以曹操、孙权为僭国,此《三国演义》之大要。此外,《三国演义》有诸多妙处,有追本穷源之妙,有巧收幻结之妙,有以宾衬主之妙,等等；故而,论叙事之精到,《三国志》胜过《史记》；论情节之真实,《三国演义》优于《西游记》；论人才之众多,《三国演义》优于《水浒传》。

② 毛宗岗,字序始,号子庵,清初文人,重要著述为其对《三国演义》的修订与批注,现通行的一百二十回本《三国演义》,即其修订的版本。

③ 此文所称《三国志》,均指小说《三国演义》,而非[晋] 陈寿所撰史书《三国志》。

④ 闰[rùn]运：非正常之运数(世代)。僭[jiàn]国：非本分所建之国。

⑤ 此句意为：魏国虽有中原之地,但非正统,因正统应为刘姓皇室,姓氏比地方更重要。

⑥ 《通鉴》：《资治通鉴》。《紫阳纲目》：正式名称为《资治通鉴纲目》,南宋时朱熹及其弟子对司马光《资治通鉴》所作的修订本(主要修订司马光的正统观),因朱熹的书院名"紫阳书院",故俗称《紫阳纲目》。

⑦ 献帝：汉献帝刘协,东汉末代皇帝。建安：汉献帝年号。后汉：此处指蜀汉。昭烈皇帝：即刘备。章武：昭烈帝刘备年号。

⑧ 胄[zhòu]：后裔。予：肯定。夺：否定。

⑨ 是以：所以。

⑩ 混一：统一。

⑪ 迨[dài]乎：等到。

亦不得为正统者,何也?曰:晋以臣弑君,与魏无异,而一传之后,厥祚①不长,但可谓之闰运,而不可谓之正统也。至于东晋偏安,以牛易马②,愈不得以正统归之。

故三国之并吞于晋,犹六国之混一于秦,五代之混一于隋耳。秦不过③为汉驱除,隋不过为唐驱除,前之正统以汉为主,而秦与魏、晋不得与焉,亦犹后之正统以唐、宋为主,而宋、齐、梁、陈、隋、梁、唐、晋、汉、周④俱不得与焉耳。且不特魏、晋不如汉之为正,即唐、宋亦不如汉之为正。炀帝⑤无道而唐代之,是已。惜其不能显然如周之代商,而称唐公,加九锡,以蹈魏、晋之陋辙⑥,则得天下之正,不如汉也。若夫⑦宋以忠厚立国,又多名臣大儒出乎其间,故尚论者以正统予宋。然终宋之世,燕云十六州未入版图,其规模已逊于唐,而陈桥兵变,黄袍加身,取天下于孤儿寡妇之手⑧,则得天下之正,亦不如汉也。唐、宋且不如汉,而何论魏、晋哉?

高帝以除暴秦、击楚之杀义帝者⑨而兴;光武以诛王莽而克复旧物⑩;昭烈以讨曹操而存汉祀于西川⑪。祖宗之创之者,正;而子孙之继之者,亦正;不得但⑫以光武之混一为正统,而谓昭烈之偏安非正统也。昭烈为正统,而刘裕、刘智远⑬亦皆刘氏子孙,其不得为正统者,何也?曰:裕与智远之为汉苗裔远而无徵,不若中山靖王⑭之后近而可考,又二刘皆以篡弑得国,故不得与昭烈并⑮也。

---

① 厥祚[zuò]:其福运。
② 东晋:西晋建都洛阳,不到四十年,便不得不迁都建康(即今南京),史称东晋。以牛易马:东晋时政权不稳,时有谣传,此为其中之一,意为有姓牛者将取代司马家族。
③ 不过:不久。
④ 宋、齐、梁、陈:晋朝之后南北朝时南朝四个朝代(其中宋为刘裕所建,亦称"刘宋"),后统一于隋。梁、唐、晋、汉、周:唐朝之后五代十国时的五代(为区别前代,亦称作"后梁、后唐、后晋、后汉、后周"),后统一于宋(大宋)。
⑤ 炀帝:隋炀帝杨广。
⑥ 此句意为:周代商是周伐商而得天下,唐高祖李渊本是隋朝的"唐公",称帝如魏、晋,属篡位(加九锡:行赏赐爵,代指称帝)。
⑦ 若夫:至于。
⑧ 燕云十六州:北宋时的失地,至南宋亡,未夺回。陈桥兵变,黄袍加身:指赵匡胤发动政变,获取皇位。取天下于孤儿寡妇之手:被赵匡胤逼迫退位的周恭帝柴宗训当时年仅七岁,由其母辅政,故称"孤儿寡妇"。
⑨ 楚之杀义帝者:指项羽。
⑩ 光武:光武帝刘秀,建东汉。克复旧物:即恢复汉朝。
⑪ 昭烈:昭烈帝刘备,建蜀汉。汉祀:汉之宗祀。西川:西蜀(即四川)。
⑫ 不得:不可。但:仅。
⑬ 刘裕,南北朝时宋(亦称"刘宋")创建者。刘智远,五代十国时后汉创建者。
⑭ 中山靖王:即汉武帝异母兄刘胜,西汉前元三年(前154)受封为中山靖王。东汉末,刘备自称为中山靖王之后。
⑮ 并:并立、相等。

后唐李存勖①之不得为正统者,何也? 曰:存勖本非李而赐姓李,其与吕秦、牛晋②不甚相远,故亦不得与昭烈并也。南唐李昇之亦不得继唐而为正统者,何也? 曰:世远代遐,亦裕与智远者比③,故亦不得与昭烈并也。

南唐李昇不得继唐而为正统,南宋高宗④独得继宋而为正统者,何也? 高宗立太祖之后为后,以延宋祚⑤于不绝,故正统归焉。夫以高宗之杀岳飞,用秦桧,全不以二圣⑥为念,作史者尚以其延宋祚而归之以正统,况昭烈之君臣同心誓讨汉贼⑦者乎! 则昭烈之为正统愈无疑也。

陈寿之《志》⑧,未及辨此,余故折衷⑨于《紫阳纲目》,而特于《演义》⑩中附正之。

二、《三国志》中有三绝

古史甚多,而人独贪看《三国志》者,以古今人才之聚众未有盛于三国者也。观才与不才敌⑪,不奇;观才与才敌,则奇。观才与才敌,而一才又遇众才之匹⑫,不奇。观才与才敌,而众才尤让一才之胜,则更奇。

吾以为三国有三奇,可称三绝:诸葛孔明一绝也,关云长一绝也,曹操亦一绝也。

历稽载籍⑬,贤相林立,而名高万古者莫如孔明。其处而弹琴抱膝,居然隐士风流,出而羽扇纶巾,不改雅人深致。在草庐之中,而识三分天下,则达乎天时;承顾命⑭之重,而至六出祁山,则尽乎人事。七擒八阵、木牛流马,既已疑鬼疑神之不测;鞠躬尽瘁、志决身歼,乃是为臣为子之用心。比管、乐,则过之;比

---

① 李存勖[xù],五代十国时后唐创建者。
② 吕秦、牛晋:对秦与晋的蔑称。相传秦始皇是吕不韦的儿子,故蔑称"吕秦";晋皇室姓司马,但有"以牛易马"之说,故蔑称"牛晋"。
③ 比:比邻、相近。
④ 南宋高宗:宋高宗赵构。
⑤ 宋祚:宋之宗祀。
⑥ 二圣:指被金人所俘的宋徽宗赵佶和宋钦宗赵桓。
⑦ 汉贼:指曹操。
⑧ 陈寿之《志》:即陈寿《三国志》。
⑨ 折衷:取证。
⑩ 《演义》:即《三国演义》,亦称《三国志演义》,即陈寿《三国志》的演绎。
⑪ 敌:对峙。
⑫ 匹:相配。
⑬ 历稽载籍:查遍史籍(稽:查)。
⑭ 顾命:遗诏。

伊、吕,则兼之①,是古今贤相中第一奇人。

历稽载籍,名将如云,而绝伦超群者莫如云长。青史对青灯,则极其儒雅;赤心如赤面,则极其英灵。秉烛达旦,传其大节;单刀赴会,世服其神威。独行千里,报主之志坚;义释华容,醐恩②之谊重。作事如青天白日,待人如霁月光风。心则赵忭焚香告帝之心③,而磊落过之④;意则阮籍白眼傲物之意⑤,而严正过之,是古今来名将中第一奇人。

历稽载籍,奸雄接踵,而智足以揽人才而欺天下者,莫如曹操。听荀彧⑥勤王之说而自比周文,则有似乎忠;黜袁术⑦僭号之非而愿为曹侯,则有似乎顺;不杀陈琳⑧而爱其才,则有似乎宽;不追关公⑨以全其志,则有似乎义。王敦不能用郭璞⑩,而操⑪之得士过之;桓温不能识王猛⑫,而操之知人过之。李林甫虽能制禄山⑬,不如操之击乌桓⑭于塞外;韩侂胄虽能贬秦桧⑮,不若操之讨董卓于生前。窃国家之柄而姑存其号,异于王莽之显然弑君;留改革之事以俟⑯其儿,胜于刘裕⑰之急欲篡晋,是古今来奸雄中第一奇人。

有此三奇,乃前后史之所绝无者,故读遍诸史而愈不得不喜读《三国志》也。

三、《三国志》中多能人

三国之有三绝固已,然吾自三绝而外,更遍观乎三国之前、三国之后,问有运筹帷幄如徐庶、庞统者乎?问有行军用兵如周瑜、陆逊、司马懿者乎?问有料人料事如郭

---

① 管、乐:管仲(春秋时齐国名相)、乐毅(战国时燕国名将)。伊、吕:伊尹(商汤辅臣)、吕尚(即姜子牙,周武辅臣)。
② 醐[hú]恩:报恩。
③ 赵忭[biàn]:北宋大臣,有"铁面御史"之称,据说他天天焚香拜天,思过后省。
④ 过之:更加。
⑤ 阮籍:三国时魏国诗人,竹林七贤之一,曾任步兵校尉,以孤傲旷达著称。
⑥ 荀彧[yù]:曹操谋臣。
⑦ 袁术:袁绍之弟,东汉末军阀,与孙坚共破董卓,称雄淮南,称帝,建号仲氏,后为曹操所废。
⑧ 陈琳:东汉末文人,"建安七子"之一,曾入袁绍幕府,为曹军所俘,曹操爱其才,不杀而任用。
⑨ 不追关公:关羽曾降曹操,后不辞而别,曹操知其寻兄而不予追杀。
⑩ 王敦:东晋权臣。郭璞:东晋道学家。
⑪ 操:曹操。
⑫ 桓温:东晋权臣。王猛:东晋谋略家。
⑬ 李林甫:唐代宰相。禄山:安禄山,唐代叛将。
⑭ 乌桓:北方蛮族。
⑮ 韩侂[tuō]胄[zhòu]:南宋宰相。
⑯ 俟[sì]:等待。
⑰ 刘裕:东晋重臣,篡位而建宋(史称"刘宋"),开南朝(宋、齐、梁、陈)之先。

嘉、程昱、荀彧、贾诩、步骘、虞翻、顾雍、张昭者乎？问有武功将略、迈等越伦如张飞、赵云、黄忠、严颜、张辽、徐晃、徐盛、朱桓者乎？问有冲锋陷阵、骁锐莫当如马超、马岱、关兴、张苞、许褚、典韦、张郃、夏侯惇、黄盖、周泰、甘宁、太史慈、丁奉者乎？问有两才相当、两贤相遇，如姜维、邓艾之智勇悉敌，羊祜、陆抗之从容互镇者乎？

至于道学则马融、郑玄；文藻则蔡邕、王粲；颖捷则曹植、杨修；早慧则诸葛恪、钟会；应对则秦宓、张松；舌辩则李恢、阚泽；不辱君命则赵咨、邓芝；飞书驰檄则陈琳、阮瑀；治烦理剧则蒋琬、董允；扬誉蜚声则马良、荀爽；好古则杜预；博物则张华，求之别籍，俱未易一一见也。

乃若知贤则有司马徽之哲；励操则有管宁之高；隐居则有崔州平、石广元、孟公威之逸；忤奸则有孔融之正；触邪则有赵彦之直；斥恶则有祢衡之豪；骂贼则有吉平之壮；殉国则有董承、伏完之贤；捐生则有耿纪、韦晃之节。子死于父，则有刘谌、关平之孝；臣死于君，则有诸葛瞻、诸葛尚之忠；部曲死于主帅，则有赵累、周仓之义。其他早计如田丰，苦口如王累，矢贞如沮授，不屈如张任，轻财笃友如鲁肃，事主不二心如诸葛瑾，不畏强御如陈泰，视死如归如王经，独存介性如司马孚，炳炳麟磷，照耀史册。

殆举前之丰沛三杰、商山四皓、云台诸将、富春客星①，后之瀛洲学士、麟阁功臣、杯酒节度、砦市宰相②，分见于各朝之千百年者，奔合辐凑③于三国之一时，岂非人才一大都会哉！

入邓林而选名材，游玄圃而见积玉④，收不胜收，接不暇接，吾于三国有观止之叹矣。

四、《三国志》文章绝妙

《三国》一书，乃文章之最妙者。叙三国不自三国始也，三国必有所自始，则

---

① 殆举：列举。丰沛三杰：（西汉初）萧何、周勃、樊哙（均丰沛人，故称）。商山四皓：（秦代）东园公、夏黄公、绮里季、甪里（均隐居商山，故称）。云台诸将：光武帝二十八将（后汉明帝命人为其一一画像并置于云台阁，故称）。富春客星：（东汉）严子陵（光武帝昔日密友，不受光武帝封赐，隐居富春江，故称）。
② 瀛洲学士：（唐代）十八学士（当时入选文学馆称作"登瀛洲"，故称）。麟阁功臣：（西汉）十一名功臣（汉宣帝命人为征服匈奴的功臣画像并置于麒麟阁，故称）。杯酒节度：（后唐）赵匡胤宴请节度使石守信、王审琦等人，劝其释去兵权，从而顺利登基，建立大宋。砦[zhài]市宰相：（北宋）赵普（开国功臣，后任宰相，但其出身市井，故称）。
③ 奔合辐凑：汇拢聚集。
④ 邓林：神话中的树林。名材：有名木材（喻人才）。玄圃：传说中的神仙居处，在昆仑山上。积玉：堆积之玉（喻人才）。

始之以汉帝。叙三国不自三国终也,三国必有所言终,则终之以晋国。而不但此也,刘备以帝胄而缵统①,则有宗室如刘表、刘璋、刘繇、刘辟等以陪之。曹操以强臣而专制,则有废立②如董卓,乱国如李傕、郭汜以陪之。孙权以方侯而分鼎③,则有僭号④如袁术,称雄如袁绍,割据如吕布、公孙瓒、张扬、张邈、张鲁、张绣等以陪之。

刘备、曹操于第一回出名⑤,而孙权则于第七回方出名。曹氏之定许都在第十一回,孙氏之定江东在第十二回,而刘氏之取西川则在第六十回后。假令今人作稗官⑥,欲平空拟一三国之事,势必劈头便叙三人,三人便各据一国,有能如是之绕乎其前、出乎其后、多方以盘旋乎其左右者哉?

古事所传,天然有此等波澜,天然有此等层折,以成绝世妙文。然则⑦读《三国》一书,诚胜读稗官万万耳。

五、《三国志》三开基之主之不同

若论三国开基之主,人尽知为刘备、孙权、曹操也,而不知其间各有不同。备与操皆自我身而创业,而孙权则借父兄之力,其不同者一。备与权皆及身而为帝,而操则不自为而待之于其子孙,其不同者二。三国之称帝也,惟魏独早,而蜀则称帝于曹操已死、曹丕已立之余,吴则称帝于刘备已死、刘禅已立之后,其不同者三。三国之相持也,吴为蜀之邻,魏为蜀之仇,蜀与吴有和有战,而蜀与魏则有战无和;吴与蜀则和多于战,吴与魏则战多于和,其不同者四。三国之传也,蜀止二世⑧,魏则自丕及奂凡五主⑨,吴则自权及皓⑩凡四主,其不同者五。三国之亡也,吴居其后,而蜀先之,魏次之。魏则见夺于其臣,吴、蜀则见并于其敌,其不同者六。

---

① 帝胄[zhòu]:帝王后裔。缵[zuǎn]统:继承正统。
② 废立:废旧主、立新君。
③ 方侯:一方诸侯。分鼎:分割皇权。
④ 僭[jiàn]号:冒用帝号。
⑤ 出名:出现名字。
⑥ 假令:假如。稗官:野史、小说。
⑦ 然则:所以。
⑧ 蜀止二世:即昭烈帝刘备、怀帝刘禅[shàn]。
⑨ 丕及奂:曹丕(魏文帝)至曹奂(魏元帝)。凡五主:共五代皇帝。
⑩ 权及皓:孙权(吴大帝)至孙皓(吴末帝)。

不宁惟是①，策之与权，则兄终而弟及；丕之与植，则舍弟而立兄；备之与禅，则父为帝而子为虏；操之与丕，则父为臣而子为君，可谓参差错落，变化无方者矣。

今之不善画者，虽使绘两人，亦必彼此同貌。今之不善歌者，即使唱两调，亦必前后同声。文之合掌，往往类是。古人本无雷同之事，而今人好为雷同之文，则何不取余所批《三国志》？

六、《三国志》有六起六结

《三国》一书，总起总结之中，又有六起六结。其叙献帝，则以董卓废立为一起，以曹丕篡夺为一结。其叙西蜀，则以成都称帝为一起，而以绵竹出降为一结②。其叙刘、关、张三人，则以桃园结义为一起，而以白帝托孤为一结。其叙诸葛亮，则以三顾草庐为一起，而以六出祁山为一结。其叙魏国，则以黄初改元为一起，而以司马受禅为一结。其叙东吴，则以孙坚匿玺为一起，而以孙皓衔璧为一结。

凡此数段文字，联络交互于其间，或此方起而彼已结，或此未结而彼又起，读之不见其断续之迹，而按之则自有章法之可知也。

七、《三国志》有追本穷源之妙

《三国》一书，有追本穷源之妙。三国之分，由于诸镇之角立。诸镇角立，由于董卓之乱国。董卓乱国，由于何进之召外兵。何进召外兵，由于十常侍之专政。故叙三国，必以十常侍为之端③也。

然而刘备之初起，不即在诸镇之内，而尚在草泽之间④。夫草泽之所以有英雄聚义，而诸镇之所以缮修兵革者，由于黄巾之作乱。故叙三国，又必以黄巾为主端也。

---

① 不宁惟是：不仅如此。
② 成都称帝：指刘备称帝，其地在成都。绵竹出降：指绵竹被邓艾攻占后，陷入绝境的刘禅在成都出降。
③ 端：开端。
④ 草泽之间：草莽湖泽之间(喻民间)。

乃黄巾未作，则有上天垂灾异①以警戒之，更有忠谋智计之士，直言极谏以预料之。使②当时为之君者体③天心之仁爱，纳良臣之谠论④，断然举⑤十常侍而进斥焉，则黄巾可以不作，草泽英雄可以不起，诸镇之兵革可以不修，而三国可以不分矣。故叙三国而追本于桓灵⑥，犹河源之有星宿海⑦云。

八、《三国志》有巧收幻结之妙

《三国》一书，有巧收幻结之妙。设令魏而为蜀所并，此人心之所甚愿也。设令蜀亡而魏得一统，此人心之所大不平也。乃彼苍之意⑧不从人心所甚愿，而亦不出于人心之所大不平，特假手于晋以一之⑨，此造物者之幻也。

然天既不祚⑩汉，又不予魏，则何不假手于吴而必假手于晋乎？曰：魏固汉贼也，吴尝害关公、夺荆州、助魏以攻蜀，则亦汉贼也。若晋之夺魏，有似乎为汉报仇也者，则与其一以吴，无宁一之以晋也。且吴为魏敌，而晋为魏臣，魏以臣弑君，而晋即如其事以报之，可以为戒于天下后世，则使魏而见并于其敌，不若使之见并于其臣之为快也，是造物者之巧也。

幻既出人意外，巧复在人意中，造物者可谓善于作文矣。今人下笔必不能如此之幻、如此之巧，然则读造物自然之文，而又何必读今人臆造之文乎哉！

九、《三国志》有以宾衬主之妙

《三国》一书，有以宾衬主之妙。如将叙桃园兄弟三人，先叙黄巾兄弟三人；桃园其主也，黄巾其宾也。将叙中山靖王之后，先叙鲁恭王之后⑪；中山靖王其主也，鲁恭王其宾也。将叙何进，先叙陈蕃、窦武；何进其主也，陈蕃、窦武其宾

---

① 灾异：灾害异象。
② 使：假使。
③ 体：体现。
④ 谠论：正直之言。
⑤ 举：取。
⑥ 桓灵：(东汉末)桓帝与灵帝。
⑦ 河源：黄河之源。星宿[xiù]海：地名，在今青海省，古人以之为黄河源头。
⑧ 彼苍之意：天意(彼苍：那苍天)。
⑨ 假手于：借助于。一：统一。
⑩ 祚：福佑。
⑪ 中山靖王：即刘备。鲁恭王：即刘余，汉景帝刘启之子。

也。叙刘、关、张及曹操、孙坚之出色，并叙各镇诸侯之无用；刘备、曹操、孙坚其主也，各镇诸侯其宾也。刘备将遇诸葛亮，而先遇司马徽、崔州平、石广元、孟公威等诸人；诸葛亮其主也，司马徽诸人其宾也。诸葛亮历事两朝，乃又有先来即去之徐庶、晚来先死之庞统；诸葛亮其主也，而徐庶、庞统又其宾也。赵云先事公孙瓒，黄忠先事韩玄，马超先事张鲁，法正、严颜先事刘璋，而后皆归刘备；备其主也，公孙瓒、韩玄、张鲁、刘璋其宾也。太史慈先事刘繇，后归孙策；甘宁先事黄祖，后归孙权；张辽先事吕布，徐晃先事杨奉，张郃先事袁绍，贾诩先事李傕、张绣，而后皆归曹操；孙、曹其主也，刘繇、黄祖、吕布、杨奉等诸人其宾也。代汉当涂之谶①，本应在魏，而袁公路谬以自许；魏其主也，袁公路其宾也。三马同槽之梦②，本应在司马氏③，而曹操误以为马腾父子④；司马氏其主也，马腾父子其宾也。受禅台之说，李肃以赚董卓⑤，而曹丕即真⑥焉，司马炎又即真焉；曹丕、司马炎其主也，董卓其宾也。且不独人有宾主也，地亦有之。献帝自洛阳迁长安，又自长安迁洛阳，而终乃迁于许昌；许昌其主也，长安、洛阳皆宾也。刘备失徐州而得荆州；荆州其主也，徐州其宾也。及得两川而复失荆州；两川其主也，而荆州又其宾也。孔明将北伐中原而先南定蛮方，意不在蛮方而在中原；中原其主也，蛮方其宾也。

抑不独地有宾主也，物亦有之。李儒持鸩酒、短刀、白练以贻帝辩⑦；鸩酒其主也，短刀、白练其宾也。许田打围⑧，将叙曹操射鹿，先叙玄德射兔；鹿其主也，兔其宾也。赤壁鏖兵，将叙孔明借风，先叙孔明借箭；风其主也，箭其宾也。董承受玉带，陪之以锦袍；带其主也，袍其宾也。关公拜受赤兔马而陪之以金印、红袍诸赐；马其主也，金印等其宾也。曹操掘地得铜雀而陪之以玉龙、金凤；雀其主也，龙、凤其宾也。

诸如此类，不可悉数，善读是⑨书者，可于此悟文章宾主之法。

---

① 代汉当涂之谶[chèn]："代汉者，当涂高也"（取代汉朝者，应是涂高）的谶语（涂高：隐语，指魏）。袁公路：袁术，字公路。谬以自许：意为袁术误以为自己是"涂高"，故称帝。
② 三马同槽之梦：曹操梦见三马同槽，即有三匹马在吃他（"曹""槽"同音）。
③ 司马氏：即司马懿、司马师、司马昭父子。
④ 马腾父子：即马腾、马超、马岱父子。
⑤ 李肃以赚董卓：李肃骗董卓（致其为吕布所杀，因为他和王司徒都以为董卓会称帝）。
⑥ 真：真称帝。
⑦ 贻：给予。帝辩：汉少帝刘辩。
⑧ 许田：地名。打围：打猎。
⑨ 是：此。

十、《三国志》有同树异枝、同枝异叶，
同叶异花、同花异果之妙

　　《三国》一书，有同树异枝、同枝异叶，同叶异花、同花异果之妙。作文者以善避为能，又以善犯为能①。不犯之而求避之，无所见其避也；惟犯之而后避之，乃见其能避也。

　　如纪宫掖②，则写一何太后，又写一董太后；写一伏皇后，又写一曹皇后，写一唐贵妃，又写一董贵人；写甘、糜二夫人，又写一孙夫人，又写一北地王妃；写魏之甄后、毛后，又写一张后，而其间无一字相同。

　　纪戚畹③，则何进之后写一董承，董承之后又写一伏完；写一魏之张缉，又写一吴之钱尚，而其间亦无一字相同。

　　写权臣，则董卓之后又写李傕、郭汜，傕、汜之后又写曹操，曹操之后又写一曹丕，曹丕之后又写一司马懿，司马懿之后又并写师、昭兄弟，师、昭之后又继写一司马炎，又旁写一吴之孙琳，而其间亦无一字相同。

　　其他叙兄弟之事，则袁谭与袁尚不睦，刘琦与刘琮不睦，曹丕与曹植亦不睦，而谭与尚皆死，琦与琮一死一不死，丕与植皆不死，不大异乎！

　　叙婚姻之事，则如董卓求婚于孙坚，袁术约婚于吕布，曹操约婚于袁谭，孙权结婚于刘备，又求婚于云长，而或绝而不许，或许而复绝，或伪约而反成，或真约而不就，不大异乎！

　　至于王允用美人计，周瑜亦用美人计，而一效一不效则互异。卓、布相恶，傕、汜亦相恶，而一靖一不靖则互异。献帝有两番密诏，则前隐而后彰；马腾亦有两番讨贼，则前彰而后隐，此其不同者矣。吕布有两番弑父，而前动于④财，后动于色；前则以私灭公，后则假公济私，此又其不同者矣。赵云有两番救主，而前救于陆，后救于水；前则受之主母之手，后则夺之主母之怀，此又其不同者矣。

　　若夫⑤写水，不止一番，写火亦不止一番。曹操有下邳之水，又有冀州之水；关公有白河之水，又有罾口川之水。吕布有濮阳之火，曹操有乌巢之火，周郎有

---

① 善避：善于避免雷同。善犯：善于相互不同。
② 宫掖：原意为皇宫，喻皇室。
③ 戚畹[wǎn]：原意为外戚聚居之地，喻皇亲国戚。
④ 动于：动机在于。
⑤ 若夫：至于。

赤壁之火,陆逊有猇亭之火,徐盛有南徐之火,武侯①有博望、新野之火,又有盘蛇谷、上方谷之火,前后曾有丝毫相犯否?

甚者孟获之擒有七,祁山之出有六,中原之伐有九,求其一字之相犯而不可得。

妙哉文乎!譬犹树同是树,枝同是枝,叶同是叶,花同是花,而其植根安蒂,吐芳结子,五色纷披,各成异彩。读者于此,可悟文章有避之一法,又有犯之一法也。

十一、《三国志》有星移斗转、雨覆风翻之妙

《三国》一书有星移斗转、雨覆风翻之妙。杜少陵诗曰:"天上浮云如白衣,斯须改变成苍狗。"此言世事之不可测也,《三国》之文亦犹是尔②。

本是何进谋诛宦官,却弄出宦官杀何进,则一变。本是吕布助丁原,却弄出吕布杀丁原,则一变。本是董卓结吕布,却弄出吕布杀董卓,则一变。本是陈宫释曹操,却弄出陈宫欲杀曹操,则一变。陈宫未杀曹操,反弄出曹操杀陈宫,则一变。本是王允不赦催、汜,却弄出催、汜杀王允,则一变。本是孙坚与袁术不睦,却弄出袁术致书于孙坚,则一变。本是刘表求救于袁绍,却弄出刘表杀孙坚,则一变。本是昭烈从袁绍以讨董卓③,却弄出助公孙瓒以攻袁绍,则一变。本是昭烈救徐州,却弄出昭烈取徐州,则一变。本是吕布投徐州,却弄出吕布夺徐州,则一变。本是吕布攻昭烈,却弄出吕布迎昭烈,则一变。本是吕布绝袁术,又弄出吕布求袁术,则一变。本是昭烈助吕布以讨袁术,又弄出助曹操以杀吕布,则一变。本是昭烈助曹操,又弄出昭烈讨曹操,则一变。本是昭烈攻袁绍,又弄出昭烈投袁绍,则一变。本是昭烈助袁绍以攻曹操,又弄出关公助曹操以攻袁绍,则一变。本是关公寻昭烈,又弄出张飞欲杀关公,则一变。本是关公许田欲杀曹操,又弄出华容道放曹操,则一变。本是曹操追昭烈,又弄出昭烈投东吴以破曹操,则一变。本是孙权仇刘表,又弄出鲁肃吊刘表、又吊刘琦,则一变。本是孔明助周郎,却弄出周郎欲杀孔明,则一变。本是周郎欲害昭烈,却弄出孙权结婚昭

---

① 武侯:即诸葛亮。
② 是尔:如此。
③ 昭烈:即刘备。从:跟从。

烈,则一变。本是用孙夫人制昭烈,却弄出孙夫人助昭烈,则一变。本是孔明气死周郎,又弄出孔明哭周郎,则一变。本是昭烈不受刘表荆州,却弄出昭烈借荆州,则一变。本是刘璋欲结曹操,却弄出迎昭烈,则一变。本是刘璋迎昭烈,却弄出昭烈夺刘璋,则一变。本是昭烈分荆州,又弄出吕蒙袭荆州,则一变。本是昭烈破东吴,又弄出陆逊败昭烈,则一变。本是孙权求救于曹丕,却弄出曹丕欲袭孙权,则一变。本是昭烈仇东吴,又弄出孔明结好东吴,则一变。本是刘封听孟达,却弄出刘封攻孟达,则一变。本是孟达背昭烈,又弄出孟达欲归孔明,则一变。本是马腾与昭烈同事,又弄出马超攻昭烈,则一变。本是马超救刘璋,却弄出马超投昭烈,则一变。本是姜维敌孔明,却弄出姜维助孔明,则一变。本是夏侯霸助司马懿,却弄出夏侯霸助姜维,则一变。本是钟会忌邓艾,却弄出卫瓘杀邓艾,则一变。本是姜维赚钟会,却弄出诸将杀钟会,则一变。本是羊祜和陆抗,却弄出羊祜请伐孙皓,则一变。本是羊祜请伐吴,却弄出一杜预,又弄出一王睿,则一变。

论其呼应有法,则读前卷定知其有后卷;论其变化无方,则读前文更不料其有后文。于其可知,见《三国》之文之精,于其不可料,更见《三国》之文之幻矣。

十二、《三国志》有横云断岭、横桥锁溪之妙

《三国》一书,有横云断岭、横桥锁溪之妙。文有宜于连者,有宜于断者。如五关斩将、三顾草庐、七擒孟获,此文之妙于连者也。如三气周瑜、六出祁山、九伐中原,此文之妙于断者也。

盖文之短者,不连叙则不贯串;文之长者,连叙则惧其累坠[1],故必叙别事以间之,而后文势乃错综尽变。后世稗官家[2]鲜能及此。

十三、《三国志》有将雪见霰、将雨闻雷之妙

《三国》一书,有将雪见霰、将雨闻雷之妙。将有一段正文在后,必先有一段闲文以为之引;将有一段大文在后,必先有一段小文以为之端。如:将叙曹操濮

---

① 累坠:同"累赘"。
② 稗官家:小说家。

阳之火,先写糜竺家中之火一段闲文以启之;将叙孔融求救于昭烈,先写孔融通刺于李膺一段闲文以启之;将叙赤壁纵火一段大文,先写博望、新野两段小文以启之;将叙六出祁山一段大文,先写七擒孟获一段小文以启之是也。"鲁人将有事于上帝,必先有事于泮宫"①,文章之妙,正复类是。

十四、《三国志》有浪后波纹、雨后霹霖之妙

《三国》一书,有浪后波纹、雨后霹霖之妙。凡文之奇者,文前必有先声,文后亦必有余势。如董卓之后,又有从贼以继之;黄巾之后,又有余党以衍之;昭烈三顾草庐之后,又有刘琦三请诸葛一段文字以映带之;武侯出师一段大文之后,又有姜维伐魏一段文字以荡漾之,是也。诸如此类,皆他②书中所未有。

十五、《三国志》有寒冰破热、凉风扫尘之妙

《三国》一书,有寒冰破热、凉风扫尘之妙。如关公五关斩将之时,忽有镇国寺内遇普静长老一段文字。昭烈跃马檀溪之时,忽有水镜庄上遇司马先生一段文字。孙策虎踞江东之时,忽有遇于吉一段文字。曹操晋爵魏王之时,忽有遇左慈一段文字。昭烈三顾草庐之时,忽有遇崔州平、席地闲谈一段文字。关公水淹七军之后,忽有玉泉山月下点化一段文字。

至于武侯征蛮而忽逢孟节、陆逊追蜀而忽遇黄承彦、张任临敌而忽问紫虚丈人、昭烈伐吴而忽问青城老叟,或僧或道,或隐士或高人,俱于极喧闹中求之,真足令人躁思顿清、烦襟尽涤。

十六、《三国志》有笙箫夹鼓、琴瑟间钟之妙

《三国》一书,有笙箫夹鼓、琴瑟间钟之妙。如:正叙黄巾扰乱,忽有何后、董后两宫争论一段文字。正叙董卓纵横,忽有貂蝉凤仪亭一段文字。正叙催、汜猖狂,忽有杨彪夫人与郭汜之妻来往一段文字。正叙下邳交战,忽有吕布送女、严

① 引自《礼记·礼器》。上帝:天神。泮[pàn]宫:学府。
② 他:其他。

96

氏恋夫一段文字。正叙冀州厮杀，忽有袁谭失妻、曹丕纳妇一段文字。正叙荆州事变，忽有蔡夫人商议一段文字。正叙赤壁鏖兵，忽有曹操欲取二乔一段文字。正叙宛城交攻，忽有张济妻与曹操相遇一段文字。正叙赵云取桂阳，忽有赵范寡嫂敬酒一段文字。正叙昭烈争荆州，忽有孙权亲妹洞房花烛一段文字。正叙孙权战黄祖，忽有孙翊妻为夫报仇一段文字。正叙司马懿杀曹爽，忽有辛宪英为弟画策①一段文字。至于袁绍讨曹操之时，忽带叙郑康成之婢；曹操救汉中之日，忽带叙蔡中郎之女，诸如此类，不一而足。

人但知《三国》之文是叙龙争虎斗之事，而不知为凤、为鸾、为莺、为燕，篇中有应接不暇者，令人于干戈队里时见红裙，旌旗影中常睹粉黛，殆②以豪士传与美人传合为一书矣。

十七、《三国志》有隔年下种、先时伏着之妙

《三国》一书，有隔年下种、先时伏着之妙。善圃③者投种于地，待时而发。善奕④者下一闲着于数十着之前，而其应在数十着之后。文章叙事之法亦犹是已。如：西蜀刘璋乃刘焉之子，而首卷将叙刘备，先叙刘焉，早为取西川伏下一笔。又于玄德⑤破黄巾时，并叙曹操，带叙董卓，早为董卓乱国、曹操专权伏下一笔。赵云归昭烈在古城聚义之时，而昭烈之遇赵云，早于磐河战公孙时伏下一笔。马超归昭烈在葭萌战张飞之后，而昭烈之与马腾同事，早于受衣带诏时伏下一笔。庞统归昭烈在周郎既死之后，而童子述庞统姓名，早于水镜庄前伏下一笔。武侯叹"谋事在人、成事在天"，在上方谷火灭之后，而司马徽"未遇其时"之语、崔州平"天不可强"之言，早于三顾草庐前伏下一笔。刘禅帝蜀⑥四十余年而终，在一百十回之后，而鹤鸣之兆，早于新野初生时伏下一笔。姜维九伐中原在一百五回之后，而武侯之收姜维，早于初出祁山时伏下一笔。姜维与邓艾相遇在三伐中原之后，姜维与钟会相遇在九伐中原之后，而夏侯霸述两人姓名，早于未伐中原时伏下一笔。曹丕篡汉在八十回中，而青云紫云之祥，早于三十三回之前

---

① 画策：划策、策划。
② 殆：几乎。
③ 圃[pǔ]：（动词）种植。
④ 奕：通"弈"，下棋（尤指围棋）。
⑤ 玄德：刘备，字玄德。
⑥ 刘禅：即阿斗，刘备之子，继位为蜀汉怀帝。帝蜀：为帝于蜀。

伏下一笔。孙权僭号在八十五回后,而吴夫人梦日之兆,早于三十八回中伏下一笔。司马篡魏在一百十九回,而曹操梦马之兆,早于五十七回中伏下一笔。

自而外,凡伏笔之处,指不胜屈①。每见近世稗官家一到扭捏不来之时,便平空生出一人,无端造出一事,觉后文与前文隔断,更不相涉。试令读《三国》之文,能不汗颜!

十八、《三国志》有添丝补锦、移针匀绣之妙

《三国》一书,有添丝补锦、移针匀绣之妙。凡叙事之法,此篇所阙②者补之于彼篇,上卷所多者匀之于下卷,不但使前文不拖沓,而亦使后文不寂寞;不但使前事无遗漏,而又使后事增渲染,此史家妙品也。如:吕布取曹豹之女,本在未夺徐州之前,却于困下邳时叙之。曹操望梅止渴,本在击张绣之日,却于青梅煮酒时叙之。管宁割席分坐,本在华歆未仕之前,却于破壁取后时叙之。吴夫人梦月,本在将生孙策之前,却于临终遗命时叙之。侯求黄氏为配,本在未出草庐之前,却于诸葛瞻死难时叙之。诸如此类,亦指不胜屈。

前能留步以应后,后能回照以应前,令人读之,真一篇如一句。

十九、《三国志》有近山浓抹、远树轻描之妙

《三国》一书,有近山浓抹、远树轻描之妙。画家之法,于山与树之近者,则浓之重之;于山与树之远者,则轻之淡之。不然,林麓迢遥,峰岚层叠,岂能于尺幅之中一一而详绘之乎? 作文亦犹是已。如:皇甫嵩破黄巾,只在朱隽一边打听得来;袁绍杀公孙瓒,只在曹操一边打听得来;赵云袭南郡,关、张袭两郡,只在周郎眼中、耳中得来;昭烈杀杨奉、韩暹,只在昭烈口中叙来;张飞夺古城,在关公耳中听来;简雍投袁绍,在昭烈口中说来。至若曹丕三路伐吴而皆败,一路用实写,两路用虚写;武侯退曹丕五路之兵,惟遣使入吴用实写,其四路皆虚写。诸如此类,又指不胜屈。

只一句两句,正不知包却几许事情,省却几许笔墨③。

---

① 指不胜屈:举不胜举。
② 阙:同"缺"。
③ 包却:包含("却"为虚词)。省却:省略("却"为虚词)。

二十、《三国志》有奇峰对插、锦屏对峙之妙

《三国》一书,有奇峰对插、锦屏对峙之妙。其对之法,有正对者,有反对者,有一卷之中自为对者,有隔数十卷而遥为对者。如:昭烈则自幼便大①,曹操则自幼便奸;张飞则一味性急,何进则一味性慢;议温明是董卓无君,杀丁原是吕布无父;袁绍磐河之战胜败无常,孙坚岘山之役生死不测;马腾勤王室而无功,不失为忠,曹操报父仇而不果,不得为孝;袁绍起马步三军而复回,是力可战而不断,昭烈擒王、刘二将而复纵,是势不敌而从权;孔融荐祢衡是缟衣之好,祢衡骂曹操是巷伯之心;昭烈遇德操②是无意相遭,单福过新野是有心来谒。曹丕苦逼生曹植是同气戈矛,昭烈痛哭死关公是异姓骨肉;火熄上方谷是司马之数③当生,灯灭五丈原是诸葛之命当死。诸如此类,或正对,或反对,皆一回之中而自为对者也。如:以国戚害国戚,则有何进;以国戚荐国戚,则有伏完;李肃说吕布,则以智济其恶;王允说吕布,则以巧行其忠;张飞失徐州,则以饮酒误事;吕布陷下邳,则以禁酒受殃;关公饮鲁肃之酒是一片神威,羊祜饮陆抗之酒是一团和气;孔明不杀孟获是仁者之宽,司马懿必杀公孙渊是奸雄之刻;关公义释曹操是报其德于前,翼德④义释严颜是收其用于后;武侯不用子午谷之计是慎谋以图全,邓艾不惧阴平岭之危是行险以侥幸;曹操有病,陈琳一骂便好,王朗无病,孔明一骂便亡;孙夫人好甲兵是女中丈夫,司马懿受巾帼⑤是男中女子;八日而取上庸,则以速而神,百日而取襄平,则以迟而胜;孔明屯田渭滨是进取主谋,姜维屯田沓中是退避之计;曹操受汉之九锡,是操之不臣,孙权受魏之九锡,是权之不君⑥;曹操射鹿,义乖⑦于君臣,曹丕射鹿,情动于母子。杨仪、魏延相争于班师之日,邓艾、钟会相忌在用兵之时;姜维欲继孔明之志,人事逆乎天心,杜预能承羊祜之谋,天时应乎人力。诸如此类,或正对,或反对,皆不在一回之中而遥相为对者也。

---

① 大:大气。
② 德操:即司马徽,字德操。
③ 司马:司马懿。数:天数。
④ 翼德:即张飞,字翼德。
⑤ 受:接受。巾帼:女子头巾。
⑥ 九锡[cì]:九种赏赐,最高礼遇(锡:同"赐")。操:曹操。权:孙权。
⑦ 乖:背。

诚于此较量而比观焉,岂不足快读古之胸而长尚论之识①?

二十一、《三国志》有首尾大照应、中间入关锁处

《三国》一书,有首尾大照应、中间入关锁处。如首卷以十常侍为起,而末卷有刘禅之宠中贵②以结之,又有孙皓之宠中贵以双结之,此一大照应也。又如首卷以黄巾妖术为起,而末卷有刘禅之信师婆③以结之,又有孙皓之信术士④以双结之,此又一大照应也。

照应既在首尾,而中间百余回之内若无有与前后相关合者,则不成章法矣。于是有伏完之托黄门寄书,孙亮之察黄门盗蜜以关合前后;又有李傕之喜女巫,张鲁之用左道⑤以关合前后。

凡若此者,皆天造地设,以成全篇之结构者也。然犹不止此也,作者之意,自宦官、妖术而外,尤重在严诛乱臣贼子以自附于《春秋》之义。故书中多录讨贼之忠,纪弑君之恶。而首篇之末则终之以张飞之勃然欲杀董卓,末篇之末则终之以孙皓之隐然欲杀贾充。

由此观之,虽曰演义,直可继《麟经》⑥而无愧耳。

二十二、《三国志》叙事胜过《史记》

《三国》叙事之佳,直与《史记》仿佛,而其叙事之难则有倍难于《史记》者。《史记》各国分书,各人分载,于是有本纪、世家、列传之别。今《三国》则不然,殆⑦合本纪、世家、列传而总成一篇。

分则文短而易工⑧,合则文长而难好也。

---

① 快读:痛快读懂。古之胸:古人之胸意。长[zhǎng]:长进。尚论之识:高论之见识。
② 中贵:得势太监(中:宫内)。
③ 师婆:巫婆。
④ 术士:方士。
⑤ 左道:邪道。
⑥ 直:简直。《麟经》:《春秋》别名。
⑦ 殆:可说。
⑧ 工:工整。

二十三、《三国志》较《列国志》更为首尾贯串

读《三国》胜读《列国志》。夫①《左传》《国语》,诚文章之最佳者,然左氏依"经"而立"传","经"既逐段各自成文,"传"亦逐段各自成文,不相联属也。《国语》则离"经"而自为一书,可以联属矣;究竟《周语》《鲁语》《晋语》《郑语》《齐语》《楚语》《吴语》《越语》八国分作八篇,亦不相联属也。后人合《左传》《国语》而为《列国志》。因国事多烦,其段落处,到底不能贯串。

今《三国演义》,自首至尾读之,无一处可断,其书又在《列国志》之上。

二十四、《三国志》优于《西游记》

读《三国》胜读《西游记》。《西游》捏造妖魔之事,诞而不经,不若《三国》实叙帝王之事,真而可考也。且《西游》好处,《三国》已皆有之。如哑泉、黑泉之类,何异子母河、落胎泉之奇?朵思大王、木鹿大王之类,何异牛魔、鹿力、金角、银角之号?伏波显圣、山神指迷之类,何异南海观音之救?只一卷"汉相南征记",便抵得一部《西游记》矣。

至于前而镇国寺,后而玉泉山,或目视戒刀、脱离火厄,或望空一语、有同棒喝,岂必诵灵台方寸②?斜月三星③之文,乃悟禅心乎哉!

二十五、《三国志》优于《水浒传》

读《三国》胜读《水浒传》。《水浒》文字之真,虽较胜《西游》之幻,然无中生有、任意起灭,其匠心不难④,终不若《三国》叙一定之事,无容改易,而卒⑤能匠心之为难也。且三国人才之盛,写来各各出色,又有高出于吴用、公孙胜等万万者。

吾谓才子书之目,宜以《三国演义》为第一。

---

① 夫:文言发声词,无实义。
② 灵台、方寸:均"心"的别称。
③ 斜月三星:一勾斜月,三点星光,即一"心"字。
④ 匠心:构思。
⑤ 卒:终。

关于《三国志演义》[①]

鲁 迅

　　宋之说话人,于小说及讲史皆多高手(名见《梦粱录》及《武林旧事》),而不闻有著作;元代扰攘,文化沦丧,更无论矣。日本内阁文库藏至治[②]间(一三二一——一三二三)新安虞氏刊本"全相(犹今所谓绣像全图)平话"五种[③],曰《武王伐纣书》,曰《乐毅图齐七国春秋后集》,曰《秦并六国》,曰《吕后斩韩信前汉书续集》,曰《三国志》[④],每集各三卷(《斯文》第八编第六号,盐谷温《关于明的小说"三言"》),今惟《三国志》有印本(盐谷博士影印本及商务印书馆翻印本),他四种未能见。其《全相三国志平话》分为上下二栏,上栏为图,下栏述事,以桃园结义始,孔明病殁终。而开篇亦先叙汉高祖杀戮功臣,玉皇断狱,令韩信转生为曹操,彭越为刘备,英布为孙权,高祖则为献帝,立意与《五代史平话》无异。惟文笔则远不逮[⑤],词不达意,粗具梗概而已,如述"赤壁鏖兵"云:

　　　　却说武侯[⑥]过江到夏口,曹操舡[⑦]上高叫:"吾死矣!"众军曰:"皆是蒋干。"众官乱刀锉蒋干为万段。曹操上舡,荒速夺路,走出江口,见四面舡上,皆为火也。见数十只舡,上有黄盖言曰,"斩曹贼,使天下安若太山[⑧]!"曹相百官,不通水战,众人发箭相射。却说曹操措手不及,四面火起,箭又相射。

① 本文节选自《中国小说史略》第十四篇"元明传来之讲史(上)",题目系本书选注者所加。本文要点:罗贯中《三国演义》问世前,已有《三国志平话》,还有诸多"说三国"的话本、杂剧,罗贯中《三国演义》可谓集大成者。今存《三国演义》最古者,为[明]弘治甲寅(一四九四)刊本,二十四卷,二百四十回。[清]康熙时,毛宗岗整理、删改旧本,遂成毛本《三国演义》,一百二十回(此为后世通行版本)。

② 至治:元英宗硕德八剌年号。

③ 新安虞氏刊本全相平话五种日本所藏原刊题"建安虞氏新刊"。建安即今福建建瓯,虞氏系刊行者姓氏。此五种平话均分上中下三卷,不题撰者。

④ 《三国志》:即下文《全相三国志平话》。

⑤ 不逮:不及。

⑥ 武侯:即诸葛亮,谥"忠武侯",故称。

⑦ 舡[chuán]:同"船"。

⑧ 太山:同"泰山"。

曹操欲走,北有周瑜,南有鲁肃,西有陵统甘宁,东有张昭、吴苞,四面言杀。史官曰:"倘非曹公家有五帝之分①,孟德②不能脱。"曹操得命,西北而走,至江岸,众人撮曹公上马。却说黄昏火发,次日斋时方出,曹操回顾,尚见夏口舡上烟焰张天,本部军无一万③。曹相望西北而走,无五里,江岸有五千军,认得是常山赵云,拦住,众官一齐攻击,曹相撞阵过去。……

至晚,到一大林。……曹公寻滑荣路④去,行无二十里,见五百校刀手,关将⑤拦住。曹相用美言告云长⑥:"看操亭侯⑦有恩。"关公曰:"军师严令。"曹公撞阵却过。说话间,面生尘雾,使曹公得脱。关公赶数里复回,东行无十五里,见玄德、军师。是走了曹贼,非关公之过也。言使人小看玄德(案:此句不可解)。众问为何。武侯曰:"关将仁德之人,往日蒙曹相恩,其此而脱矣。"关公闻言,忿然上马。告主公复追之。玄德⑧曰:"吾弟性匪石⑨,宁奈不倦⑩。"军师言:"诸葛赤(亦?)去,万无一失。"……(卷中十八至十九页)

观其简率之处,颇足疑为说话人所用之话本,由此推演,大加波澜,即可以愉悦听者,然页必有图,则仍亦供人阅览之书也。余四种恐亦此类。

说《三国志》者,在宋已甚盛,盖当时多英雄,武勇智术,瑰玮动人,而事状⑪无楚汉之简,又无春秋列国之繁,故尤宜于讲说。东坡(《志林》六)谓:

王彭⑫尝云,途巷中小儿薄劣⑬,其家所厌苦⑭,辄与⑮钱,令聚坐听说古

---

① 分:福分。
② 孟德:即曹操,字孟德。
③ 一万:万无一存。
④ 滑荣路:亦作"华容道"。
⑤ 关将:关羽将军。
⑥ 云长:即关羽,字云长。
⑦ 亭侯:关羽曾降曹操,受封寿亭侯。
⑧ 玄德:即刘备,字玄德。
⑨ 匪石:执拗(语出《诗经·邶风·柏舟》:"我心匪石,不可转也。")。
⑩ 宁奈不倦:要耐心(说服)而不可厌倦。
⑪ 事状:事情。
⑫ 王彭,南朝宋人,见《南史·王彭传》:"王彭,盱台直渎人也。少丧母,元嘉初,父又丧亡。家贫力弱,无以营葬。兄弟二人,昼则佣力,夜则号感,乡里并哀之,乃各出夫力助作砖,砖须水而天旱,穿井数十丈,泉不出。墓处去淮五里,荷担远汲,困而不周。彭号天自诉,如此积日。一旦大雾,雾歇,坲灶前忽生泉水,乡邻助之者并嗟神异,县邑近远悉往观之。葬竟,水便自竭。元嘉九年,太守刘伯龙依事表言,改其里为通灵里,蠲租布三世。"
⑬ 薄劣:顽皮。
⑭ 其家所厌苦:在家里觉得厌倦而困苦。
⑮ 辄:便、就。与:通"予",给予。

103

话，至说三国事，闻刘玄德败，频蹙眉，有出涕者，闻曹操败，即喜唱快。以是知君子、小人之泽①，百世不斩②。

在瓦舍③，"说三分"为说话④之一专科，与"讲《五代史》"并列（《东京梦华录》五）。金元杂剧亦常用三国时事，如《赤壁鏖兵》《诸葛亮秋风五丈原》《隔江斗智》《连环计》《复夺受禅台》⑤等，而今日搬演为戏文者尤多，则为世之所乐道可知也。其在小说，乃因有罗贯中本而名益显。

贯中，名本，钱唐人（明郎瑛《七修类稿》二十三田汝成《西湖游览志余》二十五胡应麟《少室山房笔丛》四十一），或云名贯，字贯中（明王圻《续文献通考》一百七十七），或云越人，生洪武初（周亮工《书影》），盖元明间人（约一三三〇——四〇〇）。所著小说甚夥⑥，明时云有数十种（《志余》），今存者《三国志演义》⑦之外，尚有《隋唐志传》《残唐五代史演义》《三遂平妖传》《水浒传》等；亦能词曲，有杂剧《龙虎风云会》⑧（目见《元人杂剧选》）。然今所传诸小说，皆屡经后人增损，真面殆⑨无从复见矣。

罗贯中本《三国志演义》⑩，今得见者以明弘治甲寅（一四九四）刊本为最古，全书二十四卷，分二百四十回，题曰"晋平阳侯陈寿史传，后学罗本贯中编次"。起于汉灵帝中平元年"祭天地桃园结义"，终于晋武帝太康元年"王濬计取石头城"，凡首尾九十七年事实，皆排比陈寿《三国志》及裴松之⑪注，间亦仍采平话，又加

---

① 泽：通"择"，选择。
② 斩：断绝。
③ 瓦舍：勾栏瓦舍，演戏、说书的场所。
④ 说话：说书。
⑤ 《赤壁鏖兵》，陶宗仪《辍耕录》卷二十五"金院本名目"著录，今佚。《诸葛亮秋风五丈原》，一名《诸葛亮军屯五丈原》，曹本《录鬼簿》著录，金元间王仲文撰，今残存逸文。《隔江斗智》，全名《两军师隔江斗智》，元明间无名氏撰。明臧晋叔《元曲选》辛集收入。《连环计》，全名《锦云堂暗定连环计》，一作《锦云堂美女连环记》，元无名氏撰。明臧晋叔《元曲选》壬集收入。《复夺受禅台》，全名《司马昭复夺受禅台》。同名剧作有二种，一为元李寿卿撰，一为元李取进撰，曹本《录鬼簿》均著录，不见传本。
⑥ 夥[huǒ]：同"伙"，多。
⑦ 《三国演义》：全称《三国志通俗演义》，今称《三国演义》。
⑧ 《龙虎风云会》全称《宋太祖龙虎风云会》，叙宋太祖赵匡胤夜访赵普及统一中国故事。明息机子辑《杂剧选》收入。
⑨ 殆：几乎。
⑩ 按：罗贯中本《三国志演义》卷首有弘治甲寅(1494)庸愚子(蒋大器)序和嘉靖壬午年(1522)关中修髯子(张尚德)小引，因商务印书馆影印时抽去该小引，致被误认为弘治年间刊本。此书为今所见《三国演义》最早刊本。
⑪ 陈寿，字承祚，西晋史官，曾任著作郎、治书侍御史，撰成《三国志》一书。裴松之，字世期，南朝宋史家，曾为《三国志》作注。

推演而作之;论断颇取陈裴及习凿齿孙盛①语,且更盛引"史官"及"后人"诗。然据旧史即难于抒写,杂虚辞复易滋混淆,故明谢肇淛②(《五杂组》十五)既以为"太实则近腐",清章学诚③(《丙辰札记》)又病④其"七实三虚惑乱观者"也。至于写人,亦颇有失,以致欲显刘备之长厚而似伪,状诸葛之多智而近妖;惟于关羽,特多好语,义勇之概,时时如见矣。如叙羽之出身⑤丰采及勇力云:

> ……阶下一人大呼出曰:"小将愿往,斩华雄头献于帐下!"众视之,见其人身长九尺五寸,髯长一尺八寸,丹凤眼,卧蚕眉,面如重枣,声似巨钟,立于帐前。绍⑥问何人。公孙瓒曰:"此刘玄德之弟关某也。"绍问现居何职。瓒曰:"跟随刘玄德充马弓手。"帐上袁术大喝曰:"汝欺吾众诸侯无大将耶?量一弓手,安敢乱言。与我乱棒打出!"曹操急止之曰:"公路⑦息怒,此人既出大言,必有广学。试教出马,如其不胜,诛亦未迟。"……关某曰:"如不胜,请斩我头。"操教酾⑧热酒一杯,与关某饮了上马。关某曰:"酒且斟下,某去便来。"出帐提刀,飞身上马。众诸侯听得寨外鼓声大震,喊声大举,如天摧地塌,岳撼山崩。众皆失惊,却欲探听。鸾铃响处,马到中军,云长提华雄之头,掷于地上,其酒尚温。……(第九回"曹操起兵伐董卓")

又如曹操赤壁之败,孔明知操命不当尽,乃故使羽扼华容道,俾⑨得纵之,而又故以军法相要⑩,使立军令状而去,此叙孔明止⑪见狡狯,而羽之气概则凛然,与元刊本平话,相去远矣:

---

① 习凿齿,字彦威,东晋官吏、文人,曾任荥阳太守,撰有《汉晋春秋》。孙盛,字安国,东晋官吏、文人,官至秘书监,加给事中,撰有《魏氏春秋》《晋阳秋》等。
② 谢肇淛,字在杭,明代万历间官吏、文人,曾任广西右布政使,所撰《五杂组》十六卷,多记风物掌故,其中论及《三国演义》时云:"事太实则近腐,可以悦里巷小儿,而不足为士君子道也。"
③ 章学诚,字实斋,清代官吏、文人,曾任国子监典籍,撰有《文史通义》等,其所撰《丙辰札记》中曾云:"凡演义之书,如《列国志》《东西汉》《说唐》及《南北宋》,多记实事;《西游记》《金瓶梅》之类,全凭虚构,皆无伤也。唯《三国演义》则七分实事,三分虚构,以至观者往往为之惑乱。"
④ 病:(动词)诟病、责难。
⑤ 出身:出现时。
⑥ 绍:袁绍。
⑦ 公路,即袁术,字公路。
⑧ 酾[shāi]:斟。
⑨ 俾[bǐ]:使。
⑩ 要:要挟。
⑪ 止:通"只"。

……华容道上，三停①人马，一停落后，一停填了坑堑，一停跟随曹操过险峻，路稍平妥。操回顾，止有三百余骑随后，并无衣甲袍铠整齐者。……又行不到数里，操在马上加鞭大笑。众将问丞相笑者何故。操曰："人皆言诸葛亮、周瑜足智多谋，吾笑其无能为也。今此一败，吾自是欺敌之过，若使此处伏一旅之师，吾等皆束手受缚矣。"言未毕，一声炮响，两边五百校刀手摆列，当中关云长提青龙刀，跨赤兔马，截住去路。操军见了，亡魂丧胆，面面相觑，皆不能言。操在人丛中曰："既到此处，只得决一死战。"众将曰："人纵然不怯，马力乏矣，战则必死。"程昱曰："某知云长傲上而不忍下，欺强而不凌弱，人有患难，必须救之，仁义播于天下。丞相旧日有恩在彼处，何不亲自告之，必脱此难矣。"操从其说，即时纵马向前，欠身与云长曰："将军别来无恙？"云长亦欠身答曰："关某奉军师将令，等候丞相多时。"操曰："曹操兵败势危，到此无路，望将军以昔日之言为重。"云长答曰："昔日关某虽蒙丞相厚恩，某曾解白马之危以报之。今日奉命，岂敢为私乎？"操曰："五关斩将之时，还能记否？古之人大丈夫处世，必以信义为重，将军深明《春秋》，岂不知庾公之斯追子濯孺子②者乎？"云长闻之，低首良久不语。当时曹操引这件事，说犹未了，云长是个义重如山之人，又见曹军惶惶，皆欲垂泪，云长思起五关斩将放他之恩，如何不动心，于是把马头勒回，与众军曰："四散摆开！"这个分明是放曹操的意。操见云长勒回马，便和众将一齐冲将过去。云长回身时，前面众将已自护送操过去了。云长大喝一声，众皆下马，哭拜于地，云长不忍杀之。正犹豫中，张辽纵马至，云长见了，亦动故旧之心，长叹一声，并皆放之。后来史官有诗曰：

　　　　彻胆长存义，终身思报恩，
　　　　威风齐日月，名誉震乾坤，
　　　　忠勇高三国，神谋陷七屯，

---

① 三停：三队。
② 庾公之斯追子濯孺子：典出《孟子·离娄下》（第二十四章）：郑人使子濯孺子侵卫，卫使庾公之斯追之。子濯孺子曰："今日我疾作，不可以执弓，吾死矣夫！"问其仆曰："追我者谁也？"其仆曰："庾公之斯也。"曰："吾生矣！"其仆曰："庾公之斯，卫之善射者也。夫子曰'吾生'，何谓也？"曰："庾公之斯学射于尹公之他，尹公之他学射于我。夫尹公之他，端人也，其取友必端矣。"庾公之斯至，曰："夫子何为不执弓？"曰："今日我疾作，不可以执弓。"曰："小人学射于尹公之他，尹公之他学射于夫子。我不忍以夫子之道，反害夫子。虽然，今日之事，君事也，我不敢废。"抽矢（箭）扣轮，去其金（箭头），发乘矢（四箭）而后反（返）。

至今千古下，军旅拜英魂。

（第一百回"关云长义释曹操"）

　　弘治①以后，刻本甚多，即以明代而论，今尚未能详其凡几种(详见《小说月报》二十卷十号郑振铎《〈三国志演义〉的演化》)。迨②清康熙时，茂苑毛宗岗字序始③，师金人瑞④改《水浒传》及《西厢记》成法，即旧本遍加改窜，自云得古本，评刻之，亦称"圣叹外书"⑤，而一切旧本乃不复行。凡所改定，就其序例可见，约举大端，则一曰"改"，如旧本第百五十九回"废献帝曹丕篡汉"本言曹后助兄斥献帝，毛本则云助汉而斥丕⑥。二曰"增"，如第百六十七回"先主夜走白帝城"本不涉孙夫人，毛本则云"夫人在吴闻猇亭兵败，讹传先主死于军中，遂驱兵至江边，望西遥哭，投江而死"。三曰"削"，如第二百五回"孔明火烧木栅寨"本有孔明烧司马懿于上方谷时，欲并烧魏延，第二百三十四回"诸葛瞻大战邓艾"有艾贻书劝降，瞻览毕狐疑，其子尚诘责之，乃决死战，而毛本皆无有。其余小节，则一者整顿回目，二者修正文辞，三者削除论赞，四者增删琐事，五者改换诗文而已。

① 弘治：明孝宗朱祐樘年号。

② 迨[dài]：到。

③ 茂苑毛宗岗字序始：毛宗岗，字序始，号子庵，茂苑即长洲(今苏州)人，清初文人，重要著述为其对《三国演义》的修订与批注，现通行的一百二十回本《三国演义》，即其修订的版本。

④ 师：仿效。金人瑞，即金圣叹，名采，号鲲鹏散士，明末清初文人，重要著述为其所称"六才子书"(即《庄子》《离骚》《史记》《杜工部集》《水浒传》《西厢记》)的批注。

⑤ "圣叹外书"：金圣叹在《水浒传》每回正文前加上评语，称"圣叹外书"，毛宗岗也以同样手法，在《三国演义》每回前面加上评语，每回里还有夹批，并冒称"圣叹外书"。

⑥ 丕：曹丕，曹操子，灭汉建魏，称魏文帝。

从《三国志平话》到《三国志演义》①

郑振铎

我们要研究元代的小说②,却要舍短篇的话本而去注意长篇的话本。舍"银字儿,说公案"一流的话本,而去注意"铁骑儿"及"讲史书"一流的话本,后者的作品在宋代似乎还不甚发达,而元代却很有幸的竟传下来了不少种,使我们得以考见当时小说界的发展的情形。

元刊本的"讲史"一流的话本,今有元至治刊本《全相③平话五种》十五卷。这部重要的刊本使我们得以窥见元人话本的面目的一斑。至治是元英宗的年号,前后凡三年(公元 1321—1323 年)。恰当于元代的中叶。这五种的《全相平话》是:(一)《武王伐封书》三卷。(二)《乐毅图齐七国春秋后集》三卷。(三)《秦并六国秦始皇传》三卷。(四)《吕后斩韩信前汉书续集》三卷。(五)《三国志平话》三卷。其版式图样皆一例,当系一家所刊。在《三国志》的题页上,写着"新安度氏新刊"数字,则此数种,当皆系虞氏所刊的。当时虞氏所刊,似不仅此五种。将来或更有机会使我们能够发现其他各种罢。至少,在《乐毅图齐七国春秋后集》之前,必定是有一个"前集"的,在《吕后斩韩信前汉书续集》之前,也必定是有一个"正集"的。如此,则这部书至少当有七种。但我们想来,全书似乎决不止七种。在《武王伐封书》之前,如没有《开辟演义》《夏商志传》一类的东西,在《伐封书》之后,《七国春秋》

---

① 本文节选自《郑振铎全集》第九卷《插图本中国文学史》(下),题目系本书选注者所加。本文要点:元代《三国志平话》是罗贯中《三国志演义》的前身。《三国志平话》以因果报应为其骨架:汉之所以分为三国,是因为汉初诛杀三大名将韩信、彭越、英布的报应;三国之所以一统于晋,是因为司马懿前世断狱公平所得上天恩赐,等等。罗贯中作《三国志演义》时,把所有这些统统铲去了。此外,罗贯中还削去了《三国志平话》中许多荒诞不经的叙述,如:曹操劝汉献帝让位于其子曹丕、刘备到太行山落草为寇,等等;同时增加了许多历史上的真实材料(主要取之于陈寿的《三国志》)。他还对文字作了润饰,甚至改写,把原本"枯瘠的记载"变成了"丰赡华腴的描写"。
② 小说:指相对于正史的话本、杂记之类记录闾巷旧闻的稗史。
③ 全相:同"全像"。

之前,却一定是会有《列国志传》一类的东西的。又,继于《前汉书续集》,《三国志》之前的,也当会有一种《光武志》或《后汉书平话》一类的东西。继于《三国志》之后的,或当更有《隋唐志传》《五代平话》《南北宋志传》一类的东西吧? 如此说起来,则我们在罗贯中氏著作《十七史演义》之前,已先有过一部很伟大的、有著作"全史"的平话的野心或计划或竟是成绩的①新安虞氏刊本的"讲史"作品了。我们向来对于罗贯中著作《十七史演义》云云的传说,有些将信将疑。不料在罗氏之前,却先已有着这样规模弘大的著作了。但《全相平话》,还是偏于东南隅的福建省的产物。其在古代文化集中的杭州与乎②成为当时都城的大都③,或当更有比较高级的这一类的著作也难说。可惜我们如今已是得不到它们。

《全相平话五种》,今流行于世者,仅《三国志平话》一种,其余四种,皆为中土学者所不易得见者。……《三国志平话》似非与写作《秦并六国》与《吕后斩韩信》二书同出一个作者之手。因为其著作的态度,显为不同,且其事实也与《吕后斩韩信》不大相连贯。例如,《三国志平话》的骨干,是以刘邦、吕雉屈斩了韩信、彭越、英布三人,所以他们投生为刘备、曹操、孙权三人,三分汉之天下,以为报仇。而在《吕后斩韩信》里,对于这事,我们连一点消息④也看不出,可知其决非出于一手。在《吕后斩韩信》中,已有刘邦死于创⑤、吕雉为韩信阴箭所杀二事,似已尽了报仇的能事,殊不必再于《三国志平话》中添出蛇足似的投生复仇的一段事来。就其全体的结构与内容看来,《三国志平话》实为一部完全独立的书,与《吕后斩韩信》等等并无统系、连贯的关系。也许这部韩、彭、英三将报冤复仇的故事,是很早的便已有了的。也许在宋人讲说"三分"时,已用了这个因果报应之说来耸动俗人的听闻了。

《三国志平话》的开头,便以"江东吴王蜀地川,曹操英勇占中原。不是三人分天下,来报高祖斩首冤"一诗,单刀直入,叙汉之所以会分裂为三国之故。又以此狱⑥久搁未断,赖⑦人间秀才司马仲相⑧判断公明,上帝遂将他投生为司马懿,

---

① 有著作"全史"的平话的野心或计划或竟是成绩的:原文如此,意为有著述"全史"平话的雄心或者计划或者已经写成了的。
② 乎:几乎。
③ 大都:元代地名,位于今北京市区。
④ 消息:痕迹。
⑤ 创:创伤。按:公元前195年,刘邦因讨伐英布叛乱,被流矢射中,其后病重不起,同年崩。
⑥ 狱:案情。
⑦ 赖:有赖。
⑧ 司马仲相:平话中杜撰的东汉初能断阴狱的神人。

削平三国，一统天下，以酬其劳。此便是三国之所以又合为一晋的缘故了。这个结构，是首尾完具、盛水不漏的，与《吕后斩韩信》等之依据史实为起结者大为不同。司马仲相断狱以后，作者便直叙汉末之事："话分两说，今汉灵帝即位，当年铜铁皆鸣。"郓州太山脚下，又塌一穴地。孙学究①因病自投穴中，得了天书一卷。他传于弟子张觉②，觉遂出游四方，度③徒弟十万人，以黄巾为号，与二弟同行叛变。灵帝以皇甫松为元帅，出师讨之。刘备、关羽、张飞三人，结义于桃园，乘时而出，欲讨张觉立功。皇甫松以他们为先锋。张觉等次第④死于他们之手。但因常侍⑤段珪让索贿不遂，他们之功，不得上达。后亏董成⑥之力，刘备方补得安喜县尉。太守、督邮⑦皆欲折辱备⑧，他们遂皆为张飞所杀。备等因往太行山落草。灵帝大惊，斩了十常侍，以首级招安了他们，并以备为平原县丞。后献帝继立，迁都洛阳。董卓独揽政权，擅作威福。曹操、袁绍等起兵讨卓，大战于虎牢关前。卓将吕布英勇无敌，惟有刘、关、张三人杀得胜他。他闭关不出。一面丞相王允却以连环计使吕布杀了董卓。布几为卓的四将所困，突围而出，往投刘备于徐州。后吕布夺了备的徐州，又与曹操战，为操所擒斩。操引刘备入朝，献帝以他为豫州牧⑨。时操专权，帝不忿⑩。有诏要备等讨贼⑪。为操所觉，进兵杀得刘备大败。备与关、张各不相顾。关羽为操所收，而飞则投古城，自立为王，备则投于袁覃处。关羽及思辞操而去，为他斩了袁覃骁将颜良、文丑之后，便弃操追寻刘备。这时备已与张飞会于古城，羽亦继至。他们共投刘表。表以备为辛冶太守。备三顾茅庐，请出诸葛亮为佐。操引大军攻辛冶，备不敌，往投孙权。权以周瑜为帅，敌操，大败之于赤壁。刘备乘机借了荆州暂住。诸葛亮主张备应进兵收取四川，以为基业。备兵遂西进，破了成都，降了刘璋。各自立为汉中王，封关羽、张飞、赵云、黄忠、马超为五虎将。关羽镇守荆州，东吴屡使人求还荆州，羽不与。孙权遂进军攻荆州，杀了关羽。这时，曹丕篡汉，自立为帝。权与备闻之，

---

① 孙学究：平话中杜撰的人物。
② 张觉，亦作张角，东汉末黄巾军首领。
③ 度：收。
④ 次第：先后。
⑤ 常侍：官名，皇帝的侍从近臣。
⑥ 董成，亦作董承，字号不详，东汉末外戚大臣，汉献帝妃董贵人之父。
⑦ 督邮：官名。
⑧ 备：刘备。
⑨ 牧：地方官名。
⑩ 不忿：不平。
⑪ 贼：指曹操。

也各立为吴、蜀帝。备以羽为权兵所杀,悲愤不已,遂起大军征吴。为吴所败,卒于白帝城。诸葛亮辅阿斗为帝,辛勤主国,七擒孟获,先平南蛮,以绝后顾之忧。更六出岐山,以讨反贼(即曹魏),但俱不能有功。最后,亮病卒。姜维继其志,也无所展施。后司马氏篡魏,立晋,使邓艾、钟会平蜀,使王濬、王浑平吴,天下复归于一。但汉帝外孙刘渊逃于北方,不伏①晋人。其子刘聪更骁勇绝人,自立国号曰汉,为刘氏复仇。晋惠帝死,怀帝立。刘聪领军至洛阳,杀了怀帝,又追掳新立的悯帝于长安,灭了晋国,即皇帝位。《三国志平话》之终于刘聪灭晋,而不终于应终的晋灭吴、蜀二国之时,作者似乎仍是持着因果报应的观念,欲以此刘氏的恢复故物②,为后来深惜诸葛之功不就的人弥补缺憾的。

……

《元刊平话五种》作者无考。最早的讲史和英雄传奇作家之可考者惟一罗贯中耳(施耐庵之名尚为一个谜)。在元、明小说的演进上,罗贯中是占着极重要的地位的。活动于宋代的"书会先生",在元代虽似乎也甚努力,但其努力的方向,似已由小说方面而转移到戏曲方面去。中国的小说遂突然由第一黄金时代的南宋,而堕落到像产生《元刊平话五种》的幼稚的元代。与元代的鼎盛的戏文与杂剧较之,诚未免要使人高喊着小说界的不幸。或者,那个时代的人们,已厌倦了比较宁静、单调的说书、讲史,而群趋于金鼓喧天、管弦凄清的剧场中了吧。因此,说书的职业,遂为之冷落。小说的著作,遂为之停顿。但到了元代的末叶,却有罗贯中氏出来,竭其全力,以著作小说,以提倡小说,而小说界的蓬勃气象,遂复为之引起。驯至产生了第二黄金时代的明代。罗氏之功,实不可没。而罗氏的雄健的著作力,在中国小说史上,似乎也一时无比。罗氏盖实继于"书会先生"之后的一位伟大作家。他正是一位继往承来、继绝存亡的俊杰。站在雅与俗、文与质之间的。他以文雅来提高民间粗制品的浅薄,同时又并没有离开民间过远。"雅俗共赏,妇孺皆知"的赞语,加之于罗氏作品之上似乎是最为恰当的。

罗氏的生平,我们不甚明了;在他的作品里,更一无可以供我们研究他的生平的。但很有幸的,在贾仲名的《续录鬼簿》里,却有关于罗贯中的一段话:

> 罗贯中,太原人,号湖海散人。与人寡合。乐府隐语,极为清新。与余

---

① 伏:通"服"。
② 恢复故物:复辟前朝。

为忘年交。遭时多故,各天一方。至正甲辰(公元1364年)复会。别后又六十余年。竟不知其所终。

这虽是寥寥的数语,却是最可珍异的材料。后来的以他为名"本",字贯中,东原人,或武林人,庐睦人。其名或有作"牧"或"木"的诸说,都可以不辨自明了。周亮工《书影》说他是洪武时人,和仲名的记载恰正相符。他是一位不得志的才人。在政治方面必是一点也不曾有过一官半职的。那时(元时)汉人,特别是南方人,在政治上是不用想有什么建树的。在受着少数民族的重重压迫之下,才人名士们毫不能有所展施,于是只好将其才力,用之于戏曲上,用之于小说上。一方面,也许竟带有几分解决生活问题的性质。罗氏的那些小说的流行,对于他,当有几许利益的。陈氏尺蠖斋评释的《西晋志传通俗演义》上,有序一篇道:

> 一代肇兴,必有一代之史。而有信史,有野史。好事者蒐取而演之,以通俗谕人,名曰演义。盖自罗贯中《水浒传》《三国传》始也。罗氏生不逢时,才郁而不得展,始作《水浒传》以抒其不平之鸣。其间描写人情世态、宦况闺思,种种度越人表。迨其子孙三世皆哑,人以为口业之报。

子孙三世皆哑之说,人往往以指施耐庵,此序独加之于罗氏身上,似不可信。
罗氏的著作,传世者不少,但往往皆没其名氏,或为后人所增润删改,大失其本来面目。但这些著作,大都皆为历史小说、讲史及英雄传奇。在其中,《三国志》及《水浒传》最有大名。亦有神怪妖异之作,像《平妖传》的。
《三国志通俗演义》是罗氏作品里最流行的一部,也是被后人修改得最少的一部。毛宗岗的《第一才子书》虽标明他自己伪造的"古本",用来删润罗氏的原本,然所改削的地方究竟不多。罗氏原本的面目,依然存在。近来古本《三国志通俗演义》的发现,不止一本(《三国志演义》有嘉靖间刊本,有商务印书馆影印本,又明刊本甚多。毛氏评本的《第一才子书》最易得),其面目大都无甚异同,可证其即为罗氏原本无疑。依据了这个原本的《三国志通俗演义》,我们可知罗氏对于"讲史"的写作,其态度是改俗为雅,牵野说以就历史的。虽然他仍保存不少旧作的原来的东西,但过于荒诞不经的东西则皆毫不吝惜的铲除无遗。原来,我们要晓得,罗氏的著作,大都不是他自己的创作,而是有所依据的。换言之,他的地位,与其说他是一位"创作家",毋宁说他是一位"编订者",或"改写者",特别是关于"讲史"一部分,因为那些讲史在他之前大都是已有了很古很古的旧本的。不过,他的这位"编订家",或"改写家"所负的责任与所取的态度,却是非同寻常的编订者一般的。他不是毛宗岗、陈继儒、金圣叹一流的人。他乃是更大胆的冯梦龙、褚人穫一流人。他是一位超出于寻常编订家以上的"改作家",有时简直是"重作"。我们试取他的《三国志通俗演义》来一看,便可知他的工作是如何的繁重与重要。《三国志平话》,上文已经说到过,其骨架乃建立在因果报应之说上。汉之所以分为三国,盖因韩信、彭越、英布的报仇,三国所以复合为晋,盖因上天以一统的江山赐给断狱公平的司马仲相。罗贯中氏改作《三国志演义》,则首先将这一段鬼话完全铲去,直由"后汉桓帝崩,灵帝即位,年十二岁"叙起。许多年来胶附于"三国"平话中的这一段原始的民间因果报应谈,至此始与"三国"故事分离。罗氏的手眼,不可谓不高!《三国志演义》之成为纯粹的历史小说,其第一功臣,故当为罗氏。除了司马仲相的阴司断狱一段以外,罗氏的《演义》与元刊本《三国志平话》不同者尚有几点。(一)削去了《平话》中许多荒诞不经的事实,例如:曹操劝汉献帝让位于其子曹丕,刘备到太行山中落草为寇等等。(二)增加了《平话》上所没有的许多历史上的真实材料,例如何进诛宦官,祢衡骂曹操,曹子建七步成章等等。(三)增加了《平话》上所没有的许多诗词、表札。(四)改写了《平话》上许多不经的记载,例如《平话》叙张飞拒操长坂桥,大喊一声,桥竟为之喊断,此实万无此理者,故罗氏改作飞的喊声,惊破了夏侯杰之胆。(五)保存了《平话》的叙述,而将此叙述润饰着,改作着,往往放大到五六倍,以此枯瘠的记载往往顿成了丰赡华腴的描写。有此五点,我们已可知道罗氏改作的功绩是如何的弘伟了。今且引罗氏《三国志演义》的一段于下,以示其作风的一斑:

> 玄德辞二隐者上马,投卧龙岗来。至庄前,下马扣门。童子出。玄德曰:"先生在庄上否?"童子曰:"见在堂上读书。"玄德遂跟童子入,见草堂之上一人拥炉抱膝,歌曰……玄德上草堂,施礼曰:"备久慕先生,无缘拜会。昨因徐元直称荐,敬到仙庄,不遇空回。今特冒雪而来,得见仙颜,实为万幸。"那个少年慌忙答礼而言曰:"将军莫非刘豫州,欲见家兄否?"玄德惊讶而问曰:"先生又非卧龙耶?"其人曰:"卧龙乃二家兄也,道号卧龙。一母所生三人。大家兄诸葛瑾,见在江东孙仲谋处为幕宾。二家兄诸葛亮,与某躬耕于此。某乃孔明之弟诸葛均也。"玄德曰:"令兄先生往何处闲游?"均曰:"博陵崔州平相邀同游,不在庄上二日矣。"玄德曰:"二人何处闲游?"均曰:

"或驾小舟游于江湖之中,或访僧道于山岭之上,或寻朋友于村僻之中,或乐琴棋于洞府之内,往来莫测,不知去所。"玄德曰:"刘备如此缘分浅薄,两番不遇大贤。"嗟呀不已。均曰:"小坐献茶。"张飞曰:"既先生不在,请哥哥上马。"玄德曰:"已亲诣此间,如何无一语而回。"玄德请问曰:"备闻令兄熟谙韬略,日看兵书,可得闻乎?"均曰:"不知。"飞曰:"问他则甚!风雪甚紧,不如早归。"玄德叱之曰:"汝岂知玄机乎?"均曰:"家兄不在,不敢久留车骑,容日却去回礼。"玄德曰:"岂敢望先生枉驾来临。数日之后,备当又至矣。愿借纸笔,留一书上达令兄,以表刘备殷勤之意也。"均遂具文房四宝。玄德呵开冻笔,拂展云笺,其书曰……玄德写罢,递与诸葛均。均送出庄门外,玄德再三殷勤致意。均皆领诺,入庄。玄德上马,忽见童子招手篱外叫曰:"老先生来也。"玄德视之,见一人暖帽遮头,狐裘被体,骑一驴,后随带一青衣小童,携一葫芦酒,踏雪而来,转过小桥,口诵《梁父吟》一首。玄德闻之曰:"此必是卧龙先生也!"滚鞍下马,向前施礼曰:"先生冒寒不易,刘备等候久矣。"那人慌忙下驴,进前作揖。诸葛均在后曰:"此非卧龙家兄,乃家兄岳父黄承彦也。"玄德问曰:"适间所诵之吟,极其高妙,乃系何人所作?"黄承彦曰:"老夫在女婿家观《梁父吟》,记得这一篇。却才过桥,偶望篱落间梅花感而诵之。"玄德曰:"曾见令婿否?"黄承彦曰:"便是老夫径来看拙女小婿矣。"玄德闻言,辞别承彦,上马而行。正值风雪满天,回望卧龙岗,悒怏不已。

三
《西游记》

简介：

【作者】［明］吴承恩。

【名称】又称《西游记平话》《唐僧西游记》《唐三藏西游释厄传》《西游记传》《西游记证道书》《西游真诠》《西游原旨》《通易西游正旨》等。

【体裁】长篇章回体小说。

【主题】取经多难，终得正果。

【人物】主要有：孙悟空、猪八戒、唐僧、沙和尚、观世音。

【情节】主要是：花果山美猴王闹龙宫、闹天宫，被佛祖压在五行山下。后唐僧西天取经，路过五行山时，佛祖将美猴王放出，令其拜唐僧为师，护送唐僧去西天取经。唐僧为美猴王取法名为"悟空"。师徒两人一路西行，先后遇到被贬成妖的天蓬元帅和卷帘大将军，此两人也被佛祖收服，并令其拜唐僧为师。唐僧分别为其取法名"悟能"(小名"八戒")和"悟净"(小名"沙僧")。师徒四人一路西行，一次次遇到妖怪，总共八十一次。这些妖怪大多是想"吃唐僧肉"，但有观世音和其他天神相助，唐僧三个徒弟将其一一制服(此类描述是最主要情节，约占全书七成篇幅)。最后，唐僧师徒到达西天，取得真经。

【版本】明代刊本六种，清代刊本、抄本七种，现通行今人根据上述版本校勘的新版本。

《西游记》考证①

胡　适②

民国十年十二月中，我在百忙中做了三篇《西游记序》，当时搜集材料的时间甚少，故对于考证的方面很不能满足自己的期望。这一年之中，承许多朋友的帮助，添了一些材料；病中多闲暇，遂整理成三篇考证，先在《读书杂志》第六期上发表。当时又为篇幅所限，不能不删节去一部分。这回《西游记》再版付印，我又把前做的《西游记序》和《考证》合并起来，成为这一篇。

一

《西游记》不是元朝的"长春真人"邱处机③作的。元太祖④西征时，曾遣使召邱处机赴军中，处机应命前去，经过一万余里，走了四年，始到军前。当时有一个李志常记载邱处机西行的经历，做成《西游记》二卷。此书乃是一部地理学上的重要材料，并非小说。

---

① 本文选自《胡适文集》第五册。其要点是：一、《西游记》是渊源，可追溯到唐代慧立和尚所著《慈恩三藏玄奘法师传》和玄奘自己所著《大唐西域记》。二、南宋时的《大唐三藏取经诗话》，很可能是《西游记》的前身。三、《西游记》中神通广大的猴行者孙悟空，据鲁迅先生猜测，可能是从中国传说或神话里的无支祁演化而来，但我怀疑，这个神通广大的猴行者不是"国货"，而是从古印度史诗《罗摩衍那》中的猴王哈奴曼演化而来。四、《西游记》中的取经故事，在元杂剧《唐三藏西天取经》(亦名《西游记》)中已有讲述。五、关于《西游记》作者，据鲁迅先生考证，很可能是明代嘉庆年间淮安山阳县人吴承恩。六、《西游记》的中心故事虽是玄奘取经，但经过作者的想象，"居然造出一部大神话"。七、《西游记》在明清两代被人曲解，道士说它是"金丹妙诀"，和尚说它是"禅门心法"，秀才说它是"正心诚意的理学书"；其实，《西游记》"至多不过是一部很有趣味的滑稽小说、神话小说"，如此而已。
② 胡适，字适之，现代学者、作家，曾任北京大学校长，重要著作有《中国哲学史大纲》《尝试集》《白话文学史》等。
③ 丘处机，字通密，号长春子，金元时道士，曾得成吉思汗尊重，死后追封"长春演道主教真人"。
④ 元太祖：孛儿只斤·铁木真，大蒙古国可汗，尊号"成吉思汗"。

小说《西游记》与邱处机《西游记》完全无关，但与唐沙门慧立①做的《慈恩三藏玄奘②法师传》(常州天宁寺有刻本)和玄奘自己著的《大唐西域记》(常州天宁寺有刻本)却有点小关系。玄奘是中国史上一个非常伟大的人物。他二十六岁立志往印度去求经，途中经过了无数困难，出游十七年(628—645)，经历五十多国，带回佛教经典六百五十七部。归国之后，他着手翻译，于十九年中(645—663)，译成重要经论七十三部，凡一千三百三十卷③。慧立为他做的传记——大概是根据于玄奘自己的记载的——写玄奘的事迹最详细，为中国传记中第一部大书。《传》中记玄奘的家世和求经的动机如下：

　　玄奘，俗姓陈，缑氏④人。兄弟四人，他第四。他的二哥先出家，教他诵习经业。他后来也得出家，与兄同居一寺。他游历各地，访求名师，讲论佛法，后入长安，住大觉寺。他"既遍谒⑤众师，备飡⑥其说，**详考其义，各擅宗途⑦，验之圣典，亦隐显有异，莫知适从；乃誓游西方，以问所惑；并取《十七地论》⑧，以释众疑**"⑨。

　　这是玄奘求法的目的。他后来途中有谢高昌王的启⑩，中有云：

　　……远人来译⑪，音训⑫不同；去圣⑬时遥，义类乖舛⑭；辽使双林一味之旨⑮分成当现二常⑯，他化不二之宗⑰，析为南北两道⑱。**纷纭争论，凡数百**

----

① 沙门：或为"娑门""丧门""桑门""沙门那"等，梵文(拉丁拼音)Shramana 的音译，意为静心修炼者，即和尚。慧立，俗姓赵，本名子立，唐代高僧。
② 玄奘，本名陈祎[yī]，唐代高僧，曾赴西域取经，尊为"三藏法师"，后世俗称"唐僧"。
③ 参看《改造》四卷一号梁任公先生的《千五百年前之留学生》。——胡适注
④ 缑氏：洛州缑氏(今河南洛阳偃师)。
⑤ 谒[yè]：拜见。
⑥ 飡[cān]：同"餐"，此处意为获悉。
⑦ 擅[shàn]：专长、独断。宗途：宗派途径。
⑧ 《十七地论》：即《瑜伽师地论》(梵文[拉丁拼音]Yogācārabhūmiśāstra)，简称《瑜伽论》，古印度大乘佛教瑜伽行唯识学派经典。
⑨ 按：此处重点号(现以黑体代之)为引者所加。下同。
⑩ 高昌王：高昌国王麹文泰(按：高昌国乃唐代时一西域小国，位于今新疆吐鲁番市高昌区东南)。启：书启、书信。
⑪ 译：异域。
⑫ 音训：语言。
⑬ 去圣：离圣人(指佛祖)。
⑭ 义类：(对佛的)解释。乖舛[chuǎn]：混乱。
⑮ 辽：远、早先。双林：娑罗双树之林，相传释迦牟尼涅槃于娑罗双树间，以此代指释迦牟尼。一味之旨：单纯旨意。
⑯ 当现二常："当常"和"现常"，即"当现两说"，即南北朝和隋唐之际的两种佛性说。
⑰ 他化：分化。不二之宗：唯一之宗旨，即佛法。
⑱ 析：剖、分。南北两道：南北两派。

年。率土①怀疑，莫有匠决②。玄奘……负笈从师，年将二纪③，……未尝不执卷④踌躇，捧经佗傺⑤；望给园而翘足⑥，想鹫岭而载怀⑦，愿一拜临，启伸宿惑⑧；虽知寸管不可窥天，小蠡难为酌海⑨，但不能弃此微诚⑩，是以束装取路⑪。……

这个动机，不幸被做《西游记》的人完全埋没了。但《传》中说玄奘路上经过的种种艰难困苦，乃是《西游记》的种子。我们且引他初起程的一段：

于是结侣陈表，有诏不许⑫。诸人咸退，唯法师不屈⑬。既方事孤游，又承西路艰险，乃自试其心以人间众苦，种种调伏⑭，堪任不返。然始入塔启请⑮，申其意志，愿乞众圣冥加⑯，使往还无梗⑰。……遂即行矣，时年二十六也。……时国政尚新，疆场未远⑱，禁约百姓不许出蕃⑲。……不敢公⑳出，乃昼伏夜行。……[出]玉门关，……子然孤游沙漠矣。惟望骨聚㉑马粪等。渐进，顷间忽见有军众数百队，满沙碛㉒间，乍行乍息，皆裘毼驼马㉓之像，及

---

① 率土：全境、全国。
② 匠决：断决。
③ 笈[jí]：书箱。年将二纪：将有二十年(一纪为十年)。
④ 执卷：拿着书本。
⑤ 捧经：捧着佛经。佗[chà]傺[chì]：神情恍惚貌。
⑥ 给园：佛寺别称，此处代指西天。翘足：跂足，喻渴望。
⑦ 鹫岭：佛寺别称，此处代指西天。载怀：怀念。
⑧ 启伸：解开。宿惑：往日之困惑。
⑨ 寸管不可窥天，小蠡难为酌海：以管(竹管)窥天，以蠡(水瓢)酌海，喻见识短浅。
⑩ 微诚：小小心愿。
⑪ 是以：因而。取路：上路。
⑫ 陈表：郭外所树表帜，用以示边警，此处代指出边境。有诏不许：有(大唐皇帝)诏书而(他国)不承认。
⑬ 咸：全、都。法师：指玄奘。
⑭ 调伏：调教驯服，佛教谓制伏诸恶。
⑮ 入塔启请：入佛塔求助。
⑯ 冥加：暗中相助。
⑰ 无梗：无阻。
⑱ 国政尚新，疆场未远：立国不久，战事未息。
⑲ 出蕃：出境入蕃(蕃：番邦，异族之地)。
⑳ 公：公然、公开。
㉑ 骨聚：白骨堆。
㉒ 沙碛[qì]：沙漠。
㉓ 裘毼[hé]：(穿)毛皮衣。驼马：(骑)骆驼或马。

旌旗槊毡①之形；易貌移质②，倏忽千变；遥瞻极著③，渐近而微。……见第一烽④，恐候者⑤见，乃隐伏沙沟，至夜方发。到烽西见水，下饮盥讫⑥，欲取皮囊盛水，有一箭飒来，几中于膝；须臾，更一箭来。知为他见，乃大言⑦曰："我是僧，从京师来，汝莫射我。"……

第一烽与第四烽的守者待他还好，放他过去。下文云：

从此已去，即莫贺延碛⑧，长八百余里，古曰沙河。上无飞鸟，下无走兽，复无水草。是时顾影⑨唯一心但⑩念观音菩萨及《般若心经》。初法师在蜀，见一病人，身疮臭秽，衣服破污，愍将向寺⑪，施与饮食衣服之直⑫。病者惭愧，乃授法师此经，因⑬常诵习。至沙河间，逢诸恶鬼，奇状异类，遶⑭人前后；唯念观音，不得全去；即诵此经，发声皆散；在危获济，实所凭⑮焉。

下文又云：

行百余里，失道⑯，觅野马泉，不得。下⑰水欲饮。袋重，失手覆之。千里之资⑱，一朝斯罄⑲！……四顾茫然，人马俱绝。夜则妖魑举火，烂若繁星；昼则惊风拥沙，散如时雨。虽遇如是，心无所惧；但苦水尽，渴不能前。

---

① 槊毡：(持)长矛(戴)毡帽。
② 易貌移质：改变样子，移动身体。
③ 著：明显。
④ 烽：烽火台，边塞关卡。
⑤ 候者：守卫者。
⑥ 下：下去。饮盥：喝水和盥洗。讫：毕。
⑦ 他：他人。大言：大声。
⑧ 已去：而去。莫贺延碛：今称"哈顺戈壁"。
⑨ 顾影：自顾。
⑩ 但：仅。
⑪ 愍[mǐn]：同"悯"，怜悯。将向：带往。
⑫ 直：通"值"，用物。
⑬ 因：因而。
⑭ 遶[rào]：同"绕"。
⑮ 凭：凭借(此经)。
⑯ 失道：迷路。
⑰ 下字作"取下来"解。——胡适注
⑱ 资：本(指水)。
⑲ 罄：尽。

于是时,四夜五日,无一滴沾喉;口腹干焦,几将殒绝①,不能复进,遂卧沙中。默念观音,虽困不舍,启②菩萨曰:"玄奘此行,不求财利,无冀③名誉,但为④无上道心正法⑤来耳。仰惟⑥菩萨慈念群生,以救苦为务。此为苦矣,宁不知耶?"如是告时,心心无辍⑦。至第五夜半,忽有凉风触身,冷快如沐寒水,遂得目明;马亦能起。体既苏息,得少⑧睡眠;……惊寤⑨进发,行可十里,马忽异路⑩,制之不回。经数里,忽见青草数亩,下马恣食。去草十步,欲回转,又到一池,水甘澄镜彻。下而就饮,身命重全,人马俱得苏息。……**此等危难,百千不能备叙⑪**。……

这种记叙,既符合沙漠旅行的状况,又符合宗教经验的心理,真是极有价值的文字。玄奘出流沙后,即到伊吾⑫。高昌国王麴文泰闻知他来了,即遣使来迎接。玄奘到高昌后,国王款待极恭敬,坚留玄奘久住国中,受全国的供养,以终一身。玄奘坚不肯留,国王无法,只能用强力软禁住他;每日进食,国王亲自捧盘。

法师既被停留,违阻先念⑬,遂誓不食,以感其心。于是端坐,水浆不涉于口三日。至第四日,王觉法师气息渐惙⑭,深生愧惧⑮,乃稽首礼谢云:"任法师西行,乞垂早食。"法师恐其不实,要王指日为言。王曰:"若须尔者⑯,请共对佛更结因缘。"遂共入道场礼佛,对母张太妃共⑰法师约为兄弟,任师求法。……仍屈停一月,讲《仁王般若经》⑱,中间为法师营造行服。法师皆

---

① 殒绝:昏厥。
② 启:告知。
③ 冀:希冀、期望。
④ 但为:仅为。
⑤ 道心:佛道。正法:佛法。
⑥ 仰惟:敬想。
⑦ 心心无辍:一心一意(无辍:不放弃)。
⑧ 少:通"稍"。
⑨ 惊寤:突然醒来。
⑩ 异路:走另一条路。
⑪ 备叙:详述。
⑫ 伊吾:古地名,即今新疆哈密。
⑬ 先念:初衷。
⑭ 惙[chuì]:通"辍",停止。
⑮ 愧惧[jù]:既惭愧又害怕。
⑯ 尔者:如此。
⑰ 对:面对。共:与、和。
⑱《仁王般若经》:全称《仁王护国般若波罗蜜多经》,讲述"仁王护国"之法。

许,太妃甚欢,愿与法师长为眷属,代代相度。于是方食。……讲讫,为法师度四沙弥,以充给侍[1];给法服三十具,以[2]西土多寒,又造面衣、手衣、靴袜等各数事[3],黄金一百两,银钱三万,绫及绢等五百疋[4],**充法师往还二十年所用之资**。给马三十疋,手力[5]二十五人,遣殿中侍御史欢信[6],送至叶护可汗[7]衙。又作二十四封书,通屈支[8]等二十四国,每一封书附大绫一疋为信。**又以绫绢五百疋,果味两车,献叶护可汗,并书称"法师者,是奴弟,欲求法于婆罗门国[9]。愿可汗怜师如怜奴,仍请敕以西诸国给鄢落马[10],递送出境"。**

从此以后,玄奘便是"阔留学"了。这一段事,记高昌王与玄奘结拜为兄弟,又为他通书于当时镇服西域的突厥叶护可汗,书中也称玄奘为弟。**自高昌以西,玄奘以"高昌王弟"的资格旅行各国。**这一点大可注意。《西游记》中的唐太宗与玄奘结拜为弟兄,故玄奘以"唐御弟"的资格西行,**这一件事必是从高昌国这一段因缘脱胎出来的。**

以上略述玄奘取经的故事的本身。这个故事是中国佛教史上一件极伟大的故事;所以这个故事的传播,和一切大故事的传播一样,渐渐的把详细节目[11]都丢开了,都"神话化"过了。况且玄奘本是一个伟大的宗教家,他的游记里有许多事实,如沙漠幻景及鬼火之类,虽然都可有理性的解释,在他自己和别的信徒的眼里自然都是"灵异",都是"神迹"。后来佛教徒与民间随时逐渐加添一点枝叶,用奇异动人的神话来代换平常的事实,这个取经的大故事,不久就完全神话化了。

即如上文所引慧立的《慈恩三藏法师传》中一段说:

从此已去,即莫贺延碛,长八百余里,古曰沙河。上无飞鸟,下无走兽,复无水草。是时顾影唯一心但念观音菩萨及《般若心经》。初法师在蜀,见

---

① 度:剃度。四沙弥:四个和尚(沙弥:即沙门。见前注)。给侍:侍从。
② 以:因。
③ 面衣、手衣:外套、手套。数事:数件。
④ 疋[pǐ]:同"匹"。
⑤ 手力:仆人。
⑥ 欢信:人名。
⑦ 叶护可汗:唐代东突厥可汗。
⑧ 屈支,又作"龟兹""鸠兹""屈茨""归兹""丘兹""屈兹""苦先""曲先""苦叉"等,今新疆库车。
⑨ 婆罗门国:即印度。
⑩ 敕:通告。给鄢[yān]:给予、准许(鄢:同"焉")。
⑪ 节目:树木枝干交接处称之为"节",树木纹理纠结不顺处称之为"目",喻事件。

一病人，身疮臭秽，衣服破污，愍将向寺，施与饮食衣服之直。病者惭愧，**乃授法师此经，因常诵习。至沙河间，逢诸恶鬼，奇状异类，遶人前后；唯念观音，不得全去；即诵此经，发声皆散；在危获济，实所凭焉。**

这一段话还合于宗教心理的经验；然而宋朝初年(西历978)辑成的《太平广记》，引《独异志》及《唐新语》，已把这一段故事神话化过了。《太平广记》九十二说：

沙门玄奘，唐武德初①往西域取经，行至罽宾国②，道险，[多]虎豹，不可过。奘不知为计，乃镹③房门而坐。至夕开门，见一老僧，头面疮痍，身体脓血，床上独坐，莫知来由。**奘乃礼拜勤求，僧口授《多心经》一卷，令奘诵之；遂得山川平易，道路开辟，虎豹藏形，魔鬼潜迹，遥至佛国，取经六百余部而归。其《多心经》，至今诵之。**

我们比较这两种记载，可见取经故事"神话化"之速。《太平广记》同卷又说：

初奘将往西域；于灵岩寺见有松一树。奘立于庭，以手摩其枝曰："吾西去求佛教，汝可西长④。若吾归，即却⑤东回，使吾弟子知之。"及去，其枝年年西指，约长数丈。一年，忽东回。门人弟子曰："教主归矣。"乃西迎之。奘果还。至今众谓此松为"摩顶松"。

这正是《西游记》里玄奘说的"但看那山门里松枝头向东，我即回来"(第十二回，又第一百回)的话的来源了。这也可证取经故事的神话化。

欧阳修《于役志》说：

景祐三年丙子七月，甲申，与君玉⑥饮寿宁寺⑦。寺本徐知诰故第⑧；李

---

① 年代误。——胡适注
② 罽[jì]宾国：又作"凛宾国""劫宾国""羯宾国"，中亚内陆一古国名。
③ 镹[suǒ]：同"锁"。
④ 西长[zhǎng]：朝西面长。
⑤ 却：退。
⑥ 君玉，即萧君圭，字君玉，生平不详，欧阳修友，亦王安石友(见《游褒禅山记》)。
⑦ 在扬州。——胡适注
⑧ 徐知诰，即李昇[biàn]，原姓李，后随养父徐温改名徐知诰，五代十国时南唐开国皇帝。故第：旧宅。

氏建国①,以为孝先寺;太平兴国②改今名。寺甚宏壮,画壁尤妙。问老僧,云:"周世宗③入扬州时,以为行宫,尽圬漫④之。**惟经藏院画玄奘取经一壁独在,尤为绝笔。**"叹息久之。

南唐建国离开玄奘死时不过二百多年,这个故事已成为画壁的材料了。我们虽不知此画的故事是不是神话化了的,但这种记载已可以证明那个故事的流传之远。

二

民国四年,罗振玉先生和王国维先生⑤在日本三浦将军⑥处借得一部《大唐三藏取经诗话》,影印行世。此书凡三卷,卷末有"中瓦子张家印"六个字。王先生考定中瓦子为宋临安府的街名,乃倡优剧场的所在⑦,因定为南宋"说话"的一种。书中共分十七章,每章自有题目,颇似后世小说的回目。书中有诗有话,故名"诗话"。今抄十七章的目录如下:

□□□□第一⑧。

行程遇猴行者处第二。

入大梵天王宫第三。

入香山寺第四。

过狮子林及树人国第五。

过长坑大蛇岭处第六。

入九龙池处第七。

---

① 李氏建国:即指李昇建南唐。
② 太平兴国:宋太宗赵匡义(宋太祖赵匡胤之弟)年号。
③ 周世宗:柴荣,字号不详,五代时后周第二位皇帝。
④ 圬漫:玷污。
⑤ 罗振玉,字式如、叔蕴、叔言,号雪堂,近代学者,擅于考古。王国维,字静安,号观堂,近代学者、国学大师,有"新史学开山祖"之称。
⑥ 三浦将军:即三浦梧楼,日本弘化、大正年间贵族、军人,曾任贵族院议员、枢密顾问官、宫中顾问官等职。
⑦ 参看吴自牧《梦粱录》卷十九,又卷十五。——胡适注
⑧ 全缺。——胡适注

124

"遇深沙神"第八①。

入鬼子母国处第九。

经过女人国处第十。

入王母池之处第十一。

入沉香国处第十二。

入波罗国处第十三。

入优钵罗国处第十四。

天竺国度海之处第十五。

转至香林寺受《心经》第十六。

到陕西王长者妻杀儿处第十七。

我们看这个目录,可以知道**在南宋时**,民间已有一种《唐三藏取经》的小说,**完全是神话的**,完全脱离玄奘取经的真故事了。**这部书确是《西游记》的祖宗。**内中有三点,尤可特别注意:

(1) 猴行者的加入。
(2) 深沙神为沙和尚的影子。
(3) 途中的妖魔灾难。

先说猴行者。《取经诗话》中,猴行者已成了唯一的保驾弟子了。第二节说:

僧行六人,当日起行。法师语曰:"今往西天,程途百万,各人谨慎。"……偶于一日午时,见一**白衣秀才**,从正东而来,便揖②和尚:"万福,万福! 和尚今往何处? 莫不是**再往西天取经否?**"法师合掌曰:"贫僧奉勅③,为④东土众生未有佛教,是⑤取经也。"秀才曰:"和尚生前两回去取经,中路**遭难。**此回若去,千死万死。"法师曰:"你如何得知?"秀才曰:"我不是别人。

---

① 题缺。——胡适注
② 揖[yī]:作揖、行礼(于)。
③ 奉勅[chì]:奉旨。
④ 为:因为。
⑤ 是:此。

125

我是花果山，紫云洞，八万四千铜头铁额猕猴王。我今来助和尚取经。此去百万程途，经过三十六国，多有祸难之处。"法师应曰："果得如此，三世有缘，东土众生获大利益。"当便改呼为"猴行者"。

此中可注意的是：(1)当时有玄奘"生前两回取经，中路遭难"的神话。(2)猴行者现白衣秀才相。(3)花果山是后来小说有的，紫云洞后来改为水帘洞了。(4)"八万四千铜头铁额猕猴王"一句，初读似不通，其实是很重要的；**此句当解作"八万四千个猕猴之王"**(说详下章)。

第三章说猴行者曾"九度见黄河清"。第十一章里，他自己说：

"我八百岁时到此中^①偷桃吃了，至今二万七千岁不曾来也。"法师曰："今日蟠桃结实，可偷三五个吃。"猴行者曰："我因八百岁时偷吃十个，被王母捉下，左肋判八百，右肋判三千铁棒，配在花果山紫云洞。至今肋下尚痛，我今定是不敢偷吃也。"

这一段自然是《西游记》里偷吃蟠桃的故事的来源，但又可见南宋"说话"的人把猴行者写的颇知畏惧，而唐僧却不大老实！

唐僧三次要行者偷桃，行者终不敢偷，然而蟠桃自己落下来了。

说由未了，颠下三颗蟠桃，入池中去。……师曰："可去寻取来吃。"猴行者即将金环杖^②向盘石上敲三下，乃见一个孩儿，面带青色，爪似鹰鹯^③，开口露牙，向池中出。行者问："汝年几多？"孩曰："三千岁。"行者曰："我不用你。"又敲五下，见一孩儿，面如满月，身挂绣缨。行者曰："汝年多少？"答曰："五千岁。"行者曰："不用你。"又敲数下，偶然一孩儿出来。问曰："你年多少？"答曰："七千岁。"行者放下金环杖，叫取孩儿入手中，问和尚："你吃否？"和尚闻语心惊，便走。被行者手中旋数下，孩儿化成一枚乳枣^④，当时吞入口中。后归东土唐朝，遂吐出于西川，至今此地中生人参是也。

---

① 西王母池。——胡适注
② 金环杖：即金箍棒。
③ 鹰鹯[zhān]：鹰与鹯。
④ 乳枣：枣之一种。

这时候,偷蟠桃和**偷人参果**还是一件事,后来《西游记》从此化出,分作两件故事。

上段所说"金环杖",乃是第三章里大梵天王所赐。行者把唐僧带上大梵天王宫中赴斋,天王及五百罗汉请唐僧讲《法华经》,他"一气讲完,如瓶注水"。大梵天王因赐与猴行者"**隐形帽一事**①**,金环锡杖一条,钵盂一只,三件齐全**"。这三件法宝,也被《西游记》里分作几段了②。

《诗话》第八章,不幸缺了两页,但此章记玄奘遇深沙神的事,确是后来沙僧的根本。此章大意说**玄奘前身两世取经,中途都被深沙神吃了**。他对唐僧说:"**项下是**③**和尚,两度被我吃你,袋得枯骨在此。**"和尚说:"你最无知。此回若不改过,教你一门灭绝。"深沙合掌谢恩:"伏蒙慈照!"深沙神当时哮吼,化了一道金桥;深沙神身长三丈,将两手托定,师行七人便从金桥上过,过了深沙。深沙诗曰:

> 一堕深沙五百春,浑家眷属受灾殃。
>
> 金桥手托从师过,乞荐幽神化却身。

法师诗曰:

> 两度曾经汝吃来,更将枯骨问无才。
>
> 而今赦法残生去,东土专心次第排。

猴行者诗曰:

> 谢汝回心意不偏,金桥银线步平安。
>
> 回归东土修功德,荐拔深沙向佛前。

《西游记》第八回说沙和尚在**流沙河**做妖怪时,"**向来有几次取经人来,都被**

---

① 一事:一件。

② 《诗话》称天王为北方毗沙门大梵天王。这是"托塔天王"的本名,梵文为 Vaisravana,可证此书近古。——胡适注

③ 项下:颈下(即指挂脖子上)。是:此。

我吃了。凡吃的人头，抛落流沙，竟沉水底。**惟有九个取经人的骷髅**，浮在水面，再不能沉。我以为异物，**将索儿穿在一处，闲时拿来顽耍。**"这正是从深沙神一段变出来的。第二十二回，木吒把沙和尚项下挂的骷髅，用索子结作九宫，化成法船，果然稳似轻舟，浪静风平，渡过流沙河。那也是从《诗话》里的金桥银线演化出来的。不过在南宋时，**深沙神还不曾变成三弟子之一。猪八戒此时连影子都没有呢**。

次说《诗话》中叙玄奘路上经历过许多灾难，虽没有"八十一难"之多，却是"八十一难"的缩影。第四章猴行者说：

> 我师莫讶①西路寂寥，此中别是一天。前去路途尽是虎狼蛇兔之处。逢人不语，万种恓惶②；此去人烟，都是邪法。

全书写这些灾难，写的实在幼稚，全没有文学的技术。如写蛇子国：

> 大蛇小蛇，交杂无数，攘乱纷纷。大蛇头高丈余，小蛇头高八尺，怒眼如灯，张牙如剑。

如写狮子林：

> 只见麒麟迅速，狮子峥嵘，摆尾摇头，出林迎接，口衔香花，皆来供养。

这种浅薄的叙述，可以使我们格外赏叹明清两朝小说技术的惊人的进步。我们选录《诗话》中比较有趣味的一段——火类坳头③的白虎精：

> ……只见岭后云愁雾惨，雨细交霏。云雾之中，有一白衣妇人，身挂白罗衣，腰系白裙，手把白牡丹花一朵，面似白莲，十指如玉。……猴行者一见，高声便喝："想汝是火类坳头白虎精，必定是也！"妇人闻语，张口大叫一

---

① 莫讶：不要惊讶。
② 恓[xī]惶[huáng]：恐慌。
③ 火类坳头：《诗话》中的地名。

声，忽然面皮裂皱，**露爪张牙，摆尾摇头，身长丈五。定醒之中①，满山都是白虎。被猴行者将金环杖变作一个夜叉②，头点天，脚踏地，手把降魔杵，身如蓝靛青③，发似硃沙④，口吐百丈火光。**当时白虎精哮吼近前相敌，被猴行者战退。半时，遂问虎精甘伏未伏。虎精曰："未伏。"猴行者曰："**汝若未伏，看你肚中有一个老猕猴。**"虎精闻说，当下未伏，一叫猕猴，猕猴在白虎精肚内应，遂教虎开口吐出一个猕猴，顿在面前，身长丈二，两眼火光。白虎精又云："我未伏。"猴行者曰："**汝肚内更有一个。**"再令开口，又吐出一个，顿在面前。白虎精又曰未伏。猴行者曰："**你肚中无千无万个老猕猴，今日吐至来日，今月吐至来月，今年吐至来年，今生吐至来生，也不尽。**"白虎精闻语，心生忿怒；**被猴行者化一团大石，在肚内渐渐会大；**教虎精吐出，开口吐之不得，只见肚皮裂破，七孔流血。喝起夜叉，浑门大杀，虎精大小粉骨尘碎，绝灭除踪。

《西游记》里的孙行者最爱被人吃下肚里去，这是他的拿手戏，**大概火类坳头的一个暗示，后来也会用分身法，越变越奇妙有趣味了。**我们试看孙行者在狮驼山被老魔吞下肚去，在无底洞又被女妖吞下去；他又住过铁扇公主的肚里，又住过黄眉大王的肚里，又住过七绝山稀柿衕的红鳞大蟒的肚里。巧妙虽各有不同，渊源似乎是一样的。

以上略记《大唐三藏取经诗话》的大概。**这一本小册子的出现，使我们明白南宋或元朝已有了这种完全神话化了的取经故事；使我们明白《西游记》小说——同《水浒》《三国》一样——也有了五六百年的演化的历史。这真是可宝贵的文学史料了。**

三

说到这里，我要退回去，追叙取经故事里**这个猴王的来历。**何以南宋时代的玄奘神话里忽然插入了一个神通广大的猴行者？这个猴子是国货呢？还是进口

---

① 定醒之中：睁眼一看。
② 夜叉：梵文（拉丁拼音）Yakṣa 的音译，意为啖鬼、捷疾鬼，即吃人妖魔。
③ 蓝靛[diàn]青：植物名，俗称大青叶。
④ 硃沙：亦作朱砂，矿物名，呈深红色。

货呢?

前不多时,周豫才①先生指出《纳书楹曲谱》补遗卷一中选的《西游记》四出,中有两出提到"**巫枝祗**"和"**无支祁**"。《定心》一出说孙行者"是骊山老母亲兄弟,**无支祁是他姊妹**"。又《女国》一出说:

> 似摩腾伽把阿难②摄在瑶山上,若鬼子母将如来③围定在灵山上,**巫枝祁把张僧④拿在龟山上**。不是我魔王苦苦害真僧,如今佳人⑤个个要寻和尚。

周先生指出,作《西游记》的人或亦受这个巫枝祁故事的影响。我依周先生的指点,去寻这个故事的来源;《太平广记》卷四六七李汤条下,引《古岳渎经》第八卷云:

> 禹理水,三至桐柏山,惊风走雷,石号木鸣,五伯⑥拥川,天老⑦肃兵,不能兴。……禹囚鸿蒙氏、章商氏、兜卢氏、犁娄氏,**乃获淮涡水神,名无支祁**,善应对言语,辨江、淮之浅深,原隰⑧之远近;**形若猿猴,缩鼻高额**,青躯白首,金目雪牙,颈伸百尺,**力逾九象,搏击腾踔,疾奔轻利**。……颈锁大索,鼻穿金铃,徙⑨淮阴之龟山之足下,俾⑩淮水永安流注海也。

这个无支祁是一个"形若猿猴"的淮水神,《词源》引《太平寰宇记》,说略同。周先生又指出朱熹《楚辞辨证·天问》篇下有一条云:

---

① 周豫才,即鲁迅(笔名),姓周,名树人,字豫才。
② 摩腾伽:亦作摩登伽女,佛经中的一女子。阿难,梵名(拉丁拼音)Ananda,释迦牟尼十大弟子之一。
③ 鬼子母:鬼子母神,梵名(拉丁拼音)Hariti,又称为欢喜母、暴恶母或爱子母,原为婆罗门教中的恶神,护法二十诸天之一,专吃人间小孩,称之为"母夜叉",被佛法教化后,成为专司护持儿童的护神。如来:梵文(拉丁拼音)Tathāgata 的意译,音译为多陀阿伽陀,释迦牟尼的十大称号之一。
④ 巫枝祁:亦作无支祁、无支奇、无之祈等,传说中的水怪,形状像猿猴,塌鼻子、凸额头,白头青身,火眼金睛。张僧:姓张的和尚,出处不详。
⑤ 佳人:美女。
⑥ 五伯:五霸,代指妖孽。
⑦ 天老:黄帝辅臣,代指鬼神。
⑧ 原隰[xí]:平川。
⑨ 徙[xǐ]:迁(至)。
⑩ 俾[bǐ]:使。

130

此间之言,特①战国时俚俗相传之语,如今世俗"僧伽降无之祈,许逊②斩蛟蜃精"之类,本无稽据③,而好事者遂假托撰造以实之。

据此,可见宋代民间又有"僧伽降无支祈"的传说。僧伽为唐代名僧,死于中宗景龙四年(710)。他住泗州最久,淮、泗一带产生许多关于他的神话④。降无之祈大概也是淮、泗流域的僧伽神话之一,到南宋时还流行民间。

但上文引曲词里的无支祈,明是一个女妖怪,他有"把张僧拿在龟山上"的神话。龟山即是无支祈被锁的所在,大概这个无支祈,无论是古的今的,男性女性,始终不曾脱离淮、泗流域。这是可注意的第一点,因为《西游记》小说的著者吴承恩⑤是淮安人。第二,《宋高僧传》十八说,唐中宗问万迴师:"彼僧伽者,何人也?"对曰:"观音菩萨化身也。"《僧伽传》说他有弟子三人:慧岸、慧俨、木叉。木叉多显灵异,唐僖宗时,赐谥曰真相大师,塑像侍立于僧伽之左,若配飨焉。传末又说"慧俨侍十一面观音菩萨傍"。这也是可注意的一点,因为在《西游记》里,惠岸和木叉已并作一人,成为观音菩萨的大弟子了。第三,无支祈被禹锁在龟山足下,后来出来作怪,又有被僧伽⑥降伏的传说;这一层和《取经神话》的猴王,和《西游记》的猴王,都有点相像。或者猴行者的故事确曾从无支祈的神话里得着一点暗示,也未可知。这也是可注意的一点。

以上是猜想猴行者是从中国传说或神话里演化出来的。但我总疑心这个神通广大的猴子不是国货,乃是一件从印度进口的。也许连无支祈的神话也是受了印度影响而仿造的。因为《太平广记》和《太平寰宇记》都根据《古岳渎经》,而《古岳渎经》本身便不是一部可信的古书。宋、元的僧伽神话,更不消说了。因此,我依着钢和泰博士(Baron A. von Stael-Holstein)⑦的指引,在印度最古的纪事诗《拉麻传》⑧(Ramayana)里寻得一个哈奴曼(Hanuman),大概可以算是齐天大圣的背影了。

---

① 特:特别(是)。
② 许逊,字敬之,东晋道士,道教尊为许真君,与张道陵、葛玄、萨守坚合称"四大天师"。
③ 稽据:查证。
④ 《宋高僧传》十八、《神僧传》七。——胡适注
⑤ 见下章。——胡适注
⑥ 观音菩萨化身。——胡适注
⑦ 钢和泰博士(Baron A. von Stael-Holstein):通译 A.冯·斯蒂尔-霍尔斯坦男爵(1877—1937),德国汉学家。
⑧ 《拉麻传》:通译《罗摩衍那》,古印度史诗。

《拉麻传》大约是二千五百年前的作品,记的是阿约爹国王大刹拉达的长子,生有圣德和神力;娶了一个美人西妲为妻。大刹拉达的次妻听信了谗言,离间拉麻父子间的爱情,把拉麻驱逐出去,做了十四年的流人。拉麻在客中,遇着女妖苏白;苏白爱上了拉麻,而拉麻不睬她。这一场爱情的风波,引起了一场大斗争。苏白大败之后,奔到楞伽,求救于她的哥哥拉凡纳,把西妲的美貌说给他听,拉凡纳果然动心,驾了云军,用计赚开拉麻,把西妲劫到楞伽去。

拉麻失了他的妻子,决计报仇,遂求救于**猴子国王**苏格利法。**猴子国有一个大将,名叫哈奴曼,是天风的儿子,有绝大神通,能在空中飞行,他一跳就可从印度跳到锡兰**①。**他能把希玛拉耶山拔起背着走。**他的身体大如大山,高如高塔,脸放金光,尾长无比。他替拉麻出力,飞到楞伽,寻着西妲,替他们传达信物。他往来空中,侦探敌军的消息。

有一次,哈奴曼飞向楞伽时,**途中被一个老母怪(Surasa)一口吞下去了。哈奴曼在这个老魔的肚子里,心生一计,把身子变的非常之高大;那老魔也就不能不把自己的身子变大,后来越变越大,那妖怪的嘴张开竟有好几百里阔了;哈奴曼趁老魔身子变的极大时,忽然把自己身子缩成拇指一般小,从肚里跳上来,不从嘴里出去,却从老魔的右耳朵孔里出去了。**

又有一次,哈奴曼飞到希玛拉耶山(刚大马达山)②中去访寻仙草;遇着一个假装隐士的妖怪,名叫喀拉,是拉凡纳的叔父受了密计来害他的。哈奴曼出去洗浴,杀了池子里的一条鳄鱼,从那鳄鱼肚里走出一个受谪的女仙。那女仙教哈奴曼防备喀拉的诡计,哈奴曼便去把喀拉捉住,**抓着一条腿,向空一摔,就把喀拉的身体从希玛拉耶山一直摔到锡兰岛**,不偏不正,刚刚摔死在他的侄儿拉凡纳的宝座上!

哈奴曼有一次同拉凡纳决斗,被拉凡纳们③用计把油涂在他的猴尾巴上,点起火来,那其长无比的尾巴就烧起来了。**然而哈奴曼的神通广大,他们不但没有烧死他,反被哈奴曼借刀杀人,用他尾巴上的大火把敌人的都城楞伽烧完了。**

我们举这几条,略表示哈奴曼的神通广大,但不能多举例了。**哈奴曼虽保护拉麻王子,征服了楞伽的敌人,夺回西妲,陪他们凯旋,回到阿约爹国。拉麻凯旋之后,感谢哈奴曼之功,赐他长生不老的幸福,也算成了"正果"了。**

---

① 楞伽。——胡适注
② 希玛拉耶山:通译喜马拉雅山。
③ 拉凡纳们:拉凡纳等人。

陶生(John Dowson)①在他的《印度古学词典》里(页 116)说：**"哈奴曼的神通事迹，印度人从少至老都爱说爱听的。关于他的绘画，到处都有。"**除了《拉麻传》之外，当第十世纪和第十一世纪之间(唐末宋初)，另有一部《哈奴曼传奇》(Hanuman Nataka)出现，是一部专记哈奴曼奇迹的戏剧，风行民间。中国同印度有了一千多年的文化上的密切交通，印度人来中国的不计其数，这样一桩伟大的哈奴曼故事是不会不传进中国来的。所以我假定，哈奴曼是猴行者的根本。除上引许多奇迹外，还有两点可注意。第一，《取经诗话》里说，猴行者是"花果山紫云洞八万四千铜头铁额猕猴王"。花果山自然是猴子国。行者是八万四千猴子的王，与哈奴曼的身份也很相近。第二，《拉麻传》里说哈奴曼**不但神通广大，并且学问渊深；他是一个文法大家，"人都知道哈奴曼是第九位文法作者"**。《取经诗话》里的猴行者初见时乃是一个白衣秀才，也许是这位文法大家堕落的变相吧！

四

现在我可以继续叙述宋以后取经故事的演化史了。

金代的院本②里有《唐三藏》之目，但不传于后。元代的杂剧里有吴昌龄③做的《唐三藏西天取经》，亦名《西游记》。此书见于《也是园书目》④，云四卷；曹寅⑤的《楝亭书目》(京师图书馆钞本)作六卷。这六卷的《西游记》当乾隆末年《纳书楹曲谱》⑥编纂时还存在，现在不知尚有传本否。《纳书楹曲谱》中选有下列各种关于《西游记》的戏曲：

《唐三藏》一出：《回回》。(《续集》二)
《西游记》六出：《撇子》《认子》《胖姑》《伏虎》《女还》《借扇》。(《续集》三)

又：

---

① 陶生(John Dowson)：通译约翰·道森(1820—1881)，英国东方学者。
② 院本：唱本(王国维《宋元戏曲考》释云："院本者，行院之本也。……行院者，大抵金元人谓倡伎所居。其所演唱之本，即谓之院本云尔。")。
③ 吴昌龄，生卒年不详，元代杂剧家，著有十多种杂剧，今存《张天师断风花雪月》《东坡梦》和《西天取经》(今考出其残存二折)。
④ 《也是园书目》：即《也是园藏书目》，[清] 钱曾撰。
⑤ 曹寅，字子清，号楝亭，清康熙时大臣、藏书家，曹雪芹祖父。
⑥ 《纳书楹曲谱》：昆曲集，[清] 叶堂选辑。

《西游记》四出：《饯行》《定心》《揭钵》《女国》。(《补遗》)

《俗西游记》一出：《思春》。

我们看这些有曲无白的词曲，实在不容易想象当日的原本是什么样子了。《唐三藏》一出，当是元人的作品，但我们在这一出里，只看见一个西夏国的回回①皈依顶礼，不能推想全书的内容。只有末段临行时的曲词说：

俺只见黑洞洞征云起，更那堪昏惨惨雾了天日！愿恁个大唐师父取经回，再没有外道邪魔可也近得你！

从末句里可以推想全书中定有"外道邪魔"的神话分子了。吴昌龄的六本《西游记》不知是《纳书楹》里选的这部《唐三藏》，还是那部《西游记》。我个人推想，《唐三藏》是元初的作品，而吴昌龄的《西游记》却是元末的作品，**大概即是《纳书楹》里选有十出的那部《西游记》。我的理由有几层：**

(1) **这本《西游记》曲的内容很和《西游记》小说相接近。**焦循②《剧说》卷四说："元人吴昌龄《西游》词与俗所传《西游记》小说**小异**。"小异就是无大异。今看《西游记》曲中，《撇子》一折写殷夫人把儿子抛入江中；《认子》一折写玄奘到江州衙内认母；《饯行》一折写玄奘出发；《定心》一折写紧箍咒收服心猿；《伏虎》《女还》二折写行者收妖救刘大姐；《女国》一折写女国王要嫁玄奘；《借扇》一折写火焰山借扇，**都是和《西游记》小说很接近的。**《揭钵》一折虽是演义③所无，但周豫才先生说"火焰山红孩儿当即由此化生"，是很不错的。十折之中，只有《胖姑》一折没有根据。但我们很可以假定这十折都是焦循说的那部"与《西游记》小说小异"的吴昌龄《西游记》了。

(2) 吴昌龄的《西游记》曲，颇有文学的荣誉。《虎口余生》(《铁冠图》)的作者曹寅曾说："**吾作曲多效昌龄，比于临川之学董解元④也。**"⑤我们看《纳书楹》所引十折，确然都很有文学的价值。**最妙的是《胖姑》一折，全折曲词虽是从元人睢**

---

① 回回：伊斯兰旧称。

② 焦循，字里堂，清乾隆、嘉庆年间学者。

③ 演义：指小说《西游记》。

④ 临川，即汤显祖，明代戏曲家，江西临川人，故称。董解元，《西厢记诸宫调》作者，金代人，生卒年、名、字、号、籍贯均不详，"解元"乃科举乡试第一名之称。

⑤ 见焦循《剧说》四。——胡适注

景臣的《汉高祖还乡》①脱化出来的,但命意措词都可算是青胜于蓝。此折大概是借一个乡下胖姑娘的口气描写唐三藏在一个国里受参拜顶礼临行时的热闹状况。中说:

> 【一纲儿麻】不是俺胖姑儿心精细,则见那官人们簇拥着一个大擂槌②。那擂槌上,天生有眼共眉。我则道,匏子头,葫芦蒂,这个人儿也忒煞跷蹊!恰便似不敢道的东西,枉被那旁人笑耻。
>
> ……
>
> 【新水令】则见那官人们腰屈共头低,吃得个醉醺醺脑门着地;咿咿呜,吹竹管;扑冬冬,打着牛皮。见几个回回,笑他一会,闹一会。
>
> ……
>
> 【川拨棹】好教我便笑微微,一个汉,木雕成两个腿;见几个武职③他舞着面旌旗,忽剌剌口里不知他说个甚的,装着一个鬼——人多,我也看不仔细。
>
> ……

这种好文字,怪不得曹楝亭那样佩服了。这也是我认这部曲为吴昌龄原作的一个重要理由。

如果我的猜想不错,如果《纳书楹》里保存的《西游记》残本真是吴昌龄的作品,那么,我们可以说,**元代已有一个很丰富的《西游记》故事了**。但这个故事在戏曲里虽然已很发达,有六本之多,**为元剧中最长的戏④**。然而这个故事还不曾**有相当的散文的写定,还不曾成为《西游记》小说**。当时若有散文《西游记》,大概也不过是在《取经诗话》与今本《西游记》之间的一种平凡的"话本"。

钱曾《也是园书目》记元明无名氏的戏曲中,有《二郎神锁齐天大圣》一本,这也是猴行者故事的一部分。**大概此类的故事,当日还不曾有大规模的定本,故编戏的人可以运用想象力,敷演民间传说,造为种种戏曲。那六本的《西游记》已可算是一度大结集了。最后的大结集还须等待一百多年后的另一位姓吴的作者。**

---

① 看《读书杂志》第四期末栏。——胡适注
② 擂槌:捣臼用的槌子,前有圆而光的槌头,喻和尚。
③ 武职:士兵。
④ 《西厢记》只有五本。——胡适注

五

我前年做《西游记序》，还不知道《西游记》的作者是谁，只能说"《西游记》小说之作必在明朝中叶以后……是明朝中叶以后一位无名的小说家做的"。后来见《小说考证》①卷二，页七六，引山阳丁晏②的话，说据淮安府康熙初《旧志艺文书目》，**《西游记》是淮安嘉靖中岁贡生③吴承恩作的**。《小说考证》收的材料最烂，但丁晏是经学家，他的话又是根据《淮安府志》的，所以我们依着他的指引，去访寻关于吴承恩的材料。现承周豫才先生把他搜得的许多材料抄给我，转录于下：

> [天启《淮安府志》十六，《人物志》二，《近代文苑》]吴承恩性敏而多慧，博极群书，为诗文，下笔立成，清雅流丽，有秦少游④之风。**复善谐剧⑤，所著杂记几种名震一时**。数奇⑥，竟以明经授县贰⑦。未久，耻折腰⑧，遂拂袖而归。放浪诗酒，卒。有文集存于家。丘少司徒汇而刻之⑨。

> [又同书十九，《艺文志》一，《淮贤文目》]吴承恩：《射阳集》四册，□卷；《春秋列传序》；《西游记》。

> [康熙《淮安府志》十一，及十二]与天启《志》悉同。

> [同治《山阳县志》十二，《人物》]吴承恩字汝忠，号射阳山人，工书⑩。嘉靖中岁贡生(查选《举志》亦不载何年)，官长兴县丞⑪。颖敏博洽⑫，为世所推。一时金石之文，多出其手。家贫无子，遗稿多散失。邑人邱正纲⑬收拾残缺，分为四卷，刊布于世。太守陈文烛为之序，名曰《射阳存稿》，又《续稿》一卷，盖

---

① 《小说考证》：1910 年商务印书馆出版，作者蒋瑞藻。
② 山阳丁晏：丁晏，字俭卿，号柘堂，清代学者、校勘家，江苏山阳人，故称。
③ 贡生：秀才入选国子监者之称。
④ 秦少游，即秦观，字少游，北宋才子、诗人。
⑤ 谐剧：曲艺。
⑥ 数奇[jī]：命数不好。
⑦ 明经：即贡生。县贰：县令副职。
⑧ 折腰：奉承(上司)。
⑨ 丘少司徒：少司徒(官名)丘某。刻：刻版(印刷)。
⑩ 工书：善书法。
⑪ 官：(动词)为官。长兴县丞：长兴县令的副手(丞：辅臣)。
⑫ 颖敏博洽：聪明博学。
⑬ 邑人邱正纲：即前文"丘少司徒"，"丘"为"邱"之别字。

存其什一①云。

[又十八,《艺文》]吴承恩:《射阳存稿》四卷,《续稿》一卷。

[光绪《淮安府志》廿八,《人物》一,又卅八,《艺文》,所载与上文悉同。又《山阳志》五,《职官》一,"明太守"条下云]:黄国华,隆庆二年任。陈文烛字玉叔,沔阳人,进士,隆庆初任。邵元哲,万历初任。

焦循《剧说》卷五引阮葵生②《茶余客话》云:

旧志③称吴射阳④"性敏多慧,为诗文,下笔立成……复善谐谑,所著杂记几种,名震一时"。今不知"杂记"为何书。惟《淮贤文目》载先生撰《西游通俗演义》。是书明季始大行,里巷细人⑤皆乐道之。……按射阳去修《志》时不远,未必以世俗通行之小说移易姓氏。其说当有所据。观其中方言俚语,皆淮之乡音街谈,巷弄市井童孺所习闻,而他方有不尽然者,其出淮人之手尤无疑。然此特射阳游戏之笔,聊资村翁童子之笑谑。必求得修炼秘诀,亦凿⑥矣。⑦

周先生考出《茶余客话》此条系根据吴玉搢⑧的《山阳志遗》卷四的,原文是:

天启旧志⑨列先生为近代文苑之首,云"性敏而多慧,博极群书,为诗文,下笔立成,复善谐谑……所著杂记几种,名震一时"。初不知"杂记"为何等书。及阅《淮贤文目》载《西游记》为先生著。考《西游记》旧称为《证道书》,谓其合于金丹大旨。元虞道园⑩有序,称此书系其国初邱长春真人⑪所

---

① 什一:十分之一。
② 阮葵生,字宝诚,号吾山,清雍正、乾隆年间官吏、文人。
③ 旧志:即前文"天启《淮安府志》"。
④ 吴射阳,即吴承恩,号射阳山人,故称。
⑤ 细人:俗人。
⑥ 凿:确凿。
⑦ 此条今通行本《茶余客话》不载。——胡适注
⑧ 吴玉搢,字籍五,号山夫,清乾隆时学者。
⑨ 天启旧志:即前文"天启《淮安府志》"。
⑩ 元虞道园:元代虞道园,即虞集,字伯生,号道园,元代大臣、学者。
⑪ 邱长春真人,即丘处机,字通密,号长春子,金元时道士,见前注。

撰。而《郡志》①谓出先生②手。**天启时去先生未远,其言必有所本。** 意长春③初有此记,至先生乃为之通俗演义;如《三国志》本陈寿④,而《演义》⑤则称罗贯中也。书中多吾乡方言,其出淮人手无疑。或云有《后西游记》,为射阳先生撰。

吴玉搢也误认邱长春的《西游记》了。邱长春的《西游记》,虞集作序的,乃是一部纪行程的地理书,和此书绝无关系。阮葵生虽根据吴说⑥,但已不信长春真人的话⑦;大概乾隆以后,学者已知长春真人原书的性质,故此说已不攻自破了。

吴玉搢的《山阳志遗》卷四还有许多关于吴承恩的材料,今录于下:

嘉靖中,吴贡生承恩,字汝忠,号射阳山人,吾淮才士也。颖敏博洽,凡一时金石、碑版、叚祝⑧、赠送之词,多出其手。荐绅台阁⑨诸公皆倩为捉刀人⑩。顾⑪数奇,不偶⑫,仅以岁贡⑬官长兴县丞。贫老乏嗣⑭,遗稿多散佚失传。邱司徒正纲收拾残缺,得其友人马清溪、马竹泉所手录,又益之以乡人所藏,分为四卷,刻之,名曰《射阳存稿》(又有《续稿》一卷)。五岳山人陈文烛为之序。其略云:**陈子守淮安时**⑮,长兴徐子⑯与过淮⑰。往汝忠丞长兴⑱,与子舆善⑲。**三人者呼酒韩侯祠内,酒酣论文论诗,不倦也。** 汝忠谓文自《六经》后,惟汉、魏为近古⑳。诗自《三百篇》后,惟唐人为近古;近时学者,

---

① 《郡志》:即前文"天启《淮安府志》"。
② 先生:指吴承恩。
③ 意:意想。长春:长春真人。
④ 陈寿,字承祚,西晋史家,《三国志》作者。
⑤ 《演义》:《三国志演义》,即《三国演义》。
⑥ 吴说:吴玉搢之说。
⑦ 不信长春真人的话:不信《西游记》为长春真人所作的说法。
⑧ 叚[gǔ]祝:祝福。
⑨ 荐绅台阁:富豪、官员。
⑩ 倩:请。捉刀人:代笔作文之人。
⑪ 顾:但是、只是。
⑫ 不偶:不遇(未得赏识,指做官)。
⑬ 岁贡:贡生。
⑭ 乏嗣:无后代。
⑮ 陈子:陈某,陈文烛自称。守淮安时:任淮安太守时。
⑯ 长兴徐子:长兴县徐某。
⑰ 与:与之、一起。过淮:过淮河。
⑱ 往:昔日。汝忠,即吴承恩,字汝忠。丞:(动词),做……副手。长兴:长兴县(令)。
⑲ 子舆,即徐子舆(前文"长兴徐子")。善:交好。
⑳ 近古:与古相近。

徒谢朝华①而不知畜多识，去陈言而不知漱芳润②，即欲数文吟诗，难矣。**徐先生与子深韪③**其言。今观汝忠之作，缘情而绮丽，体物而浏亮，其词微而显，其旨博而深；收百代之阙文，采千载之遗韵，沉辞渊深，浮藻云骏，张文潜④以后一人而已。其推许之者⑤，可谓至极⑥。读其遗集⑦，实吾郡⑧有明一代⑨之冠。惜其书刊板⑩不存，予初得一抄本，纸墨已渝敝⑪。后陆续收得刻本四卷，并续集一卷，亦全。尽登其诗入《山阳耆旧集》，择其杰出者各体载一二首于此，以志瓣香⑫之意云。

据此，**是隆庆⑬初**(约1570)陈文烛守淮安时，**吴承恩还不曾死**。以此推之，可得他的年代：

嘉靖中(约1550)，岁贡生。

嘉靖末(约1560)，任长兴县丞。

隆庆初(约1570)，在淮安与陈文烛、徐子舆往来酬应，酒酣论文。

万历初(约1580)，吴承恩死。

他大概生于正德之末(约1520)，死于万历之初。天启《淮安志》修于天启六年，当西历1626，**去吴承恩死时止有四五十年，自然是可靠的根据了**。

最可惜的是我们至今还不曾寻到吴承恩的《射阳存稿》，也不曾见着吴玉搢的《山阳耆旧集》。幸得《山阳志遗》里录有吴承恩的诗十一首。我们转载几首在这里：

平河桥

短蓬倦向河桥泊，独对青旗枕臂眠。

---

① 朝华：同"朝花"，喻古人。
② 漱芳润：漱口含香，喻新言(相对于"陈言")。
③ 深韪：深深赞同。
④ 张文潜，即张耒[lěi]，字文潜，号柯山，北宋文人，苏轼弟子，与秦观、黄庭坚、晁补之合称"苏门四学士"。
⑤ 其推许之者：推重赞许他的人(指邱正纲。见前注)。
⑥ 至极：到了极点。
⑦ 其遗集：即指邱正纲所刊《射阳存稿》。
⑧ 吾郡：即指淮安。
⑨ 有明一代：明代创建以来。
⑩ 刊板：同"刊版"，刻版或排版。
⑪ 渝敝：污损。
⑫ 瓣香：即"一瓣香"，佛教语，意为用点燃的一炷香表达虔诚，此处用以表示敬仰。
⑬ 隆庆：明穆宗朱载厚年号。

日落牛簑归牧笛，潮来鱼米集商船。

绕篱野菜平临水，隔岸村炊互起烟。

会向此中谋二顷①，问②支藜杖听鸣蝉。

隄上

平湖渺渺漾天光，泻入溪侨喷玉凉。

一片蝉声万杨柳，荷花香里据胡床③。

对月感秋，四之一

湘波卷桃笙④，齐纨扇⑤方歇。

秋来本无形，潜报梧桐叶。

啼蛩⑥代鸣蝉，其声亦何切！

繁霜结珠露，忽已如初雪。

六龙驱日车⑦，羲和⑧不留辙。

群生总如梦，独尔惊豪杰。

大笑仰青天，停杯问明月。

二郎搜山图歌

李在⑨惟闻画山水，不谓兼能貌⑩神鬼。

笔端变幻真骇人，意态如生状奇诡。

---

① 二顷：二顷田，喻隐居（典出《史记·苏秦列传》："苏秦喟然叹曰：'此一人之身，富贵则亲戚畏惧之，贫贱则轻易之，况众人乎！且使我有雒阳负郭田二顷，吾岂能佩六国相印乎！'"）
② 问：要。
③ 据：占据，此处意为坐。胡床：亦称"交床""交椅""绳床"，可折叠的轻便座椅。
④ 湘波：湘纹簟，湘妃竹编制的波纹竹席。桃笙：桃枝竹编制的竹席。按：此句意为竹席都收起来了（夏天已过）。
⑤ 齐纨扇：齐地所产细绢制成的扇子。
⑥ 蛩[qióng]：蟋蟀。
⑦ 六龙驱日车：喻太阳很快落下，喻日短。
⑧ 羲和：传说中的太阳女神。
⑨ 李在，明宣德时画家。——胡适注
⑩ 貌：(动词)描绘。

少年都美清源公①，指挥部从②扬灵风。

星飞电掣各奉命，蒐罗③要使山林空。

名鹰攫拿犬腾啮，大剑长刀莹霜雪。

猴老难延欲断魂，狐娘空洒娇啼血。

江翻海搅走六丁④，纷纷水怪无留踪。

青锋一下断狂虺⑤，金锁交缠禽毒龙。

神兵猎妖犹猎兽，探穴捣巢无逸寇⑥。

平生气焰安在哉？爪牙虽存敢驰骤！

我闻古圣开鸿蒙，命官绝地天之通。

轩辕铸镜禹铸鼎，四方民物俱昭融。

后来群魔出孔窍，白昼搏人繁聚啸。

终南进士老钟馗⑦，空向宫闱啖虚耗⑧。

民灾翻出衣冠⑨中，不为猿鹤为沙虫⑩。

坐观宋室用五鬼⑪，不见虞廷诛四凶⑫。

野夫有怀多感激，无事临风三叹息。

---

① 都[dōu]美：风流美貌。清源公：传说中的河神（见[唐]李白《为宋中丞祭九江文》句："谨以三牲之奠，敬祭于长源公之灵。"）。
② 部从：下属。
③ 蒐[sōu]罗：同"搜罗"。
④ 六丁：司掌天干地支的神祇中的六阴神，即丁卯、丁巳、丁未、丁酉、丁亥、丁丑。
⑤ 虺[huī]：蛇。
⑥ 逸寇：逃逸之寇。
⑦ 钟馗[kuí]：传说中的驱鬼之神。
⑧ 啖：吃。虚耗：传说中的鬼怪。
⑨ 衣冠：代指读书人。
⑩ 猿鹤沙虫：喻死于战乱之人。
⑪ 宋室五鬼：北宋五奸臣，即王钦若、丁谓、林特、陈彭年、刘承珪。
⑫ 虞廷：虞舜的朝廷，代指圣王。四凶：尧舜时的驩兜、共工、鲧、三苗，代指奸臣。

胸中磨损斩邪刀,欲起平之恨无力。

救日有矢救月弓①,世间岂谓无英雄?
谁能为我致麟凤②,长享万年保元功?

这一篇《二郎搜山图歌》很可以表示《西游记》的作者的胸襟和著书的态度了。

六

《西游记》的中心故事虽然是玄奘的取经,但是著者的想象力莫不小!他得了玄奘的故事的暗示,采取了金、元戏剧的材料,加上他自己的想象力,居然造出一部大神话来!这部书的结构**在中国旧小说之中,要算最精密的了**。他的结构共分作三个部分:

第一部分:齐天大圣的传(第一回至第七回)。
第二部分:取经的因缘与取经的人(第八回至第十二回)。
第三部分:八十一难的经历(第十三回至第一百回)。

我们现在分开来说:

第一部分乃是世间最有价值的一篇神话文学。我在上文已略考这个猴王故事的来历。这个神猴的故事,虽是从印度传来的,但我们还可以说这七回的**大部分是著者创造出来的**。须菩提祖师传法一段,自然是从禅宗的六祖传法一个故事上脱化出来的。但著者写猴王大闹天宫的一长段,实在有点意思。玉帝把猴王请上天去,却只叫他去做一个未入流的弼马温;猴王气了,反下天宫,自称"齐天大圣";玉帝调兵来征伐,又被猴王打败了;玉帝没法,只好又把他请上天去,封他"齐天大圣","只不与他事管,不与他俸禄"!后来天上的大臣又怕他太闲了,叫他去管蟠桃园。天上的贵族要开蟠桃胜会了,**他们依着"上会的旧规"**,自然不

① 救日有矢救月弓:救日之矢、救月之弓,喻救世之人。
② 致:招致、招引。麟凤:麒麟与凤凰,喻杰出人才。

请这位前任弼马温。不料这馋嘴的猴子一时高兴，把大会的仙品仙酒一齐偷吃了，搅乱了蟠桃大会，把一座庄严的天宫闹的不成样子，他却又跑下天称王去了！等到玉帝三次调兵遣将，好不容易把他捉上天来，**却又奈何他不得**；太上老君把他放在八卦炉中炼了七七四十九日，**仍旧被他跑出来，"不分上下，使铁棒东打西敲，更无一人可敌，直打到通明殿里，灵霄殿外"**！玉帝发了急，差人上西天去讨**救**，把如来佛请下来。如来到了，诘问猴王，猴王答道：

> 花果山中一老猿，……
> 因在凡间嫌地窄，立心端要住瑶天。
> 灵霄宝殿非他有，历代人王有分传。
> 强者为尊该让我，英雄只此敢争先！

他又说：

> 他①虽年劫修长，也不应久住在此。常言道"交椅轮流坐，明年是我尊"，只教他搬出去，将天宫让与我，便罢了。若还不让，定要搅乱，不得清平！

前面写的都是政府激成革命的种种原因；这两段简直是革命的檄文了！美猴王的天宫革命，虽然失败，究竟还是一个"虽败犹荣"的英雄。

我要请问一切读者：如果著者没有一肚子牢骚，他为什么把玉帝写成那样一个大饭桶？为什么把天上写成那样黑暗、腐败、无人？为什么教一个猴子去把天宫闹的那样稀糟？

但是这七回的好心全在他的滑稽。著者一定是一个满肚牢骚的人，但他又是一个玩世不恭的人，故这七回虽是骂人，却不是板着面孔骂人。**他骂了你，你还觉得这是一篇极滑稽、极有趣、无论谁看了都要大笑的神话小说。**正如英文的《阿梨思梦游奇境记》(*Alice in Wonderland*)虽然含有很有意味的哲学，仍旧是一部

---

① 玉帝。——胡适注

极滑稽的童话小说①。现在有许多人研究儿童文学,我很郑重的向他们推荐这七回天宫革命的失败英雄"齐天大圣传"。

第二部分(取经因缘与取经人物)有许多不合历史事实的地方。例如玄奘自请去取经,有诏不许,而《西游记》说唐太宗征求取经的人,玄奘愿往。这是一不合。又如玄奘本是缑氏人,父为士族,兄为名僧,他自身出家的事,本传记叙甚详,而《西游记》说他的父亲是状元,母亲是宰相之女。但是状元的儿子、宰相的外孙,如何忽然做了和尚呢? 因此有殷小姐忍辱报仇的故事造出来②,作为玄奘出家的理由。这是二不合。但这种变换,都是很在情理之中的。玄奘的家世与幼年事迹实在太平常了,**没有小说的兴趣**③,故有改变的必要。况且玄奘既被后人看作神人,他的父母也该高升了,故升作了状元与相府小姐。玄奘为经义难明、异说难定,故发愤要求得原文的经典,这种考据家的精神,是科学的精神,在我们眼里自然极可佩服;**但这也没有通俗小说的资格**,故也有改变的必要。于是有魏徵斩龙与太宗游地府的故事。**这一大段是许多小故事杂凑起来的**。研究起来,很有趣味。袁天罡的神算,自然是一个老故事④;秦叔宝,尉迟敬德做门神,大概也是唐人的故事;泾河龙王犯罪的故事,已见于唐人小说。《太平广记》四一八引《续玄怪录》,叙李靖代龙王行雨,误下了二十尺雨,致龙王母子都受天谴。这个故事是很古的。唐太宗游地府的故事,也是很古的。唐人张鷟⑤的《朝野佥载》有一则⑥云:

> 唐太宗极康豫⑦,太史令李淳风⑧见上,流泪无言。上问之,对曰:"陛下夕当晏驾⑨。"……太宗至夜半,奄然入定⑩,见一人云:"陛下蹔合⑪来,还即

去也。"帝问:"君是何人?"对曰:"**臣是生人**①**判冥事**。"太宗入见判官,问六月四日事,即令还。向见者②又迎送引导出。**淳风即观乾象**③,**不许**④**哭泣**。**须臾乃寤**⑤。及曙,求昨所见者,令所司与一官⑥,遂注蜀道一丞⑦。……

此事最有趣味,因为近年英国人斯坦因(Stein)⑧在敦煌发见唐代的写本书籍中,有一种白话小说的残本,仅存中间一段云:

"判官懆恶⑨,不敢道名字。"⑩帝曰:"卿近前来。"轻道:"**姓崔名子玉**。""朕当识。"言讫,使人引皇帝至院门。使人奏曰:"伏维陛下且立在此,容臣入报判官速来。"言讫,使者到厅前拜了,启判官:"奉大王处,太宗是生魂⑪到,领判官推勘⑫,见⑬在门外,未敢引。"判官闻言,惊忙起立。(下阙)⑭

这个故事里已说到判官姓崔名子玉。我们疑心那魏徵斩龙及作介绍书与崔判官的故事也许在那损坏的部分里。可惜不传了。崔判官的故事到宋时已很风行,故宋仁宗嘉祐二年加崔府君⑮封号诏有"惠存滏邑,恩结蒲人⑯;生著令献⑰,没司⑱幽府"等语⑲。这个故事可算很古了。

如果上文引的《纳书楹曲谱》里的《西游记》是吴昌龄的原本,那么,殷小姐忍

---

① 生人:活人。
② 向见者:刚刚所见之人,即前文"见一人"之人。
③ 乾象:天象。
④ 不许:未得允许。
⑤ 寤:醒(指唐太宗)。
⑥ 与一官:给予一官员(与:通"予")。
⑦ 注:补充。蜀道:泛指蜀地。一丞:一副职(官员)。
⑧ 马尔克·奥莱尔·斯坦因(Marc Aurel Stein,1862—1943),英国考古学家,曾考察敦煌而获诸多发现。
⑨ 懆[cǎo]恶:暴躁、嗔怒。
⑩ 按:此为判官处使人(侍从)所言。
⑪ 生魂:活人灵魂。
⑫ 领:接受。推勘:审问。
⑬ 见[xiàn]:同"现"。
⑭ 引见《东方杂志》十七卷,八号,王静庵先生文中。——胡适注
⑮ 崔府君,即崔珏,字子玉,相传其为阴府判官。蒲人:外族人(非汉人)。
⑯ 滏[fǔ]邑:滏阳河之地(在今河北)。按:崔珏生前在此做官。
⑰ 生:生时。著:显有。令献:很好的贡献(令:美好)。
⑱ 没[mò]:死(后)。司:主管。
⑲ 引见《东方杂志》,卷页同上。——胡适注

辱复仇、唐太宗征求取经人等等故事由来已久,不是吴承恩新加入的了。

第三部分(八十一难)是《西游记》本身。**这一部分有四个来源**。第一个来源自然是玄奘本传里的记载,我们上文已引了最动人的几段。那些困难,本是事实,夹着一点宗教的心理作用。**它们最能给小说家许多暗示**。沙漠上光线屈折所成的幻影,渐渐的成了真妖怪了;沙漠的风沙,渐渐的成了黄风大王的怪风和罗刹女的铁扇风了;沙漠里四日五夜的枯燋,渐渐的成了周围八百里的火焰山了;烈日炎风的沙河,渐渐的又成了八百里"鹅毛飘不起"的流沙河了;高昌国王,渐渐的成了大唐皇帝了;高昌国的妃嫔,也渐渐的成了托塔天王的假公主和天竺国的妖公主了。这种变化乃是一切大故事流传时的自然命运,逃不了的,何况这个故事本是一个宗教的故事呢?

第二个来源是南宋或元初的《唐三藏取经诗话》和金、元戏剧里的《唐三藏西天取经》故事。这些故事的神话的性质,上文已说明了。依元代杂剧的体例看来,吴昌龄的《西游记》虽为元代最长的六本戏,六本至多也不过二十四折,加上楔子,也不过三十折。**这里面决不能纪叙八十一难的经过**。故这个来源至多只能供给一小部分的材料。

第三个来源是最古的,**是《华严经》的最后一大部分,名为《入法界品》的**(晋译第三十四品,唐译第三十九品)。这一品占《华严经》全书的四分之一,说的只是一个善财童子信心求法,勇猛精进,经历一百一十城,访问一百一十个善知识,毕竟得成正果。这一部《入法界品》便是《西游记》的影子,一百一十城的经过便是八十一难的影子。我们试看《入法界品》的布局:

(1) 文殊师利①告善财言②:"善男子,于此**南方**,有一国土,名曰可乐,其国有山,名为和合;于彼山中,有一比丘③,名功德云。汝诣彼问④,云何菩萨学菩萨行、修菩萨道⑤,乃至云,何具普贤行⑥。"……

(2) 功德云比丘告善财言:"善男子,**南方**有国,名曰海门,彼有比丘,名海

① 文殊师利,即文殊菩萨,梵名(拉丁拼音)Mañjuśrī,音译"文殊师利""曼殊室利""满祖室哩"等,佛教四大菩萨之一。
② 告:告诉。善财:善财童子。
③ 比丘:梵文(拉丁拼音)bhiksu 的音译,意为受戒出家之人,即和尚。
④ 诣彼问:寻他问。
⑤ 学菩萨行、修菩萨道:佛教称修行与修道。
⑥ 普贤行:普贤菩萨之德行。

云。汝应诣彼问菩萨行。"……

（3）海云比丘告善财言："善男子，汝诣**南方**，六十由旬①，有一国土，名曰海岸，彼有比丘，名曰善住。应往问彼，云何菩萨修清净行。"……

（4）善住比丘言："善男子，于此**南方**，有一国土，名曰住林，彼有长者，名曰解脱。汝诣彼问……"

这样一个转一个的下去，直到一百一十个，直到弥勒佛，又得见文殊师利，遂成就无量大智光明，"不久当与一切佛等，一身充满一切世界"。这一个"信心求法，勇猛精进"的故事，一定给了《西游记》的著者无数的暗示。

第四个来源自然是著者的想象力与创造力了。上面那三个来源都不能供给那八十一难的材料，至多也不过供给许多暗示，或供给一小部分的材料。我们可以说，《西游记》的八十一难**大部分是著者想象出来的**。想出这许多妖怪灾难，想出这一大堆神话，本来不算什么难事。但《西游记》有一点特别长处，就是他的滑稽意味。拉长了面孔，整日说正经话，那是圣人菩萨的行为，不是人的行为。《西游记》所以能成世界的一部绝大神话小说，正因为《西游记》里种种神话都带着一点诙谐意味，能使人开口一笑，这一笑就把那神话"人化"过了。我们可以说，《西游记》的神话是有"人的意味"的神话。

我们可举几个例。如第三十二回平顶山猪八戒巡山的一段，便是一个好例：

> 那呆子入深山，又行有四五里，只见山凹中有一块桌面大的四四方方青石头。呆子放下耙，对石头唱个大喏。行者暗笑，"看这呆子做甚勾当！"原来那呆子把石头当做唐僧、沙僧、行者三人，朝着他演习哩。他道："我这回去，见了师父，若问有妖怪，就说有妖怪；他问甚么山，我若说是泥捏的，锡打的，铜铸的，面蒸的，纸糊的，笔画的，——**他们见说我呆哩，若说这话，一发说呆了**。我只说是石头山。他若问甚洞，也只说是石头洞。他问甚么门，却说是钉钉的铁叶门。他问里边多少远，只说入内有三层。他若再问门上钉子多少，只说老猪心忙记不真。"……

最滑稽的是朱紫国医病降妖一大段。孙行者揭了榜文，却去揣在猪八戒的

---

① 由旬：梵文（拉丁拼音）yojana 的音译，长度单位，一由旬即公牛走一天的距离，约今 11 公里。

怀里，引出一大段滑稽文字来。后来行者答应医病了，三藏喝道：

> 你跟我这几年，那会儿你医好谁来？你连药性也不知，医书也未读，怎么大胆撞这个大祸？

行者笑道：

> 师父，你原来不晓得，我有几个草头方儿，能治大病。管情医得他好便了。就是医死了，也只问得个庸医杀人罪名，也不该死，你怕怎的？

下文诊脉用药的两段也都是很滑稽的。直到寻无根水做药引时，行者叫东海龙王敖广来"打两个喷嚏，吐些津液，与他吃药罢"。病医好了，在谢筵席上，八戒口快，说出"那药里有马……"行者接着遮掩过去，说药内有马兜铃。国王问众官马兜铃是何品味，能医何症。时有太医院官在旁道：

> 主公，兜铃味苦寒无毒，定喘消痰大有功。通气最能除血蛊，补虚宁嗽又宽中。

国王笑道：

> 用的当，用的当。猪长老再饮一杯。

这都是随笔诙谐，很有意味。

我们在上文曾说大闹天宫是一种革命。后来第五十回里，孙行者被独角兕大王把金箍棒收去了，跑到天上，见玉帝。行者朝上唱个大喏道：

> 启上天尊。我老孙保护唐僧往西天取经，……遇一凶怪，把唐僧拿在洞里要吃。我寻上他门，与他交战。那怪神通广大，把我金箍棒抢去。……我疑是天上凶星下界，为此特来启奏，伏乞天尊垂慈洞鉴，降旨查勘凶星，发兵收剿妖魔，老孙不胜战栗屏营之至！

这种**奴隶的**口头套语,到了革命党的口里,便很滑稽了。所以殿门旁有葛仙翁打趣他道:

猴子,是何前倨后恭①?

行者道:

不是前倨后恭,老孙于今是没棒弄了。

这种诙谐的里面含有一种尖刻的玩世主义。《西游记》的文学价值正在这里。第一部分如此,第三部分也如此。

七

《西游记》被这三四百年来的无数道士、和尚、秀才弄坏了。道士说,这部书是一部金丹妙诀。和尚说,这部书是禅门心法。秀才说,这部书是一部正心诚意的理学书。**这些解说都是《西游记》的大仇敌。**现在我们把那些什么"悟一子"和什么"悟元子"等等的"真诠""原旨"一概删去了②,还它一个本来面目。至于我这篇考证本来也不必做;不过因为这几百年来读《西游记》的人都太聪明了,都不肯领略那极浅极明白的滑稽意味和玩世精神,都要妄想透过纸背去寻那"微言大义",遂把一部《西游记》罩上了儒、释、道三教的袍子;因此,我不能不用我的笨眼光,指出《西游记》有了几百年逐渐演化的历史;指出这部书起于民间的传说和神话,并无"微言大义"可说;指出现在的《西游记》小说的作者是一位"放浪诗酒,复善谐谑"的大文豪做的,我们看他的诗,晓得他确有"斩鬼"的清兴,而决无"金丹"的道心;指出这部《西游记》至多不过是一部很有趣味的滑稽小说,神话小说;它并没有什么微妙的意思,它至多不过有一点爱骂人的玩世主义。这点玩世主义也是很明白的;它并不隐藏,我们也不用深求。

---

① 前倨后恭:先前倨傲,后来恭顺。
② 按:本文原是作者为当时新版《西游记》所作的序言(收入文集时改为此名),因在旧版《西游记》里夹杂着古人的评点,故有此言。

《西游记传》与《西游记》①

鲁　迅

一

奉道流羽客②之隆重，极于宋宣和③时，元虽归佛，亦甚崇道，其幻惑故遍行于人间，明初稍衰，比中叶而复极显赫，成化④时有方士⑤李孜，释继晓，正德时有色目人于永⑥，皆以方伎杂流拜官，荣华熠耀，世所企羡，则妖妄之说自盛，而影响且及于文章。且历来三教⑦之争，都无解决，互相容受，乃曰"同源"，所谓义利邪正善恶是非真妄诸端，皆混而又析之，统于二元，虽无专名，谓之神魔，盖可赅括矣。其在小说，则明初之《平妖传》已开其先，而继起之作尤夥⑧。凡所敷叙，又非宋以来道士造作之谈，但为人民闾巷间意，芜杂浅陋，率无可观。然其力之及于人心者甚大，又或有文人起而结集润色之，则亦为鸿篇巨制之胚胎也。

汇此等小说成集者，今有《四游记》行于世，其书凡四种，著者三人，不知何人编定，惟观刻本之状，当在明代耳。

---

① 本文节选自《中国小说史略》第十六、十七篇，原题"明之神魔小说（上）（中）"，此题及文中序号系本书选注者所加。本文要点：《西游记》源于明代《四游记》中的《西游记传》（按：此观点后来作者予以纠正，因据郑振铎考证，《西游记传》并非先于《西游记》，而是后者的摘录），此外还有《大唐三藏取经诗话》、金人院本《唐三藏》、元杂剧《唐三藏西天取经》等，亦先于《西游记》。清初有人据山阳县旧志考出《西游记》作者为吴承恩，明嘉靖、万历年间淮安府山阳县人，曾做过小官，后归隐著书。然而清同治年间所修《山阳县志》，却又删去吴承恩著《西游记》之事，故后世少有人知《西游记》作者为何人。但不管怎样，《西游记》是部杰作，其所述之事虽变幻恍惚，却亦不乏解颐之言，即使是妖魔，也有人情；即使是精魅，亦通世故，绝非玩世不恭的游戏之作。
② 奉道流：信奉道教。羽客：道士别称。
③ 宣和：宋徽宗赵佶年号。
④ 成化：明宪宗朱见深的年号。
⑤ 方士：术士，通常是道士。
⑥ 李孜，释（和尚）继晓，于永三人事迹见《明史·佞幸列传》。
⑦ 三教：儒、道、佛。
⑧ 夥：同"伙"，多。

一曰《上洞八仙传》，亦名《八仙出处东游记传》，二卷五十六回，题"兰江吴元泰著"。……

二曰《五显灵官大帝华光天王传》，即《南游记》，四卷十八回，题"三台山人仰止余象斗编"。……

其三曰《北方真武玄天上帝出身志传》，即《北游记》，四卷二十四回，亦余象斗编，记真武本身及成道降妖事。……

四曰《西游记传》，四卷四十一回"题齐云杨志和编，天水赵景真校"，叙孙悟空得道，唐太宗入冥，玄奘应诏求经，途中遇难，终达西土，得经东归者也。太宗之梦，庸人已言，张鷟《朝野佥载》[①]云："太宗至夜半奄然入定，见一人云：'陛下暂合来，还即去也。'帝问：'君是何人？'对曰：'臣是生人判冥事。'太宗入见判官，问六月四日事，即令还，向见者又送迎引导出。"又有俗文，亦记斯事，有残卷从敦煌千佛洞得之（详见第十二篇）。至玄奘入竺[②]，实非应诏，事具《唐书》（百九十一《方伎传》），又有专传曰《大慈恩寺三藏法师传》，在《佛藏》中[③]，初无诸奇诡事，而后来稗说，颇涉灵怪。《大唐三藏取经诗话》已有猴行者深沙神及诸异境；金人院本亦有《唐三藏》[④]（陶宗仪《辍耕录》）；元杂剧有吴昌龄《唐三藏西天取经》[⑤]（钟嗣成《录鬼簿》），一名《西游记》（今有日本盐谷温校印本），其中收孙悟空、加戒箍、沙僧、猪八戒、红孩儿、铁扇公主等皆已见。似取经故事，自唐末以至宋元，乃渐渐演成神异，且能有条贯，小说家因亦得取为记传也。

全书之前九回为孙悟空得仙至被降故事，言有石猴，寻得水源，众奉为王，而复出山，就师悟道，以大神通，搅乱天地，玉帝不得已，封为齐天大圣，复扰蟠桃大会，帝命灌口二郎真君讨之，遂大战，悟空为所获，其叙当时战斗变化之状云：

……那小猴见真君到，急急报知猴王。猴王即擎起金箍棒，步上云履。二人相见，各言姓名，遂排开阵势，来往三百余合。二人各变身万丈，战入云

---

① 这里的引文见《朝野佥载》今传六卷本卷六。六月四日事，指李世民杀建成、元吉事，参看《旧唐书·太宗纪》。

② 玄奘入竺：据《旧唐书·方伎传》载："僧玄奘，姓陈氏，洛州偃师人。大业末出家，博涉经论。尝谓翻译者多有讹谬，故就西域，广求异本以参验之。贞观初，随商人往游西域。"竺：天竺，印度旧称。

③ 《大慈恩寺三藏法师传》十卷，唐僧人慧立原撰，彦悰笺补。记述玄奘事迹，此书收入《佛藏》卷五十。《佛藏》，佛教经典总集，分经、律、论三藏，收印度和中国佛教著作。始编于南北朝，以后各代又续有新译经论和著述编入。

④ 《唐三藏》：《辍耕录》卷二十五《金院本名目》著录，今佚。

⑤ 吴昌龄，元大同（今属山西）人。所撰《唐三藏西天取经》，今仅存二折。下文盐谷温校印本《西游记》，实为杨讷所撰《西游记》杂剧。

端，离却洞口。

　　……大圣正在开战，忽见本山众猴惊散，抽身就走；真君大步赶上，急走急迫。大圣慌忙将身一变，入水中。真君道，"这猴入水必变鱼虾，待我变作鱼鹰逐他。"大圣见真君赶来，又变一鸨鸟，飞在树上，被真君拽弓一弹，打下草坡，遍寻不见，回转天王营中去说猴王败阵等事，又赶不见踪迹。天王把照妖镜一照，急云"妖猴往你灌口去了"。真君回灌口；猴王急变做真君模样，坐在中堂，被二郎用一神枪，猴王让过，变出本相，二人对较手段，意欲回转花果山，奈四面天将围住念咒。忽然真君与菩萨在云端观看，见猴王精力将疲，老君掷下金刚圈，与猴王脑上一打。猴王跌倒在地，被真君神犬咬住胸肚子，又拖跌一跤，却被真君兄弟等神枪刺住，把铁索绑缚。……(第七回《真君收捉猴王》)

然斫之无伤，炼之不死，如来乃压之五行山下，令待取经人。次四回即魏征斩龙，太宗入冥，刘全进瓜，及玄奘应诏西行；为求经之所由起。十四回以下则玄奘道中收徒及遇难故事，而以见佛得经东归证果终。徒有三，曰孙行者、猪八戒、沙僧，并得龙马；灾难三十余，其大者五庄观，平顶山，火云洞，通天河，毒敌山，六耳猕猴，小雷音寺等也。凡所记述，简略者多，但亦偶杂游词，以增笑乐，如写火云洞之战云：

　　……那山前山后土地，皆来叩头报名，"此处叫做枯松涧，涧边有一座山洞，叫做火云洞，洞有一位魔王，是牛魔王的儿子，叫做红孩儿。他有三昧真火，甚是利害。"

　　行者听说，斥退土神，……与八戒同进洞中去寻，……

　　那魔王分付小妖，推出五轮小车，摆下五方，遂提枪杀出，与行者战经数合，八戒助阵，魔王走转，把鼻子一捶，鼻中冒出火来，一时五轮车子，烈火齐起。八戒道，"哥哥快走！少刻把老猪烧得囫囵，再加香料，尽他受用。"

　　行者虽然避得火烧，却只怕烟，二人只得逃转。……(第三十二回《唐三藏收妖过黑河》)

复请观世音至，化刀为莲台，诱而执之，既降复叛，则环以五金箍，洒以甘露，乃始两手相合，归落伽山云。《西游记》杂剧中《鬼母皈依》一出，即用揭钵盂救幼子故事者，其中有云，"告世尊，肯发慈悲力。我着唐三藏西游便回，火孩儿妖怪放生了他。到前面，须得二圣郎救了你。"(卷三)而于此乃改为牛魔王子；且与参善知识之善财童子相混矣。

二

　　又有一百回本《西游记》，盖出于四十一回本《西游记传》之后①，而今特盛行，且以为元初道士邱处机②作。处机固尝西行，李志常记其事为《长春真人西游记》，凡二卷，今尚存《道藏》中③，惟因同名，世遂以为一书；清初刻《西游记》小说者，又取虞集④撰《长春真人西游记》之序文冠其首，而不根之谈乃愈不可拔也。

　　然至清乾隆末，钱大昕跋《长春真人西游记》⑤（《潜研堂文集》二十九）已云小说《西游演义》是明人作；纪昀⑥（《如是我闻》三）更因"其中祭赛国之锦衣卫，朱紫国之司礼监，灭法国之东城兵马司，唐太宗之大学士翰林院中书科，皆同明制"，决为明人依托，惟尚不知作者为何人。而乡邦文献，尤为人所乐道，故是后山阳人如丁晏（《石亭记事续编》）、阮葵生（《茶余客话》）⑦等，已皆探索旧志，知《西游记》之作者为吴承恩矣。吴玉搢（《山阳志遗》）⑧亦云然，而尚疑是演邱处机书，犹罗贯中

----

① 关于《西游记》一百回本与四十一回本先后问题，应是一百回本在前。鲁迅一九三五年《〈中国小说史略〉日本译本序》中说："郑振铎教授又证明了《四游记》中的《西游记传》是吴承恩《西游记》的摘录，而并非祖本，这是可以订正拙著第十六篇的所说的，那精确的论文，就收录在《痀偻集》里。"（参看《且介亭杂文二集》）郑文题为《〈西游记〉的演化》。

② 邱处机，字通密，自号长春子，成吉思汗曾在中亚召见过他，封为国师，总领道教，卒后褒赠长春演道主教真人。撰有《摄生消息论》《大丹直指》等。

③ 李志常，字浩然，道号通玄大师，邱处机弟子，曾随邱谒成吉思汗，归后就途中经历撰成《长春真人西游记》，二卷。此书收入《道藏》正乙部。《道藏》，道教经典总集。六朝时开始汇集道经，以后各代又续有增补。今通行之《道藏》为《正统道藏》（5305卷）和《万历续道藏》（180卷）。

④ 虞集，字伯生，号道园，官至翰林直学士兼国子祭酒。撰有《道园学古录》。清初汪象旭评刻《西游证道书》，始将虞集所撰《长春真人西游记序》置于卷首。

⑤ 钱大昕，字辛楣，号竹汀，官至少詹事。撰有《二十二史考异》《潜研堂文集》等。《潜研堂文集》卷二十九《跋〈长春真人西游记〉》云："村俗小说有《唐三藏西游演义》，乃明人所作。"

⑥ 纪昀[yún]，字晓岚，别字春帆，号石云，道号观弈道人、孤石老人，清大臣、文人，曾任《四库全书》总纂官，晚年作《阅微草堂笔记》。

⑦ 丁晏，字俭卿，官内阁中书，编有《熙志斋丛书》二十二种，所撰《石亭纪事续编》，一卷，汇录涉及淮安的一些著作的序跋，该书《书〈西游记〉后》一文云："及考吾郡康熙初旧志艺文书目，吴承恩下有《西游记》一种。"阮葵生，字宝诚，号蒙山，清山阳人，官刑部侍郎。所撰《茶余客话》，三十卷，记清初典章制度及当时人物言行等，该书卷二十一云："按旧志称射阳性敏多慧，为诗文下笔立成，复善谐谑，著杂记数种，惜未注杂记名，惟《淮贤文目》载射阳撰《西游记通俗演义》。"

⑧ 吴玉搢，字藉五，号山夫，官至凤阳府训导，曾参与纂修《山阳县志》和《淮安府志》。所撰《山阳志遗》，四卷，记述县志府志未载山阳诸事。该书卷四云："嘉靖中，吴贡生承恩字汝忠，号射阳山人，吾淮才士也。……考《西游记》旧称为证道书，谓其合于金丹大旨；元虞道园有序，称此书系其国初邱长春真人所撰。而郡志谓出先生手，天启时去先生未远，其言必有所本。意长春初有此记，至先生乃为之通俗演义，如《三国志》本陈寿，而演义则罗贯中也。书中多吾乡方言，其山阳人手无疑。或云有《后西游记》，为射阳先生撰。"

之演陈寿《三国志》者,当由未见二卷本,故其说如此;又谓"或云有《后西游记》,为射阳先生撰",则第志俗说而已。

吴承恩字汝忠,号射阳山人,性敏多慧,博极群书,复善谐剧,著杂记数种,名震一时,嘉靖甲辰岁贡生,后官长兴县丞,隆庆初归山阳,万历初卒(约一五一〇——一五八〇)。杂记之一即《西游记》(见《天启淮安府志》一六及一九《光绪淮安府志》贡举表),余未详。又能诗,其"词微而显,旨博而深"(陈文烛序语),为有明一代淮郡诗人之冠,而贫老乏嗣,遗稿多散佚,邱正纲收拾残缺为《射阳存稿》四卷《续稿》一卷①,吴玉搢尽收入《山阳耆旧集》②中(《山阳志遗》四)。然同治间修《山阳县志》③者,于《人物志》中去其"善谐剧著杂记"语,于《艺文志》又不列《西游记》之目,于是吴氏之性行遂失真,而知《西游记》之出于吴氏者亦愈少矣。

《西游记》全书次第,与杨志和作四十一回本殆相等④。前七回为孙悟空得道至被降故事,当杨本之前九回;第八回记释迦造经之事,与佛经言阿难结集不合;第九回记玄奘父母遇难及玄奘复仇之事,亦非事实,杨本皆无有,吴所加也。第十至十二回即魏征斩龙至玄奘应诏西行之事,当杨本之十至十三回;第十四回至九十九回则俱记入竺途中遇难之事,九者究也,物极于九,九九八十一,故有八十一难;而一百回以东返成真终。

惟杨志和本虽大体已立,而文词荒率,仅能成书;吴则通才,敏慧淹雅,其所取材,颇极广泛,于《四游记》中亦采《华光传》及《真武传》,于西游故事亦采《西游记杂剧》及《三藏取经诗话》,翻案挪移则用唐人传奇(如《异闻集》《酉阳杂俎》等),讽刺揶揄则取当时世态,加以铺张描写,几乎改观,如灌口二郎之战孙悟空,杨本仅有三百余言,而此十倍之,先记二人各现"法象",次则大圣化雀,化"大鹚老",化鱼,化水蛇,真君化雀鹰,化大海鹤,化鱼鹰,化灰鹤,大圣复化为鸨,真君以其贱鸟,不屑相比,即现原身,用弹丸击下之。

---

① 邱正纲,即邱度,号汝洪,吴承恩表孙,官至光禄寺卿,所编《射阳先生存稿》,四卷,卷首有陈文烛序。《续稿》未见。
② 《山阳耆旧集》:未见。吴玉搢《山阳志遗》卷四云:"予初得一抄本,纸墨已渝敝,后陆续收得刻本四卷,并续集一卷,亦全。尽登其诗入《山阳耆旧集》。"
③ 《山阳县志》:二十一卷,清同治间存保、何绍基等纂修。该书卷十二《人物志》二云:"吴承恩字汝忠,号射阳山人,工书,嘉靖中岁贡生,官长兴县丞。英敏博洽,为世所推,一时金石之文,多出其手。家贫无子,遗稿多散失;邑人邱正纲收拾残缺,分为四卷,刊布于世,太守陈文烛为之序,名曰《射阳存稿》,又《续稿》一卷,盖存其什一云。"其卷十八《艺文志》云:"吴承恩《射阳存稿》四卷、《续稿》一卷。"
④ 《西游记》全书次第,与杨志和作四十一回本殆相等:"杨志和作四十一回本"即《四游记》中的《西游记传》,本文作者认为由此表明《西游记》源于《西游记传》,其实正好相反。见前注。

……那大圣趁着机会，滚下山崖，伏在那里又变，变一座土地庙儿：大张着口，似个庙门；牙齿变作门扇；舌头变做菩萨；眼睛变做窗棂；只有尾巴不好收拾，竖在后面，变做一根旗杆。真君赶到崖下，不见打倒的鹚鸟，只有一间小庙，急睁凤眼，仔细看之，见旗杆立在后面，笑道，"是这猢狲了。他今又在那里哄我。我也曾见庙宇，更不曾见一个旗杆竖在后面的。断是这畜生弄诡。他若哄我进去，他便一口咬住。我怎肯进去？等我撑拳先捣窗棂，后踢门扇。"大圣听得，……扑的一个虎跳，又冒在空中不见。真君前前后后乱赶，……起在半空，见那李天王高擎照妖镜，与哪吒伫立云端。真君道，"天王，曾见那猴王么？"天王道，"不曾上来，我这里照着他哩。"

真君把那赌变化，弄神通，拿群猴一事说毕，却道，"他变庙宇，正打处，就走了。"李天王闻言，又把照妖镜四方一照，呵呵的笑道，"真君，快去快去，那猴子使了个隐身法，走出营围，往你那灌江口去也。"……却说那大圣已至灌江口，摇身一变，变作二郎爷爷的模样，按下云头，径入庙里。鬼判不能相认，一个个磕头迎接。他坐在中间，点查香火：见李虎拜还的三牲，张龙许下的保福，赵甲求子的文书，钱丙告病的良愿。正看处，有人报"又一个爷爷来了"。众鬼判急急观看，无不惊心。

真君却道，"有个甚么齐天大圣，才来这里否？"众鬼判道，"不曾见甚么大圣，只有一个爷爷在里面查点哩。"真君撞进门；大圣见了，现出本相道，"郎君，不消嚷，庙宇已姓孙了！"这真君即举三尖两刃神锋，劈脸就砍。那猴王使个身法，让过神锋，撑出那绣花针儿，晃一晃，碗来粗细，赶到前，对面相还。两个嚷嚷闹闹，打出庙门，半雾半云，且行且战，复打到花果山。慌得那四大天王等众提防愈紧；这康张太尉等迎着真君，合心努力，把那美猴王围绕不题……（第六回下"小圣施威降大圣"）

然作者构思之幻，则大率在八十一难中，如金洑山之战（五十至五二回）、二心之争（五七及五八回）、火焰山之战（五九至六一回），变化施为，皆极奇恣，前二事杨书已有，后一事则取杂剧《西游记》及《华光传》中之铁扇公主以配《西游记传》中仅见其名之牛魔王，俾①益增其神怪艳异者也。

其述牛魔王既为群神所服，令罗刹女献芭蕉扇，灭火焰山火，俾玄奘等西行

---

① 俾[bǐ]：使。

情状云：

　　……那老牛心惊胆战，……望上便走。恰好有托塔李天王并哪吒太子领鱼肚药叉巨灵神将慢住空中。……牛王急了，依前摇身一变，还变做一只大白牛，使两只铁角去触天王，天王使刀来砍。随后孙行者又到，……道："这厮神通不小，又变作这等身躯，却怎奈何？"太子笑道，"大圣勿疑，你看我擒他。"这太子即喝一声"变！"变得三头六臂，飞身跳在牛王背上，使斩妖剑望颈项上一挥，不觉得把个牛头斩下。天王丢刀，却才与行者相见。那牛王腔子里又钻出一个头来，口吐黑气，眼放金光。被哪吒又砍一剑，头落处，又钻出一个头来；一连砍了十数剑，随即长出十数个头来。哪吒取出火轮儿，挂在老牛的角上，便吹真火，焰焰烘烘，把牛王烧得张狂哮吼，摇头摆尾。才要变化脱身，又被托塔天王将照妖镜照住本像，腾挪不动，无计逃生，只叫"莫伤我命，情愿归顺佛家也"！哪吒道，"既惜身命，快拿扇子出来！"

　　牛王道，"扇子在我山妻处收着哩。"哪吒见说，将缚妖索子解下，……穿在鼻孔里，用手牵来，……回至芭蕉洞口。老牛叫道，"夫人，将扇子出来，救我性命！"罗刹听叫，急卸了钗环，脱了色服，挽青丝如道姑，穿缟素似比丘，双手捧那柄丈二长短的芭蕉扇子，走出门；又见金刚众圣与天王父子，慌忙跪在地下，磕头礼拜道，"望菩萨饶我夫妻之命，愿将此扇奉承孙叔叔成功去也。"……

　　……孙大圣执着扇子，行近山边，尽气力挥了一扇，那火焰山平平息焰，寂寂除光；又扇一扇，只闻得习习潇潇，清风微动；第三扇，满天云漠漠，细雨落霏霏。有诗为证：

　　火焰山遥八百程，火光大地有声名。火煎五漏丹难熟，火燎三关道不清。特借芭蕉施雨露，幸蒙天将助神功。牵牛归佛伏颠劣，水火相连性自平。（第六十一回下《孙行者三调芭蕉扇》）

　　又作者禀性"复善谐剧"，故虽述变幻恍惚之事，亦每杂解颐之言，使神魔皆有人情，精魅亦通世故，而玩世不恭之意寓焉（详见胡适《西游记考证》）。如记孙悟空大败于金𬜯洞兕怪[1]，失金箍棒，因谒玉帝，乞发兵收剿一节云：

------

[1] 兕[sì]怪：即独角兕大王，本是太上老君坐骑板角青牛。

……当时四天师传奏灵霄，引见玉陛，行者朝上唱个大喏，道，"老官儿，累你累你。我老孙保护唐僧往西天取经，一路凶多吉少，也不消说。于今来在金洤山，金洤洞，有一凶怪，把唐僧拿在洞里，不知是要蒸，要煮，要晒。是老孙寻上他门，与他交战，那怪神通广大，把我金箍棒抢去，因此难缚妖魔。那怪说有些认得老孙，我疑是天上凶星思凡下界，为此特来启奏，伏乞天尊垂慈洞鉴，降旨查勘凶星，发兵收剿妖魔，老孙不胜战栗屏营之至。"却又打个深躬道，"以闻。"旁有葛仙翁笑道，"猴子是何前倨后恭？"行者道，"不敢不敢。不是甚前倨后恭，老孙于今是没棒弄了。"……（第五十一回上"心猿空用千般计"）

评议此书者有清人山阴悟一子陈士斌《西游真诠》①（康熙丙子尤侗序），西河张书绅《西游正旨》②（乾隆戊辰序）与悟元道人刘一明《西游原旨》③（嘉庆十五年序），或云劝学，或云谈禅，或云讲道，皆阐明理法，文词甚繁。然作者虽儒生，此书则实出于游戏，亦非语道，故全书仅偶见五行生克之常谈，尤未学佛，故末回至有荒唐无稽之经目，特缘混同之教，流行来久，故其著作，乃亦释迦与老君同流，真性与元神杂出，使三教之徒，皆得随宜附会而已。假欲勉求大旨，则谢肇淛（《五杂组》十五）之"《西游记》曼衍虚诞，而其纵横变化，以猿为心之神，以猪为意之驰，其始之放纵，上天下地，莫能禁制，而归于紧箍一咒，能使心猿驯伏，至死靡他，盖亦求放心之喻，非浪作也"数语，已足尽之。作者所说，亦第云"众僧们议论佛门定旨，上西天取经的缘由，……三藏箝口不言，但以手指自心，点头几度，众僧们莫解其意，……三藏道：'心生种种魔生，心灭种种魔灭，我弟子曾在化生寺对佛说下誓愿，不由我不尽此心，这一去，定要到西天见佛求经，使我们法轮回转，皇图永固'"（十三回）而已。

《后西游记》④六卷四十回，不题何人作。中谓花果山复生石猴，仍得神通，称为小圣，辅大颠和尚赐号半偈者复往西天，虔求真解。途中收猪一戒，得沙弥，且遇诸魔，屡陷危难，顾终达灵山，得解而返。其谓儒释本一，亦同《西游》，而行

---

① 陈士斌，字允生，号悟一子。《西游真诠》：一百回，每回正文后有陈士斌的评述。
② 张书绅，字南熏。张书绅评本名《新说西游记》。另有一种《通易西游记正旨》，则出自清张含章之手。
③ 刘一明，号悟元子、素朴散人，道士。《西游原旨》：一百回，每回正文后有刘一明的评述。
④ 《后西游记》四十回，题"天花才子评点"，撰者不详。康熙年间刘廷玑《在园杂志》已论及此书，当为明末清初时人所撰。

文造事并逊,以吴承恩诗文之清绮推之,当非所作矣。又有《续西游记》①,未见,《西游补》所附杂记有云,"《续西游》摹拟逼真,失于拘滞,添出比丘灵虚,尤为蛇足"也。

---

① 《续西游记》一百回,题《绣像批评续〈西游真诠〉》,卷首有真复居士序,撰者未详。崇祯年间董说《西游补》所附杂记已论及此书,当为明人所撰。

《西游记》的演化①

郑振铎

一、当 前 的 难 题

说起《西游记》小说来,便立刻会有几个难解决的纠纷,出现在我们之前。这并不是作者的问题。今本最伟大的一部《西游记》小说的作者,早已知道为明人吴承恩而非元代道士邱处机了。也不是什么探求这部小说中所包含的哲理与潜伏的真意;那些《真诠》《新说》《原旨》《正旨》以及《证道书》②等以《易》、以《大学》、以仙道来解释《西游记》的书,都是戴上了一副着色眼镜,在大白天说梦话的。撇清了那些问题于外,却另有几个问题在。

最大的一个问题便是,吴承恩本的《西游记》是创作的呢,还是将旧本加以放大的? 易言之,即吴承恩的地位,到底是一位曹雪芹呢,还是一位罗贯中? 他的《西游记》,到底是一部《红楼梦》似的创作呢,还是一部《三国志演义》似的“改作”? 这是一个很重要的问题,值得仔细的加以讨论。

鲁迅先生以为吴承恩的《西游记》是有所本的,他说道:

---

① 本文选自《郑振铎全集》第四卷。其要点是:一、鲁迅先生认为,吴承恩的《西游记》是有所本的,这不错,但不是鲁迅先生认为所说的《西游记传》,而是最近发现的残存于《永乐大典》的“古本西游记”。二、吴承恩的《西游记》在明代已有多个版本,还出现了两个改写本,即朱鼎臣的《西游释厄运》与杨致和的《西游记传》。三、至于清代的诸多《西游记》改写本,如陈士斌的《西游真经》、张书绅的《新说西游记》、刘一明的《西游原旨》、张含章的《通易西游正旨》等,均源自汪澹漪的《西游记证道书》,而汪澹漪的《西游记证道书》则源自朱鼎臣的《西游释厄运》。四、陈光蕊(即陈玄奘)的身世故事,是在朱鼎臣的《西游释厄运》中插入的,无论在《永乐大典》的“古本西游记”中,还是在吴承恩的《西游记》中,都没有这一故事。五、《西游记》和各种各样的改写本,均由三部分内容组成,即:“孙行者闹天宫”“唐太宗入冥记”“唐三藏西游记”,其中第三部分“唐三藏西游记”是主干,说是八十一难,其实只有四十一个故事。

② 《真诠》:全称《西游真诠》,[清] 陈士斌撰。《新说》:全称《新说西游记》,[清] 张书绅评注。《原旨》:全称《西游原旨》,[清] 刘一明撰。《正旨》:全称《通易西游正旨》,[清] 张含章撰。《证道书》:全称《西游记证道书》,[清] 汪澹漪撰。

又有一百回本《西游记》盖出于四十一回本《西游记传》之后，而今特盛行。

——《中国小说史略》第十七篇

又道：

《西游记》全书次第，与杨致和作四十一回本殆①相等。惟杨致和本②虽大体已立，而文词荒率，仅能成书；吴③则通才，敏慧淹雅，其所取材，颇极广泛。讽刺揶揄，则取当时世态，加以铺张描写，几乎改观。

——同上

但也有人以为，杨致和本是一个妄人删割吴承恩的《西游记》，勉强缩小篇幅的。到底这两说是哪一说对呢？假如没有更强、更确的证据出来，这场笔墨官司是一辈子打不完的。我们且等待着看，有没有机会去解决这个重要的问题。这是其一。其次，问题虽然较小，却很少有人拈出过。想不到那么大的一个罅漏，居然会没有什么人发见，而任它逃出读者们的"注意"之外。原来近三百余年来，盛传的种种异本之吴承恩的《西游记》，无论是《新说》，或《证道书》，或其他，其第九回"陈光蕊赴任逢灾　江流僧复仇报本"、第十回"老龙王拙计犯天条　丞相遗书托冥吏"的开场白若干语，几乎完全是雷同的。第九回的开场白是：

话表陕西大国长安城，乃历代帝王建都之地。自周、秦、汉以来，三川花似锦，八水绕城流，真个是名胜之邦。彼时是大唐太宗皇帝登基，改元贞观。已登极十三年，岁在己巳。

第十回的开场白是：

此单表陕西大国长安城，乃历代帝王建都之地。自周、秦、汉以来，三川花似锦，八水绕城流。三十六条花柳巷，七十二座管弦楼。华夷图上看，天下最为头，真是个奇胜之方。今却是大唐太宗文皇帝登基，改元龙集贞观。

---

① 殆：几乎。
② 杨致和本：即四十一回本《西游记传》，作者杨致和。
③ 吴：吴承恩。

此时已登极十三年，岁在己巳。

以上二段文字，皆据张书绅《新说西游记》。为什么紧接着的两回，《西游记》的作者乃这样不惮烦的抄上如此相同的文字呢？吴承恩是决不会笨到这样的。

这不是一个谜么？要解得这个谜，却须连带解决《西游记》的整个"演化"问题。所以以上两个问题，原来也只是一个。

二、新证据的发见

说来很觉得有趣，在去年之前，我们对于以上的两个问题，还没有法子窥测得什么端倪。我们相信，鲁迅先生所见到的吴承恩的《西游记》，不过是《真诠》《新说》一类的清刊本。——这有一个证据，他在《中国小说史略》上说："第九回记玄奘父母遇难及玄奘复仇之事，亦非事实，杨本皆无有，吴所加也。"其实，吴氏的《西游记》原无今本的"第九回"（其说详下）。亚东图书馆的标点本，所用的底本便是新说。但最流行的一本却是《真诠》。《真诠》其实最靠不住，乱改、乱删的地方极多，远不如《证道书》及《新说》的可靠。吴氏原本所有的许多作为烘托形容之用的歌曲，几有十之三四被删去。这是最可慨惜的！吴氏的许多韵语，出之于孙行者、唐三藏或诸妖魔的口中者，乃是那么的有风趣。不知悟一子[①]为何硬了心肠，乱加斫除！

除了《新说》《真诠》本的吴书之外，他们所见到的明人著作，也只有杨致和的四十一回本《西游记传》。在好久的不知有吴氏原本、无论他著的"黑暗时代"之后，却忽然的于一年之间，乃连续发见了好几部《西游记》的著作，使我们顿时眼界大开，对于这部小说的研究，自信可以暂时告一个结果，还不足以偿"埋头"之苦而若考古学家之掘获古代帝王坟似的欣然自得么？

三年以前，我在上海，已知道日本村口书店有明板[②]《西游记》二种待沽的消息。为了索值过高，决非我们教书匠力之所及，虽然天天燃烧着想读到它们的愿望，却只得冷了心肠，不作此想。去年，在时局混乱的情形中，听说这二书已为北平图书馆购得了，这使我们如何的高兴！连忙坐了公共汽车进城，得以第一次获睹数年来念念不忘的两部书。

---

① 悟一子，即陈士斌，号悟一子，《西游真诠》作者。
② 板：同"版"。

土黄色的细绫锦套，一望而知为日本式的装潢。凡五套，四套是吴本《西游记》，其他一套却是从未见之记载的一部异本：

《鼎锲全相唐三藏西游传》(第一卷末，又题作《唐三藏西游释厄传》)

羊城冲怀　朱鼎臣　编辑

书林莲台　刘承茂　绣梓

这一部《西游传》分甲、乙、丙、丁等十集，凡十卷，但只有四本，篇幅不及吴本《西游记》四分之一，每页分为上下二层，上图下文。就其版式及纸张看来，当是明代嘉隆间闽南书肆的刻本。其时代最迟似不能后于万历初元。说它是一部孤本，大约不会错。

在它出现以前，我们从来不知道有此书。羊城人朱鼎臣固然是一位陌生的作家；即"书林莲台　刘承茂"也似是不见经传的一个闽南书肆主人。有了这部书的出现，我们才可以明白，杨致和的《西游记传》是"我道不孤"，才可以知道，杨本四十一回的《西游记传》和朱鼎臣十卷本的《西游传》究竟是什么性质的东西。

但那四套的明刊吴本《西游记》，也并不是什么凡品。明刊小说，惟《西游记》为最罕见。清初刊的《西游真诠》，卷首曾附有插图二百幅(但后来刊本皆已去之)。刻工极为精致。就插图的内容看来，确不是《西游真诠》所有。(因插图第九回是"袁守诚妙算无私曲"，并无"陈光蕊赴任逢灾"的一回。)《真诠》大约是利用了明末的这副图版而"张冠李戴"了的。(这插图本当是天启、崇祯间苏或杭的一个刻本，似即为李卓吾批评《西游记》的插图吧?)三年前，上海中国书店在某书封皮的背面，发现明刻本《西游记》一页，诧为奇遇。后此页由赵蜚云先生送给了我。这一页万历写刻本《西游记》的发现，便是这四大套明刻吴本全书发现的先声。这吴本的《西游记》全书，首有秣陵陈元之①序，序末题"时壬辰夏端四日也"，盖即万历二十年(公元一五九二年)所刊。刊地为金陵，刊者为金陵书贾世德堂唐氏。陈氏序：

唐光禄②既购是书，奇之。益俾③好书者为之订校，秩其卷目梓④之。凡

---

① 陈元之，即陈锡，字元之，明代官吏、文人，官至礼部祠祭司主事，因在南京(秣陵)做官，自称秣陵人。
② 唐光禄，即前文"金陵书贾世德堂唐氏"。
③ 俾：使。
④ 梓[zǐ]：树名，其木常用来刻版，故以此代指出版。

二十卷,数十万言有余。

是①此书亦尝经唐光禄"秩其卷目",未必全为原本之式样的了。但今所见《西游记》,则当以此书为最古。插图也很精,与罗懋登的《三宝太监下西洋记略》同式。万历间金陵刊本的插图,殆都是这种式样的。

今存的明刻本吴氏《西游记》,尚有:

(一)《鼎锲京本全像西游记》,日本内阁文库藏,题"闽建书林　杨闽斋梓",上图下文,全为闽南书坊的款式。亦为二十卷,亦有陈元之序,而序末年月,已改为"癸卯夏",盖即万历三十一年,去②世德堂本的刊行已十一年。(似即据世德堂为底子,故以京本相号召③。闽南书肆,凡翻刻南京、北京书,皆冠以京本二字,以示来源,有别杜撰。其风殆④始于南宋。)

(二)《唐僧西游记》,日本帝国图书馆藏,似亦万历间刊本,而从世德堂本出者。惜未详为何人所刊。

(三)《李卓吾先生批评西游记》,日本内阁文库藏。亦同世德堂本。卷首插图,几一百叶二百幅。有题"刘君裕刻"者;当为启祯间⑤刻本。(以上三本见孙楷第的《日本东京所见中国小说书目提要》,北平图书馆出版)其面目都是和世德堂本不殊的。在世德堂本之前,有无更早的刊本,却不可知。世德堂本题"华阳洞天主人校",此华阳洞天主人,似即陈序中所谓唐光禄。

陈序很重要,惟关于作者则游移其辞:

　　《西游》一书,不知其何人所为。或曰:出今天潢何侯王⑥之国。或曰:出八公之徒⑦。或曰:出王⑧自制。余览其意,近⑨跅弛滑稽⑩之雄、厄言漫衍⑪之为也。旧有序,余读一过,亦不著其姓氏、作者之名。

---

① 是:只是。
② 去:离。
③ 号召:号称。
④ 殆:大概。
⑤ 启祯间:(明代)天启、崇祯年间。
⑥ 天潢:皇室。何侯王:某王爷。
⑦ 八公之徒:王爷师友(八公:即淮南八公,[汉]王逸《招隐士》序:"昔淮南王安,博雅好古,招怀天下俊伟之士,自八公之徒,咸慕其德而归其仁。"后世以此代指"俊伟之士"或豪门之客)。
⑧ 王:王爷。
⑨ 近:近乎。
⑩ 跅[tuò]弛滑稽:虚妄怪诞。
⑪ 厄[zhī]言漫衍:胡言乱语。

彼时,似不知此书出于吴承恩手。惟既有"出今天潢何侯王之国"语,则吴氏或尝为"八公之徒"欤? 嘉隆间①的文人们,出入于藩王之府,而为他们著书立说者不少概见。吴氏殆亦其一人。惜所云"旧序",世德堂本未刊入,今绝不可得见,未能一窥其究竟。

世德堂本,粗视之与今坊本无异,但有一点与今坊本大不相同,即今坊本有第九回"陈光蕊赴任逢灾 江流僧复仇报本"的一大段"陈玄奘出身"事,而世德堂本则无之,其第九回便是"袁守诚妙算无私曲 老龙王拙计犯天条"恰相当于今坊本第十回的开始。十回以下,文字全同今坊本,惟回目略殊:

世 德 堂 本	《证道书》《新说》《真诠》诸坊本
第 九 回 彭守诚妙算无私曲 老龙王拙计犯天条	陈光蕊赴任逢灾 江流僧复仇报本
第 十 回 二将军官门镇鬼 唐太宗地府还魂	老龙王拙计犯天条 魏丞相遗书托冥吏
第十一回 还受生唐王遵善果 度孤魂萧瑀正空门	游地府太宗还魂 进瓜果刘全续配

从第十二回起,则诸本回目皆全同,没有什么可注意的。到底这"陈光蕊"故事是吴本所原有而世德堂本删去的呢,还是吴本原无,而为清代诸刊本所妄加的呢? 这且待下文再详之。正当此两部不平常的明刻本《西游记》及《西游传》出现的时候,一个更重大的消息也为我们所宣传着。原来,在北平图书馆善本室所庋藏的许多传抄本《永乐大典》中有一本第一万三千一百三十九卷的,是"送字韵"的一部分。在许多"梦"的条文②中,有一条是"魏征梦斩泾河龙"。

引书标题作"西游记",文字全是白话,其为小说无疑。谁能猜想得到,残存的《永乐大典》的一册之中,竟会有"西游记"小说的残文存在呢! 在吴承恩之前,果有一部古本的"西游记"小说! 鲁迅先生的论点是很强固的被证实了。这一条,虽不过一千二百余字,却是如何的重要,如何的足令中国小说研究者雀跃不已!

我们虽不曾再发见第二条"西游记"残文,但此《永乐大典》本"西游记"之为吴承恩本的祖源,却是无可疑的。就此一条的文字看来,"古本西游记"小说,其

---

① 嘉隆间:(明代) 嘉靖、隆庆年间。
② "梦"的条文:属"送字韵"(《永乐大典》按字韵编条目)。

骨干与内容是不会和吴承恩本相差得多少的。孙楷第先生曾抄得此条见寄。为了见到的人太少,特将全文转录于下:

梦斩泾河龙(西游记) 长安城西南上,有一条河,唤作泾河。贞观十三年,河边有两个渔翁,一个唤张梢,一个唤李定。张梢与李定道:"长安西门里,有个卦铺,唤神言山人。我每日与①那先生鲤鱼一尾。他便指教下网方位。依随着,一日下一日着②。"李定曰:"我来日也问先生则个。"这二人正说之间,怎想水里有个巡水夜叉③,听得二人所言。"我报与龙王去。"龙王正唤做泾河龙。此时正在水晶宫正面而坐。忽然夜叉来到言曰:"岸边有二人都是渔翁。说西门里有一卖卦先生,能知河中之事。若依着他筹,打尽河中水族。"龙王闻之大怒,扮作白衣秀士,入城中。见一道布额,写道:"神翁袁守成于斯备命。"老龙见之,就对先生坐了。乃作百端磨问,难道:"先生,问何日下雨?"先生曰:"来日辰时布云,午时升雷,未时下雨,申时雨足。"老龙问下多少。先生曰:"下三尺三寸四十八点。"龙笑道:"未必都由你说。"先生曰:"来日不下雨,到了时,甘罚五十两银。"龙道:"好,如此来日却得厮见。"辞退,直回到水晶宫。须臾,一个黄巾力士言曰:"玉帝圣旨道:'你是八河都总泾河龙。教来日辰时布云,午时升雷,未时下雨,申时雨足。'"力士随去。老龙言不想都应着先生谬说。到了时辰,少下些雨,便是向先生要了罚钱。次日,申时布云,酉时降雨二尺。第三日,老龙又变为秀士,入长安卦铺,向先生道:"你卦不灵,快把五十两银来。"先生曰:"我本筹算无差,却被你改了天条,错下了雨也。你本非人,自是夜来降雨的龙,瞒得众人瞒不得我。"老龙当时大怒,对先生变出真相。霎时间,黄河摧两岸,华岳振三峰,威雄惊万里,风雨喷长空。那时走尽众人,唯有袁守成巍然不动。老龙欲向前伤先生。先生曰:"吾不惧死。你违了天条,刻减了甘雨,你命在须臾,剐龙台上难免一刀。"龙乃大惊悔过,复变为秀士,跪下告先生道:"果如此呵,希望先生与我说明因由。"守成曰:"来日你死,乃是当今唐丞相魏征来日午时断你。"龙曰:"先生救咱!"守成曰:"你若要不死,除非见得唐王,与魏征丞相行说。劝救时节或可免灾。"老龙感谢,拜辞先生回也。玉帝差魏征斩龙。

---

① 与:同"予",给予。
② 下:下卦、算卦。着:中。
③ 夜叉:梵文(拉丁拼音)Yakṣa 的音译,原指啖鬼、捷疾鬼,即吃人妖魔,后用以泛指妖怪。

天色已晚，唐王宫睡思半酣，神魂出殿，步月闲行。只见西南上有一片黑云落地，降下一个老龙，当前跪拜。唐王惊怖曰："为何？"龙曰："只因夜来错降芒雨，违了天条，臣该死也。我王是真龙，臣是假龙。真龙必可救假龙。"唐王曰："吾怎救你？"龙曰："臣罪正该丞相魏征来日午时断罪。"唐王曰："事若干①魏征，须救你无事。"龙拜谢去了。天子觉来，却是一梦。次日，设朝，宣②尉迟敬德③总管上殿，曰："夜来朕得一梦，梦见泾河龙来告寡人道：'因错行了雨，违了天条，该丞相魏征断罪。'朕许救之。朕欲今日于后宫里宣丞相与朕下棋一日。须直到晚乃出，此龙必可免灾。"敬德曰："所言是实。"乃宣魏征至。帝曰："召卿无事，朕欲与卿下棋一日。"唐王故迟延下着。将近午，忽然魏相闭目笼睛，寂然不动。至未时④，却醒。帝曰："卿为何？"魏征曰："臣暗风疾⑤发，陛下恕臣不敬之罪。"又对帝下棋。未至三着，听得长安市上百姓喧闹异常。帝问何为。近臣所奏："千步廊南，十字街头，云端吊下一只龙头来，因此百姓喧闹。"帝向魏征曰："怎生来？"魏征曰："陛下不问，臣不敢言。泾河龙违天获罪，奉玉帝圣旨令臣斩之。臣若不从，臣罪与龙无异矣。臣适来合眼一霎，斩了此龙。"正唤作"魏征梦斩泾河龙"。唐皇曰："本欲救之，岂期⑥有此！"遂罢棋。

这部"古本西游记"，就此条残文看来，必定也是分则、分段的，而每则却各有一个六七个字的"回目"，正像古本"三国志演义"一样，条文的题目"梦斩泾河龙"，或为原文所有，或为《永乐大典》编者所代拟，今不可知。但文中插入玉帝差魏征斩龙一句，与上下文俱不衔接，却显然是原来的一个"回目"。此条似当是合两个"回目"的两则而成的。第一个"回目"也许是已被《永乐大典》编者所删去而代之以"梦斩泾河龙"的一个总题目了。文末有"正唤作魏征梦斩泾河龙"一语，也正是古代"说话人"每喜于一个重要节目处提醒听众的惯技。

"古本西游记"的文字古拙粗率，大类元刊全相平话五种和罗贯中的《三国志演义》。其喜用"之、乎、者、也"的文言的习气，也正相同。当是元代中叶（或至迟

---

① 干：(动词)与……相干。
② 宣：召。
③ 尉[yù]迟敬德，即尉迟恭，字敬德，唐代名将，官至右武侯大将军。
④ 未时：今下午2点至3点。
⑤ 暗风疾：即暗风，病名，因不知不觉会发病，故称。
⑥ 岂期：哪想到。

是元末)的作品。元道士邱处机写作《西游记》的传说[1]，虽不过是一个谎话，而元人写作的"古本西游记"，却不料竟实有其书！在这异书奇本陆续的发现的时候，论述中国小说的历史，实在不是一件易事。

三、吴承恩的《西游记》的地位

有了上面许多新的发现，我们对于《西游记》的研究，似可更进一步而接近于真实的和正确的结论了。反对鲁迅先生的那一个主张，因了《永乐大典》本"西游记"的出现，已不攻而自破。就那段《永乐大典》本"西游记"的残文仔细研究一下，便可以知道，吴承恩本《西游记》第九回"袁守诚妙算无私曲，老龙王拙计犯天条"的一大段故事，全是根据此条"残文"放大了的。内容几乎无甚增改。只不过将张梢、李定的两个渔翁，改作"一个是渔翁，名唤张梢，一个是樵子，名唤李定"，而因此便无端生出一大段的"渔樵问答"的情节来。其余像"辰时布云"云云，"下三尺三寸四十八点"云云，也都是完全相同的。如果此"古本西游记"再有下几条"残文"在《永乐大典》中发现，其内容想来当也不会和吴本《西游记》相差得很远的。

所以，吴承恩之为罗贯中、冯犹龙[2]一流的人物，殆无可疑。吴氏的《西游记》，其非《红楼梦》《金瓶梅》，而只不过是《三国志演义》和《新列国志》[3]，也是无可疑的事实。惟那么古拙的"西游记"，被吴承恩改造得那么神骏丰腴、逸趣横生，几乎另成了一部新作，其功力的壮健，文采的秀丽，言谈的幽默，却确远在罗氏改作《三国志演义》、冯氏[4]改作《列国志传》以上。只要把《永乐大典》本的那条残文和吴氏改本第九回一对读，我们便知道吴氏的润饰的功力是如何的艰巨。吴氏本《西游记》的八十一难，与古本或不尽同。吴氏写作《西游记》的真意，虽不见得像《证道书》《新说》《真诠》《原旨》诸家之所云，但其受有当时(嘉靖到万历)思

---

[1] 按：说小说《西游记》为邱处机所作，是张冠李戴：邱处机的《西游记》，按胡适的说法是："元太祖西征时，曾遣使召邱处机赴军中，处机应命前去，经过一万余里，走了四年，始到军前。当时有一个李志常记载邱处机西行的经历，做成《西游记》二卷。此书乃是一部地理学上的重要材料，并非小说。"(胡适《〈西游记〉考证》)

[2] 罗贯中，名本，字贯中，号湖海散人，元末明初小说家，《三国志通俗演义》(即《三国演义》)编撰者。冯犹龙，即冯梦龙，字犹龙，号龙子犹、墨憨斋主等，明代小说家、戏曲家，《三言》(即《喻世明言》《警世通言》《醒世恒言》)编撰者。

[3] 《新列国志》：也称《东周列国志》，[明] 冯梦龙改编自[明] 余邵鱼《列国志传》。

[4] 冯氏：冯梦龙。

想界三教混淆的影响,却是很明白的事实。其对于佛与仙的并容、同尊,正和屠隆的《昙花》《修文》、汪廷讷的《长生》《同升》①相同。其不大明了佛教的真实的教义,也和屠、汪诸人无异。我们观于吴氏《西游记》第九十八回中所开列的不伦不类的三藏目录,便知他对于佛学实在是所知甚浅的。其必以九九八十一难为"数尽",为"功成行满"者,也全是书生们的阴阳数理的观念的表现。陈元之的序②道:

> 旧③有序,其序以为:孙,猢也④,以为心之神。马⑤,马也,以为意之驰。八戒,其所戒八也,以为肝气之木。沙⑥,流沙,以为肾气之水。三藏⑦,藏神、藏声、藏气之三藏,以为郛郭⑧之主。魔⑨,魔也,以为口、耳、鼻、舌、身、意恐怖颠倒幻想之障。故魔以心生,亦以心摄⑩。是故摄心以摄魔;摄魔以还理;还理以归之太初,即⑪心无可摄,此其以为道之成耳。

假如所谓"旧序",确是吴氏所自为,则陈氏所称"此其书直⑫寓言者哉",或很可信。作者殆是以"古本西游记"为骨架,而用他自己(或他那一个时代)的混淆佛道⑬的思想、讽刺幽默的态度,为其肉与血、灵与魂的了。《西游记》之能成为今本的式样,吴氏确是一位"造物主"。他的地位,实远在罗贯中、冯梦龙之上。吴氏以他的思想与灵魂,贯串到整部的《西游记》之中。而他的技术,又是那么纯熟、高超;他的风度又是那么幽默可喜。我们于孙行者、猪八戒乃至群魔的言谈、行动里,可找出多少的明代士大夫的见解与风度来!吴氏书⑭的地位,其殆为诸改作小说的最高峰乎?但于"古本西游记"外,吴氏是否别有取材呢?吴氏是以

---

① 屠隆,字长卿,号赤水、鸿苞居士,明代戏曲家。《昙花》《修文》:即《昙花记》《修文记》。汪廷讷,字昌朝,自号坐隐先生,明代戏曲家。《长生》《同升》:汪廷讷戏曲集《环翠堂乐府》中的两部。
② 陈元之的序:即世德堂本《西游记》序。
③ 旧:旧本(《西游记》)。
④ 孙:孙悟空。猢:猢狲。
⑤ 马:白龙马。
⑥ 沙:沙僧。
⑦ 三藏:唐三藏,即唐僧。
⑧ 郛[fú]郭:外城。
⑨ 魔:妖怪。
⑩ 摄:拿、掌握。
⑪ 即:到。
⑫ 直:径直、就是。
⑬ 佛道:佛教与道教。
⑭ 吴氏书:吴承恩本《西游记》。

见收于《永乐大典》中的那部古本为骨架的呢,还是别有他本介于吴氏书与那部"古本"之间? 鲁迅先生未见《永乐大典》本,但他相信《四游记》里的那部齐云、杨致和编的《新刻唐三藏西游全传》为吴氏书的祖本①。如果他的话可信,则在"古本"与吴氏书之间是别有一部杨氏书介于其间的了。

那部杨氏本《西游记》,就其版式看来,无可疑的乃是万历间闽南书坊余象斗②们所刻的书。嘉庆版的一本《四游记》不过照式翻印而已,正如嘉庆间书坊的照式翻印明代闽建余氏版之《两晋演义》一样。(关于《四游记》的年代将别有一文论之。)假如编《四游记》或作杨本的是一个"妄人"的话,这"妄人"却决不会在"清代中叶"的。杨致和至迟当是余象斗们同时生的人物。

有人③曾举一例,以证明"鲁迅先生误信此书为吴本之前的祖本"之错误。他说:"此本第十八回(收猪八戒)〔按:杨本实无回数,第十八回数字为杜撰。此段实见嘉庆本卷二第二十四页。〕收了八戒之后,'唐僧上马加鞭,师徒上山顶而去。话分两头,又听下回分解。'这下面紧接一诗:'道路已难行,你问那相识,他知西去路。'下面紧接云:'行者闻言冷笑,那禅师化作金光,径上鸟窠而去。'这里最可看出此本乃是删节吴承恩的详本,而误把前面会见鸟窠禅师的一段全删去了,所以有尾无头,不成文理。这是此本删吴本的铁证。"

但此"铁证"实在不足以折服鲁迅先生之心。我且再找一个"铁证"出来吧。在嘉庆版《西游记传》卷一第一页,正论到:

> 故地辟于五;当丑会终,寅会初,天气下降,地气上升,一派正合,群物皆生。

下面却紧接云:

> 玉帝垂赐恩慈曰:"下方之物,乃上天精华所生,不足为异。那猴在山中

---

① 见鲁迅《中国小说史略》第十六篇"明之神魔小说(上)":"《大唐三藏取经诗话》已有猴行者、深沙神及诸异境;金人院本亦有《唐三藏》(陶宗仪《辍耕录》);元杂剧有吴昌龄《唐三藏西天取经》(锺嗣成《录鬼簿》),一名《西游记》(今有日本盐谷温校印本),其中收孙悟空、加戒箍、沙僧、猪八戒、红孩儿、铁扇公主等皆已见。"

② 余象斗,字仰止,号三台山人,又名余世腾、余君召、余文台、余象乌等,福建人,明代书坊主,以刊刻书籍之多而闻名。此处以其名代指书商。

③ 有人:指胡适,其在《跋〈四游记〉本的〈西游记传〉》中认为:"鲁迅先生误信此书为吴本之前的祖本",实际上杨本"是一个妄人删割吴承恩的《西游记》,勉强缩小篇幅,凑足《四游记》"。

夜宿石涯，朝游峰洞。"

中间花果山的一块仙石产生石猿以及石猿生后金光焰焰烛天、玉帝命千里眼、顺风耳开南天门观看的一段事，都不见了。这难道也是杨致和删去的么？他虽是"妄人"，却不会妄诞不通至此！"说破不值一文钱"；原来那些"铁证"，乃是嘉庆翻刻本所造成的。余氏①的原刊本，流传下来时偶然缺失了半页或一二页，翻刻本以无他本可补，便把上下文联结起来刻了。这还不够明白么？前几年在上海受古书店曾见一部旧抄本的杨致和本《西游记传》，此两段文字俱在，并未"失落"（不是"删去"！）。惜以价昂未收，今不知何在。否则，大可抄在这里，以证明所谓"铁证"实在是不成其为"证"也。

在这里，我可以妄加断定一下了：鲁迅先生所说的吴氏书有祖本的话是可靠的。不过吴氏所本的，未必是杨致和的四十一回本《西游记传》而当是《永乐大典》本。

自从我们见到了朱鼎臣本《西游记》，这立刻明白它和杨氏书是同一类的著作！他们很可能全都是本于吴承恩本《西游记》而写的。或可以说，全都是吴氏书的删本。因了朱本②的出现，增强了我们说杨本是"删本"的主张。为什么呢？这有种种的证据（那些"铁证"却不足为据！）。现在且先将朱本和杨本的"回目"对照的列表于下：

<table>
<tr><td align="center">朱鼎臣本</td><td align="center">杨致和本</td></tr>
<tr><td>卷之一：
大道育生源流出
石猿投师参众仙
石猿修道听讲经法
祖师秘传悟空传</td><td>卷之一：
猴王得仙赐姓
悟空得仙传道</td></tr>
<tr><td>卷之二：
悟空炼兵偷器械
仙奏石猿扰乱三界
孙悟空拜授仙禄
玉皇遣将征悟空
孙悟空玉封齐天大圣
乱蟠桃大圣偷丹
反天宫诸神捉怪</td><td>猴王勒宝勾簿

玉帝降旨招安

大圣搅乱胜会</td></tr>
</table>

① 余氏：余象斗。
② 朱本：朱鼎臣本《西游记》。

卷之三： 观音赴会问原因 小圣施威降大圣 大仙助法收大圣 八卦炉中逃大圣 如来收压齐天圣 五行山下定心猿 我佛造经传极乐 观音奉旨往长安	真君收捉猴王 佛祖压倒大圣 观音路降众妖
卷之四： 唐太宗治开南省 陈光蕊及第成婚 刘洪谋死陈光蕊 小龙王救醒陈光蕊 殷小姐思夫生子 江流和尚思报本 小姐嘱儿寻殷相 殷丞相为婿报仇	
卷之五： 袁守诚妙算无私曲 龙王拙计犯天条 太宗诏魏征救蛟龙 魏征弈棋斩蛟龙 二将军宫门镇鬼 唐太宗地府还魂	魏征梦斩老龙 唐太宗阴司说罪
卷之六： 还受生唐王遵善果 刘全舍死进瓜果 刘全夫妇回阳世 度孤魂萧瑀正空门 玄奘秉诚建大会 观音显像化金蝉 唐太宗描写观音像 三藏起程陷虎穴 双叉岭伯钦留僧	**卷之二：** 刘全进瓜还魂 唐三藏起程往西天 唐三藏被难得救
卷之七： 五行山心猿归正 孙悟空灭除六贼 观音显圣赐紧箍 三藏授法降行者 蛇盘山诸神暗佑 孙行者降伏火龙	唐三藏收服孙行者 唐三藏收服龙马

卷之八： 观音收服黑妖 三藏收服猪八戒 唐三藏被妖捉获	观音收服黑妖 唐三藏收服猪八戒 唐三藏被妖捉获
卷之九： 孙行者收妖救师 唐僧收服沙悟净 猪八戒思淫被难 孙行者五庄观内偷果 唐三藏逐去孙行者 唐三藏师徒被难 猪八戒请行者救师 孙悟空收妖救师 唐三藏师徒被妖捉 孙行者收服妖魔	**卷之三：** 孙悟空收妖救师 唐僧收服沙悟净 猪八戒思淫被难 孙行者五庄观内偷果 唐三藏逐去孙行者 唐三藏师徒被难 猪八戒请行者救师 孙悟空收妖救师 唐三藏师徒被妖捉 孙行者收妖魔 唐三藏梦鬼诉冤
卷之十： 唐三藏收妖过黑河 观音老君收服妖魔 孙行者被弭猿紊乱 三藏过朱紫狮驼二国 三藏历尽诸难已满 三藏见佛求经 唐三藏取经团圆	**卷之四：** 孙行者收服青狮精 唐三藏收妖过黑河 观音老君收服妖魔 昴日星官收蝎精 孙行者被弭猴紊乱 显圣师弥勒佛收妖 三藏过朱紫狮驼二国 三藏历尽诸难已满 三藏见佛求经 唐三藏取经团圆

这一个目录已足够表现朱本和杨本是什么性质的东西。朱本虽未写明刻于何时，但观其版式确为隆万间①之物——其出现也许还在世德堂本《西游记》之前。杨本亦未详知其刊刻年月。但杨致和若为余象斗的同辈，则其书也当为万历二十年左右之物。我意，朱、杨二本，当皆出于吴氏《西游记》。而朱本的出现，则似在杨本之前。何以言之？朱鼎臣之删节吴氏书为《西游释厄传》，当无可疑。其书章次凌杂，到处显出朱氏之草草斧削的痕迹。朱本第一卷到第三卷，叙述孙悟空出身始末者，离吴氏书的本来面目，尚不甚远，亦多录吴氏书中的许多诗词。其第四卷，凡八则，皆写陈光蕊事，则为吴氏书所未有，而由朱氏自行加入者。其

---

① 隆万间：[明] 隆庆、万历年间。

所本,当为吴昌龄的《西游记杂剧》。盖二者之间,同点极多。因此卷为朱氏所自写,遂通体无一诗词,与前后文竟若二书,不同一格。其第五卷到第八卷,从"袁守诚妙算无私曲"到"唐三藏被妖捉获",他的作风①又开始与一到三卷相同。吴氏书的诗词也被保存了不少。最可注意的,是第五卷的"袁守诚妙算无私曲"一则,其内容及诗词,殆与吴氏书面目无大异:

袁守诚妙算无私曲

却说大国长安城外泾河岸边,有两个贤人,一个是渔翁名唤张梢,一个是樵子名唤李定。他两个都是登科的进士,能识字的山人。一日在长安城里卖了肩上柴,货了篮中鱼,同入酒馆之中吃了半酣,顺泾河岸徐步而回……张梢道:"但只是你山青不如我水秀,有一蝶恋花词为证。"李定道:"你的水秀不如我的山青,也有个《蝶恋花词》为证。"渔翁道:"你山青不如我水秀受用些好物。有一《鹧鸪天》为证……"樵夫道:"你水秀不如我山青受用些好物,亦有《鹧鸪天》为证……"渔翁道:"你山中不如我水上生意快活,有《西江月》为证……"樵夫道:"你水上还不如我山中的生意,亦有《西江月》为证。"渔翁道:"这都是我两个生意赡身的勾当。你却没有我闲时节的好处,又没有戳急时节妙处,有诗为证。"樵夫道:"你那闲时,又不如我的闲时好也,亦有诗为证。"张梢道:"李定,我两个真是微哞可相押,不须板,共金樽。"二人行到那分路去处,躬身作别。张梢道:"李兄,保重,途中上山仔细看虎。假若有些凶险,正是:明日街头少故人。"李定闻言大怒道:"你这厮愈赖!好朋友也替得生死?你怎么咒我。我若遇虎遭害,你必遇浪翻江。"张梢道:"我永世不得翻江。"李定道:"天有不测风云,人有旦夕祸福,你怎么就保得无事!"张梢道:"李兄,你须这等说,你还捉摸不定,不若我的生意有捉摸,定不遭此等事。"李定道:"你那水面上营生极凶险,有甚么捉摸?"张梢道:"你是不晓得这长安城里西门街上有一个卖卦的先生。我每日送他一尾金色鲤鱼,他就与我袖传一课,百下百着。今日我又去买卦。他教我在泾河湾头东边下网,西岸抛钩,定获大鱼,满载鱼虾而归。明日入城来卖钱沽酒再与老兄相叙。"二人从此叙别。正是路说话,草里有人。原来这泾河水府,有一个巡水的夜叉,听见了百下百着之言,急转水晶宫,慌忙报与龙王。

---

① 作风:风格。

这里的张梢、李定，一为渔夫，一为樵子，正和吴氏书同，而与《永乐大典》本的作"两个渔翁"者有异。其所咏蝶恋花词以下诸词，也都是吴氏书所有，而《永乐大典》本所无者。此文假如不是从吴氏书删节而来的，则世间而果有此"声音笑貌"全同的二人的作品，实可谓为奇迹！这当是朱鼎臣本《释厄传》非《永乐大典》本和吴氏本《西游记》的中间物的一个"铁证"吧。

更有可注意者，即从第二卷的"乱蟠桃大圣偷丹，反天宫诸神捉怪"一则起，到第六卷的"双叉岭伯钦留僧"一则止，其文字都袭之于吴氏书（除第四卷外）的，仅中插一部分自撰的标题耳。从第七卷以后，方才有些大刀阔斧的杜撰的气象。标题始不再袭用吴氏原题。然内容尚还吻合，诗词间或见收。从第九卷"孙行者收妖救师"起，朱氏便更显出他的手忙足乱的痕迹来了。已到了第八卷了，还只把吴氏书删改了前二十回。如果照这样下去，后八十回的文字，将用多少的篇页去容纳呢？但他的预定却只要写到十卷为止。于是吴氏书五分之四的材料，便被胡乱的塞到那最后的两卷书里去。有的情节全被删去不用；有的则不过只提起了一二语。这样的草草率率的结局，当是他自己开头写作时所绝对想不到的吧。第十卷的"三藏历尽诸难已满"一则最为可笑。在这短短的快要结束的一段文字中，你看他竟把比丘国、白鹿白狐、陷堤空洞、九头狮子、月中白兔、寇梁诸事全部包纳在内。在吴氏书中，这是第七十八回到第九十七回的浩浩荡荡的二十回文字呢！九头狮子的事，吴氏书从第八十七回"凤仙郡冒天止雨"写到第九十回"师狮授受同归一"一共是四回。而朱本却只有一百三十九个字：

> 到了天竺国，凤仙郡安歇暴沙亭，忽被豹头山虎洞口一妖把行者三人兵器摄去。行者虽神通广大，无了金棒，亦无措手。正在踌躇，忽见妙严宫太乙救苦天尊，叫声："悟空，我救你也！"行者急忙哀告："万乞老仙一救！"天尊走至洞口，高叫："金狮速现真形。"那妖听得主公喝，慌忙现出真形，乃是九头狮子。被天尊骑于胯下，取出三件兵器，付还行者兄弟。天尊跨狮升天。

这种"节略"，诚可谓无可再简、无可再略的了。但最后一则"唐三藏取经团圆"，关于通天河老鼋的一难，朱氏本却仍不能不为一叙，此益可见其黏着吴氏书的胶性，实甚强大。通体观来，朱氏书之删节吴氏西游记是愈后愈删得多，愈后

174

愈删得大胆的;正像一个孩子初学字帖,开始不得不守规则,不能不影照红本①;渐熟悉,则便要自己乱涂乱抹一顿了,虽然涂抹得是东歪西倒,不成字体。

至于杨致和本,则较朱本略为整齐;所叙事实更近于吴氏书。吴氏书之所有,杨本皆应有尽有。但其大部分,则皆有抄朱氏本的删节之文的痕迹。其前半部,为了求全书整齐划一起见,篇幅较朱本更简。但其后半部,却反增加出一部分已被朱本删去的吴氏书的内容节目②来。由此可见,当杨致和立志写作他的《唐三藏西游传》的时候,他的桌子上似是摊放着两部西游记,吴氏书与朱氏书的。这两部繁简不同的书,使他斟酌、参考、袭取而成为另一部新的《西游记传》。

杨氏的书,确是想比朱氏书更近于吴承恩的原本。所以朱本第四卷的关于陈光蕊事者,便被他全部删去;只在卷二"刘全进瓜还魂"一则里,用百余字提起江流儿的故事;正和吴氏书之以一歌叙述玄奘的身世者相同。其后,第三卷的"唐三藏梦鬼诉冤",第四卷的"孙行者收伏青狮精""唐三藏收妖过通天河""显圣师弥勒佛收妖"各则,都是朱本所无而杨本则依据了吴氏原书加入的。大约,杨本的第一、二卷,和朱本不同者颇多,标目也大不相同;这二卷的文字只有比朱本简略。到了第三卷,他便信笔直抄朱本的第九卷、第十卷了。除了加入了一部分故事以外,像下文,是朱氏书里的一则:

> 唐三藏逐去孙行者　却说那镇元大仙扯住行者道:"你的本事,我也知道。但拿在我手,你也难走。好好还我树来!"行者道:"你这老先生真个小气。只是要活树,何难之有。无故讨这等热闹!你放我师父兄弟,我还你树来。"大仙道:"你若活得此树,我就放你师父兄弟,我还与你结为兄弟。"就把师徒三人放了。行者说:"镇元老仙,你好生与我看顾师父,待我求个仙方,就来。"说讫,遂纵一筋斗,直至洛伽山观音菩萨座前。参拜已毕,菩萨问道:"唐僧行至何处?"行者道:"行至万寿山,弟子不识是镇元大仙,毁伤他的人参果木,被他羁住,不能前进。"菩萨骂道:"你这猿!他那人参果乃是天开地辟的灵根,镇元子乃地仙之祖,你怎么毁伤他的?"行者道:"弟子与他说过,只要医好其树,他放我师徒前去。望菩萨发个慈悲,早救唐僧往西天。"菩萨

---

① 红本:(练字用的)描红簿。
② 节目:回目。

道："我净瓶里的甘露，可活仙树灵苗。我给些甘露与你，你把去放在树下，将树扶起，自然茂盛。"行者得了甘露，回转观中，叫大仙师父同进后园医树，把甘露放在树下，一手扶起树来。只见顿然茂丽，余果尚存。大仙甚喜，回转法堂，复令童子去摘十颗来献唐僧，复安排蔬酒，与行者结为兄弟。次日天明又行。

　　杨本的同一节文字，便是全抄朱本的——其中只有几个字的差异。其他第三、四卷中，文字雷同者也几在十之九以上，连标目也是全袭之于朱本。这都显然可见杨本是较晚于朱本。为了较晚出，故遂较为齐整；不像朱本那么样的头太大，脚太细小。杨本最后一段，唐三藏取经团圆，根据于吴氏原本，屡提起："路走十万八千，难八十次，还有一难未满"；或"路走十万八千，灾逢八十一回"；故其间，遂较朱本多容纳了一部分故事，以足八十一难之数。杨氏对于八十一难的数字的神秘的解念或竟和吴氏有同感罢。

　　这样，《西游记》的源流，是颇可以明了的了。最早的一部今日《西游记》的祖本，无疑的是《永乐大典》本。吴承恩的《西游记》给这"古本"以更伟大、更光荣的改造。后来明、清诸本，皆纷纷以吴氏此书为依归，或加删改，却总不能逃出其范围以外。故吴本的地位，在一切"西游记小说"中无疑的是最为重要——自然也无疑的是最为伟大。总结了上文，其诸本的来历，可列一表如下：

"古本西游记"（见《永乐大典》）

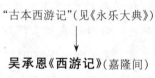

吴承恩《西游记》（嘉隆间）

　　一、金陵唐氏世德堂刊本（万历二十年）；二、杨明斋刊本（万历三十一年）；三、某氏刊本（万历间）；四、李卓吾批评本（天启、崇祯间）

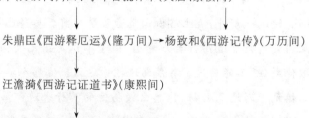

朱鼎臣《西游释厄运》（隆万间）→杨致和《西游记传》（万历间）

汪澹漪《西游记证道书》（康熙间）

陈士斌《西游真经》（康熙丙子）
张书绅《新说西游记》（乾隆十四年）
刘一明《西游原旨》（嘉庆十五年）
张含章《通易西游正旨》（道光十九年）

四、陈光蕊故事的插入

由此可知,陈光蕊故事的插入,当始于朱鼎臣本《西游传》[①]。吴承恩的原本,乃至永乐大典的"古本",当都无此故事。关于陈玄奘的身世,吴氏原本仅于第十一回以一篇古歌[②]叙述之:

> 你道他是谁人?
>
> 灵通本讳号金蝉,只为无心听佛讲,
>
> 转托尘凡苦受磨,降生世俗遭罗网。
>
> 投胎落地就逢凶,未出之前临恶党。
>
> 父是海州陈状元,外公总管当朝长。
>
> 出身命犯落江星,顺水随波逐浪泱。
>
> 海岛金山有大缘,迁安和尚将他养。
>
> 年方十八认亲娘,特赴京都求外长。
>
> 总管开山调大军,洪州剿寇诛凶党。
>
> 状元光蕊脱大罗,子父相逢堪贺奖。
>
> 复谒当今受主恩,灵烟阁上贤名响。
>
> 恩官不受愿为僧,洪福沙门将道访。
>
> 小字江流古佛儿,法名唤做陈玄奘。

（见世德堂本卷三,十二页。）

到了朱鼎臣删改吴本的时候,他似见到戏剧中的陈光蕊的故事,而颇以吴本不详为憾。故便自显身手,编了一卷八则的洋洋大文加入。

在明代,吴氏原本的势力极大,朱本见者似不多,故世德堂本以下诸刊本,都不注意到朱本此段文字的添加。连以朱本为删改之底子的杨致和本也竟受吴氏原本的影响,删去此段故事不载,仅以数语述及玄奘,硬交代了过去。但到了清初,情形便不同了。汪澹漪刻他的《西游证道书》的时候,他似也见到了朱鼎臣的

---

① 朱鼎臣本《西游传》:即《西游释厄运》。
② 古歌:古诗(诗歌样式,有别于律诗)。

那部《释厄传》，为求全计，便把这段文字也钞刻了上去。他的理由是：

> 俗本删去此一回，致唐僧家世履历不明，而九十九回历难簿子上，劈头却又载遭贬、出胎、抛江、报冤四难，令阅者茫然不解其故。及得大略堂《释厄传》古本读之，备载陈光蕊赴官遇难始末，始补刻此一回。
>
> ——《证道书》第九回评

所谓"大略堂《释厄传》"，当即朱鼎臣本的异刻，或明清间的一部朱书的翻刻。张书绅承袭《证道书》之意见，也补刻了此回。他说道：

> 刊本西游，每以此卷特幻，且又非取经之正传，竟全然删去。初不知本末始终，正是西游的大纲，取经之正旨，如何去得。假若去了，不惟有果无花、少头没尾，即朝王遇偶的彩楼、留僧的寇洪①皆无着落。
>
> ——《新说西游记》第九回评

他们的意见，都确有可取处。吴氏原书第九十九回，历数唐僧途中所遇的八十一难：

> 蒙差揭谛皈依旨，谨记唐僧难数清：
> 金蝉遭贬第一难，出胎几杀第二难，
> 满月抛江第三难，寻亲报冤第四难。
> ……

为何此后的七十七难吴本皆历历详载，独此四难并不叙述一下呢？吴本第九十三回里，提起抛打绣球事：

> 三藏立于道旁对行者道："他这里人物衣冠、宫室器用、言语谈吐，也与我大唐一般。我想着我俗家，先母也是抛打绣球，遇旧姻缘，结成了夫妇。此处亦有此等风俗！"

---

① 朝王遇偶的彩楼：见《西游记》第九十三回"给孤园问古谈因　天竺国朝王遇偶"。留僧的寇洪：见《西游记》第九十六回"寇员外喜待高僧　唐长老不贪富贵"。

第九十四回里又从行者口中提起此事：

> 行者陪笑道："师父说，先母也是抛打绣球遇旧缘，成其夫妇。似有慕古之意，老孙才引你去。"

但抛打绣球事，在此二回之前，一字未曾说起，此时突如其来，颇可诧怪。难道吴氏原本果有此一段故事，而为世德堂所脱落？这也很有可能。惟今所见吴氏书，未有更早于世德堂本者，故不知其真相究为如何。然《证道书》诸刊本中的陈光蕊故事却是无疑的从朱鼎臣本转贩而来的。

为了保存原来面目，故《证道书》第九、第十的两回，其开场的若干言，遂致雷同。新说亦然。悟一子的《真诠》便比较的聪明了，他的第十回的开场数语，却改成为：

> 且不题光蕊尽职，玄奘修行，却说长安城外，泾河岸边，有两个贤人，一个是渔翁，名唤张梢，一个是樵子，名唤李定。

如此，便泯灭了吴本和朱本重叠雷同的痕迹，使读者看不出二本的不相谐和之处来，且也不易寻出此故事的插入的线索。此故事既被插入，而原本的一百回又不易变动，汪澹漪便以原本的第九回到第十一回的三回，归并成第十回到第十一回的两回。悟一子、张书绅诸本，也皆从之。

五、西游记故事如何集合的

不仅陈光蕊的故事在朱本《西游记》①中为独立的一部分，《西游记》的组织实是像一条蚯蚓似的，每节皆可独立，即砍去其一节一环，仍可以生存。所谓八十一难，在其间至少总有四十多个独立的故事可以寻到。

但大的分割点，则可看出三个来。这三大部分，本来都是独立存在的：

第一，孙行者闹天宫。

---

① 朱本《西游记》：即《西游释厄运》。

第二,唐太宗入冥记。

第三,唐三藏西游记。

假若吴氏①原本果有陈光蕊的故事,则其所集合的故事的"单元",不止是三个而是四个的了。

孙行者闹天宫的一部分,为《西游记》中最活跃、最动人的热闹节目,但其来历却最不分明,且也最为复杂。孙悟空的本身似便是印度猴中之强的哈奴曼(Hanuman)的化身。哈奴曼见于印度大史诗《拉马耶那》(Ramayana)②里,而印度剧叙到拉马③的故事的,也多及哈奴曼。他是一个助人的聪明多能的猴子,会飞行空中,会作戏剧(至今还有一部相传为他作的剧本残文存在)。在印度,他是和拉马同一为人所熟知的。什么时候哈奴曼的事迹输入中国? 是否有可能把哈奴曼变成为孙悟空? 我们不能确知。惟宋刊《三藏取经诗话》里,已有猴行者。这猴行者是一位白衣秀才,他自报履历道:"我不是别人,我是花果山,紫云洞八万四千铜头铁额猕猴王。我今来助和尚取经。此去百万程,途经三十六国,多有祸难之处。"他会做诗,尝到处留题,最早的一诗是初伏事④法师时做的:

> 百万程途向那边,今来佐助大师前。
>
> 一心祝愿逢真教,同往西天鸡足山⑤。

此孙悟空之助三藏法师的往西天取经,还不是逼像哈奴曼之助拉马征魔么? 所谓"八万四千铜头铁额猕猴王",其身份也大略相类。惟闹天宫的故事,诗话里不曾提到,只在入王母池之处第十一一则中,说起:

> 行者道:"我八百岁时到此中偷桃吃了,至今二万七千岁不曾来也。"法师曰:"愿今日蟠桃结实,可偷三五个吃。"猴行者曰:"我因八百岁时,偷吃十颗,被王母捉下,左肋判八百,有肋判三千铁棒,配在花果山、紫云洞,至今肋下尚痛。我今定是不敢偷吃也。"

① 吴氏:吴承恩。
② 《拉马耶那》(Ramayana):通译《罗摩衍那》。
③ 拉马:通译罗摩(梵名[拉丁拼音]Rama),印度教神祇。
④ 伏事:同"服侍"。
⑤ 鸡足山:印度佛教圣地。

这当是孙悟空偷桃故事的一个最早的式样。至于大闹天宫,或是采用了哈奴曼的大闹魔宫的故事吧。又二郎神的捉悟空,正是脱胎于吴昌龄①《西游记杂剧》第四剧猪八戒被捉的事实。

在吴氏《西游记杂剧》里,孙行者的来历是:

> 一自开天辟地,两仪便有吾身。曾教三界费精神。四方神道怕,五岳鬼兵嗔!九天难捕我十万总魔君。小圣弟兄姊妹五人,大姊离山老母,二妹巫枝祇圣母,大兄齐天大圣,小兄通天大圣,三弟耍耍三郎,喜时攀藤揽葛,怒时搅海翻江。金鼎国女子我为妻,玉皇殿琼浆咱得饮,我盗了太上老君炼就金丹,九转炼得铜筋铁骨火眼金睛!我偷得王母仙桃百颗,仙衣一套,与夫人穿着。

——《西游记杂剧》第三剧第一折

这里的孙行者便俨然是魔王拉瓦那(Ravana)②的转变了。从隋唐间无名氏的《补江总白猿传》起,到宋人话本《陈从善梅岭失妻》止,白猿便总是反串着魔王拉瓦那的。《白猿传》所叙的白猿盗去欧阳纥妻,陈从善话本所叙的申公盗去张如春,都和孙行者盗去金鼎国王女、魔王拉瓦那盗去拉马之妻赛泰(Sita)③相类。大有可能,《拉马耶那》的故事传述到中国的时候,助人者的猴子和盗妻者的魔王便混淆在一处而成为一人的了。《梅岭失妻记》话本云:

> 且说那梅岭之北,有一洞,名曰申阳洞。洞中有一怪,号曰白申公,乃猢猴精也。弟兄三人,一个是通天大圣,一个是弥天大圣,一个是齐天大圣,小妹便是泗州圣母。这齐天大圣,神通广大,变化多端,能降各洞山魈,管领诸山猛兽,兴妖作法,摄偷可意佳人,啸月吟风,醉饮非凡美酒,与天地齐休,日月同长。

他还能差使山神,幻化山店④。后来的孙行者是免不了有些白申公或白猿

---

① 吴昌龄,元代杂剧家。
② 拉瓦那(Ravana):也译罗波那,古印度史诗《罗摩衍那》中的人物,为邪恶妖魔的象征。
③ 赛泰(Sita):通译"悉多",《罗摩衍那》中罗摩之妻。
④ 幻化:变幻出;山店:山中客店。

的影子的。吴昌龄还说他偷盗金鼎国王女为妻。《西游记》小说,却把这重要的情节删去了,只是着力的写闹天宫的事。小说里的孙行者遂与白猿相离得较远了。闹天宫的来历,于华光天王的故事、二郎神的故事、鬼子母揭钵的故事,大约都有所取材的吧。吴承恩以孙行者功成行满时,被封为"战斗胜佛",这颇附会得可笑。"战斗胜佛"见于《佛名经》,如何会是齐天大圣的封号? 这可见吴氏的佛教知识实在是不很渊博,他只是望文生义的附会着。

第二部分所叙的唐太宗入冥的故事,其来历也是极早的。在敦煌发现的写本中,有残本的《唐太宗入冥记》在着。其所叙,和《西游记》差不了多少。吴昌龄《西游记杂剧》并无太宗入冥事。而《永乐大典》本西游记既叙及魏征斩龙,则其后之紧接的叙到太宗入冥是当然的事。这样,"唐太宗入冥记"之加入《西游记》,也当是元代时候的所为了。这故事在《西游记》中并不重要。但到了后来地方戏里,"刘全进瓜"等节目便很为听众所欢迎的了。

在内阁大库的破书堆里,新近由北平图书馆的清理而发现了不少被遗忘了的怪书。在其中,有一部《冥司语录》,是元明间的刊本,叙述魏文帝曹丕身入冥间与冥司相问答的事。佛教徒是如何的善于利用帝王的故事以宣传其教义! 太宗入冥的被宣传,当亦其同流。

第三部分是《西游记》的主干,篇幅最长,内容最繁赜①。如果仔细的考查其来历,其结果,或不止成为一巨册。孙行者闹天宫的故事,只有七回。唐太宗入冥的故事,只有四回。从第十三回以后,便都是"西游"的正文了。所谓八十一难,除首四难外,其余都是西游途程中的经历。但所谓八十一难云云,也只是夸诞之辞;实际上并没有八十一则的故事;有好几个难,都只是一个故事自身的变幻。且看从第五难以下的七十七个难的内容:

(一) 出城逢虎、折从落坑的第五、六难,是一件事;

(二) 双叉岭上的第七难,是一件事(伯钦留僧);

(三) 两界山头的第八难,是一件事(收孙行者);

(四) 陟涧换马的第九难,是一件事(收龙马);

(五) 夜被火烧、失却袈裟的第十、十一难,是一件事(黑风山);

(六) 收降八戒的第十二难,是一件事;

---

① 繁赜[zé]:复杂深奥。

182

（七）黄风怪阻、请求灵吉的第十三、十四难，是一件事；

（八）流沙难渡、收得沙僧的第十五、十六难，是一件事；

（九）四圣显化的第十七难是一件事(试禅心)；

（一〇）五庄观中、难活人参的第十八、十九难，是一件事；

（一一）贬退心猿的第二十难，是一件事(尸魔)；

（一二）黑松林失败、宝象国捎书、金銮殿变虎的第二一至二三难，是一件事(黄袍怪)；

（一三）平顶山逢魔、莲花洞高悬的第二四、二五难，是一件事(金角大王、银角大王)；

（一四）乌鸡国救主的第二六难，是一件事(青毛狮)；

（一五）被魔化身、号山逢怪、风摄圣僧、心猿遭害、请圣降妖的第二七至三一难，是一件事(红孩儿)；

（一六）黑河沉没的第三二难，是一件事(鼍精)；

（一七）搬运车迟、大赌输赢、兴僧除道的第三三至三五难，是一件事(虎力大仙等)；

（一八）路逢大水、身落天河、鱼篮现身的第三六至三八难，是一件事(金鱼精)；

（一九）金兜山遇怪、普天神难伏、问佛根源的第三九至四一难，是一件事(老君青牛)；

（二〇）吃水遭毒，西梁国留婚的第四二、四三难是一件事(女人国)；

（二一）琵琶洞受苦的第四四难，是一件事(蝎子精)；

（二二）再贬心猿、难辨猕猴的第四五、四六难，是一件事(猕猴)；

（二三）路阻火焰山、求取芭蕉扇、收服魔王的第四七至四九难，是一件事(火焰山)；

（二四）赛城扫塔，取宝救僧的五〇、五一难，是一件事(九头鸟)；

（二五）棘林吟咏的第五二难是一件事(荆棘岭)；

（二六）小雷音遇难，诸天神遭困的第五三、五四难，是一件事(黄眉童儿)；

（二七）稀柿衕秽阻的第五五难，是一件事；

（二八）朱紫国行医、拯救疲癃、降妖取后的第五六至五八难，是一件事(金毛犼)；

（二九）七情迷没的第五九难，是一件事(蜘蛛精)；

（三〇）多言遭伤、路阻狮驼、怪分三色、城里遇灾、请佛收魔的第六〇至六四难,是一件事(狮象,大鹏);

（三一）比丘救子、辨认真邪的第六五、六六难,是一件事(寿星之鹿与白面狐狸);

（三二）松林救怪、僧房卧病、无底洞遭困的第六七至六九难,是一件事(耗子精);

（三三）灭法国难行的第七〇难,是一件事;

（三四）隐雾山遇魔的第七一难,是一件事(豹子精);

（三五）凤仙郡求雨的第七二难,是一件事;

（三六）失落兵器、会庆钉耙、竹节山遭难的第七三至七五难,是一件事(黄狮精与九头狮子);

（三七）玄英洞受苦、赶捉犀牛的第七六、七七难,是一件事(犀牛怪);

（三八）天竺招婚的第七八难,是一件事(玉兔);

（三九）铜台府监禁的第七九难,是一件事(寇洪);

（四〇）凌云渡脱胎的第八〇难,是一件事;

（四一）通天河老鼋作祟的最后一难(第八十一难),是一件事。

虽说是八十一个难,却只有四十一个故事。这四十一个故事便构成五色迷人的一部西行历险图。其中亦有情节相雷同的。但大体上都有变化,都很生动,很有趣,亦且富于诙谐。魔王皆通人情,随事随时发隽语。其真价殆尤在于此种插科打诨处。

最早的一部宋人的有关《西游记》的作品《唐三藏取经诗话》(即《三藏取经记》),所记玄奘西行的历险,精彩固远不如吴氏书,其所记历险也殊少惊心动魄的力量。除残佚者外,今存的节目是:

行程遇猴行者处　第二

入大梵天王处　第三

入香山寺　第四

过狮子林及树人国　第五

过长坑大蛇岭处　第六

入九龙池处　第七

　　和吴氏书①异同处极多。不仅吴承恩未及见此书，即《永乐大典》本"西游记"的作者恐怕所依据的，也未必便是此本。吴昌龄的杂剧，便和吴氏书渐渐相近了。《西游剧》②凡六卷。第一卷叙玄奘身世；第二卷叙玄奘动身西行，写得异常的郑重；木叉售马一折，和吴氏小说收伏龙马事同；华光署保一折，则为吴氏小说所无。第三卷的上半叙的是"神佛降孙，收孙演咒"，可以说孙行者卷，但其下半卷则入杂事。在行者除妖一折里写的是：（一）收沙和尚；（二）灭黄风山银额将军。其鬼母皈依一则，则叙红孩儿事。此皆吴氏小说所有。惟鬼母揭钵事，则小说所无。盖小说以红孩儿为铁扇公主、牛魔王子，故遂不及鬼母事。其第四卷则为猪八戒卷，全叙八戒事；其出现的所在名"裴山庄"，不名"高老庄"。以二郎神为收伏八戒者，亦与小说略异。第五卷所叙述的是：（一）过女人国；（二）过火焰山遇铁扇公主。其第六卷第一折所叙贫婆心印一折，全是禅语，亦为小说所无。第二折即入参佛取经事。孙行者、沙和尚、猪八戒即在西天圆寂，不回东土。此与小说大异。送唐三藏东归(第三折)者，别为佛座下弟子成基等四人。最后的一折"三藏朝元③"，则和小说略同。

　　吴氏此剧，为戏台的习惯所限制，故所写的故事最少；不仅不及吴承恩的小说十之一二；亦且不如《诗话》④的变化多端。剧中第一卷陈光蕊的故事，是吴氏

---

① 吴氏书：即吴承恩《西游记》。

② 《西游剧》：即吴昌龄《西游记杂剧》。

③ 朝元：晋见君王。

④ 《诗话》：《唐三藏取经诗话》。

所独有的。在他之前，"西游"故事中未见有此者。《焚香室丛钞》①(卷十七)引[宋]周密《齐东野语》所述某郡倅江行遇盗，其子为僧报仇事，以为《西游演义》述玄奘事，似本此。但[明]徐渭《南词叙录》所载宋元戏文名目中，已有《陈光蕊江流和尚》戏文一本，则宋元间陈光蕊事的流传，似已甚盛。吴昌龄殆以其为世俗所熟知，故采入剧中欤？明人传奇，亦有《江流记》一本，惜不传。

---

① 《焚香室丛钞》：[清]俞樾著。

186

《西游记》玄奘弟子故事之演变[①]

陈寅恪[②]

一

印度人为最富于玄想之民族,世界之神话故事多起源于天竺[③],今日治民俗学者皆知之矣。自佛教流传中土[④]后,印度神话故事亦随之输入。观近年发现之敦煌卷子[⑤]中,如《维摩诘经·文殊问疾品演义》[⑥]诸书,益知宋代说经与近世弹词[⑦]、章回体小说等,多出于一源,而佛教经典之体裁与后来小说文学,盖有直接关系。此为昔日吾国之治文学史者所未尝留意者也。僧祐[⑧]《出三藏记集》(九)《贤愚经》记云:

> 河西沙门[⑨]释昙学、成威德等,凡有八僧,结志游方,远寻经典,于于阗

---

① 本文选自《陈寅恪先生全集》(下册),原载 1930 年《历史语言研究所集刊》第贰本第贰分。本文要点:一、《西游记》孙行者大闹天宫故事,源于古印度传说,此种猿猴闹天宫的故事,在佛经中有记载,在古印度史诗《罗摩衍那》中也有描述。二、《西游记》猪八戒高家庄招亲故事,也源于古印度传说,有佛经《根本说一切有部·毗奈耶杂事》中的记载为据。三、《西游记》流沙河沙和尚故事,则可从唐玄奘传记《慈恩法师传》中找到起源。四、此类故事演变之公例:(1) 一事稍加变易(如流沙河沙和尚故事);(2) 两人之事结合(如猪八戒高家庄招亲故事);(3) 两个故事混合(如孙行者大闹天宫故事)。

② 陈寅恪,字鹤寿,现代学者、国学大师,有"教授之教授"之称,重要著述有《隋唐制度渊源略论稿》《唐代政治史述论稿》《柳如是别传》等。

③ 天竺[zhú]:印度旧译名。

④ 中土:旧称汉地中部,也称中原、中华、中夏、华夏等。

⑤ 敦煌卷子:即敦煌经卷,20 世纪于敦煌县莫高窟出土的 4—11 世纪多种文字的佛经手抄本。

⑥ 《维摩诘经·文殊问疾品演义》:《维摩诘经》,大乘佛教经典之一,又称《维摩诘所说经》《不可思议解脱经》等(维摩诘[jí],梵名[拉丁拼音]Vimalakīrti 的音译,也译维摩罗诘、毗摩罗诘等,古印度早期佛教居士,虽未出家为僧,但对大乘佛教贡献良多)。《文殊问疾品演义》:《维摩诘经》中的一部分,其中多为故事,故称"演义"。

⑦ 弹词:即宋元话本,章回体小说的前身。

⑧ 僧祐,南朝齐梁时高僧,俗姓俞,佛教史家。

⑨ 沙门:梵文(拉丁拼音)Shramana 的音译,意为"修行者"。

大寺①遇般遮于瑟②之会。般遮于瑟者,汉言"五年一切大众集"也。三藏③诸学,各弘法宝,说经讲律,依业而教。学④等八僧,随缘分听,于是竞习胡音⑤,析以汉义。精思通译,各书所闻。还至高昌⑥,乃集为一部。

据此,则《贤愚经》者,本当时昙学等八僧听讲之笔记也。今检其内容,乃一杂集印度故事之书。以此推之,可知当日中央亚细亚⑦说经,例引故事以阐经义。此风盖导源于天竺,后渐及于东方。故今《大藏》⑧中《法句譬喻经》等之体制,实印度人解释佛典之正宗。此土⑨释经著述,如天台诸祖之书,则已支那化⑩,固与印度释经之著作有异也。

夫⑪说经多引故事,而故事一经演讲,不得不随其说者、听者本身之程度及环境,而生变易,故有原为一故事,而歧为二者,亦有原为二故事,而混为一者。又在同一事之中,亦可以甲人代乙人,或在同一人之身,亦可易丙事为丁事。若能溯其本源,析其成分,则可以窥见时代之风气、批评作者之技能,于治小说文学史,倘⑫亦一助歟。

二

鸠摩罗什⑬译《大庄严经论》(三)第十五故事"难陀王说偈⑭"言:

---

① 于阗[tián]:即和田,在今新疆。
② 般遮于瑟:梵文(拉丁拼音)Pañcavārsikamaha 的音译,意为"无遮大会"。
③ 三藏:佛教经典总称,包括《律藏》《经藏》《论藏》,故称。
④ 学:释昙学。
⑤ 胡音:西域语音。
⑥ 还[huán]:回。高昌,古地名,在今新疆吐鲁番市境内。
⑦ 中央亚细亚:今称"中亚"。
⑧ 《大藏》:《大藏经》,佛教典籍汇集,初名《一切经》,后改此名。
⑨ 此土:中土。
⑩ 支那化:汉化。
⑪ 夫:文言发语词汇,无实义。
⑫ 倘:或许。
⑬ 鸠摩罗什,梵名(拉丁拼音)Kumārajīva,亦译"鸠摩如释",祖籍印度,出生于西域龟兹国(今新疆库车),早期译经家,东晋太元八年(384)到达甘肃凉州弘扬佛法,学习汉文;17年后,也就是后秦弘始三年(401),从凉州到长安;其后11年间,与弟子一起首次从梵文中译出《大品般若经》《法华经》《维摩诘经》《阿弥陀经》和《金刚经》等。
⑭ 难陀王,梵名(拉丁拼音)Nanda 的音译,"王"为尊称,即阿难,释迦牟尼的堂弟。说偈[jì]:说唱。

昔者顶生王①，将从诸军众。

并象马七宝②，悉到于天上。

罗摩③造草桥，得至楞伽城④。

吾今欲升天，无有诸梯隥⑤。

次诣⑥楞伽城，又复无津梁⑦。

　　寅恪案：此所言乃二故事：一为顶生王升天因缘，见于康僧会⑧译《六度集经》肆第肆拾故事、《涅槃经·圣行品》《中阿含经·王相应品》(十一)、《四洲经》、元魏吉迦夜、昙曜⑨共译之《付法藏因缘传》(一)、鸠摩罗什译《仁王般若波罗蜜经》下卷、不空⑩译《仁王护国般若波罗蜜经·护国品》、法炬⑪译《顶生王故事经》、昙无谶⑫译《文陀竭王经》、施护⑬译《顶生王因缘经》及《贤愚经》(十三)等。梵文 *Divyāvadāna*⑭第十七篇亦载之，盖印度最流行故事之一也。兹节录《贤愚经》(十三)《顶生王缘品》第六十四之文如下：

　　　　(顶生王)意中复念，欲生忉利⑮，即与群众蹈虚⑯登上。时有五百仙人住
　　在须弥⑰山腹，王之象马屎尿落于仙人身。诸仙相问："何缘有此？"中有智
　　者告众人言："吾闻顶生欲上三十三天，必是象马失此不净。"仙人忿恨，使结

---

① 顶生王，梵名(拉丁拼音)Murdhagata，音译"文陀竭"，佛教传说中的转轮圣王，即释迦牟尼佛的前身。
② 并象马七宝：顶生王拥有轮宝、象宝、马宝、珠宝、女宝、居士宝、主兵臣宝，称"七宝"。
③ 罗摩，梵名(拉丁拼音)Rāma 的音译，古印度传说中的英雄，印度教信奉的神祇之一，古印度史诗《罗摩衍那》即歌颂其神迹。
④ 楞伽城：梵文(拉丁拼音)Laṅkamacron 的音译，古印度神话中的神山，也是城名，城在山上。
⑤ 梯隥[dèng]：梯子与台阶。
⑥ 次：(退而)求(其)次。诣：拜访。
⑦ 津梁：渡口与桥梁。
⑧ 康僧会，三国时西域康居国高僧、译经师。
⑨ 元魏：即南北朝时北朝之一北魏，鲜卑族拓跋珪所建王朝。吉迦夜、昙曜，两兄弟，均北魏高僧、译经师。
⑩ 不空，梵名(拉丁拼音)Amoghavajra，音译为"阿目佉跋折罗"，狮子国(今斯里兰卡)人，唐代高僧、译经师。
⑪ 法炬，西晋高僧、译经师。
⑫ 昙无谶，梵名(拉丁拼音)Dharmarakṣa 的音译，印度人，西晋高僧、译经师。
⑬ 施护，梵名(拉丁拼音)Dānapāl 的意译，印度人，宋代高僧、译经师。
⑭ *Divyāvadāna*：梵文的拉丁拼音，意译为《天神譬喻》。
⑮ 忉[dāo]利：梵文(拉丁拼音)Trayastrimsa 的音译，天界名，也称"忉利天"，意译"第三十三天界"。
⑯ 蹈虚：凌空。
⑰ 须弥：梵文(拉丁拼音)Sumeru 的音译，古印度神话中的名山。

神咒，令顶生王及其人众悉住不转①。王复知之，即立誓愿："若我有福，斯诸仙人悉皆当来，承供所为。"王德弘博，能有感致，五百仙人尽到王边，扶轮御马，共至天上。未至之顷，遥睹天城，名曰"快见"，其色皦白，高显殊特。此快见城有千二百门，诸天②惶怖，悉闭诸门，着三重铁关③。顶生兵众，直趋不疑，王即取贝吹之，张弓扣弹，千二百门一时皆开。帝释寻出④，与共相见，因请入宫，与共分坐。天帝人王⑤，貌类一种，其初见者，不能分别，唯以眼眴迟疾⑥，知其异耳。王于天上，受五欲⑦乐，尽三十六帝⑧。末后帝释⑨，是大迦叶⑩。时阿修罗王⑪，兴军上天，与帝释斗。帝释不如。顶生复出，吹贝扣弓，阿修罗王即时崩坠。顶生自念："我力如是，无有等者。今与帝释共坐何为？不如害之，独霸为快。"恶心已生，寻即堕落，当本殿前，委顿欲死⑫。诸人来问，若后世问顶生王云："何命终，何以报之？"⑬王对之曰："若有此间，便可答之。"⑭顶生王者，由贪而死，统领四域四十亿岁，七日雨宝，及在二天⑮，而无厌足，故致坠落。

此闹天宫之故事也。又印度最著名之纪事诗《罗摩延传》⑯第六编，工巧猿名 Nala 者，造桥渡海，直抵楞伽。此猿猴故事也。盖此二故事本不相关涉，殆⑰因讲说《大庄严经论》时，此二故事适相连接，讲说者有意或无意之间，并合闹天宫故事与猿猴故事为一，遂成猿猴闹天宫故事。其实，印度猿猴之故事虽多，猿

---

① 悉住不转：皆僵住而动弹不得。
② 诸天：诸天神。
③ 着：置。铁关：铁锁。
④ 帝释：即帝释天，梵文(拉丁拼音)Śakro devānām indrah 中 devānām 的音译，意译为"天帝"。寻：寻即、马上。
⑤ 天帝人王：帝释天与顶生王。
⑥ 眼眴迟疾：老眼昏花。
⑦ 五欲：色、声、香、味、触。
⑧ 尽三十六帝：访遍三十六天帝。
⑨ 末后帝释：最后一位天帝。
⑩ 大迦叶，梵名(拉丁拼音)Mahakasyapa 的意译加音译，Maha 意为"大"，kasyapa 音译为"迦叶"，佛祖释迦牟尼十大弟子之一，禅宗第一代祖师。
⑪ 阿修罗王，梵名(拉丁拼音)Asura 的音译，"王"为尊称，古印度神话中的大力神。
⑫ 本殿：自己宫殿。委顿：萎靡、困顿。
⑬ 何命终，何以报之？：为何命终，为何以此报之？意为：你做了什么事，会受此报应？
⑭ 若有此间，便可答之：若有此类(你们所问)，我倒能回答了。意为：如果我做了什么事，倒可以回答你们了(他只是"恶心已生"而已，尚未真做恶事)。
⑮ 雨宝：天上落下珍宝。及在二天：及至第二天界(几近最高天界)。
⑯ 纪事诗：今称"史诗"。《罗摩延传》：通译《罗摩衍那》。
⑰ 殆：大概。

猴而闹天宫,则未之闻。支那①亦有猿猴故事,然以吾国昔时社会心理,君臣之伦、神兽之界,分别至严。若绝无依藉,恐未必能联想及之。此《西游记》孙行者大闹天宫故事之起源也。

三

又义净②译《根本说一切有部·毗奈耶③杂事》(三)"佛制苾刍发不应长因缘略④"云:

> 时具寿牛卧在憍闪毗国⑤,住水林山出光王园内猪坎窟中⑥。后于异时⑦,其出光王于春阳月,林木皆茂,鹅雁、鸳鸯、鹦鹉、舍利⑧、孔雀诸鸟,在处哀鸣,遍诸林苑。时出光王命掌园人曰:"汝今可于水林山处,周遍芳园,皆可修治。除⑨众瓦砾,多安净水,置守卫人。我欲暂住园中游戏⑩。"彼人敬诺,一依王教。既修营已,还白⑪王知。时彼王即⑫便将诸内宫⑬以及侍从,往诣⑭芳园。游戏既疲,偃卧而睡。时彼内人⑮,性爱花果,于芳园里随处追求。时牛卧苾刍⑯须发皆长,上衣破碎,下裙垢恶,于一树下跏趺而坐⑰。宫人遥见,各并惊惶,喝言:"有鬼! 有鬼!"苾刍即往入坎窟中。王闻声已,即便⑱睡觉,拔剑走趁⑲。问宫人曰:"鬼在何处?"答曰:"走入猪坎窟

---

① 支那:中国别称。
② 义净,俗姓张,字文明,唐代高僧、译经师。
③ 毗奈耶:梵文(拉丁拼音)Vinaya 的音译,意为戒律。
④ 佛制:佛制定。苾[bì]刍[chú]:同"比丘",梵文(拉丁拼音)bhiksu 的音译,意译为"乞士",和尚别称。发不应长:不应留长发,即和尚须削发。因缘:缘由。略:大略。
⑤ 时:当时。具寿:和尚别称。牛卧:人名。憍[jiāo]闪毗国:印度古国。
⑥ 水林山出光王:居水林山的出光王。猪坎窟:猪圈。按:出家人苦修,时有住猪圈、吃猪食者。
⑦ 异时:某时。
⑧ 舍利:舍利鸟,即鸲[qú]鹆[yù],俗称八哥。
⑨ 除:清除。
⑩ 游戏:游玩。
⑪ 已:毕。还[huán]白:汇报。
⑫ 彼王:那王,即出光王。即:随即。
⑬ 内宫:嫔妃。
⑭ 诣:造访。
⑮ 内人:即内宫。
⑯ 苾刍:同"比丘"。
⑰ 跏[jiā]趺[fū]而坐:盘腿而坐。
⑱ 便[pián]:(动词)放弃。
⑲ 走趁:赶来(趁:往、赴)。

中。"时王闻已,行至窟所,执剑而问:"汝是何物?"答言:"大王!我是沙门。"王曰:"是何沙门?"答曰:"释迦子①。"问曰:"汝得阿罗汉果②耶?"答曰:"不得。""汝得不还、一来、预流果③耶?"答曰:"不得。""且置斯事。汝得初定,乃至四定?④"答曰:"并⑤不得。"王闻是已,转更瞋怒⑥,告大臣曰:"此是凡人,犯我宫女,可将大蚁填满窟中,蜇螫⑦其身。"时有旧住天神近窟边者,闻斯语已,便作是念:"此善沙门,来依附我,实无所犯,少欲自居。非法恶王,横加伤害。我今宜可作救济缘⑧。"即自变身为一大猪,从窟走出。王见猪已,告大臣曰:"可将⑨马来,并持弓箭。"臣即授与。其猪遂走,急出花园。王随后逐。时彼苾刍,急持衣钵,疾行而去。

《西游记》猪八戒高家庄招亲故事,必非全出中国人臆撰⑩,而印度又无猪豕⑪招亲之故事,观此上述故事,则知居猪坎窟中,须发蓬长,衣裙破垢,惊犯宫女者,牛卧苾刍也。变为大猪,从窟走出,代受杀害者,则窟边旧住之天神也。牛卧苾刍虽非猪身,而居猪坎窟中,天神又变为猪以代之,出光王因持弓乘马以逐之,可知此故事中之出光王,即以牛卧苾刍为猪。此故事复经⑫,后来之讲说,憍闪毗国之"憍",以音相同之故,变为高家庄之"高"。惊犯宫女,以事相类似之故,变为招亲。辗转代易,宾主淆混。指牛卧为猪精,尤觉可笑。然故事文学之演变,其意义往往由严正而趋于滑稽,由教训而变为讥讽,故观其与前此原文之相异,即知其为后来作者之改良⑬。此《西游记》猪八戒高家庄招亲故事之起源也。

---

① 释迦子:佛教修行者。
② 阿罗汉果:"阿罗汉",梵文(拉丁拼音)arhat 的音译,意为得道,"果"为译者所加,意为得道之结果。
③ 不还、一来、预流果:俱修行者应得之"果"。
④ 且置斯事:暂且不谈此事。初定:佛教修行四禅定中的第一"定",即"空处定"(其余三"定"为"见处定""识处定""非非想处定")。
⑤ 并:全。
⑥ 瞋[chēn]怒:瞪眼发怒。
⑦ 蜇[zhé]螫[áo]:蜇、螫,均为虫意,转为动词,意为叮咬。
⑧ 作救济缘:有缘相救。
⑨ 将:(动词)领、拿,此处意为牵。
⑩ 臆撰:杜撰。
⑪ 猪豕[shǐ]:即猪("豕"即猪)。
⑫ 故事复经:用故事复述佛经(即佛经的通俗讲述)。
⑬ 改良:修改与完善。

四

又《慈恩法师传》①(一)云：

> 莫贺延碛②长八百余里，古曰沙河。上无飞鸟，下无走兽，复无水草。是时顾影③，唯一心念观音菩萨及《般若心经》。初，法师在蜀，见一病人身疮臭秽、衣服破污，愍将向寺④，施与衣服、饮食之直⑤。病者惭愧，乃授法师此经。因⑥常诵习。至沙河间，逢诸恶鬼，奇状异类，绕人前后，虽念观音，不能令去，及诵此经，发声皆散。在危获济⑦，实所凭⑧焉。

此传所载，世人习知(胡适教授《〈西游记〉考证》亦引之)，即《西游记》流沙河沙和尚故事之起源也。

五

据此三者之起源，可以推得故事演变之公例焉。

一曰：仅就一故事之内容，而稍变易之，其事实成分殊⑨简单，其演变程序为纵贯式⑩。如原有玄奘渡流沙河逢诸恶鬼之旧说，略加附会，遂成流沙河沙和尚故事之例是也。

二曰：虽仅就一故事之内容变易之，而其事实成分不似前者之简单，但其演变程序尚为纵贯式。如牛卧苾刍之惊犯宫女，天神之化为大猪。此二人二事，虽互有关系，然其人其事，固有分别，乃接合⑪之，使为一人一事，遂成猪八戒高家

---

① 《慈恩法师传》：全称《大唐大慈恩寺三藏法师传》，唐玄奘传记，[唐] 慧立撰。
② 莫贺延碛：古时也称莫贺碛、胡卢碛、沙河等，位于罗布泊和玉门关之间，今称为噶顺戈壁、噶顺沙漠、伊勒呼玛沙漠、八百里瀚海等。
③ 顾影：亦作顾景，自顾其影。
④ 愍[mǐn]：同"悯"，怜悯。将：领。向：往。
⑤ 直：通"值"。
⑥ 因：因而。
⑦ 济：救。
⑧ 实所凭：事实为凭。
⑨ 殊：特别。
⑩ 纵贯式：纵向的，即由上而下。
⑪ 接合：同"结合"。

庄招亲故事之例是也。

三曰：有二故事，其内容本绝无关涉，以偶然之机会，混合为一。其事实成分，因之而复杂。其演变程序，则为横通式①。如顶生王升天争帝释之位，与工巧猿助罗摩造桥渡海，本为各自分别之二故事，而混合为一，遂成孙行者大闹天宫故事之例是也。

又就故事中主人之构造成分言之，第三例之范围，不限于一故事，故其取用材料至广。第二例之范围，虽限于一故事，但在一故事中之材料，其本属于甲者，犹可取而附诸乙，故其取材尚不甚狭。第一例之范围则甚小，其取材亦因而限制，此故事中原有之此人此事，虽稍加变易，仍演为此人此事。今《西游记》中玄奘弟子三人，其法宝神通，各有等级，其高下之分别，乃其故事构成时，取材范围广狭所使然。观于上述三故事之起源，可以为证也。

寅恪讲授佛教翻译文学，以《西游记》玄奘弟子三人，其故事适各为一类，可以阐发演变之公例，因考其起源，并略究其流别，以求教于世之治民俗学者。

---

① 横通式：横向的，即由左至右，或由右至左。

四
《金瓶梅》

简介：

【作者】［明］兰陵笑笑生（按：此为初版署名，究为何人，不得而知）。

【名称】又称《金瓶梅词话》《原本金瓶梅》。

【体裁】长篇章回体小说。

【主题】纵欲好淫，终遭报应。

【人物】主要有：西门庆和潘金莲、李瓶儿、庞春梅（即金、瓶、梅）。

【情节】主要是：西门庆是开中药铺富商，二十七岁娶吴月娘为妻，不久娶三妾，即李娇儿、孙雪娥、孟玉楼。后来西门庆偶遇武大郎妻潘金莲，勾搭成奸，并合谋毒死了武大郎。之后，西门庆娶潘金莲为第四妾。不久，西门庆与邻居花子虚妻李瓶儿私通。花子虚官司缠身，死于狱中，西门庆娶李瓶儿为第五妾。继而，西门庆又与多个女人私通（如宋惠莲、王六儿），还养妓女（如李桂姐），甚至家里的丫环、奶妈（如庞春梅、如意儿），他也照奸不误。还有交际场上遇到的女人（如林太太），他也一淫为快。总之，他穷凶极恶地一味淫乐，几乎天天交媾数次。为此，他不惜求助壮阳药。然而，终有一天，他于交媾中"精尽而亡"，时年三十三岁。

【版本】主要有两个版本：一是"万历本"，即《金瓶梅词话》；一是"崇祯本"，即《原本金瓶梅》。现两个版本均通行。

第十六回

西門慶擇吉佳期

《金瓶梅》读法①

[清] 张竹坡②

一、《金瓶梅》妙处种种

劈空撰出金、瓶、梅③三个人来，看其如何收拢一块，如何发放④开去。看其前半部止做⑤金、瓶，后半部止做春梅。前半人家的金、瓶⑥，被他千方百计弄来，后半自己的梅花，却轻轻的被人夺去⑦。

起以玉皇庙，终以永福寺，而一回中已一齐说出⑧，是大关键处。

先是吴神仙总览其盛，后是黄真人少扶其衰，末是普净师一洗其业⑨，是此书大照应处。

① 本文选自苹华堂刊《皋鹤堂批评第一奇书〈金瓶梅〉》卷首。文中标题系本书选注者所加。本文要点：读《金瓶梅》，其一要知其妙处、章法、间架，以及险笔与化笔。其二要注意写某些人物的用意，如：实写四人（吴月娘、孟玉楼、潘金莲、李瓶儿），特写两人（庞春梅、玳安儿），还有如写李娇儿、孙雪娥的用意，写蕙莲、如意儿的用意，等等。其三要注意这些都是什么人：说白了，《金瓶梅》中几乎全是坏人，但又各不相同。其四是，有两种人不可读《金瓶梅》：一是不会做文的人，一是女人。其五要注意《金瓶梅》的讽意，如西门庆无亲无故，如真人、活佛均敌不过春药，等等。总之，《金瓶梅》是一部惩戒之书。
② 张竹坡，名道深，字自德，号竹坡，清代文人，重要著述为其所称"四大奇书"（即《三国演义》《水浒传》《西游记》《金瓶梅》）中"第一奇书"（即《金瓶梅》）的批注。
③ 劈空：凭空。撰：杜撰。金、瓶、梅：即潘金莲、李瓶儿、庞春梅，此书中三个主要女性人物。
④ 发放：发挥。
⑤ 止做：只做。
⑥ 人家的金、瓶：潘金莲、李瓶儿原是他人之妻。
⑦ 他：西门庆。自己的梅花：庞春梅是西门庆宅中的丫环。被人夺去：西门庆死后，庞春梅与西门庆女婿陈敬济通奸，后又怀着陈敬济的私生子嫁到周守备府中，生下孩子后还成了"正室"。
⑧ 起以玉皇庙，终以水福寺：《金瓶梅》故事开始于西门庆玉皇庙结拜十兄弟，结束于西门庆儿子孝哥永福寺出家。一回中已一齐说出："一回"即第一回，这一回中有玉皇庙结拜，并没有直接说到永福寺，此话的意思是，也说到了因果报应，即指开场白中的"善有善报，恶有恶报；天网恢恢，疏而不漏"。
⑨ 吴神仙：人物之一，算命先生，他卦算出西门庆将发迹，但终将败落。黄真人：人物之一，道士，他料到西门庆将败落，出手帮了他一下。普净师：人物之一，永福寺和尚，他告知西门庆妻月娘，西门庆罪孽深重，儿子孝哥必须出家，以赎其罪。业：通"孽"。

"冰鉴定终身"，是一番结束，然独遗陈敬济①。"戏笑卜龟儿"，又遗潘金莲②。然金莲即从其自己口中补出，是故亦不遗金莲，当独遗西门庆与春梅耳。两番瓶儿托梦③，盖又单补西门。而叶头陀相面④，才为敬济一番结束也。

未出金莲，先出瓶儿；既娶金莲，方出春梅；未娶金莲，却先娶玉楼；未娶瓶儿，又先出敬济⑤。文字穿插之妙，不可名言。若夫⑥夹写蕙莲、王六儿、贲四嫂、如意儿诸人，又极尽天工之巧矣。

会看《金瓶》者，看下半部⑦。亦惟会看者，单看上半部⑧，如"生子加官"⑨时，唱"韩湘子寻叔""叹浮生犹如一梦"等，不可枚举，细玩方知。

二、《金瓶梅》章法种种

《金瓶》有板定大章法⑩。如金莲有事生气，必用玉楼⑪在旁，百遍皆然，一丝不易，是其章法老处。他如西门至人家饮酒，临出门时，必用一人或一官来拜、留坐，此又是"生子加官"后数十回大章法。

《金瓶》一百回，到底俱是两对章法⑫，合其目⑬为二百件事。然有一回前后两事，中用一语过节⑭；又有前后两事，暗中一笋过下⑮。如第一回，用玄坛的虎⑯是也。又有两事两段写者，写了前一事半段，即写后一事半段，再完前半段，再完后半段者。有二事而参伍错综⑰写者，有夹入他事写者。总之，以目中二事为条

① "冰鉴定终身"：即第二十九回"吴神仙冰鉴定终身"，吴神仙对西门庆及其家人的命运一一作了预测。遗：遗漏。
② "戏笑卜龟儿"：即第四十六回"妻妾戏笑卜龟儿"，西门庆的妻妾相互占卜算命。
③ 瓶儿托梦：李瓶儿死后，托梦于西门庆，示其思念之情，此预示西门庆将不久于人世。
④ 头陀：和尚。相面：看面相算命。
⑤ 按：此为人物出现顺序中的相互铺垫。出：着重写。
⑥ 若夫：至于。
⑦ 按："下半部"是指西门庆死之后，所写乃种种报应。
⑧ 按："上半部"是指西门庆死之前，所写乃种种迹象。
⑨ "生子加官"：即第三十回"西门庆生子加官"。
⑩ 板定大章法：固定写法。
⑪ 玉楼：孟玉楼，西门庆妾。
⑫ 到底：始终。两对章法：两件事一回，如"第一回　西门庆热结十兄弟　武二郎冷遇亲哥嫂""第二回　俏潘娘帘下勾情　老王婆茶坊说技"。
⑬ 目：目录。
⑭ 一语过节：用一句话过渡。
⑮ 一笋过下：用一物（或一事）承上启下。
⑯ 玄坛的虎：即武松打死的虎，抬回来放在玄坛上示众，潘金莲等人前去观望。
⑰ 参伍错综：穿插交错。

干,逐回细玩即知。

《金瓶》一回两事作对①,固矣,却又有两回作遥对者,如金莲琵琶、瓶儿象棋作一对,偷壶、偷金作一对等,又不可枚举。

前半处处冷,令人不耐看;后半处处热,而人又看不出②。前半冷,当在写最热处,玩之即知;后半热,看孟玉楼上坟,放笔描清明春色便知。

内中有最没正经、没要紧③的一人,却是最有结果的人,如韩爱姐是也。一部中④,诸妇人何可胜数,乃独以爱姐守志⑤结何哉?作者盖有深意存于其意矣。言爱姐之母为娼,而爱姐自东京归,亦曾迎人献笑,乃一留心敬济,之死靡他⑥。以视瓶儿之于子虚、春梅之于守备⑦,二人固当愧死。若金莲之遇西门,亦可如爱姐之逢敬济,乃一之于琴童,再之于敬济,且下及王潮儿⑧,何其比回心之娼妓⑨亦不若哉?此所以将爱姐作结,以愧诸妇;且言爱姐以娼女回头,还堪守节,奈之何身居金屋⑩而不改过悔非,一竟⑪丧廉寡耻,于死路而不返哉?

三、《金瓶梅》大间架处与入笋处

读《金瓶》,须看其大间架处⑫。其大间架处,则分金、梅在一起,分瓶儿在一处,又必合金、瓶、梅在前院⑬一处。金、梅合而瓶儿孤,前院近而金、瓶妒,月娘远而敬济得以下手也。

读《金瓶》,须看其入笋处⑭。如玉皇庙讲笑话,插入打虎⑮;请子虚⑯,即插入

---

① 作对:成双。
② 按:此处所言"冷""热",意为《金瓶梅》上半部写西门庆所犯罪孽,笔调冷峻;下半部写西门庆所遭报应,笔调热烈。
③ 没正经、没要紧:不正式、不重要。
④ 一部中:全书中。
⑤ 爱姐守志:"爱姐"即韩爱姐,人物之一,原与其母均为娼妓,看中陈敬济后,决意守节,不再接客,至死不变,可惜陈敬济乃一人渣,辜负其一辈子。
⑥ 言:虽说。东京:洛阳。迎人献笑:妓女接客。之死:至死。靡他:无他人。
⑦ 以视:以此看。瓶儿之于子虚:李瓶儿原是花子虚之妻,却与西门庆勾搭成奸,后又嫁西门庆为妾。春梅之于守备:庞春梅嫁周守备后,仍与陈敬济通奸,还与比她小十岁的周义淫乱。
⑧ 按:潘金莲嫁西门庆后,又与三人通奸,即琴童、陈敬济、王潮儿。
⑨ 回心之娼妓:指韩爱姐。
⑩ 身居金屋:指西门庆诸妾。
⑪ 一竟:以致。
⑫ 大间架处:(金、瓶、梅)分合处。
⑬ 前院:西门庆与吴月娘住处。
⑭ 入笋处:插入处。
⑮ 打虎:武松打虎(第一回)。
⑯ 子虚:花子虚,李瓶儿丈夫,后亡,李瓶儿嫁西门庆。

后院紧邻;六回金莲才热,即借嘲骂处插入玉楼①;借问伯爵②连日哪里,即插入桂姐③;借盖捲棚即插入敬济④;借翠管家插入王六儿⑤;借翡翠轩插入瓶儿生子;借梵僧药,插入瓶儿受病;借碧霞宫插入普净⑥;借上坟插入李衙内⑦;借拿皮袄插入玳安、小玉⑧。诸如此类,不可胜数,盖其用笔不露痕迹处也。其所以不露痕迹处,总之善用曲笔、逆笔⑨,不肯另起头绪用直笔、顺笔也。夫此书头绪何限⑩?若一一起之,是必不能之数也。我执笔时,亦必想用曲笔、逆笔,但不能如他曲得无迹、逆得不觉耳。此所以妙也。

四、《金瓶梅》险笔与化笔

《金瓶》有节节露破绽处⑪,如窗内淫声,和尚偏听见;私琴童,雪娥偏知道;而裙带葫芦,更属险事;墙头密约,金莲偏看见;蕙莲偷期,金莲偏撞着;翡翠轩,自谓打听瓶儿;葡萄架,早已照人铁棍;才受赃,即动大巡之怒;才乞恩,便有平安之才;调婿后,西门偏就摸着;烧阴户,胡秀偏就看见。诸如此类,又不可胜数。总之,用险笔以写人情之可畏,而尤妙在既已露破,乃一语即解,绝不费力累赘。此所以为化笔⑫也。

《金瓶》有特特起一事、生一人⑬,而来既无端,去亦无谓,如书童是也。不知作者,盖几许经营⑭,而始有书童之一人也。其描写西门淫荡,并及外宠⑮,不必说矣。不知作者,盖因一人之出门⑯,而方写此书童也。何以言之?瓶儿与月

---

① 玉楼:孟玉楼,西门庆第三妾。
② 伯爵:应伯爵,西门庆友。
③ 桂姐:李桂姐,妓女。
④ 敬济:陈敬济,西门庆女婿。
⑤ 王六儿:西门庆所开缎子铺的掌柜韩道国妻,与西门庆私通。
⑥ 普净:永福寺和尚。
⑦ 李衙内:清河县知县之子。
⑧ 玳安:西门庆贴身小厮。小玉:吴月娘房中丫环。
⑨ 曲笔:与"直笔"相对,即遮遮掩掩,不明说。逆笔:与"顺笔"相对,即反过来说,不顺着说。
⑩ 何限:哪有限。
⑪ 节节:逐一。露破绽处:泄露私密处。
⑫ 化笔:造化之笔、妙笔。
⑬ 特特:特意、特地。起一事、生一人:写到一事,引入一人。
⑭ 盖:因。几许经营:多少工夫。
⑮ 外宠:婚外所宠之女。
⑯ 一人:指潘金莲。出门:出格。

200

娘①始疏而终亲,金莲与月娘始亲而终疏。虽固因逐来昭、解来旺起衅②,而未必至撒泼③一番之甚也。夫竟至撒泼一番者,有玉箫④不惜将月娘底里之言罄尽告之也。玉箫何以告之?曰有"三章约"⑤在也。"三章"何以肯受?有书童一节⑥故也。夫玉箫、书童不便突起炉灶,故写"藏壶构衅"于前也⑦。然则遥遥写来,必欲其⑧撒泼。何为也哉?必得如此,方于出门时月娘毫无怜惜,一弃不顾,而金莲乃一败涂地也。谁谓《金瓶》内有一无谓之笔墨也哉?

五、《金瓶梅》实写四人与特写两人

《金瓶》内,正经⑨写六个妇人,而其实止写得四个:月娘、玉楼、金莲、瓶儿是也。然月娘则以大纲故写之⑩;玉楼虽写,则全以高才被屈,满肚牢骚,故又另出一机轴⑪写之,然则以不得不写。写月娘,以不肯一样⑫写;写玉楼,是全非正写⑬也。其正写者,惟瓶儿、金莲。然而写瓶儿,又每以不言⑭写之。夫以不言写之,是以不写处写之。以不写处写之,是其写处单在金莲也。单写金莲,宜乎⑮金莲之恶冠于众人也。吁,文人之笔可惧哉!

《金瓶》内有两个人为特特用意写之,其结果亦皆可观。如春梅与玳安儿⑯是也。于同作丫环时,必用几遍笔墨描写春梅心高志大,气象⑰不同;于众小厮内,必用层层笔墨,描写玳安色色可人⑱。后文春梅作夫人,玳安作员外。作者

---

① 月娘:吴月娘,西门庆正妻。
② 来昭、来旺:西门庆家两小厮。逐、解:均开除意。起衅:发生事端。
③ 撒泼:指潘金莲对吴月娘大发脾气。
④ 玉箫:吴月娘房中丫环。
⑤ 三章约:约法三章,即潘金莲与玉箫之前有约。
⑥ 书童一节:玉箫与书童有私,被潘金莲发现。
⑦ 突起炉灶:另起炉灶。"藏壶构衅":即第三十一回"琴童儿藏壶构衅"。
⑧ 其:指潘金莲。
⑨ 正经:着重。
⑩ 以大纲故写之:因夫妻大纲,所以写之。
⑪ 机轴:关键处。
⑫ 不肯一样:不肯与妾一样(因她是正妻)。
⑬ 正写:正面直接写。
⑭ 不言:不言而喻。
⑮ 宜乎:就是。
⑯ 玳安儿:西门庆的贴身小厮。
⑰ 气象:脾气、形象。
⑱ 色色可人:处处叫人喜欢。

必欲其如此,何哉?见得一部炎凉书中翻案故也①。何则?止知眼前作婢,不知即他日之夫人;止知眼前作仆,不知即他年之员外。不特②他人转眼奉承,即月娘且转而以上宾待之,末路倚之③。然则人之眼边前,炎凉成何益哉!此是作者特特为人下砭砭④也。因要他⑤于污泥中为后文翻案,故不得不先为之抬高身分也。

六、《金瓶梅》写李娇儿、孙雪娥的用意

李娇儿、孙雪娥⑥,要此二人何哉?写一李娇儿,见其来遇⑦金莲、瓶儿时,早已嘲风弄月,迎好卖俏,许多不肖事,种种可杀。是写金莲、瓶儿,乃实写西门之恶;写李娇儿,又虚写西门之恶。写出来的既已如此,其未写出来的,又不知何许恶端,不可问之事于从前也。作者何其深恶西门之如是!

至于孙雪娥,出身微贱,分不过通房⑧,何其必劳一番笔墨写之哉?此又作者菩萨心也。夫以西门之恶,不写其妻作倡⑨,何以报恶人?然既立意另一花样写月娘,断断不忍写月娘至于此也。玉楼本是无辜受毒,何忍更令其顶缸受报?李娇儿本是娼家,瓶儿更欲用之孽报于西门生前,而金莲更自有冤家债主在,且即使之为娼,于西门何损?于金莲似甚有益,乐此不苦,又何以言报也?故用写雪娥以至于为娼,以总张⑩西门之报,且暗结宋蕙莲⑪一段公案。至于张胜、敬济后事,则又情因文生,随手收拾。不然,雪娥为娼,何以结果哉?

又娇儿色中之财⑫,看其在家管库,临去拐财可见。王六儿财中之色⑬,看其与西门交合时,必云做买卖、骗丫头房子、说合苗青⑭,总是借色起端也。

---

① 炎凉:世态炎凉。翻案:人事翻转。
② 不特:不仅。
③ 末路:穷途末路(指月娘后来窘迫无依)。倚之:依靠。
④ 砭砭:亦作"针砭",即针灸,喻讽刺。
⑤ 他:指吴月娘(古时无"她"字)。
⑥ 李娇儿、孙雪娥:均为西门庆娶潘金莲和李瓶儿之前所娶之妾。
⑦ 来遇:来见。
⑧ 分:名分。通房:通房丫环,即贴身丫环。
⑨ 倡:通"娼"。
⑩ 总张:全显。
⑪ 宋蕙莲:西门庆家仆来旺的妻子,与西门庆私通,后自杀。
⑫ 色中之财:以色得财。
⑬ 财中之色:为财而色。
⑭ 苗青:一无赖,得西门庆庇护,为非作歹,作为回报,他为西门庆物色美女,供其淫乐。

七、《金瓶梅》写蕙莲、如意儿的用意

书内必写蕙莲,所以深潘金莲之恶于无尽也,所以为后文妒瓶儿时,小试行道之端①也。何则?蕙莲才蒙爱,偏是他②先知,亦如迎春唤猫,金莲睃见③也。使春梅送火山洞④,何异教西门早娶瓶儿?愿权⑤在一块住也。蕙莲跪求,使尔舒心,且许多牢笼关锁⑥,何异瓶儿来时,乘醉说一跳板走⑦的话也?两舌⑧雪娥,使激蕙莲,何异对月娘说瓶儿是非之处也?卒之⑨来旺几死而未死,蕙莲可以不死而竟死,皆金莲为之也。作者特特于瓶儿进门加此一段,所以危⑩瓶儿也。而瓶儿不悟,且亲密之,宜乎⑪其祸不旋踵⑪,后车终覆也。此深著⑫金莲之恶。吾故曰:其小试行道之端,盖作者为不知远害者写一样子⑬。若只随手看去,便说西门庆又刮上一家人媳妇子⑭矣。夫西门庆,杀夫夺妻取其财,庇杀主之奴,卖朝廷之法⑮,岂必于此特特撰此一事以增其罪案哉?然则看官每为作者瞒过了也。

后又写如意儿⑯,何故哉?又作者明白奈何金莲⑰,见其死⑱蕙莲、死瓶儿之均属无益也。何则?蕙莲才死,金莲可一快。然而官哥⑲生,瓶儿宠矣。及官哥死,瓶儿亦死,金莲又一大快。然而如意口脂,又从灵座生香⑳,去掉一个,又来一个。金莲虽善固宠,巧于制人,于此能不技穷袖手,其奈之何?故作者写如意儿,全为金莲写,亦全为蕙莲、瓶儿愤也。

---

① 行道之端:品行之极端。
② 他:潘金莲。
③ 睃[suō]见:瞥见。
④ 送火山洞:喻大发雷霆。
⑤ 愿权:不如。
⑥ 尔:那,指潘金莲。牢笼关锁:喻设限提防。
⑦ 跳板走:喻不稳妥。
⑧ 舌:诋,诋毁。
⑨ 卒之:最后。
⑩ 危:(动词)威胁。
⑪ 宜乎:就算。旋踵:接踵、随至。
⑫ 著:显。
⑬ 不知远害者:指不知金莲之恶的读者。写一样子:作一示范。
⑭ 一家人媳妇子:指宋蕙莲。
⑮ 庇:包庇。卖:出卖、不守。
⑯ 如意儿:西门庆家奶妈。
⑰ 明白:表明。奈何金莲:金莲如何。
⑱ 死:致死。
⑲ 官哥:李瓶儿与西门庆之子(或李瓶儿与蒋竹山之子)。
⑳ 如意口脂:如意儿的话(口脂:代指说话)。从灵座生香:喻为死者洗白。

八、《金瓶梅》写桂姐、银儿、月儿诸妓的用意

　　然则写桂姐、银儿、月儿诸妓，何哉？此则总写西门无厌，又见其为浮薄立品、市井为习①。而于中写桂姐，特犯②金莲；写银姐，特犯瓶儿，又见金、瓶二人，其气味声息，已全通娼家。虽未身为倚门之人③，而淫心乱行，实臭味相投，彼娼妇犹步后尘矣。其写月儿，则另用香温玉软之笔，见西门一味粗鄙，虽章台春色④，犹不能细心领略。故写月儿，又反衬西门也。

九、《金瓶梅》写王六儿、贲四嫂以及 林太太的用意

　　写王六儿、贲四嫂以及林太太⑤何哉？曰：王六儿、贲四嫂、林太太三人是三样写法，三种意思。写王六儿干，专为财能致色一着做出来。你看西门在日，王六儿何等趋承，乃一旦拐财远遁。故知西门于六儿，借财图色，而王六儿亦借色求财。故西门死，必自王六儿家来，究竟⑥财色两空。王六儿遇何官人⑦，究竟借色求财。甚矣！色可以动人，尤未如财之通行无阻，人人皆爱也。然则写六儿，又似单讲财，故竟结入一百回内⑧。

　　至于贲四嫂，却为玳安写⑨。盖言西门止知贪滥无厌，不知其左右亲随且上行下效，已浸淫乎欺主之风，而"窃玉成婚"⑩，已伏线于此矣。若云陪写王六儿，犹是浅着⑪。

　　再至林太太，吾不知作者之心，有何千万愤懑，而于潘金莲发之。不但杀之

---

① 无厌：贪得无厌。浮薄立品、市井为习：人品低俗、习气粗鄙。
② 犯：侵犯（意为有损，因为写的是同一类人）。
③ 倚门之人：娼妓别称。
④ 章台春色：喻男女情意（章台：春秋时楚国离宫名，后世用以喻男女之事）。
⑤ 王六儿、贲四嫂、林太太：均与西门庆私通的女子。
⑥ 究竟：终究。
⑦ 何官人：商人，西门庆死后，他带王六儿及其丈夫韩道国回湖州老家。
⑧ 按：《金瓶梅》一百回中有三回专门讲到王六儿，即第三十七回"西门庆包占王六儿"、第三十八回"王六儿棒槌打捣鬼"和第九十九回"刘二醉骂王六儿"。
⑨ 贲四嫂与西门庆私通，同时也和西门庆的贴身小厮玳安有染。
⑩ "窃玉成婚"：即第九十五回"玳安儿窃玉成婚"，"玉"即丫环小玉。
⑪ 浅着：浅薄之见。

204

割之，而并其出身之处、教习之人，皆欲致之死地而方畅①也。何则？王招宣②府内，故③金莲旧时卖入学歌学舞之处也④。今看其一腔机诈，丧廉寡耻，若云本自天生，则良心为不可必，而性善为不可据⑤也。吾知其自二、三岁时，未必便如此淫荡也。使⑥当日王招宣家男敦⑦礼义，女尚贞廉，淫声不出于口，淫色不见于目，金莲虽淫荡，亦必化而为贞女。奈何堂堂招宣，不为天子招服远人⑧，宣扬威德，而一裁缝家九岁女孩至其家，即费许多闲情，教其描眉画眼，弄粉涂朱，且教其做张做致、乔模乔样。其待小使女如此，则其仪型妻子⑨可知矣。宜乎三官⑩之不肖荒淫，林氏之荡闲踰矩⑪也。招宣实教之，夫复何尤⑫！然则招宣教一金莲，以遗害无穷，身受其害者，前有武大，后有西门，而林氏为招宣还报⑬，固其宜也。吾故曰：作者盖深恶金莲，而并恶及其出身之处，故写林太太也。然则张大户亦成⑭金莲之恶者，何以不写？曰：张二官顶补西门千户之缺⑮，而伯爵走动说娶娇儿⑯，俨然又一西门，其受报⑰亦必又有不可尽言者。则其不着笔墨处，又有无限烟波⑱，直欲又藏一部大书于无笔处也。此所谓笔不到而意到者。

十、《金瓶梅》隐写月娘之罪的用意

《金瓶》写月娘，人人谓西门氏亏⑲此一人内助，不知作者写月娘之罪，纯以

---

① 畅：畅快。
② 王招宣：《金瓶梅》等小说中的人物，为朝廷大臣，其家在清河县（即《金瓶梅》所写之地）。
③ 故：就是。
④ 潘金莲九岁丧父，母将其卖入王招宣府内学歌舞，后嫁张大户为小妾，又遭张大户妻嫉恨，谎称其为养女，嫁给既丑又穷的武大郎。
⑤ 按：此处依儒家教义反证其非自幼如此，否则，人幼时必有良心、"人之初，性本善"之说，便失依据了。
⑥ 使：假使。
⑦ 敦：（动词）笃信。
⑧ 远人：下民。
⑨ 仪型妻子：有模有样的妻与子。
⑩ 宜乎：合乎。三官：王三官，林太太之子。
⑪ 林氏：即林太太。荡闲踰矩：同"荡检逾闲"，行为放荡、不守礼法。
⑫ 招宣：即王招宣。夫：发声词，无实义。复何尤：还有什么（比这）更严重。
⑬ 还[huán]报：还以报应（按：林太太是王招宣家的媳妇，故称）。
⑭ 成：成就。
⑮ 张二官：张大户侄子。千户：西门庆生前所任官职。
⑯ 伯爵：应伯爵（西门庆生前友）。说：说媒。娇儿：李娇儿，西门庆妾。
⑰ 受报：所受报应。
⑱ 烟波：喻世态人情。
⑲ 亏：多亏、亏得。

隐笔,而人不知也。何则？良人者,妻之所仰望而终身者也。若其夫千金买妾为宗嗣①计,而月娘百依百顺,此诚《关雎》之雅②,千古贤妇人也。若③西门庆杀人之夫,劫人之妻,此真盗贼之行也。其夫为盗贼之行,而其妻不涕泣而告之,乃依违其间,视为路人,休戚不相关,而且自以好好先生为贤,其为心尚可问哉！至其于陈敬济,则作者已大书特书,月娘引贼入室④之罪可胜言哉！至后识破奸情⑤,不知所为分处⑥之计,乃白日关门,便为⑦处此已毕。后之逐敬济、送大姐、请春梅⑧,皆随风弄舵,毫无成见;而听尼宣卷⑨、胡乱烧香,全非妇女所宜。而后知"不甚读书"四字,误尽西门一生,且误尽月娘一生也。何则？使⑩西门守礼,便能以礼刑⑪其妻;今止为⑫西门不读书,所以月娘虽有为善之资⑬,而亦流于不知大礼,即其家常举动,全无举案之风⑭,而徒多眉眼之处⑮。盖写月娘,为一知学好而不知礼之妇人也。夫知学好矣,而不知礼,犹足遗害无穷,使敬济之恶归罪于己,况⑯不学好者乎！然则⑰敬济之罪,月娘成之,月娘之罪,西门庆刑于⑱之过也。

　　文章有加一倍写法,此书则善于加倍写也⑲。如写西门之热,更写蔡、宋二御史,更写六黄太尉,更写蔡太师,更写朝房,此加一倍热也。如写西门之冷,则更写一敬济在冷铺⑳中,更写蔡太师充军,更写徽、钦北狩,真是加一倍冷。要之

① 宗嗣:传宗接代。
② 《关雎》之雅:后妃之德(《关雎》:《诗经》首篇,被释为正妻不妒,即后妃之德)。
③ 若:像。
④ 按:招陈敬济为婿,乃月娘主意。
⑤ 奸情:指陈敬济与潘金莲私通。
⑥ 分处:分开住。
⑦ 为:以为。
⑧ 逐敬济、送大姐、请春梅:即赶走陈敬济、送西门大姐(西门庆之女、陈敬济之妻)回自家(即陈敬济之家)、请春梅到潘金莲房里做丫环。
⑨ 听尼宣卷:听尼姑诵经。
⑩ 使:假使。
⑪ 刑:管束。
⑫ 止为:就因为。
⑬ 资:资质。
⑭ 举案:举案齐眉,喻敬重丈夫(典出《后汉书·梁鸿传》:梁鸿妻孟光,每次为夫送饭,均将托盘举至眉间,以示敬重)。
⑮ 眉眼:挤眉弄眼,喻暗中串通。
⑯ 况:如同。
⑰ 然则:所以。
⑱ 刑于:礼法,尤指夫妻礼法(语出《诗经·大雅·思齐》:"刑于寡妻,至于兄弟,以御于家邦。")。
⑲ 加一倍:反复强调。加倍:反反复复强调。
⑳ 冷铺:乞丐住处。

加一倍热，更欲写如西门之热者何限，而西门独倚财肆恶。加一倍冷者，正欲写如西门之冷者何穷，而西门乃不早见机也。①

　　写月娘，必写其好佛者，人抑知②作者之意乎？作者开讲，早已劝人六根清净，吾知其必以"空"结此"财色"二字也。以"空"字作结，必为僧③乃可。夫西门不死，必不回头，而西门既死，又谁为僧？使④月娘于西门一死，不顾家业，即削发入山，亦何与于西门说法⑤？今必仍令西门自己受持⑥方可。夫西门已死则奈何？作者几许踟蹰，乃以孝哥儿生于西门死之一刻，卒⑦欲令其回头，受我度脱⑧。总以圣贤心发菩萨愿，欲天下无终身讳过⑨之人，人无不改之过也。夫⑩人之既死，犹望其改过于来生，然则作者之待西门何其忠厚慨恻，而劝勉于天下后世之人，何其殷殷不已也。是故既有此段大结束在胸中，若突然于后文生出一普净师幻化了去，无头无绪，一者落寻常窠臼，二者笔墨则脱落痕迹矣。故必先写月娘好佛，一路⑪尸尸闪闪，如草蛇灰线⑫；后又特笔出碧霞宫，方转到雪涧⑬，而又只一影普师⑭，迟至十年，方才复收到永福寺⑮。且于幻影中，将一部中有名人物，花开豆爆出来的⑯，复一一烟消火灭了去。盖生离死别，各人传中皆自有结，此方是一总大结束。作者直⑰欲使一部⑱千针万线，又尽幻化了还之于太虚也。然则⑲写月娘好佛，岂泛泛然为吃斋村妇闲写家常哉？此部书总妙在千里伏脉，不肯作易安之笔⑳。没笋之物㉑也，是故妙绝群书。

---

① 按：此处写"热"与写"冷"，意为写人物"得意"与写人物"落难"。
② 抑知：或知。
③ 为僧：做和尚。
④ 使：假使。
⑤ 何：何能。与于：为、予。说法：念佛。
⑥ 受持：受戒修行。
⑦ 卒：最后。
⑧ 度脱：超度解脱。按：西门庆之子孝哥儿后出家为僧。
⑨ 讳过：不认错。
⑩ 夫：发声词，无实义。
⑪ 一路：一路写来。
⑫ 尸尸闪闪：隐隐约约。草蛇灰线：意同"蛛丝马迹"。
⑬ 笔出碧霞宫，方转到雪涧：指第八十四回"吴月娘大闹碧霞宫　普静师化缘雪涧洞"。
⑭ 影普师：幻影般的普静和尚。
⑮ 指第一百回中的"普静师幻度孝哥儿"。
⑯ 花开豆爆出来的：喻书中重点写的。
⑰ 直：就是。
⑱ 一部：一丛、一堆。
⑲ 然则：所以。
⑳ 千里伏脉：原指地下龙脉，喻伏笔。易安之笔：普通稳妥写法。
㉑ 没笋之物：浑然天成之物(笋：通"榫")。

又月娘好佛,内便隐三个姑子①,许多隐谋诡计,教唆他烧夜香,吃药安胎,无所不为。则写好佛,又写月娘之隐恶也,不可不知。

十一、《金瓶梅》独写孟玉楼的用意

内中独写玉楼有结果②,何也? 盖劝③瓶儿、金莲二妇也。言不幸,所天不寿④,自己虽不能守,亦且静处金闺⑤,令媒妁说合事成,虽不免扇坟之诮⑥,然犹是孀妇常情。及嫁,而纨扇多悲⑦,亦须宽心忍耐,安于数命⑧。此玉楼俏心肠,高诸妇一着。春梅一味托大⑨,玉楼一味胆小,故后日成就。春梅必竟有失身受嗜欲之危⑩,而玉楼则一劳而永逸也。

陈敬济严州一事⑪,岂不蛇足哉? 不知作者一笔而三用也。一者为敬济堕落入冷铺作因⑫,二者为大姐⑬一死伏线,三者欲结玉楼实实遇李公子为百年知己,可偿在西门家三四年之恨也。何以见之? 玉楼不为敬济所动⑭,固是心焉李氏,而李公子宁死不舍。天下有宁死不舍之情,非⑮知己之情也哉! 可必其无《白头吟》⑯也。观玉楼之风韵嫣然,实是第一个美人,而西门乃独于一滥觞之金莲厚⑰。故写一玉楼,明明说西门为市井之徒,知好淫,而且不知好色也⑱。

---

① 姑子:婆娘。
② 玉楼有结果:即第九十一回中的"孟玉楼爱嫁李衙内"。
③ 劝:劝诫。
④ 所天不寿:指西门庆三十三岁亡。
⑤ 自己:指孟玉楼。守:守节。静处金闺:意为没有私通淫乱之事。
⑥ 扇坟:喻寡妇急于再嫁(此语出自《警世通言·庄子休鼓盆成大道》):庄子出游,见一妇人扇一新坟,问其故,答曰:"亡夫曾言,待坟土干,方可再嫁,今扇之,可速干矣。")。诮:讥诮。
⑦ 纨扇:女用绢制团扇,代指家妇。多悲:指李衙内之父听信谗言,棒打李衙内,逼休孟玉楼。
⑧ 宽心忍耐,安于数命:指孟玉楼苦求李父,终与李衙内一起回李家原籍枣强县,平安度日。
⑨ 托大:倨傲自尊。
⑩ 失身受嗜欲之危:指庞春梅嫁周守备后,仍与陈敬济私通,并与周义淫乱,终得"骨蒸痨病症",二十九岁亡。
⑪ 陈敬济严州一事:即第九十二回中的"陈敬济被陷严州府"。
⑫ 作因:设起因。
⑬ 大姐:西门大姐,陈敬济妻。
⑭ 玉楼不为敬济所动:指西门庆死后,陈敬济用早先拾得她的一枚金簪威吓她,想借此占有她。
⑮ 非:非得。
⑯ 《白头吟》:汉乐府民歌,哀叹夫妻半途相弃。
⑰ 滥觞:原为起源,此处意为败因。厚:厚待、优待。
⑱ 知好淫:只知一味交媾。不知好色:不知爱惜女色。

玉楼来西门家，合婚过礼，以视"偷娶""迎奸赴会"，何啻天壤①？其吉凶气象已自不同。其嫁李衙内，则依然合婚，行茶过礼、月娘送亲，以视"夜随来旺""王婆领出""不垂别泪"②，其明晦气象又自不同。故知作者特特写此一位真正美人，为西门不知风雅定案也。

金莲与瓶儿进门皆受辱，独玉楼自始至终无一褒贬③。噫，亦有心人哉！

十二、《金瓶梅》写的是些什么人！

西门是混账恶人，吴月娘是奸险好人，玉楼是乖人，金莲不是人，瓶儿是痴人，春梅是狂人，敬济是浮浪小人，娇儿是死人，雪娥是蠢人，宋蕙莲是不识高低的人，如意儿是顶缺之人。若王六儿与林太太等，直与李桂姐一流，总是不得叫作人。而伯爵、希大辈，皆是没良心的人。兼之蔡太师、蔡状元、宋御史，皆是枉为人也。

狮子街，乃武松报仇之地，西门几死其处④。曾不数日而子虚又受其害⑤，西门徜徉来往，俟后⑥王六儿偏又为之移居此地。赏灯偏令金莲两遍身历其处。写小人托大忘患、嗜恶不悔，一笔都尽。

十三、《金瓶梅》全得《史记》之妙

《金瓶梅》是一部《史记》。然而《史记》有独传，有合传，却是分开做的。《金瓶梅》却是一百回共成一传，而千百人总合一传，内却又断断续续，各人自有一传，固知作《金瓶》者必能作《史记》也。何则？既已为其难，又何难为其易？

---

① 以视：以此看。"偷娶"：指潘金莲，见第九回"西门庆偷娶潘金莲"。"迎奸赴会"：指李瓶儿，见第十四回"李瓶儿迎奸赴会"。何啻[chì]天壤：何止天壤之别。

② "夜随来旺"：指孙雪娥，见第九十回"来旺偷拐孙雪娥"。"王婆领出"：指潘金莲，见第八十七回"王婆子贪财忘祸　武都头杀嫂祭兄"。"不垂别泪"：指庞春梅，见第八十五回"吴月娘识破奸情　春梅姐不垂别泪"。

③ 褒贬：原意为褒扬与贬低，此处意为被人议论。

④ 几死其处：几乎死于此处（按：在《水浒传》中，武松杀西门庆于此处，然后便杀潘金莲。但在《金瓶梅》中，至第六回，武松杀西门庆和潘金莲未成。于是就有了后面虚构的人物和故事。直至第八十七回，武松才杀潘金莲，而此时，西门庆已死）。

⑤ 花子虚，李瓶儿之夫，为西门庆所害，见第十四回"花子虚因气丧身"。

⑥ 徜徉来往：安闲自得地来往（于此地）。俟[sì]后：之后。

每见批①此书者，必贬他书以褒此书。不知文章乃公共之物，此文妙，何妨彼文亦妙？我偶就此文之妙者而评之，而彼文之妙，固不掩此文之妙者也。即我自作一文，亦不得谓我之文出，而天下之文皆不妙，且不得谓天下更无妙文妙于此者。奈之何批此人之文，即若据为己有，而必使凡天下之文皆不如之。此其同心偏私狭隘，决做不出好文。夫做不出好文，又何能批人之好文哉！吾所谓《史记》易于《金瓶》，盖谓《史记》分做，而《金瓶》全做。即使龙门②复生，亦必不谓予左袒③《金瓶》。而予亦并非谓《史记》反不妙于《金瓶》，然而《金瓶》却全得《史记》之妙也。文章得失，惟有心者知之。我止④赏其文之妙，何暇论其人之为古人、为后古之人，而代彼争论、代彼廉让⑤也哉？

作小说者，概不留名，以其各有寓意⑥，或暗指⑦某人而作。夫作者既用隐恶扬善之笔，不存其人⑧之姓名，并不露自己之姓名，乃后人必欲为之寻端竟委⑨，说出名姓何哉？何其刻薄为怀也！且传闻之说，大都穿凿，不可深信。总之，作者无感慨，亦必不著书，一言尽之矣。其所欲说之人，即现在其书内。彼有感慨者，反不忍明言；我没感慨者，反必欲指出，真没搭撒⑩、没要紧也。故"别号东楼""小名庆儿"之说⑪，概置不问。即作书之人，亦止以"作者"称之。彼既不著名⑫于书，予何多赘⑬哉？近见《七才子书》⑭，满纸王四⑮，虽批者各自有意，而予则谓何不留此闲工⑯，多曲折于其文之起尽⑰也哉？偶记于此，以白⑱当世。

《史记》中有年表，《金瓶》中亦有时日也。开口云西门庆二十七岁，吴神仙相

---

① 批：评。
② 龙门：指司马迁，陕西龙门人。
③ 左袒：袒护。
④ 止：通"只"。
⑤ 廉让：谦让。
⑥ 寓意：另有所意。
⑦ 暗指：影射。
⑧ 其人：即被影射之人。
⑨ 寻端竟委：寻其究竟。
⑩ 没搭撒：没意思。
⑪ "别号东楼""小名庆儿"之说：当时有人称《金瓶梅》写西门庆是影射严嵩之子严世蕃，严世蕃别号东楼（相对西门），小名庆儿。
⑫ 著名：署名。
⑬ 多赘：多说赘述。
⑭ 《七才子书》：全称《天花藏合刻七才子书》，[清] 天花藏主人辑。
⑮ 王四：《水浒》人物，人称"赛伯当"，能说会道，但满口谎言，后世以其名代指胡说八道。
⑯ 闲工：闲工夫。
⑰ 曲折：（动词）探究。起尽：开头与结尾，指全文。
⑱ 白：告白。

210

面则二十九,至临死则三十三岁。而官哥①则生于政和四年丙申②,卒于政和五年丁酉。夫西门庆二十九岁生子,则丙申年;至三十三岁,该云庚子③,而西门乃卒于"戊戌"④。夫李瓶儿亦该云卒于政和五年,乃云"七年",此皆作者故为参差之处。何则? 此书独与他小说不同。看其三四年间,却是一日一时推着数去,无论春秋冷热,即某人生日、某人某日来请酒、某月某日请某人、某日是某节令,齐齐整整捱去⑤。若再将三五年间甲子次序排得一丝不乱,是真个与西门计⑥账簿,有如世之无目者⑦所云者也。故特特错乱其年谱,大约三五年间,其繁华⑧如此。则内云某日某节,皆历历生动,不是死板一串铃,可以排头数去。而偏又能使看者五色迷目,真有如捱着一日日过去也。此为神妙之笔。嘻,技至此亦化⑨矣哉! 真千古至文,吾不敢以小说目之也。

一百回是一回,必须放开眼光作一回读,乃知其起尽处。一百回不是一日做出,却是一日一刻创成⑩。人想其创造之时,何以至于创成,便知其内许多起尽,费许多经营、许多穿插裁剪也。

十四、如何不受《金瓶梅》之瞒

看《金瓶》,把他⑪当事实看,便被他瞒过⑫,必须把他当文章看,方不被他瞒过也。

看《金瓶》,将来⑬当他的文章看,犹须被他瞒过,必把他当自己的文章读,方不被他瞒过。

将他当自己的文章读,是矣。然又不如将他当自己才去经营的⑭文章。我

---

① 官哥:李瓶儿所生西门庆子,两岁夭折。
② 政和:宋徽宗赵佶的年号。丙申:即政和四年,为丙申年。
③ 庚子:庚子年。
④ "戊戌":"戊戌年"(书上如此写)。
⑤ 捱去:挨着。
⑥ 计:通"记"。
⑦ 世之无目者:当今瞎了眼的人。
⑧ 繁华:热闹,指发生了那么多事。
⑨ 化:化境、奇妙之境。
⑩ 一日一刻创成:一日之间构想而成。
⑪ 他:它(古时无"它"字)。
⑫ 被他瞒过:意为看到的是假,而非真。
⑬ 将来:拿来。
⑭ 才去经营的:刚开始写的。

先将心与之曲折算出①，夫而后谓之不能瞒我，方是不能瞒我也。

做文章，不过是"情理"二字。今做此一篇百回长文，亦只是"情理"二字。于一个人心中，讨②出一个人的情理，则一个人的传得③矣。虽前后夹杂众人的话，而此一人开口，是此一人的情理；非其开口便得情理，由于讨出这一人的情理方开口耳④。是故写十百千人皆如写一人，而遂洋洋乎有此一百回大书也。

十五、注意《金瓶梅》中的夹叙

《金瓶》每于极忙时⑤偏夹叙他事入内。如正未娶金莲，先插娶孟玉楼；娶玉楼时，即夹叙嫁大姐；生子时，即夹叙吴典恩借债；官哥临危时，乃有谢希大借银；瓶儿死时，乃入玉箫受约；择日出殡，乃有请六黄太尉等事；皆于百忙中，故作消闲之笔。非才富一石者⑥何以能之？外加⑦武松问傅伙计西门庆的话，百忙里说出"二两一月"等文，则又临时用轻笔讨神理⑧，不在此等章法内算也。

十六、注意《金瓶梅》中善用犯笔

《金瓶梅》妙在善于用犯笔而不犯也⑨。如写一伯爵，更写一希大，然毕竟伯爵是伯爵，希大是希大，各人的身份，各人的谈吐，一丝不紊。写一金莲，更写一瓶儿，可谓犯矣，然又始终聚散⑩，其言语举动，又各各不乱一丝。写一王六儿，偏又写一贲四嫂。写一李桂姐，偏又写一吴银姐、郑月儿。写一王婆，偏又写一薛媒婆、一冯妈妈、一文嫂儿、一陶媒婆。写一薛姑子，偏又写一王姑子、刘姑子。诸如此类，皆妙在特特犯手，却又各各一款，绝不相同也。

---

① 将心与之曲折算出：把心里想的和它一一比较。
② 讨：酝酿。
③ 传得：所得。
④ 此句意为：并非开口就有情理，而是(心中)有了情理才会开口。
⑤ 极忙时：紧要处。
⑥ 才富一石者：多才之人。
⑦ 外加：此外。
⑧ 用轻笔讨神理：灵活处理，以求生动。
⑨ 犯笔：犯忌写法，通常指写同一类人或事每每会雷同。
⑩ 始终聚散：自始至终、是合是分。

十七、《金瓶梅》中其他种种笔法

《金瓶梅》于西门庆,不作一文笔①;于月娘,不作一显笔②;于玉楼,则纯用俏笔③;于金莲,不作一钝笔④;于瓶儿,不作一深笔⑤;于春梅,纯用傲笔⑥;于敬济,不作一韵笔⑦;于大姐,不作一秀笔⑧;于伯爵,不作一呆笔⑨;于玳安儿,不着一蠢笔⑩。此所以各各皆到也。

十八、《金瓶梅》开头和结尾各置入一男一女的用意

《金瓶梅》起头放过⑪一男一女,结末又放去一男一女。如卜志道、卓丢儿,是起头放过者。楚云与李安,是结末放去者。

夫起头放过去,乃云卜志道是花子虚的署缺者⑫。不肯直出子虚,又不肯明是⑬于十个⑭中止写九个,单留一个缺,便去寻子虚的顶补。故先着一人,随手去之,以出其缺,而便于出子虚,且于出子虚时,随手出瓶儿也⑮。不然,先出子虚于十人之中,则将出瓶儿时又费笔墨。故卜志道虽为子虚署缺,又为瓶儿做楔子也。既云做一楔子,又何有顾意命名⑯之义?而又必用一名,则只云"不知道"可耳,故云"卜志道"⑰。至于丢儿,则又玉楼之署缺者。夫未娶玉楼,先娶此人,既娶玉楼,即丢开此人,是诚丢开脑后之人,故云"丢儿"也。是其起头放过者,皆意在放过那人去,放入这人来也。

---

① 文笔:文雅之语。
② 显笔:直白之语。
③ 俏笔:美好之语。
④ 钝笔:清白之语。
⑤ 深笔:深邃之语。
⑥ 傲笔:傲慢之语。
⑦ 韵笔:和谐之语。
⑧ 秀笔:清秀之语。
⑨ 呆笔:呆滞之语。
⑩ 蠢笔:愚蠢之语。
⑪ 放过:写到,却无下文。
⑫ 署缺者:暂时补缺(替代)者。
⑬ 明是:分明是。
⑭ 十个:即第一回"西门庆热结十兄弟"中的十兄弟。
⑮ 花子虚与李瓶儿是夫妻。
⑯ 顾意命名:特意取名。
⑰ "卜志道"与"不知道"谐音。

至其结末放去者,曰楚云①者,盖为西门家中彩云易散作一影字②。又见得美色无穷,人生有限,死到头来,虽有西子、王嫱③,于我何涉? 则又作者特特为起讲数语④作证也。至于李安,则又与韩爱姐同意,而又为作者十二分满许之笔⑤,写一孝子,正人义士,以作中流砥柱也。何则? 一部书中,上自蔡太师,下至侯林儿等辈,何止百有余人,并无一个好人,非迎奸卖俏之人,即附势趋炎之辈,使⑥无李安一孝子,不几使良心种子灭绝乎? 看其写李安母子相依,其一篇话头,真见得守身如玉、不敢毁伤发肤之孝子,以视西门、敬济辈,真猪狗不如之人也。然则末节放过去的两人,又放不过众人,故特特放过此二人,以深省后人⑦也。

十九、《金瓶梅》的太史公笔法

写花子虚即于开首十人中,何以不便出瓶儿哉? 夫作者于提笔时,固先有一瓶儿在其意中也。先有一瓶儿在其意中,其后如何偷期、如何迎奸、如何另嫁竹山、如何转嫁西门⑧,其着数俱已算就⑨。然后想到其夫,当令何名,夫不过令其应名而已,则将来虽有如无,故名之曰"子虚"。瓶本为花而有,故即姓花。忽然于出笔时,乃想叙西门氏正传也。于叙西门传中,不出瓶儿,何以入此公案⑩? 特叙瓶儿,则叙西门起头时,何以⑪说隔壁一家姓花名某,某妻姓李名某也? 此无头绪之笔,必不能入也。然则俟⑫金莲进门再叙何如? 夫他⑬小说,便有一件件叙去,另起头绪于中,惟《金瓶梅》,纯是太史公笔法。夫龙门文字中,岂有于一

---

① 楚云:苗青为西门庆准备的十六岁绝色美女。
② 彩云易散:喻好景不长。影字:影子。
③ 西子、王嫱:西施、王昭君。
④ 起讲数语:即第一回开头:"诗曰:豪华去后行人绝,箫筝不响歌喉咽。雄剑无威光彩沉,宝琴零落金星灭。玉阶寂寞坠秋露,月照当时歌舞处。当时歌舞人不回,化为今日西陵灰。"
⑤ 同意:同样意思。十二分满许之笔:极为受人赞赏的写法。
⑥ 使:假使。
⑦ 深省后人:使后人深省。
⑧ 如何偷期、如何迎奸:见第十三回"李瓶姐墙头密约"和第十四回"李瓶儿迎奸赴会"。如何另嫁竹山、如何转嫁西门:见第十七回"李瓶儿许嫁蒋竹山"和第十九回"李瓶儿情感西门庆"。
⑨ 算就:想好。
⑩ 入此公案:当作一回事。
⑪ 何以:怎么。
⑫ 然则:那么。俟[sì]:等。
⑬ 他:其他。

篇特特着意写之人，且十分有八分写此人，而于开卷第一回中不总出枢纽①，如衣之领，如花之蒂，而谓之太史公之文哉？近人作一本传奇②，于起头数折，亦必将有名人数点到，况《金瓶梅》为海内奇书哉！然则作者又不能自己另出头绪说，势必借结弟兄时，入花子虚也。夫使无伯爵一班人先与西门打热，则弟兄又何由而结？使写子虚亦在十人数内，终朝相见，则于第一回中西门与伯爵会时，子虚系你知我见之人，何以开口便提起"他家二嫂"③？即提起二嫂，何以忽说"与咱院子止隔一墙"？而二嫂又何如好也哉？故用写子虚为会外之人，今日拉其入会，而因其邻墙，乃用西门数语，则瓶儿已出。邻墙已明，不言之表，子虚一家皆跃然纸上。因又算到不用卜志道之死，又何因想起拉子虚入会？作者纯以神工鬼斧之笔行文，故曲曲折折，止令看者迷目，而不令其窥彼金针之一度④。吾故曰：纯是龙门文字。每于此等文字，使我悉心其中，曲曲折折，为之出入其起尽。何⑤异人，五岳三岛，尽览奇胜！我心乐此，不为疲也。

《金瓶》内，即一笑谈、一小曲，皆因时致宜，或直出本回之意，或足⑥前回，或透下回，当于其下另自分注⑦也。

《金瓶梅》一书，于作文之法无所不备，一时亦难细说，当各于本回前著明之⑧。

二十、《金瓶梅》有淫话，但非淫书

《金瓶梅》说淫话，止是金莲与王六儿处多，其次则瓶儿，他⑨如月娘、玉楼止一见，而春梅则惟于点染处⑩描写之。何也？写月娘，惟"扫雪"前一夜⑪，所以丑⑫月娘、丑西门也。写玉楼，惟于"含酸"一夜⑬，所以表玉楼之屈，而亦以丑西

---

① 枢纽：喻关键词语。
② 传奇：指明传奇，即明代戏曲。
③ "他家二嫂"：即李瓶儿。
④ 金针之一度：妙法之一用（金针：喻手法）。
⑤ 何：何等。
⑥ 足：涉。
⑦ 另自分注：另行说明。
⑧ 各于本回前著明之：分别在相关回目前予以说明。
⑨ 他：其他。
⑩ 点染处：渲染处。
⑪ "扫雪"前一夜：见第二十一回"吴月娘扫雪烹茶"。
⑫ 丑：（动词）使……出丑。
⑬ "含酸"一夜：见第七十五回"因抱恙玉姐含酸"。

门也。是皆非写其淫荡之本意也。至于春梅,欲留之为炎凉翻案^①,故不得不留其身份,而止用影写^②也。至于百般无耻、十分不堪,有桂姐、月儿不能出之于口者,皆自金莲、六儿口中出之。其难堪^③为何如?此作者深罪西门,见得如此狗彘^④,乃偏喜之,真不是人也。故王六儿、潘金莲有日一齐动手,西门死矣。此作者之深意也。至于瓶儿,虽能忍耐,乃自讨苦吃,不关人事^⑤,而气死子虚,迎奸转嫁,亦去金莲不远,故亦不妨为之弛张丑态。但瓶儿弱而金莲狠,故写瓶儿之淫,略较金莲可些^⑥。而亦早自丧其命于试药之时,甚言女人贪色,不害人即自害也。吁,可畏哉!若蕙莲、如意辈,有何品行?故不妨唐突^⑦。而王招宣府内林太太者,我固云为金莲波及,则欲报应之人,又何妨唐突哉!

《金瓶梅》不可零星看,如零星,便止看其淫处也。故必尽数日之间,一气看完,方知作者起伏层次,贯通气脉,为一线穿下来也。

凡人谓《金瓶》是淫书者,想必伊^⑧止知看其淫处也。若我看此书,纯是一部史公文字。

做《金瓶梅》之人,若令其做忠臣孝子之文,彼必能又出手眼^⑨,摹神肖影,追魂取魄,另做出一篇忠孝文字也。我何以知之?我于其摹写奸夫淫妇知之。

今有和尚读《金瓶》,人必叱之,彼和尚亦必避人偷看,不知真正和尚方许他读《金瓶梅》。

今有读书者看《金瓶》,无论其父母、师傅禁止之,即其自己亦不敢对人读^⑩。不知真正读书者,方能看《金瓶梅》,其避人读者,乃真正看淫书也。

二十一、《金瓶梅》所写,有真有假

作《金瓶》者,乃善才化身,故能百千解脱,色色皆到。不然正难梦见^⑪。

---

① 为炎凉翻案:为示世态多凉反复。
② 影写:隐约写到。
③ 其难堪:指潘金莲、王六儿与西门庆交媾时淫话连篇。
④ 狗彘[zhì]:猪狗。
⑤ 不关人事:不省人事,意为不懂人情世故。
⑥ 可些:可取一些。
⑦ 唐突:冒犯、亵渎(意为写其丑态)。
⑧ 伊:彼(他、她)。
⑨ 手眼:手段与眼光。
⑩ 对人读:当着别人的面读。
⑪ 正难梦见:正是做梦也难见到(如此"百千解脱,色色皆到")。

作《金瓶》者，必能转身证菩萨果①。盖其立言处，纯是麟角凤嘴②文字故也。

作《金瓶梅》者，必曾于患难穷愁，人情世故，一一经历过，人世最深，方能为众脚色③摹神了。

作《金瓶梅》，若果必待色色历遍才有此书，则《金瓶梅》又必做不成也。何则？即如诸淫妇偷汉，种种不同，若必待身亲历而后知之，将何以经历哉？故知才子无所不通，专在一心也。

一心所通，实又真个现身④一番，方说得一番。然则其写诸淫妇，真乃各现淫妇人身⑤，为人说法者也。

其书凡有描写，莫不各尽人情。然则⑥真千百化身，现各色人等，为之说法者也。

其各尽人情，莫不各得天道。即千古算来，天之祸淫福善、颠倒权奸⑦处，确乎如此。读之，似有一人亲曾执笔，在清河县⑧前、西门家里，大大小小、前前后后、碟儿碗儿，一一记之，似真有其事，不敢谓为操笔伸纸做出来的。吾故曰：得天道也。

二十二、读《金瓶梅》，当看其何处？

读《金瓶》，当看其白描⑨处。子弟能看其白描处，必能自做出异样省力巧妙文字来也。

读《金瓶》，当看其脱卸⑩处。子弟看其脱卸处，必能自出手眼，作过节⑪文字也。

读《金瓶》，当看其避难⑫处。子弟看其避难就易处，必能放重笔、拿轻笔，异

---

① 转身证菩萨果：成佛。
② 麟角凤嘴：喻珍奇。
③ 脚色：角色、人物。
④ 现身：现身说法，此处指塑造人物形象。
⑤ 人身：形象。
⑥ 然则：所以。
⑦ 祸淫福善：使淫者有祸，善者有福。颠倒权奸：颠覆权重一时的奸臣。
⑧ 清河县：《金瓶梅》所写之地，今属河北省。
⑨ 白描：用简练文字描写。
⑩ 脱卸：脱开一事，转写另一事。
⑪ 过节：过渡。
⑫ 避难：避开难点。

样使乖脱滑①也。

读《金瓶》,当看其手闲事忙②处。子弟会得,便许作繁衍文字③也。

读《金瓶》,当看其穿插④处。子弟会得,便许他作花团锦簇、五色迷人的文字也。

读《金瓶》,当看其结穴发脉、关锁照应⑤处。子弟会得,才许他读《左》《国》《庄》《骚》《史》《子》⑥也。

读《金瓶》,当知其用意处。夫会得其处处所以用意处,方许他读《金瓶梅》,方许他自言读文字⑦也。

二十三、读《金瓶梅》,当看其妙文

幼时在馆中读文,见窗友为先生夏楚云⑧:"我教你字字想来,不曾教你囫轮⑨吞。"予时尚幼,旁听此言,即深自儆省⑩。于念文时,即一字一字作昆腔曲,拖长声,调转数四念之,而心中必将此一字念到是我用出的一字方罢。犹记念⑪的是"好古敏以求之"⑫一句的文字,如此不三日,先生出会课题⑬,乃"君子矜而不争"⑭,予自觉做时不甚怯力而文成。先生大惊,以为抄写他人,不然何进益之速? 予亦不能白⑮。后先生留心验予动静,见予念文,以头伏桌,一手指文,一字一字唱之,乃大喜曰:"子不我欺⑯。"且回顾同窗辈曰:"尔辈不若也。"

今⑰本不通,然思读书之法,断不可成片念过去。岂但读文,即如读《金瓶

---

① 使乖脱滑:意同"驾轻以熟"。
② 手闲事忙:词少意多,即寥寥数笔,写出众多事物。
③ 繁衍文字:长篇著作。
④ 穿插:交错安插。
⑤ 结穴发脉:要点与发挥。关锁照应:相关相连。
⑥ 《左》《国》《庄》《骚》《史》《子》:《春秋左传》《战国策》《庄子》《离骚》《史记》《诸子百家》。
⑦ 读文字:读书。
⑧ 窗友:同窗、同学。为先生夏楚云:被先生夏楚说。
⑨ 囫轮:同"囫囵"。
⑩ 儆[jǐng]省[xǐng]:反省。
⑪ 记念:记住和念想。
⑫ "好古敏以求之":语出《论语·述而》:"子曰:吾非生而知之者。好古敏以求之者也。"
⑬ 会课题:考题。
⑭ "君子矜而不争":语出《论语·卫灵公》:"子曰:君子矜而不争,群而不党。"
⑮ 白:告白、说明。
⑯ 子不我欺:(文言"不"字后倒置)子不欺我(如"时不我待")。
⑰ 今:发声词,无实义。

218

梅》小说,若连片念去,便味如嚼蜡,止见满篇老婆舌头而已,安能知其为妙文也哉!夫不看其妙文,然则止要看其妙事乎?是可一大揶揄①。

读《金瓶》,必须静坐三月方可。否则眼光模糊,不能激射得到②。

二十四、心粗气浮者,不可读《金瓶梅》

才不高,由于心粗;心粗,由于气浮。心粗则气浮;气愈浮,则心愈粗。岂但做不出好文,并亦看不出好文。遇此等人,切不可将《金瓶梅》与他读。

二十五、读《金瓶梅》而文字无长进者,不如去耕田

未读《金瓶梅》,而文字如是③。既读《金瓶梅》,而文字犹如是。此人直须焚其笔砚,扶犁耕田为大快活,不必再来弄笔砚,自讨苦吃也。

二十六、《金瓶梅》所教,空也,但也非空到底

做书者是诚才子矣,然到底是菩萨学问,不是圣贤学问④,盖其专教人空也。若再进一步,到不空的所在,其书便不是这样做也。

《金瓶》以空结,看来亦不是空到底的,看他以孝哥结⑤,便知。然则⑥所云"幻化"⑦,乃是以孝化⑧百恶耳。

二十七、《金瓶梅》是真正彻悟

《金瓶梅》到底有一种愤懑的气象⑨,然则《金瓶梅》断断⑩是龙门再世。

---

① 是:此。一大揶揄:一大笑话。
② 激射得到:敏锐看到。
③ 文字如是:作文如此(水准)。
④ 菩萨学问:看空。圣贤学问:求知。
⑤ 结:结束。
⑥ 然则:因而。
⑦ 幻化:万物之变幻、变化。
⑧ 化:感化。
⑨ 气象:情绪。
⑩ 断断:肯定。

《金瓶梅》是部改过的书，观其以爱姐结，便知。盖欲以三年之艾，治七年之病①也。

《金瓶梅》究竟是大彻悟的人做的，故其中将僧尼之不肖处，一一写出。此方是真正菩萨，真正彻悟。

《金瓶梅》倘他当日发心②不做此一篇市井的文字，他必能另出韵笔，作花娇月媚如《西厢》等文字也。

二十八、不会做文的人，不可读《金瓶梅》

《金瓶》必不可使不会做文的人读。夫不会做文字人读，则真有如俗云"读了《金瓶梅》"③也。会做文字的人读《金瓶》，纯是读《史记》。

二十九、妇女不可读《金瓶梅》

《金瓶梅》切不可令妇女看见。世有销金帐底④，浅斟低唱之下⑤，念一回⑥于妻妾听者多多矣。不知男子中尚少知劝戒观感之人⑦，彼女子中能观感者几人哉？少有效法⑧，奈何奈何！至于其文法笔法，又非女子中所能学，亦不必学。即⑨有精通书史者，则当以《左》《国》《风》《雅》《经》《史》与之读也。然则，《金瓶梅》是不可看之书也，我又何以批之⑩以误世哉？不知我正以《金瓶》为不可不看之妙文，特为妇人必不可看之书，恐前人呕心呕血做这妙文，虽本自娱，实亦欲娱千百世之锦绣才子者，乃为俗人所掩⑪，尽付流水，是谓人误《金瓶》⑫。何以谓西

---

① 以三年之艾，治七年之病：以良药治痼疾，语出《孟子·离娄上》："今之欲王者，犹七年之病，求三年之艾也。"艾：艾草。三年枯艾，被视为良药。
② 发心：意欲。
③ "读了《金瓶梅》"：意为低俗下流。
④ 销金帐底：在交媾前的床帐里（销金帐：代指男女交媾之床）。
⑤ 浅斟低唱之下：喝点酒、哼哼小曲之后。
⑥ 念一回：念《金瓶梅》中的一回。
⑦ 知劝戒观感之人：懂得劝诫、感化之人（即真正懂得《金瓶梅》之人）。
⑧ 效法：学会。
⑨ 即：即使。
⑩ 批之：批驳。
⑪ 掩：攫取。
⑫ 人误《金瓶》：错读《金瓶》。

门庆误《金瓶》？使①看官不作西门的事读，全以我此日文心，逆取②他当日的妙笔，则胜如读一部《史记》。乃无如③开卷便止知看西门庆如何如何，全不知作者行文的一片苦心，是故谓之西门庆误《金瓶梅》。然则仍依旧看官误看了西门庆的《金瓶梅》，不知为作者的《金瓶》也。常见一人批《金瓶梅》曰："此西门之大账簿。"其两眼无珠，可发一笑。夫伊于甚年月日④，见作者雇工于西门庆家写账簿哉？有读至敬济"弄一得双"⑤，乃为西门大愤曰："何其剖其双珠⑥！"不知先生又错了也。金莲原非西门所固有，而作者特写一春梅，亦非欲为西门庆所能常有之人而写之也。此自是作者妙笔妙撰，以行此妙文，何劳先生为之旁生瞎气⑦哉？故读《金瓶》者多，不善读《金瓶》者亦多。予因不揣⑧，乃急欲批以请教。虽不敢谓能探作者之底里，然正因作者叫屈不歇，故不择狂瞽⑨，代为争之。且欲使有志作文者，同醒一醒长日睡魔，少补⑩文家之法律也。谁曰不宜？

三十、《金瓶梅》上半截热，下半截冷

《金瓶》是两半截书。上半截热，下半截冷⑪；上半热中有冷，下半冷中有热。

三十一、《金瓶梅》因一人写及一县

《金瓶梅》因西门庆一分人家⑫，写好几分人家。如武大一家、花子虚一家、乔大户一家、陈洪一家、吴大舅一家、张大户一家、王招宣一家、应伯爵一家、周守备一家、何千户一家、夏提刑一家。他⑬如悴云峰，在东京，不算。伙计家以及女

---

① 使：假使。
② 逆取：本为一种疗法，即反向而治，此处意为换一角度关注。
③ 无如：无知者。
④ 甚年月日：何年何月何日。
⑤ "弄一得双"：即第八十二回"陈敬济弄一得双　潘金莲热心冷面"。
⑥ 何其剖其双珠：简直毁了他两个宝贝。
⑦ 旁生瞎气：额外胡乱生气。
⑧ 不揣：不揣冒昧。
⑨ 不择狂瞽[gǔ]：不管别人说我狂妄和盲目(瞽：瞎眼)。
⑩ 少补：稍补。
⑪ 热：热讽。冷：冷嘲。
⑫ 一分人家：一户人家。
⑬ 他：其他。

眷不往来者,不算。凡这几家,大约清河县官员大户,屈指已遍。而因一人写及一县,吁!元恶大憝①,论此回有几家全倾其手,深遭荼毒也?可恨,可恨!

三十二、《金瓶梅》写西门庆无亲无故的用意

《金瓶梅》写西门庆无一亲人,上无父母,下无子孙,中无兄弟。幸而月娘犹不以继室自居②。设也,月娘因金莲终不通言对面③,吾不知西门庆何乐乎为人也。乃于此④不自改过自修,且肆恶无忌,宜乎⑤就死不悔也。

书内写西门许多亲戚,通是假的。如乔亲家,假亲家也。翟亲家,愈假之亲家也。杨姑娘⑥,谁氏之姑娘?假之姑娘也。应二哥,假兄弟也。谢子纯,假朋友也。至于花大舅、二舅,更属可笑,真假到没文理处⑦也。敬济两番披麻戴孝,假孝子也。至于沈姨夫、韩姨夫,不闻有姨娘⑧来,亦是假姨夫矣。惟吴大舅、二舅⑨,而二舅又如鬼如蜮⑩,吴大舅少可⑪,故后卒得吴大舅略略照应也⑫。彼西门氏并无一人,天之报施⑬亦惨,而文人恶之者⑭亦毒矣。奈何世人于一本九族之亲⑮,乃漠然视之,且恨不排挤而去之,是何肺腑⑯?

《金瓶》何以必写西门庆孤身一人,无一着己亲⑰哉?盖必如此,方见得其起头热得可笑,后文一冷⑱,便冷到彻底,再不能热也。作者直欲使此清河县之西

---

① 元恶大憝[dūn]:即元凶(大憝:宋徽宗初年宰相章惇、御史中丞安惇,人称大惇、小惇,因其作恶多端,后世以其名代指恶行)。
② 继室:亦称填房,即第一任妻死后而娶的第二任妻(按:西门庆娶吴月娘前已婚,其原配妻生女儿西门大姐,后亡。此句意为:吴月娘虽是填房,但她却表现得像西门庆的原配妻一样,这至少使西门庆总算还有一个"亲人")。
③ 设也:假设。因金莲:因(西门庆娶)潘金莲。终不通言对面:一直不(与西门庆)面对面说话。
④ 乃:然而。于此:指吴月娘"不以继室自居",对他像原配妻子一样。
⑤ 宜乎:真是。
⑥ 姑娘:姑妈。
⑦ 假到没文理处:假到连说也说不通。
⑧ 姨娘:姨妈。
⑨ 吴大舅、二舅:吴月娘的两个兄弟。
⑩ 如鬼如蜮[yù]:如鬼如妖,意为没有人样。
⑪ 少可:稍可。
⑫ 卒:终。略略照应:指西门庆死后,吴大舅稍稍帮了吴月娘一下。
⑬ 西门氏:西门家。报施:报应。
⑭ 文人恶之者:指《金瓶梅》作者对其令人憎恶的描述。
⑮ 本:本是。九族:泛指亲属。
⑯ 肺腑:用心。
⑰ 着己亲:有血缘关系的亲属。
⑱ 热:发迹。冷:败落。

门氏冷到彻底,并无一人。虽属寓言,然而其恨此等人,直使之千百年后,永不复望一复燃之灰。吁!文人亦狠矣哉!

三十三、《金瓶梅》中没有一个好女人

《金瓶》内有一李安,是个孝子,却还有一个王杏庵,是个义士。安童是个义仆,黄通判是个益友,曾御史是忠臣,武二郎是个豪杰悌弟①。谁谓一片淫欲世界中,天命民懿②为尽灭绝也哉?

《金瓶》虽有许多好人,却都是男人,并无一个好女人。屈指不二色的③,要算月娘一个。然却不知妇道以礼持家,往往惹出事端。至于爱姐,晚节固可佳,乃又守得不正经的节,且早年亦难清白④。他⑤如葛翠屏,娘家领去,作者固未定其末路,安能必之⑥也哉?甚矣⑦,妇人阴性,虽岂无贞烈者,然而失守者易,且又在各人家教⑧。观于此,可以禀型于之惧⑨矣,齐家者⑩可不慎哉?

三十四、在《金瓶梅》中,真人、活佛均敌不过春药

《金瓶梅》内却有两个真人⑪、一尊活佛⑫,然而总不能救一个妖僧之流毒。妖僧为谁?施春药者也。

武大毒药,既出之西门庆家,则西门毒药,固有人现身而来⑬。神仙、真人、活佛,亦安能逆天而救之也哉!

---

① 悌弟:敬兄之弟。
② 天命民懿[yì]:人之天生美德(民:人。懿:美德)。
③ 不二色的:忠于丈夫的。
④ 守得不正经的节:韩爱姐为陈敬济守节,而陈敬济是个不正经的人,故称。早年亦难清白:指韩爱姐早年是妓女。
⑤ 他:其他。
⑥ 必之:肯定。
⑦ 甚矣:确实。
⑧ 在各人家教:在不同人家受教。
⑨ 以禀型于之惧:以其禀性而令人害怕。
⑩ 齐家者:欲使家庭和睦者。
⑪ 真人:得道的道士(此处指吴神仙和黄真人)。
⑫ 活佛:彻悟的和尚(此处指普静)。
⑬ 见第四十九回"遇胡僧现身施药"。

三十五、读《金瓶梅》，必须如此

读《金瓶》，不可呆看，一呆看便错了。

读《金瓶》，必须置唾壶于侧，庶便于击①。

读《金瓶》，必须列宝剑于右，或可划空泄愤。

读《金瓶》，必须悬明镜于前，庶能圆满照见。

读《金瓶》，必置大白②于左，庶可痛饮，以消此世情之恶。

读《金瓶》，必置名香于几③，庶可遥谢前人，感其作妙文，曲曲折折以娱我。

读《金瓶》，必须置香茗于案，以奠④作者苦心。

三十六、《金瓶梅》到底不敢以"空"字诬圣贤

《金瓶》亦并不晓得有甚圆通，我亦正批⑤其不晓有甚圆通处也。

《金瓶》以"空"字起结，我亦批其以"空"字起结而已，到底不敢以"空"字诬我圣贤⑥也。

《金瓶》处处体贴人情天理，此是其真能悟彻了，此是其不"空"处也。

三十七、总结：《金瓶梅》是惩戒之书

《金瓶梅》是大手笔，却是极细的心思做出来者。

《金瓶梅》是部惩人的书，故谓之戒律亦可。虽然又云《金瓶梅》是部人世的书，然谓之出世的书亦无不可。

金、瓶、梅三字连贯者，是作者自喻⑦。此书内虽包藏许多春色⑧，却一朵一

---

① 唾壶：痰盂。庶：庶几、或许。击：啐，吐口水，即"呸！"。

② 大白：白酒。

③ 名香：最好的香。几：小桌，如"茶几"。

④ 香茗：好茶。奠：(以茶代酒)祭奠。

⑤ 甚：什么。圆通：灵活变通。批：批注。

⑥ 诬：谎称。我圣贤：指孔孟（按：佛教言"四大皆空"，孔孟言"仁义廉耻"，非"空"，故称"诬"）。

⑦ 自喻：自作比喻（按：金、瓶、梅三字，分开指潘金莲、李瓶儿、庞春梅三人，合则"金瓶梅"，即"金瓶"里的一枝"梅"，即后文所称"春色"）。

⑧ 春色：喻男女情色。

朵,一瓣一瓣,费尽春工,当注之金瓶,流香芝室,为千古锦绣才子作案头佳玩,断不可使村夫俗子作枕头物也。噫! 夫金瓶、梅花,全凭人力以补天王^①,则又如此书处处以文章夺化工之巧^②也。

此书为继《杀狗记》^③而作。看他随处影写^④兄弟,如:何九之弟何十、杨大郎之弟杨二郎、周秀之弟周宣、韩道国之弟韩二捣鬼,惟西门庆、陈敬济无兄弟可想。

以玉楼弹阮^⑤起、爱姐抱阮^⑥结,乃是作者满肚皮倡狂之泪^⑦没处洒落,故以《金瓶梅》为大哭地也。

---

① 天王:天神。

② 夺:得。化工之巧:造化之工巧。

③ 《杀狗记》:元末明初"四大传奇"之一,作者不详,全剧三十六出,写富豪子弟孙华与市井无赖柳龙卿、胡子传交往,把同胞兄弟孙荣赶出家门。孙华的妻子杨月贞屡劝不听,便杀了一条狗,伪装成死尸放置门外。孙华深夜归来,大惊,急忙去找柳龙卿、胡子传,柳、胡推脱不管。孙荣却不记前恨,帮他把"尸首"埋掉,使孙华深受感动,于是兄弟重新和好。

④ 影写:摹写、描摹。

⑤ 玉楼:孟玉楼。弹阮:弹琴(阮:乐器,也称"月琴")。

⑥ 爱姐:韩爱姐。抱阮:抱琴,犹弹琴。

⑦ 倡狂:同"猖狂",猛烈而不可抑制。

《金瓶梅》寓意说①

[清] 张竹坡

李瓶儿、庞春梅、潘金莲寓意

稗官②者，寓言也。其假捏一人，幻造一事，虽为风影之谈，亦必依山点石，借海扬波。故《金瓶》一部，有名人物，不下百数，为之寻端竟委③，大半皆属寓言。庶④因物有名，托名摭事⑤，以成此一百回曲曲折折之书。如西门庆、潘金莲、王婆、武大、武二，《水浒传》中原有之人，《金瓶》因之者无论⑥。然则何以有瓶、梅⑦哉？瓶因庆生⑧也。盖云贪欲嗜恶，百骸枯尽，瓶之罄⑨矣。特特撰出瓶儿，直令千古风流人同声一哭。因瓶生情，则花瓶，而子虚⑩姓花；银瓶而银姐⑪名银。瓶与屏通，窥春必于隙底⑫。屏号芙蓉，"玩赏芙蓉亭"盖为瓶儿插笋⑬。

---

① 本文选自苹华堂刊《皋鹤堂批评第一奇书〈金瓶梅〉》卷首。文中标题系本书选注者所加。本文要点：《金瓶梅》中的人名，大半皆有寓意，如李瓶儿，寓花瓶之意，其丈夫即姓花，"故瓶儿好倒插花"；又如潘金莲，"莲"与"苂"[jì]同类，"苂"与"妓"谐音。还有如吴月娘、李娇儿、贲四嫂、林太太、孟玉楼等，也均有寓意。至于西门庆的儿子孝哥，则寓"惟孝可以消除万恶"之意，其剃度出家，又寓"为西门庆赎罪"之意。
② 稗官：小说。
③ 寻端竟委：寻根究底。
④ 庶：庶几、或许。
⑤ 因物有名，托名摭[zhí]事：因人物有名(即已为人知)，借此编造故事。
⑥ 因之者无论：因袭《水浒传》不用说。
⑦ 然则：那么。瓶、梅：李瓶儿、庞春梅。
⑧ 庆：西门庆。生：产生。
⑨ 罄：空。
⑩ 子虚：花子虚，李瓶儿丈夫。
⑪ 银姐：即吴银儿，花子虚包占的丽春院名妓。
⑫ "屏"：屏风。窥春：偷情。隙底：(屏风)隙间底下。见第十三回："李瓶姐墙头密约　迎春儿隙底私窥"。
⑬ 号：外号、也称。"玩赏芙蓉亭"：指第十回"义士冲配孟州道　妻妾玩赏芙蓉亭"。瓶儿：李瓶儿。插笋：插入(笋：通"榫"。按：关于李瓶儿的情况，是在这一回中插入的)。

而"私窥"一回卷首同内，必云"绣面芙蓉一笑开"①。后"玩灯"一回"灯赋"内②，荷花灯、芙蓉灯，盖金、瓶合传，是因瓶假屏，又因屏假芙蓉，浸淫③以入于幻也。屏、风二字相连，则冯妈妈必随瓶儿④，而当大理屏风，又点睛妙笔矣。芙蓉栽以正月，艳冶⑤于中秋，摇落于九月，故瓶儿必生于正月十五，嫁以八月二十五，后病必于重阳，死以十月，总是"芙蓉谱"内时候。墙头物⑥去，亲事杳然，瓶儿悔矣，故蒋文蕙⑦将闻悔而来也者⑧。然瓶儿终非所据，必致逐散，故又号竹山⑨。总是瓶儿心事中生出此一人⑩。如意为瓶儿后身，故为熊氏姓张⑪。熊之所贵者胆也，是如意乃瓶胆一张耳。故瓶儿好倒插花⑫，如意"茎露独尝"⑬，皆瓶与瓶胆之本色情景。官哥幻其名⑭，意亦皆官窑哥窑，故以雪贼死之⑮。瓶遇猫击，焉能不碎⑯？银瓶坠井⑰，千古伤心。故解衣而瓶儿死，托梦必于何家⑱，银瓶失水矣，竹篮打水，成何益哉？故用何家蓝氏作意中人，以送西门之死⑲，亦瓶之余意也。

至于梅，又因瓶而生，何则？瓶里梅花，春光无几。则瓶磬⑳喻骨髓暗枯，瓶

---

① "私窥"一回：即第十三回"李瓶姐墙头密约　迎春儿隙底私窥"。卷首同内：卷首和卷内同。"绣面芙蓉一笑开"：见第十三回卷首"词曰"。
② "玩灯"一回：第十五回"佳人笑赏玩灯楼　狎客帮嫖丽春园"。"灯赋"：即作者插入的一段描写灯会的词赋，其中有"金屏灯、玉楼灯见一片珠玑；荷花灯、芙蓉灯散千围锦绣"词句。
③ 浸淫：渲染。
④ 屏：与"瓶"谐音。风：与"冯"谐音。见第三十七回"冯妈妈说嫁韩爱姐　西门庆包占王六儿"。
⑤ 艳冶：开花。
⑥ 墙头物：指西门庆。见第十三回"李瓶姐墙头密约　迎春儿隙底私窥"。
⑦ 蒋文蕙：即蒋竹山。
⑧ 蒋竹山欲娶李瓶儿。见第十七回"宇给事劾倒杨提督　李瓶儿许嫁蒋竹山"。
⑨ 竹山：与"逐散"谐音。
⑩ 此一人：指西门庆。
⑪ 如意：西门庆儿子官哥的奶妈，私通西门庆。熊氏姓张：如意丈夫姓熊，故为熊氏，本姓章，谐音"张"。
⑫ 好：喜好。倒插花：性交姿式，即女在上，男在下。
⑬ "茎露独尝"：吮吸精液，见第七十八回"林太太鸳帏再战　如意儿茎露独尝"。
⑭ 幻其名：其名隐约所指。
⑮ 官窑哥窑："窑"与"夭"谐音。以雪贼死之：官哥不到两岁，被潘金莲房中养的一只白狮子猫吓死(雪贼：白猫)。
⑯ 瓶：(双关)既指花瓶，又指李瓶儿。猫击：指官哥被白猫吓死。碎：(双关)既指花瓶碎，又指李瓶儿(官哥母)心碎。
⑰ 银瓶坠井：喻夫妻被迫分离，典出白居易《井底引银瓶》诗，此处指李瓶儿死。
⑱ 解衣而瓶儿死：分别见第四十五回"应伯爵劝当铜锣　李瓶儿解衣银姐"和第六十二回"潘道士法遣黄巾士　西门庆大哭李瓶儿"。托梦必于何家：见第七十一回"李瓶儿何家托梦　提刑官引奏朝仪"。
⑲ 何家蓝氏：何千户妻蓝氏，与西门庆私通。意中人：合适之人。以送西门之死：西门庆纵欲过度，身体虚弱，本还不足以死，但因吃了何千户所介绍刘桔斋开的药，一命呜呼。
⑳ 瓶磬：瓶空。

梅又喻衰朽在即。梅、雪不相下①，故春梅宠而雪娥②辱，春梅正位③而雪娥愈辱④。月为梅花主人⑤，故永福相逢⑥，必云故主。而吴典恩之事，必用春梅襄事⑦。冬梅为奇寒所迫，至春吐气，故"不垂别泪"⑧，乃作者一腔炎凉痛恨发于笔端。至周、舟同音，春梅归之⑨，为载花舟⑩。秀、臭同音⑪，春梅遗臭，载花舟且作粪舟。而周义乃野渡无人、中流荡漾⑫，故永福寺里，普净座前，必用周义转世为高留住儿⑬，言须一蒿留住，方登彼岸⑭。

然则⑮金莲，岂尽无寓意哉？莲与芰，类也⑯。陈，旧也，败也；敬、茎同音。败茎菱荷，言莲之下场头⑰。故金莲以敬济而败，"侥幸得金莲"，芰芰之罪⑱。西门乃"打铁棍"⑲。铁棍，黄茎影也⑳。舍根而罪影㉑，所谓糊涂。败茎不耐风霜，故至严州，而铁指甲一折即下㉒。幸徐封相救，风少劲即吹去矣㉓。次后过街鼠

---

① 相下：相让。
② 雪娥：孙雪娥，西门庆第四妾。
③ 春梅正位：指春梅嫁周守备，生子后扶为正室。
④ 雪娥愈辱：指雪娥最终被卖为娼。
⑤ 月：月娘。梅花：春梅。
⑥ 永福：永福寺。
⑦ 吴典恩之事：吴典恩是西门庆家的临时主管，西门庆死后，他到官府谋了一份巡简的差事(即巡警)，并借此差事，敲诈吴月娘。吴月娘只得求助于已嫁周守备的春梅，请周守备出面，平息此事。襄事：成事。
⑧ "不垂别泪"：见第八十五回"吴月娘识破奸情　春梅姐不垂别泪"。
⑨ 至：至于。周、舟同音：指周守备之周，与舟谐音。归之：嫁之。
⑩ 载花舟：迎亲之舟。
⑪ 秀、臭[xiù]同音：周守备名秀(守备是为其官职)，其秀与臭谐音。
⑫ 周义：周守备之仆周忠之子，与比他大十九岁的春梅私通。野渡无人：野渡无人舟自横([唐]韦应物《滁州西涧》诗中句)，舟、周谐音。中流荡漾：中流荡漾莲舟舞([宋]赵磻老《满江红》词中句)，舟、周谐音。按：舟(周)自横、莲舟(周)舞，喻其浪荡不安。
⑬ 转世：投胎。高留住儿：见《金瓶梅》第一百回"韩爱姐路遇二捣鬼　普静师幻度孝哥儿"："又见一小男子，自言周义，'亦被打死，蒙师荐拔，今往东京城外高家为男，名高留住儿，托生去也。'"因周(舟)浪荡不安，投胎为高(篙)留住。按：在这最后一回中，书中主要人物的鬼魂都到普静禅师面前求超度，并得转世投胎。其中寓意，后世众说纷纭。
⑭ 须一蒿留住，方登彼岸：须作篙(高)留住，才得超度。
⑮ 然则：那么。
⑯ 芰[jì]：菱，与"妓"谐音。类：一类、类似。
⑰ 败茎：喻敬济。菱荷：喻金莲。下场头：下场。
⑱ 败：败落。"侥幸得金莲"：见第二十八回"陈敬济侥幸得金莲　西门庆糊涂打铁棍"。芰：莲、金莲。茎：敬、敬济。
⑲ "打铁棍"：即"西门庆糊涂打铁棍"，铁棍乃一小厮，无意间发现潘金莲与陈敬济调情，但被潘金莲觉察，在西门庆面前说铁棍坏话，西门庆稀里糊涂把他痛打一顿。
⑳ 黄茎：枯茎。影：影射。
㉑ 根：指茎、敬济。影：指铁棍。
㉒ 败茎：指敬济，姓陈，意为旧、败，故称。故至严州：见第九十二回"陈敬济被陷严州府　吴月娘大闹授官厅"。铁指甲一折即下："铁指甲"指孟玉楼，当时她已嫁李知县之子李衙内，陈敬济却去调戏她，她将此事告知李衙内，后者叫人将陈敬济捉拿，并构一罪名，解往严州府问罪。
㉓ 徐封[fēng]：严州府知府，他于审讯陈敬济时发现情况不对，最终得知陈敬济为李衙内所陷，便放了他。风少劲即吹去：稍有点风就吹掉，意为轻易解决了。

228

寻风,是真朔风①。风利如刀,刀利如风,残枝败叶,安得不摧哉! 其父陈洪,已为"露冷莲房坠粉红"②,其舅张团练搬去,又"荷尽已无擎雨盖"③,留此败茎支持风雪,总写莲之不堪处④。益知夏龙溪,为金莲胜时写也⑤。温秀才积至水秀才⑥,再至倪秀才,再至王潮儿⑦,总言水枯莲谢,惟余数茎败叶,潦倒污泥,所为风流不堪回首,无非为金莲污辱下贱写也。莲名"金"莲,瓶亦名"金"瓶,侍女偷"金",莲、瓶相妒,斗叶输金,莲花飘萎,芰茎用事矣⑧。他⑨如宋蕙莲、王六儿,亦皆为金莲写也。写一金莲,不足以尽金莲之恶,且不足以尽西门、月娘之恶,故先写一宋蕙莲,再写一王六儿,总与⑩潘金莲一而二、二而三者也。然而蕙莲,荻帘⑪也。望子落,帘儿坠,含羞自缢,又为"叉竿挑帘"一回⑫重作渲染。至⑬王六儿,又黄芦儿别音,其娘家王母猪⑭。黄芦与黄竹相类,其弟王经,亦黄芦茎之义。芦茎叶皆后空,故王六儿好干后庭花⑮,亦随手成趣。芦亦有影,故看灯夜又用铁棍一觑春风⑯。是芦荻⑰皆莲之副,故曰二人皆为金莲写。此一部写金、写瓶、写梅之大梗概⑱也。

---

① 过街鼠寻风:喻陈敬济战战兢兢(寻风:透气)。朔风:寒风、西北风,喻世态。
② "露冷莲房坠粉红":杜甫《秋兴八首》中句:"波漂菰米沉云黑,露冷莲房坠粉红。"言莲花凋谢,喻其败落。
③ "荷尽已无擎雨盖":苏轼《冬景》中句:"荷尽已无擎雨盖,菊残犹有傲霜枝。"言荷花凋谢,喻其败落。
④ 此败茎:指陈敬济。支持:支撑。莲:暗指金莲。
⑤ 益知:要知。夏龙溪:西门庆友。胜时:得意时。
⑥ 温秀才积至水秀才:温秀才以至水秀才(温:边旁"水")。
⑦ 倪秀才:"倪"与泥谐音。王潮儿:"潮儿",属水。
⑧ "金":喻得宠。侍女偷金:指春梅,原为丫环,后为西门庆所宠。莲花飘萎:指潘金莲失宠于西门庆。芰茎用事:"妓"(莲)"敬"(济)之事。
⑨ 他:其他。
⑩ 总与:合与。
⑪ 荻帘:门帘。
⑫ 望子落,帘儿坠:喻宋蕙莲在门框上自缢身亡(望子:亦称"幌子",古时店铺门前用竹竿高挂的旌旗,类似店照)。"叉竿挑帘"一回:即第二十六回"来旺儿递解徐州 宋蕙莲含羞自缢"。
⑬ 至:至于。
⑭ 黄芦儿别音:"王六儿"别音"黄芦儿"(别音:变音,在方言中,"王""黄"读音相近)。娘家王母猪:见第八十一回"韩道国拐财远遁 汤来保欺主背恩":"来保……他老婆惠祥,要便对月娘说,假推往娘家去。到房子里,从新换了头面衣服,珠子籍儿,插金戴银,往王六儿娘家王母猪家扳亲家,行人情,坐轿看他家女儿去来。"
⑮ 后庭花:肛交别名。
⑯ 铁棍一觑春风:小厮铁棍偷看王六儿与西门庆交媾。
⑰ 是芦荻:此芦(王六儿)荻(宋蕙莲)。莲:潘金莲。
⑱ 大梗概:原意为大枝干,喻大树,喻大著作。

吴月娘、李娇儿、贲四嫂、林太太、
玉箫、孟玉楼等人寓意

　　若夫月娘为月,遍照诸花,生于中秋,故有桂儿①为之女。"扫雪"而月娘喜,"踏雪"而月娘悲②,月有阴晴明晦也。且月下吹箫,故用玉箫③。月满兔肥,盈已必亏,故小玉成婚,平安即偷镀金钩子,到南瓦子里耍④。盖月照金钩于南瓦上,其亏可见。后用云里守⑤入梦,月被云遮,小玉随之,与兔俱隐,情文明甚。

　　李娇儿,乃"桃李春风墙外枝"⑥也。其弟李铭,言里明外暗⑦,可发一笑。至⑧贲四嫂与林太太,乃叶落林空,春光已去。贲四嫂姓叶,作"带水战"⑨。西门将至其家,必云吩咐后生王显,是背面落水,显黄一叶也⑩。林太太用文嫂相通,文嫂住捕衙厅前,女名金大姐,乃蜂衙⑪中一黄蜂,所云"蜂",媒是也。此时爱月初宠,两番赏雪,雪月争寒,空林叶落⑫,所为莲花芙蓉⑬,安能宁耐哉!故瓶死莲辱,独让春梅争香吐艳,而春鸿、春燕,又喻韶光迅速,送鸿迎燕⑭,无有停息。来爵改名来友,见花事阑珊,燕莺遗恨⑮。其妻惠元,三友会于园,看杜鹃啼血矣⑯。内有玉箫勾引春风,外有玳安传消递息⑰。箫有合欢之调,蕙莲、蕙元以之⑱。箫有离别之音,故"三章约"乃阳关声⑲。西门听之,能不动深悲耶?惹草粘花,必

---

① 桂儿:李桂姐,吴月娘的干女儿。
② "扫雪"而月娘喜:见第二十一回"吴月娘扫雪烹茶　应伯爵替花邀酒"。"踏雪"而月娘悲:见第七十七回"西门庆踏雪访爱月　贲四嫂带水战情郎"。
③ 玉箫:吴月娘的丫环。
④ 盈已必亏:月满后必月缺。小玉:即玉箫。平安:即平安儿,小厮。南瓦子:南瓦子巷。耍:嫖妓。
⑤ 云里守:西门庆结拜兄弟之一。
⑥ "桃李春风墙外枝":语出王实甫《西厢记》第三本第一折:"你看人似桃李春风墙外枝,卖俏倚门儿。我虽是个婆娘,有志气。"喻轻佻女子。
⑦ 李铭:与"里明"谐音。
⑧ 至:至于。
⑨ "带水战":见第七十七回"西门庆踏雪访爱月　贲四嫂带水战情郎"。
⑩ 背面落水:意在后面。显黄:"王显"反读。叶:即贲四嫂,姓叶。
⑪ 文嫂:一媒婆。相通:相映衬。蜂衙:追名逐利之群。
⑫ 爱月:郑爱月,妓女。两番赏雪:指西门庆两次与孙雪娥交媾。雪月争寒:孙雪娥与郑爱月相争。空林叶落:林太太、贲四嫂失宠。
⑬ 莲花芙蓉:潘金莲、李瓶儿。
⑭ 春鸿、春燕:苗员外送给西门庆的两个歌女。送鸿迎燕:秋去春来。
⑮ 来爵改名来友:西门庆家一伙伴(按:此似有误,应来友改名来爵)。
⑯ 三友:惠元及二友。杜鹃啼血:相传杜鹃悲鸣,啼至口中出血方止(此处影射男女情事之悲)。
⑰ 勾引春风:(为偷情者)穿线搭桥。传消递息:(为偷情者)传递消息。
⑱ 蕙莲、蕙元:宋蕙莲、宋蕙元姐妹(均与西门庆有染)。以之:就是。
⑲ "三章约":见第六十四回"玉箫跪受三章约　书童私挂一帆风"。阳关声:阳关声断,喻离别。

用玳安。一曰"嬉游蝴蝶巷",再曰"密访蜂媒",已明其为蝶使矣[1]。所谓"玳瑁斑花蝴蝶",非欤?[2] 书童则因箫而有名[3]。盖篇内写月、写花、写雪,皆定名一人。惟风则止有冯妈妈[4]。太守徐崶,虽亦一人,而非花娇月媚,正经脚色[5]。故用书童与玉箫合,而萧疏[6]之风动矣。末[7]必云"私挂一帆",可知其用意写风。然又"通"书为"梳",故书童生于苏州府长熟县[8],字义可思。媚客之唱,必云"画损了掠儿稍",接手云"贲四害怕""梳子在座,蓖子害怕"[9],妙绝。《艳异》遗意,为男宠报仇[10]。金莲必云"打了象牙",明点牙梳[11]。去[12]必以瓶儿丧内,瓶坠簪折,牙梳零落,萧疏风起,春意阑珊[13],《阳关三叠》,大家将散场也[14]。《金瓶》之大概寓言如此,其他剩意,不能殚述[15]。推此观之,笔笔皆然。

至其写玉楼一人,则又作者经济[16]学问,色色自喻皆到。试细细言之:玉楼簪上镌"玉楼人醉杏花天",来自杨家,后嫁李家[17],遇薛嫂而受屈,遇陶妈妈而吐气[18],分明为杏[19]无疑。杏者,幸也。身毁名污,幸此残躯留于人世,而住居臭水

---

① "嬉游蝴蝶巷":见第五十回"琴童潜听燕莺欢 玳安嬉游蝴蝶巷"。"密访蜂媒":见第六十八回"应伯爵戏衔玉臂 玳安儿密访蜂媒"。蝶使:蝴蝶为花传粉,喻撮合男女之事。

② 玳瑁斑花蝴蝶:拉皮条者美称。非欤?:不是吗?

③ 书童:即指第六十四回"玉箫跪受三章约 书童私挂一帆风"中与玉箫偷情的书童。

④ 按:风与冯谐音,指"书童私挂一帆风"中的"风"。

⑤ 正经脚色:重要人物。

⑥ 疏:同"疏",通。

⑦ 末:最后。

⑧ 按:"梳"与长熟之"熟"谐音。

⑨ 媚客之唱:妓女取悦嫖客所唱曲调。"画损了掠儿稍":全句为"我为你数归期,画损了掠儿稍",大意为:我想到你何时离开,难过得把眉毛也画歪了。"贲四害怕""梳子在座,蓖子害怕":嫖客对应,大意也就是:不敢,不敢(见第三十五回"西门庆为男宠报仇 书童儿作女妆媚客")。

⑩ 《艳异》:即《艳异编》,[明] 王世贞撰,此处指《艳异编卷三十一·男宠部》,其中对男宠大加赞赏,故云"报仇"。

⑪ "打了象牙":如第三十五回"西门庆为男宠报仇 书童儿作女妆媚客":"金莲道:'为他打折了象牙了。'月娘老实,便问:'象牙放在那里来,怎的教他打折了?'那潘金莲和孟玉楼两个嘻嘻哈哈,只顾笑成一块。月娘道:'不知你每笑什么,不对我说。'……"象牙原指牙梳,即象牙制作的梳子,"打象牙"则是潘金莲的隐语,实指男宠。

⑫ 去:后来。

⑬ 丧内:丧期内。瓶坠簪折,牙梳零落,萧疏风起,春意阑珊:见第六十五回"愿同穴一时丧礼盛 守孤灵半夜口脂香"。

⑭ 《阳关三叠》:曲名,喻分离之苦。

⑮ 殚述:尽述。

⑯ 经济:经世济民。

⑰ 来自杨家,后嫁李家:孟玉楼原为杨宗锡妻,杨死,嫁西门庆为妾,西门死,嫁李衙内为妻。

⑱ 遇薛嫂而受屈,遇陶妈妈而吐气:指孟玉楼由薛嫂为媒,嫁西门庆(受屈);由陶妈妈为媒,嫁李衙内(吐气)。

⑲ 为杏:释"玉楼人醉杏花天":玉楼,杏(幸)也。

巷①。盖言无妄之来②遭此荼毒，污辱难忍，故著书以泄愤。嫁于李衙内，而李贵随之，李安往依之，以理为贵，以理为安③。归于真定枣强④。真定，言吾心淡定；枣强，言黾勉工夫⑤。所为勿助勿忘⑥，此是作者学问。

王杏庵送贫儿于晏公庙任道士为徒⑦。晏，安也；任与"人"通，又与"仁"通，言"我若得志，必以仁道济天下，使天下匹夫匹妇，皆在晏安之内以养其生；皆入于人伦之中，以复其性"。此作者之经济也。不谓有金道士淫之，又有陈三引之⑧，言为今人声色货利浸淫已久，我方竭力养之教之⑨，而金莲又使其旧性复散⑩，不可救援，相率而至于永福寺内，共作孤魂而后已。是可悲哉！夫永福寺，涌于腹下，此何物也⑪？其内僧人，一曰胡僧，再曰道坚，一肖其形，一美其号⑫。永福寺真生我之门、死我之户⑬，故皆于死后同归于此，见色之利害。而万回长老，其回肠也⑭哉！他⑮如黄龙寺，脾也；相国寺，相火也。拜相国长老，归路避风黄龙⑯，明言相火动而脾风发，故西门死气如牛吼，已先于东京言之矣⑰。是玉皇庙，心也，二重殿后一重侧门⑱，其心尚可问哉？故有吴道士主持结拜⑲，心既无道，结拜何益？所以将玉皇庙始而永福寺结者，以此。

---

① 按：此句指孟玉楼嫁李衙内后，李衙内父李通判逼其休妻，后得宽恕，携孟玉楼回乡蛰居。
② 无妄之来：莫名其妙。
③ 李贵：李衙内师。李安：李贵侄。以理为贵，以理为安：李与理谐音，故云。
④ 真定枣强：真定府枣强县（即李家原籍），今衡水市枣强县。
⑤ 真定：谐音"镇定"。枣强：谐音"找强"。
⑥ 勿助勿忘：即勿忘勿助，意为不忘记、不勉强，语出《孟子·公孙丑》："必有事焉而勿正，心勿忘，勿助长也。"
⑦ 王杏庵送贫儿于晏公庙任道士为徒：见第九十三回"王杏庵义恤贫儿　金道士娈淫少弟"。
⑧ 不谓：不说、不仅。金道士淫之：即"金道士娈淫少弟"，其中少弟即金道士的两个徒弟。陈三引之：陈三即陈敬济，此时他刚到晏公庙做道士，与金道士同室而住。金道士见他眉目清秀，欲与他交媾。陈敬济是此中好手，经一番指点，两个男人竟"颠来倒去，整狂了半夜"。
⑨ 我方竭力养之教之：指作者设计让陈敬济到晏公庙做道士。
⑩ 而金莲又使其旧性复散：指陈敬济受潘金莲影响太深，故而做了道士仍旧习不改。
⑪ 永福寺，涌于腹下："永""涌"谐音，"福""腹"谐音。此何物也：即"涌于腹下"之物，即男阴与女阴。
⑫ 一肖其形：一个样子很像（胡僧形同阴茎）。一美其号：一个是美称（道坚即阴道之坚）。
⑬ 按：色既然是生，又是死，永福寺为其象征。
⑭ 其回肠也：表示回转心肠。
⑮ 他：其他。
⑯ 拜相国长老，归路避风黄龙：指西门庆到相国寺拜会智云长老，回家途中在黄龙寺避风（见第七十一回）。
⑰ 如牛吼：喻其死气之大。已先于东京言之：已早先于"东京"（一回）说过了（见第五十五回"西门庆东京庆寿　苗员外扬州送歌童"。东京：北宋京城汴梁，即开封）。
⑱ 心也：人心的象征。二重殿后一重侧门：见第一回"西门庆热结十兄弟　武二郎冷遇亲哥嫂"："正殿上金碧辉煌，两廊下檐阿峻峭。三清圣祖庄严宝相列中央，太上老君背倚青牛居后殿。进入第二重殿后，转过一重侧门，却是吴道官的道院。"喻曲折。
⑲ 吴道士主持结拜：见第一回"西门庆热结十兄弟　武二郎冷遇亲哥嫂"。

其他人物寓意

更有因一事而生数人者,则数名公同①一义。如车淡、管世宽、游守、郝贤②,四人共寓一意也。又如李智、黄四③,梅李尽黄,春光已暮,二人共一寓意也。又如"带水战"一回④,前云⑤聂两湖、尚小塘、汪北彦⑥,三人共一寓意也。又如安沈、宋乔年⑦,喻色欲伤生,二人共一寓意也。又有因一人而生数名者,应伯爵字光侯、谢希大字子纯、祝实念、孙天化字伯修、常峙节、卜志道、吴典恩、云里守字非去、贲第传、白赉光字光汤、傅自新、甘出身、韩道国⑧。因西门庆不肖,生出数名也⑨。

又有即物为名⑩者,如吴神仙,乃镜也,名无奭⑪,冰鉴照人无失也。黄真人,土也,瓶坠簪折,黄土伤心⑫。末用楚云一人遥影⑬,正是彩云易散。潘道士,叛

---

① 数名:几个人名。公同:同属。
② 车淡、管世宽、游守、郝贤:意为扯淡、管事宽、游手、好闲。
③ 李智、黄四:意为李枝(只剩枝、无花叶)、黄死。
④ "带水战"一回:即第七十七回"西门庆踏雪访爱月 贲四嫂带水战情郎"。
⑤ 前云:前面说。
⑥ 聂两湖、尚小塘、汪北彦:意为捏两湖、上小塘、汪北沿(湖、塘、汪、沿,均属水,映衬"带水战")。
⑦ 安沈、宋乔年:意为安枕、送乔年。
⑧ 应伯爵,字光侯:意为应白嚼,字光喉。谢希大,字子纯:意为谢携带,字紫唇。祝实念:意为住十年。孙天化,字伯修:意为孙天话,字不着。常峙节:意为常时借。卜志道:意为不知道。吴典恩:意为无典恩。云里守,字非去:意为云里手,字飞去。贲第传:意为背第传。白赉[lài]光,字光汤:意为白赖光,字光躺。傅自新:意为负自心。甘出身:意为干出身。韩道国:意为韩捣鬼。
⑨ 生出数名:意为结识了这些人。按:上述应伯爵、谢希大、祝实念、孙天化、常峙节、卜志道、吴典恩、云里守、贲第传、白赉光,即西门庆的结拜十兄弟(其余三人是与他关系密切者),见第一回"西门庆热结十兄弟 武二郎冷遇亲哥嫂":"(西门庆)结识的朋友,也都是些帮闲抹嘴,不守本分的人。第一个最相契的,姓应名伯爵,表字光侯,原是开绸缎铺应员外的第二个儿子,落了本钱,跌落下来,专在本司三院帮嫖贴食,因此人都起他一个浑名叫做应花子。又会一腿好气毬,双陆棋子,件件皆通。第二个姓谢名希大,字子纯,乃清河卫千户官儿应袭子孙,自幼父母双亡,游手好闲,把前程丢了,亦是帮闲勤儿,会一手好琵琶。自这两个与西门庆甚是得来。其余还有几个,都是些破落户,没名器的。一个叫做祝实念,表字贡诚。一个叫做孙天化,表字伯修,绰号孙寡嘴。一个叫做吴典恩,乃是本县阴阳生,因事革退,专一在县前与官吏保债,以此与西门庆往来。还有一个云参将的兄弟叫做云理守,字非去。一个叫做常峙节,表字坚初。一个叫做卜志道。一个叫做白赉光,表字光汤。说这白赉光,众人中也有道他名字取的不好听的,他却自己解说道:'不然我也改了,只为当初取名的时节,原是一个门馆先生,说我姓白,当初有一个什么故事,是白鱼跃入武王舟。又说有两句书是"周有大赉,于汤有光",取这个意思,所以表字就叫做光汤。我因他有这段故事,也便不改了。'说这一干共十数人,见西门庆手里有钱,又撒漫肯使,所以都乱撺哄着他要钱饮酒,嫖赌齐行。……(西门)这等一个人家,生出这等一个不肖的儿子,又搭了这等一班无益有损的朋友,随你怎的豪富也要穷了,还有甚长进的日子!"
⑩ 即物为名:以事物取名。
⑪ 吴神仙名镜,即鉴。无奭[shì]:谐音"无失"。
⑫ 黄:喻土。瓶坠簪折:李瓶儿、潘金莲死(簪:喻金)。
⑬ 遥影:远远影射。

也①，死孽已成，拼着一做也。又有随手调笑，如西门庆父名达，盖明捏土音②，言西门之达，即金莲所呼"达达"③之达。设问其母何氏，当必云娘氏矣④。桂姐接丁二官，打丁⑤之人也。李外传⑥，取其传话之意。侯林儿⑦，言树倒猢狲散。此皆掉手⑧成趣处。他⑨如张好问、向汝晃⑩之类，不可枚举。随时会意，皆见作者狡滑⑪之才。

孝 哥 寓 意

若夫玉楼弹阮⑫，爱姐继其后，抱阮以往湖州何官人家，依二捣鬼以终⑬，是作者穷途有泪无可洒处，乃于爱河⑭中捣此一篇鬼话⑮。明⑯亦无可如何之中，作书以自遣⑰也。至其以孝哥⑱结入一百回，用普净幻化，言惟孝可以消除万恶，惟孝可以永锡尔类⑲，今使⑳我不能全孝，抑㉑曾反思尔之于尔亲，却是如何！千秋万岁，此恨绵绵，悠悠苍天，昌其有极，悲哉悲哉！

---

① 潘道士，叛也：潘与判谐音。
② 明：明明是。捏土音：掺杂方言（达：方言读作"大"）。
③ 金莲所呼"达[dà]达"：潘金莲与西门庆交媾时善叫床，呼西门庆为"达达"（"老爹"之意）。
④ 按：西门庆母为夏氏，此处言"当必云娘氏"，意为"云中之娘"，虚空也。
⑤ 桂姐接丁二官：妓女李桂姐为西门庆所包占，但仍私下接客，其中有丁二官、王三官等人。见第六十八回"应伯爵戏衔玉臂　玳安儿密访蜂媒"。打丁：捡外快。
⑥ 李外传：意为里外传。
⑦ 侯林儿：意为猴林儿。
⑧ 掉手：随手。
⑨ 他：其他。
⑩ 向汝晃：意为向汝谎。
⑪ 狡滑：同"狡猾"，机灵。
⑫ 若夫[fú]：就如。阮：也称"阮咸"，一种拨弦乐器，通常仅作伴奏，偶有独奏，最有名的独奏曲名《玉楼月》。
⑬ 韩道国夫妇随何官人去了湖州，其女儿韩爱姐抱着琴到湖州去寻亲，半路上遇到叔叔韩二（即二捣鬼），便住韩二家，不久入庵为尼。见第一百回"韩爱姐路遇二捣鬼　普静师幻度孝哥儿"。
⑭ 爱河：情爱之河，喻情爱如河水，流过即逝。
⑮ 捣此一篇鬼话：意为虚构一部小说。
⑯ 明：明知。
⑰ 自遣：自我排遣。
⑱ 孝哥：西门庆之子，西门庆亡故时出生，十五岁时落发为僧。
⑲ 永锡尔类：出之《诗经·大雅·既醉》："孝子不匮，永锡尔类。"意为：孝子层出不穷，（上天）永远赐福于此种人（锡：赐）。
⑳ 使：即使。
㉑ 抑：抑或。

《金瓶梅》苦孝说①

[清] 张竹坡

　　夫②人之有身，吾亲与③之也。则吾之身，视亲之身为生死④矣。若夫亲之血气衰老，归于大造⑤，孝子有痛于中，是凡为人子都所同，而非一人独具有之奇冤也。至于生也不幸，其亲为仇所算⑥，则此时此际，以至千百万年，不忍一注目，不敢一存想，一息有知，一息之痛为无已。呜呼，痛哉！痛之不已，酿成奇酸⑦，海枯石烂，其味深长。是故含此酸者，不敢独立默坐。苟⑧独立默坐，则不知吾之身、吾之心、吾之骨肉何以栗栗焉⑨如刀斯割、如虫斯噬⑩也。

　　悲夫！天下尚有一境，焉能使斯人悦耳目、娱心志，一安其身也哉？苍苍高天，茫茫厚地，无可一安其身，心死乃庶几⑪矣。然吾闻死而有知之说，则奇痛尚在，是死亦无益于酸也。然则⑫必何如而可哉？必何如而可，意者⑬生而无我，死而亦无我。夫生而无我，死而亦无我，幻化⑭之谓也。推幻化之谓，既不愿为人，又不愿为鬼，并不愿为水石⑮。盖为水为石，犹必流石人之泪矣。呜呼！苍苍高

---

① 本文选自苹华堂刊《皋鹤堂批评第一奇书〈金瓶梅〉》卷首。其要点是：作《金瓶梅》者，或为一孝子。其父母或为仇人所害，其无法报仇而作《金瓶梅》为父母泄恨。终而觉悟，视一切为虚空。此种孝心，可谓"苦孝"。
② 夫：文言发语词，无实义。
③ 亲：双亲、父母。与：古同"予"。
④ 生死：喻大事。
⑤ 大造：造化、天地。
⑥ 为仇所算：为仇人所暗算。
⑦ 酸：怨。
⑧ 苟[gǒu]：如若。
⑨ 栗栗焉：同"慄慄焉"，恐惧貌。
⑩ 斯：此、在。噬[shì]：咬。
⑪ 庶几：几乎、差不多。
⑫ 然则：那么。
⑬ 意者：想来。
⑭ 幻化：看空一切、出家为僧之谓。
⑮ 出家为僧，既不是常人，也不是死人，也不是非人(水石)。

天,茫茫厚地,何故而有我一人致令幻化之难①也。

故作《金瓶梅》者,一曰"含酸",再曰"抱阮②",结曰"幻化",且必曰幻化孝哥儿③。作者之心,其有余痛乎！则《金瓶梅》当名之曰《奇酸志》《苦孝说》。呜呼！孝子,孝子,有苦如是！

---

① 难[nàn]：困顿。
② 抱阮：抱琴,即弹琴(阮：乐器,即月琴),代指泄恨。
③ 幻化孝哥儿：指《金瓶梅》末回中的"普静师幻度孝哥儿",即西门庆之子孝哥出家为僧。

《金瓶梅》非淫书论①

[清] 张竹坡

《诗》云："以尔车来，以我贿迁。"②此非瓶儿③等辈乎？又云："子不我思，岂无他人？"④此非金、梅⑤等辈乎？"狂且""狡童"⑥，此非西门、敬济⑦等辈乎？乃先师手订，文公细注⑧，岂不曰此淫风⑨也哉？所以云："《诗》三百，一言以蔽之，曰思无邪。"⑩注⑪云："《诗》有善有恶。善者起发人之善心，恶者惩创人之逆志。"圣贤著书立言之意，固昭然⑫于千古也。

今夫⑬《金瓶》一书，亦是将《蹇裳》《风雨》《萍兮》《子衿》⑭诸诗，细为摹仿耳。

---

① 本文选自皋华堂刊《皋鹤堂批评第一奇书〈金瓶梅〉》卷首。其要点是：《诗经》中多有言男女调情、交媾之诗，若非"淫诗"，《金瓶梅》亦非"淫书"。我将"一部奸夫淫妇，悉批作草木幻影；一部淫词艳语，悉批作伏奇文"，实因该书"以悌字起，孝字结，一片天命民彝，愀然慨恻"。何况，经我删改后的《金瓶梅》，"洗淫乱而存孝悌"，已"冰消瓦解"。故而，称《金瓶梅》为淫书之说，可以休矣。
② "以尔车来，以我贿迁"：引自《诗经·国风·氓》，意为："让你车来，让我搬物(嫁妆)。"贿迁：(倒置)迁贿(财物)。
③ 瓶儿：李瓶儿。
④ "子不我思，岂无他人？"：引自《诗经·国风·蹇裳》，意为："你不想我，难道没有别人？"不我思：(倒置)不思我。
⑤ 金、梅：潘金莲、庞春梅。
⑥ "狂且""狡童"：均《诗经》所言之人，意为"轻妄之徒""奸猾小人"，见《诗·国风·山有扶苏》："山有扶苏，隰有荷华。不见子都，乃见狂且。山有乔松，隰有游龙，不见子充，乃见狡童。"以及《诗经·国风·狡童》："彼狡童兮，不与我言兮。维子之故，使我不能餐兮。彼狡童兮，不与我食兮。维子之故，使我不能息兮。"
⑦ 西门、敬济：西门庆、陈敬济。
⑧ 先师：指孔子。手订：亲手编订(《诗经》)。文公：指朱熹。细注：详细注释(《诗经》)。
⑨ 岂不曰此淫风：为何不说这是淫诗(按：《山有扶苏》《狡童》等篇，均言男女调情与交媾)。
⑩ "《诗》三百，一言以蔽之，曰思无邪"：引自《论语·为政》。
⑪ 注：朱熹《论语集注》。
⑫ 昭然：彰显。
⑬ 今夫：发语词，无实义。
⑭ 《蹇裳》《风雨》《萍兮》《子衿》：均为《诗经》篇目。

237

夫微言之而文人知儆①，显言之而流俗知惧。不意②世之看者，不以为惩劝之韦弦③，反以为行乐之符节④，所以目为淫书，不知淫者自见其为淫耳。但目今旧板现在金陵印刷⑤，原本⑥四处流行买卖。

予小子悯作者之苦心，新同志之耳目⑦，批此一书，其寓意说内，将其一部奸夫淫妇，悉批作草木幻影；一部淫词艳语，悉批作起伏奇文。至于以悌字起，孝字结⑧，一片天命民彝，殷然慨恻⑨，又以玉楼、杏庵⑩照出作者学问经纶，使人一览，无复有前此之《金瓶》矣。但恐不学风影⑪等辈，借端恐唬⑫，意在骗诈。

夫现今通行发卖⑬，原未有禁示，小子穷愁著书⑭，亦书生常事。又非借此沽名，本因家无寸土，欲觅蝇头⑮以养生耳。即云奉行禁止，小子非套翻原板，固云我自作我的《金瓶梅》⑯。我的《金瓶梅》上，洗淫乱而存孝悌，变账簿以作文章⑰，直使《金瓶》一书，冰消瓦解⑱，则算小子劈《金瓶梅》原板，亦何不可使？邪说当辟⑲！

而辟邪说者，必就邪说而辟之，其说方息。今我辟邪说而人非⑳之，是非之者必邪说也。若不预先辨明，恐当世君子为其所惑。况小子年始二十有六，素与

---

① 儆[jǐng]：诫。
② 不意：没想到。
③ 韦弦：启迪。
④ 符节：凭据。
⑤ 但目：只要看。旧板：同"旧版"。金陵：即南京。
⑥ 原本：原版本，即未经删改的全本（即《金瓶梅词话》）。
⑦ 予小子：(谦语)自称。悯：体谅。新：(动词)使新。同志：同道。
⑧ 以悌[tì]字起，孝字结：《金瓶梅》第一回"西门庆热结十兄弟"，最后一回"普静师幻度孝哥儿"。悌：兄弟之情。
⑨ 天命民彝：遵天道、守民德。殷然慨恻：殷切感慨。
⑩ 玉楼、杏庵：孟玉楼、王杏庵，《金瓶梅》两人物，孟玉楼虽为西门庆之妾，不骄不淫，终得好报，第九十一回"孟玉楼爱嫁李衙内　李衙内怒打玉簪儿"；王杏庵虽一书生，却能济贫助友，见第九十三回"王杏庵义恤贫儿　金道士娈淫少弟"。
⑪ 但恐：唯恐。不学风影：不学无术而捕风捉影。
⑫ 恐唬：大惊小怪。
⑬ 通行发卖：指印书卖书(指其刊印《第一奇书〈金瓶梅〉》)。按：此文原载该书卷首，权作序言，故有此语。(按：但偷印不断)
⑭ 小子：自称。著书：指其批注《金瓶梅》。
⑮ 沽名：求名声。蝇头：蝇头小利。
⑯ 奉行禁止：遵守官府禁令(《金瓶梅》问世后，一直被官府列为禁书)。非套翻原板：不是将原版翻印出来(即经其删改后的《金瓶梅》，故后文称"我自作我的《金瓶梅》")。
⑰ 变账簿以作文章：原本《金瓶梅》被其视为"西门庆家的流水账"，故欲改之为"文章"。
⑱ 冰消瓦解：意为脱胎换骨。
⑲ 则算：就算、即使。劈《金瓶梅》原板：毁掉《金瓶梅》原版。邪说：即称《金瓶梅》为淫书之说。辟：同"避"。
⑳ 非：非难。

人全无恩怨,本非不律①以泄愤感,又非囊有余钱,借梨枣②以博虚名,不过为糊口计。兰不当门③,不锄何害,锄之何益？是用抒诚,以告仁人君子,共其量之④。

① 不律：不律己、放肆。
② 梨枣：梨木或枣木,用以制版,代指出书。
③ 兰：兰草。当：通"挡"。
④ 是：此。用：用以。抒诚：表示诚意。量：思量。

《金瓶梅》闲话①

[清] 张竹坡

　　何为而有此书也哉？曰：此仁人志士、孝子悌弟②不得于时，上不能问诸③天，下不能告诸人，悲愤鸣邑④，而作秽言以泄其愤也。虽然，上既不可问诸天，下亦不能告诸人，虽作秽言以丑其仇，而吾所谓悲愤鸣邑者，未尝便慊然⑤于心，解颐⑥而自快也。夫终不能一畅吾志，是其言愈毒，而心愈悲，所谓"含酸抱阮"⑦，以此固知玉楼一人，作者之自喻也。然其言既不能以泄吾愤，而终于"含酸抱阮"，作者何以又必有言哉？曰：作者固仁人也，志士也，孝子悌弟也。欲无言，而吾亲之仇也，吾何如以处之？欲无言，而又吾兄之仇也，吾何如以处之？且也，为仇于吾天下万世也，吾又何如以公论之？是吾既不能上告天子以申其隐，又不能下告士师以求其平，且不能得急切应手之荆聂⑧以济乃事，则吾将止于无可如何而已哉！止于无可如何而已，亦大伤仁人志士、孝子悌弟之心矣。展转以思，惟此不律⑨，可以少⑩泄吾愤，是用借西门氏以发之。虽然，我何以知作者必

---

① 本文选自苹华堂刊《皋鹤堂批评第一奇书〈金瓶梅〉》卷首。其要点是：《金瓶梅》是仁人志士、孝子悌弟"作秽言以泄其愤"之书。何以见得？只要看孟玉楼"含酸抱阮"，便知孟玉楼是作者自喻。最后又以"普静师幻度孝哥儿"为结局，便知作者深信孝道。父子、兄弟，天下伦常，然而此书却充满假父、假子、假兄、假弟之辈，此哀叹世道之真假不辨也。总之，此书是愤，是哀，并"寓复仇之义于百回微言之中"也。
② 悌[tì]弟：贤弟。
③ 诸：之于。
④ 鸣邑：呼号于街市(邑：城镇)。
⑤ 慊[qiè]然：慊足、满足。
⑥ 解颐：一笑。
⑦ "含酸抱阮"：见第十一回"潘金莲激打孙雪娥　西门庆梳笼李桂姐"，张竹坡夹批："写玉楼心事，步步含酸。"阮：乐器，即月琴。
⑧ 荆聂：荆轲、聂政，均战国时刺客，代指义士。
⑨ 不律：不律己、放肆。
⑩ 少：通"稍"。

仁人志士、孝子悌弟哉？我见作者之以孝哥结①也。"磨镜"一回②，皆《蓼莪》③遗意，啾啾之声刺人心窝，此其所以为孝子也。至其以十兄弟对峙一亲哥哥④，未复以二捣鬼为缓急相需之人⑤，甚矣，《杀狗记》⑥无此亲切也。

　　闲尝⑦论之：天下最真者，莫若伦常⑧；最假者，莫若财色。然而伦常之中，如君臣、朋友、夫妇，可合而成⑨；若夫父子、兄弟，如水同源，如木同本，流分枝引，莫不天成。乃竟有假父、假子、假兄、假弟之辈，噫！此而可假，孰不可假？将⑩富贵，而假者可真；贫贱，而真者亦假。富贵，热也，热则无不真；贫贱，冷也，冷则无不假。不谓⑪"冷热"二字，颠倒真假一至于此！然而冷热亦无定矣。今日冷而明日热，则今日真者假，而明日假者真矣。今日热而明日冷，则今日之真者，悉为明日之假者矣。悲夫！本以嗜欲⑫故，遂迷财色，因财色故，遂成冷热，因冷热故，遂乱真假。因彼之假者，欲肆其趋承⑬，使我之真者皆遭其荼毒⑭。所以此书独罪⑮财色也。嗟嗟！假者一人死而百人来⑯，真者一或伤而百难续⑰。世即有假聚为乐者，亦何必生死人之真骨肉以为乐也哉⑱！

　　作者不幸，身遭其难，吐之不能，吞之不可，搔抓不得，悲号无益，借此以自

---

① 孝哥：西门庆之子。结：结束。
② "磨镜"一回：即第五十八回"潘金莲打狗伤人　孟玉楼周贫磨镜"。
③ 《蓼[lù]莪[é]》：《诗经·小雅·蓼莪》："蓼蓼者莪，匪莪伊蒿。哀哀父母，生我劬劳。蓼蓼者莪，匪莪伊蔚。哀哀父母，生我劳瘁。瓶之罄矣，维罍之耻。鲜民之生，不如死之久矣。无父何怙？无母何恃？出则衔恤，入则靡至。父兮生我，母兮鞠我。抚我畜我，长我育我，顾我复我，出入腹我。欲报之德，昊天罔极！南山烈烈，飘风发发。民莫不穀，我独何害！南山律律，飘风弗弗。民莫不穀，我独不卒！"
④ 以十兄弟对峙一亲哥哥：指第一回"西门庆热结十兄弟　武二郎冷遇亲哥嫂"。一亲哥哥：指武大郎。
⑤ 未复以二捣鬼为缓急相需之人：指最后一回"韩爱姐路遇二捣鬼　普静师幻度孝哥儿"。韩爱姐穷途末路之际，遇"二捣鬼"，即韩二，其叔叔。
⑥ 《杀狗记》：元末明初"四大传奇"之一，作者不详，全剧三十六出，写富豪子弟孙华与市井无赖柳龙卿、胡子传交往，把同胞兄弟孙荣赶出家门。孙华的妻子杨月贞屡劝不听，便杀了一条狗，伪装成死尸放置门外。孙华深夜归来，大惊，急忙去找柳龙卿、胡子传，柳、胡推脱不管。孙荣却不记前恨，帮他把"尸首"埋掉，使孙华深受感动，于是兄弟重新和好。
⑦ 闲尝：亦作"间尝"，曾经。
⑧ 伦常：伦理之常，即君臣、父子、夫妇、兄弟。
⑨ 合而成：由无血缘关系的人相合而成，相对于后文的"天成"，即血缘关系。
⑩ 将：关乎。
⑪ 不谓：不用说，真是。
⑫ 嗜欲：嗜好与欲望。
⑬ 欲：欲望。肆：(动词)放纵。趋承：追逐。
⑭ 荼[tú]毒：毒害、残害。
⑮ 罪：(动词)问罪。
⑯ 假者一人死而百人来：指西门庆死，百人来吊唁。
⑰ 真者一或伤而百难续：指韩爱姐沦落为娼而又爱上陈敬济，从此烦恼不断。
⑱ 生死人之真骨肉：指西门庆生子孝哥。

泄。其志可悲，其心可悯矣。故其开卷，即以"冷热"为言①，煞末②又以"真假"为言③。其中假父子矣，无何④而有假母女；假兄弟矣，无何而有假弟妹；假夫妻矣，无何而有假外室；假亲戚矣，无何而有假孝子。满前役役营营⑤，无非于假景中提傀儡。噫！识真假，则可任其冷热；守其真，则可乐吾孝悌。然而吾之亲父子已荼毒矣，则奈何？吾之亲手足已飘零矣，则奈何？上误吾之君，下辱吾之友，且殃及吾之同类，则奈何？是使吾欲孝，而已为不孝之人；欲悌，而已为不悌之人；欲忠欲信，而已放逐谗间⑥于吾君、吾友之侧。日夜咄咄，仰天太息，吾何辜而遭此也哉？曰：以彼之以假相聚故也。吁嘻！彼亦知彼之所以为假者，亦冷热中事乎？假子之子于假父也，以热故也。假弟、假女、假友，皆以热故也。彼热者，盖亦不知浮云之有聚散也。未几而冰山颓矣，未几而阀阅⑦朽矣。当世驱己之假，以残⑧人之真者，不瞬息而己之真者亦漂泊无依。所为假者安在哉？彼于此时，应悔向日⑨为假所误。然而人之真者，已黄土百年⑩。彼留假傀儡，人则有真怨恨。怨恨深而不能吐，日酿一日，苍苍高天，茫茫碧海，吾何日而能忘也哉！眼泪洗面，椎心泣血，即百割此仇⑪，何益于事！是此等酸法⑫，一时一刻，酿成千百万年，死而有知，皆不能坏⑬。此所以玉楼弹阮来，爱姐抱阮去⑭，千秋万岁，此恨绵绵无绝期矣。故用普净以解冤偈⑮结之。夫冤至于不可解之时，转而求其解，则此一刻之酸⑯，当何如含⑰耶？是愤已百二十分，酸又百二十分，不作《金瓶梅》，又何以消遣哉？甚矣！仁人志士、孝子悌弟，上不能告诸天，下不能告诸人，

---

① 《金瓶梅》第一回："西门庆热结十兄弟　武二郎冷遇亲哥嫂"。
② 煞末：最后。
③ 《金瓶梅》第九十七回："假弟妹暗续鸾胶　真夫妇明谐花烛"。
④ 无何：不久。
⑤ 满前：众人面前。役役营营：忙忙碌碌。
⑥ 放逐：流离。谗间：因谗言而间隔。
⑦ 阀阅：功绩。
⑧ 残：残害。
⑨ 向日：往日。
⑩ 黄土百年：喻早已不在（黄土：代指埋葬）。
⑪ 百割此仇：割恩以为仇。
⑫ 酸法：心酸法。
⑬ 坏：消。
⑭ 玉楼弹阮来，爱姐抱阮去：孟玉楼弹琴而来，韩爱姐抱琴而去（按：本文作者认为，此二人和此二事相照应，为《金瓶梅》作者自喻，亦为此书深意所在）。
⑮ 普净解冤偈[jié]：见第一百回"韩爱姐路遇二捣鬼　普静师幻度孝哥儿"："偈曰：'劝尔莫结冤，冤深难解结。一日结成冤，千日解不彻。若将冤解冤，如汤去泼雪。我见结冤人，尽被冤磨折。我今此忏悔，各把性悟彻。照见本来心，冤愆自然雪。仗此经力深，荐拔诸恶业。汝当各托生，再勿将冤结。'"
⑯ 酸：心酸。
⑰ 含：忍。

悲愤呜邑而作秽言,以泄其愤。自云含酸,不是撒泼,怀匕囊锤^①,以报其人。是亦一举,乃^②作者固自有志,耻作荆聂,寓复仇之义于百回微言^③之中,谁为刀笔之利不杀人于千古哉!此所以有《金瓶梅》也。

　　然则《金瓶梅》,我又何以批之也哉?我喜其文之洋洋一百回,而千针万线,同出一丝,又千曲万折,不露一线。闲窗独坐,读史、读诸家文,少暇,偶一观之曰:如此妙文,不为之递出金针^④,不几辜负作者千秋苦心哉!久之心恒怯焉,不敢遽操管^⑤以从事。盖其书之细如牛毛,乃千万根共具一体,血脉贯通,藏针伏线,千里相牵,少有所见,不禁望洋而退。迩来^⑥为穷愁所迫,炎凉所激,于难消遣时,恨不自撰一部世情书,以排遣闷怀。几欲下笔,而前后结构,甚费经营,乃搁笔曰:“我且将他人炎凉之书,其所以前后经营者,细细算出^⑦,一者可以消我闷怀,二者算出古人之书,亦可算我今又经营一书。我虽未有所作,而我所以持往^⑧作书之法,不尽备于是乎!然则我自做我之《金瓶梅》,我何暇^⑨与人批《金瓶梅》也哉!”

---

① 怀匕囊锤:衣襟里藏着匕首,衣袋里藏着锤子。
② 乃:然。
③ 百回微言:即《金瓶梅》。
④ 递出金针:喻显示其笔法。
⑤ 操管:执笔。
⑥ 迩来:近来。
⑦ 算出:分析。
⑧ 持往:掌握。
⑨ 何暇:哪有空闲。

关于《金瓶梅》①

鲁　迅

　　诸"世情书"②中,《金瓶梅》③最有名。初惟抄本流传,袁宏道④见数卷,即以配《水浒传》为"外典"(《觞政》)⑤,故声誉顿盛;世又益以《西游记》,称三大奇书⑥。万历庚戌(一六一○),吴中⑦始有刻本,计一百回,其五十三至五十七回原阙⑧,刻时所补也(见《野获编》二十五)。作者不知何人,沈德符⑨云是嘉靖间大名士(亦见《野获编》),世因以拟太仓王世贞⑩,或云其门人(康熙乙亥谢颐序云)⑪。由此复生谰

---

① 本文节选自《中国小说史略》第十九篇,原题"明之人情小说(上)",此题系本书选注者所加。本文要点:《金瓶梅》作者洞悉世情,其描述时而畅达,时而曲折,时而直白,时而含蓄,手法老练,胜过同时代所有小说作者。《金瓶梅》写西门庆一家,意在嘲讽,其间颇多秽笔,则如明代常有者,"人物每有所指,盖借文字以报夙仇",但究指何人,则殊难揣测。《金瓶梅》之后,有《玉娇李》,据说也出自《金瓶梅》作者之手。还有《续金瓶梅》,题"紫阳道人编"。又有《隔帘花影》,也被认为是《金瓶梅》续本,其实此书只是把《续金瓶梅》中的人名和回目改了一下,再加些因果报应的说教而已。

② 所谓"世情书",按作者在前文所言:"大率为离合悲欢及发迹变态之事,间杂因果报应,而不甚言灵怪,又缘描摹世态,见其炎凉,故或亦谓之'世情书'也。"

③《金瓶梅》:兰陵笑笑生撰,真实姓名不详。兰陵在今山东峄县。鲁迅《〈中国小说史略〉日本译本序》中说:"《金瓶梅词话》被发见于北平,为通行至今的同书的祖本,文章虽比现行本粗率,对话却全用山东的方言所写,确切的证明了这决非江苏人王世贞所作的书。"

④ 袁宏道,字中郎、无学,号石公、六休,明万历年间官吏、文人,官至国子博士,著有《瓶花斋杂录》《破研斋集》等。

⑤ 关于称《金瓶梅》为"外典"问题,袁宏道《觞政·掌故》以酒谱、酒令为"内典",史传、诗赋为"外典","传奇则《水浒传》《金瓶梅》等为逸典"。沈德符《野获编》卷二十五:"袁中郎《觞政》以《金瓶梅》配《水浒传》为外典,予恨未得见",误以"逸典"为"外典"。鲁迅此处沿用《野获编》之说。

⑥ 三大奇书:西湖钓叟《续金瓶梅序》云:"今天下小说如林,独推三大奇书:曰《水浒》、曰《西游》、曰《金瓶梅》。"

⑦ 吴中:地名,在今苏州。

⑧ 阙:同"缺"。

⑨ 沈德符,字景倩,又字虎臣、景伯,明万历、崇祯年间官吏、文人,官至职监司词林,著有《万历野获编》《清权堂集》等。

⑩ 王世贞,也作"王世祯",字元美,号凤洲、弇州山人,明嘉靖、万历年间官吏、文人、史家,明"后七子"之一,官至南京刑部尚书,著有《弇州山人四部稿》《弇山堂别集》等。

⑪ 关于《金瓶梅》撰者,说法不一。沈德符《野获编》卷二十五云:"闻此办嘉靖间大名士手笔。"《寒花庵随笔》云:"世传《金瓶梅》一书,为王弇州先生手笔;清顾公燮《消夏闲记摘抄》亦云撰者系"(王)忬子凤洲"。张竹坡评本《金瓶梅》谢颐序则云:"《金瓶》一书,传为凤洲门人之作也,或云即凤洲作。"

言,谓世贞造作此书,乃置毒于纸,以杀其仇严世蕃①,或云唐顺之②者,故清康熙中彭城张竹坡③评刻本,遂有《苦孝说》④冠其首。

《金瓶梅》全书假⑤《水浒传》之西门庆为线索,谓庆⑥号四泉,清河人,"不甚读书,终日闲游浪荡",有一妻三妾,又交"帮闲抹嘴、不守本分的人",结为十弟兄,复悦潘金莲,酖⑦其夫武大,纳以为妾。武松来报仇,寻之不获,误杀李外傅,刺配孟州。而西门庆故无恙,于是日益放恣,通金莲婢春梅,复私李瓶儿,亦纳为妾,"又得两三场横财,家道营盛"。已而李瓶儿生子;庆则因赂蔡京⑧得金吾卫副千户⑨,乃愈肆,求药纵欲、受赇⑩枉法,无不为。然潘金莲妒李有子,屡设计使受惊,子终以瘛⑪疭死。李痛子,亦亡。潘则力媚西门庆。庆一夕饮药逾量,亦暴死。金莲、春梅复通于庆婿陈敬济,事发被斥卖。金莲遂出,居王婆家待嫁,而武松适遇赦归,因见杀。春梅则卖为周守备⑫妾,有宠,又生子,竟册为夫人。会⑬孙雪娥以遇拐,复获发官卖。春梅憾其尝"唆打陈敬济",则买而折辱之,旋卖于酒家为娼;又称敬济为弟,罗⑭致府中,仍与通。已而⑮守备征宋江有功,擢⑯济南兵马制置⑰,敬济亦列名军门,升为参谋。后金人入寇,守备阵亡,春梅夙通

---

① 严世蕃,号东楼,严嵩子,官至工部左侍郎。关于王世贞撰书"以杀其仇",传说不一。顾公燮《消夏闲记摘抄》谓王忬家藏《清明上河图》,"严世蕃强索之,忬不忍舍,乃觅名手摹赝者以献"。世蕃知后害之。"忬子凤洲痛父冤死,图报无由",遂撰《金瓶梅》以献。凤洲重贿修脚工于世蕃专心阅书时微伤其脚,"阴擦烂药,后渐溃腐,不能入直",严嵩亦年衰迟钝,父子遂渐失宠以至于败云云。《寒花庵随笔》则云:"此书为一孝子所作,用以复其父仇者。盖孝子所识一巨公,实杀孝子父,图报累累皆不济。后忽侦知巨公观书时,必以指染沫翻其书叶。"孝子三年撰成此书,"粘毒药于纸角",巨公观迄此书,"毒发遂死"。并云:"孝子即凤洲也。巨公为唐荆川。凤洲之父忬,死于严氏,实荆川谮之也。"
② 唐顺之,字应德,号荆川,明嘉靖年间官吏、文人,官至右佥都御史,撰有《荆川先生文集》等。
③ 张竹坡,名道深,字自德,号竹坡,清代文人,重要著述为其所称"四大奇书"(即《三国演义》《水浒传》《西游记》《金瓶梅》)中"第一奇书"(即《金瓶梅》)的批注。按:〔清〕刘廷玑《在园杂志》云:"深切人情世务,无如《金瓶梅》,真称奇书。……彭城张竹坡为之先总大纲,次则逐卷逐段分注批点,可以继武圣叹,是惩是劝,一目了然。惜其年不永,殁后将刊板抵偿凤通于汪苍孚,举火焚之,故海内传者甚少。"
④ 《苦孝说》,张竹坡撰,谓《金瓶梅》撰者系一孝子,其亲为仇所算,故有此作,文末有"作者之心,其有余痛乎,则《金瓶梅》当名之曰《奇酸志》《苦孝说》"等语。
⑤ 假:借。
⑥ 庆:西门庆。
⑦ 酖[dān]:毒杀。
⑧ 蔡京,字元长,北宋熙宁、宣和年间大臣,曾四次出任宰相。
⑨ 金吾卫副千户:官名。
⑩ 受赇[qiú]:受贿。
⑪ 瘛[chì]疭[zòng]:筋脉痉挛。
⑫ 守备:官名。
⑬ 会:适逢。
⑭ 罗:收罗。
⑮ 已而:后来。
⑯ 擢[zhuó]:提拔。
⑰ 兵马制置:官名。

其前妻之子①，因亦以淫纵暴卒。比金兵将至清河，庆妻②携其遗腹子孝哥欲奔济南，途遇普净和尚，引至永福寺，以因果现梦化之，孝哥遂出家，法名"明悟"。

作者之于世情，盖诚极洞达，凡所形容，或条畅，或曲折，或刻露而尽相，或幽伏而含讥，或一时并写两面，使之相形，变幻之情，随在显见，同时说部③，无以上之④，故世以为非王世贞不能作。至谓⑤此书之作，专以写市井间淫夫荡妇，则与本文殊不符，缘⑥西门庆故称世家，为搢绅，不惟交通⑦权贵，即士类⑧亦与周旋。著此一家⑨，即骂尽诸色⑩，盖非独描摹下流言行，加以笔伐而已。

······妇人(潘金莲)道："怪奴才，可可儿的来，想起一件事来，我要说又忘了。"因⑪令春梅"你取那只鞋来与他瞧"："你认的这鞋是谁的鞋？"西门庆道："我不知是谁的鞋。"妇人道："你看他还打张鸡儿哩。瞒着我黄猫黑尾，你干的好茧儿。来旺媳妇子的一只臭蹄子，宝上珠也一般收藏在藏春坞雪洞儿里拜帖匣子内，搅着些字纸和香儿，一处放着。甚么罕稀物件，也不当家化化的，怪不的那贼淫妇死了随阿鼻⑫地狱。"又指着秋菊骂道："这奴才当我的鞋，又翻出来，教我打了几下。"分付⑬春梅："趁早与我掠出去。"春梅把鞋掠在地下，看着秋菊说道："赏与你穿了罢。"那秋菊拾着鞋儿说道："娘这个鞋，只好盛我一个脚指头儿罢。"那妇人骂道："贼奴才，还叫甚么毡娘哩。他是你家主子前世的娘！不然，怎的把他的鞋这等收藏的娇贵？到明日好传代。没廉耻的货！"

秋菊拿着鞋就往外走，被妇人又叫回来，分付："取刀来，等我把淫妇鞋剁作几截子，掠到茅厕里去，叫贼淫妇阴山背后永世不得超生。"因向西门庆道："你看着越心疼，我越发偏剁个样儿你瞧。"西门庆笑道："怪奴才，丢开手

---

① 其前妻之子：似有误，应为其管家周忠之子，即周义。
② 庆妻：西门庆嫡妻，即吴月娘。
③ 同时说部：同时代(其他)小说。
④ 无以上之：没有(一部)比得上它。
⑤ 至谓：至于说。
⑥ 缘：因为。
⑦ 交通：交往。
⑧ 士类：文人墨客。
⑨ 著：写。此一家：指西门庆一家。
⑩ 诸色：各色人等。
⑪ 因：因而。
⑫ 阿鼻：梵文(拉丁拼音)Avici 的音译，意为无尽。
⑬ 分付：同"吩咐"。

罢了，我哪里有这个心。"……（第二十八回）

    ……掌灯时分，蔡御史便说："深扰一日，酒告止了罢。"因起身出席。左右便欲掌灯。西门庆道："且休掌灯。请老先生后边更衣。"于是……让至翡翠轩，……关上角门，只见两个唱的，盛妆打扮，立于阶下，向前插烛也似磕了四个头。……蔡御史看见，欲进不能，欲退不舍，便说道："四泉，你如何这等爱厚？恐使不得。"西门庆笑道："与昔日东山之游，又何异乎？"蔡御史道："恐我不如安石①之才，而君有王右军②之高致矣。"……因进入轩内，见文物依然，因索纸笔，就欲留题相赠。西门庆即令书童将端溪砚研的墨浓浓的，拂下锦签。这蔡御史终是状元之才，拈笔在手，文不加点，字走龙蛇，灯下一挥而就，作诗一首。……（第四十九回）

    明小说之宣扬秽德③者，人物每有所指，盖借文字以报夙仇，而其是非，则殊难揣测。沈德符谓《金瓶梅》亦斥时事，"蔡京父子则指分宜④，林灵素则指陶仲文，朱勔则指陆炳⑤，其他亦各有所属"。则主要如西门庆，自当别有主名，即开篇所谓"有一处人家，先前怎地富贵，到后来煞甚凄凉，权谋术智，一毫也用不着，亲友兄弟，一个也靠不着，享不过几年的荣华，倒做了许多的话靶。内中又有几个斗宠争强迎奸卖俏的，起先好不妖娆妩媚，到后来也免不得尸横灯影，血染空房"（第一回）者是矣。结末稍进，用释家言，谓西门庆遗腹子孝哥方睡在永福寺方丈，普净引其母及众往，指以禅杖，孝哥"翻过身来，却是西门庆，项带沉枷，腰系铁索。复用禅杖只一点，依旧还是孝哥儿睡在床上。……原来孝哥儿即是西门庆托生"（第一百回）。此之事状，固若玮奇，然亦第谓种业留遗，累世如一，出离之道，惟在"明悟"而已。若云孝子衔酷⑥，用此复仇，虽奇谋至行，足为此书生色，而证佐盖阙⑦，不能信也。

---

① 安石，即王安石，北宋名臣。
② 王右军，即王羲之，东晋"书圣"，曾任右将军，故称。
③ 宣扬：揭发。秽德：秽恶之行、淫乱之为。
④ 分宜：指严嵩，江西分宜人，嘉靖时的奸臣，《明史·奸臣列传》中有传。
⑤ 陶仲文、陆炳，均嘉靖时的佞臣，《明史·佞幸列传》中有传。林灵素，北宋名道士。陶仲文，明嘉靖时奸臣，《明史·佞幸列传》中有传。朱勔[miǎn]，北宋奸臣。陆炳，明嘉靖时奸臣，《明史·佞幸列传》中有传。
⑥ 衔酷：心怀惨痛之情。
⑦ 阙：同"缺"。

故就文辞与意象以观《金瓶梅》，则不外描写世情，尽其情伪，又缘衰世，万事不纲，爰①发苦言，每极峻急，然亦时涉隐曲，猥黩②者多。后或略其他文，专注此点，因予恶谥③，谓之"淫书"；而在当时，实亦时尚。成化④时，方士李孜、僧继晓⑤已以献房中术骤贵，至嘉靖⑥间而陶仲文以进红铅⑦得幸于世宗，官至特进光禄大夫、柱国少师、少傅、少保、礼部尚书、恭诚伯。于是颓风渐及士流，都御史盛端明、布政使参议顾可学，皆以进士起家，而俱借秋石方⑧致大位。瞬息显荣，世俗所企羡，佞幸者多竭智力以求奇方，世间乃渐不以纵谈闺帏方药⑨之事为耻。风气既变，并及文林，故自方士进用以来，方药盛、妖心兴，而小说亦多神魔之谈，且每叙床第之事也。

然《金瓶梅》作者能文，故虽间杂猥词，而其他佳处自在。至于末流⑩，则着意所写，专在性交，又越常情，如有狂疾。惟《肉蒲团》⑪，意想颇似李渔⑫，较为出类而已。其尤下者⑬则意欲媟语⑭，而未能文，乃作小书，刊布于世，中经禁断，今多不传。

万历⑮时又有名《玉娇李》⑯者，云亦出《金瓶梅》作者之手。袁宏道曾闻大略，谓：

> 与前书各设报应因果，武大后世化为淫夫，上蒸下报；潘金莲亦作河间妇，终以极刑；西门庆则一骏憨⑰男子，坐视妻妾外遇，以见轮回不爽。

---

① 爰[yuán]：于是。
② 猥黩[dú]：卑污。
③ 恶谥[shì]：恶名。
④ 成化：明宪宗朱见深年号。
⑤ 李孜、僧继晓：李孜为成化时方士，僧继晓为成化时僧人，《明史·佞幸列传》有传。
⑥ 嘉靖：明世宗朱厚熜年号。
⑦ 红铅：女子经血，当时以为大补之药。
⑧ 秋石方：即所谓用阴阳二石炼就之方药。
⑨ 闺帏方药：即春药、壮阳药。
⑩ 末流：末流小说。
⑪ 《肉蒲团》：又名《觉后禅》，六卷二十回，旧刻本题"情痴反正道人编次"，别题"情隐先生编次"，卷首有西陵如如居士序。
⑫ 李渔，字谪凡，号笠翁，明末清初文人、戏曲家，著有《闲情偶寄》《笠翁十种曲》等。按：刘廷玑《在园杂志》谓《肉蒲团》系李渔所撰。
⑬ 尤下者：特别低劣者。
⑭ 媟[xiè]语：淫秽之语。
⑮ 万历：明神宗朱翊钧年号。
⑯ 《玉娇李》：亦作《玉娇丽》，已佚。沈德符《野获编》卷二十五："中郎又云，尚有名《玉娇李》者，亦出此名士手，与前书各设报应因果。"
⑰ 骏[ái]憨：痴傻。

后沈德符见首卷,以为:

> 秽黩百端,背伦蔑理,……其帝则称完颜大定①,而贵溪(夏言)②、分宜(严嵩)相构③,亦暗寓焉。至嘉靖辛丑,庶常诸公,则直书姓名④,尤可骇怪。……然笔锋恣横酣畅,似尤胜《金瓶梅》。(皆见《野获编》二十五)

今其书已佚,虽或偶有见者,而文章事迹,皆与袁沈之言不类⑤,盖后人影撰,非当时所见本也。

《续金瓶梅》前后集共六十四回,题"紫阳道人编"。自言东汉时辽东三韩⑥有仙人丁令威,后五百年而临安西湖有仙人丁野鹤,临化⑦遗言,

> 说五百年后又有一人名丁野鹤,是我后身,来此相访。后至明末,果有东海一人,名姓相同,来此罢官⑧而去,自称紫阳道人。(六十二回)

卷首有《太上感应篇·阴阳无字解》⑨,署"鲁诸邑丁耀亢参解",序有云:

> 自奸杞⑩焚予《天史》于南都⑪,海桑既变,不复讲因果事。今见圣天子⑫钦颁《感应篇》,自制御序,戒谕臣工⑬。

则《续金瓶梅》当成于清初,而丁耀亢即其撰人矣。耀亢字西生,号野鹤,山东诸城人,"弱冠为诸生,走江南与诸名士联文社,既归,郁郁不得志,作《天史》十

---

① 完颜大定:即金世宗,姓完颜,年号大定。
② 贵溪,即夏言,江西贵溪(今属)人,明嘉靖时武英殿大学士,终遭严嵩陷害,见《明史·夏言传》。
③ 相构:相组合。
④ 直书姓名:直接写出(书中影射之人中)姓名。
⑤ 不类:不同。
⑥ 辽东三韩:泛指辽东郡(包括今东北和朝鲜半岛北部)和朝鲜半岛南部(古有三部族,即马韩、辰韩、弁韩,合称"三韩")。
⑦ 临化:(婉辞)临死。
⑧ 罢官:弃官。
⑨ 《太上感应篇·阴阳无字解》:[明末清初] 丁耀亢撰,系参解[宋] 李昌龄传《太上感应篇》主旨。
⑩ 奸杞:阴险而无端猜疑之人(杞:杞人,"杞人忧天"略)。
⑪ 《天史》:丁耀亢所撰类列历代凶吉祥灾之书。南都:明南都,即应天府(今南京)。
⑫ 圣天子:指明世宗朱厚熜,即嘉靖帝。
⑬ 臣工:群臣百官。

卷。……清顺治四年入京，由顺天籍拔贡①，充镶白旗②教习，诗名甚盛。后为容城教谕③，迁惠安知县，不赴，六十后病目，自称木鸡道人，年七十二卒(约一六二〇——六九一)，所著有诗集十余卷，传奇四种"(乾隆《诸城志》十三及三六)④。《天史》者，类历代吉凶诸事而成，焚于南都，未详其实，《诸城志》但云"以献益都钟羽正⑤，羽正奇之"而已。

《续金瓶梅》主意殊单简⑥，前集谓普净是地藏菩萨化身，一日施食，以轮回大簿指点众鬼，俾⑦知将来恶报，后悉如言。

西门庆为汴京富室沈越子，名曰金哥，越之妻弟袁指挥，居对门，有女常姐，则李瓶儿后身，尝在沈氏宅打秋千，为李师师所见，艳其美，矫旨取之，改名银瓶。金人陷汴⑧，民众流离，金哥遂沦为乞丐；银瓶则为娼，通郑玉卿，后嫁为翟员外妾，又与郑偕遁至扬州，为苗青所赚，乃自经死。后集则叙东京孔千户女名梅玉者，以艳羡富贵，自甘为金人金哈木儿妾，而大妇⑨"凶妒"，篡取虐使之，梅玉欲自裁，因梦自知是春梅后身，大妇则孙雪娥再世，遂长斋念佛，不生嗔恨，竟得脱离。至⑩潘金莲，则转生为山东黎指挥女，名金桂，夫曰刘瘸子，其前生实为陈敬济，以夙业⑪故，体貌不全，金桂怨愤，因招妖蛊，又缘受惊，终成痼疾也。

余文俱述他人牵缠孽报，而以国家大事，穿插其间，又杂引佛典、道经、儒理，详加解释，动辄数百言，顾什九⑫以《感应篇》为归宿，所谓"要说佛、说道、说理学，先从因果说起，因果无凭，又从《金瓶梅》说起"(第一回)也。明之"淫书"作者，本好以阐明因果自解，至于此书，则因见"只有夫妇一伦，变故极多，……造出许多冤业，世世偿还，真是爱河自溺，欲火自煎，一部《金瓶梅》说了个色字，一部《续金瓶梅》说了个空字，从色还空，即空是色，乃自果报，转入佛法"(四十三回)矣。

---

① 拔贡：选拔为国子监贡生。
② 充：入。镶白旗：清代八旗之一。
③ 教谕：教官。
④ 按：关于丁耀亢的著作，据《乾隆诸城志》，有诗集《逍遥游》《陆舫诗草》《椒邱诗》《江干草》《归山草》《听山亭草》；传奇四种，即《西湖扇传奇》《化人游传奇》《蚺蛇胆传奇》《赤松游传奇》。
⑤ 钟羽正，字叔濂，山东益都人，明代大臣，曾任工部尚书，著有《崇雅堂集》等。
⑥ 主意：主题。单简：简单。
⑦ 俾：使。
⑧ 陷汴：攻陷汴梁(北宋京城)。
⑨ 大妇：大老婆。
⑩ 至：至于。
⑪ 夙业：前世罪孽(业：通"孽")。
⑫ 顾：但。什九：十之八九。

然所谓佛法，复甚不纯，仍混儒、道，与神魔小说诸作家意想无甚异，惟似较重力行①，又欲无所执著②，故亦颇讥当时空谈三教一致③及妄分三教等差④者之弊，如述李师师旧宅收没入官，立为大觉尼寺⑤，儒、道又出面纷争，即其例也：

> ……这里大觉寺兴隆佛事不题。后因天坛道官并阖学生员⑥争这块地，上司断决不开，各在兀术太子⑦营里上了一本⑧，说道："这李师师府，地宽大，僧妓杂居，单给尼姑盖寺，恐久生事端，宜作公所。其后半花园，应分割一半，作三教堂，为儒释道三教讲堂。"王爷准了，才息了三处争讼。那道官见自己不独得，又是三分四裂的，不来照管。这开封府秀才吴蹈理、卜守分两个无耻生员，借此为名，也就贴了公帖⑨，每人三钱，倒敛了三四百两分资⑩。不日盖起三间大殿，原是释迦佛居中，老子居左，孔子居右，只因不肯倒了自家门面，便把孔夫子居中，佛、老分为左右，以见贬黜异端外道的意思。把那园中台榭池塘，和那两间妆阁，当日银瓶做过卧房的，改作书房。
>
> ……这些风流秀士、有趣文人，和那浮浪子弟们，也不讲禅，也不讲道，每日在三教堂饮酒赋诗，倒讲了个色字，好个快活所在。题曰三空书院，无非说三教俱空之意。……（第三十七回上《三教堂青楼成净土》）

又有《隔帘花影》⑪四十八回，世亦以为《金瓶梅》后本，而实乃改易《续金瓶梅》中人名（如以西门庆为南宫吉之类）及回目，并删略其絮说因果语而成，书末不完⑫，盖将续作，然未出。一名《三世报》，殆包举⑬将来拟续之事；或并以武大被酖，亦为凤业，合数之得三世⑭也。

---

① 力行：身体力行，即指修行。
② 执著：同"执着"。
③ 三教一致：即三教（儒、释、道）合流。
④ 等差：高低。
⑤ 尼寺：尼姑所住的寺院，即尼姑庵。
⑥ 天坛道官并阖学生员：道士与儒生。
⑦ 兀术太子：即金兀术，姓完颜，名宗弼，金太祖完颜阿骨打第四子，金朝名将。
⑧ 上了一本：告了一状。
⑨ 公帖：告示。
⑩ 分资：每人分摊的钱。
⑪ 《隔帘花影》：全称《三世报隔帘花影》，清无名氏撰，卷首有四桥居士序，大概系康熙以后的作品。
⑫ 不完：未完。
⑬ 殆：大概。包举：包括。
⑭ 三世：前世、今世、来世。

谈《金瓶梅词话》①

郑振铎

一、《金瓶梅》所表现的社会

《金瓶梅》是一部不名誉的小说,历来读者们都公认它为"秽书"的代表。没有人肯公然的说,他在读《金瓶梅》。有一位在北平的著名学者,尝对人说,他有一部《金瓶梅》,但始终不曾翻过,为的是客人们来往太多,不敢放在书房里。相传刻《金瓶梅》者,每罹②家破人亡、天火烧店的惨祸。沈德符③的《顾曲杂言》里有一段关于《金瓶梅》的话:

> 袁中郎④《觞政》以《金瓶梅》配《水浒传》为外典⑤,余恨未得见。丙午⑥
> 遇中郎京邸,问曾有全帙⑦否? 曰:"第⑧睹数卷,甚奇快。今惟麻城刘延伯

---

① 本文选自《郑振铎全集》第四卷,题目为原书所有。本文要点:一、《金瓶梅》"表现真实的中国社会的形形色色""是一部很伟大的写实小说"。二、"西门庆一生发迹的历程,代表了中国古与今的社会里一般流氓或土豪阶级的发迹的历程。"三、《金瓶梅》有许多"秽亵的描写",但在一个"已腐败了的放纵的社会里",这似乎也是常有的,"除去了那些秽亵的描写,《金瓶梅》仍是不失为一部最伟大的名著的"。四、所谓"《真本金瓶梅》",其实并非"真本",倒后来发现的《金瓶梅词话》,可能比较接近原作。五、《金瓶梅词话》的作者"兰陵笑笑生",究为何人? 有人说是王世贞,有人说的李卓吾,但均无确凿证据;唯一能推断的是,"兰陵笑笑生"是在明万历年间写《金瓶梅词话》的,其他就一无所知了。
② 每罹:每每遭遇。
③ 沈德符,字景倩,又字虎臣、景伯,明万历、崇祯年间官吏、文人,官至职监司词林,著有《万历野获编》《清权堂集》等。
④ 袁中郎,即袁宏道,字中郎、无学,号石公、六休,明万历年间官吏、文人,官至国子博士,著有《瓶花斋杂录》《破研斋集》等。
⑤ 以《金瓶梅》配《水浒传》为外典:将《金瓶梅》配为《水浒传》的外典(原指佛经以外的典籍,此处意为同类)。
⑥ 丙午:年份。
⑦ 全帙[zhì]:全本。
⑧ 第:依次。

252

承禧①家有全本，盖从其妻家徐文贞录得者。"又三年，小修上公车②，已携有其书，因③与借钞挈归。吴友冯犹龙④见之惊喜，怂恿书坊以重价购刻。马仲良时榷吴关⑤，亦劝余应梓人⑥之求，可以疗饥⑦。余曰："此等书必遂有人板行⑧，但一出则家传户到，坏人心术。他日阎罗究诘⑨始祸，何辞以对？吾岂以刀锥博泥犁⑩哉！"仲良大以为然，遂固箧⑪之。未几时而吴中悬之国门⑫矣。

在此书刚流行时，已有人翼翼小心的不欲"以刀锥博泥犁"。而张竹坡评刻时，也必冠以"苦孝说"，以示这部书是孝子的有所为而作的东西。他道：

> 作者之心其有余痛乎！则《金瓶梅》当名之《奇酸⑬志》《苦孝说》，呜呼，孝子，孝子，有苦如是！

他要持此以掩护刻此"秽书"的罪过。其实《金瓶梅》岂仅仅为一部"秽书"！如果除净了一切的秽亵的章节，它仍不失为一部第一流的小说，其伟大似更过于《水浒》《西游》，《三国》更不足和它相提并论。在《金瓶梅》里所反映的是一个真实的中国的社会。这社会到了现在，似还不曾成为过去。要在文学里看出中国社会的潜伏的黑暗面来，《金瓶梅》是一部最可靠的研究资料。

近来有些人，都要在《三国》《水浒》里找出些中国社会的实况来。但《三国志演义》离开现在实在太辽远了；那些英雄们实在是传说中的英雄们，有如荷马的

---

① 刘延伯承禧：刘延伯，字承禧。
② 小修，袁小修，即袁中道，字小修，明代文人，官至南京吏部郎中，文坛"公安派"领袖之一，与袁宗道、袁宏道合称"三袁"。上公车：(去京应试的举人可乘皇家公车)代指进京应试。
③ 因：因而。
④ 吴友：苏州朋友。冯犹龙，即冯梦龙，字犹龙，明代文人，与兄冯梦桂、弟冯梦熊合称"吴下三冯"，主要著作为《喻世明言》《警世通言》《醒世恒言》，合称"三言"。
⑤ 马仲良，生平不详。榷：专营、执掌。吴关：苏州官府。
⑥ 梓人：书商。
⑦ 疗饥：充饥，喻一睹为快。
⑧ 板行：出版(板：通"版")。
⑨ 阎罗：阎罗王，代指朝廷。究诘：追问。
⑩ 以刀锥博泥犁：以小搏大、以弱搏强(博：通"搏")。
⑪ 固箧[qiè]：深藏。
⑫ 吴中：地名，在今苏州。悬之国门：公之于世。
⑬ 酸：怨。

253

Achilles、Odysseus①,《圣经》里的圣乔治②,英国传说里的 Round Table 上的英雄们③似的带着充分的神秘性、充分的超人的气氛。如果要寻找刘、关、张式的结义的事实,小说里真是俯拾皆是,却恰恰以《三国志演义》所写的为最驽下④。《说唐传》里的瓦岗寨故事;《说岳精忠传》的牛皋、汤怀、岳飞的结义;《三侠五义》的五鼠聚义,徐三哭弟,够多么活跃! 他们也许可以反映出一些民间的"血兄弟"的精神出来吧。至于《水浒传》,比《三国志演义》是高明得多了。但其所描写的政治上的黑暗(千篇一律的"官逼民反"),于今读之,有时类乎"隔靴搔痒"。

> 赤日炎炎似火烧,田中禾黍半枯焦。
>
> 农夫心内如汤煮,公子王孙把扇摇。

《水浒传》的基础,似就是建筑在这四句诗之上的。水泊梁山上的英雄们,并不完全是"农民"。他们的首领们大都是"绅",是"官",是"吏",甚至是"土豪",是"恶霸"。而《水浒传》把那些英雄们也写得有些半想象的超人间的人物。

表现真实的中国社会的形形色色者,舍《金瓶梅》恐怕找不到更重要的一部小说了。

不要怕它是一部"秽书"。《金瓶梅》的重要,并不建筑在那些秽亵的描写上。

它是一部很伟大的写实小说,赤裸裸的、毫无忌惮的表现着中国社会的病态,表现着"世纪末"的最荒唐的一个堕落的社会的景象。而这个充满了罪恶的畸形的社会,虽经过了好几次的血潮的洗荡,至今还是像陈年的肺病患者似的,在恹恹一息的挣扎着,生存在那里呢。

于不断记载着拐、骗、奸、淫、掳、杀的日报上的社会新闻里,谁能不嗅出些《金瓶梅》的气息来。

郓哥般的小人物、王婆般的"牵头",在大都市里是不是天天可以见到?

西门庆般的恶霸土豪,武大郎、花子虚般的被侮辱者,应伯爵般的帮闲者,是不是已绝迹于今日的社会上?

杨姑娘的气骂张四舅、西门庆的谋财娶妇、吴月娘的听宣卷,是不是至今还

---

① Achilles、Odysseus,阿喀琉斯、奥德修斯,均《荷马史诗》中的希腊英雄。
② 圣乔治:英文 Saint George,基督教传说中的屠龙英雄。
③ Round Table 上的英雄们:即亚瑟王传奇中的圆桌骑士(英文 Round Table:圆桌)。
④ 驽下:劣等。

如闻其声,如见其形?

那西门庆式的黑暗的家庭,是不是至今到处都还像春草似的滋生蔓殖着?

《金瓶梅》的社会是并不曾僵死的;《金瓶梅》的人物们是至今还活跃于人间的,《金瓶梅》的时代,是至今还顽强的在生存着。

我们读了这部被号为"秽书"的《金瓶梅》,将有怎样的感想与刺激?

正乱着,只见姑娘①拄拐,自后而出。众人便道:"姑娘出来。"都齐声唱喏。姑娘还了万福,陪众人坐下。姑娘开口:"列位高邻在上,我是她的亲姑娘,又不隔从,莫不没我说去。死了的也是侄儿,活着的也是侄儿,十个指头,咬着都疼。如今休说他男子汉手里没钱,他就是有十万两银子,你只好看他一眼罢了。他身边又无出②。少女嫩妇的,你拦着,不教她嫁人,留着她做什么!"众街邻高声道:"姑娘见得有理!"婆子道:"难道她娘家陪的东西也留下它的不成!她背地又不曾私自与我什么,说我护她!也要公道。不瞒列位说,我这侄儿平日有仁义,老身舍不得她好温存性儿。不然老身也不管着她。"那张四在傍,把婆子瞅了一眼,说道:"你好失心儿!凤凰无宝处不落。"只这一句话,道着了这婆子真病,须臾怒起,紫涨了面皮,扯定张四大骂道:"张四,你休胡言乱语,我虽不能不才,是杨家正头香主。你这老油嘴,是杨家那臁子③俞的?"张四道:"我虽是异姓,两个外甥是我姐姐养的。你这老咬虫,女生外向行,放火又一头放水。"姑娘道:"贱没廉耻,老狗骨头,她少女嫩妇的,留着她在屋里,有何算计!既不是图色欲,便欲起谋心,将钱肥己。"张四道:"我不是图钱,争奈是我姐姐养的。有差迟,多是我;过不得日子,不是你。这老杀才,搬着大,引着小,黄猫儿,黑尾!"姑娘道:"张四,你这老花根,老奴才,老粉嘴,你恁④骗口张舌的,好淡扯!到明日死了时,不使了绳子扛子!"张四道:"你这嚼舌头老淫妇,挣将钱来,焦尾靶,怪不的恁无儿无女!"姑娘急了,骂道:"张四贼,老苍根,老猪狗!我无儿无女,强似你家妈妈子,穿寺院,养和尚,合道士,你还在睡里梦里!"当下两个差些儿不曾打起来。(《金瓶梅词话》第七回)

---

① 姑娘:姑妈。

② 无出:没子女。

③ 臁子[liáo]:(秽语)同"屌子",男性生殖器。

④ 恁[nèn]:那么。

这骂街的泼妇口吻，还不是活泼泼的如今日所听闻到的么？应伯爵的随声附和，潘金莲的指桑骂槐……还不都是活泼泼的如今日所听闻到的么？

然而这书是三百五六十年前的著作！

到底是中国社会演化得太迟钝呢？还是《金瓶梅》的作者的描写，太把这个民族性刻划得入骨三分，洗涤不去？

谁能明白的下个判断？

像这样的堕落的古老的社会，实在不值得再生存下去了。难道便不会有一个时候的到来，用青年们的红血把那些最龌龊的陈年的积垢，洗涤得干干净净？

二、西门庆的一生

西门庆一生发迹的历程，代表了中国古与今的社会里一般流氓或土豪阶级的发迹的历程。

表面上看来，《金瓶梅》似在描写潘金莲、李瓶儿和春梅那些个妇人们的一生，其实却是以西门庆的一生的历史为全书的骨干与脉络的。

我们且看西门庆是怎样的"发迹变泰"的。

西门庆是清河县一个破落户财主，就县门前开着个生药铺，从小儿也是个好浮浪子弟，使得些好拳棒，又会赌博，双陆象棋，抹牌道字，无不通晓。近来发迹有钱，"专在县里，管些公事，与人把揽，说事过钱，交通官吏"。因此满县人都惧怕他。(《金瓶梅词话》第二回)

他是这样的一位由破落户而进展到"专在县里，管些公事，与人把揽，说事过钱，交通官吏"的人物。他的名称，遂由西门大郎而被抬高到西门大官人，成了一位十足的土豪。

但他的名还未出乡里，只能在县衙门里上下其手，吓吓小县城里的平民们。

西门庆谋杀了武大，即去请仵作团头①何九喝酒，送了他十两银子，说道："只是如今殓武大的尸首，凡百事周旋，一床锦被遮盖则个。"何九自来惧西门庆是个把持官府的人，只得收了银子，代他遮盖。(《词话》第六回)他已能指挥得动地方上的吏役。

依靠了"交通官吏"的神通，西门庆在清河县里实行并吞寡妇孤儿的财产。

---

① 仵[wǔ]作团头：吏名，即验尸官。

他骗娶了孟玉楼，为了她的嫁妆；"南京拔步床也有两张，四季衣服，插不下手去，也有四五只箱子，金镯、银钏不消说，手里现银子也有上千两，好三梭布也有三二百筒。"（《词话》第七回）他把孟玉楼骗到手，便将她的东西都压榨出来。

他娶了潘金莲来家，还设法把武松充配到孟州道去。

他进一步在转隔壁的邻居花子虚的念头。花子虚有一个千娇百媚的娘子李瓶儿，他手里还有不少的钱。西门庆想方设法勾引上了李瓶儿，把花子虚气得病死。为了谋财，西门庆又在谋娶李瓶儿。不料因了西门庆为官事所牵引，和她冷淡了下来，在其间，瓶儿却招赘了一个医生蒋竹山。终于被西门庆使了一个妙计，叫几个无赖打了蒋竹山一顿，还把他告到官府。瓶儿因此和他离开，而再嫁给西门庆。（《词话》第十三回到第十九回）

在这个时候，西门庆已熬到了和本地官府们平起平坐的资格。在周守备生日的时候，他"骑匹大白马，四个小厮跟随，往他家拜寿。席间也有夏提刑、张团练、荆千户、贺千户"。

京都里杨戬被宇文虚中所参倒，其党羽皆发边卫充军。西门庆的女婿陈敬济的父亲陈洪，原是杨党，便急急的打发儿子带许多箱笼床帐，躲避到西门庆家里来，另外送他银五百两。他却毫不客气的"把箱笼细软，都收拾月娘上房来"。（《词话》第十七回）他是那样的巧于乘机掠夺在苦难中的戚友的财产。但他心中也不能不慌，因了他亲家陈洪的关系，他也已成了杨戬的党中人物。他便使来保、来旺二人，上东京打点。先送白米五百石给蔡京府中，然后再以五百两金银送给李邦彦，请他设法将案卷中西门庆的名字除去。邦彦果然把他的名字改作贾廉。（《词话》第十八回）西门庆至此，一块石头方才落地，安心享用着他亲家陈洪的财物。（后来西门庆死后，陈敬济常以此事为口实来骂吴月娘，见《词话》八十六回）

他是这样的以他人的财物与名义，作为自己的使用的方便。而他之所以能够以一品大百姓而和地方官吏们平起平坐，原来靠的还是和杨戬勾结的因缘。

杨戬倒了，他更用金钱勾结上蔡太师。先走蔡宅的管家翟谦的路。蔡太师便是利用着这些家奴和破落户，来肥饱私囊的。彼有所奉，此有所求。破落户西门庆的势力因得了这位更大的靠山而日增。他居然可以为大商人们说份上①。

蔡京生辰时，他送了"生辰担"，一份重重的礼去。翟谦还需索他，要他买送个漂亮的女郎给他。

---

① 说份上：说情送礼。

蔡太师为报答他的厚礼,竟把他由"一介乡民",提拔起来,在那山东提刑所,做个理刑副千户。西门庆如今是一个正式的官僚了。这当是古今来由"土豪"高升到"劣绅"的一条大路。正是:

富贵必因奸巧得,功名全仗邓通①成。

有了功名官职,他的气势更自不同。多少人来逢迎,来趋奉,来投托!连太监们也都来贺喜。(《词话》第三十回到三十一回)

他是那么慷慨好客,那末轻财仗义?!吴典恩向他借了一百两银子,文契上写着每月利行五分。"西门庆取笔把利钱抹了。说道:'既道应二哥作保,你明日只还我一百两本钱就是了。'"(《词话》第三十一回)凡要做"土劣",这种该撒漫钱财处便撒漫些,正是他们的处世秘诀之一。

他一方面兼并、诈取,搜括老百姓的钱财;譬如以贱价购得若干的绒线,他便设计开张了一家绒线铺,一天也卖个五十两银子。同时他方面,他也成了京中宰官们的外府,不得不时时应酬些。连管家翟谦也介绍新状元蔡一泉("乃老爷之假子"),因奉敕回籍省视之便,道经清河县,到他那里去,"仍望留之一饭,彼亦不敢有忘也"。下书人却毫不客气的说道:"翟爹说,只怕蔡老爹回乡,一时缺少盘缠,烦老爹这里,多少只顾借与他。写信去翟爹那里,如数补还。"西门庆道:"你多上复翟爹,随他要多少,我这里无不奉命。"

蔡状元来了,西门庆是那么殷勤的招待着他。结局是,送他金缎一端、领绢二端、合香五百、白金一百两。(《词话》第三十六回)

"土劣"②之够得上交通官吏,手段便在此!官吏之乐于结识"土劣",为"土劣"作蔽护,其作用也便在此。其实仍是由老百姓们身上辗转搜括而来的——羊毛出在羊身上。而这一转手之间,"土劣"便"名利双收"。

不久,西门庆又把他的初生的儿子和县中乔大户结了亲,这也不是没有什么作用在其间的。他得意之下,装腔作态的说道:

既做亲也罢了,只是有些不搬陪③些。乔家虽如今有这个家事,他只是

---

① 邓通,汉文帝男宠,仗势铸钱,私制"邓通钱",富甲天下,后世以其名代指黑钱。
② "土劣":土豪劣绅。
③ 搬陪:同"般配"。

个县中大户，白衣人①。你我如今见居着这官，又在衙门中管着事，到明日会亲酒席间，他戴着小帽，与俺这官户，怎生相处？甚不雅相！（《词话》第四十一回）

"士别三日，便当刮目相待"，纱帽一上了头，他如今便是另一番气象，而以和戴小帽的"白衣人"会亲为耻了！

西门庆做了提刑官，胆大妄为，到处显露出无赖的本色。苗员外的家人苗青，串通强盗，杀了家主。他得到苗青的一千两银子，买放了他，只把强盗杀掉。这事闹得太大了，被曾御史参了一本。他只得赶快打点礼物，"差人上东京，央及老爷那里去"。养兵千日，用在一时。翟谦以至蔡京，果然为他设法开脱，"吩咐兵部余尚书，把他的本只不复上来。交②你老爹只顾放心，管情一些事儿没有"。

结果是，"见今巡按也满了，另点新巡按下来了"。新巡按宋盘，就是学士蔡攸之妇兄。那一批裙带官儿，自然是一鼻孔出气的。所以西门庆不仅从此安吉，反更多了一个靠山。那蔡状元也点了御史，西门庆竟托他转请宋巡按到他家宴饮。

宋御史令左右取递的手本来，看见西门庆与夏提刑名字，说道："此莫非与翟云峰有亲者？"蔡御史道："就是他，如今在外面伺候，要央学生奉陪年兄，到他家一饮。未审③年兄尊意若何？"宋御史道："学生初到此处，不好去得。"蔡御史道："年兄怕怎的！既是云峰分上，你我走走何害。"于是吩咐看轿，就一同起行。

这一顿饭，把西门庆的地位又抬高了许多。他还向蔡御史请托了一个人情："商人来保、崔本，旧派④淮盐三万引⑤，乞到日早挈⑥。"蔡御史道："这个甚么打紧！"又对来保道："我到扬州，你等径来察院见我。我比别的商人早挈取你盐一个月。"（《词话》第四十九回）

"土劣"做买卖，也还有这通天的手段，自然可以打倒一般的竞争者，而获得厚利了。

蔡太师的生辰到了，西门庆亲自进京拜寿，又厚厚的送了二十扛金银缎匹，

---

① 白衣人：平民百姓。
② 交："叫"之别字。
③ 未审：不知。
④ 旧派：已发送。
⑤ 引：斤。
⑥ 早挈：早点提取。

而且托了翟管家，说明拜太师为干爷。这是平地一声雷，又把西门庆的地位、身份增高了不少。（《词话》第五十五回）

他如今不仅可以公然的欺压平民们，而且也可以不怕巡按之类的上官了，而且还可以为小官僚们说份上、通关节了。

正是："时来风送滕王阁。"他的家产便也因地位日高而日增了；商店也开张得更多了；买卖也做得更大了。他是可以和宋巡按们平起平坐的人物了。

西门庆不久便升为正千户提刑官，进京陛见，和朝中执政的官僚们，都勾结着，很说得来。（《词话》第七十回到七十一回）

在这富贵逼人来的时候，西门庆因为纵欲太过，终于舍弃了一切而死去。

以上便是这个破落户西门庆的一生！

腐败的政治、黑暗的社会，竟把这样的一个无赖，一帆风顺的"日日高升"，居然在不久，便成一县的要人、社会的柱石。这个国家如何会不整个的崩坏？不必等金兵的南下，这个放纵、陈腐的社会已是到处都现着裂罅①的了。

在西门庆的宴饮作乐，"夜夜元宵"的当儿，有多少的被压迫、被侮辱者在饮泣着，在诅咒着！

他用"活人"作阶梯，一步步踏上了"名"与"利"的园地里。他以欺凌、奸诈、硬敲、软骗的手段，榨取了不知数的老百姓们的利益！然而在老百姓们确实是被压迫得太久了，竟眼睁睁的无法奈这破落户何！等到武松回来为他哥哥报仇时，可惜西门庆是尸骨已寒了。（《水浒传》上说，西门庆为武松所杀。但《金瓶梅》则说，死于武松手下者仅为潘金莲，西门庆已先病卒。）

三、《金瓶梅》为什么成为一部"秽书"？

除了秽亵的描写以外，《金瓶梅》实是一部了不起的好书，我们可以说，它是那样淋漓尽致的把那个"世纪末"的社会，整个的表现出来。它所表现的社会，是那么根深蒂固的生活着，这几乎是每一县都可以见得到一个普遍的社会的缩影。但仅仅为了其中夹杂着好些秽亵的描写之故，这部该受盛大的欢迎与精密的研究的伟大的名著，三百五十年来却反而受到种种的歧视与冷遇——甚至毁弃、责骂。我们该责备那位《金瓶梅》作者的不自重与放荡吧？

---

① 裂罅[xià]：裂缝。

诚然的,在这部伟大的名著里,不干净的描写是那么多,简直像夏天的苍蝇似的,驱拂不尽。这些描写常是那么有力,足够使青年们荡魂动魄的受诱惑。一个健全、清新的社会,实在容不了这种"秽书",正如眼瞳中之容不了一根针似的。

但我们要为那位伟大的天才,设身处地的想一想:他为什么要那样的夹杂着许多秽亵的描写?

人是逃不出环境的支配的,已腐败了的放纵的社会里,很难保持得了一个"独善其身"的人物。《金瓶梅》的作者是生活在不断的产生出《金主亮荒淫》《如意君传》《绣榻野史》等等"秽书"的时代的。连《水浒传》也被污染上些不干净的描写;连戏曲上也往往都充满了龌龊的对话。(陆采的《南西厢记》、屠隆的《修文记》、沈璟的《博笑记》、徐渭的《四声猿》等等,不洁的描写与对话是常可见到的。)笑谈一类的书,是以关于"性"的玩笑为中心的。(像万历版《谑浪》和许多附刊于《诸书法海》《绣谷春容》诸书里的笑谈集都是如此。)春画①的流行,成为空前的盛况。万历版的《风流绝畅图》和《素娥篇》是刊刻得那么精美。(《风流绝畅图》是以彩色套印的;当是今知的世界最早的一部彩印的书。)据说,那时刊版流传的春画集,市面上公开流行的至少有二十多种。

在这淫荡的"世纪末"的社会里,《金瓶梅》的作者,如何会自拔呢?随心而出,随笔而写,他又怎会有什么道德利害的观念在着呢?大抵他自己也当是一位变态的性欲的患者吧,所以是那么着力的在写那些"秽事"。

当罗马帝国的崩坏的时代,淫风炽极一时,连饭厅上的壁画,据说也有绘着春画的。今日那泊里(Nable)②的博物院里尚保存了不少从彭培③古城发掘来的古春画。明代中叶以后的社会的情形,正有类于罗马的末年。一般④饱食终日、无所用心的士大夫,乃至破落户,只知道追欢求乐,寻找出人意料的最刺激的东西,而平民们却被压迫得连呻吟的机会都没有。这个"世纪末"的堕落的帝国,怎么能不崩坏呢?

说起"秽书"来,比《金瓶梅》更荒唐、更不近理性的,在这时代更还产生得不少。以《金瓶梅》去比什么《绣榻野史》《弁而钗》《宜春香质》之流,《金瓶梅》还可算是"高雅"的。

---

① 春画:春宫画。
② 那泊里(Nable):今译"拿坡里",意大利南部城市。
③ 彭培:今译"庞贝"。
④ 一般:一班、一帮。

对于这个作者，我们似乎不能不有恕辞，正如我们之不能不宽恕了曹雪芹《红楼梦》里的贾宝玉初试云雨情，李百川《绿野仙踪》里的温如玉嫖妓、周琏偷情的几段文字一样。这和专门描写性的动作的色情狂者，像吕天成、李渔①等，自是罪有等差的。

好在我们如果除去了那些秽亵的描写，《金瓶梅》仍是不失为一部最伟大的名著的，也许"瑕"去而"瑜"更显。我们很希望有那样的一部删节本的《金瓶梅》出来。什么《真本金瓶梅》《古本金瓶梅》，其用意也有类于此。然而却非我们所希望有的。

四、《真本金瓶梅》《金瓶梅词话》及其他

上海卿云书局出版、用木安素律师名义保护着的所谓《古本金瓶梅》，其实只是那部存宝斋铅印《真本金瓶梅》的翻版。存宝斋本，今已罕见。故书贾遂得以"孤本""古本"相号召②。

存宝斋印行《绘图真本金瓶梅》的时候，是在民国二年。卷首有同治三年蒋敦艮的序和乾隆五十九年王昙的《金瓶梅考证》。王昙的"考证"，一望而知其为伪作。也许便是出于蒋敦艮辈之手吧。蒋序道："曩游禾群③，见书肆④架上有抄本《金瓶梅》一书，读之与俗本⑤迥异。为小玲珑山馆藏本，赠大兴舒铁云，因此赠其妻甥王仲瞿者。有考证四则。其妻金氏，加以旁注。"王氏⑥的考证道："原本与俗本有雅郑之别。原本之发行，投鼠忌器，断不在东楼⑦生前。书出，传诵一时。陈眉公《狂夫丛谈》极叹赏之，以为才人之作。则非今之俗本可知……安得举今本而……摧烧之！"

这都是一片的胡言乱道。其实，当时蒋敦艮辈把流行本《金瓶梅》乱改删一气，而作成这个"真本"的。

"真本"所依据而加以删改的原本，必定是张竹坡评本的"第一奇书"。这是

---

① 吕天成，《绣榻野史》作者。李渔，《肉蒲团》作者。
② 号召：号称。
③ 曩[nǎng]：昔日。禾群：市场。
④ 书肆：书店。
⑤ 俗本：流行本。
⑥ 王氏：指王昙。
⑦ 东楼，严东楼，即严世蕃，字德球，号东楼，明朝大奸臣严嵩之子。有一说，称作《金瓶梅》者是用以毒杀严世蕃的。

显然可知的,只要对读了一下,其"目录"之以二字为题,像:"第一回　热结　冷遇";"第二回　祥梦　赠言",也都直袭之于"第一奇书"的。在这个《真本金瓶梅》里果然把秽亵的描写,删去净尽;但不仅删,还要改,不仅改,还要增。以此,便成了一部佛头着粪①的东西了。

为了那位删改者不肯自承删改,偏要居于"伪作者"之列,所以便不得不处处加以联缝,加以补充。

我们所希望的并不是那么一部"作伪"的冒牌的东西,而是保存了古作、名著的面目、删去的地方并不补充,而只是说明删去若干字、若干行的一部忠实的删本。

英国译本的 Ovid 之《爱经》②,凡遇不雅驯的地方,皆删去不译,或竟写拉丁原文,不译出来。日本翻印的《支那珍籍丛刊》,凡遇原书秽亵的地方,也都像他妈的新闻杂志上所常见的被删去的一句一节相同,用××来代替原文。这倒不失为一法。

当然,删改本如有,也不过为便利一般读者计。原本的完全的面目的保全,为专门研究者计,也是必要的。好在"原本"并不难得。今所知的,已数不清有多少种的翻版。

张竹坡本《第一奇书》也有妄改处、删节处。那一个评本,并不是一部好的可据的版本。

在十多年前,如果得到一部明末刊本的《金瓶梅》,附图的,或不附图的,每页中缝不写"第一奇书"而写"金瓶梅"三个字的,便要算是"珍秘"之至。那部附插图的明末版《金瓶梅》,确是比《第一奇书》高明得多。《第一奇书》即由彼而出。明末版的插图,凡③一百页,都是出于当时新安名手④。图中署名的有刘应祖、刘启先、洪国良、黄子立、黄汝耀诸人。他们都是为杭州各书店刻图的,《吴骚合编》⑤便出于他们之手。黄子立又曾为陈老莲⑥刻《九歌图》和《叶子格》。这可见这部《金瓶梅》也是当时杭州版。其刊行的时代,则当为崇祯间。

---

① 佛头着粪:原指佛性慈善,在他头上放粪也不计较;后多比喻并不好的东西放在好东西上,玷污了好东西。
② Ovid,奥维德,古罗马诗人。
③ 凡:大约。
④ 新安名手:新安画派名家。
⑤ 《吴骚合编》:全名《白雪斋选订乐府吴骚合编》,散曲选,〔明〕张楚叔、张旭初选编。
⑥ 陈老莲,即陈洪绶,字章侯,号老莲,明末清初书画家。

半年以前,在北平忽又发现了一部《金瓶梅词话》,那部书当是最近于原来的面目的。北平古佚小说刊行会的诸君,尝集资影印了百部,并不发售。我很有幸的,也得到了一部。和崇祯版对读了一过之后,觉得其间颇有些出入、异同。这是万历间的北方刻本,白棉纸印。当是今知的最早的一部《金瓶梅》,但沈德符所见的"吴中悬置国门"的一本,惜今已绝不可得见。

《金瓶梅词话》比崇祯本《金瓶梅》多了一篇欣欣子的序①,那是很重要的一个文献。又多了三页的开场词。它也载着一篇"万历丁巳季冬东吴弄珠客漫书于金阊道中"的序文②,这是和崇祯本相同的。可见它的刊行,最早不得过于公元一六一七年;而其所依据的原本,便当时万历丁巳东吴弄珠客序的一本。

这部《词话》和崇祯版《金瓶梅》有两个地方大不相同:

(一)第一回的回目,崇祯本作"西门庆热结十兄弟　武二郎冷遇亲哥嫂";《词话》本则作"景阳冈武松打虎　潘金莲嫌夫卖风月"。这一回的前半,二本几乎全异。《词话》所有的武松打虎事,崇祯本只应伯爵口中淡淡的提到。而崇祯

---

① 欣欣子的序:全文如下:"窃谓兰陵笑笑生作《金瓶梅传》,寄意于时俗,盖有谓也。人有七情,忧郁为甚。上智之士,与化俱生,雾散而冰裂,是故不必言矣。次焉者,亦知以理自排,不使为累。惟下焉者,既不能了于心胸,又无诗书道腴可以拨遣,然则不致于坐病者几希。吾友笑笑生为此,爰罄平日所蕴者,著斯传,凡一百回。其中语句新奇,脍炙人口,无非明人伦,戒淫奔,分淑慝,化善恶,知盛衰消长之机,取报应轮回之事,如在目前;始终如脉络贯通,如万丝迎风而不乱也。使观者庶几可以一哂而忘忧也。其中未免语涉俚俗,气含脂粉。余则曰:不然。《关雎》之作,乐而不淫,哀而不伤。富与贵,人之所慕也,鲜有不至于淫者;哀与怨,人之所恶也,鲜有不至于伤者。吾081观前代骚人,如卢景晖之《剪灯新话》、元微之之《莺莺传》、赵君弼之《效颦集》、罗贯中之《水浒传》、丘琼山之《钟情丽集》、卢梅湖之《怀春雅集》、周静轩之《秉烛清谈》,其后《如意传》《于湖记》,其间语句文确,读者往往不能畅怀,不至终篇而掩弃之矣。此一传者,虽市井之常谈,闺房之碎语,使三尺童子闻之,如饮天浆而拔鲸牙,洞洞然易晓。虽不比古之集理趣,文墨绰有可观。其他关系世道风化,惩戒善恶,涤虑洗心,无不小补。譬如房中之事,人皆好之。人非尧舜圣贤,鲜有不为所耽。富贵善良,人皆恶之,是以摇动人心,荡其素志。观其高堂大厦,云窗雾阁,何深沉也;金屏绣褥,何美丽也;鬓云斜嚲,春酥满胸,何婵娟也;雄凤雌凰迭舞,何殷勤也;锦衣玉食,何侈费也;佳人才子,嘲风咏月,何绸缪也;鸡舌含香,唾圆流玉,何溢度也;一双玉腕绾复绾,两只金莲颠倒颠,何猛浪也;既其乐矣,然乐极必悲生;如离别之机将兴,憔悴之容必见者,所不能免也;折梅逢驿使,尺素寄鱼书,所不能无也;患难迫切之中,颠沛流离之顷,所不能脱也;陷命于刀剑,所不能逃也;阳有王法,幽有鬼神,所不能逭也。至于淫人妻子,妻子淫人,祸因恶积,福缘善庆,种种皆不出循环之机。故天有春夏秋冬,人有悲欢离合,莫怪其然也。合天时者,远则子孙悠久,近则安享终身;逆天时者,身名罹丧,祸不旋踵。人之处世,虽不出乎世运代谢,然不经凶祸,不蒙耻辱者,亦幸矣。吾故曰:笑笑生作此传者,盖有所谓也。欣欣子书于明贤里之轩。"

② "东吴弄珠客"的序文如下:"《金瓶梅》,秽书也。袁石公亟称之,亦自寄其牢骚耳,非有取于《金瓶梅》也。然作者亦自有意,盖为世戒,非为世劝也。如诸妇多矣,而独以潘金莲、李瓶儿、春梅命名者,亦楚《梼杌》之意也。盖金莲以奸死,瓶儿以孽死,春梅以淫死,较诸妇为更惨耳。借西门庆以描画世之大净,应伯爵以描画世之小丑,诸淫妇以描画世之丑婆、净婆,令人读之汗下。盖为世戒,非为世劝也。余尝曰:'读《金瓶梅》而生怜悯心者,菩萨也;生畏惧心者,君子也;生欢喜心者,小人也;生效法心者,乃禽兽耳。'余友人褚孝秀,偕一少年同赴歌舞之筵,衍至霸王夜宴,少年垂涎曰:'男儿何可不如此!'褚孝秀曰:'也只为这乌江设此一着耳。'同座闻之,叹为有道之言。若有人识得此意,方许他读《金瓶梅》也。不然,石公几为导淫宣欲之尤矣!奉劝世人,勿为西门庆之后车可也。万历丁巳季冬东吴弄珠客漫书于金阊道中。"

本的铺张扬厉的西门庆"热结"十兄弟事,《词话》却又无之。这"热结"事,当时崇祯"编"刻者所加入的吧。戏文必须"生""旦"并重。第一出是"生"的,第二出必是"旦"的。崇祯本之删去武松打虎事儿着重于西门庆的"热结十兄弟",当时受此影响的。

(二)第八十四回,词话本是"吴月娘大闹碧霞宫　宋公明义释清风寨";崇祯本则作"吴月娘大闹碧霞宫　普静师化缘雪涧洞"。把吴月娘清风寨被掳,矮脚虎王英强迫成婚,宋公明义释的一段事整个的删去了。这一段事突如其来,颇可怪。崇祯本的"编"刻者,便老实不客气的将这赘瘤割掉。这也可见,《金瓶梅词话》的作者,原未脱净《水浒传》的拘束,处处还想牵连着些。

其他小小的异同之点,那是指不胜屈的。词话本的回目,就保存浑朴的古风,每回二句,并不对偶,字数也不等,像:"来保押送生辰担　西门庆生子嘉官"(第三十四回);"为失金西门骂金莲　因结亲月娘会乔太太"(第四十三回);"西门庆迎请宋巡抚　永福饯行遇胡僧"(第四十九回);"月娘识破金莲奸情　薛嫂月下卖春梅"(第八十五回),崇祯本便大不相同了,相当于上面的四回的回目已被改作"蔡太师擅恩赐爵　西门庆生子加官";"争宠爱金莲惹气　卖富贵吴月攀亲";"请巡按屈体求荣　遇胡僧现身施药";"吴月娘识破奸情　春梅姐不垂别泪"。骈偶互称,面目一新,崇祯本的"编"刻者是那样的大胆的在改作着。在许多山东土话,南方人不大懂得的,崇祯本也都已易以浅显的国语。我们可以断定的说。(而这个笔削本,便是一个"定本",成为今知的一切《金瓶梅》之祖。)《金瓶梅词话》才是原来的本来面目。

五、《金瓶梅词话》作者及时代的推测

关于《金瓶梅词话》的作者及其产生的时代问题,至今尚未有定论。许多的记载都说,这部《词话》是嘉靖间大名士王世贞所作的。这当由于沈德符的"闻此为嘉靖间大名士手笔"一语而来,因此遂造作出那些《清明上河图》一类①的苦孝说的故事。或以为系王世贞作以毒害严世蕃的,或以为系他作以毒害唐顺之的。这都是后来的附会,绝不可靠。王昙②的《金瓶梅考证》说:

---

① 《清明上河图》一类:意为虚假的(关于《清明上河图》,历来有许多稀奇古怪的传说,但均属虚假,故称)。

② 王昙[tán],又名良士,字仲瞿,清乾隆、嘉庆年间文人,著有《烟霞万古楼文集》等。

《金瓶梅》一书，相传明王元美①所撰。元美父忬②，以滦河失事③，为奸嵩构死④，其子东楼⑤实赞成之。东楼喜观小说，元美撰此，以毒药傅纸，冀⑥使传染入口而毙。东楼烛⑦其计，令家人洗去其药而后翻阅，此书遂以外传。

　　蒋瑞藻的《小说考证》及《小说考证拾遗》，引证《寒花盫随笔》《缺名笔记》《秋水轩笔记》《茶香室丛钞》《销夏闲记》等书，也断定《金瓶梅》为王世贞作。其实，《清明上河图》的传说显然是从李玉《一捧雪》⑧传奇的故事附会而来的。《清华周刊》曾载吴晗⑨君的一篇《金瓶梅与清明上河图的传说》，辨证得极为明白，可证王世贞作之说的无根。

　　王昙的《金瓶梅考证》又道："或云李卓吾⑩所作。卓吾即无行⑪，何至留此秽言！"这话和沈德符的"今惟麻城刘延伯承禧家有全本"语对照起来，颇使人有"或是李卓吾之作吧"之感。但我们只要读《金瓶梅》一过⑫，便知其必出于山东人之手。那么多的山东土白⑬，决不是江南人所得措手于其间的。其作风的横恣、泼辣，正和山东人所作的《醒世姻缘传》《绿野仙踪》同出一科。

　　一个更有力的证据出现了。《金瓶梅词话》欣欣子序说道："窃谓兰陵笑笑生作《金瓶梅传》，寄意于时俗，盖有谓也。"兰陵即今峄县，正是山东的地方。笑笑生之非王世贞，殆不必再加辩论。

---

① 王元美，即王世贞，字元美，号凤洲，明嘉靖、万历年间官吏、文人、史家，明"后七子"之一，官至南京刑部尚书，著有《弇州山人四部稿》《弇山堂别集》等。
② 忬[yù]，王忬，字民应，号思质，王世贞父，官至兵部右侍郎、蓟辽总督，积怨严嵩，遂下狱，次年斩于西市。
③ 滦河失事：(抗倭)滦河一战失利。
④ 嵩：严嵩。构死：构罪处死。
⑤ 东楼：即严世蕃，号东楼，见前注。
⑥ 冀：希望。
⑦ 烛：(动词)洞察。
⑧ 李玉，字玄玉，号苏门啸侣，明末清初戏曲家。《一捧雪》：讲述明朝嘉靖年间，严世蕃向莫怀古索取祖传玉杯"一捧雪"。莫怀古设计，以保护祖传玉杯，却被严世蕃识破而构罪处死。最后莫怀古之子莫昊冒死上书，以昭雪父亲不白之冤。
⑨ 吴晗，原名吴春晗，字伯辰，现代学者，曾任清华大学教授。
⑩ 李卓吾，即李贽，字宏甫，号卓吾，别号温陵居士、百泉居士等，明代官员、大文人，官至国子监博士、姚安知府，重要著述有《藏书》《焚书》等。
⑪ 无行：品行不端。
⑫ 一过：一遍。
⑬ 《金瓶梅》中有许多山东方言。

欣欣子为笑笑生的朋友，其序说道："吾友笑笑生为此，爰罄①平日所蕴者著斯传，凡一百回。"也许这位欣欣子便是所谓"笑笑生"他自己的化身吧。这就其命名的相类②而可知的。

曾经仔细的翻阅过《峄县志》，终于找不到一丝一毫的关于笑笑生或欣欣子或《金瓶梅》的消息来。

《金瓶梅》的作者兰陵笑笑生到底是什么时候的人呢？是嘉靖间？是万历间？

沈德符以为《金瓶梅》出于嘉靖间，但他在万历末方才见到。他见到不久，吴中便有了刻本。"东吴弄珠客"的序，署万历丁巳（四十五年），则此书最早不能在万历三十年以前流行于世。此书如果作于嘉靖间，则当早已"悬之国门"，不待万历之末。盖此等书非可终秘者，而那个淫纵的时代，又是那样的需要这一类的小说。所以，此书的著作时代，与其说在嘉靖间，不如说是在万历间为更合理些。

《金瓶梅词话》里引到《韩湘子升仙记》（有富春堂刊本），引到许多南北散曲，在其间，更可窥出不是嘉靖作的消息来。欣欣子的序说道：

> 吾尝观前代骚人③，如卢景晖之《剪灯新话》、元微之之《莺莺传》、赵君弼之《效颦集》、罗贯中之《水浒传》、丘琼山之《钟情丽集》、卢梅湖之《怀春雅集》、周静轩之《秉烛清谈》，其后《如意传》《于湖记》，其间语句文确④，读者往往不能畅怀，不至终篇而掩弃之矣。

按《效颦集》《怀春雅集》《秉烛清谈》等书，皆著录于《百川书志》，都只是成弘间⑤之作。丘琼山卒于弘治八年。插入周静轩诗的《三国志演义》，万历间方才流行，嘉靖本里尚未收入。称成弘间的人物为"前代骚人"而和元微之⑥同类并举，嘉靖间人，当不会是如此的。盖嘉靖离弘治不过二十多年，离成化不过五十多年，欣欣子何得以"前代骚人"称丘濬（琼山）、周礼（静轩）辈！如果把欣欣子、笑笑生的时代，放在万历间（假定《金瓶梅》是作于万历三十年左右的吧），则丘濬辈离开

---

① 爰[yuán]罄：用尽。
② 命名的相类："欣欣子""笑笑生"。
③ 骚人：原指作《离骚》的屈原，后用以泛指文人，尤其是穷愁潦倒的文人。
④ 文确：文采。
⑤ 成弘间：[明] 成化、弘治年间。
⑥ 元微之，即元稹，字微之，唐代诗人。

他们已有一百多年,确是很辽远的够得上称为"前代骚人"的了。又序中所引《如意传》,当即《如意君传》;《于湖记》当即《张于湖误宿女贞观记》,盖都是在万历间而始盛传于世的。

我们如果把《金瓶梅词话》产生的时代放在明万历间,当不会是很错误的。

嘉靖间的小说作者们刚刚发展到修改《水浒传》、写作《西游记》的程度,伟大的写实小说《金瓶梅》,恰便是由《西游记》《水浒传》更向前进展几步的结果。

再谈《金瓶梅》①

郑振铎

  《金瓶梅》②的出现,可谓中国小说的发展的极峰。在文学的成就上说来,《金瓶梅》实较《水浒传》《西游记》《封神传》尤为伟大。《西游》《封神》,只是中世纪③的遗物,结构事实,全是中世纪的,不过思想及描写较为新颖些而已。《水浒传》也不是严格的近代的作品。其中的英雄们也多半不是近代式(也简直可以说是超人式的)。只有《金瓶梅》却彻头彻尾是一部近代期的产品。不论其思想,其事实,以及描写方法.全都是近代的。在始终未尽超脱过古旧的中世传奇式的许多小说中,《金瓶梅》实是一部可诧异的伟大的写实小说。它不是一部传奇,实是一部名不愧实的最合于现代意义的小说。它不写神与魔的争斗,不写英雄的历险,也不写武士的出身,像《西游》《水浒》《封神》诸作。它写的乃是在宋、元话本里曾经略略的昙花一现过的真实的民间社会的日常的故事。宋元话本像《错斩崔宁》《冯玉梅团圆》等等,尚带有不少传奇的成分在内。《金瓶梅》则将这些"传奇"成分完全驱出于书本之外。它是一部纯粹写实主义的小说。《红楼梦》的什么金呀、玉呀,和尚、道士呀,尚未能脱尽一切旧套。惟《金瓶梅》则是赤裸裸的绝对的人情描写。不夸张,也不过度的形容。像它这样的纯然以不动感情的客观描写,来写中等社会的男与女的日常生活(也许有点黑暗的、偏于性生活的),在我们的小说界中,也

---

① 本文节选自《郑振铎全集》第九卷《插图本中国文学史》(下),题目系本书选注者所加。本文要点:《金瓶梅》比《水浒传》《西游记》,甚至《红楼梦》,都要伟大,因为它"是一部名不愧实的最合于现代意义的小说""一部纯粹写实主义的小说",而在《红楼梦》里,还有"什么金呀、玉呀,和尚、道士呀,尚未能脱尽一切旧套"。《金瓶梅》最大的特点,在于"描写市井人情及平常人的心理",而且写得活泼如见。这是其他明清小说无法企及的。

② 《金瓶梅》版本甚多,以万历版《金瓶梅词话》为最好。今有北平古佚说刊行会影印本。惜仅印百部,且为非卖品。卿云书局的《古本金瓶梅》即从民国五年存宝斋的《真本金瓶梅》翻印的,秽亵的地方已都除去,最易得。——作者原注

③ 中世纪:原指欧洲5世纪至14世纪的宗教蒙昧主义时期,此处用以代指封建时代。

许仅有这一部而已。俗语有云：“画鬼容易画人难。”以人为常见之物，不易得真，却最易为人找到错处。鬼则为虚无缥缈的东西，任你如何写法，皆无人来质证，来找错儿。《西游》《封神》，画鬼的作品也，故易于见长。《金瓶梅》则画人之作也，入手既难，下手却又写得如此逼真，此其所以不仅独绝于这一个时代的小说界也！可惜作者也颇囿于当时风气，以着力形容淫秽的事实、变态的心理为能事，未免有些佛头着粪①之感。然即除净了那些性交的描写，却仍不失为一部好书。

《金瓶梅》的作者，不知其为谁。世因沈德符有“闻此为嘉靖间大名士手笔”语，遂定为王世贞所作。张竹坡作“第一奇书”批评，曾冠以“苦孝说”。顾公燮的《消夏闲记摘抄》也详记世贞撰作此书以毒害严世蕃，为父复仇事。然其实这些传说却未必是可信的。《金瓶梅词话》的欣欣子序云：

> 兰陵笑笑生作《金瓶梅传》，寄意于时俗，盖有谓也。

兰陵为今山东峄县。和书中之使用山东土白一点正相合。惜这个伟大作家笑笑生今已不知其为何许人。欣欣子和笑笑生为友辈，序上曾称引到邱濬、周静轩等而称他为“前代骚人”，又就其所引歌曲②看来，皆可信其为万历间，而非嘉靖间之所作。《金瓶梅》一出，便为文士们所赞赏。沈氏《野获编》云：

> 袁中郎③《觞政》以《金瓶梅》配《水浒传》为外典④，余恨未得见。丙午⑤遇中郎京邸，问曾有全帙⑥否？曰：“第⑦睹数卷，甚奇快。……”又三年，小修上公车⑧，已携有其书，因⑨与借钞挈归。吴友冯犹龙⑩见之惊喜，怂恿书

---

① 佛头着粪：原指佛性慈善，在他头上放粪也不计较；后多比喻并不好的东西放在好东西上，玷污了好东西。
② 歌曲：诗词。
③ 袁中郎，即袁宏道，字中郎、无学，号石公、六休，明万历年间官吏、文人，官至国子监博士，著有《瓶花斋杂录》《破研斋集》等。
④ 以《金瓶梅》配《水浒传》为外典：将《金瓶梅》配为《水浒传》的外典（原指佛经以外的典籍，此处意为同类）。
⑤ 丙午：年份。
⑥ 全帙[zhì]：全本。
⑦ 第：依次。
⑧ 小修，袁小修，即袁中道，字小修，明代文人，官至南京吏部郎中，文坛“公安派”领袖之一，与袁宗道、袁宏道合称“三袁”。上公车：（去京应试的举人可乘皇家公车）代指进京应试。
⑨ 因：因而。
⑩ 吴友：苏州朋友。冯犹龙，即冯梦龙，字犹龙，明代文人，与兄冯梦桂、弟冯梦熊合称“吴下三冯”，主要著述为《喻世明言》《警世通言》《醒世恒言》，合称“三言”。

坊以重价购刻。

是此书在万历中方盛行于世。《金瓶梅》全书凡一百回。据沈德符言,其五十三至五十七回原缺,刻时所补。《金瓶梅》的内容,只是取了《水浒传》的关于武松杀嫂故事为骨子而加以烘染与放大。当时,此故事也曾见之于剧场,像沈璟的《义侠记》所演的便是,可见其流传的范围甚广。作者虽取了这个人人熟知的故事,然其描写的伎俩①却高人不止一等。其结局也和《水浒传》不同。其中心人物为西门庆。像西门庆这样的人物,在当时必是一个实型。

却说西门庆,清河人,本是一个破落户,后渐渐的发达,也挣得一官半职,以财势横行于乡里间。娶有一妻三妾,尚在外招花引柳。遇武大妻潘金莲,悦之。鸩其夫武大,纳她为妾。武大弟武松,为兄报仇,误杀李外傅,刺配孟州。西门庆益横恣,又私李瓶儿,亦纳她为妾,得了她不少家财。瓶儿生一子,夭死。她自己不久亦亡。而庆因淫纵过度,也死。于是家人零落。金莲被逐居在外,恰遇武松赦归,为他所杀。庆妻吴月娘有遗腹子孝哥。金兵南侵,举家逃难。月娘在一佛寺中,梦到关于她家的因果报应,遂大悟。孝哥也出家为和尚。

《金瓶梅》的特长,尤在描写市井人情及平常人的心理,费语不多,而活泼如见。其行文措语,可谓雄悍横态之至。像第三十三回:

> 敬济喝毕,金莲才待叫春梅斟酒与他。忽有吴月娘从后边来,见奶子如意儿抱着官哥儿,在房门首石台基上坐,便说道:"孩子才好些,你这狗肉又抱他在风里。还不抱进去!"金莲问:"是谁说话?"绣春回道:"大娘来了。"敬济慌的拿钥匙往外走不迭。众人都下来迎接月娘。月娘便问:"陈姐夫在这里做什么来?"金莲道:"李大姐整治些菜,请俺娘坐坐。陈姐夫寻衣服,叫他进来吃一杯。姐姐,你请坐。好甜酒儿,你吃一杯。"月娘道:"我不吃。后边他大妗子和杨姑娘要家去,我又记挂着你孩子,径来看着。李大姐,你也不管,又教奶子抱他在风里坐着。前日刘婆子说他是惊寒,你还不好生看他!"李瓶儿道:"俺陪着姥姥吃酒,谁知贼臭肉三不知,抱他出去了。"

其他像第七回的写"杨姑娘气骂张四舅",以及潘金莲、王婆的泼辣的口吻,

---

① 伎俩:技巧、手法。

应花子的帮闲随和的神情,都是化工之笔,至今尤活泼泼的浮现于我们的眼前的。

《金瓶梅》有好几种不同的版本。最早的一本,可能便是北方所刻的《金瓶梅词话》,沈德符所谓"吴中悬之国门"的一本。当冠有万历丁巳(四十五年)"东吴弄珠客"的序①和袁石公(题作廿公)之跋②的。《金瓶梅词话》,当最近于原本的面目。起于"景阳冈武松打虎",并有吴月娘被掳于清风寨,矮脚虎王英强迫成亲,却幸遇宋江,说情得释的一段事。那是后来诸本所无的。山东土白③,也较他本为独多。崇祯版而附有黄子立、刘启先、洪国良诸人所刻插图的一本《金瓶梅》,大约是在武林④所刻的,却面目大异于《金瓶梅词话》。第一每回的回目都对仗得很工整,不像《词话》之不仅不对仗,字数也有参差,像第二回的回目"西门庆帘下遇金莲　王婆贪贿说风情",一为八字,一为七字。崇祯版则整齐得多了。第二,崇祯版为适合于南人的阅读计,除去了不少的山东土白,以此,减少不少的原作的神态。第三,崇祯版以"西门庆热结十兄弟"开始,武松打虎事,只是淡淡的说过。今所见的各本,像张竹坡评的"第一奇书"和其他坊本皆从崇祯本出。又有《真本金瓶梅》,删去秽亵,大加增改,更失原本的真相。

---

① "东吴弄珠客"序如下:"《金瓶梅》,秽书也。袁石公亟称之,亦自寄其牢骚耳,非有取于《金瓶梅》也。然作者亦自有意,盖为世戒,非为世劝也。如诸妇多矣,而独以潘金莲、李瓶儿、春梅命名者,亦寓《梼杌》之意也。盖金莲以奸死,瓶儿以孽死,春梅以淫死,较诸妇为更惨耳。借西门庆以描画世之大净,应伯爵以描画世之小丑,诸淫妇以描画世之丑婆、净婆,令人读之汗下。盖为世戒,非为世劝也。余尝曰:'读《金瓶梅》而生怜悯心者,菩萨也;生畏惧心者,君子也;生欢喜心者,小人也;生效法心者,乃禽兽耳。'余友人褚孝秀,偕一少年同赴歌舞之筵,衍至霸王夜宴,少年垂涎曰:'男儿何可不如此!'褚孝秀曰:'也只为这乌江设此一着耳。'同座闻之,叹为有道之言。若有人识得此意,方许他读《金瓶梅》也。不然,石公几为导淫宣欲之尤矣!奉劝世人,勿为西门庆之后车可也。万历丁巳季冬东吴弄珠客漫书于金阊道中。"
② 袁石公之跋如下:"《金瓶梅》,传为世庙时一巨公寓言,盖有所刺也。然曲尽人间丑态,其亦先师不删郑、卫之旨乎?中间处处埋伏因果,作者亦大慈悲矣。今后流行此书,功德无量矣。不知者竟目为淫书,不惟不知作者之旨,并亦冤却流行者之心矣!特为白之。廿公书。"
③ 土白:方言。
④ 武林:杭州旧称。

五
《西厢记》

简介：

【作者】［元］王实甫撰、关汉卿续。

【名称】全名《崔莺莺待月西厢记》，又称《北西厢》。

【体裁】元杂剧，据唐代诗人元稹所作传奇小说《莺莺传》（也称《会真记》）改编。

【主题】才子佳人，终成眷属。

【人物】主要有：张君瑞、崔莺莺、红娘、郑恒。

【情节】主要是：书生张君瑞在普救寺遇相国府小姐崔莺莺，一见钟情，而无计亲近。恰遇叛将孙飞虎率兵围寺，要强索崔莺莺为压寨夫人。张君瑞以崔母许婚为条件，唤友人白马将军领兵前来解围。不料，崔母却食言赖婚，因她已将崔莺莺许配官家之子郑恒。张生相思成疾，崔莺莺心爱张生，却又不愿表白。丫环红娘见此，从中撮合，最终使崔莺莺至张君瑞住处幽会。崔母觉察此事，拷问红娘，却反被红娘说服，答应了婚事，只是要张君瑞进京应试，功成名就后方可成亲。于是，张君瑞告别崔莺莺，进京赶考，并一考而中状元。然而，郑恒却编造谎言，说张君瑞已在京另娶。崔母相信郑恒所言，便要崔莺莺与郑恒成亲。就在此时，张君瑞赶来，真相大白。郑恒羞愧而一头撞死，张君瑞与崔莺莺终成眷属。

【版本】今存主要版本有"弘治本"（即出版于明弘治年间的《新刊大字魁本全相奇妙注释西厢记》）和"万历本"（即出版于明万历年间的《新校注古本西厢记》）。现通行以"弘治本"为底本的校勘本。

《贯华堂第六才子书〈西厢记〉》序①

[清] 金圣叹

序一曰：恸哭古人

或问于圣叹曰："《西厢记》何为而批之刻之②也？"圣叹悄然动容,起立而对曰："嗟乎！我亦不知其然,然而于我心则诚不能以自已③也。"

今夫④浩荡大劫⑤,自初迄今,我则不知其有几万万年月也。几万万年月皆如水逝云卷、风驰电掣,无不尽去,而至于今年今月而暂有我。此暂有之我,又未尝不水逝云卷、风驰电掣而疾去也,然而幸而犹尚暂有于此。幸而犹尚暂有于此,则我将以何等消遣而消遣⑥之？我比者⑦亦尝欲有所为,既而思之,且未论我之果得为与不得为⑧,亦未论为之果得成与不得成,就使⑨为之而果得为,乃至为之而果得成,是其所为与所成,则又不水逝云卷、风驰电掣而尽去耶？夫未为之而欲为,既为之而尽去,我甚矣,叹欲有所为之无益也。然则我殆无所欲为也？夫我诚无所欲为,则又何不疾作⑩水逝云卷、风驰电掣,顷刻尽去,而又自以犹尚

---

① 本文选自《金圣叹全集》第贰册,原载《贯华堂第六才子书〈西厢记〉》卷首。其要点是：一、我之所以要刻印和批注《西厢记》,首先是为了"恸哭古人",但"恸哭古人"只不过是一种"消遣"而已；二、我之所以要刻印和批注《西厢记》,其实是为了"留赠后人",是想为后人留点东西,让后人也能像他"恸哭"王实甫这个"古人"一样,"恸哭"我这个"古人",而且也像他一样,当作一种"消遣"而已。
② 批之刻之：批注、刻印。
③ 自已：自制。
④ 今夫：发语词,无实义。
⑤ 大劫：(佛教语)谓天地之始末。
⑥ 以何等消遣而消遣：前一"消遣"为名词,意为打发时间的方式,后一"消遣"为动词,意为打发时间。
⑦ 比者：近来。
⑧ 未论：不敢说。果：果真。得为与不得为：可为或不可为。
⑨ 就使：即使。
⑩ 疾作：急作。

暂有为而大幸甚也①? 甚矣,我之无法而作消遣也②。

　　细思我今日之如是③无奈,彼古之人独不曾先我而如是无奈哉? 我今日所坐之地,古之人其先坐之,我今日所立之地,古之人先立之者,不可以数计矣。夫古之人之坐于斯④,立于斯,必犹如我之今日也。而今日已徒见⑤有我,不见古人。彼古人之在时,岂不默然知之? 然而又自知其无奈,故遂不复言之也。

　　此真不得不致憾⑥于天地也! 何其甚不仁⑦也! 既已生我,便应永在;脱不能尔⑧,便应勿生。如之何⑨本无有我,我又未尝哀哀然丐⑩之曰'尔必生我',而无端而忽然生我? 无端而忽然生者,又正是我;无端而忽然生一正是之我,又不容之少住⑪。无端而忽然生之,又不容少住者,又最能闻声感心,多有悲凉。嗟乎,嗟乎! 我真不知何处为九原,云何处起古人⑫。如使真有九原,真起古人,岂不同此一副眼泪,同欲失声大哭乎哉! 乃古人则且有大过于我十倍之才与识矣,彼谓天地非⑬,有不仁,天地亦真无奈也。

　　欲其无生,或非天地。既为天地,安得不生? 夫天地之不得不生,是则诚然有之。而遂谓天地乃适⑭生我,此岂理之当哉⑮? 天地之生此芸芸⑯也,天地殊不能知其为谁也。芸芸之被天地生也,芸芸亦皆不必自知其为谁也。必谓天地今日所生之是我,则夫天地明日所生之固非我也。然而天地明日所生,又各各自以为我,则是天地反当⑰茫然不知其罪之果谁属⑱也。

　　夫天地真未尝生我,而生而适然是我,是则我亦听其生而已矣。天地生而适

----

① 大幸甚也:甚为大幸。
② 甚矣:强调语,此处前置,更为强调,普通词序为:我之无法而作消遣也,甚矣。按:现代汉语无此种修辞法,故无法直译。
③ 如是:如此。
④ 斯:此。
⑤ 徒见:只见。
⑥ 致憾:感叹。
⑦ 不仁:无情。
⑧ 脱:倘若。尔:这样。
⑨ 如之何:为什么。
⑩ 丐:(动词)求。
⑪ 少住:稍住,稍停留,意为不"水逝云卷、风驰电掣而疾去"。
⑫ 九原:亦称黄泉,相传死者安息处。云:说。起古人:唤起古人。
⑬ 非:不对。
⑭ 适:适然、恰好。
⑮ 此岂理之当哉?:这是什么道理呢?
⑯ 芸芸:芸芸众生。
⑰ 当:应当。
⑱ 果谁属:(倒置)果属谁。

然是我,而天地终亦未尝生我①,是则我亦听其水逝云卷、风驰电掣而去而已矣。我既前听其生,后听其去,而无所于惜,是则于其中间幸而犹尚暂在,我亦于无法作消遣中随意自作消遣而已矣。得如诸葛公之"躬耕南阳,苟全性命"②,可也,此一消遣法也。既而又因感激三顾,许人驱驰③,食少事烦,至死方已,亦可也,亦一消遣法也。或如陶先生之不愿折腰④,飘然归来,可也,亦一消遣法也。既而又为三旬九食⑤,饥寒所驱,叩门无辞,至图冥报⑥,亦可也,又一消遣法也。天子约为婚姻,百官出其门下⑦,堂下建牙吹角,堂后品竹弹丝⑧,可也,又一消遣法也。日中麻麦一餐,树下冰霜一宿,说经四万八千,度人恒河沙数⑨,可也,亦一消遣法也。

何也? 我固非我也,未生已前⑩,非我也,既去已后,又非我也。然则⑪今虽犹尚暂在,实非我也。既已非我,我欲云何⑫? 抑⑬既已非我,我何不云何? 且我而犹望其是我也,我决不可以有少⑭娱。我而既已决非我矣,我如之何不听其⑮而或娱,乃至或大娱耶? 娱而欲以"非我"者⑯为我,此固娱也,然而"非我"者则自娱也。"非我"之娱也,又娱而欲以此我,作诸郑重,极尽宝护⑰,以至于不免呻

---

① 终亦未尝生我:最终并没有生我(因为生了,马上又去了)。
② 得如:譬如。"躬耕南阳,苟全性命":引自诸葛亮《前出师表》:"臣本布衣,躬耕于南阳,苟全性命于乱世,不求闻达于诸侯。"
③ 三顾:刘备三顾茅庐。许人:答应他人(刘备)。驱驰:驱马驰骋(疆场),打仗。
④ 陶先生:陶渊明。不愿折腰:陶渊明语:"吾不能为五斗米折腰。"意为不想做官(五斗米:官俸。折腰:鞠躬行礼,喻做官)。
⑤ 三旬九食:三十天只吃九顿饭,喻穷困(一旬为十天)。
⑥ 叩门无辞:敲人家门而不说话(意为乞讨)。至图冥报:只求死后相报。见陶渊明诗《乞食》:"饥来驱我去,不知竟何之。行行至斯里,叩门拙言辞。主人解余意,遗赠岂虚来。谈谐终日夕,觞至辄倾杯。情欣新知欢,言咏遂赋诗。感子漂母惠,愧我非韩才。衔戢知何谢,冥报以相贻。"
⑦ 天子约为婚姻,百官出其门下:意为皇亲国戚、朝廷重臣。
⑧ 建牙吹角:竖旗吹号(牙:牙旗,竿上以象牙为饰,故称。角:以牛角为号,故称)。品竹弹丝:吹箫弹琴,即奏乐。
⑨ 日中麻麦一餐,树下冰霜一宿,说经四万八千,度人恒河沙数:意为苦行僧(说经:讲述佛经。度人:超度他人。恒河沙数:恒河里沙粒数量,喻多不胜数)。
⑩ 已前:同"以前"。
⑪ 然则:所以。
⑫ 云何:说什么。
⑬ 抑:抑或。
⑭ 少:稍。
⑮ 听其:听任其、听之任之。
⑯ "非我"者:犹如佛教所称"无我"。按:因佛教以"生死轮回"为核心概念,故现世之"我"是暂时的,前世的你不是你现在这个"我",而是他人或他物,来世的你也不会是你现在这个"我",而是他人或他物,故称"无我"。本文中谈论的"我"与"非我",虽与佛教的"无我"相似,但结论却是非佛教的,大意是:既然我不是我,是"非我",那我就什么都无所谓了,只求把有限的此生"消遣"掉就是了。
⑰ 宝护:同"保护"。

吟啼哭，此固大娱也，然而"非我"者则自大娱也。"非我"之大娱也，又娱而至欲以此我，穷思极虑，长留痕迹，千秋万世，传道不歇，此固大娱之大娱也，然而总之，"非我"则自大娱大娱也。

"非我"之大娱大娱也，既已娱其如此，于是而以"我者"日月，娱而任我之唐突，可也；以"非我"者之才情，娱而供我之挥霍，可也。以"非我"者之左手，娱为我摸"非我"者之腹，以"非我"者之右手，娱为我捻"非我"者之须，可也。"非我"者撰之，我吟之；"非我"者吟之，我听之；"非我"者听之，我足之蹈之，手之舞之；"非我"者足蹈而手舞之，我思有以不朽之①，皆可也。

砚，我不知其为何物也，既已固谓之砚矣，我亦谓之砚，可也。墨，我不知其为何物也；笔，我不知其为何物也；纸，我不知其为何物也；手，我不知其为何物也；心思，我不知其为何物也；既已同谓之云云矣，我亦谓之云云，可也。

窗明几净，此何处也？人曰此处，我亦谓之此处也。风清日朗，此何日也？人曰今日，我亦谓之今日也。蜂穿窗而忽至，蚁缘槛而徐行，我不能知蜂蚁，蜂蚁亦不知我；我今日而暂在，斯蜂蚁亦暂在，我倏忽而为古人，则是此蜂亦遂为古蜂，此蚁亦遂为古蚁也。我今日天清日朗，窗明几净，笔良砚精，心撰手写，伏承②蜂蚁来相照证，此不世③之奇缘，难得之胜乐也。若后之人之读我今日之文，则真未必知我今日之作此文时又有此蜂与此蚁也。

夫后之人而不能知我今日之有此蜂与此蚁，然则后之人竟不能知我之今日之有此我也。后之人之读我之文者，我则已知之耳，其亦无奈水逝云卷、风驰电掣，因不得已而取我之文自作消遣云尔。后之人之读我之文，即使其心无所不得已，不用作消遣，然而我则终知之耳，是其终亦无奈水逝云卷、风驰电掣者耳。我自深悟，夫娱亦消遣法也，不娱亦消遣法也，不娱不妨仍娱，亦消遣法也，是以如是其刻苦也。

刻苦也者，欲其精妙也。欲其精妙也者，我之孟浪④也。我之孟浪也者，我既以了悟⑤也。我既了悟也者，我本无谓也。我本无谓也者，仍即我之消遣也。我安计⑥后之人之知有我与不知有我也？嗟乎！是则古人十倍于我之才识也，

---

① 我思有以不朽之：我思之以不朽。
② 伏承：幸得。
③ 不世：旷世。
④ 孟浪：随性而至。
⑤ 了悟：彻悟。
⑥ 计：考虑。

我欲恸哭①之，我又不知其为谁也，我是以与之批之刻之②也。我与之批之刻之，以代恸哭之也。夫我之恸哭古人，则非恸哭古人，此又一我之消遣法也。

序二曰：留赠后人

前乎我者为古人，后乎我者为后人。古人之与后人，则皆同乎？曰皆同。古之人不见我，后之人亦不见我。既已皆不见，则皆属无亲③，是以谓之皆同也。然而我又忽然念之：古之人不见我矣，我乃无日而不思之；后之人亦不见我，我则殊未尝或一思之也。观于我之无日不思古人，则知后之人之思我，必也。观于我之殊未尝或一思及后人，则知古之人之不我思，此其明验也。

如是，则古人与后人又不皆同。盖古之人，非惟不见，又复不思，是则真可谓之无亲。若夫后之人之虽不见我，而大思我，其不见我，非后人之罪也，不可奈何也。若其大思我，此真后人之情也，如之何其谓之无亲也？是不可以无所赠之④，而我则将如之何其赠之？后之人必好读书。读书者必仗光明⑤。光明者，照耀其书所以得读者也。我请得为光明以照耀其书而以为赠之，则如日月，天既有之，而我又不能其身为之膏油也，可奈何！⑥

后之人既好读书，读书者必好友生⑦。友生者，忽然而来，忽然而去；忽然而不来，忽然而不去。此读书而喜，则此读之令彼听之；此读书而疑，则彼读之令此听之。既而并⑧读之，并听之；既而并坐不读，又大欢笑之者也。我请得为友生并坐、并读、并听、并笑而以为赠之，则如⑨我之在时，后人既未及来，至于⑩后人来时，我又不复还在也，可奈何！

后之人既好读书，又好友生，则必好彼名山大河、奇树妙花。名山大河、奇树妙花者，其胸中所读之万卷之书之副本也。于读书之时，如入名山，如泛大河，如

---

① 恸[tòng]哭：悲伤而哭泣。
② 批之刻之：批注、刻印（《西厢记》）。
③ 无亲：无偏爱。
④ 赠之：赠予后人。
⑤ 光明：喻真知灼见。
⑥ 膏油：灯油。可奈何！：怎么办！按：此句意为"光明"本有，他只能"请得"，而不能以自身为"膏油"，燃得"光明"。
⑦ 好[hào]：喜欢。友生：友人、朋友。
⑧ 并：一起。
⑨ 如：如果。
⑩ 至于：到了。

对奇树,如拈妙花焉。于入名山、泛大河、对奇树、拈妙花之时,如又读其胸中之书焉。后之人既好读书,又好友生,则必好于好香①、好茶、好酒、好药②。好香、好茶、好酒、好药者,读书之暇,随意消息③,用以宣导沉滞、发越清明、鼓荡中和、补助荣华之必资④也。我请得化身百亿⑤,既为名山大河、奇树妙花,又为好香、好茶、好酒、好药,而以为赠之,则如我自化身于后人之前,而后人乃初不知此之为我之所化也,可奈何!

后之人既好读书,必又好其知心青衣⑥。知心青衣者,所以霜晨雨夜侍立于侧,异身同室、并兴齐住⑦者也。我请得转我后身⑧便为知心青衣,霜晨雨夜侍立于侧而以为赠之。则如可以鼠肝,又可以虫臂,伟哉造化! 且不知彼将我其奚适也⑨,可奈何!

无已,则请有说于此⑩。择世间之一物,其力必能至于后世者;择世间之一物,其力必能至于后世,而世至今犹未能以知之者;择世间之一物,其力必能至于后世,而世至今犹未能以知之,而我适能尽智竭力,丝毫可以得当于其间者⑪。夫世间之一物,其力必能至于后世者,则必书也。夫世间之书,其力必能至于后世,而世至今犹未能以知之者,则必书中之《西厢记》也。夫世间之书,其力必能至于后世,而世至今犹未能以知之,而我适能尽智竭力,丝毫可以得当于其间者,则必我此日所批之《西厢记》⑫也。

夫我此日所批之《西厢记》,我则真为后之人思我而我无以赠之,故不得已而出于斯⑬也。我真不知作《西厢记》者之初心,其果如是、其果不如是也⑭。设其

---

① 香:焚香、熏香。

② 药:药草。

③ 消息:(动词)消定休息。

④ 宣导沉滞:清新空气(香之功效)。发越清明:提神明目(茶之功效)。鼓荡中和:刺激情绪(酒之功效)。补助荣华:助气养生(药之功效)。必资:必备。

⑤ 化身百亿:千变万化之替身(指他所荐之书)。

⑥ 青衣:淑女别名。

⑦ 异身:男女。并兴:相同兴致。齐住:一起居住。

⑧ 转我后身:转世、投胎。

⑨ 按:此句套用《庄子·大宗师》语:"伟哉造化,又将奚以汝为? 将奚以汝适? 以汝为鼠肝乎? 以汝为虫臂乎?"鼠肝、虫臂(虫足):通常喻卑贱之人,此处喻青衣女子恭敬侍奉。将我其奚适:将奚以我适,将何以与我相处(我适:适我)。

⑩ 无已:未完,还没说完。请:请求(让我)。有说:再说(一些话)。

⑪ 丝毫可以得当于其间者:可以得当丝毫于其间者(得当丝毫:知其一丝一毫)。

⑫ 我此日所批之《西厢记》:我今日所批注的《西厢记》(即《贯华堂第六才子书〈西厢记〉》)。

⑬ 斯:此。

⑭ 其果如是:其果真如此(即像他一样,"为后之人思")。

果如是,谓之今日始见《西厢记》①,可;设其果不如是,谓之前日久见《西厢记》,今日又别见圣叹《西厢记》②,可。总之,我自欲与后人少作周旋③,我实何曾为彼古人致其矻矻之力④也哉!

---

① 谓之今日始见《西厢记》:说今日才见《西厢记》(意为:作《西厢记》者若"为后之人思",今之人见到了)。

② 谓之前日久见《西厢记》,今日又别见圣叹《西厢记》:说以前早就见过《西厢记》,今日又另外见到金圣叹批注的《西厢记》(意为:作《西厢记》者若不"为后之人思","前日久见"的《西厢记》与"今日又别见"的"圣叹《西厢记》",是两码事,因为"圣叹《西厢记》"是"为后之人思"的)。

③ 少作:稍作。周旋:应酬、交际。

④ 矻[kū]矻之力:辛劳之力。

读《第六才子书〈西厢记〉》法①

[清] 金圣叹

一、《西厢记》不是淫书

有人来说《西厢记》是淫书，此人后日定堕拔舌地狱②。何也？《西厢记》不同小可，乃是天地妙文。自从有此天地，他③中间便定然有此妙文。不是何人做得出来，是他天地直会自己④劈空结撰而出。若定要说是一个人做出来，圣叹便说，此一个人即是天地现身。

《西厢记》断断⑤不是淫书，断断是妙文。今后若有人说是妙文，有人说是淫书，圣叹都不与做理会⑥。文者见之谓之文，淫者见之谓之淫耳。

人说《西厢记》是淫书，他止为⑦中间有此一事⑦耳。细思此一事，何日无之，何地无之？不成⑧天地中间有此一事，便废却天地耶！细思此身自何而来，便废却此身耶？一部书，有如许缠缠洋洋⑨无数文字，便须看其如许缠缠洋洋，是何文字，从何处来、到何处去，如何直行、如何打曲，如何放开、如何捏聚，何处公行、何处偷过，何处慢摇、何处飞渡。至此一事⑩，直须高阁起，不复道。

---

① 本文选自《金圣叹全集》第贰册，原载《贯华堂第六才子书〈西厢记〉》卷首，文中标题系本书选注者所加。本文要点：在作者列出的十三条"读法"中，对今天的读者来说，有三条最值得注意，即："四、《西厢记》文章最妙"；"七、《西厢记》是一'无'字"；"八、《西厢记》止写一人"。其余各条也颇有趣，多有不同凡响之处。
② 拔舌地狱：地狱之一，凡生前犯口舌之罪者，入此地狱受拔舌刑罚。
③ 他：它（古无"它、她"，均用"他"）。
④ 直会自己：自己直接。
⑤ 断断：绝对。
⑥ 不与做理会：不予理会。
⑦ 止为：只为。一事：指男女之事。
⑧ 不成：不让。
⑨ 如许：如此。缠[sǒ]缠洋洋：亦作"洋洋缠缠"，同"洋洋洒洒"。
⑩ 至：至于。此一事：即指男女之事。

若说《西厢记》是淫书，此人只须扑①，不必教。何也？他也只是从幼学一冬烘先生②之言，一入于耳，便牢在心；他其实不曾眼见《西厢记》，扑之还是冤苦③。

若眼见《西厢记》了，又说是淫书，此人则应扑乎？曰：扑之亦是冤苦，此便是冬烘先生耳。当初造《西厢记》时，原发愿不肯与他读④，他今日果然不读。

若说《西厢记》是淫书，此人有大功德。何也？当初造《西厢记》时，发愿只与后世锦绣才子共读，曾不许贩夫皂隶⑤也来读。今若不是此人揎拳捋臂、拍凳捶床，骂是淫书时，其势必至无人不读，泄尽天地妙秘，圣叹大不欢喜。

二、《西厢记》乃"才子书"

《世说新语》⑥云："《庄子·逍遥游》一篇，旧是难处⑦。"开春无事，不自揣度，私与陈子瑞躬，风雨联床，香炉酒杯，纵心纵意，处得一上⑧。自今以后，普天下锦绣才子，同声相应，领异拔新，我二人便做支公、许史⑨去也。

圣叹《西厢记》只贵眼照古人，不敢多让⑩。至于前后著语，悉是口授小史，任其自写，并不更曾点窜一遍，所以文字多有不当意处⑪。盖一来虽是圣叹天性贪懒，二来实是《西厢记》本文，珠玉在上，便教圣叹点窜杀⑫，终复成何用？普天下后世，幸恕仆⑬不当意处，看仆眼照古人处。

圣叹本有"才子书"六部⑭，《西厢记》乃是其一。然其实六部书，圣叹只是用一副手眼⑮读得。如读《西厢记》，实是用读《庄子》《史记》手眼读得；便读《庄子》

---

① 扑：扑打。
② 冬烘先生：迂腐之人。
③ 冤苦：冤屈。
④ 造：作。发愿：发誓。与：同"予"。
⑤ 贩夫皂隶：摊贩、差役，代指下等人。
⑥ 《世说新语》，[南朝宋]刘义庆撰志人笔记小说。
⑦ 旧是难处：从来难解。
⑧ 陈子瑞躬：陈瑞躬，作者友，生平不详。风雨联床：同"风雨对床"，喻久别重逢之友同居一室，床对床谈心。处得一上：解得《庄子·逍遥游》一回。
⑨ 支公：支遁，字道林，[晋]高僧（"公"为尊称）。许史：许逊，[晋]道士（"史"为尊称）。按此处以支遁、许逊泛指高人。
⑩ 圣叹《西厢记》：即其批注之《第六才子〈西厢记〉》。贵眼照古人：正眼看古人。让：躲闪。
⑪ 前后著语：指其《第六才子〈西厢记〉》的序跋。小史：侍从、书童。点窜：修改。不当意处：不称意处。
⑫ 杀：（口语，表程度）至极。
⑬ 恕：宽恕、原谅。仆：（谦语）自称。
⑭ "才子书"六部：即第一才子书《庄子》、第二才子书《离骚》、第三才子书《史记》、第四才子书《杜工部集》（即杜甫诗集）、第五才子书《水浒传》、第六才子书《西厢记》。
⑮ 一副手眼：同一方式。

《史记》,亦只用读《西厢记》手眼读得。如信仆此语时,便可将《西厢记》与①子弟作《庄子》《史记》读。

子弟至十四五岁,如日在东,何书不见?必无独不见《西厢记》之事。今若不急将圣叹此本与读,便是真被他偷看了《西厢记》也。他若得读圣叹《西厢记》,他分明读了《庄子》《史记》。

三、《西厢记》既雅驯又透脱

子弟欲看《西厢记》,须教其先看《国风》②。盖《西厢记》所写事,便全是《国风》所写事③。然《西厢记》写事,曾无一笔不雅驯④,便全学《国风》写事曾无一笔不雅驯;《西厢记》写事,曾无一笔不透脱⑤,便全学《国风》写事曾无一笔不透脱,敢疗⑥子弟笔下雅驯不透脱、透脱不雅驯之病⑦。

沉潜⑧子弟,文必雅驯,苦不透脱。高明⑨子弟,文必透脱,苦不雅驯。极似分道扬镳,然实同病别发⑩。何谓同病?只是不换笔⑪。盖不换笔,便道其不透脱;不换笔,便道其不雅驯也。何谓别发?一是停而不换笔,一是走而不换笔⑫。盖停而不换笔,便有似于雅驯,而实非雅驯;走而不换笔,便有似于透脱,而实非透脱也。夫真雅驯者,必定透脱;真透脱者,必定雅驯。问谁则能之?曰《西厢记》能之。夫《西厢记》之所以能之,只是换笔也。

子弟读得此本《西厢记》后,必能自放异样手眼,另去读出⑬别部奇书。遥计一二百年之后,天地间书,无有一本不似十日并出⑭,此时则彼一切不必读、不足读、不耐读等书,亦既废尽矣,真一大快事也!然实是此《西厢记》为始。

---

① 与:同"予"。
② 《国风》:《诗经》一部分,因集春秋时各国之"风"(民歌),故称。
③ 按:《西厢记》写男女之事,《国风》大多也写男女之事,故作此言。
④ 雅驯:典雅(不粗俗)。
⑤ 透脱:透彻(不遮掩)。
⑥ 敢疗:可纠正。
⑦ 病:弊病。
⑧ 沉潜:喻笃实。
⑨ 高明:喻彰显。
⑩ 极:两极端。同病别发:同一种病不同发作。
⑪ 换笔:变换笔法。
⑫ 停而不换笔:静而不换动。走而不换笔:动而不换静。
⑬ 读出:读懂。
⑭ 十日并出:喻十全十美。

仆昔因儿子及甥侄辈，要他做得好文字，曾将《左传》《国策》《庄》《骚》《公》《谷》《史》《汉》、韩、柳、三苏①等书，杂撰一百余篇，依张侗初②先生《必读古文》旧名，只加"才子"二字，名曰《才子必读书》。盖致望③读之者之必为才子也。久欲刻布请正④，苦因丧乱，家贫无资，至今未就。今既呈得《西厢记》⑤，便亦不复更念之矣。

四、《西厢记》文章最妙

文章最妙，是目注彼处，手写此处⑥。若有时必欲目注此处，则必手写彼处。一部《左传》，便十九都用此法。若不解其意，而目亦注此处，手亦写此处，便一览已尽。《西厢记》最是解此意⑦。

文章最妙，是目注此处，却不便写，却去远远处发来，迤逦写到将至时，便且住；却重去远远处更端再发来，再迤逦又写到将至时，便又且住；如是更端数番，皆去远远处发来，迤逦写到将至时，即便住，更不复写出目所注处，使人自于文外瞥然亲见。《西厢记》纯是此一方法。《左传》《史记》亦纯是此一方法。最恨是《左传》《史记》急不得呈教⑧。

文章最妙，是先觑定阿堵一处⑨，已⑩却于阿堵一处之四面，将笔来左盘右旋，右盘左旋，再不放脱，却不擒住。分明如狮子滚球相似，本只是一个球，却教狮子放出通身解数，一时满棚人看狮子，眼都看花了，狮子却是并没交涉⑪。人眼自射狮子，狮子眼自射球。盖滚者是狮子，而狮子之所以如此滚、如彼滚，实都为球也。《左传》《史记》便纯是此一方法，《西厢记》亦纯是此一方法。

---

① 《左传》：《春秋左传》。《国策》：《战国策》。《庄》：《庄子》。《骚》：《离骚》。《公》：《春秋公羊传》。《谷》：《春秋谷梁传》。《史》：《史记》。《汉》：《汉书》。韩、柳、三苏：韩愈、柳宗元、苏洵、苏轼、苏辙。

② 张侗初：张萧，字世调，号侗初，明万历至崇祯年间臣僚，官至吏部右侍郎，著有《宝日堂初集》《宝日堂杂抄》《吴淞甲乙倭变志》《馐堂考故》等。

③ 致望：希望。

④ 刻布请正：刻印、散布以来求指正。

⑤ 呈得《西厢记》：呈现《西厢记》（即批注、刻印《贯华堂第六才子书〈西厢记〉》）。

⑥ 目注（眼看）彼处，手写此处：谓有言外之意。

⑦ 《西厢记》最是解此意：读《西厢记》最能理解此意（即"目注彼处，手写此处"）。

⑧ 最恨：可惜。急不得呈教：不可急于施教（太难）。

⑨ 觑[qù]定：看准。阿堵一处：(古口语)某处。

⑩ 已：然后。

⑪ 交涉：结交、涉及，意为接触（球）。

文章最妙，是此一刻被灵眼觑见，便于此一刻放灵眼灵手捉住①。盖于略前一刻，亦不见，略后一刻，便亦不见，恰恰不知何故，却于此一刻忽然觑见，若不捉住，便更寻不出。今《西厢记》若干文字，皆是作者于不知何刻中，灵眼忽然觑见，便疾②捉住，因而直传到如今。细思万千年以来，知他有何限③妙文，已被觑见，却不曾捉得住，遂总付之泥牛入海，永无消息。

今后任凭是绝代才子，切不可云：此本《西厢记》，我亦做得出也。便教④当时作者而在，要他烧了此本，重做一本，已是不可复得。纵使当时作者，他却是天人，偏又会做得一本出来，然既是别一刻所觑见，便用别样捉住，便是别样文心，别样手法，便别是一本，不复是此本也。

仆今言灵眼觑见，灵手捉住，却思人家子弟，何曾不觑见，只是不捉住。盖觑见是天付⑤，捉住须人工也。今《西厢记》实是又会觑见，又会捉住。然子弟读时，不必学其觑见，一味只学其捉住。圣叹深恨前此万千年，无限妙文，已是觑见，却捉不住，遂成泥牛入海，永无消息。今刻此《西厢记》遍行天下，大家一齐学得捉住，仆实遥计一二百年后，世间必得平添无限妙文，真乃一大快事！

五、《西厢记》无成心之与定规

仆尝粥时欲作一文，偶以他缘不得便作，至于饭后方补作之⑥，仆便可惜粥时之一篇也。此譬如掷骰相似，略早略迟，略轻略重，略东略西，便不是此六色⑦，而愚夫尚欲争之，真是可发一笑！

仆之为此言，何也？仆尝思万万年来，天无日无云，然决无今日云与某日云曾同之事。何也？云只是山川所出之气⑧，升到空中，却遭微风，荡作缕缕。既是风无成心，便是云无定规，都是互不相知，便乃偶尔如此。《西厢记》正然，并无成心与定规，无非此日，佳日闲窗，妙腕良笔，忽然无端，如风荡云。若使异时更作⑨，亦

---

① 灵眼：敏锐目光。灵手：灵活手法。
② 疾：迅速。
③ 何限：多少。
④ 便教：就是。
⑤ 天付：同"天赋"。
⑥ 粥时：喝粥时。他缘：其他缘故。不得便作：没有作完。至于：到了。
⑦ 六色：原指青、白、赤、黑、玄、黄六种颜色，代指骰子掷出的点数。
⑧ 按：古人以为云出自山川，因当时无科学知识，今不必计较。
⑨ 更作：再作。

不妨另自有其绝妙。然而无奈此番已是绝妙也,不必云异时不能更妙于此,然亦不必云异时尚将更妙于此也。

仆幼年最恨"鸳鸯绣出从君看,不把金针度与君"[①]之二句,谓此必是贫汉自称[②]。王实甫口不道阿堵物耳[③],若果知得金针,何妨与我略度。今日见《西厢记》,鸳鸯既已绣出,金针亦尽度[④],益信作彼语者,真是脱空谩语汉[⑤]。

六、《西厢记》点石成金

仆幼年曾闻人说一笑话云:昔一人苦贫特甚,而生平虔奉吕祖[⑥]。感其至心,忽降其家,见其赤贫,不胜悯之,念当有以济之。因伸一指,指其庭中磐石,粲然化为黄金,曰:"汝欲之乎?[⑦]"其人再拜曰:"不欲也[⑧]。"吕祖大喜,谓:"子诚如此,便可授子大道[⑨]。"其人曰:"不然,我心欲汝此指头耳。"仆当时私谓此固戏论[⑩]耳,若真是吕祖,必当便以指头与[⑪]之。今此《西厢记》,便是吕祖指头,得之者处处遍指,皆作黄金。

仆思文字不在题前,必在题后,若题之正位,决定无有文字[⑫]。不信,但看《西厢记》之一十六章[⑬],每章只用一句两句写题正位[⑭],其余便都是前后摇之曳之[⑮],

---

① 按:这两句诗有多个出处,但文字稍有不同,如[金]元好问《论诗》中有"鸳鸯绣出从教看,莫把金针度与人"句;[宋]释师观《偈颂七十六首其一》中有"鸳鸯绣出从君看,不把金针度与人"句,字面义为:绣好的鸳鸯给人看,但不把绣鸳鸯的金针让人摸(金针:绣花针)。度:度量、揣摩);寓意为:只可让人看到作品,不可让人得知方法。

② 贫汉:(双关语)既指一枚针也当宝贝,够穷的;又指绣一对鸳鸯还不让人知道怎么绣的,够小气。

③ 王实甫:《西厢记》作者。口不道:不说。阿堵物计:钱多少(阿堵物:古口语中钱的别名。计:算、数)。按:此句仍用前句中的比喻,意为王实甫不是"贫汉",从不算钱;实义为:王实甫把写《西厢记》的方法也呈现在《西厢记》里了(见下文)。

④ 鸳鸯既已绣出,金针亦尽度:(比喻)《西厢记》既已写好,写《西厢记》的方法也尽让人看到了。

⑤ 益信:更加相信。作彼语者:说那种话的人(即指说"鸳鸯绣出从君看,不把金针度与君"的人)。脱空谩语汉:凭空说瞎话之人。

⑥ 吕祖:即吕尚,也称"姜太公",道教师祖,故称。

⑦ 汝欲之乎?:你想要吗?

⑧ 不欲也:不想要。

⑨ 大道:成仙之道。

⑩ 戏论:说笑话。

⑪ 与:同"予"。

⑫ 文字:意为话语。题前、题后:意为与题目有关,但非题目本身。题之正位:题目一步到位(之:同"至")。决定无有文字:肯定也就无话可说了。

⑬ 按:此处称"《西厢记》之一十六章",是金圣叹的《第六才子〈西厢记〉》,现通行的《西厢记》版本,共五本二十折。

⑭ 写题正位:直写主题。

⑮ 都是前后摇之曳之:意为围绕题目(但又不是"题之正位")予以发挥。

可见。

　　知文在题之前,便须态意摇之曳之,不得便到题①。知文在题之后,便索性将题拽过了,却重与之摇之曳之②。若不解此法,而误向正位多写作一行或两行,便如画死人坐像,无非印板衣褶,纵复费尽渲染,我见之,早向新宅中哭钟太傅③矣。

　　横直波点聚④,谓之字;字相连,谓之句;句相杂,谓之章。儿子五六岁了,必须教其识字。识得字了,必须教其连字为句。连得五六七字为句了,必须教其布句为章。布句为章者,先教其布五六七句为一章,次教其布十来多句为一章;布得十来多句为一章时,又反教其只布四句为一章,三句为一章,二句乃至一句为一章。直到解得布一句为一章⑤时,然后与他《西厢记》读。

　　子弟读《西厢记》后,忽解得三个字亦能为一章,二个字亦能为一章,一个字亦能为一章,无字亦能为一章⑥。子弟忽解得无字亦能为一章时,渠⑦回思初布之十来多句为一章,真成撒吞⑧耳。

　　子弟解得无字亦能为一章,因而回思初布之十来多句为一章,尽成撒吞,则其体气便自然异样高妙,其方法便自然异样变换,其气象便自然异样姿媚,其避忌便自然异样滑脱。《西厢记》之点化⑨子弟不小。

七、《西厢记》是一“无”字

　　若是字,便只是字;若是句,便不是字;若是章,便不是句。岂但不是字,一部《西厢记》真乃并无一字;岂但并无一字,真乃并无一句。一部《西厢记》,只是一章。若是章,便应有若干句;若是句,便应有若干字。今《西厢记》不是一章,只是一句,故并无若干句,乃至不是一句,只是一字,故并无若干字,《西厢记》其实只

---

① 态意:作出姿态。便到题:直达题目。
② 拽过:抛开。重与之:再予之。
③ 钟太傅:钟繇[yáo],三国时魏国大臣、书法大师,与王羲之合称“钟王”,官至太傅,故称。早向新宅中哭钟太傅,意为:哀其不会“写”(钟太傅:代指“写”)。
④ 横直波点聚:横、竖、撇、点聚合。
⑤ 按:一句为一章,颇为夸张,以此强调《西厢记》之精练。
⑥ 按:无字亦能为一章,更为夸张,以此强调作文不在字,而在意。
⑦ 渠:同“佢”,他、她、它。
⑧ 撒吞:同“撒泼”,胡闹。
⑨ 点化:启发。

是一字。①

《西厢记》是何一字？《西厢记》是一"无"字。赵州②和尚，人问狗子还有佛性也无③，曰："无。"是此一"无"字。人问赵州和尚，一切含灵④俱有佛性，何得狗子却无？赵州曰："无。"《西厢记》是此一"无"字。人若问赵州和尚，露柱⑤还有佛性也无？赵州曰："无。"《西厢记》是此一"无"字。若又问：释迦牟尼还有佛性也无？赵州曰："无。"《西厢记》是此一"无"字。人若又问：无字还有佛性也无？赵州曰："无。"《西厢记》是此一"无"字。人若又问，无字还有"无"字也无？赵州曰："无。"《西厢记》是此一"无"字。人若又问某甲不会，赵州曰："你是不会，老僧是无。"《西厢记》是此一"无"字。何故《西厢记》是此一"无"字？此一"无"字是一部《西厢记》故。⑥

最苦是人家子弟，未取笔，胸中先已有了文字。若未取笔胸中先已有了文字，必是不会做文字人。《西厢记》无有此事。最苦是人家子弟，提了笔，胸中尚自无有文字。若提了笔胸中尚自无有文字，必是不会做文字人。《西厢记》无有此事。⑦

赵州和尚，人不问狗子还有佛性也无，他不知道有个"无"字。赵州和尚，人问过狗子还有佛性也无，他亦不记道⑧有个"无"字。《西厢记》正写《惊艳》一篇时，他不知道《借厢》一篇应如何；正写《借厢》一篇时，他不知道《酬韵》一篇应如何。总是写前一篇时，他不知道后一篇应如何。用煞二十分心思，二十分气力，他只顾写前一篇。《西厢记》写到《借厢》一篇时，他不记道《惊艳》一篇是如何；写到《酬韵》一篇时，他不记道《借厢》一篇是如何。总是写到后一篇时他不记道前一篇是如何。用煞二十分心思，二十分气力，他又只顾写后一篇。⑨

圣叹举赵州"无"字说《西厢记》，此真是《西厢记》之真才实学，不是禅语⑩，

---

① 按：说《西厢记》只是一章、一句、一字，意即要用一段话、一句话，甚至一个字，来概括《西厢记》的特点。
② 赵州，法号从谂，唐代禅宗大师，因八十高龄行脚至赵州，故称。
③ 狗子：狗。还有：也有。
④ 含灵：有灵（之物）。
⑤ 露柱：柱端。
⑥ 按：称《西厢记》为一"无"字，意为《西厢记》无拘无束。
⑦ 按：此段意为《西厢记》文字随笔而来，自然而然。
⑧ 不记道：不记得。
⑨ 按：此处所称《惊艳》《借厢》《酬韵》，为《西厢记》第一本第一、第二、第三折篇名。此处称"他只顾写前一篇""他只顾写后一篇"，意为他信笔写来，既不瞻前，也不顾后，浑然天成。
⑩ 禅语：亦作"打禅语"，禅宗修炼法之一，即故意答非所问，以打破思维惯性。按：此处说"举赵州'无'字说《西厢记》……不是禅语"，即指前面所说"《西厢记》是此一'无'字"，并非禅语。

不是有无之"无"字①。须知赵州和尚"无"字,先不是禅语,先不是有无之"无"字②,真是赵州和尚之真才实学。

八、《西厢记》止写一人

《西厢记》止写得三个人:一个是双文,一个是张生,一个是红娘③。其余如夫人,如法本,如白马将军,如欢郎,如法聪,如孙飞虎,如琴童,如店小二,他俱不曾着一笔半笔写,俱是写三个人时所忽然应用之家伙④耳。

譬如文章,则双文是题目,张生是文字,红娘是文字之起承转合⑤。有此许多起承转合,便令题目透出文字,文字透入题目也;其余如夫人等,算只是文字中间所用之乎者也⑥等字。譬如药,则张生是病,双文是药,红娘是药之炮制。有此许多炮制,便令药往就病,病来就药也。其余如夫人等,算只是炮制时所用之姜、醋、酒、蜜等物。

若更仔细算时,《西厢记》亦止为写得一个人。一个人者,双文是也。若使心头无有双文,为何笔下却有《西厢记》?《西厢记》不止为写双文,止为写谁?然则《西厢记》写了双文,还要写谁?

《西厢记》止为要写此一个人,便不得不又写一个人。一个人者,红娘是也。若使不写红娘,却如何写双文?然则《西厢记》写红娘,当知正是出力写双文。

《西厢记》所以写此一个人者,为有一个人,要写此一个人也。有一个人者,张生是也。若使张生不要而写双文,又何故写双文?然则《西厢记》又有时写张生者,当知正是写其所以要写双文之故也。

诚悟《西厢记》写红娘,止为写双文,写张生亦止为写双文,便应悟《西厢记》

---

① 不是有无之"无"字:意为"《西厢记》是此一'无'字"中的"无",不是说有无《西厢记》的"无",而是说《西厢记》无拘无束。

② 此句意为赵州和尚说的"无",不是故意答非所问,其说"无",恰恰是指佛性,因佛性即"无",故一切均具佛性,即一切均"无"。

③ 止:同"只"。双文:即崔莺莺(按:《西厢记》据[唐]元稹所作传奇《莺莺传》改编,其中崔莺莺的原型,即元稹的情人崔双文)。张生:张君瑞(按:元稹《莺莺传》中只称"张生",即姓张的书生,并无名字,《西厢记》中称其张珙,字君瑞,系后人所加)。红娘:崔莺莺的贴身丫环。

④ 忽然应用之家伙:临时用一用的家什(器具)。

⑤ 双文是题目:崔莺莺譬如一篇文章的题目,要点所在。张生是文字:张生就如文章中的文字,用以表述题目。红娘是文字之起承转合:红娘就如文章中的起承转合,用以将文字和题目联系起来。

⑥ 之、乎、者、也:文言文常用虚字,仅表语气,无实义。

决无暇写他①夫人、法本、杜将军等人。

诚悟《西厢记》止是为写双文,便应悟《西厢记》绝不是写到郑恒②。

《西厢记》写张生,便真是相府子弟,便真是孔门子弟。异样高才,又异样苦学;异样豪迈,又异样淳厚。相其通体白内至外③,并无半点轻狂,一毫奸诈。年虽二十已余,却从不知裙带之下有何缘故④。虽自说"颠不辣的见过万千"⑤,他亦只是曾不动心。写张生直写到此田地时,须悟全不是写张生,须悟全是写双文。锦绣才子必知其故。

《西厢记》写红娘,凡三用加意之笔⑥:其一于《借厢》篇中峻拒⑦张生;其二于《琴心》篇中过尊双文⑧;其三于《拷艳》篇中切责⑨夫人。一时便似周公制度⑩乃尽在红娘一片心地中,凛凛然,侃侃然⑪,曾不可得而少假借者⑫。写红娘直写到此田地时,须悟全不是写红娘,须悟全是写双文。锦绣才子必知其故。

九、《西厢记》偶写佳人才子

《西厢记》亦是偶尔写他⑬佳人才子。我曾细相⑭其眼法手法、笔法墨法⑮,固⑯不单会写佳人才子也,任凭换却题教⑰他写,他俱会写。

若教他写诸葛公白帝受托、五丈出师⑱,他便写出普天下万万世无数孤忠老臣满肚皮眼泪来。我何以知之?我读《西厢记》知之。

---

① 他:其他(如)。
② 绝不是写到郑恒:绝不是要写郑恒(意为写郑恒还是为写崔莺莺)。
③ 相:看。白内至外:清白内外。
④ 不知裙带之下有何缘故:不知女色(裙带之下:暗指女体。有何缘故:有何妙处)。
⑤ 自说:他自己说。"颠不辣的见过万千":引自《西厢记》第一本第一折:"颠不辣的见了万千,似这般可喜娘的庞儿罕曾见,则着人眼花撩乱口难言……"颠不辣的:(元代口语,或为蒙古语)上好的、上等的。
⑥ 凡:大致。三用:三处使用。加意:用意、侧重。
⑦ 峻拒:严厉拒绝。
⑧ 过尊:过分夸赞。
⑨ 切责:痛切责备。
⑩ 一时:这么一来。周公制度:代指仁义道德。
⑪ 凛凛然:严正可敬貌。侃侃然:从容不迫貌。
⑫ 曾不:从无。可得而少假借者:可以稍稍替代者(少:通"稍"。假借:替代)。
⑬ 他:那。
⑭ 细相:仔细观察。
⑮ 眼法、手法:类似今所说"谋篇布局"。笔法、墨法:类似今所说"遣词造句"。
⑯ 固:固然、肯定。
⑰ 换却:改换。题:题目。教:通"叫"。
⑱ 诸葛公:诸葛亮。白帝受托:白帝城受刘备托孤。五丈出师:出师伐魏,病死于五丈原。

若教他写王昭君慷慨请行、琵琶出塞①,他便写出普天下万万世无数高才被屈人满肚皮眼泪来。我读《西厢记》知之。

若教他写伯牙入海、成连径去②,他便写出普天下万万世无数苦心力学人满肚皮眼泪来。我读《西厢记》知之。

十、《西厢记》必须如此读之

《西厢记》必须扫地读之。扫地读之者,不得存一点尘于胸中也③。

《西厢记》必须焚香读之。焚香读之者,致其恭敬,以期鬼神之通之也④。

《西厢记》必须对雪读之。对雪读之者,资其洁清也⑤。

《西厢记》必须对花读之。对花读之者,助其娟丽也⑥。

《西厢记》必须尽一日一夜之力,一气读之。一气读之者,总揽其起尽也⑦。

《西厢记》必须展半月一月之功,精切读之。精切读之者,细寻其肤寸⑧也。

《西厢记》必须与美人并坐读之。与美人并坐读之者,验⑨其缠绵多情也。

《西厢记》必须与道人对坐读之。与道人对坐读之者,叹其解脱无方⑩也。

十一、圣叹批《西厢记》是圣叹文字

《西厢记》前半是张生文字,后半是双文文字,中间是红娘文字⑪。

《西厢记》是《西厢记》文字,不是《会真记》⑫文字。

---

① 慷慨请行:慷慨自请远嫁塞外。琵琶出塞:弹琵琶远出边塞。
② 伯牙入海:俞伯牙入海觅知音。成连径去:成连(俞伯牙师)一路离去(按:相传俞伯牙学琴于成连,三年未成,成连便离他而去。俞伯牙忧伤无比,遂弹琴诉怀,竟成)。
③ 按:此言读《西厢记》不可有污秽之念。
④ 按:此言读《西厢记》要有恭敬之意。
⑤ 按:此言读《西厢记》要有纯洁之心。
⑥ 按:此言读《西厢记》要有审美之趣。
⑦ 揽:把握。起尽:始末。
⑧ 肤寸:一肤一寸,喻细微处(一肤:四寸)。
⑨ 验:体验。
⑩ 解脱无方:言《西厢记》终为情所困,无法解脱。
⑪ 按:《西厢记》先写张君瑞思念崔莺莺,中间写红娘撮合崔莺莺与张君瑞幽会,最后写崔莺莺被母亲所逼,要与郑恒成婚。
⑫ 《会真记》:[唐]元稹《莺莺传》别名。《西厢记》故事最初来自《会真记》。会真:遇仙(道教称仙人为"真人")。

圣叹批《西厢记》是圣叹文字①,不是《西厢记》文字。

天下万世锦绣才子读圣叹所批《西厢记》,是天下万世才子文字,不是圣叹文字。

十二、《西厢记》不是王实甫一人所造

《西厢记》不是姓王字实甫此一人所造,但自平心敛气读之,便是我适来②自造。亲见其一字一句,都是我心里恰正欲如此写,《西厢记》便如此写。

想来姓王字实甫此一人,亦安能造《西厢记》? 他亦只是平心敛气,向天下人心里偷取出来。

总之世间妙文,原是天下万世人人心里公共之宝,绝不是此一人自己文集。

若世间又有不妙之文,此则非天下万世人人心里之所曾有也,便可听其为一人自己文集也。

十三、读《西厢记》之大过种种

《西厢记》便可名之曰《西厢记》,旧时见人名之曰《北西厢记》③,此大过也。

读《西厢记》,便可告人曰"读《西厢记》",旧时见人讳之曰"看闲书",此大过也④。

《西厢记》乃是如此神理⑤,旧时见人教诸忤奴于红氍毹⑥上扮演之,此大过也。

读《西厢记》毕,不取大白酹地赏⑦作者,此大过也。

读《西厢记》毕,不取大白自赏,此大过也⑧。

---

① 按:此句中的"文字",意为"意思",下句同。
② 适来:方才。
③ 旧时:曾经。《北西厢记》:即指王实甫《西厢记》(按:因明代有崔时佩、李景云所作《西厢记》,为区别元代王实甫《西厢记》,将崔时佩、李景云《西厢记》称为《南西厢记》,王实甫《西厢记》称为《北西厢记》。此处言"此为大过",意为崔时佩、李景云《西厢记》根本不配与王实甫《西厢记》相提并论)。
④ 按:此言《西厢记》可堂堂正正读,不必遮遮掩掩。
⑤ 神理:精神理致。
⑥ 诸忤奴:一帮乌龟王八蛋。红氍[qú]毹[shū]:红毛毯,多用以演戏时铺在台上,代指戏台。按:将戏子称为"忤奴",即妓院中的龟奴,妓女假父,可见作者对上演《西厢记》之不屑。因他认为,《西厢记》只适合读,不该演,一演,就神理全无了。
⑦ 取大白酹地:拿白酒洒在地上。赏:赞赏。
⑧ 自赏:自我赞赏。按:此言意为,能堂堂正正读完《西厢记》,乃一壮举,当自我庆贺。

论《西厢记》^①

[清] 李　渔^②

论《南西厢》与《北西厢》^③

　　词曲中音律之坏，坏于《南西厢》。凡有^④作者，当以之为戒，不当取之为法。非止音律，文艺亦然^⑤。请详言之。

　　填词除杂剧不论，止论全本，其文字之佳、音律之妙，未有过于《北西厢》者^⑥。自南本^⑦一出，遂变极佳者为极不佳，极妙者为极不妙。推其初意，亦有可原，不过因北本^⑧为词曲之豪，人人赞羡，但可被之管弦，不便奏诸场上^⑨；但宜于弋阳、四平等伶优^⑩，不便强施于昆调，以系北曲而非南曲也^⑪。

----

① 本文节选自《闲情偶寄》，题目与文中标题均系本书选注者所加。本文要点：一、关于《南西厢》与《北西厢》：作者认为，《北西厢》文字甚佳、音律甚妙，而《南西厢》，文字、音律俱坏。原因有种种。总而言之，"《北西厢》不可改，《南西厢》则不可不翻"。二、关于金圣叹所评《西厢记》：作者认为，金圣叹推《西厢记》为"千古传奇第一"，但金圣叹所评《西厢记》，"乃文人把玩之《西厢》，非优人搬弄之《西厢》也"，即只注意《西厢记》之阅读，而忽略了《西厢记》之演出，此为金圣叹所评《西厢记》之最大遗憾。

② 李渔，字谪凡，号笠翁，清代文人，有"中国戏剧理论始祖"之称，重要作品有《笠翁十种曲》《闲情偶寄》《笠翁一家言》等。

③ 《南西厢》与《北西厢》：即 [明] 崔时佩、李景云所作传奇《西厢记》与 [元] 王实甫所作杂剧《西厢记》，前者系根据后者改编。

④ 凡有：所有。

⑤ 非止：非但、不仅。文艺：文字技艺。

⑥ 填词除杂剧不论：不论杂剧如何填词（按曲调填入词句）。止：通"只"。全本：整部剧本。过于：胜过。

⑦ 南本：《南西厢》。

⑧ 不过：不就是。北本：《北西厢》。

⑨ 但可：仅可、只可。被 [pī]：同"披"，此处意为"配"。管弦：代指音乐。诸：之于。场上：剧场上。按："但可被之管弦，不便奏诸场上"，意为只可配乐（单独演唱），不宜在剧场上（整部）演出。

⑩ 但宜于：仅适合。弋阳、四平：弋阳腔、四平腔，指地方曲艺（弋阳腔起源于江西弋阳，后传入安徽，成四平腔，意即四种平腔）。伶优：乐师与戏子。

⑪ 昆调：昆腔、昆曲。以系：因（其）是。北曲：指元杂剧。南曲：指明传奇。按：《北西厢》为元代杂剧，当时用北方曲艺的腔调演出；至清代，南方一带演戏普遍用昆腔（南方曲艺的腔调），故《北西厢》原有曲调就不适合了。

兹请先言其故。北曲一折,止隶一人,虽有数人在场,其曲止出一口,从无互歌迭咏之事①。弋阳、四平等腔,字多音少,一泄而尽,又有一人启口,数人接腔者②,名为一人,实出众口,故演《北西厢》甚易。昆调悠长,一字可抵数字,每唱一曲,又必一人始之,一人终之,无可助一臂者,以长江大河之全曲③,而专责一人,即有铜喉铁齿,其能胜此重任乎?此北本虽佳,吴音不能奏也④。作《南西厢》者,意在补此缺陷,遂割裂其词,增添其白,易北为南,撰成此剧⑤,亦可谓善用古人、喜传佳事者矣。

然自予论之,此人之于作者⑥,可谓功之首而罪之魁矣。所谓功之首者,非得此人,则伶优竞演,雅调无闻,作者苦心,虽传实没⑦。所谓罪之魁者,千金狐腋,剪作鸿毛⑧,一片精金,点成顽铁。若是者何⑨?以其有用古之心而无其具也⑩。今之观演此剧者,但知关目动人,词曲悦耳,亦曾细尝其味、深绎其词乎⑪?使读书作古之人⑫,取《西厢》南本一阅,句栉字比,未有不废卷掩鼻而怪秽气熏人者也⑬。

若曰:词曲情文不浃⑭,以其就北本增删,割彼凑此,自难帖合⑮,虽有才力无所施也。然则宾白之文⑯,皆由己作,并未依傍原本,何以有才不用,有力不施,而为俗口鄙恶之谈,以秽⑰听者之耳乎?且曲文之中,尽有不就原本增删,或自填一折以补原本之缺略,自撰一曲作诸曲之过文者⑱,此则束缚无人,操纵由我,何

---

① 一折:一折戏(元杂剧中的一场戏)。止隶:只属。按:元杂剧中,一折戏只有一人唱(不是旦角,便是末角),其他人均"白"(讲);但在明传奇中,一出戏可有几人唱(生角、旦角及其他角色均可)。
② 字多音少:意即唱出的文字多音调变化少。一泄而尽:(一句唱词)一口气唱完。接腔:帮腔。
③ 长江大河:喻漫长。全曲:一整段唱词。
④ 吴音:指昆调。奏:奏效。按:《北西厢》唱段大多很长,用昆腔由一人唱,既难,效果也不佳。
⑤ 割裂其词:分割其唱词。增添其白:增添对白。此剧:《南西厢》。
⑥ 自予论之:由我来说。此人:指《南西厢》作者。作者:指《北西厢》作者,即王实甫。
⑦ 此人:指《南西厢》作者。伶优竞演,雅调无闻:乐师与戏子上演此剧,其中的唱词之美将不能为人所闻。作者:指《北西厢》作者。
⑧ 狐腋:狐腋下的毛皮。鸿毛:大雁的毛。按:此句将《北西厢》中大段唱词喻为"狐腋",将《南西厢》中"割裂其词"而分为一小段一小段的唱词喻为"鸿毛";后句又分别喻为"精金"(纯金)与"顽铁"(锈铁)。
⑨ 若是者何?:如此为何?
⑩ 以其:因其。具:才具、才能。
⑪ 此剧:指《南西厢》。但知:只知。关目:情节。绎:寻究。
⑫ 使:假使。读书作古之人:终身读书之人。
⑬ 句栉字比:字里行间。废卷:弃卷。怪:嫌。秽气:臭气。
⑭ 词曲:明传奇中唱词称"词",元杂剧中唱词称"曲"。情文:情调与文采。浃:湿、融洽。
⑮ 帖合:同"贴合"。
⑯ 宾白之文:即对白,剧中的对话。
⑰ 秽:(动词)污染。
⑱ 过文:过渡文字。

295

以有才不用，有力不施，亦作勉强支吾之句，以混观者之目乎？使①王实甫复生，看演此剧，非狂叫怒骂，索改本而付之祝融②，即痛哭流涕，对原本而悲其不幸矣。

嘻！续《西厢》者之才，去作《西厢》者，止争一间③。观者群加非议，谓《惊梦》④以后诸曲，有如狗尾续貂。以彼之才，较之作《南西厢》者，岂特奴婢之于郎主，直帝王之视乞丐⑤！乃今之观者，彼施责备，而此⑥独包容，已不可解；且令家尸户祝，居然配飨《琵琶》，非特实甫呼冤，且使则诚号屈矣⑦！

予生平最恶弋阳、四平等剧，见则趋而避之，但闻其搬演《西厢》，则乐观恐后。何也？以其腔调虽恶，而曲文未改，仍是完全不破之《西厢》⑧，非改头换面、折手跛足之《西厢》也。南本则聋瞽喑哑、驼背折腰⑨诸恶状，无一不备于身矣。此但责其文词，未究音律。从来词曲之旨，首严宫调，次及声音，次及字格⑩。九宫十三调，南曲之门户也⑪。小出⑫可以不拘，其成套大曲，则分门别户，各有依归，非但彼此不可通融，次第亦难紊乱⑬。此剧只因改北成南，遂变尽⑭词场格局：或因前曲与前曲⑮字句相同，后曲与后曲体段⑯不合，遂向别宫别调⑰随取一曲以联络之，此宫调之不能尽合也；或彼曲与此曲牌名巧凑，其中但有一二句字数不符，如其可增可减，即增减就之，否则任其多寡，以解补凑不来之厄⑱，此字格之不能尽符也。至于平仄阴阳与逐句所叶之韵⑲，较此二者其难十倍，诛将不

---

① 使：假使。
② 索：索要。付之祝融：付之一炬（祝融：民间传说中的火神，代指火）。
③ 续《西厢》者：即《南西厢》作者崔时佩、李景云。作《西厢》者：指《北西厢》作者王实甫。止争：不止。一间：一间隔、一点点。
④ 《惊梦》：《牡丹亭》别称。
⑤ 彼：指《惊梦》以后诸曲。郎主：婢妾称主人。直：简直（是）。
⑥ 此：指《南西厢》。
⑦ 令：使。家尸户祝："尸"通"祀"，家家祭奠，喻崇拜。配飨：恭奉，喻并论。《琵琶》：《琵琶记》，元末南戏名作。实甫：王实甫，《北西厢》作者。则诚：高则诚，即高明，《琵琶记》作者。
⑧ 完全不破之《西厢》：指完整的《北西厢》。
⑨ 聋瞽[gǔ]：聋盲。喑[yīn]哑：哑巴。驼背：同"驼背"。折腰：歪腰。
⑩ 宫调：调式。声音：平仄（即文字的平声与仄声之分）。字格：文字的阴阳（即有些字属阴，有些字属阳）。
⑪ 九宫十三调：南曲宫调诸调式的总称（正宫、中吕、南吕、黄钟、仙吕、越调、商调、双调、仙吕入双调为九宫，加上大石调、小石调、般涉调、羽调，合为九宫十三调）。门户：喻关键。
⑫ 小出：一小出（戏）。
⑬ 次第：顺序。难：不可。
⑭ 变尽：完全改变了。
⑮ 前曲与前曲：（《南西厢》中的）前一段词曲与（《北西厢》中的）前一段词曲。
⑯ 体段：结构。
⑰ 别宫别调：有别于前曲的宫调。
⑱ 补凑不来之厄：补凑不成之尴尬。
⑲ 平仄：平声（即今第一、第二声）与仄声（即今第三、第四声）。阴阳：即字格（见前注）。所叶之韵：所押之韵。

胜诛,此声音之不能尽叶也①。词家所重在此三者,而三者之弊,未尝缺一,能使天下相传,久而不废,岂非咄咄怪事乎?

更可异者,近日词人因其熟于梨园之口,习于观者之目②,谓此曲第一当行,可以取法,用作曲谱。所填之词,凡有不合成律者,他人执而讯之,则曰:"我用《南西厢》某折作对子,如何得错!"噫,玷《西厢》名目者此人,坏词场矩度者此人,误天下后世之苍生者,亦此人也③。此等情弊,予不急为拈出④,则《南西厢》之流毒,当至何年何代而已乎!

向在都门,魏贞庵相国取崔郑合葬墓志铭示予,命予作《北西厢》翻本,以正从前之谬⑤。予谢不敏⑥,谓天下已传之书,无论是非可否,悉宜听之,不当奋其死力与较短长⑦。较之而非,举世起而非我⑧;即较之而是,举世亦起而非我。何也?贵远贱近,慕古薄今,天下之通情也。谁肯以千古不朽之名人,抑之使出时流下⑨?彼文足以传世,业有明证;我力足以降人⑩,尚无实据。以无据敌有证,其败可立见也。时龚芝麓先生⑪亦在座,与贞庵相国均以予言为然。

向有一人欲改《北西厢》,又有一人欲续《水浒传》,同商⑫于予。予曰:"《西厢》非不可改,《水浒》非不可续,然无奈二书已传,万口交赞,其高踞词坛之座位,业如泰山之稳,磐石之固,欲遽叱之⑬,使起而让席于予,此万不可得之数也。无论所改之《西厢》、所续之《水浒》,未必可继后尘。即使高出前人数倍,吾知举世之人不约而同,皆以'续貂蛇足'四字,为新作之定评矣。"二人唯唯而去。

此予由衷之言,向以诫人,而今不以之绳己,动数⑭前人之过者,其意何居?

---

① 诛:指责。叶:押韵。
② 梨园之口:喻唱戏(梨园:戏班子别称)。观者之目:喻看戏。
③ 玷:玷污。此人:《南西厢》作者。矩度:规矩。
④ 情弊:弊端。拈出:指出。
⑤ 向:曾。都门:代指京城。魏贞庵相国:相国(宰相)魏贞庵。崔郑合葬墓志铭:崔莺莺(即崔双文)母郑氏与元稹(《莺莺传》作者)母郑氏是同父异母姐妹,故崔郑两家合葬,其墓志铭中有涉元稹与崔双文之事。翻本:改写本。
⑥ 谢不敏:(谦辞)以无才智婉拒。
⑦ 较短长:比优劣。
⑧ 非我:"非"为动词,非难。
⑨ 出时流下:屈于今人(时流)之下。
⑩ 降[xiáng]人:使人投降。
⑪ 时:当时。龚芝麓先生:即龚鼎孳,号芝麓先生,清代诗人,与钱谦益、吴伟业合称"江左三大家"。
⑫ 商:商量。
⑬ 遽:急。叱[chì]:责骂。
⑭ 动数:数落,批评、责备。

曰：存其是①也。放郑声音，非仇郑声，存雅乐也②；辟异端者，非分异端，存正道也③；予之力斥《南西厢》，非分《南西厢》，欲存《北西厢》之本来面目也。若谓前人尽不可议，前书尽不可毁，则杨朱、墨翟④亦是前人，郑声未必无底本，有之亦是前书，何以古圣贤放之辟之，不遗余力哉？

予又谓《北西厢》不可改，《南西厢》则不可不翻⑤。何也？世人喜观此剧，非故嗜痂，因此剧之外，别无善本，欲睹崔张旧事，舍此无由⑥。地乏朱砂，赤土为佳，《南西厢》之得以浪传，职是故也⑦。

使得一人焉，起而痛反其失，别出心裁，创为南本⑧，师实甫之意，而不必更袭其词，祖汉卿之心，而不独仅续其后⑨，若与《北西厢》角胜争雄，则可谓难之又难。若止与《南西厢》赌长较短，则犹恐屑而不屑⑩。予虽乏才，请当斯任，救饥有暇，当即拈毫⑪。

论金圣叹所评《西厢记》

读金圣叹所评《西厢记》，能令千古才人心死⑫。夫⑬人作文传世，欲天下后代知之也，且欲天下后代称许而赞叹之也。殆其文成矣，其书传矣，天下后代既群然知之，复群然称许而赞叹之矣，作者之苦心，不几大慰乎哉⑭？予曰：未甚慰也。誉人而不得其实，其去毁也，几希⑮。但云⑯千古传奇当推《西厢》第一，而不

---

① 是："是非"之是，对、好之意。
② 放：放逐、驱除。郑声音：即郑卫之音，郑国与卫国的音乐。非：不仅仅。见《论语·卫灵公》："子曰：'……放郑声，远佞人。……'"又见《论语·阳货》："子曰：'恶紫之夺朱也，恶郑声之乱雅乐也……'"
③ 辟：除。分：处分。
④ 杨朱、墨翟：战国时诸子之二，合称"杨墨"，被儒家视为异端。见《孟子·滕文公下》："杨氏为我，是无君；墨氏兼爱，是无父也；无父无君，是禽兽也。"
⑤ 翻：改写。
⑥ 非故嗜痂：并非本有怪癖(嗜痂[jiā]：原出《南史·刘穆之传》："邕性嗜食疮痂，以为味似鳆鱼。"后世以"嗜痂"喻怪癖)。崔张旧事：崔莺莺与张生之事。
⑦ 地乏朱砂，赤土为佳：地上无朱砂，以红土为上品。浪传：妄传。职：由于。是：此。
⑧ 使得：假使有。痛反：痛切反省。创：独创。
⑨ 师：(动词)以……为师，学习。实甫：王实甫。更袭：因袭。祖：(动词)以……为祖，继承。
⑩ 屑而不屑：值而不值。
⑪ 斯：此。救饥：谋生。拈毫：提笔。
⑫ 千古才人：指王实甫。心死：心安。
⑬ 夫：文言发语词，无实义。
⑭ 殆：等到。不几：是否。
⑮ 去：离。几希：一点点。
⑯ 但云：仅言。

明言其所以为第一之故，是西施之美，不特①有目者赞之，盲人亦能赞之矣。自有《西厢》以迄于今，四百余载，推《西厢》为填词第一者，不知几千万人，而能历指其所以为第一之故者，独出一金圣叹。是作《西厢》者之心，四百余年未死，而今死②矣。不特作《西厢》者心死，凡千古上下操觚立言者③之心，无不死矣。人患不为④王实甫耳，焉知数百年后，不复有金圣叹其人⑤哉！

圣叹之评《西厢》，可谓晰毛辨发、穷幽极微，无复有遗议⑥于其间矣。然以予论之，圣叹所评，乃文人把玩之《西厢》，非优人搬弄之《西厢》也⑦。文字之三昧⑧，圣叹已得之；优人搬弄之三昧，圣叹犹有待⑨焉。如其至今不死，自撰新词⑩几部，由浅及深、自生而熟，则又当自火其书，而别出一番诠解⑪。甚矣，此道之难言也⑫。

圣叹之评《西厢》，其长在密，其短在拘⑬。拘即密之已甚⑭者也。无一句一字不逆溯其源，而求命意之所在，是则密矣，然亦知作者于此，有出于有心，有不必尽出于有心者乎？心之所至，笔亦至焉，是人之所能为也；若夫笔之所至，心亦至焉，则人不能尽主之矣⑮。且有心不欲然⑯，而笔使之然，若有鬼物主持其间者。此等文字，尚⑰可谓之有意乎哉？文章一道，实实通神，非欺人语⑱。千古奇文，非人为之，神为之、鬼为之也。人则鬼神所附者耳。

---

① 不特：不仅。
② 死：安。
③ 操觚[gū]立言者：执简写作者(觚：木简)。
④ 患：忧心。不为：不能成为。
⑤ 其人：这样的人。
⑥ 遗议：遗漏未及之议。
⑦ 把玩：欣赏。优人：戏子。搬弄：演出。
⑧ 三昧：(佛教语)梵文(拉丁拼音)Samādhi 的音译，意为要领、真谛。
⑨ 有待：不够。
⑩ 新词：新书。
⑪ 火：(动词)烧。诠[quán]解：解释。
⑫ 甚矣，此道之难言也：状语提前，强调。普通词序为：此道之甚难言也。此道：指为文之道。甚：很。按：也可置后为"此道之难言也，甚矣"，同样是强调。
⑬ 密：缜密。拘：拘泥。
⑭ 已甚：过分。
⑮ 若夫：如若。按：此两句意为：心在先、笔在后(即想好了再写)，这是人常做的；但若笔在先、心在后(即边写边想)，人就不能完全把握了。
⑯ 且：况且。然：那样。
⑰ 尚：还。
⑱ 实实：真的。非欺人语：(这)不是骗人之语。

《西厢记》解析①

郑振铎

　　相传王实甫著作《西厢》时,是殚②了他毕生的精力的,写到"碧云天,黄花地,西风紧,北雁南飞"诸语时,思竭踣地③而死。这种类乎神话的传说,当然不可信的。不过也可见一般人对于《西厢》是如何赞颂。由极端的赞颂、称许之中,而产生出像这样的传说,乃是文学史上常有的事。

　　《西厢记》全部五本④,相传实甫只作了四本,其第五本则为关汉卿⑤所续。历来对于《西厢》的作者,本有种种辩论。或谓"关作",或谓"王作";或谓"关作王续";或谓"王作关续"。然今则"王作关续"之说,似占了优势。《西厢记》这部杂剧,在元剧中是较为特殊的。元剧大都为一本,但也有二本的,如实甫的《破窑记》等是二本的。长至五本的,却绝少见。今所知者,仅吴昌龄的《西游记》有六本,足与《西厢记》的五本相匹配而已。大约《西厢》的分为五本,是不得已的。像"崔莺莺待月西厢记"一类的题材,在元剧中往往是以一本了之的,至多也不过两本。连《梧桐雨》《汉宫秋》那么冗长曲折的故事,也都是一本的。然而《西厢》为什么竟会有了五本呢?原来《西厢》的故事,从元稹的《会真记》⑥以后,为诗、为词、为曲者,已不在少数。而董解元的《弦索西厢》⑦,则更敷衍⑧之为二大册。在

----

① 本文节选自《郑振铎全集》第八卷《插图本中国文学史》(下),题目系本书选注者所加。本文要点:为什么《西厢记》会有五本二十折之长?为什么"一般的少年男女"会"那么热烈的欢迎此作"?《西厢记》五本中,哪两本写得最动人?

② 殚[dān]:尽,如"殚精竭虑"。

③ 踣[bó]地:跌倒。

④ 元杂剧大多为一本,通常含四折("本"与"折"相当于现代戏剧的"幕"与"场")。

⑤ 关汉卿,原名不详,字汉卿,号已斋,元代杂剧家,重要作品有《窦娥冤》《单刀会》等。

⑥ 元稹的《会真记》:即元稹的《莺莺传》(元稹,字微之,唐代诗人。《莺莺传》为其所作传奇,乃后世《西厢记》的蓝本。会真:遇仙(道教称仙人为"真人")。

⑦ 董解元的《弦索西厢》:即董解元的《西厢记诸宫调》,亦称《董西厢》(董解元,金代戏曲家,其生卒年、月、字、号、籍贯均不详。"解元"非其名,为科举乡试第一名者)。

⑧ 敷衍:铺陈发挥。

董氏之前,或者这故事已被敷衍得那么冗长也难说。《西厢》的叙述与描写,既被铺张敷衍到像《董西厢》的那个样子,而欲反璞归源,复行缩小到四折的一本或二本,可以说是做不到的事。所以,王实甫的《崔莺莺待月西厢记》,便计划着空前的一个大剧,以五本平常格律的杂剧,联结起来,来叙写这个故事。至于以何因缘,只写到第四本而未写第五本,却不是我们所能知的。据我们猜想,大约不外于死亡夺去了实甫的笔。实甫死后,同时代的最善于作剧的关汉卿,便继其未完之志,将第五本续完了。汉卿之续《西厢》,或由于自动的,或由于同时的读者与伶人的请求,这都难说。

总之,《西厢》分开来,是各自独立的五本,且各自有"题目正名",合之则为联结五本而成的一大剧本,仍有一个总括的题目正名:

张君瑞巧做东床婿,法本师主持南禅地。

老夫人开宴北堂春,崔莺莺待月西厢记。

照惯例是,取了题目正名的最后一句作为全剧的名称:《崔莺莺待月西厢记》。

其第一本的剧名是:"张君瑞闹道场"。叙的是张君瑞过蒲城游于普救寺,在佛殿上遇见了寄居于寺旁的崔相国之女莺莺。她颇顾盼留情。君瑞若被电击似的受了感动,遂迁住于寺中,不复行。某夜,莺莺烧香时,张生曾故意吟了一诗给她听。她也依韵和了一首。三月十五日,崔夫人为已故相国①做道场。张生借着搭了一份斋②之名,复与莺莺一见。

第二本的剧名是:"崔莺莺夜听琴"。叙的是,莺莺的艳名,为将军孙飞虎所闻。他率了五千人马,围了寺,要娶莺莺为妾。崔夫人说道:谁能退得兵的,无论僧俗,皆当将莺莺嫁他为妾。张生献了一策,一面用缓兵计,稳住了飞虎,一面遣猛和尚惠明,持书到白马将军杜确处求救。确为张生好友,闻耗星夜而来,擒了飞虎,解了围。至此,张生、莺莺、红娘乃至读者,皆以为此段姻事可谐了。不料崔夫人却设了一宴,宴请张生,命莺莺以兄妹之礼见。为的是,莺莺原已许下了她内侄郑恒为妾妻。张生郁郁不乐,连红娘也为之抱屈。她劝张生子夜间弹

---

① 崔夫人:崔莺莺母。已故相国:崔莺莺父。

② 搭了一份斋:向亡者进一柱香。

琴,以探莺莺之心。莺莺听了张生《凤求凰》之操①,也大有所感。

第三本的题目是:"张君瑞害相思"。叙的是,张生见了红娘,将一简②递给红娘,托她送交莺莺。红娘不敢将简帖直接交给小姐,只放在妆盒中,待她自见。莺莺见了简帖,怒责红娘一番,然后写复书,命红娘交给张生。张生听了红娘所诉,大为凄惶。及拆开了复简,读到"待月西厢下,迎风户半开"之句,便将一天愁闷,都抛在一边了。夜间,他依约跳墙而过。莺莺见了他,却责以大义,迫得他羞惭的退去。自此,他便得了病。夫人命红娘去问病。莺莺递给她一张简帖,约下张生今夜相会。张生见了这,顿时连病也忘了。

第四本的题目是:"草桥店梦莺莺"。叙的是,当夜,莺莺果然依约而到张生的书斋。终夕无一言。天未明,红娘便来捧③之而去。张生如在梦中。自此,二人情好甚笃。但不久,便为老夫人所觉察。她拷问了红娘,红娘直诉其事。于是夫人无可奈何,便答应下来这头亲事。惟约定张生必须上京求名,得名后始可成婚。张生不得已,别了莺莺上京而去。莺莺送他到十里长亭。他们俩不忍别,而又不能不别。低徊留恋,终于不得不别。当夜,张生离了蒲东二十里,歇于草桥店,辗转不能入寐。朦胧中,见莺莺追来,寻他同行。但为军卒所迫④。张生以言吓退了军卒,抱了小姐。不料抱的却是琴童。他始知刚才的乃是一梦。相传实甫的《崔莺莺待月西厢记》,写到这里为止。

第五本的题目是:"张君瑞庆团回"。叙的是,半年之后,张生一举及第。他命琴童资信⑤回去报告夫人、小姐。莺莺那时的如何喜悦,是易知的。她将汗衫裹肚⑥等物,交琴童带给了张生。张生见物,益念莺莺。这时他正抱着病,且因奉旨着⑦他在翰林院编修国史,一时不能出京。同时,崔夫人的内侄郑恒,却到了蒲东。他意欲前来就婚。及知道莺莺已许婚于张生时,便心生一计,对夫人说:张生在京,已另娶一妻,所以不归。夫人大怒,便允将莺莺嫁给了他。张生这时实授了河中府尹⑧,荣归到崔家。自夫人以下,却因中了郑恒的谗言,对于张生,俱不理睬。及杜确将军来为张生主婚,喝住了郑恒之时,他们方才消释了

---

① 操:弹琴。
② 简:简帖、书简。
③ 捧:扶。
④ 迫:逼迫。
⑤ 资信:送信。
⑥ 裹肚:肚兜。
⑦ 着:令。
⑧ 府尹:官职,即知府。

一切的误会。他们遂举行婚礼。而郑恒因无颜自存,触树身亡。张生和莺莺的一对有情人,于经历许多苦辛之后,遂成了眷属。

实甫的《西厢》在元剧中,其地位是很高超的。元剧每以四折为限,多亦不过五折,即有二本,也只有八折。叙事每苦匆促,无蕴蓄徊翔①的余地。描写也苦于草率,不能尽量的展施作者的才情。布局也为了这,而少有曲折幽邃的局面。只有《西厢》,凭借了传说的题材,与原有的描叙,却能以共五本二十折的大幅,来写那么一个恋爱的喜剧。于是作者便有了可以充分的发展他们的才情的机会。在写张生一个少年书生的狂恋,作者已是很用心用力的了。从初见到图谋再见、从退贼到拒婚、从和诗到递简、从跳墙到被嗔责、从卧病到佳期、从别离到惊梦、从送书到受物、从郑恒作梗到团圆,他差不多时时都在恋爱的惊风骇浪的颠簸之中。时喜时忧,时而失望,时而得意。那么曲折细腻的恋爱描写,在同时②剧本中,固然没有,即后来的传奇③中,也少有如此细波粼粼、绮丽而深入的描述的。于少女莺莺的心理与态度,作者似乎写得尤为着力。张生尚易写,而像莺莺那样娇涩的少年女郎,却更难写。一位娇贵的相国小姐,平常不大出闺门,不是不认识恋爱的感召,却只是沉默不言,欲前故却,欲却又前,屡欲掩抑其已被唤起的情绪,却终于不能掩饰得住。及佳期④以后,老夫人揭破了她的秘密时,她方才完全放下了处女的情态,而抱着狂恋的少妇的真实面目。自此,相思、寄物等折,无一不是表现她的热恋的情绪的。前后的莺莺,几乎是两个人。"佳期"之前,是写得那么沉默含蓄。"拷红"之后,是写得那么奔放多情。久困于礼教之下的少女的整个形象,已完全为实甫所写出了。无怪乎一般的少年男女,那么热烈的欢迎此作。原来这便是他们自身的一幅集体的映象呢!

《西厢》的顶点,在于第三本及第四本,而第四本写张生与莺莺的别离,尤极凄美之致。

【端正好】碧云天,黄花地。西风紧,北雁南飞。晓来谁染霜林醉,总是离人泪。

---

① 蕴蓄徊翔:充分回旋。
② 同时:同时代。
③ 传奇:即明代戏曲(因常取材于唐宋传奇,故亦称为"传奇")。
④ 佳期:即指莺莺前往张生书斋幽会。

【滚绣球】恨相见的迟，怨归去的疾。柳丝长，玉骢①难系；恨不得，倩②琉林挂住斜晖。马儿迍迍③的行，车儿快快的随④。恰告了相思回避⑤，破题儿⑥又早别离。听得道一声去也，松了金钏⑦；遥望见十里长亭，减了玉肌⑧。此恨谁知！

【叨叨令】见安排着车儿马儿，不由人熬熬煎煎的气，有什么心情，花儿靥儿打扮的娇娇滴滴的媚。准备着衾儿枕儿，则索昏昏沉沉的睡。从今后，衫儿袖儿，都揾做⑨重重叠叠的泪！兀的不闷杀人也么哥⑩！兀的不闷杀人也么哥！久已后⑪，书儿信儿，索与我凄凄惶惶的寄。

【小梁州】我见他阁泪汪汪⑫不敢垂，恐怕人知。猛然见了他把头低，长吁气，推整素罗衣。

【四边静】霎时间杯盘狼藉⑬，车儿投东，马儿向西。两处徘徊，落日山横翠。知他今宵宿在哪里？有梦也难寻觅。

　　这是一纸绝妙的抒情诗曲，非出之于一位大诗人之手不办的。那么隽美的白描情曲，乃是后来力欲⑭模拟的人所决难能追得上的。《西厢》的盛行，这大约也是原因之一。汉卿的第五剧，本来有些强弩之末，所以不能讨好是当然的事。但他也甚为用心的写，像：

　　【醋葫芦】我这里开⑮时和泪开，他那里修⑯时和泪修。多管是⑰搁着笔

---

① 玉骢[cōng]：太阳美称。
② 倩：请。
③ 迍[zhūn]迍：慢慢。
④ 此表示她不愿分离的心情(他骑在马上，她坐在车上，为他送行)。
⑤ 恰：正当。告：告别。相思回避：因相思而相互回避。此句意为：正当两人不再羞答答相互回避(即定了情)。
⑥ 破题：原指诗赋起首，代指事情刚开始。
⑦ 松了金钏：(无奈而)垂手(金钏：金手镯)。
⑧ 减了玉肌：(哀伤而)憔悴。
⑨ 揾做：擦着。
⑩ 兀的：怎么。也么[mó]哥[gē]：亦作"也波哥""也末哥"，句末语气词，无实义。
⑪ 已后：同"以后"。
⑫ 阁泪汪汪：蕴含泪水(阁：同"搁"，止)。
⑬ 杯盘狼藉：指喝完离别酒。
⑭ 力欲：拼命想。
⑮ 开：开拆(书信)。
⑯ 修：修书(写信)。
⑰ 多管是：多半是。

尖儿未写泪先流,寄来书①泪点儿兀自②有。我将这新痕把旧痕湮透③,这的是一重愁番做④了两重愁。

　　【梧叶儿】他若是和衣卧,便是和我一处宿,但粘着他皮肉,不信不想我温柔。(红云)这裹肚要怎么?(旦儿唱)常不离了前后,守着他左右,紧紧的系在心头。(红云)这袜儿如何?(旦儿唱)拘管他胡行乱走。

之类,也都是很好的诗。

<hr>

① 书:信。
② 兀自:仍然。
③ 新痕:新的泪痕(即她的泪痕)。旧痕:旧的泪痕(即他的泪痕)。湮透:浸透。
④ 番做:翻作。

《西厢记》的本来面目①

——《雍熙乐府》②本《西厢记》题记

郑振铎

一

王实甫《西厢记》的本来面目是怎样的？这句话谁都难能肯定的回答得出来。我们到现在为止，还不曾发现过比万历诸刊本更早的一部王实甫《西厢记》。

从万历诸刊本始，到金圣叹、毛西河、吴兰修③诸人刊行他们改定的《西厢记》为止，今所知的已有了不少种的不同的版本——这种不同的版本当然不仅仅一二字、一二句或一二节的文字上的异同而已：

（一）刘龙田刻本　　隆庆、万历间

（二）金陵富春堂刊本　　万历（未见）

（三）徐文长评点本　　万历

（四）王伯良校注本　　万历

（五）陈眉公批评本　　万历

（六）李卓吾批评本　　万历

（七）熊氏刊本　　万历（未见）

---

① 本文选自《郑振铎全集》第四卷。其要点是：在《西厢记》诸多版本中考证其"古本""原本"，以见其"本来面目"。经过一番梳理与比较，作者认为，《西厢记》"原本"可能并不分为五本，而是"全部一写到底"；也可能分"本"，但每本肯定不分为若干"折"，而是每本一写到底。最重要的是，"原本"《西厢记》很可能没有"宾白"，只有"曲文"（最初刊出的元曲"原本"，可能都如此），现存《西厢记》各版本中的"宾白"，是后人补缀的，而非出于王实甫之手。

② 《雍熙乐府》，明嘉靖年间郭勋辑散曲、戏曲选，原刻本序于嘉靖丙寅（1566）。

③ 金圣叹、毛西河（即毛奇龄），明末清初文人。吴兰修，清嘉庆、道光年间文人。

（八）徐士范刊本　万历（未见）

（九）日新堂刻本　万历（未见）

（一〇）金陵文秀堂刻本　万历

（一一）罗懋登注释本　万历

（一二）元本出相北《西厢记》　万历

（一三）起凤馆刊王李合评本　万历

（一四）魏仲雪批评本　万历

（一五）真本李卓吾批评本　崇祯

（一六）汤、李、徐三先生评本　崇祯

（一七）《西厢六幻》本　启祯间①

（一八）汤玉茗沈词隐评本　启祯间朱墨本

（一九）凌初成刊五剧本　启祯间朱墨本

（二〇）《六十种曲》本　崇祯

（二一）张深之订定本　崇祯

（二二）延阁主人刊本　崇祯

（二三）封岳校刻本　清初

（二四）金圣叹批评本　清初

（二五）毛西河批评本　清初

（二六）吴兰修订定本　道光

　　以上二十六种都是现在比较还可以得到，或知道其内容的（至于那些曲谱里所收的有曲无白的《西厢》，像"纳书楹本"，像"弦索辨讹本"等等，更有不少，都不在这里举出）。但仅就此二十六种而论，其曲、白差不多没有两种以上是完全相同的。你也动笔改削，我也动笔改削，他也动笔改削，不独金圣叹是一位笔削的大师而已。即以卷帙而论，或二卷（像"陈眉公本"及《六十种曲》本）或四卷（像"封岳本"）或五卷（像"凌初成本"及"延阁主人本"），已是纷纭得很。

　　若更窥其内容，则或分为二十则，或二十出（像"王伯良本""陈眉公本"以及诸万历本），或分为五剧，或五章的（每剧凡四折，像"凌初成本"及"金圣叹本"），或分为五卷而折数则仍为二十的（像"毛西河本"）。全书或有题目正名，或没有题目正名。每

---

① 启祯间：天启、崇祯年间。

剧之后或有题目正名(像王伯良、凌初成诸本),或没有题目正名(像陈眉公、李卓吾诸本)。更是此是彼非,一无定论。你说,我所得的是古本,他也说,我所得的是古本,我也说,我所得的是古本。究竟那一本是真的古本呢?究竟《西厢记》的本来面目是怎样的呢?

当然在现在,我们没有得到万历以前乃至嘉靖或永乐等等年代以前的《西厢记》的时候,谁都不能肯定的回答这问话。

但是有两点现在可以勉强回答的:

第一,现在所得的这许多本子,可以说没有一本是真的古本,或足以表现出西厢的本来面目的。

第二,本来面目的《西厢》,依据了我们现在所得的关于元剧的知识及所有的材料而下手去推测时,约略可以推测得出来。

二

关于第一点,我们现在很可以大胆的说,万历以至崇祯诸《西厢》刊定者所谓"古本""元本"者,本来都不是那么一回事。他们的所谓"古本""元本",都是乌有先生、亡是公之流,原是要假借这一个好听的名义以自便其笔削的。现在所能得到的真正最古的(或可以说是最邻近于最古的本来面目的)《西厢记》乃是散见于嘉靖时郭勋①所辑的《雍熙乐府》里的一部。所可惜的是,"郭勋本"仅有曲文没有说白,不能算是一部完全的剧本。然即此已尽足以发后来万历、崇祯间诸本之覆②矣。

徐文长、王伯良、陈眉公、李卓吾乃至《六十种曲》诸二十折或二十出本的《西厢记》,当然不是古本或元本的《西厢记》——虽然"王伯良本"曾特地标出"古本校注"云云的一个名目来。他们分为二十折,或二十出,他们在每折或每出之下,特标以二字(像"王伯良本")或四字(像"陈眉公本")的剧目,有如明人传奇③的格局:

---

① 郭勋,明开国勋臣武定侯郭英六世孙,承袭武定侯爵位,历任提督三千营、两广总督、京师左军都督掌团营,主管四郊兴建之事,被授予太保兼太子太傅之衔,能诗会文,曾编刊《英烈传》并辑有多种古籍。
② 发……之覆:揭除……的蔽障。
③ 明人传奇:即明代戏曲(因常取材于唐宋传奇,故亦称为"传奇")。

遇艳

投禅

赓句

附斋——（"王伯良本"）

佛殿奇逢

僧房假寓

墙角联吟

斋坛闹会——（"陈眉公本"）

　　这决不是古本或元本的面目。元剧决不会是分为连续的二十折或二十出的,更不会在每折或每出之前,有二字或四字的所谓标目的。即明初刻本的杂剧,其格局也不是如此。

　　元刊本的《杂剧三十种》,每一种的剧文,都是连写到底,并不分折的。明初周宪王刊的《诚斋乐府》三十余种,每一种的剧文,也都是连写到底,并不分折的。即宣德本的刘东生《娇红记》,其剧文也便是每卷连写到底,并不分折的。

　　所以,我们很可以想象,不仅《西厢记》之分为二十折,或二十出为非"古",非本来面目,即臧晋叔《元曲选》的每剧分为四折或五折,也非"古",也非本来面目。

　　杂剧在实际上供演唱之资①的时代,人人都知道其格局,且在实际演唱之时,也大都是一次把全剧都演唱完毕的,故无须去分什么"折",什么"出"。全剧原是整个的。直到刘东生的晚年(宣德时代),还是维持着这样的习尚。

　　杂剧的分折人,约是始于万历时代,至早也不能过嘉靖的晚年。嘉靖戊午(三十九年)绍陶室刊本的《杂剧十段锦》,也还不曾有什么"分折"或"分出"的痕迹。

　　为什么杂剧的分折,要到万历时代方才实现呢? 这是很容易明白的,凡是一种文体或思潮,在其本体正在继续生长的时候,往往是不会立即成为分折的研究对象的。到了它死灭,或已成为过去的东西,方才会有更精密的探索与分析。万历时代是"南杂剧"②(此名称见于胡文焕的《群音类选》)鼎盛,而"北杂剧"已成了过去的一种文体的时候(且实际上也已绝迹于剧坛之上),所以,臧晋叔诸人,乃得以将它

---

① 资:助。

② 南杂剧:即明杂剧,与北杂剧(即元杂剧)有别,与明传奇亦有别,可谓元杂剧与明传奇之间的过渡形态。

的体裁,加以分折,将它的剧文,加以章句①。

这情形正和汉代许多抱残守缺的经生们对于周、秦古籍所做的章句的工作,毫无二致。《西厢记》的分折、分出,便也是在这样的情形之下实现的。但因《西厢记》毕竟与其他元人杂剧略有不同(篇幅特别长),故王伯良、陈眉公诸人,便于分折及分出之外,更于每折或每出之前加以二字或四字的标目。

这使《西厢记》的体式更近于当时流行的传奇的样子,也常因此使后人误会《西厢记》并不是一部"杂剧"。

王国维的《曲录》便是这样的把王氏《西厢记》放在"传奇部"的班头②,而并不将它与《丽春堂》《贩茶船》《芙蓉亭》③等等同列的。

王伯良、陈眉公诸本,为了求分折、分出的齐整计,总要把《西厢记》分为整数的二十折或二十出。其实,《西厢记》的歌唱④,原来决不是这样的分为二十段的。《雍熙乐府》所收的《西厢记》是如底下的样子分散为二十一段的:

（一）【点绛唇】游艺中原,脚根无线如蓬转

（二）【粉蝶儿】不做周方埋怨杀法聪和尚

（三）【斗鹌鹑】玉宇无尘

（四）【新水令】梵王宫殿月轮高

（五）【八声甘州】恹恹瘦损,早是伤神

（六）【端正好】不念法华经,不礼梁皇忏

（七）【粉蝶儿】半万贼兵

（八）【五供养】若不是张解元识人多

（九）【斗鹌鹑】云敛晴空

（一〇）【点绛唇】相国行祠寄居萧寺

（一一）【粉蝶儿】风静帘闲

（一二）【新水令】晚风寒峭透窗纱

（一三）【斗鹌鹑】彩笔题诗

（一四）【点绛唇】伫立闲阶

---

① 章句:分段和句读。
② 班头:首位。
③《丽春堂》《贩茶船》《芙蓉亭》:均为王实甫所作元杂剧。
④ 歌唱:演唱。

310

（一五）【斗鹌鹑】则着你夜去明来

（一六）【端正好】碧云天黄花地

（一七）【新水令】望蒲东萧寺暮云遮

（一八）【集贤宾】虽离了眼前闷

（一九）【粉蝶儿】从到京师思量心旦夕如是

（二〇）【斗鹌鹑】卖弄你仁者能仁

（二一）【新水令】玉鞭骄马出皇都

这次序，虽是不依《雍熙乐府》之旧（《雍熙乐府》是以宫调为类的），而是依着《西厢记》的内容的次第，然已可见出浑①不是王伯良、陈眉公诸本的二十折或二十出的式样的了。王、陈诸本，虽未必是始分为二十折的祖本（最早是分为二十折的《西厢记》今已不知为何本），不过依着明人分折的规则，本是应该将每一套曲皆分为一折的。何以王、陈诸本或其祖本竟不依惯例将《西厢》分为二十一折，而仅将它分为二十折呢？何以必要将第六段的【端正好】一套"不念法华经"云云，并入第五段【八声甘州】一套"恹恹瘦损"云云之中，而不另成一折呢？

这是一种不大可了解的错误的布置。大约总是因了要求折数的齐整，而始如此的无端的并合了的。崇祯本的沈宠绥的《弦索辨讹》，便是这样的分为二十一折的（将【八声甘州】一套，题作"求援"，将【端正好】一套，题作"解围"，分为二折）。后来叶堂的《纳书楹》，收入《西厢记》全谱时，也便是同样的分为二十一段（将【端正好】一套题作"传书"，【八声甘州】一套题作"寺警"，分开，各作一折）。

以上是最足注目的后来的变异，很容易使我们看出决不会是"古本"或"元本"的真实面目。

三

就在天启、崇祯之际，也已有人明白王、陈诸本的式样，并非《西厢记》的"本来面目"了，于是即空观主人凌初成②，便自称得到一种周宪王刊行的《西厢记》。这本《西厢记》分为五剧，每剧各有题目正名，又各分为四折。端正好一套，则放

---

① 浑：浑然、全然。
② 凌初成，即凌濛初，字玄房，号初成，别号即空观主人，明代小说家、印书家，《两刻》（《初刻拍案惊奇》《二刻拍案惊奇》）撰者。

在第二剧第一折之中,而题着"楔子"二字,表示不入四折正文之例。他相信,这个式样,乃是《西厢记》的本来面目。

其实,即空观主人的所谓"周宪王本"《西厢记》,据我看来,也便是"子虚公子"一流的人物。我想,在《西厢记》的版本考上,大约是不会有周宪王刊行的这一本子的。凌初成所谓"周宪王本",与王伯良之所谓"古本",其可信的程度是不相上下的。这都不过是"托古改制"的一种手段而已。

我们在过去的记载里,找不出一点周宪王(朱有燉)曾刊行过《西厢记》的痕迹来。假如有此一本,何以王伯良、徐文长(说是假托的,但也是万历中刊行的)、陈眉公诸本,都从不曾提及一言半语,而直到凌氏的时候方才出现于世呢?

第一个使我们不能相信的,乃是"即空观主人本"《西厢记》的分本、分折的秩序整然的次第①。我在上面已经提过,在万历时代以前,杂剧是没有分折的风气,每一剧都是连写到底的,即周宪王自己刊行《诚斋乐府》也是如此刊印的。周宪王对于他自己的著作,既然如此,为什么他刊印《西厢记》便又会那样的分本、分折起来了的呢? 这是说不通的。凌氏说:

> 此刻悉遵周宪王元本②,一字不易置增损。即一二凿然③当改者,亦但④明注上方,以备参考。至⑤本文,不敢不仍旧⑥也。(凌本"例言")

欲盖弥彰,作伪者诚是⑦心劳日拙!

再则,凌氏为要维持元剧必四折的常例,便把《西厢记》第六段【端正好】"不念法华经"一套,作为"楔子",不入折数。其实,元剧又何尝没有五折的呢(像元曲选中《赵氏孤儿》一剧便是五折的)。推⑧凌氏之必以【端正好】一套为"楔子"者,意中多少总受有王伯良、陈眉公诸本之以此套包纳入上一段【八声甘州】"恹恹瘦损"一套之内的影响。但更重要的理由,却是"近本竟去'楔子'二字,则此剧多一折,若并前【八声甘州】为一,则一折二调,尤非体矣"(凌氏"解证")。

---

① 次第:顺序。
② 元本:同"原本"。
③ 凿然:确凿。
④ 但:仅。
⑤ 至:至于。
⑥ 仍旧:依旧。
⑦ 诚是:真是。
⑧ 推:推测。

这真是聪明一世,懵懂一时。凌氏难道竟不知道,元剧有一剧五折的么? 有人说,【端正好】"不念法华经"一套,为的是夹在"旦唱"的一卷或一本里,例以①元剧每本必须"旦"或"末"独唱到底之惯规②,故此套当然是"楔子",而不能当作一折。但《西厢记》的体裁本来是元剧常例所范围③不住的。《西厢记》在一折之中"末""旦"互唱之例甚多,这是元剧所未有的;更不用说是在一折或一本之中,未必皆是"旦"唱或"末"唱了。故惠明④唱的【端正好】"不念法华经"一套,夹在"旦唱"的一卷之中,是毫不足异的,不必因此便说它是"楔子"。如【端正好】一套为"楔子",则在第四卷及第五卷中,张生、莺莺、红娘皆各唱一折或二折,这些套曲,究竟这一套是"楔子",那一套不是"楔子"呢? (关于《西厢记》为什么会和其他元剧的惯例不同的原因,我将在别一文里论之。)凌氏为了要证明他所依据的周宪王的本子确是古本,确是《西厢记》的本来面目,便在卷首引着《点鬼簿》的一项记载:

《点鬼簿》目录(与"周宪王本"合)

王实甫

　　张君瑞闹道场

　　崔莺莺夜听琴

　　张君瑞害相思

　　草桥店梦莺莺

关汉卿

　　张君瑞庆团圆

凌氏所引的《点鬼簿》,当然便是[元]钟嗣成的《录鬼簿》。但据我所知,许多本子的《录鬼簿》便从没有一本是具有像凌氏所引的那一项记载的。现在所能

---

① 例以:按例。
② 按元杂剧常规,在整部杂剧中,男女两主角(即"末"角,相当于明传奇中的"生"角,与"旦"角),只能一人有唱词;若男主角"唱",女主角就只能"白",反之亦然(其他角色从来不"唱")。但在明传奇中,不仅男女主角都"唱",其他角色也可能"唱"。
③ 范围:(动词)限制。
④ 惠明:《西厢记》人物。

得到的《录鬼簿》,有:

(一) 明初贾仲明续补本(天一阁旧藏蓝格抄本)

(二) 孟称舜《柳枝集》附载本

(三) 《栋亭十二种》本

(四) 暖红室刻本(据尤贞起抄本刊行)

(五) 重订《曲苑》本

(六) 王忠悫公《遗书》本

没有一本是具有像凌氏所引的那样的一项记载的。在许多不同本子的《录鬼簿》里,只有这样的一条:

王实甫　崔莺莺待月西厢记

至于在关汉卿名下,则更无所谓"张君瑞庆团圆"的一个名目。照常理而论,一部《崔莺莺待月西厢记》,也决不会分成五个名目而著录的。吴昌龄的《唐三藏西天取经》,其篇幅较《西厢记》更长(凡六卷),却也不曾巧立名目,分别记载。且在元剧中,同一名目而由二人写成二本者,不在少数:

李文蔚《谢安东山高卧》(赵公辅次本①。盐咸韵②)

赵公辅《晋谢安东山高卧》(汴本)

武汉臣《虎牢关三战吕布》(郑德辉次本)

郑德辉《虎牢关三战吕布》(末旦头折。次本)

这是依据暖红室本的《录鬼簿》所举出的两个例,他们都不曾因为是"次本"便巧立名目。所以,凌氏所引的《点鬼簿》云云,又是令人十二分怀疑其真实性的。我相信,像凌氏所引云云的一部《点鬼簿》,世间是不会有的。

---

① 次本:修改本。

② 盐咸韵:即押[yan]韵。

314

这样,凌氏又弄巧成拙,更不得不现出他的作伪的痕迹来了。凌氏的"周宪王本"《西厢记》云云,其为伪托,大约是无可置疑的。不过,凌氏对于恢复《西厢记》本来面目的努力,却是我们所应该致敬意的。他的这部努力要恢复《西厢记》原状的本子,在后来曾发生了不少的影响。"金圣叹本"便是大体依据了"凌本"而分为五章的;"毛西河本"也是折衷于"凌本"而分为五本的("毛本"是对于王伯良等本及"凌本"取折衷的态度,故分为五本二十折)。

凌氏所要恢复的《西厢记》本来面目,除了文字上的种种改正以外,最重要的便是:将历来分为二十折的《西厢记》,变成了五本;五本之后,各有题目正名。这样的一种《西厢记》,当然要较分为二十折或二十出的诸本更近于原来的面目。我们看吴昌龄《西厢记》之六本、刘东生《娇红记》之有上下两本,则原本《西厢记》当也有分为五本的可能。

再者凌氏所载的每本题目正名,也并不是没有来历的东西。这样的东西,在分为二十折的"徐文长本""王伯良本"里亦有之("陈眉公本"及《六十种曲》本"等则削去之)。在二十折本《西厢记》里,本来是不需要这种题目正名的。然而"徐、王本"竟有之,则可知他们的来历不是很近的了。

"凌本"于每本之后(除第五本外)各附有【络丝娘煞尾】一曲,例如,第一本之末:

【络丝娘煞尾】则为你闭月羞花相貌,少不得剪草除根大小。

这种【络丝娘煞尾】,"王伯良本"虽削去,他本则往往有之。《雍熙乐府》也有之。不过,诸本皆无第一本之【络丝娘煞尾】(《雍熙乐府》本亦如此)。故我很疑心,第一本的【络丝娘煞尾】,难保不是凌氏补撰出来,俾①可得到整齐划一的格局。

四

就上文看来,我们已约略的可以知道王实甫《西厢记》的本来面目是怎样的了。总括起来说:

第一,原本《西厢记》当有分为五本的可能,或竟不分本,全部连写到底;

---

① 俾:使。

第二，假如分为五本，每本也当连写到底，并不分为若干折；

第三，原书在现在的本子（即凌本）的每本（除第五本外）之末，皆有题目正名；

第四，原书在现在的本子（即凌本）的每本（除第五本外）之末，皆有【络丝娘煞尾】。第一本之【络丝娘煞尾】当是脱落去的；

第五，第二卷之【端正好】"不念法华经"一套，当是很重要的正文的一部分（因为在王伯良、凌初成诸本里，其第二段的题目正名里，皆有莽和尚生杀心一句，可见其地位的重要），决非"楔子"。

第六，更有一点，为上文所未提及者，即《西厢记》的"宾白"的问题。是[1]元剧的宾白，久成为一个讨论的中心。究竟《元曲选》《元人杂剧选》《古名家杂剧选》等等里记载的元剧，其"宾白"是否为元人的原作呢？我们观于元刊《杂剧三十种》里各剧之绝少"宾白"，颇致怀疑于《元曲选》宾白的真确性。特别在细读了其宾白之后，我们往往觉得"曲""白"太不相称（曲太好，白太庸腐）。故时时有了"宾白"不出[2]元人手笔之疑——周宪王刊《诚斋乐府》，每本标题之下，皆注出"全宾"。此可见当时刊剧，大约皆只刊出曲文，同时并刊"宾白"者实为绝罕见之事。故《诚斋乐府》不得不特为注出"全宾"二字，以示异于众（关于这个问题，我也另有一文）。《西厢记》的宾白，也与曲文很不相称。有的地方，简直是幼稚浅陋得可笑（例不胜举，细读自知）——故我以为，《西厢记》的宾白，大部分也当是后人的补撰。

我们现在所能想象的王实甫《西厢记》的本来面目，大约是这样。

五

至于"曲""白"的文字上的异同，何者为是，何者为非，更非一时所能讨论得尽，且在没有得到比较"古"的一个本子之前，也没法进行比勘。

我们现在所能得到的一部比较近"古"的《西厢记》，仅只有这里从《雍熙乐府》辑出的一部《西厢记》。《雍熙乐府》刊于嘉靖辛卯（十年）。比现在所得任何种本子的《西厢记》，至少都要早到五十年以上（现在所见各本，大都刊于万历中叶以后）。最可靠的书本乃是最早的本子。这个原则，虽未必皆然，却也不甚与真理相远。

---

① 是：此。
② 不出：并非出于。

我们如果不取这个本子和后来的诸本相对读,当可见出其优长之处,且也可以解决了不少文字上的彼此争执之点。

《雍熙乐府》的编者是武定侯郭勋,他是编刊《英烈传》《水浒传》的人,未必不是一位善于笔削者。即在《雍熙乐府》里,也曾发现不少乱改的痕迹(例如,关汉卿的一首咏杭州景的【南吕一枝花】,《雍熙乐府》将其中"大元朝"的"元"字改为"明"字,硬生生把这首很有关系的元初人之作,夺来作为明朝人的文字),故这部《西厢记》我们也未必相信其完全可靠,或完全与原本的面目无殊。不过,我们在没有得到更早的一个本子之前,这一个本子总可算是最近于"古"的一部罢了。

这个本子有好几个很显著的好处。姑举其一。"凌濛初本"的第五本第四折(他本大率皆然),张生到崔府,见了红娘时,便唱出【庆东原】"那里有粪堆上长出连理枝……这厮坏了风俗,伤了时务"云云,底下便紧接着红娘唱:【乔木查】"妾前来拜覆……你那新夫人何处居?比俺姐姐是何如?"这有点不合情理。《雍熙乐府》本,则【庆东原】在【乔木查】之后,先叙红娘见张生埋怨了一顿,然后再提张生之怨愤,正是事理上情节所必然的步骤。

这恰是"古本"胜于"近本"的一例。

附：唐传奇《莺莺传》(又名《会真记》)^①，[唐] 元稹　撰

（按：唐传奇《莺莺传》是《西厢记》的蓝本，录于此，以供参阅。）

　　唐贞元^②中，有张生者，性温茂，美风容，内秉坚孤，非礼不可入。或朋从游宴，扰杂其间，他人皆汹汹拳拳，若将不及；张生容顺而已，终不能乱^③。以是年二十三，未尝近女色。知者诘^④之，谢而言曰："登徒子^⑤非好色者，是有凶行。余真好色者，而适不我值^⑥。何以言之？大凡物之尤^⑦者，未尝不留连于心，是知其非忘情者也。"诘者识之。

　　无几何^⑧，张生游于蒲，蒲之东十余里，有僧舍曰普救寺，张生寓焉。适有崔氏孀妇，将归长安，路出于蒲，亦止兹寺。崔氏妇，郑女^⑨也；张出于郑^⑩，绪^⑪其亲，乃异派之从母^⑫。

　　是岁^⑬，浑瑊薨^⑭于蒲，有中人丁文雅，不善^⑮于军。军人因丧而扰，大掠^⑯蒲人。崔氏之家，财产甚厚，多奴仆，旅寓惶骇，不知所托。先是张与蒲将之党有善^⑰，请吏护之，遂不及于难。十余日，廉使杜确将天子命以总戎节^⑱，令于军，军由是戢^⑲。

　　郑厚^⑳张之德甚，因饰馔以命^㉑张，中堂宴之。复谓张曰："姨之孤嫠^㉒未亡，提携幼稚，不

---

① 录自鲁迅辑《唐宋传奇集》。会真：遇仙(道教称仙人为"真人")。
② 贞元：唐德宗李适年号。
③ 乱：任意。
④ 诘[jié]：问。
⑤ 登徒子：好色者(语出宋玉《登徒子好色赋》)。
⑥ 适不我值：恰恰没有我遇到的(美女)。
⑦ 尤：特别、特异。
⑧ 无几何：没多久。
⑨ 郑女：郑家之女。
⑩ 出于郑：生于郑氏(即母姓郑)。
⑪ 绪：通"叙"。
⑫ 异派：家族中的另一支。从母：姨母。
⑬ 是岁：此年。
⑭ 浑瑊[jiān]，唐代名将。薨[hōng]：诸侯、大臣亡。
⑮ 不善：谋反。
⑯ 掠：抢劫。
⑰ 先是：此前。有善：有交情。
⑱ 廉使：官名，亦称"观察使"。杜确，唐代官员，贞元十五年任河中观察使。将：拿着。总：总领。戎节：兵权。
⑲ 戢[jí]：收敛。
⑳ 郑：郑氏，即崔母。厚：看重。
㉑ 因：因而。饰馔：设宴。命：请。
㉒ 姨：自私。孤嫠[lí]：寡妇。

幸属师徒大溃①,实不保其身,弱子幼女,犹君之生②,岂可比常恩哉？今俾③以仁兄礼奉见,冀所以报恩也。"命其子,曰欢郎,可④十余岁,容甚温美。次命女："出拜尔兄,尔兄活⑤尔。"久之辞疾⑥。郑怒曰："张兄保尔之命,不然,尔且掳矣,能复远嫌⑦乎？"久之乃至,常服晬容⑧,不加新饰,垂鬟接黛,双脸销红而已,颜色艳异,光辉动人。张惊为之礼,因坐郑旁。以郑之抑而见也,凝睇怨绝,若不胜其体⑨者。问其年纪,郑曰："今天子甲子岁⑩之七月,终于贞元庚辰,生年十七矣。"张生稍以词导之,不对⑪。终席而罢。

　　张自是惑之,愿致其情,无由得也。崔⑫之婢曰红娘,生私为之礼者数四,乘间遂道其衷。婢果惊沮⑬,腆然而奔,张生悔之。翼日⑭,婢复至,张生乃羞而谢之,不复云所求矣。婢因谓张曰："郎之言,所不敢言,亦不敢泄。然而崔之姻族,君所详也,何不因其德而求娶焉？"张曰："余始自孩提,性不苟合。或时纨绮⑮间居,曾莫流盼。不为当年,终有所蔽⑯。昨日一席间,几不自持。数日来,行忘止,食忘饱,恐不能逾旦暮。若因媒氏而娶,纳采问名,则三数月间,索我于枯鱼之肆矣。尔其谓我何？"婢曰："崔之贞慎自保,虽所尊不可以非语犯之,下人之谋,固难入矣。然而善属文⑰,往往沉吟章句,怨慕者久之。君试为喻情诗以乱之,不然则无由也。"张大喜,立缀春词⑱二首以授之。是夕,红娘复至,持彩笺以授张曰："崔所命也。"题其篇曰《明月三五夜》,其词曰：

　　　　待月西厢下,迎风户半开。

　　　　拂墙花影动,疑是玉人来。

　　张亦微喻⑲其旨。是夕,岁二月旬有四日⑳矣。崔之东有杏花一株,攀援可逾㉑。既

---

① 属：遇。师徒：兵士。大溃：大乱。
② 生：给予生路。
③ 俾：使。
④ 可：大约。
⑤ 活：(动词)救。
⑥ 辞疾：以身体不适推辞。
⑦ 远嫌：疏远、嫌弃。
⑧ 晬[suì]容：素颜。
⑨ 不胜其体：娇弱状。
⑩ 今天子甲子岁：当朝甲子年,即干支第一年。庚[gēng]辰：庚辰年,干支第十七年。
⑪ 对：对应、回答。
⑫ 崔：崔氏,即莺莺。
⑬ 惊沮：暗示张生的"道其衷"是想和莺莺私通。
⑭ 翼日：明日(翼：通"翌")。
⑮ 纨绮：代指女流。
⑯ 不为：不若、不像。蔽：遮掩。
⑰ 属[zhǔ]文：写文章。
⑱ 缀[zhuì]：原意缝补,引申为连词造句、写。春词：情诗。
⑲ 微喻：稍稍明了。
⑳ 岁二月旬有四日：即二月十四(岁二月：一年中的二月。旬有四日：一旬加四日,十四)。
㉑ 逾：越。

319

望①之夕，张因梯②其树而逾焉，达于西厢，则户半开矣。红娘寝于床，生因惊之。红娘骇曰："郎何以至？"张因绐③之曰："崔氏之笺召我也，尔为我告之。"无几，红娘复来，连曰："至矣！至矣！"张生且喜且骇，必谓获济④。及崔至，则端服严容，大数⑤张曰："兄之恩，活我之家，厚矣。是以慈母以弱子幼女见托。奈何因不令⑥之婢，致淫逸之词？始以护人之乱为义，而终掠乱以求之，是以乱易乱，其去⑦几何？诚欲寝⑧其词，则保人之奸，不义；明⑨之于母，则背人之惠，不祥⑩；将寄与⑪婢仆，又惧不得发其真诚⑫。是用⑬托短章⑭，愿自陈启⑮，犹惧兄之见难，是用鄙靡之词，以求其必至。非礼之动，能不愧心，特愿以礼自持，无及于乱。"言毕，翻然⑯而逝。张自失⑰者久之，复逾而出，于是绝望。

数夕，张生临轩⑱独寝，忽有人觉之。惊骇而起，则红娘敛衾携枕而至。抚张曰："至矣！至矣！睡何为哉？"并枕重衾而去。张生拭目危坐久之，犹疑梦寐，然而修谨以俟⑲。俄而红娘捧⑳崔氏而至。至则娇羞融冶，力不能运支体㉑。曩时㉒端庄，不复同矣。是夕旬有八日也，斜月晶莹，幽辉半床。张生飘飘然，且疑神仙之徒，不谓从人间至矣。有顷，寺钟鸣，天将晓，红娘促去。崔氏娇啼宛转，红娘又捧之而去，终夕无一言。张生辨色而兴，自疑曰："岂其梦邪？"及明，睹妆㉓在臂，香在衣，泪光荧荧然，犹莹于茵席而已。是后又十余日，杳不复知。张生赋《会真诗》三十韵，未毕，而红娘适至。因授之，以贻㉔崔氏。自是㉕复容㉖之，朝隐而

---

① 既望：十六(十五称"望")。
② 因：因而。梯：(动词)爬。
③ 绐[dài]：同"诒"，哄骗。
④ 获济：获救。
⑤ 大数：狠狠数落。
⑥ 因：因循、听从。不令：不善、不忠。
⑦ 去：别、区别。
⑧ 寝：息。
⑨ 明：(动词)告知。
⑩ 不祥：不善。
⑪ 寄与：寄托于(即命婢仆传达)。
⑫ 发其真诚：说明真实想法。
⑬ 是用：因此。
⑭ 短章：短信(即指《明月三五夜》一诗)。
⑮ 陈启：陈述。
⑯ 翻然：急速貌。
⑰ 自失：若有所失。
⑱ 轩：窗。
⑲ 修谨：谨慎。俟[sì]：等。
⑳ 捧：扶。
㉑ 支体：同"肢体"。
㉒ 曩时：昔日。
㉓ 妆：指粉墨口红之类。
㉔ 贻[yí]：赠送。
㉕ 自是：自此。
㉖ 容：美容。

出，暮隐而入，同安于曩所谓西厢者，几①一月矣。张生常诘郑氏之情，则曰："我不可奈何矣，因欲就成之。"无何，张生将之②长安。先以情喻之，崔氏宛无难词，然而愁怨之容动人矣。将行之再夕③，不可复见，而张生遂西下。

数月，复游于蒲，会于崔氏者又累月。崔氏甚工刀札，善属文，求索再三，终不可见。往往张生自以文挑④，亦不甚睹览。大略崔之出人者，艺必穷极，而貌若⑤不知；言则敏辩，而寡于酬对。待张之意甚厚，然未尝以词⑥继之。时⑦愁艳幽邃，恒若不识；喜愠⑧之容，亦罕形见。异时独夜操琴，愁弄凄恻，张窃听之，求之，则终不复鼓矣。以是愈惑之。张生俄以文调及期⑨，又当西去。当去之夕，不复自言其情，愁叹于崔氏之侧。崔已阴知将诀矣，恭貌怡声，徐⑩谓张曰："始乱之，终弃之，固其宜矣，愚不敢恨。必也君乱之，君终之，君之惠也；则殁身之誓，其有终矣，又何必深感于此行？然而君既不怿⑪，无以奉宁⑫。君常谓我善鼓琴，向时羞颜，所不能及。今且往矣，既君此诚。"因命拂琴，鼓《霓裳羽衣序》。不数声，哀音怨乱，不复知其是曲也。左右皆唏嘘，张亦遽止之。投琴，泣下流连⑬，趋归郑所，遂不复至。明旦而张行。

明年，文战⑭不胜，张遂止⑮于京。因贻书于崔，以广⑯其意。崔氏缄报⑰之词，粗载于此，曰：

捧览来问，抚爱过深，儿女之情，悲喜交集。兼惠花胜一合⑱、口脂五寸，致耀首膏唇之饰。虽荷殊恩，谁复为容⑲？睹物增怀，但⑳积悲叹耳。伏承使于京中就业㉑，进修㉒之

---

① 几：几乎。
② 之：通"至"。
③ 再夕：前夕。
④ 挑：挑逗。
⑤ 貌若：貌似、好像。
⑥ 词：书面文字。
⑦ 时：时常。
⑧ 喜愠：喜怒。
⑨ 文调：赴京应试。及期：到时。
⑩ 徐：缓缓。
⑪ 怿[yì]：欢。
⑫ 奉宁：安抚。
⑬ 流连：不止。
⑭ 文战：考试。
⑮ 止：通"至"。
⑯ 广：通晓。
⑰ 缄报：回信。
⑱ 兼惠：又惠赠。花胜：首饰。合：通"盒"。
⑲ 容：美容、化妆。
⑳ 但：仅。
㉑ 伏承：有幸。就业：举业、应科举。
㉒ 进修：进身、被录用或提升。

道，固在便安①。但恨僻陋之人②，永以遐弃，命也如此，知复何言？自去秋已来，常忽忽如有所失，于喧哗之下，或勉为语笑，闲宵自处，无不泪零。乃至梦寐之间，亦多感咽。离忧之思，绸缪缱绻，暂若③寻常；幽会未终，惊魂已断。虽半衾如暖，而思之甚遥。一昨拜辞，倏逾旧岁④。长安行乐之地，触绪牵情，何幸不忘幽微，眷念无斁⑤。鄙薄之志，无以奉酬。至于终始之盟，则固不忒⑥。鄙⑦昔中表相因⑧，或同宴处，婢仆见诱，遂致私诚⑨。儿女⑩之心，不能自固。君子有援琴之挑⑪，鄙人无投梭之拒⑫。及荐寝席⑬，义盛意深，愚陋之情，永谓终托。岂期⑭既见君子，而不能定情，致有自献之羞，不复明侍巾帻⑮。没身⑯永恨，含叹何言？倘⑰仁人用心，俯遂⑱幽眇；虽死之日，犹生之年。如或达士略情⑲，舍小从大，以先配为丑行，以要盟⑳为可欺，则当骨化形销，丹诚不泯㉑；因风委露，犹托清尘㉒。存没㉓之诚，言尽于此；临纸呜咽，情不能申。千万珍重！珍重千万！玉环一枚，是儿婴年所弄，寄充君子下体所佩。玉取其坚润不渝，环取其终始不绝。兼乱丝一绚㉔、文竹茶碾子㉕一枚。此数物不足见珍，意者欲君子如玉之真，弊志㉖如环不解，泪痕在竹，愁绪萦丝，因物达情，永以为好耳。心迩身遐㉗，拜会无期；幽愤所钟㉘，千里神合。千万珍

---

① 便安：便利安稳。
② 僻陋之人：自称。
③ 暂若：就如。
④ 逾：越、过。旧岁：去年。
⑤ 无斁[yì]：不厌倦。
⑥ 不忒[tè]：没变。
⑦ 鄙：自称。
⑧ 相因：相互顺从。
⑨ 私诚：私情。
⑩ 儿女：男女。
⑪ 援琴之挑：弹琴挑逗。
⑫ 投梭之拒：女子抗拒男子引诱。
⑬ 荐寝席：字面义为奉献于床席，性交隐语。
⑭ 岂期：没料到。
⑮ 明侍巾帻[zé]：成为妻室。
⑯ 没身：至死。
⑰ 倘：倘若、就如。
⑱ 俯遂：时时。
⑲ 达士：旷达之士。略情：把情爱看得很随便。
⑳ 要盟：海誓山盟。
㉑ 丹诚：赤诚之心，此处指真实想法。泯：泯灭。
㉒ 因风委露：随风寄露。清尘：扬尘。按：此句是具讽意的。
㉓ 存没，同"存殁"，生死。
㉔ 兼：还有。绚[qú]：(量词)丝五两为一绚。
㉕ 文竹茶碾子：竹制碾茶具。
㉖ 弊志：(谦语)弊(通"鄙")人之志。
㉗ 迩：近。遐：远。
㉘ 钟：交集，如"钟情"。

322

重！春风多厉,强饭①为嘉。慎言自保,无以鄙②为深念。

　　张生发其书于所知③,由是时人多闻之。所善④杨巨源好属词⑤,因⑥为赋《崔娘诗》一绝云:

　　　　清润潘郎玉不如⑦,中庭蕙草雪销初⑧。
　　　　风流才子多春思,肠断萧娘⑨一纸书。

　　河南元稹,亦续生《会真诗》三十韵。诗曰:

　　　　微月透帘栊,萤光度碧空⑩。
　　　　遥天初缥缈,低树渐葱胧⑪。
　　　　龙吹过庭竹,鸾歌拂井桐⑫。
　　　　罗绡垂薄雾,环佩响轻风⑬。
　　　　绛节随金母,云心捧玉童⑭。
　　　　更深人悄悄,晨会雨蒙蒙⑮。

　　　　珠莹光文履,花明隐绣龙⑯。

---

① 强饭:努力加餐。
② 鄙:(谦语)自称,鄙人。
③ 所知:熟人。
④ 所善:好友。
⑤ 好[hào]属词:喜欢舞文弄墨。
⑥ 因:因而、于是。
⑦ 清润:纯情。潘郎:西晋潘岳,长相俊美、举止优雅,为女子所爱慕,后世以其名泛指情郎。玉不如:白玉也不如(他)。
⑧ 中庭蕙草:喻闺房女子。雪销初:蕙草不耐寒,雪后香气全无,喻女子心灰意冷。
⑨ 萧娘:泛指女子。
⑩ 帘栊[lóng]:窗帘与窗牖。
⑪ 葱胧:亦作"葱茏",青翠而茂盛。
⑫ 龙吹:箫笛类管乐器,此处代指乐声。井桐:天井里的桐树(与前句中的"庭竹"对应)。
⑬ 罗绡:丝绸,代指衣裙。垂薄雾:飘垂如薄雾(喻其轻盈)。按:此两句以罗绡与环佩代指女子,即崔莺莺,其中"环佩响轻风",谓其正缓缓走来。
⑭ 绛节:仙君的仪仗,喻崔莺莺前去幽会时自带的枕被。金母:神女,俗称西王母,喻崔莺莺。云心捧玉童:(为押韵倒置)云心玉童捧云(云心:云中,即仙境,犹喻崔莺莺前去幽会时自带的枕被)。玉童:仙童,喻红娘。
⑮ 雨蒙蒙:形容其幽会后会浑身湿漉漉,即出汗(暗示性交)。
⑯ 珠莹光文履:(倒置)珠莹文履光(珠莹:珠光莹莹。文履:绣花鞋。光:亮)。花明隐绣龙:(倒置)花明绣龙隐(花明:身上戴的花色彩鲜艳。绣龙:衣服上绣的花纹。隐:被遮蔽)。

瑶钗行彩凤，罗帔掩丹虹①。

言自瑶华浦，将朝碧玉宫②。

因游洛城北，偶向宋家东③。

戏调初微拒，柔情已暗通④。

低鬟蝉影动，回步玉尘蒙⑤。

转面流花雪，登床抱绮丛⑥。

鸳鸯交颈舞，翡翠合欢笼⑦。

眉黛羞偏聚，朱唇暖更融⑧。

气清兰蕊馥，肤润玉肌丰⑨。

无力慵移腕，多娇爱敛躬⑩。

汗光珠点点，发乱绿葱葱⑪。

方喜千年会，俄闻五夜穷⑫。

留连时有恨，缱绻意难终⑬。

慢脸含愁态，芳词誓素衷⑭。

赠环明运合，留结表心同⑮。

---

① 瑶钗：玉钗，代指美女，即崔莺莺。彩凤：凤凰美称，喻幽会。罗帔：丝绸披肩，代指女子衣裙。丹虹：虹美称，喻私情。
② 瑶华浦：亦作瑶华圃，仙居，喻其住处。碧玉宫：神殿，喻其幽会处。
③ 洛城北：指洛水，中有洛神甄宓，代指相思。宋家东：代指色欲(典出宋玉《登徒子好色赋》："天下之佳人莫若楚国，楚国之丽者莫若臣里，臣里之美者莫若臣东家之子。东家之子，增之一分则太长，减之一分则太短；著粉则太白，施朱则太赤；眉如翠羽，肌如白雪；腰如束素，齿如含贝；嫣然一笑，惑阳城，迷下蔡。然此女登墙窥臣三年……")。
④ 戏调：(为押韵倒置)调戏，指张生挑逗崔莺莺。
⑤ 低鬟：低头(女人头上有鬟，代头)。蝉影动：喻羞怯。玉尘：喻花瓣。
⑥ 花雪：雪珠，喻其脸白皙。绮丛：丝绸堆，喻床被。
⑦ 鸳鸯交颈舞：意为床被上绣着交颈鸳鸯。翡翠合欢笼：意为翠绿色床帷从两边被拉拢。
⑧ 眉黛羞偏聚：意为双眉因害羞而低垂。朱唇：红唇。
⑨ 气清兰蕊馥：呼出的气息就像兰花一样清香(暗示亲嘴)。肤润玉肌丰：肌肤润滑、洁白而丰腴(暗示裸体拥抱)。
⑩ 无力慵移腕：娇弱而双手不动(暗示听凭对方摆布)。多娇爱敛躬：撒娇而弯腰缩身(暗示性交时的媚态)。
⑪ 汗光珠点点，发乱绿葱葱：满脸汗珠，披头散发(暗示性交时的兴奋与癫狂)。
⑫ 俄闻：一会儿就听到(俄：俄顷)。五夜：即一整夜(古时一夜分五个时段，用鼓打更报时，故亦称作五更、五鼓)。穷：穷尽。
⑬ 缱[qiǎn]绻[quǎn]：字面义是织物缠绕在一起，喻情意缠绵。
⑭ 慢脸：细嫩娇美之脸。素衷：诚挚之心。
⑮ 运合：缘分。结：同心结。

啼粉流宵镜，残灯远暗虫①。

华光犹苒苒，旭日渐曈曈②。

乘鹜还归洛，吹箫亦上嵩③。

衣香犹染麝，枕腻尚残红④。

幂幂临塘草，飘飘思渚蓬⑤。

素琴鸣怨鹤，清汉望归鸿⑥。

海阔诚难渡，天高不易冲。

行云无处所，萧史在楼中⑦。

张之友闻之者，莫不耸异⑧之，然而张志亦绝矣。稹特与张厚⑨，因征其词⑩。张曰："大凡天之所命尤物⑪也，不妖其身，必妖于人⑫。使崔氏子⑬遇合富贵，乘宠娇，不为云，不为雨，为蛟为螭⑭，吾不知其所变化矣。昔殷之辛、周之幽⑮，据百万之国，其势甚厚，然而一女子⑯败之，溃其众，屠其身，至今为天下僇笑⑰。予之德不足以胜妖孽，是用⑱忍情。"于时坐者⑲皆为深叹。

后岁余，崔已委身于人，张亦有所娶。适经所居，乃因⑳其夫言于崔，求以外兄㉑见。夫语之，而崔终不为出。张怨念之诚，动于颜色㉒。崔知之，潜㉓赋一章词㉔曰：

---

① 啼粉：带粉之泪。宵镜：晨起梳妆之镜。暗虫：暗处虫鸣。
② 华光：花光、花之艳。苒苒：茂盛貌。曈曈：光亮貌。
③ 乘鹜归洛、吹箫上嵩：均指仙女归仙居(洛：洛水。嵩：嵩山)，喻崔莺莺走了。
④ 麝：麝香，古时女子所用香料，以增体香。红：口红。
⑤ 幂[mì]幂：浓密貌。临塘草、思渚蓬：均代指思念。
⑥ 清汉：天河，代指天空。
⑦ 萧史：传说中春秋时人物，出自[汉]刘向《列仙传·卷上·萧史》："萧史善吹箫，作凤鸣。秦穆公以女弄玉妻之，作凤楼，教弄玉吹箫，感凤来集，弄玉乘凤、萧史乘龙，夫妇同仙去。"后世以其名泛指情郎或夫婿。
⑧ 耸异：惊异。
⑨ 稹：作者自称。厚：交好。
⑩ 因：因而。征其词：征求其说词。
⑪ 所命：所称。尤物：字面义为"特别之物"，通常指美色女子。
⑫ 不妖其身：不自迷。必妖于人：必迷人。
⑬ 使：假使。崔氏子：崔氏女子，即崔莺莺。
⑭ 为云、为雨：通常男女之合。为蛟为螭[chī]：为妖为怪(蛟、螭：均为恶龙)。
⑮ 殷之辛、周之幽：即殷商之帝辛(即商纣王)。周之幽：即周幽王。
⑯ 一女子：商纣王之妲己、周幽王之褒姒。
⑰ 僇[lù]笑：耻笑。
⑱ 是用：因此。
⑲ 于时：当时。坐者：在座者。
⑳ 因：寻求。
㉑ 外兄：表兄。
㉒ 诚：真。动于：形之于。颜色：脸色。
㉓ 潜：私下。
㉔ 一章词：一首诗。

325

自从消瘦减容光，万转千回懒下床①。

　　不为旁人羞不起，为郎憔悴却羞郎②。

　　竟不之见。后数日，张生将行，又赋一章以谢绝云：

　　弃置今何道，当时且自亲③。

　　还将旧时意，怜取眼前人④。

　　自是绝不复知矣。时人多许⑤张为善补过者。予常于朋会之中，往往及此意者，夫使知者不为，为之者不惑⑥。

　　贞元岁九月，执事李公垂⑦，宿于予靖安里第⑧。语及于是⑨，公垂卓然称异，遂为《莺莺歌》⑩以传之。崔氏小名莺莺，公垂以命篇⑪。

---

① 懒下床：喻相思。
② 为郎憔悴却羞郎：为你憔悴却又为你感到羞耻（仍对其耿耿于怀）。
③ 弃置：即指张生一度疏远。自亲：只顾自己。
④ 眼前人：新欢，指其丈夫。
⑤ 许：称许。
⑥ 不为：不求（艳遇）。为之者：求（艳遇）者。不惑：有迷惑。
⑦ 执事：办事官员。李公垂，即李绅，字公垂，曾居相位四年，与元稹、白居易交游甚密，著有《乐府新题》二十首，已佚，其《悯农》一首："锄禾日当午，汗滴禾下土，谁知盘中餐，粒粒皆辛苦。"脍炙人口。
⑧ 里第：宅第。
⑨ 是：此。
⑩ 《莺莺歌》："伯劳飞迟燕飞疾，垂杨绽金花笑日。绿窗娇女字莺莺，金雀娅鬟年十七。黄姑上天阿母在，寂寞霜姿素莲质。门掩重关萧寺中，芳草花时不曾出。"
⑪ 以命篇：以此命篇（称《莺莺歌》）。

六
《牡丹亭》

简介：

【作者】〔明〕汤显祖。

【名称】全名《牡丹亭还魂记》，又称《还魂梦》《牡丹亭梦》。

【体裁】明传奇（剧本），据明话本小说《杜丽娘慕色还魂记》改编。

【主题】前世有缘，终归成双。

【人物】主要有：柳梦梅、杜丽娘、春香、陈最良。

【情节】主要是：贫寒书生柳梦梅梦见在一座花园的梅树下站着一位佳人，还说自己与她有姻缘之分。从此，他经常思念她。南安太守杜宝之女名丽娘，才貌端庄美丽，跟从师傅陈最良读书。她由读《诗经·关雎》章而产生伤春的情绪，于是由丫环陪同，去后花园游赏。回来后，在昏昏睡梦中，见一书生持半枝垂柳前来求爱，两人在牡丹亭畔幽会。杜丽娘从此愁闷消瘦，一病不起。她在弥留之际要求母亲把她葬在花园的梅树下，嘱咐丫环春香将她的自画像藏在太湖石底。其父升任淮阳安抚使，委托陈最良葬女并修建"梅花庵观"。三年后，柳梦梅赴京应试，借宿梅花观中，在太湖石下拾得杜丽娘画像，发现就是梦中见到的佳人。杜丽娘魂游后花园，和柳梦梅再度幽会。于是，柳梦梅掘墓开棺，杜丽娘起死回生，两人结为夫妇。

【版本】原本为"万历本"《牡丹亭还魂记》，初刻于明万历四十五年。现通行此版本。

《牡丹亭记》题词①

[明] 汤显祖②

天下女子有情，宁有如杜丽娘者乎！梦其人即病，病即弥连③，至手画形容传于世而后死④。死三年矣，复能溟莫中求得其所梦者而生⑤。如丽娘者，乃可谓之有情人耳。情不知所起，一往而深。生者可以死，死可以生。生而不可与死，死而不可复生者，皆非情之至也。梦中之情，何必非真，天下岂少梦中之人耶？必因荐枕而成亲⑥，待挂冠而为密者⑦，皆形骸之论也⑧。

传杜太守事者，仿佛晋武都守李仲文、广州守冯孝将儿女事⑨，予稍为更而演之。至于杜守收考柳生，亦如汉睢阳王收考谈生也⑩。

嗟夫，人世之事，非人世所可尽。自非通人⑪，恒以理相格耳⑫。第云理之所必无，安知情之所必有邪！

① 本文选自《汤显祖诗文集》。要点："情不知所起，一往而深""梦中之情，何必非真，天下岂少梦中之人耶？"
② 汤显祖，字义仍，号海若、若士，明代戏曲家，代表作《牡丹亭》《紫钗记》《南柯记》《邯郸记》，合称"临川四梦"（因其为江西临川人）。
③ 弥连：即"弥留"，言久病不愈。《牡丹亭·诊祟》旦白："我自春游一梦，卧病至今。"
④ 手画形容：指亲手为自己画像。见该剧第十四出《写真》。
⑤ 溟莫：指阴间。溟，同"冥"。
⑥ 荐枕：荐枕席。《文选》宋玉《高唐赋》："闻君游高唐，愿荐枕席。"李善注："荐，进也，欲亲近于枕席，求亲昵之意也。"
⑦ 挂冠：谓辞官。密：亲近。
⑧ 形骸：形体，对精神而言。意谓肤浅之说。
⑨ 晋武都守李仲文：《搜神后记》卷四："武都太守李仲文丧女，暂葬郡城之北。其后任张世之之男子常，梦女来就，遂共枕席。后发棺视之，女尸已生肉，颜姿如故。但因被发棺，未能复生。"广州守冯孝将儿女事：冯孝将为广州太守时，他的儿子梦见一女子说："我是前太守北海徐玄方女，不幸早亡，亡来今已四年，为鬼所枉杀。……应为君妻。"后来在本命年的生日，掘棺开视，女子体貌如故，遂为夫妇。事见《搜神后记》卷四，又见《异苑》及《幽明录》等。
⑩ 汉睢阳王收考谈生：《列异传》："汉谈生，四十无妇，夜半读书，有女子来就生为夫妇，约三年中不能用火照。后生一子，已二岁，生夜伺其寝，以烛照之，腰已上生肉，腰下但有枯骨。妇觉，以一珠袍与生，并裂取生衣裾而去。后生持袍诣市，睢阳王家买之。王识女袍，以生为盗墓贼，乃收拷生。生以实对。王视女如故。发现之，得谈生衣裾。又视生儿正如王女，乃认谈生为婿。"又见于《搜神记》。
⑪ 通人：学通古今之人。
⑫ 格：推究。

评《牡丹亭》①

[明] 凌濛初②

近世作家,如汤义仍③,颇能模仿元人,运以俏思,尽有酷肖处,而尾声尤佳,惜其使才自造,句脚、韵脚④所限,便尔随心胡凌⑤,尚乖⑥大雅。至于填调不谐,用韵庞杂,而又忽用乡音⑦,如"子"与"宰"叶⑧之类,则乃拘于方土⑨,不足深论,止⑩作文字观,犹胜依样画葫芦而类⑪书填满⑫者也。义仍自云:"驰荡淫夷⑬,转⑭在笔墨之外。"佳处在此,病处亦在此。彼未尝不自知,只以才足以逞而律实未谙⑮,不耐检核⑯,悍然为之,未免护前⑰。况江西弋阳土曲⑱,句调长短,声音高下,可以随心入腔,故总不必合调⑲,而终不悟矣。而一时改手⑳,又未免有斲

---

① 本文节选自凌濛初《谭曲杂劄》,题目系本书选注者所加。本文要点:《牡丹亭》词曲有不合音律处甚多。汤显祖自称作《牡丹亭》意在笔墨之外,故而"佳处在此,病处亦在此"。
② 凌濛初,字玄房,号初成,别号即空观主人,明代小说家、雕版印书家,《初刻拍案惊奇》《二刻拍案惊奇》(简称《两刻》)作者。
③ 汤义仍,即汤显祖,字义仍,江西临川人,明传奇《牡丹亭》作者。
④ 句脚:曲中每句最后一字。韵脚:曲中的句与句之间的押韵。
⑤ 胡凌:胡乱凑合(凌:通"临",靠近)。
⑥ 乖:悖、不合。
⑦ 乡音:方言。
⑧ "子"与"宰"叶:"叶",叶韵、押韵;在有些方言中,"子"读作"宅"[zhái],与"宰"[zhǎi]同韵。
⑨ 方土:方言土语。
⑩ 止:同"只"。
⑪ 类:类似。
⑫ 书填满:即描红(学书法第一步)。
⑬ 驰[dài]荡淫夷:放浪恣意。
⑭ 转:运、用意。
⑮ 足以逞:足以逞志。律:音律。谙[ān]:熟悉。
⑯ 检核:拘束。
⑰ 护前:好胜(字面义:不许他人居前)。
⑱ 弋阳土曲:弋阳地方曲艺,亦称"弋阳腔",起源于江西弋阳,后传入安徽,成"四平腔"。
⑲ 合调:合乎音律。
⑳ 改手:换一种做法(意即改为合规合矩地写)。

小巨木、规圆方竹^①之意,宜乎^②不足以服其心也。

---

① 斲[zhuó]小巨木、规圆方竹:均为改神奇为平庸之意(斲小巨木:把巨木砍成小块。规圆方竹:把方竹杖削成圆的)。
② 宜乎:当然。

论《牡丹亭》①

[清] 李　渔

　　曲文之词采,与诗文之词采②,非但不同,且要判然相反。何也?诗文之词采,贵典雅而贱粗俗,宜蕴藉③而忌分明。词曲不然,话则本之街谈巷议,事则取其直说明言④。凡读传奇⑤而有令人费解,或初阅不见其佳、深思而后得其意之所在者,便非绝妙好词。不问而知,为今曲,非元曲⑥也。元人非不读书,而所制之曲,绝无一毫书本气,以其⑦有书而不用,非⑧当用而无书也;后人之曲,则满纸皆书矣⑨。元人非不深心⑩,而所填之词,皆觉过于浅近,以其深而出之以浅,非借浅以文其不深也;后人之词,则心口皆深矣。

　　无论其他,即汤若士《还魂》⑪一剧,世以配飨⑫元人,宜也。问其精华所在,则以《惊梦》《寻梦》二折对⑬。予谓二折虽佳,犹是今曲,非元曲也。《惊梦》首句云:"袅晴丝,吹来闲庭院,摇漾春如线。"以游丝⑭一缕,逗起情丝,发端一语,即

① 本文节选自《闲情偶寄》,题目系本书选注者所加。本文要点:曲文与诗文不同,要写得通俗,否则唱出来会令人费解。元曲都写得很通俗,但明传奇的曲文却不然。譬如《牡丹亭》,唱出来,百人中大概只有一两人听得懂。《牡丹亭》曲文固然优雅,但却大多只能用来读,不能用来唱。好在如《忆女》《玩真》几出中的一些曲文,就如同元曲一样,"意深词浅,全无一毫书本气也"。
② 曲文:戏曲中的唱词。词采:亦作词彩,即文采。
③ 贵:崇尚。贱:鄙视。蕴藉:隐晦。
④ 话:戏曲所用语言。事:戏曲所述事物。
⑤ 传奇:指明传奇,即明代戏曲,因大多取材于历代传奇小说,故亦称"传奇"。
⑥ 今曲:指明清传奇。元曲:元杂剧。
⑦ 以其:因其。
⑧ 非:而非。
⑨ 按:此处所说"书",意为文言与典故。
⑩ 深心:有深意。
⑪ 汤若士,即汤显祖,字义仍,号若士。《还魂》:《还魂记》,即《牡丹亭》。
⑫ 配飨:原意为合祭,转义为比配。
⑬ 《惊梦》《寻梦》二折:《牡丹亭》第十出和第十二出(按:明传奇一场一般称"一出",元杂剧一场一般称"一折",本文作者大概出于对明传奇的不屑,故意称"折")。对:答。
⑭ 游丝:春虫所吐、飘荡在空中的丝。

费如许深心,可谓惨淡经营矣。然听歌《牡丹亭》者,百人之中有一二人解出此意否?

若谓制曲①初心并不在此,不过因所见以起兴,则瞥见游丝,不妨直说,何须曲而又曲,由晴丝而说及春,由春与晴丝而悟其如线也②?若云作此原有深心,则恐索解人③不易得矣。索解人既不易得,又何必奏之歌筵,俾④雅人俗子同闻而共见乎?其余"停半晌,整花钿,没揣菱花,偷人半面"及"良辰美景奈何天,赏心乐事谁家院""遍青山,啼红了杜鹃"等语,字字俱费经营,字字皆欠明爽。此等妙语,止可作文字观,不得作传奇观⑤。

至如末幅⑥"似虫儿般蠢动,把风情扇"与"恨不得肉儿般团成片也,逗的个日下胭脂雨上鲜"、《寻梦》曲云"明放着白日青天,猛教人抓不到梦魂前""是这答儿压黄金钏匾"此等曲,则去元人不远矣。而予最赏心者,不专在《惊梦》《寻梦》二折,谓其心花笔蕊⑦,散见于前后各折之中。《珍祟》⑧曲云:"看你春归何处归,春睡何曾睡,气丝儿,怎度的长天日。""梦去知他实实谁,病来只送得个虚虚的你。做行云,先渴倒在巫阳会。""又不得困人天气,中酒心期,魆魆的常如醉。""承尊觑,何时何日,来看这女颜回?"《忆女》⑨曲云:"地老天昏,没处把老娘安顿。""你怎撇得下万里无儿白发亲。""赏春香还是你旧罗裙。"《玩真》⑩曲云:"如愁欲语,只少口气儿呵。""叫的你喷嚏似天花唾。动凌波,盈盈欲下,不见影儿哪。"此等曲,则纯乎元人,置之《百种》⑪前后,几不能辨,以其意深词浅,全无一毫书本气也。

---

① 制曲:创作剧本。
② 按:"晴丝"与"情丝"谐音,又"丝"暗示"线","线"暗示(男女间的)"牵线"。
③ 索:求。解人:理解之人。
④ 奏之歌筵:在宴席上演唱(古人通常边喝酒边看戏)。俾[bǐ]:使。
⑤ 止:通"只"。文字:代指文学。传奇:代指戏曲。
⑥ 末幅:篇末。
⑦ 心花笔蕊:喻文意与文笔皆佳。
⑧ 《珍祟》:《牡丹亭》第十八出。
⑨ 《忆女》:《牡丹亭》第廿五出。
⑩ 《玩真》:《牡丹亭》第廿六出。
⑪ 《百种》:全称《元人百种曲》,一名《元曲选》,[明] 臧懋循编订,万历四十四年刻本。

《牡丹亭》评述①

郑振铎

　　显祖五剧②中，最藉藉人口③者自为《还魂记》或《牡丹亭梦》④。王骥德⑤虽将《还魂》抑置《邯郸》《南柯》之下，然一般人的见解，则大都反之。梁廷枬⑥谓："玉茗四梦⑦，《牡丹亭》最佳，《邯郸》次之，《南柯》又次之，《紫钗》则强弩之末耳。"此种甲乙之次，本极不足据，惟以《牡丹亭》为最佳，则足以代表一般人的意见。

　　《还魂记》凡五十五出⑧，没有一出不是很隽美可喜的。这样的一部剧本，出现于"修绮而非垛则陈，尚质而非腐则俚"⑨的时代，正如危岩万仞，孤松挺然，耸翠盖于其上，又如百顷绿波之涯，杂卉乱生，独有芍药一株，临水自媚，其可喜处盖不独能使我们眼界为之清朗而已，作者且进而另辟一个新境地给我们。开场的一支《蝶恋花》：

---

① 本文节选自郑振铎《插图本中国文学史》，题目系本书选注者所加。本文要点：《牡丹亭》是汤显祖五剧中最佳之作。该剧"使我们眼界为之清朗"，更为我们"另辟一个新境地"，其"但是相思莫相负，牡丹亭上三生路"的境界，似高于苏东坡的"但愿人长久，千里共婵娟"。至于《牡丹亭》中杜丽娘死而复生的故事，并非汤显祖杜撰，而是以往文学中常有的，如《搜神后记》中就有。

② 显祖，汤显祖，字义仍，号若士，明代传奇作家。五剧：汤显祖的五部传奇，即《邯郸记》《还魂记》(即《牡丹亭》)《南柯记》《紫箫记》《紫钗记》。

③ 藉藉人口：脍炙人口。

④ 《牡丹亭梦》：即《牡丹亭》。

⑤ 王骥德，字伯良，号方诸生，明代传奇作家，除传奇外，还撰有《曲律》等戏曲论著。

⑥ 梁廷枬，字章冉，号藤花亭主人，清道光、咸丰年间戏曲家，著有《断缘梦》《江梅梦》《昙花梦》三部戏曲及论著《藤花亭曲话》。

⑦ 玉茗四梦：亦作"临川四梦"，汤显祖的四部均与梦的传奇，即《紫钗记》《牡丹亭》《南柯记》《邯郸记》(玉茗：汤显祖自题居处为"玉茗堂"，故称"玉茗四梦"。临川四梦：汤显祖为江西临川人，故称)。

⑧ 凡：总共。出：明代传奇中的节目(如小说中的回目)，同元杂剧中的"折"。

⑨ "修绮而非垛则陈，尚质而非腐则俚"：王骥德语，全句为："于本色一家，亦惟是奉常(即汤显祖)一人——其才情在浅深、浓淡、雅俗之间，为独得三昧。余(其余)则修绮而非垛则陈，尚质而非腐则俚矣。"修绮：注重华丽。非垛则陈：不是堆砌就是陈旧。尚质：崇尚质朴。非腐则俚：不是迂腐就是粗俗。

忙处抛人①闲处住，百计思量，没个为欢处。

白日消磨肠断句②，世间只有情难诉。

玉茗堂前朝复暮，红烛迎人③，俊得江山助④。

但是⑤相思莫相负，牡丹亭上三生路⑥。

及结束全剧的一首下场诗：

杜陵寒食草青青⑦，羯鼓声高众乐停⑧。

更恨香魂不相遇⑨，春肠遥断牡丹亭⑩。

千愁万恨过花时⑪，人去人来酒一卮⑫。

唱尽新词俱不见⑬，数声啼鸟上花枝⑭。

已足以看出作者的用意。作者是多情人，又是极聪明人，却故意的在最拙

---

① 忙处抛人：忙处(官场)容不得人(自谓)。
② 肠断句：哀情诗句。
③ 红烛迎人：点红烛迎娶佳人。
④ 俊得：喜得。江山：代指天意。
⑤ 但是：只是。
⑥ 牡丹亭：象征定情处。三生路：三生缘，即姻缘。
⑦ 杜陵寒食草青青：失落之意(句出[唐]韦应物《寒食寄京师诸弟》："雨中禁火空斋冷，江上流莺独坐听。把酒看花想诸弟，杜陵寒食草青青。")。
⑧ 羯鼓声高众乐停：犹失落之意(句出[唐]李商隐《龙池》："龙池赐酒敞云屏，羯鼓声高众乐停。夜半宴归宫漏永，薛王沉醉寿王醒。")。
⑨ 更恨香魂不相遇：更是失落之意。香魂：美女别称(句出[唐]郑琼罗《叙幽冤》："痛填心兮不能语，寸断肠兮诉何处。春生万物妾不生，更恨香魂不相遇。")。
⑩ 春肠遥断牡丹亭：痛切无奈之意。春肠：情思(句出[唐]白居易《见元九悼亡诗因以此寄》："夜泪暗销明月幌，春肠遥断牡丹庭。人间此病治无药，唯有楞伽四卷经。")。
⑪ 千愁万恨过花时：怨恨之意(句出[唐]无则《百舌鸟》："千愁万恨过花时，似向春风怨别离。若使众禽俱解语，一生怀抱有谁知。")。
⑫ 人去人来酒一卮：颓丧之意(句出[宋]欧阳修《浣溪沙·十载相逢酒》句："人去人来酒一卮，故人才见便开眉。老来游旧更同谁。浮世歌欢真易失，宦途离合信难期。尊前莫惜醉如泥。")。
⑬ 唱尽新词欢不见：犹颓丧之意(句出[唐]刘禹锡《踏歌词》："春江月出大堤平，堤上女郎连袂行。唱尽新词欢不见，红霞映树鹧鸪鸣。")。
⑭ 数声啼鸟上花枝：感叹之意(句出[唐]韦庄《晏起》："尔来中酒起常迟，卧看南山改旧诗。开户日高春寂寂，数声啼鸟上花枝。")。

呆、最荒唐的布局①上，细细的画出最隽妙的一幅相思图。曹沾②所谓"满纸荒唐言，一把酸心泪"，正足以说明显祖的此剧。"但是相思莫相负，牡丹亭上三生路③"一语，盖较之东坡④的"但愿人长久，千里共婵娟"尤为深入一层，尤为真挚确切者。《还魂记》的概略如下：

  南安太守杜宝，生有一女，名丽娘，才貌端妍，未议婚配。一日，杜太守想起，自来淑女，无不知书，便请了本府老秀才陈最良为西席⑤，专教小姐，并以梅香⑥为伴读。陈最良正是民间的百科全书式的老秀才的代表，他无所不知，连医道也懂得。

  上学的那一天，陈老先生教丽娘读《诗经》，解说"关关雎鸠，在河之洲"一诗后，不禁使这位年已及笄⑦，初解怀春的少女怅然有感于中。本府有个后花园，极为敞大，丽娘向未去过。为了春情郁郁，受了梅香的劝诱之后，便同去园中一游。

  春色果然绝佳，好鸟轻啭，繁花缀树，芍药方放，牡丹盛开。丽娘回归绣房，倦极而卧。仿佛身子仍在园中，突遇一位少俊的秀才，折柳一枝给她，强求她题咏，并抱她进牡丹亭中，百种温存，紧相厮偎。正在欢洽之时，树上忽堕下落花一片，惊醒了她。

  她惆怅的醒来，口中还叫道："秀才，秀才，你去了也！"她母亲刚来看她，盘问她也不语。便诫她以后少到后花园中闲行。自此以后，丽娘益为郁郁，梦中之事，无时放怀。捱空儿又到后花园中去。梦中之景，宛然如见，只是那少俊的人儿却不在身边了。太湖石仍在，牡丹亭依然，只是花事已将冷落，情怀更为凄然。

  自这回寻梦归去之后，丽娘便生了病，时卧时起，精神恍惚。她父母十分着急。陈最良的药方固无效力，石道姑的符咒，也欠应验。捱至秋初，病体益重，"十分容貌，怕不上九分瞧"。丽娘自己对镜一照，也吃惊不已。"哎也！俺往日

---

① 最拙呆、最荒唐的布局：指《牡丹亭》情节荒诞无稽，如梦中相恋、死人复活等(布局：剧情设置)。
② 曹沾，即曹雪芹，名沾，字雪芹。
③ 三生路：三生缘(前世之缘、现世之缘、来世之缘)，即姻缘。
④ 东坡，即苏轼，字子瞻，号东坡居士。
⑤ 西席：西宾(古时主位在东，宾位在西)，代指家塾教师。
⑥ 梅香：丫环名。
⑦ 及笄[jī]：亦作"既笄"，十五岁(古时女子满十五岁结发，用笄贯之，故称)。

艳冶轻盈,奈何一瘦至此。"便着①梅香取绢幅、丹青②来,为自己生描春容。画得来可爱煞人。对像徘徊,更增切怛③,便在画上题道:"近观分明似俨然,远观自在若飞仙。他年得傍蟾宫客,不在梅边在柳边。"想起他人之像,或为丈夫相爱,替她描模,也有美人自家写照,寄与情人,而丽娘这像却寄给谁呢?"梅边柳边",只不过是个梦见而已!但出于丽娘的不及料,也出于读者的不及料,那位"梅边柳边"的秀才,在世间却实有其人。这人姓柳,名梦梅,家住岭南。少年英俊,贫穷未能赴试。

却说久病的丽娘到了八月十五,明月清朗之夜,便昏厥而去。临终之时,嘱咐她母亲,将她尸身葬于后花园中老梅树下,并私嘱梅香,将她的春容④放在太湖石边。她死后不久,杜宝奉命升为淮扬安抚使。他带了家眷同去。但因为丽娘的尸柩不便运去,便让她埋于园中。且将此园与太守官衙用一道墙隔开了,同时并建了一所梅花庵于旁,供奉小姐,命石道姑看守此庵,并请陈最良收取祭粮,岁时巡视。

忽忽的过了三年。柳生因久困乡里,终无了局,便勉力措筹,欲北上图求功名。得了钦差识宝使苗舜宾的资助,方得成行。经过南安,染病难行,厥于途中。陈最良过而怜之,送他到梅花庵中暂住。

柳生病体渐好。在后花园中散步时,拾得丽娘自画的那幅春容。那画中端丽绝世的少女,顿使梦梅出惊。他疑心这画中人是观音大士吧,却又是小脚的,是月里嫦娥吧,却又没有祥云拥护,及见了题诗,乃知她确是人间的一位美女。"梅边柳边"一语,又使他骇然。这不是指在他而言么?不然如何会那么巧合于他的姓名呢?于是他便生了痴心,天天对着画,"姐姐""美人"的叫着。

丽娘的魂儿,在地府受了冥判,得了允许还阳的判语。她回到梅花庵,听着梦梅"姐姐""美人"的呼着,颇为感动。知道了他便是从前梦中的人儿,便乘机进了书房,假托邻女与他相晤。梦梅见了那么绮丽的一位少女昏夜而至,当然是既惊且喜的。他们的好事,曾有一次为石道姑所冲散,但也无甚阻碍。

丽娘还阳的日期已尽,便嗫嚅着与梦梅说知,她并不是邻女,乃是画中的人儿。梦梅看看画儿,又看看她,果然是一模无二。她至此方才对他细诉自己的身

---

① 着:令。
② 丹青:"丹"指丹砂,"青"指青䕅[huò],古时绘画常用颜料。
③ 切[dāo]怛[dá]:悲伤。
④ 春容:指画像。

世,并要求他开坟启棺,出她于土中。

梦梅与石道姑商议,设法开了坟,果然小姐复活起来,颜色娇艳如生。掘坟的他们,当场也忘记了她乃是已死三年的少女!他们恐怕住在南安不便,便一同北上到临安。

这里,陈最良到了庵中,见石道姑与柳生都不在,杜小姐的坟又已被掘发,便断定乃是他们二人同谋为此,事成逃去,决意奔到淮扬前去告诉杜公。

这时,金人正图南下牧马,封海贼李全为溜金王,着其扰乱淮南一带。李全与妻杨氏,领众围了淮安。杜公奉命往救,也被陷于围城之中。陈最良北来,恰好冲在贼人的网里。李全设了一计,假说杜公的夫人及婢女春香已为全兵所杀(这时杜公、夫人等已离扬城,逃难在外),最良信之。李全便命他进城招降,欲他以此噩耗告杜公,以乱其心。但杜公悲愤之余,反设了一计,命最良去说李全及杨氏降宋。恰好李全与金使冲突,惧祸,便依言降来。

在此时之前,柳生偕眷到临安赴试。试时刚过,柳生强欲补试,幸得遇前在乡赠金的苗舜宾为试官,竟通融了他入试。金榜正待揭晓,却遇李全之乱,暂不宜布。柳生试毕回家。

丽娘闻她父亲被围淮安,便遣柳生去看望杜老。柳生到了淮安,恰好李全已降,杜公正奉旨召为中书门下同平章事①,僚属在那里宴别他。柳生自称门婿,闯门而进。杜公得了最良之言,正恼着女坟被掘发,这位不知何来的门婿,却凭空而至,便大怒的命人递解柳生到临安府幽禁着,以待后命。

杜公入朝,皇帝大喜。最良也以功授为黄门官。李全已平,金榜遂揭晓,状元是柳梦梅。但他们遍觅状元赴琼林宴不得。不知状元却在杜府吊打着呢。杜公到京后,便命取了柳生来,欲治他以发坟罪。任柳生怎样辩解也不听。觅寻状元的人到来,才救了柳生此厄。杜公仍然不悦,坚执着:即使女儿活着,也是花木之妖,并非真实的人。

于是这事达到皇帝之前,命他们三人同在陛前辩论。结果,以丽娘的细诉,事情大白。当杜公到了丽娘家中时,却于无意中遇见了前传被杀的夫人及梅香。原来他们逃难到临安时,遇着丽娘,便同住在一处。于是合家大喜,团圆。然而柳生却还不认那位狠心的丈人。经了丽娘的婉劝,方才重复和好。这一部离奇的喜剧,便于喜气重重中闭幕。

① 中书门下同平章事:官名。

关于《牡丹亭》，为了时论的异口同声歌颂，当时便发生了许多的传说。《静志居诗话》①云：

其②《牡丹亭》曲本，尤极情挚。人或劝之讲学，笑答曰："诸公所讲者性③，仆④所言者，情⑤也。"世或相传云："刺昙阳子⑥而作。"然太仓相君，实先令家乐⑦演之，且云："吾老年人近颇为此曲惆怅。"假令人言可信，相君虽盛德有容，必不反演之于家也。当日娄江女子俞二娘，酷嗜其词，断肠而死。故义仍⑧作诗哀之云："画烛摇金阁，真珠泣绣总。如何伤此曲？偏只在娄江。"又七夕答友诗云："玉茗堂开春翠屏，新词传唱《牡丹亭》。伤心拍遍无人会⑨！自搯檀痕⑩教小伶。"

按昙阳子事，详见于吴江沈瓒《近事丛残》中。弇州史料亦云："女昙阳子以贞节得仙，白日升举。"昙阳子事，为当时所盛传。世俗以其有还魂之说，故附会以为显祖《还魂》即指此事。其实二事绝不相同。还魂之事，见于古来传记者甚多。若士⑪自序云：

传杜太守事者，仿佛晋武都守李仲文、广州守冯孝将儿女事⑫。予稍为

---

① 《静志居诗话》：[清] 朱彝尊著。
② 其：指汤显祖。
③ 性：人之性。
④ 仆：(谦语)自称。
⑤ 情：人之情。
⑥ 刺：针对。昙阳子，即嘉靖年间翰林学士王锡爵次女王焘贞，许配官家子徐景韶为妻，但到成婚之日，徐景韶突然亡故，王焘贞大哭三日后出家修行，成了女道士，并称受仙人指点，自号"昙阳子"，坐而论道。不久，名声大作，连一些大文人如王世贞、冯梦龙等，也拜入其门下，甚至其父王锡爵也拜她为师。此事还惊动朝廷，多名大臣著文，颂扬她为得道仙子。然而，昙阳子此时却宣称，她将羽化升天。据称，万历七年九月九日，昙阳子白日升天，赶来目睹盛事的人有十万之众，又哭又拜，经日不绝。
⑦ 实：其实。家乐：家蓄的歌妓。
⑧ 义仍，即汤显祖，字义仍。
⑨ 拍遍无人会：语出 [宋] 辛弃疾《水龙吟·登建康赏心亭》句："把吴钩看了，栏杆拍遍，无人会、登临意。"会：领会。
⑩ 搯 [tāo]：同"掏"，抠。檀痕：泪痕美称。
⑪ 若士：即汤显祖，号若士。
⑫ 晋武都守李仲文：《搜神后记》卷四："武都太守李仲文丧女，暂葬郡城之北。其后任张世之之男子常，梦女来就，遂共枕席。后发棺视之，女尸已生肉，颜姿如故。但因被发棺，未能复生。"广州守冯孝将儿女事：冯孝将为广州太守时，他的儿子梦见一女子说："我是前太守北海徐玄方女，不幸早亡，亡来今已四年，为鬼所枉杀。……应为君妻。"后来在本命年的生日，掘棺开视，女子体貌如故，遂为夫妇。事见《搜神后记》卷四，又见《异苑》及《幽明录》等。

更而演之。至于杜守收考柳生,亦如汉睢阳王收考谈生也①。

元人的《碧桃花》《倩女离魂》二剧,与若士此作也极相似。又《睽车志》②载:

> 士人寓三衢佛寺,有女子与合③。其后发棺,复生遁去④。达书⑤于父
> 母。父以涉怪⑥,忌见之。

此事与《还魂》所述者尤为相合。"剌昙阳子"云云,盖绝无根据之谈。

---

① 汉睢阳王收考谈生:《列异传》:"汉谈生,四十无妇,夜半读书,有女子来就生为夫妇,约三年中不能用
　火照。后生一子,已二岁,生夜伺其寝,以烛照之,腰上已生肉,腰下但有枯骨。妇觉,以一珠袍与生,并
　裂取生衣裾而去。后生持袍诣市,睢阳王家买之。王识女袍,以生为盗墓贼,乃收拷生。生以实对。王
　视女冢如故。发现之,得谈生衣裾。又视生儿正如王女,乃认谈生为婿。"又见于《搜神记》。
② 《睽车志》:[宋] 郭彖撰志怪杂著。
③ 合:媾合。
④ 复生遁[dùn]去:复活而离去。
⑤ 达书:致信。
⑥ 怪:鬼怪。

340

附：明话本《杜丽娘慕色还魂》^① [明] 无名氏 撰

（按：明话本《杜丽娘慕色还魂》是《牡丹亭》的蓝本，录于此，以供参阅。）

>　　闲向书斋览古今，罕闻杜女再还魂。
>
>　　聊将昔日风流事，编作新文励后人。

　　话说南宋光宗^②朝间，有个官，升授广东南雄府尹^③，姓杜名宝，字光辉，进士出身，祖贯山西太原府，年五十岁，夫人甄氏，年四十二岁，生一男一女，其女年一十六岁，小字丽娘，男年一十二岁，名唤兴文，姊弟二人俱生得美貌清秀。杜府尹到任半载^④，请个教读，于府中书院内教姊弟二人读书学礼。不过半年，这小姐聪明伶俐，无书不览，无史不通，琴棋书画、嘲风咏月、女工针指，靡不精晓。府中人皆称为女秀才。

　　忽一日，正值季春三月中，景色融和，乍晴乍雨天气，不寒不冷时光，这小姐带一侍婢名唤春香，年十岁，同往本府后花园中游赏，信步行至花园内，但见：

>　　假山真水，翠竹奇花，普环碧沼，傍栽杨柳绿依依，森笋青峰，侧畔桃花红灼灼。双双粉蝶穿花，对对蜻蜓点水。梁间紫燕呢喃，柳上黄莺睆睆^⑤。纵目台亭池馆，几多瑞草奇葩。端的^⑥有四时不谢之花，果然是八节长春之草。

　　这小姐观之不足，触景伤情，心中不乐，急回香阁中，独坐无聊，感春暮景，俯首沉吟而叹曰："春色恼人，信有之乎？常见诗词乐府，古之女子，因春感情，遇秋成恨，诚不谬矣。吾今年已二八，未逢折桂之夫；感慕景情，怎得蟾宫之客^⑦？昔日郭华偶逢月英，张生得遇崔氏^⑧，曾有《钟情丽集》《娇红记》^⑨书，此佳人才子，前以密约偷期，似皆一成秦晋^⑩。嗟呼，吾生于宦

---

① 录自[明]何大抡辑《重刻增补燕居笔记》。
② 南宋光宗：赵惇，宋朝第十二位皇帝。
③ 府尹：官名，即知府。
④ 半载：半年。
⑤ 睆[huǎn]睆：鸟鸣声。
⑥ 端的：真的。
⑦ 折桂之夫、蟾宫之客：科举进士的美称，代指求娶之人。
⑧ 郭华、月英：元杂剧《留鞋记》中的一对情人。张生、崔氏（崔莺莺）：元杂剧《西厢记》中的一对情人。
⑨ 《钟情丽集》：话本小说，[明]吴敬所撰。《娇红记》：明传奇，[明]孟称舜撰。
⑩ 秦晋：秦晋之好，秦晋两国曾有几代国君通婚，后世以此代指联姻。

族,长在名门,年已及笄①,不得早成佳配,诚为虚度青春,光阴如过隙耳。"叹息久之,曰:"可惜妾身,颜色如花,岂料命如一叶耶?"遂凭几昼眠,才方合眼,忽见一书生,年方弱冠②,丰姿俊秀,于园内折杨柳一枝,笑谓小姐曰:"姐姐既能通书史,可作诗以赏之乎?"小姐欲答,又惊又喜,不敢轻言,心中自忖,素昧平生,不知姓名,何敢辄入于此。正如此思间,只见那书生向前将小姐搂抱去牡丹亭畔,芍药栏边,共成云雨之欢娱,两情和合,忽值母亲至房中唤醒,一身冷汗,乃是南柯一梦。忙起身参母,礼毕,夫人问曰:"我儿何不做些针指,或观玩书史,消遣亦可,因何昼寝于此?"小姐答曰:"儿适在花园中闲玩,忽值春暄恼人,故此回房,无可消遣,不觉困倦少③息,有失迎接,望母亲恕儿之罪。"夫人曰:"孩儿,这后花园中冷静,少去闲行。"小姐曰:"领母亲严命。"道罢,夫人与小姐同回至中堂饭罢。这小姐口中虽如此答应,心内思想梦中之事,未尝放怀,行坐不宁,自觉如有所失,饮食少思,泪眼汪汪,至晚不食而睡。次早饭罢,独坐后花园中,闲看梦中所遇书生之处,冷静寂寥,杳无人迹。忽见一株大梅树,梅子磊磊可爱,其树矮如伞盖。小姐走至树下,甚喜而言曰:"我若死后得葬于此,幸矣。"道罢回房,与小婢春香曰:"我死,当葬于梅树下,记之记之。"次早,小姐临镜梳妆,自觉容颜清减,命春香取文房四宝至镜台边,自画一小影,红裙绿袄,环佩玎当,翠翘金凤,宛然如活。以镜对容,相像无一④,心甚喜之,命弟将⑤出衙去裱背店中裱成一幅小小行乐图⑥,将来挂在香房内,日夕观之。一日,偶成诗一绝,自题于图上:

近睹分明似俨然,远观自在若飞仙。

他年得傍蟾宫客,不在梅边在柳边。

诗罢,思慕梦中相遇书生,曾折柳一枝,莫非所适之夫姓柳乎?故有此警报⑦耳。

自此丽娘暮色之甚,静坐香房,转添凄惨,心头发热,不疼不痛,春情难遏,朝暮思之,执迷一性,恹恹成病,时年二十一岁矣。父母见女患病,求医罔⑧效,问佛无灵,自春至秋,所嫌者⑨金风送暑,玉露生凉,秋风潇潇,生寒彻骨,转加沉重。小姐自料不久⑩,令春香请母亲至床前,含泪痛泣曰:"不孝逆女,不能奉父母养育之恩,今忽天亡,为天之数⑪也。如我死后,望母

---

① 及笄:亦作"既笄",古时女子满十五岁结发,用笄贯之,以示成年。
② 弱冠:二十岁,古时男子二十岁行冠礼,即戴上帽子,以示成年,但又因年少,称"弱"。
③ 少:通"稍"。
④ 无一:"无一不是"之略。
⑤ 将:拿。
⑥ 行乐图:游玩消遣状的人像图画,或径指肖像画。
⑦ 警报:预感。
⑧ 罔[wǎng]:无、没有。
⑨ 所嫌者:不好的是。
⑩ 不久:不久于人世。
⑪ 天之数:即天数、天意。

亲埋葬于后园梅树之下,平生愿足矣。"嘱罢,哽咽而卒,时八月十五也。母大痛,命具棺椁衣衾收殓毕,乃与杜府尹曰:"女孩儿命终时,分付要葬于后园梅树之下,不可逆其所愿。"这杜府尹依夫人言,遂令葬之。其母哀痛,朝夕思之。光阴迅速,不觉三年任满,使官新府尹已到,杜府尹收拾行装,与夫人并衙内杜兴文一同下船回京,听其别选,不在话下。

且说新府尹姓柳名恩,乃四川成都府人,年四十,夫人何氏,年三十六岁。夫妻恩爱,止生一子,年一十八岁,唤作柳梦梅,因母梦见食梅而有孕,故此为名。其子学问渊源,琴棋书画,下笔成文。随父亲南雄府上任之后,词清讼简①,这柳衙内因收拾书房,于草茅杂沓之中,获得一幅小画,展开看时,却是一幅美人图,画得十分容貌,宛如妲娥②。柳衙内大喜,将去挂在书院之中,早晚看之不已。忽日,偶读上面四句诗,详其备细。"此是人家女子行乐图也,何言'不在梅边在柳边',此乃奇哉怪事也。"拈起笔来,亦题一绝,以和其韵。诗曰:

> 貌若嫦娥出自然,不是天仙是地仙。
>
> 若得降临同一宿,海誓山盟在枕边。

诗罢,叹赏久之。却好③天晚,这柳衙内因想画上女子,心中不乐,正是不见此情情不动,自思何时得此女会合,恰似望梅止渴,画饼充饥,懒观经史,明烛和衣而卧,翻来复去,永睡不着,细听谯楼④已打三更⑤,自觉房中寒风习习,香气袭人。衙内披衣而起,忽闻门外有人扣门,衙内问之而不答。少顷又扣,如此者三次。衙内开了书院门,灯下看时,见一女子,生得云鬓轻梳蝉翼,柳眉颦蹙春山。其女趋入书院,衙内急掩其门,这女子敛衽⑥向前,深深道个万福。衙内惊喜相半,答礼曰:"妆前谁氏⑦,原来夤夜⑧至此。"那女子启一点朱唇,露两行碎玉⑨,答曰:"妾乃府西邻家女也,因慕衙内之丰采,故奔至此,愿与衙内成秦晋之欢⑩,未知肯容纳否?"这衙内笑而言曰:"美人见爱,小生喜出望外,何敢却也?"遂与女子解衣灭烛,归于帐内,效夫妇之礼,尽鱼水之欢。少顷,云收雨散,女子笑谓柳生曰:"妾有一言相恳,望郎勿责。"柳生笑而答曰:"贤卿有话,但说无妨。"女子含笑曰:"妾千金之躯,一旦付于郎矣,勿负奴心,每夜得共枕席,平生之愿足矣。"柳生笑而答曰:"贤卿有心恋于小生,小生岂敢忘于贤卿乎?但不知姐姐姓甚何名?"女答曰:"妾乃府西邻家女也。"言未绝,鸡鸣五更,曙色将分,女子整衣

---

① 词清讼简:狱讼稀少,政事清闲。
② 妲[dá]娥:即嫦娥。
③ 却好:同"恰好"。
④ 谯[qiáo]楼:即夜里打更报时的更楼。
⑤ 三更:半夜三更,即午夜12时。
⑥ 敛衽:女子行礼。
⑦ 妆前谁氏:(套语)询问女子姓氏。
⑧ 夤[yín]夜:寅时之夜、深夜。
⑨ 碎玉:喻齿白。
⑩ 秦晋之欢:夫妻之事(性交隐语)。

趋出院门。柳生急起送之，不知所往。至次夜，又至，柳生再三询问姓名，女又以前意答应。如此十余夜。一夜，柳生与女子共枕而问曰："贤卿不以实告我，我不与汝和谐①，白②于父母，取责汝家。汝可实言姓氏，待小生禀于父母，使媒妁聘汝为妻，以成百年夫妇，此不美哉？"女子笑而不言，被柳生再三促迫不过，只得含泪而言曰："衙内勿惊，妾乃前任杜知府之女杜丽娘也。年十八岁，未曾适人③，因慕情色，怀恨而逝。妾在日常所爱者，后园梅树，临终遗嘱于母，令葬妾于树下，今已一年，一灵不散，尸首不坏，因与郎君有宿世姻缘未绝，郎得妾之小影，故不避嫌疑，以遂④枕席之欢。蒙君见怜，君若不弃幻体⑤，可将妾之衷情，告禀二位椿萱⑥，来日可到后园梅树下，发棺视之，妾必还魂，与郎共为百年夫妇矣。"这衙内听罢，毛发悚然，失惊而问曰："果是如此，来日发棺视之。"道罢，已是五更，女子整衣而起，再三叮咛："可急视之，请勿自误，如若不然，妾事已露，不复再至矣，望郎留心，勿使可惜矣。妾不得复生，必痛恨于九泉之下也。"言讫，化清风而不见。

柳生至次日饭后，入中堂禀于母。母不信有此事，乃请柳府尹说知。府尹曰："要知明白，但⑦问府中旧吏门子⑧人等，必知详细。"当时柳府尹交唤旧吏人等问之，果真杜知府之女杜丽娘葬于后园梅树之下，今已一年矣。柳知府听罢惊异，急唤人夫⑨同去后园梅树下掘开。果见棺木，揭开盖棺板，众人视之，面颜俨然如活一般。柳知府教人烧汤，移尸于密室之中，即令养娘侍婢，脱去衣服，用香汤沐浴洗之，霎时之间，身体微动，凤眼微开，渐渐苏醒。这柳夫人教⑩取新衣服穿了。这女子三魂再至，七魄重生，立身起来。柳相公与柳夫人并衙内看时，但见：身材柔软，有如芍药倚栏干；翠黛双垂，宛如桃花含宿雨，好似浴罢的西施，宛如沉醉的杨妃。这衙内看罢，不胜之喜，叫养娘扶女子坐下。良久，取安魂汤、定魂散吃下。少顷，便能言语，起身对柳衙内曰："请爹妈二位出来拜见。"柳相公、夫人皆曰："小姐保养，未可劳动⑪。"即唤侍女扶小姐去卧房中睡。少时，夫人分付⑫，安排酒席于后堂庆喜。当晚筵席已完，教侍女请出小姐赴宴，当日杜小姐喜得再生人世，重整衣妆，出拜于堂上。柳相公与杜小姐曰："不想我愚男与小姐有宿世缘分，今得还魂，真乃是天赐也。明日可差人往山西太原去寻问杜府尹家接下报喜。"夫人对相公曰："今小姐天赐还魂，可择日与孩儿成亲。"相公允之。至次日，差人持书报喜，不在话下。

---

① 和谐：相好。
② 白：告白、告知。
③ 适人：嫁人。
④ 遂：得逞。
⑤ 幻体：鬼魂之体。
⑥ 椿[chūn]萱[xuān]：长辈，即父母。
⑦ 但：只要。
⑧ 旧吏门子：前任府尹的差役门卫。
⑨ 人夫：民夫。
⑩ 教：通"叫"。
⑪ 劳动：多动。
⑫ 分付：同"吩咐"。

过了旬日,择得十月十五吉旦,正是:屏开金孔雀,褥隐绣芙蓉。大排筵宴,杜小姐与柳衙内同归罗帐,并枕同衾,受尽人间之乐。

　　话分两头。且说杜府尹回至临安府,寻公馆安下。至次日,早朝见光宗皇帝,喜动天颜,御笔除授①江西省参知政事,带夫人并衙内上任,已经两载。忽一日,有一人持书至在相公案下。相公问"何处来的",答曰"小人是广东南雄府柳府尹差来",怀中取书呈上。杜相公展开书看,书上说小姐还魂与柳衙内成亲一事,今特驰书报喜。这杜相公看罢大喜,赏了来人酒饭,曰:"待我修书回复柳亲家。"这杜相公将书入后堂,与夫人说南雄府柳府尹送书来,说丽娘小姐还魂与柳知府男成亲事。夫人听知大喜,曰:"且喜昨夜灯花结蕊,今宵灵鹊声频。"相公曰:"我今修书回复,交伊朝晚在临安府相会。"写了回书,付与来人,赏银五两,来人叩谢去了。不在话下。

　　却说柳衙内闻知春榜动、选场开,遂拜别父母妻子,将带仆人盘缠,前往临安府会试应举。不则②一日,已到临安府,客店安下。径入试院,三场已毕,喜中第二甲进士,除授临安府推官。柳生驰书遣仆,报知父母妻子。这杜小姐已知丈夫得中,任临安府推官,心中大喜。至年终,这柳府尹任满,带夫人并杜小姐回临安府推官衙内投下③。这柳推官拜见父母妻子,心中大喜,排筵庆贺,以待杜参政回朝相会。住不两月,恰好杜参政带夫人并子回至临安府馆驿安下,这柳推官迎接杜参政并夫人至府中,与妻子杜丽娘相见,喜不尽言,不在话下。这柳梦梅转升临安府尹,这杜丽娘生两子,俱为显宦,夫荣妻贵,享天年而终。

---

① 除授:除旧新任。
② 不则:就。
③ 投下:亦作"投项",所属,意为府邸。

七

《红楼梦》

简介：

【作者】［清］曹雪芹著、高鹗续（也有说无名氏续，高鹗整理）。

【名称】又名《石头记》《情僧录》《风月宝鉴》《金陵十二钗》。

【体裁】长篇章回体小说。

【主题】儿女情长，终归于空。

【人物】主要有：贾宝玉、林黛玉、薛宝钗。

【情节】主要是：贾宝玉和林黛玉两小无猜，情意绵绵。但到婚嫁之时，由贾母（贾宝玉的祖母）作主，却要贾宝玉娶薛宝钗为妻。对此，贾宝玉和林黛玉既哀怨，又无奈。林黛玉忧伤成疾，一命归天。贾宝玉痛苦万分，却又不得不和薛宝钗成亲。尽管薛宝钗可谓贤妻良母，但贾宝玉终究不愿苟合。婚后不久，他便看破红尘、遁入空门，出家当了和尚。

【版本】主要版本有"程甲本""程乙本"（即程伟元、高鹗分别于乾隆五十六年、五十七年整理出版的《新镌全部绣像红楼梦》）和"脂本"（即流行于乾隆年间的《脂砚斋重评石头记》）。现通行以"程甲本"为底本的校勘本。

寄閑情淑女解琴書

作 者 自 云①

[清] 曹雪芹

此开卷第一回也。作者自云：因曾历过一番梦幻之后，故将真事隐去，而借"通灵"之说，撰此《石头记》一书也。故曰"甄士隐"②云云。但书中所记何事何人？自又云：今风尘碌碌，一事无成，忽念及当日所有之女子，一一细考较去，觉其行止见识皆出于我之上。何我堂堂须眉，诚不若彼裙钗哉？实愧则有余，悔又无益之大无可如何之日也！当此，则自欲将已往所赖天恩祖德，锦衣纨绔之时、饫甘餍肥之日，背父兄教育之恩、负师友规训之德，以至今日一技无成，半生潦倒之罪，编述一集，以告天下人：我之罪固不免，然闺阁中本自历历有人，万不可因我之不肖，自护己短，一并使其泯灭也。虽今日之茅椽蓬牖、瓦灶绳床，其晨夕风露、阶柳庭花，亦未有妨我之襟怀笔墨者。虽我未学，下笔无文，又何妨用假语村言，敷演出一段故事来，亦可使闺阁昭传，复可悦世之目，破人愁闷，不亦宜乎？故曰"贾雨村"③云云。

此回中凡用"梦"用"幻"等字，是提醒阅者眼目，亦是此书立意本旨。

列位看官：你道此书从何而来？说起根由虽近荒唐，细按则深有趣味。待在下将此来历注明，方使阅者了然不惑。

原来女娲氏炼石补天之时，于大荒山无稽崖炼成高经十二丈、方经二十四丈顽石三万六千五百零一块。娲皇氏只用了三万六千五百块，只单单剩了一块未用，便弃在此山青埂峰下。谁知此石自经煅炼之后，灵性已通，因见众石俱得补天，独自己无材不堪入选，遂自怨自叹，日夜悲号惭愧。

---

① 本文节选自《红楼梦》第一回，题目系本书选注者所加。本文要点：一、《石头记》(即《红楼梦》)是"用假语村言，敷演出一段故事"；二、"用'梦'用'幻'等字……是此书立意本旨"；三、读此书，可使人"因空见色，由色生情，传情入色，自色悟空"。
② "甄士隐"：与"真事隐"谐音。
③ "贾雨村"：与"假语村(言)"谐音。

一日，正当嗟悼①之际，俄见一僧一道远远而来，生得骨格不凡、丰神迥异，说说笑笑来至峰下，坐于石边高谈快论。先是说些云山雾海、神仙玄幻之事，后便说到红尘中荣华富贵；此石听了，不觉打动凡心，也想要到人间去享一享这荣华富贵，但自恨粗蠢，不得已，便口吐人言，向那僧道说道："大师，弟子蠢物，不能见礼了。适闻二位谈那人世间荣耀繁华，心切慕之。弟子质虽粗蠢，性却稍通；况见二师仙形道体，定非凡品，必有补天济世之材、利物济人之德。如蒙发一点慈心，携带弟子得入红尘，在那富贵场中、温柔乡里受享几年，自当永佩洪恩、万劫不忘也。"二仙师听毕，齐憨笑道："善哉，善哉！那红尘中有却有些乐事，但不能永远依恃，况又有'美中不足、好事多磨'八个字紧相连属，瞬息间则又乐极悲生、人非物换，究竟是到头一梦，万境归空，倒不如不去的好。"

这石凡心已炽，那里听得进这话去，乃复苦求再四。二仙知不可强制，乃叹道："此亦静极思动、无中生有之数②也。既如此，我们便携你去受享受享，只是到不得意时，切莫后悔。"石道："自然，自然。"那僧又道："若说你性灵，却又如此质蠢③，并更无奇贵之处。如此也只好踮脚④而已。也罢，我如今大施佛法助你助，待劫终之日，复还本质，以了此案。你道好否？"石头听了，感谢不尽。那僧便念咒书符，大展幻术，将一块大石登时变成一块鲜明莹洁的美玉，且又缩成扇坠⑤大小的可佩可拿。那僧托于掌上，笑道："形体倒也是个宝物了！还只没有实在的好处，须得再镌上数字，使人一见便知是奇物方妙。然后携你到那昌明隆盛之邦、诗礼簪缨之族，花柳繁华地、温柔富贵乡去安身乐业。"石头听了，喜不能禁，乃问："不知赐了弟子那几件奇处，又不知携了弟子到何地方？望乞明示，使弟子不惑。"那僧笑道："你且莫问，日后自然明白的。"说着，便袖了这石，同那道人飘然而去，竟不知投奔何方何舍。

后来，又不知过了几世几劫，因有个空空道人访道求仙，忽从这大荒山无稽崖青埂峰下经过，忽见一大块石上字迹分明，编述历历。空空道人乃从头一看，原来就是无材补天、幻形入世、蒙茫茫大士渺渺真人携入红尘、历尽离合悲欢炎凉世态的一段故事。后面又有一首偈⑥云：

---

① 嗟悼：哀叹。
② 数：天数。
③ 质蠢：质朴而愚蠢。
④ 踮脚：喻期盼。
⑤ 扇坠：挂在扇子柄上的坠子。
⑥ 偈[jì]："偈陀"略，梵文(拉丁拼音)gāthā 的音译，意为"颂词"。

无材可去补苍天，枉入红尘若许年。

此系身前身后事，倩①谁记去作奇传？诗后便是此石坠落之乡，投胎之处，亲自经历的一段陈迹故事。其中家庭闺阁琐事，以及闲情诗词倒还全备，或可适趣解闷，然朝代年纪、地舆邦国，却反失落无考。

空空道人遂向石头说道："石兄，你这一段故事，据你自己说有些趣味，故编写在此，意欲问世传奇。据我看来，第一件，无朝代年纪②可考；第二件，并无大贤大忠理朝廷、治风俗的善政，其中只不过几个异样女子，或情或痴，或小才微善，亦无班姑、蔡女③之德能。我纵抄去，恐世人不爱看呢。"石头笑答道："我师何太痴耶！若云无朝代可考，今我师竟假借汉唐等年纪添缀，又有何难？但我想，历来野史，皆蹈一辙，莫如我这不借此套者，反倒新奇别致，不过只取其事体情理罢了，又何必拘拘于朝代年纪哉！再者，市井俗人喜看理治之书④者甚少，爱适趣闲文者特多。历来野史，或讪谤⑤君相，或贬人妻女、奸淫凶恶，不可胜数。更有一种风月笔墨，其淫秽污臭、屠毒⑥笔墨、坏人子弟，又不可胜数。至若佳人才子等书，则又千部共出一套，且其中终不能不涉于淫滥⑦，以致满纸潘安子建、西子文君⑧，不过作者要写出自己的那两首情诗艳赋来，故假拟出男女二人名姓，又必旁出一小人其间拨乱，亦如剧中之小丑然。且鬟婢开口即之乎者也⑨，非文即理。故逐一看去，悉皆自相矛盾，大不近情理之话，竟不如我半世亲睹亲闻的这几个女子，虽不敢说强似前代书中所有之人，但事迹原委，亦可以消愁破闷；也有几首歪诗熟话，可以喷饭供酒⑩。至若⑪离合悲欢、兴衰际遇，则又追踪蹑迹，不敢稍加穿凿，徒为供人之目而反失其真传者。今之人，贫者日为衣

---

① 倩[qiàn]：请。

② 年纪：纪年。

③ 班姑：班昭，班固之妹，东汉才女，人称"曹大家[gū]"（夫家姓曹）。蔡女：蔡文姬，蔡邕之女，东汉才女。

④ 理治之书：理政治国之书（与后文"适趣闲文"相对）。

⑤ 讪[shàn]谤：讥讪毁谤。

⑥ 屠毒：同"荼毒"。

⑦ 淫滥：淫乱。

⑧ 潘安，即潘岳，西晋美男子。子建，即曹植，字子建，三国时曹操之子，因作《洛神赋》，后世以其名代指风流才子。西子：西施。文君，即卓文君，西汉才女，所谓"四大才女"之一。

⑨ 之乎者也：之、乎、者、也，常用文言虚词，代指文言。此句意为：鬟婢也满口文言，不真实。

⑩ 喷饭供酒：喻供人一笑。

⑪ 至若：至于。

食所累，富者又怀不足之心，纵然一时稍闲，又有贪淫恋色、好货寻愁①之事，哪里去有工夫看那理治之书？所以我这一段故事，也不愿世人称奇道妙，也不定要世人喜悦检读，只愿他们当那醉淫饱卧②之时，或避事去愁之际，把此一玩，岂不省了些寿命筋力③？就比④那谋虚逐妄，却也省了口舌是非之害，腿脚奔忙之苦。再者，亦令世人换新眼目，不比⑤那些胡牵乱扯、忽离忽遇、满纸才人淑女——子建、文君、红娘、小玉⑥等通共熟套之旧稿。我师意为何如？"

空空道人听如此说，思忖半晌，将《石头记》再检阅一遍，因见上面虽有些指奸责佞、贬恶诛邪之语，亦非伤时骂世之旨；及至君仁臣良、父慈子孝，凡伦常所关之处，皆是称功颂德、眷眷无穷，实非别书之可比。虽其中大旨谈情，亦不过实录其事，又非假拟妄称，一味淫邀艳约、私订偷盟之可比。因毫不干涉时世，方从头至尾抄录回来，问世传奇。从此空空道人因空见色，由色生情，传情入色，自色悟空，遂易名为"情僧"，改《石头记》为《情僧录》；东鲁孔梅溪⑦则题曰《风月宝鉴》；后因曹雪芹于悼红轩中披阅十载，增删五次，纂成目录，分出章回，则题曰《金陵十二钗》。并题一绝云：

满纸荒唐言，一把辛酸泪！
都云作者痴，谁解其中味？

---

① 好货寻愁：贪财而自找麻烦。
② 醉淫饱卧：醉而淫、饱而卧。
③ 寿命筋力：时间、精力。
④ 就比：就算。
⑤ 不比：不像。
⑥ 红娘：唐传奇《莺莺传》中人物，后世以其名代指媒人。小玉：唐传奇《霍小玉》中人物，后世以其名代指才貌双全的淑女。
⑦ 东鲁孔梅溪：不知何人。猜测颇多：顾颉刚认为即小说评者之一的"梅溪"（甲戌本第十三回有一条眉批："不必看完，见此二句，即欲堕泪。梅溪。"）；胡适则进一步判定，《风月宝鉴》为曹雪芹《红楼梦》的初稿，由其弟棠村作序，书中不说曹棠村而用"东鲁孔梅溪"之名，只是故作狡狯而已；棠村、孔梅溪、梅溪实为一人（甲戌本第一回有一条眉批，谓"雪芹旧有《风月宝鉴》之书，乃其弟棠村序也"）；吴恩裕考定孔梅溪即是乾隆进士孔继涵（山东曲阜人，孔子后裔）；还有一些研究者认为孔梅溪只是曹雪芹为免受文网之祸而虚拟的"乌有先生"。均备参考。

《红楼梦》序①

[清] 程伟元②

　　《红楼梦》小说,本名《石头记》,作者相传不一,究未知出自何人,惟书内记雪芹曹先生删改数过。好事者每传抄一部置庙市③中,昂其值得数十金,可谓不胫而走者矣。然原本目录一百二十卷,今所藏只八十卷,殊非全本。即间有称全部者,及检阅仍只八十卷,读者颇以为憾。不佞④以是书既有百二十卷之目,岂无全璧? 爰为⑤竭力搜罗,自藏书家甚至故纸堆中,无不留心。数年以来,仅积有二十余卷。一日,偶于鼓担⑥上得十余卷,遂重价购之,欣然翻阅,见其前后起伏尚属接榫⑦,然漶漫不可收拾⑧。乃同友人细加厘扬⑨,截长补短,抄成全部,复为镌板⑩,以公同好。《石头记》全书至是始告成矣。书成,因⑪并志其缘起,以告海内君子。凡我同人,或亦先睹为快者欤?

小泉程伟元识

---

① 此为乾隆五十六年(1791)程伟元、高鹗初版《红楼梦》序言,此版后世称为“程甲本”。本文要点:《红楼梦》“原本目录一百二十卷,今所藏只八十卷”。于是我“竭力搜罗”,得后四十回中二十余卷,后又“偶于鼓担上得十余卷”。但都抄录得模糊不清、错误百出。于是同友人(高鹗)一起加以修改、整理,遂成全本,“以公同好”。
② 程伟元,字小泉,清乾隆、嘉庆年间文人、书商。乾隆五十六年,与高鹗将《红楼梦》前八十回与后四十回合在一起排版印出,其中的后四十回,一般认为是高鹗所续(也有一说无名氏所续,高鹗整理)。此为《红楼梦》最早版本(此前均为抄本)。第二年(即乾隆五十七年),又对前版做了“补遗订讹”“略为修辑”,重新排版印刷。为区别这两个版本,后世红学界称乾隆五十六年版为“程甲本”,称乾隆五十七年版为“程乙本”。
③ 庙市:庙会集市,也用以泛指市场。
④ 不佞[nìng]:自称,我。
⑤ 爰[yuán]为:于是。
⑥ 鼓担:亦称“打鼓担”,旧货摊。
⑦ 接榫[sǔn]:连接榫头,喻前后衔接。
⑧ 漶漫不可收拾:模糊不可辨别。
⑨ 厘扬:整理筛选。
⑩ 镌板:刻版(板:通“版”)。
⑪ 因:因而。

《红楼梦》序①

[清] 高　鹗②

　　予闻《红楼梦》脍炙人口者,几廿余年,然无全璧③,无定本。向④曾从友人借观,窃以染指于鼎⑤为憾。今年春,友人程子小泉过予⑥,以其所购全书见示,且曰:"此仆⑦数年铢积寸累⑧之辛心,将付剞劂⑨,公同好⑩。子闲且惫矣,盍⑪分任之?"予以是书虽稗官野史⑫之流,然尚不谬于名教⑬,欣然拜诺。正以波斯奴⑭见宝为幸,遂襄其役⑮。工既竣,并识端末⑯,以告阅者。

　　　　　　　　时乾隆辛亥冬至后五日铁岭高鹗叙并书

---

① 此为乾隆五十六年(1791)程伟元、高鹗初版《红楼梦》序言,此版后世称为"程甲本"。本文要点:友人程伟元购得《红楼梦》全书抄本,约我一起整理出版。我答应了。现在已经竣工,"以告阅者"。
② 高鹗,字兰墅,清代汉军镶黄旗人,官至内阁中书、翰林院侍读,撰有《高兰墅集》《月小山房遗稿》,[清]张问陶《赠高兰墅鹗同年》诗注云:"传奇《红楼梦》八十回以后俱兰墅所补。"今传一百二十回本《红楼梦》,其后四十回一般认为系高鹗所续。
③ 全璧:全本。
④ 向:向日、往日。
⑤ 染指于鼎:把手指伸到鼎里蘸点汤(鼎:古炊具),喻沾取非分之利。
⑥ 程子小泉:即程伟元,字小泉,"子"为尊称。过予:探访我。
⑦ 仆:自称,我。
⑧ 铢积寸累:喻一点一滴积累。
⑨ 剞[jī]劂[jué]:雕刻用的曲刀,代指刻版。
⑩ 公:公之于。同好:爱好相同之人。
⑪ 盍[hé]:何不。
⑫ 稗官野史:泛称小说及记载不见经传的逸闻琐事的著述。
⑬ 谬:背、违背。名教:正名定分之礼教。
⑭ 波斯奴:自称(清人视波斯——即今伊朗——为多宝之地,"波斯奴"意即"觅宝迷")。
⑮ 襄:助。役:事。
⑯ 端末:始末、首尾。

《红楼梦》引言①

[清] 程伟元　高　鹗

　　是书②前八十回,藏书家抄录传阅几三十年矣。今得后四十回合成完璧③。缘④友人借抄争睹者甚伙⑤,抄录固难,刊板⑥亦需时日,姑集活字⑦刷印。因急欲公诸同好⑧,故初印时不及细校,间有纰缪⑨。今复聚集各原本,详加校阅,改订无讹。惟阅者谅之。

　　书中前八十回,抄本各家互异,今广集核勘,准情酌理,补遗订讹。其间或有增损数字处,意在便于披阅⑩,非敢争胜前人⑪也。

　　是书沿传既久,坊间缮本⑫及诸家秘稿,繁简歧出,前后错见。即如六十七回,此有彼无,题同文异,燕石莫辨⑬。兹惟择其情理较协⑭者,取为定本。

　　书中后四十回系就历年所得,集腋成裘⑮,更无他本可考,惟按其前后关照者,略为修辑,使其有应接而无矛盾。至其原文,未敢臆改。俟⑯再得善本,更为

---

① 此为乾隆五十七年(1792)程伟元、高鹗再版《红楼梦》引言,此版后世称为"程乙本"。本文要点:前版《红楼梦》"因急欲公诸同好,间有纰缪",今再版"详加校阅,改订无讹"。
② 是书:此书。
③ 完璧:全本。
④ 缘:由于。
⑤ 伙:众、多。
⑥ 刊板:同"刊版"。
⑦ 活字:活字排版。
⑧ 公诸:公之于。同好:爱好相同之人。
⑨ 纰[pī]缪[miù]:错误。
⑩ 披阅:披览、阅读。
⑪ 争胜前人:意为改动原文。
⑫ 坊间:街市(尤指书坊)。缮[shàn]本:抄本。
⑬ 燕石莫辨:伪者难辨(燕石:燕山所产类似玉的石头,代指作伪)。
⑭ 协:协调。
⑮ 集腋成裘:(成语)收集狐狸腋下皮毛,制成裘皮大衣,比喻积少成多。典出《慎子·知忠》:"故廊庙之材,盖非一木之枝也;粹白之裘,盖非一狐之皮也。"
⑯ 俟[sì]:等。

厘定①,且不欲尽掩其本来面目②也。

是书词意新雅,久为名公巨卿③赏鉴。但创始刷印,卷帙较多,工力浩繁,故未加评点。其中用笔吞吐④、虚实掩映⑤之妙,阅者当自得之。

向来奇书小说,题序署名,多出名家。是书开卷略志数语,非云弁首⑥,实因残缺有年,一旦颠末毕具⑦,大快人心,欣然题名,聊以记成书之幸。

是书刷印⑧,原为同好传玩起见,后因坊间再四乞兑⑨,爰⑩公议定值⑪,以备工料之费,非谓奇货可居⑫也。

壬子花朝⑬后一日,小泉、兰墅又识

---

① 厘定:整合。
② 不欲尽掩其本来面目:意为不会改变原书面目。
③ 名公巨卿:名流、大官。
④ 吞吐:含混。
⑤ 掩映:相掩相映。
⑥ 略志数语,非云弁[biàn]首:略说几句话,谈不上序言(弁首:序言、前言)。
⑦ 颠末毕具:首尾俱全。
⑧ 刷印:印刷。
⑨ 乞兑:请求兑付(印刷费)。
⑩ 爰[yuán]:所以。
⑪ 定值:定价。
⑫ 非谓奇货可居:并非高价出售。
⑬ 花朝:农历二月十二日(也有人说是二月初二或二月十五日),花朝节。

护花主人总评《石头记》①

[清] 王希廉②

一

《石头记》一百二十回，分作二十一段看，方知结构层次：

第一回③为一段，说作书之缘起，如制艺之起讲、传奇之楔子④。

第二回⑤为二段，叙宁、荣二府家世及林、甄、王、史各亲戚，如制艺中之起股⑥，点清题目眉眼，才可发挥意义。

三、四回⑦为三段，叙宝钗、黛玉与宝玉聚会之因由。

五回⑧为四段，是一部《石头记》之纲领。

六回至十六回⑨为五段，结秦氏诲淫丧身之公案⑩，叙熙凤作威造孽之开端。按第六回刘姥姥一进荣国府后，应即叙荣府情事，乃转详如⑪宁而略于荣者。缘

---

① 护花主人：即王希廉，字雪香，号洞庭护花主人。《石头记》：即《红楼梦》。本文选自上海印书馆 1934 年重印本《汇评本〈金玉红楼梦〉》。文中序号系本书选注者所加。本文要点：一、《石头记》一百二十回，从第一回"说作书之缘起"到最后一回"总结《石头记》因缘始末"，从结构层次上讲，可分为二十一大段落。大段落中又有小段落。二、全书最关键的是"真假"二字（真真假假，乃作者匠心所在）；至于笔法，书中"有正笔、有反笔、有衬笔、有借笔、有明笔、有暗笔、有先伏笔、有照应笔、有著色笔、有淡描笔，各样笔法，无所不备"；最后须注意，《石头记》一书，全是梦境，然而"古往今来事物，何处非梦，何人非梦"？
② 王希廉，字雪香，号洞庭护花主人，清代文人，与张新之、姚燮合称"清代《红楼梦》三大点评家"，重要著述有《新评绣像〈红楼梦全传〉》等。
③ 第一回："甄士隐梦幻识通灵　贾雨村风尘怀闺秀"。
④ 制艺：八股文。传奇：明传奇（剧本）。楔子：篇首引子。
⑤ 第二回："贾夫人仙逝扬州城　冷子兴演说荣国府"。
⑥ 起股：八股文中的第五段文字，正式议论第一部分。
⑦ 三、四回："托内兄如海荐西宾　接外孙贾母惜孤女""薄命女偏逢薄命郎　葫芦僧判断葫芦案"。
⑧ 五回："贾宝玉神游太虚境　警幻仙曲演红楼梦"。
⑨ 六回至十六回："贾宝玉初试云雨情　刘姥姥一进荣国府"至"贾元春才选凤藻宫　秦鲸卿夭逝黄泉路"。
⑩ 公案：事件。
⑪ 详如：详于。

贾府之败,造衅开端,实起于宁。秦氏为宁府淫乱之魁,熙凤虽在荣府,而弄权实始于宁府,将来荣府之获罪,皆其所致,所以首先细叙。

十七回至二十四回①为六段,叙元妃沐恩省亲,宝玉姊妹等移住大观园,为荣府正盛之时。

二十五回至三十二回②为七段,是宝玉第一次受魔几③死,虽遇双真④持诵通灵,而色孽情迷,惹出无限是非。

三十三回至三十八回⑤为八段,是宝玉第二次受责几死,虽有严父痛责,而痴情益甚,又值贾政出差,更无拘束。

三十九回至四十四回⑥为九段,叙刘姥姥、王熙凤得贾母欢心。

四十五回至五十二回⑦为十段,于诗酒赏心时,忽叙秋窗风雨、积雪冰寒,又于情深情滥中,忽写无情绝情、变幻不测,隐喻泰极必否、盛极必衰之意。

五十三回至五十六回⑧为十一段,叙宁、荣二府祭祠家宴、探春整顿大观园,气象一新,是极盛之时。

五十七回至六十三上半回⑨为第十二段,写园中人多,又生出许多唇舌事件,所谓兴一利即有一弊也。

六十三下半回至六十九回⑩为第十三段,叙贾敬物故⑪、贾琏纵欲、凤姐阴毒,了结尤二姐、尤三姐公案。

七十回至七十八回⑫为第十四段,叙大观园中风波迭起、贾氏宗祠先灵悲叹,宁、荣二府将衰之兆。

---

① 十七回至二十四回:"大观园试才题对额　荣国府归省庆元宵"至"醉金刚轻财尚义侠　痴女儿遗帕惹相思"。
② 二十五回至三十二回:"魇魔法叔嫂逢五鬼　通灵玉蒙蔽遇双真"至"诉肺腑心迷活宝玉　含耻辱情烈死金钏"。
③ 几:几乎。
④ 双真:指癞头和尚与跛足道人。
⑤ 三十三回至三十八回:"手足眈眈小动唇舌　不肖种种大承笞挞"至"林潇湘魁夺菊花诗　薛蘅芜讽和螃蟹咏"。
⑥ 三十九回至四十四回:"村姥姥是信口开河　情哥哥偏寻根究底"至"变生不测凤姐泼醋　喜出望外平儿理妆"。
⑦ 四十五回至五十二回:"金兰契互剖金兰语　风雨夕闷制风雨词"至"俏平儿情掩虾须镯　勇晴雯病补雀毛裘"。
⑧ 五十三回至五十六回:"宁国府除夕祭宗祠　荣国府元宵开夜宴"至"敏探春兴利除宿弊　贤宝钗小惠全大体"。
⑨ 五十七回至六十三上半回:"慧紫鹃情辞试莽玉　慈姨妈爱语慰痴颦"至"寿怡红群芳开夜宴"。
⑩ 六十三下半回至六十九回:"死金丹独艳理亲丧"至"弄小巧用借剑杀人　觉大限吞生金自逝"。
⑪ 物故:死亡。
⑫ 七十回至七十八回:"林黛玉重建桃花社　史湘云偶填柳絮词"至"老学士闲征姽婳词　痴公子杜撰芙蓉诔"。

七十九回至八十五回①为第十五段,叙薛蟠悔娶、迎春误嫁,一嫁一娶,均受其殃,及宝玉再入家塾,贾环又结仇怨,伏后文中举、串卖等事。

八十六回至九十三回②为第十六段,写薛家悍妇、贾府匪人,俱召败家之祸。

九十四回至九十八回③为第十七段,写花妖异兆、通灵走失,元妃薨逝、黛玉夭亡,为荣府气运将终之象。

九十九回至一百三回④为第十八段,叙大观园离散一空、贾存周官箴败坏,并了结夏金桂公案。

一百四回至一百十二回⑤为第十九段,写宁、荣二府一败涂地,不可收拾,及妙玉结局。

一百十三回至一百十九回⑥为第二十段,了结凤姐、宝玉、惜春、巧姐诸人,及宁、荣二府事。

一百二十回⑦为第二十一段,总结《石头记》因缘始末。

此一部书中之大段落也。至于各大段落中尚有小段落,或夹叙别事,或补叙旧事,或埋伏后文,或照应前文,祸福依伏、吉凶互兆,错综变化、如线穿珠,如珠走盘、不板不乱,总评中不能胪列⑧,均于各回中逐细批明。

二

《石头记》一书,全部最要关键是"真假"二字。读者须知,真即是假,假即是真;真中有假,假中有真;真不是真,假不是假。明此数意,则甄宝玉、贾宝玉是一是二,便心目了然,不为作者冷齿⑨,亦知作者匠心。

---

① 七十九回至八十五回:"薛文龙悔娶河东吼　贾迎春误嫁中山狼"至"贾存周报升郎中任　薛文起复惹放流刑"。
② 八十六回至九十三回:"受私贿老官翻案牍　寄闲情淑女解琴书"至"甄家仆投靠贾家门　水月庵掀翻风月案"。
③ 九十四回至九十八回:"宴海棠贾母赏花妖　失宝玉通灵知奇祸"至"苦绛珠魂归离恨天　病神瑛泪洒相思地"。
④ 九十九回至一百三回:"守官箴恶奴同破例　阅邸报老舅自担惊"至"施毒计金桂自焚身　昧真禅雨村空遇旧"。
⑤ 一百四回至一百十二回:"醉金刚小鳅生大浪　痴公子余痛触前情"至"活冤孽妙尼遭大劫　死雠仇赵妾赴冥曹"。
⑥ 一百十三回至一百十九回:"忏宿冤凤姐托村妪　释旧憾情婢感痴郎"至"中乡魁宝玉却尘缘　沐皇恩贾家延世泽"。
⑦ 一百二十回:"甄士隐详说太虚情　贾雨村归结红楼梦"。
⑧ 胪列:同"罗列"。
⑨ 冷齿:耻笑。

《石头记》虽是说贾府盛衰情事,其实专为宝玉、黛玉、宝钗三人而作。若就贾、薛两家而论,贾府为主,薛家为宾。若就宁、荣二府而论,荣府为主,宁府为宾。若就荣国一府而论,宝玉、黛玉、宝钗三人为主,余者为宾。若就宝玉、黛玉、宝钗三人而论,宝玉为主,钗、黛为宾。若就钗、黛二人而论,则黛玉却是主中主,宝钗却是主中宾。至"副册"①之香菱,是宾中宾。"又副册"之袭人等,不能入席矣。读者须分别清楚。

　　甄士隐、贾雨村为此书传述之人,然与茫茫大士、空空道人、警幻仙子等,俱是平空撰出,并非实有其人②,不过借以叙述盛衰、警醒痴迷。刘姥姥为归结巧姐之人,其人在若有若无之间③。盖全书既假托村言,必须有村妪贯串其中,故发端结局,皆用此人,所以名刘姥姥者,若云家运衰落,平日之爱子娇妻、美婢歌童,以及亲朋族党、幕宾门客、豪奴健仆,无不云散风流④,惟剩此老妪收拾残棋败局。沧海桑田,言之酸鼻,闻者寒心。

　　《石头记》专叙宁、荣二府盛衰情事,因薛宝钗是宝玉之配,亲情更均,衰运相同,故薛蟠家事,亦叙得详细。

　　从来传奇小说,多托言于梦。如《西厢》⑤之草桥惊梦,《水浒》之英雄噩梦,则一梦而止,全部俱归梦境。《还魂》⑥之因梦而死,死而复生,《紫钗》⑦仿佛相似,而情事迥别。《南柯》《邯郸》⑧,功名事业,俱在梦中,各有不同,各有妙处。《石头记》也是说梦,而立意作法,另开生面。前后两大梦,皆游太虚幻境,而一是真梦⑨,虽阅册⑩听歌,茫然不解;一是神游,因缘定数⑪,了然记得。且⑫有甄士隐,梦得一半幻境;绛芸轩梦语含糊;甄宝玉一梦而顿改前非;林黛玉一梦而情痴

---

① 副册:"金陵十二钗"副册。按:"金陵十二钗"有"正册""副册""又副册"三册:"正册"是薛宝钗、林黛玉、贾元春、贾探春、史湘云、妙玉、贾迎春、贾惜春、王熙凤、贾巧姐、李纨、秦可卿;"副册"是香菱、薛宝琴、尤二姐、尤三姐、邢岫烟、李纹、李绮、夏金桂、秋桐、小红、龄官、娇杏;"又副册"是晴雯、袭人、鸳鸯、平儿、金钏、紫鹃、莺儿、麝月、司棋、玉钏、茜雪、柳五儿。
② 平空撰出:凭空虚构。并非实有其人:意为并非故事中的角色。
③ 归结巧姐之:决定巧姐归宿的人。按:巧姐为贾琏和王熙凤的女儿,"金陵十二钗"之一,宁、荣两府败落后,被卖到青楼,后由刘姥姥为其赎身。若有若无之间:既是角色,又不是角色。
④ 云散风流:云散风过,喻转眼即逝。
⑤ 《西厢》:《西厢记》。
⑥ 《还魂》:《还魂记》,即《牡丹亭》,[明] 汤显祖作。
⑦ 《紫钗》:《紫钗记》,[明] 汤显祖作。
⑧ 《南柯》《邯郸》:《南柯记》《邯郸记》,[明] 汤显祖作。按:《牡丹亭》《紫钗记》《南柯记》《邯郸记》被称为"临川四梦"。
⑨ 一是真梦:见第五回"贾宝玉神游太虚境　警幻仙曲演红楼梦"。
⑩ 阅册:指贾宝玉翻阅"金陵十二钗"正册、副册和又副册。
⑪ 一是神游:意为出神,并非真梦。因缘、定数:前世因缘、命定气数。
⑫ 且:早、前。

愈痼。又有柳湘莲梦醒出家；香菱梦里作诗；宝玉梦里与甄宝玉相合；妙玉走魔噩梦；小红私情痴梦；尤二姐梦妹劝斩妒妇；王凤姐梦人强夺锦匹；宝玉梦至阴司；袭人梦见宝玉、秦氏、元妃等托梦，及宝玉想梦无梦等事，穿插其中，与别部小说传奇说梦不同。文人心思，不可思议。

《石头记》一书，有正笔、有反笔、有衬笔、有借笔、有明笔、有暗笔、有先伏笔、有照应笔、有著色笔、有淡描笔，各样笔法，无所不备。

一部书中，翰墨则诗词歌赋、制艺尺牍、爰书戏曲①，以及对联匾额、酒令灯谜、说书笑话，无不精善；技艺则琴棋书画、医卜星相，及匠作构造、栽种花果、畜养禽鸟、针黹烹调，巨细无遗；人物则方正阴邪、贞淫顽善、节烈豪侠、刚强懦弱，及前代女将、外洋诗人、仙佛鬼怪、尼僧女道、娼伎优伶、黠奴豪仆、盗贼邪魔、醉汉无赖，色色皆有；事迹则繁华筵宴、奢纵宣淫、操守贪廉、宫闱仪制、庆吊盛衰、判狱靖寇，以及讽经设坛、贸易钻营，事事皆全；甚至寿终夭折、暴亡病故、丹戕药误，及自刎被杀、投河跳井、悬梁受逼，并吞金服毒、撞阶脱精②等事，亦件件俱有，可谓包罗万象，囊括无遗，岂别部小说所能望见项背。

书中多有说话冲口而出，或几句说话止说③一二句，或一句说话止说两三字，便咽住不说。其中或有忌讳，不忍出口；或有隐情，不便明说，故用缩句法咽住，最是描神之笔。

福、寿、才、德四字，人生最难完全。宁、荣二府，只有贾母一人，其福其寿，因为④希有；其少年理家事迹，虽不能知⑤，然听其临终遗言说"心实吃亏"四字，仁厚诚实，德可概见；观其严查赌博、洞悉弊端、分散余赀⑥，井井有条，才亦可见一斑，可称四字兼全。此外如男则贾敬、贾赦无德无才；贾政有德无才；贾琏小有才而无德；贾珍亦无德无才；贾环无足论；宝玉才德另是一种，于事业无补。女则邢夫人、尤氏无德无才；王夫人虽似有德，而偏听易惑，不是真德，才是平庸。

至于十二金钗，王凤姐无德而有才，故才亦不正；元春才德固好，而寿既不永，福亦不久；迎春是无能，不是有德；探春有才，德非全美；惜春是偏僻之性，非才非德；黛玉一味痴情，心地褊窄，德固不美，只有文墨之才；宝钗却是有德有才，

---

① 翰墨：笔墨，代指文字。尺牍：书信。爰[yuán]书：供状、书面供词等法律文书。
② 撞阶脱精：撞阶而死、脱精而亡。
③ 止说：只说。
④ 因为：因而为。
⑤ 按：《红楼梦》中没有说到贾母年轻时如何理家。
⑥ 分散余赀[zī]：分配余资（赀：同"资"）。

虽寿不可知,而福薄已见;妙玉才德近于怪诞,故陷身盗贼;史湘云是旷达一流,不是正经才德;巧姐才德平平;秦氏不足论,均非福寿之器。此十二金钗所以俱隶①薄命司也。

　　《石头记》一书,已全是梦境,余又从而批之②,真是梦中说梦,更属荒唐。然三千大千世界③,古往今来事物,何处非梦,何人非梦?以余梦梦之人④,梦中说梦,亦无不可。

---

① 隶:属。
② 余:自称,我。批:批注。
③ 三千大千世界:略称"大千世界",佛教谓一千为一小千世界,三千为一大千世界,故称。
④ 梦梦之人:梦见做梦之人。

《石头记》摘误①

[清] 王希廉

  《石头记》结构细密,变换错综,固是尽美尽善,除《水浒》《三国》《西游》《金瓶梅》之外,小说无有出其右者②。然细细翻阅,亦有脱漏纰谬及未惬人意③处。余所阅袖珍④,是坊肆翻板⑤,是否作者原本,抑⑥系翻刻漏误,无从考正。姑⑦就所见,摘出数条,以质⑧高明。非敢雌黄先辈⑨,亦执经问难⑩之意尔。

  (一)第二回冷子兴口述贾赦有二子,次子贾琏。其长子何名,是否早故,并未叙明,似属漏笔。

  (二)十二回内说是年冬底⑪林如海病重,写书⑫接林黛玉⑬。贾母叫贾琏送去。至十四回中又说,贾琏遣昭儿回来投信⑭,如海于九月初三日病故,二爷⑮同林姑娘送灵到苏州、年底赶回、要大毛衣服等语。若林如海于九月初身故,则写书接黛玉应在七八月间,不应迟至冬底。况贾琏冬底自京起身,大毛衣服应当时带去,何必又遣人来取?再年底才自京起程到扬,又送灵至苏,年底亦岂能赶回?

---

 ① 本文选自上海印书馆 1934 年重印本《汇评本〈金玉红楼梦〉》。本文要点:《石头记》中有一些细节错误,如时间搞错、地点弄错、事情有头无尾、人物出现(或不出现)不当,等等;虽无伤大雅,但作为一部名著,总令人遗憾。

 ② 无有出其右者:没有超过它的。

 ③ 未惬[qiè]人意:不尽如人意。

 ④ 袖珍:袖中之珍,意为小巧之物,此处指书。

 ⑤ 坊肆翻板:坊间翻印(板:通"版")。

 ⑥ 抑:抑或、或许。

 ⑦ 姑:姑且、暂且。

 ⑧ 质:询问,如"质疑"。

 ⑨ 雌黄:信口雌黄、胡言乱语。先辈:指《红楼梦》作者。

 ⑩ 执经问难:捧经求教。

 ⑪ 是年冬底:此年冬末。

 ⑫ 写书:写信。

 ⑬ 接林黛玉:要林黛玉回去。

 ⑭ 投信:报信。

 ⑮ 二爷:即贾琏。

先后所说,似有矛盾。

（三）史湘云同列十二金钗中,且后来亦曾久住大观园,结社联吟,其豪迈爽直,别有一种风调,则初到宁、荣二府时,亦当叙明来历态度①。及十二回以前,并未提及,至十三回秦氏丧中,叙忠靖侯史鼎夫人②来吊,忽有史湘云出迎,亦不知何时先到宁府。突如其来,未免无根。恐系翻刻误植,非作者原本。

（四）十七回大观园工程告竣,栊翠庵③已圈入园内,究系何时建盖,何人题名,妙玉于何时进庵,如何与贾母等会面,竟无一字提及,未免欠细。

（五）十八回元妃见山环佛寺,即进寺进香,自然即是栊翠庵。维时妙玉若已进庵,岂敢不迎接元妃?抑系尚未进庵,或暂回避,似应叙明。

（六）三十四回袭人赴宝钗处④,等至二更,宝钗方回来,曾否借书,一字不提,竟与未见宝钗无异,似有漏句。

（七）三十六回袭人替宝玉绣兜肚,宝钗走来,爱其生活新鲜⑤,于袭人出去时,无意中代绣两三花瓣。文情固妩媚有致,但女工刺绣,大者上绷,小者手刺,均须绣完配里⑥,方不露反面针脚。今兜肚是白绫红里⑦,则正里⑧两面已经做成,无连里⑨刺绣之理,似于女红⑩欠妥。

（八）三十七回宝玉听见黛玉在院内说话,忙叫快请。究竟曾否去请,抑黛玉已经回去,与三十六回情事不接,似有睨漏⑪。

（九）五十三回贾母庆赏元宵,将上年嘱做灯谜一节,竟不提起,似欠照应。

（十）五十八回将梨园⑫女子分派各房,画蔷之龄官⑬是死是生,作何着落,并未提及,似有漏笔。

---

① 来历态度:身世、性情。
② 忠靖侯史鼎夫人:忠靖侯史鼎的夫人,史湘云的叔母。
③ 栊翠庵:尼姑庵名。
④ 袭人赴宝钗处:原文是:"(宝玉)因心下记挂着黛玉,满心里要打发人去,只是怕袭人,便设一法,先使袭人往宝钗那里去借书。"
⑤ 生活新鲜:(绣得)活灵活现。
⑥ 绣完配里:绣好后配衬里(布)。
⑦ 白绫红里:白绫面料,红布衬里。
⑧ 正里:正面和衬里。
⑨ 连里:连同衬里一起。
⑩ 女红[gōng]:同"女工",指纺织、缝纫、刺绣等。
⑪ 情事:事情。不接:不衔接。睨漏:疏漏。
⑫ 梨园:戏班子。
⑬ 画蔷之龄官:龄官是贾家买来的十二个唱戏的女孩之一,素与贾蔷相好,曾在地上画来画去画个"蔷"字,故称。

（十一）六十三回平儿还席①，尤氏带佩凤、偕鸾同来，正在园中打秋千时，忽报贾敬暴亡，尤氏即忙忙坐车带赖升一干老家人媳妇出城。佩凤、偕鸾并未先遣回家，稍觉疏漏。

（十二）尤三姐自刎，尤老娘送葬后，并未回家，自应仍与尤二姐同住，乃六十八回王凤姐到尤二姐处，并不见尤老娘。尤二姐进园时，母女亦未一见，殊属疏漏。

（十三）六十九回尤二姐吞金，既云人不知、鬼不觉，何以知其死于吞金？不于贾琏见尸时将吞金尸痕叙明一笔，亦似疏漏。

（十四）七十三回贾政差竣②回京，先一日珍、琏、宝玉既出迎一站，回家伺候，应先禀知贾母、王夫人，次日即应俱在大门迎接，何致贾政已在贾母房中，直待丫头匆忙来找，宝玉始更衣前去？此处叙事，未免前后失于照应。

（十五）七十七回晴雯被逐病危，宝玉私自探望，晴雯赠宝玉指甲及换着小袄，是夜宝玉回园，临睡时袭人断无不见红袄之理，宝玉必向说明，嘱令收藏。乃竟未叙明，实为缺漏。

（十六）八十三回说夏金桂赶了薛蟠出去，虽八十回中曾有"十分闹得无法，薛蟠便出门躲避"之句，似不过偶然暂避，旋即回家。若多日不回，薛姨妈、宝钗岂有不叫人寻找，听其久出之理？今写金桂同宝蟾吵闹，竟似薛蟠已久不回家，未免先后照应不甚熨帖。

（十七）一百十二回贾母所留送终银两③尚在上房④收存，以致被盗，则鸳鸯生前⑤岂有不知？乃一百十一回中鸳鸯反问凤姐银子曾否发出，此处似不甚斗笋⑥。林黛玉虽是仙草降凡，但心窄情痴，以致自促其年⑦。即⑧返真归元，应仍为仙草，与宝玉之石头无异，才是本来面目。论其生前情欲，不应即超凡入圣，遽⑨为上界神女。至潇湘妃子⑩，不过因其所居之馆⑪，又善于悲哭，故借作诗社别号⑫。且"妃

---

① 还[huán]席：回请对方吃饭。
② 差竣：差事办完。
③ 送终银两：丧葬费用。
④ 上房：正房。
⑤ 鸳鸯生前：鸳鸯（在贾母）生前。
⑥ 斗笋：拼合榫头（笋：通"榫"），喻衔接。
⑦ 自促其年：自短其寿。
⑧ 即：到。
⑨ 遽：立即。
⑩ 至：至于。潇湘妃子：称林黛玉。
⑪ 其所居之馆：即潇湘馆。
⑫ 诗社别号：林黛玉在诗社中别号。

子"二字,亦与闺媛不称①,何必坐实其事②?

（十八）一百十六回中宝玉神游太虚幻境,似宜同尤三姐等恍恍惚惚,似见非见,引至仙草处,见其微风吹动,飘摇妩媚。及仙女说出因缘,便可了结。末后绛殿珠帘请回侍者一段文字,转觉③画蛇添足,应否删节,请质高明。

（十九）一百十九回宝玉不见,次日薛姨妈、薛蝌、史湘云、宝琴、李婶娘等俱来慰问,惟李绮、邢岫烟④二人不到。李绮当是已经出阁,邢岫烟与宝钗为一家姑嫂⑤,且宝钗素日待之甚厚,乃竟不一来,终觉欠细⑥。

---

① 闺媛:未嫁之女。不称:不相称。
② 何必坐实其事:何必证实其事,意为林黛玉和贾宝玉的事尚云里雾里,何必此时就称其"妃子"。
③ 转觉:反觉得。
④ 李绮:贾宝玉亡兄贾珠之妻李纨的堂妹。邢岫烟:贾赦之妻邢夫人的侄女。
⑤ 按:邢岫烟的姑妈邢夫人是贾赦之妻,薛宝钗的姨妈王夫人(贾宝玉之母)是贾政之妻,贾赦与贾政是亲兄弟,故邢岫烟与薛宝钗是姑表亲。
⑥ 欠细:有欠细致。

《石头记》读法①

[清] 张新之②

一、此书乃演性理之书，源于《大学》，仿效《中庸》

《石头记》一书，不惟脍炙人口，亦且镌刻人心，移易性情，较《金瓶梅》尤造孽，以读但知③正面，而不知反面也。间有巨眼④能见知矣，而又以恍惚迷离，旋得旋失，仍难脱累⑤。得闲人批评⑥，使作者正意、书中反面，一齐涌现。夫然后闻之者足戒，言者无罪，岂不大妙？

《石头记》乃演⑦性理之书，祖《大学》而宗《中庸》，故借宝玉说"明明德⑧之外无书"，又曰"不过《大学》《中庸》"。是书大意阐发《学》《庸》⑨，以《周易》演消长，以《国风》正贞淫⑩，以《春秋》示予夺⑪，《礼经》《乐记》融会其中。《周易》《学》《庸》是正传，《石头记》窃众书而敷衍之⑫是奇传，故云："倩谁记去作奇传。"⑬

---

① 本文选自上海印书馆 1934 年重印本《汇评本〈金玉红楼梦〉》(原载《增评补像全图金玉缘》卷首，据清光绪十五年上海石印奉)。文中标题系本书选注者所加。本文要点：《石头记》"演绎姻缘离合，以木石、金玉喻阴阳""此书《易》道也，全书皆演绎《易》理也"——皆为阴阳八卦。

② 张新之，号太平闲人、妙复轩，清代文人，与王希廉、姚燮合称"清代《红楼梦》三大点评家"，重要著作有《妙复轩评〈石头记〉》等。

③ 以：因。读：读时。但知：仅知。

④ 间有：偶有。巨眼：明眼人。

⑤ 脱累：脱去负累。

⑥ 闲人：自称，其号太平闲人。批评：批注、评论。

⑦ 演：演绎。

⑧ 明明德：儒学三纲之一。第一个"明"是动词，是彰明、弘扬的意思；第二个"明"是形容词，意谓"光明的"；连起来是说，人要弘扬内心善良光明的德性。

⑨ 是书：此书。《学》《庸》：《大学》《中庸》。

⑩ 消长：衰落与兴盛。《国风》：《诗经·国风》。贞淫：贞洁与淫逸。

⑪ 予夺：获得与丧失。

⑫ 窃众书而敷衍之：暗将众书(即《大学》《中庸》《周易》《国风》《春秋》《礼经》《乐记》)铺陈发挥。

⑬ "倩谁记去作奇传"：引自《红楼梦》第一回中的一首诗，全诗为："无才可去补苍天，枉入红尘若许年。此系身前身后事，倩谁记去作奇传。"

致堂胡氏^①曰:"孔子作《春秋》,常事不书,惟败常反理,乃书于策^②,以训后世,使正其心术,复常循理,交适于治^③而已。"是书实窃此意^④。"世事洞明皆学问,人情练达即文章。"^⑤是此书到处、警省处^⑥。故其铺叙人情世事,如燃犀烛,较诸小说^⑦,后来居上。

二、此书叙事,取法《战国策》《史记》

《石头记》一百二十回,一言以蔽之,左氏^⑧曰:"讥失教也。"^⑨《易》^⑩曰:"臣弑其君,子弑其父,非一朝一夕之故,其所由来者渐^⑪矣,故谨履霜之戒^⑫。"一部《石头记》,一"渐"字。《鹤林玉露》^⑬云:"《庄子》之书以无为有,《战国策》之文以曲作直^⑭。东坡^⑮平生熟此二书,为文惟意所到,俊辨^⑯痛快,无复滞碍。"我欲以此语转赠《石头记》。是书叙事,取法《战国策》《史记》、三苏文^⑰处居多。

三、此书写"意淫",是一部暗《金瓶梅》

《石头记》脱胎在《西游记》,借径^⑱在《金瓶梅》,摄神^⑲在《水浒传》。《石头记》是暗《金瓶梅》,故曰"意淫"。《金瓶梅》有苦孝说,因明以孝字结^⑳;《石头记》

---

① 致堂胡氏:胡致堂,字明仲,南宋理学家。
② 策:竹简。
③ 交适:迎合。治:治理。
④ 是书:指《红楼梦》。窃:暗取。
⑤ "世事洞明皆学问,人情练达即文章":引自《红楼梦》第五回,是贾宝玉看到的一副对联。
⑥ 到处:独到处。警省处:警悟自省之处。
⑦ 犀烛:通灵之烛。诸小说:指此前《水浒传》《三国演义》《西游记》等。
⑧ 左氏:左丘明,《春秋左传》作者。
⑨ "讥失教也":引自《春秋左传·郑伯克段于鄢》。讥:讥讽。失教:失于教诲。
⑩ 《易》:《易经》。
⑪ 渐:渐渐。
⑫ 谨:谨记。履霜之戒:出自《易·坤》:"履霜坚冰至。"喻防微杜渐。
⑬ 《鹤林玉露》:[宋]罗大经撰文言轶事小说。
⑭ 以无为有:以无为论存在。以曲作直:以曲折当直白。
⑮ 东坡:苏东坡,即苏轼。
⑯ 俊辨:雄辩。
⑰ 三苏文:三苏(苏洵、苏轼、苏辙)之文。
⑱ 借径:借道、借鉴。
⑲ 摄神:摄取神韵。
⑳ 苦孝说:以孝赎罪说。因明:分明。以孝字结:指《金瓶梅》最后一回中的"普静师幻度孝哥儿"。

则暗以孝字结。至其隐痛,较作《金瓶梅》者尤深。《金瓶梅》演冷热①,此书亦演冷热;《金瓶梅》演财色,此书亦演财色。

四、此书千古仅有,无从学步

今曰小说,闲人止取②其二:一《聊斋志异》,一《石头记》。《聊斋》以简见长,《石头》以烦见长。《聊斋》是散段③,百学之或可肖④其一;《石头》是整段⑤,则无从学步。千百年后,人或有能学之者,然已为千百年后人之书,非今日之《石头记》矣。或两不相掩⑥,未可知,而在此书,自足⑦千古。故闲人特为着佛头粪⑧,其他续而又续及种种效颦部头⑨,一概不敢闻教⑩。

五、此书正名《红楼梦》,乃舍形取影

《红楼梦》乃此书正名⑪,而开首空空道人"因空见色"一段文中有《石头记》《情僧录》《风月宝鉴》《金陵十二钗》诸名目而绝无《红楼梦》三字⑫。即此便是舍形取影⑬,乃作者大主意。故凡写书中人,都从影处⑭着笔。

---

① 演冷热:演绎(家庭)兴衰。
② 止取:只取。
③ 散段:一个个短篇。
④ 肖:像、相似。
⑤ 整段:一整部长篇。
⑥ 两不相掩:互不相抵。
⑦ 自足:独立。
⑧ 着佛头粪:佛头着粪,原指佛性慈善,在他头上放粪也不计较,喻冒昧评论杰作。
⑨ 其他续而又续:指各种《红楼梦》续书。种种效颦部头:指各种《红楼梦》仿作。
⑩ 不敢闻教:不敢领教、不敢恭维。
⑪ 正名:正式名称。
⑫ 见《红楼梦》第一回:"空空道人听如此说,思忖半晌,将《石头记》再检阅一遍,因见上面虽有些指奸责佞贬恶诛邪之语,亦非伤时骂世之旨;及至君仁臣良父慈子孝,凡伦常所关之处,皆是称功颂德,眷眷无穷,实非别书之可比。虽其中大旨谈情,亦不过实录其事,又非假拟妄称,一味淫邀艳约、私订偷盟之可比。因毫不干涉时世,方从头至尾抄录回来,问世传奇。从此空空道人因空见色,由色生情,传情入色,自色悟空,遂易名为情僧,改《石头记》为《情僧录》。东鲁孔梅溪则题曰《风月宝鉴》。后因曹雪芹于悼红轩中披阅十载,增删五次,纂成目录,分出章回,则题曰《金陵十二钗》。"
⑬ 舍形取影:同"舍形绘影""舍形悦影",原指一种画法,即不求形似,只求神似(影:代指神情、神态),转用至文学,此处意为:多着眼于人物命运。
⑭ 影处:代指命运。

"红楼梦"三字出于第五回,实即十二钗之曲名①,是《十二钗》为梦之目,《情僧录》情字为梦之纲。故闲人于前十二回分作三大段.第一段结《石头记》,第二段结《红楼梦》,第三段结《风月宝鉴》,而《情僧录》《十二钗》一纲一目,在其中矣。

百二十回大书,若观海然②,茫无畔岸矣,而要自有段落可寻。或四回为一段,或三回为一段,至一二回为一段,无不界划分明,囫囵吞枣者不得也。闲人为指出之,省却阅者多少心目③。

六、写宝、黛、钗,乃此书通体大章法

宝玉有名无字④,乃令人在无字处追寻,所谓喜怒哀乐未发之前,又先天本来无字也⑤。是书钗、黛为比肩⑥,袭人、晴雯乃二人影子也。凡写宝玉同黛玉事迹,接写者必是宝钗⑦;写宝玉同宝钗事迹,接写者必是黛玉。否则⑧用袭人代钗,用晴雯代黛。间有⑨接以他人者,而仍不脱本处。乃是一丝不走,牢不可破,通体大章法。

写黛玉处处口舌伤人,是极不善处世、极不自爱之一人,致蹈杀机⑩竟不觉。写宝钗处处以财帛笼络人,是极有城府、极圆熟之一人,究竟亦是枉了⑪。这两种人,都做不得。

---

① 见《红楼梦》第五回:"饮酒间,又有十二个舞女上来,请问演何词曲。警幻道:'就将新制《红楼梦》十二支演上来。'舞女们答应了,便轻敲檀板,款按银筝……方歌了一句,警幻便说道:'此曲不比尘世中所填传奇之曲,必有生旦净末之则,又有南北九宫之限。此或咏叹一人,或感怀一事,偶成一曲,即可谱入管弦。若非个中人,不知其中之妙。料尔亦未必深明此调。若不先阅其稿,后听其歌,翻成嚼蜡矣。'说毕,回头命小丫环取了《红楼梦》原稿来,递与宝玉。宝玉接来,一面目视其文,一面耳聆其歌曰:'开辟鸿蒙,谁为情种? 都只为风月情浓。趁着这奈何天,伤怀日,寂寥时,试遣愚衷。因此上,演出这怀金悼玉的《红楼梦》。'"
② 若观海然:如若观海。
③ 心目:心力与目力。
④ 按:古人有姓、有名、有字,文人往往还有号,如曹雪芹,姓曹,名沾,字梦阮,号雪芹,但贾宝玉仅姓贾,名宝玉,无字。
⑤ 喜怒哀乐未发之前:意为(贾宝玉)出生之前。先天本来无字:意为(贾宝玉)本是一块石头,上面并没有字,石头投胎为人,出生时嘴里含了一块玉(玉即石),上面有"通灵宝玉"四字,方得名。
⑥ 比肩:并列。
⑦ 事迹:交往。接写者:接着写的。
⑧ 否则:要不然,就……
⑨ 间有:偶有。不脱本处:不脱离本意。
⑩ 致:到了。蹈:踏(入)。杀机:死期。
⑪ 枉了[liǎo]:枉然。

七、此书演绎姻缘离合，以木石、金玉喻阴阳

或问："是书姻缘，何必内木石而外金玉①?"答曰："玉石演人心也。心宜向善，不宜向恶。故易道②贵阳而贱阴③，圣人抑阴而扶阳。木行东方主春生④，金行西方主秋杀⑤。林生于海⑥，海处东南，阳也；金生于薛⑦，薛犹云雪，锢冷积寒，阴也。此为林为薛，为木为金之所由取义也。"

此书凡演姻缘离合，其人如尤二、尤三⑧、夏金桂等，不可枚举，而无非演宝、黛、钗。凡演天人定胜⑨，其人如王道、王医、包勇、傻大姐等，不可枚举，而无非演刘姥姥。换汤不换药，如此而已。解⑩如此观，势如破竹。

八、书中诗词、人名，皆有寓意

书中诗词，各有隐意，若谜语然。口说这里，眼看那里。其优劣都是各随本人按头制帽⑪，故不揣摩大家高唱⑫。不比他⑬小说，先有几首诗，然后以人硬嵌上的。

是书名姓，无大无小，无巨无细，皆有寓意。甄士隐、贾雨村自揭出矣⑭，其余则令读者自得。有正用、有反用，有庄言、有戏言，有照应全部、有隐括本回，有即此一事，而信手拈来。从无随口杂凑者，可谓妙手灵心，指麾⑮如意。

---

① 内木石而外金玉：内含木石（即林黛玉与贾宝玉）之缘而外显金玉（即薛宝钗与贾宝玉）之婚，意为实质纯朴，外表富贵。
② 易道：周易之道，即八卦。
③ 贵阳而贱阴：珍视阳而鄙视阴。
④ 行：属。主：预示。春生：春天之生气。
⑤ 秋杀：秋天之杀气。
⑥ 林生于海：林黛玉为林如海所生。
⑦ 金生于薛：薛宝钗生于薛家。
⑧ 尤二、尤三：尤二姐、尤三姐。
⑨ 天人定胜：（凡事均由）天人（代表天意之人）定夺。
⑩ 解：作。
⑪ 各随本人按头制帽：根据不同人物分别制作。
⑫ 揣摩：寻求。大家高唱：统一格调。
⑬ 不比：不像。他：其他。
⑭ 甄士隐、贾雨村自揭出矣："甄士隐""贾雨村"不言自明。按："甄士隐"即"真事隐"；"贾雨村"即"假语村（言）"。
⑮ 指麾[huī]：同"指挥"。

书中大致凡歇落处①,每用吃饭,人或以为笑柄,不知大道存焉②。宝玉乃演人心,《大学》正心必先诚意③。意,脾土也④;吃饭,实脾土也;实脾土,诚意也。问世人解得吃饭否?

书中多用俗谚巧话,皆道地北语京语,不杂他处方言。有过僻者,间为解释⑤。

九、此书总分三大支,乃其通身大结构

是书又总分三大支⑥:自第六回"初试云雨情",至三十六回"梦兆绛云轩"为第一支,以刘姥姥为主宰,以元春副之,以秦钟受之,以北静王证之。自四十回"三宣牙牌令",至六十九回"吞生金自逝"为第二支,以鸳鸯为主宰,以薛宝琴副之,以尤二姐受之,以尤三姐证之。自七十一回"无意遇鸳鸯",至一百十三回"凤姐托村妪"为第三支,以刘姥姥、鸳鸯合为主宰,以傻大姐副之,以夏金桂受之,以包勇证之。是又通身⑦大结构。

十、此书琐碎繁杂,但并无闲文

一部《石头记》,计百二十回,洒洒洋洋,可谓繁矣,而无一句闲文。一部《石头》评⑧,计三十万字,琐琐碎碎,可谓繁矣,而尚有千百剩义⑨。是望善读者,触类旁通,以会所未逮尔⑩。

十一、有道此书后四十回由他人所续,吾不信也

有谓此书止八十回,其余四十回,乃出另手⑪,吾不能知。但观其通体结构,

---

① 凡歇落处:凡是写到人物歇憩时。
② 人:有人。笑柄:可笑。大道存:内有大道理。
③ 《大学》正心必先诚意:《大学》称"格物、致知、诚意、正心、修身、齐家、治国、平天下",欲"正心",必先要"诚意"。
④ 意,脾土也:意,属脾;脾,(按五行)属土。
⑤ 过僻者:过于冷僻的。间[jiàn]为:随即。
⑥ 支:分支、支派(意为从"宝、黛、钗"主干分出的支干)。
⑦ 通身:整体。
⑧ 《石头》评:即指他在《妙复轩评〈石头记〉》中所写的评语。
⑨ 剩义:未及之议(义:通"议")。
⑩ 会:领会。未逮:未及之处。
⑪ 按:通常认为,《红楼梦》前八十回为曹雪芹著,后四十回为高鹗续。

如常山蛇①，首尾相应，安根伏线，有牵一发全身动之妙。且词句笔气，前后全无差别。则②所增之四十回，从中后增入③耶？抑参差夹杂增入④耶？觉其难有甚于作书百倍者。虽重以父兄命、万金赏⑤，使闲人增半回不能也。何以耳代以目⑥、随声附和者之多？

十二、此书《易》道也，全书皆演绎《易》理也

闲人幼读《石头记》，见写一刘姥姥，以为插科打诨，如戏中之丑脚⑦，使全书不寂寞设也。继思作者既设科诨，则当时与燕笑⑧，乃百二十回书中，仅记其六至荣府；末后三至乃足完前三至⑨，则仅谓之三至也可，又若甚省而珍之⑩者。而且第三至在丧乱中，更无所用科诨，因而疑。再详读《留余庆》曲文⑪，乃见其⑫为救巧姐，重收怜贫之报⑬也，似得之矣。但书方第六回，要紧人物，未见者甚多，且于宝玉初试云雨之次，恰该放口谈情，而乃重顿特提，必在此人⑭，又源源本本，叙亲叙族，历及数代，因而疑转甚。于是分看合看，一字一句，细细玩味，及三年，乃得之，曰："是易道也，是全书无非易道也。"太平闲人《石头记》批评，实始于此。试指出之：

刘姥姥，一纯"坤"⑮也，老阴生少阳⑯，故终救巧姐。巧姐生于七月七日。

---

① 常山蛇：亦称常山阵，一种首尾相应的布阵法。
② 则：还有。
③ 从中后增入：从中后部(即第八十回处)增入。
④ 抑：抑或。参[cēn]差[cī]夹杂增入：在不同地方穿插增入。
⑤ 重：郑重。父兄命、万金赏：父兄之命令、万金之赏赐。
⑥ 耳代以目：用耳朵代眼睛，意为听信人言，不顾事实。
⑦ 丑脚：同"丑角"。
⑧ 与：通"予"。燕笑：嬉笑。
⑨ 末后三至：后面三至(荣府)。足完：仅为补充。前三至：前面三至(荣府)。
⑩ 甚省而珍之：非常简洁而可赞。
⑪ 《留余庆》曲文：见第五回："留余庆，留余庆，忽遇恩人，幸娘亲，幸娘亲，积得阴功。劝人生，济困扶穷，休似俺那爱银钱忘骨肉的狠舅奸兄！正是乘除加减，上有苍穹。"按：此曲文是暗示巧姐日后遭遇。
⑫ 其：指作者。
⑬ 重收：重拾。怜贫之报：怜惜穷人而得报恩(此处是指荣府曾怜惜刘姥姥而得报恩，即刘姥姥救巧姐)。
⑭ 重顿特提：重点提到。此人：指刘姥姥，见第六回"贾宝玉初试云雨情　刘姥姥一进荣国府"。
⑮ "坤"：六十四卦中坤卦，即上☷，下☷，六阴。按：八卦分别为：☰(乾)、☱(兑)、☲(离)、☳(震)、☴(巽)、☵(坎)、☶(艮)、☷(坤)，其中一连横(—)称为"阳爻"，代表"天""男"等；二断横(——)称为"阴爻"，代表"地""女"等；有研究称，"—"为男性生殖器符号，"——"为女性生殖器符号。由八卦乘八卦，成六十四卦，六十四卦各有卦名，各有含义。
⑯ 老阴：刘姥姥("坤"属阴)。生：相生(相引)。少阳：巧姐。

七,少阳之数也。然阴不遝①阴,从一阴始。一阴起于下,在卦为"遁"(上☰,下☶)②。以宝玉纯阳之体,而初试云雨,则进初爻一阴而为"姤"(上☰,下☴)③矣,故紧接曰"刘姥姥一进荣国府"。一阴既进,驯至于"剥"(上☶,下☷)④,则姥姥之象已成,特余一阳在上而已。"剥",九月之卦也,交十月即为"坤",故其来为秋末冬初,乃大往小来至极之时,故人手寻头绪⑤曰"小小一个人家""小小之家姓王""小小京官"⑥。"小小"字凡三见,计六"小"字,悉有妙义。"乾"(☰)即王字之三横,加一直⑦破之,则断而成"坤"(☷)。其断自下而上,初爻断为"巽"(☴),"巽"为长女,故为母居女家;二爻断为"艮"(☶),"艮"为狗,故婿⑧名狗儿;三爻断为"坤"(☷)。"坤",臣道也,故做官与王姓联宗,则因重之为六画之"坤"。自"遁"而逐二,而"否"(上☰,下☷),而"观"(上☴,下☷),而"剥",而"坤"⑨,悉自小小而进,其势甚利,不可制止,故联宗为势利,而荣府正当盛时,其极尚远,故为远族。狗儿之祖,但曰姓王,但曰本地人氏,而无名。本地人氏,"坤"为地也;地,道无成而代有终,故不名,而名其子为成⑩,亦相继身故也。狗儿,一"艮",王成亦即"艮"。"艮",东北之卦,万物之所成终而所成始,故曰成⑪。东北为春冬之交,故生子名板儿,板文木反,水令退木令反矣⑫。又生一女名青儿,青乃木之色,由北生东,是即老阴生少阳也⑬。"艮"在五行为"土",故以务农为业。老寡

---

① 遝:紧接。
② "遁":六十四卦中遁卦,上☰,下☶,四阳两阴。
③ "姤"[gòu]:六十四卦中姤卦,上☰,下☴,五阳一阴。
④ 驯至:渐至。"剥":六十四卦中剥卦,上☶,下☷,一阳五阴。
⑤ 人手寻头绪:有人想了想。
⑥ 按:刘姥姥来自"芥末之微,小小一个人家""原来这小小之家,姓王,乃本地人氏,祖上也做过一个小小京官"。见第六回"贾宝玉初试云雨情 刘姥姥一进荣国府"。
⑦ 一直:一竖。
⑧ 婿:女婿。
⑨ 逐二:二位一跳(参见逐一:一位一跳)。"否":六十四卦中否卦,上☰,下☷,三阳三阴。"观":六十四卦中观卦,上☴,下☷,两阳四阴。"剥":六十四卦中剥卦,见前注。"坤":六十四卦中坤卦,见前注。
⑩ 成:王成,刘姥姥的亲家,王狗儿之父。
⑪ 成:王成。
⑫ 东北为春冬之交:即八卦之"艮",见前注。板儿:王板儿,王狗儿之子,刘姥姥的外孙。板文木反:"板"字为"木"与"反"。水令退木令反:"水"称"退木"称"反"(返)。按:五行"金""木""水""火""土",从"水"后退,即"木",后退"反"(返)。此句意为板儿属"水","水"即八卦中的"坎"。
⑬ 青乃木之色:意为青儿属"木",即八卦中的"巽",代表风、长女、鸡、东南、春夏之交等。由北生东:王狗儿的八字(八卦)是"艮"(见前文:狗儿,一"艮"),"艮"代表山、少男、狗、东北、春冬之交等,王狗儿生青儿,故言"由北生东"。老阴生少阳:"老阴"即刘姥姥,为"坤"☷,纯阴,少阳(稍阳)即板儿、青儿,为"坎"☵、为"巽"☴。

374

妇无子息,阴不生也,久经世代者,贞元运会①,万古如斯,而圣人作《易》,扶阳抑阴,及至无可如何②,而此生生不息之真种,必谨谨③保留之,是则所谓刘姥姥也。刘,"留"也,奈何④世人身心性命之际,独不理会一刘姥姥,而且为王熙凤之所笑⑤? 悲夫!

书中借易象演义⑥者,元、迎、探、惜⑦为最显,而又最晦⑧。元春为"泰",正月之卦,故行大⑨。迎春为"大壮"⑩,二月之卦,故行二。探春为"夬"⑪,三月之卦,故行三。惜春为"乾"⑫,四月之卦,故行四。然悉女体,阳皆为阴,则元春"泰"转为"否"⑬,迎春"大壮"转为"观"⑭,探春"夬"转为"剥"⑮,惜春"乾"转为"坤"⑯,乃书中大消息也,历评在各人本传⑰。

十三、此书所叙是非,实造端于秦可卿

是书因西府而生东府,为珍所居,实为写一造衅开端之秦氏也⑱。今改东府曰嬴国府,亦正与秦氏恰合⑲。嬴,秦姓也⑳。改贾二舍名曰瑓㉑,与其本音同,解亦同。

---

① 贞元运会:同"贞元会合",意为新旧更迭。
② 无可如何:无可奈何,即必然如此。
③ 谨谨:勤恳不懈貌。
④ 奈何:为何。
⑤ 为王熙凤之所笑:被王熙凤耻笑。按:刘姥姥进贾府,王熙凤表面冷淡,实质待她不错,还让她为自己的女儿取名巧姐,故言"不理会一刘姥姥"者,将被其耻笑。
⑥ 借易象演义:"易象"即八卦,演义:推演。
⑦ 元、迎、探、惜:元春、迎春、探春、惜春。
⑧ 晦[huì]:隐晦。
⑨ "泰":六十四卦中泰卦,上☷,下☰,三阴三阳。行大:排行老大。
⑩ "大壮":六十四卦中大壮卦,上☳,下☰,二阴四阳。
⑪ "夬":六十四卦中夬卦,上☱,下☰,一阴五阳。
⑫ "乾":六十四卦中乾卦,上☰,下☰,六阳。
⑬ "否"[pǐ]:六十四卦中否卦,上☰,下☷,三阳三阴。
⑭ "观":六十四卦中观卦,上☴,下☷,一阳五阴。
⑮ "剥":六十四卦中剥卦,上☶,下☷,一阳五阴。
⑯ "坤":六十四卦中坤卦,上☷,下☷,六阴。
⑰ 各人本传:即在"金陵十二钗"正册。
⑱ 西府:荣国府。东府:宁国府。珍:贾珍,贾敬之子、贾宝玉堂兄。造衅[xìn]:造事。秦氏:秦可卿。
⑲ 今改东府曰嬴国府:若将东府宁国府改名为嬴国府。秦氏:秦可卿。
⑳ 秦姓:秦始皇姓嬴,与嬴谐音。
㉑ 贾二舍:即贾琏,王熙凤丈夫。瑓[liàn]:玉名,与琏谐音。

十四、此书以"心"始，以《易》终

　　原刻绣像二十四幅，具合书意，题辞则惟第一幅之石头及结末之僧、道，曙合①书旨：石头演一"心"，僧、道演《易》理也。余则悉从书面著笔②，隐隐在若即若离、有意无意之间，皆出作者原手。今改原刻加语为大板③，其绣像画幅题词则照原本摹绘，以存其旧也。其有坊刻另本④，绣像仅十五幅，有像无景⑤，阙⑥贾氏宗祠、太君、贾政王夫人、宝琴、纹绮岫烟、尤三姐、菱袭、晴雯、女乐九页，其于书中情节则大谬⑦。

---

① 曙合：明显相合。
② 余：自称，我。书面：文字。
③ 原刻：原版本。加语：增加评语。大板：扩大版。
④ 坊刻另本：坊间所刻另外版本。
⑤ 有像无景：即肖像画。
⑥ 阙[què]：同"缺"。
⑦ 大谬：大错。

读《石头记》纲领①

[清] 姚 燮②

丛 说③

一、人 物 生 日 考

书中之生日可证者：元春正月初一日，又为太祖冥寿④；宝钗正月二十一日，薛姨妈、贾政并在⑤二三月间，日月无考；王夫人三月初一日，贾琏三月初九日，王子腾夫人亦三月间，其日无考；林黛玉二月十二日，与袭人同日生；宝玉、岫烟、宝琴、平儿、四儿五人同日生，大约在四月间；探春在三月初三日；薛蟠五月初三日；巧姐七月初七日，凤姐九月初二日，与金钏同生日，贾敬在九月；王子腾在十一月底，其日均无考；贾母则八月初三日也。

---

① 本文选自上海印书馆 1934 年重印本《汇评本〈金玉红楼梦〉》。本文要点：一、考证(实为归纳)，如"人物生日考""人物死法考""贾府盛衰考"，等等；二、纠疑，即指出《石头记》中可疑之处，如"黛玉初入荣府时，为十一岁，宝玉方十二岁，而前一回子兴云黛玉'方五六岁'，宝玉'七八岁'，未免长成得太快"；又如"黛玉母死时，遽云'年方六岁'，而即谓其'奉侍汤药、守丧尽礼'，又谓其'旧症复发'云云，皆于理欠的"，等等。

② 姚燮，字梅伯，号复庄、大某山民等，清代文人，与王希廉、张新之合称"清代《红楼梦》三大点评家"，重要著作有《今乐考证》和本文等。

③ 丛说：综述。此标题为原文所有，文中标题系本书编者所加。

④ 太祖冥寿：见第六十二回"探春笑道：'倒有些意思，一年十二个月，月月有几个生日。人多了，便这等巧，也有三个一日、两个一日的。大年初一日也不白过，大姐姐占了去。怨不得他福大，生日比别人就占先。又是太祖太爷的生日冥寿。……'"太祖：据《尔雅·释亲》："生己者为父母，父之父为祖(即祖父)，祖父之父为曾祖，曾祖之父为高祖，高祖之父为天祖，天祖之父为烈祖，烈祖之父为太祖，太祖之父为远祖，远祖之父为鼻祖。"冥寿：也称"阴寿"，即亡人的生辰。按：大年初一为太祖冥寿，或非某家太祖的生辰，实为各家各户的祭祖日。

⑤ 并在：同在。

二、人物死法考

王雪芗①总评云：一部书中，凡"寿终夭折、暴亡病故、丹戕药误，及自刎被杀、投河跳井、悬梁受逼，并吞金服毒、撞阶脱精②等事，亦件件俱有"③。今查林如海以病死；秦氏以阻经不通，水亏火旺，犯色欲死④；瑞珠以触柱殉秦氏死；冯渊被薛蟠殴打死⑤；张金哥自缢死；守备之子以投河死⑥；秦邦业因秦钟智能事发老病气死；秦钟似劳怯死⑦；金钏以投井死；鲍二家的以吊死⑧；贾敬以吞金服沙烧胀死；多浑虫以酒痨死⑨；尤三姐以姻亲不遂携鸳鸯剑自刎死；尤二姐以误服胡君荣药将胎打落后被凤姐凌逼吞金死⑩；鸳鸯之姊⑪害血山崩死；黛玉以忧郁急痛绝粒死；晴雯以被撵气郁害女儿痨死；司棋以撞墙死⑫；潘又安以小刀自刎死；元妃以痰厥死⑬；吴贵媳妇被妖怪吸精死；贾瑞为凤姐梦遗脱精死⑭；石呆子以古扇一案自尽死；当槽儿被薛蟠以碗砸伤脑门死⑮；何三被包勇木棍打死；夏金桂以砒霜自药死⑯；湘云之夫以弱症天死；迎春被孙家揉搓死⑰；鸳鸯殉贾母自缢死；赵姨被阴司拷打在铁槛寺中死⑱；凤姐以劳弱被冤魂索命死；香菱以产难死⑲，则足以考终命者⑳，其惟贾母一人乎？

---

① 王雪芗[xiāng]：即王希廉，字雪芗，与本文作者及张新之合称"清代《红楼梦》三大点评家"。
② 撞阶脱精：撞阶而死、脱精而亡。
③ 引自王希廉《护花主人总评〈石头记〉》。
④ 林如海：林黛玉父。秦氏：秦可卿，贾蓉妻。阻经不通：经血阻滞。水亏火旺：阳水亏阴火盛（按：五行"金木水火土"，均有阴阳，"水"属阳水、阴水，"火"有阴火、阳火，如此等等）。犯色欲：色欲过分。
⑤ 瑞珠：秦可卿侍女。冯渊：谐音"逢冤"，金陵一小乡绅之子。
⑥ 张金哥，长安县一财主女。守备之子：长安守备之子，姓名不详。
⑦ 秦邦业：秦可卿父。秦钟：秦邦业子、秦可卿弟。
⑧ 金钏：贾宝玉母王夫人侍女。鲍二家的：贾府男仆鲍二妻。
⑨ 贾敬：贾珍父、贾宝玉父贾政堂兄。多浑虫：贾琏妍妇多姑娘丈夫。
⑩ 尤三姐：贾珍继室尤氏女，尤二姐妹。尤二姐：贾珍继室尤氏女，尤三姐姊。
⑪ 鸳鸯之姊：贾母侍女鸳鸯姊，姓名不详。
⑫ 晴雯：贾宝玉侍女。司棋：贾迎春侍女。
⑬ 潘又安：贾府小厮，司棋表弟。元妃：即贾宝玉姊元春。
⑭ 吴贵媳妇：晴雯表兄吴贵妻。贾瑞：贾府塾师贾代儒孙。
⑮ 石呆子：一姓石书生，名字不详，此为外号。当槽儿：酒馆伙计。
⑯ 何三：荣府男管家周瑞妻义子。夏金桂：薛宝钗兄薛蟠妻。
⑰ 湘云之夫：史湘云丈夫，一个有才、有貌的王孙公子，姓名不详。迎春：贾迎春，常见版本原文："二小姐乃赦老爹之妾所出，名迎春。"有版本则说是贾赦前妻所出、贾政之妻所出、贾政所收养女等等。
⑱ 鸳鸯：贾母侍女。赵姨：赵姨娘，贾宝玉父贾政妾。
⑲ 凤姐：王熙凤，贾琏妻、贾宝玉堂嫂。香菱：原名甄英莲，与"真应怜"谐音，甄士隐女，薛宝钗侍女。
⑳ 终命者：死者。

三、贾府盛衰考

贾府姊妹自乳母外①,有教引②老妈子四人,贴身丫头二人,充洒扫使役③小丫头四五人。自拨入④大观园后,各添老嬷嬷二人,又各派使役丫头数人,以一女子而服役者十余人,其他可知矣。

论月费⑤一项,王夫人月例每月二十两,李纨每月月银十两⑥,后又添十两;周、赵二姨⑦每月二两;贾母处丫头每人每月一两,外钱四吊⑧;宝玉处大丫头每人月各一吊,小丫头八人每人月各五百⑨,其余各房等皆如例,即此一项,其费已侈⑩矣。

内外下人,俱各有花名档子册,凡取物各有对牌,其有犯事者,或革去月钱,或交总事者打四十板、二十板不等,或拨入圊厕行内⑪,或捆交马圈子⑫里看守,或竟撵出,具见大家规矩。

查抄⑬以后,一切下人,除贾赦一边入官⑭人数外,府中管事者尚有三十余家,共计男女三百十二名;至贾母丧时,查⑮剩男仆二十一人,女仆十九人,盛衰之速如此。

凤姐放债盘利,于十一回中则平儿尝说旺儿媳妇送进三百两利银⑯;第十六回云旺儿送利银来;三十九回云将月钱放利,每年翻几百两体己钱⑰,一年可得利上千;七十二回凤姐催来旺妇收利账,叙笔无多,其一生之罪案已著。

---

① 自……外:除……外。
② 教引:使唤。
③ 充:更加。洒扫使役:做洒水扫地等杂役。
④ 拨入:遣入。
⑤ 月费:每月零花钱。月例、月银:同"月费"。
⑥ 李纨:贾宝玉亡兄贾珠妻。
⑦ 周、赵二姨:周姨娘、赵姨娘,贾宝玉父贾政二妾。
⑧ 外:外加。钱:铜钱。吊:一吊一千铜钱。
⑨ 五百:五百铜钱,即半吊。
⑩ 侈:奢侈。
⑪ 拨入圊[qīng]厕行内:遣入厕所清扫粪便(圊厕行:茅房)。
⑫ 马圈子:马厩。
⑬ 查抄:元妃死后,贾府失去靠山,加之有人状告宁国府作恶,故朝廷下令查抄宁国府。见一百零五回"锦衣军查抄宁国府 骢马使弹劾平安州"。
⑭ 贾赦一边:即宁国府。入官:没收、充公。
⑮ 查:查看。
⑯ 利银:当作利息的银子。
⑰ 体己钱:贴心钱,即私房钱。

凤姐叫宝玉所开之账，为大红妆缎四十疋[①]、蟒缎四十疋、各色上用纱一百疋、金项圈四个，虽卒未知其所用，亦见其侈靡之一端。

　　两府中上下内外，出纳之财数，见于明文者，如芹儿管沙弥道士每月供给银一百两；芸儿派种树领银二百两；给张材家的绣匠工价银一百二十两；贵妃送醮银[②]一百二十两；金钏死，王夫人赏银五十两；王夫人与[③]刘姥姥二百两；凤姐生，曰凑公分[④]一百五十两有余；鲍二家死，琏[⑤]以二百两与之，入流年账上；诗社[⑥]之始，凤姐先放银五十两；贾赦以八百两买妾；度岁之时，以碎金二百五十三两六钱七分，倾压岁锞二百二十个[⑦]；乌庄头常例，物外[⑧]缴银二千五百两；袭人母死，太君[⑨]赏银四十两；园中出息[⑩]，每年添四百两；贾敬丧时，棚杠、孝布[⑪]等共使银一千一百十两；尤二姐新房，每月供给银十五两；张华讼事[⑫]，凤姐打点银三百两，贾珍二百两，凤又讹尤氏[⑬]银五百两；金自鸣钟[⑭]卖去银五百六十两；夏太监向凤姐借银二百两；金项圈押银四百两；薛蟠命案，薛家费数千两；查抄后欲为监中使费[⑮]，押地亩数千两；至凤姐铁槛寺[⑯]，所得银三千两；贾母分派与赦、珍等银万余两；贾母之死，礼部赏银一千两。无论出纳，真书中所云"如淌海水"者。宜乎六亲同运[⑰]，至一败而不可收也。

　　元妃宠时，其所载赏赐之隆，不一而足，至贾母八十生寿，其赏赐及王侯礼物

---

① 疋[pǐ]：同"匹"。
② 醮[jiào]银：请道士打醮（即设坛做法事）所用银两。
③ 与：通"予"。
④ 凑公分：几人凑钱送礼。
⑤ 琏：贾琏，王熙凤丈夫。
⑥ 诗社：定时聚集赋诗。
⑦ 度岁：过年。碎金：零散金块。倾：共。压岁锞[kè]：当作压岁钱的小金块。
⑧ 乌庄头：乌进孝，黑山村庄主。常例：惯例（指每年送礼）。物外：物品之外。
⑨ 太君：即贾母。
⑩ 园：大观园。出息：获利、收益。按：大观园中所种花卉蔬果，有剩余出售，故有"出息"。
⑪ 棚杠、孝布：办丧事所搭篷帐、所发白布。
⑫ 张华：一市井泼皮，和尤二姐指腹为婚，却又无钱迎娶。讼事：打官司（贾琏娶尤二姐，张华状告贾琏夺人之妻）。
⑬ 讹：敲诈。尤氏：贾珍继室，尤老娘继女，尤二姐、尤三姐姊。
⑭ 金自鸣钟：镀金自鸣钟（即挂钟，会报时，当时由西洋进口，很值钱）。见第五一回："说着，只听外间屋里榻上的自鸣钟'当当'的两声。"
⑮ 监中使费：监狱中用钱（贿赂）。
⑯ 至：至于。凤姐铁槛寺：见第十五回中"王凤姐弄权铁槛寺"，即凤姐为秦可卿送殡至铁槛寺，寺内老尼将张财主先把女儿许配守备之子，后又贪财再度许配给李家之事告诉凤姐，凤姐开价三千两，答应出面助张家摆平此事。不料张家小姐得知父母退了前夫后自缢，守备之子闻讯亦投河自尽。张李两家人财两空，凤姐坐享三千两。
⑰ 宜乎：真是。同运：同一命运。

亦可谓富盛一时。至酬赠,如甄家进京时,送贾府礼,叙上用①妆缎蟒缎十二疋,上用杂色缎十二疋,上用各色纱十二疋,上用宫绸十二疋,官用各色纱缎绸绫二十疋;贾敬死时,甄家送打祭银②五百两。举此二端,凡所酬赠者可知。至礼节,如宝玉行聘之物,叙金项圈金珠首饰八十件,妆蟒四十疋,各色绸缎一百二十疋,四季衣服一百二十件,外③羊酒折银。举此一端,其他之婚丧礼节可知。殆所谓开大门楣④,不能做小家举止耶?

详叙乌庄头货物单,所以纪其盛,而此时贾珍之辞,犹以为末足。详叙抄没时货物单,所以纪其衰,而此时赦、政⑤之心殊苦。其他多一入一出,一喜一悲,祸福乘除,信有互相倚伏⑥者。

四、以僧道贯始终考

英莲方在抱,僧道⑦欲度其出家。黛玉三岁,亦欲化之出家,且言外亲不见,方可平安了世⑧。又引宝玉入幻境;又为宝钗作冷香丸方,并与以金锁;又于贾瑞病时,授以风月宝鉴;又于宝玉闹五鬼时,入府祝玉;又于尤三姐死后,度湘莲出家;又于还宝玉失玉后,度宝玉出家⑨,正不独甄士隐先机早作⑩也。则一部之书,实一僧一道始终之。

五、人 物 疾 病 考

谚云:"一生无病便为福。"今书中所记,如云宝玉急火攻心,以致吐血;如云尤氏素有胃痛症;如云迎春病;如云袭人偶感风寒,身体发重,头痛目胀,四肢火热;如云探春病;如云秋纹到家养病几日;如云巧姐方病,贾母感风寒亦病;如云

---

① 上用:御用。
② 打祭银:丧礼。
③ 外:外加。羊酒折银:羊与酒折成银两(按习俗,还应送羊与酒,也可折成银两送之)。
④ 殆:大概。开大门楣:大户人家。
⑤ 赦、政:贾赦、贾政,宁国府、荣国府主人。
⑥ 乘除:一乘一除,抵销。互相倚伏:祸兮福之所倚,福兮祸之所伏(见《老子·五十八章》)。
⑦ 英莲:甄英莲,甄士隐女,即香菱。僧道:癞头僧与跛足道。
⑧ 了世:度过一生。按:此也僧道所为。
⑨ 按:所有这些,均僧道所为。
⑩ 正:通"真"。独:独有。先机早作:知先机而早作准备。

王夫人多病多痰；如云芦雪亭赏月时迎春病；如云宝琴之母素有痰症；如云李纨以时气感冒；如云邢夫人害火眼；如云湘云在园中病；如云五儿多病；如云李纨因兰儿病不理园事；如云五儿受软禁后又病；如云贾母感风霜病；如云薛蟠因出门不服水土生病；如云琥珀有病；如云五儿之病愈深，似染怔忡之症；如云宝玉又以外感风寒成病；如云香菱有乾血之症；如云薛姨妈被金桂怄得生肝气病；如云巧姐惊风内热；如云妙玉以打坐走魔得病；如云宝钗病重；如云王夫人心疼病；如云尤氏自园中归大病，贾珍亦病；如云贾母以感冒风寒得病；如云宝玉去后，袭人急病；如云贾赦有痰症之类，几乎无人不病过矣，则病固人所难免乎？至于凤姐、黛玉诸人，其因病而死者，书中所述，又难尽记者矣。

六、宝、黛怄气考

凡宝、黛二人相见争怄①之事，若②游园归后将荷包剪碎一段③；史湘云来时斗口一段④；看《会真记》以谑词激怒一段⑤；恰红院不开门一段，因落花伤感一段⑥；贾母处裁衣口角一段⑦；元妃赐物时论金玉口角一段⑧；清虚观怀麒麟后一段⑨；剪玉穗子大闹一段⑩；潇湘馆大闹掷帕与拭泪一段⑪；两人诉肺腑一段⑫；向袭人误认黛玉一段⑬；铰扇套儿一段⑭；听宝与湘说林妹妹再不说这话一段⑮；放

---

① 争怄：争吵、怄气。
② 若：如。
③ 见第十七回，黛玉见宝玉身上的东西悉数被小厮解去，以为自己做的荷包也给了小厮了，一生气，把手里正在做的新荷包剪了。
④ 见第二十回，宝玉和史湘云玩，引起黛玉的不满。
⑤ 见第二十三回，宝玉对黛玉说"你就是倾国倾城貌"，黛玉生气了。《会真记》：即《西厢记》，据唐传奇《莺莺传》(也称《会真记》)改编。
⑥ 见第二十七回，黛玉到怡红院，丫环没开门，她非常伤心，写"葬花吟"葬花。
⑦ 见第二十八回，宝钗说林妹妹心里不自在，让宝玉去看她，宝玉说："理他呢，过一会儿就好了。"这话被黛玉听见了，所以当宝玉见到黛玉在贾母处裁衣时，任怎么搭话，黛玉只是不理。
⑧ 见第二十八回元妃赐物，独宝玉和宝钗一样，引起林黛玉的伤心。
⑨ 见第三十一回，道士托一盘玩物让贾宝玉挑，宝玉见其中一玉麒麟似乎湘云也有，就拿了起来，林黛玉对这事大加讥刺。
⑩ 见第二十九回，张道士提亲，两人心中都不快意，遂口角起来。
⑪ 见第三十二回，宝、黛在潇湘馆相对垂泪。
⑫ 见第三十二回，林黛玉听到宝玉说"林妹妹不说这些混账话"，感动非常；宝玉出来，向她诉说真情。
⑬ 见第三十二回，宝玉把袭人当作黛玉诉说衷肠。
⑭ 见第三十二回，史湘云在和袭人说话时，提到宝玉把她做的扇套儿拿给黛玉看，黛玉赌气绞了两段。
⑮ 见第三十二回，史湘云劝宝玉讲谈仕途经济，宝玉大不快，说林妹妹从来不说这种话。

心不放心二人辩说一段①;黛玉奠亲后宝玉过谈并看五美吟一段②;梦中见剖心一段③;听琴后论知音一段④;闻雪雁宝玉定亲之语、自己糟蹋身子一段⑤;闻傻大姐语过宝玉见面一段⑥,皆关目⑦之紧要者。须玩其一节深一节处,斯⑧不负作者之苦心。

七、宝玉立誓考

宝玉立誓之奇,有令人读之喷饭⑨者。其对袭人云:"化一股轻烟,风一吹便散了。"拿簪子跌断云:"同这簪子一样。"对湘云云:"我要有坏心,立刻化成灰,教万人践踏。"对黛玉云:"若有心欺负你,明儿我掉在池子里,叫个癞头鼋⑩吃了去,变个大忘八,等你明儿做了一品夫人,病老归西的时候,我往你坟上替你驮一辈子碑去。"又云:"再说这样话,就长个疔,烂了舌头。"又云:"天诛地灭,万世不得人身。"又对袭人云:"我就死了,再能够你哭我的眼泪,流成大河,把我尸首漂起来,送到那鸦雀不到的幽僻之处,随风化了,自此再不要托生为人,就是我死的得时了。"对紫鹃云:"我只愿这会子立刻我死了,把心迸出来,你们瞧见了,然后连皮带骨一概都化成一股灰,再化成一股烟,一阵大风,吹得四面八方,都登时散了,这才好。"对尤氏云:"人事莫定,谁死谁活,倘或我在今日明日、今年明年死了,也算是随心一辈子了。"聊集录之,以供一览。此书者,真能以匪夷之想肖之⑪。

八、宝玉体贴姊妹及丫头考

宝玉于园中姊妹及丫头辈,无在不细心体贴,钗、黛、晴、袭身上,抑无论

---

① 见第三十二回,同前。
② 见第六十四回,宝玉赞赏黛玉写的五首写西施等美女的诗。
③ 见第八十二回,黛玉梦见宝玉剖心给她看。
④ 见第八十九回,宝玉和黛玉谈琴,说到琴要有人懂。
⑤ 见第八十九回,雪雁传说宝玉定亲,黛玉开始糟践身体。
⑥ 见第九十六回,从傻大姐处得知宝玉将要娶宝钗为妻,黛玉走去怡红院和宝玉相对傻笑。
⑦ 关目:关键曲目,代指关键情节。
⑧ 斯:此。
⑨ 喷饭:吃饭时突然发笑而把嘴中的饭喷出,喻好笑。
⑩ 癞头鼋[yuán]:鼋(斑鳖)的俗称。
⑪ 肖之:描绘之。

矣;其于湘云也,则怀金麒麟相证①;其于妙玉也,于惜春弈棋之候,则相对含情②;于金钏也,则以香雪丹相赠③;于莺儿也,则于打络时哓哓诘问④;于鸳鸯也,则凑脖子上嗅香气⑤;于麝月也,则灯下替其篦头⑥;于四儿也,则命其翦烛烹茶⑦;于小红也,则入房倒茶之时,以意相眷⑧;于碧痕也,则群婢有洗澡之谑⑨;于玉钏也,有吃荷叶汤时之戏⑩;于紫鹃也,有小镜子之留⑪;于藕官也,有烧纸钱之庇⑫;于芳官也,有醉后同榻之缘⑬;于五儿也,有夜半挑逗之语⑭;于佩凤、偕鸾也,则有送秋千之事⑮;于纹、绮、岫烟也,则有同钓鱼之事⑯;于二姐、三姐也,则有佛场身庇之事⑰;而得诸意外之侥幸者,尤在为平儿理妆⑱、为香菱换裙⑲两端。

宝玉过梨香院,遭龄官白眼之看⑳;黛玉过栊翠庵,受妙玉俗人之诮㉑,皆其平生所仅有者。

九、贾氏父子考

赦老纯乎官派气;政老纯乎书腐气;珍儿纯乎财主气;琏儿纯乎荡子气;蓉儿

---

① 见第三十一回,同前。
② 见第八十七回,宝玉看完妙玉和惜春对弈,送妙玉回庵。
③ 见第三十回,宝玉身边荷包里带的香雪润津丹送到金钏儿嘴里。
④ 见第三十五回,宝玉一面看莺儿打络子,一面和她说闲话。
⑤ 见第二十四回,宝玉凑到鸳鸯脖子上闻香味,不住用手摩挲。
⑥ 见第二十回,宝玉用篦子替麝月篦头。
⑦ 见第二十一回,袭人因宝玉在黛玉房内梳洗,生气不理他,宝玉遂和小丫头说话,把她的名字"蕙香"改成四儿,让她倒茶给自己喝。
⑧ 见第二十四回,小红见跟前没人,倒茶给宝玉。
⑨ 见第三十一回,宝玉邀晴雯一起洗澡,晴雯说碧痕打发他洗澡,足有两三个时辰,连席子上也汪着水。
⑩ 见第三十五回,宝玉假说莲叶汤不好吃,哄玉钏儿喝。
⑪ 见第五十七回,紫鹃说林黛玉要走,引得宝玉犯了痴病,拉着紫鹃不放,贾母王夫人只得让紫鹃来守着他,宝玉病好,紫鹃收拾东西回去,贾宝玉问她要了一面小菱花镜。
⑫ 见第五十八回,藕官为药官烧纸,被一个婆子抓住,宝玉假说是自己托她烧的。
⑬ 见第六十三回,为宝玉庆生后两人同榻醉卧。
⑭ 见第一百零九回,宝玉以为五儿长得像死去的晴雯,和她软语温存。
⑮ 见第六十三回,尤氏带了贾珍的两个妾佩凤、偕鸾来大观园玩,佩凤、偕鸾打秋千,宝玉说:"你们两个上去,让我送。"
⑯ 见第八十一回,宝玉看探春和李玟、李绮和邢岫烟钓鱼。
⑰ 见第六十六回,尤三姐说宝玉替她们挡着人。
⑱ 见第四十四回,平儿被凤姐打了,哭得伤心,宝玉让她到怡红院梳洗、化妆。
⑲ 见第六十二回,香菱的裙子弄脏了,宝玉把袭人的新裙子给她。
⑳ 见第三十六回,宝玉和龄官搭讪,龄官爱答不理。
㉑ 见第四十一回,宝玉、黛玉在妙玉的栊翠庵品茶,黛玉以为泡茶的是旧年的雨水,被妙玉讥为"大俗人"。

纯乎油头气;宝玉纯乎傻子气;环儿纯乎村俗气,我唯取贾敬①一人。

十、男 女 情 欲 考

　　贾环之与彩云;贾蔷之与龄官;贾芸之与小红;贾芹之与沁香、鹤仙;贾琏之与鲍二家的、多姑娘等,或以事,或以情②,皆不脱娼妓家行径,未可与言情者③。

　　贾瑞之于凤姐;薛蟠之于柳④,真所谓癞虾蟆⑤者,其受祸也宜⑥矣。若吴贵媳妇之夹腿⑦,何妈之吹汤⑧,亦未能自知分量。

　　吾愿以柳湘莲之鞭⑨,治天下之馋色而生妄心者;吾愿以贾探春之掌⑩,治天下之挟私而起衅事者。

　　以金桂之蛊惑,而蝌儿能坚守之⑪,古之所难;以赵姨之鄙劣,而政老偏宠嗜之⑫,亦世之所罕。

　　提宝玉于鸳鸯、尤三姐之前⑬,便厉色抵拒之,然谓⑭其心口相符,吾不信也。

十一、天 时 人 事 考

　　此书全部时令以炎夏永昼、士隐⑮闲坐起,以贾政雪天遇宝玉止,始于热,终于冷,天时人事,默然相胭合⑯,作者之微意也。

---

① 赦老:贾赦,贾母长子。政老:贾政,贾母次子。珍儿:贾珍,贾敬(贾政堂兄)子。琏儿:贾琏,贾赦子。蓉儿:贾蓉,贾珍子。环儿:贾环,贾政与妾赵姨娘子,贾宝玉同父异母弟。贾敬:贾兰,贾珠与李纨子,贾宝玉侄。
② 或以事,或以情:不论是(他们之间的)事情,还是(他们之间的)感情。
③ 未可与言情者:谈不上是情爱。
④ 柳:柳湘莲,一江湖人士,年轻英俊,薛蟠曾对他想入非非(同性恋)。
⑤ 癞虾蟆:同"癞蛤蟆"。
⑥ 宜:合适、应该。
⑦ 若:如、像。吴贵媳妇:吴贵妻;晴雯表舅妈。夹腿:喻女人淫荡、勾引男人。
⑧ 何妈:芳官的干妈。吹汤:喻女人讨男人欢心。
⑨ 柳湘莲之鞭:指柳湘莲痛打薛蟠。
⑩ 贾探春之掌:指贾探春掌掴王善宝家的(即王善宝妻),后者是荣国府大房太太邢夫人的陪房婆子,也是邢夫人的心腹。
⑪ 金桂:夏金桂,薛蟠妻、薛宝钗嫂。蛊惑:勾引。蝌儿:薛蝌,薛姨妈侄、薛蟠表弟。
⑫ 赵姨:赵姨娘,贾宝玉父贾政妾、贾探春母。政老:贾政。宠嗜:宠爱。
⑬ 提宝玉于鸳鸯、尤三姐之前:在鸳鸯、尤三姐面前提起宝玉。
⑭ 谓:说。
⑮ 永昼:长日。士隐:甄士隐。
⑯ 胭[wěn]合:同"吻合"。

还泪之说①甚奇,然天下之情,至不可解处,即还泪亦不足极②其缠绵固结之情也。林黛玉自是可人③:泪一日不还,黛玉尚在;泪既枯,黛玉亦物化④矣。

十二、异趣妙事考

士隐之赠雨村银五十两,赖大⑤之答贾政亦五十两,其数同,其情异。

读《好了歌》⑥,知无好而不了者,然天下亦有好不好、了不了之人,且天下有了而不好之人,未有好而不了之人。

王嬷嬷妖狐之骂,直诛花姑娘之心⑦;蟠哥哥金玉之言,能揭宝妹妹之隐⑧,读此两节,当满浮三大白⑨。

宝玉之婢,阴险莫如袭人、刁钻莫如晴雯、狭窄莫如秋纹、懒散莫如麝月,各有所短,然亦各有所长。若绮霞、碧痕者流,委蛇进退⑩焉而已。袭人与紫鹃,皆出自太君⑪房中,一与⑫宝玉,一与黛。迨至宝玉僧⑬,黛玉死,而袭人嫁玉函为妻,紫鹃从惜春逃佛⑭,孰是孰非,知者辨之。

观平儿之于凤姐,可以事危疑之主⑮;观宝钗之于黛玉,可以立媢忌之朝⑯。

葫芦庙小沙弥⑰,与江西署之李十儿⑱,皆牵主人如傀儡,而一升官、一坏事⑲

---

① 还泪之说:即书中称宝玉原为石、黛玉原为草;石曾以水浇草,草将以泪相报。
② 极:了结。
③ 自是可人:自作聪明。
④ 物化:去世。
⑤ 赖大:赖嬷嬷子、荣国府大总管。
⑥ 《好了歌》:见第一回:"(甄士隐)可巧这日拄了拐扎挣到街前散散心时,忽见那边来了一个跛足道人,疯狂落拓,麻鞋鹑衣,口内念着几句言词道:'世人都晓神仙好,惟有功名忘不了。古今将相在何方?荒冢一堆草没了。世人都晓神仙好,只有金银忘不了。终朝只恨聚无多,及到多时眼闭了。世人都晓神仙好,只有娇妻忘不了。君生日日说恩情,君死又随人去了。世人都晓神仙好,只有儿孙忘不了。痴心父母古来多,孝顺子孙谁见了?'"
⑦ 王嬷嬷:林黛玉奶妈。花姑娘:花袭人。
⑧ 蟠哥哥:薛蟠。宝妹妹:薛宝钗。
⑨ 满浮三大白:满斟三碗白酒(大白:白酒),意为痛快。
⑩ 委蛇进退:唯唯诺诺。
⑪ 太君:贾母。
⑫ 与:同"予",给予。
⑬ 迨[dài]至:及至、等到。僧:(动词)出家为僧。
⑭ 从:跟从。逃佛:逃至佛门,此处指削发为尼。
⑮ 观:观察。平儿:王熙凤侍女。事:侍奉。危疑之主:多疑之君主。
⑯ 立:立身。媢[mào]忌之朝:妒忌之朝廷。
⑰ 葫芦庙小沙弥:出现于第四回之人物,无名无姓。
⑱ 李十儿:出现于第四回之人物,贾政下属,随贾政到江西督运漕粮事务,哄骗主子,搜刮钱财。
⑲ 一升官、一坏事:分别指葫芦庙小沙弥和江西署之李十儿。

者,亦视乎其所驾驭耳。

茜雪之撵①,左右寒心,则檀云之脱然而去②也,固有先几之智③矣。

男子如薛蝌,女子如岫烟,皆书中所罕有,真是一对好夫妻。

写士隐之依④丈人者,为全书中如黛玉之依外祖母、薛氏母女之依姊妹、邢岫烟之依姑母、李婶母女之依侄女儿、尤氏母女之依女婿等作一影子。

世态之幻,无幻不搜,文章之法,无法不尽,但赏其昵昵⑤儿女之情,非善读此书者。

十三、住所、人称考

未入园⑥时,宝玉、黛玉住贾母处,李纨、迎、探、惜住王夫人处三间抱厦⑦内。湘云、袭人少时⑧,住贾母西边暖阁⑨上。梨香院教习女伶后,薛姨妈另住东南上一所幽静房舍。宝琴⑩初到时,跟贾母睡。薛蝌住蟠儿书房,岫烟与迎春同住。李婶同纹绮住稻香邨。

袭人初出场,则云"大丫头名唤袭人者",特用一个"者"字,作者有微意焉。若他人出场,并无此例。

宁、荣两府房屋,街东为宁国府,稍西为黑油大门,荣府之旁院也,贾赦、邢夫人居之,而二宅之间,中有小花园隔住⑪。再西为荣府大门,其正堂之东一院,贾政、王夫人居之;其正堂之后,在王夫人所住之西者,凤姐居之;其自仪门内西垂花门⑫进去,一所院落,贾母居之。出贾母所住后门,与凤姐所住之院落相通,故凤姐初入贾母处,自后门来。

《红楼》之制题⑬,如曰俊袭人、俏平儿、痴女儿(小红也)、情哥哥(宝玉也)、

---

① 茜雪之撵:茜雪(贾宝玉侍女)被撵走。
② 檀云之脱然而去:檀云(贾宝玉侍女)洒脱离开。
③ 先几之智:先见之明。
④ 依:依靠。
⑤ 但:仅。昵昵:亲昵貌。
⑥ 园:大观园。
⑦ 抱厦:厢房。
⑧ 少时:年少时。
⑨ 暖阁:楼上小房间,因有日照,又小,易暖,故称。
⑩ 宝琴:薛宝琴,薛姨妈侄女、薛宝钗表妹。
⑪ 隔住:隔断。
⑫ 仪门内西垂花门:仪门(大门)内西边的垂花门(院落门)。
⑬ 制题:拟标题。

冷郎君(湘莲也)、勇晴雯、敏探春、贤宝钗、慧紫鹃、慈姨妈、带香菱、憨湘云、幽淑女(黛玉也)、浪荡子(贾琏也)、情小妹(尤三姐)、苦尤娘(尤二姐)、酸凤姐、痴丫头(傻大姐)、懦小姐(迎春)、苦绛珠(黛)、病神瑛(宝玉)之类,皆能因事立宜,如锡美谥①。

十四、大观园韵事考

园中韵事②之可记者:黛玉葬花冢③;梨香院隔墙听曲④;芒种日饯花神⑤;宝玉替麝月篦头⑥;怡红院丫头在回廊上看画眉洗澡⑦;蔷薇花架下龄官画蔷⑧;堵院中沟水戏水鸟⑨;跌扇撕扇⑩;湘云与翠缕说阴阳⑪;潇湘馆下纱屉看大燕子回来⑫;袭人烦湘云打蝴蝶结子⑬;黛玉教鹦鹉念诗⑭;山石边掐凤仙花⑮;绣鸳鸯肚兜⑯;翠墨传笺邀社⑰;怡红栊以缠丝白玛瑙碟送荔枝与探春⑱;看菊吃蟹⑲;黛玉坐绣墩倚栏钓鱼⑳;宝钗倚窗槛招桂蕊引游鱼唼喋㉑;探、纨、惜在垂柳阴中看鸥鹭㉒;迎春在花阴下拿花针穿茉莉花㉓;扫落叶㉔;碧月捧大荷叶翡翠盘养各色折

---

① 锡:通"赐"。美谥[shì]:帝王、大臣等死后依其生前事迹所给称号,亦称"谥"或"谥号"。
② 韵事:趣事。
③ 见第二十七回。
④ 见第二十三回,黛玉听到梨香院内唱《牡丹亭》,感慨"原来戏上也有好文章"。
⑤ 见第二十七回。
⑥ 见第二十回,宝玉用篦子替麝月篦头。
⑦ 见第二十五回。
⑧ 见第三十回,龄官用簪子在地上画贾蔷的"蔷"字。
⑨ 见第三十回,怡红院里丫头们的玩耍。
⑩ 见第三十一回,晴雯跌了扇子,宝玉说她,两人闹别扭,后宝玉哄她,让她把扇子撕着玩。
⑪ 见第三十一回。
⑫ 见第二十七回,林黛玉嘱咐紫鹃的。
⑬ 见第三十二回,袭人对宝钗说她上月求湘云打十根胡蝶儿结子。
⑭ 见第三十五回。
⑮ 见第三十五回,湘云、平儿、香菱等在山石边掐凤仙花。
⑯ 见第三十六回,袭人替宝玉绣鸳鸯肚兜,袭人走开后,宝钗顺手拿起来做。
⑰ 见第三十七回,探春让翠墨传信给贾宝玉,要结诗社。
⑱ 见第三十七回。
⑲ 见第三十八回,史湘云请客吃螃蟹,众人赏菊作诗。
⑳ 见第三十八回,同前。
㉑ 见第三十八回,同前。
㉒ 见第三十八回,同前。
㉓ 见第三十八回,同前。
㉔ 见第四十回,贾母设宴给史湘云还席,李纨清晨起来,看着老婆子丫头们扫那些落叶。

枝菊花①；宣窑磁合取玉簪花中紫茉莉粉②；小白玉盒中取胭脂膏助平儿妆③；剪并蒂秋蕙为平儿簪鬓④；鸳鸯坐枫树下与平、袭谈心⑤；香菱学诗⑥；湘云以火箸击手炉催诗⑦；晴雯在薰笼上围坐⑧；宝琴披凫靥裘⑨、丫环抱红梅瓶站雪山上⑩；看驾娘夹泥种藕⑪；袭人取花露油、鸡蛋香皂、头绳为芳官添妆⑫；紫鹃坐回廊上做针线⑬；藕官于杏子阴吊药官⑭；莺儿过杏叶渚以嫩柳条编玲珑果篮子送颦卿⑮；麝月在海棠下晾手巾⑯；蕊官以蔷薇硝送芳官⑰；芳官掰手中糕逗雀儿玩⑱；湘云醉后卧芍药裀⑲；探春和宝琴下棋，岫烟观局⑳；小螺、香菱、芳、蕊、藕、豆等斗草㉑；豆官辨夫妻蕙㉒；宝玉为香菱换石榴裙㉓；以树枝挖地坑埋并蒂菱、夫妻蕙，以落花拼之㉔；怡红院夜宴行合唱曲㉕；佩凤、偕鸳作秋千戏㉖；建桃花社，柳絮词唱和㉗；傻大姐掏促织拾绣香囊㉘；凸碧堂赏月以桂花传鼓㉙；听月夜品笛；凹晶馆

① 见第四十回，刘姥姥进大观园，王熙凤给刘姥姥戴花。
② 见第四十四回，平儿在怡红院梳洗化妆。
③ 见第四十四回，同前。
④ 见第四十四回，同前。
⑤ 见第四十六回，鸳鸯和两人说贾赦要娶她的事。
⑥ 见第四十八回，香菱进大观园后向林黛玉学诗。
⑦ 见第五十回。
⑧ 见第五十一回，晴雯受凉。
⑨ 见第四十九回，贾母给宝琴凫靥裘。
⑩ 见第五十回，众人赏雪，宝玉去栊翠庵要来了红梅。
⑪ 见第五十八回，探春等把大观园分与众婆子料理，清明那天，湘云、香菱、宝琴与丫鬟等都坐在山石上，瞧他们取乐。宝玉也慢慢行来，看池中驾娘们行着船夹泥种藕。
⑫ 见第五十八回，芳官的干娘先交她亲女儿洗过才叫芳官洗，两人口角，袭人取花露油、鸡蛋、香皂、头绳之类，叫一个婆子送给芳官，让她另要水自己洗，别吵了。
⑬ 见第五十七回，宝玉去潇湘馆看黛玉，紫鹃在回廊上做针线，和宝玉说黛玉故意远着他，后来又说要回去，引得宝玉发了呆病。
⑭ 见第五十八回，藕官为药官烧纸。
⑮ 见第五十九回。
⑯ 见第五十九回。
⑰ 见第六十回。
⑱ 见第六十回。
⑲ 见第六十二回。
⑳ 见第六十二回。
㉑ 见第六十二回，斗草引出香菱裙子弄脏。
㉒ 见第六十二回，同前。
㉓ 见第六十二回，同前。
㉔ 见第六十二回，同前。
㉕ 见第六十三回，众女孩偷偷在怡红院为贾宝玉庆生。
㉖ 见第六十三回，同前。
㉗ 见第七十回。
㉘ 见第七十三回。
㉙ 见第七十六回。

倚阑联句①;作芙蓉诔祭晴雯②;紫鹃掐花儿③;潇湘馆听琴④。其他琐事不一,聊摘拾如右⑤,以备画本⑥。

纠　　疑⑦

暇⑧尝涉览《二十四史》⑨,其前后相矛盾者,不一而足,况空中结撰、无关典要之书⑩耶! 今条著其可疑者如左⑪,非敢吹毛之求,亦以明⑫读者之不可草草了事云尔!

(一) 凤姐为王夫人大兄之女,王夫人三姊妹,次即薛姨妈,其兄弟三人,子腾行二,子胜行三,今一百一回中,称子腾为"大舅太爷",子胜为"二舅太爷",殊失检点⑬。

(二) 第四回点明李纨时,系己酉年,就后文甲寅年,云贾兰"十五岁",则是时兰当"八岁",其云"五岁"者,误也。

(三) 黛玉母死时,遽⑭云"年方六岁",而即谓其"奉侍汤药、守丧尽礼",又谓其"旧症复发"云云,皆于理欠的⑮。

(四) 阅第五十三回宁国公名"演",荣国公名"法",今阅第三回云荣国公"贾源",为"源"为"法",其不相合者如此。

(五) 据第二回云,大年初一生元春,"次年"又生一公子衔玉⑯云云,是宝玉之与元春,仅差一年,何后文所说意似差十余年者,此等处不能为之原谅也。查

① 见第七十六回,同前。
② 见第七十八回。
③ 见第八十五回,袭人想找紫鹃打探宝玉提亲的事,紫鹃正在掐花儿。
④ 见第八十七回,宝玉和妙玉在潇湘馆外听林黛玉抚琴。
⑤ 如右:同今"如前"(旧时竖写,从右至左,故称前文为"右文")。
⑥ 画本:插图依据。
⑦ 此标题为原文所有。
⑧ 暇:闲来。
⑨ 《二十四史》:正史,包括《史记》《汉书》《后汉书》《三国志》《晋书》《宋书》《南齐书》《梁书》《陈书》《魏书》《北齐书》《周书》《隋书》《南史》《北史》《旧唐书》《新唐书》《旧五代史》《新五代史》《宋史》《辽史》《金史》《元史》和《明史》。
⑩ 况:何况。空中结撰(凭空虚构)、无关典要(无关紧要)之书:指《红楼梦》之类的小说。
⑪ 条著:列举。如左:同今"如下"(旧时竖写,从右至左,故称下文为"左文")。
⑫ 明:指明。
⑬ 检点:规范。
⑭ 遽:随即。
⑮ 于理欠的[dí]:不合情理。
⑯ 一公子衔玉:即宝玉。

后元春二十六岁时,宝玉方十二岁,故知"次年"二字之谬,特出自冷子兴口中,岂因传闻于人,随口演说耶?

(六)二回冷子兴又云长女元春因贤孝才德选入宫中作女史①,上文既云元春生后一年生宝玉,则此时宝玉方七八岁,元春不过十岁内耳,何便决②其为贤孝才德,即选作女史也?查是年元春廿六岁,为王夫人廿二岁所生,若宝玉则王夫人三十六岁时所生也,书中俱可推算。

(七)黛玉初入荣府时,为十一岁,宝玉方十二岁,而前一回子兴云黛玉"方五六岁",宝玉"七八岁",未免长成得太快。

(八)第十回东府菊花盛开,已交秋末时节,而云"吃桃子",于理未合。

(九)第十二回云如海③冬底病重,而十三回昭儿自苏④回,云如海"九月初三日巳时⑤没",不甚斗笋⑥。

(十)凤姐处置贾瑞之时⑦,明明点出"腊底"⑧二字,迟之久⑨而秦氏⑩始死,亦在岁底者。然此时去秦氏死期已过五七,派时令⑪亦入新年中二月光景矣,而昭儿回来犹云,年底可赶回,犹要大毛衣服云云,何不顾前后如此?

(十一)元妃生于甲申年,书有明文,至省亲时,实系二十九岁,宝玉是年十五岁。当宝玉三四岁时,元妃已十七八岁,故能教幼弟之书,想此时尚未入选为女史也。后元妃于甲寅年薨⑫,系年三十一岁,今书中作元妃死时四十四岁,殊不合。

(十二)三十二回为壬子⑬,袭人时十七岁,其与湘云十年前同住西边暖阁上。"晚上你同我说那话儿,那会子不害臊,这会子怎么又臊了?"按十年前袭人与湘云不过七岁上下,如何便解说此等言语?

(十三)三十九回时,太君年已七十八岁,其问刘姥姥年则云七十五,而太君

---

① 女史:女官。
② 决:判断。
③ 如海:林如海,林黛玉父。
④ 苏:苏州。
⑤ 巳[sì]时:上午9时至11时。
⑥ 斗笋:拼合榫头、对头(笋:通"榫")。
⑦ 处置:教训。按:"凤姐处置贾瑞"见第十二回"王熙凤毒设相思局 贾天祥正照风月鉴"。
⑧ 腊底:腊月(十二月)底。
⑨ 迟之久:延迟很久。
⑩ 秦氏:秦可卿。
⑪ 派时令:算时间。
⑫ 薨[hōng]:称王侯、大臣、嫔妃亡。
⑬ 壬子:壬子年。

云"比我大好几岁,还这么硬朗",于理甚谬。或改刘姥姥年为八十二,方合。

(十四) 四十五回黛玉云我今年十五岁,当作十四岁为是。

(十五) 三十六回云"明儿是薛姨妈生日",时盖壬子年夏末秋初也,至第五十七回亦云"今是薛姨妈生日",时癸丑年春二月间也,岂一人有春秋两生日耶?至[1]贾母生日,已详叙八月初三日一段事,今六十一回探春云"过了灯节是老太太生日",则又何也!

(十六) 六十九回云秋桐十七岁,又云属兔,大误。是年癸丑,则十七岁当是丁酉生,属鸡。

(十七) 七十回送尤二姐丧,有王姓夫妇,不知何人。

(十八) 八十五回系甲寅秋间事,为黛玉作生日,据前回云黛玉二月十二日,与袭人同日生,而此处生日忽又在秋间矣。

(十九) 九十二回云十一月初一日"作肖寒会"[2],至九十三回则记云十月中,时令颠倒。

(二十) 元妃之薨,辨[3]其为三十一岁,而以四十四岁为误者:一则年近四十,安能复蒙宠进[4];一则王夫人是年为五十三岁,岂王夫人八岁便能生妃耶?

---

① 至:至于。
② 作肖寒会:冬季相会。
③ 辨:辨析。
④ 宠进:尊宠而进用。

《红楼梦》之精神①

王国维②

袁伽尔③之诗曰：

Ye wise men, highly , deeply learned,

who think it out and know,

how, when and where do all things pair?

Why do they kiss and love?

Ye men of lofty wisdom, say

what happened to me then,

search out and tell me where, how, when,

and why it happened thus.

译文：

嗟汝哲人，靡所不知，靡所不学，既深且赜。

粲粲生物，罔不匹俦，各啮厥唇，而相厥攸。

---

① 本文选自《王国维全集》第一卷《静安文集·〈红楼梦〉评论》。本文要点：《红楼梦》之精神，即在于对"男女之爱之神话的解释"，以及解脱之道。在宝玉寻求摆脱情欲之苦这一点上，他与歌德笔下的"浮士德"颇为相近：自犯罪，自加罚，自忏悔，自解脱。由此可知，《红楼梦》之精神，"大背于吾国人之性质"，因吾国人惯于"沉溺于生活之欲"。

② 王国维，字静安，号观堂，近代学者、国学大师，有"新史学开山祖"之称，重要著述有《观堂集林》《人间词话》等。

③ 袁[póu]伽尔，通译毕尔格（Gottfride August Bürger 1747—1794），德国诗人。此处引出的毕尔格的诗，是英文译文。

匪汝哲人，孰知其故？ 自何时始，来自何处？

嗟汝哲人，渊渊其知。相彼百昌，奚而熙熙？

愿言哲人，诏余其故。自何时始，来自何处？[①]

　　哀伽尔之问题，人人所有之问题，而人人未解决之大问题也。人有恒言曰："饮食男女，人之大欲存焉。"[②]然人七日不食即死，一日不再食则饥。若男女之欲，则于一人之生活上，宁有害无利者也，而吾人之欲之也如此，何哉？吾人自少壮以后，其过半之光阴、过半之事业，所计画、所勤勤者为何事？ 汉之成哀，曷为而丧其生[③]？ 殷辛周幽，曷为而亡其国[④]？ 励精如唐玄宗，英武如后唐庄宗，曷为而不善其终[⑤]？ 且人生苟为数十年之生活计，则其维持此生活，亦易易耳，曷为而其忧劳之度，倍蓰[⑥]而未有已？《记》曰："人不婚宦，情欲失半。"[⑦]人苟能解此问题，则于人生之知识，思过半矣。而蚩蚩者[⑧]乃日用而不知[⑨]，岂不可哀也欤！其自哲学上解此问题者，则二千年间，仅有叔本华之《男女之爱之形而上学》耳。诗歌、小说之描写此事者，通古今东西，殆不能悉数，然能解决之者鲜矣。《红楼梦》一书非徒提出此问题，又解决之者也。

　　彼于开卷即下男女之爱之神话的解释。其叙此书之主人公贾宝玉之来历曰：

---

① 这首诗用现代语言来翻译的话，大意是："智者啊，你们的学识高深而渊博，/你们可想过，可懂得，万物是在何时、何地，又是如何交合的？ /他们是如何地彼此爱抚，彼此触摸，又为什么会这样呢？ /智者啊，你们倒是说说，/我身上究竟发生了什么？ 请搞明白，请告诉我：这是何时发生的，何地发生的？ /又是如何发生的，因何发生的？"

② 饮食男女，人之大欲存焉：出自《礼记·礼运》，原文还有下半句："死亡贫苦，人之大恶存焉。"

③ 汉之成哀，曷为而丧其生："汉之成、哀"即汉成帝和汉哀帝。汉成帝是历史上有名的好色之君，《飞燕外传》的男主角，宠爱赵飞燕、赵合德姐妹，荒淫无度，还留下了一句名言，说赵合德的怀抱是"温柔乡"，并感叹说："吾老是乡矣，不能效武皇帝求白云乡也。"（白云乡比喻仙境，汉武帝一生都在求成仙，汉成帝却比较"脚踏实地"，认为美女的怀抱比成仙更加值得追求。）汉成帝用生命实现了他的理想，绥和二年三月，已经被女色掏空了身体的他暴死在赵合德的怀里。

④ 殷辛周幽，曷为而亡其国：殷辛即商纣王，商朝的末代国君。在传统的认识里，他和夏朝的末代国君夏桀并列为昏君的典范。据说纣王沉迷酒色，宠爱美女妲己，还搞过著名的酒池肉林，使男人和女人们在其间裸体相追逐。

⑤ 励精如唐玄宗，英武如后唐庄宗，曷为而不善其终：唐玄宗李隆基和后唐庄宗李存勖都是由励精图治、英明神武转为声色享乐，结局都很凄凉。

⑥ 倍蓰：许多倍。"蓰"的字面意思是"五倍"。语出《孟子·滕文公上》："夫物之不齐，物之情也。或相倍蓰，或相什伯，或相千万。子比而同之，是乱天下也。"

⑦ 人不婚宦，情欲失半：人如果不结婚、不做官，七情六欲就会减掉一半，语出《列子·杨朱》。

⑧ 蚩蚩者：无知的百姓。

⑨ 日用而不知：每天都在用，却不知道自己在用。这话原本是形容"道"的。语出《周易·系辞上》："一阴一阳之谓道，继之者善也，成之者性也。仁者见之谓之仁，知者见之谓之知，百姓日用而不知，故君子之道鲜矣。"

却说女娲氏炼石补天之时,于大荒山无稽崖,炼成高十二丈,见方二十四丈大的顽石三万六千五百零一块。那娲皇只用了三万六千五百块,单单剩下一块未用,弃在青埂峰下。谁知此石自经锻炼之后,灵性已通,自去自来,可大可小。因见众石俱得补天,独自己无才,不得入选,遂自怨自艾,日夜悲哀。(第一回)

此可知生活之欲之先人生而存在,而人生不过此欲之发现也。此可知吾人之堕落,由吾人之所欲,而意志自由之罪恶也。夫顽钝者既不幸而为此石矣,又幸而不见用,则何不游于广漠之野,无何有之乡①,以自适其适,而必欲入此忧患劳苦之世界,不可谓非此石之大误也。由此一念之误,而遂造出十九年之历史与百二十回之事实②,与茫茫大士、渺渺真人何欤。又于第百十七回中,述宝玉与和尚之谈论曰:

"弟子请问师父,可是从太虚幻境而来?"那和尚道:"什么是幻境,不过是来处来,去处去罢了。我是送还你的玉来的。我且问你,那玉是从那里来的?"宝玉一时对答不来。那和尚笑道:"你的来路还不知,便来问我。"宝玉本来颖悟,又经点化,早把红尘看破,只是自己的底里未知;一闻那僧问起玉来,好像当头一棒,便说:"你也不用银子了,我把那玉还你吧。"那僧笑道:"早该还我了。"

所谓"自己的底里未知"者,未知其生活乃自己之一念之误,而此念之所自造也。及一闻和尚之言,始知此不幸之生活,由自己之所欲;而其拒绝之也,亦不得由自己,是以有还玉之言。所谓"玉"者,不过生活之欲之代表而已矣。故携入红尘者,非彼二人之所为,顽石自己而已;引登彼岸③者,亦非二人之力,顽石自己而已。此岂独宝玉一人然哉? 人类之堕落与解脱,亦视其意志而已。而此生活之意志,其于永远之生活,比个人之生活为尤切。易言以明之,则男女之欲,尤强于饮食之欲。何则? 前者无尽的,后者有限的也;前者

---

① 广莫之野,无何有之乡:这是《庄子》的常用语,字面意思是:广袤的原野,虚无的所在。
② 百二十回之事实:在王国维写作《红楼梦评论》的时代,学者们还没有考证出《红楼梦》的后四十回是别人的续作,王国维以为全部文字都出自一位作者之手。
③ 彼岸:(佛教语)佛教修行的目的就是"到彼岸",也就是解脱、涅槃、跳出生死轮回。

形而上的,后者形而下的也。又如上章所说,生活之于苦痛,二者一而非二,而苦痛之度,与主张生活之欲之度为比例。是故前者之苦痛。倍蓰于后者之苦痛。而《红楼梦》一书,实示此生活、此苦痛之由于自造,又示其解脱之道不可不由自己求之者也。

而解脱之道,存于出世,而不存于自杀。出世者,拒绝一切生活之欲者也。彼知生活之无所逃于苦痛,而求入于无生之域。当其终也,恒干①虽存,固已形如槁木,而心如死灰矣②。若生活之欲如故,但不满于现在之生活而求主张之于异日,则死于此者,固不得不复生于彼,而苦海③之流,又将与生活之欲而无穷。故金钏之堕井也,司棋之触墙也,尤三姐、潘又安之自刎也,非解脱也,求偿其欲而不得者也。彼等之所不欲者,其特别之生活,而对生活之为物,则固欲之而不疑也。故此书中真正之解脱,仅贾宝玉、惜春、紫鹃三人耳。而柳湘莲之入道,有似潘又安;芳官之出家,略同于金钏。故苟有生活之欲存乎,则虽出世而无与于解脱;苟无此欲,则自杀亦未始非解脱之一者也。如鸳鸯之死,彼固有不得已之境遇在;不然,则惜春、紫鹃之事,固亦其所优为者也。

而解脱之中,又自有二种之别:一存于观他人之苦痛,一存于觉自己之苦痛。然前者之解脱,唯非常之人为能,其高百倍于后者,而其难亦百倍,但由其成功观之,则二者一也。通常之人,其解脱由于苦痛之阅历,而不由于苦痛之知识。唯非常之人,由非常之知力,而洞观宇宙人生之本质,始知生活与苦痛之不能相离,由是求绝其生活之欲,而得解脱之道。然于解脱之途中,彼之生活之欲,犹时时起而与之相抗,而生种种之幻影。所谓恶魔④者,不过此等幻影之人物化而已矣。故通常之解脱,存于自己之苦痛。

彼之生活之欲,因不得其满足而愈烈,又因愈烈而愈不得其满足,如此循环而陷于失望之境遇,遂悟宇宙人生之真相,遽而求其息肩⑤之所。彼全变其气质,而超出乎苦乐之外,举昔之所执著⑥者,一旦而舍之。彼以生活为炉,苦痛为

---

① 恒干:躯干。语出《楚辞·招魂》:"魂兮归来,去君之恒干,何为乎四方些?"
② 固已形如槁木,而心如死灰矣:"形如槁木,心如死灰",这个短语今天我们已经完全用在消极意义上了,形容各种失恋的人和失意的人,但从语源来看,《庄子》原本是用这个短语来形容得道之人超凡脱俗的精神境界的。
③ 苦海:(佛教语)喻无穷无尽的生死轮回,即前世、今世、来世的循环。按:佛教修行,即意在彻悟,跳出生死轮回而得解脱、至涅槃,即成佛。
④ 恶魔:本是佛教概念,作者在此讨论恶魔的由来,是对佛经里"漫天恶魔"的一种理性解读。
⑤ 息肩:放下负担,休息。
⑥ 执著:(佛教语)指对某一事物坚持不放,不能超脱,这里借指财产和亲人的拖累。

炭，而铸其解脱之鼎①。彼以疲于生活之欲故，故其生活之欲，不能复起而为之幻影。此通常之人解脱之状态也。前者之解脱，如惜春、紫鹃，后者之解脱如宝玉。前者之解脱，超自然的也，神明的也；后者之解脱，自然的也，人类的也；前者之解脱，宗教的；后者美术的也。前者平和的也；后者悲感的也，壮美的也，故文学的也，诗歌的也，小说的也。此《红楼梦》之主人公所以非惜春、紫鹃，而为贾宝玉者也。

呜呼！宇宙一生活之欲而已！而此生活之欲之罪过，即以生活之苦痛罚之：此即宇宙之永远的正义也。自犯罪，自加罚，自忏悔，自解脱。美术之务，在描写人生之苦痛与其解脱之道，而使吾侪冯生②之徒，于此桎梏之世界中，离此生活之欲之争斗，而得其暂时之平和，此一切美术之目的也。夫欧洲近世之文学中，所以推格代之《法斯德》③为第一者，以其描写博士法斯德之苦痛，及其解脱之途径，最为精切故也。若《红楼梦》之写宝玉，又岂有以异于彼乎？彼于缠陷最深之中，而已伏解脱之种子：故听《寄生草》之曲，而悟立足之境；读《胠箧》④之篇，而作焚花散麝之想。所以未能者，则以黛玉尚在耳。至黛玉死而其志渐决。

然尚屡失于宝钗，几败于五儿，屡蹶屡振，而终获最后之胜利。读者观自九十八回以至百二十回之事实，其解脱之行程，精进⑤之历史，明了真切何如哉！且法斯德之苦痛，天才之苦痛；宝玉之苦痛，人人所有之苦痛也。其存于人之根柢者为独深，而其希救济也为尤切。作者一一掇拾而发挥之，我辈之读此书者，宜如何表满足感谢之意哉？而吾人于作者之姓名，尚有未确实之知识，岂徒吾侪寡学之羞，亦足以见二百余年来，吾人之祖先对此宇宙之大著述如何冷淡遇之也？谁使此大著述之作者不敢自署其名？此可知此书之精神大背于吾国人之性质，及吾人之沉溺于生活之欲而乏美术之知识有如此也。然则予之为此论，亦自知有罪也矣。

---

① 彼以生活为炉，苦痛为炭，而铸其解脱之鼎：这是套用贾谊《服鸟鸟赋》："且夫天地为炉兮，造化为工；阴阳为炭兮，万物为铜。"白行简《天地阴阳交欢大乐赋》："玄化初辟，洪炉耀奇，铄劲成雄，熔柔制雌。铸男女之两体，范阴阳之二仪。"熔炉铸鼎是对天地化生万物的一种传统比喻，丹道家还把女子叫作鼎炉。

② 冯生：依恃生命（冯：凭）。

③ 格代：通译"歌德"。《法斯德》：通译《浮士德》。

④ 《胠[qū]箧[qiè]》：《庄子》之一篇。

⑤ 精进：佛教术语，即修行之意。

《红楼梦》之美学上之价值①

王国维

    吾国人之精神,世间的②也,乐天的也,故代表其精神之戏曲、小说,无往而不著③此乐天之色彩:始于悲者终于欢,始于离者终于合,始于困者终于亨④。非是而欲餍⑤阅者之心,难矣。若《牡丹亭》之返魂⑥、《长生殿》之重圆⑦,其最著名之一例也。

    《西厢记》之以"惊梦"终也,未成之作也⑧,此书若成,吾乌知⑨其不为《续西厢》⑩之浅陋也?有《水浒传》矣,曷为⑪而又有《荡寇志》⑫?有《桃花扇》矣,曷为而又有《南桃花扇》⑬?有《红楼梦》矣,彼《红楼复梦》《补红楼梦》《续红楼梦》⑭者,曷为而作也?又曷为而有反对《红楼梦》之《儿女英雄传》⑮?故吾国之文学中,其具厌世解脱之精神者,仅有《桃花扇》与《红楼梦》耳。而《桃花扇》之解脱,非真解脱也。沧桑之变,目击之而身历之,不能自悟,而悟于张道士之一言;且以

---

① 本文选自《王国维全集》第一卷《静安文集·〈红楼梦〉评论》。本文要点:《红楼梦》之美学上之价值,在于其"彻头彻尾之悲剧也",而悲剧之价值,就如亚里士多德在《诗学》中所言,在于"心灵的净化"。故而,使人产生怜悯和恐惧而得以净化心灵,乃《红楼梦》之美学上之价值。

② 世间的:世俗的(相对于"宗教的")。

③ 著:显。

④ 亨:亨通、顺利。

⑤ 餍:满足。

⑥ 《牡丹亭》:[明]汤显祖撰,传奇(剧),取材于明话本《杜丽娘慕色还魂》,叙柳梦梅与杜丽娘故事,结局是杜丽娘还魂,与柳梦梅成婚。

⑦ 《长生殿》:[清]洪昇撰,传奇(剧),取材于白居易诗《长恨歌》,叙唐明皇与杨贵妃故事,结局是唐明皇和杨贵妃在月宫团圆。

⑧ 当时《西厢记》仅有四本,尚未考出最后第五本,故云"以'惊梦'(即第四本第四折'草桥惊梦')终"。

⑨ 乌知:何知。

⑩ 《续西厢》:[清]查继佐撰。

⑪ 曷为:何为。

⑫ 《荡寇志》:《水浒传》续书,[清]俞万春撰。

⑬ 《桃花扇》:传奇(剧),[清]孔尚任撰。《南桃花扇》:《桃花扇》改本,[清]顾彩撰。

⑭ 《红楼复梦》:[清]陈少海撰。《补红楼梦》:[清]嫏嬛山樵撰。《续红楼梦》:[清]秦子忱撰。

⑮ 《儿女英雄传》:[清]文康撰。

历数千里，冒不测之险，投缧绁①之中，所索之女子，才得一面，而以道士之言，一朝而舍之，自非三尺童子，其谁信之哉？故《桃花扇》之解脱，他律的②也；而《红楼梦》之解脱，自律的③也。且《桃花扇》之作者，但借侯李之事，以写故国之戚④，而非以描写人生为事。故《桃花扇》，政治的也，国民的也，历史的也；《红楼梦》，哲学的也，宇宙的也，文学的也。此《红楼梦》之所以大背⑤于吾国人之精神，而其价值亦即存乎此。彼《南桃花扇》《红楼复梦》等，正代表吾国人乐天之精神者也。

《红楼梦》一书，与一切喜剧相反，彻头彻尾之悲剧也。其大宗旨，如上章⑥所述，读者既知之矣。除主人公不计外，凡此书中之人有与生活之欲相关系者，无不与苦痛相终始。以视宝琴、岫烟、李纹、李绮等，若藐姑射神人⑦，敻⑧乎不可及矣，夫此数人者，曷尝无生活之欲，曷尝无苦痛？而书中既不及写其生活之欲，则其苦痛自不得而写之；足以见二者如骖之靳⑨，而永远的正义无往不逞其权力也。又吾国之文学，以挟乐天的精神故，故往往说诗歌的正义，善人必令其终，而恶人必离⑩其罚，此亦吾国戏曲、小说之特质也。《红楼梦》则不然：赵姨、凤姊⑪之死，非鬼神之罚，彼良心自己之苦痛也。若李纨⑫之受封，彼于《红楼梦》十四曲中固已明说之曰：

[晚韶华]镜里恩情，更那堪梦里功名！那韶华去之何迅。再休提绣帐鸳衾；只这戴珠冠，披凤袄，也抵不了无常性命。虽说是人生莫受老来贫，也须要阴骘积儿孙。气昂昂头戴簪缨，光灿灿胸悬金印，威赫赫爵禄高登，昏惨惨黄泉路近。问古来将相可还存？也只是虚名儿与后人钦敬。（第五回）

---

① 缧[léi]绁[xiè]：捆绑犯人的绳索。
② 他律的：受他人约束的。
③ 自律的：自我约束的。
④ 但：仅。侯李之事：侯方域、李香君之事。故国之戚：指对已亡之明朝的悲戚。
⑤ 背：背反。
⑥ 上章：即"《红楼梦》之精神"。
⑦ 藐姑射神人：语出《庄子·逍遥游》，说遥远的姑射山上住着一位神人，肌肤就像冰雪一样，容态就像处子一般，不吃五谷杂粮，只吸清风、饮甘露。他乘着云气，驾驭飞龙，遨游于四海之外。
⑧ 敻[xiòng]：远。
⑨ 如骖之靳：比喻紧紧附着在一起。语出《左传·定公九年》。周代的车制，在四匹马共拉的一辆车中，两旁的两匹马叫"骖"，中间的两匹马叫"服"，服的背上有一种环，叫作"靳"，骖的缰绳穿过服背上的靳而归拢到驾车人的手中。靳的作用是控制骖不要跑偏或跑得太快。
⑩ 离：通"罹"。
⑪ 赵姨、凤姊：赵姨娘、王熙凤。
⑫ 李纨：贾宝玉亡兄贾珠的遗孀。

此足以知其非诗歌的正义,而既有世界人生以上,无非永远的正义之所统辖也,故曰《红楼梦》一书,彻头彻尾的悲剧也。

由叔本华①之说,悲剧之中又有三种之别:第一种之悲剧,由极恶之人,极其所有之能力以交构②之者。第二种,由于盲目的运命者。第三种之悲剧,由于剧中之人物之位置及关系而不得不然者;非必有蛇蝎之性质与意外之变故也,但由普通之人物、普通之境遇,逼之不得不如是;彼等明知其害,交施之而交受之,各加以力而各不任其咎。此种悲剧,其感人贤于③前二者远甚。何则?彼示人生最大之不幸,非例外之事,而人生之所固有故也。若前二种之悲剧,吾人对蛇蝎之人物与盲目之命运,未尝不悚然战栗;然以其罕见之故,犹幸吾生之可以免,而不必求息肩之地④也。

但在第三种,则见此非常之势力,足以破坏人生之福祉者,无时而不可坠于吾前;且此等惨酷之行,不但时时可受诸己,而或可以加诸人;躬丁⑤其酷,而无不平之可鸣,此可谓天下之至惨也。若《红楼梦》,则正第三种之悲剧也。兹就宝玉、黛玉之事言之。贾母爱宝钗之婉嬺⑥,而惩⑦黛玉之孤僻,又信金玉之邪说,而思压宝玉之病;王夫人固亲于薛氏;凤姐以持家之故,忌黛玉之才而虞⑧其不便于己也;袭人惩尤二姐、香菱之事,闻黛玉"不是东风压倒西风,就是西风压倒东风"之语(第八十一回),惧祸之及,而自同于凤姐,亦自然之势也。宝玉之于黛玉,信誓旦旦,而不能言之于最爱之祖母,则普通之道德使然,况黛玉一女子哉!由此种种原因,而金玉以之合,木石以之离,又岂有蛇蝎之人物、非常之变故行于其间哉?不过通常之道德、通常之人情、通常之境遇为之而已。由此观之,《红楼梦》者,可谓悲剧中之悲剧也。

由此之故,此书中壮美之部分,较多于优美之部分,而眩惑之原质⑨,殆⑩绝焉。作者于开卷即申明之曰:

---

① 叔本华,19世纪德国哲学家,唯意志主义创始人。
② 交构:播弄是非。
③ 贤于:胜于。
④ 息肩之地:字面义为挑担休息处,喻喘息之机。
⑤ 躬丁:亲历。
⑥ 婉嬺[yì]:温柔娴雅。
⑦ 惩:苦于。
⑧ 虞:忧虑。
⑨ 眩惑:眩晕、困惑。原质:本质。
⑩ 殆:大概、几乎。

更有一种风月笔墨，其淫秽污臭、屠毒①笔墨、坏人子弟，又不可胜数。至若佳人才子等书，则又千部共出一套，且其中终不能不涉于淫滥②，以致满纸潘安、子建、西子、文君③，不过作者要写出自己的那两首情诗艳赋来，故假拟出男女二人名姓，又必旁出一小人其间拨乱，亦如剧中之小丑然。

（此又上节所言之一证）

兹举其最壮美者之一例，即宝玉与黛玉最后之相见一节曰：

那黛玉听着傻大姐说宝玉娶宝钗的话，此时心里竟是油儿、酱儿、糖儿、醋儿倒在一处的一般，甜苦酸咸，竟说不上什么味儿来了……自己转身，要回潇湘馆去，那身子竟有千百斤重的，两只脚却像踏着棉花一般，早已软了。只得一步一步，慢慢的走将下来。走了半天，还没到沁芳桥畔，脚下愈加软了。走的慢，且又迷迷痴痴，信着脚从那边绕过来，更添了两箭地路。这时刚到沁芳桥畔，却又不知不觉的顺着堤往回里走起来。紫鹃取了绢子来，却不见黛玉，正在那里看时，只见黛玉颜色雪白，身子恍恍荡荡的，眼睛也直直的，在那里东转西转……只得赶过来轻轻地问道："姑娘怎么又回去？是要往哪里去？"黛玉也只模糊听见，随口答道："我问问宝玉去。"……紫鹃只得搀他进去。那黛玉却又奇怪了，这时不似先前那样软了，也不用紫鹃打帘子，自己掀起帘子进来。……见宝玉在那里坐着，也不起来让座，只瞧着嘻嘻的呆笑，黛玉自己坐下，却也瞧着宝玉笑。两个也不问好，也不说话，也不推让，只管对着脸呆笑起来。忽然听着黛玉说道："宝玉，你为什么病了？"宝玉笑道："我为林姑娘病了。"袭人、紫鹃两个，吓得面目改色，连忙用言语来岔。两个却又不答言，仍旧呆笑起来……紫鹃搀起黛玉，那黛玉也就站起来，瞧着宝玉，只管笑，只管点头儿。紫鹃又催道："姑娘回家去歇歇罢！"黛玉道："可不是，我这就是回去的时候儿了！"说着，便回身笑着出来了，仍旧不用丫头们搀扶，自己却走得比往常飞快。（第九十六回）

---

① 屠毒：同"荼毒"。
② 淫滥：淫乱。
③ 潘安，即潘岳，西晋美男子。西子：西施。子建，即曹植，字子建，三国时曹操之子，因作《洛神赋》，后世以其名代指风流才子。文君，即卓文君，西汉才女，所谓"四大才女"之一。

如此之文,此书中随处有之,其动吾人之感情何如?凡稍有审美的嗜好者,无人不经验之也。

《红楼梦》之为悲剧也,如此。昔雅里大德勒①于《诗论》②中,谓悲剧者所以感发人之情绪而高上③之,殊如④恐惧与悲悯之二者,为悲剧中固有之物,由此感发,而人之精神于焉洗涤⑤。故其目的,伦理学上之目的也。叔本华置诗歌于美术之顶点,又置悲剧于诗歌之顶点;而于悲剧之中,又特重第三种,以其示人生之真相,又示解脱之不可已故⑥。故美学上最终之目的,与伦理学上最终之目的合。由是,《红楼梦》之美学上之价值,亦与其伦理学上之价值相联络也。

---

① 雅里大德勒:亚里士多德。
② 《诗论》:今译《诗学》。西方古典传统中所谓的诗学,基本相当于我们今天所谓的文艺理论,而不是仅限于对诗歌的研究。文艺评论的概念在西方是相当后起的。
③ 高上:高尚。
④ 殊如:特别是。
⑤ 洗涤:katharsis,通译"净化"。亚里士多德的悲剧"净化说",即认为:悲剧使人产生怜悯和恐惧的心情并让压抑的心情得到疏通,最终使人心情恢复平静,达到心灵的净化。
⑥ 不可已故:不可能之故。

《红楼梦》之伦理学上之价值①

王国维

　　《红楼梦》者,悲剧中之悲剧也。其美学上之价值,即存乎此。然使无伦理学上之价值以继之,则其于美术上之价值,尚未可知也。今使为宝玉者,于黛玉既死之后,或感愤而自杀,或放废②以终其身,则虽谓此书一无价值可也。何则?欲达解脱之域者,固不可不尝人世之忧患;然所贵乎忧患者,以其为解脱之手段故,非重忧患自身之价值也。今使人日日居忧患、言忧患,而无希求解脱之勇气,则天国与地狱,彼两失之,其所领之境界,除阴云蔽天,沮洳③弥望④外,固无所获焉。黄仲则⑤《绮怀》诗曰:

　　　　如此星辰非昨夜,为谁风露立中宵。

　　又其卒章曰:

　　　　结束铅华归少作,屏除丝竹入中年;
　　　　茫茫来日愁如海,寄语羲和快着鞭⑥。

---

① 本文选自《王国维全集》第一卷《静安文集·〈红楼梦〉评论》。本文要点:《红楼梦》之伦理学上之价值,基于《红楼梦》之美学上之价值——净化心灵,求得解脱。然而"解脱之足以为伦理学上最高之理想与否,实存于解脱之可能与否"。具有伦理学上之价值之作品,如《浮士德》,如《红楼梦》,正是解脱之理想之表达,而此种表达,就如叔本华所言:"故其先天中所已知者,得唤起而入于明晰之意识,而后表出之事,乃可得而能也。"
② 放废:自暴自弃。
③ 沮洳:低湿之地。
④ 弥望:满眼。
⑤ 黄仲则,即黄景仁,字仲则,宋代诗人黄庭坚后裔,清代诗人。
⑥ 寄语羲和快着鞭:希望时间赶紧走完。羲和,传说中驾驭太阳车的人。

其一例也。《红楼梦》则不然，其精神之存于解脱，如前二章所说，兹固不俟①喋喋也。

然则解脱者，果足为伦理学上最高之理想否乎？自通常之道德观之，夫人知其不可也。夫宝玉者，固世俗所谓绝父子、弃人伦、不忠不孝之罪人也。然自太虚中有今日之世界，自世界中有今日之人类，乃不得不有普通之道德，以为人类之法则，顺之者安，逆之者危；顺之者存，逆之者亡。于今日之人类中，吾固不能不认普通之道德之价值也。然所以有世界人生者，果有合理的根据欤？抑出于盲目的动作，而别无意义存乎其间欤？使世界人生之存在，而有合理的根据，则人生中所有普通之道德，谓之绝对的道德可也。然吾人从各方面观之，则世界人生之所以存在，实由吾人类之祖先一时之误谬②。

诗人之所悲歌、哲学者之所冥想，与夫古代诸国民之传说，若出一揆③。若第二章所引《红楼梦》第一回之神话的解释，亦于无意识中暗示此理，较之《创世记》④所述人类犯罪之历史，尤为有味者也。夫人之有生，既为鼻祖之误谬矣，则夫吾人之同胞，凡为此鼻祖之子孙者，苟有一人焉，未入解脱之域，则鼻祖之罪终无时而赎，而一时之误谬，反复至数千万年而未有已也。则夫绝弃人伦如宝玉其人者，自普通之道德言之，固无所辞其不忠不孝之罪，若开天眼而观之，则彼固可谓干父之蛊⑤者也。知祖父之误谬，而不忍反复之以重其罪，顾得谓之不孝哉？然则宝玉"一子出家，七祖升天"之说，诚有见乎所谓孝者在此不在彼，非徒自辩护而已。

然则举世界之人类，而尽入于解脱之域，则所谓宇宙者，不诚无物也欤？然有无之说，盖难言之矣。夫以人生之无常，而知识之不可恃，安知吾人之所谓"有"，非所谓真有者乎？则自其反而言之，又安知吾人之所谓"无"，非所谓真无者乎？即真无矣，而使吾人自空乏与满足、希望与恐怖之中出，而获永远息肩之所，不犹愈于世之所谓有者乎？然则吾入之畏无也，与小儿之畏暗黑何以异？自己解脱者观之，安知解脱之后，山川之美、日月之华，不有过于今日之世界者乎？读《飞鸟各投林》之曲⑥，所谓"一片白茫茫大地真干净"者，有欤无欤，吾人且勿

---

① 俟[sì]：等待。

② 指亚当与夏娃的"原罪"，即男女之欲。

③ 一揆：一样。

④ 《创世记》：《圣经》首部。

⑤ 干父之蛊：子承父志。语出《周易·蛊》："初六，干父之蛊，有子考无咎，厉终吉。"

⑥ 《飞鸟各投林》之曲：《红楼梦》第五回警幻仙子让宝玉听的十二支《红楼梦曲》的最后一支："为官的，家业凋零；富贵的，金银散尽；有恩的，死里逃生；无情的，分明报应；欠命的，命已还；欠泪的，泪已尽。冤冤相报自非轻，分离聚合皆前定。欲知命短问前生，老来富贵也真侥幸。看破的，遁入空门；痴迷的，枉送了性命。——好一似食尽鸟投林，落了片白茫茫大地真干净！"

问,但立乎今日之人生而观之,彼诚有味乎其言之也。

难者①又曰:人苟无生,则宇宙间最可宝贵之美术,不亦废欤?曰:美术之价值,对现在之世界人生而起者,非有绝对的价值也。其材料取诸人生,其理想亦视人生之缺陷逼仄,而趋于其反对之方面。如此之美术,唯于如此之世界、如此之人生中,始有价值耳。今设有人焉,自无始②以来,无生死,无苦乐,无人世之罣碍③,而唯有永远之知识,则吾人所宝为无上之美术,自彼视之,不过蛙鸣蝉噪而已。何则?美术上之理想,固彼之所自有,而其材料,又彼之所未尝经验故也。又设有人焉,备尝人世之苦痛,而已入于解脱之域,则美术之于彼也亦无价值。何则?美术之价值,存于使人离生活之欲,而入于纯粹之知识,彼既无生活之欲矣,而复进之以美术,是犹馈壮夫以药石④,多见其不知量而已矣。然而超今日之世界人生以外者,于美术之存亡,固自可不必问也。

夫然,故世界之大宗教,如印度之婆罗门教及佛教、希伯来之基督教,皆以解脱为唯一之宗旨。哲学家,如古代希腊之柏拉图、近世德意志之叔本华,其最高之理想,亦存于解脱。殊如叔本华之说,由其深邃之知识论,伟大之形而上学出,一扫宗教之神话的面具,而易以名学⑤之论法;其真挚之感情与巧妙之文字,又足以济之:故其说精密确实,非如古代之宗教及哲学说,徒属想象而已。然事不厌其求详,姑以生平所疑者商榷焉:夫由叔氏之哲学说,则一切人类及万物之根本,一也。故充叔氏拒绝意志之说,非一切人类及万物,各拒绝其生活之意志,则一人之意志,亦不可得而拒绝。

何则?生活之意志之存于我者,不过其一最小部分,而其大部分之存于一切人类及万物者,皆与我之意志同。而此物我之差别,仅由于吾人知力之形式,故离此知力之形式,而反其根本而观之,则一切人类及万物之意志,皆我之意志也。然则拒绝吾一人之意志,而姝姝⑥自悦曰解脱,是何异决堤之水,而注之沟壑,而曰天下皆得平土而居之哉!佛之言曰:"若不尽度众生,誓不成佛。"其言犹若有能之而不欲之意。然自吾人观之,此岂徒能之而不欲哉?将毋欲之而不能也。故如叔本华之言一人之解脱,而未言世界之解脱,实与其意志同一之说,不能两

---

① 难者:责难者。
② 无始:太初。
③ 罣[guà]碍:牵挂。
④ 馈壮夫以药石:给没病的人吃药。
⑤ 名学:逻辑学。
⑥ 姝姝:自满的样子。

立者也。叔氏于无意识中亦触此疑问,故于其《意志及观念之世界》①之第四编之末,力护其说曰:

> 人之意志,于男女之欲,其发现也为最著著,故完全之贞操,乃拒绝意志,即解脱之第一步也。夫自然中之法则,固自最确实者。使人人而行此格言,则人类之灭绝,自可立而待。至人类以降之动物,其解脱与坠落,亦当视人类以为准,《吠陀》②之经典曰:"一切众生之待圣人,如饥儿之待慈父母也。"基督教中亦有此思想。珊列休斯③于其《人持一切物归于上帝》之小诗中曰:"嗟汝万物灵,有生皆爱汝。总总环汝旁,如儿索母乳。携之适天国,惟汝力是怙!"德意志之神秘学者马斯太哀克赫德④亦云:"《约翰福音》云,余之离世界也,将引万物而与我俱。基督岂欺我哉? 夫善人,固将持万物而归之于上帝,即其所从出之本者也。今夫一切生物,皆为人而造,又各自相为用,牛羊之于水草,鱼之于水,鸟之于空气,野兽之于林莽,皆是也。一切生物皆上帝所造,以供善人之用,而善人携之以归上帝。"彼意盖谓人之所以有用动物之权利者,实以能救济之故也。
>
> 于佛教之经典中,亦说明此真理。方佛⑤之尚为菩提萨埵⑥也,自王宫逸出而入深林时,彼策其马而歌曰:"汝久疲于生死兮,今将息此任载。负余躬以退举兮,继今日而无再。苟彼岸其余达兮,余将徘徊以汝待!"(《佛国记》⑦)此之谓也。(英译《意志及观念之世界》第一册第四百九十二页)

然叔氏之说,徒引据经典,非有理论的根据也。试问释迦示寂⑧以后,基督尸⑨十字架以来,人类及万物之欲生奚若⑩? 其痛苦又奚若? 吾知其不异于昔也。然则所谓持万物而归之上帝者,其尚有所待欤? 抑徒沾沾自喜之说,而不能

---

① 《意志及观念之世界》:叔本华的代表作,通译《作为意志和表象的世界》,是王国维哲学、美学最大的思想渊薮。
② 《吠陀》:古代印度婆罗门教的文献集。
③ 珊列休斯:通译"安琪陆斯·西勒治乌斯"。
④ 马斯太哀克赫德:通译"迈斯特尔·埃克哈特"。
⑤ 佛:佛祖,即释迦牟尼。
⑥ 菩提萨埵,梵文(拉丁拼音)bodhisattva 的音译,简称"菩萨",意为"圣人"。
⑦ 《佛国记》:晋人法显从长安出发游历天竺,归来之后所著。
⑧ 示寂:显示涅槃之相。
⑨ 尸:陈尸。
⑩ 奚若:何如。

见诸实事者欤？果如后说，则释迦、基督自身之解脱与否，亦尚在不可知之数也。往者作一律①曰：

> 生平颇忆挈卢敖②，东过蓬莱浴海涛。
>
> 何处云中闻犬吠③，至今湖畔尚乌号。
>
> 人间地狱真无间④，死后泥洹⑤枉自豪。
>
> 终古众生无度日，世尊只合老尘嚣。

何则？小宇宙之解脱，视大宇宙之解脱以为准故也。赫尔德曼人类涅槃之说⑥，所以起而补叔氏之缺点者以此。要之，解脱之足以为伦理学上最高之理想与否，实存于解脱之可能与否。若失普通之论难，则固如楚楚蜉蝣，不足以撼十围之大树也。

今使解脱之事，终不可能，然一切伦理学上之理想，果皆可能也欤？今夫与此无生主义⑦相反者，生生主义⑧也。夫世界有限，而生人无穷；以无穷之人，生有限之世界，必有不得遂其生者矣。世界之内，有一人不得遂其生者，固生生主义之理想之所不许也。故由生生主义之理想，则欲使世界生活之量，达于极大限，则人人生活之度，不得不达于极小限。盖度与量二者，实为一精密之反比例，所谓最大多数之最大福祉者，亦仅归于伦理学者之梦想而已。夫以极大之生活量，而居于极小之生活度，则生活之意志之拒绝也奚若？此生生主义与无生主义相同之点也。苟无此理想，则世界之内，弱之肉，强之食，一任诸天然之法则耳，奚以伦理为哉？然世人日言生生主义，而此理想之达于何时，则尚在不可知之数。要之，理想者可近而不可即，亦终古不过一理想而已矣。人知无生主义之理想之不可能，而自忘其主义之理想之何若，此则大不可解脱者也。

夫如是，则《红楼梦》之以解脱为理想者，果可菲薄也欤？夫以人生忧患之如

---

① 往者作一律：即王国维 1930 年之作，题为《平生》。

② 卢敖：古代方士，曾被秦始皇派去求仙，一去不回，秦始皇大怒。正是这个契机，才有了后来所谓"坑儒"之事（实际被坑杀的是方士而非儒生）。诗词里常以卢敖代指仙人。

③ 云中闻犬吠：引用淮南王刘安鸡犬升天的典故。

④ 人间地狱真无间：人间和地狱其实是同一个地方，或者说人间就是地狱。

⑤ 泥洹：即涅槃，跳出轮回、脱离苦海后的境界。

⑥ 赫尔德曼人类涅槃之说：赫尔德曼，通译"哈特曼"，19 世纪德国哲学家。王国维认为哈特曼提出的人类涅槃之说优于传统的个体涅槃之说，正可以弥补叔本华理论上的缺陷。

⑦ 无生主义：基于佛教"一切众生于无生中"之说，即认为世间本无生命，我们所见生命是假象。

⑧ 生生主义：基于儒家"生生不息"之说，即认为世间本有生命，且无穷无尽。

彼,而劳苦之如此,苟有血气者,未有不渴慕救济者也。不求之于实行,犹将求之于美术,独《红楼梦》者,同时与吾人以二者之救济。人而自绝于救济则已耳,不然,则对此宇宙之大著述,宜如何企踵①而欢迎之也!

自我朝考证之学盛行,而读小说者,亦以考证之眼读之,于是评《红楼梦》者,纷然索此书之主人公之为谁,此又甚不可解者也。夫美术之所写者,非个人之性质,而人类全体之性质也。唯美术之特质,贵具体而不贵抽象,于是举人类全体之性质,置诸个人之名字之下。譬诸"副墨之子""洛诵之孙"②,亦随吾人之所好名之而已。善于观物者,能就个人之事实而发现人类全体之性质;今对人类之全体,而必规规③焉求个人以实之,人之知力相越④,岂不远哉!故《红楼梦》之主人公,谓之贾宝玉可,谓之"子虚""乌有"先生可,即谓之纳兰容若⑤,谓之曹雪芹,亦无不可也。

综观评此书者之说,约有二种:一谓述他人之事,一谓作者自写其生平也。第一说中,大抵以贾宝玉为即纳兰性德,其说要无所本。案性德《饮水诗集·别意》六首之三曰:

> 独拥余香冷不胜,残更数尽思腾腾。
>
> 今宵便有随风梦,知在红楼第几层?

又《饮水词》中《于中好》一阕云:

> 别绪如丝睡不成,那堪孤枕梦边城。
>
> 因听紫塞三更雨,却忆红楼半夜灯。⑥

---

① 企踵:踮起脚跟。
② 副墨之子、洛诵之孙:都是《庄子》虚构的人名。《庄子·大宗师》女偊向南伯子葵论道,南伯子葵问他是从哪里学来的,女偊煞有介事地说了一个很复杂、很真实的传承谱系,其实那些名字全是《庄子》虚构的:"南伯子葵曰:'子独恶乎闻之?'曰:'闻诸副墨之子,副墨之子闻诸洛诵之孙,洛诵之孙闻之瞻明,瞻明之聂许,聂许闻之需役,需役闻之于讴,于讴闻之玄冥,玄冥闻之参寥,参寥闻之疑始。'"
③ 规规:拘谨。
④ 相越:相差。
⑤ 纳兰容若,即纳兰性德,字容若,满人,清代贵族,大学士明珠之子,有文才,康熙时曾任一等侍卫,多次随康熙出巡。后乾隆帝读《红楼梦》说:"此盖为明珠家事作也。"故有人称贾宝玉实为纳兰容若。
⑥ 纳兰容若《于中好》:"别绪如丝睡不成,那堪孤枕梦边城。因听紫塞三更雨,却忆红楼半夜灯。书郑重,恨分明。天将愁味酿多情。起来呵手封题处,偏到鸳鸯两字冰。"

又《减字木兰花》一阕咏新月云：

> 莫教星替，守取团圆终必遂。
> 此夜红楼，天上人间一样愁。①

"红楼"之字凡三见，而云"梦红楼"者一。又其亡妇忌日作《金缕曲》一阕，其首三句云：

> 此恨何时已！滴空阶寒更雨歇，葬花天气。②

"葬花"二字，始出于此。然则《饮水集》与《红楼梦》之间，稍有文字之关系，世人以宝玉为即纳兰侍卫者，殆由于此。然诗人与小说家之用语，其偶合者固不少。苟执此例以求《红楼梦》之主人公，吾恐其可以傅合③者，断不止容若一人而已。若夫作者之姓名（遍考各书，未见曹雪芹何名④。）与作书之年月，其为读此书者所当知，似更比主人公之姓名为尤要，顾⑤无一人为之考证者，此则大不可解者也。

至谓《红楼梦》一书，为作者自道其生平者。其说本于此书第一回"竟不如我亲见亲闻的几个女子"一语。信如此说，则唐旦之《天国喜剧》⑥，可谓无独有偶者矣。然所谓亲见亲闻者，亦可自旁观者之口言之，未必躬为剧中之人物。如谓书中种种境界，种种人物，非局中人不能道，则是《水浒传》之作者必为大盗，《三国演义》之作者必为兵家，此又大不然之说也。且此问题，实为美术之渊源之问题相关系。如谓美术上之事，非局中人不能道，则其渊源必全存于经验而后可。夫美术之源，出于先天，抑由于经验，此西洋美学上至大之问题也。叔本华之论此问题也，最为透辟。兹援其说，以结此论。其言（此论本为绘画及雕刻发，然可通之

---

① 纳兰容若《减字木兰花·新月》："晚妆欲罢，更把纤眉临镜画。准待分明，和烟和雨两不胜。莫教星替，守取团圆终必遂。此夜红楼，天上人间一样愁。"
② 纳兰容若《金缕曲·亡妇忌日有感》："此恨何时已！滴空阶、寒更雨歇，葬花天气。三载悠悠魂梦杳，是梦久应醒矣。料也觉、人间无味。不及夜台尘土隔，冷清清、一片愁惊地。钿钗约，竟抛弃。　重泉若有双鱼寄。好知他年来苦乐，与谁相倚。我自中宵成转侧，忍听湘弦重理。待结个、他生知己。还怕两人俱薄命，再缘悭、剩月零风里。清泪尽，纸灰起。"
③ 傅合：附会。
④ 当时尚未考出曹雪芹名沾，字梦阮，号雪芹。
⑤ 顾：但看、但是。
⑥ 唐旦：通译"但丁"，14世纪意大利大诗人。《天国喜剧》：通译《神曲》。

于诗歌、小说)曰：

　　人类之美之产于自然中者，必由下文解释之：即意志于其客观化之最高级(人类)中，由自己之力与种种之情况，而打胜下级(自然力)之抵抗，以占领其物质。且意志之发现于高等之阶级也，其形式必复杂：即以一树言之，乃无数之细胞，合而成一系统者也。其阶级愈高，其结合愈复。人类之身体，乃最复杂之系统也：各部分各有一特别之生活；其对全体也，则为隶属；其互相对也，则为同僚；互相调和，以为其全体之说明；不能增也，不能减也。能如此者，则谓之美。此自然中不得多见者也。顾美之于自然中如此，于美术中则何如？或有以美术家为模仿自然者。然彼苟无美之预想存于经验之前，则安从取自然中完全之物而模仿之，又以之与不完全者相区别哉？且自然亦安得时时生一人焉，于其各部分皆完全无缺哉？或又谓美术家必先于人之肢体中，观美丽之各部分，而由之以构成美丽之全体。此又大愚不灵之说也。即令如此，彼又何自知美丽之在此部分而非彼部分哉？故美之知识，断非自经验的得之，即非后天的而常为先天的；即不然，亦必其一部分常为先天的也。

　　吾人于观人类之美后，始认其美；但在真正之美术家，其认识之也，极其明速之度，而其表出之也，胜乎自然之为。此由吾人之自身即意志，而于此所判断及发现者，乃意志于最高级之完全之客观化也。唯如是，吾人斯得有美之预想。而在真正之天才，于美之预想外，更伴以非常之巧力。彼于特别之物中，认全体之理念，遂解自然之嗫嚅之言语而代言之，即以自然所百计而不能产出之美，现之于绘画及雕刻中，而若语自然曰："此即汝之所欲言而不得者也。"苟有判断之能力者，心将应之曰："是。"唯如是，故希腊之天才，能发现人类之美之形式，而永为万世雕刻家之模范。唯如是，故吾人对自然于特别之境遇中所偶然成功者，而得认其美。此美之预想，乃自先天中所知者，即理想的也，比其现于美术也，则为实际的。何则？此与后天中所与之自然物相合故也。如此，美术家先天中有美之预想，而批评家于后天中认识之，此由美术家及批评家，乃自然之自身之一部，而意志于此客观化者也。哀姆攀独克尔①曰："同者唯同者知之。"故唯自然能知自然，唯自然能言自

---

① 哀姆攀独克尔：通译"恩培多克勒"，古希腊哲学家。

然，则美术家有自然之美之预想，固自不足怪也。

芝诺芬[1]述苏格拉底之言曰："希腊人之发现人类之美之理想也，由于经验。即集合种种美丽之部分，而于此发见一膝，于彼发见一臂。"此大谬之说也。不幸而此说又蔓延于诗歌中。即以狄斯丕尔[2]言之，谓其戏剧中所描写之种种之人物，乃其一生之经验中所观察者，而极其全力以模写之者也。然诗人由人性之预想而作戏曲小说，与美术家之由美之预想而作绘画及雕刻无以异，唯两者于其创造之途中，必须有经验以为之补助。夫然，故其先天中所已知者，得唤起而入于明晰之意识，而后表出之事，乃可得而能也。（叔氏《意志及观念之世界》第一册第二百八十五页至二百八十九页）

由此观之，则谓《红楼梦》中所有种种之人物、种种之境遇，必本于作者之经验，则雕刻与绘画家之写人之美也，必此取一膝、彼取一臂而后可。其是与非，不待知者而决矣。读者苟玩前数章之说，而知《红楼梦》之精神，与其美学、伦理学上之价值，则此种议论，自可不生。苟知美术之大有造于[3]人生，而《红楼梦》自足为我国美术上之唯一大著述，则其作者之姓名与其著书之年月，固当为唯一考证之题目。而我国人之所聚讼[4]者，乃不在此而在彼；此足以见吾国人之对此书之兴味之所在，自在彼而不在此也。故为破其惑如此[5]。

---

① 芝诺芬：通译"色诺芬"，古希腊史学家，苏格拉底弟子。
② 狄斯丕尔：通译"莎士比亚"。
③ 有造于：有利于。
④ 聚讼：相互争论。
⑤ 破其惑：破解其迷惑。如此：如此文。

《石头记》索隐①

蔡元培②

  《石头记》者,清康熙朝政治小说也。作者持民族主义甚挚③。书中本事④,在吊明之亡,揭清之失,而尤于汉族名士仕清者⑤,寓痛惜之意。当时既虑触文网⑥,又欲别开生面,特于本事以上,加以数层障幂⑦,使读者有"横看成岭侧成峰"之状况。最表面一层,谈家政而斥风怀,尊妇德而薄文艺⑧。其写宝钗也,几为完人,而写黛玉、妙玉,则乖痴不近人情,是学究所喜也,故有王雪香⑨评本。进一层,则纯乎言情之作,为文士所喜,故普通评本,多着眼于此点。再进一层,则言情之中,善用曲笔。如宝玉中觉,在秦氏房中布种种疑阵⑩;宝钗金锁为笼络宝玉⑪之作用,而终未道破。又于书中主要人物,设种种影子以畅写之,如晴雯、小红等均为黛玉影子,袭人为宝钗影子是也。此等曲笔,惟太平闲人评本⑫能尽揭之。太平闲人评本之缺点,在误以前人读《西游记》之眼光读此书,乃以

---

① 本文选自《蔡元培全集》第三卷,题目系原书所有。本文要点:《石头记》(即《红楼梦》)是一部政治小说,书中所写男女,均影射清初政坛或文坛人物,如贾宝玉,影射康熙朝被废太子胤礽;巧姐,也似影射胤礽;林黛玉,影射康熙朝名臣、大诗人朱彝尊;薛宝钗,影射康熙时名臣、大学者高士奇;贾探春,影射康熙朝名臣、大文人徐乾学;王熙凤,影射康熙朝大奸臣、被称为"余秦桧"的余国柱;史湘云,影射康熙朝翰林院检讨、大词人陈维崧;妙玉,影射康熙朝以布衣荐入明史馆任纂修官的姜宸英;贾惜春,影射康熙朝以布衣入朝为官的文人严绳孙;薛宝琴,影射康熙时一生未仕而颇有名气的文人冒辟疆;刘姥姥,影射康熙朝内阁大臣、理学家汤斌,等等,而该书要旨,乃"吊明之亡,揭清之失"。
② 蔡元培,字鹤卿、孑民,现代政治家、教育家,曾任中华民国教育总长、北京大学校长等职,重要著述有《中国伦理学史》《中国新文学大系导论集》等。
③ 民族主义:指反清的汉民族主义。挚:真挚。
④ 本事:主要情节。
⑤ 仕清者:在清朝做官的人。
⑥ 虑:忧虑。触:触犯。文网:亦作"文罔",朝廷的文字禁令。
⑦ 障幂[mì]:遮蔽(幂:罩)。
⑧ 家政:家事。风怀:男女风情。妇德:为妇之德,即三从四德。文艺:能文多艺。
⑨ 王雪香,即王希廉,字雪香,号洞庭护花主人,与张新之、姚燮合称"清代《红楼梦》三大点评家"。
⑩ 中觉[jiào]:午觉。在秦氏房中布种种疑阵:见第五回"贾宝玉神游太虚境 警幻仙曲演红楼梦"。
⑪ 宝钗金锁为笼络宝玉:见第八回"贾宝玉奇缘识金锁 薛宝钗巧合认通灵"。
⑫ 太平闲人评本:即张新之(号太平闲人)《〈石头记〉读法》。

《大学》《中庸》"明明德"等为作者本意所在,遂有种种可笑之附会,如以吃饭为诚意之类;而于阐证本事一方面,遂不免未达一间①矣。阐证本事,以《郎潜纪闻》所述徐柳泉②之说为最合,所谓"宝钗影高澹人,妙玉影姜西溟"③是也。近人《乘光舍笔记》谓"书中女人皆指汉人,男人皆指满人,以宝玉曾云男人是土做的,女人是水做的也",尤与鄙见④相合。左⑤之札记,专以阐证本事,于所不知则阙⑥之。

书中"红"字,多影"朱"字。朱者,明也,汉也⑦。宝玉有爱红之癖,言以满人而爱汉族文化也;好吃人口上胭脂,言拾汉人唾余也。清制,满人不得为状元,防其同化于汉。《东华录》⑧:"顺治十八年六月,谕吏部世祖遗诏云:'纪纲法度,渐习汉俗,于醇朴旧制,日有更张。'"又云:"康熙十五年十月,议政王大臣等议准礼部奏:'朝廷定鼎以来,虽文武并用,然八旗子弟,尤以武备为急,恐⑨专心习文,以致武备废弛。见今已将每佐领下子弟一名,准在监肄业,亦自足用。除见在生员、举人、进士录用外,嗣后请将旗下子弟考试生员、举人、进士,暂令停止。'从之。"是知当时清帝虽躬修文学,且创开博学宏词科⑩,实专以笼络汉人,初不愿满人渐染汉俗。其后,雍乾诸朝亦时时申诫之。故第十九回"袭人劝宝玉道:'再不许吃人嘴上擦的胭脂了,与那爱红的毛病儿。'"又"黛玉见宝玉腮上血渍,询知为淘澄胭脂膏子所溅,谓为带出幌子,吹到舅舅耳里,使大家不干净惹气"。皆此意。宝玉在大观园中所居曰"怡红院",即爱红之义。所谓"曹雪芹于悼红轩中增删本书"⑪,则吊明之义也,本书有《红楼梦曲》以此。书中叙事托为石头所记,故名《石头记》,其实因金陵亦曰石头城而名之。余国柱(即书中之王熙凤)被参⑫,以

---

① 未达一间:还差一点。
② 《郎潜纪闻》:笔记杂著,[清]陈康祺撰。徐柳泉,即徐时栋,号柳泉,清代文人、藏书家。
③ 影:影射。高澹人,即高士奇,字澹人,清康熙时名臣。姜西溟,即姜宸英,字西溟,清康熙时文人,多才多艺,其书法与笪重光、汪士鋐、何焯合称"康熙四家"。
④ 鄙见:(谦语)自称,鄙人之见。
⑤ 左:同今"以下"(旧时竖写,从右至左,故左即后)。
⑥ 阙[què]:同"缺"。
⑦ 朱者,明也,汉也:明朝皇帝姓朱,为汉人所建朝代。
⑧ 《东华录》:[清]蒋良骐纂修之史料。
⑨ 恐:恐怕。
⑩ 博学宏词科:简称词科,科举考试制科之一种,重在考拔能文之士。
⑪ 所谓曹雪芹于悼红轩中增删本书:见第一回"甄士隐梦幻识通灵 贾雨村风尘怀闺秀":"……从此空空道人因空见色,由色生情,传情入色,自色悟空,遂易名为情僧,改《石头记》为《情僧录》。东鲁孔梅溪则题曰《风月宝鉴》。后因曹雪芹于悼红轩中披阅十载,增删五次,纂成目录,分出章回,则题曰《金陵十二钗》。"
⑫ 余国柱,清朝廷臣,清康熙二十六年升为武英殿大学士,时人称其为"余秦桧"。后左金都御使郭琇向清圣祖(即康熙)参劾其贪赃行为,被革职。

其在江宁置产营利,与协理宁国府①历劫返金陵等同意②也。又曰《情僧录》及《风月宝鉴》者,或就表面命名,或以"情"字影"清"字,又以古人有"清风明月"语,以"风月"影"明清",亦未可知也。

《石头记》叙事,自明亡始。第一回所云"这一日三月十五日,葫芦庙起火,烧了一夜,甄氏烧成瓦砾场"。即指甲申三月间明愍帝③殉国,北京失守之事也。士隐注解《好了歌》,备述沧海桑田之变态,亡国之痛,昭然若揭,而士隐所随之道人,跛足、麻履鹑衣,或即影愍帝自缢时之状。甄士本影政事,甄士隐随跛足道人而去,言明之政事随愍帝之死而消灭也。

甄士隐即"真事隐",贾雨村即"假语存",尽人皆知。然作者深信正统之说,而斥清室为伪统④,所谓贾府,即伪朝⑤也。其人名如贾代化、贾代善⑥,谓伪朝之所谓化、伪朝之所谓善也。贾政者,伪朝之吏部也。贾敷、贾敬,伪朝之教育也(《书》曰"敬敷五教")。贾赦,伪朝之刑部也,故其妻氏⑦邢(音同"刑"),子妇氏尤(罪尤)。贾琏为户部,户部在六部位居次,故称琏二爷,其所掌则财政也。李纨为礼部("李""礼"同音)。康熙朝礼制已仍汉旧,故李纨虽曾嫁贾珠⑧,而已为寡妇。其所居曰"稻香村","稻"与"道"同音。其初名以杏花村,又有杏帘在望之名,影孔子之杏坛⑨也(《金瓶梅》以孟玉楼影当时之礼部,氏之以孟,又取"玉楼人醉杏花风"诗句为名,即《红楼梦》所本也)。作者于汉人之服从清室而安富尊荣者,如洪承畴、范文程⑩之类,以娇杏⑪代表之。娇杏即侥幸⑫。书中叙新太爷⑬到任,即影满洲定鼎⑭。观雨村中秋口号⑮云:"天上一轮才捧出,人间万姓仰头看。"知为代表满洲也。于有意接近而反受种种之侮辱,如钱谦益⑯之流,则以

---

① 协理宁国府:见第十三回"秦可卿死封龙禁尉　王熙凤协理宁国府"。
② 同意:同样意思。
③ 明愍帝:即崇祯帝朱由检,明朝末代皇帝。
④ 伪统:假正统。
⑤ 伪朝:假朝代(即不合天道、不合民意之朝代)。
⑥ 贾代化、贾代善:贾府尊长,分别为宁国公贾演和荣国公贾源之子,其中贾代善即贾母的亡夫。
⑦ 氏:姓。
⑧ 贾珠:贾宝玉亡兄。
⑨ 杏坛:曲阜孔庙大成殿前讲坛,环植以杏,故名。
⑩ 洪承畴、范文程:降清的明末大臣。
⑪ 娇杏:甄士隐家的丫环。
⑫ "娇杏"音同"微幸"(侥幸)。
⑬ 新太爷:即贾雨村,见第二回"贾夫人仙逝扬州城　冷子兴演说荣国府"。
⑭ 满洲定鼎:满洲人定都建国,即建清朝。
⑮ 口号:口吟。
⑯ 钱谦益,明末明臣、名士,降清而不得重用。

贾瑞代表之。瑞字天祥,言其为假文天祥也(文小字"宋瑞")。头上浇粪、手中落镜①,言其身败名裂而至死不悟也(徐巨源编一剧②,演李太虚及龚芝麓降李自成后,闻清兵入,急逃而南至杭州,为追兵所蹴,匿③于岳坟铁铸秦桧夫人胯下。值夫人方月事,追兵过而出,两人头皆血污。与本书浇粪同意)。叙姽婳将军林四娘④,似以代表起义师⑤而死者。叙尤三姐,似以代表不屈于清而死者。叙柳湘莲,似以代表遗老之隐于二氏⑥者。

书中女子多指汉人,男子多指满人。不独女子是水作的骨肉,男人是泥作的骨肉,与"汉"字、"满"字有关也。我国古代哲学,以阴阳二字说明一切对待之事物。《易·坤卦·象传》曰:"地道也,妻道也,臣道也。⑦"是以夫妻君臣分配于阴阳也。《石头记》即用其义。第三十一回:

> 湘云说:"比如天是阳,地就是阴。比如一颗树叶儿,那边向上朝阳的就是阳,这边背阴覆下的就是阴。走兽飞禽,雄为阳,雌为阴。"翠缕道:"怎么东西都有阴阳,咱们人倒没有阴阳呢?"又道:"知道了,姑娘是阳,我就是阴。"又道:"人家说主子为阳,奴才为阴,我连这个大道理也不懂得。"

是男为阳,主子亦为阳;女为阴,奴才亦为阴。本书明明揭出清制,对于君主,汉人自称奴才。汉人自称臣。臣与奴才,并无二义(《说文解字》臣字显屈服之形,是古义亦然)。以民族之对待言之,征服者为主,被征服者为奴。本书以"男""女"影"满""汉"以此。

---

① 头上浇粪、手中落镜:见第十二回"王熙凤毒设相思局 贾天祥正照风月鉴"。
② 徐巨源编一剧:徐巨源即徐世溥,字巨源,明末官吏、文人,但相关资料中均没有徐世溥作过剧本或擅长写戏的记载,仅民国时期有据其素材改编的剧本。
③ 匿:藏。
④ 叙姽婳将军林四娘:见七十八回"老学士闲征姽婳词 痴公子杜撰芙蓉诔"。
⑤ 起义师:清初,江南多地有汉人抗拒朝廷颁发的"换服剃发"敕令,当时有诗云:"剃发令朝下,相顾为发悲。三吴同时沸,纷纷起义师。"后惨遭清军屠杀,如"嘉定三屠"。
⑥ 隐于二氏:隐姓埋名(二氏:第二姓氏)。
⑦ 地道也,妻道也,臣道也:地道、妻道、臣道,均属阴(与此相对,天道、夫道、君道,均属阳)。

贾宝玉

贾宝玉，言伪朝之帝系也。宝玉者，传国玺①之义也，即指胤礽②。《东华录》：

> 康熙四十八年三月，以复立皇太子告祭天坛文曰："建立嫡子胤礽为皇太子。"又曰："朕诸子中，胤礽居贵。"

是胤礽生而有为皇太子之资格，故曰衔玉而生。胤礽之被废也，其罪状本不甚证实。康熙四十七年九月谕曰：

> "胤礽肆恶虐众，暴戾淫乱，难出诸口。"又曰："胤礽同伊③属下人等，恣行乖戾，无所不至，令朕赧于启齿。又遣使邀截外藩④入贡之人，将进御马匹任意攘取，以致蒙古俱不心服。"又曰："知胤礽赋性奢侈，着⑤伊乳母之夫凌普为内务府总管，俾⑥伊便于取用。"又曰："朕历览史书，时深儆戒，从不令外间妇女出入宫掖⑦，亦从不令姣好少年随侍左右。今皇太子所行若此，朕实不胜愤懑。"

《石头记》三十三回，叙宝玉被打，一为忠顺亲王府长史⑧索取小旦琪官事，二为金钏儿投井，贾环谓是宝玉拉着太太的丫头金钏儿强奸不遂，打了一顿，那金钏儿便赌气投井死了。琪官事与姣好少年等语相关，忠顺王疑影外藩。长史曾揭出琪官赠红汗巾事，疑影攘取马匹事。相传名马有出汗如血者，故也。曰"暴戾淫乱难出诸口"，曰"赧于启齿"，曰"从不令外间妇女出入宫掖，今皇太子所

---

① 传国玺[xǐ]：皇帝代代相传的大印，亦称玉玺。
② 胤[yìn]礽[réng]：爱新觉罗·胤礽，康熙帝（爱新觉罗·玄烨）第二子，曾册封为太子，后又被废。
③ 伊：他、她、它。
④ 外藩：域外藩邦（属国）。
⑤ 着：任命。
⑥ 俾[bǐ]：使。
⑦ 宫掖[yè]：宫室。
⑧ 长史：幕僚。

行若此",是当时罪状中颇有中冓之言①,即金钏儿之事所影也。

胤礽之罪状,又有曰:

> 近观胤礽行事,与人大有不同。昼多沉睡,夜半方食,饮酒数十巨觥②不醉。每对越③神明,则惊惧不能成礼;遇阴雨雷电,则畏沮④不知所措。居处失常,语言颠倒,竟类狂易之疾,似有鬼物凭⑤之者。

又曰:

> 今忽为鬼魅所凭,蔽其本性。忽起忽坐,言动失常。时见鬼魅,不安寝处,屡迁其居。啖⑥饭七八碗尚不知饱,饮酒二三十觥亦不见醉。匪⑦特此也,细加询问,更有种种骇异之事。

又曰:

> 胤礽居撷芳殿⑧,其地险黯不洁,居者辄⑨多病亡。胤礽时常往来其间,致中⑩鬼魅,不自知觉。以此观之,种种举动,皆有鬼物使然,大是异事。

十一月谕曰:

> 前灼见⑪胤礽行事颠倒,以为⑫鬼物所凭。

---

① 中冓[gòu]之言:内室之言,指隐秘之事(语出《诗经·鄘风·墙有茨》:"中冓之言,不可道也。")。
② 巨觥[gōng]:大酒盅。
③ 对越:面拜。
④ 畏沮:畏缩。
⑤ 凭:附。
⑥ 啖[dàn]:吃。
⑦ 匪:通"非"。
⑧ 撷芳殿:紫禁城内东南一组皇子所居殿宇。
⑨ 辄:动辄、时不时。
⑩ 中[zhòng]:(动词)得,如"中奖"。
⑪ 灼见[zhuó]:深知。
⑫ 以为:认为。

又曰：

　　今胤礽之疾，渐已清爽①。召见两次，询问前事，胤礽竟有全然不知者，深自愧悔，又言"我幸心内略明，惧父皇闻知治罪，未至用刀刺人。如或不然，必有杀人之事矣"。观彼虽稍清楚，其语仍略带疯狂。朕竭力调治，果蒙天佑，狂疾顿除。

又曰：

　　十月十七日，查出魇魅②废皇太子③之物。服侍废皇太子之人奏称：是日废皇太子忽似疯颠，备作异状，几至自尽。诸宫侍④抱持环守。过此片刻，遂复明白。废皇太子亦自惊异，问诸宫侍："我顷者⑤作何举动？"朕从前将其诸恶皆信为实，以今观之，实被魇魅而然，无疑也。

四十八年二月谕曰：

　　皇太子胤礽，前染疯疾，朕为国家而拘禁之。后详查被人镇魇⑥之处，将镇魇物俱令掘出，其事乃明。今调理痊愈，始行释放。今譬⑦有人因染疯狂，持刀砍人，安可不行拘执？若已痊愈，又安可不行释放？

四月谕曰：

　　大阿哥⑧镇魇皇太子及诸阿哥之事，甚属明白。

又曰：

① 清爽：清醒。
② 魇魅：(动词)使中邪。
③ 废皇太子：已废皇太子。
④ 宫侍：宫中侍者。
⑤ 顷者：刚才。
⑥ 镇魇：施魔法。
⑦ 今譬：既然。
⑧ 大阿哥：爱新觉罗·胤禔[zhī]，康熙帝庶长子，皇太子爱新觉罗·胤礽之兄。

见今镇魇之事发觉者如此，或和尚、道士等，更有镇魇之处，亦未可定，日后发觉，始知之耳。显亲王衍潢等，遵旨会议①喇嘛巴汉格隆等咒魇皇太子情实，应将巴汉格隆、明佳噶卜楚、马星噶卜楚、鄂克卓特巴②，俱凌迟处死。皇长子护卫③嚣楞、雅突，明知大逆之事，乃敢同行④。又雅突将皇长子复行咒魇。再，此案内又有察苏齐引诱宗室格隆、陶州胡土克图行咒魇之事⑤。

案⑥《石头记》第三十三回：

贾政斥宝玉道："好端端的，你垂头丧气，咳⑦些什么？方才雨村来要见你，叫你半天才出来。既出来了，全无一点慷慨挥洒谈吐，仍是葳葳蕤蕤⑧。我看你脸上一团思欲愁闷气色，这会又咳声叹气。"

九十五回：

失玉以后，宝玉一日呆似一日，也不发烧，也不疼痛，只是吃不像吃，睡不像睡，甚至说话都无头绪。

与胤礽罪状中之居处失常、语言颠倒，及言动失常、不安寝处等语相应。第二十五回：

宝玉汤⑨了脸，有宝玉寄名的⑩干娘马道婆向贾母道："那经典佛法上说的利害，大凡王公卿相人家的子弟，只一生长下来，暗里便有许多促狭鬼跟

---

① 会议：会商。
② 巴汉格隆、明佳噶卜楚、马星噶卜楚、鄂克卓特巴：均为宫中西藏喇嘛。按：清皇室信奉西藏喇嘛教，即藏传佛教。
③ 皇长子护卫：大阿哥的护卫官。
④ 同行：合伙。
⑤ 察苏齐、格隆、胡土克图：均为人名，身份不详。宗室：皇亲。陶州：地名。
⑥ 案：同"按"。
⑦ 咳[hāi]：唉。
⑧ 葳[wēi]葳蕤[ruí]蕤：畏畏缩缩。
⑨ 汤：(动词)洗。
⑩ 寄名的：名义上的。

着他。"

与胤礽罪状中鬼物凭之、时见鬼魅等语相应。又叙宝玉被魇①,有云:

拿刀弄杖,寻死觅活。

叙王熙凤被魇,有云:

手持一把明晃晃钢刀,砍进园来,见鸡杀鸡,见狗杀狗,见人就要杀人。
周瑞媳妇忙带着几个有力量的胆壮的婆娘,上去抱住,夺下刀来,抬回房去。

与胤礽所谓"未至用刀杀人",及服侍之人称"是日废皇太子忽患疯颠,几至
自尽,诸宫侍抱持环守"相应。

八十一回:

宝玉道:"我记得病的时候儿,好好的站着,倒像背地里有人把我拦头一
棍,疼得眼睛前头漆黑,看见满屋子里都是些青面獠牙拿刀举棒的恶鬼,躺
在炕上,觉在脑袋上加了几个脑箍似的。以后便疼的任什么不知道了。"凤
姐道:"我也全记不得,但觉自己身子不由自主,倒像有些鬼怪拉拉扯扯,要
我杀人才好。有什么拿什么,自记原觉很乏,只是不能住手。"

亦与胤礽案所谓备作异状,全然不知持刀斫②人等语相应。又说:

马道婆案破,为潘三保③事,送到锦衣府④去,问出许多官员大户家太
太、姑娘们的隐情事来。把他家内一抄,抄出几篇小账,上面记着某家验过,
应找银若干。

---

① 被魇:中邪。
② 斫[zhuó]:砍。
③ 潘三保:一市井无赖,买嘱马道婆使魇魔法,妄图获利,后败露。
④ 锦衣府:官府一,类似今警察局。

与胤礽以外复有皇长子及宗室等案,及所谓"和尚、道士等更有魔魅等事亦未可定"等语相应,行魔魅者巴汉格隆等皆喇嘛,故以马道婆代表之,"马"与"嘛"同音也。

八十一回又称:

> 马道婆身边搜出匣子,里面有象牙刻的一男一女、不穿衣服、光着身子的两个魔王。

亦与相传喇嘛教中之欢喜佛①相等。马道婆之代表喇嘛也无疑。

《东华录》"康熙四十七年九月谕云:'胤礽幼时,朕亲教以读书,继令大学士张英教之,又令熊赐履教以性理诸书,又令老成翰林官随从。'云云"。《石头记》常言"贾政逼宝玉读书"。第八回:

> 秦钟因去岁业师回南,在家温习旧课,其父秦邦业知贾家塾中司塾的乃贾代儒(伪朝之儒也),现今之老儒。

第九回:

> 贾政对李贵道:"你去请学里太爷的安,就道我说的,什么《诗经》古文,一概不用虚应故事,只是先把《四书》一齐讲明背熟,是最要紧的。"

第八十一回:

> 贾政道:"前儿倒有人和我提起一位先生来,学问人品都是极好的,也是南边人。"又道:"如今儒大太爷虽学问也只中平,但还弹压得住这些小孩子们。"

八十二回称贾代儒为"老学究",又宝玉讲"后生可畏"一章,讲到"不要弄到",说到这里,向代儒一瞧,代儒说"讲书是没有什么避忌的",宝玉才说不要弄

---

① 欢喜佛:喇嘛教中的交媾佛像。

到老大无成。均与性理诸书、老成翰林等相应。又熊赐履①湖北人,张英②安徽人,所谓"南边人",殆指张、熊等。

胤礽以康熙十四年十二月被立为皇太子,四十七年九月被废,四十八年三月复立,五十一年十一月复废。自第一次被废以至复立,为时不久,而又悉归咎于魔魅。故《石头记》中仅以三十三回之笞责及二十五回之魔魇形容之。二十五回中言:

> 宝玉虽被迷污,经和尚摩弄一回,依旧灵了③。

即虽废旋复之义。至九十四回之失玉,乃叙其终废也。至④和尚还玉事等,殆⑤无关本事。

胤礽之被废,由于兄弟之倾轧。《东华录》所载主动者为胤禔、胤禩⑥二人。《石头记》九十四回,于失玉以前,先叙海棠既萎而复开:

> 贾母道:"花儿应在三月里开的,如今是十一月。"

三月及十一月,与复立复废之月相应。又:

> 黛玉说花开之因道:"当初田家有荆树一棵,三个弟兄因分了家,那荆树便枯了。后来感动了他弟兄们,仍旧归在一处,那棵树也就发了。"

既说弟兄,又说三个,与胤礽、胤禔、胤禩三人相应。

巧　姐

《石头记》叙巧姐事,似亦指胤礽。"巧"与"礽"字形相似也。九十二回"评女

---

① 熊赐履,字敬修,清初理学名臣。
② 张英,字敦复,康熙时文华殿大学士兼礼部尚书。
③ 灵了[liǎo]:灵验而了结。
④ 至:至于。
⑤ 殆:大概。
⑥ 胤禩[sì],爱新觉罗·胤禩,康熙帝第八子。

传"①,巧姐慕贤良,即熊赐履等教胤礽以性理诸书也。一百十八回"记微嫌舅兄欺弱女",贾环、贾芸欲卖巧姐于藩王,即指胤礽为胤禔、胤禩所卖事。宝玉被打,由贾环诉说金钏儿事;宝玉被魇,由贾环之母赵姨娘主使;巧姐被卖,亦由贾环主谋,与胤禔之陷胤礽相应。其事又有亲舅舅王仁②与闻之。《红楼梦曲》中亦云:"休似俺那爱银钱忘骨肉的狠舅好兄。"与胤礽案中有所谓"舅舅佟国维③"者相应。《东华录》:

> 康熙四十八年正月,上曰:"胤禩乃胤禔之党。胤禔曾奏言请立胤禩为太子,伊当辅之。"又曰:"此事必舅舅佟国维、大学士马齐以当举胤禩默示于众。"二月谕舅舅佟国维曰"尔曾奏皇上凡事断无错误之处,此事关系重大,日后易于措处则已,傥④日后难于措处,似属未便"等语。又曰:"因有舅舅所奏之言及群下小人就中⑤肆行捏造言词,所以大臣、侍卫、官员等俱终日忧虑若无生路者,中心宽畅者惟大阿哥、八阿哥⑥耳。"又曰:"舅舅前启奏时,外间匪类不知其故,因盛赞尔,云如此方谓之国舅大臣,不惧死亡,敢行陈奏。今尔之情形毕露,人将谓尔为何如人耶?"

《石头记》一百十八回:

> 王仁拍手道:"这倒是一种好事⑦,又有银子。只怕你们不能,若是你们敢办,我是亲舅舅,做得主的。"

第一百十九回:

> 事败后,吓得王仁等抱头鼠窜的出来。

---

① 九十二回:"评女传巧姐慕贤良　玩母珠贾政参聚散"。
② 王仁:王熙凤兄。
③ 佟国维,清外戚大臣,顺治帝孝康章皇后幼弟,康熙帝之舅。
④ 傥:同"倘",倘若。
⑤ 就中:从中。
⑥ 大阿哥、八阿哥:即胤禔、胤禩。
⑦ 这倒是一种好事:指把巧姐卖了。

与《东华录》之佟国维相应：

> 康熙四十八年四月谕曰："胤禔之党羽，俱系贼心恶棍，平日斗鸡走狗，学习拳勇，不顾罪戾，惟务诱取银钱。"

故《石头记》亦有"爱银钱的奸兄"①。

林黛玉

林黛玉影朱竹垞②也。"绛珠"影其氏③也，居潇湘馆④影其"竹垞"之号也。竹垞生于秀水⑤，故绛珠草长于灵河岸上。

> 竹垞客游南北，必橐载⑥《十三经》《二十一史》以自随。已而游京师⑦，孙退谷⑧过其寓，见插架书，谓人曰："吾见客长安者，务攀援驰逐车尘蓬勃间⑨。不废著述者，惟秀水朱十⑩一人而已。"（见陈廷敬⑪所作墓志）

《石头记》第十六回：

> 黛玉带了许多书籍来。

四十回：

> 刘姥姥到潇湘馆，因见窗下案上设着笔砚，又见书架上垒着满满书，刘

---

① "爱银钱的奸兄"：指贾芸，其为贾巧姐的堂兄，与"狠舅"王仁一起将巧姐卖入窑子。
② 朱竹垞[chá]，即朱彝尊，字锡鬯，号竹垞，康熙时名臣、大诗人，创"浙西词派"。
③ 绛珠：林黛玉原为"绛珠草"。氏：姓氏，即姓"朱"，与"绛珠"之"珠"同音。
④ 居潇湘馆：林黛玉居大观园的住处名"潇湘馆"。潇湘，湖南别称，其产竹闻名天下，称"潇湘竹"（也称"湘妃竹"），故"潇湘"也用以称竹。
⑤ 秀水：浙江秀水，即今浙江嘉兴。
⑥ 橐[tuó]：口袋。载：装。
⑦ 京师：京城。
⑧ 孙退谷，即孙承泽，字耳北，号退谷，明末清初大臣、学者，官至吏部右侍郎，卒于康熙十五年。
⑨ 见客长安者：所见俗人（长安客：代指凡俗之人）。务：必。攀援驰逐车尘蓬勃间：喻追逐名利。
⑩ 朱十：朱彝尊，排行第十，故称。
⑪ 陈廷敬，字子端，号说岩，清康熙时大臣、学者。

姥姥道:"这必定是那一位哥儿的书房了。"贾母笑指黛玉道:"这是我这外孙女儿的屋子。"刘姥姥留神打量了林黛玉一番,方笑道:"这哪里像个小姐的绣房,竟比那上等的书房还好。"

以此。

竹垞尝与陈其年①合刻所著曰《朱陈村词》,流传入禁中②,故黛玉与史湘云凹晶馆联句。竹垞入直③南书房,旋被劾,镌一级罢,寻复原官④。其被劾之故,全谢山⑤谓因携仆⑥抄《永乐大典》。竹垞所作《咏古》二首云:

汉皇将将屈群雄⑦,心许淮阴国士风⑧。
不分后来输绛灌⑨,名高一十八元功⑩。

海内词章有定称⑪,南来庚信北徐陵⑫。
谁知著作修文殿⑬,物论翻归祖孝征⑭。

诗意似为人所卖⑮。《石头记》中凤姐调包事疑即指此。七十回宝钗、探春、湘云、宝琴均替宝玉临字,而于黛玉一方面,但云⑯紫鹃送一卷小楷,疑影携仆抄书事。

---

① 陈其年,即陈维崧,字其年,清康熙时名流、诗人,与朱彝尊同创"浙西词派",合称"朱陈"。
② 禁中:亦作"禁内",即皇帝禁宫中。
③ 入直:入值、任职。南书房:清皇帝文学侍从任职处。劾:弹劾。镌一级罢:降官一级。
④ 康熙二十三年,朱彝尊南书房任职,为康熙帝文学侍从,因编辑《瀛洲道古录》,私自抄录地方进贡的书籍,被学士牛钮弹劾,官降一级。康熙二十九年,官复原职。
⑤ 全谢山,即全祖望,字绍衣,号谢山,清康熙时文人,曾入翰林院,次年辞官归里,悉心讲学著述。
⑥ 携仆:带助手。
⑦ 汉皇:指刘邦。将将:前一"将"为动词,意为率领;后一"将"为名词,意为将领。屈:压倒。
⑧ 心许:内心赞许。淮阴:淮阴侯韩信。国士风:有国士之风。
⑨ 不分:不管。绛灌:绛侯(周勃)与(颍阴侯)灌婴合称,此二人为平定韩信之反的功臣。
⑩ 一十八元功:(韩信)十八大功。
⑪ 定称:定评。
⑫ 庚[yǔ]信、徐陵齐名,均南北朝时大文人、大诗人。庚信本在南朝,后北上,故称其"南来"。
⑬ 修文殿:《修文殿御览》,北齐后主高纬时官修类书。
⑭ 物论:众论、舆论。翻归:同"反归"。祖孝征,即祖珽,字孝征,南北朝时北齐大臣,领修《修文殿御览》。
⑮ 诗意似为人所卖:诗中有被人出卖之意(即自比韩信,却败于周勃与灌婴,又自比庚信、徐陵,反不及祖珽。此处周勃、灌婴、祖珽,均暗指弹劾他的学士牛钮)。
⑯ 但云:只说。

薛宝钗

薛宝钗,高江村①也。(徐柳泉②已言之)薛者,雪也。林和靖③《咏梅》有曰:"雪满山中高士卧,月明林下美人来。"用"薛"字以影江村之姓名也(高士奇)。

《啸亭杂录》④曰:

> 高江村家贫,鬻字为活⑤。纳兰太傅⑥爱其才,荐入内廷。仁庙⑦亦爱之,遇巡狩出猎,皆命江村从⑧。故江村诗曰:"身随翡翠丛中列,队入鹅黄带里行⑨。"盖纪实也。江村性矫巧,遇事先意承旨,皆惬⑩圣怀。一日上出猎,马蹶,意殊不怿⑪。江村闻之,故以潴泥⑫污其衣入侍,上怪问之,江村曰:"适落马坠积潴中,未及浣⑬也。"上大笑曰:"汝辈南人,懦弱乃尔!适朕马屡蹶,竟未坠。"意乃释然。又尝从登金山,上欲题额,濡毫⑭久之。江村拟"江天一览"四字于掌中,趋前磨墨,微露其迹,上如所拟书之。其迎合类如此。

《檐曝杂记》⑮曰:

> 江村初入都,自肩襆被,进彰仪门⑯。后为明相国司阍者课子⑰,一日相

---

① 高江村,即高士奇,字澹人,号江村,清康熙时名臣、学者。
② 徐柳泉,即徐时栋,字定宇,号柳泉,清代藏书家。
③ 林和靖,北宋诗人,苏轼友。
④ 《啸亭杂录》:清皇族宗室爱新觉罗·昭梿所撰笔记杂著。
⑤ 鬻[yù]字为活:卖字为生。
⑥ 纳兰太傅:即纳兰明珠,纳兰性德之父,曾任康熙时太子太傅(教师)。
⑦ 仁庙:康熙帝尊称。
⑧ 从:随从、跟从。
⑨ 翡翠丛、鹅黄带:均喻皇室豪华行装。
⑩ 惬[qiè]:满足。
⑪ 上:皇上。蹶[jué]:跌倒。怿[yì]:悦。
⑫ 潴[zhū]泥:沼泥。
⑬ 浣:洗。
⑭ 濡毫:舔笔。
⑮ 《檐曝杂记》:[清]赵翼所撰笔记杂著。
⑯ 都:都城、京城。肩:(动词)通"掮"。襆[fú]被:包袱。彰仪门:皇宫大门。
⑰ 明相国:即指纳兰明珠。司阍[hūn]者:看门人。课子:教子(读书)。

426

国急欲作书数函①，仓卒无人，司阍以江村对②。即呼入，援笔立就。相国大喜，遂属掌书记③。后入翰林，直④南书房，皆明公力也。江村才本绝人，既居势要，家日富，则结近侍，探上起居⑤。报一事，酬以金豆一颗。每入直⑥，金豆满荷囊，日暮，率⑦倾囊而出，以是⑧宫廷事皆得闻。或觇知⑨上方阅某书，即抽某书翻阅，偶天语⑩垂问，辄能对大意，以是圣祖⑪益爱赏之。

郑方坤《本朝诗钞小传》⑫曰：

　　江村年十九，之京师，以诸生就京闱试⑬，不利，落魄羁穷，卖文自给。新岁为人书春帖子⑭，往往自作联句，用以写其幽忧牢落之怀。偶为圣祖所见，大加击节⑮，立召见。

案《石头记》写宝钗处处周到，得人欢心，自薛姨妈、贾母、王夫人、湘云、岫烟以至袭人辈，无不赞叹，并黛玉亦受其笼络，即所谓"性矫巧、善迎合"之影子也。宝钗以金锁配宝玉，谓之金玉良缘。其嫂曰夏金桂，其婢曰黄金莺。莺儿为宝玉结络⑯，以金线配黑珠儿线，皆"以金豆探起居"之影子也。宝钗最博雅，二十二回点《鲁智深醉闹五台山》⑰，为宝玉诵《寄生草》曲词，宝玉赞他无书不知。

第三十回：

---

① 作书数函：写信几封。
② 对：应对。
③ 书记：笔墨之事。
④ 直：通"值"，值班、任职。
⑤ 势要：要职。结：交结。近侍：太监。探上：窥探皇上。
⑥ 入直：入宫值班。
⑦ 率：悉、全。
⑧ 以是：以此、因此。
⑨ 觇[chān]知：暗中了解。
⑩ 天语：谓皇上发语。
⑪ 圣祖：康熙帝。
⑫ 郑方坤，字则厚，号荔乡，清乾隆时官吏、文人，官至直隶邯郸县知事，《本朝诗钞小传》为其所撰传记。
⑬ 之：通"至"。诸生：考取秀才入学的生员。京闱试：京城考试。
⑭ 书：写。春帖子：春联。
⑮ 击节：击掌，表示赞赏。
⑯ 结络：编结。
⑰ 二十二回点《鲁智深醉闹五台山》：第二十二回"听曲文宝玉悟禅机　制灯迷贾政悲谶语"中："……宝钗便又点了一出热闹戏《鲁智深醉闹五台山》……"

宝玉道："姐姐通今博古，色色都知道。"

七十六回：

> 湘云用"楈"字，黛玉说："亏你想得出。"湘云道："幸而昨日看《历朝文选》，见了这个字，我不知何树，因要查一查。宝姐姐说不用查，只就是如今俗叫做'朝开夜合花'。我信不及，到底查了一查，果然不错。看来宝姐姐知道的竟多。"

即其"翻书备对"之影子也。

第一回称：

> 穷儒贾雨村，一身一口在家乡无益，因进京求取功名。自前岁来此，又淹蹇①住了，暂寄庙中，每日卖文作字为生。

即江村"襆被进都、鬻字为活"之影子也。

> 贾雨村高吟一联曰："玉在椟中求善价，钗于奁内待时飞。"恰值士隐走来听见，笑道："雨村兄真抱负不凡也。"

即"联句被赏"之影子也。

四十六回：

> 薛蟠遭湘莲苦打，遍身内外滚的似泥母猪一般。

又说：

> 哪里爬的上马去。

---

① 淹蹇[jiǎn]：窘迫。

即江村"自称落马堕积潴中"之影子也。

江村所作《塞北小钞》曰：

二十二年六月十二日，扈跸①出东直门云云。偶患暑气，上命以冰水饮益元散②二碗方解。甲申③，上曰："尔南人，为何亦饮冰水？"士奇曰："天气炎热，非冰莫解。"上曰："朕闻南人殊不畏暑。"士奇曰："南人从来畏暑，故有吴牛见月而喘④之语。"上大笑。

案《石头记》第六回：

宝钗对周瑞家的说："我这是从胎里带来的一股热毒。"

又说癞头和尚所说的方叫做"冷香丸"。

第三十回：

宝玉道："姐姐怎么不看戏去？"宝钗道："我怕热，看了两出，热得很。要走，客又不散，我不得不推身上不好，就来了。"宝玉笑道："怪不得他们拿姐姐比杨贵妃，原也体胖怯热。"

与《塞北小钞》语相应（《庄子》："早受命而夕饮冰，我其内热与？"所谓胎里带来热毒，亦兼热中之讽）。

《汉名臣传》⑤云：

康熙廿七年，法司逮问贪黜劾罢之巡抚张汧⑥。因汧未被劾时，曾遣人

---

① 扈跸[bì]：随皇上出行（跸：帝王车驾）。
② 益元散：中药名。
③ 甲申：二十一日。
④ 吴牛见月而喘：成语"吴牛喘月"，语出[南朝宋]刘义庆《世说新语·言语》："满奋畏风，在晋武帝坐；北窗作琉璃屏，实密似疏，奋有难色。帝笑之，奋答曰：'臣犹吴牛见月而喘。'"又见《太平御览》卷四引《风俗通》："吴牛望见月则喘，彼之苦于日，见月怖喘矣。"
⑤ 《汉名臣传》：清代刻本，作者不详。按：书名中的"汉"指汉人，非汉代。
⑥ 贪黜劾罢：因贪污而被弹劾罢官。张汧[qiān]，康熙时湖广巡抚，因贪污案逮捕问罪时，供出曾向徐乾学行贿，并涉及高士奇和陈廷敬，为康熙所庇，事遂不了了之。

赍报赴京，诘其行贿何人①，初以"分馈甚众，不能悉数"抵塞②，既而指出士奇。奉谕："置，勿问。"③士奇疏请④归田，得旨以原官解任。廿八年，从上⑤南巡。至杭州，驾幸士奇之西溪山庄，赐御书竹窗扁额⑥。九月，左都御史郭琇⑦疏劾之曰："有植党营私，招摇撞骗，如原任少詹事⑧高士奇、左都御史王鸿绪等，表里为奸。"

又曰：

高士奇出身微贱，其始也徒步来京，觅馆⑨为生。皇上因其字学颇工、不拘资格，擢补⑩翰林，令入南书房供奉。

又曰：

士奇日思结纳，谄附大臣⑪，揽事招权，以图分肥。凡大小臣工⑫，无不知有士奇之名。

又曰：

久之，羽翼既多，遂自立门户。结王鸿绪为死党，科臣⑬何楷为义兄弟，翰林陈元龙为叔侄，鸿绪胞兄王顼龄为子女姻亲，俱寄以腹心，在外招揽。凡督抚、藩臬、道府、厅县，以及在内之大小卿员，皆王鸿绪、何楷等为之居停

---

① 赍[jī]报：行贿。诘：问。
② 分馈：分赠。悉数：知悉数字。抵塞：搪塞。
③ 奉谕：接皇上圣谕。"置，勿问"："搁置，勿过问。"
④ 疏请：上疏(启奏)请求。
⑤ 从上：随从皇上。
⑥ 驾幸：驾临。扁额：匾额。
⑦ 郭琇，字瑞甫，号华野，康熙时大臣，官至监察御史，有"铁面御史"之称。
⑧ 少詹事：官名。
⑨ 觅馆：寻找馆舍。
⑩ 不拘资格：不拘泥于资格，意为洒脱。擢[zhuó]补：提升补入。
⑪ 结纳：结党纳士。谄附：或陷害或依附。
⑫ 臣工：群臣百官(语出《诗·周颂·臣工》："嗟嗟臣工，敬尔在公。")。
⑬ 科臣：科道官，即六科给事中与都察院各道监察御史。

哄骗①。而夤缘②、照管者，馈至成千累万，即不同党护③者，亦有常例④，名曰平安钱。盖士奇供奉日久，势焰日张，人皆谓之门路真⑤，而士奇遂亦自忘乎其为撞骗，亦居之不疑，曰我之门路真。

又曰：

光棍俞子易，在京肆横有年，惟恐事发，潜遁直隶⑥、天津、山东、洛口地方，有虎坊桥瓦屋六十余间，价直八千金，馈送士奇，求托昭拂⑦。此外顺成门斜街并各处房屋，总令心腹出名置买，何楷代为收租。打磨场⑧士奇之亲家陈元龙、伙计陈季芳，开张缎号，寄顿贿银⑨，资本约至四十余万。又于本乡平湖县置田产千顷，大兴土木，修整花园。杭州西湖，广置园宅。苏松淮扬，王鸿绪与之合伙生理⑩，又不下百余万。

又曰：

圣驾南巡时，上谕严诫馈送，定以军法治罪，谁敢不遵？惟士奇与王鸿绪，愸⑪不畏死，即淮扬等处，王鸿绪招揽府厅各官，约馈黄金潜遗士奇。淮扬如此，则他处又不知如何索诈矣。得旨："高士奇、王鸿绪、陈元龙俱着休致⑫回籍。王顼龄、何楷着留任。"

《东华录》：

---

① 督抚、藩臬、道府、厅县：清代各级地方官。卿员：幕僚。居停：招纳。
② 夤[yín]缘：攀附。
③ 党护：袒护。
④ 常例：惯常开支。
⑤ 真：通"正"。
⑥ 直隶：京城。
⑦ 昭拂：庇护。
⑧ 打磨场：地名。
⑨ 缎号：绸缎铺。寄顿：积存。
⑩ 苏松：苏州、松江。淮扬：淮河、扬子江(一带)。生理：生意。
⑪ 愸：执意。
⑫ 着：令。休致：去职。

康熙二十八年,吏部议:左副都御史许三礼①奏参,原任刑部尚书徐乾学②与高士奇招摇纳贿。查徐乾学与高士奇招摇纳贿之处,并无实据。许三礼又奏参乾学,有云:“乾学伊弟③拜相之后,与亲家高士奇更加招摇,以致有‘五方宝物归东海,万国金珠贡澹人④’之对。”

案《石头记》第四回:

门子递与雨村一张护官符,上面皆是本地大族名宦之家的谚俗口碑,云:“贾不假,白玉为堂金作马;阿房宫,三百里,住不下金陵一个史;东海缺少白玉床,龙王来请金陵王;丰年好大雪,珍珠如土金如铁。”⑤

即许三礼疏中“五方、万国之对”之影子也。
门子又道:

这四家皆连络有亲,一损俱损,一荣俱荣,扶持遮饰,皆有照应的。今告打死人之薛,就是丰年大雪之雪也。不单靠三家,他的世交亲友在都在外省,本亦不少。

此即郭琇疏中⑥死党、义兄、弟叔、侄子、女姻亲,及许疏中亲家等种种关系之影子也。
第四回称:

薛公子⑦亦金陵人氏,家中有百万之富,现领着内帑钱银⑧,采办杂料。

---

① 许三礼,字典三,号西山,康熙时大臣,官至兵部督捕右侍郎。
② 徐乾学,字原一,号健庵,康熙时大臣、文人,清初大儒顾炎武外甥,升左都御史、刑部尚书。曾主持编修《明史》《大清一统志》等。
③ 伊弟:他弟,即徐元文。
④ 东海:指徐乾学,昆山人,昆山临东海,故称。澹人,即高士奇,字澹人,号江村。
⑤ 贾不假:暗指贾府。金陵一个史:暗指史府。金陵王:暗指王府。好大雪:暗指薛府。
⑥ 疏中:上疏(启奏)书中(所说)。
⑦ 薛公子:指薛宝钗兄薛蟠。
⑧ 内帑[tǎng]钱银:简称帑银,即国库中的银子。

虽是皇商，一应经纪世事，全然不知，不过赖①祖父旧日情份，户部挂个虚名，支领钱银。其余事体，自有伙计老人家等措办。

又云：

自薛蟠父亲死后，各省中所有的买卖，承局②、总管、伙计人等，便趁时拐骗起来。京都几处生意，渐亦销耗。

又云：

薛蟠要亲自入都，销算旧账，再计新支，因此早已检点下行装细软，以及馈送亲友各色土物人情等类。

第十三回：秦可卿死后，

薛蟠表弟因见贾珍寻好板③，便说："我们本店里有一付板，叫作什么樯木。"

第四十八回：

各铺面伙计内有算年账要回家的，内有一个张德辉，自幼在薛蟠当铺内揽总，说起"今年纸扎香扇短少，明年必是贵的。明年先打发大小儿上来，当铺照管照管，赶端阳前，我顺路贩些纸扎香扇来卖"。薛蟠心下忖度，不如也打点本钱，和张德辉逛一年来。

第六十六回：

---

① 赖：依赖。
② 承局：代理。
③ 好板：好木料（用以做棺材）。

薛蟠说:"我同伙计贩了货物,自春天起身往回里走,一路平安。谁知到了平安州地方,遇见一伙强盗,已将东西劫去。不想柳二弟从那边来,方把贼人赶散,夺回货物,还救了我们的性命。"

第六十七回:

管总的张太爷差人送了两箱子东西来,薛蟠说:"特的给妈妈合妹子带来的东西。"一箱都是绸绫、缎锦、洋货等家常应用之物,一箱却是些笔墨、纸砚、各色笺纸、香袋香珠、扇子扇坠、花粉胭脂等物。外有虎丘带来的自行人酒令儿、水银灌的打斤斗小小子、沙子灯、一出一出的泥人儿的戏①,用青纱罩的匣子装着。又有在虎丘山上泥捏的薛蟠小像。薛姨妈将箱子里的东西取出,一分一分的送给贾母并王夫人。宝钗将那些玩意儿一件一件的过了目,除了自己留用之外,一分一分的配合妥当,使莺儿同着一个老婆子跟着送往各处。宝玉到黛玉处,见堆着许多东西,知道是宝钗送来的,便取笑说道:"哪里这些东西,不是妹妹要开杂货铺啊。"

第五十七回:

邢岫烟把绵衣服当了,宝钗问当在哪里,岫烟道:"叫做甚么恒舒,是鼓楼西大街。"宝钗笑道:"闹在一家去了。伙计们倘或知道了,好说②人没过来,衣裳先到了。"岫烟听说,便知是他家的本钱③。

第四十五回:

黛玉对宝钗道:"你如何比得我。你这里有地上买卖,家里又仍旧有房有地。"

均与郭琇疏中所谓"房屋、田产、园宅、缎号、资本及馈送"等事相应。薛蟠在

_____

① 自行人酒令儿、水银灌的打斤斗小小子、沙子灯、一出一出的泥人儿的戏:均为玩具。
② 好说:说不定。
③ 本钱:指当铺。

平安州遇盗,与"平安钱"相应。

探　春

探春,影徐健庵①也。健庵名乾学。乾卦作☰②,故曰三姑娘。健庵以进士第三人及第,通称探花,故名探春。健庵之弟元文入阁③,而健庵则否,故谓之庶出④。然许三礼劾健庵,一则曰:

胆恃⑤胞弟徐元文钦点入阁。

再则曰:伊弟拜相之后,与亲家高士奇更加招摇,以致有

"去了余秦桧(指余国柱),来了徐严嵩;乾学似庞涓⑥,是他大长兄"之谣。又有"五方宝物归东海(徐氏),万国金珠贡澹人"之对。是健庵虽不入阁,而其时亦有炙手可热之势。

故《石头记》第五十五回:

凤姐儿道:"好个三姑娘,我说不错,只可惜他命薄,没托生在太太⑦肚里。"平儿笑道:"他便不是太太养的,难道谁敢小看他,不与别的一样看待么?"

又:

凤姐病中,王夫人命探春合同李纨协理,又请了宝钗来。他三人一理,

① 徐健庵,见前注"徐乾学"。
② 八卦分别为:☰(乾卦)、☱(兑卦)、☲(离卦)、☳(震卦)、☴(巽卦)、☵(坎卦)、☶(艮卦)、☷(坤卦),其中一连横(—)称为"阳爻",代表"天""男"等;二断横(— —)称为"阴爻",代表"地""女"等。
③ 入阁:入内阁(为皇帝近臣)。
④ 庶出:妾所生,非正妻所生。
⑤ 胆恃:依仗。
⑥ 庞涓,战国时魏国名将,孙膑的师兄,后败于孙膑,后世以其名泛指师兄。
⑦ 太太:指王夫人。

435

更觉比凤姐当权时倒更谨慎了些。因而里外下人都暗中抱怨，说刚刚倒了一个巡海夜叉，又添了三个镇山太岁。

此即影射"去了余秦桧，来了徐严嵩"一谣也。
韩慕庐①所作《徐健庵行状》有云：

> 吴中②文社故盛，公③为之领袖。

又云：

> 壬子主试顺天④，以独赏为公鉴⑤，往往怜收既落之才⑥。即遗卷⑦中有一佳言迥句，咨嗟⑧吟诵，以失之为恨⑨。

又云：

> 公故负海内望⑩，而勤于造进，笃于人物⑪，一时庶几之流，奔走辐辏如不及⑫。山林遗逸之老，不远千里乐从公。后生之才进者，延誉荐引⑬无虚日。

案《石头记》有"秋爽斋偶结海棠社"⑭，指此。
又二十七回：

---

① 韩慕庐，即韩菼，字元少，号慕庐，康熙时大臣、文人，官至礼部尚书兼翰林院掌院学士，曾奉诏主纂《孝经衍义》。
② 吴中：地名，在今苏州。
③ 公：指徐健庵。
④ 壬子：壬子年。主试：主持科举考试。顺天：顺天府，在京官署。
⑤ 独赏：独特见赏。公鉴：众人之鉴察。
⑥ 既落之才：落第才子。
⑦ 遗卷：阅后试卷。
⑧ 咨嗟：赞叹。
⑨ 以失之为恨：恐怕漏失。
⑩ 负海内望：身负海内之望。
⑪ 勤于造进，笃于人物：忙碌于选拔，专注于人才。
⑫ 庶几之流：各色人等。辐辏：汇聚。
⑬ 延誉：出名。荐引：引荐。
⑭ 秋爽斋偶结海棠社：第三十七回"秋爽斋偶结海棠社　蘅芜苑夜拟菊花题"。

探春嘱宝玉道："这几个月我又攒下有十来串钱了，你还拿了去，明儿出门逛去的时候，或是好字画，好轻巧玩意儿，替我带些来。"又道："怎么像你上回买的那柳枝儿编的小篮子、真竹子根挖的香盒儿、胶泥垛的风炉儿，这就好了。"

即以表其延揽文士之故事也。

《行状》①又云：

尝请崇节俭、辨等威②，因申衣服之禁，使上下有章③。

案《石头记》第二十七回：

探春嘱宝玉带轻巧玩意儿，拣那朴而不俗、直而不拙的。又道："我还像上回的鞋做一双你穿，比那双还加工夫，如何呢？"宝玉道："那回穿着，可巧遇见老爷，说何苦来虚耗人力，作践④绫罗。"……赵姨娘抱怨的了不得，正经兄弟鞋踏搀⑤、袜踏搀的。……探春道："什么，我是做鞋的人么？ 环儿难道没有分例的？ 衣裳是衣裳，鞋袜是鞋袜。"

盖影射此事。

《憺园集》有⑥

赐览皇太子书法，奏称皇太子历年亲写所读书本及临摹楷法，共大小八箧有奇⑦。

案《石头记》七十回：

---

① 《行状》：《徐健庵行状》略。
② 请：请示(皇上)。辨等威：分辨等级威仪。
③ 因：因而。申：申述。衣服：穿衣("衣"为动词，意为穿)。禁：禁忌。有章：分明。
④ 作践：糟蹋。
⑤ 踏搀：皱巴巴。
⑥ 《憺园集》：[清] 徐乾学文集。有：讲到。
⑦ 箧[qiè]：竹箱。有奇[jī]：有余。

探春每日临一篇楷字与宝玉。

影此。

健庵叠被弹劾，于康熙二十九年回里①，许以书局自随，僦居洞庭东山②。《石头记》一百回至一百二回，历叙探春远嫁。第五回：

画着两人放风筝，一片大海，一只大船，船中有一女子掩面位涕之状。诗曰："清明涕送江边望，千里东风一梦遥。"

皆指此。

《行状》曰：

再疏乞骸骨③，上允所请④。时已仲冬，命且过冬行⑤。二十九年春抵家。

诗中"清明"字⑥，指此。

王熙凤

王熙凤，影余國柱也。王即"柱"字偏旁之省，"國"字俗写作"国"，故熙凤之夫曰琏，言二"王"字相连也(楷书"王""玉"同式)。国柱曾为户部尚书，故贾琏行二⑦，且贾氏财政由熙凤管理。国柱曾为江宁巡抚，故熙凤协理宁国府。

《汉名臣传》云：

① 叠：几次。回里：回故里，回乡。
② 许：允许。书局：诸多书籍。僦[jiù]居：租屋而居。
③ 疏：上疏，启奏。乞骸骨：乞求留下骸骨，即乞求饶命。
④ 上：皇上。请：请求。
⑤ 命：(皇上)命令。且：暂且。过冬：过了冬。行：上路。
⑥ 诗中"清明"字：即指前面"清明涕送江边望"中的"清明"。
⑦ 行二：排行第二。

康熙二十八年三月，给事中①何金蘭疏言："凡②解职解任官，仍居原任地方，例有明禁③。余国柱曾为江宁巡抚，洊陟④大学士，不思竭忠图报，黩货⑤无厌，秽迹彰闻，荷恩放归里⑥。乃被黜后，挟辎重⑦往江宁省城，购买第宅，广营生计⑧，呼朋引类，垄断攫金⑨，借势招摇，显违禁例，乞饬部⑩严议。"事下两江总督传拉搭察讯⑪，以留恋原任地方、购买第宅、并设立钱店典铺⑫复奏。刑部拟杖折赎⑬，诏免罪趣回籍⑭。寻卒⑮于家。

《石头记》第五回，有金陵十二钗正副册，正册中有一片冰山，上有一只雌凤，其判语有云：

哭向金陵事更哀。

五十四回：

女先儿⑯说书，说："残唐之时，有一位乡绅，本是金陵人氏，名唤王忠(忘忠)，曾做两朝宰辅，如今告老回家，膝下只有一位公子，名唤王熙凤。"

第一百一回：

---

① 给事中：官名，全称工科给事中。
② 凡：大凡。
③ 例：按例。明禁：明令禁止。
④ 洊[jiàn]陟[zhì]：荐举提升。
⑤ 黩[dú]货：贪财。
⑥ 荷恩：承(皇上之)恩。里：乡里。
⑦ 乃：然而。挟[xié]：同"携"。辎重：原指军队粮草，代指财物。
⑧ 生计：生意。
⑨ 攫[jué]金：掠夺金钱。
⑩ 饬[chì]部：整饬官员的部门。
⑪ 事下：事后。拉搭察讯：谈话调查。
⑫ 钱店：钱庄。典铺：当铺。
⑬ 杖折：刑罚。赎：赎罪。
⑭ 诏：(皇上)下诏。趣：通"驱"，驱逐。回籍：回原籍。
⑮ 寻：寻即、随即。卒：死。
⑯ 女先儿：女艺人。

散花寺神签,正面写看王熙凤衣锦荣归。大了^①道:"奶奶最是通今博古的,难道汉朝的王熙凤求官的一段事也不晓得?"签文云:"去国离乡二十年,于今衣锦返家园。蜂采百花成蜜后,为谁辛苦为谁甜?"大了道:"奶奶自幼在这里长大,何曾回南京去了? 如今老爷放了外任,或者接家眷来,顺便还家,奶奶可不是衣锦还乡了?"宝钗道:"据我看,这'衣锦还乡'四字里头,还有缘故。"

第百十四回"王熙凤历劫返金陵":

王夫人打发人来说,琏二奶奶没有住嘴,说些胡话,要船要轿的,说到金陵归入册子去。

皆指被黜后仍居江宁也。
第一百五回"锦衣军查抄宁国府":

赵堂官说:"贾赦、贾政并未分家,闻得他侄儿贾琏现在承总管家,不能不尽行查抄。"

又云:

有一起人回说^②,东跨房查出两箱房地契文、一箱借票,都是违例取利的。王爷道:"番役呈禀,有禁用之物,并重利^③欠票。"西平王子问贾政道:"所抄家资内有借券,实系盘剥,究是谁行的?"贾琏忙走上跪下禀道:"这一箱文书既在奴才屋内抄出来,敢说不知道么?"

第一百六回:

---

① 大了[liǎo]:散花寺尼姑名。
② 一起人:一些人。回说:回禀说。
③ 重利:高利贷。

贾政问贾琏道："那重利盘剥，究竟是谁干的？况且非咱们这样人家所为。"

又：

凤姐对平儿说："虽说事是外头闹得，我若不贪财，如今也没有我的事。"

皆与何疏①相应也。

国柱曾于康熙二十七年为御史郭琇所劾②，称其在内阁"票拟承顺大学士明珠指麾③，轻重任意④。与尚书佛伦⑤等，结党把持。督抚、藩臬缺出⑥，展转援引⑦，总揽贿赂。保送学道及科道⑧，内升出差⑨，率皆居功要索⑩"云云。《石头记》中叙凤姐逢迎贾母王夫人，无微不至，而营私弋利⑪等事，亦层见叠出。例如二十七回：

且说王凤姐自见金钏儿死后，忽见几家仆人常来孝敬他些东西，又不时来请安奉承，自己倒生了疑惑，不知何意。这日又见人来孝敬他东西，因晚间无人时笑问平儿。平儿冷笑道："我猜他们女儿都必是太太房里的丫头。如今太太房里有四个大的，一个月一两银子的分例⑫，下剩的都是一个月只几百钱。如今金钏儿死了，必定他们要弄这一两银子的巧宗儿呢。"凤姐听了笑道："……也罢了，他们几家的钱也不能容易化⑬到我眼前，这是他们自寻的。送什么来我就收什么，横竖我有主意。"凤姐儿安下这个心，所以只管

---

① 何疏：何金兰上疏。
② 劾：弹劾。
③ 票拟：呈送皇帝的奏章。承顺：听从。大学士明珠：即纳兰明珠，时任大学士。指麾[huī]：同"指挥"。
④ 任意：任其(大学士明珠)意。
⑤ 佛伦，舒穆禄氏，满洲正白旗人。
⑥ 督抚、藩臬：皆地方官位。缺出：空缺。
⑦ 展转援引：层层相托。
⑧ 学道及科道：(科举)乡试(中者为"举人")与会试(中者为"贡士"，也称"进士")。
⑨ 内升出差：暗中提升、任职。
⑩ 要索：索要(报酬)。
⑪ 弋[yì]利：谋利。
⑫ 分例：按定例发放的钱物。
⑬ 化：通"花"。

耽延着,等那些人把东西送足了,然后乘空方回^①王夫人。

十六回:

贾琏的乳母赵嬷嬷替两个儿子求事情道:"……倒是来和奶奶说是正经。靠着我们爹,只怕我还饿死了呢。"

又:

凤姐忙向贾蔷道:"我有两个在行妥当人^②,你就带他们去办,这倒便宜了你呢。"贾蔷忙陪笑道:"正要和婶娘讨两个人呢,这可巧了。"贾蓉悄悄的向凤姐道:"婶娘要什么东西,分付了开个账儿给我兄弟带去,按账置办了来。"

二十四回:

贾芸见了贾琏,因打听可有什么事情,贾琏告诉他道:"前儿倒有一件事情出来,偏生^③你婶娘再三求了我,给了贾芹了。他许我说,明儿园里还有几处要栽花木的地方,等这个工程出来,一定该你就是了。"

又:

贾芸送香料后,凤姐道:"……怪道^④你叔叔常提起你来。"……贾芸问道:"原来叔叔也常提我的?"凤姐见问,便要告诉给他事情管的话,一想又恐被他看轻了,只说得了这点香料儿便混许^⑤他管事了,因又止住,且把派他种花木工程等事都一字不提。至次日,凤姐上车,见贾芸来,便命人唤往,隔

---

① 方:才。回:禀告。
② 妥当人:合适的人。
③ 偏生:偏偏。
④ 怪道:怪不得。
⑤ 混许:蒙混允许。

窗子笑道:"芸儿,你竟有胆子在我跟前弄鬼,怪道你送东西给我,原来你有事求我。昨日你叔叔才告诉我说你求他。"贾芸笑道:"求叔叔的事,婶娘休提,我这里正后悔呢。早知这样,我一起头就求婶娘,这会子也就完了。谁承望叔叔竟不能的。"……凤姐冷笑道:"你们要拣远路儿走,叫我也难,早告诉我一声,什么不成了?多大点事儿,耽误到这会子。那园子里还要种树种花,我只想不出个人来,早说不早完了。"贾芸笑道:"这样明日婶娘就派我罢。"凤姐半晌道:"这个我看着不大好,等明年正月里的烟火灯烛,那个大宗儿下来,再派你罢。"贾芸道:"好婶娘,先把这个派了我罢。果然这件办的好,再派我那件。"凤姐笑道:"你倒会拉长线儿!罢了,若不是你叔叔说,我不管你的事。……你到午初时候来领银子,后来①就进去种花。"

又十五回:

凤姐到水月庵中,老尼②说张金儿退婚事道:"……我想如今长安节度使云老爷与府上相契③,要求太太与老爷④说一声,发一封书,求云老爷和那守备说一声,不怕他不依。若是肯行,张家连倾家孝顺也都情愿。"凤姐笑道:"这事倒不大,只是太太再不管这样的事。"老尼道:"太太不管,奶奶⑤可以主张了。"凤姐笑道:"我也不等银子使,也不做这样的事。"……凤姐道:"……凭说这么事,我说要行就行。你叫他送二三千两银子来,我就替他出这口气,……我比不得他们扯篷拉纤的图银子,这三千两银子不过是给打发去说的小厮们作盘缠,使他赚几个辛苦钱,我一个钱也不要。便是三万两,我此刻还拿得出来。"……凤姐便将昨日老尼之事悄悄的说与来旺儿,旺儿心中早已明白,急忙进城,招着主文的相公,假托贾琏所属,修书一封,连夜往长安县来。不过百里之遥,两日工夫,俱已妥协。那节度使名唤云光,久欠贾府之情,这些小事岂有不允之理?给了回书。

皆与郭琇所劾相应也。

---

① 后来:接下来。
② 尼:尼姑。
③ 相契:相约。
④ 太太与老爷:指王夫人与贾政。
⑤ 奶奶:指王熙凤。

国柱在江宁巡抚任,曾疏请增设机房①四十二间,制造宽大缎匹②。得旨:

> 宽大缎匹非常用之物,何为劳民糜费③。

斥所奏不行。

案《石头记》第三回:

> (黛玉初到时)熙凤道:"刚才带了人到后楼上找缎子,找了半日也没见昨日太太说的那样。想是太太记错了?"王夫人道:"有没有,什么要紧!"因又说道:"该随手拿出两个来给你妹妹裁衣裳的,等晚上想着,再叫人去拿罢。"熙凤道:"倒是我先料着了,知道妹妹这两日到的,我已预备下了,等太太回去过了目,好送来。"

七十二回:

> 凤姐道:"昨儿晚上梦见一个人找我,说娘娘打发他来,要一百匹锦。"

均影此。

国柱于康熙十八年礼科掌印给事中④任内,劾浙江水师提督常进功⑤年老耳聋,非大声高呼不闻一语,恐秘密军机因之泄露,所关匪细⑥。疏下部察议,罢进功任⑦。

案《石头记》第五十四回:

> 凤姐儿笑道:"再说一个过正月节⑧的。几个人拿着房子大的炮仗往城外去放,引了上万的人跟着瞧去。有一个性急的人等不得,便偷着拿香点

---

① 机房:织机房。
② 宽大缎匹:大匹绸缎。
③ 劳民糜费:劳民伤财。
④ 礼科:官署名。给事中:官名。
⑤ 劾:弹劾。常进功,康熙时武将,时任浙江水师提督,后调任福建水师提督,破郑成功于定关。
⑥ 匪细:非小事(匪:通"非")。
⑦ 疏:上疏(称)。下部:指礼科。罢进功任:罢免常进功的官职。
⑧ 正月节:正月初一,即今春节。

着。只听见扑嗤的一声，众人哄然一笑，都散了。这抬炮仗的人抱怨卖炮仗的干的不结实，没等放就散了。"湘云道："难道本人没听见？"凤姐儿道："本人原是个聋子。"……凤姐儿笑道："咱们也该聋子放炮仗，散了罢。"

又第二十七回：

> 凤姐又笑道："林之孝两口子，都是锥子扎不出一声儿来的。我成日家①说他们倒是配就了的一对夫妻：一个天聋，一个地哑。"

皆影此。

国柱于顺治九年成进士，然其文辞不多见。其同时诸人著作中，惟陈其年骈文有大冶余国柱②一序。案《石头记》中，王熙凤不甚识字。如四十五回：

> 探春等要请凤姐做监社御史，凤姐笑道："我又不会做什么湿的干的。"……探春道："虽不会做，也不要你做。"

五十回：

> 凤姐儿道："既这样说，我也说一句在上头。"……李纨将题目讲与他听，凤姐儿想了半日，笑道："你们别笑话我，我只有一句粗话。"

七十回：

> 凤姐因理家常久，每每看帖看账，也颇识得几个字了。

四十二回：

> 宝钗笑道："幸而凤丫头不认得字，不大通，一概是市俗取笑。"

---

① 成日家：一天到晚。
② 陈其年，即陈维崧，字其年，号迦陵，明末清初词坛第一人，阳羡词派领袖。骈文：指其词集。

大约因国柱非文学家,故以不识字形容之。

史湘云

史湘云,陈其年也。其年又号迦陵,史湘云佩①金麒麟,当是其字"陵"字之借音。氏②以"史"者,其年尝以翰林院检讨,纂修《明史》也。名以"湘云",又号"枕霞旧友",当皆以其狎紫云③故。

蒋永修④所作《陈检讨⑤迦陵先生传》曰:

尝娶歌童云郎⑥。云亡,睹物辄悲,若不自胜者。

又蒋景祁⑦所作《迦陵先生外传》曰:

先生寓水绘园⑧,欲得紫云侍砚⑨,冒母⑩马大夫人靳之⑪。必得《梅花百咏》,乃可雪窗一夕,走笔遂成之。

可以见其年与紫云之关系矣。

徐健庵⑫所作《陈检讨维崧墓志铭》:

京师自公卿⑬下,无不藉藉⑭其年名、倾慕愿交者。然其年所居,在城北市廛⑮,

---

① 佩:佩戴。
② 氏:姓。
③ 狎:亲昵、调笑。紫云,陈其年妾,原为歌妓。
④ 蒋永修,字慎斋,号纪友,清代经学家。
⑤ 检讨:官名。
⑥ 云郎:即紫云。
⑦ 蒋景祁,字京少,清代词人。
⑧ 水绘园:江南名园,时为冒辟疆所居,陈维崧借居于此。
⑨ 侍砚:陪伴写作(砚:砚台,代指书写)。
⑩ 冒母:冒辟疆母。
⑪ 靳[jìn]之:不允。
⑫ 徐健庵:即徐乾学,见前注。
⑬ 公卿:士丈夫。
⑭ 藉藉:众口喧哗。
⑮ 市廛[chán]:街巷。

庳陋①才容膝。蒲帘土锉②,摊书其中而观之。歠菽啖饭③,沉思经籍。有余④,无问所从来。时时匮乏,困卧而已。……君修髯,美丰仪⑤,风流倜傥。……君门阀清素⑥,为人恂恂谦抑⑦,襟怀坦率,不知人世有险巇⑧事。

又徐健庵作《湖海楼集序》曰:

其年检讨⑨,阳羡⑩贵公子,与余相识在戊亥之间,尝下榻憺园,流连欢剧⑪。每际稠人广坐⑫,伸纸援笔,意气扬扬,旁若无人。

案《石头记》常写史湘云之爽直。如第五回《红楼梦曲》(《乐中悲》)云:

幸生来英豪阔大宽宏量,从未将儿女私情略萦心上。

二十回:

只见史湘云大说大笑。

三十一回:

迎春笑道:"我就嫌他爱说话,也没见睡在那里,还是咭咭呱呱的笑一阵说一阵,也不知那里来的那些诓话⑬。"

---

① 庳[bì]陋:低矮简陋。
② 蒲帘土锉:草帘子、土罐子,喻穷酸。
③ 歠[chuò]菽[shū]啖[dàn]饭:喝豆汁,吃白饭,意为无酒菜。
④ 有余:有余钱。
⑤ 修髯:长须。丰仪:风度仪表。
⑥ 门阀清素:门庭清廉。
⑦ 恂[xún]恂:恭顺貌。谦抑:谦逊。
⑧ 险巇[xī]:同"险戏",艰险不平。
⑨ 其年检讨:陈其年,翰林院检讨(官名)。
⑩ 阳羡:地名,即今宜兴。
⑪ 欢剧:欢极。
⑫ 际:遇。稠[chóu]人广坐:人很多的地方,即公共场合(坐:同"座")。
⑬ 诓[kuāng]话:胡言乱语。

三十二回：

　　袭人道："云姑娘，你如今大了，越发心直口快了。"

四十九回：

　　史湘云极爱说话的，那里禁得香菱又请教他谈诗，越发高兴了，没昼没夜的高谈阔论起来。

六十二回：

　　史湘云笑着道："这个（拇战）简断爽利，合了我的脾气。我不行这个射覆，没得垂头丧气闷人，我只猜拳去了。"

百八回：

　　宝玉心里想道："我只说史妹妹出了阁①，是换了一个人了。……如今听他的话，原是和先一样的。"

皆与其年相应。
《墓志铭》②曰：

　　京师自公卿下，凡人事往来，贺赐、宴饯、颂述之作，必得其文以为荣。其年辄③提笔缀辞，益与酬酢④不休。

又曰：

────────

① 出阁：出嫁。
② 《墓志铭》：《陈检讨维崧墓志铭》略。
③ 辄：总是。
④ 益：更。酬酢[zuò]：相互敬酒。

君所作歌,随处散落人间。

《传》①曰:

辛卯、壬辰②间,吴门、云间、常润③大兴文会,四郡④名士毕集,觞酌未引⑤,髯⑥索笔赋诗,数十韵⑦立就。或时作记序⑧,用六朝俳体⑨,顷刻千言,巨丽⑩无比。诸名士惊叹以为神。

案《石头记》极写湘云诗思之敏捷。如第三十六回:

湘云初到,李纨罚他和诗,湘云一心兴头,不待推敲删改,一面只管和他人说着话,心内早已和⑪成。

五十回:

芦雪亭联句⑫,湘云那里肯让人,且别人也不如他敏捷。

皆是。
《墓志铭》曰:

遇花间席⑬上,尤喜填词。兴酣以往,常自吹箫而和之,人或指以为狂。

---

① 《传》:《迦陵先生外传》略。
② 辛卯、壬辰:辛卯年、壬辰年。
③ 吴门、云间、常润:(地名)即今苏州、松江、常州和镇江。
④ 四郡:汉代设边塞四郡,后世用以代指周边地区。
⑤ 觞酌:酒器,代指喝酒。引:伸(指举杯)。
⑥ 髯:代指陈其年(因其"修髯")。
⑦ 韵:代指诗。
⑧ 记序:同"记叙"。
⑨ 六朝:即(三国)吴、东晋、(南朝)宋、齐、梁、陈,因此六朝代均建都于建康(今南京),故称。俳[pái]体:即俳谐体,亦称骈体文、骈俪文、骈偶文,一种以字句两两相对而成篇章的文体,盛行于六朝,故称"六朝俳体"。
⑩ 巨丽:极美。
⑪ 和[hè]:构想诗句。
⑫ 联句:作诗法,即由两人或多人,每人一句或数句,联结成一篇。
⑬ 花间席:有诸多青楼女子作陪的酒席。

其词至多,累至于余阕①,古所未有也。

《传》曰:

　　所作词尤凌厉光怪②,变化若神,富至于八百首。

《石头记》七十回"史湘云偶填柳絮词":

　　湘云说过,咱们这几社③,总没有填词,明日何不起社填词。

与其年好为词相应。
《别传》曰:

　　先生尝自中州入都,同秀水朱竹垞合刻一稿④,名《朱陈村词》。

《石头记》七十六回"凹晶馆湘云黛玉联句"殆⑤影此。
《传》曰:

　　髯贫无子。先是游商邱,买妾。妾父母闻其世家,游装都雅⑥,意其富,许之。举⑦一子,名狮儿。岁三周⑧,载与俱归。妾父母暨⑨妾始知髯贫,且老诸生⑩耳。未几,狮儿竟夭⑪。髯寻⑫遣妾去。去二年,髯拔起荐辟⑬,官

---

① 累:积累。余阕[què]:结集而有余。
② 凌厉光怪:凌厉风发、光怪陆离。
③ 社:诗社。
④ 秀水朱竹垞,即朱彝尊,号竹垞,秀水(今浙江嘉兴)人,故称。合刻一稿:合出一书。
⑤ 殆:大概。
⑥ 都[dōu]雅:典雅。
⑦ 举:生。
⑧ 岁三周:三周岁。
⑨ 暨[jì]:及、与。
⑩ 老诸生:老贡生,未中举的老秀才。
⑪ 未几:不久。夭:夭折。
⑫ 寻:寻即、随即。
⑬ 拔起荐辟:(获得)提拔推荐。

检讨①云。然聱自得官后，贫益甚。储孺人②卒于家，生死不相见，益悼痛不自聊赖③。壬戌④患头痛，遂不起。

《墓志铭》曰：

授翰林院检讨后四年，年五十八而病作，积⑤四十余日，卒。

《石头记》（《乐中悲》曲）：

襁褓中，父母叹双亡。纵居绮罗丛，谁知娇养。

三十二回：

宝钗道："为什么这几次他（湘云）来了，他和我说话儿，见没人在眼前，他就说家里累得很。我再问他几句家常的活，他就连眼圈儿都红了，口里含含糊糊待说不说的。想其情景，自然从小没了爹娘的苦，我看他也不觉伤起心来。"

三十七回：

史湘云穿得齐齐整整走来，辞说家里打发人来接他。……那史湘云只是眼泪汪汪的，见有他家人在跟前，又不敢十分委屈。……还是宝钗心内明白，他家人若回去告诉了他婶娘，待他家去，又恐怕受气。

所以写其⑥未仕以前之厄运也。

《红楼梦曲》又云：

---

① 官检讨：官至翰林院检讨。
② 储孺人：妻子储氏（孺人：官员之妻）。
③ 不自聊赖：不能排遣。
④ 壬戌：壬戌年。
⑤ 积：拖延。
⑥ 其：陈其年。

……好一似霁月光风耀玉堂，厮得个才貌仙郎，博得个地久天长，准折幼年时坎坷形状。终久是云散高唐，水涸湘江①。

百九回：

史姑娘哭得了不得，说是姑爷②得了暴病，大夫都瞧了，说这病只怕不能好，若变了痨病，还可捱过四五年。

百十回：

史湘云想到自己命苦，刚配了一个才貌双全的男人，性情又好，偏偏得了冤孽证候③，不过挨日子罢了。

百十八回：

王夫人道："就是史姑娘，是他叔叔的主意。头里原好，如今姑爷痨病死了，你史妹妹立志守寡，也就苦了。"

皆所以写其既仕以后之厄运也。其年出于明之世家而入清④，故以父母早亡喻之。

《别传》曰：

相传先生为善卷山中诵经猿⑤再世，故其性情萧淡，不耐拘检⑥。疾革⑦时，吟"山鸟山花是故人"句而逝。

---

① 云散高唐：寓"云"字。水涸湘江：寓"湘"字。
② 姑爷：指史湘云丈夫卫若兰。
③ 冤孽证候：不治之症。
④ 其年出于明之世家而入清：陈维崧(其年)之父陈贞慧，"明末四公子"之一，崇祯十七年，陈维崧二十岁，明亡入清。
⑤ 善卷山中诵经猿：善卷山位于江苏宜兴，内有善卷洞，诵经猿为传说中的仙猿(按：陈维崧是宜兴人)。
⑥ 拘检：拘束。
⑦ 疾革：病情危重。

《石头记》四十九回：

> 一时史湘云来了，穿着贾母与他的一件貂鼠脑袋面子、大毛黑灰鼠里子、里外发烧大褂子，头上戴着一顶挖云鹅黄片、金里大红猩猩毡昭君套①，又围着大貂鼠风领。黛玉先笑道："你们瞧瞧，孙行者来了。"……只见他里头穿着一件半新的靠色②三镶领袖、秋香色盘金五色绣龙、窄褃小袖掩襟银鼠短袄，里面短短的一件水红妆段狐嵌褙子，腰里紧紧束着一条蝴蝶结子长穗五色宫绦③，脚下也穿着鹿皮小靴，越显得蜂腰猿背，鹤势螂形。

五十回"暖香坞巧制春灯谜"：

> 湘云想了一想笑道："我编了一支《点绛唇》④。"……便念道："溪壑分离，红尘游戏真何趣。名利犹虚，后事总难提。"众人都不解，想了半日，有猜是和尚的，也有猜是道士的，也有猜是偶戏人的。宝玉笑了半日道："都不是，我猜着了，必定是耍的猴儿。"湘云笑道："正是这个了。"众人道："前头都好，末后一句怎么样解？"湘云道："哪一个耍的猴儿不是剁了尾巴去的？"

皆影射"山猿再世"之传说也。众人猜为和尚道士，而猜著者又为将做和尚之宝玉，皆影诵经猿。所谓后事总难提，所谓剁了尾巴，则影其⑤殁后无子云。

《墓志铭》曰：

> 口謇讷，不善持论⑥。

《石头记》二十回：

---

① 昭君套：用条状貂皮围于髻下额上，如帽套，相传为昭君出塞时所戴，故称。
② 靠色：月白色。
③ 宫绦：仿宫中式样的丝带。
④ 《点绛唇》：词牌名。
⑤ 其：其年（陈维崧）。
⑥ 口謇[jiǎn]讷：说话发音不准（謇：通"謇"）。不善持论：不善于一语中的。

黛玉笑道："偏你①咬舌子爱说话，连个二哥哥也叫不上来，只是爱哥哥、爱哥哥的。回来赶围棋儿，又该你闹么爱三②了。"宝玉笑道："你③学会了，明儿连你还咬④起来呢。"……湘云笑道："我只保佑着明儿得一个咬舌儿林姐夫，时时刻刻，你可听爱呀厄⑤的去。"

即影此。

妙　玉

妙玉，姜西溟⑥也。(从徐柳泉⑦说)"姜"为少女，以"妙"代之⑧。《诗》云："美如玉，美如英。""玉"字所以影"英"字也⑨(第一回名石头为"赤霞宫神瑛侍者"，"神瑛"殆即"宸英"之借音)。

全谢山⑩所作《翰林院编修姜先生宸英墓表》曰：

常熟翁尚书⑪者，先生之故人⑫也。是时枋臣⑬方排⑭睢州汤文正公⑮，而尚书为祭酒⑯，受枋臣旨，劾睢州⑰为伪学。枋臣因攫之副詹事⑱，以逼睢

---

① 你：指湘云。
② 闹么：闹什么。爱三：(围棋)二三，即二三线飞。
③ 你：指黛玉。
④ 咬：咬舌，即发音不准。
⑤ 爱呀厄：爱呀爱，"厄"是其发音不准。
⑥ 姜西溟，即姜宸英，字西溟，号湛园，康熙十九年以布衣荐入明史馆任纂修官。康熙三十六年七十岁始成进士，以殿试第三名授翰林院编修。康熙三十八年为顺天乡试副考官，因主考官舞弊，连累下狱死。
⑦ 徐柳泉，即徐时栋，号柳泉，见前注。
⑧ "姜"为少女，以"妙"代之："姜"字的意思是少女，代之以"妙"字(女少)。
⑨ 姜西溟名"宸英"。
⑩ 全谢山，即全祖望，字绍衣，号谢山。见前注。
⑪ 常熟翁尚书，即翁叔元，字宝林，号静乡，江南苏州府(今属江苏)常熟人，康熙时内阁大臣，官至工部尚书、刑部尚书，故称。
⑫ 先生：指姜西溟。故人：旧交、老友。
⑬ 枋[fāng]臣：权臣，此处指余国柱(见前注)。
⑭ 排：排斥。
⑮ 睢州汤文正公，即汤斌，字孔伯，号荆岘，晚号潜庵，河南睢州(今河南睢县)人，康熙时内阁大臣、理学家，官至工部尚书，卒谥文正，故称。
⑯ 祭酒：代指奉承、迎合。
⑰ 睢州："睢州汤文正公"略。
⑱ 因：因而。攫[jué]之：拘捕。副詹事：官名，詹事副手(时詹事即汤斌)。

454

州,以睢州故①兼詹事也。先生以文头②责之,一日而其文遍传京师。尚书恨甚。

枋臣有子多才,求学于先生。枋臣颇欲援先生登朝③。枋臣有幸仆④曰安三,势倾京师,欲先生一假借⑤而不可得。枋臣之子乘间⑥言于先生曰:"家君待先生厚,然而率不得大有伙助⑦。某以父子之间亦不能为力者⑧,何也?盖有人焉⑨。愿先生少施颜色⑩,则事可立谐⑪。"……先生投杯而起曰:"吾以汝为佳儿也,不料其无耻至此!"绝不与通⑫。

又方望溪⑬《记姜西溟遗言》曰:

"徐司寇健庵⑭,吾⑮故交也,能进退天下士⑯。平生故人,并退就弟子之列⑰,独吾与为兄弟称。其子某作楼⑱成,饮吾以落之⑲曰:'家君云,名此⑳必海内第一流,故以属先生。'吾笑曰:'是㉑东乡,可名东楼。'"

《墓表》㉒又云:

<hr>

① 故:亡。
② 头:带头。
③ 援:提携。登朝:升为朝廷大臣。
④ 幸仆:宠幸之仆。
⑤ 假借:帮忙。
⑥ 乘间:找机会。
⑦ 伙[cì]助:帮助。
⑧ 某:指安三。父子之间:喻枋臣与安三如同父子。为力:为之出力。
⑨ 盖有人焉:大概有人(撑腰)吧。
⑩ 少施颜色:稍稍表示一下(少:通"稍")。
⑪ 立谐:立即妥善。
⑫ 通:交往。
⑬ 方望溪,即方苞,字灵皋,号望溪,康熙时著名文人,"桐城派"三始祖之一。
⑭ 徐司寇健庵:司寇(古代掌管刑狱的官名)徐健庵(即徐乾学,见前注)。
⑮ 吾:姜西溟。
⑯ 能进退天下士:能使天下士人进或退,意为握有大权。
⑰ 并:皆。退就弟子之列:退而入其弟子之列,意为朋友们都对他恭恭敬敬,就像他的弟子。
⑱ 作楼:建楼房。
⑲ 饮吾以落之:(倒置)以落之饮吾,因(楼房)落成而请我喝酒。
⑳ 家君:家父。名此:为此楼取名。
㉑ 是:此。
㉒ 《墓表》:《翰林院编修姜先生宸英墓表》略。

尝于谢表①中用义山②点窜③《尧典》《舜典》二语④。受卷官⑤见而问曰："是语甚粗，其有出乎⑥?"先生曰："义山诗未读耶?"

案《石头记》中，极写妙玉之狷傲⑦。

第十七回：

王夫人道："这样我们何不接了他(妙玉)来?"林之孝家的回道："若接他，他说侯门公府，必以贵势压人，我再不去的。"王夫人道："他既是宦家小姐，自然要傲些，就下个请帖何妨。"

四十一回：

妙玉忙命："将成窑的茶杯别收⑧，搁在外头去罢。"宝玉会意，知为刘姥姥吃了，他嫌腌臜，不要了。黛玉因问："这也是旧年的雨水?"妙玉冷笑道："你这么个人竟是大俗人，连水也尝不出来。"……黛玉知他天性怪僻，不好多话，亦不好多坐。……宝玉道："那茶杯……不如就给了那贫婆子⑨罢。"……妙玉点头说道："这也罢了。幸而那杯子是我没吃过的，若是我吃过的，我就碰碎了也不能给他。……你只交给他快拿了去罢。"宝玉道："自然如此，你那里和他说话去，越发连你都腌臜了。"……宝玉又道："等我们出去了，我叫几个小么儿来，河里打几桶水来洗地如何?"妙玉笑道："这更好了。只是嘱咐他们抬了水只搁在山门外头墙根下，别进门来。"

六十三回：

---

① 谢表：试卷。
② 用义山：用李义山(即李商隐)的诗。
③ 点窜：点缀。
④ 《尧典》《舜典》二语：《尚书·尧典》《尚书·舜典》中的两条语录。
⑤ 受卷官：考官。
⑥ 是语：此语。粗：粗俗。出：出处。
⑦ 狷[juàn]傲：高傲。
⑧ 别收：另外收拾。
⑨ 那贫婆子：指刘姥姥。

岫烟笑道:"我找妙玉说话。"宝玉听了诧异,说道:"他为人孤癖,不合时宜,万人不入他的目,原来他推重姐姐,竟知姐姐不是我们一流俗人。"……宝玉将拜帖取与岫烟看(拜帖写"槛外人妙玉恭肃遥叩芳辰"),岫烟笑道:"他这脾气竟不能改,竟是生成这等放诞诡僻①了。从来没见拜帖上写别号的②。……他常说,古人中自汉晋唐宋以来,皆无好诗,只有两句好,说道:'纵有千年铁门槛,终须一个土馒头。'③所以他自称槛外之人。又常赞文是庄子的好,故又或称为畸人,他若帖子上是自称畸人的,你就还他个世人。畸人者,他自称是畸零之人,你谦自己乃世上扰扰之人,他便喜了。如今他自称槛外之人,是自谓蹈于铁槛之外了,故你如今只下槛内人,便合了他的心了。"

八十七回:

宝玉悉把黛玉的事(抚琴)述了一遍,因说:"咱们去看他。"妙玉道:"从古只有听琴,再没有看琴的。"宝玉笑道:"我原说我是个俗人。"

九十五回:

岫烟求妙玉扶乩④,妙玉冷笑几声说道:"我与姑娘来往,为的是姑娘不是势利场中的人,今日怎么听了哪里的谣言,过来缠我。"……岫烟知他脾气是这么着的。

一百九回:

妙玉来看贾母病,岫烟出去接他,说道:"……况且咱们这里的腰门常关着,所以这些日子不得见你。"妙玉道:"……我哪管你们关不关,我要来就

---

① 放诞诡僻:怪诞孤僻。
② 按:"槛外人"是妙玉的别号。
③ 纵有千年铁门槛,终须一个土馒头:[宋]范成大诗句,稍有差异,原句为"纵有千年铁门限,终须一个土馒头。"门限:即门槛。铁门槛:用铁皮包裹的门槛,喻世人的种种心机。终须:最后等到。一个土馒头:一堆土,即坟墓。
④ 扶乩[jī]:亦作扶箕、抬箕等,占卜、算命。

来,我不来,你们要我来也不能啊。"岫烟笑道:"你还是那种脾气。"

又第五回《红楼梦曲》(《世难容》)云:

　　天生成孤僻人皆罕,你道是啖肉食腥膻(西溟不食豕,见下条),视绮罗俗厌。

皆是。西溟性虽狷傲,而热衷于科第。
方望溪曰:

　　西溟不介而过余①,以其文属②讨论,曰:"吾自度③尚有不止于是者,以④溺于科举之学,东西奔迫,不能尽其才,今悔而无及也。"

朱竹垞《书姜编修手书帖子后》云:

　　予尝劝罢⑤乡试,西溟怒不答。平生不食豕⑥,兼恶人食豕。一日,予戏语之曰:"假有入注⑦乡贡进士榜,蒸豕一柈⑧,曰食之则以淡墨书⑨子名,子其食之乎?"西溟笑曰:"非马肝也⑩。"

《石头记》八十七回:

　　宝玉一面与妙玉施礼,一面又笑问道:"妙公轻易不出禅关,今日何缘下凡一走?"妙玉听了,忽然把脸一红,也不答言,低了头自看那棋。……宝玉

---

① 不介:原意为不披铠甲,喻不刻意自谦。过余:过分。
② 文属:文章之类。
③ 自度:自忖。
④ 以:因。
⑤ 罢:放弃。
⑥ 豕[shǐ]:猪。
⑦ 入注:填写。
⑧ 柈[pán]:同"盘"。
⑨ 以淡墨书:用淡墨写(按:科举考试揭榜以淡墨书之,见[五代]范资《玉堂闲话·高鞏》:"礼部贡院,凡有榜出,书以淡墨。或曰名第者,阴注阳受,淡墨书者,若鬼神之迹耳……")。
⑩ 非马肝也:不是马肝(不食)。

尚未说完，只见妙玉微微的把眼一抬，看了宝玉一眼，复又低下头去，那脸上的颜色渐渐的红晕起来。……重新坐下，痴痴的问着宝玉道："你从何处来？"……妙玉坐到三更过后，听得屋上咯碌碌一片瓦响。……忽听房上两个猫儿一递一声厮叫，那妙玉忽想起日间宝玉之言，不觉一阵心跳耳热。自己连忙收摄心神，走进禅房，仍归禅床上坐了。怎奈神不守舍，一时如万马奔驰，觉得禅床便恍荡起来。……大夫道："这是走魔入火的原故。"……外面那些游头浪子听见了，便造作许多谣言，说这样年纪，哪里忍得住！况且又是很风流的人品，很乖觉的性灵，以后不知飞在谁手里，便宜谁去呢！……惜春因想妙玉虽然洁净，毕竟尘缘未断。

皆写其热衷之状态也。
西溟未遇①时，欲提挈②之者甚多，忌之者亦不鲜③。
《墓表》曰：

> 凡先生入闱④，同考官无不急欲得先生者，顾侥得侥失⑤。

又曰：

> 当是时，圣祖仁皇帝润色鸿业，留心文学⑥，先生之名，遂达宸听⑦。一日谓侍臣曰："闻江南有三布衣，尚未仕耶？"三布衣者，秀水朱先生竹垞、无锡严先生耦渔及先生也。又尝呼先生之字曰："姜西溟古文，当今作者⑧。"……会征⑨博学鸿儒，昆山叶公与长洲韩公，相约连名⑩上荐。叶公适

---

① 未遇：未得（朝廷或权势者）赏识。
② 提挈：同"提携"。
③ 不鲜：不少。
④ 凡：凡是。入闱：入考场。
⑤ 顾：只是。侥[guǐ]得侥失：得失出于偶然（语出《列子·力命》："侥侥成者，侥成者也，初非成也。侥侥败者，侥败者也，初非败也。"）。侥：奇特。
⑥ 圣祖仁皇帝：即康熙皇帝。润色鸿业：增色大业。文学：文人学子。
⑦ 宸听：圣听，谓帝王之耳。
⑧ 作者：有作为者。
⑨ 会征：广招。
⑩ 连名：同"联名"。

以宣召入禁中浃月①，既出，则已无及②矣。新城王公叹曰："其命也夫!"……先生累以醉后违科场格致斥③。……受卷官怒，高阁其卷，不复发誊④(因先生斥其未读义山诗)。

《遗言》曰:

"翁司寇宝林⑤用此(刊布责翁文⑥)相操⑦尤急，此吾所以困至今也。"

李次青⑧《姜西溟先生事略》曰:

始睢州⑨典试浙中，叹息语同事:"暗中摸索，勿失姜君。"竟弗得。嗣后每榜发，无不以失先生为恨者。

《曝书亭集》⑩有《为姜宸英题画诗》，孙注曰:

案"己未⑪鸿博试，据其乡后进⑫"云，以厄于高江村詹事，不获举⑬。

《墓表》又曰:

康熙丁丑，年七十矣，先生入闱，复违格⑭。受卷官见之叹曰:"此老今年不第，将绝望而归耳。"为改正之，遂成进士。

————————————

① 适:刚好。宣召:(皇帝)下诏。禁中:禁宫(皇宫)中。浃[jiā]月:一个月。
② 无及:来不及。
③ 累:屡。科场格:考场规则。致斥:导致被赶出。
④ 阁:通"搁"。发誊[téng]:犹誊发，抄写发送(其试卷)。
⑤ 翁司寇宝林:司寇翁宝林。
⑥ 责翁文:即指姜西溟指责翁宝林"义山诗未读耶"?
⑦ 相操:相操戈(打击)。
⑧ 李次青,即李元度,字次青,清咸丰时大臣、学者。
⑨ 始:起初。睢州:即"睢州汤文正公"汤斌，见前注。
⑩ 《曝书亭集》:朱彝尊自编词集，此处应指孙银槎《曝书亭集笺注》。
⑪ 己未:己未年。
⑫ 据其乡后进:乡试居"后进"(最后几名)。
⑬ 厄:受阻。高江村，即高士奇，号江村，见前注。詹事:官名。举:推举。
⑭ 违格:违规。

《石头记》第五回《红楼梦曲》(《世难容》)云：

> 好高人共妒，过洁世同嫌。可叹这青灯古殿人将老，辜负了红粉朱楼春色阑。……又何须王孙公子叹无缘。

百十二回：

> 妙玉说道："我自玄墓①到京，原想传个名的，为这里请来，不能又栖他处。"

八十七回：

> 怎奈神不守舍。……身子已不在庵中，便有许多王孙公子要求娶他，又有些媒婆扯扯拽拽扶他上车。

五十回：

> 李纨说："可厌妙玉为人，我不理他。"

皆写其不遇之境也。

《墓表》曰：

> 以己卯试事，同官不饬簠簋②，牵连下吏，满朝臣僚皆知先生之无罪。顾以其事泾渭各具，当自白③，而不意④先生遽病死。新城⑤方为刑部，叹曰："吾在西曹⑥，使湛园⑦以非罪死狱中，愧何如矣！"

---

① 玄墓：亦作元墓，地名(在今苏州吴县)。
② 己卯：己卯年。同官：同僚。不[fǔ]饬[chì]簠[guǐ]簋[bù]：意为贪污("饬"通"饰"；"簠"与"簋"，均容器)。
③ 自白：自我撇清。
④ 不意：不料。
⑤ 新城：即新城王公，见前文。
⑥ 西曹：刑部别称。
⑦ 湛园：即姜西溟，名宸英，号湛园。

方望溪曰:

　　己卯主顺天①乡试,以目昏不能视,为同官所欺,挂吏议②,遂发愤③死刑部狱中。……平生以列《文苑传》④为恐,而末路乃重负污累。然观过知仁,罪⑤由他人,人皆谅⑥焉。而发愤以死,亦可谓狷隘⑦而知耻者矣。

《石头记》百十二回:

　　有人大声的说道:"我说那三姑六婆,是最要不得的。……那个什么庵里的尼姑死要到咱们这里来。……那腰门子一会儿开着,一会儿关着,不知做什么。……我今日才知道是四姑奶奶的屋子,那个姑子⑧就在里头,今日天没亮溜出去了,可不是那姑子引进来的贼么?"……包勇道:"你们师父引了贼来偷我们,已经偷到手了,他跟了贼去受用去了。"

百十五回:

　　地藏庵的姑子问惜春道:"前儿听见说栊翠庵的妙师父,怎么跟了人去了?"惜春道:"那里的话! 说这个话的人,提防的割舌头。人家遭了强盗抢去,怎么还说这样的坏话。"那姑子道:"妙师父为人怪癖,只怕是假惺惺罢。"

五回《红楼梦曲》曰:

　　到头来依旧是风尘肮脏违心愿,好一似无暇白玉遭泥陷。

---

① 己卯:己卯年。主:主持。顺天:顺天府(即今北京地区)。
② 欺:欺骗。挂:涉。吏议:司法官吏关于处分定罪的拟议。
③ 发愤:愤恨。
④ 列《文苑传》:列名《文苑传》(按:《文苑传》为《明史》一部,述文苑异事,此处代指史家)。
⑤ 罪:怪罪。
⑥ 谅:原谅。
⑦ 狷隘:亦作狷狭,耿直。
⑧ 那个姑子:那个尼姑,指妙玉。

皆写其①受诬也。

百十二回：

> 妙玉自己坐着，觉得一股香气透入囟门②，便手足麻木不能动弹，口里
> 也说不出话来，心中更自着急。……此时妙玉如醉如痴，可怜一个极洁极净
> 的女儿，被这强盗的闷香薰住，由着他摆布去了。

写其以目昏而为同官所欺也。

百十二回又云：

> 不知妙玉被劫，或是甘受污辱，还是不屈而死，未知下落，也难妄
> 拟。……惜春想起昨日包勇的话来，必是那强盗看见了他，昨晚抢去，也未
> 可知。但是他素来孤洁得很，岂肯惜命？

百十七回：

> 恍惚有人说，是有个内地里的人，城里犯了事，抢了一个女人下海去③
> 了，那女人不依，被这贼寇杀了。众人道："咱们栊翠庵的妙玉，不是叫人抢
> 去？不要就是他罢？"贾芸道："前日听见人说，他庵里的道婆做梦，说看见是
> 妙玉叫人杀了。"

皆写其瘐死④狱中也。

西溟《祭纳兰容若文》有曰：

> 兄一见我，怪我落落⑤。转亦以此，赏我标格⑥。……我蹶而穷，百忧萃止⑦。

---

① 其：姜西溟。
② 囟门：脑门。
③ 下海：到海上去。
④ 瘐[yǔ]死：指囚犯因受刑、冻饿、生病而死。
⑤ 落落：孤僻貌。
⑥ 赏：欣赏。标格：品格。
⑦ 蹶[jué]：通"倔"。萃止：聚集。

是时归兄，馆①我萧寺。人之猰猰，笑侮多方②。兄不谓然，待我弥庄③。……梵筵栖止，其室不远④。纵谭⑤晨夕，枕席书卷。余来京师，刺字漫灭⑥。举头触讳⑦，动足遭跌。兄辄怡然，忘其颠蹶⑧。数兄知我，其端⑨非一。我常箕踞，对客欠伸⑩。兄不余做，知我任真⑪。我时漫骂，无问高爵⑫。兄不余狂，知余疾恶。激昂论事，眼睁舌挢⑬。兄为抵掌，助之叫号⑭。有时对酒，雪涕⑮悲歌。谓余失志，孤愤则那⑯。彼何人斯，实应且憎⑰。余色拒之，兄门固扁⑱。

《石头记》中写妙玉品性均与之相应，而"萧寺"及"梵筵"云云，尤为栊翠庵之来历也。

惜　春

惜春，严荪友⑲也。荪友为荐举鸿博四布衣⑳之一，故曰四姑娘㉑。荪友又号

---

① 馆：(动词)留宿。
② 猰[yín]猰：原意为狗叫，喻多言。笑侮：讥笑、侮辱。多方：各种各样。
③ 弥庄：更加尊重。
④ 梵筵栖止：悉心佛意，谓看空一切(梵筵：做主佛事的道场，代指佛意。栖止：栖身)。其室不远：将得归宿(室：家，代指归宿)。
⑤ 纵谭：畅谈(谭：同"谈")。
⑥ 刺字漫灭：(成语)意为无人可访(典出《世说新语·言语》"祢衡被魏武谪为鼓吏"条注引《文士传》："以建安初北游，或劝其诣京师贵游者，衡怀一刺，遂至漫灭，竟无所诣。")。
⑦ 触讳：触犯(世人)忌讳。
⑧ 辄：总是。颠蹶：亦作颠踬，颠倒失次。
⑨ 端：事端。
⑩ 箕踞：两脚张开、两膝微曲地坐着，形状像箕。欠伸：打呵欠、伸懒腰。
⑪ 不：不怪。余做：我的行为。任真：率真任情。
⑫ 无问：不管。高爵：高官世爵。
⑬ 挢[jiǎo]：翘。
⑭ 抵掌：击掌。叫号：叫好。
⑮ 雪涕：落涕。
⑯ 则那[něi]：怎奈。
⑰ 彼何人斯：那是何人(斯：语助词)(语出《诗经·小雅·何人斯》："彼何人斯？其心孔艰。")。实应且憎：实应憎恶(且：语助词)(语出《国语·周语中·襄王不许请隧》："……其叔父实应且憎，以非余一人，余一人岂敢有爱？")。
⑱ 色：脸色、眼色。固扁：紧闭。
⑲ 严荪友，即严绳孙，字荪友，号秋水，又号藕渔、藕荡渔人，清康熙时官吏、文人，与朱彝尊、姜宸英合称"江南三布衣"，官至翰林院编修，康熙二十四年辞官回家乡隐居。
⑳ 荐举鸿博四布衣：康熙十七年举博学鸿词科，布衣李因笃、朱彝尊、潘耒、严绳孙皆举授编修，故称。鸿博：鸿志博学之人。
㉑ 四姑娘：荣国府元春、探春、迎春、惜春四姐妹，惜春排行第四，故称。

藕渔,亦曰藕荡渔人,故惜春住藕榭①,诗社中即以藕榭为号。

《池北偶谈》②:

> 公卿③荐举鸿博,绳孙目疾,是日应制仅为八韵诗④。

朱竹垞《严君墓志》:

> 晚岁有以诗、文、画请者,概不应。

《石头记》三十七回:

> 惜春本性懒于诗词。

殆指此。

《墓志》⑤曰:

> 君兼善绘事⑥。

李次青⑦《严荪友事略》又称其尤精画凤。《石头记》惜春之婢名入画。

第四十回:

> 贾母指着惜春笑道:"你瞧我这个小孙女儿,他就会画。等明儿叫他画一张如何?"

第四十二回:

---

① 藕榭:大观园一舍名。
② 《池北偶谈》:[清]王士禛撰笔记杂著。
③ 公卿:原指春秋战国时的三公九卿,后世用以泛指文武百官。
④ 应制:应皇帝下诏而作文赋诗。八韵诗:八首诗。
⑤ 《墓志》:《严君墓志》略。
⑥ 绘事:绘画。
⑦ 李次青,即李元度,字次青,见前注。

李纨笑道:"四丫头要告一年的假呢①。"黛玉笑道:"都是老太太昨儿一句话,又叫他画什么园子图儿②,惹得他乐得告假了。"

五十回:

贾母道:"倒是你四妹妹那里暖和。我们到那里,瞧瞧他的画儿,赶年可能有了不能。"众人笑道:"哪里能年下就有了,只怕明年端阳才有呢。"贾母道:"这还了得! 他竟比盖这园子还费工夫了。"……只问惜春画在哪里,惜春因笑道:"大气寒冷了,胶性皆凝滞不堪,画了恐不好看,故此收起来了。"

皆借荪友绘书③为点缀。其所云"请假一年""明年才有"及"天寒收起"等,则晚岁不应之义也。

《墓志》曰:

君归田后,杜门不出,筑堂④曰"雨青草堂",亭曰"佚亭"。布⑤以窠石、小梅、方竹,宴坐一室以为常,睍辄⑥扫地、焚香而已。

《书贻》曰:

既入史馆,分纂《隐逸传》,容与蕴籍⑦,盖多自逍其志行⑧云。

《石头记》七十四回:

惜春年幼,天性孤癖,任人怎说,只是咬定牙,断乎不肯留着(入画)。 又

_____

① 告假:请假。
② 园子图儿:果蔬画(相对于花鸟画、山水画)。
③ 绘书:绘画。
④ 筑堂:修筑厅堂。
⑤ 布:布置。
⑥ 睍:空闲。辄:总是。
⑦ 容与蕴籍:悠闲自得。
⑧ 自逍:自行。志行:志向。

说道："不但不要入画，如今我也大了，连我也不便往你们那边去了。况且近日闻得多少议论，我若再去，连我也编派。……我一个姑娘，只好躲是非的，我反寻是非，成个什么人了！……我只能保住自己就够了，以后你们有事，好歹别累我。……状元难道没有糊涂的？……怎么我不冷？我清清白白的一个人，为什么叫你们带累坏了？……你这一去了，若果能不来，倒也省了口舌是非，大家倒还干净。"

八十七回：

惜春想："我若出了家时，哪有邪魔缠扰。一念不生，万缘俱寂。"想到这里，蓦与神会，若有所得，便口占一偈云："大造本无方①，云何是应住②。既从空中来，应向空中去。"占毕，即命丫头焚香，自己静坐了一回。

百十五回：

惜春道："如今譬如我死了是的。放我出了家，干干净净的一辈子。"

皆写其③"杜门不出""扫地、焚香"之决心也。

宝 琴

宝琴，冒辟疆④也。辟疆名襄，孔子尝学琴于师襄，故以"琴"字代表之。辟疆有姬曰董白⑤，其没也，辟疆作《影梅庵忆语》以哀之，有曰：

---

① 大造：大德。无方：无定规。
② 云何：说什么。是：此。应住：应守住。按：此语出自《金刚经》第十品"庄严净土分"："应无所住，而生其心。"
③ 其：严荪友。
④ 冒辟疆，即冒襄，字辟疆，号巢民，顺治、康熙时文人，一生未仕，与方以智、陈贞慧、侯方域合称"四公子"，其著《影梅庵忆语》述其与董小宛情事，开"忆语体"之始。
⑤ 董白，即董小宛，名白，字小宛，原为青楼名妓，与柳如是、陈圆圆、李香君等合称"秦淮八艳"。

壬午①清和晦日,姬②送余至北固山,舟泊江边。时西先生毕令梁③寄余夏西洋布一端④,薄如蝉纱,洁比雪艳,以退红为里⑤,为姬制轻衫,不减张丽华桂宫霓裳⑥也。偕⑦登金山,山中游人数千,尾⑧余两人,指为⑨神仙。

又曰:

余家及园事,凡有隙地⑩,皆植梅。春来早夜出入,皆烂缦香雪⑪中。姬于含蕊时,先相⑫枝之横斜,与几上军持相受⑬,或隔岁便芟剪⑭得宜,至花放⑮,恰采入供⑯。

《石头记》四十九回:

湘云又瞧着宝琴笑道:"这一件衣裳,也只配他穿,别人穿了实在不配。"

五十回:

贾母一看四面粉妆银砌,忽见宝琴披着是凫靥裘⑰,站在山坡背后遥等,身后一个丫鬟抱着一瓶红梅。……喜的忙笑道:"你们瞧这雪坡上,配上他

---

① 壬午:月份。
② 姬:女子美称,此处指董小宛。
③ 时:当时。西先生毕令梁:西边的毕令梁先生。
④ 夏西洋布:西洋产夏布。一端:一段。
⑤ 退红:粉红。里:夹里。
⑥ 张丽华:南北朝时南朝陈后主陈叔宝妃子,艳美无比,李延寿《南史》称其"性聪慧,甚被宠遇"。桂宫霓裳:张丽华舞衣。
⑦ 偕[xié]:一同。
⑧ 尾:尾随。
⑨ 指为:指称。
⑩ 隙地:空地。
⑪ 烂缦香雪:喻梅花。
⑫ 相:助其。
⑬ 几上:桌几上。军持:原为佛教语,梵文(拉丁拼音)knudikā的音译,意为净瓶,此处代指花瓶。相受:相配。
⑭ 芟[shān]剪:修剪。
⑮ 花放:花开。
⑯ 入供:放花瓶供养。
⑰ 凫靥裘:全称凫靥裘,用野鸭面部两颊的绒毛制作的冬衣。

这个人物，又是这件衣裳，后头又是这梅花，像个什么?"众人都笑道:"就像老太太房里挂的仇十洲①画的《艳雪图》。"贾母摇头笑道:"那画的哪里有这件衣裳，人也不能这样好。"……这是已许配梅家了。……把他许了梅翰林的儿子。

四十九回:

> 薛蝌因当年父亲已将胞妹薛宝琴许配都中②梅翰林之子为媳……

皆与《影梅庵忆语》中语相应。
张公亮所作《冒姬董小宛传》:

> 小宛，秦淮乐籍③中奇女也。……徒之金阊④。……住半塘⑤。……自西湖⑥远游于黄山、白岳⑦，间者将三年。……自此渡浒墅，游惠山，历毗陵、阳羡、澄江，抵北固，登金焦⑧。

《石头记》五十回:

> 薛姨妈道:"他从小儿见的世面倒多，跟他父亲四山五岳都走遍了。他父亲带了家眷，这一省逛一年，明年又到那一省逛半年，所以天下十停走了有五六停了。"……宝琴走来笑道:"从小儿所走的地方的古迹不少，我如今拣了十个地方古迹，做了十首怀古诗。"

五十一回宝琴十首怀古绝句，为赤壁、交趾、钟山、淮阴、广陵、桃叶渡、青冢、

---

① 仇十洲，即仇英，字实父，号十洲，明代画家，与沈周、文征明、唐寅合称画坛"吴门四家"。
② 都中:京城。
③ 乐[lè]籍:乐户(妓院)名册，代指众妓女。
④ 徒:徒步。之:通"至"。金阊:苏州金门、阊门，代指苏州。
⑤ 半塘:苏州地名。
⑥ 西湖:瘦西湖，在扬州。
⑦ 黄山、白岳:均为安徽名山，南北相望，素有"黄山白岳甲江南"之誉。
⑧ 浒墅:浒墅关，位于苏州城西北。惠山:在今江苏无锡。毗陵:即今常州。阳羡:阳羡溪山，在今江苏宜兴。澄江:在今江苏江阴。北固:北固山，在今江苏镇江。金焦:金山、焦山，在今江苏镇江。

马嵬、蒲东寺、梅花观十处，虽地名不皆符合，然彼此足相印证。

辟疆之别墅曰水绘园。《石头记》五十二回：

> 宝琴说曾见真真国①女子。

盖用《闻奇录》中画中美人名真真事，以影绘字。此女子所作诗，有曰："昨日朱楼梦，今宵水国吟。"上句言其不忘明室，下句则即谓水绘园也。

古人尝以千里草②影"董"字，后汉童谣"千里草，何青青"是也。

《石头记》五十回：

> 李绮灯谜，以"萤"字打一个字。宝琴猜是花草的"花"字。黛玉笑道："萤可不是草化的。"

殆亦以"草"字影"董"字也。相传董小宛实非病死，而被劫入清宫。"草"化为"董"，疑即指此。"萤"与荣国府之"荣"同形也。

刘姥姥

刘姥姥，汤潜庵③也（合肥蒯君若木④为我言之）。潜庵受业于孙夏峰⑤凡十年。夏峰之学，本以象山、阳明⑥为宗。

《石头记》：

> 刘姥姥之女婿曰王狗儿，狗儿之父曰王成。其祖上曾与凤姐之祖、王夫人之父认识，因贪王家势利，便连了宗。

---

① 真真国：通常认为是荷兰，因荷兰殖民者于明末崇祯十五年占据台湾，"筑室耕田，久留不去"。
② 千里草："董"字姓氏的隐语。出典：汉献帝元年初，长安有童谣说，"千里草，何青青。十日卜，不得生。"乍一听难解其意。"千里草"实为"董"，"十日卜"为"卓"，这首童谣是讲董卓的。而无论是"千里草"还是"十日卜"都是自下而上解字，不同于通常的自上而下解的，暗示董卓将自下摩上，以臣凌君。
③ 汤潜庵，即"汤文正公"汤斌，字伯玉，号潜庵，见前注。
④ 蒯君若木，即蒯寿枢，字若木，"君"为尊称，清末民初佛教居士，曾留学日本，回国后任铁路督办。
⑤ 孙夏峰，即孙奇逢，字启泰，号钟元，晚年讲学于辉县夏峰村，世称夏峰先生，明末清初理学家。
⑥ 象山、阳明：陆象山、王阳明，即陆九渊（别号象山）、王守仁（别号阳明），均明代理学家，合称"陆王理学"。

似指此。

耿介①所作《汤潜庵先生斌传》曰：

> 皇太子将出阁②，上③谕吏部：自古帝王谕教太子，必简④和平谨恪之臣，专资赞导。江宁巡抚汤斌，在经筵⑤时素行谨慎，朕所稔知⑥，及简任巡抚以来，洁己率属，实心任事，允宜⑦拔擢大用⑧，风示有位⑨。特授礼部掌詹事府事⑩。

《石头记》四十二回：

> 凤姐儿道："他(巧姐儿)还没个名字，你就给他起个名字，借借你的寿。二则你们是庄家人，不怕你恼，到底贫苦些。你贫苦人起个名字，只怕压的住他。"

又一百十三回：

> 凤姐对巧姐儿道："你的名字还是他起的呢，就和干娘一样。你给他请个安。"……姥姥道："只是不到我们那里去。"凤姐道："你带了他去罢。"

一百十九回：

> 平儿道："姥姥你既是姑娘⑪的干妈。"

① 耿介，字介石，号逸庵，康熙二十五年初夏受好友汤斌推荐，被封为少詹事，入值上书房，教授太子允礽书法。
② 出阁：通常指公主出嫁(后泛指女子出嫁)，亦用作皇子出任。
③ 上：皇上。
④ 简：选择，如"简拔"。
⑤ 经筵：帝王为讲论经史而特设之御前讲席。
⑥ 稔[rěn]知：熟知。
⑦ 允宜：允许。
⑧ 拔擢大用：提拔重用。
⑨ 风示有位：晓谕众臣。
⑩ 礼部掌詹事府事：官职名。
⑪ 姑娘：指巧姐。

疑皆指其为詹事时事。

《觚剩》①：

旧传明祖②梦兵卒千万，罗拜殿③前。……高皇④曰："汝因多人无从稽考姓氏，但⑤五人为伍，处处血食⑥足矣。"因⑦命江南家立尺五小庙祀之，俗称五圣祠。是后⑧日渐蕃衍。甚至树头花前、鸡塒豕圈⑨，小有萎妖⑩，辄曰五圣为祸。吾吴上方山⑪尤极淫侈⑫，娶妇贷钱，妖诡百出。吴人惊信若狂，箫鼓画船，报赛者⑬相属⑭于道。巫觋牲牢⑮，阗委⑯杂陈。计一日之费，不下数百金。岁无虚日⑰也。睢州汤公⑱巡抚江南，深痛恶俗。康熙乙丑⑲，奏于朝，而奉有谕旨，并檄⑳各省，如江南土木之偶，或畀㉑炎火，或投浊流。五圣祠遂斩无孑遗㉒。

《国朝先正事略》㉓：

苏州府城上方山，有祠曰五通㉔，祷赛㉕甚盛。凡少年妇女感寒热，觋巫

① 《觚剩》：[清] 钮琇撰笔记杂著。
② 明祖：明太祖朱元璋。
③ 罗拜殿：宫中接受朝拜的大殿。
④ 高皇：天帝。
⑤ 但：只要。
⑥ 血食：献祭，古时杀牲取血以祭，故称。
⑦ 因：因而。
⑧ 是后：此后。
⑨ 鸡塒[shí]豕[shǐ]圈：鸡窝猪圈。
⑩ 萎妖：死气妖风。
⑪ 吴：苏州。上方山：位于苏州南郊。
⑫ 淫侈：过度、过分。
⑬ 报赛者：谢神祭祀者。
⑭ 属：通"嘱"，"嘱"通"祝"。
⑮ 巫觋[xí]：女巫、男巫合称（女为"巫"，男为"觋"）。牲牢：祭品，牛、羊、豕三牲全备，称"太牢"。
⑯ 阗[tián]委：聚合。
⑰ 岁无虚日：一年中没有空日（即天天祭祀）。
⑱ 睢州汤公：即汤斌，睢州人，故称。
⑲ 康熙乙丑：即康熙二十四年。
⑳ 并檄：通报。
㉑ 畀[bì]：付、予。
㉒ 斩无孑[jué]遗：了无踪迹。
㉓ 《国朝先正事略》：[清] 李元度撰人物记述，分名臣、名儒、经学、文苑、遗逸、循良、孝义七门，共六十卷。
㉔ 五通：即五圣，犹五祸。
㉕ 祷赛：祭祀。

輒谓五通将娶为妇,往往羸瘵①死,常数十家。前有大吏拟撤②其祠,遇祟③
死,民益神之。公④收像⑤投水火,尽毁所属淫祠⑥,请旨勒石⑦永禁。

《石头记》三十九回:

　　刘姥姥道:"去年冬天,接连下了几天雪,地下压了三四尺深。……只听
外头柴草响,我想必定有人偷柴草来了。"……贾母道:"必定是过路的客人
们冷了,见现成的柴,抽些烤火去,也是有的。"刘姥姥道:"……原来是一个
十七八岁极标致的个小姑娘。"……外面人喊噪起来。……丫鬟回说:"南院
马棚子里走了水了,不相干,已救下了。"……只见东南上火光犹亮。……又
忙命人去火神跟前烧香。……贾母足足看火光熄了。……都是才说抽柴
草,惹出火来了。……林黛玉忙笑道:"咱们雪下吟诗,依我说,还不如弄一
捆柴火雪下抽柴。"……刘姥姥编了告诉他道:"那原是我们庄北沿地埂子
上,有一个小祠堂里,供的不是神佛,当先有个什么老爷说着。"又想名姓。
宝玉道:"不拘什么名姓,你不必想了(《觚賸》所谓"无从稽考姓氏"),只说原故
就是了。"刘姥姥道:"这老爷没有儿子,只有一位小姐,名叫若玉小姐("五"字
与"玉"字相似,故曰若玉)……生到十六岁,一病死了(《国朝先正事略》所谓"少年
妇女……五通将娶为妇,往往羸瘵死")……因为老爷、太太思念不尽,便盖了这
祠堂,塑了这若玉小姐的像,派了人烧香拨火,如今日久年深的,人也没了,
庙也破了,哪像也就成了精。……他时常变了人出来各村庄、店道上闲逛。
我才说抽柴火的就是他了。我们村庄上的人,还商议着要打了这个像,平了
庙呢。"……宝玉道:"我明日做个疏头⑧,替你化些布施,你就做香头⑨,攒了
钱,把这庙修盖,再装塑了泥像,每月给你香火钱烧香,岂不好?"(汪士铉所作

---

① 羸[léi]瘵[zhài]:瘦弱、病困。
② 撤:除去。
③ 祟:鬼魅。
④ 公:汤公,即汤斌。
⑤ 像:神像。
⑥ 淫祠:邪恶祠庙。
⑦ 请旨:请求圣旨。勒石:刻石碑。
⑧ 疏头:向鬼神祈福的祝文。
⑨ 香头:庙里主管香火的巫人。

《汤潜庵先生墓表》："其后五路神徙于他所①，骎骎乎有复兴之势。"）……焙茗笑道："找到东北上田埂子上，才有一个破庙。……那庙门却倒也朝南开，也是稀破的。……一看泥胎②，吓的我又跑出来，活似真的一般。……那里是什么女孩儿，竟是一位青脸红发的瘟神爷。"

皆影汤公毁五通祠事也。

徐乾学所作《工部尚书汤公神道碑》：

居官不以丝毫扰于民。夏从贸肆③中易④苎帐⑤自蔽。春野荠⑥生，日⑦采取啖⑧之。脱粟羹豆，与幕客对饭⑨。下至臧获⑩，皆怡然无怨色。常州知府祖进朝⑪制衣靴，欲奉公⑫，久之不敢言，竟自服⑬之。

冯景⑭所作《汤中丞杂记》：

黄进士春江⑮言："公莅任⑯时，某⑰亲见其夫人暨诸公子⑱衣皆布，行李萧然⑲，类⑳贫士。而其日给为菜韭㉑。公一日阅簿㉒，见某日两支㉓鸡，公愕

---

① 五路神：即五圣，或五祸。徙[xǐ]：迁。骎骎：马疾速奔驰貌。
② 泥胎：指神像。
③ 贸肆：店铺。
④ 易：交易、买。
⑤ 苎[zhù]帐：麻布床帐。
⑥ 野荠：野荠菜。
⑦ 日：天天。
⑧ 啖[dàn]：吃。
⑨ 脱粟：糙米。羹豆：豆腐。幕客：幕僚、助手。对饭：面对面吃饭。
⑩ 臧[zāng]获：奴婢。
⑪ 祖进朝，奉天人，康熙二十三年由部郎擢授常州知府。
⑫ 奉：奉献。公：汤斌。
⑬ 服：（动词）穿。
⑭ 冯景，字长明，康熙时文人。
⑮ 黄进士春江：进士黄春江。
⑯ 莅[lì]任：上任。
⑰ 某：说话人自称。
⑱ 暨：及。诸公子：几个儿子。
⑲ 萧然：简陋貌。
⑳ 类：类似。
㉑ 日给：日常给养，此处指菜肴。菜韭：蔬菜（宽叶称"菜"，窄叶称"韭"）。
㉒ 阅簿：翻阅账簿。
㉓ 支：通"只"。

474

问曰:'吾至吴未曾食鸡,谁市①鸡者乎?'仆②叩头曰:'公子。'公怒,立召公子跽③庭下而责之曰:'汝谓④苏州鸡贱如河南耶⑤? 汝思啖鸡,便归去。恶有⑥士不嚼菜根而能作百事者哉!'并笞⑦其仆而遣⑧之。公生日,荐绅知公绝馈遗⑨,惟制屏为寿⑩。公辞焉。启⑪曰:'汪琬⑫撰文在上。'公命录以入⑬,而返其屏。……去⑭之日,敝篓数肩⑮,不增一物于旧⑯,惟《廿一史》则吴中物⑰,公指为祖道⑱诸公曰:'吴中价廉,故市之,然颇累马力。'"

《觚剩续编》:

睢州汤潜庵先生,以江南巡抚内迁大司空⑲,其殁于京邸⑳也。同官唁之㉑,身卧板床,上衣㉒敝蓝丝袄,下着㉓褐色布袴㉔。检其所遗,惟竹笥㉕内俸银八两。昆山徐大司寇赙㉖以二十金,乃能成殡。

《石头记》第六回,记刘姥姥之外孙名板儿,外孙女名青儿,一进荣国府携板

---

① 市:购。
② 仆:仆人。
③ 跽[jì]:跪。
④ 谓:以为。
⑤ 按:苏州鸡贵,河南鸡便宜,汤斌为河南睢州人,故有此言。
⑥ 恶有:何有。
⑦ 笞[chī]:用鞭、杖或竹板子抽打。
⑧ 遣:打发。
⑨ 荐绅:乡绅、当地富人。绝:拒绝。馈遗:送礼。
⑩ 屏:屏风。为寿:祝寿。
⑪ 启:开启(屏风)。
⑫ 汪琬,字苕文,号钝庵,康熙时名士,与侯方域、魏禧合称明末清初"文章三大家"。
⑬ 录以入:录(汪琬)文作为受礼。
⑭ 去:离任。
⑮ 敝篓[lǔ]:破旧竹箱。数肩:几担。
⑯ 旧:旧物。
⑰ 吴中物:苏州的东西。
⑱ 祖道:践行。
⑲ 内迁:入京升迁。大司空:官职,掌水利、营建之事。
⑳ 殁:死。京邸:京城的官邸。
㉑ 同官:同僚。唁之:吊唁。
㉒ 衣:(动词)穿。
㉓ 着:(动词)穿。
㉔ 袴[kù]:同"裤"。
㉕ 竹笥[sì]:竹筐。
㉖ 徐大司寇:即徐健庵,见前注。赙[fù]:拿财物助人办丧事。

475

儿去。板儿当影"吴中所市之《廿一史》",青儿则影其"日给菜韭"也。又刘姥姥见凤姐时,贾蓉适来借屏:

> 贾蓉笑道:"我父亲打发我来求婶子,说上回老舅太太给婶子的那架玻璃炕屏,明儿请一个要紧的客,借去略摆一摆就送来的。"……凤姐笑道:"也没见我们王家的东西都是好的。……碰坏一点,你可仔细你的皮。"

是影"不受寿屏"事。曰"借"、曰"略摆一摆就送来",言不受也;王家的东西都是好的,"王""汪"同音,汪琬撰文在上也;"不许碰坏一点",但录其文而于屏一无所损也。又凤姐给他二十两银子,而第三十九回:

> 刘姥姥道:"这样螃蟹,……再搭上酒菜,一共倒有二十多两银子。阿弥陀佛,这一顿的钱,够我们庄家人过一年的了。"

疑皆影徐健庵赙二十金也。

第三十九回:

> 刘姥姥又来了,有两三个丫头在地下,倒口袋里的枣子、倭瓜并些菜。姥姥道:"姑娘们天天山珍海味的也吃腻了,吃个野菜儿,也算我们的穷心。"贾母又笑道:"我才听见凤哥儿说,你带好些瓜菜来,我叫他快收拾去了。我正想个地里现结的瓜儿菜儿吃,外头买的不像你们田地里的好吃。"刘姥姥笑道:"这是野意儿,不过吃个新鲜。依我们倒想鱼肉吃,只是吃不起。"

第四十二回:

> 平儿道:"到年下①,你只把你们晒的那个灰条菜干子和豇豆、扁豆、茄子、葫芦条子各样干菜带些来,我们这里上上下下都爱吃这个。"

皆影"啖野荠""给菜韭"及谓"士嚼菜根"等也。平儿道:"这一包是八两银

_____

① 年下:年底。

476

子。"影死后所遗惟俸银八两也。

三十九回：

　　鸳鸯去挑了两件随常的衣服，给刘姥姥换上。

四十二回：

　　鸳鸯道："前儿我叫你洗澡换的衣裳是我的，你不弃嫌，我还有几件，也送你罢。"刘姥姥又忙道谢。鸳鸯果然又拿出几件来。又鸳鸯指炕上一个包袱说道："这是老太太的几件衣裳，都是往年间生日节下众人孝敬的，老太太从不穿人家做的，收着也可惜，却是一次也没穿过的。昨日叫我拿出两套儿送你带去，或送人，或自己家里穿罢。"

又：

　　平凡又悄悄笑道："这两件袄儿和两条裙子，还有四块包头、一包绒线，这是我送姥姥的，那衣裳虽是旧的，我也没大很穿，你要弃嫌，我就不敢说了。"姥姥忙笑说道："姑娘说哪里话？这样好东西，我还弃嫌。我便有银子，没处买这样的去呢。只是我怪臊的，收了又不好，不收又孤负①了姑娘的心。"

皆影"祖进朝欲奉衣靴，久不敢言，而自服之也"。

四十回：

　　贾母道："那个纱叫软烟罗，先时原不过是糊窗扇，后来我们拿这个做被、做帐子，试试也竟好。"……刘姥姥口里不住的念佛，说道："我们想做衣裳也不能，拿着糊窗子，岂不可惜。"……贾母道："若有时都拿出来，送这刘亲家两匹。有雨过天青的，我做一个帐子挂下。"

---

① 孤负：同"辜负"。

四十二回：

　　平儿说道："这是昨日你要的青纱一匹。奶奶另外送你一个实地月白纱做里子。这是两个茧绸，做袄儿、裙子都好。这包袱里是两匹绸子。年下做件衣裳穿。"

又四十一回：

　　刘姥姥忽见有一副最精致的床帐。

皆影其"苎帐自蔽""全家衣布"，及死时服"敝蓝丝袄、褐色布袴"事也。
第四十回：

　　刘姥姥说："这里的鸡儿也俊，下的这蛋也小巧怪俊的。"

四十一回：

　　凤姐说："你把才下来的茄子，把皮刨了，只要净肉，切成碎丁子，用鸡油炸了再用鸡肉脯子合香菌、新笋、蘑菇。五香豆腐干子、各色干果子，都切成丁儿，拿鸡汤煮干，将香油一收，外加糟油一拌，在磁罐子里封严，要吃时拿出来，用炒的鸡爪子一拌就是了。"刘姥姥听了，摇头吐舌说道："我的佛祖，倒得十来只鸡来配他，怪道这个味儿。"

影其"责子啖鸡"事也。
《履园丛话》①：

　　汤文正公莅任江苏，闻吴江令②即墨郭公琇③有墨吏声④，公面责之。郭

---

① 《履园丛话》，[清] 钱泳撰笔记杂著。
② 吴江令：吴江县令。
③ 即墨郭公琇：郭公琇，即墨（在今山东青岛）人，故称。
④ 墨吏：贪官。声：名声。

曰："向来上官①要钱,卑职无措,只得取之于民。今大人如能一清如水,卑职何敢贪耶。"公曰："姑试汝②。"郭回任,呼役汲水③洗其堂,由是大改前辙。

《石头记》四十一回:

> 贾母带了刘姥姥至栊翠庵来。……宝玉道："等我们出去了,我叫几个小么儿来,河里打几桶水来洗地如何?"

影"郭琇洗堂"事也。

*   *   *

其他迎春等人,尚未考出,姑阙之。又有插叙之事,颇与康熙朝时事相应者数条,附录于后。

四十八回贾雨村拿④石呆子事,即戴名世⑤之狱也。戴居南山冈,即以南山名其集。《诗》曰："节彼南山,维石岩岩。"⑥又戴之贾祸⑦,尤在其致门生余石民一书,故以石呆子代表之。所谓:

> 老爷不知在哪里看见几把旧扇子,回家来看家里所有收着的这些好扇子都不中用了。……偏他家就有二十把旧扇子,死也不肯拿出大门来。……他只是不卖,只说要扇子先要我的命。……谁知那雨村没天理的听见了,便设了法子讹他拖欠官银,拿了他到衙门里去,说所欠公银变卖家产赔补,把这扇子抄了来,做了官价,送了来。那石呆子如今不知是死是活。……为这点子小事,弄的人家败产。

---

① 上官:上面的官。
② 姑试汝:姑且试试你。
③ 役:仆役。汲水:取水。
④ 拿:捉拿。
⑤ 戴名世,字田有,号药身,别号忧庵,晚号南山先生,康熙时官吏、文人。康熙五十年,左都御史赵申乔据《南山集·致余生书》中引述南明抗清之事,参戴名世"倒置是非,语多狂悖","祈敕部严加议处,以为狂妄不敬之戒"——由是,《南山集》案发,被逮下狱。五十二年二月初十日,被杀于市,史称"南山案"。
⑥ "节彼南山,维石岩岩":引自《诗经·小雅·节南山》。节:登。维:古同"唯"。岩岩:高耸貌。
⑦ 贾[gǔ]祸:招来祸害。

扇者,史也①。"看了旧扇子,家里这些扇子不中用",即有实录之明史,则清史不足观也。"二十把旧扇子",二十史也。石呆子死不肯卖,言如戴名世等宁死而不肯以中国古史俾②清人假借也。拿石呆子,抄扇子,弄的人家败产,石呆子不知是死是活,谓烧毁《南山集》版,斩戴名世,其案内干连③之人并其妻子,或先发黑龙江,或入旗④也。

第二十三回,回目以《西厢记》《牡丹亭》对举⑤;四十回黛玉应酒令,并引二书⑥;五十一回宝琴编怀古诗,末二首亦本此二书⑦,所以代表当时违碍⑧之书也。《西厢》终于一梦⑨,以代表明季⑩之记载;《牡丹亭》述丽娘还魂,以代表主张光复明室诸书。宝玉初读《西厢》,正值落红成阵,引起黛玉葬花,即接叙黛玉听曲,恰为"原来是姹紫嫣红开遍,似这般都付与断井颓垣",及"良辰美景奈何天,赏心乐事谁家院"⑪。其后又想起《西厢记》中"花落水流红"等句。落红也,葬花也,付红紫于断井颓垣,皆吊亡明也。奈何天,谁家院,犹言今日域中谁家天下也。黛玉应酒令引《牡丹亭》,仍为"良辰美景奈何天",引《西厢》则曰:"纱窗也没有红娘报",言不得明室消息也。

第四十二回:

> 宝钗道:"我们家也算是个读书人家,祖父手里也极爱藏书。先时人口多,姊妹兄弟也在一处,……诸如这《西厢》《琵琶》以及《元人百种》⑫,无所不有。他们背着我们偷看,我们背着他们偷看。后来大人知道了,打的打,骂的骂,烧的烧,丢开了。"

---

① 扇者,史也:扇子,比喻历史。
② 俾:使。
③ 干连:牵连。
④ 入旗:入旗为奴,即充军(旗:八旗,满清军队编制)。
⑤ 第二十三回回目:《西厢记》妙词通戏语 《牡丹亭》艳曲警芳心"。
⑥ 二书:即《西厢记》《牡丹亭》。
⑦ "末二首"是:"蒲东寺怀古其九:小红骨践最身轻,私掖偷携强撮成。虽被夫人时吊起,已经勾引彼同行。"(其中"小红"即红娘,"私掖偷携强撮成"即指红娘撮合崔莺莺与张生幽会)"梅花观怀古其十:不在梅边在柳边,个中谁拾画婵娟。团圆莫忆春香到,一别西风又一年。"(其中"不在梅边在柳边"即指柳梦梅,"画婵娟"即指杜丽娘的自画像)。
⑧ 违碍:禁忌。
⑨ 终于一梦:结束于梦。
⑩ 明季:明朝。
⑪ "原来是姹紫嫣红开遍,似这般都付与断井颓垣""良辰美景奈何天,赏心乐事谁家院":皆《牡丹亭》名句。
⑫ 《琵琶》:《琵琶记》,[元末] 高明所作南戏。《元人百种》:《元人百种曲》,[明] 臧懋循编订,也称《元曲选》。

言此等违碍之书,本皆秘密传阅,经官吏发见,则毁其书而罚其人也。宝琴所编蒲东寺怀古曰:"小红骨贱一身轻,私掖偷携强撮成。虽被夫人时吊起,已经勾引彼同行。"似以形容明室遗臣强颜事清之状。其梅花观怀古末句"一别西风又一年",亦有黍离^①之感。

> 黛玉道:"两首虽于史鉴上无考,咱们虽不曾看这些外传,不知底里,难道咱们连两本戏也没见过不成? 三岁的孩子也知道,何况咱们。"李纨道:"凡说书唱戏甚至于求的签上都有,老少男女俗语口头,人人皆知皆说的。"

言此等忌讳之事虽不见史鉴,亦不许人读其外传,而人人耳熟能详也。
第七回,焦大醉后谩骂,

> 众小厮把他捆起来,用土和马粪满满的填了他一嘴。

第百十一回:

> 大家见一个梢长大汉,手执木棍……正是甄家荐来的包勇。……包勇用力一棍打去,将贼打下屋来。

似影射方望溪^②事。
《啸亭杂录》^③:

> 方灵皋性刚戆^④,遇事辄争。尝与康恭王^⑤同判礼部事,王有所过当,公拂袖而争。王曰:"秃老可敢若尔^⑥!"公曰:"王言如马勃^⑦味。"往谒查相

---

① 黍离:喻悲悼(语出《诗经·国风·黍离》:"彼黍离离,彼稷之苗。行迈靡靡,中心摇摇。知我者,谓我心忧;不知我者,谓我何求。")。
② 方望溪,即方苞,字灵皋,号望溪。见前注。
③ 《啸亭杂录》:[清] 皇族宗室爱新觉罗·昭梿撰笔记杂著。
④ 性刚戆[gàng]:性情刚毅憨直。
⑤ 康恭王:即康亲王爱新觉罗·杰书。
⑥ 若尔:这样。
⑦ 马勃:俗称牛屎菇、马蹄包,菌类,有异味,可入药。

国①,其仆恃势不时禀②,公大怒,以杖叩其头,血涔涔下,仆狂奔告相公。迎见后,复至查邸③,其仆望之即走,曰:"舞杖老翁又来矣!"

望溪名苞,故曰包勇。

第十八回:

> 黛玉因见宝玉构思太苦,走至案旁,知宝玉只少《杏帘在望》一首。……自己吟成一律,写在纸条上,搓成个团子,掷向宝玉眼前。宝玉遂忙恭楷缮完④呈上。贾妃看毕,指《杏帘》一首为四首之冠。

似影射张文端助王渔洋⑤事。

《啸亭杂录》:

> 王文简⑥诗名重当时,浮沉粉署⑦。张文端公直⑧南书房⑨,代为延誉⑩。仁庙⑪亦尝闻其⑫名,召入面试。渔洋诗思本迟⑬,加以部曹小臣⑭乍睹天颜,战栗不能成一字。文端代作诗草,撮为丸⑮置案侧,渔洋得以完卷。上阅之,笑曰:"人言王某诗多丰神,何整洁殊似卿笔⑯?"……渔洋感激终身,曰:"是日无张某,余几曳白⑰矣。"

---

① 谒[yè]:拜见。查相国:相国(宰相)查郎阿,字松庄,满洲镶白旗人。

② 时禀:及时禀报。

③ 查邸:查郎阿府邸。

④ 恭楷:正楷。缮[shàn]:抄写。

⑤ 张文端,即张鹏翮,字运青,号宽宇,谥"文端",身仕康熙、雍正二朝,有《遂宁张文端公全集》传世。王渔洋,即王士祯,原名王士禛,字子真,号阮亭,又号渔洋山人,谥"文简",康熙时大臣、文人,官至刑部尚书,有《池北偶谈》《古夫于亭杂录》等传世。

⑥ 王文简,即王渔洋,谥"文简"。

⑦ 浮沉:喻任职与去职。粉署:尚书省别称。

⑧ 公:尊称。直:通"值",值班、任职。

⑨ 南书房:皇帝文学侍从值班之所。

⑩ 代为:代理。延誉:官职名。

⑪ 仁庙:皇上别称。

⑫ 其:王渔洋。

⑬ 迟:不敏捷。

⑭ 部曹小臣:部门小官(当时王渔洋仅是户部郎中)。

⑮ 撮为丸:捏为一团。

⑯ 殊似:特别像。卿:指张文端。

⑰ 几:庶几、几乎。曳白:交白卷。

元妃省亲,似影清圣祖^①之南巡。盖南巡之役,本为省观世祖^②而起也。

第十六回:

> 赵嬷嬷道:"我听见上上下下噪嚷了这些日子,什么省亲不省亲,我也不理论他去。如今又说省亲,到底是怎么个缘故?"贾琏道:"如今当个^③体贴万人之心。世上至大莫如孝字……当个自为日夜侍奉太上皇、皇太后,尚不能略尽孝意……于是太上皇、皇太后大喜,深赞当今至孝纯仁。"……凤姐笑道:"当年太祖皇帝仿舜巡^④的故事,比一部书还热闹,我们没造化赶上。"赵嬷嬷道:"阿呀呀,那可是千载难逢的。那时候我才记事儿,咱们贾府……只预备接驾一次,把银子化的淌海水似的。"说起来,凤姐忙接道:"我们王府里也预备过一次……"赵嬷嬷道:"如今还有现在江南的甄家,阿呀呀,好世派,他家独接驾四次。……也不过拿着皇帝家的银子,往皇帝身上使罢了,谁家有那些钱买这个虚热闹去。"

赵嬷嬷说省亲"是怎么个缘故",可见省亲是拟议之词。康熙朝无所谓太上皇,而以太上皇与皇太后并称,是其时世祖未死之证。宫妃省亲与皇帝南巡事绝不同,而凤姐及赵嬷嬷乃缕述太祖皇帝南巡故事,且缕述某家接驾一次、某家接驾四次,是明指康熙朝之南巡,不过因本书既以贾妃省亲事代表之,不得不假记南巡为已往之事云尔。

右^⑤所证明,虽不及百之一二,然《石头记》之为政治小说,决非牵强附会,已可概见。触类旁通、以意逆志^⑥,一切怡红快绿之文、春恨秋悲之迹,皆作二百年前之《因话录》《旧闻记》^⑦读可也。

民国四年十一月著者识

---

① 清圣祖:康熙皇帝。
② 省观世祖:察看清世祖顺治皇帝的足迹。
③ 当个:那个(人),此处指元妃。
④ 太祖皇帝:清太祖应是爱新觉罗·努尔哈赤,此处王熙凤无知,把康熙皇帝说成太祖皇帝。仿舜巡:仿效舜,巡视民间。
⑤ 右:上(旧事竖写,从右到左,故"右文"即今"上文")。
⑥ 以意逆志:以己之意想揣度他人心思(语出《孟子·万章上》:"故说《诗》者,不以文害辞,不以辞害志;以意逆志,是为得之。")。
⑦ 《因话录》《旧闻记》:前者为唐代笔记杂著,后者为宋代笔记杂著,此处用以代指纪实之文。

对于胡适之先生《红楼梦考证》之商榷[①]
——《〈石头记〉索隐》第六版自序

蔡元培

......

芝诺芬[②]述苏格拉底之言曰:"希腊人之发见人类之美之理想也,由于经验。即集合种种美丽之部分,而于此发见一膝,于彼发见一臂。"此大谬之说也。不幸而此说蔓延于诗歌中。即以狭斯丕尔[③]言之,谓其戏曲中所描写之种种人物,乃其一生之经验中所观察者,而极其全力以撰写之者也;然诗人由人性之预想而作戏曲小说,与美术家之由美之预想而作绘画及雕刻无以异。唯两者于其创造之途中,必须有经验以为之补助。夫然,故其先天中所已知者,得唤起而入于明晰之意识,而后表出之事,乃可得而能也(叔氏《意志及观念之世界》[④]第一册第二百八十五页至二百八十九页)。

由此观之,则谓《红楼梦》中所有种种之人物、种种之境遇,必本于作者之经验,则雕刻与绘画家之写人之美也,必此取一膝、彼取一臂而后可。其是与非,不待知者能决矣。读者苟玩[⑤]前数章之说,而知《红楼梦》之精神,

---

① 本文选自《中国近代思想家文库·蔡元培卷》,题目系原书所有。本文要点:胡适称《〈石头记〉索隐》是"走错了道路""笨谜""很牵强的附会",本人不敢认同:一、其实,考证、索隐,各国文坛都有,如英国学者索隐莎士比亚作品中的人物、德国学者索隐歌德作品中的人物,并非都"走错了道路";二、中国文人有作字谜的习惯,如《世说新语》中称曹娥碑后有"黄绢幼妇外孙齑臼"八字等,为何说到《石头记》中的字谜就是"笨谜"? 三、胡先生自己也考证曹雪芹之家世及生平,并称《石头记》是曹雪芹的自传作品,为何对《石头记》中人物、情节的考证、索隐,就是"很牵强的附会"?
② 芝诺芬:通译"色诺芬",古希腊史学家,苏格拉底弟子。
③ 狭斯丕尔:通译"莎士比亚"。
④ 叔氏:叔本华。《意志及观念之世界》:通译《作为意志和表象的世界》。
⑤ 苟:只要。玩:玩味。

与其美学、伦理学上之价值，则此种议论，自可不生。苟如①美术之大有造②于人生，而《红楼梦》自足为我国美术上之唯一大著述，则其作者之姓名与其著书之年月，固当为唯一考证之题目。而我国人之所聚讼③者，乃不在此而在彼；此足以见吾国人之对此书之兴味之所在，自在彼而不在此也。故为破其惑如此④。

余之为此《索隐》也，实为《郎潜二笔》中徐柳泉⑤之说所引起。柳泉谓宝钗影高澹人⑥；妙玉影姜西溟⑦。余观《石头记》中，写宝钗之阴柔、妙玉之孤高，正与高、姜二人之品性相合。而澹人之贿金豆⑧，以金锁影之，其假为落马坠积潴⑨中，则以薛蟠之似泥母猪⑩影之。西溟之热中科第⑪，以妙玉走火入魔⑫影之；其瘐死⑬狱中，以被劫⑭影之。又如以"妙"字影"姜"字⑮；以"玉"字影"英"字⑯；以"雪"字影"高士"字⑰。知其所寄托之人物，可用三法推求：一，品性相类者；二，轶事有证者；三，姓名相关者。于是以湘云之豪放而推为其年⑱；以惜春之冷僻而推为苏友⑲，用第一法也。以宝玉曾逢魔魇而推为允礽⑳；以凤姐哭向金陵

---

① 苟如：就如。
② 有造：有利。
③ 聚讼：相互争论。
④ 破其惑：破解其迷惑。如此：如此文。以上引自王国维《〈红楼梦〉之伦理学上之价值》一文。
⑤ 《郎潜二笔》：全名《郎潜纪闻二笔》，笔记杂著，[清] 陈康祺撰。徐柳泉，即徐时栋，字定宇，号柳泉，清代文人、藏书家。
⑥ 影：影射。高澹[dàn]人，即高士奇，字澹人，清康熙时名臣。
⑦ 姜西溟，即姜宸英，字西溟，清康熙时文人，多才多艺，其书法与笪重光、汪士鉴、何焯合称"康熙四家"。
⑧ 贿金豆：高士奇常以金子贿赂人（金豆：小块金子）。金锁：薛宝钗的金锁片。
⑨ 积潴[zhū]：积水。
⑩ 薛蟠之似泥母猪：指薛蟠被柳湘莲打倒在泥潭里，"浑身上下滚得似个泥母猪一般"（第四十七回）。
⑪ 科第：科举。
⑫ 妙玉走火入魔：见第八十七回"感深秋抚琴悲往事　坐禅寂走火入邪魔"。
⑬ 瘐[yǔ]死：囚犯病死。
⑭ 被劫：妙玉被劫（第一百一十二回）。
⑮ "姜"字的意思是少女，代之以"妙"字（女少）。
⑯ 妙玉之"玉"，姜宸英之"英"。
⑰ 薛宝钗之"薛"（雪），高士奇之"高士"。
⑱ 其年，陈其年，即陈维崧，字其年，号迦陵，明末清初词坛第一人，阳羡词派领袖。
⑲ 苏友，严苏友，即严绳孙，字苏友，号秋水，又号藕渔、藕荡渔人，清康熙时官吏、文人，与朱彝尊、姜宸英合称"江南三布衣"，官至翰林院编修，康熙二十四年辞官回家乡隐居。
⑳ 允礽[réng]，即胤[yìn]礽，爱新觉罗·胤礽，康熙帝（爱新觉罗·玄烨）第二子，曾册封为太子，后又被废。

而推为余国柱①，用第二法也。以探春之名与探花有关，而推为健庵②；以宝琴之名与孔子学琴于师襄之故事有关而推为辟疆③，用第三法也。然每举一人，率兼用三法或两法，有可推证，始质言之。其他如元春之疑为徐元文④；宝蟾之疑为翁宝林⑤；则以近于孤证，姑不列入。自以为审慎之至，与随意附会者不同。近读胡适之先生《红楼梦考证》，列拙著于"附会的红学"之中，谓之"走错了道路"，谓之"大笨伯""笨谜"，谓之"很牵强的附会"；我实不敢承认。意者⑥我亦不免有"敝帚千金"之俗见，然胡先生之言，实有不能强我以承认者。今贡⑦其疑于下：

（一）胡先生谓"向来研究这部书的人，都走错了道路……不去搜求那些可以考定《红楼梦》的著者、时代、版本等等的材料，却去收罗许多不相干的零碎史事来附会《红楼梦》里的情节"。又云："我们只须根据可靠的版本与可靠的材料，考定这书的著者究竟是谁；著者的事迹家世；著者的时代；这书曾有何种不同的本子？这些本子的来历如何？这些问题，乃是《红楼梦》考证的正当范围。"案考定著者、时代、版本之材料，固当搜求。从前王静庵⑧先生作《红楼梦评论》，曾云："作者之姓名（遍考各书，未见曹雪芹何名）与作书之年月，其为读此书者所当知，似更比主人公之姓名为尤要⑨。顾⑩无一人为之考证者，此则大不可解者也。"又云："苟知美术之大有造于人生，而《红楼梦》自足为我国美术上之唯一大著述，则其作者之姓名，与其著书之年月，固为唯一考证之题目。"今胡先生对于前八十回著作者曹雪芹之家世及生平，与后四十回著作者高兰墅⑪之略历，业于短时期间搜集许多材料，诚有功于《石头记》，而可以稍释王静庵先生之遗憾矣。惟吾人与文学书最密切之接触，本不在作者之生平，而在其著作。著作之内容，即胡先生所谓"情节"者，决非无考证之价值。例如我国古代文学中之《楚辞》，其作者为屈

---

① 余国柱，清朝廷臣，清康熙二十六年升为武英殿大学士，时人称其为"余秦桧"。后左金都御使郭琇向清圣祖（即康熙）参劾其贪赃行为，被革职。
② 健庵，即徐乾学，字原一，号健庵，康熙时大臣、文人，清初大儒顾炎武外甥，升左都御史、刑部尚书。曾主持编修《明史》《大清一统志》等。
③ 辟疆，即冒襄，字辟疆，号巢民，顺治、康熙时文人，一生未仕，与方以智、陈贞慧、侯方域合称"四公子"，其著《影梅庵忆语》述其与董小宛情事，开"忆语体"之始。
④ 徐元文，字公肃，号立斋，徐乾学之兄，清康熙时大臣、文人，官至文华殿大学士兼翰林院掌院学士。
⑤ 翁宝林，即翁叔元，字宝林，清康熙时大臣，官至刑部尚书。
⑥ 意者：想来。
⑦ 贡：（自谦而具讽意）进献。
⑧ 王静庵，即王国维，字静庵（或静安），近代学者。
⑨ 要：重要。
⑩ 顾：但。
⑪ 高兰墅，即高鹗，字云士，号秋甫，别号兰墅，通常认为《红楼梦》后四十回为其所续。

原、宋玉、景差等。其时代，在楚怀王襄王时，即西历纪元前三世纪间，久为昔人所考定。然而"善鸟香草，以配忠贞；恶禽臭物，以比谗佞；灵修美人，以媲于君；宓妃佚女，以譬贤臣；虬龙鸾凤，以托君子；飘风云霓，以为小人"，如王逸①所举者，固无非内容也。其在外国文学，如 Shakespeare② 之著作，或谓出 Bacon③ 手笔，遂生作者究竟是谁之问题。至如 Goethe④ 之著 *Faust*⑤，则其所根据的神话与剧本，及其六十年间著作之经过，均为文学史所详载。而其内容，则第一部之 Gretchen⑥ 或谓影 Elsassirin Friederike⑦（Biéschowsky 之说），或谓影 Frankfurter Gretchen⑧（Kuno Fischer 之说）。第二部之 Walpurgisnacht⑨ 一节为地质学理论；Helena⑩ 一节为文化交通⑪问题；Euphorion⑫ 为英国诗人 Byron⑬ 之影子（各家所同），皆情节上之考证也。又如俄之托尔斯泰，其生平，其著作之次第⑭，皆无甚疑问。近日张邦铭、郑阳和两先生所译英人 Sarolea 之《托尔斯泰传》，有云：

> 凡其著作无不含自传之性质。各书之主人翁⑮，如伊尔屯尼夫、鄂仑玲、聂乞鲁多夫、赖文、毕索可夫⑯等，皆其一己之化身。各书中所叙他人之事，莫不与其己身有直接之关系。……《家庭乐》⑰叙其少年时情场中之一事，并表其情爱与婚姻之意见；书中主人翁既求婚后，乃将少年狂放时之恶行，缕书不讳，授所爱以自忏。此事，托尔斯泰于《家庭乐》出版三年后，向索

---

① 王逸，字叔师，东汉廷臣、文人，官至豫章太守，所作《楚辞章句》乃最早之完整注本，为后世楚辞学者所重。
② Shakespeare：莎士比亚。
③ Bacon：培根（弗朗西斯·培根），16 世纪英国哲学家、文豪。
④ Goethe：歌德。
⑤ *Faust*：《浮士德》。
⑥ Gretchen：葛丽卿（或格雷琴、格丽卿、格蕾欣），《浮士德》第一部中人物。
⑦ Elsassirin Friederike：歌德曾钟情的一女子，《少年维特之烦恼》中绿蒂的原型。
⑧ Frankfurter Gretchen：法兰克福的 Gretchen，歌德（也为法兰克福人）曾钟情的一女子。
⑨ Walpurgisnacht：瓦普几司之夜（或魔女之夜、五朔节）。
⑩ Helena：海伦（或海伦娜），《荷马史诗》中说到的古希腊美女。
⑪ 交通：沟通。
⑫ Euphorion：欧福良，《浮士德》中人物。
⑬ Byron：拜伦。
⑭ 次第：先后。
⑮ 主人翁：主人公。
⑯ 伊尔屯尼夫：通译"伊尔倩耶夫"，《童年·少年·青年》中的主人公。鄂仑玲：通译"奥列宁"，《家庭幸福》《哥萨克》中的主人公。聂乞鲁多夫：通译"涅赫留道夫"，《一个地主的早晨》《复活》中的主人公。赖文：通译"列文"，《安娜·卡列尼娜》中的主人公。毕索可夫：通译"别祖霍夫"，《战争与和平》中的主人公。
⑰ 《家庭乐》：通译《幸福家庭》。

利亚柏斯①求婚时，实尝亲自为之。即《战争与和平》一书，亦可作托尔斯泰之家乘②观。其中老乐斯脱夫③，即托尔斯泰之祖；小乐斯脱夫，即其父；索利亚④，即其养母达善娜⑤，尝两次拒其父之婚者；拿特沙乐斯脱夫⑥，即其姨达善娜柏斯⑦。毕索可夫与赖文，皆托尔斯泰用以自状。赖文之兄死，即托尔斯泰兄的米特利⑧之死。《复活》书中聂乞鲁多夫之奇特行动，论者谓依心理未必能有者，其实即的米特利生平留于其弟心中之一记念；的米特利娶一娼，与聂乞鲁多夫同也。

亦情节上之考证也。然则考证情节，岂能概目为附会而拒斥之？

（二）胡先生谓拙著《索隐》所阐证之人名，多是"笨谜"，又谓"假使一部《红楼梦》真是一串这么样的笨谜，那就真不值得猜了"。但拙著阐证本事，本兼用三法，具如前述。所谓姓名关系者，仅二法中之一耳；即使不确，亦未能抹杀全书。况胡先生所谥为⑨"笨谜"者，正是中国文人习惯，在彼辈方谓如此而后"值得猜"也。《世说新语》⑩称曹娥碑后有"黄绢幼妇外孙齑臼"八字，即以当"绝妙好辞"四字⑪。古绝句"藁砧今何在？山上复有山。柯当大刀头，破镜飞上天"，以"藁砧"为夫，以"大刀头"为还⑫。《南史》记梁武帝时童谣有"鹿子开城门，城门鹿子开"等句，谓"鹿子开"者反语为"来子哭"，后太子果薨⑬。自胡先生观之，非皆

----

① 索利亚柏斯：通译"索尼娅·贝尔斯"，托尔斯泰夫人。
② 家乘：家谱。
③ 乐斯脱夫：通译"罗斯托夫"。
④ 索利亚：通译"索尼娅"。
⑤ 达善娜：通译"达吉亚娜"。
⑥ 拿特沙乐斯脱夫：通译"娜塔莎·罗斯托娃"。
⑦ 达善娜柏斯：通译"达吉亚娜·贝尔斯"。
⑧ 的米特利：通译"德米特里"。
⑨ 谥[shì]为：称为。
⑩ 《世说新语》：[南朝宋] 刘义庆所撰笔记杂著。
⑪ 黄绢幼妇外孙齑[jī]臼[jiù]：(谜语)"黄绢"即"有色之丝"，即"绝"字(丝色)；"幼妇"即"年少之女"，即"妙"字(女少)；"外孙"即"女儿之子"，即"好"字(女子)；"齑臼"即"捣蒜之臼"，即受辛辣，即"辞"字(舌辛)。《世说新语》原文为："曹操尝过曹娥碑下。杨修从碑上见题作'黄绢幼妇外孙齑臼'八字，曹操谓修曰：'解否？'答曰：'解。'操曰：'卿未可言，待我思之。'行三十里，操乃曰：'吾已得。'令修别记所知。修曰：'黄绢，色丝也，于字为绝。幼妇，少女也，于字为妙。外孙，女子也，于字为好。齑臼，受辛也，于字为辞。'"
⑫ 藁[gǎo]砧[zhēn]：古时斩首用的刑具，犯人把头放在上面，刽子手用铁[fū]斩之。因"铁"与"夫"谐音，故成"丈夫"隐语。大刀头：刀柄头，上面常有一个环，因"环"与"还"谐音，故成"回来"隐语。
⑬ 薨[hōng]：皇族、诸侯、大臣亡。

"笨谜"乎？《品花宝鉴》①以侯石公影袁子才②，"侯"与"袁"为"猴"与"猿"之转借，"公"与"子"同为代名词，"石"与"才"则自"天下才有一石，子建独占八斗"之语来。《儿女英雄传》白言十三妹③为"玉"字之分析，已不易猜；又以纪献唐影年羹尧④，"纪"与"年"，"唐"与"尧"，虽尚简单；而"献"与"羹"则自"犬曰羹献"之文来。自胡先生观之，非皆笨谜乎？既如《儒林外史》之庄绍光即程绵庄⑤、马纯上即冯粹中⑥、牛布衣即朱草衣⑦，均为胡先生所承认（见胡先生所著《吴敬梓传》及附录）。然则金和跋⑧所指目，殆皆可信。其中如因范蠡曾号陶朱公⑨，而以"范"易"陶"；因"萬"字俗写作"万"，而以"萬"代"万"；亦非"笨谜"乎？然而安徽第一大文豪⑩且用之，安见汉军第一大文豪⑪必不出此乎？

（三）胡先生谓拙著中刘姥姥所得之八两及二十两有了下落，而第四十二回王夫人所送之一百两没有下落；谓之"这种完全任意的去取，实在没有道理"。案《石头记》凡百二十回，而余之《索隐》尚不过数十则；有下落者记之，未有者姑阙⑫之，此正余之审慎也。若必欲事事证明而后可，则《石头记》自言著作者有"石头""空空道人""孔梅溪""曹雪芹"诸人⑬，而胡先生所考证者惟有曹雪芹；《石头记》中有许多大事，而胡先生所考证者惟南巡一事，将亦有"任意去取没有道理"之诮⑭与？

（四）胡先生以曹雪芹生平，大端既已考定；遂断定《石头记》是"曹雪芹的自叙传"，"是一部真事隐去的自叙的书"，"曹雪芹即是《红楼梦》开端时那个深自忏

---

① 《品花宝鉴》：狭邪小说，[清] 陈森撰。
② 袁子才，即袁枚，字子才，号简斋，晚年自号随园主人、随园老人，清朝乾嘉时大文人，曾先后任溧水、江宁、江浦、沭阳县令，仕途不顺，辞官隐居于南京小仓山随园。
③ 《儿女英雄传》：又名《金玉缘》《侠女奇缘》，白话长篇侠义言情小说，[清] 文康撰。白言：明言。十三妹：《儿女英雄传》中的女主人公。
④ 纪献唐：《儿女英雄传》中人物。年羹尧，字亮工，号双峰，清康熙、雍正年间名将，官至抚远大将军、加封太保，后被雍正帝削官夺爵，列大罪九十二条，赐令自尽。
⑤ 程绵庄，即程廷祚，字启生，号绵庄，又号清溪居士，清乾隆时文人、学者。
⑥ 冯粹中，即冯祚泰，字粹中，清乾隆时文人，吴敬梓友。
⑦ 朱草衣，即朱卉，字草衣，清雍正、乾隆年间文人，吴敬梓友。
⑧ 金和跋：金和（字弓叔，号亚匏，晚清诗人）《儒林外史》跋。
⑨ 范蠡，字少伯，春秋时越国重臣，助越王勾践灭吴复国，功成身退，隐居于宋国陶丘，自号"陶朱公"。
⑩ 安徽第一大文豪：指吴敬梓，安徽全椒人。
⑪ 汉军第一大文豪：指曹雪芹，出身正白旗包衣世家，属八旗汉军，故称。
⑫ 阙：同"缺"。
⑬ 见《红楼梦》第一回："从此空空道人因空见色、由色生情，传情入色、自色悟空，遂易名为'情僧'，改《石头记》为《情僧录》；东鲁孔梅溪则题曰《风月宝鉴》；后因曹雪芹于悼红轩中披阅十载，增删五次，纂成目录，分出章回，则题曰《金陵十二钗》。"
⑭ 诮[qiào]：责备。

悔的我，即是书里甄贾(真假)两个宝玉的底本"。案书中既云"真事隐去"，并非仅隐去真姓名，则不得以书中所叙之事为真。又使①宝玉为作者自身之影子，则何必有"甄""贾"两个宝玉？(鄙意"甄""贾"二字，实因古人有正统伪朝之习见而起。贾雨村举正邪两赋而来之人物，有陈后主、唐明皇、宋徽宗等，故吾疑甄宝玉影宏光，贾宝玉影允礽也)若以赵嬷嬷有"甄家接驾四次"之说，而曹寅适亦四次接驾，为甄家即曹家之确证，则赵嬷嬷又说贾府只预备接驾一次，明在甄家四次以外，安得谓贾府亦指曹家乎？胡先生以贾政为员外郎，适与员外郎曹頫②相应；谓贾政即影曹頫。然《石头记》第三十七回，有贾政任学差③之说；第七十一回有"贾政回京复命，因是学差，故不敢先到家中"云云，曹頫固未闻曾放学差也。且使贾府果为曹家影子，而此书又为雪芹自写其家庭之状况，则措辞当有分寸。今观第十七回焦大之谩骂，第六十六回柳湘莲道："你们东府里，除了那两个石头狮子干净罢了。"似太不留余地。且许三礼奏参徐乾学④，有曰"伊弟拜相⑤之后，与亲家高士奇⑥更加招摇。以致有"去了余秦桧(余国柱⑦)，来了徐严嵩，乾学似庞涓⑧，是他大长兄"之谣；又有"五方宝物归东海，万国金珠贡澹人⑨"之对云云。今观《石头记》第五十五回，有"刚刚倒了一个巡海夜叉，又添了三个镇山太岁"之说。第四回有"贾不假，白玉为堂金作马；阿房宫，三百里，住不下金陵一个史；东海缺少白玉床，龙王来请金陵王；丰年好大雪，珍珠如土金如铁"之护官符，显然为当时一谣一对之影子，与曹家何涉？故鄙意《石头记》原本，必为康熙朝政治小说家故事。要么可以全书属之曹家也。

民国十一年一月三十日蔡元培

---

① 使：假使。
② 曹頫[fǔ]：曹雪芹父。
③ 学差：科举督察。
④ 许三礼，字典三，号酉山，清康熙时大臣，官至兵部右侍郎。徐乾学，字原一，号健庵，清康熙时大臣，官至刑部尚书。
⑤ 伊弟拜相：徐乾学弟(一说其兄)徐元文，字公肃，号立斋，清康熙时名臣，曾任文华殿大学士兼翰林院掌院学士，辅助皇帝管理政务，统辖百官。
⑥ 高士奇：见前注。
⑦ 余国柱：见前注。
⑧ 庞涓，战国时魏国名将，与孙膑同拜于鬼谷子门下，庞涓为师兄，孙膑为师弟，后世以其名代指兄长。
⑨ 东海：指徐乾学，昆山人，昆山临东海，故称。澹人：即高士奇，字澹人，号江村。

《红楼梦》考证（改定稿）[①]

胡　适

一

《红楼梦》的考证是不容易做的，一来因为材料太少，二来因为向来研究这部书的人都走错了道路。他们怎样走错了道路呢？他们不去搜求那些可以考定《红楼梦》的著者、时代、版本等等的材料，却去收罗许多不相干的零碎史事来附会《红楼梦》里的情节，**他们并不曾做《红楼梦》的考证，其实只做了许多《红楼梦》的附会！** 这种附会的"红学"又可分作几派：

第一派说《红楼梦》"全为清世祖[②]与董鄂妃而作，兼及当时的诸名王奇女"。他们说董鄂妃即是秦淮名妓董小宛，本是当时名士冒辟疆的妾，后来被清兵夺去，送到北京，得了清世祖的宠爱，封为贵妃。后来董妃夭死，清世祖哀痛的很，随跑到五台山去做和尚去了。依这一派的话，冒辟疆与他的朋友们说的董小宛之死，都是假的；清史上说的清世祖在位十八年而死，也是假的。这一派说《红楼梦》里的贾宝玉即是清世祖，林黛玉即是董妃。

---

① 本文选自《胡适文集》第四册。本文要点：以往的"红学"，都是对《红楼梦》所做的附会，可称为"索隐派"：有说《红楼梦》"全为清世祖与董鄂妃而作，兼及当时的诸名王奇女"；有说《红楼梦》"是清康熙朝的政治小说"，书中人物都影射当时的朝廷大臣；有说《红楼梦》"记的是清康熙时满洲才子纳兰性德的事"。基于此，作者认为，有必要对《红楼梦》作一番实实在在的考证。考证的结果是：《红楼梦》是其作者曹雪芹的自叙：曹家即贾府的原型；作者自比贾宝玉，而黛玉、宝钗等女子，则是其"念及当日所有之女子"。而且，曹雪芹的《红楼梦》写到第八十回就没有了（也许是因为作者病故）。后来程伟元、高鹗出版《红楼梦》抄本时，由高鹗补全了后四十回。后四十回虽是高鹗对前八十回的仿作，但从总体上说，《红楼梦》仍是一部自传体小说。

② 清世祖：即顺治帝，为清军入关后第一代皇帝，故称。

世祖临宇①十八年，宝玉便十九岁出家；世祖自肇祖②以来为第七代，宝玉便言"一子成佛，七祖升天"，又恰中第七名举人；世祖谥③"章"，宝玉便谥"文妙"，"文""章"两字可暗射。

小宛名白，故黛玉名黛，粉白黛绿之意也。小宛是苏州人，黛玉也是苏州人；小宛在如皋，黛玉亦在扬州。小宛来自盐官，黛玉来自巡盐御史之署④。小宛入宫，年已二十有七；黛玉入京，年只十三余，恰得小宛之半。……小宛游金山时，人以为江妃⑤踏波而上，故黛玉号"潇湘妃子"，实从"江妃"二字得来。（以上引的话均见王梦阮先生的《〈红楼梦〉索隐》的提要）

这一派的代表是王梦阮先生的《红楼梦索隐》。这一派的根本错误已被孟莼荪先生的《董小宛考》(附在蔡子民先生的《〈石头记〉索隐》之后，页一三一以下)用精密的方法一一证明了。孟先生在这篇《董小宛考》里证明董小宛生于明天启四年甲子，故清世祖生时，小宛已十五岁了；顺治元年，世祖方七岁。小宛已二十一岁了；顺治八年正月二日，**小宛死，年二十八岁，而清世祖那时还是一个十四岁的小孩子**。小宛比清世祖年长一倍，断无入宫邀宠之理。孟先生引据了许多书，按年分别，证据非常完备，方法也很细密。那种无稽的附会，如何当得起孟先生的摧破呢？例如《〈红楼梦〉索隐》说：

渔洋山人⑥题冒辟疆妾圆玉女罗画三首之二末句云"洛川森森神人隔，空费陈王⑦八斗才"，亦为小宛而作。圆玉者，琬也；玉旁加以宛转⑧之义，故曰圆玉。女罗，罗敷女⑨也。均有深意。神人之隔，又与死别不同矣。(《提

---

① 临宇：君临天下。
② 肇祖：爱新觉罗家族之祖，即爱新觉罗·孟特穆，明洪武时的斡朵里部首领，清太祖努尔哈赤的六世祖。
③ 谥[shì]：死后所给称号。
④ 小宛来自盐官：有说董小宛出生于海宁盐官镇(有说出生于苏州)。黛玉来自巡盐御史之署：林黛玉父林如海生前任巡盐御史。
⑤ 江妃：亦作"江斐"，传说中的神女。
⑥ 渔洋山人，即王士祯，字子真，号阮亭，又号渔洋山人，清康熙时大臣、文人，官至刑部尚书，著有《池北偶谈》《古夫于亭杂录》《香祖笔记》等。
⑦ 陈王，即曹植，字子建，曹操子，封陈王，自幼多才，后世以其名泛指才子。
⑧ 宛转：圆。
⑨ 罗敷女：也称"秦罗敷"，传说中的古代美女，见[汉]乐府诗《陌上桑》："日出东南隅，照我秦氏楼。秦氏有好女，自名为罗敷。……"

492

孟先生在《董小宛考》里引了清初的许多诗人的诗来证明冒辟疆的妾并不止小宛一人;女罗姓蔡名含,很能画苍松墨凤;圆玉当是金晓珠,名玥,昆山人,能画人物。晓珠最爱画洛神(汪舟次有《晓珠手临洛神图卷跋》,吴蔼次有《乞晓珠画洛神启》),故渔洋山人诗有"洛川淼淼神人隔"的话。我们若懂得孟先生与王梦阮先生两人用的方法的区别,便知道考证与附会的绝对不相同了。

《〈红楼梦〉索隐》一书,有了《董小宛考》的辨正,我本可以不再批评它了。但这书中还有许多绝无道理的附会,孟先生都不及指摘出来。如它说:

> 曹雪芹为世家子,其成书当在乾嘉时代。书中明言南巡四次,是指高宗①时事,在嘉庆时所作可知。……意者此书但经雪芹修改,当初创造另自有人。……揣其成书亦当在康熙中叶。……至乾隆朝,事多忌讳,档案类多修改。《红楼》一收,内廷索阅,将为禁本,雪芹先生势不得已,乃为一再修订,俾②愈隐而愈不失其真。(《提要》页五至六)

但它在第十六回凤姐提起南巡接驾一段话的下面,又注道:

> 此作者自言也。圣祖③二次南巡,即驻跸雪芹之父曹寅④盐署中。雪芹以童年召对⑤,故有此笔。

下面赵嬷嬷说甄家接驾四次一段的下面,又注道:

> 圣祖⑥南巡四次,此言接驾四次,特明为乾隆时事。

我们看这三段"索隐",可以看出许多错误。(1)第十六回明说二三十年前

---

① 高宗:清高宗,即乾隆。
② 俾:使、致使。
③ 圣祖:应指康熙。
④ 驻跸[bì]:帝王出行时沿途停留暂住。雪芹之父曹寅:似误,曹寅是曹雪芹祖父。
⑤ 召对:君主召见臣下令其回答有关政事、经义等事。
⑥ 圣祖:应指乾隆。

"太祖皇帝"南巡时的几次接驾，赵嬷嬷年长，故"亲眼看见"，我们如何能指定前者为康熙时的南巡而后者为乾隆时的南巡呢？(2) 康熙帝二次南巡在二十八年(西历 1689)，到四十三年曹寅才做两淮巡盐御史。《索隐》说康熙帝二次南巡"驻跸曹寅盐署"，是错的。(3)《索隐》说康熙帝二次南巡时，"曹雪芹以童年召对"，又说雪芹成书在嘉庆时。嘉庆元年(西历 1796)上距康熙二十八年，已隔百零七年了。曹雪芹成书时，他可不是一百二三十岁了吗？(4)《索隐》说《红楼梦》成书在乾嘉时代，又说是在嘉庆时所作，这一说最谬。《红楼梦》在乾隆时已风行，有当时版本可证(详考见后文)。况且袁枚在《随园诗话》里曾提起曹雪芹的《红楼梦》。袁枚死于嘉庆二年，诗话之作更早的多，如何能提到嘉庆时所作的《红楼梦》呢？

第二派说《红楼梦》是清康熙朝的政治小说。这一派可用蔡子民①先生的《〈石头记〉索隐》作代表。蔡先生说：

> 《石头记》……作者持民族主义甚挚②。书中本事③，在吊明之亡，揭清之失，而尤于汉族名士仕清者④，寓痛惜之意。当时既虑触文网⑤，又欲别开生面，特于本事以上，加以数层障幂⑥，使读者有"横看成岭侧成峰"之状况。(《〈石头记〉索隐》页一)

> 书中"红"字，多影"朱"字。朱者，明也，汉也⑦。宝玉有爱红之癖，言以满人而爱汉族文化也；好吃人口上胭脂，言拾汉人唾余也。……当时清帝虽躬修文学，且创开博学宏词科⑧，实专以笼络汉人，初不愿满人渐染汉俗。其后，雍乾诸朝亦时时申诚之。故第十九回："袭人劝宝玉道：'再不许吃人嘴上擦的胭脂了，与那爱红的毛病儿。'"又"黛玉见宝玉腮上血渍，询知为淘澄胭脂膏子所溅，谓为带出幌子，吹到舅舅耳里，使大家不干净惹气"。皆此意。宝玉在大观园中所居曰"怡红院"，即爱红之义。所谓"曹雪芹于悼红轩

---

① 蔡子民，即蔡元培，字鹤卿，又字子民，现代学者、教育家，曾任国民政府教育总长、北京大学校长。
② 民族主义：指反清的汉民族主义。挚：真挚。
③ 本事：主要情节。
④ 仕清者：在清朝做官的人。
⑤ 虑：忧虑。触：触犯。文网：亦作"文罔"，朝廷的文字禁令。
⑥ 障幂[mì]：遮蔽(幂：罩)。
⑦ 朱者，明也，汉也：明朝皇帝姓朱，为汉人所建朝代。
⑧ 博学宏词科：简称词科，科举考试制科之一种，重在选拔能文之士。

中增删本书"①,则吊明之义也。……(页三至四)

书中女子多指汉人,男子多指满人。不独女子是水作的骨肉,男人是泥作的骨肉,与"汉"字、"满"字有关也。我国古代哲学,以阴阳二字说明一切对待之事物。《易·坤卦·象传》曰:"地道也,妻道也,臣道也。②"是以夫妻君臣分配于阴阳也。《石头记》即用其义。第三十一回:"……翠缕说:'知道了!姑娘③是阳,我就是阴。……人家说主子为阳,奴才为阴。我连这个大道理也不懂得。'"……清制,对于君主,汉人自称奴才。汉人自称臣。臣与奴才,并无二义。以民族之对待言之,征服者为主,被征服者为奴。本书以"男""女"影"满""汉"以此。(页九至十)

这些是蔡先生的根本主张。以后便是"阐证本事"了。依他的见解,下面这些人是可考的:

    (1)贾宝玉,言伪朝之帝系也。宝玉者,传国玺④之义也,即指胤礽⑤。(页十至二二)
    (2)《石头记》叙巧姐事,似亦指胤礽,"巧"字与"礽"字形相似也。……(页二三至二五)
    (3)林黛玉影朱竹垞⑥也。"绛珠"影其氏⑦也,居潇湘馆⑧影其"竹垞"之号也。……(页二五至二七)
    (4)薛宝钗,高江村⑨也。薛者,雪也。林和靖⑩《咏梅》有曰:"雪满山

---

① 所谓曹雪芹于悼红轩中增删本书:见第一回"甄士隐梦幻识通灵　贾雨村风尘怀闺秀":"……从此空空道人因空见色,由色生情,传情入色,自色悟空,遂易名为情僧,改《石头记》为《情僧录》。东鲁孔梅溪则题曰《风月宝鉴》。后因曹雪芹于悼红轩中披阅十载,增删五次,纂成目录,分出章回,则题曰《金陵十二钗》。"
② 地道也,妻道也,臣道也:地道、妻道、臣道,均属阴(与此相对,天道、夫道、君道,均属阳)。
③ 姑娘:指史湘云。
④ 传国玺[xǐ]:皇帝代代相传的大印,亦称玉玺。
⑤ 胤[yìn]礽[réng]:爱新觉罗·胤礽,康熙帝(爱新觉罗·玄烨)第二子,曾册封为太子,后又被废。
⑥ 朱竹垞[chá],即朱彝尊,字锡鬯,号竹垞,康熙时名臣、大诗人,创"浙西词派"。
⑦ 绛珠:林黛玉原为"绛珠草"。氏:姓氏,即姓"朱",与"绛珠"之"珠"同音。
⑧ 居潇湘馆:林黛玉居大观园的住处名"潇湘馆"。潇湘,湖南别称,其产竹闻名天下,称"潇湘竹"(也称"湘妃竹"),故"潇湘"也用以称竹。
⑨ 高江村,即高士奇,字澹人,号江村,清康熙时名臣、学者。
⑩ 林和靖,北宋诗人,苏轼友。

中高士卧,月明林下美人来。"用"薛"字以影江村之姓名也(高士奇)。⋯⋯
(页二八至四二)

(5)探春,影徐健庵①也。健庵名乾学。乾卦作☰②,故日三姑娘。健庵以进士第三人及第,通称探花,故名探春。⋯⋯(页四二至四七)

(6)王熙凤影余国柱③也。王即柱字偏旁之省,國字俗写作"国",故熙凤之夫日琏,言二王字相连也。⋯⋯(页四七至六一)

(7)史湘云,陈其年④也。其年又号迦陵,史湘云佩⑤金麒麟,当是其字"陵"字之借音。氏⑥以"史"者,其年尝以翰林院检讨,纂修《明史》也。⋯⋯
(页六一至七一)

(8)妙玉,姜西溟⑦也。"姜"为少女,以"妙"代之⑧。《诗》云:"美如玉,美如英。""玉"字所以影"英"字也⑨(从徐柳泉⑩说)⋯⋯(页七二至八七)

(9)惜春,严荪友⑪也。⋯⋯(页八七至九一)

(10)宝琴,冒辟疆⑫也。⋯⋯(页九一至九五)

(11)刘姥姥,汤潜庵⑬也。⋯⋯(页九五至百十)

蔡先生这部书的方法是每举一人,必先举他⑭的事实,然后引《红楼梦》中情节来配合,我这篇文里,篇幅有限,不能表示他的引书之多和用心之勤,这是我很抱歉的。但我总觉得蔡先生这么多的心力都是白白的浪费了,因为我总觉得,**他这部书到底还只是一种很牵强的附会**。我记得从前有个灯谜,用杜诗"无边落木

---

① 徐健庵,见前注"徐乾学"。
② 八卦分别为:☰(乾卦)、☱(兑卦)、☲(离卦)、☳(震卦)、☴(巽卦)、☵(坎卦)、☶(艮卦)、☷(坤卦),其中一连横(—)称为"阳爻",代表"天""男"等;二断横(— —)称为"阴爻",代表"地""女"等。
③ 余国柱,清朝廷臣,清康熙二十六年升为武英殿大学士,时人称其为"余秦桧"。后左金都御使郭琇向清圣祖(即康熙)参劾其贪赃行为,被革职。
④ 陈其年,即陈维崧,字其年,清康熙时名流,诗人,与朱彝尊同创"浙西词派",合称"朱陈"。
⑤ 佩:佩戴。
⑥ 氏:姓。
⑦ 姜西溟,即姜宸英,字西溟,号湛园,康熙十九年以布衣荐入明史馆任纂修官。康熙三十六年七十岁始成进士,以殿试第三名授翰林院编修。康熙三十八年为顺天乡试副考官,因主考官舞弊,连累下狱死。
⑧ "姜"为少女,以"妙"代之:"姜"字的意思是少女,代之以"妙"字(女少)。
⑨ 姜西溟名"宸英"。
⑩ 徐柳泉,即徐时栋,号柳泉,见前注。
⑪ 严荪友,即严绳孙,字荪友,号秋水,又号藕渔、藕荡渔人,清康熙时官吏,文人,与朱彝尊、姜宸英合称"江南三布衣",官至翰林院编修,康熙二十四年辞官回家乡隐居。
⑫ 冒辟疆,即冒襄,字辟疆,号巢民,顺治、康熙时文人,一生未仕,与方以智、陈贞慧、侯方域合称"四公子",其著《影梅庵忆语》述其与董小宛情事,开"忆语体"之始。
⑬ 汤潜庵,即"汤文正公"汤斌,字孔伯,号潜庵,见前注。
⑭ 他:其他。

萧萧下"来打一个"日"字。这个谜,除了做谜的人自己,是没有人猜得中的。因为做谜的人先想着南北朝的齐和梁两朝都是姓萧的;其次,把"萧萧下"的"萧萧"解作两个姓萧的朝代;其次,二萧的下面是那姓陈的陈朝。想着了"陈"字,然后把偏旁去掉(无边);再把"東"字里的"木"字去掉(落木),剩下的"日"字,才是谜底!你若不能绕这许多弯子,休想猜谜!假使做《红楼梦》的人当日真个用王熙凤来影余国柱,真个想着"王即柱字偏旁之省,國字俗写作'国',故熙凤之夫曰琏,言二王字相连也"——假使他真如此思想,他岂不真成了一个大笨伯了吗?他费了那么大气力,到底只做了"國"字和"柱"字的一小部分;还有这两个字的其余部分和那最重要的"余"字,都不曾做到"谜面"里去!**这样做的谜,可不是笨谜吗?**用麒麟来影"其年"的"其","迦陵"的"陵";用三姑娘来影"乾学"的乾☰;假使真有这种影射法,都是同样的笨谜!假使一部《红楼梦》真是一串这么样的笨谜,那就真不值得猜了!

我且再举一条例来说明这种"索隐"(猜谜)法的无益。蔡先生引蒯若木①先生的话,说刘姥姥即是汤潜庵:

> 潜庵受业于孙夏峰②凡十年。夏峰之学,本以象山、阳明③为宗。《石头记》:"刘姥姥之女婿曰王狗儿,狗儿之父曰王成。其祖上曾与凤姐之祖、王夫人之父认识,因贪王家势利,便连了宗。"似指此。

其实《红楼梦》里的王家既不是专指王阳明的学派,此处似不应该忽然用王家代表王学。况且从汤斌想到孙奇逢,从孙奇逢想到王阳明学派,再从阳明学派想到王夫人一家,又从王家想到王狗儿的祖上,又从王狗儿转到他的丈母刘姥姥——这个谜可不是比那"无边落木萧萧下"的谜还更难猜吗?蔡先生又说《石头记》第三十九回刘姥姥说的"抽柴"一段故事是影汤斌毁五通祠的事;刘姥姥的外孙板儿影的是汤斌买的一部《廿一史》;她的外孙女青儿影的是汤斌每天吃的韭菜!这种附会已是很滑稽的了。最妙的是第六回凤姐给刘姥姥二十两银子,蔡先生说这是影汤斌死后徐乾学赙送的二十金;又第四十二回凤姐又送姥姥八

---

① 蒯若木,即蒯寿枢,字若木,清末民初佛教居士,曾留学日本,回国后任铁路督办。
② 孙夏峰,即孙奇逢,字启泰,号钟元,晚年讲学于辉县夏峰村,世称夏峰先生,明末清初理学家。
③ 象山、阳明:陆象山、王阳明,即陆九渊(别号象山)、王守仁(别号阳明),均明代理学家,合称"陆王理学"。

两银子,蔡先生说这是影汤斌死后惟遗俸银八两。这八两有了下落了,那二十两也有了下落了;但第四十二回王夫人还送了刘姥姥两包银子,每包五十两,共是一百两,这一百两可就没有下落了!因为汤斌一生的事实没有一件可恰合这一百两银子的,所以这一百两虽然比那二十八两更重要,到底没有"索隐"的价值!这种完全任意的去取,实在没有道理,故我说蔡先生的《〈石头记〉索隐》也还是一种很牵强的附会。

第三派的《红楼梦》附会家,虽然略有小小的不同,大致都主张《红楼梦》记的是纳兰成德①的事。成德后改名性德,字容若,是康熙朝宰相明珠的儿子。陈康祺②的《郎潜纪闻二笔》(即《燕下乡脞录》)卷五说:

> 先师徐柳泉③先生云:"小说《红楼梦》一书即记故相明珠家事。金钗十二,皆纳兰侍卫(成德官侍卫)所奉为上客者也。宝钗影高澹人,妙玉即影西溟(姜宸英)。……"徐先生言之甚详,惜余不尽记忆。

又俞樾④的《小浮梅闲话》(《曲园杂纂》三十八)说:

> 《红楼梦》一书,世传为明珠之子而作。……明珠子名成德,字容若。《通志堂经解》每一种有纳兰成德容若序,即其人也。恭读乾隆五十一年二月二十九日上谕:"成德于康熙十一年壬子科中式举人,十二年癸丑科中式进士,年甫十六岁。"(适按:此谕不见于《东华录》,但载于《通志堂经解》之首)然则其中举人止十五岁,于书中所述颇合也。

钱静方⑤先生的《〈红楼梦〉考》(附在《〈石头记〉索隐》之后,页一二一至一三零)也颇有赞成这种主张的倾向。钱先生说:

---

① 纳兰成德,即纳兰性德,字容若,满洲正黄旗人,清康熙时词人,原名纳兰成德,一度因避讳太子保成而改名纳兰性德。大学士纳兰明珠长子,自幼饱读诗书,文武兼修,康熙十五年殿试中二甲第七名,赐进士出身。曾拜徐乾学为师,于两年中主持编纂儒学汇编《通志堂经解》,深受康熙皇帝赏识,授一等侍卫衔,多随驾出巡。康熙二十四年五月,溘然而逝,年仅三十岁。
② 陈康祺,字钧堂,清同治时文人,曾任江苏昭文知县,辞官后家居苏州,著有《郎潜纪闻》初笔、二笔、三笔、四笔,共六十三卷。
③ 徐柳泉,即徐时栋,字定宇,号柳泉,清代文人、藏书家。
④ 俞樾,字荫甫,自号曲园居士,清末大学者,曾任翰林院编修,弟子众多,章太炎、吴昌硕皆出其门下。
⑤ 钱静方,别号泖东一蟹,青浦人,近代学者,著有《小说丛考》(内含《〈红楼梦〉考》)。

是①书力写宝黛痴情。黛玉不知所指何人。宝玉固全书之主人翁,即纳兰侍御也。使②侍御而非深于情者,则焉得有此情影? 余读《饮水词钞》③,不独于宾从④间得䜣合⑤之欢,而尤于闺房内致缠绵之意。即黛玉葬花一段,亦从其词中脱卸而出。是黛玉虽影他人,亦实影侍御之德配⑥也。

　　这一派的主张,依我看来,也没有可靠的根据,也只是一种很牵强的附会。(1)纳兰成德生于顺治十一年(西历一六五四),死于康熙二十四年(一六八五),年三十一岁。他死时,他的父亲明珠正在极盛的时代(大学士加太子太傅,不久又晋太子太师),我们如何可说那眼见贾府兴亡的宝玉是指他呢? (2)俞樾引乾隆五十一年上谕说成德中举人时止⑦十五岁,其实连那上谕都是错的。成德生于顺治十一年;康熙壬子,他中举人时,年十八;明年癸丑,他中进士,年十九。徐乾学做的《墓志铭》与韩菼⑧做的《神道碑》,都如此说。乾隆帝因为硬要否认《通志堂经解》的许多序是成德做的,故说他中进士时年止十六岁(也许成德应试时故意减少三岁,而乾隆帝但依据履历上的年岁)。无论如何,我们不可用宝玉中举的年岁来附会成德。**若宝玉中举的年岁可以附会成德,我们也可以用成德中进士和殿试的年岁来证明宝玉不是成德了!** (3)至于钱先生说的纳兰成德的夫人即是黛玉,似乎更不能成立。成德原配卢氏,为两广总督兴祖之女;续配官氏,生二子一女。卢氏早死,故《饮水词》中有几首悼亡的词。钱先生引他的悼亡词来附会黛玉,其实这种悼亡的诗词,在中国旧文学里,何止几千首? 况且大致都是千篇一律的东西。若几首悼亡词可以附会林黛玉,林黛玉真要成"人尽可夫⑨"了! (4)至于徐柳泉说大观园里十二金钗都是纳兰成德所奉为上客的一班名士,这种附会法与《〈石头记〉索隐》的方法有同样的危险。即如徐柳泉说妙玉影姜宸英,那么,黛玉何以不可附会姜宸英? 晴雯何以不可附会姜宸英? 又如他说宝钗影高士奇,那么,袭人也可以影高士奇了,凤姐更可以影高士奇了。我们试读姜宸英祭纳兰成德的文:

────────────

① 是:此。
② 使:假使。
③ 《饮水词钞》:纳兰性德词集。
④ 宾从:宾客与仆从。
⑤ 䜣[xīn]合:和合融洽。
⑥ 德配:尊称人妻。
⑦ 止:通"只"。
⑧ 韩菼[tǎn],字元少,别号慕庐,清康熙时大臣,官至礼部尚书兼翰林院掌院学士。
⑨ 人尽可夫:人人可做其丈夫,指妓女。

兄一见我,怪我落落①。转亦以此,赏我标格②。……数兄知我,其端③非一。我常箕踞,对客欠伸④。兄不余傲,知我任真⑤。我时漫骂,无问高爵⑥。兄不余狂,知余疾恶⑦。激昂论事,眼睁舌挢⑧。兄为抵掌,助之叫号⑨。有时对酒,雪涕⑩悲歌。谓余失志,孤愤则那⑪。彼何人斯,实应且憎⑫。余色拒之,兄门固扃⑬。

　　妙玉可当得这种交情吗?这可不更像黛玉吗?我们又试读郭琇⑭参劾高士奇的奏疏:

　　　……久之,羽翼既多,遂自立门户。……凡督抚、藩臬、道府、厅县以及在内之大小卿员⑮,皆王鸿绪⑯等为之居停哄骗,而夤缘⑰照管者,馈⑱至成千累万;即不属党护⑲者,亦有常例⑳,名之曰"平安钱"。然而人之肯为贿赂者,盖㉑士奇供奉㉒日久,势焰日张,人皆谓之"门路真",而士奇遂自忘乎其为撞骗,亦居之不疑,曰"我之门路真"。……以觅馆糊口㉓之穷儒,而今忽

---

① 落落:孤僻貌(语出左思《咏史》:"落落穷巷士,抱影守空庐。")。
② 赏:欣赏。标格:品格。
③ 端:端由。
④ 箕踞:两脚张开、两膝微曲而坐,形如箕(不恭敬坐相)。欠伸:打呵欠、伸懒腰。
⑤ 不余傲:不以余傲。任真:率真任情。
⑥ 无问:不管。高爵:高官世爵。
⑦ 疾恶:痛恨恶人。
⑧ 挢[jiǎo]:翘。
⑨ 抵掌:击掌。叫号:叫好。
⑩ 雪涕:落涕。
⑪ 则那[nèi]:怎奈。
⑫ 彼何人斯:那是何人(斯:语助词)(语出《诗经·小雅·何人斯》:"彼何人斯?其心孔艰")。实应且憎:实应憎恶(且:语助词)(语出《国语·周语中·襄王不许请隧》:"……其叔父实应且憎,以非余一人,余一人岂敢有爱?")。
⑬ 色:脸色、眼色。固扃[jiōng]:紧闭(扃:门闩)。
⑭ 郭琇,字瑞甫,号华野,康熙时大臣,官至监察御史,有"铁面御史"之称。
⑮ 卿员:官员。
⑯ 王鸿绪,字季友,号俨斋,清康熙时大臣,官至工部尚书。
⑰ 夤[yín]缘:攀附,喻拉拢关系、阿谀钻营。
⑱ 馈:送礼。
⑲ 党护:同党。
⑳ 常例:惯常送礼。
㉑ 盖:因为。
㉒ 供奉:侍奉帝王。
㉓ 觅馆糊口:旧时不第文人寻找塾师职位以谋生计。

为数百万之富翁，试问金①从何来？无非取给于②各官。然官从何来？非侵国帑③，即剥民膏。夫以国帑民膏而填无厌之溪壑④，是⑤士奇等真国之蠹⑥而民之贼也。……（清史馆本传,《耆献类征》六十）

宝钗可当得这种罪名吗？这可不更像凤姐吗？我举这些例的用意，是要说明这种附会完全是主观的、任意的，最靠不住的、最无益的。钱静方先生说的好："要之，《红楼》一书，空中楼阁。**作者第由⑦其兴会所至，随手拈来，初无成意。即或有心影射，亦不过若即若离，轻描淡写，如画师所绘之百像图，类似者固多，苟⑧细按⑨之，终觉貌是而神非也。**"

<h2 style="text-align:center">二</h2>

我现在要忠告诸位爱读《红楼梦》的人：**我们若想真正了解《红楼梦》，必须先打破这种牵强附会的《红楼梦》谜学！**

其实做《红楼梦》的考证，尽可以不用那种附会的法子。我们只须根据可靠的版本与可靠的材料，考定这书的著者究竟是谁、著者的事迹家世、著书的时代、这书曾有何种不同的本子、这些本子的来历如何。这些问题乃是《红楼梦》考证的正当范围。

我们先从"**著者**"一个问题下手。

本书第一回说这书原稿是空空道人从一块石头上抄写下来的，故名《石头记》；后来空空道人"遂改名'情僧'，改《石头记》为《情僧录》；东鲁孔梅溪⑩则题

---

① 金：代指财物。
② 取给于：取之于。
③ 国帑[tǎng]：国库。
④ 溪壑：沟壑，喻贪欲。
⑤ 是：此。
⑥ 蠹[dù]：蛀虫。
⑦ 第由：任由。
⑧ 苟：只要、如果。
⑨ 按：察。
⑩ 东鲁孔梅溪：不知何人。猜测颇多：顾颉刚认为即小说评者之一的"梅溪"（甲戌本第十三回有一条眉批："不必看完，见此二句，即欲堕泪。梅溪。"）；胡适则进一步判定，《风月宝鉴》为曹雪芹《红楼梦》的初稿，由其弟棠村作序，书中不说曹棠村而用"东鲁孔梅溪"之名，只是故作狡狯而已；棠村、孔梅溪、梅溪实为一人（甲戌本第一回有一条旁批，谓"雪芹旧有《风月宝鉴》之书，乃其弟棠村序也"，见"风月宝鉴"条）；吴恩裕考定孔梅溪即是乾隆进士孔继涵（山东曲阜人，孔子后裔）；还有一些研究者认为孔梅溪只是曹雪芹为免受文网之祸而虚拟的"乌有先生"。均备参考。

曰《风月宝鉴》;后因曹雪芹于悼红轩中披阅十载,增删五次,纂成目录,分出章回,则题曰《金陵十二钗》",并题一绝,即此便是《石头记》的缘起。诗云:

> 满纸荒唐言,一把辛酸泪。
>
> 都云作者痴,谁解其中味?

第百二十回又提起曹雪芹传授此书的缘由。大概石头与空空道人等名目,都是曹雪芹假托的缘起,故当时的人多认这书是曹雪芹做的。袁枚的《随园诗话》卷二中有一条说:

> 康熙间,曹练亭(练当作栋)①为江宁织造②,每出,拥八驺③,携书一本,观玩不辍④。人问:"公何好学?"曰:"非也。我非地方官⑤而百姓见我必起立,我心不安,故藉⑥此遮目耳。"素与江宁太守陈鹏年不相中⑦,及陈获罪,乃密疏荐陈⑧。人以此重之⑨。
>
> 其子雪芹撰《红楼梦》一书,备记风月繁华之盛。中有所谓大观园者,即余之随园⑩也。明我斋⑪读而美之(坊间刻本无此七字)。当时红楼中有某校书⑫尤艳,我斋题云(此四字坊间刻本作"雪芹赠云",今据原刻本改正):"病容憔悴胜桃花,午汗潮回热转加。犹恐意中人看出,强言今日较差些。威仪棣棣若山河,应把风流夺绮罗。不似小家拘束态,笑时偏少默时多。"

我们现在所有的关于《红楼梦》的旁证材料,要算这一条为最早。近人征引此条,每不全录。他们对于此条的重要,也多不曾完全懂得。这一条记载的重

---

① 曹栋亭,即曹寅,字子清,号栋亭,清康熙时大臣,曹雪芹祖父。
② 江宁:地名。织造:官名。
③ 拥八驺[zōu]:(贵官出行)八卒骑马前导(驺:驺卒,马夫、车夫)。
④ 辍:停。
⑤ 我非地方官:"织造"并非地方官员,而是由朝廷委任的为宫中提供织品的"皇商"。
⑥ 藉[jiè]:同"借"。
⑦ 相中:相合。
⑧ 密疏:秘密奏疏(上书)。荐陈:推举陈(鹏年)。
⑨ 重之:敬重他。
⑩ 随园:袁枚的私家花园。
⑪ 明我斋:富察明义名号(富察明义,满洲镶黄旗人,著有诗集《绿烟琐窗集》等,有称其为曹雪芹友,但年纪相差太大,可疑)。
⑫ 校书:也作"女校书",称妓女而能文者。

要,凡有几点:

(1) 我们因此知道乾隆时的文人承认《红楼梦》是曹雪芹做的。

(2) 此条说曹雪芹是曹楝亭的儿子(又《随园诗话》卷十六也说"雪芹者,曹练事织造之嗣君也"。但此说实是错的,说详后)。

(3) 此条说大观园即是后来的随园。

俞樾在《小浮梅闲话》里曾引此条的一小部分,又加一注,说:

> 纳兰容若①《饮水词集》有《满江红》词,为曹子清②题其先人所构③楝亭,即雪芹也。

俞樾说曹子清即雪芹,是大谬的。曹子清即曹楝亭,即曹寅。我们先考曹寅是谁。吴修的《昭代名人尺牍小传》卷十二说:

> 曹寅,字子清,号楝亭,奉天人,官通政司使,江宁织造。校刊古书甚精,有扬州局刻《五韵》《楝亭十二种》,盛行于世。著《楝亭诗钞》。

《扬州画舫录》卷二说:

> 曹寅,字子清,号楝亭,满洲人,官两淮盐院,工诗词,善书,著有《楝亭诗集》。刊秘书十二体,为《梅苑》《声画集》《法书考》《琴史》《墨经》《砚笺》。刘后山(当作刘后村)《千家诗》《禁扁》《钓矶立谈》《都城纪胜》《糖霜谱》《录鬼簿》。今之仪征④余园门榜"江天传舍"四字,是所书也。

这两条可以参看。又韩菼的《有怀堂文稿》里有《楝亭记》一篇,说:

---

① 纳兰容若:即纳兰性德(成德),见前注。
② 曹子清,即曹寅,字子清,号楝亭,见前注。
③ 构:建、造。
④ 仪征:地名,在今扬州。

荔轩曹使君①，性至孝。自其先人曾三服官②江宁，于署中手植楝树一株，绝爱之，为亭其间，尝憩息于斯。后十余年，使君适自苏移节③，如先生④之任，则亭颇坏，为新其材，加垩⑤焉，而亭复完。……

据此可知曹寅又字荔轩，又可知《饮水词》中的楝亭的历史。

最详细的记载是章学诚⑥的《丙辰札记》：

曹寅为两淮巡盐御史，刻古书凡十五种，世称"曹楝亭本"是也。康熙四十三年，四十五年，四十七年，四十九年，间年一任，同旗李煦互相番代。李于四十四年，四十六年，四十八年，与曹互代；五十年，五十一年，五十二年，五十五年，五十六年，又连任，较曹用事为久矣。然曹至今为学士大夫所称，而李无闻焉。

不幸章学诚说的那"至今为学士大夫所称"的曹寅，竟不曾留下一篇传记给我们做考证的材料，《耆献类征》与《碑传集》都没有曹寅的碑传。只有宋和的《陈鹏年传》（《耆献类征》卷一六四，页一八以下）有一段重要的纪事：

乙酉（康熙四十四年），上⑦南巡（此康熙帝第五次南巡）。总督集有司议供张⑧，欲于丁粮⑨耗加⑩三分。有司皆慑服，唯唯。独鹏年（江宁知府陈鹏年）不服，否否。总督怏怏⑪，议虽寝⑫，则欲抉去⑬鹏年矣。

---

① 使君：对州郡长官的尊称。
② 先人：先父，即曹寅父曹玺。三服官：即织造。
③ 移节：转任。
④ 先生：其父。
⑤ 加垩[è]：加以粉刷。
⑥ 章学诚，字实斋，清乾隆时学者、史家。
⑦ 上：皇上。
⑧ 有司：部门官吏。供张：也作"供账"，经费。
⑨ 丁粮：按人头所征税粮。
⑩ 耗加：多加。
⑪ 怏怏：不悦貌。
⑫ 寝：息、作罢。
⑬ 抉去：罢免。

无何①，车驾②由龙潭幸江宁。行宫(按③：此指龙潭之行宫)草创④，欲抉去之者⑤因以是激上怒。**时故庶人**⑥(按：此即康熙帝的太子胤礽，至四十七年被废)**从幸**⑦，**更怒，欲杀鹏年。**车驾至江宁，驻跸织造府一日，织造幼子嬉而过于庭，上以其无知也，曰："儿⑧知江宁有好官乎?"曰："知有陈鹏年。"时有致政大学士张英来朝⑨，上……使人问鹏年，英⑩称其贤。而英则庶人之所傅⑪，乃谓庶人曰："尔师傅贤⑫之，如何杀之?"庶人犹欲杀之。

织造曹寅免冠叩头，为鹏年请⑬。当是时，苏州织造李某伏⑭寅后，为寅[女连]([女连]字不见于字书，似有儿女亲家的意思)。见寅血被额，恐触上怒，阴⑮曳其衣，警之。寅怒而顾之曰："云何也?"复叩头，阶有声，竟得请。出，巡抚宋荦逆之⑯曰："君不愧朱云折槛⑰矣!"

又我的朋友顾颉刚在《江南通志》里查出江宁织造的职官如下表：

康熙二年至二十三年　　　　曹　玺

康熙二十三年至三十一年　　桑　格

康熙三十一年至五十二年　　曹　寅

康熙五十二年至五十四年　　曹　颙

康熙五十四年至雍正六年　　曹　頫

---

① 无何：不久。
② 车驾：王所乘之车。
③ 此为引者"按"，下同。
④ 草创：初设(条件不佳)。
⑤ 欲抉去之者：指总督。
⑥ 故庶人："庶人"为太子自称(如皇帝自称"寡人")，此处指太子胤礽，而写此篇时胤礽已被废，因而加"故"字。
⑦ 从幸：随从(皇帝)驾临。
⑧ 儿：小儿(称织造幼子)。
⑨ 朝：朝拜。
⑩ 英：张英。
⑪ 所傅：师傅(太子师，称"太傅")。
⑫ 贤：称贤。
⑬ 请：请命。
⑭ 伏：伏身、跪拜。
⑮ 阴：暗。
⑯ 逆之：迎面。
⑰ 朱云折槛：汉成帝时槐里令朱云，曾上书切谏，指斥朝臣尸位素餐，请斩佞臣安昌侯张禹(成帝师傅)以厉其馀。成帝大怒，欲诛云，云攀折殿槛(殿堂上栏杆)。后来成帝觉悟，命保留折坏的殿槛，以旌直臣。事见《汉书·朱云传》。

雍正六年以后　　　　　　　隋赫德

又苏州织造的职官如下表：

康熙二十九年至三十二年　　　曹寅
康熙三十二年至六十一年　　　李煦

这两表的重要，我们可以分开来说：

(1) 曹玺，字完璧，是曹寅的父亲。顾刚引《上元江宁两县志》道："织局繁剧，玺至，积弊一清。陛见，陈江南吏治极详，赐蟒服，加一品，御书'敬慎'匾额。卒于位。子寅①。"

(2) 因此可知曹寅当康熙二十九年至三十二年时，做苏州织造；三十一年至三十二年，他兼任江宁织造；三十二年以后，他专任江宁织造二十年。

(3) 康熙帝六次南巡的年代，可与上两表参看：

康熙二三　一次南巡　　　　曹玺为苏州织造
　　二八　二次南巡
　　三八　三次南巡　　　　曹寅为江宁织造
　　四二　四次南巡　　　　同上
　　四四　五次南巡　　　　同上
　　四六　六次南巡　　　　同上

(4) 顾刚又考得，康熙南巡，除第一次到南京驻跸将军署外，余五次均把织造署当行宫。**这五次之中，曹寅当了四次接驾的差**。又《振绮堂丛书》内有《圣驾五幸江南恭录》一卷，记康熙四十四年的第五次南巡，写曹寅**既在南京接驾，又以巡盐御史的资格赶到扬州接驾**；又记曹寅进贡的礼物及康熙帝回銮时赏他通政使司通政使②的事，甚详细，可以参看。

────────────

① 子寅：子曹寅。
② 通政使司：官署名。通政使：官名。

506

（5）曹頫与曹颙都是曹寅的儿子。曹寅的《楝亭诗钞》别集有郭振基序，内说"侍公函丈有年①，今公子继任织部，又辱世讲②"。是曹頫之为曹寅儿子，已无可疑。曹頫大概是曹颙的兄弟(说详下)。

又《四库全书提要》谱录类食谱之属存目里有一条说：

《居常饮馔录》一卷。(编修程晋芳家藏本)

国朝曹寅撰。寅字子清，号楝亭，镶蓝旗汉军。康熙中，巡视两淮盐政，加通政司衔。是编③以前代所传饮膳之法汇成一编，一曰宋王的《糖霜谱》，二三曰宋东溪遁叟《粥品》及《粉面品》，四曰元倪瓒《泉史》，五曰元海滨逸叟《制脯鲊法》，六曰明王叔承《酿录》，七曰明释智舷《茗笺》，八九曰明灌畦老叟《蔬香谱》及《制蔬品法》。中间《糖霜谱》，寅已刻入所辑《楝亭十种》；其他亦颇散见于《说郛》诸书云。

又《提要》别集类存目里有一条：

《楝亭诗钞》五卷，附《词钞》一卷。(江苏巡抚采进本)

国朝曹寅撰。寅有《居常饮馔录》，已著录，其诗一刻④于扬州，计盈⑤千首；再刻于仪征，则寅自汰⑥其旧刻，而吴尚中开雕于东园者。此本即仪征刻也。其诗出入于白居易、苏轼之间。

《提要》说曹家是镶蓝旗人，这是错的。《八旗氏族通谱》有曹锡远⑦一系，说他家是正白旗人，当据以改正。但我们因《四库提要》提起曹寅的诗集，故后来居然寻着他的全集，计《楝亭诗钞》八卷、《文钞》一卷、《词钞》一卷、《诗别集》四卷、《词别集》一卷(天津公园图书馆藏)。从他的集子里，我们得知他生于顺治十五年

---

① 公：指曹寅。函丈：(敬语)原为学生称老师，此处称曹寅。有年：多年。
② 辱：屈辱。世讲：后辈、后代。
③ 是编：此编、此书。
④ 一刻：初刻。
⑤ 盈：多于。
⑥ 汰：淘汰。
⑦ 曹锡远：曹雪芹五世祖，是曹家由明朝官员变为满洲包衣的第一人。

戊戌(一六五八)九月七日,他死时大概在康熙五十一年(一七一二)的下半年,那时他五十五岁。他的诗颇有好的,在八旗的诗人之中,他自然要算一个大家了。(他的诗在铁保辑的《八旗人诗钞》——改名《熙朝雅颂集》——里,占一全卷的地位。)当时的文学大家,如朱彝尊、姜宸英等,都为《楝亭诗钞》作序。

以上关于曹寅的事实,总结起来,可以得几个结论:

(1) 曹寅是八旗的世家,几代都在江南做官,他的父亲曹玺做了二十一年的江宁织造;曹寅自己做了四年的苏州织造,做了二十一年的江宁织造,同时又兼做了四次的两淮巡盐御史。他死后,他的儿子曹颙接着做了三年的江宁织造,他的儿子曹頫接下去做了十三年的江宁织造。**他家祖孙三代四个人总共做了五十八年的江宁织造。**这个织造真成了他家的"世职"了。

(2) 当康熙帝南巡时,他家曾办过**四次以上的接驾的差。**

(3) 曹寅会写字①,会做诗词,有诗词集行世;他在扬州曾管领《全唐诗》的刻印,扬州的诗局归他管理甚久;他自己又刻有二十几种精刻的书(除上举各书外,尚有《周易本义》《施愚山集》等;朱彝尊的《曝书亭集》也是曹寅捐资倡刻的,刻未完而死)。他家中藏书极多,精本有三千二百八十七种之多(见他的《楝亭书目》,京师图书馆有钞本)。可见他的家庭富有文学美术的环境。

(4) 他生于顺治十五年,死于康熙五十一年。(一六五八——一七一二)

以上是曹寅的略传与他的家世。曹寅究竟是曹雪芹的什么人呢?袁枚在《随园诗话》里说曹雪芹是曹寅的儿子。这一百多年以来,大家多相信这话,连我在这篇《考证》的初稿里也信了这话。现在我们知道曹雪芹不是曹寅的儿子,乃是他的孙子,最初改正这个大错的是杨钟羲②先生。杨先生编有《八旗文经》六十卷,又著有《雪桥诗话》三编,是一个最熟悉八旗文献掌故的人。他在《雪桥诗话》续集卷六,页二三,说:

敬亭(清宗室敦诚,字敬亭)……尝为《琵琶亭传奇》一折③,曹雪芹(沾)题

---

① 会写字:善书法。
② 杨钟羲,字子勤,清末学者、藏书家。
③ 一折:一出(戏曲)。

508

句有云："白傅诗灵①应喜甚,定教蛮素鬼排场②。"雪芹为棟亭通政孙,平生为诗,大概如此,竟坎坷以终。敬亭挽雪芹诗有"牛鬼遗文悲李贺③,鹿车荷锸葬刘伶④"之句。

这一条使我们知道三个要点:

(一)**曹雪芹名沾。**

(二)**曹雪芹不是曹寅的儿子,是他的孙子。**(《中国人名大辞典》页九九零作"名沾,寅子",似是根据《雪桥诗话》而误改其一部分。)

(三)清宗室敦诚的诗文集内,必有关于曹雪芹的材料。

敦诚字敬亭,别号松堂,英王之裔。他的轶事也散见《雪桥诗话》初二集中。他有《四松堂集》诗二卷、文二卷、《鹪鹩轩笔麈》一卷。他的哥哥名敦敏,字子明,有《懋斋诗钞》。我从此便到处访求这两个人的集子,不料到如今还不曾寻到手。我今年夏间到上海,写信去问杨钟羲先生。他回信说,曾有《四松堂集》,但辛亥乱后遗失了。我虽然很失望,**但杨先生既然根据《四松堂集》说曹雪芹是曹寅之孙,这话自然万无可疑。**因为敦诚兄弟都是雪芹的好朋友,他们的证见自然是可信的。

我虽然未见敦诚兄弟的全集,但《八旗人诗钞》(《熙朝雅颂集》)里有他们兄弟的诗一卷。这一卷里有关于曹雪芹的诗四首,我因为这种材料颇不易得,故把这四首全抄下:

赠曹雪芹　敦敏

碧水青山曲径遐,薜萝门巷足烟霞。

寻诗人去留僧壁,卖画钱来付酒家。

燕市狂歌悲遇合,秦淮残梦忆繁华。

新愁旧恨知多少,都付酕⑤醄醉眼斜。

---

① 白傅,即白居易,晚年曾官至太子少傅,故称。诗灵:诗人之灵魂。

② 教:通"叫"。蛮素:白居易家伎小蛮和樊素。鬼排场:鬼魂来演出。

③ 牛鬼:喻神奇。悲李贺:使李贺悲,胜过李贺(唐代诗人,有"鬼才"之称)。

④ 鹿车:鹿拉的小木车。荷:扛。锸:铁锹。(成语)鹿车荷锸,典出《晋书·刘伶传》:"(伶)常乘鹿车,携一壶酒,使人荷锸而随之,谓曰:'死便埋我。'"后世以此喻洒脱。葬刘伶:胜过刘伶(魏晋时名士,"竹林七贤"之一)。

⑤ 酕[máo]醄[táo]:大醉貌。

访曹雪芹不值[①]　敦敏

野浦冻云深，柴扉晚烟薄。

山村不见人，夕阳寒欲落。

佩刀质酒歌　敦诚

（秋晓遇雪芹于槐园，风雨淋涔，朝寒袭袂。时主人未出，**雪芹酒渴如狂**，余因解佩刀沽酒而饮之。**雪芹欢甚，作长歌以谢余。**余亦作此答之。）

我闻贺鉴湖，不惜金龟掷酒垆[②]；

又闻阮遥集，直卸金貂作鲸吸[③]。

嗟余本非二子狂，腰间更无黄金珰。

秋气酿寒风雨恶，满园榆柳飞苍黄。

主人未出童子睡，斝[④]干罍涩何可当？

相逢况是淳于[⑤]辈，一石差可温枯肠。

身外长物[⑥]亦何有？鸳刀昨夜磨秋霜。

且酤满眼作软饱[⑦]，谁暇齐鬲[⑧]分低昂。

元忠两褥何妨质[⑨]，孙济缊袍须先偿[⑩]。

---

① 不值：未遇。

② 贺鉴湖：唐代诗人贺知章，会稽（今绍兴）人，绍兴城西南有鉴湖，故称。贺知章性情豪放旷达，好饮酒，与李白等八人友善，时称"醉中八仙"，李白在《对酒忆贺监》诗序中说："太子宾客贺公于长安紫极宫一见余，呼余为'谪仙人'，因解金龟换酒为乐。"

③ 阮遥集，据《晋书·阮孚传》载，阮籍的曾孙阮孚，字遥集。好饮酒，曾将皇帝御赐的金貂换酒。杜甫《饮中八仙歌》："饮如长鲸吸百川。"

④ 斝[jiǎ]：酒器。

⑤ 淳于：淳于髡[kūn]。《史记·滑稽列传》载，淳于髡多智善辩，齐威王设宴赐酒给他，问他喝多少酒才醉，淳于髡回答说：我在大王前饮酒，恐惧俯伏而饮，饮不过一斗就醉了；若父亲招待贵宾，我在席侍奉而饮，饮不过二斗就醉了；若朋友久别欣逢，大约饮五、六斗就醉了；若是乡里之间的不拘礼节的宴会，我心里高兴，大约饮八斗会有二三分醉意；日暮宴毕，主人把其他客人送走了而把我留下继续饮酒，完全无拘无束，我这时最高兴，能饮一石。斗、石：指饮酒容量，十斗为一石。此联意思是说，我和雪芹就像淳于髡似的越无拘束、越高兴酒量越大，今天酒逢知己，是最高兴的时候，大约能喝一石酒了。

⑥ 长[zhàng]物：多余的东西。

⑦ 酤满眼：打的酒满到盛器上穿绳的眼子。软饱：酒醉。

⑧ 齐鬲：谐音"脐膈"。

⑨ "元忠"句：唐《北史·李元忠传》载，孙腾、司马子如二人拜访李元忠，"逢其方坐树下，葛巾拥被，对壶独酌。庭室芜旷，使婢卷两褥以质酒肉。呼妻出，衣不曳地"。

⑩ "孙济"句：三国时吴帝孙权的叔父孙济，经常以缊（yùn 韵）袍偿付酒店的酒债（《江表传》）。缊袍：以乱麻为絮的袍子，古为贫者所服。

我今此刀空作佩;岂是吕虔遗王祥①。

欲耕不能买犍犊②,杀贼何能临边疆。

未若一斗复一斗,令此肝肺生角芒③。

曹子大笑称快哉!击石作歌声琅琅。

知君诗胆昔如铁,堪与刀颖交寒光。

我有古剑尚在匣,一条秋水苍波凉。

君才抑塞倘欲拔,不妨斫地歌王郎④。

寄怀曹雪芹　敦诚

少陵昔赠曹将军⑤,曾曰魏武之子孙⑥。

嗟君或亦将军后⑦,于今环堵蓬蒿屯⑧。

扬州旧梦久已绝⑨,且着临邛犊鼻裈⑩。

爱君诗笔有奇气,直追昌谷破篱樊⑪。

当时虎门数晨夕⑫,西窗剪烛⑬风雨昏。

接篱倒着⑭容君傲,高谈雄辩虱手扪⑮。

感时思君不相见,蓟门落日松亭尊⑯。

---

① 吕虔、王祥:《晋书·王览传》载,三国时魏国人吕虔和王祥是好友,吕虔有一把好刀,有人说佩带这把刀可以位至三公,吕虔就把这把刀赠给了王祥。
② "欲耕"句:《汉书·龚遂传》载,龚遂做渤海太守时,看到老百姓有带刀剑的,就叫他们卖剑买牛,卖刀买犊,好好耕田。犍:阉过的牛。犊:小牛。
③ 肝肺生角芒:苏轼《郭祥正家醉画竹石壁上》诗:"空肠得酒芒角出,肝肺槎牙生竹石。"互参"芒角"。
④ 斫地歌王郎:杜甫《短歌行赠王郎司直》诗:"王郎酒酣拔剑斫地歌莫哀,我能拔尔抑塞磊落之奇才。"
⑤ 少陵,即杜甫,字子美,自号少陵野老。曹将军:曹霸,唐代画家,官至左武卫将军,故称。
⑥ 魏武:魏武帝曹操。杜甫《丹青引赠曹将军霸》诗云:"将军魏武之子孙,于今为庶为清门。"
⑦ 嗟[jiē]:感叹。君:指曹雪芹。
⑧ 环堵:屈居。蓬蒿屯:乡间村落(蓬蒿:喻民间)。
⑨ 扬州:代指繁华。此句意同杜牧《遣怀》句"十年一觉扬州梦"。
⑩ 着:穿。临邛[qióng]犊鼻裈[kūn]:代指仆役之衣。临邛:地名,在今四川。犊鼻裈:粗人所穿短裤,状如牛犊之鼻,故称。典出《史记·司马相如列传》:"相如与(卓文君)俱之临邛,尽卖其车骑,买一酒舍酤酒,而令文君当垆。相如身自着犊鼻裈,与保庸杂作,涤器于市中。"
⑪ 昌谷:指李贺(河南昌谷人)。篱樊:陈规。
⑫ 虎门:学府之门,代指受业。数晨夕:几多日夜。
⑬ 西窗剪烛:指彻夜(苦读)。取之李商隐《夜雨寄北》句"何当共剪西窗烛"。
⑭ 接篱倒着:帽子倒戴,喻洒脱(接篱:也称"白接篱",以白鹭羽为饰的帽子)。
⑮ 虱手扪:(倒置)手扪虱,名士状,见《晋书·王猛传》:"桓温入关,猛被褐而诣之,一面谈当世之事,扪虱而言,旁若无人。"
⑯ 蓟门落日:遥想"君"在蓟门,时已黄昏(蓟门:即蓟丘,在今北京城西德胜门外西北隅)。松亭尊:自谓在松亭喝闷酒(松亭:即松亭关,在今河北平泉。尊:酒尊、酒杯)。

劝君莫弹食客铗①,劝君莫叩富儿门。

　　残杯冷炙有德色②,不如著书黄叶村③。

　　我们看这四首诗,可想见他们弟兄与曹雪芹的交情是很深的。他们的证见真是史学家说的"**同时人的证见**",有了这种证据,我们不能不认袁枚为误记了。

　　这四首诗中,有许多可注意的句子。

　　第一,如"秦淮残梦忆繁华",如"于今环堵蓬蒿屯,扬州旧梦久已绝,且着临邛犊鼻裈",如"劝君莫弹食客铗,劝君莫叩富儿门。残杯冷炙有德色,不如著书黄叶村",都可以证明**曹雪芹当时已很贫穷,穷的很不像样了**,故敦诚有"残杯冷炙有德色"的劝戒。

　　第二,如"寻诗人去留僧壁,卖画钱来付酒家",如"知君诗胆昔如铁",如"爱君诗笔有奇气,直追昌谷披篱樊",都可以使我们知道曹雪芹是一个**会作诗又会绘画的人**。最可惜的是曹雪芹的诗现在只剩得"白傅诗灵应喜甚,定教蛮素鬼排场"两句了。但单看这两句,也就可以想见曹雪芹的诗大概是很聪明的,很深刻的。敦诚弟兄比他做④李贺,大概很有点相像。

　　第三,我们又可以看出曹雪芹**在那贫穷潦倒的境遇里,很觉得牢骚抑郁,故不免纵酒狂歌,自寻排遣**。上文引的如"雪芹酒渴如狂",如"相逢况是淳于辈,一石差可温枯肠",如"愁旧恨知多少,都付酕醄醉眼斜",如"鹿车荷锸葬刘伶",都可以为证。

　　我们既知道曹雪芹的家世和他自身的境遇了,我们应该研究他的年代。这一层颇有点困难,因为材料太少了。敦诚有挽雪芹的诗,可见雪芹死在敦诚之前。敦诚的年代也不可详考。但《八旗文经》里有几篇他的文字,有年月可考:如《拙鹃亭记》作于辛丑初冬,如《松亭再征记》作于戊寅正月,如《祭周立厓文》中说:"先生与先公始交时在戊寅已卯间,是时先生……每过静补堂,……诚尝侍几

---

① 莫弹食客铗[jiá]:莫学冯谖[xuān]不知足。见《战国策·冯谖客孟尝君》:"居有顷,(谖)倚柱弹其剑,歌曰:'长铗归来乎!食无鱼!'左右以告。孟尝君曰:'食之,比门之客。'居有顷,复弹其铗,歌曰:'长铗归来乎!出无车!'左右皆笑之,以告。孟尝君曰:'为之驾,比门下之车客。'于是,乘其车,揭其剑,过其友,曰:'孟尝君客我!'后有顷,复弹其剑铗,歌曰:'长铗归来乎!无以为家!'左右皆恶之,以为贪而不知足。"铗:剑。

② 有德色:感恩戴德。

③ 黄叶村:泛指隐居处。见苏轼《书李世南所画秋景》句:"扁舟一棹归何处? 家在江南黄叶村。"

④ 比他做:把他比作。

杖①侧。迨庚寅先公即世,先生哭之过时而哀……诚追述平生……回念静补堂几杖之侧,已二十分年矣。"今作一表,如下:

乾隆二三,戊寅(1758)。

乾隆二四,己卯(1759)。

乾隆三五,庚寅(1770)。

乾隆四六,辛丑(1781)。

自戊寅至此,凡二十三年。

清宗室永忠(臞仙)②为敦诚作葛巾居的诗,也在乾隆辛丑。敦诚之父死于庚寅,他自己的死期大约在二十年之后,约当乾隆五十余年。纪昀③为他的诗集作序,虽无年月可考,但纪昀死于嘉庆十年(1805),而序中的语意都可见敦诚死已甚久了。故我们可以猜定敦诚大约生于雍正初年(约1725),死于乾隆五十余年(约1785—1790)。

敦诚兄弟与曹雪芹往来,从他们赠答的诗看起来,大概都在他们兄弟中年以前,不像在中年以后。况且《红楼梦》当乾隆五十六七年时已在社会上流通了二十余年了(说详下)。以此看来,我们可以断定,**曹雪芹死于乾隆三十年左右**(约1765)。至于他的年纪,更不容易考定了。但敦诚兄弟的诗的口气,很不像是对一位老前辈的口气。我们可以猜想,雪芹的年纪至多不过比他们大十来岁,大约生于康熙末叶(约1715—1720);**当他死时,约五十岁左右。**

以上是关于著者曹雪芹的个人和他的家世的材料。我们看了这些材料,大概可以明白**《红楼梦》这部书是曹雪芹的自叙传了**。这个见解,本来并没有什么新奇,本来是很自然的。不过因为《红楼梦》被一百多年来的红学大家越说越微妙了,故我们现在对于这个极平常的见解反觉得他有证明的必要了。我且举几条重要的证据如下:

第一,我们总该记得《红楼梦》开端时,明明的说着:

---

① 几杖:坐几与手杖,代指老人。

② 永忠(臞[qú]仙):爱新觉罗·永忠,字良辅,号臞仙,曾封镇国将军。

③ 纪昀[yún],字晓岚,号石云,清乾隆时重臣、学者,著有《阅微草堂笔记》等。

作者自云曾历过一番梦幻之后,故将真事隐去,而借"通灵"说此《石头记》一书也。……自己又云:今风尘碌碌,一事无成,忽念及当日所有之女子,一一细考较去,觉其行止见识皆出我之上。我堂堂须眉,诚不若彼裙钗。……当此日,欲将已往所赖天恩祖德,锦衣纨绔之时,饫甘厌肥之日,背父兄教育之恩,负师友规训之德,以致今日一技无成半生潦倒之罪,编述一集,以告天下。

这话说的何等明白!《红楼梦》明明是一部"将真事隐去"的自叙的书。若作者是曹雪芹,那么,曹雪芹即是《红楼梦》开端时那个深自忏悔的"我"! 即是书里的甄贾(真假)两个宝玉的底本! 懂得这个道理,便知书中的贾府与甄府都只是曹雪芹家的影子。

第二,第一回里那石头说道:

我想历来野史的朝代,无非假借汉唐的名色;莫如我石头所记,不借此套,只按自己的事体情理,反到新鲜别致。

又说:

更可厌者,"之乎者也"①,非理即文,大不近情,自相矛盾,竟不如我半世亲见亲闻的这几个女子,虽不敢说强似前代书中所有之人,但观其事迹原委,亦可消愁破闷。

他这样明白清楚的说"这书是我自己的事体情理","是我半世亲见亲闻的";而我们偏要硬派这书是说顺治帝的、是说纳兰性德的,这岂不是作茧自缚吗?

第三,《红楼梦》第十六回有谈论南巡接驾的一大段,原文如下:

凤姐道:"……可恨我小几岁年纪,若早生二三十年,如今这些老人家也不薄我没见世面了。说起当年太祖皇帝仿舜巡②的故事,比一部书还热闹,

---

① 之乎者也:之、乎、者、也,常用文言虚词,代指文言。
② 仿舜巡:仿效舜,巡视民间。

我偏偏的没赶上。"赵嬷嬷(贾琏的乳母)道:"嗳哟,那可是千载难逢的!那时候我才记事儿。咱们贾府正在姑苏扬州一带,监造海船,修理海塘。只预备接驾一次,把银子花的像淌海水似的。说起来……"凤姐忙接道:"我们王府里也预备过一次,那时我爷爷专管各国进贡朝贺的事,凡有外国人来,都是我们家养活。粤闽滇浙所有的洋沿货物,都是我们家的。"

赵嬷嬷道:"那是谁不知道的?……如今还有现在江南的甄家……嗳哟,好势派!……独他们家接驾四次。要不是我们亲眼看见,告诉谁也不信的。别讲银子成了粪土,凭是世上有的,没有不是堆山积海的,'罪过可惜'四个字,竟顾不得了。"凤姐道:"我常听见我们大爷说,也是这样的。岂有不信的?只纳罕他家怎么就这样富贵呢?"

赵嬷嬷道:"告诉奶奶一句话:也不过拿着皇帝家的银子往皇帝身上使罢了。谁家有那些钱买这个虚热闹去?"

此处说的甄家与贾家都是曹家。曹家几代在江南做官,故《红楼梦》里的贾家虽在"长安",而甄家始终在江南。上文曾考出康熙帝南巡六次,曹寅当了四次接驾的差,皇帝就住在他的衙门里。《红楼梦》差不多全不提起历史上的事实,但此处却郑重的说起"太祖皇帝仿舜巡的故事",大概是因为曹家四次接驾乃是很不常见的盛事,故曹雪芹不知不觉的——或是有意的——把他家这桩最阔的大典说了出来。这也是敦敏送他的诗里说的"秦淮旧梦忆繁华"了。但我们却在这里得着一条很重要的证据。因为一家接驾四五次,不是人人可以随便有的机会。大官如督抚,不能久任一处,便不能有这样好的机会。只有曹寅做了二十年江宁织造,恰巧当了四次接驾的差。这不是很可靠的证据吗?

第四,《红楼梦》第二回叙荣国府的世次如下:自荣国公死后,长子贾代善袭了官①,娶的是金陵世家史侯的小姐为妻,生了两个儿子:长名贾赦,次名贾政。如今代善早已去世,太夫人尚在。长子贾赦袭了官,为人平静中和,也不管家务。次子贾政,自幼酷喜读书,为人端方正直,祖父钟爱,原要他以科甲出身的。不料代善临终时,遗本一上,皇上因恤先臣,即时令长子袭官外,问还有几子,立刻引见;遂又额外赐了这政老爷一个主事之职,令其入部学习,如今已升了员外郎。

---

① 袭官:子承袭父原有官位。

我们可用曹家的世系来比较：

曹锡远，正白旗包衣人。世居沈阳地方，来归年月无考。其子曹振彦，原任浙江盐法道。

孙：曹玺，原任工部尚书；曹尔正，原任佐领。

曾孙：曹寅，原任通政使司通政使；曹宜，原任护军参领兼佐领；曹荃，原任司库。

元孙：曹颙，原任郎中；曹𬣙，原任员外郎；曹頫，原任二等侍卫，兼佐领；曹天祐，原任州同（《八旗氏族通谱》卷七十四）。

这个世系颇不分明。我们可试作一个假定的世系表如下：

```
                |→玺→|→寅→|→颙
                |     |     |→𬣙
  曹锡远→振彦→|     |→宜→頫
                |
                |→尔正 →荃→天祐
```

曹寅的《棟亭诗钞别集》中有"辛卯三月闻珍儿殇，书此忍恸，兼示四侄寄东轩诸友"诗三首，其二云："世出难居长，多才在四三①。承家赖犹子，努力作奇男。"四侄即頫，那排行第三的当是那小名珍儿的了。如此看来，颙与𬣙当是行一与行二②。曹寅死后，曹颙袭织造之职。到康熙五十四年，曹颙或是死了，或是因事撤换了，故次子曹𬣙接下去做。织造是内务府的一个差事，故不算做官，故《氏族通谱》上只称曹寅为通政使，称曹𬣙为员外郎。但**《红楼梦》里的贾政，也是次子，也是先不袭爵，也是员外郎。这三层都与曹𬣙相合，故我们可以认贾政即是曹𬣙；因此，贾宝玉即是曹雪芹，即是曹𬣙之子，这一层更容易明白了。**

第五，最重要的证据自然还是曹雪芹自己的历史和他家的历史。《红楼梦》虽没有做完（说详下），但我们看了前八十回，也就可以断定：（1）贾家必致衰败；（2）宝玉必致沦落。《红楼梦》开端便说"风尘碌碌，一事无成"，又说"一技无成，半生潦倒"，又说"当此蓬牖茅椽，绳床瓦灶"。这是明说此书的著者——即是书

---

① 四三：老四、老三。
② 行一与行二：长子与次子。

中的主人翁——当著书时,已在那穷愁不幸的境地。况且第十三回写秦可卿死时在梦中对凤姐说的话,句句明说贾家将来必到"树倒猢狲散"的地步。所以我们即使不信后四十回(说详下)抄家和宝玉出家的话,也可以推想贾家的衰败和宝玉的流落了。我们再回看上文引的敦诚兄弟送曹雪芹的诗,可以列举雪芹一生的历史如下:

(1)他是做过繁华旧梦的人。
(2)他有美术和文学的天才,能做诗,能绘画。
(3)他晚年的境况非常贫穷潦倒。

这不是贾宝玉的历史吗?此外,我们还可以指出三个要点。第一是曹雪芹家自从曹玺、曹寅以来,积成一个很富丽的文学美术的环境。他家的藏书在当时要算一个大藏书家,他家刻的书至今推为精刻的善本。富贵的家庭并不难得,**但富贵的环境与文学美术的环境合在一家,在当日的汉人中是没有的,就在当日的八旗世家中,也很不容易寻找了。**第二,曹寅是刻《居常饮馔录》的人,《居常饮馔录》所收的书,如《糖霜谱》《制脯鲊法》《粉面品》之类,都是专讲究饮食糖饼的做法的。曹寅家做的雪花饼,见于朱彝尊的《曝书亭集》(二十一,页十二),有"粉量云母细,糁和雪糕匀"的称誉。我们读《红楼梦》的人,看贾母对于吃食的讲究,看贾家上下对于吃食的讲究,便知道《居常饮馔录》的遗风未泯,雪花饼的名不虚传!第三,关于曹家衰落的情形,我们虽没有什么材料,但我们知道曹寅的亲家李煦在康熙六十一年已因亏空①被革职查追了。雍正《朱批谕旨》第四十八册有雍正元年苏州织造胡凤翚奏折内称:

今查得李煦任内亏空各年余剩银两,现奉旨交督臣查弼纳查追外,尚有六十一年办六十年分应存剩银六万三百五十五两零,并无存库,亦系李煦亏空。……所有历年动用银两数目,另开细折,并呈御览。……

又第十三册有两淮巡盐御史谢赐履奏折内称:

① 亏空:财用入不敷出,以致负债,或挪用公款,无法弥补。

517

窃照两淮应解①织造银两，历年遵奉已久，兹于雍正元年三月十六日奉户部咨行，**将江苏织造银两停其支给；两淮应解银两，汇行解部**②。……前任盐臣魏廷珍于康熙六十一年内未奉部文停止之先，两次解过苏州织造银五万两。……**再本年六月内奉有停止江宁织造之文。**查前盐臣魏廷珍经解过江宁织造银四万两，臣任内……解过江宁织造银四万五千一百二十两。……**臣请将解过苏州织造银两在于审理李煦亏空案内并追；将解过江宁织造银两行令曹𫖯**解还户部。

　　李煦做了三十年的苏州织造，又兼了八年的两淮盐政，到头来竟因亏空被查追。胡凤翚折内只举出康熙六十一年的亏空，已有六万两之多；加上谢赐履折内举出应退还两淮的十万两：这一年的亏空就是十六万两了！他历年亏空的总数之多，可以想见。这时候，曹𫖯（曹雪芹之父）虽然还未曾得罪③，但谢赐履折内已提及两事：一是停止两淮应解织造银两，一是要曹𫖯赔出本年已解的八万一千余两。这个江宁织造就不好做了。我们看了李煦的先例，就可以推想**曹𫖯的下场也必是因亏空而查追，因查追而抄没家产**。关于这一层，我们还有一个很好的证据。袁枚在《随园诗话》里说《红楼梦》里的大观园即是他的随园。我们考随园的历史，可以信此话不是假的。袁枚的《随园记》（《小仓山房文集》十二）说随园本名隋园，主人为康熙时织造隋公。**此隋公即是隋赫德，即是接曹𫖯的任的人**（袁枚误记为康熙时，实为雍正六年）。袁枚作记在乾隆十四年己巳（1749），去曹𫖯卸织造任时甚近，他应该知道这园的历史。我们从此可以推想曹𫖯当雍正六年去职时，必是因亏空被追赔，故这个园子就到了他的继任人的手里。从此以后，曹家在江南的家产都完了，故不得不搬回北京居住。这大概是曹雪芹所以流落在北京的原因。我们看了李煦、曹𫖯两家败落的大概情形，再回头来看《红楼梦》里写的贾家的经济困难情形，便更容易明白了。如第七十二回：凤姐夜间梦见人来找她，说娘娘要一百匹锦，凤姐不肯给，他就来夺。旺儿家的笑道："这是奶奶的日间操心，常应候宫里的事。"**一语未了，人回："夏太府打发了一个小内监来说话。"**贾琏听了，忙皱眉道："又是什么话，一年他们也搬够了。"凤姐道："你藏起

---

① 解：解送、押送。
② 汇行解部：上交之意。
③ 得罪：获罪。

来,等我见他。"好容易凤姐弄了二百两银子把那小内监打发开去,贾琏出来,笑道:"这一起外祟,何日是了?"凤姐笑道,"刚说着,就来了一股子。"贾琏道:"昨儿**周太监来,张口就是一千两。我略慢应了些,他不自在。将来得罪人之处不少。这会子再发三二百万的财,就好了!**"

又如第五十三回写黑山村庄头乌进孝来贾府纳年例,贾珍与他谈的一段话也很可注意:

　　　　贾珍皱眉道:"我算定你至少也有五千银子来。这够做什么的!……真真是叫别过年了!"

　　　　乌进孝道:"爷的地方还算好呢。我兄弟离我那里只有一百多里,竟又大差了。他现管着那府(荣国府)八处庄地,比爷这边多着几倍,今年也是这些东西,不过二三千两银子,也是有饥荒打呢。"

　　　　贾珍道:"如何呢? 我这边到可已,没什么外项大事,不过是一年的费用。……比不得**那府里**(荣国府),这几年添了许多化钱的事,一定不可免是要化的,却又不添银子产业。这一二年里赔了许多,**不和你们要,找谁去?**"

　　　　乌进孝笑道:"那府里如今虽添了事,有去有来。娘娘和万岁爷岂不赏吗?"贾珍听了,笑向贾蓉等道:"你们听听,他说的可笑不可笑?"

　　　　贾蓉等忙笑道:"你们山坳海沿子上的人,那里知道这道理? 娘娘难道把皇上的库给我们不成? ……就是赏,也不过一百两金子,才值一千多两银子,够什么? **这二年,那一年不赔出几千两银子来?** 头一年省亲,连盖花园子,你算算那一注化了多少,就知道了。**再二年,再省一回亲,只怕精穷了!** ……"

　　　　贾蓉又说又笑,向贾珍道:"果真那府里穷了。**前儿我听见二婶娘**(凤姐)**和鸳鸯悄悄商议,要偷老太太的东西去当银子呢。**"

借当①的事又见于第七十二回:

　　　　鸳鸯一面说,一面起身要走。贾琏忙也立起身来说道:"好姐姐,略坐一坐儿,兄弟还有一事相求。"说着,便骂小丫头:"怎么不泡好茶来! 快拿干净

---

① 借当:借别人东西去当铺当钱。

盖碗,把昨日进上的新茶泡一碗来!"说着,向鸳鸯道:"这两日因老太太千秋,所有的几千两都使完了。几处房租地租统在九月才得。这会子竟接不上。明儿又要送南安府里的礼,又要预备娘娘重阳节,还有几家红白大礼,至少还要二三千两银子用,一时难去支借。俗语说的好,求人不如求己。说不得,姐姐担个不是,暂且把老太太查不着的金银家伙,偷着运出一箱子来,暂押千数两银子,支腾过去。"

因为《红楼梦》是曹雪芹"将真事隐去"的自叙,故他不怕琐碎,再三再四的描写他家由富贵变成贫穷的情形。我们看曹寅一生的历史,决不像一个贪官污吏;他亏空破产,大概都是由于他一家都爱挥霍,爱摆阔架子;讲究吃喝,讲究场面;收藏精本的书,刻行精本的书;交结文人名士,交结贵族大官,招待皇帝,至于四次五次;他们又不会理财,又不肯节省;讲究挥霍惯了,收缩不回来,以至于亏空,以至于破产抄家。《红楼梦》只是老老实实的描写这一个"坐吃山空""树倒猢狲散"的自然趋势。因为如此,所以《红楼梦》是一部自然主义的杰作。那班猜谜的红学大家不晓得《红楼梦》的真价值正在这平淡无奇的自然主义的上面,所以他们偏要绞尽心血去猜那想入非非的笨谜,所以他们偏要用尽心思去替《红楼梦》加上一层极不自然的解释。

总结上文关于"**著者**"的材料,凡得六条结论:

(1)《红楼梦》的著者是曹雪芹。

(2)曹雪芹是汉军正白旗人,曹寅的孙子,曹𫖯的儿子,生于极富贵之家,身经极繁华绮丽的生活,又带有文学与美术的遗传与环境。他会做诗,也能画,与一班八旗名士往来。但他的生活非常贫苦,他因为不得志,故流为一种纵酒放浪的生活。

(3)曹寅死于康熙五十一年。曹雪芹大概即生于此时,或稍后。

(4)曹家极盛时,曾办过四次以上的接驾的阔差;但后来家渐衰败,大概因亏空得罪被抄没。

(5)《红楼梦》一书是曹雪芹破产倾家之后,在贫困之中做的。做书的年代大概当乾隆初年到乾隆三十年左右,书未完而曹雪芹死了。

(6)《红楼梦》是一部隐去真事的自叙:里面的"甄""贾"两宝玉,即是曹雪芹自己的化身;"甄""贾"两府即是当日曹家的影子(故贾府在"长安"都中,而甄府始终在江南)。

　　现在我们可以研究《红楼梦》的"**本子**"问题。现今市上通行的《红楼梦》虽有无数版本，然细细考较去，除了有正书局一本外，都是从一种底本出来的。这种底本是乾隆末年间程伟元①的百二十回全本，我们叫它做"程本"。这个程本有两种本子，一种是乾隆五十七年壬子(一七九二)的第一次活字排本，可叫做"程甲本"。一种也是乾隆五十七年壬子程家排本，是用"程甲本"来校改修正的，这个本子可叫做"程乙本"。"程甲本"我的朋友马幼渔教授藏有一部，"程乙本"我自己藏有一部。乙本远胜于甲本，但我仔细审察，不能不承认"程甲本"为外间各种《红楼梦》的底本。各本的错误矛盾，都是根据于"程甲本"的。这是《红楼梦》版本史上一件最不幸的事。

　　此外，上海有正书局石印的一部八十回本的《红楼梦》，前面有一篇德清戚蓼生②的序，我们可叫它做"戚本"。有正书局的老板在这部书的封面上题着"国初钞本《红楼梦》"，又在首页题着"原本《红楼梦》"。那"国初钞本"四个字自然是大错的。那"原本"两字也不妥当。这本已有总评，有夹评，有韵文的评赞，又往往有"题"诗，有时又将评语抄入正文(如第二回)，可见已是很晚的抄本，决不是"原本"了。但自程氏两种百二十回本出版以后，八十回本已不可多见。"**戚本**"大概**是乾隆时无数辗转传抄本之中幸而保存的一种**，可以用来参校"程本"，故自有它的相当价值，正不必假托"国初抄本"。

　　《红楼梦》最初只有八十回，直至乾隆五十六年以后始有百二十回的《红楼梦》。这是无可疑的。"程本"有程伟元的序，序中说：

　　　　《石头记》是此书原名。……好事者每传抄一部置庙市③中，昂其值得数十金，可谓不胫而走者矣。**然原本目录一百二十卷，今所藏只八十卷**，殊

---

① 程伟元，字小泉，清乾隆、嘉庆年间文人、书商，乾隆五十六年，与高鹗将《红楼梦》前八十回与后四十回合在一起排版印出(其中的后四十回，一般认为是高鹗所续；也有一说无名氏所续，高鹗整理)。此为《红楼梦》最早版本(此前均为抄本)。第二年(即乾隆五十七年)，又对前版做了"补遗订讹"，"略为修辑"，重新排版印刷。为区别这两个版本，后世红学界称乾隆五十六年版为"程甲本"，称乾隆五十七年版为"程乙本"。

② 戚蓼生，字念功，号晓堂、晓塘，浙江德清城关人，清乾隆时官吏、文人，早年赴京应试，购得八十回本《石头记》早期抄本，大为赞叹，书序一篇。该抄本后在清末由有正书局石印发行。

③ 庙市：庙会集市，也用以泛指市场。

非全本。即间有称全部者,及检阅仍只八十卷,读者颇以为憾。不佞①以是书既有百二十卷之目,岂无全璧?爰为②竭力搜罗,自藏书家甚至故纸堆中,无不留心。数年以来,仅积有二十余卷。一日,偶于鼓担③上得十余卷,遂重价购之,欣然翻阅,见其前后起伏尚属接榫④(榫音笋,削木入窍名榫,又名榫头),然漶漫不可收拾⑤。乃同友人细加厘扬⑥,截长补短,抄成全部,复为镌板,以公同好。《石头记》全书至是始告成矣。……小泉程伟元识。

我自己的程乙本还有高鹗⑦的一篇序,中说:

> 予闻《红楼梦》脍炙人口者,几廿余年,然无全璧,无定本。……今年春,友人程子小泉过予⑧,以其所购全书见示,且曰:"此仆数年铢积寸累之辛心,将付剞劂⑨,公同好。子闲且惫矣,盍⑩分任之?"予以是书虽稗官野史⑪之流,然尚不谬于名教⑫,欣然拜诺。正以波斯奴⑬见宝为幸,遂襄其役⑭。工既竣,并识端末⑮,以告阅者。时乾隆辛亥(1791),冬至后五日铁岭高鹗叙并书。

此序所谓"工既竣",即是程序说的"同友人细加厘扬,截长补短"的整理工夫,并非指刻板的工程。我这部程乙本还有七条"引言",比两序更重要,今节抄几条于下:

---

① 不佞[nìng]:自称,我。
② 爰[yuán]为:于是。
③ 鼓担:亦称"打鼓担",旧货摊。
④ 接榫[sǔn]:连接榫头,喻前后衔接。
⑤ 漶漫不可收拾:模糊不可辨别。
⑥ 厘扬:整理筛选。
⑦ 高鹗,字兰墅,清代汉军镶黄旗人,官至内阁中书、翰林院侍读,撰有《高兰墅集》《月小山房遗稿》,[清]张问陶《赠高兰墅鹗同年》诗注云:"传奇《红楼梦》八十回以后俱兰墅所补。"今传一百二十回本《红楼梦》,其后四十回一般认为系高鹗所续。
⑧ 程子小泉:即程伟元,字小泉,"子"为尊称。过予:探访我。
⑨ 剞[jī]劂[jué]:雕刻用的曲刀,代指刻版。
⑩ 盍[hé]:何不。
⑪ 稗官野史:泛称小说及记载不见经传的逸闻琐事的著述。
⑫ 谬:背、违背。名教:正名定分之礼教。
⑬ 波斯奴:自称(清人视波斯为多宝之地,称"波斯奴"意即"觅宝迷")。
⑭ 襄:助。役:事。
⑮ 端末:始末、首尾。

是书①前八十回，藏书家抄录传阅几三十年矣。今得后四十回合成完璧②。缘③友人借抄争睹者甚伙④，抄录固难，刊板⑤亦需时日，姑集活字⑥刷印。因急欲公诸同好⑦，故初印时不及细校，间有纰缪⑧。今复聚集各原本，详加校阅，改订无讹。惟阅者谅之。

书中前八十回，抄本各家互异，今广集核勘，准情酌理，补遗订讹。其间或有增损数字处，意在便于披阅⑨，非敢争胜前人⑩也。

是书沿传既久，坊间缮本⑪及诸家秘稿，繁简歧出，前后错见。即如六十七回，此有彼无，题同文异，燕石莫辨⑫。兹惟择其情理较协⑬者，取为定本。

书中后四十回系就历年所得，集腋成裘⑭，更无他本可考，惟按其前后关照者，略为修辑，使其有应接而无矛盾。至其原文，未敢臆改。俟⑮再得善本，更为厘定⑯，且不欲尽掩其本来面目⑰也。

引言之末，有"壬子花朝后一日，小泉兰墅又识"一行。兰墅即高鹗。我们看上文引的两序与引言，有应该注意的几点：

(1) 高序说"闻《红楼梦》脍炙人口者，几廿余年"。引言说"前八十回，藏书

---

① 是书：此书。
② 完璧：全本。
③ 缘：由于。
④ 伙：众、多。
⑤ 刊板：同"刊版"。
⑥ 活字：活字排版。
⑦ 公诸：公之于。同好：爱好相同之人。
⑧ 纰[pī]缪[miù]：错误。
⑨ 披阅：披览、阅读。
⑩ 争胜前人：意为改动原文。
⑪ 坊间：街市(尤指书坊)。缮[shàn]本：抄本。
⑫ 燕石莫辨：伪者难辨(燕石：燕山所产类似玉的石头，代指作伪)。
⑬ 协：协调。
⑭ 集腋成裘：(成语)收集狐狸腋下皮毛，制成裘皮大衣，比喻积少成多。典出《慎子·知忠》："故廊庙之材，盖非一木之枝也;粹白之裘，盖非一狐之皮也。"
⑮ 俟[sì]：等。
⑯ 厘定：整合。
⑰ 不欲尽掩其本来面目：意为不会改变原书面目。

家抄录传阅,几三十年"。从乾隆壬子上数三十年,为乾隆二十七年壬午(1762),今知乾隆三十年间此书已流行,可证我上文推测曹雪芹死于乾隆三十年左右之说大概无大差错。

(2)前八十回,各本互有异同。例如引言第三条说"六十七回此有彼无,题同文异"。我们试用"戚本"六十七回与"程本"及市上各本的六十七回互校,果有许多异同之处,程本所改的似胜于"戚本"。大概程本当日确曾经过一番"广集各本核勘,准情酌理,补遗订讹"的工夫,故"程本"一出即成为定本,其余各抄本多被淘汰了。

(3)程伟元的序里说,《红楼梦》当日虽只有八十回,**但原本却有一百二十卷的目录**。这话可惜无从考证。("戚本"目录并无后四十回。)我从前想当时各抄本中大概有些是有后四十回目录的,但我现在对于这一层很有点怀疑了(说详下)。

(4)八十回以后的四十回,据高、程两人的话,是程伟元历年杂凑起来的——先得二十余卷,又在鼓担上得十余卷,又经高鹗费了几个月整理修辑的工夫,方才有这部百二十回本的《红楼梦》。他们自己说这四十回"更无他本可考":但他们又说:"至其原文,未敢臆改。"

(5)《红楼梦》直到乾隆五十六年(1791)始有一百二十回的全本出世。

(6)这个百二十回的全本最初用活字版排印,是为乾隆五十七年壬子(1792)的"程本"。这本又有两种小不同的印本:(一)初印本(即程甲本)"不及细校,间有纰缪"。此本我近来见过,果然有许多纰缪矛盾的地方。(二)校正印本,即我上文说的"程乙本"。

(7)程伟元的一百二十回本的《红楼梦》,即是这一百三十年来的一切印本《红楼梦》的老祖宗。后来的翻本,多经过南方人的批注,书中京话的特别俗语往往稍有改换,但没有一种翻本(除了"戚本")不是从"程本"出来的。

这是我们现有的一百二十回本《红楼梦》的历史。这段历史里有一个大可研究的问题,就是"后四十回的著者究竟是谁"?

俞樾的《小浮梅闲话》里考证《红楼梦》的一条说:

> 《船山诗草》有"赠高兰墅鹗同年"一首云:"艳情人自说《红楼》。"注云:"《红楼梦》八十回以后,俱兰墅所补。"然则此书非出一手。按乡会试①增五

---

① 乡会试:即乡试,地方科举考试。

言八韵诗，始乾隆朝，而书中叙科场事已有诗，则其为高君所补，可证矣。

俞氏这一段话极重要。他不但证明了程排本作序的高鹗是实有其人，还使我们知道《红楼梦》后四十回是高鹗补的。船山即是张船山，名问陶，是乾隆嘉庆时代的一个大诗人。他于乾隆五十三年戊申(1788)中顺天乡试举人，五十五年庚戌(1790)成进士，选庶吉士①。他称高鹗为同年，他们不是庚戌同年，便是戊申同年。但高鹗若是庚戌的新进士，次年辛亥他作《红楼梦》序不会有"闲且惫矣"的话，故我推测他们是戊申乡试的同年。后来我又在《郎潜纪闻二笔》卷一里发现一条关于高鹗的事实：

> 嘉庆辛酉，京师大水，科场改九月，诗题"百川赴巨海"……闱中②罕得解。前十本将③进呈④，韩城王文端公⑤以通场无知出处为憾。房考高侍读鹗⑥搜遗卷，得定远陈觐⑦卷，亟⑧呈荐，遂得南元⑨。

辛酉(1801)为嘉庆六年。据此，我们可知高鹗后来曾中进士，为侍读，且曾做嘉庆六年顺天乡试的同考官。我想高鹗既中进士，就有法子考查他的籍贯和中进士的年份了。果然我的朋友顾颉刚先生替我在《进士题名碑》上查出高鹗是镶黄旗汉军人，乾隆六十年乙卯(1795)科的进士，殿试第三甲第一名。这一件引起我注意《题名录》一类的工具，我就发愤搜求这一类的书。果然我又在清代《御史题名录》里，嘉庆十四年(1809)下，寻得一条：

> 高鹗，镶黄旗汉军人，乾隆乙卯进士，由内阁侍读考选江南道御史、刑科给事中⑩。

---

① 庶吉士：亦称"庶常"，全称"庶常吉士"，翰林院短期职位。
② 闱中：考场中，代指考生。
③ 前十本：前十名。将：拿来。
④ 进呈：上报。
⑤ 王文端，即王杰，字伟人，号惺园，谥文端，陕西韩城人，清乾隆、嘉庆年间大臣，官至军机大臣、东阁大学士。时为主考官。
⑥ 房考：分房阅卷的考官。高侍读鹗：侍读高鹗(侍读：官名)。
⑦ 定远陈觐：定远考生陈觐。
⑧ 亟[jí]：急切。
⑨ 南元：第二名。
⑩ 江南道御史：江南道监察御史。刑科给事中：刑科属官、协掌科事。

又《八旗文经》二十三有高鹗的《操缦堂诗稿跋》一篇,末署乾隆四十七年壬寅(1782)小阳月。我们可以总合上文所得关于高鹗的材料,作一个简单的《高鹗年谱》如下:

乾隆四七(1782),高鹗作《操缦堂诗稿跋》。

乾隆五三(1788),中举人。

乾隆五六至五七(1791—1792),补作《红楼梦》后四十回,并作序例。

《红楼梦》百廿回全本排印成。

乾隆六十(1795),中进士,殿试三甲一名。

嘉庆六(1801),高鹗以内阁侍读为顺天乡试的同考官,闱中与张问陶相遇,张作诗送他,有"艳情人自说《红楼》"之句;又有诗注,使后世知《红楼梦》八十回以后是他补的。

嘉庆一四(1809),考选江南道御史、刑科给事中。——自乾隆四七至此,凡二十七年。大概他此时已近六十岁了。

后四十回是高鹗补的,这话自无可疑。我们可约举几层证据如下:

第一,张问陶的诗及注,此为最明白的证据。

第二,俞樾举的"乡会试增五言八韵诗始乾隆朝,而书中叙科场事已有诗"一项,这一项不十分可靠,因为乡会试用律诗,起于乾隆二十一二年,也许那时《红楼梦》前八十回还没有做成呢。

第三,程序①说先得二十余卷,后又在鼓担上得十余卷。此话便是作伪的铁证,因为世间没有这样奇巧的事!

第四,高鹗自己的序,说的很含糊,字里行间都使人生疑。大概他不愿完全埋没他补作的苦心,故引言第六条说:"是书开卷略志数语,非云弁首②,实因残缺有年,一旦颠末毕具③,大快人心,**欣然题名,聊以记成书之幸。**"因为高鹗不讳他补作的事,故张船山赠诗直说他补作后四十回的事。

---

① 程序:程伟元序。

② 略志数语,非云弁[biàn]首:略说几句话,谈不上序言(弁首:序言、前言)。

③ 颠末毕具:首尾俱全。

但这些证据固然重要,总不如**内容的研究更可以证明后四十回与前八十回决不是一个人作的**。我的朋友俞平伯先生曾举出三个理由来证明,后四十回的回目也是高鹗补作的。他的三个理由是(1)和第一回自叙的话都不合;(2)史湘云的丢开;(3)不合作文时的程序。这三层之中,第三层姑且不论。第一层是很明显《红楼梦》的开端明说"一技无成,半生潦倒";明说"蓬牖茅椽,绳床瓦灶";岂有到了末尾说宝玉出家成仙之理?第二层也很可注意。第三十一回的回目"**因麒麟伏白首双星**",确是可怪!依此句看来,史湘云后来似乎应该与宝玉做夫妇,不应该此话全无照应。以此看来,我们可以推想后四十回不是曹雪芹做的了。

其实,何止史湘云一个人?即如小红,曹雪芹在前八十回里极力描写这个攀高好胜的丫头;好容易她得着了凤姐的赏识,把她提拔上去了;**但这样一个重要人才,岂可没有下场?况且小红同贾芸的感情**,前面既经曹雪芹那样郑重描写,**岂有完全没有结果之理?**又如香菱的结果也决不是曹雪芹的本意,第五回的"十二钗副册"上写香菱结局道:

> 根并荷花一茎香,平生遭际实堪伤。
>
> 自从两地生孤木,致使芳魂返故乡。

两地生孤木,合成"桂"字。此明说香菱死于夏金桂之手,故第八十回说香菱"血分中有病,加以气怨伤肝,内外挫折不堪,竟酿成干血之症,日渐羸瘦,饮食懒进,请医服药无效"。**可见八十回的作者明明的要香菱被金桂折磨死。**后四十回里却是金桂死了,香菱扶正:这岂是作者的本意吗?此外,又如第五回"十二钗"册上说凤姐的结局道:"一从二令三入木,哭向金陵事更哀。"这个谜竟无人猜得出,许多批《红楼梦》的人也都不敢下注解。所以后四十回里写凤姐的下场竟完全与这"二令三入木"无关,这个谜只好等上海灵学会把曹雪芹先生请来降坛时再来解决了。此外,又如写和尚送玉一段,文字的笨拙,令人读了作呕。又如写贾宝玉忽然肯做八股文,忽然肯去考举人,也没有道理。高鹗补《红楼梦》时,正当他中举人之后,还没有中进士。如果他补《红楼梦》在乾隆六十年之后,贾宝玉大概非中进士不可了!

以上所说,只是要证明《红楼梦》的后四十回确然不是曹雪芹做的。**但我们平心而论,高鹗补的四十回,虽然比不上前八十回,也确然有不可埋没的好处。**他写司棋之死,写鸳鸯之死,写妙玉的遭劫,写凤姐的死,写袭人的嫁,都是很有精彩的**小品文字**。最可注意的是这些人都写作悲剧的下场。还有那最重要的"**木石前盟**"一件公案,高鹗居然忍心害理的教①黛玉病死,教宝玉出家,作一个大悲剧的结束,打破中国小说的团圆迷信。这一点悲剧的眼光,不能不令人佩服。我们试看高鹗以后,那许多续《红楼梦》和《补红楼梦》的人,哪一人不是想把黛玉、晴雯都从棺材里扶出来,重新配给宝玉? 哪一个不是想做一部"团圆"的《红楼梦》的? 我们这样退一步想,就不能不佩服高鹗的补本了。我们不但佩服,还应该感谢他,因为他这部悲剧的补本,靠着那个"鼓担"的神话,居然打倒了后来无数的团圆《红楼梦》,居然替中国文字保存了一部有悲剧下场的小说!

以上是我对于《红楼梦》的"著者"和"本子"两个问题的答案。我觉得我们做《红楼梦》的考证,只能在这两个问题上着手;只能运用我们力所能搜集的材料,参考互证,然后抽出一些比较的最近情理的结论。这是考证学的方法。我在这篇文章里,处处想撇开一切先人的成见;处处存一个搜求证据的目的;处处尊重证据,让证据做向导,引我到相当的结论上去。我的许多结论也许有错误的——自从我第一次发表这篇《考证》以来,我已经改正了无数大错误了——也许有将来发见新证据后即须改正的。但我自信:这种考证的方法,除了《董小宛考》②之外,是向来研究《红楼梦》的人不曾用过的。我希望我这一点小贡献,能引起大家研究《红楼梦》的兴趣,能把将来的《红楼梦》研究引上正当的轨道去:打破从前种种穿凿附会的"红学",创造科学方法的《红楼梦》研究!

民国十年三月二七日,初稿
民国十年十一月十二日,改定稿

---

① 教:通"叫"。
② 《董小宛考》:近代学者孟森(字莼孙,号心史)著。

关于《红楼梦》^①

鲁迅

乾隆中(一七六五年顷),有小说曰《石头记》^②者忽出于北京,历五六年而盛行,然皆写本^③,以数十金鬻于庙市^④。其本止八十回,开篇即叙本书之由来,谓女娲补天,独留一石未用,石甚自悼叹,俄见一僧一道,以为"形体到也是个宝物了,还只没有实在好处,须得再镌上数字,使人一见便知是奇物方妙。然后好携你到隆盛昌明之邦、诗礼簪缨之族、花柳繁华之地、温柔富贵之乡,去安身乐业"。于是袖之^⑤而去。

不知更历几劫,有空空道人见此大石,上镌文辞,从石之请,抄以问世。道人亦"因空见色,由色生情,传情入色,自色悟空,遂易名为'情僧',改《石头记》为《情僧录》;东鲁孔梅溪^⑥则题曰《风月宝鉴》;后因曹雪芹于悼红轩中披阅十载,增删五次,纂成目录,分出章回,则题曰《金陵十二钗》,并题一绝云:'满纸荒唐言,一把辛酸泪。都云作者痴,谁解其中味?'"(戚蓼生所序八十回本之第一回)

---

① 本文节选自《中国小说史略》,题目系本书选注者所加。本文要点:一、《红楼梦》人物关系;二、《红楼梦》主要情节和结局;三、《红楼梦》索隐种种;四、《红楼梦》自叙说及高鹗续书。

② 《石头记》:即《红楼梦》。

③ 写本:手抄本。

④ 鬻[yù]:卖。庙市:庙会集市,也用以泛指市场。

⑤ 袖之:携之(古人藏物于袖,故称)。

⑥ 东鲁孔梅溪:不知何人。猜测颇多:顾颉刚认为即小说评者之一的"梅溪"(甲戌本第十三回有一条眉批:"不必看完,见此二句,即欲堕泪。梅溪。");胡适则进一步判定,《风月宝鉴》为曹雪芹《红楼梦》的初稿,由其弟棠村作序,书中不说曹棠村而用"东鲁孔梅溪"之名,只是故作狡狯而已;棠村、孔梅溪、梅溪实为一人(甲戌本第一回有一条眉批,谓"雪芹旧有《风月宝鉴》之书,乃其弟棠村序也",见"风月宝鉴"条);吴恩裕考定孔梅溪即是乾隆进士孔继涵(山东曲阜人,孔子后裔);还有一些研究者认为孔梅溪只是曹雪芹为免受文网之祸而虚拟的"乌有先生"。均备参考。

本文所叙事则在石头城(非即金陵)之贾府，为宁国、荣国二公后①。宁公长孙曰敷②，早死；次敬袭爵③，而性好道④，又让爵于子珍⑤，弃家学仙；珍遂纵恣，有子蓉⑥，娶秦可卿。荣公长孙曰赦⑦，子琏⑧，娶王熙凤；次曰政⑨，女曰敏⑩，适林海⑪，中年而亡，仅遗一女曰黛玉。贾政娶于王⑫，生子珠⑬，早卒；次生女曰元春，后选为妃；次复得子，则衔玉而生，玉又有字，因名宝玉，人皆以为"来历不小"，而政母史太君尤钟爱之。宝玉既七八岁，聪明绝人，然性爱女子，常说"女儿是水作的骨肉，男人是泥作的骨肉"。人于是又以为将来且为"色鬼"；贾政亦不甚爱惜，驭⑭之极严，盖缘"不知道这人来历。……若非多读书识字，加以致知格物之功，悟道参玄之力者，不能知也"(戚本第二回贾雨村云)。而贾氏⑮实亦"闺阁中历历有人"⑯，主从之外，姻连⑰亦众，如黛玉、宝钗，皆来寄寓，史湘云亦时至，尼妙玉，则习静于后园。右⑱即贾氏谱大要，用虚线者其姻连，著"×"者夫妇，著" * "者在"金陵十二钗"之数者也。

事即始于林夫人(贾敏)之死，黛玉失恃⑲，又善病⑳，遂来依外家㉑，时与宝玉同年，为十一岁。已而王夫人女弟㉒所生女亦至，即薛宝钗，较长一年，颇极端丽。宝玉纯朴，并爱二人无偏心，宝钗浑然不觉，而黛玉稍恚㉓。一日，宝玉倦卧

---

① 后：后代。
② 敷：贾敷。
③ 次敬袭爵：次子贾敬承袭爵位。
④ 好道：信奉道教。
⑤ 珍：贾珍。
⑥ 蓉：贾蓉。
⑦ 赦：贾赦。
⑧ 琏：贾琏。
⑨ 次：次孙。政：贾政(贾宝玉父)。
⑩ 敏：贾敏(林黛玉母)。
⑪ 适林海：嫁林如海(林黛玉父)。
⑫ 王：王家(王夫人，贾宝玉母)。
⑬ 珠：贾珠(贾宝玉兄)。
⑭ 驭：管教。
⑮ 贾氏：贾家。
⑯ "闺阁中历历有人"：引自《红楼梦》第一回："我之罪固不免，然闺阁中本自历历有人，万不可因我之不肖，自护己短，一并使其泯灭也。"闺阁：原指女子卧室，借指妻室。
⑰ 姻连：姻亲。
⑱ 右：下(旧时竖写，从右至左，故"右文"即今"下文")。
⑲ 失恃：丧母。
⑳ 善病：易病。
㉑ 外家：外婆家。
㉒ 已而：后来。王夫人女弟：王夫人妹(即薛姨妈，薛宝钗母)。
㉓ 恚[huì]：怨恨。

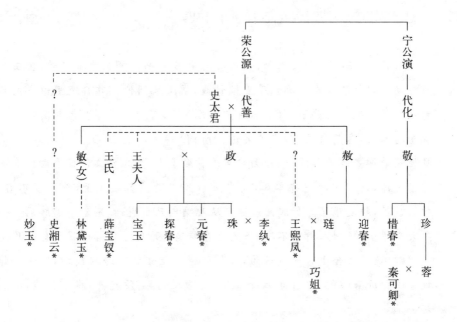

秦可卿室,遽梦入太虚境,遇警幻仙,阅《金陵十二钗正册》及《副册》,有图有诗,然不解。警幻命奏新制《红楼梦》十二支,其末阕①为《飞鸟各投林》,词有云:

> "为官的,家业凋零;富贵的,金银散尽。有恩的,死里逃生;无情的,分明报应。欠命的命已还,欠泪的泪已尽!……看破的,遁入空门;痴迷的,枉送了性命。好一似,食尽鸟投林,落了片白茫茫大地真干净!"(戚本第五回)

然宝玉又不解,更历他梦而寤②。迨③元春被选为妃,荣公府愈贵盛,及其归省④,则辟⑤大观园以宴之,情亲毕至,极天伦之乐。宝玉亦渐长,于外昵⑥秦钟、蒋玉函,归则周旋于姊妹中表⑦以及侍儿如袭人、晴雯、平儿、紫鹃辈之间,昵而

---

① 末阕[què]:最终。
② 寤:醒。
③ 迨[dài]:等到。
④ 及:至。归省:归乡探亲。
⑤ 辟:开辟。
⑥ 昵:亲昵。
⑦ 姊妹中表:表姊妹。

敬之①，恐拂②其意，爱博而心劳，而忧患亦日甚矣。

这日，宝玉因见湘云渐愈，然后去看黛玉。正值黛玉才歇午觉，宝玉不敢惊动。因紫鹃正在回廊上手里做针线，便上来问他："昨日夜里咳嗽的可好些？"紫鹃道："好些了。"（宝玉道："阿弥陀佛，宁可好了罢。"紫鹃笑道："你也念起佛来，真是新闻。"）宝玉笑道："所谓'病笃乱投医'了。"一面说，一面见他穿着弹墨绫子薄绵袄，外面只穿着青缎子夹背心，宝玉便伸手向他身上抹了一抹，说："穿的这样单薄，还在风口里坐着。春风才至，时气最不好。你再病了，越发难了。"紫鹃便说道："从此咱们只可说话，别动手动脚的。一年大二年小的，叫人看着不尊重；又打着那起混账行子们背地里说你。你总不留心，还只管合小时一般行为，如何使得？姑娘常常吩咐我们，不叫合你说笑。你近来瞧他，远着你，还恐远不及呢。"说着，便起身，携了针线，进别房去了。

宝玉见了这般景况，心中忽觉浇了一盆冷水一般，只看着竹子发了回呆。因祝妈正来挖笋修竿，便忙忙走了出来，一时魂魄失守，心无所知，随便坐在一块石上出神，不觉滴下泪来。直呆了五六顿饭工夫，千思万想，总不知如何是好。偶值雪雁从王夫人房中取了人参来，从此经过，……便走过来，蹲下笑道："你在这里作什么呢？"

宝玉忽见了雪雁，便说道："你又作什么来招我？你难道不是女儿？他既防嫌，总不许你们理我，你又来寻我，倘被人看见，岂不又生口舌？你快家去罢。"雪雁听了，只当他又受了黛玉的委屈，只得回至房中，黛玉未醒，将人参交与紫鹃。……雪雁道："姑娘还没醒呢，是谁给了宝玉气受？坐在那里哭呢。"……紫鹃听说，忙放下针线，……一直来寻宝玉。走到宝玉跟前，含笑说道："我不过说了两句话，为的是大家好。你就赌气，跑了这风地里来哭，作出病来唬我。"宝玉忙笑道："谁赌气了？我因为听你说的有理，我想你们既这样说，自然别人也是这样说，将来渐渐的都不理我了。我所以想着自己伤心。"……（戚本第五十七回，括弧中句据程本补）

---

① 昵而敬之：亲昵而恭敬。
② 拂：伤。

然荣公府虽煊赫,而"生齿日繁,事务日盛,主仆上下,安富尊荣者尽多,运筹谋划者无一,其日用排场,又不能将就省俭",故"外面的架子虽未甚倒,内囊却也尽上来了"。(第二回)颓运方至,变故渐多;宝玉在繁华丰厚中,且亦屡与"无常"觌面①,先有可卿自经②、秦钟夭逝,自又中父妾厌胜之术③,几④死;继以金钏投井、尤二姐吞金,而所爱之侍儿晴雯又被几遣⑤,随殁⑥。悲凉之雾,遍被华林⑦,然呼吸⑧而领会之者,独宝玉而已。

……他便带了两个小丫头到一石后,也不怎么样,只问他二人道:"自我去了,你袭人姐姐可打发人瞧晴雯姐姐去了不曾?"这一个答道:"打发宋妈妈瞧去了。"宝玉道:"回来说什么?"小丫头道:"回来说晴雯姐姐直着脖子叫了一夜,今儿早起就闭了眼,住了口,人事不知,也出不得一声儿了,只有倒气的分儿了。"宝玉忙问道:"一夜叫的是谁?"小丫头道:("一夜叫的是娘。"宝玉拭泪道,"还叫谁?"小丫头说:)"没有听见叫别人。"

宝玉道:"你糊涂,想必没听真。"(……因又想:)"虽然临终未见,如今且去灵前一拜,也算尽这五六年的情肠。"

……遂一径出园,往前日之处来,意为停柩在内。谁知他哥嫂见他一咽气,便回了进去,希图得几两发送例银。

王夫人闻知,便赏了十两银子;又命"即刻送到外头焚化了罢。'女儿痨'死的,断不可留"! 他哥嫂听了这话,一面就雇了人来入殓,抬往城外化人厂⑨去了。……宝玉走来扑了个空,……自立了半天,别没法儿,只得翻身进入园中,待回自房,甚觉无趣,因乃顺路来找黛玉,偏他不在房中。……又到蘅芜院中,只见寂静无人。……

仍往潇湘馆来,偏黛玉尚未回来。……正在不知所以之际,忽见王夫人的丫头进来找他,说:"老爷回来了,找你呢。又得了好题目来了,快走快

----

① "无常":无常鬼,传说中阎王差来勾命的小鬼,代指死亡。觌[dí]面:见面。
② 自经:通"自尽"。
③ 中[zhòng]:遭受。父妾:即赵姨娘。厌胜之术:巫术("厌胜"意即"厌而胜之"),即用诅咒或祈祷致使厌恶之人得病或死亡。
④ 几:几乎。
⑤ 遣:驱逐。
⑥ 随殁:随之死。
⑦ 被[pī]:同"披"。华林:园林,指大观园。
⑧ 呼吸:喻置身其中。
⑨ 化人厂:火葬场(厂:通"场")。

走!"宝玉听了,只得跟了出来。……彼时贾政正与众幕友谈论寻秋之胜;又说:"临散时忽然谈及一事,最是千古佳谈,'风流俊逸忠义慷慨'八字皆备。到是个好题目,大家都要作一首挽词。"众人听了,都忙请教是何等妙题。贾政乃说:"近日有一位恒王,出镇青州。这恒王最喜女色,且公余好武,因选了许多美女,日习武事。……其姬中有一姓林行四者,姿色既冠,且武艺更精,皆呼为林四娘,恒王最得意,遂超拔林四娘统辖诸姬,又呼为姽婳将军。"

众清客都称"妙极神奇! 竟以'姽婳'下加'将军'二字,更觉妩媚风流,真绝世奇文! 想这恒王也是第一风流人物了"。……(戚本第七十八回,括弧中句据程本补)

《石头记》结局,虽早隐现于宝玉幻梦中,而八十回仅露"悲音",殊难必其究竟。比①乾隆五十七年(一七九二),乃有百二十回之排印本出,改名《红楼梦》,字句亦时有不同,程伟元②序其前云,"……然原本目录百二十卷,……爰为竭力搜罗,自藏书家甚至故纸堆中,无不留心。数年以来,仅积有二十余卷。一日,偶于鼓担③上得十余卷,遂重价购之。……然漶漫不可收拾,乃同友人细加厘剔,截长补短,抄成全部,复为镌板④以公同好。《石头记》全书至是始告成矣。"友人盖谓高鹗⑤,亦有序,末题"乾隆辛亥冬至后一日",先于程序者一年。

后四十回虽数量止初本之半,而大故迭起,破败死亡相继,与所谓"食尽鸟飞,独存白地"者颇符,惟结末又稍振。宝玉先失其通灵玉,状类失神。会贾政将赴外任,欲于宝玉娶妇后始就道,以黛玉羸弱,乃迎宝钗。姻事由王熙凤谋划,运行甚密,而卒为黛玉所知,咯血,病日甚,至宝玉成婚之日遂卒。宝玉知将婚,自以为必黛玉,欣然临席,比见新妇为宝钗,乃悲叹复病。时元妃先薨;贾赦以"交通外官,倚势凌弱"革职查抄,累及荣府;史太君又寻⑥亡;妙玉则遭盗劫,不知所

---

① 比:等到。
② 程伟元,字小泉,清乾隆、嘉庆年间文人、书商,乾隆五十六年,与高鹗将《红楼梦》前八十回与后四十回合在一起排版印出,其中的后四十回,一般认为是高鹗所续(也有一说无名氏所续,高鹗整理)。此为《红楼梦》最早版本(此前均为手抄本)。第二年(即乾隆五十七年),又对前版做了"补遗订讹","略为修辑",重新排版印刷。为区别这两个版本,后世红学界称乾隆五十六年版为"程甲本",称乾隆五十七年版为"程乙本"。
③ 鼓担:亦称打鼓担,旧货摊。
④ 镌板:刻版(板:通"版")。
⑤ 高鹗,字兰墅,别署红楼外史,[清]汉军镶黄旗人,官至内阁中书、翰林院侍读,撰有《高兰墅集》《月小山房遗稿》,[清]张问陶《赠高兰墅鹗同年》诗注云:"传奇《红楼梦》八十回以后俱兰墅所补。"今传一百二十回本《红楼梦》,其后四十回一般认为系高鹗所续。
⑥ 寻:继而。

终;王熙凤既失势,亦郁郁死。宝玉病亦加,一日垂绝,忽有一僧持玉来,遂苏,见僧复气绝,历噩梦而觉;乃忽改行,发愤欲振家声,次年应乡试,以第七名中式。宝钗亦有孕,而宝玉忽亡去。贾政既葬母于金陵,将归京师,雪夜泊舟毗陵驿,见一人光头赤足,披大红猩猩毡斗篷,向之下拜,审视知为宝玉。方欲就语,忽来一僧一道,挟以俱去,且不知何人作歌,云"归大荒",追之无有,"只见白茫茫一片旷野"而已。

后人见了这本传奇,亦曾题过四句,为作者缘起之言更进一竿①云:"说到酸辛事,荒唐愈可悲,由来同一梦,休笑世人痴。"(第一百二十回)

全书所写,虽不外悲喜之情、聚散之迹,而人物事故,则摆脱旧套,与在先之人情小说甚不同。如开篇所说:

空空道人遂向石头说道,"石兄,你这一段故事,……据我看来:第一件,无朝代年纪可考;第二件,并无大贤大忠,理朝廷治风俗的善政,其中只不过几个异样女子,或情,或痴,或小才微善,亦无班姑、蔡女②之德能。我纵抄去,恐世人不爱看呢。"

石头笑曰,"我师何太痴也!若云无朝代可考,今我师竟假借汉唐等年纪添缀,又有何难?但我想历来野史,皆蹈一辙;莫如我不借此套,反到新鲜别致,不过只取其事体情理罢了。……历来野史,或讪谤君相③,或贬人妻女、奸淫凶恶,不可胜数。……至若佳人才子等书,则又千部共出一套,且其中终不能不涉于淫滥④,以致满纸潘安子建、西子文君⑤;……且鬟婢开口即者也之乎⑥,非文即理。故逐一看去,悉皆自相矛盾,大不近情理之说。竟不如我半世亲睹亲闻的这几个女子,虽不敢说强似前代所有书中之人,但事迹原委,亦可以消愁破闷也。……至若离合悲欢,兴衰际遇,则又追踪蹑迹,

---

① 进一竿:进一步。
② 班姑:班昭,班固之妹,东汉才女,人称"曹大家[gū](姑)"(夫家姓曹)。蔡女:蔡文姬,蔡邕之女,东汉才女。
③ 讪[shàn]谤:讥讪毁谤。
④ 淫滥:淫乱。
⑤ 潘安,即潘岳,西晋美男子。子建,即曹植,字子建,三国时曹操之子,因作《洛神赋》,后世以其名代指风流才子。西子,西施,春秋时越国美女。文君,即卓文君,西汉才女,所谓"四大才女"之一。
⑥ 者也之乎:者、也、之、乎,常用文言虚词,代指文言。此句意为:鬟婢也满口文言,不真实。

不敢稍加穿凿，徒为哄人之目，而反失其真传者。……"（戚本第一回）

盖叙述皆存本真，闻见悉所亲历，正因写实，转成新鲜。而世人忽略此言，每欲别求深义，揣测之说，久而遂多。今汰去悠谬不足辩，如谓是刺和珅①（《谭瀛室笔记》）、藏讖纬②（《寄蜗残赘》）、明易象③（《金玉缘》评语）之类，而著其世所广传者于下：

一，纳兰成德④家事说。自来信此者甚多。陈康祺⑤（《燕下乡脞录》五）记姜宸英⑥典康熙己卯顺天乡试获咎事，因及其师徐时栋⑦（号柳泉）之说云："小说《红楼梦》一书，即记故相明珠家事，金钗十二，皆纳兰侍御所奉为上客者也，宝钗影高澹人；妙玉即影西溟先生：'妙'为'少女'，'姜'亦妇人之美称；'如玉''如英'，义可通假。……"侍御谓明珠之子成德，后改名性德，字容若。张维屏⑧（《诗人征略》）云："贾宝玉盖即容若也；《红楼梦》所云，乃其髫龄时事。"俞樾（《小浮梅闲话》）亦谓其"中举人止十五岁，于书中所述颇合"。然其他事迹，乃皆不符。胡适作《红楼梦考证》⑨（《文存》三），已历正其失；最有力者，一为姜宸英有《祭纳兰成德文》，相契之深，非妙玉于宝玉可比；一为成德死时年三十一，时明珠方贵盛也。

二，清世祖与董鄂妃⑩故事说。王梦阮沈瓶庵⑪合著之《红楼梦索隐》为此说。其提要有云："盖尝闻之京师故老云，是书全为清世祖与董鄂妃而作，兼及当时诸名王奇女也。……"而又指董鄂妃为即秦淮旧妓嫁为冒襄妾之董小宛⑫，清

---

① 刺和珅：影射和珅（清满洲正红旗人，姓钮祜禄氏，字致斋，官至大学士）。《谭瀛室笔记》云："和珅秉政时，内宠甚多，自妻以下，内嬖如夫人者二十四人，即《红楼梦》所指正副十二钗是也。"

② 藏讖纬：汪堃《寄蜗残赘》卷九载："曾闻一旗下友人云：'《红楼梦》为讖纬之书。'相传有此说，言之凿凿，具有征引，并谓曹雪芹以撰《红楼梦》，其后竟遭'灭族之祸，实基于此'。

③ 明易象：《增评补象全图金玉缘》卷首载张新之《石头记读法》云："《易》曰，'臣弑其君，子弑其父，非一朝一夕之故，其所由来者渐矣'。故谨履霜之戒。一部《石头记》，（演）一渐字。"

④ 纳兰成德，后改名性德，字容若，清满洲正黄旗人，大学士明珠长子，曾任一等侍卫，撰有《饮水词》《通志堂集》等。

⑤ 陈康祺，字钧堂，官至郎中。

⑥ 姜宸英，字西溟，号湛园，康熙己卯年为顺天乡试考官，因科场舞弊案牵连，死于狱中。

⑦ 徐时栋，字定宇，号柳泉，曾任内阁中书。下引徐说涉及的明珠，姓纳兰，清满洲正黄旗人，康熙年间任刑部尚书、武英殿大学士。高澹人，名士奇，号江村，曾任礼部侍郎。

⑧ 张维屏，字南山，官至江西南康知府。

⑨ 胡适，字适之，安徽绩溪人，现代学者，其《红楼梦考证》作于一九二一年。

⑩ 清世祖：即顺治皇帝福临。董鄂妃，世祖之妃，内大臣鄂硕之女。有些索隐派红学家认为，董鄂妃即是董小宛。

⑪ 王梦阮，未详。沈瓶庵，中华书局编辑，曾编《中华小说界》杂志。王、沈合撰的《红楼梦索隐》，一九一六年附刊于中华书局出版的一百二十回本《红楼梦》，卷首有他们写的《红楼梦索隐提要》。

⑫ 冒襄，字辟疆，号巢民，明末副贡，入清隐居不仕，撰有《巢民诗集、文集》。董小宛，名白，原为秦淮名妓，后为冒襄宠妾。

兵下江南,掠以北,有宠于清世祖,封贵妃,已而夭逝;世祖哀痛,乃遁迹五台山为僧云。孟森作《董小宛考》(《心史丛刊》三集)①,则历摘②此说之谬,最有力者为小宛生于明天启甲子,若以顺治七年入宫,已二十八岁矣,而其时清世祖方十四岁。

三,康熙朝政治状态说。此说即发端于徐时栋,而大备于蔡元培之《石头记索隐》③。开卷即云,"《石头记》者,清康熙朝政治小说也。作者持民族主义甚挚④。书中本事⑤,在吊明之亡,揭清之失,而尤于汉族名士仕清者⑥,寓痛惜之意。……"于是比拟引申,以求其合,以"红"为影"朱"字;以"石头"为指金陵;以"贾"为斥伪朝;以"金陵十二钗"为拟清初江南之名士:如林黛玉影朱彝尊,王熙凤影余国柱,史湘云影陈维崧,宝钗妙玉则从徐说,旁征博引,用力甚勤。然胡适既考得作者生平,而此说遂不立,最有力者即曹雪芹为汉军,而《石头记》实其自叙也。

然谓《红楼梦》乃作者自叙,与本书开篇契合者,其说之出实最先,而确定反最后。嘉庆初,袁枚(《随园诗话》二)已云:"康熙中,曹练亭为江宁织造,……其子雪芹撰《红楼梦》一书,备记风月繁华之盛。中有所谓大观园者,即余之随园也。"末二语盖夸,余⑦亦有小误(如以栋为练,以孙为子⑧),但已明言雪芹之书,所记者其闻见矣。而世间信者特少,王国维⑨(《静庵文集》)且诘难此类,以为"所谓'亲见亲闻'者,亦可自旁观者之口言之,未必躬为剧中之人物"也,迨胡适作考证,乃较然彰明,知曹雪芹实生于荣华,终于苓落,半生经历,绝似"石头",著书西郊,未就而没;晚出全书,乃高鹗续成之者矣。

雪芹名沾,字芹溪,一字芹圃,正白旗汉军。祖寅⑩,字子清,号楝亭,康熙中

---

① 孟森,字莼荪,笔名心史,江苏武进人,现代学者,曾任北京大学教授。

② 摘:指摘。

③ 蔡元培,字鹤卿,号孑民,现代学者,曾任南京临时政府教育总长、北京大学校长,其所撰《石头记索隐》中,以林黛玉为绛珠仙子,"珠""朱"谐音;以林黛玉所住潇湘馆比附朱彝尊的号"竹垞",故认为林黛玉影射朱彝尊。以"王"即"柱"字偏旁之省;"國"俗作"国",熙凤之夫曰"琏",即二"王"字相连也,故认为王熙凤即影射余国柱。以陈维崧字其年、号迦陵,与史湘云所佩"麒麟"音近,故认为史湘云即影射陈维崧。

④ 民族主义:指反清的汉民族主义。挚:真挚。

⑤ 本事:主要情节。

⑥ 仕清者:在清朝做官的人。

⑦ 余:其余。

⑧ 以栋为练:曹楝亭(即曹寅),非曹练亭。以孙为子:其孙雪芹,非其子雪芹。

⑨ 王国维,字静安,号观堂,近代学者,撰有《宋元戏曲史》《观堂集林》等。引文见《静安文集·红楼梦评论》。

⑩ 曹寅,曾官通政使,苏州、江宁织造。

为江宁织造。清世祖①南巡时,五次以织造署为行宫,后四次皆寅在任。然颇嗜风雅,尝刻古书十余种,为时所称;亦能文,所著有《楝亭诗钞》五卷《词钞》一卷(《四库书目》),传奇二种(《在园杂志》)。寅子颙,即雪芹父,亦为江宁织造,故雪芹生于南京。时盖康熙末。雍正六年,颙卸任,雪芹亦归北京,时约十岁。然不知何因,是后曹氏似遭巨变,家顿落。雪芹至中年,乃至贫居西郊,啜饘粥②,但犹傲兀,时复纵酒赋诗,而作《石头记》盖亦此际。乾隆二十七年,子殇,雪芹伤感成疾,至除夕,卒,年四十余(一七一九?——一七六三)。其《石头记》尚未就③,今所传者止八十回(详见《胡适文选》)。

　　言后四十回为高鹗作者,俞樾(《小浮梅闲话》)云:"《船山诗草》有《赠高兰墅鹗同年》一首云:'艳情人自说《红楼》。'注云:'《红楼梦》八十回以后,俱兰墅所补。'然则此书非出一手。按乡会试增五言八韵诗,始乾隆朝,而书中叙科场事已有诗,则其为高君所补可证矣。"然鹗所作序,仅言"友人程子小泉过予④,以其所购全书见示,且曰:'此仆数年铢积寸累之辛心,将付剞劂⑤,公同好。子闲且惫矣,盍⑥分任之?'予以是书……尚不背于名教……遂襄其役⑦。"盖不欲明言已出,而寮友⑧则颇有知之者。鹗即字兰墅,镶黄旗汉军,乾隆戊申举人,乙卯进士,旋入翰林,官侍读,又尝为嘉庆辛酉顺天乡试同考官。其补《红楼梦》,当在乾隆辛亥时,未成进士,"闲且惫矣",故于雪芹萧条之感,偶或相通。然心志未灰,则与所谓"暮年之人,贫病交攻,渐渐的露出那下世光景来"(戚本第一回)者又绝异。是以续书虽亦悲凉,而贾氏终于"兰桂齐芳"⑨,家业复起,殊不类茫茫白地,真成干净者矣。

　　续《红楼梦》八十回本者,尚不止一高鹗。俞平伯⑩从戚蓼生⑪所序之八十回

----

① 清世祖:应作清圣祖,即康熙。
② 啜:小口喝。饘[zhān]粥:稀饭。
③ 就:完成。
④ 程子小泉:即程伟元,字小泉,"子"为尊称。过予:探访我。
⑤ 剞[jī]劂[jué]:雕刻用的曲刀,代指刻版。
⑥ 盍[hé]:何不。
⑦ 襄:助。役:事。
⑧ 寮友:同僚。
⑨ 兰桂齐芳:子孙发迹(兰桂:芝兰与丹桂,喻后代)。《红楼梦》第一百二十回:"现今荣宁两府,善者修缘,恶者悔祸,将来兰桂齐芳,家道复初,也是自然的道理。"
⑩ 俞平伯,名铭衡,现代学者,所著《红楼梦辨》,1923 年出版(后经修订,改名《红楼梦研究》,1952 年出版)。
⑪ 戚蓼生,字念功,号晓堂,清乾隆时文人,官至福建按察使,曾为《石头记》早期抄本作序,后世称为"戚本"。

本旧评中抉剔,知先有续书三十回,似叙贾氏子孙流散,宝玉贫寒不堪,"悬崖撒手",终于为僧;然其详不可考(《红楼梦辨》下有专论)。或谓"戴君诚夫见一旧时真本,八十回之后,皆与今本不同,荣宁籍没①后,皆极萧条;宝钗亦早卒,宝玉无以作家②,至沦于击柝③之流。史湘云则为乞丐,后乃与宝玉仍成夫妇。……闻吴润生中丞家尚藏有其本。"(蒋瑞藻《小说考证》七引《续阅微草堂笔记》)此又一本,盖亦续书。二书所补,或俱未契④于作者本怀,然长夜无晨,则与前书之伏线亦不背⑤。

　　此他续作,纷纭尚多,如《后红楼梦》《红楼后梦》《续红楼梦》《红楼复梦》《红楼梦补》《红楼补梦》《红楼重梦》《红楼再梦》《红楼幻梦》《红楼圆梦》《增补红楼》《鬼红楼》《红楼梦影》⑥等。大率承高鹗续书而更补其缺陷,结以"团圆";甚或谓作者本以为书中无一好人,因而钻刺吹求,大加笔伐。但据本书自说,则仅乃如实抒写,绝无讥弹,独于自身,深所忏悔。此固常情所嘉,故《红楼梦》至今为人爱重,然亦常情所怪,故复有人不满,奋起而补订圆满之。此足见人之度量相去之远,亦曹雪芹之所以不可及也。仍录彼语,以结此篇:

　　……作者自云:因曾历过一番梦幻之后,故将真事隐去,而借"通灵"之说,撰此《石头记》一书也。……

　　自又云:

　　今风尘碌碌,一事无成,忽念及当日所有之女子,一一细考较去,觉其行止见识,皆出于我之上。何我堂堂须眉,诚不若彼裙钗女子? 实愧则有余、

---

① 荣宁:荣国府、宁国府。籍没:登记所有财产,加以没收。

② 作家:理家。

③ 击柝:敲梆子的巡夜人。

④ 契:契合。

⑤ 背:违背。

⑥ 《后红楼梦》:逍遥子撰,三十回,乾嘉间刊本。《续红楼梦》,同名者有二种:一为秦子忱撰,三十卷,嘉庆四年抱瓮轩刊本;一为题"海圃主人手制",四十回,嘉庆间刊本。《红楼复梦》,题"红香阁小和山樵南阳氏编辑",一百回,嘉庆十年金谷园刊本。《红楼梦补》,归锄子撰,四十八回,嘉庆二十四年藤花榭刊本。《红楼幻梦》,花月痴人撰,二十四回,道光二十三年疏影斋刊本。《红楼圆梦》,梦梦先生撰,三十一回,嘉庆十九年红蔷阁写刻本。《增补红楼》,娜嬛山樵撰,三十二回,道光四年刊本。《鬼红楼》,即秦子忱《续红楼梦》;据《忏玉楼丛书提要》载:"是书作于《后红楼梦》之后,人以其说鬼也,戏呼为'鬼红楼'。"《红楼梦影》,云槎外史(一名西湖散人)撰,二十四回,光绪三年北京聚珍堂活字刊本。《红楼后梦》《红楼补梦》《红楼重梦》《红楼再梦》,未见(以上据一粟《红楼梦书录》)。

悔又无益,是大无可如何之日也。当此,则自欲将已往所赖天恩祖德,锦衣纨袴之时、饫甘餍肥之日,背父兄教育之恩、负师友规训之德,以致今日一技无成,半生潦倒之罪,编述一集,以告天下人。我之罪固不免,然闺阁中本自历历有人,万不可因我之不肖,自己护短,一并使其泯灭。虽今日之茅椽蓬牖,瓦灶绳床,其晨夕风露、阶柳庭花,亦未有妨我之襟怀,束笔阁墨;虽我未学,下笔无文,又何妨用俚语村言,敷衍出一段故事来,亦可使闺阁照传,复可悦世之目,破人愁闷,不亦宜乎?……(戚本第一回)

《红楼梦》札记十则①

俞平伯②

一

书中写的是贾氏,而作者却是姓曹。所以易曹为贾,即是"真事隐去"的意思。但所以必寓之于贾,却有两个意思:(1)"贾"即假,言非真姓。(2)"贾"与"曹",字形极相近故。

二

大观园地形并不甚大,所以写得这样的千门万户,正因曲折回环之故。此园决不甚大,可以从本书看出。有下列数项:

(1) 大观园只占会芳园(宁府之园)的一部分。

第十六回,拆会芳园之墙垣楼阁。

第七十五回,贾珍在会芳园丛绿堂中开宴。

(2) 大观园的地形:

(a) 宁府会芳园之一部。

(b) 荣府东大院。

(c) 荣府东边所有下人一带群房。

---

① 本文选自《俞平伯全集》第五卷《〈红楼梦〉研究》。本文要点:一、大观园其实并不大;二、宝玉与秦可卿的一段情事其实很清楚,只是"故意说些荒唐言,以愚读者而已";三、《红楼梦》有许多脱枝失节处,是故意的,或者是无心的,很难判断;四、《红楼梦》中的方言用得活灵活现,这与"推行国语"并不矛盾,因为《红楼梦》是艺术作品,本不该用来"推行国语"。
② 俞平伯,名铭衡,字平伯,现代学者、作家,与胡适并称"新红学派"创始人,重要著述有《红楼梦辨》和散文集《燕知草》《杂拌儿》等。

(d) 两府为界之一条小港(均见第十六回)。

(3) 贾政道:"非此一山,一进来,园中所有之景,悉入目中,则有何趣?"(第十七回)

(4) 贾政游园,虽经历处甚多,但已将全园兜了一个圈子,已大致遍览过了(同回)。

(5) 大观园诸人来往极频繁。即以黛玉之娇弱,亦常至各处游览,可见园子决不甚大。而潇湘、怡红两处尤近。这都可以见大观园是曲折而非广大,是人家园林所常有的,并不足为稀罕,换句话说,以曹氏的累代富贵,有此一园亦并不在情理之外。况且书中叙述,自不免夸饰,以助文情。故大观园之遗址,不见于记述,并不足以此推翻《红楼梦》是自传"这一说。

三

宝玉与秦氏之一段暧昧事,书中所叙也极明显。惟故意说些荒唐言,以愚读者而已。我举各证如下:

(1) 秦氏案上设着武则天当日镜室中设的宝镜,一边摆着赵飞燕立着舞的金盘,盘内盛着安禄山掷过伤了太真乳的木瓜,上面设着寿阳公主于含章殿下卧的宝榻,悬的是同昌公主制的连珠帐。宝玉含笑道:"这里好!"秦氏……亲自展开了西施浣过的纱衾①,移了红娘抱过的鸳枕。

(2) 秦氏便吩咐小丫环们好生在檐下看着猫儿打架。

(3) 那宝玉才合上眼,便恍恍惚惚的睡去,犹似秦氏在前,遂悠悠荡荡,随了秦氏至一所在。

(4) 警幻以表字可卿者②,许配与宝玉。

(5) 秦氏正在房外嘱咐小丫头们好生看着猫儿狗儿打架,忽闻宝玉在梦中唤他的小名,因纳闷道:"我的小名,这里从无人知道,他如何知得,在梦中叫将出来?"(以上第五回)

(6) 宝玉道:"一言难尽!"便把梦中之事,细说与袭人知了。说至警幻所授云雨之情,羞的袭人掩面伏身而笑。(第六回)这些都可以作证。① 秦氏房中之

---

① 纱衾:薄纱。
② 警幻:警幻仙姑。表字:即字,名之外以示德行或本名含义的"字"(如关羽,名羽,字云长),女子出嫁后方可有"字",故也可指女子出嫁,如"待字闺中"。可卿:秦可卿,乳名兼美,字可卿。

陈设,及所用之衾枕①,当然决非实在有的东西,是明点有枕席之事。② 宝玉随秦氏到了太虚幻境,是明写他被她诱惑了。③ 警幻以其妹名可卿者,许配与宝玉,梦中之可卿与梦外之可卿,是一而非二。且老实说,实际上何尝会有这一梦,所谓入梦,明是假语村言。④ 秦氏的小名,独宝玉知之,中间必有一节情事。⑤ 第二条说秦氏吩咐丫环们看着猫儿狗儿打架,第五条说秦氏正在房外嘱咐小丫头们看着猫儿狗儿打架。以亚东本②看,此两条相去有十七页书,何以秦氏的吩咐言语尚未了结?宝玉睡了一觉,做了这么一个长梦,至少亦有十分钟,何以秦氏还在那边嘱咐小丫头们?所谓"正在",如何解释?此等破绽,明系故意如此脱枝失节,决非无心之疏忽。⑥ 宝玉做梦,何必说什么"一言难尽"且与袭人谈云雨之情,似非空中楼阁可比。故前人评此回,以为所谓"初试",实际上是再试了,是很确定的话。

这六条已如此明显了,在下文第十三回,秦氏死后,写宝玉之哀痛逾恒③,以致口吐狂血;第十一回,写宝玉去问病,想起在这里睡晌觉时,又听得秦氏说了这些话,如万箭攒心一样。这些地方,都是不讳言有这么一回事,其相差只有"明明道破"一点而已。但如此写法,离明明道破相去亦已不多;微文曲旨故意回旋,正是作者的故弄狡狯,亦无甚深意可言。

四

《红楼梦》有许多脱枝失节处,前人评书的亦多有说过的。如第十二回说林如海冬底染病,贾琏送黛玉南下。第十三回头上,说凤姐与平儿拥炉倦绣,半夜闻秦氏之丧;则秦氏之死明在冬尽春初之交。但同回下半节秦氏的"五七",昭儿回来,说林如海是九月初三死的,并述贾琏要带大毛衣服。这无论如何,是不能圆这谎的。我分析如下:

(1)林如海于冬底染病,来唤黛玉,则昭儿所谓九月初三死的,应当是第二年了。如说一年,岂非林如海死了还会说话,岂非奇谈。

(2)但秦氏死在贾琏走后数天之内,看第十三回可知。秦氏死了三十五天,昭儿即回来报林如海之丧,是林明明死在上年底九月初三了。同年之中,冬底染

---

① 衾[qīn]枕:被子与枕头。
② 亚东本:亚东图书馆足本普及本《红楼梦》,也称"亚东标点本",以"程乙本"为底本的新版本,1921年初版。
③ 逾恒:超过寻常。

病,秋末死了;这算怎么一回事?

　　(3)贾琏冬底去,为什么不带大毛衣服?昭儿又为何来回去得如此之快?又如第二十六回,薛蟠说,明儿五月初三是我的生日。同回之末,叙是夜黛玉独立在怡红院外。到第二十七回,却说次日乃是四月二十六日。不但今天是五月初三,明天是四月二十六,本说不通。即非明日,亦说不通,因为二三页书,决不会在中间有一年之隔。况且书中明点次日,犹不能有所掩饰。这也是一大漏洞。其余类此等处的自然还有,不过这两点尤著明而已。

　　至于这种疏漏,是故意的,或者是无心的,很不容易判断。看第一回所谓"荒唐言""假语村言",则似乎是有意如此写得颠颠倒倒,使真事得以隐去。高氏[①]补巧姐传,也写得光怪陆离,大约想作效颦的东施了。

五

　　《红楼梦》有些特异的写法:如第五回赞警幻有一小赋,第十一回写会芳园景物,亦有一节小赋;但第十一回以后便绝不见有此种写法(此圣陶[②]所说)。又如全书均称尊贵之闺女为姑娘,但第十三回宝珠为秦氏义女,却有小姐之称。此等特异之笔法,是有意与否,却不可知。

六

　　第二十九回之目,"高本"[③]原作"享福人福深还祷福,惜情女情重愈斟情"。现行之"亚东本"却作"多情女",有正本却作"痴情女",均不合。因"享""惜"均是他动词,正可作对文,"多"和"痴"俱是形况之词,与上文不能铢两悉称。于此可见旧刻本之佳。

七

　　鸳鸯与邢夫人在八十回后必有一番事情,或者是场恶斗也说不定。因八十

---

① 高氏:指高鹗。
② 圣陶,叶圣陶,名绍钧,字圣陶,现代作家。
③ 高本:也作"程高本",即程伟元、高鹗所刻印之本。

回中写鸳鸯必与邢夫人成对文,且对得很古怪的。如第四十六回,"尴尬人难免尴尬事,鸳鸯女誓绝鸳鸯偶";又如第七十一回,"嫌隙人有心生嫌隙,鸳鸯女无意遇鸳鸯";这不但是对偶得太奇,且回目的句法,亦是一个板子印下来的。即邢夫人与鸳鸯交恶,八十回中必屡屡说过。又第七十一回,鸳鸯在贾母面前,说邢夫人的故意给凤姐下不去。鸳鸯平素不常在贾母前挑唆是非,而此回独独破例,可见两人交恶之深了。

八

第七十五回,有"新词得佳谶①"之目。按此回本文并无甚"佳谶"可言。宝玉与贾兰做诗得赏,不得谓之为"谶"。贾赦、贾政说些笑话,亦不得谓为佳谶。我以为"新词得佳谶"应为下引这一节文字。

> 贾赦道:"拿诗来我瞧。"便连声赞好道:"**这诗据我看,甚是有气骨!** ……所以我爱他这诗,竟不失咱们侯门的气概!"因回头吩咐人去取自己的许多玩物来赏赐与他。因又拍着贾环的脑袋笑道:"**以后就这样做去,这世袭的前程跑不了你袭了!**"贾政听说,忙劝说:"他不过胡诌如此,**哪里就论到后事了!**"

这是极可怪的话,颉刚②在一九二一年五月十日信上亦曾提及此事。贾环做了一首诗,且并不甚好,贾赦何速以世袭许之?且宝玉嫡出③为兄,贾环庶出④为弟,如何能"世袭的前程跑不了"贾环?即贾赦有意将袭职让给贾环,但贾赦明明有个儿子,叫贾琮,并无承嗣他房之子的必要。且贾政本不喜贾环之诗,如何反以"哪里论到后事"作劝语?看贾政的口气,似乎后事是应该如此的(贾环袭职),不过现在还论不到罢了。这是什么话?

这一节所以特别可怪,明为后文作张本⑤之用。若依现行本高补⑥的后四十

---

① 谶[chèn]:预言。
② 颉刚,顾颉刚,现代学者,曾任北京大学教授。
③ 嫡出:正妻所生。
④ 庶出:姬妾所生。
⑤ 张本:伏笔。
⑥ 高补:高鹗补续。

回,则"佳谶"一词并无下落,而此回之目反成为不通的赘语。

九

《红楼梦》用的是当时的纯粹京语,其口吻之流利、叙述描写之活现,真是无
以复加。大观园诸女,虽各有其个性,但相差只在几微之间。因书中写的是女
子,既无特异事实可言,只能在微异且类似的性格言语态度上着笔,这真是难之
又难。《水浒》虽写了一百零八个好汉,但究竟是有筋有骨的文字,可以着力写
去。至于《红楼梦》则所叙的无非家庭琐事、闺阁闲情;若稍落板滞,便成了一本
家用账簿。此书的好处,以我看来,在细而不纤、巧而不碎,腻而不砧、流而不滑,
平淡而不觉其乏味,荡佚而不觉其过火;说得简单一点,"恰到好处",说得
figurative①一点,是"秾不短,纤不长"②。此《红楼梦》所以能流传久远,雅俗共
赏,且使读者反复玩阅,百读不厌;真所谓文艺界的尤物,不托飞驰之势,而自至
于千里之外的。古人所谓"桃李不言,下自成蹊",实至则名归,决不容其间有所
假借。我们看了《红楼梦》,便知这话的不虚了。

现在的小说,虽是创作的,也受了很重的欧化;一方想来,原是一种好现象。
因欧化的言语,较为精密些,层次多些,拿来作文学,容易引起深刻的印象。但在
另一方面说,过分的欧化,也足以损害文学的感染性。且用之于描写口吻上,尤
令人起一种"非真的"感想。因为人们平常说话——即使是我们——很少采用欧
化的语法。为什么到了文学上,便无人不穿一身西服,这是什么道理?这所谓文
艺界的"削趾适履",是用个人的心中偶像来变更事实的真相。我觉得现行的小
说戏剧,至少有一部分,是受了欧化的束缚,遂使文艺的花,更与民众相隔绝,遂
使那些消闲派的小说,得了再生的机会,而白日横行;遂使无尽藏的源泉,只会在
一固定的堤防中倾泻。这或者是我的过于周内③,但这至少是原因之一,却为
我深信而不疑。

同样,我也反对用文艺来做推行国语统一的招牌。我觉得国语文学果然是
重要;但方言文学仍旧应有它的位置。我们决不愿以文学来做国语统一的工具;

---

① figurative:(英语)形象。
② 秾[nóng]不短,纤不长:(本喻女子身材)不矮胖,不瘦长(秾:肥。纤:瘦)。语出宋玉《神女赋》:"振绣
衣,被袿裳,秾不短,纤不长,步裔裔兮曜殿堂。"
③ 周内[nà]:同"周纳",罗织罪状。

虽然在实际上，国语文学盛行之后，国语的统一格外容易些，也是有的，譬如胡适之先生所说，因有《红楼梦》《水浒》等白话小说，然后才有现行的雏形普通话，这原不错。但我们试问，当初曹雪芹、施耐庵著书的时候，难道他们独创一种特别用语吗？决不是的！那么，我们可以说文学仍以当时通行的言语为本，不是制造言语的工场。譬如国语中夹用"伊"字，表第三位之女性代词①，我就不以为然。因为活人的语言中并没有这么一回事。南方人有说"伊"的，但并不是专指女性；且南方人学习北方语的时候，依然把他们所用的"伊"完全抛弃了。这可见用这字入文，是一种虚设的想象，并非依据于事实的。在事实上，人称代词的语音，不能分性；至多只可以在字形上辨别。我本不赞成造新字的，但除此以外，却没有更好的法子可想②。我总不相信文学家应有"惟我独尊"的威权，使天下人抛弃他们的语音，来服从一二人的旨意。

我因论及《红楼梦》，想起方言的、非欧化的作品也自有它的价值，在现今文艺与民众隔绝的时候，尤为需要；便不禁说了许多题外的话。读者只要看《红楼梦》的盛行，便知道文艺与民众接近，也不是全不可能的事。不过文艺在民众的心里，不免要另换一种颜色，成了消闲果子，这却是可忧虑的事。但我以为这是由于民众的缺乏知识和高尚情趣，须得从教育普及与社会改造着手，不是从事文艺的人应负的全责。我们果然要努力，更要协同地努力。

✛

有人以为《红楼梦》既是文艺，不应当再有考证的工夫(在《时事新报·学灯》上曾有人说过，我却不能记忆了)。我以为他是太拘泥了。考证虽是近于科学的、历史的，但并无妨于文艺的领略，且岂但无妨，更可以引读者作深一层的领略。这并不是自作辩解，故意瞎吹。我试作一点说明。

天下事物，全是多方面的，而综合与分析，又是一件事的两面，是相成而不相妨的。这个道理浅近得很，随处可求，不必证明。我们可以一方作《红楼梦》的分析工夫，但一方仍可以综合地去赏鉴、陶醉；不能说因为有了考证，便妨害人们的鉴赏。这是杞人忧天，不通的话。正如有人以为科学与文艺是不相容的，有同样

---

① 第三位之女性代词：第三人称女性代词(当时尚无"她"字)。
② 实际也确实如此，后来硬造了一个"她"字。

的不通。我们要知道，人性是多方面的，果然有时不免冲突，有时也可以调和的；既不是胶和漆，也决不是冰和炭。所以考证和赏鉴是两方面的观察，无冲突的可能。以我私见，觉得考证实在有裨于赏鉴。

文学的背景是很重要的。我们要真正了解一种艺术，非连背景一起了解不可。作者的身世性情，便是作品背景的最重要的一部。我们果然也可以从作品去窥探作者的为人；但从别方面，知道作者的生平，正可以帮助我们对于作品作更进一层的了解。这是极明白的话，无论谁都应当有这个经验。譬如游名山，赏鉴的时光，原可以不去疲神劳力，问某峰、某岭、某溪、某壑；但未游之前，或既游之后，得了一部本山的志，或得了一个向导全山的丘壑古迹，了然在心目中，岂有不痛快之理，岂有反以为山志是妨害游玩的兴趣之理？情感的传染与知识原无密切的关系；但知识的进步，正可以使情感的传染力快而更深。这决不能否认，我以为考证正是游山的向导，地理风土志，是游人所必备的东西。这是《红楼梦辨》①的一种责任。

且文艺之有伪托、讹脱等处，正如山林之有荆榛是一般的。有了荆榛，便使游人裹足不能与山灵携手；有了这些障碍物，便使文艺笼上一层纱幕，不能将真相赤裸裸地在读者面前呈露，得有充分的赏鉴。我们要求真返本，要荡瑕涤秽，要使读者得恢复赏鉴的能力，认识那一种作品的庐山真面。做一个扫地的人，使来游者的眼，不给灰尘蒙住了；这是《红楼梦辨》的第二责任。

我能尽这个责任与否，这是另一问题。但无论如何，已足以祛除"考证与赏鉴不能并存"这个迷惑而有余。即使全然失败了，但我仍希望有人陆续做这事业，尽这两种责任。我总希望有一天，即使不是现在，《红楼梦》的真相与背景豁然显露于爱读诸君的面前，而我得分着一点失败的光荣。

一九二二、七、三，夜

---

① 《红楼梦辨》：本文作者所作《红楼梦》研究专著。

《红楼梦》的风格①

俞平伯

平心看来,《红楼梦》在世界文学中的位置是不很高的。这一类小说,和一切中国的文学——诗、词、曲——在一个平面上。这类文学的特色,至多不过是个人身世性格的反映。《红楼梦》的态度虽有上说的三层,但总不过是身世之感、牢愁之语。即后来的忏悔了悟,以我从楔子②里推想,亦并不能脱去东方思想的窠臼,不过因为旧欢难拾、身世飘零,悔恨无从、付诸一哭,于是发而为文章,以自怨自解。其用亦不过破闷醒目、避世消愁而已。故《红楼梦》性质亦与中国式的闲书相似,不得入于近代文学之林。即以全书体裁而论,亦微嫌其繁复冗长,有矛盾疏漏之处,较之精粹无疵的短篇小说自有区别。我极喜欢读《红楼梦》,更极佩服曹雪芹,但《红楼梦》并非尽善尽美、无可非议的书。所以我不愿意因我的偏好,来掩没本书的真相。作者天分是极高的,如生于此刻可以为我们文艺界吐气了。但不幸他生得太早,在他的环境、时会③里面,能有这样的成就,已足使我们惊诧赞叹、不能自已。《红楼梦》在世界文学中,我虽以为应列第二等,但雪芹却不失为第一等的天才。天下事情,原有事倍功半的,也有事半功倍的。我们估量一个人的价值,不仅要看他的外面成就,并且要考察他在哪一种的背景中间成就他的事业。古人所说"成败不足论英雄",正是这个意思了。

至于在现今我们中国文艺界中,《红楼梦》仍为第一等的作品,实际上的确如

---

① 本文选自《俞平伯全集》第五卷《〈红楼梦〉研究》,题目为原书所有。本文要点:《红楼梦》虽只是"身世之感、牢愁之语",在世界文学中的位置不会很高,但它在中国传统文学中却具有独特风格:一、《红楼梦》中的人物都是极平凡的,这在中国传统文学中是极少有的;二、《红楼梦》的篇章结构极忠于现实,不像绝大多数传统小说那样,耽于幻想且以大团圆终结,而是一部怨而不怒的悲剧,这在中国传统文学中也是极少有的。

② 楔子:指《红楼梦》第一回中的"作者自云"。

③ 时会:时代。

此。在高鹗续书那时候，已脍炙人口二十余年了。自刻本①通行以后，《红楼梦》已成为极有势力的民间文学，差不多人人都看，并且人人都喜欢谈，所以《京师竹枝词》②有"开口不谈《红楼梦》，此公缺典③定糊涂"之语，可见《红楼梦》行世后，"人心颠倒之深"(此语见清同治年间梦痴学人所著的《梦痴说梦》所引)。即我们研究《红楼梦》的嗜好，也未始不是在那种空气中间养成的。

《红楼梦》的风格，我觉得较无论哪一种旧小说都要高些。所以风格高上的缘故，正因《红楼梦》作者的态度与他书作者态度有些不同。

从作者自传这个观念，对于《红楼梦》风格的批评有很大的影响。书中的人物事情都有蓝本，所以《红楼梦》作者的最大手段是写生。世人往往把创造看作空中楼阁，而把写实看作模拟，却不晓得想象中的空中楼阁，也有过去经验作蓝本，若真离弃一切的经验，心灵便无从活动了。虚构和写实都靠着经验，不过中间的那些上下文的排列，有些不同罢了。写生既较逼近于事实，所以从这手段做成的作品所留下的印象感想，亦较为明活深切。

《红楼梦》作者的手段是写生。他自己在第一回，说得明明白白：

> 其间离合悲欢、兴衰际遇，俱是按迹循踪，不敢稍加穿凿致失其真。因见上面大旨不过谈情，亦只实录其事。

我们看，凡《红楼梦》中的人物都是极平凡的，并且有许多极污下不堪的。人多以为这是《红楼梦》作者故意骂人，所以如此，却不知道作者的态度只是一面镜子，到了面前便须眉毕露，无可逃避了，妍媸④虽必从镜子里看出，但所以"妍""媸"的缘故，镜子却不能负责。以我的偏好，觉得《红楼梦》作者第一本领，是善写人情。细细看去凡写书中人，没有一个不适如其分际⑤，没有一个过火的；写事、写景亦然。我说："好一面公平的镜子啊！"

我还觉得《红楼梦》所表现的人格，其弱点较为显露。作者对于"十二钗"，是爱而知其恶的。所以如秦氏的淫乱、凤姐的权诈、探春的凉薄、迎春的柔懦、妙玉

---

① 刻本：即程伟元、高鹗刻本。
② 《京师竹枝词》：[清] 文昭所撰词集。
③ 缺典：仪制、典礼有所欠缺，憾事之意。
④ 妍[yán]媸[chī]：(女子的)美丑。
⑤ 分际：分寸。

的矫情,皆不讳言之。即钗黛①是他的真意中人了,但钗则写其城府深严,黛则写其口尖量小,其实都不能算全才。全才原是理想中有的,作者是面镜子,如何会照得出全才呢?这正是作者极老实处,却也是极聪明处。妙解人情看去似乎极难,说老实话又似极容易,其实真是一件事的两面。《红楼梦》在这一点上,旧小说中能比它的只有《水浒》。《水浒》中有一百零八个好汉,却没有一个全才。这两位作者,大概在这里很有同心了。

《红楼梦》中人格都是平凡,这句话,我晓得必要引起多少读者的猜疑;因为他们心目中,至少有一个人是超平凡的。谁呢?就是书中的主人翁②,贾宝玉。依我们从前浑沦吞枣③的读法,宝玉的人格,确近乎超人的。我们试想一个纨绔公子,放荡奢侈,无所不至的,幼年失学,长大忽然中举了。这便是个奇迹,一颇含着些神秘性的了。何况一中举便出了家,并且以后就不知所终了,这真是不可思议。但所以生这类印象,我们都被高先生④所误,因为我们太读惯了一百二十回本的《红楼梦》,引起不自觉的错误来。若断然只读八十回,便另有一个平凡的宝玉,印在我们心上。

依雪芹写法,宝玉的弱点亦很多的。他⑤既做书自忏,决不会像现在人自己替自己登广告啊。所以他在第一回里,即屡次明说。在第五回《西江月》又自骂一起⑥,什么"富贵不知乐业,贫穷难耐凄凉"。这怕也是超人的形景⑦吗?是决不然的。至于统观八十回所留给我们宝玉的人格,可以约略举一点。他天分极高,却因为环境关系,以致失学而被摧残。他的两性的情和欲,都是极热烈的,所以警幻很大胆的说:"好色即淫,知情更淫。"一扫从来迂腐可厌的鬼话。他是极富于文学上的趣味、哲学上的玄想,所以人家说他是痴子;其实宝玉并非痴慧参半,痴是慧的外相,慧即是痴的骨子。在这一点,作者颇有些自诩,不过总依然不离乎人情的范围。

依我们的推测,宝玉大约是终于出家。但他的出家,恐不专因忏情,并且还有生计的影响,在上边已说过了,出家原是很平凡的,不过像续作里所描写的,却

---

① 钗黛:宝钗、黛玉。
② 主人翁:主人公。
③ 浑沦吞枣:同"囫囵吞枣"。
④ 高先生:高鹗,《红楼梦》后四十回由他所续。
⑤ 他:曹雪芹。
⑥ 一起:一通。
⑦ 形景:情景。

颇有些超越气象。况且做和尚和成仙成佛，颇有些不同。照高君续作看来，宝玉结果是成了仙佛，却并不是做和尚。所以贾政刚想到宝玉的事，宝玉就在雪影里面光头赤脑披了大红斗篷，向他下拜，后来僧道夹之而去，霎时不见踪迹(事见第百二十回)。试问世界上有这种和尚么？后来皇帝还封了"文妙真人"，简直是肉体飞升了。神仙、佛祖是超人，和尚是人，这个区别无人不清楚的。雪芹不过叫宝玉出家，所以是平凡的。高鹗叫宝玉出世，所以是超越的。《红楼梦》中人格是平凡的这个印象，非先有分别的眼光读原书不可，否则没有不迷眩的。

在逼近真情这点特殊风格外，实事求是这个态度又引出第二个特色来。《红楼梦》的篇章结构，因拘束于事实，因而能够一洗前人的窠臼①，不顾读者的偏见嗜好。凡中国自来的小说，大都是俳优文学②，所以只知道讨看客的欢喜。我们的民众向来以团圆为美的，悲剧因此不能发达，无论哪种戏剧小说，莫不以大团圆为全篇精彩之处，否则就将讨读者的厌，束之高阁了。若《红楼梦》作者则不然；他自发牢骚，自感身世，自忏情孽，于是不能自已③的发为文章，他的动机根本和那些俳优文士已不同了。并且他的材料全是实事，不能任意颠倒改造的，于是不得已要打破窠臼、得罪读者了。作者当时或是不自觉的也未可知，不过这总是《红楼梦》的一种胜利功绩。

《红楼梦》的不落窠臼，和得罪读者是二而一的，因为窠臼是习俗所乐道的，你既打破它，读者自然地就不乐意了。譬如社会上都喜欢大小团圆，于是千篇一律的发为文章，这就是窠臼。你偏要描写一段严重的悲剧，弄到不欢而散，就是打破窠臼，也就是开罪读者。所以《红楼梦》在我们文艺界中很有革命的精神。它所以能有这样的精神，却不定是有意与社会挑战，是由于凭依事实，出于势之不得不然，因为窠臼并非事实所有，事实是千变万化，哪里有一个固定的形式呢？既要落入窠臼，就必须要颠倒事实，但它却非要按迹寻踪、实录其事不可，那么得罪人又难免的。我以为《红楼梦》作者的第一大本领，只是肯说老实话，只是做一面公平的镜子。这个看去如何容易，却实在是真真的难能。看去如何平淡，《红楼梦》却成为我们中国过去文艺界中第一部奇书。我因此有一种普通的感想，觉得社会上目为激烈的都是些老实人，和平派都是些大滑头啊。

---

① 窠臼：陈规。
② 俳优：乐舞谐戏的艺人，代指娱乐。
③ 自已：自制。

在这一点上,有友人①对我说过:"《红楼梦》的最大特色,是敢于得罪人的心理。"《红楼梦》开罪于一般读者的地方很多,最大的却有两点:(1)社会上最喜欢有相反的对照;戏台上有一个红面孔,必跟着个黑面孔来陪他,所谓"一脸之红,荣于黼衮;一鼻之白,严于斧钺"②。在小说上,必有一个忠臣、一个奸臣;一个风流儒雅的美公子、一个十不全的傻大爷,如此等等,不可胜计。我小时候听人讲小说,必很急切地问道:"哪个是好人?哪个是坏人?"觉得这是小说中最重要,并且最精彩的一点。社会上一般人的读书程度,正还和那时候的我差不许多。雪芹先生于是狠狠的对他们开一下玩笑。《红楼梦》的人物,我已说过,都是平凡的。这一点就大拂③人之所好。幸亏高鹗续了四十回,勉强把宝玉抬高了些,但依然不能满读者的意。高鹗一方面做雪芹的罪人④,一方面读者社会还不当他是功臣。依那些读者先生的心思,最好宝玉中年封王拜相,晚年拨宅飞升⑤(我从前看见一部很不堪的续书,就是这样做的)。雪芹当年如肯照这样做去,那他们就欢欣鼓舞不可名状,再不劳绩作者的神力了!无奈他却偏偏不肯。宝玉亦慧、亦痴、亦淫、亦情,但千句归一句,总不是社会上所赞美的正人。他们已经皱眉有些说不出的难受了。"十二钗"都有才有貌,但却没有一个是三从四德的女子;并且此短彼长,竟无从下一个满意的比较褒贬。读者对于这种地方,实在觉得很麻烦、不自在;后来究竟忍耐不住,到底做一个九品人表去过过瘾⑥,方才罢休。

但作者开罪社会心理之处,还有比这个大的。(2)《红楼梦》是一部极严重的悲剧,书虽没有做完,但这是无可疑的。不但宁荣两府之由盛而衰,十二钗之由荣而悴,能使读者怆然雪涕而已。若细玩宝玉的身世际遇,《红楼梦》可以说是一部"问题小说"⑦。试想以如此的天才,后来竟弄到潦倒半生,一无成就,责任应该谁去负呢?天才原是可遇不可求的,即偶然有了,亦被环境压迫毁灭,到穷愁落魄,结果还或者出了家。即以雪芹本人而论,虽有八十回的《红楼梦》可以不

---

① 友人:即傅斯年,现代学者,曾任北京大学教授、代理校长。

② "一脸之红,荣于黼[fú]衮[gǔn];一鼻之白,严于斧钺[yuè]":仿[明]邱濬《大学衍义补》卷八十四语:"《春秋》以一字为褒贬:一字之褒,荣于黼衮;一字之贬,严如斧钺。"一脸之红:正角,通常为红脸。黼衮:衣袍上绣的花纹与花边,代指官服、礼服。一鼻之白:丑角,通常为白鼻。斧钺:斧与钺,代指刑具。

③ 拂:违背。

④ 做雪芹的罪人:意为违背曹雪芹的本意。

⑤ 拨宅飞升:全家升天,喻成仙。

⑥ 做一个九品人表:做官而为人表率(九品:清代官秩分九等,称为"九品",此处泛指做官)。此句指在后四十回中,贾宝玉还是科场中举了。

⑦ 问题小说:20世纪初流行于欧美的一种旨在于直接反映社会问题的小说。

朽；但全书并未完成，穷愁而死，在文化上真是莫大的损失。不幸中之大幸，他总算还做了八十回书，流传又如此之广，但他的家世名讳，直等最近才考出来。从前我们只知道有曹雪芹，至多再晓得是曹寅的儿子(其实是曹寅的孙子)，以外便茫然了。即现在，我们虽略多知道一点，但依然是可怜得很。这曹雪芹先生年表，正不大好做哩。

高鹗使宝玉中举，做仙做佛，一是大违作者的原意的，但他始终是很谨慎的人，不想在《红楼梦》上造孽的。他总竭力揣摩作者的意思，然后再补作那四十回。我们已很感激他这番能尊重作者的苦心。文章本来表现人的个性，有许多违反错误是不能免的。若有人轻视高作，何妨自己来续一下，就知道深浅了。高鹗既不肯做雪芹的罪人，就难免跟着雪芹开罪社会了，所以大家读高鹗续作的四十回，大半是要皱眉的。但是这种皱眉，不足表明高君的才短，正是表明他的不可及处。他敢使黛玉平白地死去，使宝玉娶宝钗，使宁荣抄家，使宝玉做了和尚。这些都是好人之所恶。虽不是高鹗自己的意思，是他迎合雪芹的意思做的，但能够如此，已颇难得。至于以后续做的人，更不可胜计，大半是要把黛玉从坟堆里拖出来，叫她去嫁宝玉。这种办法，无论其情理有无，总是另有一种神力才能如此。必要这样才算有收梢，才算大团圆，真使我们不好说话了。

现在我们从各方面证明原本只八十回，并且连回目亦只这八十是真的。这是完全依据事实，毫不夹杂感情上的好恶。但许多人颇赞成我们的论断，却因为只读八十回便可把那些讨人厌的东西一起扫去，他们不消再用神力把黛玉还魂，只很顺当的便使宝黛成婚了。他们这样利用我们的发现，来成就他们的团圆迷，来糟蹋《红楼梦》的价值，我们却要严重的抗议了。依作者的原意做下去，其悲惨凄凉必过于高作[1]，其开罪世人亦必过之。在《红楼梦》上面，不能再让你们来过团圆夜！

我们又知道，《红楼梦》全书中之题材是十二钗，是一部忏悔情孽的书。从这里所发生的文章风格，差不多和哪一部旧小说都大大不同，可以说《红楼梦》的个性所在。是怎样的风格呢？大概说来，是"怨而不怒"。前人能见到此者，有江顺怡[2]君。他在《读〈红楼梦〉杂记》上面说："……正如白发宫人涕泣而谈天宝[3]，不

---

[1] 高作：高鹗续作。
[2] 江顺怡，字秋坪，自署为明镜室主人，清同治年间文人，曾为浙江候补县丞。
[3] 白发宫人涕泣而谈天宝：典出[唐]元稹《行宫》诗："寥落古行宫，宫花寂寞红。白头宫女在，闲坐说玄宗(号天宝)。"

知者徒艳其纷华靡丽,有心人视之皆缕缕血痕也。"他又从反面说《红楼梦》不是谤书①:"《红楼》所记皆闺房儿女之语,……何所谓毁?何所谓谤?"这两节话说得淋漓尽致,尽足说明《红楼梦》这一种怨而不怒的态度。

我怎能说《红楼梦》在这点上和那种旧小说都不相同呢?我们试举几部《红楼梦》以外极有价值的小说一看。我们常和《红楼梦》并称的是《水浒》《儒林外史》。《水浒》一书是愤慨当时政治腐败而作的,所以奖盗贼、贬官军。看署名"施耐庵"那篇自序,愤激之情,已溢于言表。"《水浒》是一部怒书",前人亦已说过(见张潮的《幽梦影》上卷)。《儒林外史》的作者虽愤激之情稍减于耐庵,但牢骚则或过之。看他描写儒林人物,大半皆深刻不为留余地,至于村老儿唱戏的,却一唱三欢之而不止。对于当日科场士大夫,作者定是深恶痛疾、无可奈何了,然后才发为文章的。《儒林外史》的苗裔有《二十年目睹之怪现状》《广陵潮》《留东外史》之类。就我所读过的而论,《留东外史》的作者,简直是个东洋流氓②,是借这部书为自己大吹法螺③的。这类黑幕小说的开山祖师,可以不必深论。《广陵潮》一书全是村妇谩骂口吻,反觉《儒林外史》中人物,犹有读书人的气象。作者描写的天才是很好的,但何必如此尘秽笔墨呢?前④《红楼梦》而负盛名的有《金瓶梅》,这明是一部谤书,确是有所为而作的,与《红楼梦》更不可相提并论了。

以此看来,怨而不怒的书,以前的小说界上仅有一部《红楼梦》。怎样的名贵啊!古语说得好,"物稀为贵",但《红楼梦》正不以稀有然后可贵;换言之,即不稀有亦依然有可贵的地方。刻薄谩骂的文字,极易落笔,极易博一般读者的欢迎,但终究不能感动透过人的内心。刚读的时候,觉得痛快淋漓,为之拍案叫绝,但翻过两三遍后,便索然意尽了无余味。再细细审玩一番,已成嚼蜡的滋味了。这因为作者当时感情浮动、握笔作文,发泄者多、含蓄者少,可以悦俗目,不可以当赏鉴。缠绵悱恻的文风恰与之相反,初看时觉似淡淡的,没有什么绝伦超群的地方,再看几遍,渐渐有些意思了;越看得熟,便所得的趣味亦愈深永。所谓百读不厌的文章,大都有真挚的情感,深隐地含蓄着,非与作者有同心的人,不能知其妙处所在。作者亦只预备⑤藏之名山,或竟覆了酱缸⑥,不深求世人的知遇。他并

---

① 谤书:毁谤他人之书(索隐派认为《红楼梦》是谤书)。
② 东洋流氓:《留东外史》写当时留日学生情状,故称。
③ 大吹法螺:"法螺"是做佛事时用的乐器,代指超度亡灵。
④ 前:先于。
⑤ 预备:打算。
⑥ 竟:最后。覆了酱缸:喻自毁文稿。

不是有所珍情隐秘,只是世上一般浅人自己忽略了。

愤怒的文章容易发泄,哀思的呢,比较的容易含蓄,这是情调的差别,不可避免的。但我并不说,发于愤怒的没有好文章,并且哀思与愤怒有时不可分的。但在比较上立论,含怒气的文字容易一览而尽,积哀思的可以渐渐引人入胜;所以风格上后者比前者要高一点。《水浒》与《红楼梦》的两作者,都是文艺上的天才,中间才性的优劣是很难说的;不过我们看《水浒》,在有许多地方觉得有些过火似的,看《红楼梦》虽不满人意的地方也有,却又较读《水浒》的不满少了些。换句话说,《红楼梦》的风格偏于温厚,《水浒》则锋芒毕露了。这个区别并不在乎才性的短长,只在做书的动机的不同。

但这些抑扬的话头,或者是由于我的偏好也未可知。但从上文看来,有两件事实似乎已确定了的。(1)哀而不怒的风格,在旧小说中为《红楼梦》所独有。究竟这种风格可贵与否,却是另一问题。虽已如前段所说,但这是我的私见不敢强天下人来同我的好恶。(2)无论如何,谩骂刻毒的文字,风格定是卑下的。《水浒》"骂"则有之,却没有落到"谩"字。至于落入这种恶道的,决不会有真好的文章,这是我深信不疑的。我们举一个实例讲罢。《儒林外史》与《广陵潮》是一派的小说。《儒林外史》未始不骂,骂得亦未始不凶,但究竟有多少①含蓄的地方,有多少穿插反映的文字,所以能不失文学的价值。《广陵潮》则几乎无人不骂,无处不骂,且无人无处不骂得淋漓尽致、一泄无余,可以喷饭、可以下酒、可以消闲,却不可以当它文学来赏鉴。我们如给一未经文学训练的读者这两部小说看,第一遍时没有不大赞《广陵潮》的,因为《儒林外史》没有这样的热闹有趣。到多看几遍之后,《儒林外史》就慢慢占优越的地位了。这是我曾试验过的。

《红楼梦》只有八十回真是大不幸,因为感动人的地方恐怕还在后面半部。我们要领略哀思的风格,非纵读全书不可;但现在只好寄在我们的想象上,不但是作者的不幸,读者所感到的缺憾更为深切了。我因此想到高鹗补书的动机,确是《红楼梦》的知音,未可厚非的。他亦因为前八十回全是纷华靡丽文字,恐读者误认为海淫教奢之书,如"贾天祥正照风月鉴"一般。所以续了四十回,以昭传作者的原意。在程高引言②上说:"……实因残缺有年,一旦颠末毕具③,大快人心,

---

① 多少:或多或少。

② 程高引言:程伟元、高鹗在乾隆五十七年再版《红楼梦》时所写引言。

③ 颠末毕具:首尾俱全。

欣然题名,聊以记成书之幸。"可知高君补书并非如后人乱续之比,确有想弥补缺憾的意思。但高鹗虽有正当的动机,续了四十回书,而几乎处处不能使人满意。我们现在仍只得以八十回自慰,对于后半部所知只是片段而已。

二二,六,二五,改定。

谈《红楼梦》①

周作人

上月里法捷耶夫在北京某处演讲，提到李太白，有人说那么现在李太白也可以讲了，近来听说有大学里开了一班课，是研究《红楼梦》，那么《红楼梦》岂不是也可以读了吗。其实无论什么，没有不可以看的，只要看的得法。看法原来可以有几种，其一是站在外边，研究作品的历史、形式与内容，加以批判，这是批评家的态度。其二是简直钻到里边去，认真体味，弄得不好便会发痴，一心想念林妹妹，中了书中自有颜如玉的毒了。此外有一种常识的看法，一样的赏识他的文章结构，个性事件描写的巧妙，却又多注意所写的人物与世相，于娱乐之外又增加些知识。这是平凡人的读法，我觉得最为适用，批评家我们干不来，投身太虚幻境又未免太傻了。假如用这种读法去看《红楼梦》，以至任何书，大概总是可以有益无损的。

《红楼梦》所着力的地方是描写那些女人的性格行动，这虽是三百年前的模型，在现代也尽存在，有如那样随意的贾母，能干的凤姐，深心的宝钗，娇性的黛玉，刁恶的袭人与率直的晴雯等，随处可以见到一鳞半爪，这非得有社会上的大变动是不容易改变的。就这一点说来，曹雪芹虽是十八世纪的人，他这著作却是说得上是写实主义，应得法捷耶夫的称赞的。我读《红楼梦》前后大约有两三次，心里留下的印象也还相当清楚，我所觉得佩服的只有王凤姐，喜欢的只有晴雯，这两个人虽然原来是在荣国府大观园里，但是假如换上一个背景，放在城市或乡村的平民社会里，还是一样的可以存在，可以发挥她的特色的。曹雪芹生在那时代，只知道描写贵族社会的生活，但是因为是写实的，他不但写出了荣国府的生活，而且还写了好些女人出来，这是别的小说家所不曾能够做到的了。

---

① 本文选自《周作人散文全集》第九卷（原载 1949 年 12 月 6 日《亦报》），题目系原书所有。

《红楼梦》之写作、评阅及流传情形[①]

林语堂[②]

一、曹雪芹

雪芹是一位谈笑风生、神采奕奕的人,不是多愁善感、萎靡慵懒的人。他能诗能画,好饮如狂(敦诚、敦敏诗),且高声阔谈(敦敏《懋斋诗抄》:"隔院闻高谈声,疑是曹君。")。在逝世之前一年,犹与敦诚纵饮作长歌,似非病体缠身者。且据裕瑞[③]《枣窗闲笔》,雪芹自谓作书不难。

> 又闻其尝作戏语云:"有人欲快睹吾书不难,惟日以南酒烧鸭享我,我即为之作书云。"

裕瑞去雪芹未远,虽未见其人,亦不详其家世,但他曾记:

> 闻前辈姻戚有与之交好者(言),其人身胖头广而色黑,善谈吐,风雅游戏,触景生春。闻其奇谈,娓娓然令人终日不倦。

---

① 本文选自《平心论高鹗》(载《林语堂全集》第 26 卷),题目系原书所有。本文要点:一、《红楼梦》早期的两个批书人"脂砚斋"和"畸笏叟",可能是曹雪芹的一个熟人,而且是个女人,此人被写进《红楼梦》里,即史湘云。二、根据"脂砚斋"和"畸笏叟"的批语,大致可推定曹雪芹写书的年份,即从 1752 年至 1762 年(1763 年,曹雪芹卒)。三、曹雪芹卒后,有许多《红楼梦》抄本流传,其中大多没有后四十回,但也可能有后四十回的一些草稿流传(见胡适《考证〈红楼梦〉的新材料》一文)。四、故而,程伟元后来说从地摊上"重价购之",并非作伪。五、由此可推定,所谓"高鹗续书"并非续补,而是补辑,即整理、修改曹雪芹留下的草稿。

② 林语堂,现代作家、学者,曾先后任教于清华大学、北京大学、厦门大学,重要著作有《京华烟云》《吾国与吾民》《生活的艺术》《老子的智慧》等。

③ 爱新觉罗·裕瑞,字思元,清朝宗室,乾隆六十年封为不入八分辅国公,任散秩大臣、镶白旗蒙古副都统,工诗善画,著有《枣窗闲笔》《思元斋集》等。

想见其为人，精神饱满，是能续完自己的书的人。《红楼梦》作者、批者，处处言"字字皆是血""一把辛酸泪"，有意要写树倒猢狲散的大收场。雪芹既然于一七五六年已写完八十回，假定他在此后八九年间，后四十回仍然不能交卷，那么，我就不得不把雪芹小说家的身份贬低了。因为他真写不出来，而所写的，只是一本没有紧张关头、故事焦点的小说。

二、作 书 与 评 阅

考证《红楼梦》历史，必明其评阅转抄情形，因为考证真伪的材料，一大部分是出于所谓"脂批"，即"脂砚斋""畸笏叟"的夹批、眉批。这些批书人所见的是真本，所以他们的材料极为重要。这种材料，前人考证甚详（《胡适跋庚辰本》一文及其他，周汝昌①《红楼梦新证》等）。我们按迹寻踪，比较方便。我由适之处借来"甲戌本"②，并由钱阶平先生处借得北平影印的"庚辰本"③，用以对照俞平伯编的《脂砚斋红楼梦辑评》。我发觉辑评这书，"庚辰本"抄录甚好，而"甲戌本"材料却靠不住，或以无为有，或以有为无，有全条遗漏者，有"甲戌文"异而以为同者，有回末认为开始总评者，全失其本来面目，不足为学问工具。这是因为编书人无原书，所据的"甲戌"评语，是过录在"己卯本"④上的，也不能怪他。《红楼梦》作者与评者之关系，胡、周诸书俱有详论。我只举出一例，可以看出当日作书人一面写、评书人一面评的情景。第二十七回末葬花诗后，"甲戌本"有朱批，辑评一书

---

① 周汝昌(1918—2012)，现代学者、红学家，曾任中国艺术研究院研究员，著有《红楼梦新证》《曹雪芹传》等。
② "甲戌本"：题作《脂砚斋重评石头记》，1927年胡适在上海购得，1962年胡适去世后，将此本寄藏于美国康乃尔大学图书馆，现被上海博物馆购藏。这个本子只存了第一至第八回、第十三回至第十六回、第二十五回至第二十八回，共十六回，这其中还有很多书页残缺。这是现存的抄本《红楼梦》中年代最早的，不过这个抄本早的意思是说这个抄本所依据的底本是最早的。书中第一回叙述书名的文字中，有"至脂砚斋甲戌抄阅再评，仍用《石头记》"一句，所以学术界断定这个抄本所据底本的年代，因而简称它为"甲戌本"。
③ 《脂砚斋重评石头记》(庚辰本)又称脂京本。原书题"脂砚斋重评石头记"，各册卷首标明"脂砚斋凡四阅评过"。第五至八册封面书名下注云"庚辰秋月定本"或"庚辰秋定本"，故名庚辰本。庚辰本为晚清状元、协办大学士徐郙(号颂阁)旧藏，1933年胡适从徐郙之子徐星曙处购得见此抄本，并撰长文《跋乾隆庚辰本〈脂砚斋重评石头记〉钞本》。1948年夏，燕京大学从徐家购得，成为北京大学图书馆藏书。
④ 现在国内所藏《脂砚斋重评石头记》的早期抄本共有十一种，另有一种木活字本俗称"程甲本"，其底本也是一个脂砚斋评本。合计起来脂评系统的《石头记》，共有十二种之多。这十二种本子，唯独迄录"己卯本"已确知它的抄主是怡亲王弘晓，因而也可大致确定它抄成的年代约在乾隆二十五年到三十五年之间。其他的各种抄本，至今都还不能确知它的抄主和抄成的确切年代。即此一点来说，这个"己卯本"也就弥足珍贵了。"己卯本"名称的来历，是因为在这个抄本上有"己卯冬月定本"的题字，所以简称"己卯本"。己卯是乾隆二十四年。

全然未录,而所录"庚辰"评本原脱"有客曰"三字,至关重要。兹录"甲戌本"原文如下:

> 余读葬花吟,至再至三四,其凄楚感慨,令人身世两忘,举笔再四,不能下(庚辰作加)批。有客曰(庚辰无此三字):"先生身非(庚辰脱非字)宝玉,何能下笔? 即字字双圈,批词通仙,料难遂颦儿妻意。俟①看玉兄之后文再批。"噫唏,阻余者,想亦《石头记》来的(庚辰作"化来之人"),故停(庚辰作"掷")笔以待。

这是雪芹叫批书人暂时勿批诗,等看下回。第二天,第二十八回初页乃又批一段:

> 不言练句练字、词藻工拙,只想景、想情、想事、想(庚辰脱第四想字)理,反复追求,非伤感慨(庚辰作悲感),乃玉兄一生天性。真颦儿不(庚辰作之)知己,则实无再有者(庚辰作玉兄外实无一人)。昨阻余(庚辰作"想昨粗",辑评改正为"想昨阻")批葬花吟之客,摘是玉兄之化身无疑。余几(庚辰作"几作")点金成铁之人,笨甚(庚辰作"幸甚幸甚")!

由此可以明白看出,雪芹写成第二十七回时,批者欲批,雪芹劝他勿批,及第二天才续批的情形。因此种密切关系,我们不得不认为,凡脂批所言所见后部文字,皆系真本。其中零零碎碎关于作者的材料非常重要。

三、脂砚斋是何人

"脂砚斋"是何人的笔号? 我相信如周汝昌所考,是史湘云本人。此人很好玩,看她评二十六回末黛玉尝闭门羹一段:

> 须得批书人唱大江东(去)的喉咙嚷着"我是林黛玉"方可……看官以为是否?

又因为"甲午泪笔"一条说:

---

① 俟[sì]:等。

今而后,唯愿造化主再出一芹一脂,是书何本(语堂按:当作"何幸"),余二人亦大快遂心于九泉矣。

可知"脂砚"不可能是雪芹本人。但是"脂砚斋"可能是雪芹、湘云共用的笔号。至于"脂砚"是史湘云,周汝昌所考,理由颇充足,难以致辩。她是女人,又是史家人,又是自幼丧母,又受婶娘欺负,又自幼与雪芹亲近等,都与湘云身世相符。最清楚的是第三十八回一条批:

余则将欲补出枕霞阁中十二钗来。

枕霞阁当然是史家,又同回用"枕霞旧友"笔名作诗的是史湘云。读者可就周氏原书检阅一下,兹不赘。"脂砚"之间,周氏以为"此人定当是用胭脂研汁写字"(周:五〇三页)。我以为图章之石有名鸡血者,亦可为砚。但是更好的解说,是"砚上常见到脂痕"。我们只好盲猜。"脂砚重评"后来成为《石头记》真本招牌,故"庚辰本"每册目录上写"脂砚凡四阅评过",而书名仍题为《脂砚斋重评〈石头记〉》,她是再评、三评、四评,与《红楼梦》相终始、出"庚辰秋定本"的人。

四、"畸笏叟"及其他

又一重要批书人,署名"畸笏叟""畸笏老人"。此批书人名,据有年月可考者,最早为壬午(一七六二),而"脂砚"所批有年月可考者,最晚的一条在己卯(一七五九),除了甲午一条记雪芹逝世,非批书,不算。因此情形,周汝昌疑"畸笏"亦即湘云之化名。"畸笏"之义,周汝昌解为"簪笏名门"的"畸零之人",稍牵强。我想甄士隐解《好了歌》之诗中,有"当年笏满床"之句,是指世代做朝官情形,后来曹家、史家衰落,此批书人在家里捡得一枚畸零的朝笏,不胜今昔之感,故用为号。(敦诚家园中有五笏庵,盖敦诚始祖为英亲王,祖父为定庵公,故亦有此物。事见《四松堂集》其兄敦敏所作小传。又敦诚《答养恬书文》中,有"与一二枯衲子作十笏中谈吐也"。语见《四松堂集》卷三页十七)我相信"畸笏"是另一人,所批的好几处有长辈口气,是雪芹至亲长辈。最清楚一条是十三回末,为天香楼事,"老朽('畸笏'常自称如此)命芹溪删去"。闲当专论"畸笏""脂砚"及各种书批的内容,兹不赘。

我极注意诸批有年月可考的材料,而这些材料,除二条见于"甲戌本"外,余尽见于"庚辰本"眉批。尝将此本眉批分别年月研究,得以下结果。此项统讣,包括"庚辰全本"八十回的眉批,但鉴堂、梅溪等所批数条,及"脂砚"见于双行批注者不列入。"甲戌本"仅有的二条(甲午及丁亥春)并列于此。

	无年月	1759 己卯	1762 壬午	1765 乙酉	1767 丁亥	1774 甲午	共　计
畸笏	10	0	11	1	24	0	46
无款①	77	23	30	0	3	0	133
脂砚	0	1	0	0	0	1	2
共计	87	24	41	1	27	1	181

兹仅将重要各点列举如下:

(1) 无款识之批中,丁亥三条确应算为"畸笏"所批,而壬午之三十条,大半也是"畸笏"所批,因为这两年所批未见过他人署名,而常见的署名就是"畸笏"。所以"畸笏"所批为七十九条。

(2) 丁亥所批起自第一回,壬午所批起自十二回,己卯所批起自二十回。三项皆止于二十八回。二十八回后多条,系不记年月的。

(3) 除以上所说甲午记雪芹逝世事知确为"脂砚"所记一条外,署名"脂砚"的批,系见于"庚辰本"双行夹注中。这些当是根据他本抄入双行批注的。"甲戌本"的行旁夹注,本无款识,常抄入"庚辰本"的双行批注,而加"脂砚"字样于末。"庚辰本"初十回全无批注,而"甲戌本"又是残本,两本可以参校的,是十三至十六回,又二十五至二十八回。此项加上"脂砚"字样于双行注中,有可参照的注,大半可见于"甲戌本"的夹批,总计"庚辰本"批注署"脂砚"的:

十六回	十三条
十七十八回	无
十九回	五条
二十至四十三回	无
四十四回至五十三回	十一条

① 无款:无落款、无款识。

563

（4）"脂砚"重评是当时真本的招牌。故"庚辰本"八册，每册十回目录下题"脂砚斋凡四阅评过"，而后四册又加"庚辰秋定本""庚辰秋月定本"，但是全书却仍题为《脂砚斋重评〈石头记〉》。

（5）据"甲戌"及"庚辰"两本，常有最重要最长的评语，并不在上列的眉批，而在双行夹注中或总评。里头好几条，是作者自批的，说他用心用意所在，而是作者的口气。最清楚的如：

续《庄子》事(二十一、二十二回)写了四条(辑评页三五三，三五六，三七〇，三七六)，并有"余何人耶，敢续《庄子》?"之语。

平儿理妆事(四十四回，释评页五一二)，说作者"特为此费一番笔墨，故思及借人发端，然借人又无人"悉合条件，"故思及平儿一人方如此"。

香菱入园事(第四十八回，辑评页五二三)，"欲令入园，终无可入之陈，筹划再四"云云。

（6）史湘云当然甚合许多条件，若说及史家事，又一读人家自幼丧母，即不禁恸哭，及遭人白眼事等。但是我的看法，"脂评"也有雪芹写的，也有湘云写的，二者实在分不清。我甚至猜想"脂砚"是二人共用的斋名，所以"脂评"二字可贵，可为真本招牌。若第十八回说梁香院事双行批注，批者谓"三十年目睹身亲之人"，又谓"余历梨园子弟广矣"，固不必咬定是湘云所批。所以"脂砚"二字解释，不是"研胭脂汁写字"，乃砚上常见脂痕也。凡已卯冬夜所批多是作者口气，想是作者自批的。以上所举续庄子事，便是一例。

五、写书及评书年表

雪芹起稿年月最难推定。我们所确知的起点，就是甲戌年已有重评本，至少二十八回。我倾向于相信一七五四年，雪芹已成书四十回，已有初评；一七五六年，已成八十回；一七六〇年大约已成书约一百二十回；一七六二年，确定已写完全书(详见本节年表各年下事)。又一七五四年，已有四十回后初稿；一七五六年，已有八十回后初稿。雪芹稿是这样陆续写成的，中经披阅十载，增删五次之多。兹将可以推知的写书评书进行之经过年代，列表如下，以便对照。

一七五二年,壬申	最迟大约此年已有初评的二十八回,因为后二年,已有重评。
一七五四年,甲戌	有"脂砚斋甲戌抄阅再评"本,胡适藏。此本为各本中之最早者,虽系抄本而非底本,却有庚辰本好几条"凡四阅"的批语尚未见于此本,可见较早。"庚辰本"是脂砚第四次重新整理评阅的,所以同一条批语,过录时自己修正,文字有时比甲戌所批的较通顺。
一七五六年,丙子	此年至少已成书对清至七十五回。"庚辰(八十回)本"中第七十五回前单页甚重要。"乾隆二十一年五月初七日对清,缺中秋诗。俟雪芹。"这是所有有关材料中记年月日最清楚确定,而最难得的材料。此条居然抄上后四年的"庚辰本"。
一七五九年,己卯	本年冬夜为脂砚最忙于批阅之时,大概是一芹一脂正在一同整理下一年庚辰"凡四阅评过"的定本。
一七六〇年,庚辰	本年不但出"庚辰秋定本",而且由评语中屡次言及情榜事,可以推知全书末回大约已经写就。(1)"情榜"是书末总评书中各人人品高下的榜文。"庚辰本"第十八回妙玉出场后批曰: 　　处处引十二钗,总未的确,皆系漫拟也。至末回警幻情榜,方知正副,再副,及至三四副芳讳。壬午季春,畸笏。 　这条在考证上最为重要,有年月可考,证明在曹氏去世之前一年,在一七六二年三月,批书人确已看过曹氏原稿的末回。但是我们推想,在一七六〇年,大约已经有这末回情榜。因为书中屡见引用"情榜"的评语,可惜这几条没有记年月。第十九回有批"后观情榜评曰:'宝玉情不情,黛玉情情。'"第二十七回有批"了却情情之正文",指黛玉。第二十八回有批"情情哀肠,本来面目也",也指黛玉。第三十一回总评,谓晴雯撕扇"所谓情不情";又曰"故擎儿谓'情情'"。所以我推想这些条,可能见于庚辰底本。至少我们可以推知,自此年起至雪芹去世(一七六〇--一七六三)三年间,雪芹正在忙于八十回后的稿(见下年事)。最末回的情榜,当是今本第一百二十回空空道人复出,携玉到青埂峰下时,甄士隐复遇警幻仙姑所见的事,后来遗失或删去。末卷末页破失,是抄稿常有的事("庚辰本"二十二回末朱笔眉批:"此后破失,俟再补。")。此条辑评未录。 　(2)此本四十二回有关于全书分量在一百回以上的重要批语,大约一百二十回。平伯①假定是一百一十回,回可有大小,相差不远。 　(3)"甲戌残本"缺第二十二回。"庚辰本"二十二回有重要批语: 　　暂记宝钗制谜。 　　朝罢谁携两袖烟(诗略,全文见今本)。 　　此回未成而芹逝矣。叹叹。丁亥夏。畸笏叟。

---

① 平伯,俞平伯,现代学者、红学家。

一七六○年,庚辰	又本回末行朱笔眉批谓"此后破失,俟再补",可见在一七六○年"脂砚"四阅之时,此回仍待补。甲午一条所谓"壬午除夕书未成,芹为泪尽而逝",参照此文,可以证明所谓"未成",系指未有完善抄就的定稿,非谓全书初稿尚未写完,正如此回仅短少一段而已。该条所记诗谜,系射更香①,有"焦首朝朝还暮暮,煎心日日复年年"之句,今本归黛玉所作,甚合。今本宝钗另一诗谜,射竹夫人②,有"恩爱虽浓不到冬"之句,亦合。 (4) 本年秋有四阅评过的定本,书中却无记明本年年月的批语。又次年辛巳,也全无批,当是定本出后休息情形?

一七六二年,壬午	(1) 本年初见有记年月署名畸笏的评语。
	(2) 壬午距雪芹逝世时一年。本年所批可考至四十一条之多。又由春、季春、夏、孟夏、夏雨窗、重阳,以至九月,记得非常清楚。那年九月,雪芹似乎大忙起来,有索还批阅稿甚急情状,可见正忙于修改全书。"庚辰本"第二十一回眉批,记一条极有趣的事件。此条眉批,先抄一段关于杜子美祠堂被毁事,然后说:
	
	  固(因)改公《茅屋为秋风所破歌》数句……(诗略)读之令人感慨悲愤,心常耿耿。壬午九月因索书甚迫,始志于此,非批石头记……
	
	  推想此条或为雪芹所作,其歌乃其友所作,雪芹改之;或系畸笏所记,雪芹作此歌,而畸笏改之,又因雪芹催批阅之红楼书稿甚迫,遂书于书眉上,连书奉还。杜子美毁祠和秋风破屋略有关系,故抄上。总之,情状似甚忙迫。
	(3) 是年壬午季春畸笏确已见到全书最末情榜一回,在百回以上,看到末回,就是看到全书。这等于说该年雪芹已成书,约一百二十回。

一七六三年,癸未除夕	雪芹卒。据陈垣推算,当实在公元一七六四年二月(见胡适《考证〈红楼梦〉的新材料》第二节所引关于壬午除夕之推算)。甲午一条脂批,作前一年壬午除夕,经周汝昌考证,当系批者记错,证据甚明。书未成泪尽而逝,是指全书书稿,尤其后数十回稿,尚在删改中。
一七六五年,乙酉	"畸笏"批一条。
一七六七年,丁亥夏	(1) "畸笏"批可考者多至二十七条,亦多感慨语(适之所考仅二十六条,所差或系因我加入删天香楼有"老朽"字样一条)。 (2) 最重要一条,见第二十二回,如下: 凤姐点戏,脂砚执笔事,今知者聊聊(寥寥)矣。不怨夫(胡考:应作"宁不悲乎",盖宁字脱而怨字误)?

---

① 更香:古时用于计时而特制的一种香。
② 竹夫人:夏日取凉用具。一种圆柱形的竹制品,夏日可拥其而卧,颇为清凉。

一七六七年，丁亥夏	此条无款识、年月，但下行紧接一条： 前批书(知)者聊聊(寥寥)，今丁亥夏，只剩老朽一物，宁不痛乎？ 意思是说，以前能知道脂砚为凤姐执笔点戏的人本无多，现只剩"畸笏"一人。"畸笏"常自称"老朽"，故此地又自称"朽物"。
一七六九年，己丑	戚蓼生①中进士。此年左右得一抄本，是为"戚本"。后为狄平子所得，石印刊出，题为《国初抄本原本〈红楼梦〉》，八十回，是为有正书局本。批注已经狄氏删改，情形较乱，亦已失本来面目。有正本回前的诗，类皆佛语。第十九回(辑评页三二九)"凡我众生"尤明。又第十三回回末(辑评页二一四)，竟有"情之变态"四字。
一七七四年，甲午	本年八月脂砚记雪芹去世之事，并谓"余尝哭芹，泪亦待尽，每意觅青埂峰，再问石兄，余(奈)不遇獭(癞)和尚何？怅怅"！下言愿造化主再生一芹一脂"是书何本(幸)"。所谓幸者，八十回后残稿未尽订正修改，二人再生即可"补"完也。
一七九一年，辛亥	"程甲本"②一百二十回出。
一七九二年，壬子	"程乙本"出。

六、雪芹生卒及《红楼梦》本事年表

雪芹生年，胡适考定为一七一七年；周汝昌考定为一七二四年，相差七年。大观园初年，大某山民③推算为壬子，宝玉十五岁；周汝昌移后四年，宝玉仅十三岁。卒年一七六三，依胡适推算，当为四十六岁，依大某山民推算壬子年入大观园时十三岁，当为四十五岁，又依周汝昌考，当为正四十岁。按周氏原据敦诚诗"四十年华付杳冥"，"四十年华"诗句，不必死看。

（1）据胡、周二人所推算，雪芹生年最早为一七一七，最迟为一七二四，总在

---

① 戚蓼生，字念功，号晓堂、晓塘，浙江德清城关人，清乾隆时官吏、文人，早年赴京应试，购得八十回本《石头记》早期抄本，大为赞叹，书序一篇。该抄本后在清末由有正书局石印发行。

② 乾隆五十六年，程伟元与高鹗将《红楼梦》前八十回与后四十回合在一起排版印出(其中的后四十回，一般认为是高鹗所续；也有一说无名氏所续，高鹗整理)。此为《红楼梦》最早版本(此前均为抄本)。第二年(即乾隆五十七年)，又对前版做了"补遗订讹"，"略为修辑"，重新排版印刷。为区别这两个版本，后世红学界称乾隆五十六年版为"程甲本"，称乾隆五十七年版为"程乙本"。

③ 大某山民，姚燮，字梅伯，号复庄、大某山民等，清代文人，与王希廉、张新之合称"清代《红楼梦》三大点评家"，重要著述有《今乐考证》《读〈红楼梦〉纲领》等。

此七年之间。

（2）大某山民据第八十六回元妃生辰八字推算，又据元妃册文所言"虎兔相逢大梦归"之语，推定元妃死于甲寅与乙卯之会①。元妃死于大观园第三年末，甲寅，故大观园第一年为壬子，即一七三二年。黛玉死在乙卯年初，死时名为十七，实未满十六岁。

（3）细看本书故事，周汝昌定宝玉于十三岁、黛玉于十二岁入大观园，黛玉死时才十四岁足，又宝玉初试云雨时方八岁，皆不合理。八岁试云雨甚难（见周书第一七六页），因此非儿戏，见第六回第一页，袭人"伸手与他系裤带时"所见便知。我倾向于相信大某山民所推算。

（4）本书初二十二回时间最为矛盾混乱。依大某山民细查，黛玉来府至入大观园为四年，周氏则为六年。

（5）毛病专在第三回黛玉来贾府，而该回末"次早"便紧接薛家将进京消息，薛家也于数月后即来，与后回不斗榫②。只此二字，各人岁数大乱，"次早"二字，高鹗应"补"为"一日"。若自宝钗来府计算至搬入大观园，比较清楚。自第七回至十八回省亲，经过三个冬天，当是三年。第一个冬天在薛家谈冷香丸，适大雪；第二个冬天，秦氏病，贾瑞在大寒夜被凤姐恶作剧；第三年秋冬之交秦氏出殡；是年林如海病，应作夏秋之间；如海九月病故，年底贾琏和黛玉回府；同年大观园已修造将竣，过春正月十五元妃省亲。自黛玉六岁来贾府，到宝钗来时，应当相差几年。书中紧迫为差几个月之事，此大观园人物岁数之所以矛盾混乱原因之一，叫高鹗无法补订。

（6）兹依大某山民计算宝玉于十五岁时壬子入园居住，倒推生年当为一七一八，虽未确定，料相差不远。假定第三回末"次早"王夫人得金陵来信之"次早"二字，改为"一日"，便比较衔接。其中入学、与秦钟私情及初试云雨等节，为十一岁至十四岁年间事，比较合理而无矛盾。兹列表如下：

《红楼梦》所记十九年事（自宝玉一岁至十九岁）

一七一八年戊戌	宝玉生，一岁。
一七一九年己亥	黛玉生，一岁。

---

① 之会：之际。
② 斗榫：衔接。

一七二四年甲辰	黛玉六岁来贾府。
一七二八年戊申至 一七三一年辛亥	宝钗来贾府,时十三岁,宝玉十一岁。此首尾四年为《红楼梦》第四回至十七回事。
一七三二年壬子	姊妹入大观园。时宝玉十五岁,黛玉十四岁。《红楼梦》第十八回至五十三回事在此一年。
一七三三年癸丑	《红楼梦》五十四回至六十九回事。
一七三四年甲寅	《红楼梦》第七十回至九十五回事。是年年末元妃薨。
一七三五年乙卯	《红楼梦》九十六回至一百〇七回事。是年正月黛玉死,时十七岁。又宝玉完婚,贾府抄家。
一七三六年丙辰	《红楼梦》一百〇八回至一百二十回事。宝玉出家,时十九岁。

七、抄 本 情 形

我们可以推知的六条,可以用最简单形式列举如下。

(一) 雪芹著书,是经过屡次增删,有一部分在八十回中,确经雪芹自己删去的。第十三回天香楼秦氏淫事,由"畸笏"大发慈悲,为秦氏留情,"因命芹溪删去",是明显的例。又原书有良儿篆儿窃物事,皆不见今本,并未见"庚辰本"。关于此节,第二十七回有极重要眉批二条相接:

> 奸邪婢岂是怡红应答者(语堂按:"答"字应系"容"字之误),故即逐之。前良儿,后篆儿,便是却(确)证。作者又不得可也(语堂按:"可"字当作"已"字)。己卯冬夜。

下又一条:

> 此系未见抄没狱神庙诸事,故有是批。丁亥夏,畸笏。

由此二条可知:(1) 五十二回正文所言良儿窃玉事,确已被删去。(2) 五十二回所言良儿窃玉,坠儿窃金,皆怡红院内事,而篆儿变为坠儿,疑雪芹所改。(3) "畸笏"言,前己卯冬夜所批言及红玉应当被逐,系尚未见到狱神庙一回文字,故有此言,同回甲本有批:"且红玉后有宝玉大得办处",故谓前批未免冤枉红玉(即小红)。

(二)原批者"脂砚"以外尚有他人,"甲戌本"第二回脂批:

> 且诸公之批,自是诸公眼界。脂斋之批,亦有脂斋取乐处。(辑评页五八)

(三)原本评注有被删去者。"甲辰本"十九回批:

> 原本评注过多,未免旁杂,反扰正文,删去以俟观者凝思入妙,愈显作者之灵机也。(辑评二九七页)

按今存"甲戌本",实有此种情形,幸用朱笔,不然更乱。

(四)书为借阅者所迷失者有五六稿。狱神庙一回在其中。"庚辰本"二十回眉批:

> 茜雪至狱神庙,方呈正文。袭人正文标昌(胡考,当作"标目曰")"花袭人有始有终"。余只见有一次誊清时,与狱神庙慰宝玉等五六稿,被借阅者迷失,叹叹! 丁亥夏,畸笏叟。(辑评三三二页)

卫若兰射圃一回文字亦已迷失。"庚辰""甲戌"二本第二十六回眉批:

> 惜卫若兰射圃文字迷失无稿,叹叹,丁亥夏,畸笏叟。(辑评四三六页)

读者应注意,所言迷失各条,皆指雪芹死后四年(丁亥)家里的藏稿。

(五)雪芹八十回后未定稿,有与今本(即"高本"①)绝合者;如袭人出嫁(见辑评三三五页)、宝玉娶宝钗、夫妇"无旧话可谈"(辑评三三九页),有黛玉死事(辑评五〇三页)……此外甚多。"高本"应②前评的是正常,不应的是例外。但是也有评中所言回目,未见于今本前八十回或后四十回的,如"花袭人有始有终"(辑评三三

---

① "高本":即"程高本"(见前"程甲本"注)。
② 应:对应。

五页,大概对茜雪诸人事)、"王熙凤知命强英雄"(辑评三四三页)。也有评书人说,未见的悬崖撒手文字,只见回目,今本反有。

(六) 雪芹于逝世时,八十回以后稿尚未定,或屡经改易,但是"畸笏"老确已看到末回的情榜。也可能不是末回,而是很近书末的一回。前言家藏已迷失五六稿,若射圃狱神庙等节,或可在前八十回,或可在后四十回。但情榜应在书末。

(七) 所谓"书未成,芹为泪尽而逝"一语,由以上情形已可概见。应当解为作者去世时,有未定散稿,非谓这部小说尚未写完也。

八、各抄本错误百出

抄本常有错字、脱字情形,例如第五回黛玉曲文,"甲戌本"作"如何心事终化",后经涂改,墨笔改为"终虚话"。"庚辰本"作"虚化","戚本"作"虚花","程本"仍作"虚话"。元春册文,"甲戌"及"戚本"俱作"三春争及初春景","庚辰本"作"三春好","程本"仍作"三春景"。又探春册文,前三本皆作"才自精明志自高",独"程本"作"才自清明"。"精明"较贴合探春性格,而"清明"文句较顺。宝钗曲文,前三本俱作"都道是金玉良姻",程本作"金玉良缘"较叶韵。此系有意改作。"甲戌本"史湘云曲文,"从未将儿女私情略萦心上","甲辰本"作"从来将",显系抄错。诸如此类,不胜枚举。"庚辰抄本"七十二回末页有一条有趣的例,双行夹注如下:

> 妙文又写出贾老儿女之情细思一部书总不
>
> ───────────────────────
>
> 写贾老则不然又若不如此写则又非贾老

抄本无当中横画,这是我所加的。若照注念下去,简直不成话。原因是横画之处,是底本行末。谁想抄的人会这样抄法? 又同页有相反的例,是这样的:

第一行末　　　　　　这是使
　　　　　　　　贾政
　　　　　　　　　　却是大

第二行开始　　　　　想不到之文
　　　　　　　　　　　　　　贾政
　　　　　　　　　　家必有之事

若将此注念完两半截的右行,再续念两半截的左行,自然文义甚明。但谁想会看到这种异想天开的抄法?影印的"庚辰本"涂改增字,添字行旁,每页触目即是,读者随便翻阅便知。"甲戌本"抄得整齐,但仍有错字及偶然涂改处。再如"庚辰本"八十回中,只有第十一至二十八回有朱批;其第一册,第一回至第十回,全然无批注,当是抄时未得脂评之初十回做底本。又"庚辰本"缺六十四回及六十七回,正如高序①所言"即如六十七回,此有彼无"的情形。可见当时各种抄本极不一致,且多漫漶舛谬②,实有厘剔③补正之必要。

曹氏有后三十回本,俞平伯由"戚本"眉批看出,其说最早(一九二二)。

主张曹氏八十回外尚有残稿最有力最坚定的是胡适之。兹引胡氏《考证〈红楼梦〉的新材料》一文(得"甲戌本"后一九二七年所作)的重要词句:

> 如果"甲戌本"已有八十回稿本流传于朋友之间,则他以后十年间续作的稿本必有人传观抄阅,不至于完全失散……但我仔细研究"脂本"的评注和"戚本"所无而"脂本"独有的"总评"及"重评",使我断定曹雪芹死时,他已成的书稿决不止现行的八十回。虽然"脂砚斋"说"壬午除夕,书未成,芹为泪尽而逝",但已成的残稿确然不止这八十回书。(二八七页)

九、传 抄 与 刊 印

前八十回何以传抄?因为大家争阅,有人肯出重金购买。程序④谓"好事者每传抄一部,置庙市中,昂其值得数十金,可谓不胫而走矣"。故同样情形,后四十回亦必如此传抄流传,必有抄本。说不定"嗜酒如狂、酒常赊之"曹雪芹,自己抄一本易数十金还酒债亦难说。雪芹朋友中,有敦诚弟兄,亲戚中有"脂砚"(史湘云),雪芹弟棠村(疑即梅溪),松斋(敦诚朋友)(由庚辰本第十三回二人所署名眉批,可知为亲阅"三春去后诸芳尽"而感慨的亲人)。这些人便是借抄传阅人之一部分。适之谓可惜此残稿虽已流传,现已遗失,只是臆断语。以当日情形而论,不可能完全

---

① 高序:"程甲本"高鹗序。
② 漫漶[huàn]舛[chuǎn]谬:含糊错乱。
③ 厘剔:清理剔除。
④ 程序:"程甲本"程伟元序。

遗失。当日就有人见及"后三十回""后半部"（"脂砚"就是其中之一），又当时有二事。

（一）倪鸿①《桐阴清话》卷七引《樗散轩丛谈》②云：

> 《红楼梦》实才子书也……巨家间③有之；然皆抄录，无刊本。乾隆某年，苏大司寇家，因是书被鼠伤，付琉璃厂书坊装订，坊中人借以抄出，刊版刷印渔利。

所谓乾隆某年，惜未言明，或者"苏大司寇本"即程伟元所得转抄之一本；刷印渔利，即程伟元其人。不然，又是"程刊本"外另有刊本。照这样讲，当时确有书坊刻本，但除"程刊本"外，我们尚未发现有更早的刊本。或者刻苏大司寇本者，便是程伟元，很有可能。若不是程伟元便是其同时人，而那人得书刊书情形，与程序所言求书得书的情形相同。

（二）鲁迅《中国小说史略》引蒋瑞藻④《小说考证》引《续阅微草堂笔记》云：

> 戴君诚夫⑤见一旧时真本，八十回之后，皆与今本不同，……宝钗亦早卒。宝玉无以为家，至沦于击柝之流，史湘云则为乞丐，后乃与宝玉成夫妇……闻吴润生中丞⑥家尚藏有真本。

此即所谓吴润生家藏本。程伟元若非作伪，则其所据数种不全的逸稿，亦如"苏大司寇本""吴润生本"。不得谓"苏本""吴本"必有，而程据本必无；"吴本"必真，程所得本必伪也。所以订其真伪，惟有审察其内容而已。

总而言之，当日抄本极多，但大都只有八十回（如今流传之戚本、庚辰本）。曹氏八十回后之残稿，则传录见者比较少，但是我们无理由可以说必完全散失，因为雪芹死后，诸亲友尚在，而脂砚本人至少尚活十年，才能写甲午（一七七四）那条重要批语。

---

① 倪鸿，字延年，号云癯，[清] 道光、咸丰年间文人。
② 《樗散轩丛谈》，[清] 陈镛撰。
③ 巨家间：大户人家。
④ 蒋瑞藻，字孟洁，号花朝生，近代学者，曾任浙江之江大学教授。
⑤ 戴君诚夫：戴诚夫，"君"为尊称，清代人，生平不详。
⑥ 吴润生，生平不详。中丞：官名。

十、在当日传抄盛行情形之下，程伟元觅得残稿，是合于情理，不得谓如何"奇巧"至不可相信

世上每见有"踏破铁靴无觅处，得来全不费功夫"之巧事。程伟元求书，或者为渔利，或者为通常读者欲窥全豹之好奇心，或者是特具眼光，留心文献，欲为曹氏功臣，以觅得全书为己任。动机难说，而求书之热诚，则是真正的。曹氏既有残本，必有回目，而程氏又有此求稿的热诚，则其得书于雪芹卒后二三十年间，甚合情理。不得因假定商人牟利动机，故其所得必伪，而"吴本""苏本"必真。

以近人二事为证。胡适尝谓程序详述求书恰得四十回经过，即为程氏作伪之"铁证"：

> 后四十回是高鹗补的，这话自可无疑。我们可约举几层证据如下……第三，程序说先得一二十余卷，后又在鼓担上得十余卷。此话便是作伪的铁证，因为世间没有那么奇巧的事。(胡，二二九页)

适之此话，系说于一九二一年，在未得敦诚《四松堂集》付刻原抄底本及甲戌脂砚斋重评之海内孤本之前。

但是次年一九二二，《跋〈红楼梦考证〉》文中，适之有一段惊人文字如下：

> 今年四月十九日，我从大学回家，看见门房里桌子上摆着一部褪了色的蓝布套的书，一张斑剥的旧书笺上，题着《四松堂集》四个字！我自己几乎不信我的眼力了，连忙拿来打开一看，原来是一部《四松堂集》的写本！这部写本确是天地间唯一的孤本。因为这是当日付刻的底本，上有付刻时校改、删削的记载……(惊叹号为胡氏原文所有)

尾云：

> 我寻此书近一年多了，忽然三日之内两个本子一齐到我手里！这真是"踏破铁鞋无觅处，得来全不费工夫"。十一五，三。

时为一九二二年,去敦诚作诗赠雪芹时,约已一百六十年。

谁知道过了五年,有更奇巧之事发现,即适之购得现存最古、最早海内孤本甲戌《脂砚斋重评〈石头记〉》。时为一九二七年,去甲戌共一百七十三年。适之可得残本于一百七十年后,程氏自亦可得残本于曹卒二三十年后。但是谁也不能引此为胡适作伪之证。"奇巧"之论不能成立。

十一、综观《红楼梦》初出时流传情形及时人记述,皆不能成立程氏作伪之证

(一)唯一的记载,是张船山赠其妹夫高鹗诗注之一"补"字[①]。此补辑之事,高鹗并不讳言,而是当时公开的事实。俞樾[②]未见到程乙本的高序,遂引张语以为高鹗续书之证据。后人不察,遂谓高氏所作系续补,而非补辑工作。

(二)曹氏确已写完全书,但尚未定,尚在删易中而逝,而因为雪芹逝世,家中存留旧稿,后四十回出较晚,流传较少。但是脂批诸人确看见"后半部""后三十回""后数十回"稿本。又言四十二回为全书三分之一有余。且批书人已经于曹氏未逝世之前一年(壬午)看到"末回情榜"。此本必有人辗转抄阅,收为秘藏。

(三)程伟元以二十年苦心,求《红楼》全书,果然求得。时去曹未远,由鼓担上或由私藏求得后四十回散稿,乃合理合情可信之事。故欲知高鹗是否作伪,抑系仅负厘剔、补辑、修改之任,当完全由后四十回之内容去求解答。

---

① 张船山写过一首诗,题目叫《赠高兰墅同年》,该诗有一小注:"传奇《红楼梦》八十回以后,俱兰墅所补。"兰墅,即高鹗,字云士,号秋甫,别号兰墅。
② 俞樾,字荫甫,自号曲园居士,清末大学者,曾任翰林院编修,弟子众多,章太炎、吴昌硕皆出其门下。

《红楼梦》未完①

张爱玲②

一

　　有人说过"三大恨事"是"一恨鲥鱼多刺,二恨海棠无香",第三件不记得了,也许因为我下意识的觉得应当是"三恨《红楼梦》未完"。

　　小时候看《红楼梦》看到八十回后,一个个人物都语言无味,面目可憎起来,我只抱怨"怎么后来不好看了"? 仍旧每隔几年又从头看一遍,每次印象稍有不同,跟着生命的历程在变。但是反应都是所谓"揿钮反应",一揿电钮马上有,而且永远相同。似久以后才听见说,后四十回是由一个高鹗续的。怪不得! 也没深究。

　　直到一九五四年左右,才在香港看见根据脂批③研究八十回后事的书,在我实在是个感情上的经验,石破天惊,惊喜交集:这些熟人④多年不知下落,早已死了心,又有了消息。迄今看见有关的近著,总是等不及的看。

　　《红楼梦》的研究日新月异,是否高鹗续书,已经有两派不同的见解。也有主张后四十回是曹雪芹自己的作品,写到后来撇开脂批中的线索,放手写去。也有

---

① 本文选自《张爱玲典藏全集》第十卷《红楼梦魇》,题目系原书所有。本文要点:《红楼梦》未完,不是指书没写完,而是说关于《红楼梦》尽管已有种种说法,但仍有一些问题可提出来。譬如,《红楼梦》写的是满人,还是汉人? 好像有许多地方表明,写的是满人;但有些地方又似乎写的是汉人。这是怎么回事? 再譬如,书中的女子,是缠足的,还是不缠足的? 书里好像故意写得含糊不清。再譬如,书里的女子,穿的是汉服,还是满服? 好像是汉服,却又好像不裹脚。这是怎么回事? (如果是汉人,应该是裹脚的,而不裹脚,应该是满人)还有关于人物的年龄、关于"程甲本"和"程乙本"、关于后四十回,等等,也有许多问题。总之,《红楼梦》未完。

② 张爱玲,原名张煐,现代女作家,有"民国才女"之称,重要作品有小说《半生缘》《色·戒》、散文集《流言》《张看》、论著《红楼梦魇》等。

③ 脂批:即《脂砚斋重评〈石头记〉》中的批语。

④ 这些熟人:指《红楼梦》中的人物。

人认为，后四十回包括曹雪芹的残稿在内。自五四时代研究起，四十年来整整转了个圈子。单凭作风与优劣，判断后四十回不可能是原著或含有原著成分，难免主观之讥。文艺批评在这里本来用不上。事实是除了考据，都是空口说白话。我把宝玉的应制诗①"绿蜡春犹卷"斗胆对上一句"红楼梦未完"，其实"未完"二字也已经成了疑问。

二

书中用古代官名、地名，当然不能提满汉之别。作者并不隐讳是写满人，第二十五回有跳神②。丧礼有些细节稍异，也不说明是满俗。凤姐在灵前坐在一张大圈椅上哭秦氏，贾敬死后，儿孙回家奔丧，一路跪着爬进来——想是喇嘛教影响。清室信奉喇嘛教，西藏进香人在寺院中绕殿爬行叩首。

续书第九十二回"宝玉也问了一声妞妞好"，称巧姐为妞妞，明指是满人。换了曹雪芹，决不肯这样。要是被当时的人晓得十二钗是大脚③，不知道作何感想？难怪这样健步，那么大的园子，姊妹们每顿饭出园来吃。

作者是非常技巧的避免这问题的。书中这么许多女性，只有一个尤三姐，"脂本"写她多出一句"一对金莲或敲或并"。第七十回晴雯一早起来，与麝月按住芳官胳肢，"那晴雯只穿葱绿苑绸小袄，红小衣，红睡鞋"。"脂本"多出来三字。裹脚才穿睡鞋。

祭晴雯的《芙蓉诔》终于明写："捉迷屏后，莲瓣无声。"小脚捉迷藏，竟声息毫无，可见体态轻盈。

此外只有尤二姐，第六十九回见贾母，贾母细看皮肤与手，"鸳鸯又揭起裙子来，贾母瞧毕，摘下眼镜来笑说道：'是个齐全孩子。……'""脂本"多出"鸳鸯又揭起裙子来"一句。揭起裙子来当然是看脚，是否裹得小，脚样如何，是当时买妾惯例。不但尤二姐是小脚，贾家似也讲究此道。曹雪芹先世本是汉人，从龙入关后又久居江南。究竟汉化到什么程度？

第五十九回春燕母女都会飞跑，且是长途竞走，想未缠足。当然她们是做粗活的。第五十四回一个婆子向小丫头说："哪里就走大了脚了？"粗做的显然也有

---

① 应制诗：也称"应和诗"，宫廷游宴或科举考试所作的诗。
② 跳神：藏传佛教寺院最隆重的祭典活动之一。
③ 大脚：相对于"小脚"，未缠之足（满族女子不缠足）。

裹脚的。婢媪自都是汉女。是否多数缠足？

凤姐、宝钗、袭人、鸳鸯的服装都有详细描写：裙袄、比甲、对襟罩褂，凤姐头戴"金丝八宝攒珠髻"，还是《金瓶梅》里的打扮。清初女装本来跟明朝差不多，所谓"男降女不降"。穿汉装而不裹脚？

差不多时期的《儿女英雄传》明写安家是旗人，安太太、佟舅太太也穿裙袄，与当时汉装无异。清初不禁通婚，想已趋同化，唯一区别是缠足与否（外人拍摄的晚清满人妇女照片，不仅宫中，北京街头结伴同行的"贵女们"也都是一律旗袍）。

宝钗是上京待选秀女①的，家中又是世代皇商，应是"三旗小妞妞"。但是应选似是信手拈来，此后没有交代。黛玉原籍苏州，想也与贾家、薛家是金陵人一样，同是寄籍。实际上曹家的亲戚除了同宗与上代远亲，大约都是满人或包衣②。书中的尤二姐、尤三姐其实不能算亲戚，第六十四回写尤老娘是再醮妇，二尤是拖油瓶，根本不是尤氏的妹妹——所以只有她们姊妹俩是小脚。

同回写尤氏无法阻止贾琏娶尤二姐，"况她与二姐本非一母，未便深管"，又似是同父，那就还是异母妹。

第六十四、六十七两回，一般认为不一定可靠，但是第六十四回上半回有两条作者自批，证明确是作者手笔。矛盾很多，不止这一处。追叙鲍二媳妇吊死的事，"贾琏给了二百银子，叫他另娶一个"。二百两本来是给他发送的，许他"另日再挑个好媳妇给你"，指丫头择配时指派。又此回说张华遭官司破家，给了二十两银子退亲。第六十八回说张华好赌，倾家荡产，被父亲逐出，给了十两退亲。

周汝昌排出年表，证明书中年月准确异常。但是第六十四回七月黛玉祭父母，"七月因为是瓜果之节，家家都上秋季的坟"，是七月十五，再不然就是七月七。接着贾琏议娶尤二姐，初三过门，当是八月初三。下一回，婚后"已是两个月的光景"是十月初，贾珍与尤三姐发生关系，被她闹得受不了。然后贾琏赴平安州，上路三日遇柳湘莲，代三姐定亲。"谁知八月内湘莲方进京来"。那么定亲至迟是七月。怎么三个月前已经是七月？

周汝昌根据第六十九回，腊月尤二姐说嫁过来半年，推出婚期似是六月初三，认为第六十四回先写七月，又遇到六月，是"逆叙"。书中一直是按时序的。

第六十七回最成问题，一条脂批也没有。但是写柳湘莲出家，"不知何往，暂

① 上京待选秀女：待选入宫中的年轻女子。
② 包衣：满语"奴仆"的音译，通常指入旗（即入满籍）的汉人。

且不表"。可见还有下文,伏落草①。甄士隐《好了歌》"后日作强梁"句下批"柳湘莲一干人"。又写薛姨妈向薛蟠说:"你如今也该张罗张罗买卖,二则把你自己娶媳妇应办的事情,倒早些料理料理。"到第七十九回才由香菱补叙,上次薛蟠出门顺路探亲,看中夏金桂,一回家就催母亲央媒,一说就成。这样前后照应,看来这两回大体还是原著,可能残缺经另人补写。是较早的稿子,白话还欠流利,屡经改写,自相矛盾,文笔也差。这部书自称写了十年,其实还不止,我们眼看着它进步。但看第二回脂批:"语言太烦,令人不耐。古人云'惜墨如金',看此视墨如土矣,虽演至千万回亦可也。"也评得极是。

乾隆百廿回抄本,前八十回是"脂本",有些对白与他本稍有出入,有几处更生动,较散漫突兀,说话本来是那样的。百廿回抄本是拼凑的百衲本,先后不一,笔迹相同都不一定是一个本子,所以这几段对白,与他本孰先孰后还待考。如果是后改的,那是加工。如果是较早的稿子,后来改得比较平顺,那就太可惜了,但是我们要记得曹雪芹在那时代多么孤立,除了他自己本能的判断外,实在毫无标准。走的路子是他渐渐暗中摸索出来的。

三

书中缠足、天足②之别,故意模糊。外来的妙玉、香菱,与贾赦、贾珍有些姬妾大概是小脚。"家生女儿"如鸳鸯与赵姨娘——赵氏之弟赵国基是荣府仆人——该是天足。晴、袭都是小家碧玉出身,晴雯十岁入府,想已缠足未放;袭人没提。

写二尤小脚,因为她们在亲戚间是例外,一半也是借她们造成大家都是三寸金莲的幻觉,同时也像舞台上只有花旦是时装踩跷③——姊妹俩一个是"大红小袄",一个是红袄绿裤,纯粹清装——青衣是古装,看不见脚。一般人印象中的钗、黛,总是天女散花式的古装美人,忘了宝玉有根大辫子。作者也正是要他们这样想。倘是天足,也是宋明以前的天足,不是满洲的。清朝的读者当然以为是小脚,民国以来的读者大概从来没想到这一点,也是作者的成功处。

---

① 伏落草:伏笔落草为寇。
② 天足:天然之足。
③ 时装踩跷:即在长裙里踩跷,模仿小脚走路的样子。

"琉璃世界白雪红梅"一回①,黛玉换上羊皮小靴,湘云也穿鹿皮小靴。两次都是"小靴",仿佛是小脚。黛玉那年应当只有十二岁,湘云比她还小。这里涉及书中年龄问题,相当复杂。反正不是小孩的靴子就是写女靴的纤小。

黛玉初出场,批:"不写衣裙妆饰,正是宝玉眼中不屑之物,故不曾看见。"宝玉何尝不注意衣服,如第十九回谈袭人姨妹叹息,袭人说:"想是说她那里配穿红的。"可见常批评人不配穿。

作者更注意。百廿回抄本里,宝钗出场穿水绿色棉袄,他本②都作"蜜合色",似是后改的。但是通部书不提黛玉衣饰,只有那次赏雪,为了衬托那岫烟的寒酸,逐个交代每人的外衣。黛玉披着大红羽绉面、白狐里子的鹤氅,束着腰带,穿靴。鹤氅想必有披肩式袖子,如鹤之掩翅,否则斗篷无法系腰带。氅衣、腰带、靴子,都是古装也有的——就连在现代也很普遍。

唯一的另一次,第八回黛玉到薛姨妈家,"宝玉见她外面罩着大红羽缎对襟褂子,便问:'下雪了么?'"也是下雪,也是一色大红的外衣,没有镶滚,没有时间性,该不是偶然的。"世外仙姝寂寞林"应当有一种缥缈的感觉,不一定属于什么时代。

宝钗虽高雅,在这些人里数她受礼教的熏陶最深,世故也深,所以比较是他们那时代的人。

写湘云的衣服只限男装。

晴雯"天天打扮得像个西施的样子"(王善保家的语),但是只写她的亵衣③睡鞋。腘胧芳官那次,刚起身,只穿着内衣。临死与宝玉交换的也是一件"贴身穿的旧红绫袄"。唯一的一次穿上衣服去见王夫人,"并没有十分妆饰……钗嚲鬓松,衫垂带褪,有春睡捧心之遗风……"依旧含糊笼统。"衫垂带褪"似是古装,也跟黛玉一样,没有一定的时代。

宝玉祭晴雯,要"别开生面,另立排场,风流奇异,与世无涉,方不负我二人之为人"。晴雯是不甘心受环境拘束的,处处托大,不守女奴的本分,而是个典型的女孩子,可以是任何时代的。宝玉这样自矜"我二人之为人",在续书中竟说:"晴雯到底是个丫头,也没有什么大好处。"(第一零四回)

---

① 即第四十九回"琉璃世界白雪红梅 脂粉香娃割腥啖膻"。
② 他本:其他本子。
③ 亵衣:内衣。

黛玉抽签抽着芙蓉花,而晴雯封芙蓉花神,"芙蓉诔"又兼挽黛玉。怡红院的海棠死了,宝玉认为是晴雯死的预兆。海棠"红晕若施脂,轻弱似扶病"。缠足正是为了造成"扶病"的姿势。写晴雯缠足,已经隐隐约约,黛玉更娇弱,但是她不可能缠足,也不会写她缠足,缠足究竟还是有时间性。写黛玉,就连面貌也几乎纯是神情,唯一具体的是"薄面含嗔"的"薄面"二字。通身没有一点细节,只是一种姿态,一个声音。

俞平伯根据百廿回抄本校正别的"脂本",第七十九回有一句抄错为"好影妙事",原文是"如影纱事",纱窗后朦胧的人影与情事。作者这种地方深得浪漫主义文艺的诀窍。

所以我第一次读到后四十回黛玉穿着"水红绣花袄",头上插着"赤金扁簪"(第八十九回),非常刺目,那是一种石印的"程甲本",他本甲乙①都作"月白绣花小毛皮袄,加上银鼠坎肩",金簪同,"腰下系着杨妃色绣花棉裙,真如亭亭玉树临风立,冉冉香莲带露开"。

百廿回抄本本来没有这一段描写,是夹行添补的。俞平伯分析这抄本,所改与"程乙本"相同,后四十回的原底大概比"程高本"②早。哈佛大学的图书馆有影印本,我看了,后四十回中有十四回未加涂改,不是誊清就是照抄。如果是由"乙本"抄配,旧本只有三分之二,但是所有的重要场面与对白都在这里。

旧本虽简,并不是完全不写服装,只不提黛玉的,过生日也只说她"略换了几件新鲜衣服,打扮得如同嫦娥下界",倒符合原著精神。宝玉出家后的大红猩猩毡斗篷很受批评,还这样阔气。将旧本与"甲、乙本"一对,"猩猩毡"三字原来是"甲本"加的。旧本"船头微微雪影里面一个人光着头赤着脚,身上披着一领大红斗篷,向贾政倒身下拜",确是神来之笔,意境很美。袈裟本来都是鲜艳的橙黄或红色。气候寒冷的地方,也披简陋的斗篷。都怪"甲本"熟读《红楼梦》,记得"琉璃世界白雪红梅"一回中都是大红猩猩毡斗篷,忍不住手痒,加上这三个字。

四

后四十回旧本的特点之一,是强调书中所写是满人。第一百零六回抄家后,

---

① 他本甲乙:他种"程甲本"和"程乙本"。
② "程高本":"程甲本"和"程乙本"的总称。

贾政查账，"再查东省地租，近年交不及祖上一半"。第一百零七回贾母问贾政："咱们西府里的银库和东省地土，你知道还剩了多少？"

曹寅①《楝亭文钞·东皋草堂记》提及河北"予家受田"地点。周汝昌在《红楼梦新证》里说："八旗圈地，多在京东一带……《红楼梦》所写乌进孝，行一月零两日……步行或推车进京……动辄旬月，二则厚雪暖化，道路泥泞，三则……曹寅'荣府'……(与)宁府黑山村相去又'八百多里地'，当更在东……"贾蓉向乌进孝说"你们山坳海沿子的人"，曹寅的地也"去海不百里"。

曹頫②初上任时，奏明曹寅遗产，有田在通州、江南含山县、芜湖。参看后来抄家的报告，恐还不实尽。

旧本抄家后，同回又有："贾琏又将地亩暂卖千金，却为监中使费。贾琏如此一行，那些家奴见主势败，也趁此弄鬼，指名借用。……"

"甲本"这里加上一大段，内有"贾琏……只得暗暗差人下屯，将地亩暂卖了数千金，作为监中使费。贾琏如此一行，那些家奴见主家势败，也便趁此弄鬼，并将东庄租税，也就指名借用些。……"

"东庄"显指京东，不会远在东三省，却合第五十三回所写，距黑山村八百多里的荣府田庄，交粮可步行上京。宁府有八九个庄子，荣府八个，是两府主要收入。

原续书者既不理会第五十三回，曹家各地的产业他大概也不清楚，只说荣府的田地在东三省，想必是为了点明他们是满人，同时也是以意度之。皇室与八旗的田庄叫庄屯，东北的屯最多。

第三十九回贾母说刘姥姥是"乡屯里的人"，周汝昌发现"戚本"改"屯"为"村"，俗本也都作"村里人"，显然都不懂这名词。曹雪芹也只用了这一次，底下刘姥姥一直说"我们庄子""我们村庄上"。百廿回抄本与其他"脂本"不同，连唯一的一个"乡屯"都没有，作"乡里的人"，力求通俗，续书却屡用"屯"字。刘姥姥三进荣国府，口口声声"我们屯里"。第一百十九回贾琏见门前停着"几辆屯车"，是乡下来的。

第一百十二回贾母出殡后，贾政回家，"到书房席地坐下"。不知是否满俗，一般似只限在灵前席地坐卧。

---

① 曹寅，字子清，号荔轩，又号楝亭，清朝康熙时大臣，曹雪芹祖父。
② 曹頫[fǔ]，字昂友，号竹碉，曹寅子，曹雪芹父。

宝玉称巧姐为"妞妞",又说:"我瞧大妞妞这个小模样儿……""大妞妞"是否因为根据一个较早的"脂本"续书,巧姐是凤姐长女?(说见赵冈《红楼梦考证拾遗》第一三六页)巧姐、大姐儿姊妹俩后并为一人,故高鹗将后四十回大姐儿悉改巧姐,以致巧姐忽大忽小。

第八十回巧姐患惊风症,旧本也作巧姐,而且有无数"巧姐",绝非笔误。第一零一回夜啼,被李妈拧了一把,各本均作"大姐儿",是屡经校改的唯一漏网之鱼。抄本第一零一回不是旧本,但是旧本想必总也是"大姐儿",否则"程本"的"大姐儿"从何而来?被拧大哭,凤姐先发脾气,然后慨叹:"明儿我要是死了,撂下这小孽障,还不知怎么样呢!……你们知好歹,只疼我那孩子就是了。"只有一个孩子,而前文作大姐儿,是另有一个长女巧姐。一页之中,自相矛盾。

第八十回假定原是大姐儿患惊风,早期"脂本"流行不广,抄手过录时根据后期"脂本"代改为"巧姐"。第一零一回不是旧本,当然不是同一抄手;只有一个"大姐儿"字样,全抄本未代改,"程甲、程乙本"两次校阅,也没注意,仍作大姐儿。下文"撂下这小孽障"仅提次女,因为太小,更不放心,但是"你们知好歹,只疼我那孩子就是了",一定是"只疼我那两个孩子",被"程本"或原抄手删去"两个"二字。在同一段内忽而疏忽、忽而警觉,却很少可能性。一定是本来没有"两个"二字。

第一百十三回是旧本,凤姐叫巧姐儿见过刘姥姥,说:"你的名字还是他起的呢。"大姐儿由刘姥姥改名巧姐——续书并不是根据早期"脂本",写凤姐有两个女儿。"大妞妞"不过是较客气的称呼,如"史大妹妹",并没有"史二妹妹"。

续书写巧姐暴长暴缩,无可推诿。不过,原著将凤姐两个女儿并为一个,巧姐的年龄本有矛盾,长得太慢,续书人也就因循下去,将她仍旧当作婴儿,有时候也仍旧沿用大姐儿名字。后来需要应预言被卖,一算她的年纪也有十岁上下了(我这是照周汝昌的年表,八十回后照大某山民回末批语)。第一百十八回相亲,也还加上句解释:"那巧姐到底是个小孩子。"

外藩①买妾,两个宫人相看巧姐,"浑身上下一看,更又起身来,拉着巧姐的手又瞧了一遍,略坐了坐就走了"。只看手,不看脚,因为巧姐没裹脚。前八十回贾母看尤二姐的脚,是因为她是小脚。

写二尤小脚的两节,至"程甲本"已删,当是后四十回旧本作者删的,因为原

_____

① 外藩:蒙古王爷。

续书者注重满人这一点,认为他们来往的圈子里不会有小脚。第七十回晴雯的红睡鞋也删了。百廿回抄本前部是"脂本",所以无法断定后四十回初出现时,有关小脚的三句已删。

为什么不能是"程甲本"删的呢?因为"甲本"不主张强调书中人是满人。"妞妞""甲本"改"姐姐",疑是"姐儿"误。本来书中明言金陵人氏,一般读者的印象中也并不是写满人。自然是汉人的故事较有普及性,"甲本"改得很合理,也合原书意旨。下文"大妞妞"改"大姐姐",应作"大姐儿"。"甲本"道学气特浓,"巧姐"是闺名,"堂叔"也不能乱叫。第一百十八回贾政信上称探春为"探姐",也就是探姐儿。那是自己父亲,没给改掉。宝玉仍称巧姐为"大姐儿",因为家中小辈女孩子通称"大姐",如西门庆称女儿为"大姐",或"我家大姐",以别于人家的"大姐"。

当然,"妞妞"改"姐姐",可能仅是字形相像,手民①排错了,不能引为"甲本"汉化的证据。第一零一回凤姐也说"妞妞","甲本"也没有改。但是参看宝玉结婚,第九十六回已经说"照南边规矩,拜了堂一样坐床、撒帐……"第九十六回凤姐又说:"虽然有服,外头不用鼓乐,咱们南边规矩要拜堂的,冷清清的使不得。我传了家内学过音乐、管过戏子的那些女人来吹打,热闹些。"以上三个本子相同。旧本写"送入洞房,还有坐帐等事,但是②按本府旧例,不必细说"。这是因为避免重复。"甲本"却改为"还有坐床撒帐等事,俱是按金陵旧例",又点一句原籍南京,表示不是满人。

乾隆壬子木活字本——"乙本"的原刻本——这两句也相同。现在通行的"乙本",却又改回来,作"坐帐等事,俱是按本府旧例……"前面凤姐的话,也改为"咱们家的规矩,要拜堂的",可发一笑。谁家不拜堂呢?

这时需要加解释,壬子木活字本,是胡天猎藏书,民国三十七年携来台湾,由胡适先生鉴定为"程乙本",影印百部。胡适先生序上说:"民国十六年,上海亚东图书馆用我的一部'程乙本'做底本,出了一部《红楼梦》的重排印本……可是……'程乙本'的原排本,现在差不多已成了世间的孤本,事实上我们已不可能见到。……胡天猎先生……居然有这一部原用木活字排印的'程乙本'《红楼梦》!"

---

① 手民:刻版、排字工。
② 但是:只是。

壬子木活字本，我看了影印本，与今"乙本"——即胡适先生藏本——不尽相同。即如今"乙本"汪原放序中举出的，"甲、乙本"不同的十个单句，第十句木活字本未改，同"甲本"；大段改的，前八十回七个例子，第二项未改，同"甲本"，其余都改了，同今"乙本"；后四十回的三个例子则都未改，同"甲本"。

余如第九十五回"金玉的旧话"，第九十八回"金玉姻缘"，木活字本都作"金石"；今"乙本"作"金玉"；光绪年间的"甲本"（"金玉缘"）则改了一半，第九十五回作"金玉"，第九十八回作"金石"。——"金玉姻缘""木石姻缘"是"梦兆绛芸轩"一回宝玉梦中喊骂的。此处用"金石"二字原不妥，所以后来的本子改去。

此外尚有异文，详下。我也是完全无意中发现的。胡适先生晚年当然不会又去把《红楼梦》从头至尾看一遍，只去找"乙本"的特征，如序中所说。

萃文书屋印的这部壬子木活字本，不仅是原刻本，在内容上也是高鹗重订的唯一真"乙本"。现在流行的"乙本"简称"今乙本"，其实年份也早，大概距"乙本"不远，说见下。

五

这几个本子对满汉问题的态度，在史湘云结婚的时候表现得最清楚，旧本贾母仅云："你们姑娘出阁，我原想过来吃杯喜酒。""甲本"在这两句之间加上一大段对白，问知姑爷家境才貌性情，"贾母听了喜欢道：'咱们都是南边人，虽则这里住久了，那些大规矩，还是从南边礼儿，所以新姑爷我们都没见过。……'""乙本"同。

"今乙本"作："贾母听了欢喜道：'这么着才好，这是你们姑娘的造化。只是咱们家的规矩还是南方礼儿，所以新姑爷我们都没见过。……'"

旧本根本没提南方。"甲本"提醒读者，贾、史两家都是原籍南方，仍照南方礼节。"乙本"因之，"今乙本"删去原籍南方，只说贾家仍照南方礼节，冲淡南人气息。

"甲、乙本"态度一致，强调汉化，但是"妞妞"改"姐儿"，到了"乙本"，高鹗又给改回来，仍作"妞妞"。如果"甲、乙本"不是一个人修改的，那就是因为"姐儿"讹作"姐姐"，宝玉决没有称巧姐为"姐姐"之理。"大姐姐"更成了元春了。但也许仅因"妞妞"新妍可喜。"乙本"不大管前后一致，例如王珮璋举出的第十九回与茗烟谈卍①儿，"乙本"添出一句"等我明儿说了给你做媳妇好不好"？违反个性，只图轻松一下。宝玉最怕女孩子出嫁，就连说笑话也决不会做媒。

到了"今乙本"，南边人，原籍金陵都不提了，显然是又要满化了。为什么？

杨继振在道光年间收藏乾隆百廿回抄本，在第七十二回题字："第七十二回末页墨迹沁漫②，向明覆看③，有满文某字影迹，用水擦洗，痕渍宛在。以是知此抄本出自色目人④手，非南人所能伪托。"《红楼梦》盛行后，传说很多，都认为是满族豪门秘辛。满人气息越浓，越显得真实、艳异。所以又有满化的趋向。

如果相信高鹗续书说，后四十回旧本是他多年前写的，"甲、乙本"由他整理修订，三个本子代表一个人的三个时期，观点兴趣可能不同。

高鹗是汉军旗人⑤。他有一首《菩萨蛮》，"梅花刻底鞋"句是写小脚的鞋底，可见他的美感绝对汉化。即使初续书的时候主张强调满人角度，似乎不会那样彻底，把书中小脚痕迹一并删去。其实满人家庭里也可以有缠足的婢妾。原续书者大概有种族的优越感，希望保持血液的纯洁。

第二十四回写鸳鸯服装，"脖子上带着扎花领子"。"甲本"未改，同"脂本"。满人男装另戴上个硬领圈。晚清还有汉人在马褂上戴个领圈，略如牧师衣领。清初想必女装也有。"甲本"主汉化，而未改去，想未注意。

"乙本"改为"脖子上围着紫绸绢子"，又添上两句："下面露着玉色绸袜，大红绣鞋。"既然改掉旗装衣领，当然是小脚无疑。只提袄儿背心，但是下面一定穿裙。站在那里不动，小脚至多露着鞋尖，决看不见袜子。所以原著写袜子，只限宝玉的。其实不止他一个人大脚，只是不写女子天足。高鹗当然不会顾到这许多。

问题是：如果高氏即续书者，为什么删去二尤与晴雯的小脚，却又添写鸳鸯的小脚？唯一的答案似是：高鹗没有看见二尤与晴雯的小脚，在他接收前已删。他是有金莲癖⑥的人，看通部书写女子都没提这一项，未免寂寞，略微点缀一下。

---

① 卍[wàn]：(佛教符号)佛陀三十二种大人相之一，位于佛的胸前。
② 沁漫：模糊。
③ 向明覆看：对着亮处反复看。
④ 色目人：古时对中西亚蛮族的统称。
⑤ 汉军旗人：满族中的一特殊群体，主要包括原住辽东的汉人、汉化的女真人，和明朝降金的汉人等。
⑥ 金莲癖：酷爱女子小脚之癖。

六

后四十回贾母身边又出了个丫头叫珍珠——袭人原名,旧本已有珍珠。贾母故后,鹦哥——紫鹃原名——守灵,旧本缺那一回,所以无法知道旧本有没有鹦哥。"甲本"仍作珍珠、鹦哥。"乙本"将袭人原名改为蕊珠。

"甲本"既未发现珍珠有两个,自然不会效尤,也去再添个鹦哥。"乙本"既将第一个珍珠改名蕊珠,当然不会又添出个鹦哥。鹦哥未改,是因为重订"乙本"时没注意。所以第二个鹦哥也是原续书已有。

近人推测续书者知道实际生活中的贾母确有珍珠、鹦哥两个丫头,情不自禁的写了进去。那他为什么不给前八十回的珍珠、鹦哥换个名字?显然是没看仔细,只仿佛记得鸳鸯、琥珀外还有这么两个丫头。他马虎的例子多了,如凤姐不称王夫人为"太太",薛姨妈为"姨妈"——跟着贾琏叫——而两位都称"姑妈",又不分"大姑妈""二姑妈";贾兰称李婶娘——李纨之婶——为"我老娘"——外婆;"史大妹妹""史大姑娘""云丫头"作"史妹妹""史姑娘""史丫头"——"程高本"未代改,但是第八十二回添补的部分有"云丫头";第九十六回贾政愁宝玉死了,自己"年老无嗣,虽说有孙子,到底隔了一层",忘了有贾环;第九十二回宝玉说十一月初一,"年年老太太那里必是个老规矩,要办消寒会……"何尝有过?根本没这名词。

续书者《红楼梦》不熟,却似乎熟悉曹雪芹家里的历史。吴世昌与赵冈[①]的著作里分别指出,写元妃用"王家制度"字样,显指王妃而非皇妃;元妃卒年又似纪实,又知道秦氏自缢,元宵节前抄家。

赵冈指出,书中抄家在元宵节前。第一回和尚向英莲念的诗:"好防佳节元宵后,便是烟消火灭时。"当然不仅指英莲被拐。甄士隐是"真事隐去",暗指曹家的遭遇。"元宵后"句下,"甲戌本"有批:"前后一样,不直云前而云后,是讳知者。""烟消火灭"句下批:"伏后文。"

曹雪芹父曹𫖫十二月罢官,第二年接着就抄家,必在元宵前。续书者不见得看到"甲戌本"脂批,而:

---

① 吴世昌、赵冈:均为现代红学家。

在第一百零六回,贾府抄家的第二天,史侯家派了两个女人问候道:"我们家的老爷、太太、姑娘打发我来说……我们姑娘本要自己来的,因不多几日就要出阁,所以不能来了。"……贾母……说:"……月里头出阁,我原想过来吃杯喜酒……""……等回了九少不得同着姑爷过来请老太太的安……"到了第一零八回写湘云出嫁回门,来贾母这边……"宝姐姐不是后日的生日吗?我多住一天给他拜个寿……"——宝钗的生日是正月廿一日。由此向上推,抄家的时间不正是在元宵节前几天吗?

旧本没有"月里头出阁",只作"你们姑娘出阁"。假定抄家在元宵节前,"月里头出阁"是正月底,婚后九天回门,已经是二月,正月二十一早已过了。既然不是"月里头出阁",就还有可能。

抄家那天,贾母惊吓气逆,病危。随写"贾母因近日身子好些",拿出些体己财物给凤姐,又接尤氏婆媳过来,分派照料邢夫人尤氏等。"一日傍晚",在院内焚香祷告。距抄家总已经有好几天了。至少三四天。算它三天。

焚香后,同日史侯家遣人来,说湘云"不多几日就要出阁"。最低限度,算它还有三天。三天后结婚,婚后九天回门,再加两天是宝钗生日,正月廿一。合计抄家距正月廿一至少十七天,是年初四,算元宵节前似太早。如果中间隔的日子稍微多算两天,抄家就是上年年底的事。

宝钗过生日那天,宝玉逃席,由袭人陪着到大观园去凭吊。看园子的婆子说:"预备老太太要用园里的果子,才开着门等着。"正月里不会有果子。写园内:"只见满目凄凉,那些花木枯萎,更有几处亭馆,彩色久经剥落,远远望见一丛翠竹,倒还茂盛。宝玉一想,说:'我自病时出园,住在后边,一连几个月,不准我到这里,瞬息荒凉,你看独有那几杆翠竹青葱……'"荒凉显是因为无人照管,不是隆冬风景。续书者不见得知道宝钗生日在正月。那就不是暗示抄家在元宵节前。

元妃亡年四十三岁,我记得最初读到的时候非常感到突兀。一般读者看元妃省亲,总以为是个年轻的美人,因为刚册立为妃。元春、宝玉姊弟相差的年龄,第二回与第十八回矛盾。光看第十八回,元春进宫时宝玉三四岁。康熙、雍正选秀女都是十三岁以上,假定十三岁入宫,比宝玉大九岁。省亲那年,他十三岁,她二十二岁,册立为妃正差不多。

写她四十三岁死,已经有人指出她三十八岁才立为妃。册立后"圣眷隆重,身体发福",中风而死,是续书一贯的"杀风景",却是任何续《红楼梦》的人再也编造不出来的,确是像知道曹家这位福晋①的岁数。他是否太熟悉曹家的事,写到这里就像冲口而出,照实写下四十三岁?

第一百十四回写甄宝玉"比这里的哥儿略小一岁"。前八十回内,甄家四个女仆说甄宝玉"今年十三岁"(第五十五回)。那时候刚过年,上年叔嫂逢五鬼,和尚持玉在手,曾说:"青埂峰下别来十三载矣。"不难推出贾宝玉今年十四岁,所以比甄宝玉大一岁。但是晚清以来诸评家大都把宝玉的年龄估计得太大,这位潦草的续书者倒居然算得这样清楚。

自"青埂峰下"一语后,不再提宝玉的岁数,而第四十五回黛玉已经十五岁,反而比他大,分明矛盾,所以续作者也始终不提岁数,是他的聪明处。只在第九十回贾母说:"林丫头年纪到底比宝玉小两岁。"那是他没细看原著,漏掉了第三回戴玉的一句话——"这位哥哥比我大一岁",所以根据第二回黛玉六岁,宝玉"七八岁",多算了一岁。

宝玉出家后遥拜贾政,旋即失踪,"甲本"添出贾政向家人们发了段议论,大意是衔玉而生本来不是凡人,"哄了老太太十九年"。这句名句,旧本没有,没提几岁出家。

在年龄方面,原续书相当留神,元妃的岁数大概是他存心要露一手,也就跟他处处强调满人气氛一样,表示他熟悉书中背景。鸳鸯自缢一场,补出秦氏当初也是上吊死的。直到发现"甲戌本"脂批,云删去"秦可卿淫丧天香楼"一节,大家只晓碍死得蹊跷,独有续作者知道是自缢。当然,他如果知道曹家出过王妃,王妃享年若干,就可以知道他们的家丑。但是我们先把每件事单独看,免得下结论过早。

十二钗册子上画着高楼上一美人悬梁自缢,题诗指宁府罪恶。曲文《好事终》说得更明,首句"画梁春尽落香尘"又点悬梁。再三重复"情"字,而我们知道秦钟是"情种",书中"情""秦"谐音。

护花主人②评"词是秦氏,画是鸳鸯,此幅不解其命意之所在"。这许多年

---

① 福晋,满语音译,意为夫人,满清皇室宗亲女子的封号。
② 护花主人,即王希廉,字雪香,号洞庭护花主人,清代文人,与张新之、姚燮合称"清代《红楼梦》三大点评家",重要著作有《新评绣像〈红楼梦全传〉》等。

来,直到顾颉刚、俞平伯①才研究出来秦氏是自缢死的。续作者除非知道当时事实,怎么猜得出来?但是他看《红楼梦》的时候,还没有鸳鸯自缢一事。一看"词是秦氏",画是自缢,不难推出秦氏自缢。

他写秦氏向鸳鸯解释,她是警幻之妹,主管痴情司,降世是为了"引这些痴情怨女早早归入情司,所以我该悬梁自尽的"。下凡只为上吊,做了吊死鬼,好引诱别人上吊,实在是奇谈。这样牵强,似乎续作者确是曹氏亲族,既要炫示他知道内幕,又要代为遮盖。

秦氏又对鸳鸯说:"你我这个情,正是未发之情……若待发泄出来,这个情就不为真情了。"太平闲人②批:"说得鸳鸯心头事隐隐跃跃,将鸳鸯一生透底揭明,殊耐人咀嚼,不然可卿之性情行事大反于鸳鸯,何竟冒昧以你我二字联络之耶?"是说鸳鸯私恋宝玉,也是假道学。续作者却不是这样的佛洛依德③派心理分析家。

光绪年间的《金玉缘》④写秦氏在警幻宫中"原是个钟情的首座,管的是风清月白"。"甲本"原刻本想必也是这样,后四十回旧本缺鸳鸯殉主一回,同"乙本",作"管的是风清月债"。看来旧本一定也是"风清月债","甲本"特别道学,觉得不妥,改为"风清月白",表示她管的风月是清白的。"风清月白"四字用在这里不大通,所以"乙本"又照着旧本改回来,这种例子很多。

秦氏骂别人误解"情"字,"做出伤风败化之事",也就是间接的否认"扒灰"⑤的事。卫道的"甲本"仍嫌不够清楚,要她自己声明只管清白的风月。第九十二回冯紫英与贾赦贾政谈,说贾珍告诉他说续娶的媳妇远不及秦氏。秦氏死后多年,贾珍还对人夸奖她,可见并不心虚,"扒灰"并无其事。赵冈赞美这一段补述贾蓉后妻姓氏,"其技巧不逊于雪芹。我们现在不知道雪芹在他原著后三十回是否就是如此写的。如果这不是出于雪芹自己笔下,则这位续书人也算是十分细心了"。

第五十八回回首,老太妃薨,"贾母、邢、王、尤、许媳妇祖孙等,皆每日入朝随

---

① 顾颉刚、俞平伯:均为现代学者。
② 太平闲人,即张新之,号太平闲人、妙复轩,清代文人,与王希廉、姚燮合称"清代《红楼梦》三大点评家",重要著作有《妙复轩评〈石头记〉》等。
③ 佛洛依德:通译"弗洛伊德",19世纪末、20世纪初奥地利精神病学家,"精神分析学"创始人。
④ 《金玉缘》:《红楼梦》别称。
⑤ 扒灰:翁媳通奸隐语(扒灰,污膝,谐音"污媳"),有说秦可卿与其公公贾珍(贾蓉父)通奸。

祭"。尤氏底下的许氏想是贾蓉妻。想必因为许氏在书中不够重要,毫无事故①,谁也不会记得她是谁,所以他处仍旧称为"贾蓉之妻"。至"甲本","邢、王、尤、许"四字已删。是谁删的?

续作者将原书看得很马虎——太虚幻境的预言除外,当然要续书不能不下番功夫研究书中预言——总是一不留神,没看见许字,所以后面补叙是胡氏,既没看见,那就是"甲本"删的。但是看"乙本"程、高序,对后四十回缺少信心,遇有细微的前后矛盾,决不会改前八十回迁就后四十回。而且没有删去这四个字的必要,只要把"许"字改"胡"字,或是后文"胡"字改"许"字就是——一共只提过这两次。

如果不是"甲本"删的,那就还是续书人删的,因为他要写冯紫英与贾政这段对白。冯紫英转述贾珍的话,既然作者不是为了补叙贾蓉续弦妻姓氏,那么是什么目的?无非是表白贾珍以前确是赏识秦氏贤能,所以对这儿媳特别宠爱,并无别情。

旧本第一百十六回重游太虚幻境,宝玉远远看见凤姐,近看原来是秦氏,"宝玉只得立住脚,要问凤姐在哪里"。哪像是为秦氏吐过血的?从以上两节看来,旧本的鸳鸯之死,想与"程乙本"相同,都是一贯的代秦氏辟谣。

百廿回抄本宝蟾送酒一回是旧本,"候芳魂五儿承错爱"一回不是。但是第一百十六回是旧本,回末写柳五儿抱怨宝玉冷淡。"承错爱"一定也是原有的。宝蟾送酒、五儿承错爱,这两段公认为写得较好的文字,都出于原续书者之手。所以前八十回删去柳五儿之死,又加上探晴雯遇五儿母女,也是他的手笔。祭晴雯"我二人"一节,一定也是他删的,照顾后文对晴雯的贬词。

尤三姐改为完人,也是他改的,因为重游太虚幻境遇尤三姐,如照"脂本"与贾珍有染,怎么有资格入太虚幻境?此外二尤的故事中,还有一句传神之笔被删,想必也是他干的事。珍、蓉父子回家奔丧,听见二位姨娘来了,贾蓉"便向贾珍一笑",改为"喜的笑容满面"。乍看似乎改得没有道理,下一回既然明言父子聚麀②,相视一笑又何妨?

第六十四回写贾琏:"每日与二姐、三姐相认已熟,不禁动了垂涎之意,况知

---

① 事故:事情。
② 父子聚麀[yōu]:父子合用一女,语出《礼记·曲礼上》:"夫唯禽兽无礼,故父子聚麀。"(聚:共。麀:母鹿,代指女人)

与贾珍、贾蓉等素有聚麀之诮,因而乘机百般撩拨……"曰"贾珍、贾蓉等",还不止父子二人,此外就我们所知,可能包括贾蔷。第九回写贾蔷"从小儿跟着贾珍过活,如今长了十六岁,比贾蓉还风流俊俏,他兄弟二人最相亲厚,常相共处。宁府中人多口杂,那些不得志的奴仆们专能造言诽谤主人,因此不知又有了什么小人诟谇谣诼之词,贾珍向亦风闻得些,口声不大好,自己也要避些嫌疑,如今竟分与房舍,命贾蓉搬出宁府,自去立门户过活去了"。本已谣传父子同与贾蔷同性恋爱。至于二尤,贾珍固然不会愿意分润,但如遇到抵抗,不是不可能让年轻貌美的子侄去做敲门砖。

但是"素有聚麀之诮",贾琏不过是听见人家这么说。而且二尤并提,续书者既已将尤三姐改为贞女,尤二姐方面也可能是谣言。即在原书中,尤三姐也是尤二姐嫁后才失身贾珍。那么尤二婚前的秽闻,只涉尤二,尤三是被姐姐的名声带累的。

同回又云:"贾蓉……素日同他两个姨娘有情,只因贾珍在内,不能畅意,如今若是贾琏娶了,少不得在外居住,趁贾琏不在时,好去鬼混……"又是二尤并提。是否贾蓉与尤二也未上手?

回末又云:"二姐又是水性的人,在先已和姐夫不妥①,况是姐夫将他聘嫁,有何不肯?"这是从尤二姐本身的观点叙述。只说与贾珍有关系。作者常从不同的角度写得闪闪烁烁。但是续书人本着通俗小说家的观点,觉得尤二姐至多失身于贾珍,再有别人,以后的遭遇就太不使人同情了。好在尤三姐经他改造后,尤二姐的嫌疑减轻,只消改掉贾蓉向父亲一笑的一句,就不坐实聚麀了。

其实"一笑"也许还是无碍。不是看了下一回"聚麀之诮","向贾珍一笑"只是知道父亲的情妇来了。但是揆情度理,以前极写贾蓉之怕贾珍,这回事如果不是他也有一手,恐怕不敢对父亲笑。续书人想必就是这样想。

他处置二尤,不过是一般通俗小说的态度,但是与秦氏合看,显然也是代为掩饰,开脱宁府乱伦、聚麀两项最大的罪名。最奇怪的是抄家一回写焦大,跑到荣府嚷闹。贾政查问,

> 焦大见问,便号天蹅地的哭道:"我天天劝这些不长进的东西(二字"程高本"删),爷们倒拿我当作冤家。爷还不知道焦大跟着太爷受的苦吗?今儿弄

---

① 姐夫:即贾珍,其妻尤氏乃尤二姐之姊。不妥:有不当行为。

到这个田地，珍大爷、蓉哥儿都叫什么王爷拿了去了，里头女主儿们都被什么府里衙役抢得披头散发，圈在一处空房里，那些不成材料的狗男女都像猪狗似的拦起来了，所有的都抄出来搁着，木器钉的破烂，磁器打得粉碎……"

"程高本"删去"东西"二字，成为"我天天劝这些不长进的爷们，倒拿我当冤家"。原文"东西"指谁？程、高想必以为指"爷们"，认为太失体统，固删。——以前焦大醉骂"畜牲"倒未删，也可见程、高较尊重前八十回。——但是下文述珍蓉被捕，女主人们被抢劫，圈禁空屋内，剩下的"那些不成材的狗男女"又是谁？

倘指贾珍姬妾，贾蓉曾说贾琏私通贾赦姬妾，但是贾赦将秋桐赏赐贾琏时，补写"素昔见贾赦姬妾丫环最多，贾琏每怀不轨之心，只未敢下手"，证明贾蓉的话不过是传闻。关于贾珍的流言虽多，倒没有说他戴绿帽子的。而且焦大"天天劝这些不长进的东西"，也绝对不能是内眷。

唯一的可能是指前文所引："那些不得志的奴仆们，专能造言诽谤主人"，诬蔑贾珍私通儿媳、诱奸小姨、聚麀、父子同以堂侄为娈童，这些造谣言的"狗男女都像猪狗似的拦起来了"。抄家时奴仆是财产的一部分，像牲口一样圈起来，准备充公发卖，或是皇上家赏人。

这里续书完全歪曲作者原意。焦大醉骂，明言"连贾珍都说出来，乱嚷乱叫，说'我要到祠堂里哭太爷去，那里承望到如今生下这些畜牲来，……爬灰①的爬灰……'"如果说焦大当时是酒后误信人言，他自己也是"不得志的奴仆……诽谤主人"。他是他家老人，被派低三下四的差使，正是郁郁不得志。但是无论谁看了醉骂那一场，也会将焦大视为正面人物。续作者只好强词夺理，扭转这局面，倒过来叫他骂造谣生事的仆人。

续书人这样出力袒护贾珍，简直使人疑心他是贾珍那边的亲戚，或是门客幕友。但是近亲、门客、幕友应当熟悉他们家的事。第一百十六回贾政叫贾琏设法挪借几千两，运贾母灵柩回南。"贾琏道：'借是借不出来，住房是官盖的，不能动，只好拿外头几所的房契去押去。'"——"甲本"改由贾政插入一句："住的房子是官盖的，那里动得？"对白较活泼。

荣宁两府未云是赐第②。"官盖的"似指官署。倘指曹頫的织造署，抄家前

---

① 爬灰：同"扒灰"。
② 赐第：赏赐的宅第。

先免官,继任到后主持抄家,曹家自己迁出官署。当时"恩谕少①留房屋,以资养赡。今其家属不久回京……应将在京房屋、人口酌量拨给"。曹寅的产业,在北京有"住房二所",外城一所。抄家后发还的北京的房子也不是"官盖的"。续书人大概根本模糊,不过要点明籍家②是在曹頫任上。写抄家完全虚构,也许不尽由于顾忌,而是知道得实在有限。即使不是亲戚或门客,仅是远房本家,对他们曹家最发达的一支也不至于这样隔膜。合计续书中透露的事实有:(一)书中所写系满人;(二)元春影射某王妃;(三)王妃寿数;(四)秦氏是自缢死的;(五)任上抄家。秦氏自缢可以从太虚幻境预言上看出来。满人可从某些仪节上测知。续书人对满化这样执着,大概是满人,这种地方一定注意的。第六十三回"我们家已有了个王妃"句,泄漏元妃是个王妃,但是续书人如果知道第三项,当然知道第一、第二项。

八十回抄本脍炙人口这些年,曹家亲友间一定不断提起,外人很可能间接听到作者自己抄家的事。他家最煊赫的一员是一位姑奶奶,讷尔苏③的福晋。续书人是满人,他们皇族金枝玉叶的多罗郡王,他当然不会不知道,问题是:如果他与曹家并不沾亲带故,代为掩饰宁府秽行,可能有些什么动机?

后四十回特点之一,是实写教书场面之多,贾代儒给宝玉讲书、贾政教做八股、宝玉又给巧姐讲《列女传》、黛玉又给宝玉讲解琴理。看来这位续书人也教读为生,与多数落第秀才一样,包括中举前的高鹗。

抄家轻描淡写,除了因为政治关系,还有一个重要原因:写贾家暴落,没有原著可模仿。而写抄家后荣府照样有财有势,他口气学得有三分像。贾珍的行为如果传闻属实,似乎邪恶得太离谱。这位学究有点像上海话所谓"弄不落"。如果从轻发落,不予追究,成了诲淫。如予严惩,又与他的抄家计划不合。

原著既然说过"不得志的奴仆们专能造言诽谤主人"的话,续书人是没什么幽默感的,虽然未必相信,也就老实不客气接受了。本来对贾家这批管家也非常反感——如第一百十二回平白添一笔,暗示周瑞家的私通干儿子——他是戏文说书的观点,仆人只分忠仆、刁仆。焦大经他纠正后,还不甚满意,又捏造一个忠仆包勇,像包公一样被呼为"黑炭头",飞檐走壁,是个"憨侠",有点使人想起《儿

---

① 恩谕:皇恩谕告。少:通"稍"。
② 籍家:抄家。
③ 讷尔苏:爱新觉罗·讷尔苏,清宗室,礼亲王代善后裔,康熙四十年袭多罗平郡王。

女英雄传》①,时期也相仿,不过他没有文康那份写作天才。后四十回只顾得个收拾残局,力求不扩大事件,所以替祸首贾珍设法弥缝。就连这样,这一二百年来还是有许多人说这部书是骂满人的,满人也这么说。续书者既然强调书中人物是满人,怎么能不代为洗刷?——还是出于种族观念。

七

凤姐求签得"衣锦还乡"诗。宝钗背后说"这衣锦还乡四字里头还有原故"。俞平伯指出,凤姐仅是临死胡言乱语,说要到金陵去,宝钗的话没有着落。

"衣锦还乡"四字,就是从十二钗册子上凤姐"哭向金陵事更哀"一句脱化出来的。"哭向金陵",本来也有人释为归葬。"衣锦"也就是寿衣。续书本来惯杀风景。

但是第一百十六回贾政谈运柩回南,向贾琏说:"我想好几口材都要带回去,我一个人怎么能够照应?想着把蓉哥儿带了去,况且有他媳妇的棺材也在里头,还有你林妹妹的,那是老太太的遗言,说跟着老太太一块儿回去的。""好几口材",此外还有赵姨娘,贾政口中当然不提。怎么不提"你媳妇",第一百十四回刚死了的凤姐?续书人也不至于这样健忘。

也许凤姐之死里面还有文章。第一百十六回是旧本,第一百十四回不是。或者旧本缺凤姐之死,到"甲本"已予补写,安在第一百十四回。

太虚幻境曲文预言妙玉"风尘肮脏违心愿,好一似无瑕白玉遭泥陷"。落风尘向指为娼,妙玉被强盗抢去,在第一百十二回,不是旧本,但是整个的看来,这件事大概与旧本无甚出入。被劫应卖入妓院,方应预言,但是只说贼众"分头奔南海而去,不知妙玉被劫,或是甘受污辱。还是不屈而死,不知下落,也难妄拟"。于含蓄中微带讽刺。因为刚写妙玉怀春"走火"。

第一百十七回是旧本,写贾环、贾蔷、邢大舅等聚饮,谈起海疆贼寇被捕新闻。既然预备不了了之,为什么又提?因为写盗贼横行,犯了案投奔海盗,逍遥法外,又犯忌,必须写群盗落网。正说到"'解到法司衙门审问去了。'邢大舅道'咱们别管这些,快吃饭罢,今夜做个大输赢'"打断。下一回有大段缺文,想必就是在这里重提这案件。劫妙玉的贼应当正法,妙玉本人却应当"不知下落"才对。

---

① 《儿女英雄传》:[清]文康撰白话小说。

至"甲本"业经另人补写——百廿回抄本上是另纸缮写附粘——改为即席发落。"解到法司衙门"句下加上一段歌功颂德:"如今……朝里那些老爷们都是能文能武,出力报效,所到之处,早就消灭了。"至于妙玉:"恍惚有人说是有个内地里的人,城里犯了事,抢了一个女人下海去了。那女人不依,被那贼寇杀了。"这大概是卫道的"甲本"的手笔,一定要妙玉不屈而死才放心,宁可不符堕落的预言。

续书人把秦氏与二尤都改了,只剩下一个袭人,成了"甲本"唯一的攻击目标。"脂本"第六回宝玉"遂强袭人同领警幻所训云雨之事",至"甲本"已改为"遂与袭人同领警幻所训之事",入袭人于罪。"全抄本"前八十回是照"程本"改"脂本",所以我们无法知道原续书者是否已经改"强"为"与"。但是因为"甲本"对袭人始终异常注目,几乎可以断定是"甲本"改的。

"乙本"大概觉得"强"比"与"较有刺激性,又改回来,加上个"拉"字,"强拉"比较轻松,也反映对方是半推半就。又怕人不懂,另加上两句"扭捏了半日"等等。一定嫌"甲本"的"诛心之笔"太晦。

第一百十八回"甲本"加上一段,写宝钗想管束宝玉,袭人乘机排挤柳五儿、麝月、秋纹。此后陆续增加袭人对白、思想、回忆,又添了个梦,导向最后琵琶别抱。嫁时更予刻划。

旧本虽也讽刺袭人嫁蒋玉菡,写得简短。他的简略也是藏拙,但是因为过简,"甲本"添改大都在后四十回。有一两段还好,如黛玉嗓子里甜腥,才疑心是吐血。其余都是叠床架屋,反高潮。第一百十九回喜事重重,都是他添的,薛蟠、贾珍获赦,贾珍仍袭职。贾政第一零七回已袭贾赦职,隔了十二回后下旨,又着仍由贾政袭。旧本虽有"兰桂齐芳"的话,是将来的事,中兴没这么快,形同儿戏。

看百廿回抄本,如果略去涂改与粘签①,单看旧四十回原底,耳目一清,悲剧收场的框子较明显。别钗赶考②,辞父遥拜,这两场还有点催泪作用,至少比一切其他的《续红楼梦》高明。科第思想,那是那时候的人大都有的。至于特别迷信,笔下妖魔鬼怪层出不穷,占掉许多篇幅,已有人指出。尤其可笑的,宝玉、宝钗的八字没有合婚,因为后四十回算命、测字、卜卦、扶乩无一不灵验如神,一合婚势必打散婚事。

---

① 粘签:粘贴。
② 别钗赶考:贾宝玉婚后辞别宝钗,进京赶考。

写宝、黛的场面不像,那倒也不能怪他。无如大多数的时候写什么不像什么,满不是那么回事。如第一百十八回王夫人谈巧姐说给外藩作妾:"……别说自己的侄孙女,就是亲戚家的也是要好才好。邢姑娘我们做媒的,配了你二大舅子,如今和和顺顺的过日子不好么?那琴姑娘梅家娶了去,听见说丰衣足食的,很好;就是史姑娘……"梅翰林家并没出事,薛宝琴嫁过去自然衣食无忧。王夫人抄家没抄到她头上,贾政现是工部员外郎、荣国公,一切照常,虽然入不敷出,并没过一天苦日子,何至于像穷怕了似的,开口就是衣食问题?

晚清诸评家都捧后四十回,只有大某山民[1]说"卖巧姐一节,似出情理之外……"是因为续书人只顾盲从太虚幻境预言,不顾环境不同,不像原著八十回后惨到那么个地步。

八

赵冈指出后四十回有两处不接笋[2],如果是高鹗写的,怎么会看不懂自己的作品,不予改正?旧本也已经是这样,不过较简。第八十八回贾珍代理荣府事,应是第九十五回元妃死后的事,至第一零六回始加解释:花名册上没有鲍二,众人回贾政:"他是珍大爷替理家事,带过来的。""甲本"加上两句:"自从老爷衙门里有事,老太太们爷们往陵上去,珍大爷替理家事,带过来的。"这里漏掉两个"太"字,应作"老太太、太太们、爷们"。再不然,就是太熟读《红楼梦》,记得第五十三回除夕有"众老祖母""贾母一辈的两三位妯娌"出现,故云"老太太们"。但是不会略去二位太太,还是"老太太、太太们"对。"甲、乙本"同。"今乙本"改正为"老太太、太太们和爷们"。抄本改文同"今乙本",但缺一"们"字,作"老太太、太太和爷们"。

其实元妃丧事不仅是荣府的事,两府有职衔的男女都要到陵上去——参看第五十八回老太妃丧。续书根本错了。

"甲本"作"老太太们",错得很明显,谁都知道贾府上朝没有第二个老太太,而"乙本"没有校正。如果"甲、乙本"都是高鹗的手笔,这一段是高氏整理"甲本"时添写的,自己的字句不会两次校对都看不出排错了。这一段似是别人补写的,

---

① 大某山民,即姚燮,字梅伯,号复庄、大某山民等,清代文人,与王希廉、张新之合称"清代《红楼梦》三大点评家",重要著作有《今乐考证》《读〈红楼梦〉纲领》等。
② 接笋:衔接(笋:通"榫")。

在高鹗前,可能是程伟元。

第一百十八回赖尚荣未借路费给贾政,赖家不安,托贾蔷、贾芸求王夫人让赖大赎身,贾蔷知道不行,假说王夫人肯行。接下文"那贾芸听见贾蔷的假话,心里便没想头,连日又输了两场,便和贾环借贷。贾环道:'你们年纪又大,放着弄银钱的事又不敢办,倒和我没有钱的人商量。'"随即建议卖巧姐。"程高本"多出一段解释——"全抄本"未照添——:

> 贾环本是一个钱没有的,虽说赵姨娘积蓄些微,早被他弄光了,那能照应人家?便想起凤姐待他刻薄,要趁贾琏不在家,要摆布巧姐出气。遂把这个当叫贾芸上去,故意的埋怨贾芸道:"你们年纪又大……"

这两个不接笋处,既经加工,怎么会没看出不接笋?实在不可思议。唯一的解释是加工者也没看清楚情节,因为后四十回乌烟瘴气,读者看下去不过是想看诸人结局,对这些旁枝情节,既不感兴趣,又毫无印象,甚至于故事未完或颠倒、驴头不对马嘴,都没人注意。这是后四十回又一特征,在我国旧小说或任何小说里都罕见。除上述两处,我也发现了个漏洞,鲍二与何三的纠葛。

来旺本有一个坏蛋儿子,"在外吃酒赌钱,无所不至"(第七十二回)。续书不予利用,另外创造了一个周瑞的干儿子何三,与鲍二打架,"被撵在外头,终日在赌场过日"。也许续书人没注意来旺的儿子,也许因为来旺强娶彩霞为媳,涉及贾环、彩霞一段公案,不如不提。其实这都是我过虑,他哪管到这许多?用周瑞的干儿子,是因为周瑞有个儿子,在凤姐生日酗酒谩骂,失手把寿礼的馒头撒了一院子,经赖嬷嬷求情,才没被逐,只打了四十棍(第四十五回)。那么为什么不就用周瑞之子,正好怀恨在心,串通外贼来偷窃,报那四十棍之仇?为什么倒又造出个干儿子?因为续书人一贯的模糊影响,仿佛记得有这么回事,也懒得查。万一周瑞没儿子呢?说是干儿子总没错。

窃案发生之夜,何三当场被包勇打死,窃去贾母财宝,向由鸳鸯经管,贾母死后鸳鸯殉主,只得由琥珀等"胡乱猜想,虚拟了一张失单"(第一百十二回)。回末忽云:

> 衙门拿住了鲍二,身边搜出了失单上的东西,现在夹讯,要在他身上要这一伙贼呢。

虚拟的失单上的东西,竟找到了,已属奇闻。鲍二与何三不打不成相识,竟成为同党。两次实写众贼,都没有鲍二,想有佚文。

九

赵冈与王珮璋[①]发现,高鹗补过两次漏洞。第九十二回回目"评女传巧姐慕贤良,玩母珠贾政参聚散",文不对题,只有讲《列女传》、玩母珠,没有慕贤良、参聚散,"乙本"补上巧姐的反应,及贾政谈母珠与聚散之理。

第九十三回水月庵闹出风月案,赖大点醒贾芹,必是有人和他不对。"贾芹想了一想,忽然想起一个人来,未知是谁,下回分解"。下回不提了,没有交代。"乙本"改为"贾芹想了一会子,并无不对的人"。

乾隆壬子木活字本,即原刻"乙本",这两处都没改。高鹗并没有补漏洞,是"今乙本"补的。

此外如"五儿承错爱",以为宝玉调戏她,"因微微的笑着道",原刻"乙本"同"甲本"。"今乙本"改为"因拿眼一溜,抿着嘴儿笑道",变成五儿向宝玉挑逗。

第一零一回凤姐园中遇鬼,回家贾琏"见她脸上颜色更变,不似往常,待要问她,又知她素日性格,不敢相问"。"甲、乙本"同。"今乙本"始误作"凤姐见他脸上颜色更变,不似往常,待要问他,又知他素日性格,不敢相问"。

乾隆百廿回抄本第七十八回硃批"兰墅阅过"四字。杨继振相信是高鹗的稿本,题为"兰墅太史红楼梦稿"。俞平伯、吴世昌都认为不是。自己的稿子上怎么会批"阅过"?俞平伯倾向于"乙本"出版后,据以抄配校改旧抄本。吴世昌的分析,大意如下:

前八十回——底本:早期"脂本"。
　　　　　　改文:高氏修改过的另一"脂本"抄本。
后四十回——底本:高氏续书旧本。
　　　　　　改文:高氏续书改本之一——先后改过不止一次。

"可以定为乾隆辛亥(一七九一)以前的本子,亦即程伟元在这一年付排的百

① 王珮璋,女,现代红学家。

二十回《红楼梦》全书以前的抄本。"(《红楼梦稿的成分及其时代》)

这就是说,是"甲本"出版前的一个抄本。既非高氏稿本,当然也不是他叫人代抄的,而是拿来给他鉴定或作参考的。想必他这个较早的后四十回改本也与后四十回旧本一样流传。

我看了这百廿回抄本的影印本,发现第九十二、九十三的漏洞已经补上——"慕贤良""参聚散"、贾芹"并无不对的人"。第一零九回柳五儿也"拿眼一溜,抿着嘴笑",第一零一回凤姐遇鬼,贾琏变色,凤姐不敢相问,俱同"今乙本"。

第一零六回补叙贾珍代理荣府事,作"老太太、太太(们)和爷们",也是照"今乙本"涂改的,前面已经提过,此外不能多引了。据此,这抄本的年代不能早于壬子(一七九二),原刻"乙本"出版的那年。

但是在"金玉姻缘""金石姻缘"的问题上,"全抄本"又都作"金石"(第九十五、九十八回),同原刻"乙本",与"今乙本"异。

此外当然还有俞平伯举出的"未改从'乙'(即'今乙')之例二条"。第一项:第六十二回"老太太和宝姐姐,他们娘儿两个遇的巧",同"甲、乙本"。"今乙本""老太太"作"大太太"。

这种地方是酌采①,还是因为是百衲本——像俞平伯说的——须俟进一步研究。这本子本来有许多独立之处,也有些是妄改,俞平伯分析较详,但是声明他没有仔细校勘后四十回,所以他认为改文是"乙本"(即"今乙")。吴世昌则含糊的称为"程本"或"高氏修订后的续书本子",不言"甲、乙",一定是在后四十回发现有些地方又像"甲本"——因为原刻"乙本"未改"甲本"。好在他说高氏续书"正如他的前辈曹雪芹一样,也是屡次增删修订而成",这不过是改本之一。

高氏在"乙本"出版后还活了二十三年,但是如果又第三次修订《红楼梦》,不会完全没有记载。"今乙本"一定与他无关。但是根据吴世昌,"今乙本"是高氏较早的改本,流传在外,怎见得不是别人在"乙本"出版后掺和擅印的?

倘是高氏早期改本,修改时手边显然已无后四十回旧稿,就着个残缺的过录本改,竟没看出至少有两处被人接错了。佚文未补,补了两个漏洞,出"甲、乙本"的时候又挖去,留着五个漏洞,这都是在情理之外。

---

① 酌采:酌情采纳。

十

距今十一年前,王珮璋已经疑心"'程乙本'(即'今乙本')是别人冒充程、高修改牟利的,所以改得那么坏"。但又认为可能性不大,因为:

(一)"甲本"与"(今)乙本"相隔不足三月,高鹗健在,此后还中进士,做御史,他人未便冒名。

(二)"(今)乙本"前的引言,确是参考各本的人才写得出。

(三)都是苏州萃文书屋印的。"甲、(今)乙本"每页的行款、字数、版口等全同。文字尽管不同,到页终总是取齐成一个字,故每页起讫之字绝大多数相同。第一百十九回第五页,两个本子完全相同,简直就是一个版,不可能是别人冒名顶替。

现在我们知道中间另有"乙本",也是萃文书屋印的。三个本子自"甲"至"乙"、至"今乙",修改程序分明。"今乙本"袭用"乙本"引言,距"甲本"决不止三个月。究竟隔了多久?

"今乙本"与"甲本"每页起讫之字几乎全部相同,是就着"甲"排本或校样改的,根本没有原稿。杨继振藏百廿回抄本当是"今乙本"出版后,据以校改抄配,酌采他本,预备付抄,注有"另一行写""另抬写"等语。不过是物主心目中最好的本子,不见得预备付印传世。

"兰墅阅过"批语在第七十八回回末,或者只看过前八十回"脂本"原底。第八十回回末残缺,故批在较早的一回末页。还有一个可能,是这抄本落到别人手里,已经不知道是什么本子,请专家鉴定。批"兰墅阅过",自必在"今乙本"出版后若干年。

封面秦次游题"佛眉尊兄藏"。影印本范宁作跋,云不闻杨继振有"佛眉"之号,疑杨氏前还有人收藏。道光乙丑年(一八二九),这本子到了杨氏手里,连纸色较新的誊清各回也都有损坏残缺。抄配"今乙本"各回既已都这样破旧。"今乙本"应当出版很早,不在乾隆末年,也是嘉庆初年。

　　……甲、乙两本,从辛亥冬至到壬子花朝①,不过两个多月,而改动文字

---

① 花朝:花朝节,农历二月十二日(也有人说是二月初二或二月十五日)。

据说全部百二十回有二万一千五百余字之多,即后四十回较少,也有五九六七字,这在《红楼梦》版本上是一个谜。

——俞平伯《谈新刊〈乾隆抄本百廿回红楼梦稿〉》

现在我们至少知道不全是程、高二人改的,也不都在两个月内。

汪原放①记胡适先生所藏"乙本"的本子大小、分订册数,都与原刻"乙本"不同。但是初版"今乙本"一定与"甲、乙本"完全相同,页数也应与"乙本"相同,比"甲本"多四页,始能冒充。"乙本"几乎失传,想必没有销路,初版即绝版,所以书坊中人秘密加工,改成"今乙本"。目的如为牟利,私自多印多销"甲本",不是一样的吗?还省下一笔排工费。鉴于当时对此书兴趣之高与普遍,似乎也是一片热心"整理"《红楼梦》。

剩下唯一的一个谜,是萃文书屋怎么敢冒名擅改。前文企图证明"今乙本"出版距"乙本"不远,高鹗此后中进士,入内阁,这二十多年内难道没有发觉这件事?

汪原放、赵冈、王珮璋三人举出的"甲本"与"(今)乙本"不同处,共有二十七个例子,内中二十一个在前八十回。前八十回大都是"乙本"改的,后四十回全都是"今乙本"改的。"今乙本"改前八十回,只有两个例子。照一般抽查测验法,这比例如果相当正确的话,"今乙本"改的大都在后四十回。

萃文书屋的护身符,也许就是后四十回特有的障眼法,使人视而不见,没有印象。高鹗重订《红楼梦》后,不见得又去重读一部后出的"乙本",更不会细看后四十回。也不会有朋友发现了告诉他。后四十回谁都有点看不进去,不过看个大概。

高鹗续书唯一的证据,是他作主考那年张船山赠诗:"艳情人自说红楼"句下自注:"传奇红楼梦八十回后俱兰墅所补。"在那时代,以一个热衷仕进的人而写艳情小说,虽然不一定有碍,当然是否认为妥。程、高序中只说整理修订、"截长补短",后人不信,当时一定也有好些人以为是高氏自己续成。这部书这样享盛名,也许他后来也并不坚决否认。

山西发现的"甲辰(一七八四)本",未完的第二十二回已补成,同"程甲本"而较简。吴世昌认为是高鹗修改过的前八十回,作序的梦觉主人也是高氏化名。

---

① 汪原放,现代出版家、翻译家,胡适同乡、朋友。

高氏一七八五年续娶张船山妹，倘在甲辰前续书，当在续弦前好几年。张妹嫁二年即死，无出①，在"程高本"出版四年前已故，距赠诗已有十四年之久。张认为妹妹被虐待，对高非常不满，这些年来不知道有没有来往，也未必清楚《红楼梦》整理经过。但既然赠诗，岂有不捧场之理？这也是从前文人积习。

此外还有高鹗《重订小说既竣题》一诗：

> 老去风情减昔年，万花丛里日高眠。
>
> 昨宵偶抱嫦娥月，悟得光明自在禅。

吴世昌自首句推知高氏昔年续作后四十回，现在老了，"只能做些重订的工夫"；否则光是修辑《红楼梦》，怎么需要这些年，"昔年"也在做？这样解释，近似穿凿。"乙本"引言作于"壬子花朝后一日"，诗中次句想指花朝。上两句都是说老了，没有兴致。下两句写昨夜校订完毕的心情，反映书中人最后的解脱。"抱嫦娥月"是蟾宫折桂，由宝玉中举出家，联想到自己三四年前中举后，迄未中进士，年纪已大，自分此生已矣，但是中了举，毕竟内心获得一种平静满足，也是一种解脱。看高氏传记材料，大都会觉得这是他在这一阶段必有的感想。他是"晚发"的。《砚香词》②中屡次咏中举事，也用过"嫦娥佳信"一辞。

后四十回旧本一定在流行前就已经残缺了，不然怎么没法子从别的本子补上？我们知道程、高与"今乙本"的编辑手边都有后四十回旧本，因为屡次改了又照旧本改回来。程、高序中说："更无他本可考"，是否实话？会不会另有个"甲本"抄本，由程、高采用？还是"甲、乙本"同是统由高鹗修改补写的？

"甲辰本"的第二十二回已补，将原定宝钗制谜改派给黛玉，此后贾政看了宝玉的谜，"往下再看道是：'有眼无珠腹中空，荷花出水喜相逢。梧桐叶落分离别，恩爱夫妻不到冬。'打一物。贾政看到此谜，明知是竹夫人，今值元宵，语句不吉，便佯作不知，不往下看了"。未说是谁做的，是补写者聪明处。除有神秘感外，也还有点可能性，同回贾环的谜也既俗又不通。"甲辰本"批："此宝钗金玉成空。"似是原意。宝钗怎么会编出这样粗俗的词句，而且给贾政看？联想到第七十九回香菱说："我们姑娘的学问，连我们姨老爷时常还夸呢！"令人失笑。

---

① 无出：未生育。
② 《砚香词》：高鹗词集。

到了"程甲本"，当然已经指明是宝钗的谜。是"甲本"改的还是续书人改的？还是本来是续书人代补的？后四十回的诗词虽幼稚，写宝钗的口吻始终相当稳重大方，似乎不会把这民间流行的谜语派给她，怎么着也要替她另诌一个。但是如果书中原有，他也决不会代换一个。

一七九零年左右，百廿回抄本与八十回抄本并行，可见有一部分读者不接受后四十回。如果并行的时期较早，"甲辰本"或者是酌采续书人改动前文处，第二十二回那就是他补的。但是一七八四年还没有百廿回本之说。

"竹夫人谜"似乎目光直射后四十回结局，难道除了续书人还有第二个人设想到同一个明净的悲剧收场——宝玉遗弃宝钗——不像所谓"旧时真本"宝钗嫁后早卒，宝玉作更夫，续娶沦为乞丐的湘云，与另一个补本的钗、黛落教坊①。这是单就书中恋爱的故事而言，后四十回的抄家根本敷衍了事，而另外两个本子想都极写抄家之惨，落教坊也是抄没人口发卖，包括家属。

这两种补本似乎也是悲剧。最早的三部《续红楼梦》倒都是悲剧，不像后来续的统统大团圆。这是当时的人对此书比较认真，知道大势无法挽回。所以补第二十二回的人预知宝玉娶宝钗、出家，也许并不是独特的见解。

大概不是续书人补的。那么在他以前已经有一个人插手，在他以后至少也有一人——后四十回有个接错的地方，似是程、高前另人加工，添了一段。还添了别处没有？周春②《阅〈红楼梦〉随笔》记一七九零年有人在浙买到百廿回抄本，这本子的后四十回是简短的旧本，还是扩充的，如"程甲本"？前八十回有没有"甲本"的特征？

周汝昌说"乡屯"，"戚本"改"乡邨"，俗本均作"村"，想必是指后出的坊本。"甲本"直到光绪年间，"乙本"与"今乙本"都简称"屯"。东北的屯最多。高鹗原籍辽宁。如果甲本的编辑是南人——北人也或者是东北、河北最熟悉这名词——一定会把第三十九回这个"屯"字与后四十回的许多"屯"字都改了，高氏重订"乙本"时已经看不到，不及保留。"甲本"不但没改，添写部分还也用"屯"字，如前引"差人下屯"。

"乙本"引言对后四十回显然不满：

---

① 教坊：教习乐舞、训练艺妓的官署。
② 周春，字芚兮，号松霭，晚号黍谷居士，清乾隆年间学者。

604

至其原文,未敢臆改。俟①再得善本,更为厘定②,且不欲尽掩其本来面目③也。

可见程、高并不是完全没有鉴别力。但是高鹗重订"乙本",所改的全在前八十回,后四十回似乎分毫未动。为什么他们俩赞扬的反而要改,贬抑的反而不改?理由很明显:"甲本"前八十回改得极少——大部分是原续书人改的——而后四十回"甲本"大段添改。是高氏自己刚改完的,当然不再改。因此"甲本"也是高氏手笔。

至少我们现在比较知道后四十回是怎样形成的。至于有没有曹雪芹的残稿在内,也许已经间接的答复了这问题。当然这问题不免涉及原著八十回后事的推测,一言难尽,改日再谈。正是:欲知后事如何,且待下回分解。

---

① 俟[sì]:等。
② 厘定:整合。
③ 不欲尽掩其本来面目:意为不会改变原书面目。

八

《聊斋志异》

简介:

【作者】[清]蒲松龄。

【名称】简称《聊斋》,俗称《鬼狐传》。

【体裁】文言笔记小说(短篇集)。

【主题】花妖狐魅,终亦有情。

【名篇】《聂小倩》《小翠》《画皮》《辛十四娘》《青梅》《狐谐》《婴宁》《封三娘》。

【故事】全书491篇,即491个小故事,其中大多为鬼狐故事,故此书真正主人公实为鬼狐。鬼狐化着美女接交男子,却与人间女子并无二致,和蔼可亲,情意绵绵,使人神魂颠倒:或明知其为鬼狐,依然相恋;或不知其为鬼狐,偶见鹊突,知其非人,无限惆怅。

【版本】今存"康熙抄本""铸雪斋抄本""二十四卷抄本""黄炎熙选抄本""青柯亭刻本"等。现通行今人以上述版本为底本的汇校本,20卷,491篇。

《聊斋志异》自序①

[清] 蒲松龄②

披萝带荔,三闾氏感而为《骚》③;牛鬼蛇神,长爪郎④吟而成癖。自鸣天籁,不择好音,有由然矣⑤。松⑥落落秋萤之火,魑魅争光;逐逐野马之尘,魍魉见笑⑦。才非干宝⑧,雅爱搜神;情类黄州⑨,喜人谈鬼。闻则命笔⑩,遂以成编。久之,四方同人又以邮筒⑪相寄,因而物以好聚,所积益夥⑫。

甚者,人非化外,事或奇于断发之乡⑬;睫在眼前,怪有过于飞头之国⑭。遄

---

① 本文原载乾隆年间《异史》(即《聊斋志异》)抄本卷首。本文要点:古人从不避鬼神,我虽不才,也想学学古人,所以就有了这部书。据说,我是和尚投胎,所以命苦,只能是寒夜孤灯,写此孤愤之书。知我者,鬼魂也!

② 蒲松龄,字留仙,别号柳泉居士,世称聊斋先生,自称异史氏,清初文人,一生未仕,著《聊斋志异》二十四卷。

③ 披萝带荔:披女萝、戴(通"带")荔枝(见屈原《九歌·山鬼》:"若有人兮山之阿,披薜[bì]兮带女萝。")。三闾氏:三闾大夫,屈原。《骚》:《离骚》。

④ 长爪郎:[唐]诗人李贺别称(见《新唐书》卷二〇三《文艺下·李贺传》:"李贺字长吉,系出郑王后。为人纤瘦,通眉,长指爪,能疾书。"),其诗多言鬼神。

⑤ 天籁:自然之声。好音:喜庆之音。由然:原委、来由。

⑥ 松:自称(名"松龄")。

⑦ 落落:零落貌。魑[chī]魅:鬼魅。逐逐:奔忙貌。魍[wǎng]魉[liǎng]:犹鬼魅。按:此句意为我蒲松龄就如秋萤之火、野马之尘,没什么大能耐,借鬼魅来争点光彩(争光),博世人一笑(见笑)。

⑧ 干宝:[晋]《搜神记》作者(《搜神记》名为"搜神",实多为谈鬼)。

⑨ 类:同。黄州:指苏东坡,因其谪居黄州,故称。

⑩ 命笔:记录。

⑪ 同人:同道友人。邮筒:也称"信筒",旧时送信人装信件的竹筒,代指书信。

⑫ 夥[huǒ]:同"伙",多。

⑬ 甚者:更有甚者。化外:教化之外,指野蛮人。奇于:比……更奇。断发之乡:蛮族之地(古吴越蛮人剪发,故称)。

⑭ 睫在眼前:睫毛在眼睛前,喻就在眼前。怪有过于:比……更怪。飞头之国:相传域外奇异国度(见[唐]段成式《酉阳杂俎》:"岭南溪洞中,往往有飞头者,故有飞头獠子之号。头将飞一日前,颈有痕,匝项如红缕,妻子遂看守之。其人及夜,状如病,头忽生翼,脱身而去。乃于岸泥寻蟹蚓之类食之,将晓飞还。如梦觉,其腹实矣。")。

飞逸兴，狂固难辞^①；永托旷怀，痴且不讳^②。展如之人，得勿向我胡卢耶^③？然五爷衢头，或涉滥听^④；而三生石上，颇悟前因^⑤。放纵之言，有未可概以入废者^⑥。

　　松悬弧^⑦时，先大人^⑧梦一病瘠瞿昙^⑨，偏袒入室，药膏如钱^⑩，圆粘乳际。寤而松生，果符墨志^⑪。且也，少羸多病，长命不犹^⑫。门庭之凄寂，则冷淡如僧；笔墨之耕耘，则萧条似钵^⑬。每搔头自念，勿亦面壁人^⑭果吾前身耶？盖有漏根因，未结人天之果^⑮；而随风荡堕，竟成藩溷之花^⑯。茫茫六道^⑰，何可谓无其理哉！独是子夜荧荧，灯昏欲蕊^⑱；萧斋瑟瑟，案冷疑冰^⑲。集腋为裘，妄续幽冥之录^⑳；浮白载笔，仅成孤愤之书^㉑。寄托如此，亦足悲矣！

　　嗟乎！惊霜寒雀，抱树无温；吊月秋虫，偎栏自热^㉒。知我者，其在青林黑塞间^㉓乎！

康熙己未春日柳泉^㉔自题

---

① 遄飞：勃发。逸兴：超逸之兴（不寻常之兴趣，指其记录鬼魅之事）。固：固然。
② 永托：寄托。旷怀：旷荡之怀，意同"逸兴"。且：而且。不讳：不讳言（承认）。
③ 展如之人：诚实之人（语出《诗经·鄘风·君子偕老》："展如之人兮，邦之媛也。"朱熹《集传》注："展，诚也。"）。得勿：岂非。胡卢：笑（如[宋]陆游《书感》诗句："成败只堪三太息，是非终付一胡卢"）。
④ 五爷衢头：即五父之衢，古地名，见《礼记·檀弓上》："孔子少孤，不知其墓，殡于五父之衢。"后世以此代指圣人之事。滥听：不实之闻。
⑤ 三生石：相传女娲补天后，用泥造人，每造一人，取一粒沙作计，终而成一硕石，立于西天灵河畔。此石因其始于天地初开，受日月精华，灵性渐通，竟生出两条神纹，将石隔成三段，女娲便封它为"三生石"，赐它法力三生诀，将其三段命名为前生、今生、来生，并添上一笔姻缘线，掌管三世姻缘轮回。此处代指传说之事。前因：前世因缘。
⑥ 放纵之言：暗指其收录的鬼魅之事，即《聊斋志异》。概以入废：一概当作废话。
⑦ 悬弧：出生（古风俗，生男悬弓于门左，称"悬弧"；生女悬巾于门右，称"悬帨[shuì]"）。
⑧ 先大人：指其母亲。
⑨ 病瘠：病而瘦。瞿昙[tán]：和尚别称。
⑩ 偏袒：袒露一臂。钱：铜钱。
⑪ 寤：醒。墨志：黑痣（志：通"痣"）。
⑫ 羸[léi]：瘦弱。不犹：不若、不像。
⑬ 萧条：歉收。钵：和尚化斋的碗，通常里面只有一点点饭菜。
⑭ 勿亦：难道。面壁人：和尚别称（因其面壁诵经，故称）。
⑮ 盖：因。有漏：尚剩。根因：（佛教语）指凡尘俗念。未结人天之果：未修成正果。
⑯ 藩溷[hùn]之花：篱笆茅厕上的花，喻低贱之人。
⑰ 六道：佛教称业报受身六个去处，即众生六大类：天、人、阿修罗、畜生、饿鬼、地狱。
⑱ 是：此。子夜：午夜。荧荧：灯火摇曳貌。蕊[ruǐ]：花蕊，喻灯火细小如蕊而将灭。
⑲ 萧斋：寒斋（斋：书房，即其"聊斋"）。案：桌。疑：疑似。
⑳ 集腋：紧缩双臂。裘：毛皮大衣，代指御寒。幽冥之录：指[南朝宋]刘义庆所撰志怪杂著《幽冥录》。
㉑ 浮白载笔：字面义为把笔浮在白酒上（白：大白、白酒），喻喝着酒写作。孤愤之书：指[先秦]韩非所作《孤愤》。此两句自比刘义庆与韩非，称《聊斋志异》为《幽冥录》与《孤愤》之续。
㉒ 惊霜：怕霜。吊月：悼月。偎栏：紧贴栏杆。
㉓ 在青林黑塞间：在青青枫林、沉沉关塞之间，暗指鬼魂（见杜甫《梦李白》诗句："魂来枫林青，魂返关塞黑"）。
㉔ 柳泉：蒲松龄，字留仙，号柳泉居士，世称聊斋先生，自称异史氏。

610

《聊斋志异》序^①

[清] 高　珩^②

志而曰异，明其不同于常也。然而圣人曰："君子以同而异。"^③何耶？其义广矣、大矣。

夫圣人之言，虽多主于人事，而吾谓三才之理、六经之文、诸圣之义^④，可一以贯之。则谓异之为义，即《易》之冒道^⑤，无不可也。夫人但知^⑥居仁由义、克己复礼，为善人君子矣！而陟降而在帝左右，祷祝而感召风雷，乃近于巫祝之说者^⑦，何耶？神禹创铸九鼎，而山海一经，复垂万世，岂上古圣人而喜语怪乎^⑧？抑争子虚乌有之赋心，而预为分道扬镳者地乎^⑨？后世拘墟之士，双瞳如豆，一

---

① 本文原载乾隆年间《异史》(即《聊斋志异》)抄本卷首。本文要点：一、虽圣人"不语怪、力、乱、神"，但如《诺皋》《夷坚》这样的典籍，"亦可与'六经'同功"，故而《聊斋志异》并非歪门邪道；二、虽圣人"不语怪、力、乱、神"，然而"幽冥鬼神，亦圣人之言否乎"？既然圣人并不否认，《聊斋志异》讲述花妖狐精故事，又何尝不可；三、《聊斋志异》是为奇文，"愿读书之士，揽此奇文""异而同者(即鬼神，与人有同有异)，忘其异焉，可矣"。

② 高珩[héng]，字葱佩，号念东，晚号紫霞道人。清代文人、官员，官至吏部左侍郎、刑部左侍郎，著有《劝善》诸书及《栖云阁集》十六卷。

③ "君子以同而异"：引自《易经·睽卦·大象》："上火下泽，睽，君子以同而异。"[东] 荀爽注："大归虽同，小事当异。"[魏] 王弼注："同于通理，异于职事。"

④ 夫：发语词，无实义。三才：天、地、人。六经：《诗》《书》《礼》《易》《乐》《春秋》。

⑤ 谓异之为义：称"异"为理义。冒道：冒(通"帽"，复盖)天下之道(见《易经·系辞上传》第十一章："子曰：'夫《易》何为者也？夫《易》开物成务，冒天下之道，如斯而已者也。'是故圣人以通天下之志，以定天下之业，以断天下之疑。")。

⑥ 但知：仅知。

⑦ 陟[zhì]降：升降。帝：天帝。祷祝：祈祷、祝愿。巫祝：巫师(古称事鬼神者为"巫"，祭主赞词者为"祝"，后连用以指掌占卜祭祀之人)。

⑧ 神禹：大禹。创铸九鼎：用天下九牧之铜铸造九鼎(用以祭祀)。山海一经：《山海经》。怪：神怪。

⑨ 抑：抑或。争子虚乌有之赋心：[汉] 司马相如作《子虚赋》(内述子虚、乌有之争)之用心。预为：预想为。分道扬镳者地：分道扬镳者之地。按：此句意为：作《子虚赋》，难道就为了写吵架分手吗(其实是要言神怪之事)。

叶迷山,目所不见,率以仲尼"不语"为辞,不知鹢飞石陨,是何人载笔尔也①?倘概以左氏之诬蔽之②,无异掩耳者高语无雷③矣。引而伸之,即"阊阖九天,衣冠万国"之句④,深山穷谷中人亦以为欺我无疑也。余谓:欲读天下之奇书,须明天下之大道。盖以人伦大道,淑世者圣人之所以为木铎也⑤。然而天下有解人,则虽孔子之所不语者,皆足辅功令教化之所不及⑥。而《诺皋》《夷坚》⑦,亦可与"六经"同功。苟非其人,则虽日述孔子之所常言,而皆足以佐慝⑧。如读"南子之见",则以为淫辟皆可周旋⑨;泥"佛肸之往"⑩,则以为叛逆不妨共事。不止《诗》《礼》发冢,《周官》资篡已也⑪。

彼拘墟之士多疑者,其言则未尝不近于正⑫也。一则疑曰:政教自堪治世,因果无乃渺茫乎⑬?曰:是也。然而阴骘上帝、幽有鬼神,亦圣人之言否乎⑭?彼彭生觌面、申生语巫、武曌宫中、田蚡枕畔;九幽斧钺,严于王章多矣⑮。而世

---

① 拘墟之士:孤处一隅、见闻狭隘之人。一叶迷山:一叶障目,不见高山。率:轻率。以仲尼"不语"为辞:以孔子"不语怪、力、乱、神"为说辞。鹢[yì]飞石陨:鸟退飞、天陨石(出自《左传春秋》:"石陨于宋,星也。六鹢退飞,风也。")。载笔:记载。

② 左氏之诬:左丘明的错误解释(非《春秋》本身之错)。蔽之:辩护。

③ 掩耳者高语无雷:喻自欺。

④ 阊[chāng]阖[hé]九天,衣冠万国":引自《唐》王维《和贾至舍人早朝大明宫之作》,原句是"九天阊阖开宫殿,万国衣冠拜冕[miǎn]旒[liú]"(九天:喻崇高。阊阖:京城。万国:喻各方。衣冠:喻公侯。冕旒:帝王的冠与旗,代指帝王)。

⑤ 淑世者:济世者。木铎[duó]:以木为舌的大铃,喻宣扬教化之人。

⑥ 解人:善解之人、明理之人。孔子之所不语者:即鬼神(见《论语·述而》:"子不语怪、力、乱、神。")。功令教化:法律、命令、教诲、感化。

⑦ 《诺皋》:《唐》段成式《酉阳杂俎》中的篇名,记怪力乱神之事。《夷坚》:即《夷坚志》,[宋]洪迈所撰志怪杂著,其中记仙鬼神怪、医卜妖巫者颇多。

⑧ 苟非:若无。佐慝[tè]:助长邪恶。

⑨ "南子之见":即"子见南子"(见《论语·雍也》):"子见南子,子路不说。孔子矢之曰:'予所否者,天厌之!天厌之!'"南子:卫灵公妻,美而淫。子路:孔子弟子。说[yuè]:通"悦"。矢:通"誓"。予所否者:我所不屑者,指南子)。淫辟[pì]:淫乱。周旋:掩饰。

⑩ 泥:(动词)拘泥。"佛[bì]肸[xī]之往":见《论语·阳货》:"佛肸召,子欲往。子路曰:'昔者由也,闻诸夫子曰"亲于其身为不善者,君子不入也"。佛肸以中牟畔,子之往也,如之何?'子曰:'然,有是言也。不曰坚乎,磨而不磷;不曰白乎,涅而不缁。吾岂匏瓜也哉?焉能系而不食?'"佛肸:晋国大夫范氏家臣。由:子路自称,名由。亲于其身:即亲身。不入:不入其家。中牟:邑宰(地方官)。畔:通"叛",叛逆。是:此。不曰坚乎:不说"坚"吧。磨而不磷:(我)磨而不损。涅而不缁:(我)染而不黑。匏瓜:葫芦。系而不食:挂起来不吃(葫芦不可食,喻不中用)。

⑪ 止:通"只"。《诗》《礼》发冢[zhǒng]:见《庄子·外物》:"儒以《诗》《礼》发冢。"意为用《诗》《礼》做坏事(发冢:掘坟,古之大罪,喻恶行)。《周官》资篡已也:《周官》也已用来篡位(《周官》:《尚书·周书》篇名。资:助)。

⑫ 近于正:近于正确(不无道理)。

⑬ 自堪:自可以。因果:因果报应。无乃……乎:不是……吗?

⑭ 阴骘[zhì]上帝:阴间、天堂。言否:说不、否定。

⑮ 彭生觌[dí]面:彭生相面(彭生:公子彭生,春秋时齐国大夫)。申生语巫:申生说巫(申生:春秋时晋国太子)。武曌[zhào]宫中:武则天宫中(测字算命)。田蚡[fén]枕畔:田蚡(汉景帝妻弟、宰相)枕头边(总放着一本占卜书)。九幽斧钺:阴间刑罚。严于王章多矣:比王法严厉多了。

人往往多疑者，以报应之或爽①，诚有可疑。即如圣门之士，贤隽无多，德行四人，二者夭亡，一厄继母，几乎同于伯奇②。天道愦愦，一至此乎！是非远洞三世，不足消释群憾。释迦马麦，袁盎人疮，亦安能知之？故非天道愦愦③，人自愦愦故也。或曰：报应示戒可矣，妖邪不宜黜乎？④曰：是也。然而天地大矣，无所不有；古今变矣，未可舟胶⑤。人世不皆君子，阴曹反⑥皆正人乎？岂夏姬谢世，便侪共姜；荣公撤瑟，可参孤竹乎⑦？有以⑧知其必不然矣。且江河日下、人鬼颇同，不则幽冥之中，反是圣贤道场、日日唐虞三代⑨，有是理乎？或又疑而且规⑩之曰：异事，世固间有之矣，或亦不妨抵掌⑪；而竟驰想天外，幻迹人区，无乃为《齐谐》滥觞乎⑫？曰：是也。然子长《列传》，不厌滑稽；厄言寓言，蒙庄嚆矢⑬。且二十一史⑭果皆实录乎？仙人之议，李郭⑮也，固有遗憾⑯久矣。而况勃窣文心，笔补造化，不止生花，且同炼石⑰。佳狐佳鬼之奇俊也，降福既以孔皆，敦伦更复无斁⑱，人中大贤，犹有愧焉。是在解人不为法缚、不死句下，可也⑲。

---

① 爽：差失，如"爽约"。
② 即如：就算是。圣门之士：孔子门徒。贤隽无多：才德无比。德行四人，二者夭亡：孔子最有德行四弟子，即颜渊、子贡、子骞、曾参，其中两个夭亡（颜渊四十岁亡，曾参三十岁亡）。一厄继母：一个（即子骞）受困于继母（子骞生母早亡，父娶后妻，又生二子。子骞受继母虐待。其父知，欲休妻。子骞跪求，曰继母在，受苦其一人，继母去，受苦其三人。继母悔，一家和睦）。伯奇：传为周宣王重臣尹吉甫长子。母死，后母欲立其子伯封为长子，乃谗伯奇。吉甫怒，放伯奇于野。伯奇自哀无罪而见放逐，乃作琴曲《履霜操》以述怀。吉甫感悟，遂射杀后妻，追回伯奇。
③ 愦[kuì]愦：昏庸、糊涂。
④ 报应示戒：以报应惩戒。"不宜……乎？"：不应该……吗？黜：驱逐。
⑤ 舟胶：船停，喻中止。
⑥ 阴曹反：从阴曹地府返回（反：通"返"），即投胎，即指新出生的人。
⑦ 岂：难道。夏姬谢世：夏姬（春秋时郑国公主，荡妇）死了。侪[chái]：（动词）同于。共姜：周时卫世子共伯妻，贞妇。荣公撤瑟：荣公（荣启期，春秋时隐士）死了。参：成为。
⑧ 有以：可以。
⑨ 不则：不然。幽冥：阴间。圣贤道场、日日唐虞三代：圣贤遍地、天天太平盛世（道场：道路与场地。唐虞：尧、舜。三代：夏、商、周。喻盛世）。
⑩ 规：规劝。
⑪ 抵掌：击掌，称奇。
⑫ 幻迹人区：虚幻人间。《齐谐》：先秦志怪杂著，记述稀奇古怪之事。滥觞：发源。
⑬ 子长：司马迁，字子长。《列传》：《史记·滑稽列传》。滑稽：古义同"无稽"，荒唐。厄言：怪论。寓言：讽喻。蒙庄：庄子别称。嚆[hāo]矢：响箭，因发射时声先于箭，喻在先。
⑭ 二十一史：明时正史，即今二十四史的前二十一部。
⑮ 李郭：东汉李膺、郭太，好友，喜议论升天成神。
⑯ 遗憾：指李膺、郭太没能成仙。
⑰ 勃窣[sū]：才艺。文心：灵感。笔补造化：以文补充天地造化之不足。不止生花：不仅笔下生花（好看）。且同炼石：而且如同炼石补天（有济世之功）。按：此句可视为对《聊斋志异》的评价。
⑱ 佳狐佳鬼：好狐精、好鬼魅。奇俊：杰出。孔皆：普遍（见《诗经·周颂·丰年》："以洽百礼，降福孔皆"。毛传："皆，遍也"）。敦伦：男女交欢。无斁[yì]：无厌。
⑲ 是在：此因。解人：见前注，指《聊斋志异》作者。不为法缚、不死句下：不为成法所束缚、不为字句所限死。可也：可赞也、不错啊。

夫中郎帐底，应饶子家之异味①；邺侯架上，何须《兔册》之常诠②？余愿为婆娑艺林者，职调人之役焉③。古人著书，其正也，则以天常民彝为则④，使天下之人，听一事，如闻雷霆，奉一言，如亲日月。外此而书，或奇也，则新鬼故鬼、鲁庙依稀，内蛇外蛇、郑门蹀躞，非尽矫诬也⑤。倘尽以"不语"二字奉为金科，则萍实、商羊、羵羊、楛矢⑥，但当摇首闭目而谢之⑦矣。然乎否耶？⑧

吾愿读书之士，揽此奇文，须深慧业，眼光如电，墙壁皆通，能知作者之意⑨，并能知圣人或雅言、或罕言、或不语之故，则六经之义、三才之统、诸圣之衡，一一贯之⑩。异而同者，忘其异焉，可矣。不然，痴人每苦情深，入耳便多儒首⑪。一字魂飞，心月之精灵冉冉⑫；三生梦渺，牡丹之亭下依依⑬。檀板动而忽来，桃茢遣而不去⑭，君将为魍魉曹丘生，仆何辞齐谐鲁仲连乎⑮？

康熙己未春日谷旦紫霞道人高珩题

---

① 中郎：蔡中郎，蔡邕[yōng]，字伯喈，东汉名臣、文豪，蔡文姬父，此处以其代指历代大文人。帐底：床下。饶：多。子家之异味：子部之异书（古时将书籍分为四大部：经部、史部、子部、集部，其中子部所收，均为杂著）。

② 邺侯：李泌，唐代名臣，以藏书之多而闻名，因封邺县侯，故称，此处以其代指历代藏书家。《兔册》：《兔园册》，村塾学童课书。常诠：经常注释（因是学童课书，注释很多）。按：此句意为历代藏书家一定藏有许多不需要太多注释的书，即子部杂著（经部、史部通常也会有较多注释）。

③ 婆娑：多姿多态貌。艺林：喻众多艺人，即作杂著者。职：（动词）担任。调人：中介。

④ 正：正统。天常民彝：天道民生。则：准则。

⑤ 外此：此外。书：著。奇：新奇。鲁庙依稀：在土地庙里隐隐约约。内蛇外蛇：家里的蛇精、野外的蛇精。郑门蹀躞：在大门口爬来爬去。尽：全是。矫诬：虚妄、欺骗。

⑥ 萍实、商羊、羵[fén]羊、楛[hù]矢：萍实草、商羊鸟，土中精灵羵羊、楛矢之贡，均古书所称吉祥之物。

⑦ 但当：只应。谢之：拒绝。

⑧ 然乎否耶？：难道不是吗？

⑨ 揽：通"览"，阅。此奇文：指《聊斋志异》。须深：精深。慧业：（佛教语）智慧之业缘。

⑩ 衡：衡量。贯之：贯通。

⑪ 异而同者：有异有同者，指人与鬼。苦：苦于。入耳：听到（有人说情）。多儒首：大多摇头（儒生读经，摇头晃脑，故以"儒首"代指摇头）。

⑫ 按：此句中"心月之精灵"指《西厢记》中莺莺拜月，为情。

⑬ 按：此句中"牡丹之亭下"指《牡丹亭》中游园惊梦，为情。

⑭ 檀板动而忽来：意为鬼魂到来（檀板：死者牌位，其魂至，会动）。桃茢[liè]遣而不去：意为鬼魂赶不走（桃茢：用以驱鬼的桃杖和扫帚）。

⑮ 君：指蒲松林。魍魉：鬼魅。曹丘生：引荐人（曹丘生：姓曹丘，名生，汉代辩士，因在季布面前自我引荐而得季布尊重，故后世以其名代指引荐人。事见《史记》卷一百《季布栾布列传》第四十）。仆：（谦语）自称，我。齐谐：本是先秦志怪杂著之名，后世以此代指神怪之事。鲁仲连：说客（鲁仲连：战国时谋士，曾说服魏将辛垣衍，从而使赵王拒不承认秦王为帝，故后世以其名代指说客。事见《战国策·赵策·鲁仲连义不帝秦》）。

评《聊斋志异》①

[清] 纪晓岚②

　　《聊斋志异》盛行一时，然才子之笔，非著书者之笔③也。虞初④以下，干宝⑤以上，古书多佚⑥矣。其可见完帙⑦者，刘敬叔《异苑》⑧、陶潜《续搜神记》⑨，小说类也。《飞燕外传》《会真记》⑩，传记类也。《太平广记》事以类聚，故可并收。今一书⑪而兼二体⑫，所未解⑬也。小说既述见闻，即属叙事，不比戏场关目⑭，随意装点。伶玄之传⑮，得诸樊嬺⑯，故猥琐具详；元稹之记⑰，出于自述，故约略梗概。杨升庵为撰秘辛⑱，尚知此意。升庵多见古书故也。今⑲燕昵之词、媟狎

---

① 本文节选自盛时彦《姑妄听之·跋》和《阅微草堂笔记》，题目系本书选注者所加。本文要点：前段批评《聊斋志异》有两处不合常规：一是把"小说类"和"传记类"混为一体，非驴非马；二是"燕昵之词、媟狎之态，细微曲折，摹绘如生"，虚构太多，似有失庄重。后段揶揄《聊斋志异》中的狐精故事《青凤》与《凤仙》：一书生以为自己遇到狐精要和他成婚，结果是被人骗去做了一次免费傧相；一混混途遇一少妇，以为是狐精而与之调情，结果是被人栽赃，挨了官府一顿毒打。
② 纪晓岚，名昀，字晓岚，清乾隆年间名臣、学者，官至内阁学士兼礼部尚书，著有《阅微草堂笔记》二十四卷。
③ 才子之笔：谓凭一己之才恣意书写。著书者之笔：谓中规中矩的书写。
④ 虞初，西汉小说家，号"黄车使者"，汉武帝时为方士侍郎，据《周书》写成笔记小说《周说》。
⑤ 干宝，字令升，东晋小说家，以其《搜神记》被称作"志怪小说之父"。
⑥ 佚[yì]：同"逸"，散失。
⑦ 完帙[zhì]：完整书籍。
⑧ 刘敬叔，[南朝宋] 小说家，其《异苑》为志怪小说集。
⑨ 陶潜，即陶渊明，名潜，字渊明，东晋大诗人、大文人，志怪小说集《续搜神记》相传为其所撰。
⑩ 《飞燕外传》：[汉] 伶元撰赵飞燕传记。《会真记》：[唐] 元稹撰崔莺莺传记，亦称《莺莺传》。会真：遇仙（道教称仙人为"真人"）。
⑪ 一书：指《聊斋志异》。
⑫ 二体：即小说类和传记类。
⑬ 未解：不懂。
⑭ 不比：不像。戏场关目：戏曲作品。
⑮ 伶玄之传：即指《飞燕外传》（伶玄，即伶元）。
⑯ 诸：之于。樊嬺[nì]：赵飞燕侍女。
⑰ 元稹之记：即指《会真记》。
⑱ 杨升庵，杨慎，字用修，号升庵，明代文人，官至翰林修撰，与解缙、徐渭合称"三才子"。秘辛：秘闻录。
⑲ 今：指《聊斋志异》。

之态①，细微曲折、摹绘如生。使出自言②，似无此理③；使出作者代言，则何从而闻见之？又所未解也。留仙④之才，余诚然莫逮⑤其万一；惟此二事⑥，则夏虫不免疑冰⑦。刘舍人⑧云："滔滔前世，既沉予闻；渺渺来修，谅诚彼观。"⑨心知其意，倘⑩有人乎！（转引自盛时彦⑪《姑妄听之·跋》）

董秋原⑫言：东昌一书生，夜行郊外，忽见甲第⑬甚宏壮，私念此某氏墓，安有是宅，殆⑭狐魅所化欤？稔闻⑮《聊斋志异》青凤、水仙⑯诸事，冀⑰有所遇，踯躅不行。俄⑱有车马从西来，服饰甚华，一中年妇女揭帏⑲指生曰："此郎即大佳⑳，可延入㉑。"生视车后，一幼女妙丽如神仙，大喜过望，既入门，即有二婢出邀。生既审为狐，不问氏族，随之入。亦不见主人出，但供张㉒甚盛、饮馔丰美而已。生候合卺㉓，心摇摇如悬旌。至夕，箫鼓喧阗㉔，一老翁搴帏揖㉕曰："新婚入赘已到

———————

① 燕昵：亲昵。媟[xiè]狎：淫狎。
② 使：假使。自言：自己所说。
③ 所传人物不可能自言燕昵之词、媟狎之态，故说"似无此理"。
④ 留仙，即蒲松龄，字留仙，号柳泉居士，世称聊斋先生，自称异史氏。
⑤ 莫逮：不及。
⑥ 二事：即前文两次所说"未解"。
⑦ 夏虫不免疑冰：夏日之虫，天一冷便死，当然不知冰为何物，喻浅薄无知。语出《庄子·外篇·秋水》："夏虫不可以语于冰者，笃于时也。"
⑧ 刘舍人：指[南朝梁]刘勰，《文心雕龙》作者（舍人：称旅店主人、亲信或门客，也用以泛称某人，此处即为"刘某人"）。
⑨ "滔滔前世，既沉予闻；渺渺来修，谅诚彼观"：引自《文心雕龙·序志》，文字有出入，今本作"茫茫往代，既沉予闻；眇眇来世，倘尘彼观也"。大意为：过去之事，我不得而知；未来之世，或许会懂我之意。
⑩ 倘：倘若、或许。
⑪ 盛时彦，字松云，纪晓岚弟子，其于纪晓岚去世后刊印纪的五种笔记，定名为《阅微草堂笔记》，并为之作序。
⑫ 董秋原，纪晓岚友，生平不详。
⑬ 甲第：宅第。
⑭ 殆：大概。
⑮ 稔闻：熟知。
⑯ 青凤：《聊斋志异·青凤》中女子。水仙：《聊斋志异·凤仙》中女子。
⑰ 冀：希望。
⑱ 俄：俄顷、一会儿。
⑲ 揭帏：撩起车帘。
⑳ 大佳：最佳（之人）。
㉑ 延入：招入。
㉒ 但：仅。供张：设宴。
㉓ 合卺[jǐn]：饮交杯酒（合欢酒），代指成婚。
㉔ 喧阗[tián]：喧闹。
㉕ 搴[qiān]帏[qiān]：撩开门帘。揖[yī]：作揖。

门,先生文士①,定习②婚仪,敢屈为傧相,三党有光③。"生大失望。然原未议婚,无可复语,又饫④其酒食,难以遽辞,草草为成礼,不别而归。家人以⑤失生,一昼夜方四出觅访,生愤愤道所遇,闻者莫不拊掌⑥曰:"非狐戏君,乃君自戏也。"余因⑦言,有李二混⑧者,贫不自存,赴京师谋食,途遇一少妇骑驴。李趁与语,微相调谑⑨。少妇不答亦不嗔⑩。次日,又相遇,少妇掷一帕与之,鞭驴径去,回顾曰:"吾今日宿固安⑪也。"李启其帕,乃银簪珥数事⑫,适资斧⑬竭,持诣质库⑭,正质库昨夜所失,大受拷掠⑮。竟自诬⑯为盗,是乃真为狐戏矣。秋原曰:"不调⑰少妇,何缘致此? 仍谓之自戏可也。"⑱(选自《阅微草堂笔记》卷十三)

附:《青凤》

太原耿氏⑲,故大家,第宅弘阔。后凌夷⑳,楼舍连亘,半旷废之。因生怪异,堂门辄自开掩,家人恒中夜骇哗。耿患之,移居别墅,留老翁门焉。由此荒落益甚。或闻笑语歌吹声。耿有从子去病,狂放不羁,嘱翁有所闻见,奔告之。至夜,见楼上灯光明灭,走报生。生欲入觇其异。止之,不听。门户素所习识,竟拨蒿蓬,曲折而入。登楼,殊无少异。穿楼而过,闻人语切切。潜窥之,见巨烛双烧,其明如昼。一叟儒冠南面坐,一媪相对,俱年四十余。东向一少年,

① 先生文士:先生是读书人。
② 定习:肯定熟悉。
③ 三党:即三族(父族、母族、妻族),指全家族。有光:有幸。
④ 饫[yù]:饱食。
⑤ 以:因。
⑥ 拊[fǔ]掌:拍手。
⑦ 因:因而、因此。
⑧ 李二混:李某绰号。
⑨ 调谑[xuè]:调戏。
⑩ 嗔[chēn]:生气。
⑪ 宿固安:睡得安稳。
⑫ 数事:数件。
⑬ 资斧:路费、盘缠。
⑭ 诣:到。质库:当铺。
⑮ 拷掠:鞭打(多指刑讯)。
⑯ 自诬:自行承认妄加于己的不实之词。
⑰ 调:调戏。
⑱ 此篇所讲两故事,实为调侃《聊斋志异》中的狐魅故事,可见作者对《聊斋志异》大不以为然。
⑲ 太原:清代府名,治所在今山西省太原市。
⑳ 凌夷:通作"陵夷"。衰败,颓替;此指家势衰落。《史记·高祖功臣年表序》:"始未尝不欲固其根本,而枝叶稍陵夷衰微也。"

可二十许；右一女郎，裁及笄耳①。酒戤满案，团坐笑语。生突入，笑呼曰："有不速之客一人来②！"群惊奔匿。独叟出，叱问："谁何入人闺闼③？"生曰："此我家闺阁，君占之。旨酒自饮，不一邀主人，毋乃太吝？"叟审睇，曰："非主人也。"生曰："我狂生耿去病，主人之从子耳。"叟致敬曰："久仰山斗④！"乃揖生入，便呼家人易馔。生止之。叟乃酌客。生曰："吾辈通家⑤，座客无庸见避，还祈招饮。"叟呼："孝儿！"俄少年自外入。叟曰："此豚儿也⑥。"揖而坐，略审门阀。叟自言："义君姓胡。"生素豪，谈议风生，孝儿亦倜傥；倾吐间⑦，雅相爱悦。生二十一，长孝儿二岁，因弟之。叟曰："闻君祖纂涂山外传⑧，知之乎？"答："知之。"叟曰："我涂山氏之苗裔也⑨。唐以后，谱系犹能忆之；五代而上无传焉⑩。幸公子一垂教也。"生略述涂山女佐禹之功⑪，粉饰多词⑫，妙绪泉涌⑬。叟大喜，谓子曰："今幸得闻所未闻。公子亦非他人，可请阿母及青凤来，共听之，亦令知我祖德也⑭。"孝儿入帏中⑮。少时，媪偕女郎出。审顾之，弱态生娇，秋波流慧，人间无其丽也。叟指妇云："此为老荆⑯。"又指女郎："此青凤，鄙人之犹女也⑰。"

---

① 及笄[jī]：《礼记·内则》："女子十有五年而笄。"笄，簪。古代女子一般十五岁结发插簪，表示成年，可以议婚；因称女子十五岁为及笄之年。

② 不速之客：不邀自至的客人。速：召、邀。《易·需》："有不速之客三人来。"

③ 谁何：是谁？是什么人？《汉书·贾谊传》："陈利兵而谁何。"颜师古注："谁何，问之为谁也。"闺闼：私室，内寝。

④ 久仰山斗：犹言久仰大名。《新唐书·韩愈传赞》："学者仰之如泰山北斗云。"后因以"久仰山斗"作为初次会面时的客套话。

⑤ 通家：家族之间，累世通好。即世交。语出《后汉书·孔融传》。《称谓录》引《冬夜笔记》："明人往来名刺，世交则称通家。"

⑥ 豚儿：《三国志·吴志·孙权传》注引《吴历》：曹操曾说："生子当如孙仲谋；刘景升儿子若豚犬耳。"旧时因而对人谦称己子为"豚儿"或"犬子"。

⑦ 倾吐间：倾怀畅谈之际。倾，倾怀，竭诚。吐，谈吐、交谈。

⑧ 涂山外传：狐叟杜撰的书名。涂山，指涂山氏，禹之妻。古史关于禹娶涂山的记载，有的认为她是古涂山国诸侯之女，有的认为她是涂山九尾白狐之女。广引异闻、增补史传的书，以及推衍故训、不主经义的书，统称外传。此所谓《涂山外传》，隐指记载狐族古老传说的书籍。《吴越春秋·越王无余外传》载：夏禹三十未娶。行至涂山，始有娶妻意。乃有九尾白狐来见。涂山民谣说：娶了九尾白狐之女可以成为帝王，而且家国昌盛。禹以为吉，于是娶之，名为女娇，即涂山氏。后生子，名启。

⑨ 苗裔：后代子孙。语见《离骚》。

⑩ "唐以后"二句：意思是说，自古帝尧唐以后，族谱世系犹存，自己都还能记忆，但祖先事迹不甚详悉；而陶唐氏以前，世系失传，就一无所知了。句中"唐"，指陶唐氏，古帝尧所建国。"五代"，指唐虞夏商周五个朝代。所谓"五代而上"，即指唐尧以前。《史记·五帝本纪赞》："学者多称五帝，尚矣。然《尚书》独载尧以来；而百家言黄帝，其文不雅驯，荐绅先生难言之。"狐叟盖自居于人狐之间者，故颇以门阀、渊源自豪；二句立意，盖有取此。一说，唐指李唐，"五代"指梁陈齐周隋。因唐代之后多狐仙故事，故云。

⑪ 涂山女佐禹之功：据刘向《列女传》记载：夏禹娶涂山氏后第四天便去治水，无暇顾家。夏启生后，"涂山独明教训，启化其德，卒致令名，能继禹之道。"又《汉书·武帝纪》"见夏后启母石"句下颜注："禹治鸿水，通辕辕山，化为熊。谓涂山氏曰：欲饷，闻鼓声乃来。禹跳石，误中鼓。涂山氏往，见禹方作熊，惭而去；至崇高山下，化为石。"这些传说中的教子、送饭等事迹，当即所谓"佐禹之功"。

⑫ 粉饰多词：铺陈夸张，词采繁富。

⑬ 妙绪泉涌：妙语迭出，喷涌如泉。形容语言动听，滔滔不绝。绪，思绪，话头。

⑭ 祖德：祖先的德行，多指其事迹、功业。

⑮ 帏中：指闺房。帏，设于内室的幛幔。

⑯ 老荆：老妻。一般称拙荆，胡叟年辈长于耿生，故称其妻曰老荆。荆，谓荆钗布裙。

⑰ 犹女：侄女。

颇惠,所闻见辄记不忘,故唤令听之。"生谈竟而饮,瞻顾女郎,停睇不转。女觉之,辄俯其首。生隐蹑莲钩,女急敛足,亦无愠怒,生神志飞扬,不能自主,拍案曰:"得妇如此,南面王不易也!"媪见生渐醉,益狂,与女俱起,遽搴帏去。生失望,乃辞叟出。而心萦萦,不能忘情于青凤也。

至夜,复往,则兰麝犹芳,而凝待终宵,寂无声咳。归与妻谋,欲携家而居之,冀得一遇。妻不从,生乃自往,读于楼下。夜方凭几,一鬼披发入,面黑如漆,张目视生。生笑,染指研墨自涂,灼灼然相与对视。鬼惭而去。次夜,更既深,灭烛欲寝,闻楼后发扃,辟之閛然①。急起窥觇,则扉半启。俄闻履声细碎,有烛光自房中出。视之,则青凤也。骤见生,骇而却退,遽阖双扉。生长跽而致词曰②:"小生不避险恶,实以卿故。幸无他人,得一握手为笑,死不憾耳。"女遥语曰:"惓惓深情,妾岂不知?但叔闺训严③,不敢奉命。"生固哀之,云:"亦不敢望肌肤之亲,但一见颜色足矣。"女似肯可,启关出,捉之臂而曳之。生狂喜,相将入楼下④,拥而加诸膝。女曰:"幸有凤分⑤;过此一夕,即相思无用矣。"问:"何故?"曰:"阿叔畏君狂,故化厉鬼以相吓,而君不动也。今已卜居他所⑥,一家皆移什物赴新居,而妾留守,明日即发矣。"言已,欲去,云:"恐叔归。"生强止之,欲与为欢。方持论间,叟掩入。女羞惧无以自容,俯首倚床,拈带不语。叟怒曰:"贱辈辱吾门户!不速去,鞭挞且从其后!"女低头急去,叟亦出。尾而听之,诃诟万端。闻青凤嘤嘤啜泣⑦,生心意如割,大声曰:"罪在小生,于青凤何与?倘宥凤也,刀锯铁钺⑧,小生愿身受之!"良久寂然,生乃归寝。自此第内绝不复声息矣。生叔闻而奇之,愿售以居,不较直。生喜,携家口而迁焉。居逾年,甚适,而未尝须臾忘凤也。

会清明上墓归,见小狐二,为犬逼逐,其一投荒窜去,一则皇急道上。望见生,依依哀啼,奔耳辑首⑨,似乞其援。生怜之,启裳衿,提抱以归。闭门,置床上,则青凤也。大喜,慰问。女曰:"适与婢子戏,遘此大厄。脱非郎君,必葬犬腹。望无以非类见憎。"生曰:"日切怀思,系于魂梦。见卿如获异宝,何憎之云!"女曰:"此天数也,不因颠覆⑩,何得相从?然幸矣,婢子必以妾为已死,可与君坚永约耳⑪。"生喜,另舍舍之。积二年余,生方夜读,孝儿忽入。生辍读,讶诘所来。孝儿伏地,怆然曰:"家君有横难,非君莫拯。将自诣恳,恐不见纳,故以某来。"

---

① 辟之閛[pēng]然:砰的一声,门被推开了。閛,这里形容门扇的撞击声。
② 长跽[jì]:长跪,直挺挺地跪着;表示有所哀求。
③ 闺训:古时女子应遵循的规矩。这里指家长对晚辈妇女的管束。
④ 相将[jiāng]:携手。
⑤ 凤分[fèn]:宿缘,前世注定的缘分。
⑥ 卜居:选择居所。这里指迁居。
⑦ 嘤嘤啜泣:小声抽泣。《诗·王风·中谷有蓷》:"啜其泣矣,何嗟及矣。"啜泣,即饮泣。嘤嘤,形容哭声细弱。
⑧ 铁[fǔ]钺[yuè]:铁同"斧"。钺,大斧。
⑨ 奔[tà]耳辑首:畏惧驯服的样子。卷六《胡大姑》篇有"帖耳戢尾",《马介甫》篇有"俯首帖耳";此"耳"当义同"帖耳",谓双耳帖附脑部,状犬兽之驯顺依人。又或借为奔,义为奔拉,下垂貌。辑,敛,缩。
⑩ 颠覆:比喻严重的挫折,灾祸。《诗·邶风·谷风》:"昔育恐育鞠,及尔颠覆。既生既育,比予于毒。"
⑪ 坚永约:坚订终身之约;相誓白头偕老。

问:"何事?"曰:"公子识莫三郎否?"曰:"此吾年家子也①。"孝儿曰:"明日将过,倘携有猎狐,望君之留之也。"生曰:"楼下之羞,耿耿在念,他事不敢预闻②。必欲仆效绵薄③,非青凤来不可!"孝儿零涕曰:"凤妹已野死三年矣④!"生拂衣曰⑤:"既尔,则恨滋深耳!"执卷高吟,殊不顾瞻。孝儿起,哭失声,掩面而去。生如青凤所,告以故。女失色曰:"果救之否?"曰:"救则救之;适不之诺者,亦聊以报前横耳⑥。"女乃喜曰:"妾少孤,依叔成立。昔虽获罪,乃家范应尔⑦。"生曰:"诚然,但使人不能无介介耳⑧。卿果死,定不相援。"女笑曰:"忍哉!"次日,莫三郎果至,镂膺虎韔⑨,仆从甚赫⑩。生门逆之⑪。见获禽甚多,中一黑狐,血殷毛革⑫;抚之,皮肉犹温。便托裘敝,乞得缀补。莫慨然解赠⑬。生即付青凤,乃与客饮。客既去,女抱狐于怀,三日而苏,展转复化为叟。举目见凤,疑非人间。女历言其情,叟乃下拜,惭谢前愆⑭。喜顾女曰:"我固谓汝不死,今果然矣。"女谓生曰:"君如念妾,还乞以楼宅相假,使妾得以申返哺之私⑮。"生诺之。叟赧然谢别而去。入夜,果举家来。由此如家人父子,无复猜忌矣。生斋居,孝儿时共谈宴。生嫡出子渐长⑯,遂使傅之⑰;盖循循善教⑱,有师范焉⑲。

附:《凤仙》

刘赤水,平乐人⑳,少颖秀㉑。十五入郡庠。父母早亡,遂以游荡自废㉒。家不中资,而性好修饰,衾榻皆精美。一夕,被人招饮,忘灭烛而去。酒数行,始忆之,急返。闻室中小语,伏

---

① 年家子:科举同年的晚辈子侄。同年,见《三生》注。
② 预闻:过问。
③ 效绵薄:报效微力;出力助人的谦词。绵薄,即"绵力薄材",意思是力量薄弱。语见《汉书·严助传》。
④ 野死:死于荒野,未经殡葬。古乐府《战城南》:"野死不葬乌可食。"
⑤ 拂衣:以袖拂衣,是气愤的表示;此处有峻拒逐客之意。
⑥ 报前横:报复胡叟从前的粗暴干涉。
⑦ 乃家范应尔:按照家规,是应该这样的。家范,家规。尔,如此。
⑧ 介介:犹言耿耿;意思是耿耿于怀,不能忘却。
⑨ 镂膺虎韔(chàng怅):马的胸带饰以镂金,骑士的弓袋饰以虎纹。形容主人和坐骑英武华贵。语出《诗·秦风·小戎》。膺,指马胸带;韔,弓袋。
⑩ 赫:显耀、有声势的样子。
⑪ 门逆之:到大门外迎接客人;表示殷勤尽礼。逆,迎。
⑫ 血殷[yān]毛革:伤口流出的血把皮、毛染红了。殷,赤黑色,是经时积血的颜色。
⑬ 慨然解赠:慷慨地解囊相赠。
⑭ 惭谢前愆[qiān]:面色羞惭地对往日过失表示歉意。谢,告罪,道歉。愆,过失。
⑮ 申返哺之私:表达对长辈的孝心。传说幼鸟长大后衔食喂养老鸟,称为"反哺",因以比喻子女对父母尽孝。私,私衷,指孝心。
⑯ 嫡出子:正妻所生的儿子。古时正妻叫嫡,所生子称嫡出子,省称嫡子。
⑰ 傅之:作孩子的老师。
⑱ 循循善教:循序渐进,善于教导。循循,有次序的样子。《论语·子罕》:"夫子循循然善诱人。"
⑲ 有师范:很有老师的风度气派。范,典范。
⑳ 平乐:县名,三国时置,在今广西壮族自治区东部,现属桂林市。明清时为广西平乐府治。又,汉置平乐故城在今山东省单县东。
㉑ 颖秀:聪明秀雅。
㉒ 自废:自暴自弃,不求上进。

窥之，见少年拥丽者眠榻上。宅临贵家废第，恒多怪异，心知其狐，亦不恐。入而叱曰："卧榻岂容鼾睡①!"二人遑遽，抱衣赤身遁去。遗紫绉裤一，带上系针囊。大悦，恐其窃去，藏衾中而抱之。俄一蓬头婢自门蹛入，向刘索取。刘笑要偿②。婢请遗以酒，不应；赠以金，又不应。婢笑而去。旋返曰："大姑言：如赐还，当以佳偶为报。"刘问："伊谁?"曰："吾家皮姓，大姑小字八仙，共卧者胡郎也；二姑水仙，适富川丁官人③；三姑凤仙，较两姑尤美，自无不当意者。"刘恐失信，请坐待好音。婢去复返曰："大姑寄语官人：好事岂能猝合？适与之言，反遭诟厉；但缓时日以待之，吾家非轻诺寡信者④。"刘付之。过数日，渺无信息。薄暮，自外归，闭门甫坐，忽双扉自启，两人以被承女郎，手捉四角而入，曰："送新人至矣!"笑置榻上而去。近视之，酣睡未醒，酒气犹芳，颊颜醉态，倾绝人寰。喜极，为之捉足解袜，抱体缓裳。而女已微醒，开目见刘，四肢不能自主，但恨曰："八仙淫婢卖我矣!"刘狎抱之。女嫌肤冰，微笑曰："今夕何夕，见此凉人⑤!"刘曰："子兮子兮，如此凉人何!"遂相欢爱。既而曰："婢子无耻，玷人床寝，而以妾换裤耶！必小报之!"从此无夕不至，绸缪甚殷。袖中出金钏一枚，曰："此八仙物也。"又数日，怀绣履一双来，珠嵌金绣⑥，工巧殊绝，且嘱刘暴扬之⑦。刘出夸示亲宾，求观者皆以资酒为赞，由此奇货居之。女夜来，作别语。怪问之，答云："姊以履故恨妾，欲携家远去，隔绝我好。"刘惧，愿还。女云："不必。彼方以此挟妾，如还之，中其机矣⑧。"刘问："何不独留?"曰："父母远去，一家十余口，俱托胡郎经纪，若不从去，恐长舌妇造黑白也⑨。"从此不复至。

逾二年，思念綦切。偶在途中，遇女郎骑款段马⑩，老仆鞚之⑪，摩肩过；反启障纱相窥，丰姿艳绝。顷，一少年后至。曰："女子何人？似颇佳丽。"刘亟赞之，少年拱手笑曰："太过奖矣！此即山荆也。"刘惶愧谢过。少年曰："何妨。但南阳三葛，君得其龙⑫，区区者又何足道!"刘疑其言。少年曰："君不认窃眠卧榻者耶？"刘始悟为胡。叙僚婿之谊⑬，嘲谑甚欢。少年曰："岳新归，将以省觐，可同行否？"刘喜，从入崇山。山上故有邑人避乱之宅，女下马入。少间，

---

① 卧榻岂容鼾睡：曾慥《类说》引杨亿《谈苑》谓：宋开宝八年，宋军进围金陵。南唐主李煜请缓兵。宋太祖曰："江南有何罪，但天下一家，卧榻之侧，岂可许他人鼾睡？"此戏用其意。

② 要[yāo]偿：要挟酬报。

③ 富川：县名，汉置，在今广西平乐县东北。

④ 轻诺寡信：随便应许而不守信用。

⑤ 今夕何夕，见此凉人：《诗·唐风·绸缪》："今夕何夕，见此良人。子兮子兮，如此良人何。"这是一首欢庆新婚的诗。这里借用其意，并谐"良"为"凉"，以相戏谑。

⑥ 珠嵌金绣：上有珍珠嵌缀，且用金线绣成。

⑦ 暴[pú]扬：公开展露。扬，宣扬。

⑧ 机：计谋。

⑨ 长舌妇：好说闲话的女人。《诗·大雅·瞻卬》："妇有长舌，维厉之阶。"笺："长舌喻多言语。"

⑩ 款段马：慢行的马。款段，形容马行平稳舒缓。

⑪ 鞚：此谓"捉鞚"。

⑫ 南阳三葛，君得其龙：意指皮氏三姊妹，你得到的是其中最美的。南阳三葛，指三国时诸葛亮、诸葛瑾、诸葛诞兄弟三人。分别仕于蜀、吴、魏。《世说新语·品藻》谓："于时以为：蜀得其龙，吴得其虎，魏得其狗。"南阳，郡名，治所在今河南省南阳市。相传诸葛亮曾躬耕南阳，时人称之为"卧龙"。这里以"龙"比喻杰出者。

⑬ 僚婿：姊妹之夫相称，叫"僚婿"，俗称"连襟"。《尔雅·释亲》："今江东人呼同门曰僚婿。"

数人出望,曰:"刘官人亦来矣。"入门谒见翁姬。又一少年先在,靴袍炫美。翁曰:"此富川丁婿。"并揖就坐。小时,酒炙纷纶①,谈笑颇洽。翁曰:"今日三婿并临,可称佳集。又无他人,可唤儿辈来,作一团圞之会②。"俄,姊妹俱出。翁命设坐,各傍其婿。八仙见刘,惟掩口而笑;凤仙辄与嘲弄;水仙貌少亚,而沉重温克,满座倾谈,惟把酒含笑而已。于是履舄交错③,兰麝熏人,饮酒乐甚。刘视床头乐具毕备,遂取玉笛,请为翁寿。翁喜,命善者各执一艺④,因而合座争取;惟丁与凤仙不取。八仙曰:"丁郎不谙可也,汝宁指屈不伸者?"因以拍板掷凤仙怀中。便串繁响⑤。翁悦曰:"家人之乐极矣!儿辈俱能歌舞,何不各尽所长?"八仙起,捉水仙曰:"凤仙从来金玉其音⑥,不敢相劳;我二人可歌《洛妃》一曲⑦。"二人歌舞方已,适婢以金盘进果,都不知其何名。翁曰:"此自真腊携来⑧,所谓'田婆罗'也⑨。"因搊数枚送丁前。凤仙不悦曰:"婿岂以贪富为爱憎耶?"翁微哂不言。八仙曰:"阿爹以丁郎异县,故是客耳。若论长幼,岂独凤妹妹有拳大酸婿耶?"凤仙终不快,解华妆,以鼓拍授婢,唱《破窑》一折⑩,声泪俱下;既阕⑪,拂袖径去,一座为之不欢。八仙曰:"婢子乔性犹昔⑫。"乃追之,不知所往。刘无颜,亦辞而归。至半途,见凤仙坐路旁,呼与并坐,曰:"君一丈夫,不能为床头人吐气耶?黄金屋自在书中⑬,愿好为之。"举足云:"出门匆遽,棘刺破复履矣。所赠物,在身边否?"刘出之。女取而易之。刘乞其敝者。嫣然曰:"君亦大无赖矣!几见自己衾枕之物⑭,亦要怀藏者?如相见爱,一物可以相赠。"旋出一镜付之曰:"欲见妾,当于书卷中觅之;不然,相见无期矣。"言已,不见。怅怅而归。

视镜,则凤仙背立其中,如望去人于百步之外者。因念所嘱,谢客下帷⑮。一日,见镜中人忽现正面,盈盈欲笑,益重爱之。无人时,辄以共对。月余,锐志渐衰,游恒忘返。归见镜影,惨然若涕;隔日再视,则背立如初矣:始悟为己之废学也。乃闭户研读,昼夜不辍;月余,

---

① 酒炙纷纶:行酒上菜纷繁忙碌。纶,忙碌。

② 团圞[luán]:团圆。

③ 履舄[xì]交错:意谓男女同席,人数众多。《史记·滑稽列传》:"男女同席,履舄交错。"古时席地而坐,脱鞋就席,所以鞋子错杂。履,鞋。舄,古代的一种附有木底的复底鞋。

④ 执一艺:犹言献一艺。艺,技艺,这里指演奏乐器。

⑤ 串:串演。繁响,诸般乐器,响声繁杂,指合奏。

⑥ 金玉其音:珍视自己的歌声,不轻易歌唱。

⑦ 《洛妃》:戏曲名。曹植曾作有《洛神赋》,明代汪道昆改编为杂剧《洛神记》,又名《洛水悲》。洛妃,指洛水的女神洛嫔。

⑧ 真腊:古国名,见《明史·真腊传》。明后期改名为柬埔寨。

⑨ 田婆罗:波罗蜜,果汁甜美,核大如枣,可以炒食。

⑩ 《破窑》:戏曲名。元代杂剧有《吕蒙正风雪破窑记》,写富家女刘月娥掷彩球,选中穷秀才吕蒙正为婿,被父亲赶出家门,夫妇同住破窑。最后吕蒙正中状元,父女始和好如初。一折:杂剧一出叫一折。

⑪ 阕[què]:乐曲终了叫"阕"。

⑫ 乔性:个性乖戾。

⑬ 黄金屋自在书中:这是劝人读书上进的话,意思是读书作官就能够住上高堂大厦。语出宋真宗《劝学篇》:"安居不用架高堂,书中自有黄金屋。"

⑭ 几见:几曾见得。

⑮ 下帷:犹言闭门读书。

则影复向外。自此验之，每有事荒废，则其容戚；数日攻苦，则其容笑。于是朝夕悬之，如对师保①。如此二年，一举而捷。喜曰："今可以对我凤仙矣！"揽镜视之，见画黛弯长②，瓠犀微露③，喜容可掬，宛在目前。爱极，停睇不已。忽镜中人笑曰："'影里情郎，画中爱宠④'，今之谓矣。"惊喜四顾，则凤仙已在座右。握手问翁媪起居，曰："妾别后，不曾归家，伏处岩穴，聊与君分苦耳。"刘赴宴郡中，女请与俱；共乘而往，人对面不相窥。既而将归，阴与刘谋，伪为娶于郡也者。女既归，始出见客，经理家政。人皆惊其美，而不知其狐也。

　　刘属富川令门人，往谒之。遇丁，殷殷邀至其家，款礼优渥，言："岳父母近又他徙。内人归宁，将复。当寄信往，并诣申贺。"刘初疑丁亦狐，及细审邦族，始知富川大贾子也。初，丁自别业暮归，遇水仙独步，见其美，微眈之。女请附骥以行⑤。丁喜，载至斋，与同寝处。楔隙可入，始知为狐。女言："郎勿见疑。妾以君诚笃，故愿托之。"丁嬖之⑥，竟不复娶。刘归，假贵家广宅，备客燕寝⑦，洒扫光洁，而苦无供帐⑧。隔夜视之，则陈设焕然矣。过数日，果有三十余人，贵旗采酒礼而至，舆马缤纷⑨，填溢阶巷⑩。刘揖翁及丁、胡入客舍，凤仙逆妪及两姨入内寝。八仙曰："婢子今贵，不怨冰人矣。钏履犹存否？"女搜付之，曰："履则犹是也，而被千人看破矣。"八仙以履击背，曰："挞汝寄于刘郎。"乃投诸火，祝曰："新时如花开，旧时如花谢；珍重不曾着，姮娥来相借⑪。"水仙亦代祝曰："曾经笼玉笋⑫，着出万人称；若使姮娥见，应怜太瘦生⑬。"凤仙拨火曰："夜夜上青天，一朝去所欢；留得纤纤影，遍与世人看。"遂以灰捻样中，堆作十余分，望见刘来，托以赠之。但见绣履满样，悉如故款⑭。八仙急出，推样堕地；地上犹有一二只存者，又伏吹之，其迹始灭。次日，丁以道远，夫妇先归。八仙贪与妹戏，翁及胡屡督促之，亭午始出⑮，与众俱去。

　　　　　　　　　　　　

① 师保：古时教导贵族子弟的官员，有师有保，统称"师保"，语出《尚书·太甲》。这里是老师的意思。
② 画黛：指妇女眉毛。黛，古时女子用以画眉的青黑色颜料。
③ 瓠[ù]犀：指妇女牙齿。瓠犀是瓠瓜的种子，因其洁白整齐，常用以比喻女子的牙齿。《诗·卫风·硕人》："齿如瓠犀，螓首蛾眉。"
④ "影里情郎，画中爱宠"：语出《西厢记》第二本第四折《越调·斗鹌鹑》。崔莺莺怀念张生，曾说："他做了个影儿里的情郎，我做了画儿里的爱宠。"
⑤ 附骥：《史记·伯夷列传》："颜渊虽笃学，附骥尾而行益显。"《索隐》："蚊蝇附骥尾而致千里，以譬颜回因孔子而名彰。"本谓依附他人以成名，这里是追随、跟从的意思。骥，千里马。
⑥ 嬖：宠爱。
⑦ 燕寝：居息；居住。
⑧ 供帐：陈设的帷帐，也泛指陈设之物。
⑨ 缤纷：盛多杂乱。
⑩ 填溢：布满。
⑪ "珍重不曾着"二句：李商隐《袜》诗："常闻宓妃袜，渡水欲生尘。好借嫦娥着，清秋踏月轮。"此借用其意。姮[héng]娥：即"嫦娥"，因避汉文帝刘恒讳，改姮为常，传说中的月中女神。
⑫ 曾经笼玉笋：指曾被女子穿过。笼，罩。玉笋，喻女子的尖足。
⑬ 太瘦生：过于窄小。生，语助词。
⑭ 故款：原来的式样。款，款式。
⑮ 亭午：中午。

初来，仪从过盛，观者如市。有两寇窥见丽人，魂魄丧失①，因谋劫诸途。侦其离村，尾之而去。相隔不盈一矢②，马极奔，不能及。至一处，两崖夹道，舆行稍缓；追及之，持刀吼咤，人众都奔。下马启帘，则老妪坐焉。方疑误掠其母；才他顾，而兵伤右臂③，顷已被缚。凝视之，崖并非崖，乃平乐城门也；舆中则李进士母，自乡中归耳。一寇后至，亦被断马足而絷之。门丁执送太守，一讯而伏。时有大盗未获，诘之，即其人也。明春，刘及第④。凤仙亦恐招祸，故悉辞内戚之贺。刘亦更不他娶。及为郎官⑤，纳妾，生二子。

异史氏⑥曰："嗟乎！冷暖之态，仙凡固无殊哉！'少不努力，老大徒伤'⑦。惜无好胜佳人⑧，作镜影悲笑耳。吾愿恒河沙数仙人⑨，并遣娇女婚嫁人间，则贫穷海中，少苦众生矣。"

---

① 魂魄丧失：指为美色所迷，心神不能自主。
② 不盈一矢：不到一箭之地。盈，满。
③ 兵：兵器。
④ 及第：此指进士及第。
⑤ 郎官：指六部的郎中、员外郎之类的官员。
⑥ 异史氏：作者自称。
⑦ "少不努力，老大徒伤"：《汉乐府·长歌行》："少壮不努力，老大徒伤悲"的省语。徒，空白。
⑧ 好胜：争强。
⑨ 恒河沙数：佛经中语，形容数量多得无法计算。恒河，印度著名大河。

评《聊斋志异》①

[清]俞 樾②

纪文达③公尝言,《聊斋志异》一书,"才子之笔,非著书者之笔④也"。先君子⑤亦云:"蒲留仙⑥,才人也。其所藻缋⑦,未脱唐宋小说窠臼⑧。"

若⑨纪文达《阅微草堂五种》⑩,专为劝惩起见,叙事简、说理透,不屑于描头画角,非留仙所及。

余著《右台仙馆笔记》,以《阅微》⑪为法,而不袭《聊斋》⑫笔意,秉先君子之训也。

然《聊斋》藻缋,不失为古艳⑬,后之继《聊斋》而作者,则俗艳⑭而已。甚或庸恶⑮不堪入目,犹自诩为步武⑯《聊斋》,何留仙之不幸也!

---

① 本文节选自俞樾《春在堂随笔》,题目系本书选注者所加。本文要点:《聊斋志异》虽"才子之笔",但不及纪晓岚的《阅微草堂笔记》。好在《聊斋志异》还"不失为古艳",其模仿者则为"俗艳",甚至"庸恶不堪入目"。

② 俞樾,字荫甫,自号曲园居士,清末大学者,曾任翰林院编修,弟子众多,章太炎、吴昌硕皆出其门下。

③ 纪文达,即纪晓岚,名昀,谥文达。

④ 才子之笔:谓凭一己之才恣意书写。著书者之笔:谓中规中矩的书写。

⑤ 先君:已故父亲,"子"为尊称。

⑥ 蒲留仙,即蒲松龄,字留仙。

⑦ 藻缋[huì]:同"藻绘",文字描述。

⑧ 窠臼:陈规。

⑨ 若:像。

⑩ 《阅微草堂五种》:即《阅微草堂笔记》。

⑪ 《阅微》:《阅微草堂笔记》略。

⑫ 《聊斋》:《聊斋志异》略。

⑬ 古艳:古雅艳丽。

⑭ 俗艳:俗气艳丽。

⑮ 庸恶:庸俗恶劣。

⑯ 自诩[xǔ]:自夸。步武:效仿。按:清代有诸多效仿《聊斋志异》之作,其中较有名的有沈起凤的《谐铎》、长白浩歌子的《萤窗异草》和袁枚的《子不语》等。

关于《聊斋志异》①

鲁　迅

唐人小说单本,至明什九②散亡;宋③修《太平广记》成,又置不颁布,绝少流传,故后来偶见其本,仿以为文,世人辄大耸异④,以为奇绝矣。明初,有钱唐瞿佑⑤字宗吉,有诗名,又作小说曰《剪灯新话》,文题意境,并抚⑥唐人,而文笔殊冗弱不相符,然以粉饰闺情、拈掇艳语,故特为时流所喜,仿效者纷起,至于禁止,其风始衰。迨嘉靖⑦间,唐人小说乃复出,书估⑧往往刺取⑨《太平广记》中文,杂以他书,刻为丛集,真伪错杂,而颇盛行。文人虽素与小说无缘者,亦每为异人、侠客、童奴以至虎狗虫蚁⑩作传,置之集中。盖传奇风韵,明末实弥漫天下,至易代⑪不改也。

而专集之最有名者,为蒲松龄之《聊斋志异》。松龄字留仙,号柳泉,山东淄川人,幼有轶才,老而不达,以诸生授徒于家,至康熙辛卯始成岁贡生(《聊斋志异》序跋),越四年遂卒,年八十六(一六三〇至一七一五)⑫,所著有《文集》四卷、《诗集》

---

① 本文节选自《中国小说史略》第二十二篇,原题"清之拟晋唐小说及其支流",此题目系本书选注者所加。本文要点:明末志怪小说,大多荒诞不经,然清初的《聊斋志异》,不仅篇幅之巨,且其所叙神仙、狐鬼、精魅故事,层次井井有条,描写曲折细腻,读者耳目,为之一新;更因其所叙"花妖狐魅,多具人情,和易可亲",故而"《聊斋志异》风行逾百年,摹仿、赞颂者众",唯"至纪昀而有微辞",但已无可撼动。

② 什九:十有八九。

③ 宋:宋代。

④ 耸异:惊异(耸,通"悚")。

⑤ 瞿佑,字宗吉,曾官国子助教、周王府长史,撰有《存斋遗稿》《归田诗话》等,所撰《剪灯新话》,模拟唐人传奇小说。

⑥ 并抚:均仿。

⑦ 迨:到。嘉靖:明世宗朱厚熜年号。

⑧ 书估:同"书贾",书商。

⑨ 刺取:截取。

⑩ 虎狗虫蚁:阿狗阿猫。

⑪ 易代:改朝换代。

⑫ 关于蒲松龄的生卒年,清张元《柳泉蒲先生墓表》称,松龄"以康熙五十四年(1715)正月二十二日卒,享年七十有六"。据此推知其生年为崇祯十三年(1640)。

六卷、《聊斋志异》八卷(文集附录张元撰墓表),及《省身录》《怀刑录》《历字文》《日用俗字》《农桑经》等(李桓《耆献类征》四百三十一)。其《志异》或析为十六卷,凡四百三十一篇,年五十始写定,自有题辞,言"才非干宝①,雅爱搜神;情类黄州②,喜人谈鬼。闻则命笔③,遂以成编。久之,四方同人又以邮筒④相寄,因而物以好聚,所积益夥⑤"。是其储蓄收罗者,久矣。然书中事迹,亦颇有从唐人传奇转化而出者(如《凤阳士人》《续黄粱》等),此不自白,殆抚古⑥而又讳之也。至谓⑦作者搜采异闻,乃设烟茗⑧于门前,邀田夫野老,强之谈说以为粉本⑨,则不过委巷之谈而已。

《聊斋志异》虽亦如当时同类之书,不外记神仙、狐鬼、精魅故事,然描写委曲、叙次井然,用传奇法,而以志怪,变幻之状,如在目前;又或易调改弦,别叙畸人异行,出于幻域,顿入人间;偶述琐闻,亦多简洁,故读者耳目为之一新。又相传渔洋山人(王士祯)⑩激赏其书,欲市之而不得,故声名益振,竞相传抄。然终著者之世,竟未刻⑪,至乾隆末始刊于严州⑫;后但明伦、吕湛恩⑬皆有注。

明末志怪群书,大抵简略,又多荒怪,诞而不情,《聊斋志异》独于详尽之外,示以平常,使花妖狐魅,多具人情,和易可亲,忘为异类,而又偶见鹘突⑭,知复非人。如《狐谐》言博兴万福于济南娶狐女,而女雅善诙谐,倾倒一坐,后忽别去,悉如常人;《黄英》记马子才得陶氏黄英为妇,实乃菊精,居积取盈⑮,与人无异,然其弟醉倒,忽化菊花,则变怪即骤现也。

......一日,置酒高会,万居主人位,孙与二客分左右座,上设一榻屈

---

① 干宝:[晋]《搜神记》作者(《搜神记》名为"搜神",实多为谈鬼)。
② 类:同。黄州:指苏东坡,因其谪居黄州,故称。
③ 命笔:记录。
④ 同人:同道友人。邮筒:也称"信筒",旧时送信人装信件的竹筒,代指书信。
⑤ 夥[huǒ]:同"伙",多。
⑥ 殆:大概。抚古:仿古。
⑦ 至谓:至于说到。
⑧ 烟茗:烟与茶。
⑨ 粉本:底稿。
⑩ 王士祯,字子真,号阮亭,又号渔洋山人,世称王渔洋,清顺治、康熙年间大臣、文人,官至刑部尚书,著有《池北偶谈》《古夫于亭杂录》《香祖笔记》等。
⑪ 刻:刻印。
⑫ 此处所言"刊于严州",指乾隆三十一年青柯亭刊本。严州:即今浙江建德。
⑬ 但明伦,字天叙,清嘉庆、道光年间文人,曾任两淮盐运使,其《聊斋志异新评》刊于道光二十二年。吕湛恩,字叔清,清嘉庆、道光年间文人,其《聊斋志异注》刊于道光二十三年。
⑭ 鹘[hú]突:怪异。
⑮ 居积取盈:日积月累。

狐①。狐辞不善酒。咸请坐谈，许之。酒数行，众掷骰为瓜蔓之令②。客值瓜色，会当饮，戏以觥移上座曰③："狐娘子大清醒，暂借一觞④。"狐笑曰："我故不饮。愿陈一典，以佐诸公饮。"……客皆言曰："骂人者当罚。"狐笑曰："我骂狐何如？"众曰："可。"于是倾耳共听。狐曰："昔一大臣，出使红毛国⑤，着狐腋冠⑥，见国王。王见而异之，问：'何皮毛，温厚乃尔⑦？'大臣以狐对。王言：'此物生平未曾得闻。狐字字画何等⑧？'使臣书空而奏曰⑨：'右边是一大瓜⑩，左边是一小犬。'"主客又复哄堂。……居数月，与万⑪偕归。……逾年，万复事于济⑫，狐又与俱。忽有数人来，狐从与语，备极寒暄。乃语万曰："我本陕中人，与君有夙因，遂从尔许时。今我兄弟至矣，将从以归，不能周事⑬。"留之不可，竟去。(卷五)

……陶饮素豪⑭，从不见其沉醉。有友人曾生，量亦无对。适过马，马使与陶相较饮。二人……自辰以迄四漏⑮，计各尽百壶。曾烂醉如泥，沉睡座间。陶起归寝，出门践菊畦，玉山倾倒⑯，委衣于侧，即地化为菊，高如人；花十馀朵，皆大于拳。马骇绝，告黄英。英急往，拔置地上，曰："胡醉至此！"覆以衣，要马俱去，戒勿视。既明而往，则陶卧畦边。马乃悟姊弟菊精也，益敬爱之。而陶自露迹，饮益放……值花朝⑰，曾乃造访，以两仆异药浸白酒一坛，约与共尽……曾醉已愈，诸仆负之以去。陶卧地，又化为菊。马见惯不惊，如法拔之，守其旁以观其变。久之，叶益憔悴。大惧，始告黄英。英闻

---

① 屈狐：犹言待狐。屈，屈尊、屈驾。
② 瓜蔓[wàn]之令：酒令的一种，令法不详。下文所说"瓜色"当饮，似为顺序掷骰，掷采当令(得瓜色)者罚酒。
③ 觥[gōng]：酒杯。
④ 暂借一觞：意谓权请代饮一杯。
⑤ 红毛国：明清时称荷兰人为红夷、红毛夷或红毛番，红毛国即指荷兰，亦或泛指海西之国。
⑥ 狐腋冠：用狐腋下的毛皮所制的名贵皮帽。
⑦ 温厚乃尔：如此又暖又厚。
⑧ 字画：笔画。
⑨ 书空：用手指向空中写字。
⑩ 大瓜：(山东方言)傻瓜。
⑪ 万：(人名)万福。
⑫ 事于济：有事到济南；到济南办事。
⑬ 周事：犹言终侍，谓终身相伴。
⑭ 陶：(人名)陶姓少年。豪：豪放；此指豪饮。
⑮ 自辰以讫四漏：从辰时一直到夜里四更天。讫，至。
⑯ 玉山倾倒：形容酒醉摔倒。
⑰ 花朝：花朝节，农历二月十二日(也有人说是二月初二或二月十五日)。

骇曰："杀吾弟矣!"奔视之，根株已枯。痛绝，掐其梗，埋盆中，携入闺中，日灌溉之。马悔恨欲绝，甚怨曾。越数日，闻曾已醉死矣。盆中花渐萌，九月既开，短干粉朵，嗅之有酒香，名之"醉陶"，浇以酒则茂。后女长成，嫁于世家。黄英终老，亦无他异。(卷四)

又其叙人间事，亦尚不过为形容，致失常度，如《马介甫》一篇述杨氏有悍妇，虐遇其翁①，又慢客②，而兄弟祗畏③，至对客皆失措云：

……约半载，马④忽携僮仆过杨⑤。值杨翁在门外，曝阳扪虱⑥。疑为佣仆，通姓氏使达主人，翁披絮去。或告马："此即其翁也。"马方惊讶，杨兄弟岸帻出迎⑦。登堂一揖，便请朝父。万石辞以偶恙。促坐笑语，不觉向夕。万石屡言具食⑧，而终不见至。兄弟迭互出入⑨，始有瘦奴持壶酒来。俄顷引尽⑩。坐伺良久，万石频起催呼，额颊间热汗蒸腾。俄瘦奴以馔具出，脱粟失饪⑪，殊不甘旨。食已，万石草草便去。万锺襆被来伴客寝⑫。……(卷十)

至于每卷之末，常缀小文⑬，则缘事极简短，不合于传奇之笔，故数行即尽，与六朝之志怪近矣。又有《聊斋志异拾遗》一卷二十七篇，出后人掇拾；而其中殊无佳构⑭，疑本作者所自删弃，或他人拟作之。

乾隆末，钱唐袁枚⑮撰《新齐谐》二十四卷，续十卷，初名《子不语》，后见元人说部有同名者，乃改今称；序云"妄言妄听，记而存之，非有所感也"，其文屏⑯去

---

① 虐遇：虐待。翁：公公。
② 慢客：怠慢客人。
③ 祗畏：敬畏。
④ 马：(人名)马介甫。
⑤ 过杨：拜访杨家。
⑥ 曝阳扪[mén]虱：边晒太阳，边捉虱子。
⑦ 岸帻[zé]：巾高露额。谓装束简易，不拘常礼(岸：高。帻：头巾)。
⑧ 具食：备饭。
⑨ 迭互：交互。
⑩ 引：斟酒。斟酒满杯称引满。
⑪ 脱粟失饪[rèn]：糙米为饭，且半生不熟(饪：熟)。
⑫ 襆[fú]被：收拾被褥(襆：包袱)。
⑬ 小文：短文。
⑭ 佳构：佳作。
⑮ 袁枚，字子才，号简斋、随园老人，清文人，曾任江浦、江宁等县知县，撰有《小仓山房集》《随园诗话》等。
⑯ 屏：通"摒"。

雕饰，反近自然，然过于率意，亦多芜秽，自题"戏编"，得其实矣。若纯法①《聊斋》者，时则有吴门沈起凤②作《谐铎》十卷(乾隆五十六年序)，而意过俳③，文亦纤仄④；满洲和邦额⑤作《夜谭随录》十二卷(亦五十六年序)，颇借材他书(如《佟觭角》《夜星子》《疡医》皆本《新齐谐》)，不尽己出，词气亦时失之粗暴，然记朔方景物及市井情形者特可观。他如长白浩歌子⑥之《萤窗异草》三编十二卷(似乾隆中作，别有四编四卷，乃书估伪造)。海昌管世灏⑦之《影谈》四卷(嘉庆六年序)，平湖冯起凤⑧之《昔柳摭谈》八卷(嘉庆中作)，近至金匮邹弢⑨之《浇愁集》八卷(光绪三年序)，皆志异，亦俱不脱《聊斋》窠臼。惟黍余裔孙⑩《内外琐言》二十卷(似嘉庆初作)一名《璞杂记》者，故作奇崛奥衍之辞，伏藏讽喻，其体式为在先作家所未尝试，而意浅薄；据金武祥⑪(《江阴艺文志》下)说，则江阴屠绅字贤书之所作也。绅又有《鹗亭诗话》一卷，文词较简，亦不尽记异闻，然审其风格，实亦此类。

《聊斋志异》风行逾百年，摹仿、赞颂者众，顾至纪昀⑫而有微辞。盛时彦⑬(《姑妄听之》跋)述其语曰：

> 《聊斋志异》盛行一时，然才子之笔，非著书者之笔⑭也。虞初⑮以下，干宝⑯以上，古书多佚⑰矣。其可见完帙⑱者，刘敬叔《异苑》⑲、陶潜《续搜神

---

① 法：效法。
② 沈起凤，字桐威，号红心词客，清文人。
③ 过俳[pái]：过于滑稽。
④ 纤仄：亦作"纤侧"，谓文辞纤巧。
⑤ 和邦额，字闲斋，号霁云主人，清满洲文人。
⑥ 浩歌子，即尹庆兰，字似村，清满洲文人。
⑦ 管世灏，字月楣，清文人。
⑧ 冯起凤，字梓华，清文人。
⑨ 邹弢，字翰飞，号萧湘馆侍者，清文人，撰有《三借庐笔谈》等。
⑩ 黍余裔孙，即屠绅，字贤书，一字笏岩，号磊砢山人、黍馀裔孙、竹勿山石道人，清文人。
⑪ 金武祥，字溎生，号粟香，清末文人，撰有《粟香随笔》《江阴艺文志》等。
⑫ 顾：但。纪昀[yún]，字晓岚，别字春帆，号石云，道号观弈道人、孤石老人，清乾隆、嘉庆年间名臣、文人，历任左都御史，兵部尚书、礼部尚书、协办大学士，以太子太保、管国子监事致仕，曾任《四库全书》总纂官，晚年作《阅微草堂笔记》。
⑬ 盛时彦，字松云，清文人，纪昀弟子。
⑭ 才子之笔：谓凭一己之才恣意书写。著书者之笔：谓中规中矩的书写。
⑮ 虞初，西汉小说家，号"黄车使者"，汉武帝时为方士侍郎，据《周书》写成笔记小说《周说》。
⑯ 干宝，字令升，东晋小说家，以其《搜神记》被称作"志怪小说之父"。
⑰ 佚[yì]：同"逸"，散失。
⑱ 完帙[zhì]：完整书籍。
⑲ 刘敬叔，[南朝宋]小说家，其《异苑》为志怪小说集。

记》①，小说类也。《飞燕外传》《会真记》②，传记类也。《太平广记》事以类聚，故可并收。今一书③而兼二体④，所未解⑤也。小说既述见闻，即属叙事，不比戏场关目⑥，随意装点。……今⑦燕昵之词、蝶狎之态⑧，细微曲折、摹绘如生。使出自言⑨，似无此理⑩；使出作者代言，则何从而闻见之？又所未解也。

　　盖即訾⑪其有唐人传奇之详，又杂以六朝志怪者之简，既非自叙之文，而尽描写之致而已。

① 陶潜，即陶渊明，名潜，字渊明，东晋大诗人、大文人，志怪小说集《续搜神记》相传为其所撰。
② 《飞燕外传》：[汉] 伶元撰赵飞燕传记。《会真记》：[唐] 元稹撰崔莺莺传记，亦称《莺莺传》。会真：遇仙（道教称仙人为"真人"）。
③ 一书：指《聊斋志异》。
④ 二体：即小说类和传记类。
⑤ 未解：不懂。
⑥ 不比：不像。戏场关目：戏曲作品。
⑦ 今：指《聊斋志异》。
⑧ 燕昵：亲昵。蝶[xiè]狎：淫狎。
⑨ 使：假使。自言：自己所说。
⑩ 所传人物不可能自言燕昵之词、蝶狎之态，故说"似无此理"。
⑪ 訾[zǐ]：非议。

谈《聊斋志异》[①]

周作人

听说苏联现在翻译中国旧文学,有陶渊明李白白居易等人的诗,这也是平常的事,但是我觉得特别有意思的,是说小说类中有《聊斋志异》。本来《聊斋志异》是中国旧说部中之佳作,与《阅微草堂笔记》并驾齐驱,代表古小说的两派,正如《阅微草堂》是近代化的志怪书,《聊斋》继承唐代的传奇文,集其大成,二百多年来他们在文坛上占着势力,那是并非偶然的。

英国人佳尔斯很早把《聊斋》译成英文,大概读者多觉得比李白杜甫更有兴味,难道洋人真只懂得稗官野史的吗,这当然不是的。大家都说《聊斋》专讲狐鬼,这正上了作者的大当,他写的故事里的狐鬼,除了忽然而至,欻然而灭之外,哪里有狐味鬼气?例如《青凤》与《连琐》两篇,可以算作代表,里边所有的还不只是普通痴男怨女,缠绵歌泣的事情么?他也可以当做人事来写,但是那么的讲室女偷情,寡妇夜奔,岂不违反礼教,《西厢记》便是前车,正人君子不及谋害王实甫,只好叫他下地狱,蒲留仙[②]于此能无戒心?他之多替狐鬼讲恋爱,并非他懂得狐鬼的情状,实乃是礼教不准他写人的恋爱之故也。因此在这一点上很有价值,外国重视《聊斋》,与重视《西厢》相同,取其能言情,非取其言狐鬼,所以有人以为《聊斋》是民俗的材料,这也是不正确的,资料当然不是没有,但在其最好的几个长篇中则除了人物是超自然的以外别无什么特殊的东西。学《聊斋》最好的要算王韬的《淞隐漫录》,他喜写男女私情,但那时有妓女可作材料,所以他不必再去借助于狐鬼了。

---

① 本文选自《周作人散文全集》第九卷(原载 1950 年 3 月 4 日《亦报》),题目系原书所有。
② 蒲留仙,即蒲松龄,字留仙。

九
《儒林外史》

简介：

【作者】［清］吴敬梓。

【体裁】长篇章回体小说。

【主题】君子小人，各有所终。

【人物】主要有：王冕、范进、严致和、匡超人、杜少卿。

【情节】此书没有贯穿全书的主要情节，而是由许多独立情节组合而成。其中主要是两类情节：一类颂扬君子，一类嘲讽小人。按人物出场顺序大致如下：农家子弟王冕自学成才，但他预知"文人有厄"，不求官职，自避会稽山中。五十四岁的老童生范进屡屡落榜，一旦中举，喜极而疯，被丈人胡屠户一耳光打醒。监生严致和吝啬成性，妻亡欲将妾扶正，婚丧两事花了几千两银子，竟气恼交加，一病不起。匡超人本是孝子，自从认识马二先生后，利欲熏心、忘恩负义，成一衣冠禽兽。杜少卿为人豪爽，却不会理家，被人骗光家产，但他并不懊丧，携妻居于清凉山，生活简朴而自在。

【版本】今存"嘉庆本"（即嘉庆八年卧闲草堂刻本）、"同治本"（即同治八年苏州群玉斋活字本）、"光绪本"（即光绪七年上海申报馆排印本）。现通行今人以上述版本为底本的汇校本。

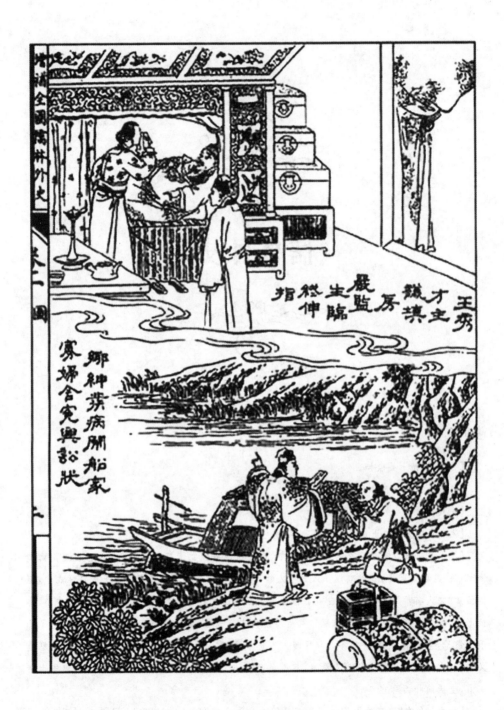

王秀
才主
議填
房
嚴監
生臨
終伸
指

鄉紳藉病開船家
寡婦含冤興訟狀

第二回

关于《儒林外史》^①

鲁 迅

寓讥弹于稗史者^②,晋、唐已有,而明为盛,尤在人情小说中。然此类小说,大抵设一庸人,极形^③其陋劣之态,借以衬托俊士,显其才华,故往往大不近情,其用才^④比于"打诨"。

若较胜之作,描写时亦刻深,讥刺之切,或逾锋刃^⑤,而《西游补》^⑥之外,每似集中于一人或一家,则又疑私怀怨毒,乃逞恶言,非于世事有不平,因抽毫^⑦而抨击矣。其近于呵斥全群者,则有《钟馗捉鬼传》^⑧十回,疑尚是明人作,取诸色人^⑨,比之群鬼,一一抉剔,发其隐情,然词意浅露,已同嫚骂^⑩,所谓"婉曲",实非所知。迨^⑪吴敬梓《儒林外史》出,乃秉持公心,指摘^⑫时弊,机锋所向,尤在士林^⑬;其文又慼^⑭而能谐、婉而多讽,于是说部^⑮中乃始有足称讽刺之书。

吴敬梓字敏轩,安徽全椒人,幼即颖异,善记诵,稍长,补官学弟子员^⑯,尤精

---

① 本文选自《中国小说史略》第二十三篇,原题"清之讽刺小说",此题目系本书选注者所加。本文要点:《儒林外史》是中国文学史上首部真正"秉持公心,指摘时弊"的讽刺小说,而其讽刺所指,乃"制艺(八股文)及以制艺出身者",即科举与官场。此外,该书还多处"刻划伪妄",屡屡"掊击习俗",可谓"以公心讽世之书"。

② 讥弹:讥讽与抨击。稗史:野史、小说。

③ 形:形容。

④ 用才:用处。

⑤ 逾:过于。锋刃:喻锐利。

⑥ 《西游补》:章回体长篇白话神魔小说,[明末清初] 董说撰。

⑦ 因:因而。抽毫:喻专挑小事。

⑧ 《钟馗捉鬼传》:旧刊本题"阳直樵云山人编次",不知何人,有说是[清初] 刘璋(见徐昆《柳崖外编》)。

⑨ 诸色人:各等人。

⑩ 嫚骂:同"谩骂"。

⑪ 迨[dài]:等到。

⑫ 指摘:用手指抓搔,喻揭露。

⑬ 士林:儒林、学界。

⑭ 慼[qī]:同"戚",忧。

⑮ 是:此。说部:小说、笔记、杂著一类。

⑯ 补官学弟子员:入官学为生员。

《文选》①，诗赋援笔立成。然不善治生②，性又豪，不数年，挥旧产俱尽，时或至于绝粮。雍正乙卯，安徽巡抚赵国麟举以应博学鸿词科③，不赴，移家金陵，为文坛盟主，又集同志④建先贤祠于雨花山麓，祀泰伯⑤以下二百三十人。资不足，售所居屋以成之，而家益贫。晚年自号文木老人，客⑥扬州，尤落拓纵酒，乾隆十九年卒于客中，年五十四(一七〇一至一七五四)。所著有《诗说》七卷、《文木山房集》五卷、诗七卷，皆不甚传(详见新标点本《儒林外史》卷首)。

　　吴敬梓著作皆奇数，故《儒林外史》亦一例，为五十五回；其成殆⑦在雍正末，著者方侨居于金陵也。时距明亡未百年，士流盖⑧尚有明季遗风，制艺⑨而外，百不经意，但⑩为矫饰，云希⑪圣贤。敬梓之所描写者，即是此曹⑫，既多据自所闻见，而笔又足以达之，故能烛幽索隐，物无遁形；凡官师、儒者、名士、山人，间亦有市井细民，皆现身纸上，声态并作，使彼世相，如在目前。惟全书无主干，仅驱使各种人物，行列而来，事与其来俱起，亦与其去俱讫⑬，虽云长篇，颇同短制；但如集诸碎锦，合为帖子，虽非巨幅，而时见珍异，因亦娱心，使人刮目矣。敬梓又爱才士，"汲引如不及⑭。独嫉'时文士'如仇，其尤工⑮者，则尤嫉之"(程晋芳所作传云)。故书中攻难⑯制艺及以制艺出身者亦甚烈，如令选家⑰马二先生自述制艺之所以可贵云：

　　……"举业"二字，是从古及今，人人必要做的。就如孔子生在春秋时候，那时用"言扬行举"做官，故孔子只讲得个"言寡尤⑱，行寡悔，禄在其

---

① 《文选》：全称《昭明文选》，[南朝梁] 昭明太子萧统主编，现存最早的诗文总集。
② 治生：谋生计、经营家业。
③ 举：举荐。博学鸿词科：清代所设特殊科考，意在选拔文学人才，而非官员。
④ 同志：志同道合者。
⑤ 泰伯，又称吴太伯，姬姓，父为周部落首领，后传位于季历及其子姬昌(周文王)，泰伯迁居江东，建吴国。
⑥ 客：客居。
⑦ 殆：大概。
⑧ 士流：士人、读书人。盖：都。
⑨ 制艺：八股文。
⑩ 但：仅。
⑪ 云希：少言(希：通"稀")。
⑫ 此曹：此等(人)。
⑬ 讫[qì]：了结。
⑭ 汲引如不及：招引就像等不及。
⑮ 工：擅长。
⑯ 攻难：攻击、非难。
⑰ 选家：以选书为业的人。
⑱ 寡：少。尤：过分。

中"。这便是孔子的举业。到汉朝，用贤良方正开科，所以公孙弘、董仲舒[①]举贤良方正。这便是汉人的举业。到唐朝，用诗赋取士；他们若讲孔孟的话，就没有官做了，所以唐人都会做几句诗。这便是唐人的举业。到宋朝，又好了，都用的是些理学的人做官，所以程朱[②]就讲理学。这便是宋人的举业。到本朝，用文章取士，这是极好的法则。就是夫子在而今，也要念文章、做举业，断不讲那"言寡尤，行寡悔"的话。何也？就日日讲究"言寡尤，行寡悔"，哪个给你官做？孔子的道，也就不行了。(第十三回)

《儒林外史》所传人物，大都实有其人，而以象形谐声或瘦词[③]隐语寓其姓名，若参[④]以雍乾间诸家文集，往往十得八九(详见本书上元金和跋)。此马二先生字纯上，处州人，实即全椒冯粹中[⑤]，为著者挚友，其言真率，又尚上知春秋汉唐，在"时文士"中实犹属诚笃博通之士，但其议论，则不特尽揭当时对于学问之见解，且洞见所谓儒者之心肝者也。至于性行，乃亦君子，例如西湖之游，虽全无会心，颇杀风景，而茫茫然大嚼[⑥]而归，迂儒之本色固在：

> 马二先生独自一个，带了几个钱，步出钱塘门，在茶亭里吃了几碗茶，到西湖沿上牌楼跟前坐下，见那一船一船乡下妇女来烧香的，……后面都跟着自己的汉子，……上了岸，散往各庙里去了。马二先生看了一遍，不在意里。起来又走了里把多路，望着湖沿上接连着几个酒店，……马二先生没有钱买了吃，……只得走进一个面店，十六个钱吃了一碗面，肚里不饱，又走到间壁一个茶室吃了一碗茶，买了两个钱处片[⑦]嚼嚼，到觉有些滋味。吃完了出来，……往前走，过了六桥，转个弯，便像些村庄地方。又有人家的棺材，厝基[⑧]中间。走也走不清[⑨]，甚是可厌。马二先生欲待回去，遇着一个走路的，

---

① 公孙弘、董仲舒：均汉代大儒。
② 程朱：宋代理学家"二程"(程颢、程颐)与朱熹合称。
③ 瘦词：缩略语。
④ 参：参考。
⑤ 冯粹中，名祚泰，[清]全椒(今属安徽)人，曾任正白旗官学教习。
⑥ 茫茫然：迷茫貌。大嚼："屠门大嚼"略，寒酸相：吃不到肉，空嚼嘴。
⑦ 处片：笋干片。
⑧ 厝[cuò]基：置放。
⑨ 走也走不清：走路也不得清静。

问道:"前面可还有好玩的所在?"那人道:"转过去便是净慈、雷峰①,怎么不好玩?"马二先生于是又往前走。……过了雷峰,远远望见高高下下许多房子盖著琉璃瓦,……马二先生走到跟前,看见一个极高的山门,一个金字直匾,上写"敕赐净慈禅寺";山门旁边一个小门。马二先生走了进去;……那些富贵人家女客,成群结队,里里外外,来往不绝。……马二先生身子又长,戴一顶高方巾,一幅乌黑的脸,膶着个肚子,穿着一双厚底破靴,横着身子乱跑,只管在人窝子里撞。女人也不看他,他也不看女人。前前后后跑了一交②,又出来坐在那茶亭内,……吃了一碗茶。柜上摆着许多碟子:橘饼、芝麻糖、粽子、烧饼、处片、黑枣、煮果子,马二先生每样买了几个钱,不论好歹,吃了一饱。马二先生觉得倦了,直着脚跑进清波门;到了下处③,关门睡了。因为多走了路,在下处睡了一天。第三日起来,要到城隍山走走。……(第十四回)

至叙④范进,家本寒微,以乡试中式⑤暴发⑥,旋丁母忧⑦,翼翼尽礼,则无一贬词,而情伪毕露,诚微辞之妙选,亦狙击之辣手矣:

　　……两人(张静斋及范进)进来,先是静斋谒⑧过,范进上来叙师生之礼。汤知县再三谦让,奉坐吃茶。同静斋叙了些阔别的话,又把范进的文章称赞了一番,问道:"因何不去会试?"范进方才说道:"先母见背,遵制丁忧⑨。"汤知县大惊,忙叫换去了吉服。拱进后堂,摆上酒来。……知县安了席坐下,用的都是银镶杯箸。范进退前缩后的不举杯箸,知县不解其故。静斋笑道:"世先生因遵制,想是不用这个杯箸。"知县忙叫换去。换了一个磁杯,一双象牙箸来,范进又不肯举动。静斋道:"这个箸也不用。"随即换了一双白颜色竹子的来,方才罢了。知县疑惑:"他居丧如此尽礼,倘或不用荤酒,却是

---

① 净慈、雷峰:净慈寺、雷峰塔。
② 一交:一遭。
③ 下处:下榻处、住处。
④ 至叙:至于讲到。
⑤ 中式:中举。
⑥ 暴发:这里指突发疯癫。
⑦ 丁母忧:母亲丧事。
⑧ 谒[yè]:拜见。
⑨ 遵制丁忧:节制服丧。

不曾备办。"落后看见他在燕窝碗里拣了一个大虾圆子送在嘴里,方才放心。……(第四回)

此外刻划伪妄之处尚多,掊击习俗者亦屡见。其述王玉辉之女既殉夫,玉辉大喜,而当入祠建坊之际,"转觉心伤,辞了不肯来",后又自言"在家日日看见老妻悲恸,心中不忍"(第四十八回),则描写良心与礼教之冲突,殊极刻深(详见本书钱玄同①序)。作者生清初,又束身名教之内,而能心有依违②,托稗说③以寄慨,殆亦深有会于此矣。以言君子,尚亦有人,杜少卿为作者自况④,更有杜慎卿(其兄青然⑤),有虞育德(吴蒙泉⑥),有庄尚志(程绵庄⑦),皆贞士;其盛举则极于祭先贤。迨南京名士渐已销磨⑧,先贤祠亦荒废;而奇人幸未绝于市井,一为"会写字的",一为"卖火纸筒子的",一为"开茶馆的",一为"做裁缝的"。末一尤恬淡,居三山街,曰荆元,能弹琴赋诗,缝纫之暇,往往以此自遣,间亦访其同人。

一日,荆元吃过了饭,思量没事,一径踱到清凉山来。……他有一个老朋友姓于,住在山背后。这于老者也不读书,也不做生意,……督率着他五个儿子灌园⑨。……这日,荆元步了进来,于老者迎着道:"好些时不见老哥来,生意忙的紧?"荆元道:"正是,今日才打发清楚些,特来看看老爹。"于老者道:"恰好烹了一壶现成茶,请用一杯。"斟了送过来。荆元接了,坐着吃,道:"这茶,色香味都好,老爹却是那里取来的这样好水?"于老者道:"我们城西不比你们城南,到处井泉都是吃得的。"荆元道:"古人动说⑩'桃源避世',我想起来,哪里要甚么桃源,只如老爹这样清闲自在,住在这样'城市山林'的所在,就是现在的活神仙了。"于老者道:"只是我老拙一样事也不会做,怎的如老哥会弹一曲琴,也觉得消遣些。近来想是一发弹的好了,可好几时请教一回?"荆元道:"这也容易,老爹不嫌污耳,明日携琴来请教。"说了一会,

---

① 钱玄同,字德潜,现代学者。
② 依违:迟疑。
③ 稗说:小说。
④ 自况:自比。
⑤ 青然,即吴檠,字青然,吴敬梓兄。曾任刑部主事。
⑥ 吴蒙泉,即吴培源,字岵瞻,号蒙泉,曾任浙江余姚县令、遂安县令。
⑦ 程绵庄,即程廷祚,字启生,号绵庄,清代文人,未仕,闭户治经。
⑧ 销磨:(委婉语)死亡。
⑨ 灌园:浇园(种菜)。
⑩ 动说:动不动说。

辞别回来。次日，荆元自己抱了琴，来到园里，于老者已焚下一炉好香，在那里等候。……于老者替荆元把琴安放在石凳上，荆元席地坐下，于老者也坐在旁边。荆元慢慢的和了弦，弹起来，铿铿锵锵，声振林木。……弹了一会，忽作变微之音，凄清宛转。于老者听到深微之处，不觉凄然泪下。自此，他两人常常往来。当下也就别过了。(第五十五回)

然独不乐与士人往还，且知士人亦不屑与友，固非"儒林"中人也。至于此后有无贤人君子得入《儒林外史》，则作者但存疑问而已。

《儒林外史》初惟传抄，后刊木①于扬州，已而②刻本非一。

尝有人排列全书人物，作"幽榜"，谓神宗以水旱偏灾，流民载道，冀"旌③沉抑之人才"以祈福利，乃并④赐进士及第，并遣礼官就国子监祭之；又割裂作者文集中骈语⑤，襞积⑥之以造诏表⑦(金和跋云)，统为一回缀⑧于末，故一本有五十六回⑨。又有人自作四回，事既不伦，语复猥陋，而亦杂入五十六回本中，印行于世，故一本又有六十回⑩。

是后⑪亦鲜有以公心讽世之书如《儒林外史》者。

---

① 刊木：刻版。
② 已而：此后。
③ 旌：表彰。
④ 并：同时。
⑤ 骈[pián]语：也称"骈文"，因常用四字句、六字句对仗，也称"四六文"或"骈四俪六"，如庾信《哀江南赋序》中句："日暮途远，人间何世。将军一去，大树飘零；壮士不还，寒风萧瑟。……申包胥之顿地，碎之以首；蔡威公之泪尽，加之以血。……"
⑥ 襞[bì]积：累积。
⑦ 诏表：文体名，诏令与表章。
⑧ 缀：系结、连接。
⑨ 一本：一种版本。五十六回本，即卧闲草堂本《儒林外史》，刊行于嘉庆八年。
⑩ 六十回本，即增补齐省堂本《儒林外史》，刊行于光绪十四年。
⑪ 是后：此后。

吴敬梓与《儒林外史》①

胡 适

我们安徽的第一个大文豪，不是方苞，不是刘大櫆，也不是姚鼐②，是全椒县的吴敬梓。

吴敬梓，字敏轩，一字文木。他生于清康熙四十年，死于乾隆十九年（西历1701—1754）。他生在一个很阔的世家，家产很富，但是他瞧不起金钱，不久就成了一个贫士。后来他贫的不堪，甚至于几日不能得一饱。那时清廷开博学鸿词科③，安徽巡抚赵国麟荐他应试，他不肯去。从此"乡试也不应，科岁也不考，逍遥自在，做些自己的事"。后来死在扬州，年纪只有五十四岁。他生平的著作有《文木山房诗集》七卷、文五卷（据金和《儒林外史跋》）、《诗说》七卷（同），又《儒林外史》小说一部（积晋芳《吴敬梓传》作五十卷，金跋作五十五卷，天目山樵评本五十六卷，齐省堂本六十卷）。据金和跋，他的诗文集和《诗说》都不曾付刻，只有《儒林外史》流传世间，为近世中国文学的一部杰作。

他的七卷诗，都失传了。王又曾(毅原)④《丁辛老屋集》里曾引他两句诗："如何父师训，专储制举⑤材。"这两句诗的口气、见解，都和他的《儒林外史》是一致的。程晋芳⑥《拜书亭稿》也引他两句："遥思二月秦淮柳，蘸露拖烟委曲尘。"——可以想见他的诗文集里定有许多很好的文字。只可惜那些著作都不传

---

① 本文选自《胡适文集》第五册，原题"吴敬梓传"，此题目系本书选注者所加。本文要点：吴敬梓痛恨科举、痛恨官场，因而在《儒林外史》中，凡热衷"举业"和官场的人物，均可笑可鄙；凡逃避科举和官场的人物，均可敬可爱。

② 方苞、刘大櫆、姚鼐：均清康熙、乾隆年间有名文人，均为安徽桐城人，且文风相同，故后世效仿者被称为"桐城派"或"桐城古文派"，此三人即成"桐城派"始祖。

③ 博学鸿词科：清代所设特殊科考，意在选拔（笼络）文人，而非官员。

④ 王又曾，字受铭，号毅原，清乾隆年间文人，曾任刑部主事。

⑤ 储：培养。制举：也称"制科"，即科举。

⑥ 程晋芳，字鱼门，号蕺园，清乾隆年间文人，曾任吏部主事。

了，我们只能用《儒林外史》来作他的传的材料。

《儒林外史》这部书所以能不朽，全在他的见识高超、技术高明。这书的"楔子"一回，借王冕的口气，批评明朝科举用八股文的制度道："将来读书人既有此一条荣身之路，把那文行出处①都看得轻了。"这是全书的宗旨。

书里的马二先生说：

> "举业"二字是从古及今，人人必要做的。就如孔子生在春秋时候，那时用言扬行举做官；故孔子只讲得个"言寡尤②，行寡悔，禄在其中"。这便是孔子的举业。……到唐朝用诗赋取士，他们若讲孔孟的话，就没有官做了。……到本朝用文章取士，就是夫子在而今也要念文章，做举业，断不讲那"言寡尤，行寡悔"的话。何也？就日日讲"言寡尤，行寡悔"，哪个给你官做？孔子的道，也就不行了。

这一段话句句是恭维举业，其实句句是痛骂举业。末卷表文所说"夫萃天下之人才而限制于资格，则得之者少，失之者多"，正是这个道理。国家天天挂着孔孟的招牌，其实不许人"说孔孟的话"，也不要人实行孔孟的教训，只要人念八股文，做试帖诗；其余的"文行出处"都可以不讲究，讲究了又"哪个给你官做"？不给你官做，便是专制君主困死人才的唯一妙法。要想抵制这种恶毒的牢笼，只有一个法子，就是提倡一种新社会心理，叫人知道"举业"的丑态，知道官的丑态；叫人觉得"人"比"官"格外可贵，学问比八股文格外可贵，人格比富贵格外可贵。社会上养成了这种心理，就不怕皇帝"不给你官做"的毒手段了。

一部《儒林外史》的用意，只是要想养成这种社会心理。看他写周进、范进那样热衷的可怜，看他写严贡生、严监生那样贪吝的可鄙，看他写马纯上那样酸、匡超人那样辣；又看他反过来写一个做戏子的鲍文卿那样可敬，一个武夫萧云仙那样可爱；再看他写杜少卿、庄绍光、虞博士诸人的学问、人格那样高出八股功名之外——这种见识，在二百年前，真是可惊可敬的了！

程晋芳做的《吴敬梓传》里说他生平最恨"做时文"的人；"时文"做得越好的人，他痛恨他们也越厉害。《儒林外史》痛骂八股文人，有几处是容易看得出的，

---

① 文行出处：学问、品行、外出、家居。
② 寡：少。尤：过分。

不用我来指出。我单举两处平常人不大注意的地方：

第三回写，范进的文章，周学台看了三遍之后，才晓得是"天地间之至文，真乃一字一珠"！第四回写，范进死了母亲，去寻汤知县打秋风，汤知县请他吃饭，用的是银镶杯箸，范举人因为居丧不肯举杯箸；汤知县换了磁杯象牙箸来，他还不肯用。"汤知县疑惑他居丧如此尽礼，倘或不用荤酒，却是不曾备办；后来看见他在燕窝碗里拣了一个大虾元送在嘴里，方才放心！"

这种绝妙的文学技术，绝高的道德见解，岂是姚鼐、方苞一流人能梦见的吗？最妙的是写汤知县、范进、张静斋三人的谈话：

张静斋道："想起洪武年间刘老先生……"汤知县道："哪个刘老先生？"静斋道："讳'基'①的了。他是洪武三年开科的进士，'天下有道'三句②中的第五名。"范进插口道："想是第三名。"静斋道："是第五名！那墨卷是弟读过的。后来入了翰林，洪武③私行到他家，恰好江南张王送了他一坛小菜，当面打开看，都是些瓜子金④。洪武圣上恼了，把刘老先生贬为青田县知县，又用毒药摆死了。"汤知县见他说的"口若悬河"，又是本朝确切的典故⑤，不由得不信！

这一段话写两个举人和一个进士的"博雅"，写时文大家的学问，真可令人绝倒。这又岂是方苞、姚鼐一流人能梦见的吗？

这一篇短传里，我不能细评《儒林外史》全书了。这一部大书，用一个做裁缝的荆元做结束。这个裁缝每日做工有余下的工夫，就弹琴写字，也极欢喜做诗。朋友问他道："你既要做雅人，为甚么还要做你这贱行？何不同学校里人相与相与？"他道："我也不是要做雅人。只为性情相近，故此时常学学。至于我们这个贱行，是祖父遗留下来的，难道读书识字做了裁缝就玷污了不成？况且那些学校里的朋友，他们另有一番见识，怎肯和我相与？我而今每日寻得六七分银子，吃

---

① 讳"基"：名"基"，即刘基，字伯温，处州青田县南田乡（今属浙江温州市文成县）人，明朝开国元勋。
② "天下有道"三句：第一句出自《论语》："孔子曰：'天下有道，则礼乐征伐自天子出；天下无道，则礼乐征伐自诸侯出。'"第二句，出自《中庸》："今天下，车同轨，书同文，行同伦。"第三句出自《孟子》："万钟则不辨礼义而受之，万钟于我何加焉？"此三句经文，常作科考题目。
③ 洪武：朱元璋，年号洪武。
④ 瓜子金：小金块，形似瓜子，故称。
⑤ 又是本朝确切的典故：（讽刺语）上文所说刘伯温事，其实全是胡说八道。

饱了饭,要弹琴,要写字,诸事都由得我。我又不贪图人的富贵,又不伺候人的颜色;天不收,地不管,倒不快活!"这是真自由、真平等——这是我们安徽的一个大文豪吴敬梓想要造成的社会心理。

《儒林外史》与晚清讽刺小说①

胡 适

……

南方的讽刺小说都是学《儒林外史》的。《儒林外史》初刻于乾隆时,后来虽有翻刻本,但太平天国乱后,这部书的传本渐渐少了。乱平以后,苏州有活字本;《申报》的初年有铅字排本,附有金和的跋语,及天目山樵评语。自此以后,《儒林外史》的通行遂多了。但这部书是一种讽刺小说,颇带一点写实主义的技术②,既没有神怪的话,又很少英雄儿女的话;况且书里的人物又都是"儒林"中人,谈什么"举业""选政",都不是普通一般人能了解的,因此,第一流小说之中,《儒林外史》的流行最不广,但这部书在文人社会里的魔力可真不少!一来呢,这是一种创体,可以作批评社会的一种绝好工具。二来呢,《儒林外史》用的语言是长江流域的官话,最普通、最适用。三来呢,《儒林外史》没有布局,全是一段一段的短篇小品连缀起来的;拆开来,每段自成一篇;斗拢③来,可长至无穷。这个体裁最容易学,又最方便。因此,这种一段一段没有总结构的小说体,就成了近代讽刺小说的普通法式。

我们先说李伯元(常州人,事迹未详)的《官场现形记》。这部书先后共出了六十卷,全是无数不连贯的短篇纪事连缀起来的。全书的体例与方法,最近④《儒林外史》。《儒林外史》骂的是儒生,《官场现形记》骂的是官场;《儒林外史》里还有几个好人,《官场现形记》里简直没有一个好官。……著者自己说,他那部书是

---

① 本文节选自《胡适文存二集·五十年来中国之文学》,题目系编者所加。本文要点:《儒林外史》是晚清讽刺小说的鼻祖,晚清的《官场现形记》《二十年目睹之怪现状》《文明小史》《老残游记》等,都师法《儒林外史》,其共同特点是:没有结构布局,由不连贯的短篇纪事连缀而成。
② 技术:技巧。
③ 斗拢:(方言)同"兜笼",拼凑聚合。
④ 最近:最接近。

一部做官教科书：

> 前半部是专门指摘他们做官的坏处，好叫他们读了知过必改。后半部方是教导他们做官的法子。如今把这后半部烧了，只剩得前半部；光有这前半部，不像本教科书，倒像部《封神榜》《西游记》，妖魔鬼怪一齐都有。(第六十卷)

其实当时官场的腐败已到了极点，这种材料遍地皆是，不过等到李伯元方才有这一部穷形尽相的"大清官国活动写真"出现，替中国制度史留下无数绝好的材料。……李伯元除了《官场现形记》之外，还有一部《文明小史》，也是《儒林外史》式的讽刺小说。

吴沃尧，字趼人，是广东南海的佛山人，故自称"我佛山人"。当梁启超在日本创办《新小说》时，吴沃尧的《二十年目睹之怪现状》(以下省称《怪现状》)的第一部分就在《新小说》上发表。那个时候——光绪癸卯甲辰(1903—1904)——大家已渐渐的承认小说的重要，故梁启超办了《新小说》杂志，商务印书馆也办了一个《绣像小说》杂志，不久又有《小说林》出现。文人创作小说也渐渐的多了。《怪现状》《文明小史》《老残游记》《孽海花》……都是这个时代出来的。《怪现状》也是一部讽刺小说，内容也是批评家庭社会的黑幕。但吴沃尧曾经受过西洋小说的影响，故不甘心做那没有结构的杂凑小说。他的小说都有点布局，都有点组织。这是他胜过同时一班作家之处。《怪现状》的体例还是散漫的，还含有无数短篇故事；但全书有个"我"做主人，用这个"我"的事迹做布局纲领，一切短篇故事都变成了"我"二十年中看见或听见的怪现状。即此一端，便与《官场现形记》《文明小史》不同了。但《怪现状》还是《儒林外史》的产儿；有许多故事还是勉强穿插进去的。后来吴沃尧做小说的技术进步了，他的《恨海》与《九命奇冤》便都成了有结构有布局的新体小说。……

中国的小说是从"演义"出来的。演义往往用史事做间架，这一朝代的事"演"完了，他的平话也收场了。《三国》《东周》一类的书是最严格的演义。后来作法进步了，不肯受史事的严格限制，故有杜撰的演义出现。《水浒》便是一例。但这一类的小说，也还是没有布局的；可以插入一段打大名府，也可以插入一段打青州；可以添一段破界牌关，也可以添一段破诛仙阵；可以添一段捉花蝴蝶，也可以再添一段捉白菊花……割去了，仍可成书；拉长了，可至无穷。这是演义体的结构上的缺乏。《儒林外史》虽开一种新体，但仍是没有结构的；从山东汉上县说到南京，从夏总甲说到丁言志；说到杜慎卿，已忘了娄公子；说到凤四老爹，已忘了张铁臂了。后来这一派的小说，也没有一部有结构布置的。所以这一千年的小说①里，差不多都是没有布局的。内中比较出色的，如《金瓶梅》，如《红楼梦》，虽然拿一家的历史做布局，不致十分散漫，但结构仍旧是很松的；今年偷一个潘五儿，明年偷一个王六儿；这里开一个"菊花诗社"，那里开一个"秋海棠诗社"；今回老太太做生日，下回薛姑娘做生日……翻来覆去，实在有点讨厌。……

和吴沃尧、李伯元同时的，还有一个刘鹗，字铁云，丹徒人，也是一个小说好手。……刘鹗著的《老残游记》，与李伯元的《文明小史》同时在《绣像小说》上发表。这部书的主人老残，姓铁，名英，是他自己的托名。书中写的风景经历，也都带着自传的性质。……书中写申子平在山中遇着黄龙子玛姑一段，荒诞可笑……书末把贾家冤死的十三人都从棺材里救活回来，也是无谓之至。但除了这两点之外，这部书确是一部很好的小说。……

民国成立时，南方的几位小说家都已死了，小说界忽然又寂寞起来。这时代的小说只有李涵秋的《广陵潮》还可读；但他的体裁仍旧是那没有结构的《儒林外史》式。至于民国五年出的"黑幕"小说，乃是这一类没有结构的讽刺小说的最下作品，更不值得讨论了。

---

① 这一千年的小说：是从唐传奇算起的。

《儒林外史》新叙①

钱玄同②

中国近五百年来第一流的文学作品,只有《水浒》《儒林外史》和《红楼梦》三部书;我常常希望有人将这三部书加上标点符号,分段分节,重印出来,以供研究文学者之阅读。

我怀这种希望者有三四年,好了,好了! 现在居然有一位汪原放先生把这三部书加上标点符号,并且分段分节,陆续印行了!

我的朋友胡适之先生,因为我平日是主张白话文学的,于上举三书之中,尤其爱读《儒林外史》,于是就叫我做一篇《儒林外史》的新序。

可是我对于"文学",实在没有什么研究,这《儒林外史》在"文学"上有怎样的价值,我现在还不敢强作解人来说外行话。我现在做这篇文章,不是批评《儒林外史》的本身,是觉得《儒林外史》这部书,不但是文学的研究品,并且大可以列为现在中等学校的"模范国语读本"之一。以下的话,都是就着这个意见来说的。

我以为《水浒》《儒林外史》和《红楼梦》三书,就作者的见解、理想和描写的艺术上论,彼此都有很高的价值,不能轩轾③于其间;但就青年学生良好的读物方面着想,则《水浒》和《红楼梦》还有小小地方不尽适宜,惟独《儒林外史》,则有那两书之长而无其短。所以,我认为这是青年学生的良好读物,大可以拿它来列入现在中等学校的"模范国语读本"之中。

---

① 本文是《儒林外史》上海亚东图书馆本 1920 年第一版序言,后收入《钱玄同文选》。本文要点:《儒林外史》是最适合年轻人阅读的古典文学作品,理由有三:一、《儒林外史》描写真切、朴实,毫无浮华之词;二、《儒林外史》极其干净,毫无淫秽语;三、《儒林外史》是用真正的"国语"写成的,没有方言夹杂其间。因而,《儒林外史》最适合做学生语文教材。
② 钱玄同,字德潜,现代作家、语言学家,著有《文字学音篇》《重论经今古文学问题》《古韵二十八部音读之假定》《古音无邪纽证》等。
③ 轩轾:高低。

我觉得《儒林外史》有三层好处，都是适宜于青年学生阅读的。其中一层为《儒林外史》与《水浒》《红楼梦》所共有的，两层为《儒林外史》所独有的。

　　(1) 描写真切，没有肤泛语①，没有过火语。这一层，不是《儒林外史》独有的好处，那《水浒》和《红楼梦》都是如此。文学家唯一的手段，就是工于描写。描写得恰到好处，使看的人觉得文中的景物，历历如在目前，逼住他们引起愉快、悲哀、愤怒种种情感，这就是最好的文学。适之先生的《建设的文学革命论》中，有一段论描写的话道：

> 　　描写的方法，千头万绪，大要②不出四条：一写人，二写境，三写事，四写情。写人要举动、口气、身份、才性……都要有个性的区别，件件都是林黛玉，决不是薛宝钗；件件都是武松，决不是李逵。写境要一喧、一静、一石、一山、一云、一鸟……也都要有个性的区别，《老残游记》的大明湖，决不是西湖，也决不是洞庭湖；《红楼梦》里的家庭，决不是《金瓶梅》里的家庭。写事要线索分明、头绪清楚，近情近理、亦正亦奇。写情要真、要精，要细腻婉转、要淋漓尽致。——有时须用境写人，用情写人，用事写人；有时须用人写境，用事写境，用情写境……这里面的千变万化，一言难尽。

　　这话说得很有道理。中国古今的文章，虽说可以"汗牛充栋"，但是能够这样工于描写的好文学，却实在不多。一般人认为，文学的如骈文，如桐城派的古文，他们要讲究什么"对偶"，什么"声律"，什么"义法"，什么"起伏照应"，什么"画龙点睛"，所以他们做的那些陈猫古老鼠式③的什么"论""记""传状""碑志""赠序""寿颂"之类，都是摇曳作态、搔首弄姿，或夸对仗之工整，或诩④义法之谨严，按之实际，则满纸尽是肤泛语。他们对于一件事实、一种现象，往往不愿作平情的判断，"爱之欲其生，恶之欲其死"，如《史通》⑤的《载文》和《曲笔》诸篇所举之例，触目皆是。由此可见，他们又爱做过火的文章。文章犯了肤泛和过火两种毛病，当然不能真切了。还有那班做无聊的、恶滥的小说的人，描写他理想中的人物，总爱写的不近人情，如《天雨花》之写左维明、《九尾龟》之写章秋谷，叫人看了，真

---

① 肤泛语：肤浅空泛之语。
② 大要：大略要点。
③ 陈猫古老鼠式：喻陈腐而不合时宜。
④ 诩[xǔ]：夸耀。
⑤ 《史通》：史学论著，[唐] 刘知幾撰。

要肉麻，真要恶心；至《野叟曝言》之写文素臣①，简直成了一个妖怪了(《西游记》也是一部好小说。书中写孙行者，原是要写一个本能超越人类的神猴，所以越描写得神通广大，越觉其诙谐有趣。这是不能同文素臣等相提并论的)。他们描写阴险小人，又往往写成寿头②或白痴。一部书中罗列乞丐、皇帝、官吏、幕友、员外、安人、公子、小姐、妖怪、强盗……其性情、言语、动作，等等，都是一副板子印出来的。这也是犯了过火和肤泛的毛病。青年学生血气未定、识力未充，多读此类不真切的文章，则作文论事，很容易犯模糊和武断的弊病。要救这种弊病，惟有多读描写真切的好文学。中国抒情之文如《三百篇》③，汉魏的乐府，陶潜、李白、杜甫、白居易诸人的诗，李煜、欧阳修、苏轼、辛弃疾诸人的词，元朝的南北曲等；说理之文如《庄子》等；记载之文如《左传》《国策》《史记》《水经注》《世说新语》《洛阳伽蓝记》等，其中颇有些描写真切的好文学。此外就要数到《儒林外史》等几部好小说了。现在单就《儒林外史》说，他描写各人的性情、言语、动作，都能各还其真面目。那地位相差太远的人自不必说，如杨执中和权勿用、娄公子和蓬公孙、杜少卿和迟衡山、虞博士和庄征君……很容易写得相像，他却能够写得彼此绝不相同；又如他描写胡屠户、严贡生、马二先生、成老爹诸人，真是淋漓尽致，各极其妙，而又没有一句不合实情的肤泛语和过火语。闲斋老人的序中说"篇中所载之人，不可枚举，而其人之性情心术，一一活现纸上"，这句话，真能道出《儒林外史》之好处。这种"写实"的大本领，断非那些惯做谀墓文章④的古文家所能梦见的！

(2) 没有一句淫秽语。这是《儒林外史》的大特色。中国人做到诗、词、戏曲和小说，大概总要说几句淫秽语。那些假造的古书如《飞燕外传》和《杂事秘辛》之流及一切"色情狂的淫书"和"黑幕书"，作者本意即专在描写淫秽，那是不用去提它了。此外如宋词、元曲之中，就有涉及淫秽的地方。《水浒》和《红楼梦》其文学虽好，但是也还有几处淫秽的。独有《儒林外史》最为干净，全书中不但没有一句描写淫秽之语，并且没有那些中国文人照例要说的肉麻话。这不是他的大特色吗！照这一层看来，青年学生可读的旧小说，自然以《儒林外史》为最适宜了(坊间所售石印齐省堂本《儒林外史》忽然增加了四回。这四回中有许多描写淫秽的话，不知是什么妄人加入的。吴敬梓的原本固然没有这四回，就是齐省堂的改订本也没有这四回，有木板的齐省堂本可证)。

---

① 《天雨花》：[清初] 弹词小说，作者不详。《九尾龟》：章回体小说，[清末] 张春帆撰。《野叟曝言》：章回体小说，[清] 夏敬渠撰。
② 寿头：(吴越方言)傻瓜。
③ 《三百篇》：即《诗经》。
④ 谀墓文章：指尽说好话的墓志铭。

（3）是国语的文学。适之先生的《〈水浒传〉考证》中说："这部七十回的《水浒传》是中国白话文学完全成立的一个大纪元。"我以为这话说的很对。但是白话文学之中，有"方言的文学"和"国语的文学"之区别。《水浒》还是方言的文学，《儒林外史》却是国语的文学了。《水浒》和《儒林外史》之间，并没有国语的文学之大著作，所以《儒林外史》出世之日，可以说他是中国国语的文学完全成立的一个大纪元。中国白话文学的动机，起于中唐以后，如白居易诸人，很有几首白话诗。到了宋朝，柳永、辛弃疾诸人的词，程颢、程颐、张载、朱熹、陆九渊诸人的说理之文和信札，很多用白话来做的。但那时的做白话文章，并不是有坚决的主张，不过文学家要很真切的发表自己的情感，哲学家要很真切的发表自己的学说，有时候觉得古语不很适用，就用当时的白话来凑补，所以把古文和白话夹杂起来，自由使用。这时候文章中的白话，不过站在补缀古文的地位，不但去国语的文学尚远，就连方言的文学也还够不上说。自从元曲出世，关汉卿、马致远、白仁甫、郑德辉这班大文学家才把以前的文体打破，自由使用当时的北方语言来做新体文学。元曲中间，常常夹杂古书中的成语，甚而至于拉上许多《四书》《五经》中的古奥句子，生吞活剥的嵌入当时北方语言之中。这种文言、白话夹杂的状态，骤然看来，似乎和宋词一样，其实大不相同：宋词是以古语为主而以当时的白话补其不足，元曲是以当时的白话为主而以古语补其不足；所以，元曲可以说是方言的文学。不过，曲文是要歌唱的，虽用白话来做，究竟不能很合语言之自然。很自然的方言的文学完全成立，总要从《水浒》算起。《水浒》中所用的语言，不知是哪处的话，这个现在还没有人能够考证明白。不过总不是元明之间的普通话，这是可以断定的，因为它所描写的是一种特别的社会——强盗社会——的口吻，若用当时的普通话来描写，未免有不能真切的地方。《水浒》以后，明朝最著名的小说，就是《金瓶梅》。《金瓶梅》是写一种下流无耻、龌龊不堪的恶社会，自然更不能用普通话了。元明以来的普通话，和唐宋时代大不相同。现在江、浙、闽、广等处的特殊语言，大概是唐宋时代的普通话（现在江、浙、闽、广等处的特别声音，多半与《广韵》之音相合，可证）。自从宋朝南渡以后，到了元朝，蒙古人在中国的北方做了中国的皇帝，就用当时北方的方言作为一种"官话"；因为政治上的关系，这种方言很占势力。明清以来，经过几次的淘汰，去掉许多很特别的话，加入其他各处较通行的方言，就渐渐成为近四五百年中的普通话。这种普通话，就是俗称为官话的，我们因为它有通行全国的能力，所以称他为"国语"。《儒林外史》就是用这种普通话来做成的一部极有价值的文学书，所以我说它是国语的文学完全成立的一个大纪元。这种国语，到了现在还是没有什么变更。近年以来，有智识的文学家主张文学革命、提倡国语的文学，明白道理的教育家应时势之需求，提倡国语普及，把学校中的国文改授国语；要求国语的文学书和国语读本的人非常之多。其实，这两件事是不能分开的。要研究文学，固然应该读国语的文学书；要练习做国语文，练习讲国语，也决不是靠着几本没有趣味的国语读本——甚而至于专说无谓的应酬话的国语会话书——所能收效的。惟有以国语的文学书为国语读本，拿它来多看多读，才能做出好的国语文，讲出好的国语（所谓"好"者，是指内容的美，不是指甚么"音正腔圆"。须知各人发音，有各人的自然腔调，这是不能矫揉造作的；而且也决不应该矫揉造作，硬叫它统一，把活人的嘴都变成百代公司的留声机器片子）。孔丘说的好："诵诗三百，授之以政，不达；使于四方，不能专对；虽多，亦奚以为？"[①]又说："不学诗，无以言。"这就因为诗是文学，一个人研究了文学，讲起话来才能善于辞令。我们要会作国语文，会讲国语，也应该先读国语的文学书。两三年来，新出版的书报很多，其中可以供青年学生作为国语读本用的"国语诗""国语小说"和"国语论文"自然很有几篇，可是还不算多。据我看来，这部《儒林外史》虽然是一百七八十年前的人做的，但是他的文学手段很高，他的国语又做得很好，这中间的国语到了如今还没有什么变更。那么，现在的青年学生大可把它当做国语读本之一种看了。

我写到这里，觉得关于"国语"这个问题，还有几句应该说明的话。从《儒林外史》以来，到我们现在做白话文所用的国语，是把元明以来的北方方言为主而加入其他各处较通行的方言所成的。这是上文已经说过了。这种国语，虽然到了现在还没有什么变更，但是今后的国语，却不可就以此为限，应该使它无限制的扩充起来，以现在这国语为主而尽量吸收方言、古语和外国语中的词句，以期适于应用。所以如《儒林外史》，如今人所做的国语诗、国语小说和国语论文，虽然都可以作为国语读本用，但若一味将它们来句摹字拟，为它们所限制，以为它们没有用过的词句就是不可用的，那就大谬不然。要知道，从《儒林外史》出世以来，国语的文学虽然成立，但是到了现在，它的内容还很贫乏。那丰富的新国语还在将来。负制造这丰富的新国语之责任者，就是我们。我们都应该努力才是。近来有一班人，不知道打了什么主意，不但不打算扩充现在的国语，使它丰富适用，就连这点好不容易支持了三四百年之贫乏的国语，还不肯让它存在，口口声

---

① 大意是："把《诗》三百篇背得很熟，让他处理政务，却不会办事；让他当外交使节，不能独立地办交涉；书读得很多，又有什么用呢？"

声说他是"伪国语",非取消它不可。他们主张以纯粹的北京话为国语,说道:"非如此办法,则不能统一。"我且不问国语统一是否可能,就算它是可能,试问统一了有什么好处? 清朝末年,有做京话报①的,有做京音字母的,这些人的意思,也是要以北京话为国语,以期达到统一之目的;但是到了如今,它的效果安在? 倒还是这位二百年前的吴敬梓,用了不统一的普通话做了这样一部《儒林外史》,直到现在,我们做国语文,提倡国语,还大受其赐。这就可见国语并无统一之必要了。至于有人因为中华民国之国民公仆的办事房在北京,竟称北京为首都,以为应该以这首都之语为国语,甚至杜撰事实,说德国以柏林语为国语,英国以伦敦语为国语,这竟是情钟势耀②者口吻,更没有一驳的价值了。

以上的话,都是为介绍一部国语的文学作品《儒林外史》给青年做国语读本而说的。至于吴敬梓著《儒林外史》的见解和理想,则非把这书专门研究一番,是不能乱下批评的,我现在决不配来批评这书。不过,我平日爱看这书,觉得其中描写那班圣人之徒的口吻,真能道破我们的心事,妙不可言。现在把它摘录二段如下:

马二先生道:"'举业'二字,是从古及今,人人必要做的。就如孔子生在春秋时候,那时用'言扬行举'做官,故孔子只讲得个'言寡尤③,行寡悔,禄在其中'。这便是孔子的举业。到汉朝,用贤良方正开科,所以公孙弘、董仲舒④举贤良方正。这便是汉人的举业。到唐朝,用诗赋取士;他们若讲孔孟的话,就没有官做了,所以唐人都会做几句诗。这便是唐人的举业。到宋朝,又好了,都用的是些理学的人做官,所以程朱⑤就讲理学。这便是宋人的举业。到本朝,用文章取士,这是极好的法则。就是夫子在而今,也要念文章、做举业,断不讲那'言寡尤,行寡悔'的话。何也? 就日日讲究'言寡尤,行寡悔',哪个给你官做? 孔子的道,也就不行了。"(第十三回)

高老先生道:"……这少卿⑥是他杜家第一个败类。他家祖上几十代行

---

① 京话报:北京话报纸。
② 情钟势耀:趋炎附势。
③ 寡:少。尤:过分。
④ 公孙弘、董仲舒:均汉代大儒。
⑤ 程朱:宋代理学家"二程"(程颢、程颐)与朱熹合称。
⑥ 少卿:杜少卿,名仪,字少卿。

医，广积阴德，家里也挣了许多田产。到了他家殿元①公，发达了去，虽做了几十年官，却不会寻一个钱来家。到他父亲，还有本事中个进士，做一任太守，已经是个呆子了；做官的时候，全不晓得敬重上司，只是一味希图着百姓说好；又逐日讲那些'敦孝悌，劝农桑'的呆话。这些话是教养题目文章里的词藻，他竟拿着当了真，惹的上司不喜欢，把个官弄掉了。他这儿子就更胡说，混穿混吃，和尚、道士、工匠、花子，都拉着相与，却不肯相与一个正经人，不到十年内，把六七万银子弄的精光，天长县站不住，搬在南京城里，日日携着乃眷上酒馆吃酒，手里拿着一个铜盏子，就像讨饭的一般。不想他家竟出了这样子弟！学生在家里往常教子侄们读书，就以他为戒；每人读书的桌子上，写一纸条贴着，上面写道：'不可学天长杜仪②！'"（第三十四回）

这种见解，本是从前那班业儒③的人的公意，一经吴敬梓用文学的艺术描写，自然令人看了觉得难过万状。——但是我要请那班应④民国新举业的文官考试之青年学生仔细看看！问问他们看了作何感想？

吴敬梓对于"烈妇殉夫"这件事，还不敢公然的排斥，这是为时代所限的缘故。但是，他已经感觉到这种"青史留名""伦纪生色"的事之不近人情。请看《儒林外史》第四十八回中写王玉辉的女儿三姑娘殉夫那一件事：

> 王先生……到了女婿家，看见女婿果然病重；……一连过了几天，女婿竟不在了。……三姑娘道："我而今辞别公婆、父亲，也便寻一条死路，跟着丈夫一处去了！"……王玉辉……向女儿道："你既如此，这是青史上留名的事，我难道反拦阻你！你竟是这样做罢。我今日就回家去，叫你母亲来和你作别。"亲家再三不肯。王玉辉执意，一径来到家里，把这话向老孺人⑤说了。老孺人道："你怎的越老越呆了！一个女儿要死，你该劝她，怎么倒叫她死！这是什么话说！"王玉辉道："这样事，你们是不晓得的。"老孺人听见，痛哭流涕，连忙叫了轿子去劝女儿，到亲家家去了。王玉辉在家，依旧看书写

---

① 殿元：殿试一甲第一名，也称"状元"。
② 天长杜仪：天长县的杜仪（少卿）。
③ 业儒：以儒学为业。
④ 应：应考。
⑤ 孺人：妻子。

字,候女儿的消息。老孺人劝女儿,哪里劝的转! 一般每日梳洗,陪着母亲坐,只是茶饭全然不吃。母亲和婆婆着实劝着,千方百计,总不肯吃。饿到六天上,不能起床。母亲看着,伤心惨目,痛入心脾,也就病倒了。抬了回来,在家睡着。又过了三天,二更天气,几个火把,几个人来打门,报道:"三姑娘饿了八日,在今日午时去世了!"老孺人听见,哭死了过去,灌醒回来,大哭不止。王玉辉走到床面前,说道:"你这老人家真正是个呆子! 三女儿她而今已是成了仙了,你哭她怎的! 她这死的好! 只怕我将来不能像她这一个好题目死哩!"因仰天大笑道:"死的好! 死的好!"大笑着走出房门去了。

这一段,描写三姑娘饿死之凄惨和王玉辉的议论态度之不近人情,使人看了,觉得这种"吃人的礼教"真正是要不得的东西。但是王玉辉究竟是个人,他的良心究竟也和平常人一样;他居然忍心害理的看着女儿饿死,毫不动心,这是他中了礼教之毒的缘故,并非他生来就是"虺蜴为心,豺狼成性"的;所以他的女儿死了以后,他的天良到底发现了。再看这段的下文:

> 过了两个月……制主入祠,门首建坊。到了入祠那日……安了位①……祭了一天。在明伦堂摆席,通学人要请②了王先生上坐,说他生这样好女儿,为伦纪生色。王玉辉到了此时,转觉心伤,辞了不肯来。
> 王玉辉说起在家日日看见老妻悲恸,心下不忍。……王玉辉……上船从严州西湖这一路走。一路看着水色山光,悲悼女儿,凄凄惶惶。……路旁一个茶馆,王玉辉走进去坐下……看了一会,见船上一个少年穿白的妇人,他又想起女儿,心里哽咽,那热泪直滚出来。

这几段描写王玉辉的天良发现,何等深刻! 拿来和前段对看,更足以证明礼教是"杀人不眨眼"的恶魔了!

吴敬梓在二百年前(吴氏的生卒是 1701—1754)能够讪笑举业、怀疑礼教,这都可以证明他在当时是一个很有新思想的人。

1920 年 10 月 31 日于北京

---

① 位:牌位。
② 要请:同"邀请"。

十
《阿Q正传》

简介：

【作者】鲁迅。

【体裁】中篇小说。

【主题】国民劣性，可笑可悲。

【人物】主要有：阿Q、赵太爷、赵秀才。

【情节】主要是：阿Q是个无足轻重的乡下人，住在未庄的土谷祠里，靠给人家打短工度日。他每跟人吵嘴，总说："我们先前比你阔的多啦！你算是什么东西！"他欺软怕硬，被人家打了，就称"我总算被儿子打了"，好像是他赢了。人家揪住他不放，他就说："我是虫豸，还不放么？"他想入非非地想和赵太爷家女佣吴妈"困觉"，结果虽只是调戏了一下吴妈，却被赵太爷狠狠地惩罚了一顿。后来，他到城里去混了一阵，不知从哪儿搞了些东西回来显摆，弄得全村人都以为他阔了。此时，谣传说革命党要来了，他便称自己是革命党。然而当赵太爷家被抢后，他却稀里糊涂地被赵太爷的儿子赵秀才叫来的团丁和警察抓了起来。他们要他"画花押"（签名），他说他不识字，于是他们就叫他画个圈。他抖抖索索地画了个歪歪斜斜的圈，心里还想："孙子才画得很圆的圆圈呢。"就这样，他又稀里糊涂地被人押到刑场，砍掉了脑袋。

【版本】初刊于《晨报副刊》(1921)，后收入小说集《呐喊》(1923)。

《阿 Q 正传》的成因[①]

鲁 迅

在《文学周报》二五一期里，西谛[②]先生谈起《呐喊》，尤其是《阿 Q 正传》[③]。这不觉引动我记起了一些小事情，也想借此来说一说，一则也算是做文章，投了稿；二则还可以给要看的人去看去。

我先要抄一段西谛先生的原文——

> 这篇东西[④]值得大家如此的注意，原不是无因的。但也有几点值得商榷的，如最后"大团圆"的一幕，我在《晨报》上初读此作之时，即不以为然，至今也还不以为然，似乎作者对于阿 Q 之收局太匆促了；他不欲再往下写了，便如此随意的给他以一个"大团圆"。像阿 Q 那样的一个人，终于要做起革命党来，终于受到那样大团圆的结局，似乎连作者他自己在最初写作时也是料不到的。至少在人格上似乎是两个。

阿 Q 是否真要做革命党，即使真做了革命党，在人格上是否似乎是两个，现在姑且勿论。单是这篇东西的成因，说起来就要很费工夫了。我常常说，我的文章不是涌出来的，是挤出来的。听的人往往误解为谦逊，其实是真情。我没有什么话要说，也没有什么文章要做，但有一种自害的脾气，是有时不免呐喊几声，想给人们去添点热闹。譬如一匹疲牛罢，明知不堪大用的了，但废物何妨利用呢，

---

① 本文初刊于 1926 年 12 月 18 日上海《北新》周刊第十八期，后收入《华盖集续编·补编》(1927)。本文要点：《阿 Q 正传》的成因，并非出于缜密计划，而是无意间得之，结果会怎样，不得而知，也无所谓。
② 西谛，即郑振铎，笔名西谛，现代学者、作家。
③ 郑振铎的文章发表于《文学周报》第二五一期(1926 年 11 月 21 日)，题目就叫《"呐喊"》。
④ 这篇东西：指《阿 Q 正传》。

所以张家要我耕一弓①地,可以的;李家要我挨一转磨,也可以的;赵家要我在他店前站一刻,在我背上帖出广告道:敞店备有肥牛,出售上等消毒滋养牛乳。我虽然深知道自己是怎么瘦,又是公的,并没有乳,然而想到他们为张罗生意起见,情有可原,只要出售的不是毒药,也就不说什么了。但倘若用得我太苦,是不行的,我还要自己觅草吃,要喘气的工夫;要专指我为某家的牛,将我关在他的牛牢内,也不行的,我有时也许还要给别家挨几转磨。如果连肉都要出卖,那自然更不行,理由自明,无须细说。倘遇到上述的三不行,我就跑,或者索性躺在荒山里。即使因此忽而从深刻变为浅薄,从战士化为畜生,吓我以康有为,比我以梁启超②,也都满不在乎,还是我跑我的,我躺我的,决不出来再上当,因为我于"世故"实在是太深了。

近几年《呐喊》有这许多人看,当初是万料不到的,而且连料也没有料。不过是依了相识者的希望,要我写一点东西就写一点东西。也不很忙,因为不很有人知道"鲁迅"就是我。

我所用的笔名也不止一个:LS、神飞、唐俟、某生者、雪之、风声;更以前还有:自树、索士、令飞、迅行。"鲁迅"就是承迅行而来的,因为那时的《新青年》编辑者不愿意有别号一般的署名。

现在是有人以为我想做什么狗首领了,真可怜,侦察了百来回,竟还不明白。我就从不曾插了"鲁迅"的旗去访过一次人。"鲁迅即周树人",是别人查出来的。这些人有四类:一类是为要研究小说,因而要知道作者的身世;一类单是好奇;一类是因为我也做短评,所以特地揭出来,想我受点祸;一类是以为于他有用处,想要钻进来。

那时我住在西城边,知道"鲁迅"就是我的,大概只有《新青年》《新潮》社里的人们罢;孙伏园③也是一个。他正在晨报馆编副刊。不知是谁的主意,忽然要添一栏称为"开心话"的了,每周一次。他就来要我写一点东西。

阿 Q 的影像,在我心目中似乎确已有了好几年,但我一向毫无写他出来的意思。经这一提,忽然想起来了,晚上便写了一点,就是第一章:序。因为要切

---

① 一弓:长度,约等于 1.65 米。
② 当时有人(高长虹)著文,以康有为、梁启超、章太炎等人为例,以见"老人"之难免"倒下",说:"有当年的康梁,也有今日的康梁;有当年的章太炎,也有今日的章太炎……所谓周氏兄弟者,今日如何,当有以善自处了!"
③ 孙伏园,毕业于北京大学,先后任《晨报副刊》《京报副刊》、武汉《中央日报副刊》编辑,曾与作者同在厦门大学、中山大学任教,著有《伏园游记》《鲁迅先生二三事》等。

"开心话"这题目,就胡乱加上些不必有的滑稽,其实在全篇里也是不相称的。署名是"巴人",取"下里巴人",并不高雅的意思。谁料这署名又闯了祸了,但我却一向不知道,今年在《现代评论》上看见涵庐(即高一涵①)的《闲话》才知道的。那大略是——

> ……我记得当《阿Q正传》一段一段陆续发表的时候,有许多人都栗栗危惧,恐怕以后要骂到他的头上。并且有一位朋友,当我面说,昨日《阿Q正传》上某一段仿佛就是骂他自己。因此便猜疑《阿Q正传》是某人作的,何以呢?因为只有某人知道他这一段私事。……从此疑神疑鬼,凡是《阿Q正传》中所骂的,都以为就是他的阴私;凡是与登载《阿Q正传》的报纸有关系的投稿人,都不免做了他所认为《阿Q正传》的作者的嫌疑犯了!等到他打听出来《阿Q正传》的作者名姓的时候,他才知道他和作者素不相识,因此,才恍然自悟,又逢人声明说不是骂他。(第四卷第八十九期)

我对于这位"某人"先生很抱歉,竟因我而做了许多天嫌疑犯。可惜不知是谁,"巴人"两字很容易疑心到四川人身上去,或者是四川人罢。直到这一篇收在《呐喊》里,也还有人问我:你实在是在骂谁和谁呢?我只能悲愤,自恨不能使人看得我不至于如此卑劣。

第一章登出之后,便"苦"字临头了,每七天必须做一篇。我那时虽然并不忙,然而正在做流民②,夜晚睡在做通路的屋子里。这屋子只有一个后窗,连好好的写字地方也没有,哪里能够静坐一会,想一下。伏园虽然还没有现在这样胖,但已经笑嘻嘻,善于催稿了。每星期来一回,一有机会,就是:

"先生,《阿Q正传》……明天要付排了。"于是只得做,心里想着:"俗语说:'讨饭怕狗咬,秀才怕岁考。'我既非秀才,又要周考,真是为难……"然而终于又一章。但是,似乎渐渐认真起来了;伏园也觉得不很"开心",所以从第二章起,便移在"新文艺"栏里。

这样地一周一周挨下去,于是乎就不免发生阿Q可要做革命党的问题了。

---

① 高一涵,曾任北京大学教授,《现代评论》撰稿者。这里所引文字见于他发表在《现代评论》第四卷第八十九期(1926年8月21日)的《闲话》。在这篇《闲话》中,他指责当时著作家"多以骂人起家",接着就以《阿Q正传》为例,说了这里所引的一段话。

② 流民:流亡外地、生活无有着落之人。

据我的意思,中国倘不革命,阿Q便不做,既然革命,就会做的。我的阿Q的运命,也只能如此,人格也恐怕并不是两个。民国元年已经过去①,无可追踪了,但此后倘再有改革,我相信还会有阿Q似的革命党出现。我也很愿意如人们所说,我只写出了现在以前的或一时期,但我还恐怕我所看见的并非现代的前身,而是其后,或者竟是二三十年之后。其实这也不算辱没了革命党,阿Q究竟已经用竹筷盘上他的辫子了;此后十五年,长虹"走到出版界"②,不也就成为一个中国的"绥惠略夫"③了么?

《阿Q正传》大约做了两个月,我实在很想收束了,但我已经记不大清楚,似乎伏园不赞成,或者是我疑心倘一收束,他会来抗议,所以将"大团圆"藏在心里,而阿Q却已经渐渐向死路上走。到最末的一章,伏园倘在,也许会压下,而要求放阿Q多活几星期的罢。但是"会逢其适"④,他回去了,代庖的是何作霖⑤君,于阿Q素无爱憎,我便将"大团圆"送去,他便登出来。待到伏园回京,阿Q已经枪毙了一个多月了。纵令伏园怎样善于催稿,如何笑嘻嘻,也无法再说"先生,《阿Q正传》……"从此我总算收束了一件事,可以另干别的去。另干了别的什么,现在也已经记不清,但大概还是这一类的事。

其实"大团圆"倒不是"随意"给他的;至于初写时可曾料到,那倒确乎也是一个疑问。我仿佛记得:没有料到。不过这也无法,谁能开首就料到人们的"大团圆"?不但对于阿Q,连我自已将来的"大团圆",我就料不到究竟是怎样:终于是"学者",或"教授"乎?还是"学匪"或"学棍"呢?"官僚"乎,还是"刀笔吏"呢?"思想界之权威"乎,抑"思想界先驱者"乎,抑又"世故的老人"乎?"艺术家"?"战士"?抑又是见客不怕麻烦的特别"亚拉籍夫"⑥乎?乎?乎?乎?乎?

但阿Q自然还可以有各种别样的结果,不过这不是我所知道的事。

先前,我觉得我很有写得"太过"的地方,近来却不这样想了。中国现在的

---

① 《阿Q正传》里的故事,发生在民国元年。

② "走到出版界":高长虹在他主编的《狂飙》周刊上陆续发表的批评文字的总题,后印有单行本,上海泰东图书局发行。

③ 绥惠略夫:俄国作家阿尔志跋绥夫的小说《工人绥惠略夫》中的人物,一个无政府主义者。高长虹在《1925北京出版界形势指掌图》内以绥惠略夫自比,说他初访鲁迅的情形,使他"想象到亚拉籍夫与绥惠略夫会面时情形之仿佛"(亚拉籍夫也是《工人绥惠略夫》中的人物)。

④ "会逢其适":语见《文中子·中说·周公》,原是"会当其意有所适"的意思。章士钊在《甲寅》周刊第一卷第一号(1925年7月18日)发表的《毁法辨》中错误地把它当作"适逢其会"来用。作者在这里顺笔给予讽刺。

⑤ 何作霖,毕业于北京大学,当时任《晨报》编辑。

⑥ 亚拉籍夫:见前注"绥惠略夫"。

事,即使如实描写,在别国的人们,或将来的好中国的人们看来,也都会觉得 grotesk①。我常常假想一件事,自以为这是想得太奇怪了;但倘遇到相类的事实,却往往更奇怪。在这事实发生以前,以我的浅见寡识,是万万想不到的。

大约一个多月以前,这里枪毙一个强盗,两个穿短衣的人各拿手枪,一共打了七枪。不知道是打了不死呢,还是死了仍然打,所以要打得这么多。当时我便对我的一群少年同学们发感慨,说:这是民国初年初用枪毙的时候的情形;现在隔了十多年,应该进步些,无须给死者这么多的苦痛。北京就不然,犯人未到刑场,刑吏就从后脑一枪,结果了性命,本人还来不及知道已经死了呢。所以北京究竟是“首善之区”,便是死刑,也比外省的好得远。

但是前几天看见十一月二十三日的北京《世界日报》,又知道我的话并不的确了,那第六版上有一条新闻,题目是《杜小拴子刀铡而死》,共分五节,现在撮录一节在下面——

杜小拴子刀铡,余人枪毙。先时,卫戍司令部因为从了毅军各兵士的请求,决定用“枭首刑”,所以杜等不曾到场以前,刑场已预备好了铡草大刀一把了。刀是长形的,下边是木底,中缝有厚大而锐利的刀一把,刀下头有一孔,横嵌木上,可以上下的活动,杜等四人入刑场之后,由招扶的兵士把杜等架下刑车,就叫他们脸冲北,对着已备好的刑桌前站着。……杜并没有跪,有外右五区的某巡官去问杜:要人把着不要? 杜就笑而不答,后来就自己跑到刀前,自己睡在刀上,仰面受刑,先时行刑兵已将刀抬起,杜枕到适宜的地方后,行刑兵就合眼猛力一铡,杜的身首,就不在一处了。当时血出极多。

在旁边跪等枪决的宋振山等三人,也各偷眼去看,中有赵振一名,身上还发起颤来。后由某排长拿手枪站在宋等的后面,先毙宋振山,后毙李有三赵振,每人都是一枪毙命。……先时,被害程步墀的两个儿子忠智、忠信,都在场观看,放声大哭,到各人执刑之后,去大喊:爸! 妈呀! 你的仇已报了! 我们怎么办哪? 听的人都非常难过,后来由家族引导着回家去了。

假如有一个天才,真感着时代的心搏,在十一月二十二日发表出记叙这样情

---

① Grotesk:(德语)怪诞。

景的小说来,我想,许多读者一定以为是说着包龙图①爷爷时代的事,在西历十一世纪②,和我们相差将有九百年。

这真是怎么好……

至于《阿Q正传》的译本,我只看见过两种③。法文的登在八月份的《欧罗巴》上,还止三分之一,是有删节的。英文的似乎译得很恳切,但我不懂英文,不能说什么。只是偶然看见还有可以商榷的两处:一是"三百大钱九二串"当译为"三百大钱,以九十二文作为一百"的意思;二是"柿油党"不如译音,因为原是"自由党",乡下人不能懂,便讹成他们能懂的"柿油党"了。

十二月三日,在厦门写

---

① 包龙图,即包拯,俗称包公,北宋名臣,曾任龙图阁直学士,故称。民间关于他的传说很多,在《三侠五义》等小说或戏剧中,都有他用铡刀铡人的故事。
② 西历十一世纪:公元11世纪,即北宋时。
③ 指敬隐渔译的法文本和梁社乾译的英文本:法文译本发表于罗曼·罗兰主编的《欧罗巴》月刊第41、42期(1926年5月15日、6月15日);英文译本1926年由上海商务印书馆出版。

阿 Q 与《阿 Q 正传》

周作人①

关 于 阿 Q②

阿 Q 近来也阔气起来了,居然得到画家给他画像,不但画,而且还有两幅:其一是丰子恺③所画,见于《漫画阿 Q 正传》;其二是蒋兆和④所画,本来在他的画册中,在报上见到。丰君的画,从前似出于竹久梦二⑤,后来渐益浮滑⑥,大抵赶得着王冶梅⑦算是最好了,这回所见虽然不能说比《护生画集》⑧更坏,也总不见得好。阿 Q 这人,在《正传》里是可笑可气而又可怜的。蒋君所画能抓到这一点,我觉得大可佩服。那一条辫子也安放得恰好,与漫画迥不相同。不过,蒋君的阿 Q 似乎太皮一点了,在有些场面,特别是无赖胡扯的时候,阿 Q 如是那么瘦,便有点不相称的。实际上,阿 Q 本人也还比较的胖。文学家所写、艺术家所画的人物,自然不必全要照原样,但是实物的比较有时也不是无用。我在三十年前曾认识真阿 Q,说起来有点面善,就所记忆略记数则,以供参考。

阿 Q 本来是阿桂拼音的缩写,照例拼音应该写作 Kuei,那么当作阿 K,但是作者因为字样子好玩,好像有一条小辫,所以定为阿 Q,虽然声音稍有不对也不管了。其实,阿桂也原是对音的字,或者是阿贵也说不定,只因通常写作阿桂,这

---

① 周作人,字星杓,号知堂,鲁迅之弟,现代作家、评论家、中国民俗学开拓者,重要作品有散文集《谈龙集》《谈虎集》《永日集》等。
② 本文选自《周作人散文全集》第八卷《秉烛后谈》,原载 1940 年 3 月 1 日《中国文艺》2 卷 1 期,题目系原书所有。本文要点:阿 Q 的主要原型是阿桂,但也有其他一些次要原型。
③ 丰子恺,名仁,字子觊,后改为子恺,现代画家、散文家。
④ 蒋兆和,现代画家,曾任南京国立中央大学(1949 年 8 月更名为南京大学)、中央美术学院教授。
⑤ 竹久梦二,20 世纪初日本画家。
⑥ 浮滑:轻浮油滑。
⑦ 王冶梅,即王寅,字冶梅,清代画家。
⑧ 《护生画集》:丰子恺所作最有名画集。

里也就沿用,不问他的生日是否在阴历八月里,阿桂姓谢,这是我查了民国四年的日记才记起来的。说到民国四年,那么阿 Q 在辛亥年未被枪毙可想而知了。作者硬把他枪毙了事,这里有两个原因:其一是不枪毙,这《正传》便无从结束;其二更重要的,则由于作者对于死罪犯人沿路唱戏、大家喝彩的事很感兴味,借此可以写进去。阿桂平日只是小小的偷点东西罢了。他有一个胞兄,名叫阿有,专门给人家舂米,勤苦度日,大家因为他为人诚实,多喜欢用他,主妇们也不叫他阿有,却呼为"有老官①",以表示客气之意。阿桂在名义上也是打杂的短工,但总是穷得很,虽然并不见他酤酒或是抽大烟。到了穷极的时候,他便跑去找他老兄。有一回,老兄不肯给钱,他央求着说,这几天实在运气不好,偷不着东西,务必请借给一点,得手时即可奉还。他哥哥喝道:"这叫作什么话,你如不快走,我就要大声告诉大家了。"他这才急忙逃去。其时阿有寄住在我们一族的大门的西边门房里,所以这件事我记得很清楚。阿桂虽然以偷为副业,打杂总算是正业罢。可是似乎不曾被破获过,吊了来打,或是送官戴大枷;假如有过,一定会得街口传遍,我们也就立刻知道了。所以他在这一点上,未始不是运气很好。但是话虽如此,枪毙可能他也并不是没有。辛亥革命那一年,杭州已经反正②,绍兴的知县和绿营管带都逃走了,城防空虚,人心皇皇③,那时阿桂在街上走着嚷道:"我们的时候来了,到了明天我们钱也有了,老婆也有了。"有破落的大家子弟对他说:"像我这样的人家,可以不要怕。"阿桂对答得好:"你们总比我有。"有者,俗语谓有钱也。这样下去,阿桂说不定真会动起手来。可是不凑巧,嵊县的王金发已由省城率队到来,自己立起军政分府,于是这机会就永远失掉了。

阿桂虽穷而并不憔悴,身体颇壮健,面微圆,颇有乐天气象。我所记得的阿桂的印象,是这一副形相:赤背④、赤脚,系短布裤,头上盘辫。吾乡农工,平常无不盘辫,盖为便于操作故也,见士绅时始站立将辫发推下,这就是说把盘在头上的辫子向后一推,使下垂背后,以表敬意。赤脚也是乡民的常习,赤背在夏天原是很普通的事——但是阿桂难道通年如此的么?这未必然。那么,为什么我总记得他是赤背的呢?理由其实很是简单。有一年的夏天,大约总是民国初年,我看见他在我门口走过,赤着背,如上文所记的那种形相,两手捧着一只母鸡,说

---

① 老官:或写作"老倌",绍兴方言中对中年男人的称呼。
② 反正:投诚。
③ 皇皇:同"惶惶"。
④ 赤背:赤膊。

道:"谁要不要买?"有人笑问:"阿桂,你这鸡哪里抓来的?"他微笑不答。恐怕这鸡倒不是偷来的,有些破落的大人家临时要用钱,随手拿起东西叫人去卖,得了几角小洋,便从中拿一角给做酬劳,这是常有的事。我还有一回看见阿桂拿了一个铜火锅叫卖,那时他的服装已记不得了。不知怎的,那回卖鸡的印象留得很深,所以想起来时总觉得他是赤着背。此外,大约还卖别的各色东西。虽然我未曾亲见,但是听人说这什么是向阿桂买来的,也是常有的事。我同阿桂做过几次交易,却是古砖之类。他听说我要买有字的砖头,找了几块来卖。后来大概因为没有多大油水的缘故罢,不再拿来了。查旧日记,在民国四年乙卯那一册里,找到这几项记录。

> 十一月十六日,雨。上午谢阿桂携一砖来,三面有文,云"永和①十年太岁在甲寅,×月×章孟高作,孟南成",共十九字。字多讹泐②,顶有双鱼,两面各平列八鱼形。下午又以其一来,顶文曰十二月葬,正书,云皆是胡氏物,共以一元易得之。

> 十九日,阴。下午阿桂以二断砖来,留拓③二纸。

> 廿一日,阴雨。上午阿桂来,断砖因索值高议不谐,即还之。

> 十二月廿五日,晴。上午谢阿桂又持天监、普通④二断砖来,以五角收之。

右⑤四砖均于民国八年移家时搬至北京。永和十年砖后来托平伯⑥持赠阶青⑦先生,曾见其手拓一纸,有题记曰:"永和砖见著录者二十有四,十年甲寅作者有汝氏及泉文砖,而长及一尺一寸,且遍刻鱼文者,惟此一砖,弥可珍矣。阶青

---

① 永和:东晋穆帝司马聃年号。
② 讹泐[lè]:变形开裂。
③ 拓[tà]:在刻铸有文字或图像的器物上,涂上墨,蒙上一层纸,捶打后使凹凸分明,显出文字图像来。
④ 天监、普通:南朝梁武帝萧衍第一、第二个年号。
⑤ 右:上(旧时竖写,从右到左,故"右文"即今"上文")。
⑥ 平伯,俞平伯,现代学者、红学家。
⑦ 阶青,即俞阶云,字阶青,现代史学家。

记。"梁砖全文,一曰"天鉴二年癸未",一曰"普通四年作",亦胡氏物,皆未上蜡,而坚黑如铁沙,天监又写作"鉴",特别可喜。"十二月葬"乃是常砖,我看至多是赵宋时代而已,或曰"葬"字写得怪,恐非唐人不能,我也不能表示是否。总之,阿桂卖给我过这些砖头,我对于他是不无好意的。他的行状,据我们知道,可以说的就是这一点。《正传》中有许多乃是他的弟兄们的事,如对了主人家的仆妇跪下道:"你给我做老婆罢。"这事是另有主名的,移转来归入他的账下。先贤说过,"恶居下流,天下之恶皆归焉"①,其是之谓欤。(廿八年十二月三十日记)

阿 Q 是 谁②

　　《阿 Q 正传》的主人公的真姓名是谢阿桂,但是若把《正传》里所说的事,都记在阿桂的账上,那是绝对的不公平的。作者所以于二十六字母中独取这个 Q 字,它的理由据作者自己说过,便是因为它好玩,像是有个小辫。既然用了 Q 字了,那么名字自然就想到阿贵、阿桂,而这谢阿桂也碰巧的是个好玩的人,于是便把他用上了。可是无论怎么的好玩,也难得有这许多事情可以做小说的材料,那就只好东凑西拼的把有些别人的旧账,都挂在他的名下,这是作者自己说明的办法。阿桂只是普通一个卖气力的贫民,但是他懒于做工,只想不很劳力的能弄一点钱,经常给人家当掮客、卖旧货,看见他捧着一个大锅或者一只母鸡叫卖。

　　后来就有人疑心他做小偷,甚至他自己也不讳言,对他老兄这样的说。他的哥哥名叫阿有,专门替人舂米,人很老实,主妇们都称他作"有老官③",仿佛像北京的说"老有",多少有些客气的意思。阿桂常去问哥哥借钱,有一回老兄不肯再借,他央告着说,这几天实在运气不好,拿不到什么,务必请给一点,得手时即可奉还。他哥哥喝道:"这叫作什么话,你如不快走,我就要大声告诉人家了。"他这才急忙逃去。虽然阿有没有说,不晓得怎么传扬了出去,地方上都知道他是做这一行勾当的了。话虽如此,他却不曾被破获过,吊了来打,或是送官、戴大枷,可见他的贼运一定很好。但是他的自白也不一定很可靠,他本来原是乏人④,干不

---

① 引自《论语·子张》,全句为:"子贡曰:'纣之不善,不如是之甚也。是以君子恶居下流,天下之恶皆归焉。'"
② 本文选自《周作人散文全集》第十四卷,原载于 1963 年 10 月 9 日香港《文汇报》,题目系原书所有。本文要点:阿 Q 是由几个原型混合而成的。
③ 老官:或写作"老倌",绍兴方言中对中年男人的称呼。
④ 乏人:不中用的人。

来这种事情，只是对付他老兄胡扯一起也未可知，因为这也总算是一种职业，比游荡无业或者好一点吧。

我说阿桂好玩，并不是指他做小偷，乃是在于他有赞成革命的意思，即是说"造反"。在辛亥年的冬天，杭州已经反正①，县城的文武官员都已弃印逃走，城防空虚，人心惶惶，阿桂在街上掉臂走着嚷道："我们的时候到来了，到了明天，我们钱也有了，老婆也有了。"这街上便是我们老家所在的街，有一个破落的本家看见了，便对他说："像我们这样的，可以不要害怕。"阿桂回答得好："你们总要比我有。"有即是说有油水，不一定严格的说钱财。但是在那一天的夜里，嵊县由土匪出身的王金发已经率领了民军从省城里来了，阿桂也就失却了机会，只好安分的仍旧做他的二流子了。以上是我所知道的谢阿桂的行述，如根据事实写到《正传》里去就只是这样。

但《阿Q正传》乃是小说，单有这些当然不够，结果只能来把别人的事补凑上去了。有许多精彩的描写和论叙，都不是一个人的事情，乃是众人集体的创作，譬如那在处世上最有用处的所谓"精神胜利法"，实在是知识阶级的发明，不过它有普遍的根底存在，所以不是士大夫所能独占罢了。这些是中国人家传的法宝，他之所以能够永久自高自大的混过去，实在还是因为他是压根儿自轻自贱惯了的缘故，这样矛盾的生活法，是适宜于专制独裁的时代的，所以它就源远流长的生存着。但是要找一个人具体的代表这些思想，说是"模特儿"，这却是很难，只好请阿Q去独自表现去了。不过，《正传》里第四章《恋爱的悲剧》那一幕，那却是别有主名的，乃是别一个阿Q，我们这里便称他为"阿Q的弟兄"。

阿桂有一个老兄，我们已经说过，是一个老老实实的工人。这一个②却不是姓赵③，乃是做书的人的本家④，他的家谱上的名字是凤桐，小名就是阿桐，但却以诨名"铜菩萨"得名，普通称他为桐店王(店王即是老板的意思)，外边的人对他客气一点则叫他做"桐少爷"。他虽是所谓"台门里的人"，但是穷得同乞丐一样，景况不比阿桂稍好，但是他还保住这个号称，平常也穿了一件破大褂，坐在仪门里边。

他是一个败落的大家子弟，所以手不能提，肩不能挑，没有什么谋生的能力

---

① 反正：投诚。

② 这一个：即上文所说"别一个阿Q"、打引号的"阿Q的弟兄"。

③ 阿Q说自己姓赵。

④ 做书的人：即指鲁迅(周树人)。本家：同姓、族人，意即姓周。

的。本家有人给他出主意，叫他做小生意，在做油条的店子里替他担保，每天拿若干的麻花（即油条的土名）烧饼，卖去再还钱，可是过了几天之后，不但本钱没有归还，就是卖麻花的用具也都不见，拿去买了酒吃了。这样的事有过两三次以后，生意也做不下去，结果只能家食①，而家里实在无可食，所以有时就吃，没有的时候只好不吃，就只那么的挺着挨饿。最特别的是挨着饿，也决不去求人，更没有硬借恶讨的事情，这是值得佩服的一点。在他饿着的时候，有本家送给一点食去，他也毫不见情，只是说一句"安东好者"②（意云"搁在那里好了"），若是再要嗦③，便会回你一句不客气的话，说"你以为我是快要饿死了吧"？他平常的态度也很是倔强生硬。有人记述他坐在仪门内板凳上那时的情形，很是有意思：

> 他在高兴的时候，碰到长辈经过，他忙即站起耸一耸肩胛，笑容可掬的叫一声某叔，碰到不高兴，他身子一扭，屁股朝着你，等你走过了再转过来。你要是叫他一声"阿桐"，他还是背着应一声："做啥，又没有事体！"要是平辈喊他，那就恶狠狠的应一声："啥！叫我吃老酒？空佬佬！"（意思即是说空叫为什么）要是小一辈的，有时报之以白眼，有时绷起面孔厉声应一个"嗯"字。

据上边所记的这些看来，"铜菩萨"这人是颇可笑的。他没有谋生的能力，智慧似乎也很缺少，大概是属于低能的一种，这是在败落的大家里极是常见的。但是他也很有可以佩服的地方，第一是他很能吃苦，这或者是为环境所迫，出于无可如何，姑且不算也罢。他又倔强而善良，他决不偷窃强取，或是欺侮女人、小孩，唯一的缺点是爱喝酒，却也不曾看见他酗酒胡闹过。在他一生中被人家传作笑柄的，只是那"恋爱的悲剧"，给鲁迅拾了去写进《阿Q正传》里去。但这可笑的单是在于那方式，若是讲那事情原是极为平常的，不值得什么人注意了。其时大概还在他的早年，有一个时期寄食于本家义房④的厨房，和男女用人⑤一块儿吃饭，那时对女仆下跪说，"你给我做了老婆吧！"结果这事闹开了，他就不能再在这厨房里吃饭，只好回到他的大门口的屋里或吃或不吃了。在《正传》里却把这事渲染很热闹，成为阿Q的一件大事，也是故事的一个转折点。

---

① 家食：卖家当填肚子。
② "安东好者"：绍兴方言的语音模拟。
③ 嗦：啰唆。
④ 义房：慈善会所。
⑤ 用人：同"佣人"。

《阿 Q 正传》①

　　我同《阿 Q 正传》的著者是相识的,要想客观的公平的批评这篇小说似乎很不容易。但是因为约略知道这著者的主旨,或者能够加上一点说明,帮助读者去了解他的真相——无论好坏——也未可知。

　　《阿 Q 正传》是一篇讽刺小说。讽刺小说是理智的文学里的一支,是古典的写实的作品。它的主旨是"憎",它的精神的是负的。然而这憎并不变成厌世,负的也不尽是破坏。美国福勒忒(Follet)②在《近代小说史论》中说:

　　　　关于政治、宗教无论怎样的说也罢,在文学上这是一条公理:某种的破坏常常即是唯一可能的建设。讽刺在许多时代,如十八世纪的诗里,堕落到因袭的地位去了。……但真正的讽刺实在是理想主义的一种姿态,对于不可忍受的恶习之正义的愤怒的表示,对于在这混乱的世界里因了邪曲腐败而起的各样侮辱损害之道德意识的自然的反应。……其方法或者是破坏的,但其精神却还在这些之上。

　　因此在讽刺里的憎,也可以说是一种姿态。

　　　　揭发一种恶,即是扶植相当的一种善;在心正烧的最热,反对明显的邪曲的时候,那时他就最近于融化在那哀怜和恐惧里了——据亚里士多德说,这两者正是悲剧的有净化力的情绪。即使讽刺是冷的,如平常变为反语的时候大抵如此,然而他仍能使我们为了比私利更大的缘故而憎,而且在嫌恶卑劣的事物里鼓励我们去要求高尚的事物。

　　所以,讽刺小说虽然与理想小说表面相反,其精神却是一致,不过正负不同罢了;在技工③上,因为类型描写的缘故,也有一种相似的夸张的倾向,这不能说

---

① 本文选自《周作人散文全集》第二卷,原载 1922 年 3 月 19 日《晨报副镌》,题目系原书所有。本文要点:《阿 Q 正传》是一篇讽刺小说,本意似乎只想把阿 Q 痛骂一顿,没想到,在读者眼里,阿 Q 竟有可怜的一面。
② 福勒忒(Follet):通译"福莱特"。
③ 技工:技巧。

是好处,但也是不可免的事实。理想家与讽刺家都着眼于人生的善或恶的一方面,将同类的事物积累起来,放大起来,再把他复写在纸上,所以他的结果是一幅人生的善和恶的扩大图。作成人生的实物大的^①绘图,在善人里表出恶的余烬,在恶人里表出善的微光,只有真正伟大的写实家才能够做到,不是常人所能企及,不然容易流入于感伤主义的小说,正如人家讲中和的容易变为调停派一样。所以,不是因袭的讽刺文学也自有其独特的作用,而以在如现代中国一般的昏迷的社会为尤甚。

　　《阿 Q 正传》里的讽刺在中国历代文学中最为少见,因为他是反语(Irony)^②,便是所谓冷的讽刺——"冷嘲"。中国近代小说只有《镜花缘》与《儒林外史》^③的一小部分略略有点相近,《官场现形记》和《怪现状》^④等多是热骂,性质很是不同,虽然这些也是属于讽刺小说范围之内的。《阿 Q 正传》的笔法的来源,据我所知道是从外国短篇小说而来的,其中以俄国的果戈理与波兰的显克微支最为显著,日本是夏目漱石、森鸥外两人的著作也留下了不少的影响。果戈理的《外套》和《疯人日记》^⑤、显克微支的《炭画》和《酋长》等,森鸥外的《沉默之塔》,都已经译成汉文,只就这几篇参看起来也可以得到多少痕迹;夏目漱石的影响,则在他的充满反语的杰作《我是猫》。但是国民性实是奇妙的东西,这篇小说里收纳这许多外国的分子,但其结果,对于斯拉夫族^⑥,有了它的大陆的压迫的气氛,而没有那"笑中的泪";对于日本^⑦,有了它的东方的奇异的花样,而没有那"俳味"^⑧。这一句话我相信可以当作它^⑨的褒词,但一面就当作它的贬词却也未始不可。多理性而少情热,多憎而少爱,这个结果便造成了 Satyric satire(山灵的讽刺)^⑩,在这一点上却与"英国狂生"斯威夫德^⑪有点相近了。这个倾向在《狂人日记》里——我在这里不得不顺便声明,著者"巴人"与"鲁迅"本来是一个人——也

---

① 实物大的:夸张的。
② 反语(Irony):通译"反讽"。
③ 《镜花缘》:章回体小说,[清] 李汝珍撰。《儒林外史》:章回体小说,[清] 吴敬梓撰。
④ 《官场现形记》:章回体小说,[清] 李伯元撰。《怪现状》:全称《二十年目睹之怪现状》,章回体小说,[清] 吴趼人撰。
⑤ 《疯人日记》:通译《狂人日记》。
⑥ 斯拉夫族:指果戈理,他的讽刺小说被称为"含泪的笑"。
⑦ 日本:指森鸥外与夏目漱石。
⑧ 俳[pái]味:滑稽意味。
⑨ 它:指《阿 Q 正传》。
⑩ Satyric satire(山灵的讽刺):通译"萨梯式的讽刺",即放肆的讽刺(Satyric,萨梯式的;Satyr:萨梯,希腊神话中的森林之神,好色而放荡)。
⑪ 斯威夫德:通译斯威夫特,18 世纪英国小说家,著有讽刺小说《格列佛游记》。

很明显,不过现在更为浓密罢了。这样的冷空气或者于许多人的蔷薇色的心上给予一种不愉快的接触,但我的私见以为也是不可少的,至少在中国现代社会里。

阿 Q 这人是中国一切的"谱"——新名词称作"传统"——的结晶。没有自己的意志而以社会的因袭的惯例为其意志的人,所以在现社会里是不存在而又到处存在的。沈雁冰①先生在《小说月报》上说:"阿 Q 这人要在现社会中去实指出来是办不到的;但是我读这篇小说的时候,总觉得阿 Q 这人很是面熟,是呵,他是中国人品性的结晶呀!"这话说得很对。果戈理的小说《死灵魂》②里的主人公契契珂夫③也是如此,我们不能寻到一个旅行着收买死农奴④的契契珂夫,但在种种投机的实业家中间可以见到契契珂夫的影子,如克鲁泡金⑤所说。不过,其间有这一点差别:契契珂夫是"一个不朽的万国的类型",阿 Q 却是一个民族的类型。他像神话里的"众赐"(Pandora)⑥一样,承受了噩梦似的四千年来的经验所造成的一切"谱"上的规则,包含对于生命、幸福、名誉、道德各种意见,提炼精粹,凝为个体,所以实在是一幅中国人品性的"混合照相",其中写中国人的缺乏求生意志,不知尊重生命,尤为痛切,因为我相信这是中国人的最大的病根。总之,这篇的艺术无论如何幼稚,但著者肯那样老实不客气的表示他的憎恶,一方面对于中国社会也不失为一服苦药,我想它的存在也不是无意义的。只是著者本意似乎想把阿 Q 痛骂一顿,做到临了却觉得在未庄里阿 Q 还是唯一可爱的人物,比别人还要正直些,所以终于被"正法"了;正如托尔斯泰批评契诃夫所说⑦,他⑧想撞到阿 Q,将注意力集中于他,却反将他扶起了。这或者可以说是著者的失败的地方。至于或者以为讽刺过分,"有伤真实",我并不觉得如此,因为世界往往"事实奇于小说"。就是在我的灰色的故乡里,我也亲眼见到这一类角色的活模型,其中还有一个缩小的、真的、可爱的阿桂⑨,虽然他至今还是健在。

① 沈雁冰,笔名"茅盾",现代作家。
② 《死灵魂》:通译《死魂灵》。
③ 契契珂夫:通译"乞乞科夫"。
④ 收买死农奴:收购已死农奴尚未注销的户口,当作活的农奴抵押给有关当局,以骗取贷款。
⑤ 克鲁泡金:通译"克鲁泡特金",20 世纪初俄国无政府主义运动精神领袖。
⑥ "众赐"(Pandora):通译"潘多拉",希腊神话中赫菲斯托斯用黏土做成的第一个女人,作为对普罗米修斯盗火的惩罚,送给人类的第一个女人。众神赠予使她拥有更诱人的魅力的礼物:火神赫菲斯托斯给她做了华丽的金长袍;爱神维纳斯赋予她妩媚与诱惑男人的力量;众神使者赫耳墨斯教会了她言语的技能。神灵们每人给她一件礼物,因而她代表了众神的赏赐。
⑦ 托尔斯泰曾批评契诃夫说,他写俄国社会中的小人物,本意是要嘲讽他们,结果却使人们同情他们。
⑧ 他:指鲁迅。
⑨ 阿桂:即阿 Q 的原型。

《阿 Q 正传》衍义[①]

周作人

《阿 Q 正传》

说到《阿 Q 正传》，这是一个难问题，因为篇幅长内容有点复杂。我们不谈文艺思想，只说这里所用材料里有哪些事实，现在便从那题目开始。写这篇小说的缘起，大家从著者本人以及晨报社的编者那边大概听见说过，当时是在北京《晨报副刊》上发表的，这件事与本文的性格很有些关系，在民国十年（一九二一）以前各报都还没有副刊，《晨报》在第五版上登载些杂感小文，比较有点新气象，大约在那年秋冬之交，蒲伯英发起增加附张，称之曰"副镌"，由孙伏园管编辑的事。蒲伯英又出主意，星期日那一张副刊要特别编得多样出色，读起来轻松，他自己动手写散文随笔，鲁迅便应邀来写小说，这便是《阿 Q 正传》。在这中间有几种特点，其一为星期特刊而写的，笔调比平常轻松，却也特别深刻。其二因为要与《新青年》的小说作者区别，署名改用巴人，一时读者多误会是蒲伯英所写，他虽是四川人，与"巴"字拉得上，其实文笔是全不相同的。其三，小说里地点不用鲁镇，改称未庄，那里也出现酒店，并无名字，不叫作咸亨了。正传共分九节，每星期登载一节，计共历九个星期，小说末后注云"一九二一年十二月"，假定是十二月中旬写毕，那么开始揭载当在十月上旬，《晨报副刊》合订本在图书馆中当然存在，可以查考的确时日，现在不过推定一个大概罢了。

[①] 本文选自《周作人散文全集》第十二卷，原为《〈呐喊〉衍义》中关于《阿 Q 正传》的一组短文，作于 1952 年，现纳于此题目之下（此题目系本书编者所拟，文中标题为原书所有）。

《正　传》

《正传》的第一章是"序"。这"序"是一篇所谓蘑菇文章,是冲着当时整理国故的空气,对那些有"历史癖与考据癖"的先生们开玩笑的。这里第一段是关于《正传》的名称的考究,像煞有介事的加以仔细的穿凿,从"列传"说起,觉得许多名称都不合适。"列传"是史书的体裁,"自传"不能由别人代写,"家传"是要家属代求,"小传",则他又更无别的"大传"。古代小说家有《汉武帝内传》,记遇见西王母的事,是属于神仙家的,伶玄著《飞燕外传》,又称为《赵后别传》,鲁迅在抄辑古小说,对于这些著作,知道得很清楚,所以都隐括在里面。这些人在史上有"本传",所以可有"外传""别传",这里的主人公却并不是,著者特别拉出林琴南来道:

> 虽然英国正史上并无"博徒列传",而文豪迭更司也做过《博徒别传》这一部书,但文豪则可,在我辈却不可的。

迭更司这小说的原名我记不清楚了,林译用了这么一个书名,虽是比什么《香钩情眼》等要好得不少,这里却不禁引来做个材料,也正是"操刀必割"吧。林琴南又译有哈葛得的一部《迎茵小传》,以前有人译过下半部,为的保存女主人公的道德,把她私通怀孕部分略去,说是上卷缺失,林氏将全部重译出来,鲁迅对于此本颇有好感,可能这"小传"的名字可以衍用的了。但他觉得不够奇特,所以说阿 Q 更无别的"大传",也不能用,结果从"闲话休提,言归正传"这句话里,取出"正传"两个字来作为名目。

阿　Q

"序"的第二段是考究阿 Q 的姓名籍贯。主要是名字,本文中说这读音是阿桂或阿贵,但是未能决定,因为他既非号叫月亭,或证明生日在八月里,便不能决定是阿桂,而他又没有名叫阿富的兄弟,说是阿贵也证据不足。几经考虑之后,只好来用拼音,本来注音字母正可以用,但是没有意思,所以故意撇开,改用洋字,如照威妥玛式拼音第一字也应用"开"字,略作阿开这也没有意思,更进一步说照英文拼法,用"寇"字成为阿寇,这里固然在讽刺用罗马字拼音只知道照英文读法的学者们,实际上乃是本意要用这个 Q 字,因此去转了那么一个大圈子,归结到这里。据著者自己说,他就觉得那 Q 字(须得大写)上边的小辫好玩。初版的《呐喊》里只有《阿 Q 正传》第一页上三个 Q 字是合格的,因为他拖着那条小辫,第二页以后直至末了,上边目录上那许多字都是另一写法,仿佛是一个圆圈下加一捺,可以说是不合于著者的标准的了。

阿 Q 在"正传"里是一个所谓箭垛,好些人的事情都堆积在他身上,真是他自己的言行至多只是两三件罢了,为得他在乡下特别有名,那两三件事情特别突出么,也并不见得,他的当选实在乃是为他的名字。假如鲁迅写平常的小说.就是像《呐喊》里前面那些小说,他可能就叫他阿桂,若是要写他的事情。但这回是为星期特刊写的,所以在这名字上面也加上了这一点花样了。

为什么姓赵

在《正传》里有两三件事情的阿桂假如真是阿 Q 本人,那么他是有姓的,他姓谢,他有一个哥哥叫作谢阿有。可是这《正传》中所要的并不是呆板的史实,本文说他似乎是姓赵,这样可以让秀才的父亲赵太爷叫去打嘴巴,说他不配姓赵,从第二日起他的姓赵的事便又模糊了,所以终于不知道姓什么。其实如说阿 Q 姓谢,自夸与谢太爷原是本家被谢太爷打了之后,不准姓谢,也是可以的,但这样也就没有多大意思了。为什么呢?秀才的父亲是赵太爷,这与那"假洋鬼子"的父亲是钱太爷都是特别有意义的,这《百家姓》的头两名的姓氏正代表着中国士大夫的新旧两派,如改为姓谢姓王,意思便要差得多了。《狂人日记》中的赵贵翁也就是代表这派势力(古久先生即是所谓国故与国粹),《风波》中的赵七爷更显然是反动的遗老,所以是一伙儿的人。著者当时未必有这种计划,但随手写来,自然归纳到这里,我们这么的说,或者不算是什么附会。

说到籍贯,阿 Q 算作未庄人,本来可以不成什么问题,但著者要讽刺那些喜称郡望(如赵曰天水,钱曰彭城)的好古家,于是又"蘑菇"了一会儿,仍把这作为悬案,姓名籍贯三问题一个也不曾解决。结末云:"我所聊以自慰的,是一个'阿'字非常正确,绝无附会假借的缺点。"这话说的很是滑稽,同时对于学界的讥刺也很是深刻的。

"优胜纪略"

《正传》的第二章是"优胜纪略",第三章是"续优胜纪略"。这题目虽然并不一定模仿《绥寇纪略》,但总之很有夸大的滑稽味,便是将小丑当作英雄去描写,更明显的可以现出讽刺的意思来。所谓优胜即是本文中的"精神的胜利"。这个玄妙的说法本来不是阿Q之流所能懂的,实际上乃是智识阶级的玩意儿,是用做八股文方法想出来,聊以自慰。现在借了来应用在阿Q.身上,便请他来当代表罢了。

在清朝末期,由于帝国主义的猖獗,异族政府的腐败,民间感觉不满,革命主张与改良主义相继发生,但一般顽固的还是反对。有些是承认不好,却说"家丑不可外扬",如《狂人日记》第八节所说:"总之你不该说,你说便是你错!"是一个好例。一时举不出别的知名的人来,这里可能著者是根据他的本家举人椒生叔祖所对他说过的话。又有些人更进一步,中国所有坏处和缺点都是好的,如辜鸿铭极力拥护过辫子和小脚,专制和多妻,又说中国人脏,那就是脏得好。《新青年》上登过一首林损的新诗(他是反对派,但是写了白话诗送给刘半农、胡适之看,他们便把它登上了),头两句云:"美比你不过,我和你比丑。"鲁迅时常引了来说明士大夫的那种怪思想,肮脏胜过洁净,丑胜过美,因此失败至少也总就是胜利,即形式上虽是失败,但精神上胜利了,只要心里想这是"儿子打老子"。

胜 利 一

这一回里的胜利是前后两段。前段是对于"闲人"的,即是游手好闲的人,这也可以称作流氓,方言叫"破脚骨"的便是。但是他们有大小之分,大破脚骨大概是青红帮人物,为非作歹,搞的都是大票生意,那是另一回事,与我们现在有关系的只是那些小破脚骨罢了。他们在街上游行找事,讹诈勒索,调戏妇女,抢夺东西,吵嘴打架,因为在他们职业上常有挨打的可能,因此在这一方面需要相当的修炼,便是经得起打,术语称曰"受路足"。鲁迅的一个本家伯父名叫四七,在祠祭时自述他的故事,"打翻又爬起,爬起又打翻",是一个好例,起码要有这样不屈(?)的精神,方才进得他们的队伙里去。

在这一点上,阿Q却是不够的。他是一个北方的所谓"乏人",什么勇气力气都没有,光是自大,在这里著者正是借了他暗指那士大夫,这也说不定。他与闲人冲突,便因为闲人们爱讥笑他,犯他的讳。他的头上有癞头疮疤,所以讳说"癞"字以及一切同音的字,又推广到"光"字"亮"字,后来连"灯""烛"也都忌讳了。老太婆们有些忌讳,乃是关于不吉的事的,若是关于个人的忌讳,则是士大夫所独有,宋朝有知州田登讳"灯"为"火",元宵放灯称为"放火",俗语至今说:"只许州官放火,不准百姓点灯。"就这冲突的原因来看,对方是闲人,这边虽然也似乎是闲人模样,但性质略有不同,那种自大是并非闲人所有的。

胜　利　二

阿Q与闲人相打,事实上是挨闲人的打,被人揪住黄辫子,在墙壁上碰了四五个响头,形式上是完全打败了,但是他心里想,"我总算被儿子打了",这样在精神上也就得了胜利。后来人家知道了他这意思,便先对他说,这不是儿子打老子,是人打畜生,要他自己承认,他更进一步的说,这是在打虫豸,好不好?可是闲人并不放他,仍旧给他碰上五六个响头,方才住手。人家以为这回他一定遭了瘟了,但是并不然,阿Q还是得胜的走了,他觉得是第一个能够自轻自贱的人,既然是第一个,岂不也就胜过了一切旁人了么?这说明或者未免对于阿Q挖苦得太深刻了一点,但我们看上边林损的诗里,美比不过,同你比丑的话,便可明了挖苦并不过当,至少这拿来应用于林损诸公总是很适合的。

后段的胜利与这里颇有关联,虽然形式很不相同。阿Q在戏台下赌摊赌钱,好容易赢了些洋钱角子,一下子被人拿走了。这是一个大失败,说是算被儿子拿去了吧,说自己是虫豸吧,都还是忽忽不乐,好像精神上也失败了。但是他立刻转败为胜,他举起右手,在自己脸上连打了两个嘴巴,打完之后,便心平气和起来,慢慢觉得是自己打了别人一般,心满意足的躺下了。实际上有没有这样的人,我不能知道,但是这里具体的写出士大夫夸示精神的胜利的情状,总是够十分深刻的了。

牌　宝

那第二个胜利的背景是戏台下的赌摊。关于赌摊,可惜我没有一点知识,可以加些说明,不然这倒是很好玩的。本文中说是"押牌宝",小时候所听到的也常是这个名称,虽然事实上有各式各样的玩意儿。据那时候的了解,牌宝是用骨牌中的天地人和四张,每回在盒子里装上一张,让人猜押,一人做庄是庄家,一人做宝的叫作宝官。做宝很不是一件容易事,传说昔有夫妇开赌场,丈夫做庄,妻子做宝,每回拿盒子去放在窗口,由她做好了仍放原处,再拿去开宝。有一回,接连的开了若干次,都是同一张牌,大出赌客的意外,庄家底钱甚多,及至回到房内,却发见妻子已经吊死了。原来她听见最初她的丈夫大输,非常忧急,一时心窄便上了吊,外边不知道,仍旧把盒子搁在窗口,随复拿去,所以开出来老是那一张牌,后来乃有"棺材头宝"的名称云。这传说可能有误传,我只是道听途说的记录下来,希望有同乡博闻的朋友能够给我们说一个清楚。曾有人说,本文中庄家所唱的话不大确当,这也正是可能的事,因为著者没有机会亲身去看过。只是在看社戏或从戏台下走过的时候,耳朵里听见他们抖抖的沙哑的唱声而已。本文中所说的唱词或者不是牌宝所用的也未可知,或者是牌九所用的么?我也全是茫然,这里只有敬候高明的指教了。

赌　　摊

赌摊在乡下随时都有,反正闲人原是通年闲着,赌摊开时不愁没有人来,但戏台下自然最好。为什么呢?平常闲人们聚集拢来,大半是内行,不大有多少油水,戏台下人杂,可能有些"瘟孙"来上当,便好大大的掳一批了。赌摊大抵设在戏台底下,或是台后面闲空地方,在地上放着一两盏点洋油的长嘴马口铁小壶,开始他们的把戏。他们有两个步骤,最初是正式赌钱,赌客的钱渐渐的输入庄家的腰间,这赌场便顺利的开下去,若是倒转过来,庄家的钱输给赌客了,那时就得使用别的办法。忽然间有人打起架来了,洋油灯一下子弄灭,不但赌客的摊上的钱连他手里口袋里的也都不见,假如没有像阿Q似的被打上几拳,那已经是很运气的了。这时候有的假装衙役来捉赌了,有的只是打架,反正都没有关系,由庄家一伙的人扮演,把钱掳走完事。阿Q原是乏人,但这里又被写成瘟孙,本来他在社会上混,这点经验也该有的,只是著者要写赌摊的那一幕,不能不把他暂且屈尊一下了。本文中说那些摆赌摊的多不是本村人,为的是小说要省事,不想拉扯开去,其实那都是近地的破脚骨,特别是与衙役有联络的人,平常也与阿Q相识的,庄家的唱词中有"阿Q的铜钱拿过来",可以为证。唱时将对方的名字加在里边,这是常有的事,著者这一句记录可以说是有事实的根据的。

失　败　一

第三章的题目是"续优胜纪略",内容却与前章很不相同,因为这里所说的不是精神的胜利,乃是接连的几件事,可以说是两个失败与一个胜利。这两章里所说的阿Q并无其人,可是那些事情却都是有过的,即使有的枝节部分出于小说化,但其主干还是实在的,不知在哪一时候由哪些人说过做过,著者留心收集了来,现在都给阿Q背在身上。这里有些讽刺很是深刻,虽然从表面看来有许多玩笑分子,但这正是果戈理的那苦笑,这种手法在以前中国小说里是很少有人用的。

阿Q的失败之一是落在王胡的手上。王胡和阿Q是差不多的人物,因为是络腮胡子,为阿Q所看不起,阿Q挨闲人们的打也就算了,唯独对于王胡不但不怕,而且还敢对他挑战。本文中说他捉虱子不及王胡,生起气来,这是故意说的好玩,总之他发动攻势,抢过去就是一拳,却被王胡接住,扭了辫子要拉到墙上照例去碰头,那时阿Q改口说道:"君子动口不动手!"结果王胡并不是君子,仍旧给他碰了五下,又推他跌出六尺多远,扬长而去。这与闲人事件没有多大不同,只是因为王胡是他所藐视的人,却敢于动手,给予他一个大打击,觉得这是第一件的屈辱。在著者的原意,这里或者还有一个副目的,便是借此做个架子,可以挂出"君子动口不动手"的那块"格言"匾来吧。

失　败　二

阿Q的失败之二是落在"假洋鬼子"的手上。这是钱太爷的儿子,曾经到城里进过洋学堂.又出洋半年回来,腿也直了,辫子也不见了,却戴着一条假辫,拿着一支黄漆的哭丧棒,是阿Q所最为深恶而痛绝之的人,称他假洋鬼子,也叫作里通外国的人。这意见与第六章里说杀革命党好看,第四章里说女人是害人的东西,都有联系,都是士大夫的正宗思想,在小说里却来借给了阿Q了。当时在王胡手里吃了亏,正没有好气,看见这个对头走来,不禁把向来在肚子里暗暗的咒骂的话说了出来,结果是在头上拍的被打了一棍子。他赶紧指着近旁的一个孩子分辩说:"我说他。"但啪啪的还是打上几棍才了事。钱家很有势力,虽然他厌恶假洋鬼子,可是对他一点都没有抵抗的力气,简直一败涂地,便成了生平第二件屈辱。这里骂了之后辩解说"我说他",与上文打人失败之后主张"君子动口不动手",正是好一对,很巧妙的安排在一章里边。著者写阿 Q 被哭丧棒所打,以及打后的情形,说的很深刻,这已经超过了滑稽而近于悲痛了。如我们前回说过,以上都没有实在的人,自然与阿 Q 这名字的主人阿桂更无关系,著者只是以观察所得,具体的当作一个人的事情写了出来,若是守住时、地、人物的范围,我们这里便没有什么可说,所以有点近于注解,也正是当然的了。

胜 利 三

这一次的胜利,与前两次不相同,这不是以失败为胜利的那种精神的胜利,乃是在形式上实质上都是胜利的,即古人所谓"虐无告",对于弱者的胜利。这胜利的对象是静修庵的小尼姑。《阿 Q 正传》讲到现在才说着一件真实的事物,即是这个静修庵。这庵在通称南门的植利门外,土名不晓得叫什么地方,但是只要提起静修庵的名字,大家大抵知道,可见这在乡下是大大的有名的。这也并不是什么花庵,可以去吃酒打牌的,它的有名大概是因为庵大,或者年代也相当的远吧。先代祖坟多在南门外,扫墓时节常常路过,望见四野中相当高大的四方的一座围墙,后边大概是园,有竹林和大树露出在墙外。庵的内部我们不知道,因为没有机会进去过,也有人喜欢游玩庵堂,其实如不是别有用心的人,谁也没有进尼庵去游玩的必要的。可是在一般社会上,庵堂与尼姑多少有一点神秘性,特别对于尼姑,最普通的是一种忌讳,路上遇见尼姑,多要吐口唾沫,有的两个男人同走,便分开两旁,把她夹过,可以脱掉晦气。这样习惯在读书人还不能免,闲人们的起哄,自然更是难怪了。阿 Q 受了两次失败,在酒店门口遇着静修庵的小尼姑,这给了他出气的好机会,动手动脚,口说胡话,博得路人的大笑。这回他真得了胜利,遍身觉得轻松,飘飘然的似乎要飞去了。

"恋爱的悲剧"

"恋爱的悲剧"这故事是有所本的,但那也只是故事的中心,前后那些文章都是著者自己的穿插。鲁迅常传述夏穗卿的话道:中国在唐以前女人是奴隶,唐以后则男子全成为奴隶,女人乃是物品了。这话在历史上或者未必全正确,但譬喻却是很好,奴隶究竟还算是人,物品则更下一等,西洋中古时代基督教主教会议说女人没有灵魂，正是同样情形。在封建道德下，女人本来受着两重的压迫，在唐以后道学与佛教同时发达，空气更是严重，于事实的压迫上更加了理论的轻蔑，这形势差不多维持了有一千年。著者借了上章阿 Q 欺侮小尼姑的故事做过渡，引出他对于女人的感想，就在这里把士大夫的女性观暴露了一番。他们的意见在表面上是两个，好的时候是泥美人似的玩物，说得不好是破家亡国的狐狸精，大抵前者多用于诗词，在做史论时则都是后者的一套论调了。

文人读得书多，可以从妲己、褒姒讲起，以至西施、武后、杨贵妃，一直到陈圆圆，说上一大篇，虽然阿 Q 可能只记得害了董太师的貂蝉而已。鲁迅对于这种议论素所憎恶，就在阿 Q 的身上写了出来，一面是轻蔑，一面又是追求，这里与士大夫正是一致，所以本文中称许阿 Q 也是"正人"。又如叙述他的"学说"道：

> 一个女人在外面走一定想引诱野男人；一男一女在那里讲话，一定要有勾当了。为惩治他们起见，所以他往往怒目而视，或者大声说几句"诛心"话，或者在冷僻处便从后面掷一块小石头。

这表面是说阿 Q，可是千百士大夫的面目也在里面了。当这《正传》陆续发表的时候，鲁迅亲见同部的许多老爷们都在猜疑这里那里，所说的会不会就是自己，由此可见，不但那些士人颇有自知之明，著者讽刺的笔锋正确的射中了标的，也是很明了的了。

悲剧的主人公

《恋爱的悲剧》主人公原来是桐少爷。他乃是鲁迅的同高祖的叔辈，是衍太太的亲侄儿，谱名凤桐，号桐生，母亲早死，父亲外出不归，小时候留养在外婆家，外婆死后归宗，诚房一派为衍太太所独占，只好住在门房里，三日两长的过日子。他没有能力谋生活，又喜喝酒，做小买卖也不能持久，往往连本钱和竹篮都喝了下去，挑水舂米都是干不来的，可以说是与孔乙己大同小异的一派败落大家子弟吧。他虽穷但不偷窃，所以没有像孔乙己的被打坏了腿，就只是这一回挨了打，即是所谓悲剧的结果了。

他不会得舂米，不晓得是帮什么忙，在本家叔辈孝廉公那里，孝廉公号椒生，以前在南京水师学堂做监督和汉文教习多年，那时已去职回家了，椒生的次子号仲翔是个秀才,长子伯文,没有进学,眼突出,性复暴躁,绰号"金鱼",常喜和人家打架。有一天桐少爷在他们的灶头,不知怎的忽然向老妈子跪下道:你给我做了老婆,你给我做了老婆! 那老妈子吵了起来,伯文便赶来拿了大竹杠在桐生的脊梁上敲了好几下。这事件便是这样的完结了,所谓小说的本事说明了只是这一点子,因为事情很滑稽,鲁迅记忆着拿来放在这里,至于后文如吴妈要上吊,以及交给地保办理,那么大规模的赔罪,原来并不曾有,乃是著者的小说化,但赔罪的那种习俗却是实有的。

地　　保

《正传》里所说的赵府上叫阿Q赔罪的那种做法,在乡下叫作"投地保"。地保大抵等于国民党反动统治时代的保长,乡下又称作总甲,别处或称地方,在绍兴现在虽没有这个名称,但有急难时大声呼救却仍称"叫地方",可知那也是古已有之的。在前清末年充当地保的大都是本地的闲人,与衙役本是一类,其品质还要在轿班之下,因为抬轿究竟要些力气,他们都是游手好闲,吃上鸦片,差不多是一副瘪三神气了。论理他是主管这一坊的民事的人,但他本是皂隶的一种,所以对于农工商人他很有一点威势,在士绅面前却又成为他们的听差了。士大夫不必说,那些地主豪商,大抵捐有什么功名,大则候补道,小的也是个县丞之流,因此算是准士大夫,有同样的势力。这些在野的统治阶级遇着平民触犯了他的时候,多是装腔作势的叫人拿名片送官,要地方官给他出气,事情小一点的则投地保,就是把地保叫来,命令他处理某人触犯的事件。

地保的情状当然是各式各样.据个人小时候即光绪庚子(一九〇〇)前后的印象来说,他穿着一件蓝布短大褂,上罩黑布背心,比例上似乎特别的长,头戴瓜皮秋帽,手里拿着一根二尺多长的烟管,外带"烟必子"和皮火刀盒。他见老爷们也不行礼,只垂手听吩咐,出去依照办理。结果总是由被投地保的赔罪了事,其条件由地保临时折衷决定。

讨　　饶

平民被投了地保,向阔人家赔罪,在乡下称作"讨饶",其最普通的办法是送去一对蜡烛。这蜡烛或点或不点,也不明白是点给谁的,因为对于活人没有点蜡

683

烛的习俗。蜡烛有"斤通",每枝重一斤,可以点一通夜。"半通"重半斤、四两。二两点一黄昏,名曰"门宵",以至矮小仅寸许者,名"三拜蜡烛",谓拜后即灭。赔罪所用大抵都是"门宵",只是装个样子,本文里说是"斤通",乃是小说化,若是事情重大,不在蜡烛加大,却是另外加上花样。这即是使用"小清音"一堂。正式的"小清音"要两张方桌,半张桌上搭起架子,有若干人奏乐演唱,但在讨饶的时候只是一个名义,实在并没有这一套,单叫四五个人走到阔人家厅堂上,乱七八糟的吹打一会儿就算了。

赔罪也不一定本人自去,如本文中所说的赤膊磕头,大概由地保经手办理,本人对于地保的报酬当然是不可少的,本文说照例二百文,在夜间加倍,可能是在讽刺中国医生,未必是事实。本文说请道士拔除组鬼,费用也不大,因为那只是一个人用天竹叶蘸水乱洒,念一通什么咒而已。总结起来,那一场讨饶的花费只在一千文以内。赵府上特别苛刻,需要一斤重的红烛,香一封(这本来也是没有的),但蜡烛价格也不过每斤二百文以内吧,所以一总花的也不会很多。这里都是讽刺,所以有些是与实际不能都相合的。

关 于 舂 米

阿 Q 在赵府上出事情由于舂米,现在我们关于舂米来稍加说明,因为这在现今怕有些读者会得不大明白的。在乡下地主不必说,小资产阶级也大抵有些田地,每年收来的田谷至少总够吃一年而有余,平常把谷晒干了,收藏在仓间里,随时拿出一部分,去壳舂成白米。街上米店也很不少,把舂白了的米陈列在店堂内,但他们的主顾只是一般小工商人家,照例米店官量米要高声叫喊,以表示升斗的正确,但是听他喊道:"一呀一呀,二呀二呀……"往往戛然而止,因为买的只是当日的口粮,也就是一二升罢了,很少有以斗计的,若是论石那简直是没有了。为什么呢?因为买得起石米的人大概在家里做米,不到店里来买了。

这种做米方法有两样,家中雇有长年或忙月的叫工人自舂,供给食宿,按月日给工钱,没有雇工的叫短工来做,如阿 Q 那样就是。短工按日计酬,譬如长年每月千钱,短工每日百文,比较加了二倍,但是不给饭吃。若是舂米则以臼计,即一臼米舂白工资若干,一日可舂两臼,大约合糙米八斗吧?本文中说阿 Q 在赵家舂米,吃过晚饭,破例准许点上油灯,继续舂米,这里写出赵太爷的苛刻,但那只适用于对待长期的雇工,短工没有饭吃,一臼米舂完就可以走,要剥削他除了米量加多,没有别的办法,要他多舂也不好,因为米太白了也是损失的事。

龙 虎 斗

《正传》第五章是"生计问题",这里分前后两节,前节是阿Q与小D的龙虎斗,后节是静修庵求食。小D乃是小同的略写,在著者心里大概是有着一个桐生,但是除了"一个穷小子,又瘦又乏"之外,并没有什么别的关系,因为他虽然被文童敲过大竹杠,到门外大路上和别人扭打的事却是没有的。龙虎斗的情形,如本文中所说,甲扑过去,伸手去拔乙的辫子,乙一手护住了自己的辫根,一手也来拔甲的辫子,甲便也将空着的一只手护住了自己的辫根。这是最乏的小破脚骨(流氓)们普通打架的办法,他们用一手去攻,一手去守,结果是"四只手拔着两颗头,都弯了腰",纠结在一处,打也无从打起,不久他们的头发里便都冒烟,额上便都流汗了。在头顶上长着一根辫发的时候,打架时第一容易被人拔住的便是这件物事,这如不说明,剪发的人没有这经验是不会了解的。假如一个人特别强,抓住了敌人的辫子,不让他还手,便拉去墙上碰头,那就占了胜利,前文说过的阿Q的失败大抵都是这么着了道儿的。旁观的人叫好,这一件事也有所本,却是出在杭州。那里有乡下人劝止吵架,土话应说"好哉好哉",官话应说"好啦好啦",他却莫知适从,只大声道:"好,好!"听去好像是在叫好,在鼓励他们吵下去哩。至于实际上叫好,那些幸灾乐祸的人也并不是没有,但那又是另一回事了。

静 修 庵 求 食

阿Q失了业,因为小D抢了他的饭碗,乃同他打了一架,其次便是求食问题,这目的地即是静修庵。村外固然多是水田,但沿河种着乌桕树的一带地方,也都是旱地,种着菜蔬瓜豆,阿Q却是正眼也不看,终于走到静修庵来了。这是什么缘故呢?静修庵在前面已经说过,阿Q遇着庵里的小尼姑,很作弄了一番,得了空前的胜利,根据他虐无告的经验,尼姑要比老百姓以至闲人好欺侮得多。他的直觉的到庵里来正不是偶然的。

这庵原在南门外,相当的大,四围都是高墙,论理在饿乏了的阿Q是没法爬进去的,小说不得不给他方便,把那围墙改写得像百草园的泥墙一样。本文中说庵的粉墙突出在新绿里,后面的低土墙里是菜园,阿Q爬上了这矮墙,扯着何首乌藤，但泥土仍然簌簌的掉，终于攀着桑树枝，才跳到里面。著者在《朝花夕拾》里讲百草园的泥墙根，那里有何首乌藤，于是常常去拔它起来，牵连不断的拔起来，曾因此弄坏了泥墙，却从来没有见过有一块根像人样。我们比较来看，那两者的关系是很显明的。事实上菜园在乡间只有两样，其一是老百姓的种在田地上，全无遮拦，其二是人家的，不用围墙也是竹篱笆，很不容易侵入。庵堂在乡村里，后园只用低矮的泥墙，那是很不谨慎的事，但是这里只能如此说，因为阿Q如爬不上来，这故事也就没有得可说了。

园 里 的 东 西

阿Q跳到园里面，只见靠西墙是竹丛，下面许多笋，还有油菜早经结子，芥菜已将开花，小白菜也很老了。这些都是不能吃的，但他慢慢走近园门去，却看见有一畦老萝卜，非常惊喜，蹲下便拔，虽然被老尼姑看见，又几乎为黑狗所咬，却终于偷到三四个萝卜逃了回来。我们依据本文，把园里的那些东西记了下来。现在要来简略的加以考证。阿Q遇着小尼姑的时候据本文说是春天，大概不久就发生了"恋爱的悲剧"，这之后阿Q就失了业，有许多日没有人来叫他做短工，虽然他自己记不清有多少日，但推测起来不会得太久，因为挨饿总不能过七天的吧。他决计出门去求食的那天据说很温和，颇有些夏意，那么这当是春夏之交，假定是阴历四月，依照今年气节，当在立夏与小满之间。上文说舂米的第二天，去赔罪的时候是赤膊磕头，或者展迟半个月也未始不可。《清嘉录》卷四云："小满动三车，谓丝车，油车，田车也。"缫丝不干我们的事，油菜结实，取其籽至车坊磨油，与本文所说油菜正合。田车即是水车，时值插秧，雨水盈细都须用水车调节，本文说村外水田满眼是新秧的嫩绿，说的正好，唯说中间有些黑点是耕田的农夫，在插秧之后有两三番的耘田，这耕字可能是误写的。乡下种芥菜大概是预备做腌菜干菜用，新鲜的煮吃也很不多，普通在春天三月中都割来腌了，不会让它长着开花，因为这结了籽只能做芥末，用处不大，是卖不出什么钱来的。末了的小白菜也有点问题，平常人家的菜园注重实用，决不轻易耗费物资，若是尼庵尤其如此，一般说孤老脾气，特别节俭以至铿吝，僧（酒肉和尚自然除外）尼也正属这一类，所以庵里种有小白菜却是老掉了，那大抵是不大会有的事，至于这季节对不对，那我还不知道。不过更大的问题乃是在萝卜上边，在阴历四五月中乡下照例是没有萝卜的，虽然园艺发达的地方春夏也有各色的萝卜，但那时候在乡间只有冬天那一种,到了次年长叶抽薹,三月间开花,只好收萝卜子留种,根块由空心而变成没有了。所以如照事实来讲,阿Q在静修庵不可能偷到萝卜,但是那么也就将使阿Q下不来台,这里来小说化一下,变出几个老萝卜来,正是不得已的。这里写园里的事物不尽写实,但在记老尼姑与阿Q的问答,只是寥寥几句话,却是很活现。

"阿弥陀佛,阿Q,你怎么跳进园里来偷萝卜!"

"我什么时候跳进你的园里来偷萝卜?"

"现在……这不是?"

"这是你的? 你能叫得它答应你么?"

乡下无赖的言动这里活用得恰好,可以说是有"颊上添毫"之妙了。

中 兴 与 末 路

第六章《从中兴到末路》,在题目上似乎是前后有两段,其实却只是一件事情。阿Q偷了几个老萝卜吃不饱肚子,便决心进城去,大概过了三四个月,过了中秋才又回到未庄,忽然很是有名了。第一是他有了钱,腰间挂着一个大搭连,沉细锏的将裤带坠成了很弯的弧线,里边都是铜元和银角子,其次他有东西出卖:蓝绸裙和大红洋纱衫之类。头一件的事使得酒店里的人都对他点头说话,表示新的敬畏,第二件更引动了赵太爷夫妇的注意,特地叫他去,要定购一件皮背心。这便是阿Q的中兴史。

阿Q自述在城内是给举人老爷家里帮忙,知道城里人叉"麻酱",又看过杀革命党,这些都使得听的人惭愧怕惧,但重要的还是他显然在外面发了财,赵太爷也批评说是"那很好的",这即是说他会偷到了东西。阿Q做贼有了钱,酒店的人都对他刮目相待,赵太爷因为想买他的便宜货,所以也不再疏远他了,至于会不会来偷他的呢,根据"老鹰不吃窝下食"的原则,那倒是可以不必担心的。但是不久阿Q的底细都明白了,他的名誉信用完全扫地,因为他不过是一个小角色,不能上墙也不能进洞,只站在外面接东西,有一夜刚接到一个包,听得里边大嚷起来,他便逃走回村,从此不敢再做了。原来是这么一个不中用的乏人,不敢再偷的偷儿么,大家就看他不起,他的中兴也便转入了末路了。

掮　　客

《正传》借用了阿桂的名字,到这里才有一点本人的实事出来,因为他确实是做过小偷的。阿桂虽说是打短工为生,实在还是游手好闲,便用种种方法弄点钱用,其一是做掮客。在民初的一个夏天,看见他在门口走过,两手捧着一只母鸡,大声叫道,谁要买? 有人问他,阿桂你这鸡哪里抓来的? 他微笑不答。恐怕这鸡倒不一定是偷来的,有些破落的大户人家临时要用钱,随手拿起东西托人去卖,得了几角小洋,便从中拿一角给做酬劳,这是常有的事。还有一回我看见他拿了一个铜火锅叫卖,火锅在乡下叫做暖锅,从前大都是用锡做的,宽大厚实,后来有紫铜所做的一种(本来锡火锅中心放炭火的地方也是用紫铜的),比较轻便,可是价钱也要便宜得多了。此外当然还卖别的各色东西,虽然我未曾亲见.但是听人说这什么是问阿桂买来的,也是常有的事。

本文中说阿 Q 卖出绸裙和洋纱衫,这些都是可能的,只是蓝裙很少见,大红洋纱衫更没有人穿,也不值钱,这里那么说大概是出于故意的。搭连是旧式的钱袋,大型的名被囊,长方袋四周密缝,只在一面正中开口,被褥平摺放下,便于装置马上,当时古代北方旅行之具,中型的名钱搭,长二尺许,正与一贯钱的长度相当,虽然也可安放米谷什物,小型的即搭连,长不及一尺,挂腰带或裤带上,但一般老百姓只用一种带有钱兜的阔的马带,搭连可能还是城里人的物品吧。

小　　偷

阿桂做掮客的时候,和我也有过几回交易,所以我是可以算是和他有点相识的。他听说我要买有字的砖头,找了几块来卖,前后计有四次,其中有很名贵的一块,乃是永和十年的砖,即是兰亭修禊的次年,三面有字,共十九字,顶有双鱼,两面各平列八鱼形,所以六面都是文字图像。后来这砖送给了俞阶青,他有拓本题记云:

永和专见著录者二十有四,十年甲寅作者,有汝氏及泉文专,而长一尺一寸,且遍刻鱼文者,惟此一专,弥可珍矣。

688

推究起来这要算是阿桂的功绩,不可不予以表扬,就是可惜大概因为没有多大油水的缘故,后来不再拿来了。

他在掮客之外,其次是兼做小偷。阿桂有一个胞兄,名叫阿有,住在我们一族的大门内西边的大书房里,专门给人舂米,勤苦度日,人很诚实.大家多喜欢用他,主妇们也不叫他阿有,却呼为有老官,以表示客气之意。阿桂穷极无聊,常去找他老兄借钱。有一回老兄不肯再给,他央求着说,这几天实在运气不好,偷不着东西,务必请给一点,得手时即可奉还。他哥哥喝道,这叫作什么话,你如不快走,我就要大声告诉人家了。他这才急忙逃去,这件事却传扬出来,地方上都知道他是做这一行勾当的了。话虽如此,他似乎不曾被破获过,吊了来打,或是送官,戴大枷,可见他的贼运一定很好,但也可能他的自白不很可靠,他原本是乏人,干不来这种事情,只是对他老兄胡扯也未可知,但究竟事实如何,那自然是无可查考了。

阿 Q 的 革 命

《正传》第七章以下三章所说是一个段落,虽然这以赵太爷家被抢为中心,也可以分作两段。第一段是七章的"革命"与八章的"不准革命"。这有点与上文的中兴和末路相像,是他最后一次的大胜利与大失败。这里说的是辛亥革命那年的事情,在七章开首便标明宣统三年九月十四日,举人老爷送箱子来赵家寄存,把革命消息带给了未庄,使得阿 Q 兴奋起来,在街上发出造反的口号,吓得全村的人十分惊惶。他的替句是:"我要什么就要什么,我欢喜谁就是谁。"买了他搭连的赵白眼想探他的口气,问道:"阿 Q 哥,像我们这样穷朋友是不要紧的吧?"阿 Q 回答道:"穷朋友? 你总比我有钱。"这一个场面乃是实有的,确实是阿桂自己的事。那时杭州已经反正,县城的文武官员都已逃走了,城防空虚,人心皇皇,阿桂在街上掉臂走着嚷道:我们的时候来了,到了明天,我们钱也有了,老婆也有了。有破落的大家子弟(著者的族叔子衡)对他说,像我们这样人家可以不要怕。阿桂对答得好,你们总比我有。有即是说有油水,不一定严格的说钱。在那一天的夜里,嵊县的王金发由省城率队到来,自己立起了军政分府,阿 Q 一觉醒来,已经失掉了他的机会,他的成功便只是上边所说的那一个时期,这之后他想革命只有静修庵一路,但是那里也已经秀才与洋鬼子去革过了,这岂不是显明的到了末路了么?

"不准革命"

阿 Q 在静修庵革命失败(阿桂本人说过那两节话之后,别无什么举动,所以《正传》里的事就都与他无关了),原因是赵秀才与钱假洋鬼子先下了手,这里显示出来他们三人原是一伙儿,不过计划与手段有迟早巧拙之分罢了。《正传》里写士大夫阶级虽不多费笔墨,却可以看出这对于革命有保守与进取两派,也可以说甲是世故派,乙是投机派。举人老爷与钱太爷不曾露面,赵太爷的态度可以对阿 Q 的话为证,他反对秀才驱逐阿 Q 的主张,以为怕要结怨,这与《怀旧》里的秃先生正是一样,即是:

> 此种乱人运必弗长,试搜尽《纲鉴易知录》岂见有成者……特亦间不无成功者,饭之亦可也。

鲁迅的本家孝廉公任学堂监督(后来称舍监),替告学生"从龙",很有危险,说法不同,却是从同一意见发出来的。金耀宗听说"长毛"到来,催备在张唯阳庙备饭,希望出示安民,这是旧的投机派,新的便要更有计划了,第一步是静修庵,第二步则是"柿油党",有了这银桃子的党章挂在胸前,在乡间就成了土皇帝,什么人都看不在眼里,何况是阿 Q 呢。阿 Q 想要投效,前去拜访假洋鬼子,遇着正讲催促"洪哥"(黎元洪)动手的故事,看见阿 Q 便吃喝滚出去,阿 Q 从哭丧棒底下逃了出来,不曾被打,但假洋鬼子既然不许可他革命,他的前途便完全没有,他的行状也自然近了结末了。

新　　贵

第八章开头便说:

> 未庄的人心日见其安静了,据传来的消息,知道革命党虽然进了城,倒还没有什么大异样。

这里简单的一句话里便包括了辛亥革命后社会上"换汤不换药"的混沌情

690

形,虽然王金发做了军政分府都督,总揽民政军事之权,本文中说知县和把总还是原官,并不是事实,但是举人老爷也做了什么官的话却是真的,因为当时投机派摇身一变做了新贵的的确不少。有些与革命运动有关的人,如陶焕卿是安放不下,不久在上海为蒋介石所暗杀,鲁迅与范爱农总算请到师范学堂去坐了两个月,也各散去了,一群旧人都拥挤上了台,与清朝不同的便只是少了一根辫子。范爱农在壬子三月二十七日给鲁迅的信里有云:

> 罗扬伯居然做第一科课长,足见实至名归,学养优美。朱幼溪亦得列入学务科员,何莫非志趣过人,后来居上,美煞美煞。

同年七月,爱农溺死,鲁迅作《哀范君》诗三章,其一之次联云:"华颠萎寥落,白眼看鸡虫。"这里的"鸡虫"是双关的,一面说鸡虫之争,一面也是指人,因为有人用这个别号,本名乃是何几仲。鲁迅附信中云:

> 昨忽成诗三章,随手写之,而忽将鸡虫做入,真是奇绝妙绝。

这几个人都是爱农所看不起,而忽然爬了上去,又很排挤他的,其中何几仲又是自由党的主持人,银桃子的徽章一时曾经很出风头,但是一会儿也都不见,如不是本文中提起,我也有点记不起来了。

剪 辫 与 盘 辫

《正传》里所写的人物,除了静修庵的尼姑,管土谷祠的老头子,三两个没有什么表现的之外,大都是鲁迅所谓呆而且坏的人,但其中又有个区别,大多数都是旧式的,新式的坏人只有一个,这即是钱假洋鬼子,却是特别的讨人厌。著者大概在这里要倾吐一下对于这一种人的反感,虽然也未能详说,但主意总是表白出来了。照道理讲,这应该是速成学生,头上顶着"富士山"的,不会得去混过几个月,却把辫子剪了,以致做不成大官,如他的母亲所说。不过若是"富士山",那么回乡之后,便又可将辫子拖了下来,不可能成为假洋鬼子,这一面可以免于阿Q等人的笑骂,但是一面也就没有权威,后来不容易有挂银桃子的机会了。著者说他当初剪了辫,后来留起的一尺多长的头发披在背上,像是一个刘海仙,这是

691

一种补充的说法,也仿佛可以看出他当初辫子并不是那么爽快的剪掉的。

辛亥革命很不彻底,有人说只是去掉了一条辫子,但在未庄却觉得这正是可怕的事,官场没有什么异样是很好的,可怕的是有些不好的革命党捣乱,动手剪辫,航船七斤进城去,便着了道儿,弄得不像人样子了。这是第八章里的话,第九章又说到赵秀才上城去报官,辫子被剪,这就成为他家渐渐发生了遗老的气味的根源。阿Q与王胡、小同一样,都只肯用竹筷把辫子盘起.他也就是那样的被抓到城里去了。

民 团 捕 盗

赵家遭抢之后,阿Q被抓到城里去,经过一两次审问,便抓出去枪毙了,这就是第九章的"大团圆",《正传》即此完结了。这里抓进城去是第一段,本文说是在出事的四天之后,黑夜里把总带领了一队兵,一队团丁,一队警察,五个侦探,围住土谷祠,对着庙门架了机关枪,又悬了二十千的赏,由两个团丁翻墙进去,里应外合的这才把阿Q擒住。这一节的描写显然是夸张的,因为要写得很滑稽,所以与事实有好些是不相合的。

把总假如做了城里的军事首长,他不可能率队下乡,至于事实则是王金发自任军政分府都督,当时民团新办,总局设在像仓,由徐叔荪担任局长。团丁照例都是无业游民,好一点的坐在分段的局里,大抵是个小庙,夜里吹着号角巡行一周,不好的就难免要鱼肉乡民了。局长是徐伯荪的三弟,因了这资格得到那地位,可是名声不大好,很有点官僚土豪气,大家叫他三大人,有一回枪毙一个强盗,已经中枪死了,局长骑着大马在监视,还上去在他身上打一手枪,这一件事便得了很坏的批评。但是从这里推想起来,捉办强盗当是民团的职务,兵和警察都是无关的,城里虽然办有警察,但只是城中心一圈,别处也还没有,即如城东南区只是大坊口有派出所,往南经马梧桥(有民团)塔子桥以至东昌坊口,便没有巡警,他的职务仍旧由地保代行,直到民国六七年也还是如此。

审 问

阿Q的审问是第二段,第三段则是游街示众。审问的情形全是想象的,但是有一点也有事实的依据.光复后表示民主平等。问案时被告直立回答,无须跪下，但实际官绅的威势还是很大，老百姓一被抓进衙门，便吓得不得了，想站也站不住，两只膝头兀自发抖，问官叫他扶住桌子，连那公案桌也自摇动得快要推倒，结果让他蹲了下去，著者写阿Q的跪下，便是利用这资料，也并不是由于阿Q的非跪不可。

那个满头剃得精光像是和尚的老头子，本文中大抵是说那留用的知县大老爷，但事实上当是军政分府里管民政的首长，大概叫作民政长吧。据把总在和举人老爷抬杠的时候说，做革命党不到二十天，可以知道是在光复不久的时候。军民分治，设立知事，一直还在以后。初任知事是俞景朗，这之前的民政长大概也就是他，不过这位俞君鲁迅不曾见过，所描写的不会得是他，而且说老头子也不对，因为那时总还不到中年吧。

阿Q在口供上画押，画圆圈不圆，惭愧得要命，虽是滑稽的穿插，却也很与事实相合，因为这的确不是容易事。他生长在专制统治下，什么都不大着急，以为人生天地之间，大约本来有时要抓进抓出，要在纸上画圆圈的，甚至本来有时也未免要杀头，要游街示众的，唯有画圈而不圆，乃是大可懊恼的事，这里"反语"真是深刻得抠进肉里去了。

游 街 示 众

鲁迅的文章上看不到有反对死刑的话，但是他猛烈的反对游街示众，那是很明显的。《呐喊》的《自序》中云：

> 有一回，我竟在画片上忽然会见我久违的许多中国人了，一个绑在中间，许多站在左右，一样是强壮的体格，而显出麻木的神情。据解说则绑着的是(在日俄战争中)替俄国做了军事上的侦探，正要被日军砍下头颅来示众，而围着的便是来赏鉴这示众的盛举的人们。

本文中叙述阿Q临时无师自通的说了一句应景的豪杰话，观众便叫声好，发出豺狼的嗥叫一般的声音来。阿Q再看喝彩的人们，发见了从来没有见过的可怕的眼睛，比四年前在山脚下遇着的想要吃他的肉，永是不远不近的跟定他的一只饿狼的眼睛更为可怕，这些眼睛"又钝又锋利，不但已经咀嚼了他的话，并且还要咀嚼他皮肉以外的东西，永是不远不近的跟他走。这些眼睛们似乎连成一气,已经在那里咬他的灵魂"。我们怕阿 Q 未必感觉到这样,但著者没有别的方法表示,这里只得再用《狂人日记》的手法来写,使得阿 Q 想要叫"救命",虽然没有说出来。结末更说观众的舆论不佳,因为枪毙不怎么好看,而且阿 Q 游了那么久的街,竟没有唱一句戏,他们白跟一趟了。这是十分气愤的也是悲哀的话,"做毫无意义的示众的材料和看客",在他看来正是一样的可悲的事情。

刑　　场

《正传》里没有说明未庄是什么地方,但第八章说起邻村航船七斤,那么这如不是鲁镇,也总是同一区域,那城里原只是一个,自然也没有问题的了。清末废府并县,绍兴县署便设在旧会稽县衙门内,阿 Q 被抓进抓出的应该就是此地,地名似乎便叫作会稽县前,因为西首通往大街的桥名叫县西桥,东首的街叫县东门的。前清时刑场原有两处,斩在轩亭口,过县西桥往南只一箭之路;绞在小教场,过县西桥往北,至望江楼西折便是。从前有过一个奸拐杀人的案件,凶手阿化定了死罪,当时自然没有什么宣判,到执行的时候阿化倒也泰然,以为反正是绞吧,及至过桥走的不是往小教场的路,却一直往南走,心知不好,叫道,到那地方去么!便赖地不肯走,结果,由那些短衫和长衫的人物带拖带抬的把他弄到那里去办掉了。阿 Q 糊里糊涂的弄不清路径是无怪的,但事实上辛亥以后改用枪毙,地点改在大教场,靠近偏门城墙的一角,从县署出来是该走过轩亭口,由府横街转入府直街,一直往南到五马坊口,这一条路的确也不很近。可是那时在乡下并没有游街的盛典,实际上也缺少游具,省城里秋审时用囚笼抬着走,平时也不见使用,《正传》本不固定什么地方,大抵便迁就北方的情形来说,如阿 Q 坐的没有篷的车,即是显然的例,又如本文中说阿 Q 看到店内的馒头,问管祠的老头子要饼来吃,也是同一的例子。

694

论《阿 Q 正传》①

苏雪林②

谁都知道鲁迅是新文学界的老资格,过去十年内曾执过文坛牛耳,用不着我再来介绍。关于他作品的批评,虽不说汗牛充栋,着实也出过几本册子,更用不着我再来饶舌。不过,好书不厌百回读,好文字也不厌百回评,只要各人有各人自己的意见,就说浅薄,也不妨倾吐一下。

闲话少说,我现在就来着手我的评论。鲁迅的创作小说并不多,《呐喊》和《彷徨》是他五四时代到于今的收获。两本,仅仅的两本,但已经使他在将来中国文学史占到永久的地位了。他的《呐喊》出版于一九二二年,共收文字十四篇,其中《一件小事》《头发的故事》体裁属于杂感;《兔和猫》《鸭的喜剧》体裁属于小品;唯《风波》《阿 Q 正传》才得称为真正的短篇小说③。

在这十四篇文字中,《阿 Q 正传》可算是鲁迅的代表作。听说已经翻译为好几国文字,与世界名著分庭抗礼,博得不少国际的光荣。最早批评④这批文字的人有周作人、胡适、陈西滢、沈雁冰⑤等。又有人将它编成戏剧。现在"阿 Q"二字还说在人们口头,写在人们笔下,评论文字若着意收集起来,不下数百则。自新文学发生以来,像《阿 Q 正传》魔力之大的,还找不出第二例子呢。

《阿 Q 正传》这样打动人心,这样倾倒一世,究竟是什么缘故? 说是为了它

---

① 本文选自《苏雪林文集》(原载 1934 年 11 月 5 日《国闻周报》第 11 卷第 44 期),题目系原书所有。本文要点:阿 Q 的卑怯、精神胜利法、善于投机、夸大狂与自尊癖,乃中国民族国民性的写照。
② 苏雪林,名小梅,字雪林,现代女作家、女学者,有"民国才女"之称,重要作品有小说《棘心》、散文集《绿天》、论著《辽金元文学》《唐诗概论》等。
③ 《阿 Q 正传》有两万多字,可称为中篇小说;此外,小说的结构也呈中长篇结构,而不是常见的短篇结构。
④ 批评:批阅、评论。
⑤ 周作人,鲁迅(周树人)之弟,现代作家。胡适,字适之,现代学者、作家。陈西滢,即陈源,字通伯,笔名陈西滢,现代学者、评论家。沈雁冰,笔名茅盾,现代作家。

描写一个乡下无赖汉写得太像了么？这样的文字现在也有，何以偏让它出名？说是文笔轻松滑稽，令人发笑么？为什么人们不去读《笑林广记》，偏偏爱读《阿Q正传》？告诉你理由吧：《阿Q正传》不单单以刻画乡下无赖汉为能事，其中实影射中国民族普遍的劣根性。《阿Q正传》也不单单教人笑，其中实包蕴着一种严肃的意义。

《阿Q正传》所影射中国民族的劣根性，论者已多，但从没有具体的介绍。因为这篇文字含义深广，譬喻灵活。指实一端而遗其余，固不可；刻舟胶柱①将活的变成死的，尤其不可。所以，无人愿意尝试。但这篇文字如此脍炙人口，到今没有具体的解释，究竟有些闷人。这就是我现在不揣冒昧写这一篇《阿Q正传》讲义②的动机。

我认为，《阿Q正传》所影射的中国民族的劣根性，种类虽多，荦荦大端，则有下列数种：

一、卑　　怯

阿Q是喜与人吵嘴打架的，但必估量对手，口讷的他便骂，气力小的他便打。与王胡打架输了时，便说"君子动口不动手"；假洋鬼子哭丧棒才举起来，他已伸出头颅以待了。对抵抗力稍为薄弱的小D，则揎拳掳臂，摆出挑战的态度，对毫无抵抗力的小尼姑，则动手动脚，大肆其轻薄。都是他卑怯天性的表现。徐旭生③与鲁迅讨论中国人的民族性，结果说中国人的大毛病是听天任命与中庸，这毛病大约是由惰性而来的。鲁迅回答他道，这不是由于惰性，是由于卑怯性，"遇见强者不敢反抗，便以中庸这些话来以自慰；倘他有了权力，别人奈何他不得时，则凶残横恣，宛然如一暴君，做事并不中庸"。记得周作人也曾说过，张献忠④在四川杀人数百万，满洲人一箭，便使他躲入道旁荆棘中。又见最近《独立评论》发表谭嗣同⑤《北游访学记》引钱尺岑的话云：

---

① 刻舟胶柱：成语"刻舟求剑""胶柱鼓瑟"合称，两成语均喻固执拘泥、不知变通。
② 讲义：释义。
③ 徐旭生，名炳昶，字以行，笔名旭生、虚生，现代史学家，曾任北京大学教务长、北京师范大学校长。
④ 张献忠，明末民变首领，在四川建大西政权，后被清军剿灭。
⑤ 谭嗣同，字复生，号壮飞，清光绪时维新派官员，参与"戊戌变法"，失败后被杀。

魏军赴甘①，遇强回②辄败。适③西宁，有降已半年之老弱妇女。西宁镇④邓增至一旦尽杀之，悉括⑤其衣服器皿。凡万余人，虽数月小孩，无一得免者……此等事，无论何国皆无之，即土番野蛮亦尚不至此。

又说：

顷来金陵⑥见满地荒寒气象。本地人言，发匪⑦据城时，并未焚杀，百姓安堵⑧如故。终以彼叛军也，故日盼官军之至。不料湘军⑨一破城，见人即杀，见屋即烧，子女玉帛，扫数悉入于湘军，而金陵遂永穷矣。至今父老言之，犹深愤恨。

谭氏于结局又发议论道：

由此观之，幸而中国兵之不强也。使⑩如英法外国，尚有遗种⑪乎？故西人之压制中国者，实上天仁爱之心使然也。准回部之事⑫，已可鉴也。

他这话似太过分。但我们若了解作者下笔时感觉如何沉痛，就可以原谅他了。

二、精 神 胜 利 法

阿Q与人家打架吃亏时，心里就想道："我总算被儿子打了，现在世界真不

---

① 甘：甘肃。
② 回：回族人。
③ 适：至。
④ 西宁镇："西宁镇总兵官"之简称。
⑤ 括：搜括。
⑥ 顷来：近来。金陵：即今南京。
⑦ 发匪：太平军，也称"长毛"，故称。
⑧ 安堵：安定。
⑨ 湘军：剿灭太平天国的清军，来自湖南，故称。
⑩ 使：假使。
⑪ 遗种：后代。
⑫ 准：准许。回部之事：即前文所说杀西宁回族妇女之事。

像样,儿子居然打起老子来了。"于是他也心满意足、俨如得胜地回去了。中国人的精神胜利法,发明固然很早,后来与异族周旋失败,这方法便被充分的利用。这里我可以举出许多历史例子来:

一代民族代表人受异族迫害之酷毒莫过于宋,而精神胜利法也以宋以后为盛。宋太宗是亲征辽人中了辽人的箭而崩的。徽钦二帝被金人掳去后,转徙沙漠中,极受人世不堪之苦。元朝杨琏真珈①发掘南宋会稽诸陵,窃取珍宝。以诸帝后的骨殖②,杂牛马骨筑白塔而埋之,并截取理宗③顶骨为饮器。这对于中国民族侮辱真太大了,所以那时宋遗民莫不引为最切齿的深仇、最痛心的纪念,与元人几有不共戴天之慨。但他们实在不能用实力来报复,只好先造一个"冬青树"的传说④,后造一个元顺帝⑤为宋末帝瀛国公血胤⑥的传说,来安慰自己。

到了清初,则初叶诸帝⑦几乎无一不出于汉种。故老相传,顺治⑧是关东猎人王某的儿子,系清太宗妃子与王某私通而生的;雍正⑨是卫大胖子的儿子,清圣祖⑩微行悦卫妾⑪之貌迎入宫,而不知她已有了身孕;乾隆是海宁陈阁老的儿子,乾隆南巡驻跸⑫陈家安澜园,得知其事,想恢复汉代衣冠,幸太后力阻不果。所以,前人清宫词有"衣冠汉制终难复,空向安澜驻翠蕤"之句。想不到,战国吕不韦以吕易嬴的故事⑬,这时竟成这样广遍的复写。无论宫闱深秘,外人不易知闻,即以血统换易之巧而论,也太远于情理。但我们老祖宗为什么要造这种谣言呢?我想无非为了这种谣言一面既可以快意于异族统治者帷薄之羞⑭,一面又可以自欺欺人地缓和自己失败的创痛而已。其情固有可原,其事则未免太可笑

---

① 杨琏真珈:藏传佛教僧侣,党项人,元朝江南释教都总统,掌江南佛教事务。
② 骨殖:尸骨。
③ 理宗:宋理宗,南宋第五位皇帝。
④ "冬青树"的传说:相传,元朝初,总管江南僧侣的番僧杨琏真珈为攫取南宋皇帝陵墓中的财富,掘墓盗宝,把墓中珍宝洗劫一空,把南宋皇帝的遗体乱砍乱扔。当时会稽山阴有个叫唐钰的人听说后,变卖家产,作为安葬先帝遗骨的费用。他把收集来的遗骨按原先陵墓的排列顺序葬在兰亭山后,又去原来的宋宫大殿前挖来一棵冬青树,种在坟上作为标记。
⑤ 元顺帝:元朝末代皇帝。
⑥ 血胤[yìn]:血统、后裔。
⑦ 初叶诸帝:最初几个皇帝。
⑧ 顺治:清世祖,清军入关后第一位皇帝。
⑨ 雍正:清世宗,清军入关后第三位皇帝。
⑩ 清圣祖:康熙,清朝第二位皇帝,雍正之父。
⑪ 卫妾:卫大胖子之妾。
⑫ 驻跸[bì]:帝王外出,途中暂停。
⑬ 战国吕不韦以吕易嬴的故事:相传,吕不韦和赵姬合欢有孕后,将赵姬献给秦王嬴异人,后赵姬生下嬴政,即始皇帝。
⑭ 帷薄之羞:床第之羞,即妻妾为他人所污。

了吧！

又如同治间清廷与英国争执一件什么国体问题，御史吴可读①上疏，劝朝廷不必坚执，大意说：外国人为夷狄之民，与禽兽无别，我们人类和禽兽相争，胜固不足为荣，败亦不足为辱云云。

又如樊增祥《彩云曲》②叙及英后维多利亚③有句道："河上蛟龙尽外孙，房中鹦鹉称天后。"这虽然故意拿国人所轻视的武则天来比她，但还可恕。到赛金花与英后合摄影片时（照赛金花自述，同座摄影者为英国维后④之女，即德国皇后。见金东雷《赛金花访问记》。樊诗盖误用其事），又道："谁知坤媪河山貌，却与杨枝一例看。"以中国传统观念看来，则轻薄得实不成话。如果当时把这首诗翻译到英国去，无疑地要引起严重外交问题的。

这些旧式文士在文字间讨人一点便宜，沾沾自得，以为足以洗涤丧师失地的耻辱而有余，而不知实际上已把中国民族的尊严丢尽。因为这与上文所引那些例子都属于最卑劣的阿Q式精神胜利法。

三、善 于 投 机

阿Q本来痛恨革命。等到辛亥革命大潮流震荡到未庄赵太爷父子都盘起辫子赞成革命，阿Q看得眼热，也想做起革命党来了。但阿Q革命的目的，不过为了他自己的利益，于革命意义，实丝毫没有了解。所以一为假洋鬼子所拒斥，就想到衙门里去告他谋反的罪名，好让他满门抄斩。《华盖集·忽然想到》那一条道：

> 中国人都是伶俐人，也都明白中国虽完，自己决不会吃苦的；因为都变出合式的态度来……这流人是永远胜利的，大约也将永远存在。在中国唯有他们最适于生存，而他们生存的时候，中国便永远免不了反复着先前的命运。

---

① 御史：朝廷大臣。吴可读，字柳堂，号冶樵，清同治时任吏部主事。
② 樊增祥，字嘉父，别字樊山，晚清官员、文人，曾任护理两江总督，辛亥后任民国参政院参政。其《彩云曲》写傅彩云随丈夫洪钧出使英、德。
③ 英后维多利亚：英国女王（非"后"）维多利亚，1837—1901年在位。
④ 英国维后：英国维多利亚女王（非"后"）。

善于投机似乎成为中国民族劣根性之一,不唯明清之末如此,现在又何尝不如此。每次革命起来,最先附和的总是从前反革命最出力的人,而后来革命事业便逐渐腐化于这些病菌滋生之中。不过,我们诊断这种民族劣根性,要看它是先天的,还是后天的。是先天的便无可救药;是后天的则还有拔除的希望。

照我个人意见,这种劣根性似乎同精神胜利法一样,与异族长久的统治大有关系。中国自西晋以后,或半部或全部轮流屈服于异族铁蹄之下,由五胡十六国,到辽金元清,我们做人家奴隶大约也有了一千多年吧。当异族侵掠进来时,我们种族中间那些忠愤激烈、有节概、有血气的人,不是慷慨死敌,就举室自焚了;而那些贪生无耻、迎合取巧之徒,反多得生存传种的机会。天演公例①是优胜劣败,而我们恰得其反。经过千余年的淘汰作用,我们民族就不知不觉变成现在的模样。不但战争时期而已,异族统治时期,对待汉人手段都异常严厉,这一千多年中血腥的记录,怨毒的纪念,影响中华民族品性之低降,尤其异常之大。

美国亨丁顿(Ellsworth Huntington)②著了一部《种族的品性》(The Character of Races),里面有几章专门讨论中华民族的品性,经吾国潘光旦③译为中文,改名《自然淘汰与中华民族性》。亨丁顿的意思:中国民族智力之退化、自私自利心肠之特别发达与染指④习惯之牢不可破,都与那连续不断的水灾、旱灾所引起的饥馑有关系。同样我说,这种原则也可以应用在长久的异族统治上面的。比较久远的例子,暂不用提,以前清而论:入关时"扬州十日""嘉定三屠"⑤,实行剃发令时杀戮之惨,以及后来满汉种族歧视之深,政治上种种待遇之不平等,都不是一两句话可以说尽。最可恨的,是顺治、康熙、雍正、乾隆四朝,九次文字大狱,其刻毒残酷,暗无天日,虽九幽十八层地狱不是过。我们今日读这些记录,还不觉为之发指皆裂,我们祖宗当时宛转呻吟于刀山剑狱、铁床油鼎之中,其痛苦又将何苦!又如他们强迫遗老出仕,开博学鸿词科⑥,收罗不肯入网⑦

---

① 天演公例:进化法则。
② 亨丁顿(Ellsworth Huntington),19世纪末、20世纪初美国地理学家、耶鲁大学教授。
③ 潘光旦,现代学者,曾留学美国。
④ 染指:揩油、贪小便宜。语出《左传·宣公四年》:"及食大夫鼋,召子公而弗与也。子公怒,染指于鼎,尝之而出。"
⑤ "扬州十日":即南明弘光元年(1645)清军攻占扬州后屠城十日。"嘉定三屠":即南明弘光元年(1645)清军攻占嘉定后三次屠城。
⑥ 博学鸿词科:清代所设特殊科考,意在选拔(笼络)文人,而非官员。
⑦ 入网:自投罗网。

的名流。施行精神上的强奸之后,又列其姓名于《贰臣传》①,不齿之于衣冠之伦②。凡此种种毒辣手段,无非想把汉人的民族意识,彻底消灭;汉人独立的人格,完全摧毁,使汉人知道自己不过是命定的"奴才的奴才"③,除了向主人摇摇尾巴,乞取一点他们吃得不要的残羹冷炙以外,什么地位,学问,品格,气节,都不配谈。汉人渐渐也就明白异族统治者的用意,果然都以"奴才"自居,终日歌功颂德、献媚乞怜,只求保留最低限度的生存权利。起初不过装装外表,后来习惯成自然,心理也变成奴才的了。

奴才与主人的关系,不过建立在衣食上,中间并无何等真实的情谊,一个主人倒了,不妨再去投靠另外一个。所以,八国联军打进北京城,大英、大法、大德、大日本的顺民旗立刻满街招展。辛亥革命起时,仅有陆钟琦、黄忠浩几个书呆子死难④,封疆大吏⑤平日自称深受国恩,势必肝脑涂地以报的,逃得比谁还快,甚至于位至督抚⑥之人,可以一转而为民军都督⑦。满洲政府三百年的摧残士气,今日自食其报,固然大快人心,但我们这份民族品格堕落的账,又向谁去计算?

有人见清室全盛时武功之奕赫、疆土之扩张、学术之昌明、文艺之发达,每啧啧叹美,引为美谈,以为跨唐轶汉⑧,足称中国历史的光荣;而不知这一点光荣的代价,是三百年的统治权、成河的奴隶血泪和成山的奴隶骸骨,还有无论什么都换不来的整个中国民族的高贵的品格!

四、夸大狂与自尊癖

阿Q虽是极卑微的人物,而未庄人全不在他眼里,甚至赵太爷的儿子进了学,阿Q在精神上也不表示尊崇,以为我的儿子将比他阔得多。加之进了几回城,更觉自负。"但为了城里油煎大头鱼的加葱法和条凳的称呼异于未庄,他又瞧不起城里人了。"中国人以前动不动自称其国为数千年声明文物⑨之邦,自己

---

① 《贰臣传》:乾隆四十一年奉诏编纂,共收录明末清初两朝为官者百余人,以示赞扬。
② 衣冠之伦:正式官员之列。
③ 清代汉人地位全体低于满人,即满人中的奴才也高于全体汉人,故称"奴才的奴才"。
④ 死难:殉难。
⑤ 封疆大吏:总揽一省或数省军政大权的地方长官,由于类似古代分封疆土的诸侯,故有此名。
⑥ 督抚:清朝最高地方官员。
⑦ 民军:民国军(相对"清军")。都督:民国早年对军区司令的称呼。
⑧ 跨唐轶汉:超唐(朝)越汉(朝)。
⑨ 声明文物:谓声教文明与典章制度,语出《左传·桓公二年》:"文物以纪之,声明以发之。"

是轩辕华胄①，神明贵种，视西洋人为野蛮民族，毫无文化可言。及屡遭挫败，则又说西洋人所恃的不过船坚炮利而已，所有的不过声光化电而已，谈到礼教伦常则何能及我们万分之一？甚至于饱受西洋教育的辜鸿铭②，还说中国人随地吐痰和娶妾制度是一种精神文明。这何异于阿Q将自己头上的癞头疮疤当做高尚光荣的符号，当别人嘲笑他时就说"你还不配⋯⋯"呢？现在大部分的青年鄙视西洋文化，以为那是陈旧的、腐化的，而且不久即将崩溃的资本主义文化而不屑加以一顾的一种态度，也由夸大与自尊癖性而来，不过变换一种方式出现而已。

具有夸大与自尊癖性的人，也最容易变成过分的谦逊与自轻自贱。阿Q被未庄闲人揪住辫子在墙上碰头而且要他自认为"人打畜生"时，他就说"打虫豸，好不好？我是虫豸——还不放么"！中国人固自以为文化高于一切，鄙视别国为夷狄之邦。但当那些夷狄之邦打进来时，平日傲慢的态度，便会立刻完全改变。宋代《三朝北盟汇编》以及《靖康纪闻》那一类史料，所记当日宋君臣向强敌乞哀时诚惶诚恐的神情、宛转悲鸣的口气，真有些使读者读不下去。他们只求金人允许他们小朝廷残喘之苟延，允许他们身家性命、富贵利禄之保全，称侄可以，称臣可以，岁献贡币可以，下殿受书可以，甚至表演什么意想不到的卑躬屈节的丑态都可以。这毛病自古已然，于今为烈，我也不愿意再说了。

有些学者，看见历史上僵尸屡次出现，觉得中国民族太不长进而灰心。有些学者，看见八股、律诗、小脚、太监，板子夹棍的法庭、地狱式的监狱，而说中国全盘文化的本质，原不高明，在世界文化中原来没有地位。他们说这话，原也有不得已的苦衷，然而竟有许多人觉得中国民族是地球最下等的、最无希望的民族，中国人只配替人家当奴隶、当马牛。中国不亡，实无天理！又有许多人觉得，中国民族若不倚靠别的民族合作，永远不要想翻身。诸如此类的念头，日日萦回脑际。从前太过于自信，现在又太不自信，这现象虽奇特，其实也可以拿上面所说的话来解释。

此外则"色情狂""萨满教③式的卫道精神""多忌讳""狡猾""愚蠢""贪小利"

---

① 轩辕华胄：炎黄子孙。
② 辜鸿铭，名汤生，字鸿铭，英文名Tomson，祖籍福建，生于南洋英属马来西亚槟榔屿，留学英国，学博中西，号称"清末怪杰"。
③ 萨满教：流传于中国东北到西北边疆地区阿尔泰语系民族的原始巫教，"萨满"即阿尔泰语中"巫师"之意，萨满被认为具有上天入地的无限法术。

"富倖得①心""喜欢凑热闹""糊涂昏聩""麻木不仁",都切中中国民族的病根,作者以嬉笑之笔出之,其沉痛逾于怒骂。当《阿Q正传》用"巴人"笔名在《北京晨报副镌》发表时,有人在《小说月报》上表示对这篇文字的不满,说阿Q不像真有其人,因为作者形容太过火了。沈雁冰便替他辩护道:"阿Q有否其人我不知道,但阿Q确乎处处可以遇见,我好像同他面熟得很。"呀!我明白了。原来中国人个个都有阿Q气质。阿Q其实是中国人的典型。沈氏又道:"我们不断地在社会各方面遇见阿Q相的人物,我们有时自省,常常疑惑自己身体中也不免带有一些阿Q相的分子。"

阿Q既代表着中国人气质,为整个中国民族的典型,所以最初发表时,读者每疑阿Q就是指着他自己。《现代评论》涵庐(即高一涵②)曾记他一个朋友初读《阿Q正传》时惴惴然,疑这篇文字出于某人手笔,阿Q的事迹样样都在对他讽刺;后来打听出来,作者与他并不相识,这才释然。这类笑话,记得西洋文学界也曾有过,像英国梅台斯(G.Meredith)写《自私者》(The Egoist)③,他有一个朋友对他提出责问,说书中主人公威罗比先生正指着他;又如俄国冈察洛夫写《奥勃洛摩夫》,一时读者都觉自己血管里有着"奥勃洛摩夫"气质的存在。《阿Q正传》可以与这两个故事一并流传为美谈了。

但善做小说的人,既赋作品中人物以"典型性",同时也必赋之以"个性",否则那人物便会流为一种公式主义,像中国旧剧里的脸谱一样。陈西滢说:"阿Q不但是一个Type④,同时又是一个活泼泼的人,他大约可以和李逵、刘姥姥同垂不朽了。"(《新文学以来十部著作》)这就是说,阿Q虽然是个典型人物,同时也是个个性人物。《阿Q正传》之所以在文坛获得绝大成功,其原因无非在此。

---

① 倖得:侥幸。
② 高一涵,曾任北京大学教授,《现代评论》撰稿者。
③ 梅台斯(G.Meredith):通译"梅瑞狄斯"。《自私者》(The Egoist):通译《利己主义者》。
④ Type:(英文)类型、典型。